ঘনাদা সমগ্র ৩

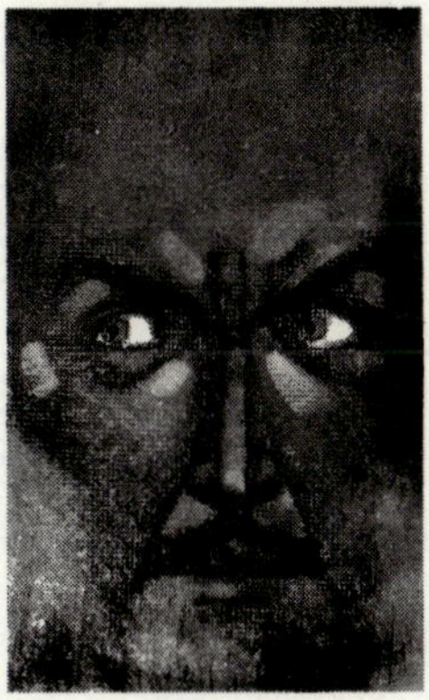

ঘনাদা সমগ্র

প্রেমেন্দ্র মিত্র

৩

সম্পাদনা : সুরজিৎ দাশগুপ্ত

আনন্দ

প্রথম সংস্করণ ডিসেম্বর ২০০১
অষ্টম মুদ্রণ আগস্ট ২০১৬

প্রচ্ছদ সমীর সরকার
অলংকরণ ওঙ্কারনাথ ভট্টাচার্য

ISBN 978-81-7756-185-2

আনন্দ পাবলিশার্স প্রাইভেট লিমিটেডের পক্ষে ৪৫ বেনিয়াটোলা লেন
কলকাতা ৭০০ ০০৯ থেকে সুবীরকুমার মিত্র কর্তৃক প্রকাশিত এবং
ক্রিয়েশন ২৪বি/১বি, ড. সুরেশ সরকার রোড
কলকাতা ৭০০০১৪ থেকে মুদ্রিত।

GHANADA SAMAGRA: Volume III
[Adventure]
by
Premendra Mitra

Published by Ananda Publishers Private Limited
45, Beniatola Lane, Calcutta-700009

২৫০.০০

ভূমিকা

ঘনাদা বানিয়ে বানিয়ে নিজের বাহাদুরির যেসব গল্প বনমালি নস্কর লেনের এক মেসের চার দেওয়ালের মধ্যে সহবাসী তরুণ বন্ধুদের কাছে বলেছেন সেগুলি ইতিপূর্বেই সংকলিত হয়েছে 'ঘনাদা সমগ্র'র প্রথম ও দ্বিতীয় খণ্ডে। আর এই তৃতীয় খণ্ডে সংকলিত হল ঘনাদার পূর্বপুরুষদের সেসব কীর্তিকাহিনী যেগুলি তিনি সান্ধ্যভ্রমণকালে আকাশের নীচে দক্ষিণ কলকাতার কৃত্রিম হ্রদের তীরে একটি নাতিবৃহৎ পর্কটী বৃক্ষকে কেন্দ্র করে উপবিষ্ট চারজন প্রবীণ নাগরিকের উদ্দেশে পরিবেশন করেছেন। প্রথম দু-খণ্ডের গল্পগুলির প্রধান বিষয় ছিল বিজ্ঞান ও ভূগোল, অবশ্য দ্বিতীয় খণ্ডের কয়েকটি গল্পে মহাভারত তথা পৌরাণিক উপাখ্যানও অন্যতম বিষয় রূপে চর্চিত, তাছাড়া অল্পসংখ্যক কিছু গল্পে আছে বুদ্ধির প্যাঁচ, কিন্তু তৃতীয় খণ্ডের একটি ছোটগল্প বাদে বাকি দুটি বড় গল্প ও একটি উপন্যাসের প্রধান অবলম্বনই হল ইতিহাস। অর্থাৎ ইতিহাসের সত্য ঘটনাজালের মধ্যে অসাধারণ উদভাবনী কৌশলে বুনে দেওয়া হয়েছে ঘনাদার পূর্বপুরুষদের নানা রোমাঞ্চকর কাল্পনিক কীর্তিকাহিনী। সত্যের স্বার্থে শুরুতেই বলা উচিত যে এই খণ্ডটি বহুলাংশে পূর্বে প্রকাশিত 'ঘনাদা তস্য তস্য অমনিবাস'-এর নববিন্যস্ত এবং 'আগ্রা যখন টলমল' ও 'সূর্য কাঁদলে সোনা' গ্রন্থদুটির প্রথম মুদ্রণ অনুসারে সংশোধিত সংস্করণ, ফলে সতর্ক পাঠক কোনও কোনও ক্ষেত্রে 'অমনিবাস'-এর পাঠের সঙ্গে এই খণ্ডের পাঠের ভেদ খুঁজে পাবেন।

বর্তমান খণ্ডের ছোটগল্প 'রবিনসন ক্রুশো মেয়ে ছিলেন' নেহাতই কাল্পনিক কাহিনী, সম্পূর্ণত রূপকথার মেজাজে লেখা, যার উৎস সম্বন্ধে উল্লেখ করা হয়েছে ত্রয়োদশ কি চতুর্দশ শতাব্দীতে রচিত মার্কো পোলোর বিচিত্র ভ্রমণবৃত্তান্ত। এই গল্পটি প্রেমেন্দ্র মিত্র লিখেছিলেন ১৯৫২ সালে এবং প্রথম গ্রন্থিত হয়েছিল সেই বছরেই নাভানা-কর্তৃক প্রকাশিত 'প্রেমেন্দ্র মিত্রের শ্রেষ্ঠ গল্প' নামক সংকলনে আর পরে ১৯৫৬-তে ইন্ডিয়ান অ্যাসোসিয়েটেড প্রকাশিত 'সপ্তপদী' গল্পগ্রন্থে। 'প্রেমেন্দ্র মিত্রের শ্রেষ্ঠ গল্প'র অন্তর্গত ঘনাদার গল্পটিতে উদ্ধৃতি-চিহ্নের ব্যবহারে যে-নীতি অনুসৃত হয়েছিল 'ঘনাদা সমগ্র'র সবগুলি খণ্ডেই সেই নীতি অনুসারে বর্তমান কালের উক্তির জন্য দুটি ঊর্ধ্ব কমা (" ") এবং অতীত কালের উক্তির জন্য একটি ঊর্ধ্ব কমা (' ') উদ্ধৃতি-চিহ্ন হিসেবে ব্যবহৃত হয়েছে। লক্ষণীয় যে 'সপ্তপদী'-তে সন্নিবেশিত পাঠে একটি প্রশ্নবোধক চিহ্ন যোগ করে গল্পটির শিরোনাম ছিল 'রবিনসন ক্রুশো মেয়ে ছিলেন?', কিন্তু এই গল্প যখন ১৯৮৩ সালে 'ঘনাদা তস্য তস্য অমনিবাস'-এর শামিল

হয় তখন ওই প্রশ্ন-চিহ্নটি বাতিল হয়।

লক্ষণীয় যে প্রথম দু-খণ্ডের গল্পগুলির মতো 'রবিনসন ক্রুশো মেয়ে ছিলেন' গল্পটিও উত্তম পুরুষে লেখা, কিন্তু ষাটের দশকের দ্বিতীয়ার্ধে লেখা অন্য তিনটে কাহিনীতেই লেখক প্রথম পুরুষ রূপে আত্মগুপ্ত। এই খণ্ডের প্রথম গল্পটির প্রথম মুদ্রণে যাঁর দেহ 'হস্তীর মতো বিপুল' তাঁর নাম ছিল চিন্তাহরণবাবু, বর্তমান মুদ্রণে তাঁর নাম ভবতারণবাবু করেছি অন্যান্য কাহিনীর সঙ্গে সংগতি রক্ষার জন্য।

এই খণ্ডের দ্বিতীয় কাহিনী 'আগ্রা যখন টলমল' আগ্রার কারাগার থেকে শিবাজির পলায়নের সুপরিচিত বৃত্তান্তের আধারে রচিত। মধ্যযুগের ভারতীয় ইতিহাসের সেই বিখ্যাত বৃত্তান্তর প্রতি সম্পূর্ণ অনুগত থেকে প্রেমেন্দ্র মিত্র যেভাবে ঘনাদার গল্পকে গেঁথেছেন তার চমৎকারিত্ব আমরা সহজেই বিচারে সক্ষম। তৃতীয় কাহিনী 'দাস হলেন ঘনাদা' হার্নান্ডো কর্টেজ কর্তৃক মেক্সিকো-বিজয়ের কাহিনীর ভিত্তিতে রচিত। সে-ইতিহাসও আধুনিক ইউরোপীয় ইতিহাসের এক বিখ্যাত অধ্যায়। এখানেও ঘনাদা ইতিহাসের প্রতি বিশ্বস্ত থেকেই তাঁর পূর্বপুরুষের কীর্তিকথায় কল্পনার ডানা মেলেছেন। চতুর্থ কাহিনীর অবলম্বন হচ্ছে মেক্সিকোর পরে পেরু-বিজয়ের ইতিহাস। এই দুটি পরস্পর সম্পৃক্ত কাহিনী থেকেই শুরু হয় বিশ্বের ইতিহাসে মহা-ইউরোপীয় সভ্যতার পর্ব এবং একই সঙ্গে মেক্সিকো ও পেরু, বিশেষত পেরু থেকে লুঠ করে আনা সোনার দৌলতে মূল ইউরোপীয় ভূখণ্ডের রেনেশাঁসকালীন অর্থনীতিতে সাধিত হয় এক বিস্ময়কর সমৃদ্ধি। তৃতীয় খণ্ডের অন্তর্গত তৃতীয় ও চতুর্থ কাহিনী দুটি এক বিরল বিশ্বচেতনারও নিদর্শন।

'ঘনাদা তস্য তস্য অম্‌নিবাস'-এর সর্বশেষ গল্প ছিল 'রবিনসন ক্রুশো মেয়ে ছিলেন', অথচ মেসের চৌহদ্দি থেকে বেরিয়ে সান্ধ্যভ্রমণকালে প্রবীণ নাগরিকদের আড্ডায় ঘনাদার প্রথম আত্মপ্রকাশ এই গল্পেই। আর ঘনাদার সন্ধেবেলায় লেকের ধারে নিয়মিতভাবে বেড়াতে যাওয়ার কথা প্রথম জানতে পাই ১৯৪৯-এ লেখা 'ছড়ি' গল্পটিতে। তবে কেন ১৯৮৩ সালে প্রেমেন্দ্র মিত্র ওই 'ঘনাদা তস্য তস্য অম্‌নিবাস'-এর জন্য রচনাগুলি বিন্যাসের সময় ঘনাদা-কথিত রবিনসন ক্রুশোর গল্পটির স্থান সংকলনের সব শেষে নির্দিষ্ট করেছিলেন? ঘনাদার পূর্বপুরুষদেরকে মহা-নায়ক বানিয়ে ইতিহাসাশ্রয়ী অন্যান্য কাহিনীর সঙ্গে চৈনিক রূপকথার ভাবে ও ভঙ্গিতে রচিত মেয়ে রবিনসন ক্রুশোর গল্পটির মেজাজ-মর্জি পুরোপুরি মিলছে না বলেই এটিকে পৃথকভাবে অন্যান্য গল্পের শেষে স্থান দিয়েছিলেন বলে মনে হয়। বিষয়ের দিক থেকে, স্বাদের দিক থেকে স্বতন্ত্র হলেও বর্তমান কালের আধারে রচিত গল্পটির প্রস্তাবনা অংশের কথন-স্থান দক্ষিণ কলকাতার কৃত্রিম হ্রদের তীর ও শ্রবণের তথা মধ্যে মধ্যে প্ররোচনা প্রদানের জন্য উপস্থাপিত পাত্রগুলি ইতিহাসভিত্তিক অন্যান্য কাহিনীরই অনুরূপ। এবং প্রস্তাবনা অংশের এই স্থান-কাল-পাত্র বিষয়ক সাদৃশ্যের জন্য গল্পটি যখন এই গ্রন্থে প্রবেশাধিকার পেয়েছে তখন রচনাকাল হিসেবে এটির স্থানও অন্যান্য কাহিনীর আগেই হওয়া বিধেয় মনে করেছি।

'ঘনাদা তস্য তস্য অমনিবাস'-এ স্বয়ং লেখক কর্তৃক নির্ধারিত রচনাগুলির

পরম্পরা ছিল এই রকম—'দাস হলেন ঘনাদা', 'সূর্য কাঁদলে সোনা', 'আগ্রা যখন টলমল' আর 'রবিনসন ক্রুশো মেয়ে ছিলেন'। যেহেতু 'ঘনাদা সমগ্র'র পূর্ববর্তী দুটি খণ্ডে রচনাগুলির বিন্যাস হয়েছে গ্রন্থ প্রকাশের কালানুক্রম অনুসারে তাই এই খণ্ডেও—পূর্ববর্তী খণ্ড দুটির সঙ্গে সামঞ্জস্য রক্ষার স্বার্থে—সেই একই নীতিতে রচনাগুলি পরপর সাজিয়েছি। হয়তো 'দাস হলেন ঘনাদা' বড় গল্পটি সবার আগে দিয়ে ঘনাদার দাস-বংশের আদিপুরুষ থেকে ঘনাদার কথামালা শুরু করা যেত, কিন্তু গল্পগুলি পরম্পরা নির্ধারণের জন্য এই যুক্তি মানলে তো প্রথম দাসপুরুষ ঘনরাম-এর বৃত্তান্ত দিয়েই 'ঘনাদা সমগ্র'-র প্রথম খণ্ড শুরু করতে হত। তাতে নিশ্চিতভাবে আরও নানা জটিল বিভ্রান্তি দেখা দিত। তাই ঘনাদার কথামালায় বর্ণিত ঘটনার কালানুক্রম নয়, এই কথামালা রচনারই কালানুক্রম মানার চেষ্টায় আসলে গ্রন্থগুলি প্রকাশের কালানুক্রমই মেনেছি।

১৯৬৮ খ্রিস্টাব্দে 'আগ্রা যখন টলমল' প্রথম গ্রন্থাকারে প্রকাশিত হয় তখন একই মলাটের ভেতরে ছিল 'দাস হলেন ঘনাদা' বড়গল্পটিও। আনন্দ পাবলিশার্স কর্তৃক প্রকাশিত সেই গ্রন্থটি ছিল এক অভিনব শৌখিন প্রকাশন, তার প্রত্যেক পাতায় ছিল গোলাপি রঙে ছাপা বালুচরি শাড়ির পাড়ের মতো নকশা, 'আগ্রা যখন টলমল'-এর জন্য এক রকম নকশা আর মান্টা নামে আধুনিক ট্যাঙ্কের প্রথম প্রজন্ম আবিষ্কারের বৃত্তান্ত 'দাস হলেন ঘনাদা'-র জন্য আর-এক রকম নকশা, শিল্পী ছিলেন অজিত গুপ্ত। প্রেমেন্দ্র যখন ঘনাদার গল্প প্রথম লেখা শুরু করেন তখন থেকেই ঘনাদার জন্য অজিত গুপ্ত ছিলেন মুখ্য শিল্পী।

১৯৬৭-৬৮ খ্রিস্টাব্দে সাপ্তাহিক 'অমৃত' পত্রিকায় ধারাবাহিকভাবে প্রকাশিত হয় 'সূর্য কাঁদলে সোনা'। প্রকাশ শুরু হয় ১৩৭৪ বঙ্গাব্দের ৪ শ্রাবণ সংখ্যা থেকে আর শেষ হয় ১৩৭৫-এর কার্তিক সংখ্যায়। গ্রন্থাকারে প্রকাশিত হয় ১৯৬৯ খ্রিস্টাব্দে গ্রন্থপ্রকাশ কর্তৃক। এটি প্রেমেন্দ্র মিত্রের বৃহত্তম উপন্যাস তো বটেই, রচনার স্থাপত্যগুণেও এটি এক বিস্ময়কর সৃষ্টি। এ এক সুবৃহৎ চরিত্রশালা—কোনও চরিত্র ঐতিহাসিক, কোনও চরিত্র কাল্পনিক। অত্যন্ত জটিল ও তথ্যসমৃদ্ধ এর কাহিনী এবং কত যে শাখাপ্রশাখায় আর কত যে আবর্তে ও খরস্রোতে তার বিপুল বিস্তার তা অনুধাবনের জন্য এই উপন্যাস ধৈর্য ধরে পড়তে হবে। উদ্‌ভাবিত অজস্র কুশীলবের সঙ্গে সংগৃহীত ঐতিহাসিক উপাদানগুলির রসায়নে বিকশিত ও বিবর্তিত হয়েছে 'সূর্য কাঁদলে সোনা'র পেরু-বিজয়ের উপাখ্যান। সেই উপাখ্যানের কত গভীরে প্রবেশ করে কী পুঙ্খানুপুঙ্খভাবে কত জ্ঞাতব্য বিষয় ও বিবরণ যে আলোচ্য কাহিনীতে সন্নিবেশিত হয়েছে সেগুলির প্রতি পাঠকপাঠিকার মনোযোগ বিশেষ রূপে আকর্ষণ করি। তাঁরা অবশ্যই এটাও লক্ষ করবেন যে নির্মাণ-নৈপুণ্যে ও সংস্থাপন-সৌকর্যে এই উপন্যাস বাংলাসাহিত্যে এক কৌতূহলোদ্দীপক সৃষ্টি। চলচ্চিত্রের চিত্রনাট্য রচনার জন্য প্রেমেন্দ্র মিত্রর বিশেষ খ্যাতি ছিল। চিত্রনাট্যের মতোই নাটকীয়তার খাতিরে কালানুক্রম ভেঙে পরের ঘটনা আগে, আগের ঘটনা পরে বলে, আবার কখনও ভিন্ন ভিন্ন চরিত্রের ভিন্ন ভিন্ন দৃষ্টিকোণ পালটে পালটে, কখনও বা দেশানুগত্য লঙ্ঘন করে

আতলান্তিক মহাসাগর এপার ওপার করে ইতিহাস নির্ধারিত কাহিনীকে ঢেলে সাজিয়ে নিয়ে গেছেন নিজের পরিকল্পিত পরিণতির দিকে। উপন্যাসের গঠন-পদ্ধতি সম্বন্ধে গবেষকদের জন্য এতে রয়েছে এক স্পর্ধিত আহ্বান। আবার একই সঙ্গে রয়েছে বহুকাল ধরে গৌরবের বিষয় রূপে পরিবেশিত ইতিহাসের উপর এক নতুন দৃষ্টিকোণ থেকে আলোকপাত, ফলে সে-ইতিহাসের তাৎপর্য রূপান্তরিত হয় পাঠকের অধীত জ্ঞানের ক্ষেত্রে ও সংবেদনশীল চিত্তে।

'সূর্য কাঁদলে সোনা' যখন প্রথম গ্রন্থাকারে প্রকাশিত হয় তখন এর নামপৃষ্ঠাগুলির অংশে এই বিজ্ঞপ্তি ছিল—'এ উপন্যাসের ভৌগোলিক বিস্তৃতি, ভারতবর্ষের পূর্ব উপকূল থেকে সুদূর প্রশান্ত মহাসাগরের পূর্ব তীরের উত্তুঙ্গ আণ্ডিজ পর্বতমালার দেশ পেরু সাম্রাজ্য পর্যন্ত। সময় পঞ্চদশ শতাব্দীর শেষ থেকে ষোড়শ শতাব্দীর প্রথম কয়েক দশক। ইতিহাসের বহু বিচিত্র নাম এ উপন্যাসে ভিড় করে এসেছে। স্মরণ রাখবার সুবিধার জন্যে সামান্য একটু পরিচয়ের সঙ্গে সেগুলির বর্ণানুক্রমিক তালিকা বই-এর পিছনে দেওয়া হল। কাল্পনিক চরিত্রগুলির পাশে (কা) সংকেত দেওয়া আছে। অন্যান্য চরিত্র ঐতিহাসিক, তবে উপন্যাস বলে কিছু কিছু কল্পনার মিশেল তার কোনও কোনওটিতে অবশ্য আছে।' কিন্তু যখন এই উপন্যাস 'ঘনাদা তস্য তস্য অম্‌নিবাস'-এর অন্তর্ভুক্ত হয় তখন বিজ্ঞপ্তিটি পরিত্যক্ত হয়। ঘনাদা সম্পর্কে স্বয়ং প্রেমেন্দ্র মিত্রের লেখনী নিঃসৃত বলে আজ এই কয়েক ছত্রও আমাদের কাছে মূল্যবান। আমরা অবশ্য কাল্পনিক চরিত্র বোঝাতে প্রথম বন্ধনীর পরিবর্তে তৃতীয় বন্ধনী ব্যবহার করেছি।

প্রথম যৌবনে প্রেমেন্দ্র মিত্র লিখেছিলেন,

'অগ্নি-আখরে আকাশে যাহারা লিখিছে আপন নাম
আমি যে তাদের চিনি।
দুই তুরঙ্গ তাহাদের রথে, উদ্ধত উদ্দাম
—শোন তার শিঞ্জিনী।
মোদের লগ্ন-সপ্তমে ভাই রবির অট্টহাসি
জন্ম-তারকা হয়ে গেছে ধূমকেতু!
নৌকা মোদের নোঙর জানে না,
শুধু চলে স্রোতে ভাসি—
কেন যে বুঝি না, বুঝিতে চাহি না হেতু!'

পঞ্চদশ-ষোড়শ শতাব্দীতে ইউরোপের যে-তারুণ্য এক নতুন সমুদ্র-মন্থন শুরু করে পৃথিবীর ইতিহাস ও পরিচয় পালটে দিয়েছিল সেই তারুণ্যের দুর্জয় অভিযান-স্পৃহায়, তার দুরন্ত দুঃসাহসে, তার তীব্র রক্ত-চাঞ্চল্যে, তার দিগন্ত-জয়ের দুর্বার আকাঙ্ক্ষায় প্রবলভাবে আক্রান্ত হয়েছিলেন তরুণ প্রেমেন্দ্রও, তখন তাঁরও হৃদয় সোচ্ছ্বাসে যাদের জয়গান করেছিল 'পৃথিবী বিশাল তারা জানিয়াছে, আকাশের সীমা নাই।'

কিন্তু সেইসব ইউরোপীয় অভিযাত্রীদের প্রতি প্রেমেন্দ্রর নিরঙ্কুশ গুণগ্রাহিতা

দীর্ঘস্থায়ী হয়নি। তিনি মানুষটা ছিলেন বৈজ্ঞানিক মানসিকতার, জিজ্ঞাসু প্রকৃতির, সত্যের সন্ধানী, ফলে অধ্যয়নে অক্লান্ত ও বিচারে তন্নিষ্ঠ এবং যতই তিনি অধ্যয়নের ও বিচারের পথে অগ্রসর হতে লাগলেন ততই তাঁর কাছে সত্যের আরও এক রূপ উন্মোচিত হল। পাশ্চাত্য সভ্যতার বিস্ময়কর বিকাশের সঙ্গে সঙ্গে যে বিশ্বব্যাপী সাংস্কৃতিক বৈচিত্র্যের বিনাশ সম্পন্ন হচ্ছে এইরকম একটা উপলব্ধির প্রকাশ দেখা গেল ঘনাদার কোনও কোনও গল্পে, যেমন 'সুতো', 'নাচ', 'কাদা' 'বেড়াজালে ঘনাদা' ইত্যাদিতে। ঘনাদার গল্প লেখার জন্য গভীরভাবে ইতিহাস পড়তে পড়তে এই সত্যও তিনি উপলব্ধি করেন যে বহু-বন্দিত ইউরোপীয় রেনেশাঁস-এর গভীরে ছিল ধর্ম প্রচারের ও স্বর্ণ লুণ্ঠনের কখনও গোপন কখনও প্রকাশ্য তাড়না এবং আধুনিক ইউরোপের ইতিহাসে যে ওই তাড়না বরাবরই বিশেষ ভাবে সক্রিয় এই অপ্রিয় সত্যকে আমরা সাধারণত ভুলেই থাকি। এবং মনে হয় সুপরিণত বয়সে পৌঁছে প্রেমেন্দ্র কিছুটা অবচেতনভাবেই ইউরোপীয় পরাক্রমের প্রতিপক্ষ রূপে ঘনাদাকে স্থাপন করেছেন, বিশেষত 'দাস হলেন ঘনাদা' ও 'সূর্য কাঁদলে সোনা' রচনা দুটিতে।

এই খণ্ডে সংকলিত ইতিহাসাশ্রয়ী বৃত্তান্তগুলি লেখার জন্য উপকরণ অন্বেষণের কাজে প্রেমেন্দ্রকে বিশেষ ভাবে সাহায্য করেছিলেন তাঁর ঐতিহাসিক বন্ধু ড. প্রতুলচন্দ্র গুপ্ত মহাশয়। গ্রন্থাকারে প্রকাশের কালে 'সূর্য কাঁদলে সোনা' তাঁকেই উৎসর্গ করেছিলেন লেখক। এই কাহিনীগুলি লেখার সময় প্রেমেন্দ্র যে মানসিক বাতাবরণে বাস করছিলেন তাঁর পরিচয় দেখতে পাই সমসময়ে রচিত 'শপথ' নামক কবিতাটিতে—

'মনে করো দেখেছ কোথায়
পৃথিবীর দগ্‌দগে ক্ষত,
উরুতে, নাভিতে, বুকে,
উৎপাটিত চোখের কোটরে।
উন্মাদ গ্যাংস্টার এসে
পাশব তাণ্ডবে,
পবিত্র প্রসূতি মাটি
হত্যা করে পীড়নে, ধর্ষণে।
ক্ষমা নেই এ পাপের।

মনে রেখো, মনে রেখো
ভুলো না শপথ
সাক্ষী যার মহাকাল
সাক্ষী মানবতা,
—চামড়ার রং নয়,
শ্বেত কৃষ্ণ পীত
হৃদয়ের কালো রক্ত যেখানে যত না,

নিংড়ে ফেলে দিতে হবে
শেষ বিন্দু
হিংসাজীবী দানব দম্ভের।

উদ্ভাবনী প্রতিভায়, কাহিনীর গঠনকৌশলে, ভাষার ঐশ্বর্যে ও বিন্যাসে, পরিস্থিতির সংশ্লেষণে ও মনস্তত্ত্বের বিশ্লেষণে, বৃত্তান্তের সীমানার বাইরে ব্যঞ্জনার রহস্য সৃষ্টিতে প্রেমেন্দ্র মিত্র নিঃসন্দেহে বিশ শতকীয় বাংলা সাহিত্যের শ্রেষ্ঠ গল্পকার, আবার একই সঙ্গে এই খণ্ডের অন্তর্গত রচনাবলির বৃহত্তর অংশে তিনি ইতিহাসেরও একজন বিশিষ্ট ব্যাখ্যাকার। এবং ঘনাদার গল্পমালা আধুনিক বাঙালির সূক্ষ্ম রুচি, শিক্ষা, সংস্কৃতি তথা সংবেদন-ও-সৃষ্টিশীলতার এক স্মরণীয় সাক্ষ্য।

সবশেষে সংযোজিত হয়েছে একটি অসমাপ্ত গল্প, যেটির নাম প্রেমেন্দ্র মিত্র প্রথমে লিখেছিলেন '"তিনি" নেই', পরে কেটে রাখেন '"তিনি"—অর্থাৎ'। এটি আধুনিক দেশ-কাল-পাত্র নিয়ে মেসের সহবাসীদের গল্প, তবু গল্পটিকে এই খণ্ডের অন্তর্ভুক্ত করেছি, কারণ গল্পটি সদ্য আবিষ্কৃত হয়েছে তাঁর কাগজপত্র থেকে একটি ফ্ল্যাট ফাইল-এর ভেতরে, উপরে তাঁর স্ত্রীর হাতের লেখায় আছে 'ঘনাদার নতুন গল্প'। মনে হয় এটি সত্তরের দশকে লেখা। গল্পের শেষে লেখকের হাতের লেখায় নাম-সই ও তার ডান পাশে 'ক্রমশঃ'—যা থেকে বোঝা যায়, এটি ধারাবাহিকভাবে কোনও পত্রিকায় প্রকাশের জন্য শুরু করেছিলেন। প্রেমেন্দ্র মিত্রের প্রতি শ্রদ্ধাঞ্জলি হিসেবে এটির প্রেস কপি করে দিয়েছেন শ্রীশুভেন্দু দাশমুন্সী।

মনে হয়, এই খণ্ডটি প্রকাশের সঙ্গে ঘনাদাকে নিয়ে প্রেমেন্দ্র মিত্রর সমস্ত রচনা একত্রে তিন খণ্ডে সংকলিত হল। কেউ যদি এর বাইরে কোনও লেখার খোঁজ পান তবে আমাদেরকে অনুগ্রহ করে জানাবেন যাতে পরবর্তী মুদ্রণের কালে সেটি 'ঘনাদা সমগ্র' গ্রন্থভুক্ত করতে পারি।

এই খণ্ডটি সম্পাদনা সাঙ্গ করে আমি এমন একটা বড় দায়মুক্তি বোধ করছি যা প্রেমেন্দ্র ও বীণা মিত্রর প্রতি আমার একান্ত ভালবাসার ও গভীর শ্রদ্ধার দায়। এই দায় বহনের সুযোগ দেওয়ার জন্য আমি তাঁদের জ্যেষ্ঠপুত্র শ্রীমৃন্ময়, জ্যেষ্ঠপুত্রবধূ শ্রীমতী অপর্ণা ও কনিষ্ঠ পুত্র শ্রীহিরণ্ময়ের কাছে ঋণী, এবং একই সঙ্গে কৃতজ্ঞ আনন্দ পাবলিশার্স-এর উপদেষ্টা শ্রীদ্বিজেন্দ্রনাথ বসু ও তাঁর সহকারী শ্রীরাতুল বন্দ্যোপাধ্যায়ের কাছে।

সুরজিৎ দাশগুপ্ত

সূচিপত্র

গল্প

প্রেমেন্দ্র মিত্রের শ্রেষ্ঠ গল্প

আগ্রা যখন টলমল

উপন্যাস

গল্প

প্রেমেন্দ্র মিত্রের শ্রেষ্ঠ গল্প

রবিনসন ক্রুশো মেয়ে ছিলেন

"রবিনসন ক্রুশো! আসলে তিনি কে ছিলেন জানেন? একজন মেয়ে।" সকলের দিকে চেয়ে একটু অনুকম্পার হাসি হেসে ঘনশ্যামবাবু বললেন, "তবে আপনারা আর সে-কথা জানবেন কী করে?"

আহত অভিমানে শিবপদবাবু কী একটা বলতে যাচ্ছিলেন, কিন্তু আর সকলের চোখের ইশারায় নিজেকে তিনি সামলে নিলেন।

ঘমশ্যামবাবুর এই উক্তি নিঃশব্দে হজম করে উৎসুকভাবে সকলে তাঁর দিকে তাকালেন।

ঘনশ্যামবাবুর কথার প্রতিবাদ পারতপক্ষে কেউ আজকাল করেন না। কেন যে করেন না তা বুঝতে গেলে ঘনশ্যামবাবুর এই বিশেষ আসরটি ও তাঁর নিজের একটু পরিচয় বোধ হয় দেওয়া দরকার।

কলকাতা শহরের দক্ষিণে একটি কৃত্রিম জলাশয় আছে, করুণ রসিকতার সঙ্গে আমরা যাকে হ্রদ বলে অভিহিত করে থাকি। জীবনে যাদের কোনও উদ্দেশ্য নেই অথবা উদ্দেশ্যের একাগ্র অনুসরণে যাঁরা পরিশ্রান্ত, উভয় জাতের সকল বয়সের স্ত্রী পুরুষ নাগরিক প্রতি সন্ধ্যায় সেই জলাশয়ের চারিধারে এসে নিজের-নিজের রুচিমাফিক স্বাস্থ্য অর্থ কাম মোক্ষ এই নব চতুর্বর্গের সাধনায় একা-একা বা দল বেঁধে ঘুরে বেড়ায় বা বসে থাকে।

এই জলাশয়ের দক্ষিণপাড়ে জলের কাছাকাছি এক-একটি নাতিবৃহৎ বৃক্ষকে কেন্দ্র করে কয়েকটি বৃত্তাকার আসন পরিশ্রান্ত বা দুর্বল পথিক ও নিসর্গদৃশ্য-বিলাসীদের জন্য পাতা আছে।

ভাল করে লক্ষ করলে এমনই একটি বৃত্তাকার আসনে প্রায় প্রতিদিনই সন্ধ্যায় পাঁচটি প্রাণীকে একত্র দেখা যাবে। তাঁদের একজনের শিরোশোভা কাশের মতো শুভ্র, একজনের মস্তক মর্মরের মতো মসৃণ, একজনের উদর কুম্ভের মতো স্ফীত, একজন মেদভারে হস্তীর মতো বিপুল আর একজন উষ্ট্রের মতো শীর্ণ ও সামঞ্জস্যহীন। প্রতি সন্ধ্যায় এই পাঁচজনের মধ্যে অন্তত চারজন এই বিশ্রাম-আসনে এসে সমবেত হন এবং আকাশের আলো নির্বাপিত হয়ে জলাশয়ের চারিপার্শ্বের আলো জ্বলে ওঠার পর ফেরিওয়ালাদের ডাক বিরল না হওয়া অবধি, স্বাস্থ্য থেকে সাম্রাজ্যবাদ ও বাজার-দর থেকে বেদান্ত-দর্শন পর্যন্ত যাবতীয় তত্ত্ব আলোচনা করে থাকেন।

ঘনশ্যামবাবুকে এ-সভার প্রাণ বলা যেতে পারে, প্রাণান্তও অবশ্য তিনিই। এ-আসর কবে থেকে যে তিনি অলংকৃত করেছেন ঠিক জানা নেই, তবে তাঁর আবির্ভাবের পর থেকে এ-আসরের প্রকৃতি ও সুর একেবারে বদলে গেছে। কুম্ভের

মতো উদরদেশ যাঁর স্ফীত সেই রামশরণবাবু আগেকার মতো তাঁর ভোজন-বিলাসের কাহিনী নির্বিঘ্নে সবিস্তারে বলার সুযোগ পান না, ঘনশ্যামবাবু তার মধ্যে ফোড়ন কেটে সমস্ত রস পালটে দেন।

রামশরণবাবু হয়তো সবে গাজরের হালুয়ার কথা তুলেছেন, ঘনশ্যামবাবু তারই মধ্যে রানি এলিজাবেথের আমলে প্রথম কীভাবে হল্যান্ড থেকে ইংল্যান্ডে গাজরের প্রচলন হয় তার কাহিনী এনে ফেলে সমস্ত প্রসঙ্গটার মোড় ঘুরিয়ে দেন।

কোনও দিন বিলিতি বেগুনের জেলি সম্বন্ধে রামশরণবাবুর উপাদেয় আলোচনা শুরু না হতেই ঘনশ্যামবাবু তাঁর শীর্ণ হাড় বেরোনো মুখে একটু অবজ্ঞার হাসি টেনে বলেন, "হ্যাঁ, বেগুন বলতে পারেন, তবে বিলিতি নয়।"

তারপর কবে দু-শো খ্রিস্টাব্দে গ্যালেন নামে কোন গ্রিক বৈদ্য মিশর থেকে আমদানি এই তরকারিটির বিশদ বিবরণ লিখে গিয়েছিলেন, তারও প্রায় বারো-শো বছর বাদে দক্ষিণ আমেরিকার পেরু থেকে কীভাবে জিটোমেট নামে অ্যাজটেক জাতের এই তরকারিটি টোম্যাটো নামে ইংল্যান্ডে ও ইউরোপে প্রচলিত হয়, বিষাক্ত ভেবে কত দিন খাদ্য হিসেবে টোম্যাটো ব্যবহৃত হয়নি সেই কাহিনী সবিস্তারে বলে ঘনশ্যামবাবু ভোজন-বিলাসের প্রসঙ্গকে ইতিহাস করে তোলেন।

মস্তক যাঁর মর্মরের মতো মসৃণ বিশ্ববিদ্যালয়ের ভূতপূর্ব ইতিহাসের অধ্যাপক শিবপদবাবুর ঐতিহাসিক কাহিনীকেও আবার তেমনই ভোজন-বিলাসের গল্পে অনায়াসে ঘুরিয়ে দেন।

আসল কথা এই যে, সব বিষয়ে শেষ কথা ঘনশ্যামবাবু বলে থাকেন। তাঁর কথা যখন শেষ হয় তখন আর কিছু বলবার সময় কারও থাকে না।

তাঁর ওপর টেক্কা দিয়ে কারও কিছু বলাও কঠিন। কথায়-কথায় এমন সব অশ্রুতপূর্ব উল্লেখ ও উদ্ধৃতি তিনি করে বসেন, নিজেদের অজ্ঞতা প্রকাশ পাবার ভয়েই যার প্রতিবাদ করতে কারও সাহসে কুলোয় না।

ঘনশ্যামবাবু এই সান্ধ্য-আসরের প্রাণস্বরূপ হলেও তাঁর সম্বন্ধে বিশেষ কিছু কারও জানা নেই। কলকাতার কোনও এক মেস-এ তিনি থাকেন ও ছেলে-ছোকরাদের মহলে ঘনাদা-রূপে তাঁর অল্পবিস্তর একটা খ্যাতি আছে এইটুকু মাত্র সবাই জানে। শীর্ণ পাকানো চেহারা দেখে তাঁর বয়স অনুমান করা কঠিন আর তাঁর মুখের কথা শুনলে মনে হয় পৃথিবীর এমন কোনও স্থান নেই যেখানে তিনি যাননি, এমন কোনও বিদ্যা নেই যার চর্চা তিনি করেন না। প্রাচীন নালন্দা তক্ষশিলা থেকে অক্সফোর্ড কেমব্রিজ হার্ভার্ড, চিনের প্রাচীন পিপিন থেকে ইউরোপের সালের্নো প্রাগ হিডেলবার্গ লাইপজিগ পর্যন্ত সমস্ত বিশ্ববিদ্যালয়ের সঙ্গেই তাঁর প্রত্যক্ষ যোগাযোগ আছে বলে মনে হয়।

তাঁর পাণ্ডিত্যে যত ভেজালই থাক, তার প্রকাশে যে মুনশিয়ানা আছে এ-কথা স্বীকার করতেই হয়।

তাঁর কথার প্রতিবাদ না করে আমরা আজকাল তাই নীরবে তাতে সায় দিয়ে থাকি।

রবিনসন ক্রুশোর প্রসঙ্গটার বেলায়ও সেইজন্যেই জিভের উদ্যত বিদ্রোহ আমরা কোনওরকমে সামলে নিলাম।

মাথার কেশ যাঁর কাশের মতো শুভ্র সেই হরিসাধনবাবুর ছোট্ট দৌহিত্রীটির দরুন সেদিন প্রসঙ্গটা উঠেছিল।

দৌহিত্রীটিকে সেদিন হরিসাধনবাবু বুঝি আদর করে সঙ্গে নিয়ে এসেছিলেন। যে-বয়সে ছেলেদের সঙ্গে তাদের পার্থক্যটা মেয়েরা বুঝতে শেখে না বা বুঝেও মানতে চায় না, মেয়েটির বয়স ঠিক তাই। আমাদের গল্পগুজবের মধ্যে কিছুকাল মনোনিবেশ করবার বৃথা চেষ্টা করে হ্রদের মাঝখানের দ্বীপের মতো জায়গাটিকে দেখিয়ে সে বুঝি বলেছিল, "দেখেছ দাদু, ঠিক যেন রবিনসন ক্রুশোর দ্বীপ!"

দাদু কিংবা আর কারও মনোযোগ তবু আকর্ষণ না করতে পেরে সে আবার বলেছিল, "বড় হলে আমি রবিনসন ক্রুশো হব—জানো!"

এত বড় একটা দুঃসাহসিক উক্তির প্রতি উদাসীন থাকা আর বুঝি আমাদের সম্ভব হয়নি। মেদভারে যাঁর দেহ হস্তীর মতো বিপুল সেই ভবতারণবাবু হেসে বলেছিলেন, "তা কি হয় রে, পাগলি। মেয়েছেলে কি রবিনসন ক্রুশো হতে পারে।"

মেয়েটির হয়ে হঠাৎ ঘনশ্যামবাবুই প্রতিবাদ করে বললেন, "কেন হয় না?" একটু চুপ করে কিঞ্চিৎ অনুকম্পার সঙ্গে আমাদের দিকে চেয়ে তিনি আবার যা বললেন, তার উল্লেখ আগেই করেছি।

আমাদের কোনও প্রতিবাদ করতে না দেখে ঘনশ্যামবাবু এবার শুরু করলেন, "রবিনসন ক্রুশো ড্যানিয়েল ডিফোর লেখা বলেই আপনারা জানেন। এ-গল্পের মূল কোথায় তিনি পেয়েছিলেন তা জানেন কি?"

মস্তক যাঁর মর্মরের মতো মসৃণ সেই শিবপদবাবু সসংকোচে বললেন, "যতদূর জানি, আলেকজান্ডার সেলকার্ক বলে একজন নাবিকের জীবনের অভিজ্ঞতা শুনেই এ-গল্প তিনি বানিয়েছিলেন।"

"যা জানেন তা ভুল!" ঘনশ্যামবাবুর মুখে করুণামিশ্রিত অবজ্ঞা ফুটে উঠল, "আত্মম্ভরি ইংরেজ সাহিত্যিকরা আসল কথা চেপে গিয়ে যা লিখে গেছে তা-ই অম্লান বদনে বিশ্বাস করেছেন। মনমাউথের বিদ্রোহে যোগ দেবার জন্যে ড্যানিয়েল-এর একবার ফাঁসি হবার উপক্রম হয় জানেন তো? লন্ডনের বাসিন্দা বলে কোনওরকমে সে-যাত্রা তিনি রক্ষা পান। তারপর নতুন রাজা-রানি উইলিয়ম আর মেরি দেশে আসার পর ড্যানিয়েল কুগ্রহ কাটিয়ে বেশ কিছু প্রতিষ্ঠা অর্জন করেন। সেই সময় ব্যবসা সংক্রান্ত কাজে তাঁকে যেতে হয় স্পেনে। সেই স্পেনেই মাদ্রিদ শহরের এক ইহুদি বুড়োর দোকানে খুঁটিনাটি জিনিসপত্র ঘাঁটতে-ঘাঁটতে একটি ত্রয়োদশ শতাব্দীর পুঁথি পেয়ে তিনি অবাক হয়ে যান। সে-পুঁথির অনুলেখক রাস্টিসিয়ানো আর তার কথক স্বয়ং মার্কো পোলো।"

উদর যাঁর কুম্ভের মতো স্ফীত সেই রামশরণবাবু সবিস্ময়ে জিজ্ঞাসা করলেন, "মার্কো পোলো মানে, যিনি ইউরোপ থেকে প্রথম চিনে গেছলেন পর্যটক হয়ে, রবিনসন ক্রুশোর মূল গল্পের লেখক তা হলে তিনি!"

একটু রহস্যময়ভাবে হেসে ঘনশ্যামবাবু বললেন, "না, তিনি হবেন কেন! তিনি শুধু সে-গল্প সংগ্রহ করে এনেছিলেন মাত্র। সংগ্রহ করেছিলেন চিন থেকে।

যোলো বছর বয়সে মার্কো পোলো তাঁর বাপ আর কাকার সঙ্গে পৃথিবীর অদ্বিতীয় সম্রাট কুবলাই খাঁ-র রাজধানী ক্যাম্বালুকের উদ্দেশে সাগর-সম্রাজ্ঞী ভেনিসের তীর থেকে রওনা হন। ফিরে যখন আসেন তখন তাঁর বয়স একচল্লিশ। দীর্ঘ পঁচিশ বছর ধরে অর্ধ-পৃথিবীর অধীশ্বর কুবলাই খাঁ-র বিশ্বস্ত কর্মচারীরূপে প্রায় সমস্ত চিন তিনি পর্যটন করে ফিরেছেন। ১২৮২ খ্রিস্টাব্দে ইয়াং চাও-এর এক লবণের খনির পরদির্শক হিসাবে কাজ করবার সময় বিখ্যাত চিনা লেখক ও সম্পাদক সান কাও চি-র সঙ্গে তাঁর সম্ভবত সাক্ষাৎ হয়। সান কাও চি তখন অতীতের সমস্ত চিনা-কাহিনী ও কিংবদন্তি সংগ্রহ করে তাতে নতুন রূপ দিচ্ছেন। সেই সান কাও চি-র কাছে শোনা একটি চিনা গল্পই রবিনসন ক্রুশোর প্রধান প্রেরণা।

মার্কো পোলোরা চিন থেকে তাঁদের বিশ্রী নোংরা বেঢপ তাতার পোশাকের ভেতরে সেলাই করে শুধু হীরা মোতি নীলা চুনিই নয়, আরও অনেক কিছুই এনেছিলেন। ভেনিস-এর ডোজেকে তাঁরা যা-যা উপহার দেন, ১৩৫১ খ্রিস্টাব্দে লেখা মারিনো ফালিএরোর প্রাসাদের মূল্যবান দ্রব্যের তালিকায় তার কিছু বিবরণ পাওয়া যায়। সেসব উপহারের মধ্যে ছিল স্বয়ং কুবলাই খাঁ-র দেওয়া আংটি, তাতারদের পোশাক, তেফলা একটি তরবারি, টাঙ্গুটের চমরিগাই-এর রেশমি লোম, কস্তুরী মৃগের শুকিয়ে-রাখা পা আর মাথা, সুমাত্রার নীলগাছের বীজ।

কিন্তু বাইরে যা এনেছিলেন তার চেয়ে অনেক বেশি সম্পদ এনেছিলেন পোলো তাঁর স্মৃতিতে বহন করে। জেনোয়া-র কারাগারে বসে সেই স্মৃতি-সমুদ্র-মথিত কাহিনীই তিনি মুগ্ধ শ্রোতাদের কাছে বলে যেতেন।

মুগ্ধ শ্রোতা কারা? না, শুধু তাঁর কারাসঙ্গীরা নয়, জেনোয়া-র অভিজাত সম্প্রদায়ের আমির-ওমরাহ পুরুষ-মহিলা সবাই। এই কারাকক্ষ তখন জেনোয়া-র তীর্থস্থান হয়ে দাঁড়িয়েছে—রূপকথার চেয়ে বিচিত্র সুদূর ক্যাথের অপরূপ কাহিনীর মধুতীর্থ।

কিন্তু সাগর-সম্রাজ্ঞী ভেনিসের পরম শ্রদ্ধা ও ভালবাসার পাত্র মার্কো পোলো জেনোয়া-র কারাগারে কেন? সে অনেক কথা। দেশে ফেরবার মাত্র তিন বছর বাদে ভেনিস-এর চিরপ্রতিদ্বন্দ্বী জেনোয়া-র নৌবাহিনী লাম্বা দোরিয়ার নেতৃত্বে একেবারে আদ্রিয়াতিক সাগরে চড়াও হয়ে এল। আর সকলের সঙ্গে মার্কো পোলো গেলেন একটি রণতরীর অধিনায়ক হয়ে যুদ্ধে। সেই যুদ্ধে পরাজিত হয়েই আরও সাত হাজার ভেনিসবাসীর সঙ্গে তিনি জেনোয়ায় বন্দি হলেন।

জেনোয়া-র কারাগারে তাঁর মুগ্ধ শ্রোতাদের মধ্যে হেলে-পড়া মিনারের শহর পিসা-র এক নাগরিক ছিলেন। নাম তাঁর রাস্টিসিয়ানো। কাব্যের ভাষা প্রেমের কাহিনীর অপরূপ ভাষা হিসেবে ফরাসি তখনই ইউরোপে সর্বেসর্বা হয়ে উঠেছে। পিসা-র লোক হলেও সেই ফরাসি ভাষায় রাস্টিসিয়ানোর অসাধারণ দখল ছিল। মার্কো পোলোর অপূর্ব সব কাহিনী সেই ভাষায় তিনি টুকে রাখতেন।

তাঁর সেই টুকে-রাখা কাহিনীই সারা ইউরোপে ছড়িয়ে পড়েছে তারপর। দেড়শো বছর বাদে জেনোয়া-র আর এক নাবিক সেই কাহিনীর ল্যাটিন অনুবাদ পড়তে-পড়তে, সিপাঙ্গুর সোনায় মোড়া প্রাসাদচূড়া যেখানে প্রভাত-সূর্যের আলোয় ঝলমল করে সেই সুদূর ক্যাথের স্বপ্নে বিভোর হয়ে গেছেন। সে নাবিকের নিজের হাতে সই করা ও পাতার ধারে-ধারে মন্তব্য লেখা বইটি এখনও সেভিল-এর কলম্বিনায় গেলে দেখতে পাওয়া যায়। সে-নাবিকের নাম কলম্বাস।

আরও প্রায় দু-শো বছর বাদে ড্যানিয়েল ডিফো মাদ্রিদ-এর এক টুকিটাকি শখের জিনিসের দোকানে রাস্টিসিয়ানোর অনুলিখিত এমনই আর-একটি পুঁথির সন্ধান পান। সেই পুঁথি থেকেই তেত্রিশ বছর বাদে রবিনসন ক্রুশোর গল্প তিনি গড়ে তোলেন।”

মর্মরের মতো মস্তক যাঁর মসৃণ সেই শিবপদবাবু এবার বুঝি না বলে পারলেন না, “কিন্তু রবিনসন ক্রুশো মেয়ে হলেন কী করে?”

“সান কাও চি-র যে-গল্প মার্কো পোলোর মুখে শুনে রাস্টিসিয়ানো টুকে রেখেছিলেন, তাতে মেয়ে বলেই তাঁকে বর্ণনা করা আছে। ড্যানিয়েল অবশ্য সে-গল্পের নায়িকার নাম ও জাতি দুই-ই পালটেছেন।”

মাথার কেশ যাঁর কাশের মতো শুভ্র সেই হরিসাধনবাবু বললেন, “কিন্তু সেই পুঁথির গল্পটা কিছু শুনতে পারি?”

“সেই গল্প শুনতে চান? কিন্তু আসল কাহিনী অনেক দীর্ঘ, সংক্ষেপে তার সারটুকু আপনাদের বলছি শুনুন—

সুং রাজবংশের রাজধানী তখনও উত্তরের কাইফেং থেকে টাঙ্গুট দৌরাত্ম্যে কিন্‌সাই নগরে সরিয়ে আনা হয়নি। পৃথিবীর আশ্চর্যতম শহর হিসাবে কিন্‌সাই-এর নাম কিন্তু তখনই মালয়, ভারতবর্ষ, পারস্য ছাড়িয়ে সুদূর ইউরোপে পর্যন্ত পৌঁছেছে। দ্বাদশ তোরণ ও দ্বাদশ সহস্র সেতুর এই নগরে চুয়ান উ নামে এক সদাগর তখন বাস করেন। সদাগরের মণি-মাণিক্য ধন-রত্নের অবধি ছিল না, কিন্তু সবচেয়ে মূল্যবান যে-সম্পদ তাঁর ছিল, সে হল তাঁর একমাত্র কন্যা নান সু।

কিন্‌সাই-এর খ্যাতি যেমন সারা পৃথিবীতে, নান সু-র রূপের খ্যাতি তেমনই সারা চিনে তখন ছড়িয়ে গেছে। অসামান্য রূপ হয় নিজের, নয় সংসারের সর্বনাশ ডেকে আনে। নান সু-র রূপের বেলায়ও সে-নিয়মের ব্যতিক্রম হল না। উত্তরের কিতানরা তখন কাইফেং-এর ওপর সমুদ্রের তরঙ্গের মতো বারবার হানা দিচ্ছে। সেই কিতানদের দলপতি চুয়ো সান-এর কানে একদিন কী করে নান সু-র অসামান্য রূপ-লাবণ্যের খবর পৌঁছোল। কাইফেং-এর নগর প্রাকারের ধারে তার দুরন্ত সৈন্যবাহিনীকে থামিয়ে চুয়ো সান তার সন্ধির শর্ত সুং রাজসভায় জানিয়ে পাঠাল, দ্বাদশ তোরণ ও দ্বাদশ সহস্র সেতুর যে নগরের মরকত নীল হ্রদের জলে স্বপ্নের মতো সব হরিৎ দ্বীপ ভাসে সেই নগরের সর্বশ্রেষ্ঠ সম্পদ চিনের নয়নের মণি নান সু-কে তার চাই। নান সু-কে পেলেই কাইফেং-এর প্রান্ত থেকে ভাঁটার সমুদ্রের মতো তার দুর্ধর্ষ বাহিনী সরে যাবে।

সমস্ত চিন চঞ্চল হয়ে উঠল এ-সংবাদে, রাজসভা হল চিন্তিত, নান সু-র পিতা চুয়ান উ সদাগর প্রমাদ গনলেন।

একটি মাত্র মেয়ের জীবন বলি দিয়ে সমগ্র চিনের শান্তি ক্রয় করতে সুং রাজসভা শেষ পর্যন্ত দ্বিধা করলেন না। চুয়ান উ-র কাছে আদেশ এল নান সু-কে কাইফেং-এ পাঠাবার।

জাফরি- কাটা জানলার ভেতর দিয়ে আর গজদন্তের পাখার ওপর দিয়ে ব্রীড়াবনতা নবযৌবনা নান সু তখন বাইরের পৃথিবীর যেটুকু পরিচয় পেয়েছে তার সমস্তই জুড়ে আছে একটিমাত্র মানুষের মুখ। সে-মুখ কিন্‌সাই নগরের তরুণ নৌ-সেনাপতি সি হুয়ান-এর।

নান সু কেঁদে পড়ল বাপের পায়ে, নতজানু হল সি হুয়ান। কিন্তু চুয়ান উ নিরুপায়। রাজাদেশ লঙ্ঘন করার শক্তি তাঁর নেই।

যেতেই হবে নান সু-কে সেই বর্বর কিতান-দলপতিকে বরণ করবার জন্যে উত্তরের সেই হিমের দেশে। নিয়তির নিষ্ঠুর পরিহাসে সি হুয়ান-এর ওপরই নান সু-কে নিয়ে যাবার ভার পড়ল।

দ্বাদশ তোরণ আর দ্বাদশ সহস্র সেতুর নগর থেকে সি হুয়ান-এর রণপোত যেদিন মেঘের মতো সাদা পাল মেলে রওনা হল সমস্ত কিন্‌সাই নগর সেদিন চোখের জল ফেললে। কিন্তু সি হুয়ান আর নান সু-র মনে কোনও দুঃখ সেদিন নেই। ভাগ্য তাদের যদি পরিহাস করে থাকে ভাগ্যকেও তারা বঞ্চনা করবে—এই তাদের সংকল্প।

সাত দিন সাত রাত রণপোত ভেসে চলল সীমাহীন সাগরে। রণপোতের হাল ধরে আছে স্বয়ং সি হুয়ান। উত্তরে হিমের দেশের কোনও বন্দরে নয়, দক্ষিণের রৌদ্রোজ্জ্বল সাগরের মায়াময় কোনও দ্বীপই তার লক্ষ্য। একবার সেখানে পৌঁছোলে নিঃশব্দে রাত্রের অন্ধকারে নান সু-কে নিয়ে সে নেমে যাবে। সুং সাম্রাজ্যের অবিচার আর বর্বর কিতান বাহিনীর অত্যাচার যেখানে পৌঁছোয় না তেমনই এক নির্জন দ্বীপে নান সু-কে নিয়ে সে ঘর বাঁধবে। হালকা হাঁসের পালকের ভেলা সেজন্যে সে আগে থাকতেই সঙ্গে নিয়ে এসেছে।

মানুষের এ-স্পর্ধায় ভাগ্য বুঝি তখন মনে মনে হাসছে। সাত দিন সাত রাত্রি বাদে হঠাৎ দুর্যোগ নেমে এল আকাশে। দুর্যোগ ঘনাল মানুষের মনে।

সি হুয়ান নিজের হাতে হাল ধরায় তার অনুচরেরা গোড়া থেকেই একটু বিস্মিত হয়েছিল, সাত দিন সাত রাত্রিতেও গন্তব্য স্থানে না পৌঁছে তারা সন্দিগ্ধ হয়ে উঠল। উত্তর নয়, দক্ষিণ দিকেই তাদের রণপোত চলেছে, আকাশের তারাদের অবস্থানে সে-কথা বোঝবার পর তাদের সে-সন্দেহ বিদ্রোহ হয়ে জ্বলে উঠল।

রাত্রের আকাশে তখন প্রচণ্ড ঝড় উঠেছে। সমুদ্র উঠেছে উত্তাল হয়ে। ভাগ্যের সঙ্গে যারা জুয়া খেলে, বিপদকেই সুযোগরূপে ব্যবহার করবার সাহস তারা রাখে। এই ঝটিকাক্ষুব্ধ সমুদ্রেই পালকের ভেলা সমেত নান সু-কে নীচে নামিয়ে সি হুয়ান তখন নিজে নেমে যাবার উপক্রম করছে। বিদ্রোহী অনুচরেরা হঠাৎ এসে তাকে ধরে বেঁধে ফেলল।

উন্মত্ত এক তরঙ্গের আঘাতে রণপোত থেকে ভেলা সমেত দূরে উৎক্ষিপ্ত হতে-হতে নান সু শুধু ঝড়ের গর্জন ছাপিয়ে একটা চিৎকার শুনতে পেল, 'ভয় নেই, নান সু, ভয় নেই। আমি যাচ্ছি। আমি যাব-ই।'

জ্ঞান যখন হল নান সু-র ভেলা তখন ছোট্ট এক পার্বত্য দ্বীপের সৈকতের ওপর পড়ে আছে।

সভয়ে নান সু উঠে বসল, উৎকণ্ঠিতভাবে তাকাল চারিদিকে। কয়েকটা সাগর-পাখি ছাড়া কোথাও কোনও জনপ্রাণী নেই। দূরে অশান্ত নীল সমুদ্রের ঢেউ পার্বত্য তটের ওপর ক্ষণে ক্ষণে আছড়ে এসে পড়ছে।

শশকের মতো ক্ষুদ্র নবনী-কোমল নান সু-র পা—সে পা তো কঠিন পার্বত্য ভূমির ওপর দিয়ে হাঁটবার জন্য নয়, তবু নান সু-কে ক্ষত-বিক্ষত পায়ে সমস্ত দ্বীপ পরিভ্রমণ করতে হল, কোথাও কোনও জনপ্রাণীর দেখা সে পেলে না।

তুষার-ধবল নান সু-র অতিসুকোমল হাত—গজদন্তের চিত্রিত পাখা ছাড়া আর কিছু যে-হাত কখনও নাড়েনি, তবু সেই হাতে কন্টকগুল্ম থেকে ফল ছিঁড়ে নান সু-কে ক্ষুধা নিবৃত্তি করতে হল।

ভীরু সলজ্জ নান সু-র চোখ—আঁখি পল্লব তার কাঁপতে-কাঁপতে একটু উঠেই চিরকাল নেমে এসেছে, তবু সেই চোখ উৎকণ্ঠিতভাবে মেলে পাহাড়ের চূড়া থেকে দূর সাগরের দিকে তাকে চেয়ে থাকতে হল দিনের পর দিন সি হুয়ান-এর আশায়। আসবে, সে বলেছে, আসবে-ই।

কত দিন কত রাত গেল কেটে। উত্তরের আকাশে কতবার সপ্তর্ষিমণ্ডলের বদলে শিশুমার আর শিশুমারের বদলে সপ্তর্ষি ধ্রুবতারার প্রধান প্রহরী হয়ে তাকে প্রদক্ষিণ করে গেল, তার কোনও হিসেবই নান সু-র আর রইল না।

কখন ধীরে-ধীরে তার হৃদয় থেকে সমস্ত লজ্জা আর দেহ থেকে জীর্ণবাস খসে পড়ে গেল সে জানতে পারল না।

অনেক-কিছু তার গেল, গেল না শুধু চোখের সেই উৎসুক দিগন্ত সন্ধানী দৃষ্টি আর মনের সেই অবিচলিত প্রতীক্ষা।

একদিন সেই প্রতীক্ষা সফল হল। দূর দিক্‌চক্রবালে দেখা দিয়েছে সাদা পালের আভাস। দেখতে-দেখতে দূরের সেই পোত স্পষ্ট হয়ে উঠল, লাগল এসে শিলাকঠিন কূলে।

কে নামছে সেই পোত থেকে। ওই তো সি হুয়ান!

অধীর আগ্রহে পাহাড়ের চূড়া থেকে উচ্ছল ঝরনার মতো নামতে লাগল নান সু।

মাঝপথেই সি হুয়ান-এর সঙ্গে দেখা হল।

উচ্ছ্বসিতভাবে নান সু যেন গান গেয়ে উঠল, 'এসেছ, সি হুয়ান, এসেছ এতদিনে?'

লুব্ধভাবে যে তার দিকে এগিয়ে আসছিল সে যেন অনিচ্ছা সত্ত্বেও একটু বিমূঢ়ভাবে চমকে দাঁড়াল, কর্কশ কণ্ঠে জিজ্ঞাসা করলে, 'এসেছি এতদিনে মানে? কে তুমি!'

সি হুয়ান-এর বিস্মিত অথচ লুব্ধ দৃষ্টি নিজের সর্বাঙ্গে অনুভব করে নান সু

কাতরভাবে বললে, 'আমায় চিনতে পারছ না, সি হুয়ান? আমি নান সু।'

'নান সু! নান সু তো এই দ্বীপের নাম। যে-দ্বীপ খুঁজতে আমরা বেরিয়েছি, যে-দ্বীপ এতদিনে খুঁজে পেয়েছি!'

'আমার খোঁজে তা হলে তুমি আসোনি? এসেছ দ্বীপের খোঁজে!'

'হ্যাঁ, এই নান সু দ্বীপের খোঁজে—সাত সাম্রাজ্যের ঐশ্বর্য যার মাটিতে পোঁতা আছে। বলো কোথায় সে-ঐশ্বর্য?'

অশ্রুসজল চোখে নান সু এবার যেন আর্তনাদ করে উঠল, 'তোমার কি কিছু মনে নেই, সি হুয়ান! মনে নেই তোমার রণপোত থেকে কেমন করে ঝড়ের রাতে আমাদের ছাড়াছাড়ি হয়েছিল?'

'রণপোত থেকে ছাড়াছাড়ি! সাত পুরুষে আমাদের কেউ রণপোত চড়েনি। আট পুরুষ আগে এক সি হুয়ান কীরকম নৌ-সেনাপতি ছিলেন বলে শুনেছি। এই নান সু দ্বীপের গুপ্ত তথ্য নাকি তাঁর কাছ থেকেই পাওয়া। কিন্তু সে তো কাইফেং যখন চিনের রাজধানী ছিল সেই দু-শতাব্দী আগের কথা!'

'দু-শতাব্দী আগেকার কথা!' অস্পষ্ট আবেগরুদ্ধ স্বরে উচ্চারণ করলে নান সু, তারপর নবাগত নাবিকের লুব্ধ দৃষ্টিতে হঠাৎ নিজের পরিপূর্ণ নগ্নতা আবিষ্কার করে চমকে উঠল।

নাবিক তখন লোলুপভাবে তার দিকে অগ্রসর হচ্ছে। নান সু শরাহত হরিণীর মতো প্রাণপণে ছুটে পালাল, ছুটে পালাল সেই পর্বতচূড়ার দিকে, জীবনের পরম স্বপ্ন আজও যাকে ঘিরে আছে।

কিন্তু পদে-পদে তার দেহ কী গুরুভারে যেন ভেঙে পড়ছে, লুব্ধ হিংস্র নাবিকের হাত থেকে আর বুঝি রক্ষা পাওয়া যায় না।

পর্বতচূড়ার প্রান্তে এসে যখন সে আছড়ে পড়ল তখন শরীরে এতটুকু শক্তি আর তার অবশিষ্ট নেই।

কিন্তু লুব্ধ নাবিক তাকে সবলে আকর্ষণ করতে গিয়ে হঠাৎ সভয়ে শিউরে পিছিয়ে এল।

সবিস্ময়ে নান সু একবার তার দিকে, তারপর নিজের দিকে তাকিয়ে স্তম্ভিত হয়ে গেল। তার একাগ্র প্রতীক্ষা দীর্ঘ দুই শতাব্দী ধরে যে-যৌবনকে অক্ষয় করে ধরে রেখেছিল সে-যৌবন দেখতে-দেখতে সরে যাচ্ছে। চোখের ওপর তার শরীর শুকিয়ে যাচ্ছে, কুঁকড়ে যাচ্ছে, কুৎসিত হয়ে যাচ্ছে।

বহু যুগের অভ্যাসে আচ্ছন্ন দৃষ্টিতে দূর-দিগন্তের দিকে সে বুঝি একবার তাকাল। চারিদিকে নীল সমুদ্র মথিত করে ও কারা আসছে! 'কারা?' সে চিৎকার করে উঠল।

'ওরাও সি হুয়ান!' অট্টহাস্য করে উঠল নাবিক, 'হুয়ান-এর পাঁচ হাজার বংশধর! ওরাও আসছে এই নান সু দ্বীপের গুপ্তধনের সন্ধানে, আসছে পুড়িয়ে মারতে সেই ডাকিনীকে দু-শতাব্দী ধরে এ-দ্বীপের গুপ্তধন যে আগলে রেখেছে!'

যে-পাহাড়ের চূড়া থেকে নান সু-র উৎসুক চোখ দু-শতাব্দী ধরে দিক্‌চক্রবাল সন্ধান করে ফিরেছে সেদিন রাত্রে জীবন্ত মশালরাগে তারই শীর্ষ সে উজ্জ্বল করে

তুললে।”

ঘনশ্যামবাবু চুপ করলেন।

কিছুক্ষণ স্তব্ধ থাকবার পর মর্মরের মতো মস্তক যাঁর মসৃণ সেই শিবপদবাবু বললেন, “কিন্তু রবিনসন ক্রুশোর সঙ্গে এ-গল্পের কোনও মিল তো নেই?”

“থাকবে কী করে?” ঘনশ্যামবাবু একটু হাসলেন, “সপ্তদশ শতাব্দীর ইংরেজ কসাই-এর ছেলে, গেঞ্জি আর টালির ব্যবসাদার ড্যানিয়েল ডিফো এ-গল্পের সূক্ষ্ম মর্ম কতটুকু বুঝবেন! মোটা বুদ্ধিতে তাই একে তিনি ছেলে-ভুলোনো গল্প করে তুলেছেন!”

“এ গল্পের আসল মর্মটা তাহলে কী?” মাথার কেশ যাঁর কাশের মতো শুভ্র সেই হরিসাধনবাবু জিজ্ঞাসা করলেন। কিন্তু উত্তরে ঘনশ্যামবাবু এমনভাবে তাকালেন যে, এ-প্রশ্ন দ্বিতীয় বার তোলবার উৎসাহ কারও রইল না।

আগ্রা যখন টলমল

আগ্রা যখন টলমল

"না, তস্য তস্য!"

বললেন শ্রীঘনশ্যাম দাস ওরফে ঘনাদা নামে কোনও কোনও মহলে যিনি পরিচিত। বিস্ময়ে বিহ্বলতায় কারও মুখে তখন আর কোনও কথা নেই।

ঘনশ্যাম দাস নিজেই সমবেত সকলের প্রতি কৃপা করে তাঁর সংক্ষিপ্ত উক্তিটি একটু বিস্তারিত করলেন:

"মানে, আমার ঊর্ধ্বতন যোড়শতম পূর্বপুরুষ মীর-ঈ-ইমারৎ সাওয়ানি নিগার—"

ঘনশ্যাম দাসকে বাধা পেয়ে থামতে হল।

মেদভারে হস্তীর মতো যিনি বিপুল সেই সদাপ্রসন্ন ভবতারণবাবু বিস্ফারিত চোখে বলে উঠলেন, "আপনার পূর্বপুরুষ বলছেন, অথচ ওই মীর না পীর কী বললেন!"

ঘনশ্যাম দাস তাঁর সেই নিজস্ব ট্রেডমার্কের ছাপমারা করুণার হাসি হাসলেন।

"মীর পীর নয়, মীর-ঈ-ইমারৎ সাওয়ানি নিগার বচনরাম দাস। মীর-ঈ-ইমারৎ হল যাকে বলে বিল্ডিং সুপারিন্টেন্ডেন্ট আর সাওয়ানি নিগার মানে আমির-ওমরাহ রাজপুরুষদের না জানিয়ে গোপনে সবকিছু জরুরি খবর সংগ্রহ করে খোদ শাহানশাহ-এর কাছে লিখে পাঠানো যার কাজ।"

"আপনার পূর্বপুরুষ বচনরাম দাস তখন আগ্রায় থেকে ওই কাজ করতেন!"

উদরদেশ যাঁর কুম্ভের মতো স্ফীত সেই রামশরণবাবু বিমূঢ়-বিস্ময় প্রকাশ করলেন।

কিন্তু একটু বেসুরো বাজল, মস্তক যাঁর মর্মরের মতো মসৃণ সেই শিবপদবাবুর কণ্ঠ।

অবিশ্বাস ও বিদ্রূপের রেশটুকু গোপন না করে তিনি বললেন, "সবই বুঝলাম, কিন্তু আপনার পূর্বপুরুষ ওই মীর-ঈ-ইমারৎ সাওয়ানি নিগার বচনলাল না বচনরাম তখন আগ্রায় না থাকলে ভারতবর্ষের ইতিহাসই অন্যরকম লেখা হত বলছেন?"

"তাই তো বলছি।" ঘনশ্যাম দাস অবোধকে যেন বোঝাতে বসলেন—"১৬৬৬ খ্রিস্টাব্দের ১৯শে আগস্ট তারিখটার কথা একটু স্মরণ করুন। সারা দুনিয়ার চোখ-টাটানো শহর মোগল সাম্রাজ্যের অতুলনীয় রাজধানী আগ্রায় সেদিন যেমন সকাল হয়েছিল তেমনই নির্বিঘ্নে সন্ধ্যা যদি নামত, যদি হঠাৎ সেই তারিখটি আগ্রায়, না শুধু আগ্রার কেন, সমস্ত ভারতবর্ষের আকাশে আগুনের অক্ষরে না জ্বলে উঠত, তাহলে আজ যে ইতিহাসের ধারা আমরা দেখছি তা সম্পূর্ণ ভিন্নপথে কি প্রবাহিত হত না!"

১৬৬৬ খ্রিস্টাব্দের ১৯শে আগস্ট!

তারিখটার তাৎপর্য স্মরণ করতে সবাই যতক্ষণ চিন্তাকুল, ততক্ষণে এ সমাবেশের একটু পরিচয় ও এ কাহিনীর উদ্ভবের একটু উপক্রমণিকা বিবৃত করা যেতে পারে।

এক এবং অদ্বিতীয় শ্রীঘনশ্যাম দাসকে কেন্দ্র করে এই সমাবেশটি সচরাচর কোথায় জমে থাকে এবং প্রায় নিত্য-নৈমিত্তিকভাবে কারা সেখানে উপস্থিত থাকেন, কেউ কেউ হয়তো জানেন।

স্থান এই কলকাতা শহরেরই প্রান্তবর্তী একটি নাতিনগণ্য জলাশয়, করুণ আত্ম-ছলনায় যাকে হ্রদ বলে আমরা অভিহিত করি কখনও কখনও।

জীবনে যাদের কোনও উদ্দেশ্য নেই, বা কোনও এক উদ্দেশ্যেরই একান্ত একাগ্র অনুসরণে যারা পরিশ্রান্ত, এই উভয় শ্রেণীর নানা বয়স্ক স্ত্রী-পুরুষ নাগরিক প্রতি সন্ধ্যায় এই জলাশয়ের তীরে নিজ নিজ রুচি ও প্রবৃত্তি অনুসারে স্বাস্থ্য অর্থ কাম মোক্ষ এই চতুর্বর্গের সাধনায় একাকী কিংবা সদলে ভ্রমণ করেন বা কোথাও উপবিষ্ট হন।

এ জলাশয়ের দক্ষিণ তীরে একটি নাতি-বৃহৎ পর্কটী বৃক্ষকে কেন্দ্র করে কয়েকটি আসন বৃত্তাকারে পাতা। আবহাওয়া অনুকূল হলে সেই আসনগুলিতে সাধারণত পাঁচটি প্রবীণ নাগরিককে নিয়মিতভাবে অপরাহ্নকালে সমবেত হতে দেখা যায়।

তাঁদের একজনের শিরোশোভা কাশের মতো শুভ্র, দ্বিতীয়ের মস্তক মর্মরের মতো মসৃণ, তৃতীয়ের উদরদেশ কুম্ভের মতো স্ফীত, চতুর্থ মেদভারে হস্তীর মতো বিপুল, এবং পঞ্চম জন উষ্ট্রের মতো শীর্ণ ও সামঞ্জস্যহীন।

এই পঞ্চরত্নের সভায় স্বাস্থ্য থেকে সাম্রাজ্যবাদ ও বাজার দর থেকে বেদান্ত-দর্শন পর্যন্ত যাবতীয় তত্ত্ব আলোচিত হয়ে থাকে।

আলোচনার প্রাণ অবশ্য শ্রীঘনশ্যাম দাস, প্রাণান্তও তিনি। কারণ সকল বিষয়ে শেষ কথা তিনিই বলে থাকেন এবং তাঁর কথা যখন শেষ হয় তখন আর কারও কিছু বলবার থাকে না।

থাকলেও ঘনশ্যাম দাসের সামনে নিজস্ব মতামত প্রকাশ করা নিরাপদ নয়। কোথা থেকে কী অশ্রুতপূর্ব উল্লেখ ও উদ্ভট উদ্ধৃতি দিয়ে বসবেন সেই ভয়ে সকলেই অল্পবিস্তর সন্ত্রস্ত।

সেদিন নিতান্ত নির্দোষভাবেই আলোচনাটার সূত্রপাত হয়েছিল।

মাথার কেশ যাঁর কাশের মতো শুভ্র সেই হরিসাধনবাবু কিছুদিন ধরে এ সমাবেশে অনুপস্থিত ছিলেন।

তাঁর অনুপস্থিতির কারণ সম্বন্ধে ঔৎসুক্য প্রকাশ করে একটু পরিহাসের সুরে বলেছিলেন মর্মর-মসৃণ যাঁর মস্তক সেই শিবপদবাবু, "কী মশাই! আমাদের যে ভুলেই গেছলেন! ডুব মেরেছিলেন কোথায়?"

"না, এই এখানেই ছিলাম!" হরিসাধনবাবুকে কেমন যেন অস্বাভাবিক রকম কুণ্ঠিত মনে হয়েছিল।

"এখানেই ছিলেন! অসুখবিসুখ করেনি নিশ্চয়?" কুম্ভের মতো উদরদেশ যাঁর

স্ফীত সেই রামশরণবাবুর জিজ্ঞাসা।

"না, অসুখবিসুখ নয়"—হরিসাধনবাবু যেন আরও লজ্জিত।

এবার সভার সকলেই কিঞ্চিৎ বিস্মিত। অসুখবিসুখ নয়, তবু পঞ্চরত্নের একজন স্বেচ্ছায় এই সান্ধ্য-সমাবেশে অনুপস্থিত! এ তো অবিশ্বাস্য ব্যাপার!

"তাহলে সত্যিই ডুব মেরেছিলেন বলুন?" শুধোলেন মেদভারে হস্তীর মতো যিনি বিপুল সেই ভবতারণবাবু, "কীসে?"

নিরীহ নির্বিবাদী ভবতারণবাবুকেই যেন ভরসা করে হরিসাধনবাবু তাঁর অন্তর্ধান রহস্যটা জানাতে পারলেন।

"এই মানে, একটু পড়ালেখা করছি কিছুদিন থেকে।" সলজ্জভাবে স্বীকার করলেন হরিসাধনবাবু।

লেখাপড়া নয়, হরিসাধনবাবু শব্দটা পড়ালেখা বলে যে উচ্চারণ করেছেন তা লক্ষ করেছিলেন বোধহয় সকলেই।

প্রথমত সে কারণে এবং দ্বিতীয়ত হরিসাধনবাবু এই বয়সে হঠাৎ পড়ালেখায় মেতে তাঁর সবচেয়ে প্রিয় মজলিশে আসাও বন্ধ করতে দ্বিধা করেননি উপলব্ধি করে সকলেই অতঃপর অত্যন্ত কৌতূহলী।

"কী লেখাপড়া করছেন, মশাই!"

"আপনিও তো রামশরণবাবুর মতো ভোজনরসিক!"

"রান্নার কোনও বই-টই লিখছেন নাকি?"

নানাদিকের প্রশ্নবাণে জর্জরিত হরিসাধনবাবু যেন নিরুপায় হয়ে স্বীকার করতে বাধ্য হলেন—"হ্যাঁ, বই-ই লিখছি, তবে রান্নার নয়।"

"রান্নার নয়?" সকলে বিস্মিত—"তবে কীসের?"

"আর রান্নার বই লেখা তো খুব সোজা।" জনৈকের মন্তব্য—"দেশি বিলাতি নানা বই থেকে টুকে মেরে দাও।"

"তবে রান্নার বই-এর তেমন কাটতি নেই!" আর-একজনের আশঙ্কা!

"আমি যা লিখছি তার কিন্তু খুব কাটতি!" হরিসাধনবাবু একটু উৎসাহভরেই এবার জানিয়েছিলেন।

"কী লিখছেন কী তাই শুনি না!" স্বয়ং ঘনশ্যামবাবুর প্রশ্ন।

"ঐতিহাসিক উপন্যাস।"

সকলেই স্তম্ভিত ও নীরব।

হরিসাধনবাবু সকলের বিস্মিত বিমূঢ় দৃষ্টির সামনে অত্যন্ত অপ্রস্তুত হয়ে কৈফিয়ত দেবার চেষ্টা করেছিলেন।

"সেই সেদিন ঐতিহাসিক উপন্যাসের কথা হচ্ছিল না? ভবতারণের ঘুম-ছাড়ানো দাওয়াইটা একবার তাই থেকে পরখ করে দেখবার সাধ হয়। সেই দেখতে গিয়েই নেশা চেপে গেল!"

বলতে বলতে নিজের বক্তৃতাই হরিসাধনবাবুকে উদ্দীপিত করে তুলেছিল।

ক্রমশ উত্তেজিত হয়ে তিনি বলেছিলেন, "হলফ করে বলছি আপনাদের,

ঐতিহাসিক উপন্যাসের মতো অত সুখ কিছুতে নেই। যেমন পড়ে সুখ, তেমনই লিখে। লিখতে লিখতে সময় যে কোথা দিয়ে কেটে যায় টেরই পাই না। যা লিখি তা তো হাজার পাতার এধারে থামতেই চায় না!"

"হাজার পাতার ঐতিহাসিক উপন্যাস আপনি লিখে ফেলেছেন!" কপালে চোখ তুলে ধরা-গলায় বিস্ময় প্রকাশ করেছিলেন শিবপদবাবু।

"হ্যাঁ, তবে একটা নয়!" এবার গর্বভরেই বলেছিলেন হরিসাধনবাবু, "তিনটে হয়ে গেছে, আর তার পরেরটা মাঝামাঝি এসে একটু আটকেছে।"

"কেন? নালা বুজে গেছে বুঝি!"

ঘনশ্যাম দাসের ঈষৎ অকরুণ মন্তব্যটা হরিসাধনবাবু তাঁর আত্মপ্রকাশের উৎসাহে গায়েই মাখেননি এখন। সরলভাবে বলেছিলেন, "আটকেছে মানে ক-টা নাম তারিখ গোছের খুঁটিনাটি জোগাড় করার জন্যে লেখাটা বন্ধ রেখেছি ক-দিন!"

"কিন্তু তিনটে তো লেখা শেষ হয়ে গেছে!" বলেছিলেন শিবপদবাবু, "সেগুলো কোথাও আটকায়নি বুঝি!"

"না, আটকাবে কেন?" হরিসাধনবাবু তাঁর লিখনকৌশলের গুপ্তরহস্য ব্যক্ত করে দিয়েছিলেন, "সব যে আগে থাকতে হাতের কাছে গুছিয়ে রেখেছিলাম। এই ধরুন প্রথম উপন্যাসটা বর্গির হাঙ্গামার সময়কার। তাতে প্রত্যেক পাতায় একবার করে ছিটোবার জন্যে রঘুজি ভোঁসলে আর ভাস্কররাম কোলহাটকর, আর দু-কদম না যেতে যেতেই জপের মন্ত্রের মতো আউড়ে ডুকরে ওঠবার জন্যে মুবারক মঞ্জিল নাম ক-টা বাগানো ছিল, তারপর ঠিক ঝোপ বুঝে কখনও সলিমুল্লার তারিখ-ই-বাংলা, কখনও বাণেশ্বরের চিত্রচম্পু, কখনও পিস্‌সরলেনকার-এর পোর্তুগিজ-ই-মারাটার-এর উল্লেখ ছড়িয়ে দিয়েছি। বারো আনা লেখা তো এই করেই সারা হয়ে গেছে।"

উৎসাহে উত্তেজনায় হরিসাধনবাবু বোধহয় আরও অনেক কিছু বলে ফেলতেন, কিন্তু ঘনশ্যাম দাসই তাঁকে থামিয়ে বলেছিলেন, "তিনটে উপন্যাসই লিখে ফেলে চারটের বেলা আটকালো তাহলে কোথায়?"

"ওই একটু আগ্রা শহরে।" হরিসাধনবাবু একটু যেন অধৈর্যের সঙ্গে জানিয়েছিলেন—"নাম-টাম অনেক জোগাড় করেছি। দিওয়ান-ই-তান, দিওয়ান-ই-আলা, খান-ই-সামান, তসদিক্ সাজাওল, মুশরিফ, বাহারিস্তান-ই-ঘৈরি, হেদায়েৎ-উল-কোয়াইদ্ গোছের চমকে-দেওয়া সব আরবি ফারসি শব্দ আর সেই সঙ্গে সোজা বাংলায় একটু রসুন ফোড়ন দেবার মতো উর্দু বুকনি, যেমন—তাড়াতাড়ির জায়গায় তুরন্ত লেখা, ভাগ্যের বদলে কিসমৎ, সুগন্ধের বদলে খোসবু, একটুর জায়গায় জেরাসে, বই-এর জায়গায় কিতাব গোছের একরাশ কথা বসিয়ে ফেলেছি। এখন আগ্রা শহরের একটু বিবরণ আর কয়েকটা তারিখ ঠিকমতো জানবার জন্যেই থামতে হয়েছে। বই-কাগজ সেজন্য ঘাঁটছি। ওইগুলো পেলেই উপন্যাস আর থামবে না।"

"উপন্যাসের রং পালিশ তো বুঝলাম," বলেছিলেন ঘনশ্যাম দাস, "কিন্তু—কী নিয়ে উপন্যাস? গল্প একটা আছে তো?"

"আছে না!" কিঞ্চিৎ ক্ষুণ্ণস্বরে বলেছিলেন হরিসাধনবাবু, "ঐতিহাসিক উপন্যাসে যেমন থাকা উচিত ঠিক সেই গল্প আছে। খুন-জখম, মারামারি, কাটাকাটি, তার মধ্যে অকুতোভয় নায়ক, সুন্দরী সপ্রতিভ নায়িকা, ঠিক সময়মতো দৈবের আবির্ভাব, কবি-টবি বা যাত্রার বিবেক গোছের কাউকে মাঝে মাঝে আসরে ঘুরিয়ে নিয়ে যাওয়া, তারই সঙ্গে বেশ একটু চটচটে করে আদিরস, কিছু আমার গল্পে বাদ নেই।"

"তা গল্পটা কবেকার?" জিজ্ঞাসা করেছিলেন শিবপদবাবু, "আগ্রা শহরের ঠিক কোন সময় বাবদ!"

"ভারতসম্রাট আওরঙ্গজেব-এর বয়স যখন পঞ্চাশ, অর্থাৎ পঞ্চাশের জন্মদিনের কাছাকাছি সময়ে!" বলেছিলেন হরিসাধনবাবু।

এইবার সেই পেটেন্ট নাসিকাধ্বনি শোনা গেছল।

সকলে সচকিত হয়ে ঘনশ্যাম দাসের দিকে চাওয়ার পর তিনি একটু চিন্তিতভাবে বলেছিলেন, "সময়টা ভালোই বেছেছেন, কিন্তু তার মান রাখতে পারবেন কি! আগ্রা আর সেই সঙ্গে সমস্ত মোগল সাম্রাজ্যের ভিত ওই সময়কার একটি তারিখেই প্রথম মোক্ষম নাড়া খেয়ে চিরকালের মতো আলগা হয়ে যায়। অবশ্য সেই তারিখটায় ওই আগ্রা শহরে একটি মানুষ যদি উপস্থিত না থাকতেন তাহলে ইতিহাস কোন পথে যেত কিছু বলা যেত না। হয়তো অন্যভাবেই সে ইতিহাস লেখা হত।"

একটু থেমে দীর্ঘশ্বাস ফেলার মতো একটা শব্দ করে ঘনশ্যাম দাস আবার বলেছিলেন, "কিন্তু সেসব আর আপনারা জানবেন কোথা থেকে! বচনরাম দাসের নামই তো আপনারা শোনেননি বোধহয়।"

"না, শুনেছি বলে তো মনে পড়ছে না!" শিবপদবাবু ভ্রূ কুঞ্চিত করে জিজ্ঞাসা করেছিলেন, "বচনরাম দাস বলছেন? তিনি আপনারই কেউ হবেন নাকি? প্রপিতামহ বা তার ওপরে অতিবৃদ্ধ কেউ?"

"না, তস্য তস্য।" তখনই বলেছিলেন ঘনশ্যাম দাস।

দুই

তারপর আলোচনাটা যে ১৬৬৬ খ্রিস্টাব্দের ১৯শে আগস্ট তারিখটার তাৎপর্য বোঝার চেষ্টায় এসে থেমেছে, সে বিবরণ আগেই দেওয়া হয়েছে।

মস্তক যাঁর মর্মরের মতো মসৃণ সেই ইতিহাসের অধ্যাপক শিবপদবাবু প্রথম আঁধারে আলোক দেখতে পেলেন।

"১৬৬৬ খ্রিস্টাব্দের ১৯শে আগস্ট!" তিনি কপাল কুঞ্চিত করে বললেন, "সেদিন—সেদিনই শিবাজি আগ্রা থেকে পালিয়েছিলেন না?"

"হ্যাঁ, হ্যাঁ, ওই তারিখেই!" সোৎসাহে শিবপদবাবুকে সমর্থন করলেন হরিসাধনবাবু, "মনেই পড়ছিল না এতক্ষণ, অথচ খাতায় আমি টুকে রেখেছি তারিখটা, উপন্যাসে এক জায়গায় সুবিধামাফিক লাগিয়ে দেব বলে।"

"নেহাত এক জায়গায় লাগিয়ে দেবেন ভেবেছিলেন তারিখটা!" ঘনশ্যাম দাসের

তীক্ষ্ণ শ্লেষটা হরিসাধনবাবুর কানেও এবার বিঁধল।

কেমন একটু থতমত খেয়ে বললেন, “কেন? লাগিয়ে দেওয়া অন্যায় হবে?”

“হ্যাঁ, হবে”—দাসমশাই-এর স্বর যেন চাবুক—“তলোয়ার দিয়ে কুটনো কোটা যেমন অন্যায়, যেমন অন্যায় কামান দিয়ে মশা মারা, চন্দনকাঠে চুলো ধরানো, মুক্তো দিয়ে ঘুঁটি খেলা। ভারতবর্ষের ইতিহাসের ওই তারিখ শুধু একবার উপন্যাসে উল্লেখ করেই ভুলে যাবেন? ১৮৫৭ সাল নিয়ে আপনি গল্প লিখবেন শুধু কলকাতার বাবুবিলাসের, ১৯৪২ সাল পার হয়ে যাবেন ইঙ্গ-বঙ্গ পাড়ার কেচ্ছাই শধু গাইতে গাইতে?”

সবাই নীরব হতভম্ব! হরিসাধনবাবু তো অপরাধটা ঠিক না বুঝেও লজ্জায় অধোবদন।

প্রথম সাহস সঞ্চয় করে শিবপদবাবুই বলেন, “তারিখটা ভারতের ইতিহাসে ভোলবার নয় জানি, কিন্তু তারিখের সঙ্গে আপনার সেই পূর্বপুরুষ বচনরামের সম্বন্ধ কী? তিনি তখন আগ্রায় না থাকলে কি ও তারিখটা পাঁজি থেকে বাদ যেত, না শিবাজি আগ্রা থেকে পালাতেন না?”

শিবপদবাবু কথার শেষে হুলটুকু প্রায় অজান্তেই না রেখে পারলেন না।

হুলের বদলে ছোবলই বুঝি আসে ঘনশ্যাম দাসের।

সবাই যখন সেই ভয়েই সন্ত্রস্ত তখন ঘনশ্যাম দাস অপ্রত্যাশিত উদারতায় সকলকে অবাক করে দিলেন।

হুলটুকু যেন টেরই না পেয়ে বললেন, “না, ও তারিখ পাঁজি থেকে বাদ যেত না, আর শিবাজিও আগ্রা থেকে ঠিকই পালাতেন, কিন্তু এদিকে পশ্চিম ওদিকে দক্ষিণ দিকের খুফিয়ানবিশ আর হরকরাদের পাঠানো উলটোপালটা গুপ্ত খবরে আগ্রার দরবারে আলমগিরের তাহলে মাথা খারাপ হবার জোগাড় হত না, ফৌজদার আলি কুলী আর তাঁর অনুচরেরা বার বার দিনদুপুরে ভূত দেখতেন না, সুরাটের বৈদ্যকুলতিলক দ্বিজোত্তম নাভা তাঁর সুরাটের প্রাসাদোপম ভবনে বারাণসীধামের এক অত্যাশ্চর্য দৈবানুগ্রহের কাহিনী সকলকে নিত্য শোনাতেন না, আর সেদিনের টলমল আগ্রা শহরের ভিত্তিমূলেই দারুণ আঘাত পেয়ে মোগল সাম্রাজ্য অত তাড়াতাড়ি বোধহয় ধ্বংস পেত না। তা না পেলে কোথায় থাকত তুচ্ছ একটা সাগরপারের হিমেল দ্বীপের রাঙামুখ ক-টা সওদাগর! এই ভাগীরথীর কাদামাটির তীরে শেকড় গাঁথবার আগে কালাপানির জলেই কবে তাদের ইতিহাস তলিয়ে যেত!”

“এত কিছু সব হতে পারেনি শুধু ওই তারিখে আপনার পূর্বপুরুষ বচনরাম আগ্রায় হাজির ছিলেন বলে!”

অকপট বিস্ময় বিমূঢ়তা ফুটে উঠেছে মেদভারে হস্তীর মতো যিনি বিপুল সেই ভবতারণবাবুর কণ্ঠে।

“আসলে তিনি থাকায় হয়েছেটা কী?” ইতিহাসের অধ্যাপক শিবপদবাবুর গলাটা এখনও বেসুরো। সম্ভ্রমের চেয়ে সন্দেহটাই যেন তার মধ্যে প্রধান।

"হয়েছে এই যে, ঐতিহাসিকরা সেদিন পর্যন্ত হিমশিম খেয়েছেন আগ্রা থেকে পালিয়ে শিবাজির রাজগড় পৌঁছোবার বৃত্তান্ত নিয়ে।" দাসমশাই অনুকম্পাভরে হেসে বললেন, "১৬৬৬-র ১২ই সেপ্টেম্বর, না তারও দু-মাস পরে ১১ই নভেম্বর, তিনি রাজগড়ে ফিরেছেন, তা-ই সঠিক বলা সম্ভব হয়নি। কৃষ্ণাজি অনন্ত সভাসদের 'শিব-ছত্রপতি-চেন-চরিত্র' আর 'তারিখ-ই-শিবাজি'-র বিবরণে গরমিল হয়েছে। আওরঙ্গাবাদ থেকে এক গুপ্তচর খুফিয়ানবিশ হিসাবে দিল্লিতে যে চিঠি পাঠিয়েছে তার খবরের সঙ্গে 'জেধে শাকাবলি'-র বিবরণের সামঞ্জস্য হয়নি। সেই সঙ্গে অখণ্ডপ্রতাপ মোগলসাম্রাজ্যের প্রখর পাহারার শ্যেনদৃষ্টিকে উপেক্ষা করে খগরাজের কাছে মূষিকের ন্যায় অকিঞ্চিৎকর শিবাজি ভোঁসলের এই অবিশ্বাস্য পলায়নের যাত্রাপথকে নির্দেশ করে বিচিত্র নানা কাহিনীর ধারা জন্ম নিয়েছে।

ঘটনার সময়েই দূর-দূরান্তর থেকে সে সব কাহিনীর ঢেউ আগ্রা পর্যন্ত পৌঁছে ভারতসম্রাটকে বিভ্রান্ত ও উত্ত্যক্ত করে তুলেছিল।

শিবাজি কী কৌশলে তাঁর মোগল দুশমনদের চোখে ধুলো দিয়ে পালিয়েছিলেন, স্কুলপাঠ্য ইতিহাসেও তার উল্লেখ মিলবে, পূজার নৈবেদ্যের নামে পাঠানো মিষ্টান্নের ঝুড়ির মধ্যে লুকিয়েই তিনি আর তাঁর ছেলে শম্ভুজি পাহারাদারদের এড়িয়ে তাঁর বন্দিশিবিরের বাইরে যান ঠিকই। কিন্তু তারপর কী করেছিলেন তিনি! কোন পথে রওনা হয়েছিলেন নিজের রাজ্যের দিকে?

আওরঙ্গজেব-এর সতর্ক পাহারায় ব্যবস্থার তো কোনও ত্রুটি ছিল না। বন্দিশিবিরে জয়সিংহের পুত্র রামসিংহের নিজস্ব রাজপুত অনুচরেরা শিবাজিকে পাহারা দেবার জন্যে মোতায়েন। দিবারাত্রি তারা ঘিরে থাকে শিবাজির শিবির। দিনে রাত্রে বহুবার শিবাজির শয্যা পর্যন্ত তদারক করে যায়। শিবাজিকে গুপ্তঘাতকের হাত থেকে রক্ষা করাই অবশ্য তাদের আসল উদ্দেশ্য।

রাজপুত প্রহরীদের দ্বারা শিবাজির বন্দিশিবির ঘিরে শহর-কোতোয়াল সিদ্দি ফুলাদ জিন্‌সি আর দস্‌তি, মানে কামান-বন্দুক নিয়ে এক বিরাট বাহিনীকে পাহারায় রাখবার ব্যবস্থা করেছিলেন।

তা সত্ত্বেও পালিয়ে শিবাজি হঠাৎ অমন নিশ্চিহ্ন হয়ে গেলেন কী করে?

শিবাজির পালানোর খবর জানাজানি হয়েছিল প্রায় চোদ্দো ঘণ্টা পরে। এই চোদ্দো ঘণ্টা সময় হাতে পেয়েই শিবাজি কিন্তু যেন হাওয়ায় মিলিয়ে গেলেন মনে হয়েছে।

খবর পাওয়া মাত্র আওরঙ্গজেব এক মুহূর্ত সময় নষ্ট করেননি। আগ্রার সবচেয়ে সেরা ঘোড়ায় চড়ে ওস্তাদ সওয়ারেরা দিগ্বিদিকে ঝড়ের বেগে ছুটে গেছে শিবাজির সব পালাবার রাস্তা বন্ধ করবার নির্দেশ জানাতে। মালোয়া খাণ্ডেশের ভেতর দিয়ে শিবাজির দক্ষিণ দিকে যাবার সম্ভাবনা বেশি। সেদিকের সমস্ত ফৌজদারদের সতর্ক করে দেবার ব্যবস্থা হয়েছে যত তাড়াতাড়ি সম্ভব। তবু শিবাজিকে ধরা সম্ভব হয়নি।

প্রথম উড়ো খবর এসেছে মথুরা থেকে। আওরঙ্গজেব সে খবর বিশ্বাস করতে পারেননি। শিবাজিকে সেখানে নাকি সন্ন্যাসীর বেশে দেখা গেছে একদিন।

মথুরা আগ্রার উত্তরে। শিবাজির কি ভীমরতি ধরেছে যে, আওরঙ্গজেব-এর সেপাইরা ডালকুত্তার মতো তার সন্ধান করছে জেনেও দক্ষিণে নিজের রাজ্যের দিকে না ছুটে উত্তরে রওনা হবেন!

প্রথমে খবরটায় বিশ্বাস না হলেও পরে শিবাজির এটা একটা সূক্ষ্ম চাতুরী বলেই সন্দেহ হয়েছে। সবাই যখন দক্ষিণ দিকে তাকে ধরবার জন্যে বিনিদ্র পাহারায় আছে তখন উত্তরে যাওয়াই সবচেয়ে বুদ্ধিমানের কাজ। শিবাজির ফন্দি যে এরকম কিছু হতে পারে, তার প্রমাণও যেন পাওয়া গেছে। উত্তর নয়, এবার পূর্বাঞ্চল থেকে। শিবাজিকে ছদ্মবেশে ইলাহাবাদে দেখা গেছে বলে লিখে পাঠিয়েছে এক হরকরা। বারাণসীধামে গঙ্গার ঘাটে একদিন সকালে শোরগোল উঠেছে শিবাজি ধরা পড়েছেন বলে। সংবাদটা সত্য নয় জানা গেছে তারপর।

সত্য মিথ্যা বিচারই কঠিন হয়ে উঠেছে এবার। গয়া, এমনকী সুদূর পুরী থেকেও শিবাজিকে স্বচক্ষে দেখার খবর লিখে জানিয়েছে অনেকে। কিন্তু ওই পর্যন্তই! শিবাজি যেন ভোজবাজিতে নানা জায়গায় হঠাৎ দেখা দিয়ে আবার শূন্যে বিলীন হয়ে গেছেন।

ওদিকে আবার আওরঙ্গাবাদ থেকে এক খুফিয়ানবিশ-এর যে গোপন চিঠি ১৬৬৬-র ১৪ই নভেম্বর দিল্লি এসে পৌঁছেছে, তাতে আগ্রা থেকে পালাবার পঁচিশ দিন বাদেই শিবাজি রাজগড়ে পৌঁছে গেছেন বলে খবর দেওয়া হয়েছে। মথুরা ইলাহাবাদ বারাণসী গয়া পুরী হয়ে গণ্ডোয়ানা, হায়দরাবাদ ও বিজাপুরের পথে দিন-রাত্রি ঘোড়া চালিয়েও তো পঁচিশ দিনে আগ্রা থেকে রাজগড়ে পৌঁছনো অসম্ভব!

আগ্রা থেকে রাজগড় পর্যন্ত নাকের সোজা উড়ে যেতেই ছ-শো সত্তর মাইল।

কিন্তু উড়ে না গেলে সোজা একমুখো হয়ে তো চলা যায় না। রাস্তায় পাহাড় পর্বত জঙ্গল আছে, আছে বহু নদী পার হওয়ার ঝামেলা, তার ওপর মোগল প্রহরীদের দৃষ্টি এড়াতে জানা সুগম পথ ছেড়ে দুর্গম ঘুরের পথে যাওয়ার প্রয়োজন। সরল রেখায় যা ছ-শো সত্তর মাইল, আসলে তা হাজার মাইলের ওপর গিয়ে দাঁড়ায়। আর মথুরা বারাণসী গয়া পুরীর রাস্তায় তো কমপক্ষে কয়েক হাজার মাইল।

শিবাজি কোন পথে রাজগড়ে গেছেন তাহলে? আওরঙ্গাবাদের গুপ্তচরের খবর যদি ঠিক হয় তাহলে কাশী, ইলাহাবাদ, পুরী হয়ে পঁচিশ দিনে তাঁর রাজধানীতে পৌঁছনো অসম্ভব। এপথে যদি না গিয়ে থাকেন তাহলে অত জায়গা থেকে শিবাজিকে অত লোকের দেখার গুজব ওঠে কী করে? সব গুজবই তো আজগুবি বলে উড়িয়ে দেওয়া যায় না। অত্যন্ত নির্ভরযোগ্য কয়েকটি খবরের উৎসও আছে। যেমন, খাফি খাঁ সুরাটের যে ব্রাহ্মণ চিকিৎসকের কথা লিখেছেন, তাঁর বিবরণ অবিশ্বাস করবার নয়।

ব্রাহ্মণের নাম নাভা। সুরাটে তাঁর বিরাট জমকালো প্রাসাদগোছের বাড়ি। যে-বাড়ি কেনার রহস্য যে তাঁর কাছে যায় তাকেই তিনি কৃতজ্ঞচিত্তে শোনান। সে-বাড়ি নিজের চিকিৎসার উপার্জনে তিনি তৈরি করেননি। তীর্থ করতে তিনি কাশী গেছলেন। আশ্বিনের তখন শেষ। একদিন ভোরবেলা অন্ধকার থাকতে গঙ্গায় তিনি

স্নান পূজাপাঠ করতে নেমেছেন হরিশচন্দ্রের ঘাটে। ঘাট তখন নির্জন। মাথায় পাগড়ি আর গায়ে মুড়িসুড়ি দিয়ে চাদর জড়ানো একটি লোক হঠাৎ তাঁর কাছে এসে জিজ্ঞাসা করেছে, 'আপনি ব্রাহ্মণ?'

আচার্য নাভা সবিস্ময়ে মাথা নেড়ে জানিয়েছেন, 'হ্যাঁ।'

লোকটি কোমরের একটি থলি খুলে এক মুঠো মণিমুক্তা আশরফি আর হুন তাঁর হাত ভরে দিয়ে বলেছে, 'শিগ্‌গির আমায় তর্পণ করান।'

নাভা বিমূঢ়ভাবে সেই অবিশ্বাস্য সম্পদ বস্ত্রপ্রান্তে বেঁধে অপরিচিত লোকটিকে গঙ্গাতীরে তর্পণ করাতে বসেছেন।

তর্পণ করতে করতেই কোথায় শোরগাল শোনা গেছে ঘাটের ওপরে।

লোকটি হঠাৎ নাভার কোশাকুশি কমণ্ডলু নিজের কাছে টেনে নিয়ে চাপা-গলায় বলেছে, 'এবার আমিই আপনাকে তর্পণ করাচ্ছি। ভক্তিভরে হাতজোড় করে বসুন।'

হতভম্ব হয়ে নাভা তা-ই করেছেন।

ঘাটের ওপরে খোলা তলোয়ার হাতে নগররক্ষী সেপাই আর মহল্লার দারোগাকে এবার দেখা গেছে।

তারা নীচে নামতে শুরু করেছে।

অজানা লোকটি তার আগেই গায়ের চাদর খুলে ফেলেছে। দেখা গেছে তার গলায়ও উপবীত জড়ানো। ডান কাঁধে সে উপবীত আর উত্তরীয় রেখে দক্ষিণমুখো হয়ে বসে মাটিতে বাঁ হাটু রেখে ডান হাতের তর্জনী আর বুড়ো আঙুলের মূল দিয়ে এক অঞ্জলি জল নিয়ে সে তখন বিশুদ্ধ সংস্কৃত উচ্চারণে মন্ত্রপাঠ করছে, 'ওঁ যমায় ধর্মরাজায় মৃত্যবে চান্তকায় চ। বৈবশ্যতায় কালায় সর্বভূতক্ষরায় চ। ঔডুম্বরায় দধ্মায় নীলায় পরমোষ্ঠিনে। বৃকোদরায় চিত্রায় চিত্রগুপ্তায় বৈ নমঃ।'

সেপাই আর দারোগা ঘাটের নীচে এসে দাঁড়িয়ে দুজনকেই লক্ষ করেছে কিছুক্ষণ।

অজানা লোকটি তখন নমো-তর্পণ সেরে পিতৃ আবাহন শুরু করেছে, 'ওঁ উশন্তস্ত্বা নিবীমবুশন্তঃ সমিধীমহি। উশন্ন শত আবহ পিতৃন হবিষে অন্তবে।'

মন্ত্রপাঠের মাঝখানেই অধৈর্য হয়ে মহল্লার দারোগা আচার্য নাভাকে জিজ্ঞাসা করেছে, তাঁরা গঙ্গার ঘাটে নামবার পর আর কাউকে এদিকে আসতে দেখেছেন কি না?

ব্রাহ্মণকে মিথ্যা কথা বলতে হয়নি। তিনি বিনাদ্বিধায় জানিয়েছেন যে, তাঁরা দু-জন ছাড়া এ ঘাটে এ পর্যন্ত আর কেউ আসেনি।

দারোগা আর সেপাইরা তারপর চলে গেছে। অজানা লোকটির দিকে একবার দৃক্‌পাতও করেনি।

ব্রাহ্মণ অজানা লোকটির দিকে চেয়ে এবার তীব্র কৌতূহলের সঙ্গে জিজ্ঞাসা করেছেন, 'কে আপনি? আপনার পিতৃ আবাহনের মন্ত্রপাঠ শুনে বুঝলাম, আপনি ঋগ্বেদী কি যজুর্বেদী ব্রাহ্মণ! কিন্তু চেহারা আপনার ক্ষত্রিয়ের মতো! অনুগ্রহ করে জানাবেন, আপনি কে?'

অজানা লোকটি একটু হেসে বলেছে, 'আমার মুখে না-ই শুনলেন। আমি কে তা

হয়তো অচিরেই জানতে পারবেন।’

ব্রাহ্মণ তা-ই পেরেছেন। লোকটি শেষ কথা বলেই হরিশ্চন্দ্রের ঘাট থেকে গঙ্গায় নেমে ডুব দিয়েছিল। একটা কালোমাথা ভোরের অস্পষ্ট আলোয় ভেসে উঠেছিল বহুদূরে গঙ্গার স্রোতের প্রায় মাঝামাঝি। সেই লোকটিই হবে নিশ্চয়।

ব্রাহ্মণ নিজের পূজাপাঠ সেরে ঘাটের ওপর উঠেই সেখানে সমবেত উত্তেজিত জনতার কাছে কিছুক্ষণ আগেকার শোরগোলের কারণ জানতে পেরেছিলেন। খানিক আগে স্বয়ং শিবাজি-ই নাকি এই মহল্লায় মোগল সিপাহিদের হাতে ধরা পড়তে পড়তে বেঁচে পালিয়ে গেছেন। অকাতরে অত মণিমুক্তো হুন দান করায় অজানা লোকটিকে শিবাজি বলেই বিশ্বাস হয়েছে নাভার, সেই সঙ্গে একটু ধোঁকাও লেগেছে তর্পণের বিশুদ্ধ মন্ত্র আবৃত্তিতে। শিবাজি সারাজীবন শস্ত্র নিয়েই লড়া করতে করতে এমন শাস্ত্র শেখবার সময় পেলেন কখন?”

তিন

দাসমশাই একটু থামলেন।

ইতিহাসের অধ্যাপক এই ফাঁকটুকুর জন্যে যেন মুখিয়ে ছিলেন। দাসমশাই নীরব হতে না হতেই বলে উঠলেন, “মাপ করবেন, খাফি খাঁর বিবরণ আমিও এক সময়ে পড়েছি। আপনি যা শোনালেন তার সঙ্গে খাফি খাঁর বিবরণের মিল তো বেশি নেই।”

“না থাকাই স্বাভাবিক।” দাসমশাই তাচ্ছিল্যভরে বললেন, “খাফি খাঁর বিবরণই যে বেঠিক। তিনি সুরাটের ব্রাহ্মণ চিকিৎসক নাভার—মনে রাখবেন উর্দু হরফের গোলমালে নামটা বাভাও হতে পারে—কাছে যা শুনেছেন, তা ভাল করে সবটা বুঝতেও পারেননি। তিনি লিখে গেছেন, নাভা কাশীতে এক ব্রাহ্মণের শিষ্য হয়েছিলেন। সেই ব্রাহ্মণ গুরুর কাছে কিন্তু তিনি পেটভরে খেতে পেতেন না। ধান ভানতে শিবের গীতের মতো শিবাজির কথা বলতে গিয়ে গুরুর বাড়িতে নাভার খেতে না পাওয়ার গল্প বলা একেবারে অর্থহীন ও অবান্তর নয় কি? খাফি খাঁ তারপর লিখে গেছেন যে, শিবাজি নাভার হাতের মুঠোয় ধনরত্ন ভরে দেবার পর তাঁরই অনুরোধে নাভা শিবাজিকে কামানো, স্নান ইত্যাদি করাতে শুরু করেন। হিন্দু আচার-অনুষ্ঠান কিছু জানা থাকলে ব্রাহ্মণ-পুরোহিত যজমানের ক্ষৌরকর্ম করছেন এমন আজগুবি কথা খাফি খাঁ লিখতেন না। খাফি খাঁ যা লিখে গেছলেন, তার ভিত্তিটা খাঁটি হলেও সম্পূর্ণ সঠিক বিবরণ তিনি দিতে পারেননি।”

“সে-বিবরণ আপনি শুধু পেরেছেন!”

না, শিবপদবাবুর কৌতুক-মেশানো বিদ্রূপের খোঁচা নয়, মাথার কেশ যাঁর কাশের মতো শুভ্র, সেই হরিসাধনবাবুর মুগ্ধ সম্ভ্রমের বিহ্বলতা।

মহৎ অনাসক্তিতে এ উচ্ছ্বাস অগ্রাহ্য করে দাসমশাই সবিনয়ে বললেন, “শুধু আমি কেন, চেষ্টা করে হারানো আখবরাত খুঁজে বার করলে যে-কেউ এ বিবরণ পেতে পারেন।”

ইতিহাসের অধ্যাপর্ক আবার কী যেন ফ্যাকড়া তুলতে যাচ্ছিলেন। তাঁকে সে-সুযোগ দাসমশাই দিলেন না। তাড়াতাড়ি আগেকার কথার খেই ধরে শুরু করলেন—"শুধু সুরাটের ব্রাহ্মণ চিকিৎসক নাভার বিবরণই নয়, শিবাজির দীর্ঘতর ঘোরানো পথে নিজের রাজ্যে ফেরার অন্য জোরালো প্রমাণও আছে। যেমন, গোদাবরীর তীরের একটি গ্রামে এক চাষি পরিবারের অবিশ্বাস্য সৌভাগ্যের কাহিনী।

এক সন্ধ্যায় এক সন্ন্যাসী দু-একটি শিষ্যসামন্ত নিয়ে ওই চাষির ঘরে আশ্রয় নেয়। কুটিরের কর্ত্রী বৃদ্ধা কৃষক-জননী সাধু-সন্ন্যাসীদের ভাল করে খেতে না দিতে পারার আফশোশে শিবাজি আর তাঁর সেনাদলকে প্রাণভরে গালাগাল দেয়। কিছুদিন আগেই শিবাজির এক লুঠেরা দল সে-গ্রাম লুণ্ঠন করে গেছে।

সন্ন্যাসী আর তার সাঙ্গোপাঙ্গ নীরবে এসব অভিযোগ শুনে পরের দিন সকালে বিদায় নেয়। কিন্তু কিছুকাল বাদেই শিবাজির রাজদরবার থেকে ডাক আসে ওই পরিবারের। প্রাণের আশা ছেড়ে দিয়ে সে চাষি পরিবার সভয়ে গিয়ে হাজির হয় শিবাজির রাজসভায়। সেখান থেকে কল্পনাতীত উপহার নিয়ে তারা ফেরে। সৈনিকরা যা তাদের লুঠ করেছিল, শিবাজি তার চতুর্গুণ তাদের দান করেছেন।

এ-সব কাহিনী আওরঙ্গজেবের কাছেও পৌঁছে তাঁকে বিভ্রান্ত করে তুলেছে। ১৬৬৬-র ১৪ই নভেম্বর যে আখবরাত দিল্লি এসে পৌঁছোয়, তার খবরের সঙ্গে এসব বিবরণের কোনও সামঞ্জস্যই হয় না। আখবরাত-এর খবর হল, শিবাজি আগ্রা থেকে পালাবার পঁচিশ দিন বাদে ১২ই সেপ্টেম্বর রাজগড় পৌঁছেছেন। পৌঁছে বেশ কয়েকদিন তিনি অসুস্থ হয়ে শয্যাশায়ী ছিলেন, তারপর সেরে উঠে আবার অসুখে পড়েছেন।

আখবরাত-এর খবর সত্যি হলে সমস্ত ব্যাপারটা দুর্ভেদ্য রহস্য হয়ে দাঁড়ায় বলে মনে হয়েছে আওরঙ্গজেব-এর। রাজগড় থেকে মোগল গুপ্তচর শিবাজির রাজধানীতে ফেরার যে-খবর পাঠিয়েছে, তা আওরঙ্গাবাদের খুফিয়ানবিশের কাছে পৌঁছোতে লেগেছে অন্তত পাঁচ দিন। আর আওরঙ্গাবাদ থেকে দিল্লি পর্যন্ত আখবরাত আসতে একুশ দিন। তার আগে শিবাজির দুবার অসুখে পড়ার সময় ধরলে সবসুদ্ধ কমপক্ষে দু-মাস আগে শিবাজির রাজগড়ে পৌঁছোনো মিথ্যে নয় বলেই মনে হয়। কিন্তু তা কী করে সম্ভব?

এ-সমস্যার সমাধান না করতে পেরে আওরঙ্গজেব আওরঙ্গাবাদের খুফিয়ানবিশ-এর কাছে কড়া চিঠি পাঠিয়েছেন তার খবরটা খাঁটি কি না ভাল করে যাচাই করে জানবার জন্যে। কিন্তু খুফিয়ানবিশ-এর কোনও জবাব আসেনি। তাকে খুঁজেই পাওয়া যায়নি আওরঙ্গাবাদে। আর-এক গভীর রহস্য সৃষ্টি করে সেও হঠাৎ নিশ্চিহ্ন হয়ে গেছে।

১৬৬৬-র উনিশে আগস্ট সুতরাং সামান্য তারিখ নয়। আগ্রা শহর টলমল করে উঠে মোগল সাম্রাজ্যের বনেদে ফাটল দেখা দিয়েছে সেইদিনই।

অনেক দুঃখে ভারতসম্রাট আওরঙ্গজেব তাঁর শেষ ইচ্ছাপত্রে লিখে গেছলেন: রাজশক্তির সবচেয়ে বড় প্রয়োজন হল রাজ্যে যা-কিছু ঘটছে, সবকিছুর খবর রাখা,

নইলে এক মুহূর্তের গাফিলতিতে চিরকাল আফশোশ করতে হয়। দেখো, উপযুক্ত হুঁশিয়ারির অভাবে শিবাজি সেই যে পালিয়েছিল, তারই জন্যে অন্তিমকাল পর্যন্ত যুদ্ধ-বিগ্রহের জ্বালা আমার ঘুচল না।

কিন্তু সত্যিই আওরঙ্গজেবের শিবাজি সম্বন্ধে হুঁশিয়ারির কিছু ত্রুটি ছিল কি?

মনে হয় না। শিবিরে শিবাজিকে দিবারাত্রি পাহারা দিয়েছে রামসিং-এর রাজপুত অনুচরেরা। শিবিরের বাইরে এক মীর আতিশ-এর অধীনে তোপদার এক বিরাট সেনাদল সারাক্ষণ সজাগ থেকেছে! এই বেষ্টনী ভেদ করে শিবাজি পালিয়েই বা যাবে কোথায়!

আগ্রার পথঘাটে সেই কথাই আলোচনা করেছে বড়-ছোট সবাই।

চার

"শিবাজির পলায়নের কয়েক দিন আগেকার কথা।

শহর-কোতোয়াল সিদ্দি ফুলাদ-এর বাড়ি এসেছিল মীর-ঈ-ইমারৎ একটা জরুরি তলব পেয়ে।

সিদ্দি ফুলাদ ক-টা বিশ্বাসী ও চৌকস হালালখোর অর্থাৎ ময়লা সাফ করার মেথর চেয়েছেন মীর-ঈ-ইমারৎ-এর কাছে।

শহর-কোতোয়ালের সামান্য ক-টা ঝাড়ুদারের জন্যে মীর-ঈ-ইমারৎকে কেন তলব দিতে হয়, তা বুঝতে তখনকার দস্তুর একটু জানতে হয়। প্রত্যেক মহল্লায় বাড়ি-ঘর সাফ করবার ঝাড়ুদারেরাই ছিল কোতোয়ালের গুপ্ত খবর-সংগ্রহের প্রধান চর।

কোন মহল্লায় কার বাড়ির জন্যে হালালখোর দরকার, শুনে মীর-ঈ-ইমারৎ-এর ঠোঁটের কোণে একটু হাসি ফুটে উঠেছে।

সে-হাসি ফুলাদ-এর দৃষ্টি এড়ায়নি। অন্য কেউ শহর-কোতোয়াল হলে সামান্য মীর-ঈ-ইমারৎ-এর এ-বেয়াদপি সহ্য করতেন না। সিদ্দি ফুলাদ মানুষটা কিন্তু খুব খারাপ নয়। মনটা তাঁর খোলামেলা। তা ছাড়া মীর-ঈ-ইমারৎকে তিনি একটু অন্য চোখে না দেখে পারেন না। তার প্রতি গোপন একটা কৃতজ্ঞতা শহর-কোতোয়ালের আছে।

সিদ্দি ফুলাদ তাই একটু কপট রাগে ভুরু কুঁচকে বলেছেন, 'হাসছ যে বড়, বচনরাম! হাসবার কী আছে এতে? রামসিং-এর বাড়ি হালালখোর দরকার হয় না?'

'হবে না কেন, কোতোয়ালসাহেব!' বচনরাম হাসিটুকু মুখ থেকে না মুছে ফেলেই বলেছে, 'তবে রামসিং বাহাদুরের জন্যে তো নয়, হালালখোর কার জন্যে লাগাতে হচ্ছে, তা তো জানি। ওই একটা নেংটিকে সামলাতে এত হাঁসফাঁস দেখে তাই একটু হাসি পায়। তাও যে-নেংটি তার আপনার গর্তে নেই, খোদ শের-ই-হিন্দুস্তানের ডেরায় নাক বাড়াতে এসে জাঁতাকলে বন্দি। জাঁতাকল ছাড়িয়ে যদি পালায়ও, তাহলে হবে কী? শাহানশাহ্-এর বিরাট রাজত্বের কোণে-কানাচে পাহাড়ে-জঙ্গলে কোথায়

একটা-দুটো নেংটি-নেউল চরে বেড়ায় তা কি মোগল-সাম্রাজ্যের মাথা ঘামাবার বিষয়!'

সিদ্দি ফুলাদ বচনরামের দিকে চেয়ে তার অজ্ঞতায় একটু অনুকম্পার হাসিই হেসেছেন। বলেছেন, 'নেংটি যাকে বলছ, সে যে কী জিনিস, তাহলে জানো না, বচনরাম। ওই নেংটির দাপটে সমস্ত দক্ষিণ ভারতে থরহরিকম্প লেগেছিল, বিজাপুর রাজ্য যায়-যায়, জাঁদরেল সব মোগল সেনাপতিরা নাকের জলে চোখের জলে হয়েছে এই শিবাজির রণকৌশলে। ওকে তাই অনেক ফন্দি করে মিথ্যে টোপ দেখিয়ে আগ্রায় এনে পোরা হয়েছে। একবার এখান থেকে ছাড়া পেলে ও কী সর্বনাশ করতে পারে কেউ জানে না!'

বচনরামের মুখে সরল বিস্ময়ই ফুটে উঠেছে যেন। কথাটায় বিশ্বাস করতে যেন কষ্ট হচ্ছে এইভাবে সে বলেছে, 'ওই একরত্তি মানুষটার মধ্যে এত দুশমনি! আমারই মতো তো ক্ষয়া-পাতলা মাঝারি মাপের চেহারা!'

'তুমি কোথায় দেখলে শিবাজিকে!' সিদ্দি ফুলাদ একটু বিস্মিত হয়ে জিজ্ঞাসা করেছেন।

'দেখেছি আগ্রায় যেদিন প্রথম আসে, সেইদিনই।' বচনরাম একটু হতাশ হওয়ার সুর ফুটিয়েছে গলায়, 'শহরের নানা মহল্লায় নানা গুজব শুনে ইচ্ছে হয়েছিল স্বচক্ষে একবার মানুষটাকে দেখবার। এমন একটা কেও-কেটার ইস্তিক্বাল কেমন হয় তাও দেখতে চেয়েছিলাম। শহর ছাড়িয়ে তাই মানিকচাঁদের সরাই পর্যন্ত গেছলাম। গিয়ে আফশোশই হল। এই শিবাজি ভোঁসলের অভ্যর্থনা! আগ্রা শহর তাকে গ্রাহ্যের মধ্যেই আনেনি।

সত্যিকার হোমরা-চোমরাদের বেলা ইস্তিক্বাল-এর কী দস্তুর? আগ্রা থেকে অন্তত একদিনের পথ বাকি থাকতে মানী অতিথি যাত্রা থামিয়ে বিশ্রাম করতেন। শাহানশাহ্-এর প্রতিনিধি দামি উপহার নিয়ে সেখানে তাঁর সঙ্গে দেখা করে তাঁকে শোভাযাত্রা করে সসম্মানে তার পরদিন শহরের রাস্তা দিয়ে এনে জ্যোতিষীদের বিধান দেওয়া শুভসময়ে সম্রাটের সামনে হাজির করবেন। কোথায় কী! সব দেখলাম ভোঁ ভোঁ। শুনলাম, কুমার রামসিং-এর ওপর শিবাজিকে অভ্যর্থনা করার ভার ছিল। তিনি নাকি শিবাজির পৌঁছোবার খবর জানতেই পারেননি। জানতে যখন পেরেছেন তখন আবার পাঠিয়েছেন তাঁর মুনশি গিরধরলালকে। ইস্তিক্বাল-এর এই ছিরি দেখেই আমার তো ভক্তি উড়ে গেছল। আগ্রা শহরে পরের দিন ঢোকবার পর আর-এক কেলেঙ্কারি। কুমার রামসিং-এর সেদিন বুঝি প্রাসাদ পাহারা দেওয়ার হফ্‌ত চৌকি ছিল। সে কাজ সেরে রামসিং আর মুকলিস খাঁ তাঁদের লোকলশকর নিয়ে যখন শিবাজিকে অভ্যর্থনা করতে ছুটে গেছেন খোজা ফিরোজার বাগিচার পথ ধরে, তখন মুনশি গিরধরলাল শিবাজিকে নিয়ে আসছে দহর-আরা বাগিচার রাস্তায়। শেষে কোনওরকমে এ ভুল শুধরে শিবাজির সঙ্গে কুমার রামসিং-এর দলের দেখা হল খাসবাজারের নূরগঞ্জ বাগিচায়। তারপর শিবাজিকে প্রায় ঘোড়দৌড় করিয়ে শাহানশাহ্-এর কাছে হাজির করবার চেষ্টা। তখন দিওয়ান-ই-আম-এর পালা শেষ

হয়ে গেছে, সম্রাট বসেছেন দিওয়ান-ই-খাস-এ গিয়ে। ছোট মীর বকশি আসাদ খাঁ সেখানে শাহানশাহ্-এর সামনে হাজির করেছেন শিবাজিকে। শিবাজি ভোঁসলে হাজার মোহর আর দু হাজার সিক্কা নজর দিয়েছেন। সেই সঙ্গে পাঁচ হাজার সিক্কা নিসার। সম্রাট কিন্তু মুখের একটা কথা বলেও শিবাজিকে সম্ভাষণ করেননি। শিবাজিকে তারপর নিয়ে গিয়ে দাঁড় করানো হয়েছে পাঁচ-হাজারি মনসবদারদের সারিতে।'

ধৈর্য ধরে এতক্ষণ পর্যন্ত সব শুনে শহর-কোতোয়াল একটু ভুরু কুঁচকে বলেছেন, 'তুমি এতক্ষণ ধরে যা শোনালে আগ্রা শহরে কারও তা জানতে বাকি আছে মনে করো! তবু অত ফলাও করে আমায় সব শোনাবার মানেটা কী বলো তো?'

'আজ্ঞে, সোজা মানে তো আগেই জানিয়ে দিয়েছি, কোতোয়াল সাহেব!' বচনরাম সরলভাবে বলেছে, 'ওই যার ইস্তিক্‌বাল-এর নমুনা, শাহানশাহ্ যাকে মুখের একটা কথায় সম্ভাষণ করবার যোগ্য মনে করেন না, সেই তুচ্ছ একটা মানুষকে অত ভয় করবার কিছু আছে বলে আমি বিশ্বাস করি না। তাকে আটক রাখবার এত তোড়জোড় তাই একটু বাড়াবাড়িই মনে হয়।'

'উঁহুঃ'—সিদ্দি ফুলাদ একটু হেসেছেন—'তুমি একটা কথা ভুলে যাচ্ছ, বচনরাম। শিবাজির ইস্তিক্‌বাল যে ঠিকমতো হয়নি তা তাকে তাচ্ছিল্য দেখাবার জন্য নয়।'

'তবে কি সম্মান দেখাবার জন্যে!'

বচনরামের গলার স্বরটা প্রায় বেয়াদবির কিনারা ছুঁয়ে গেছে।

চোখটা বচনরামের মুখে তোলবার সময় ঝিলিক দিয়ে উঠলেও সিদ্দি ফুলাদ খোঁচাটা তেমন গায়ে মাখেননি বোধহয়। ভুল শোধরাবার ভঙ্গিতে সহজভাবেই বলেছেন, 'সম্মান দেখাবার উদ্দেশ্যই ছিল, কিন্তু তারিখটাই গোলমাল করে দিয়েছে।'

বচনরামের কাছে যেন একটা প্রশ্ন আশা করে একটু থেমেছেন শহর-কোতোয়াল। সে প্রশ্ন না আসায় নিজেই আবার বলেছেন, 'দিনটা কী ছিল এখন আশা করি মনে পড়েছে। শিবাজি যেদিন আগ্রায় এসে ঢুকলেন, শাহানশাহ্-এর সেই দিনই পঞ্চাশের জন্মদিন। শহরের কারও মাথায় আর কোনও চিন্তা কি আছে তখন! চার মাস আগে শাজাহান মারা গেছেন আগ্রার দুর্গে। সম্রাট আওরঙ্গজেব এতদিন দিল্লি থেকেই সাম্রাজ্য চালিয়েছেন। এই প্রথম তিনি দিল্লি ছেড়ে আগ্রায় এসে দরবার বসিয়েছেন। চোদ্দোশো গাড়িতে যে-সব ঐশ্বর্য এসেছে দিল্লি থেকে আগ্রায়, তা সাজিয়ে রাখা হয়েছে প্রাসাদে, সম্রাটের জন্মদিন পালন করতে যারা আসবে তাদের চোখ ধাঁধাবার জন্যে। তা সত্যিই তো আগ্রাবাসীর মাথা ঘুরে গেছে তৈমুরবংশের ঐশ্বর্য দেখে। বড়-ছোট সবাই তখন সম্রাটের জন্মদিনের উৎসবেই মত্ত। শিবাজি যদি আগ্রায় পৌঁছোতে দেরি না করতেন, যদি একদিন আগেও তিনি আগ্রায় পা দিতেন, তাহলে এ সমস্ত গোলমাল কিছুই হত না।'

'সম্রাটের জন্মদিনের দরুন তাঁকে খাতির করে আগ্রায় আনার না-হয় ত্রুটি হয়েছে, কিন্তু শাহানশাহ্ নিজেই যে একটা কথা বলেও তাঁকে মেহেরবানি করেননি, তাঁকে যে পাঁচহাজারি মনসবদারদের সারিতে দাঁড় করানো হয়েছে, সেটাও কি জন্মদিনের

গোলমালে?' বচনরাম মাথা নেড়েছে—'না কোতোয়াল সাহেব, যা-ই আপনি বোঝান, শিবাজি একটা কেও-কেটা আমি মানতে পারব না। সামান্য একটা পাহাড়ি ভুঁইয়ার লুঠেরা হয়ে দুদিন একটু পিঁপড়ের পাখা গজিয়েছিল। সে পাখা ছেঁটে দিয়ে সম্রাট তাই তাকে পোকামাকড়ের শামিলই মনে করেছেন। আপনারাই মিছিমিছি শিবাজিকে ফানুসের মতো ফুলিয়ে ফাঁপিয়ে তার ভয়-ভাবনায় অস্থির। এই যে জিন্‌সি-দস্‌তি নিয়ে শিবাজির শিবির ঘেরাও করে রেখেছেন, আগ্রার সাধারণ মানুষ তাতে কিন্তু তাজ্জব। তারা কেউ কেউ আবার হাসে। বলে, জিন্‌সি-দস্‌তি, মানে কামান-বন্দুক লাগে ওই একটা পাহাড়ি চুহাকে আটকে রাখতে। বন্দুকচি তো নয়ই, নেহাত সাধারণ পাহারাদারের যারা শামিল সেই আহ্‌শাম্‌-ও নয়, তারও চেয়ে ওঁচা যত হতভাগা বেকার বাউন্ডুলেদের দিয়ে গড়া সেহ-বন্দি ক-টা সেপাই রাখলেই তো ঠাণ্ডা!'

'সেহ-বন্দি সেপাই রাখলেই ঠাণ্ডা!' এবার সিদ্দি ফুলাদ বচনরামকে ব্যঙ্গ করেই হেসে উঠেছেন। তার পর চোখ দুটো কুঁচকে, মুখ বেঁকিয়ে বলেছেন, 'শহরের উটকো লোক যা বলে, তোমারও তাহলে তাই ধারণা!'

বচনরাম চুপ করে থেকেই তার সায় জানিয়েছে।

সিদ্দি ফুলাদ এবার বচনরামের প্রতিবাদে যেন নয়, নিজের ও সেই সঙ্গে সারা মোগল জাহানের অন্তরের জ্বালাটা প্রকাশ করে বলেছেন, 'শোনো বচনরাম, ও চুহা নয়। পাহাড়ি চিতা। ওর নিজের এলাকায় পাহাড়-জঙ্গলে ও মোগল শেরকেও ঘায়েল করে। সায়েস্তা খাঁর শিক্ষাটাই মনে করো না! পুনায় ভোঁসলে পরিবারের নিজেদের মোকামে সায়েস্তা খাঁ তার লোক-লশকর হারেমসুদ্ধ নিয়ে আছে। তার নিজের সৈন্যবাহিনী তো আছেই, তার ওপর যশোবন্ত সিং-এর দশ হাজার জোয়ান। এইসব হেলায় তুচ্ছ করে শিবাজি চারশো বাছাই করা অনুচরের মধ্যে মাত্র দুশো জনকে নিয়ে সায়েস্তা খাঁর হারেমের ভেতর পর্যন্ত ঢুকে সব লণ্ডভণ্ড করে সায়েস্তা খাঁর বুড়ো আঙুল কেটে নিয়ে আসে। না বচনরাম, শিবাজি হেলাফেলা করবার লোক নয়, তা আলমগির ভালো করেই জানেন। তিনি দরবারে ওকে যে একটু অগ্রাহ্য করেছেন সে শুধু পরীক্ষা করবার জন্যে। তাতে ওরকম হাত-পা ছুঁড়ে চেঁচিয়ে সম্রাটের আর তাঁর দরবারের অপমান করা কি শিবাজির উচিত ছিল?'

'ওঃ, হ্যাঁ, তাও তো বটে! শিবাজি তো খুব চেঁচামেচি করেছিলেন ওই দরবারের মধ্যেই!' বচনরামের মুখের ভাবে অবিশ্বাস আর বিস্ময়ই যেন ফুটে উঠেছে।

তীক্ষ্ণ দৃষ্টিতে সে-মুখে একবার চোখ বুলিয়ে সিদ্দি ফুলাদ বলেছেন, 'চেঁচামেচি নয়, তাকে বলে কেলেঙ্কারি। সম্রাটের কাছে কোনও অভ্যর্থনা না পেয়ে পেছনের সারিতে দাঁড়িয়ে শিবাজি যেই শুনলেন কুমার রামসিং-এর কাছে যে, সেটা পাঁচহাজারি মনসবদারদের সারি, তৎক্ষণাৎ তিনি চেঁচিয়ে উঠলেন —কী! আমার খাতির এই! আমার ছেলে আগ্রা না এসেই পাঁচহাজারি মনসবদারি পেয়েছে। আমার কাছে যে চাকরি করে সেই নেতাজিও পাঁচ-হাজারি! আর আমি পাহাড়-জঙ্গল ভেঙে আগ্রা এসেছি এই সম্মান পেতে! শিবাজির সামনে দাঁড়িয়েছিল যশোবন্ত সিং আর

প্রধান ওয়াজির জাফর খাঁ। সম্রাটের কাছে তারাও যখন খিলাত পেল শিবাজিকে বাদ দিয়ে, তখন শিবাজির চোখ দিয়ে যেন আগুন ছিটোচ্ছে। সম্রাটের পর্যন্ত তা নজরে পড়েছে তখন। কুমার রামসিংকে তিনি পাঠালেন শিবাজি অমন অস্থির কেন জানতে। শিবাজি যা মুখে আসে, বিক্ষোভে জানিয়ে মনসবদারি ছেড়ে দিয়ে এবার যা করেছে, বাবর শাহ্-এর আমল থেকে মোগল রাজত্বে তা দিল্লি কি আগ্রা কোথাও কেউ করতে সাহস করেনি। শিবাজি সিংহাসনের দিকে পেছন ফিরে গটগট করে বাইরে বেরিয়ে গেছে। কুমার রামসিং সন্ত্রস্ত হয়ে তাকে হাতে ধরে ফেরাতে চেষ্টা করেছেন, কিন্তু শিবাজি সজোরে হাত ছিনিয়ে নিয়ে একটা থামের পেছনে গিয়ে সেই যে বসেছে, শত অনুনয়-বিনয়েও আর ওঠেনি। সেখানে বসেই কুমার রামসিংকে বলেছে, আমায় এখুনি কাটো মারো যা খুশি করো, সম্রাটের সামনে আমি যাব না। আলমগির কুমার রামসিং-এর কাছে শিবাজির অভিমানের কথাই একটু শুনেছেন। শুনে, অন্য ওমরাহদের শিবাজিকে বুঝিয়ে-সুঝিয়ে ফেরাতে বলেছেন, তাকে খিলাত পর্যন্ত দিয়েছেন, কিন্তু শিবাজি তার গোঁ ছাড়েনি। শাহনশাহ্‌কে তো এত কিছু বলা যায় না, তাঁকে এবার বোঝানো হয়েছে যে, দারুণ গরমে মারাঠা সর্দার বেহুঁশ হয়ে পড়েছে।'

'ওঃ! এত কাণ্ড!' বচনরামের গলা এবার যেন অপ্রসন্ন—'দরবারের বাইরে তো ঠিক খবর আমরা পাইনি। সত্য-মিথ্যে হরেকরকম গুজব আমাদের কানে এসেছে। সত্যি যা হয়েছে তাতে শাহানশাহ্ তো রাগ করতেই পারেন। তাই বুঝি আপনার ওপর হুকুম হয়েছিল শিবাজিকে কিল্লাদার রাদ-আন্দাজ খাঁর হাতে তুলে দেবার?'

'কে—কে বললে তোমায় এ কথা?'

সিদ্দি ফুলাদ-এর হাবসি শ্যামলা মুখ এবার বেগ্‌নে হয়ে উঠেছে সত্যিকার রাগে। বচনরামের দিকে জ্বলন্ত দৃষ্টিতে তাকিয়ে বলেছেন, 'এ সমস্ত মিথ্যা কথা!'

'তা তো হতেই পারে!'—বচনরামকে তেমন বিচলিত মনে হয়নি—'বাজারে কতরকম বাজে গুজবই তো রটে। এও রটেছে যে, রাদ-আন্দাজ খাঁর জিম্মায় কেল্লার ভেতরে পাঠানো মানেই হল একেবারে শেষ করে দেওয়া। রাদ-আন্দাজ খাঁ নাকি পিশাচদেরও হার মানায় শয়তানিতে আর নিষ্ঠুরতায়। ছোট থেকে বড় হয়েছে সে শুধু এই নৃশংসতার জোরে। আলওয়ারের সৎনামী সম্প্রদায়কে ঝাড়ে বংশে শেষ করে দেওয়ার পরই নাকি আগ্রায় কিল্লাদারি পেয়েছে। সত্য-মিথ্যে জানি না, তার জিম্মায় শিবাজিকে পাঠানোর খবর পেয়ে কুমার রামসিং নাকি শাহানশাহ্-এর কাছে বলেছেন, তার আগে আমাকে মারবার হুকুম দিন, জাঁহাপনা! আমার বাবা শিবাজিকে অভয় দিয়ে আগ্রা পাঠিয়েছেন। রাজপুতের জবানের দাম তার প্রাণের চেয়ে বেশি। সম্রাট তাতে নাকি কুমার রামসিং-এর কাছে খত চেয়েছেন শিবাজিকে পাহারায় রাখার দায় স্বীকার করে। তাই লিখে দিয়েছেন কুমার। কিন্তু আবার নাকি নতুন ফন্দি হয়েছে শিবাজিকে শেষ করবার। ভারতের পশ্চিম সীমান্তে ইউসুফজাই আর আফ্রিদি বিদ্রোহীদের শায়েস্তা করবার জন্যে কুমার রামসিং-এর সঙ্গে শিবাজিকে পাঠাবার মতলব হয়েছে। ঠিক হয়েছে, এবারও কাবুলের পথে আগুসার বাহিনীতে থাকবে সেই রাদ-আন্দাজ খাঁ, রাস্তাতেই হঠাৎ দুশমনদের আক্রমণের নাম করে

শিবাজিকে যাতে খতম করে ফেলা যায়। কুমার রামসিং-এর জন্যে সে ফন্দিও কাজে লাগানো নাকি যায়নি।'

'এইসব গুজব আগ্রায় রটে তুমি বলছ।'

সিদ্দি ফুলাদ-এর গলা এখন জলদগম্ভীর।

কিন্তু নির্দোষ বলেই বোধহয় বচনরামের ভয়-ডর কিছু নেই। অবিচলিতভাবে বলেছে, 'তা না হলে আমি আর কোথা থেকে জানব কোতোয়াল সাহেব! হালালখোর দু-চারজন নোকরির দায়ে সব সময়ে আসা-যাওয়া করে। তাদের কাছেই কখনও-সখনও উড়ো গুজব শুনি।'

'হুঁ!' বলে সিদ্দি ফুলাদ কী যেন ভেবে নিয়ে আবার সহজ হয়ে বলেছেন, 'এ ধরনের খবর পেলে আমায় জানিও। আর গিয়েই ভাল দেখে দু-জন হালালখোর পাঠিয়ে দেবে।'

'যো হুকুম কোতোয়াল সাহেব!' বলে সেলাম করে বচনরাম বেরিয়ে গেছে।

পাঁচ

"বচনরামের চলে যাওয়া পর্যন্ত অপেক্ষা করতে পারেননি সিদ্দি ফুলাদ। দেউড়িতে বাঁধা তার ঘোড়ার আওয়াজ বাইরের রাস্তায় মিলিয়ে যেতে না যেতে তাঁর তবিনান-এর এক সিপাইকে পাঠিয়েছেন কাটরা-ই-পর্চার দারোগাকে তলব দিতে। বচনরাম ওই কাপড়ের বাজারের একটি বাড়িতেই থাকে। দারোগা এলে সিদ্দি ফুলাদ তাকে নির্দেশ দিয়েছেন সারা দিনরাত দু-জন হরকরা লাগিয়ে বচনরামের চলাফেরা সবকিছুর খবর নিতে। দিন দুই এভাবে নজরবন্দি রেখে তৃতীয় দিনেই বচনরামকে ভোরবেলাই যেন কয়েদ করা হয়, এ-ই সিদ্দি ফুলাদ-এর হুকুম।

এ হুকুম দেবার আগে সামান্য একটু দ্বিধা জয় করতে হয়েছে সিদ্দি ফুলাদকে। বচনরামের কাছে একটা ঋণের কথা মন থেকে উড়িয়ে দিতে সময় লেগেছে। এই ঋণটুকুর জন্যেই বচনরামের অনেককিছু এ পর্যন্ত সহ্য করেছেন সিদ্দি ফুলাদ, তাকে একটু আশকারাই দিয়েছেন বলা যায়। কিন্তু এবার দাঁড়ি না টানলে নয়। বচনরাম মাত্রা ছাড়িয়ে যাচ্ছে ক্রমশ। তা ছাড়া ওই ক্ষয়া-পাতলা অথচ ইস্পাতের মতো মজবুত আর ধারালো মানুষটাকে কেমন যেন ভয়ও হয় আজকাল, ভয় আর সন্দেহ। মানুষটার ভেতর যেন গোলমেলে কিছু আছে। এরকম লোককে সময় থাকতে নিকেশ করে দেওয়াই ভাল। ঋণের কথাটা মন থেকে মুছে ফেলবার জন্যে যুক্তিও একটা খাড়া করেছেন সিদ্দি ফুলাদ। বচনরাম তাঁর আশাতীত উপকার যদি একদিন করে থাকেও, সিদ্দি ফুলাদও তার প্রতিদান দিয়েছেন তাকে মীর-ঈ-ইমারৎ-এর কাজ পাইয়ে দিয়ে। খাঁটি সুন্নি ছাড়া শিয়ারাও সহজে যা পায় না, বিধর্মী হয়ে সেই কাজ কি যথেষ্ট নয়! তাইতেই শোধবোধ হয়ে গেছে অনেক আগে। সুতরাং এখন আর বিবেকের খোঁচা থাকা উচিত নয়। বিশেষ করে সাম্রাজ্যের খাতিরে এসব সন্দেহজনক মানুষের উচিত-ব্যবস্থা করতে তিনি বাধ্য।

বচনরামের কাছে ঋণটা যত বড়ই হোক, তার চেয়ে বড় শাহানশাহ্ আওরঙ্গজেব-এর প্রতি তাঁর কর্তব্য।

ঋণটা অবশ্য ছোটোখাটো নয়। বচনরাম না থাকলে তাঁর নয়নের মণি একমাত্র মেয়েকে তিনি আর জীবনে পেতেন না। আর তাহলে আগ্রায় এসে এই একাধারে মীর আতিশ আর শহর-কোতোয়াল হওয়া তাঁর ভাগ্যে কি থাকত!

সে প্রায় তিন বছর আগের কথা। কচ্ছ উপসাগরের মান্দভি বন্দর থেকে মোগল নৌয়ারার দারোগাগিরি ছেড়ে স্ত্রী-কন্যা নিয়ে আসছেন আগ্রায়। নামের আগে সিদ্দি থাকলেই জাঞ্জিরার হাবশি রাজবংশের লোক বুঝতে হবে। আর সিদ্দিদের ওপরই ছিল পশ্চিম সমুদ্রের নৌবাহিনীর ভার। সিদ্দি ফুলাদ-এর কিন্তু উচ্চাশা ছিল জল ছেড়ে ডাঙার উচ্চপদে ওঠবার। তাই তিনি চলেছিলেন এক কাফিলার সঙ্গে আগ্রায়।

রাজপুতানার মরুভূমির মধ্যে দিয়ে পথ। চোদ্দোআনা পথ তখন পার হয়ে এসেছেন। হিন্দৌন ছাড়িয়ে আর প্রায় পঁচিশ ক্রোশ যেতে পারলেই আগ্রা। সেখানেই মরুভূমির বালিয়াড়ির মাঝে এক রাত্রে ডাকাতের দল হানা দিয়েছে তাঁদের কাফিলায়। মরুভূমির ধুলোবালির ঝড় সে সময়ে যেন ঈশ্বরের দয়াতেই না উঠলে ধনসম্পদ মানুষজন কিছুই বা কেউই রক্ষা পেত না নিশ্চয়। ঝড়ই সিদ্দি ফুলাদ-এর দলকে সাহায্য করেছে। প্রচণ্ড বালুঝড়ের মধ্যে ডাকাতের দল আর তাদের শিকারদের দুরবস্থা হয়েছে একই। কে কোথায় যে ছিটকে গেছে কেউ জানে না। ঝড় থামবার পর চোখ মেলে চাইবার মতো অবস্থা হলে সিদ্দি ফুলাদ দেখেছেন, ধন-সম্পদ তাঁর বিশেষ কিছু খোয়া যায়নি, কিন্তু যা গেছে তার কাছে দুনিয়ার সম্পদ সিদ্দি ফুলাদ-এর চোখে তুচ্ছ। জাঞ্জিরার শ্রেষ্ঠ সুন্দরী, সিদ্দি ফুলাদ-এর নয়নের মণি, তাঁর কুমারী কন্যারই খোঁজ পাওয়া যাচ্ছে না। বালির ঝড়ে সে নিজেই কোথাও কোনও ধূ-ধূ প্রান্তরে ছিটকে গিয়েছে, না দস্যুরাই তাকে হরণ করে নিয়ে গিয়েছে, কে জানে!

সিদ্দি ফুলাদ প্রায় পাগল হয়ে গিয়েছেন শোকে হতাশায়। তাঁর মনে পড়েছে মান্দভির এক হিন্দু জ্যোতিষীর কথা। নৌবহরের কাজ ছেড়ে আগ্রা রওনা হবার আগে তাঁকে একদিন হাত দেখাতে গেছলেন সিদ্দি ফুলাদ। জানতে চেয়েছিলেন, আগ্রায় যে উদ্দেশ্যে যাচ্ছেন তা বিফল হবে কি!

'না, তা হবে না,' বলেছিলেন হিন্দু জ্যোতিষী, 'অনেক কিছুই পাবেন আগ্রা গিয়ে, উঠবেন অনেক ওপরে। কিন্তু পাবেন যেমন অনেক কিছু, হারাবেনও তেমনই কোনও একটা রত্ন।'

'একটা রত্ন শুধু?' জিজ্ঞাসা করেছিলেন সিদ্দি ফুলাদ।

'হ্যাঁ, একটা রত্নই!' বলে কীরকম যেন অদ্ভুতভাবে তাঁর দিকে চেয়েছিলেন জ্যোতিষী। তারপর আবার বলেছিলেন, 'একটা রত্নের বদলে অনেক কিছু পেতে আপনার আপত্তি নেই তা হলে?'

সিদ্দি ফুলাদ হেসে বলেছিলেন, 'না, আপত্তি নেই। একটার জায়গায় অনেক পাব তো ঠিক?'

'হ্যাঁ, তা পাবেন!' কীরকম একটু রহস্যমেশানো হাসি মুখে মাখিয়ে বলেছিলেন জ্যোতিষী।

সেই একটি রত্ন মানে কি তাঁর প্রাণাধিক এই মেয়ে!

তা যদি জানতেন তাহলে কোনও সৌভাগ্যই তিনি চাইতেন না জীবনে। মান্দভিতে মোগল নৌবাহিনীর একজন অধ্যক্ষ হয়েই সারাজীবন কাটিয়ে দিতেন।

একটি মাত্র মেয়ে। তার ভবিষ্যতের জন্য ভাবনা তো তাঁর সত্যি কিছু ছিল না। তাঁর নিজের কিছু থাক বা না থাক, ফিরোজা নিজের রূপগুণেই উপযুক্ত আমির-ওমরাহের ঘরে সাদরে সমাদরে জায়গা পেত।

মেয়ে তাঁর সত্যিই অসামান্যা সুন্দরী।

তাঁরা হাবশি, কিন্তু কাফ্রি তো নয়। সত্যি কথা বলতে গেলে, রং একটু ময়লা হলেও যৌবনে ইরানি তুরানি সুপুরুষরা আভিজাত্য মেশানো দেহসৌষ্ঠবে তাঁর কাছে দাঁড়াতে প্মারেনি। তিনি বিয়ে করেছেন আবার আসোয়ান-এর তখনকার ডাকসাইটে মিশরি সুন্দরীকে। ফিরোজা তাই একদিকে বসরার গুলের মতো মধুর আর কোমল, আর একদিকে বিদ্যুতের চমক দেওয়া দীপ্তি তার রূপে।

কিন্তু এহেন রূপকেও ভুলিয়ে দেয় তার গুণ। যোলো থেকে এখনও সতেরোয় পা দেয়নি, এরই মধ্যে নিজেদের আমহারিক তো বটেই, তার ওপর আরবি, ফারসি, তুর্কি, এমনকী ভারতবর্ষের সংস্কৃত ভাষা পর্যন্ত, সে ভালরকম শিখেছে। এদেশের গানবাজনার দিকে তাঁর ঝোঁক একটু বেশি। এমনিতে সে কোকিলকণ্ঠী, তার ওপর জেদ করে বীণা বাজানোও শিখেছে।

মেয়ের এই জেদ-ধরা গোঁ-ই সিদ্দি ফুলাদকে ভাবিত করেছে একটু-আধটু। এই জেদের জন্যেই মেয়েটা ভবিষ্যতে ঘা খাবে না তো! তাই বা খাবে কেন, নিজেকে বুঝিয়েছেন ফুলাদ সাহেব। এমন কিছু অন্যায় জেদ তো সে এখনও ধরেনি। আর যা ধরে তা শেষ পর্যন্ত সফল করেই ছাড়ে। যেমন, সেই তলোয়ার খেলা শেখার ঝোঁক। শুনেই বেগমসাহেবা তো আঁতকে উঠেছিলেন—মেয়েছেলে তলোয়ার খেলতে শিখবে কী। কিন্তু সিদ্দি ফুলাদ তাঁর স্নেহের প্রশ্রয় দিয়েছিলেন। চারশো বছর আগে এই ভারতবর্ষেই এক মুসলিম মহিলা কি রানি হিসেবে অস্ত্রধারণ করেননি! স্বামীর সঙ্গে যুদ্ধে নেমে পরাজিত হয়ে প্রাণও দিয়েছিলেন। ফিরোজাকে তো আর সেরকম কিছু করতে হবে না। খেয়াল হয়েছে যখন, শিখুক। ফিরোজা তলোয়ার চালানো সত্যিই শিখেছে, এমন শিখেছে যে সিদ্দি ফুলাদ শুধু নয়, ফিরোজার শিক্ষাগুরু বুড়ো ওস্তাদও অবাক হয়ে গেছেন। বেশিদিন এ নেশা থাকেনি এই ভাগ্যি। মেয়ের এ-ধরনের খেয়াল বেশিদিন থাকে না।

এ মেয়ে সম্বন্ধে কত আশা না করেছেন সিদ্দি ফুলাদ, কত স্বপ্নই না দেখেছেন! বড় হবার, ধনী হবার এত যে চেষ্টা এ তো শুধু তারই জন্যে। আগ্রায় যাচ্ছেন। মোগল জাহানের রাজধানীতে। আগ্রা শহরের শ্রেষ্ঠ সব পরিবারে তাঁর মেয়ের অসামান্য রূপগুণের খবর চাপা থাকবে না! ফিরোজা তার যোগ্য ঘর বর পাবে।

সব স্বপ্নই কি তাহলে ধূ-ধূ বালুর দেশের মরীচিকা হয়ে গেল?

উদ্‌ভ্রান্তের মতো সিদ্দি ফুলাদ কয়েকজন বিশ্বস্ত অনুচর নিয়ে মরুভূমির মধ্যে কন্যার সন্ধান করে ফেরেন।

কিন্তু কোথাও তার কোনও চিহ্নও নেই। না তার, না দস্যুদলের কারও।

ছয়

দ্বিতীয়দিনে সকালবেলা ঊষার আলোয় রাঙা দিগন্তব্যাপী বালুকা-প্রান্তরে দূরে একজন ঘোড়সওয়ারকে দেখা যায়। ঘোড়সওয়ার ঘোড়া থামিয়ে পাষাণমূর্তির মতো দাঁড়িয়ে নীচের দিকে একদৃষ্টে চেয়ে আছে।

ফুলাদ সাহেবের অনুচরেরা চিৎকার করে ওঠে হিংসায় আক্রোশে, 'ডাকু! ওই একটা ডাকু!'

দূর থেকে সওয়ার মুখ তুলে তাকায়। কিন্তু পালাবার কোনও চেষ্টা তার দেখা যায় না। যেমন ছিল তেমনই স্থিরভাবেই সে ঘোড়ার ওপর বসে থাকে।

সিদ্দি ফুলাদ আর তাঁর অনুচরেরা ঘোড়া ছুটিয়ে নিয়ে তাকে ঘিরে ধরে।

অনুচরেরা খোলা তলোয়ার নিয়ে তারপর লোকটার ওপর ঝাঁপিয়ে পড়তে গেছে, কিন্তু ডাকুটাকে তাতেও নির্বিকার থাকতে দেখে ফুলাদ সাহেব নিজেই অনুচরদের নিরস্ত করেছেন।

ডাকুটার ব্যবহার সত্যি তাঁর অদ্ভুত লেগেছে। ফুলাদ সাহেব ঘোড়া চেনেন। ডাকুটার ঘোড়া দেখেই তিনি বুঝেছেন, দূর থেকে যখন তাঁদের সাড়া সে পেয়েছিল, ইচ্ছে করলে তখনই সে নিজের ঘোড়া ছুটিয়ে পালাতে পারত। তার ঘোড়ার নাগাল ধরা সিদ্দি ফুলাদের দলের কোনও ঘোড়ার সাধ্যে কুলোত না।

তবু লোকটা পালাবার চেষ্টা তো করেইনি, এমনকী তাঁর অনুচরদের ঝাঁপিয়ে পড়বার উপক্রম করতে দেখেও কোমরের খাপবন্দি তলোয়ারের হাতলে পর্যন্ত হাত বাড়ায়নি।

বিস্ময়ের সঙ্গে রাগ ও বিরক্তি মিশিয়ে সিদ্দি ফুলাদ একটু তিক্ত বিদ্রূপের সুরেই বলেছেন, 'খুব তোমার সাহস, না? ভেবেছ, সাহস দেখেই আমরা চিনতে ভুল করব?'

লোকটা ঠোঁট ফাঁক না করে সামান্য একটু হেসেছে। তারপর সিদ্দি ফুলাদকে উদ্দেশ করেই আবৃত্তি করেছে সুরেলা গলায়—'হর কস কি খিয়ানৎ কুনদ্ আলবত্তা বতর্সদ। বেচারা নূরী না করে হ্যায় না ডরে হ্যায়।'

সিদ্দি ফুলাদ সত্যি চমকে উঠেছেন। আকবরের সভাসদ বিখ্যাত ফৈজির প্রাণের দোস্ত মুল্লা নূরীর এ বিরল কবিতা এই একটা ডাকুর মুখে!

কবিতার মোদ্দা মানে হল—অন্যায় যে করে সেই ভয় পায়, অন্যায় যে করে না তার ভয়ও নেই।

'তুমি দস্যুদের কেউ নও! কে তাহলে তুমি!' রূঢ়স্বরে জিজ্ঞাসা করেছেন সিদ্দি সাহেব, কিন্তু স্বরটা নিজের অজান্তেই নরম হয়ে এসেছে শেষের দিকে।

এবার লোকটা একটু অবান্তর হলেও আধ্যাত্মিক কবিতাতেই জবাব দিয়েছে।

আমির খসরুর একটি চেৎ কবিতার কলি আউড়ে চলেছে—

'সব কোয়ি উসকো জানে হৈ
পর এক নহীঁ পহচানে হৈ
আঠ দহ্ড়ী মেঁ লেখা হৈ
ফিকর কিয়া মন-দেখা হৈ।'

নিজেই তারপর হেসে উঠে বলেছে, 'কিছু মনে করবেন না, একটু তত্ত্বকথা বলে ফেললাম। কিন্তু আপনাদের ধরন দেখে মনে হচ্ছে কাউকে মার-কাট করে একটা রক্তারক্তি না করলে আপনাদের শান্তি নেই। এ মরুভূমিতে বড় বেয়াড়া সব পোকামাকড় আছে বালির গাদার ভেতরে। তার কোনটা আপনাদের কামড়াচ্ছে জানতে পারি?'

লোকটার নির্বিকার ভাব দেখে মনে মনে একটু দ্বিধাগ্রস্তই হয়েছেন সিদ্দি সাহেব। বাইরে তবু রূঢ় গলাটা বজায় রেখে জিজ্ঞাসা করেছেন আবার, 'ওসব বাজে কথা রেখে আগে বলো, তুমি কে! কী করছ এখানে?'

'আমি!' লোকটা হেসে বলেছে, 'ছিলাম সামান্য একজন শিলাহ্দার। আমার মনসবদার ছিলেন হাজারি জাট দো সদ সওয়ার। আর আমি তাঁর দলে বিস্তি। একদিন তাঁর সঙ্গে তকরার করার অপরাধে তিনি কুড়িজনের বদলে দশজনের সর্দারিতে নামিয়ে বিস্তির জায়গায় মীর-দহ্ করে দেন। সেই দুঃখেই কাজ ছেড়ে মিরাট থেকে গুজরাট যাচ্ছি—সেখানে যদি ভাগ্য ফেরাতে পারি।'

লোকটার চেহারা, পোশাক ও ঘোড়াটাকে লক্ষ করে তার কথাটা খুব অবিশ্বাস করতে পারেননি সিদ্দি ফুলাদ।

'কিন্তু এখানে দাঁড়িয়ে করছিলে কী নীচের বালির দিকে চেয়ে?'

সন্দেহের চেয়ে সরল কৌতূহলই বেশি ছিল তাঁর জিজ্ঞাসায়।

'এখানে বালিতে লেখা একটা অদ্ভুত গল্প পড়ছিলাম!' গম্ভীর মুখেই বলেছে লোকটা।

'বালিতে লেখা গল্প!' লোকটার পরিহাস করার স্পর্ধায় সিদ্দি আগুন হয়ে উঠেছেন আবার।

'মিছে গরম হবেন না।' লোকটি শান্ত গম্ভীর স্বরে বলেছে, 'কাল রাত্রেই এখানে একটা নাটকীয় ব্যাপার ঘটেছে, বালিতে তার চিহ্ন এখনও মোছেনি। সেই চিহ্নগুলোই পড়ছিলাম।'

'চিহ্নগুলো কী নাটকীয় ব্যাপার জানাচ্ছে?' উদ্গ্রীব হয়ে জিজ্ঞাসা করেছেন সিদ্দি ফুলাদ।

'জানাচ্ছে যে, এখানে বালির ওপর একটা দ্বন্দ্বযুদ্ধ গোছের হয়ে গেছে। একজন লম্বা-চওড়া জোয়ান আর একজন বালক বলেই মনে হয়। লড়াইটা তলোয়ার নিয়েই হয়েছে, কিন্তু আশ্চর্যের ব্যাপার, তাতে জোয়ান মর্দকে হারিয়ে ছেলেটি ঘোড়ায় চড়ে পালিয়ে গেছে। এই দেখুন, দুজনের লড়াই-এর ঘোরাফেরার দাগ। ওই দেখুন একটা পাগড়ির টুকরো। তলোয়ারের কোপে কাটা হয়ে মাটিতে পড়েছে। তারপর ওখানে

দেখুন হালকা ছেলেমানুষের পায়ের দাগ ঘোড়ার খুরের দাগে গিয়ে মিলেছে। তারপর ঘোড়া ছুটিয়েই সে পালিয়ে গেছে। এই দেখুন তার পেছনে ভারী নাগরার দাগ। সে দাগ এইখানে এসে থেমেছে, তারপর আবার ফিরে গিয়ে আর-এক ঘোড়ার খুরের দাগের সঙ্গে মিশেছে। জোয়ান মর্দটা ছেলেমানুষটিকেই ঘোড়ায় চড়ে এবার অনুসরণ করেছে বোঝা যাচ্ছে।'

'ফিরোজা! নিশ্চয় আমার ফিরোজা!' চিৎকার করে উঠেছেন সিদ্দি ফুলাদ।

'ফিরোজা! কে ফিরোজা?' অবাক হয়ে জিজ্ঞাসা করেছে অচেনা ভূতপূর্ব শিলাহ্‌দার।

'ফিরোজা আমার মেয়ে! আমার একমাত্র মেয়ে!' আর্তকণ্ঠে বলেছেন ফুলাদ সাহেব, 'তোমার কথা যদি সত্য হয় তাহলে এখনও সে বেঁচে আছে। তবে যে-দস্যুরা আমাদের কাফিলায় হানা দিয়েছিল তাদেরই কেউ এখনও তাকে অনুসরণ করছে নিশ্চয়। আমার মেয়েকে যদি উদ্ধার করতে পারো তাহলে—'

'তাহলে দেবার মতো আপনার এমন কিছুই নেই যার লোভ দেখাতে পারেন।' শিলাহ্‌দার হেসে বলেছে, 'সুতরাং ও সব আশা না দিয়ে আপনার মেয়ের একটু বর্ণনা দিন।'

বেশ একটু ক্ষুব্ধ হলেও সিদ্দি ফুলাদ তা-ই দিয়েছেন।

শিলাহ্‌দার তা শুনে একটু চিন্তিতভাবে বলেছে, 'ব্যাপারটা খুব সহজ মনে হচ্ছে না। বোঝা যাচ্ছে এই ডাকুর দলের কেউ-ই আপনার মেয়ের পেছনে লেগে আছে। তাকে এড়াতে গিয়ে আবার সে-দলের কবলে যদি আপনার মেয়ে পড়ে তাহলে তাদের হদিস পেলেও গায়ের জোরে লড়াই করে আপনার মেয়েকে উদ্ধার করা যাবে না। কারণ আপনার অনুচর তো মাত্র এই ক-টি, আর সঙ্গে আছি মাত্র আমি। সুতরাং উদ্ধার করতে বাহুবলের সঙ্গে বুদ্ধিও খাটাতে হবে।'

শিলাহ্‌দার লোকটি তারপর ঘোড়া ছুটিয়ে একাই মরুপ্রান্তরের ওপর দিয়ে দিগন্ত ছাড়িয়ে চলে গেছে।

সিদ্দি ফুলাদ আর তাঁর অনুচরেরা তার সঙ্গে যেতে চেয়েছিল, কিন্তু তাতে ফল খারাপ হতে পারে বলে সে বারণ করেছে।

সাত

"শিলাহ্‌দারের কথা তখন মেনে নিলেও নিজেদের কাফিলার দিকে ফিরতে ফিরতে সিদ্দি ফুলাদ-এর মনে সন্দেহ জেগেছিল।

ওই একটা অজানা অচেনা সওয়ার তাঁকে মিথ্যে ধাপ্পাই কি দিয়ে গেল! তার কথায় বিশ্বাস করা কি ঠিক হয়েছে!

কিন্তু বিশ্বাস না করেই বা কী করতে পারতেন! লোকটা ডাকুদের কেউ হলে অতি-বড় ধড়িবাজ অভিনেতা বলতে হবে। সেই সঙ্গে কিছু বিদ্যে আর রসকষও আছে। কবিতার কলি আবৃত্তি থেকেই তা বোঝা গেছে। প্রথমে তার ওপর যে

সন্দেহটা হয়েছিল তা সে কথাবার্তায় ব্যবহারে দূর করে দিয়েছে। সন্দেহটা আলগা হবার পর তাকে আর মারধোর করা তো যায় না। লোকটা বালিতে তখন যে সব চিহ্ন দেখিয়ে তার অর্থ বুঝিয়েছিল, সেগুলি আজগুবি বলেও মনে হয়নি। লোকটা যদি ঠকবাজ হয় তাহলে তা মেনে নিয়ে নিজেদেরই যা খোঁজবার খুঁজতে হবে। সে সুযোগ তো সে কেড়ে নিয়ে যায়নি।

কিন্তু খুঁজবেন কোথায়?

বেলা বাড়ার সঙ্গে সমস্ত মরুভূমি বিরাট তপ্ত বালির তাওয়া হয়ে ওঠে। চোখের ওপর দিকচক্রবাল তখন প্রচণ্ড তাপে যেন কাঁপতে থাকে। যেদিকে তাকাও শুধু ধূ ধূ শূন্যতা। এর মধ্যে কোথায় পাবেন তাঁর হারানো মেয়ের সন্ধান?

তিন দিনের অবিরাম ছোটাছুটিতে, অমানুষিক পরিশ্রমের ক্লান্তিতে হতাশায় সিদ্দি ফুলাদ এবার একেবারে ভেঙে পড়ে প্রায় বেহুঁশ হয়ে গেছেন মরুভূমির হলকা-লাগা জ্বরে।

সেই রাত্রেই তাঁর মেয়ে ফিরে এসেছে। এনেছে সেই শিলাহ্‌দার অজানা সওয়ার। কী করে কোথা থেকে ফিরোজাকে সে উদ্ধার করেছে তা সে কিছুই বলেনি। সিদ্দি ফুলাদও তখন জানতে চাননি। প্রাণের প্রাণ মেয়েকে ফিরে পেয়েই তিনি তখন আনন্দে অধীর। মন্ত্রবলে যেন সুস্থও হয়ে উঠেছেন। সিদ্দি বংশের পরমাসুন্দরী যুবতী মেয়ের, কে জানে, ক-দিন ক-রাত একত্র থেকে একই ঘোড়ার পিঠে অপরিচিত অনাত্মীয় একজন যুবাপুরুষের সামনে বসে জনহীন মরুপ্রান্তরের ভেতর দিয়ে আসার মতো অবিশ্বাস্য ব্যাপারে চরম ইজ্জতহানির আতঙ্কে তটস্থ হতেও ভুলে গেছেন।

সত্যি কথা বলতে গেলে নিজের অগোচরে মনের ভেতর একটা বাসনা তাঁর জেগেছিল। হলই বা সামান্য শিলাহ্‌দার, তার ভবিষ্যৎ কী হবে কে বলতে পারে! কুড়িজনের সর্দারি বিস্তি থেকে দশজনের নায়ক মীর-দহ্‌তে নামিয়ে দিয়েছিল বটে, তবু সরকারের দেওয়া ঘোড়া হাতিয়ার নিয়ে কম মাইনের সওয়ার-সিপাই যারা হয় সেই পাশা তো নয়, নিজের ঘোড়া আর হাতিয়ার নিয়ে যারা অনেক বেশি তঙ্খার ফৌজি হয়—সেই শিলাহ্‌দার। আর মীর-দহ্‌তে নামলেও আবার একদিন দহ্‌-হাজারিতে যে উঠবে না, কে বলতে পারে!

শিলাহ্‌দারের চেহারাটাও তাঁর ভাল লেগেছে। লম্বা-চওড়া জোয়ান নয়, একটু রোগা-পাতলাই মনে হয় বরং, কিন্তু একেবারে যেন ইস্পাতের ফলা। আর মুখখানা একটু যেন আলাদা ছাঁচের। কোথায় যেন এ মুখ তিনি দেখেছেন বলেও তাঁর মনে হয়েছে। ইরানি তুরানি হাবশি ধাঁচের মুখ নয়, তা থেকে আলাদা যেখানে তাঁদের আদিবাস, সেই জাঞ্জিরায় থাকবার সময়ই রত্নগিরি না কোথায় একবার গিয়ে প্রায় হুবহু এই ছাঁচের মুখ যেন দেখেছিলেন, ঠিক স্মরণ করতে পারেননি।

সামান্য শিলাহ্‌দার হয়ে সন্তুষ্ট থাকবার মানুষ যে সে নয়, লোকটার চেহারা-চরিত্র দেখেই বোঝা যায়। সিদ্দি ফুলাদ পেছনে থেকে তাকে যথাসাধ্য সাহায্য করতে প্রস্তুত। ফিরোজার ভাবগতিক যদি তিনি কিছু বুঝে থাকেন তাহলে উদ্ধারকর্তার প্রতি সে বিরূপ নয় বলেই মনে হয়। না, জুটি তাদের খুব বেমানান হবে না। আর এদের

দুজনকে মিলিয়ে দিতে পারলে মরুভূমির বিশ্রী ব্যাপারটা আর বিশ্রী থাকবে না। তার কালিমাই রঙে উজ্জ্বল হয়ে উঠবে।

কিন্তু সব পরিকল্পনা অমনভাবে ভেস্তে যাবে তিনি ভাবতে পারেননি। চালচলন দেখে আর আবৃত্তি-করা শায়েরিতে চোস্ত ফারসি আরবি জবান শুনে যা ভেবেছিলেন, আগ্রায় পৌঁছোবার পর বচনরাম নাম শোনার সঙ্গে সঙ্গেই সে ধারণা চুরমার হয়ে বুকে বড় বেজেছে।

মন থেকে তখনই বচনরামকে দূরে সরিয়ে দিয়েছিলেন। মেয়েকে উদ্ধার করার ঋণশোধ হিসেবে নিজে প্রথম মীর আতিশ হবার পরই বচনরামকে একটা কাজ জুটিয়ে দিয়েছেন। সেই কাজই বচনরামের মীর-ঈ-ইমারৎ হবার পথে প্রথম ধাপ হয়েছে। বচনরামকে কোতল করবার হুকুম দেওয়ার সময় সিদ্দি ফুলাদ তাই শোধবোধ ওইভাবেই হয়ে গেছে বলে মনের বেয়াড়া কাঁটাটা চাপা দিতে পেরেছিলেন।

বচনরাম কিন্তু ধরা পড়েনি। ধরা পড়া দূরে থাক, শহর-কোতোয়ালের বাড়ি থেকে সে যে কোথায় গেছে তারই কোনও হদিস পাওয়া যায়নি। মহল্লার দারোগা দু-দিন তার কাটরা-ই-পর্চার বাসার কাছে ওত পেতে থেকে শেষ পর্যন্ত তার বিফলতার কথা সিদ্দি ফুলাদকে জানিয়েছে। শহর-কোতোয়ালের লাগানো হরকরারাও বচনরামের কোনও খবর আনতে পারেনি।

ইতিমধ্যে আর ক-টা এমন ব্যাপার ঘটেছে যা জানতে পারলে সিদ্দি ফুলাদ আরও বিচলিত হতেন। কিন্তু এ খবর জেনেছেন শুধু কুমার রামসিং তার বিশ্বস্ত মুনশি গিরধরলালের কাছে। তিনি অবশ্য উচ্চবাচ্য না করে এ খবর একেবারে চেপে গেছেন। কিন্তু বেশ একটু বিমূঢ়ই হয়েছেন ভেতরে ভেতরে।

আট

"খবরটা সত্যই অদ্ভুত। সকালেই মুনশিজি ফ্যাকাশে মুখে আগ্রা-প্রাসাদের পূর্ব প্রাকারের ঝরোকা-ই-দর্শনের নীচে কুমার রামসিং-এর খোঁজে এসেছেন। আওরঙ্গজেব তখনও এই বারান্দায় প্রতি সকালে প্রজাদের দেখা দেওয়ার রেওয়াজ উঠিয়ে দেননি। সূর্যোদয়ের মিনিট পঁয়তাল্লিশ বাদে প্রতিদিন তিনি ওই ঝরোকা-ই-দর্শনে প্রজাদের দর্শন দিয়ে সেখানেই আধঘণ্টার ওপর সময় দেওয়ান-ই-আম-এ যারা ঢুকতে পায় না, সেই অতি-সাধারণ প্রজাদের আর্জি-নালিশ শোনেন।

সেদিন সম্রাট তখনও ঝরোকায় এসে পৌঁছোননি। সম্রাটকে নিত্য দেখা যারা ধর্মের অনুষ্ঠান করে তুলেছে, প্রভাতে তাঁর মুখ না দেখে যারা জলগ্রহণ করে না, সেই দর্শনীয়া সম্প্রদায়ের লোকেরা বারান্দার নীচে যমুনা-তীরের বালুকা প্রান্তরে ঊর্ধ্বমুখ হয়ে আছে সম্রাটের আবির্ভাবের প্রতীক্ষায়। সেদিন সকালে কুমার রামসিং-এর চৌকি ছিল বলে তিনিও সম্রাটের দেখা দেওয়ার অপেক্ষায় বাইরে অনুচর সমেত

তৈরি হয়ে আছেন।

মুনশি গিরধরলাল তাঁর কাছে গিয়ে প্রথমেই উদ্বিগ্ন স্বরে জিজ্ঞাসা করেছেন, 'খারাপ খবর কিছু নেই তো?'

কুমার রামসিং বেশ অবাকই হয়েছেন। গিরধরলালের হঠাৎ মাথা খারাপ হয়ে গেল নাকি! নইলে কথা নেই বার্তা নেই, সাত-সকালে এই ঝরোকা-ই-দর্শন-এ এসে এরকম আহাম্মকের মতো প্রশ্ন করার মানে কী?

'খারাপ খবর থাকবে কেন? কীসের খারাপ খবর?' গিরধরলালের ফ্যাকাশে মুখ আর ভীত দৃষ্টি লক্ষ করে তিনি জিজ্ঞাসা করেছেন।

এবার মুনশিজি একটু আড়ালে নিয়ে গিয়ে মুনিবকে সেই অদ্ভুত ঘটনাটা সবিস্তারে জানিয়েছেন। গত রাত্রে ফৌজদার আলি কুলীর সঙ্গে একটা মুশায়েরা থেকে ফিরছিলেন। তখনকার আগ্রা কেন, কোনও শহরেই রাস্তায় আলো দেবার কোনও ব্যবস্থাই ছিল না। নেহাত প্রাসাদের তোরণে, দু-একটা সরকারি দোকানে আর কোতোয়ালি চবুতরায় রাত্রে আলো জ্বলত। এ বাদে কোথাও সিপাইদের ঘাঁটিতে বা কোথাও আমির-ওমরাহ্-এর বাড়িতে তেলের আলো বা মশাল জ্বালা হত। আলি কুলীর সঙ্গে গল্প করে ফিরতে ফিরতে খাস বাজারের পাশে একেবারে কোতোয়ালি চবুতরার কাছেই সেখানকার আলোয় একজনকে দেখে মুনশিজি একেবারে থ হয়ে যান। ফৌজদার আলি কুলীও তাকে দেখেছে। কিন্তু সে তো চেনে না! সে গিরধরলালের যেন ভূত দেখার মতো থমকে থামা দেখেই অবাক হয়ে যায়।

'ভূত দেখলে নাকি, মুনশিজি!' আলি কুলী ঠাট্টার সুর দিতে গিয়েও একটু বিস্মিত কণ্ঠেই জিজ্ঞাসা করেছে।

'না, ও কিছু নয়!'

ব্যাপারটা হালকা করে উড়িয়ে দেবার চেষ্টা করে মুনশিজি আবার হাঁটতে শুরু করেছেন।

লোকটাও মুনশিজিকে দেখে একটু যেন থতমত খেয়ে দাঁড়িয়ে পড়েছিল। চবুতরায় জ্বলা বাতির আলোয় তখন তাকে ভালভাবেই দেখা গেছে। তারপর হন হন করে হেঁটে সে আলোর পরিধি ছাড়িয়ে আবার দূরের অন্ধকারে মিলিয়ে গেছে। গিরধরলাল তখনই একটা কিছু করতে পারতেন। কিন্তু ব্যাপারটা এমন অবিশ্বাস্য যে, নিজের চোখের ভুল মনে করে মিছে কেলেঙ্কারির ভয়ে কাউকে কিছু আর জানাতে সাহস করেননি। আলি কুলীর কাছে এক জায়গায় বিদায় নিয়ে সেই রাত্রেই অন্ধকার শহরের এক প্রান্ত থেকে আর-এক প্রান্তে কুমার রামসিং-এর বাড়িই গেছেন তাঁকে ব্যাপারটা জানাতে।

কিন্তু সেখানে মীর আতিশ শহর-কোতোয়াল সিদ্দি ফুলাদ-এর রক্ষীদল তোপ-বন্দুক নিয়ে পাহারা দিচ্ছে। সিদ্দি ফুলাদ নিজে উপস্থিত থাকলে হয়তো ভেতরে যাবার অনুমতি পেতেন, কিন্তু শহর-কোতোয়ালের অধীন থানাদার তা দেয়নি।

বিফল হয়ে বাড়ি ফিরতে হয়েছে গিরধরলালকে। সারারাত তারপর ঘুমোতে

পারেননি। সেদিন সকালে কেল্লার বাইরে তাঁর প্রভু কুমার রামসিং-এর চৌকি জেনে ভোর না হতেই সেখানে ছুটে এসেছেন তাঁর কাছে।

মুনশিজির মুখে সব শুনে কুমার রামসিং-ও এ ব্যাপারে তাজ্জব বনে গেছেন। তিনিই এবার বিমূঢ় হয়ে জিজ্ঞাসা করেছেন মুনশিজিকে, 'আপনি শিবাজি ভোঁসলেকেই দেখেছেন বলছেন! দেখার ভুল হয়নি তো?'

'তা হতে পারে কুমার সাহেব!' মুনশিজি দিশাহারাভাবে বলেছেন, 'কিন্তু আমি স্পষ্ট শিবাজি ভোঁসলেকেই দেখেছি। ও মুখ তো আমার মনে ছাপা। একটা গোটা দিন তাঁর সঙ্গে কাটিয়ে তাঁকে আগ্রা নিয়ে এসেছি এই আমিই। তাই ভয় পেয়ে কাল রাত্রেই আপনার কাছে ছুটে গেছলাম। দেখা করতে না পেরে আজ ভোরেই আবার এসেছি। আপনি তো চৌকিতে আসবার আগেই শিবাজির শিবির হয়ে এসেছেন!'

'তা এসেছি!' চিন্তিতভাবে বলেছেন কুমার, 'নিজের চোখে দেখেও এসেছি তাঁকে। উনি কিছুদিন ধরে অসুখের মানত হিসেবে রোজ ভারে ভারে মিঠাই-মণ্ডা, ফলমূল নানা মন্দিরে আর ব্রাহ্মণ-পণ্ডিত, সাধু-সন্ন্যাসীকে পাঠাচ্ছেন, জানো তো! অসুখ সত্ত্বেও ভোরে উঠে পূজা-পাঠ সেরে তারই ব্যবস্থা করেন। কাল রাত্রের ব্যাপারটার কোনও মানে পাচ্ছি না, কিন্তু আজ ভোরে স্বচক্ষে তাঁকে দেখে এসেছি।'

সেদিন চৌকি সেরে অত্যন্ত দুর্ভাবনা মাথায় নিয়ে কুমার বাড়ি ফিরেছেন। যত আজগুবিই মনে হোক, সাবধানের বিনাশ নেই বলে কুমার তাঁর নিজের অনুচরদের পাহারা আরও কড়া করেছেন। দণ্ডে দণ্ডে তারা শিবাজির খবর নেবে। রাত্রে পর্যন্ত ঘুরে আসবে তাঁর শোবার ঘর।

পরামর্শ করবার জন্যে শহর-কোতোয়াল সিদ্দি ফুলাদকে বিশ্বাস করে ব্যাপারটা জানাবার কথা একবার ভেবেছেন। কিন্তু তার সুবিধে হয়নি। ফুলাদ সাহেব দু-দিন ধরে নাকি কোতোয়ালিতে আসছেন না। শিবাজির শিবির পাহারা দেবার অমন গুরু দায়িত্বও তাঁর অধীন থানাদারের হাতে ছেড়ে দিয়েছেন। হয়তো হঠাৎ অসুস্থই হয়েছেন কোতোয়ালের সাহেব—ভেবেছেন কুমার রামসিং।

সিদ্দি ফুলাদ-এর অসুখ কিন্তু হয়নি।

হয়েছে তার চেয়ে অনেক দারুণ কিছু। তাঁর পাগল হতে আর বাকি নেই। সেই অবস্থাই তাঁর হয়েছে, যা হয়েছিল রাজপুতানার মরুতে প্রথম আগ্রা আসবার পথে মরুর ঝড় আর দস্যুদের হানার পর।

তখনকার মতোই তাঁর নয়নের মণি ফিরোজাকে হঠাৎ আর পাওয়া যাচ্ছে না। হঠাৎ কে যেন অন্দরমহলের দুর্ভেদ্য প্রাচীর ও পাহারা তুচ্ছ করে তাকে হাওয়ার মতো অদৃশ্য করে নিয়ে চলে গেছে।

সেবারে এই বিপদে দেবদূতের মতো দেখা দিয়ে কন্যাকে যে উদ্ধার করে এনেছিল সেই বচনরাম নিজেও নিরুদ্দেশ।

পারিবারিক এ চরম লজ্জাকর ব্যাপারের কথা কাউকে জানাবারও নয়। সিদ্দি ফুলাদ সমস্ত কাজকর্ম ছেড়ে একাই সারা শহর খুঁজে বেড়িয়েছেন দিনরাত্রি। কিন্তু বৃথাই।

নয়

"এরই মধ্যে এসেছে যোলোশো ছেষট্টি সালের উনিশে আগস্ট তারিখ!

আগ্রা আর সেই সঙ্গে মোগল সাম্রাজ্যের ভিত্তি যা টলিয়ে দিয়েছিল ওই তারিখে, আগ্রার কেউ কিন্তু তার কোনও আভাস পায়নি।

শিবাজি একটু বেশি অসুস্থ হয়ে পড়ে শয্যাগত হয়েছেন এই কথাই সকলে জেনেছে। প্রহরীরা তাঁকে বিছানায় শায়িত অবস্থায় দেখেও গেছে। গায়ে লেপ ঢাকা। তার ভেতর দিয়ে শিবাজির বিশেষ সোনার কঙ্কণ পরা হাতটা দেখলেই চেনা যায়।

সন্ধ্যার সময় যথারীতি মিষ্টান্নের ভারাগুলি বাহকেরা বয়ে নিয়ে গেছে বাইরে। গোড়ায় গোড়ায় নিত্য পরীক্ষা করে দেখলেও রক্ষীরা এখন আর তা নিয়ে মাথা ঘামায় না। তারা মিষ্টান্নের ভারীদের বাধা দেয়নি।

শিবাজির ঘরে রাত্রেও কুমার রামসিং-এর অনুচরেরা এসে তদারক করে গেছে। শিবাজির সোনার কঙ্কণ পরা সেই হাত দেখেই তারা আশ্বস্ত হয়েছে। তারা দেখেছে একজন চাকর শয্যাপ্রান্তে বসে শিবাজির পদসেবা করছে। পরের দিন সকালে আটটা নাগাদ শিবাজির সৎভাই চাকরটিকে নিয়ে শিবির থেকে বেরিয়ে গেছেন। যাবার সময় সকলকে সাবধান করে গেছেন, অসুস্থ শিবাজিকে যেন বিরক্ত না করা হয়।

কেউ তা করেনি। কিন্তু ক্রমশ প্রহরীরা সন্দিগ্ধ হয়ে উঠেছে শিবাজির শিবির অস্বাভাবিক রকম শান্ত দেখে। শিবাজির দর্শনার্থীদের কোনও ভিড়ই না থাকাটা বেশ সন্দেহজনক।

শিবাজি যে তাঁর ছেলে শম্ভুজিকে নিয়ে পালিয়েছেন তা ধরা পড়েছে সকাল দশটা নাগাদ। হুলস্থূল পড়ে গেছে শহরে সম্রাটের দরবারে। যেমন করে হোক শিবাজিকে ধরতেই হবে আবার।

কিন্তু ধরবে কোথায়? মালোয়া খাণ্ডেশের ভেতর দিয়েই নিজের রাজ্যে পালাবার চেষ্টা করা শিবাজির পক্ষে স্বাভাবিক। সে দিকেই অনুসরণ করবার দ্রুত ব্যবস্থা যখন হচ্ছে তখনই মথুরায় হঠাৎ শিবাজিকে তাঁর ছেলে সমেত দেখতে পাওয়ার খবরে সব গোলমাল হয়ে গেছে।

মালোয়ার দিকে অনুসরণ তাতে একটু হয়তো বিলম্বিত হয়ে থাকবে। উত্তর দক্ষিণ এবং তারপর পূর্বদিকে কিন্তু অক্লান্তভাবে অনুসন্ধান চালানো হয়েছে। মাঝে মাঝে শিবাজির যা খবর এসেছে তা কিন্তু পূর্বদিক থেকেই, কখনও ইলাহাবাদে কখনও বারাণসীধামে কখনও গয়ায়, এমনকী এদিকে পুরী আর ওদিকে গোদাবরী তীরের গ্রামে পর্যন্ত শিবাজিকে দেখেছে বলে অনেকে দাবি করে পাঠিয়েছে।

শিবাজির সঙ্গে একটি বালককেও দেখা গেছে। সে বালক শম্ভুজি ছাড়া আর কে হতে পারে। বালকটিও সামান্য নয়। এক জায়গায় ঘোড়া কেনবার ব্যাপারে বচসা হওয়ায় নগররক্ষীরা এসেছে শিবাজি আর ছেলেটিকে গ্রেফতার করতে। শিবাজি শুধু নয়, সেই ছেলেটিও হঠাৎ তলোয়ার খুলে দাঁড়িয়েছে। রক্ষীরা সংখ্যায় অনেক বশি। কিন্তু অসি-যুদ্ধে তাদের শুধু প্রাণটুকু রেখে দিয়ে নাকালের একশেষ করে শিবাজি

আর ছেলেটি নিজেদের মুক্ত করে ঘোড়া ছুটিয়ে চলে গেছে।

এসব কাহিনী আগ্রায় পৌঁছে আওরঙ্গজেবকে যদি দিশাহারা করে থাকে তাতে অবাক হবার কিছু নেই। এদিকে দক্ষিণ থেকে যখন গুপ্তচরের খবর আসছে যে শিবাজি তাঁর রাজধানীতে পৌঁছে গেছেন, তখনও বিশ্বস্ত হরকরা মারফত পুব দিক থেকেও শিবাজির সংবাদ পাওয়া যাচ্ছে।

সত্যি তাহলে কোনটা?

আওরঙ্গজেব তা নির্ধারণ করতে পারেননি। সঠিকভাবে ঐতিহাসিকরাও পারেননি জয়পুরের দপ্তরখানায় পুরনো ডিঙ্গল পত্রগুলি আবিষ্কৃত না হওয়া পর্যন্ত। এ চিঠিগুলি অমূল্য। কুমার রামসিং-এর সভাসদেরা প্রতিদিনের একেবারে টাটকা খবর, এমনকী কথাবার্তার বিবরণ পর্যন্ত রাজস্থানের কথ্য ডিঙ্গল ভাষায় লিখে পাঠিয়েছে। রাত্রের লেখা চিঠি পরের দিন সকালেই চলে গেছে উটের ডাকে।

এসব চিঠি থেকে শিবাজি যে আগ্রা থেকে রাজগড়ের সরলরেখার দূরত্ব ছ-শো সত্তর মাইল দিনে অন্তত চল্লিশ মাইল ঘোড়া চালিয়ে মোট পঁচিশ দিনে পার হয়েছিলেন তা নির্ভুলভাবে প্রমাণিত হয়েছে। শিবাজির মতো অসামান্য বীরের পক্ষে কাজটা অসাধ্যও নয়। তাঁর বয়স তখনও চল্লিশ হয়নি।

শিবাজির আগ্রা থেকে পালাবার সঠিক রাস্তা জানবার পর প্রশ্ন থেকে যায়, মথুরা ইলাহাবাদ বারাণসী ইত্যাদি জায়গায় তাহলে শিবাজির মতো কাকে দেখা গেছে! তার সঙ্গে বালকটিই বা কে!

সুরাটের ব্রাহ্মণ চিকিৎসক নাভাকে সত্যিকার ওই ধনরত্ন তাহলে কে দিয়েছিলেন? স্বয়ং শিবাজি রাজগড় থেকে গোদাবরী তীরের গ্রামের সেই কৃষক-জননীকে সত্যিই ডেকে পাঠিয়ে তার অভিযোগের প্রতিকার করেছিলেন কেন?"

দাসমশাই থামলেন।

মস্তক যাঁর মর্মরের মতো মসৃণ সেই শিবপদবাবু বলে উঠলেন, "তার মানে আপনি বলতে চান, ওই আপনার পূর্বপুরুষ বচনরামই শিবাজি সেজে উত্তর আর পুব দিকে গিয়ে মোগলদের ধোঁকা দিয়েছিলেন।"

"না," ঘনশ্যাম দাস অনুকম্পাভরে বললেন, "তবে কৃষ্ণাজি অনন্ত সভাসদের শিব-ছত্রপতি-চেন চরিত্র-এর মতো আর-একটি যে অমূল্য মারাঠি বখর হারিয়ে গেছে তা খুঁজে পাওয়া গেলে এই বিবরণই পাওয়া যাবে।"

"সে বিবরণ কে লিখে গেছলেন? সেই বচনরাম?" শ্রদ্ধাবিগলিত স্বরে জিজ্ঞাসা করলেন শিরোশোভা যাঁর কাশের মতো শুভ্র সেই হরিসাধনবাবু।

"হ্যাঁ, তিনিই লিখে গেছলেন—শিবাজির সঙ্গে তাঁর চেহারায় মিলের কথা জানতে পারার পর কীভাবে ওই ফন্দি এঁটে তিনি কাজে লাগান। শহর-কোতোয়াল সিদ্দি ফুলাদও এই মিলটাই লক্ষ করেছিলেন, শুধু মিলটা কার সঙ্গে তা স্মরণ করতে পারেননি তখন!"

ঘনশ্যাম দাস ওঠবার উপক্রম করলেন।

"কিন্তু ওই ফিরোজাবিবি!" ব্যাকুলভাবে বলে উঠলেন মেদভারে হস্তীর মতো যাঁর বিপুল দেহ সেই ভবতারণবাবু, "তার কী হলো তা কি জানা গেছে? সে কি ফিরেছে তার বাবার কাছে?"

"ফেরেনি বলেই তো জানি!"—একটু রহস্যময় হাসি যেন ফুটে উঠল ঘনশ্যাম দাসের মুখে, সে মুখে হাসি ফোটা যদি সম্ভব হয়—"কে জানে, নকল শিবাজির সঙ্গে যাকে বালকবেশে দেখা গেছে সে কে?"

দাস হলেন ঘনাদা

এক

"না, তস্য তস্য!"

বললেন শ্রীঘনশ্যাম দাস, ঘনাদা নামে যিনি কোনও কোনও মহলে পরিচিত।

এ উক্তির আনুপূর্ব বোঝাতে একটু পিছিয়ে যেতে হবে এ কাহিনীর। স্থান-কাল-পাত্রও একটু বিশদ করা প্রয়োজন।

স্থান এই কলকাতা শহরেরই প্রান্তবর্তী একটি বৃহৎ কৃত্রিম জলাশয়, করুণ আত্মছলনায় যাকে আমরা হ্রদ বলে অভিহিত করে থাকি। জীবনে যাদের কোনও উদ্দেশ্য নেই, অথবা কোনও উদ্দেশ্যেরই একমাত্র অনুসরণে যারা পরিশ্রান্ত, উভয় জাতির নানা বয়সের স্ত্রী-পুরুষ নাগরিক প্রতি সন্ধ্যায় এই জলাশয়ের চারিধারে এসে নিজ নিজ রুচি প্রবৃত্তি অনুযায়ী স্বাস্থ্য অর্থ কাম মোক্ষ এই চতুর্বর্গের সাধনায় একা একা বা দল বেঁধে ভ্রমণ করে উপবিষ্ট হয়।

এই জলাশয়ের দক্ষিণ তীরে একটি নাতিবৃহৎ বৃক্ষকে কেন্দ্র করে কয়েকটি আসন বৃত্তাকারে পাতা। সেই আসনগুলিতে আবহাওয়া অনুকূল থাকলে প্রায় প্রতিদিনই পাঁচটি প্রবীণ নাগরিককে একত্র দেখা যায়।

এ কাহিনী সূচনার পাত্র এঁরাই। তাঁদের একজনের শিরোশোভা কাশের মতো শুভ্র, দ্বিতীয়ের মস্তক মর্মরের মতো মসৃণ, তৃতীয়ের উদর কুম্ভের মতো স্ফীত, চতুর্থ মেদভারে হস্তীর মতো বিপুল এবং পঞ্চম জন উষ্ট্রের মতো শীর্ণ ও সামঞ্জস্যহীন।

প্রতি সন্ধ্যায় এই পঞ্চ সভাসদের অন্তত চারজনকে এই বিশ্রাম-আসনে নিয়মিতভাবে সমবেত হতে দেখা যায় এবং আকাশের আলো বিলীন হয়ে জলাশয়ের চারিপার্শ্বের আলো জ্বলে ওঠার পর ফেরিওয়ালাদের ডাক বিরল না হওয়া অবধি স্বাস্থ্য থেকে সাম্রাজ্যবাদ ও বাজারদর থেকে বেদান্তদর্শন পর্যন্ত যাবতীয় বিষয় ও তত্ত্ব তাঁরা আলোচনা করে থাকেন।

এ সমাবেশের প্রাণ হলেন শ্রীঘনশ্যাম দাস, প্রাণান্তও বলা যায়।

এ আসর কবে থেকে তিনি অলংকৃত করছেন ঠিক বলা যায় না, তবে তাঁর আবির্ভাবের পর থেকে এ সভার প্রকৃতি ও সুর সম্পূর্ণ পরিবর্তিত। কুম্ভের মতো যাঁর উদরদেশ স্ফীত সেই ভোজনবিলাসী রামশরণবাবু আগেকার মতো তাঁর রুচিকর রন্ধন-শিল্প নিয়ে সবিস্তারে কিছু বলবার সুযোগ পান না। মস্তক যাঁর মর্মরের মতো মসৃণ সেই ভূতপূর্ব ইতিহাসের অধ্যাপক শিবপদবাবু ঐতিহাসিক বিষয় নিয়েও

নিজের মতামত জ্ঞাপন করতে দ্বিধা করেন।

কারণ, শ্রীঘনশ্যাম দাস সম্বন্ধে সবাই সন্ত্রস্ত। কোথা থেকে কী অশ্রুতপূর্ব উল্লেখ ও উদ্ভট উদ্ধৃতি দিয়ে বসবেন, নিজেদের অজ্ঞতা প্রকাশের আশঙ্কাতেই যার প্রতিবাদ করতে পারতপক্ষে কেউ প্রস্তুত নন।

মেদভারে হস্তীর মতো যিনি বিপুল সেই সদাপ্রসন্ন ভবতারণবাবু সেদিন কী কুক্ষণে ঐতিহাসিক উপন্যাসের কথা তুলেছিলেন!

ভবতারণবাবু নির্বিবাদী নিপাট ভালোমানুষ। সরকারি পূর্ত বিভাগে মাঝারি স্তরে কী একটা আয়েসি চাকরি করতেন। কয়েক বছর হল রিটায়ার করেছেন। ধর্মকর্ম এবং নির্বিচারে যাবতীয় মুদ্রিত গল্প উপন্যাস পড়াই এখন তাঁর কাজ।

এ সভায় বেশিরভাগ সময়ে ভবতারণবাবু নীরব শ্রোতা হিসাবেই বিরাজ করেন। এই দিনে আলোচনায় একবার ঢিল পড়ায় কী খেয়ালে নিজের দুর্বলতার কথাটা প্রকাশ করে ফেলেছেন।

দিবানিদ্রার প্রসঙ্গ থেকেই কথাটা বলবার সুযোগ পেয়েছিলেন।

"হ্যাঁ, ও রোগ আমার ছিল।" যেন লজ্জিতভাবে বলেছিলেন ভবতারণবাবু, "ডাক্তার বলেছিল দিনে ঘুমোনো বন্ধ না করলে চর্বি আরও বাড়বে। কিন্তু দিনে ঘুমোনো বন্ধ করি কী করে? দুপুরের খাওয়া সারতে না সারতেই চোখ দুটো ঘুমে জুড়ে আসে। তারপর ওই এক ওষুধে ভোজবাজি হয়ে গেল!"

"ওষুধটা কী?" সাগ্রহে জিজ্ঞাসা করলেন উদর যাঁর কুম্ভের মতো স্ফীত বর্তুলাকার সেই রামশরণবাবু, "কফি?"

"না, না, কফি কেন হবে!" ভবতারণবাবু গদগদ স্বরে বললেন, "আজকালকার সব ঐতিহাসিক উপন্যাস। কী অপূর্ব জিনিস ভাবতে পারবেন না, একবার পড়তে শুরু করলে ঘুম দেশ ছেড়ে পালাবে।"

"আপনি ওইসব উপন্যাস পড়েন?" মস্তক যাঁর মর্মরের মতো মসৃণ সেই শিবপদবাবু নাসিকা কুঞ্চিত করলেন।

"পড়ি মানে? ওই তো এখন আমার ওষুধ।" ভবতারণবাবু উচ্ছ্বসিত হয়ে উঠলেন, "পড়ে দেখবেন একখানা। আর ছাড়তে পারবেন না। আহা, কী সব গল্প আর কী সব চরিত্র! চোখের সামনে যেন জ্বলজ্বল করে। শাজাহাঁ, ক্লাইব, নুরজাহান, সিরাজ, বাহাদুর শা, জগৎশেঠ, উমিচাঁদ সব যেন আপনার চেনা পাড়ার ছেলেমেয়ে মনে হবে, আর কী সুন্দর তাদের আলাপ কথাবার্তা! একটু কোথাও খিঁচ নেই। পাছে বুঝতে না পারেন তাই এক কথা একশো বার বুঝিয়ে দেবে। ইতিহাসকে ইতিহাস, আরব্যোপন্যাসকে আরব্যোপন্যাস।"

"শুধু তাই নয়তো!" মর্মরমসৃণ মস্তক ঝাঁকি দিয়ে শিবপদবাবু যেন তাঁর অবজ্ঞা প্রকাশ করলেন, "পড়ে এখনও অবশ্য দেখিনি, কিন্তু ইতিহাসের শ্রাদ্ধ না হলেই বাঁচি। চোখের সামনে যা আছে তা-ই যারা দেখতে পায় না তারা ইতিহাসের ওপর চড়াও হলে একটু ভয় করে কিনা! সেদিন কী একটা এখনকার 'সামাজিক উপন্যাসে কলকাতার এক বাঙালি ধনীর স্কাই-স্ক্রেপারের কথা পড়ে খুঁজতেই গিয়েছিলাম নিউ

আলিপুরে। আজকের দিন নিয়েই এই! দু-চারশো বছর আগেকার কথা হলে তো একেবারে বেপরোয়া। পানিপথের প্রথম যুদ্ধেই হয়তো ট্যাঙ্ক দেখিয়ে ছাড়বে!"

"হুঁঃ!"

নাসিকাধ্বনি শুনে সকলকেই সচকিত সন্ত্রস্ত হয়ে এবার ঘনশ্যাম দাসের দিকে তাকাতে হল। এতক্ষণ তাঁর নীরব থাকাই অবশ্য অস্বাভাবিক বলে বোঝা উচিত ছিল।

হ্যাঁ, ঘনশ্যাম দাসই নাসিকাধ্বনি করেছেন। সকলের দৃষ্টি যথোচিত আকৃষ্ট হবার পর তিনি কেমন একটু বাঁকা হাসির সঙ্গে জিজ্ঞাসা করলেন, "পানিপথের প্রথম যুদ্ধ কবে হয়েছে যেন?"

"২১শে এপ্রিল, ১৫২৬ খ্রিস্টাব্দ।" শিবপদবাবুকে বিদ্যা প্রকাশের এ সুযোগ পেয়ে বেশ যেন একটু গর্বিত মনে হল।

"আর আপনার ওই যুদ্ধের ট্যাঙ্কের ব্যবহার হয় প্রথম কবে?"—ঘনশ্যাম দাসের কথার সুরটা এবারও যেন বাঁকা।

কিন্তু শিবপদবাবু এখন নিজের কোটের মধ্যে। তিনি সগর্বে গড় গড় করে শুনিয়ে দিলেন, "প্রথম বিশ্বযুদ্ধে ১৫ই সেপ্টেম্বর ১৯১৬ খ্রিস্টাব্দে মিত্রপক্ষের চতুর্থ বাহিনী ঊনপঞ্চাশটি ট্যাঙ্ক ফ্রান্সের সোম থেকে আন্‌কর অভিযানে ব্যবহার করে। ইতিহাসে যুদ্ধের সচল ট্যাঙ্কের ব্যবহার সেই প্রথম।"

"আপনাদের ইতিহাসের দৌড় ওই পর্যন্ত!"—ঘনশ্যাম দাসের মুখে অনুকম্পা মাখানো বিদ্রূপ।

তাঁর ঐতিহাসিক পাণ্ডিত্যের ওপর এ কটাক্ষে শিবপদবাবু যদি গরম হয়ে ওঠেন, তাঁকে দোষ দেওয়া যায় না বোধ হয়।

"কী বলে তাহলে আপনার ইতিহাস?" শিবপদবাবুও গলা পেঁচিয়ে বললেন।

"ইতিহাস আমারও না, আপনারও নয়।" দাসমশাই করুণাভরে হেসে বললেন, "সত্যিকার ইতিহাসটা কী তা শুনতে চান?"

"চাই বই কী!" শিবপদবাবুর যুদ্ধং দেহি ভাব।

"তাহলে শুনুন", দাসমশাই শুধু অজ্ঞানতিমির দূর করবার কর্তব্যবোধেই যেন বলতে শুরু করলেন, "প্রথম পানিপথের যুদ্ধে ট্যাঙ্ক ব্যবহার হয়নি বটে, কিন্তু সচল দুর্গের মতো এ যুদ্ধযান আবিষ্কৃত ও ব্যবহৃত হয়েছে তারও ছ-বছর আগে। এর নাম দেওয়া হয়েছিল মান্টা।"

"ছ-বছর আগে মানে ১৫২০ খ্রিস্টাব্দে?" শিবপদবাবুর গলায় বিস্ময়ের চেয়ে বিদ্রূপটাই স্পষ্ট।

"হ্যাঁ, সেই জোড়া ছুরির বছরেই প্রথম সচল ট্যাঙ্ক নিয়ে মানুষ যুদ্ধ করে।" দাসমশাই করুণাভরে জানালেন।

"জোড়া ছুরির বছর! সেটা আবার কী?" এবার শিবপদবাবুর গলায় আর বিদ্রূপ নেই।

"ওই ১৫২০ খ্রিস্টাব্দেরই নাম ছিল জোড়া ছুরির বছর টেনচ্‌টিটলান-এ।"—পরিতৃপ্তভাবে ঘনশ্যাম দাস সমবেত সকলের ব্যাদিত মুখের ওপর চোখ বুলিয়ে

নিলেন একবার। তারপর বিশদ হলেন—"তার আগের বছর ১৫১৯ খ্রিস্টাব্দের নাম ছিল একটি খাগড়া। এই দুটি বছর সমস্ত পৃথিবীর ইতিহাসকে ওলট-পালট করে দিয়ে গেছে। কিন্তু জোড়া ছুরির বছরে টেনচ্‌টিটলান-এ ওই সচল ট্যাঙ্ক প্রথম মাথা থেকে বার করে কাজে না লাগালে ইতিহাস আর-এক রাস্তায় চলে যেত। একদিন দেনার দায়ে মাথার চুল বিকোনো অথর্ব হার্নান্ডো কর্টেজ তাহলে ক্ষোভে দুঃখে স্পেনের সম্রাট পঞ্চম চার্লসকে শোনাবার সুযোগ পেতেন না যে, স্পেনে যত শহর আছে গুনতিতে তার চেয়ে অনেক বেশি রাজ্য তিনি সম্রাটকে ভেট দিয়েছেন। ভলতেয়ারের লেখা এ বিবরণ গালগল্প বলে যদি উড়িয়েও দিই, তবু এ কথা সত্য যে টেনচ্‌টিট্‌লান-এর নাম তাহলে অন্য যা-ই হোক, মেক্সিকো সিটি হয়ে উঠত না, আর ঘনশ্যামের পেছনে দাস পদবি লাগাবার সৌভাগ্য হত না আমার কপালে।"

উপস্থিত সকলের ঘূর্ণ্যমান মাথা স্থির করতে বেশ একটু সময় লাগল। মাথার কেশ যাঁর কাশের মতো শুভ্র সেই হরিসাধনবাবুই প্রথম একটু সামলে উঠে, দু-বার ঢোক গিলে, তাঁর বিমূঢ় বিহ্বলতাকে ভাষা দিলেন, "ও, আপনি স্পেনের হয়ে কর্টেজ-এর মেক্সিকো বিজয়ের কথা বলছেন? সেই যুদ্ধে প্রথম সচল ট্যাঙ্ক ব্যবহার হয়? কিন্তু তার সঙ্গে আপনার পদবি দাস হওয়ার সম্পর্ক কী?"

"সম্পর্ক এই যে," ঘনশ্যাম দাস যেন সকলের মূঢ়তা ক্ষমার চক্ষে দেখে বললেন, "কর্টেজ-এর অমূল্য ডায়ারি চিরকালের মতো হারিয়ে না গেলে ও মেক্সিকোর অ্যাজটেক রাজত্ব জয়ের সবচেয়ে প্রামাণ্য ইতিহাস 'হিস্টোরিয়া ভের্দাদেরা দে লা কনকুইস্তা দে লা নুয়েভা এস্‌পানা'-র লেখক বার্নাল ডিয়াজ নেহাত হিংসায় ঈর্ষায় চেপে না গেলে, প্রথম ট্যাঙ্কের উদ্ভাবক ও কর্টেজ-এর উদ্ধারকর্তা হিসেবে যাঁর নাম ইতিহাসে পাওয়া যেত তিনি দাস বলেই নিজের পরিচয় দিতেন।"

"পদবি তাঁর দাস ছিল?" মেদভারে হস্তীর মতো বিপুল ভবতারণবাবু বিস্ফারিত নয়নে জিজ্ঞাসা করলেন, "তার মানে তিনি বাঙালি ছিলেন?"

"বাঙালি অবশ্য এখনকার ভাষায় বলা যায়।" দাসমশাই বুঝিয়ে দিলেন, "তবে তখনও এ শব্দের প্রচলন হয়নি। তিনি অবশ্য এই গৌড় সমতটের লোকই ছিলেন।"

"আপনার কোনও পূর্বপুরুষ তাহলে?" স্ফীতোদর রামশরণবাবু সবিস্ময়ে বললেন, "অতি-বৃদ্ধ প্রপিতামহটহ কেউ!"

"না, তস্য তস্য।" বললেন দাসমশাই। তারপর একটু থেমে কৃপা করে উক্তিটি ব্যাখ্যা করলেন বিশদভাবে, "অর্থাৎ, আমার ঊর্ধ্বতন দ্বাবিংশতম পূর্বপুরুষ ঘনরাম, দাস পদবির উৎপত্তি যাঁর থেকে।"

মর্মরের মতো মস্তক যাঁর মসৃণ সেই শিবপদবাবু নিজের কোটেও কেঁচো হয়ে থাকতে হওয়ায় এতক্ষণ বোধ হয় মনে মনে গজরাচ্ছিলেন। এবার ভুরু কপালে তুলে একটু ঝাঁঝালো গলাতেই জিজ্ঞাসা করলেন, "১৫১৯ কি ২০ খ্রিস্টাব্দে আপনার সেই বাঙালি পূর্বপুরুষ মেক্সিকো গেছলেন?"

শিবপদবাবু যেভাবে প্রশ্নটা করলেন, তাতে—'গঞ্জিকা পরিবেশনের আর জায়গা পেলেন না!'—কথাটা খুব যেন উহ্য রইল না।

দাসমশাই তবু অবোধের প্রতি করুণার হাসি হেসে বললেন, "শুনতে একটু আজগুবিই লাগে অবশ্য। কিউবা বাহামাদ্বীপ ইত্যাদি আগে আবিষ্কার করলেও ক্রিস্টোফার কলম্বাস-ই তিন বারের বার ১৪৯৮ খ্রিস্টাব্দে আসল দক্ষিণ আমেরিকার মাটি স্পর্শ করেন। তাঁর আমেরিকা আবিষ্কারের মাত্র একুশ বছর বাদে তখনকার এক বঙ্গসন্তানের সেই সুদূর অ্যাজটেকদের রাজধানী টেনচ্‌টিট্‌লান-এ গিয়ে হাজির হওয়া অবিশ্বাস্যই মনে হয়। কিন্তু ইতিহাসের বুনন বড় জটিল। কোন জীবনের সুতো যে কার সঙ্গে জড়িয়ে কোথায় গিয়ে পৌঁছোয় তা কেউ জানে না। যে বছর কলম্বাস প্রথম আমেরিকার মাটিতে পা রাখেন সেই ১৪৯৮ খ্রিস্টাব্দেরই ১লা মে তারিখে পোর্তুগ্যালের এক নাবিক ভাস্কো দা গামা আফ্রিকার দক্ষিণের উত্তমাশা অন্তরীপ পার হয়ে এসে ভারতের পশ্চিম কূলের সমৃদ্ধ রাজ্য কালিকটে তার চারটে জাহাজ ভেড়ায়। যে উদ্দেশ্য নিয়ে এসেছিল তাতে বিফল হয়ে ভাস্কো দা গামাকে ফিরে যেতে হয়। কিন্তু কালিকটের জামোরিনের ওপর আক্রোশ মেটাতে দশটি সশস্ত্র জাহাজ নিয়ে ভাস্কো দা গামা ফিরে আসে ১৫০২ খ্রিস্টাব্দে। এবার নরপিশাচের মতো সে শুধু কালিকট ধ্বংস করেই ক্ষান্ত হয় না। কালিকট ছারখার করে সেখান থেকে কোচিন যাবার পথে হিংস্র হাঙরের মতো সমুদ্রের ওপর যা ভাসে এমন কোনও কিছুকেই রেহাই দেয়নি। যে সব জাহাজ ও সুলুপ লুঠ করে জ্বালিয়ে সে ডুবিয়ে দেয় তার মধ্যে ছিল একটি মকরমুখী পালোয়ার সদাগরি জাহাজ। সে সদাগরি জাহাজ সমতট থেকে সূক্ষ্ম কার্পাস বস্ত্র নিয়ে বাণিজ্য করতে গেছল ভৃগুকচ্ছে। সেখানে থেকে ফেরার পথেই এই অপ্রত্যাশিত সর্বনাশ। দা গামার পৈশাচিক আক্রমণে সে সদাগরি জাহাজের সব মাঝি মাল্লা যাত্রীরই শেষ হয়ে যাবার কথা। কিন্তু তা হয়নি। রক্ষা পেয়েছিল একটি দশ বৎসরের বালক। দয়ামায়ার দরুন নয়, নেহাত কুসংস্কারের দরুনই দা গামার জাহাজের নরপশুরা তাকে রেহাই দেয়। জ্বলন্ত সদাগরি জাহাজ যখন ডুবছে তখন ছেলেটি কেমন করে সাঁতরে এসে দা গামার-ই খাস জাহাজের হালটা ধরে আশ্রয় নেয়। একজন মাল্লা তাকে সেখানে দেখতে পেয়ে পৈশাচিক আনন্দে আরও ক-জনকে ডাকে ছেলেটিকে বন্দুক ছুড়ে মেরে মজা করবার জন্যে। কিন্তু সেকালের ম্যাচলক বন্দুক। ছুড়তে গিয়ে বন্দুক ফেটে সেই লোকটাই পড়ে মারা। ঠিক সেই সময়ে তিনটে শুশুকের জাতের ডুগংকে জলের মধ্যে ডিগবাজি খেতে দেখা যায় জাহাজের কিছু পেছনে। দুটো ব্যাপার নিজেদের কুসংস্কারে এক সঙ্গে মিলিয়ে দৈবের অশুভ ইঙ্গিত মনে করে ভয় পেয়ে ছেলেটিকে আর মারতে তারা সাহস করে না। তার বদলে তাকে তুলে নেয় জাহাজের ওপরে।

১৫০৩ সালে ভাস্কো দা গামা লিসবন-এ ফেরবার পর ছেলেটি বিক্রি হয়ে যায় ক্রীতদাসের বাজারে। সেখান থেকে হাত ফেরতা হতে হতে একদিন সে কিউবায় গিয়ে পৌঁছোয়। দশ বছর বয়সে দা গামার জাহাজে যে লিসবন-এ এসেছিল সে তখন চব্বিশ-পঁচিশ বছরের জোয়ান। জুয়ারেজ নামে কিউবায় এসে বসতি করা একটি পরিবারের সে ক্রীতদাস।

কর্টেজ তখন সেই কিউবাতেই সে দ্বীপের বিজেতা ও শাসনকর্তা ভেলাসকেথের বিষ নজরে পড়েছে। বিষ নজরে পড়েছে ওই জুয়ারেজ পরিবারেরই একটি মেয়ের সঙ্গে প্রেমের ব্যাপারে। মেয়েটির নাম ক্যাটালিনা জুয়ারেজ। কর্টেজ স্বভাবে-চরিত্রে একেবারে তখনকার মার্কামারা অভিজাত স্প্যানিশ। উদ্দাম দুরন্ত বেপরোয়া যুবক। প্রেম সে অনেকের সঙ্গেই করে বেড়ায়, কিন্তু বিয়ের বন্ধনে ধরা দিতে চায় না। বিশেষ করে জুয়ারেজ পরিবার বংশে খাটো বলেই ক্যাটালিনার সঙ্গে বেশ কিছুদিন প্রেম চালিয়ে সে তখন সরে দাঁড়িয়েছে। ভেলাসকেথ-এর কোপদৃষ্টি সেই জন্যেই পড়েছে কর্টেজ-এর ওপর। ভেলাসকেথ-এর সঙ্গে জুয়ারেজ পরিবারের মাখামাখি একটু বেশি। ক্যাটালিনার আর-এক বোন তার অনুগ্রহধন্যা।

জুয়ারেজ পরিবারের সঙ্গে বেইমানি করার দরুন ভেলাসকেথ-এর এমনিতেই রাগ ছিল, কর্টেজ তার ওপর তাঁর বিরুদ্ধেই চক্রান্ত করছে খবর পেয়ে ভেলাসকেথ তাকে কয়েদ করলেন একদিন। কর্টেজ-এর বুঝি ফাঁসিই হয় রাজদ্রোহের অপরাধে। সেকালে স্পেনের নতুন-জেতা উপনিবেশে এ ধরনের বিচার আর দণ্ড আকছার হত।

কর্টেজ কিন্তু সোজা ছেলে নয়। পায়ের শিকল খুলে গারদের জানলা ভেঙে একদিন সে হাওয়া। আশ্রয় নিল গিয়ে এক কাছাকাছি গির্জেয়। তখনকার দিনে গির্জের অপমান করে সেখান থেকে কাউকে ধরে আনা অতি বড় স্বেচ্ছাচারী জবরদস্ত শাসকেরও সাধ্য ছিল না। কিন্তু গির্জের মধ্যে কর্টেজ-এর মতো ছটফটে দুরন্ত মানুষ ক-দিন লুকিয়ে থাকতে পারে! সেখান থেকে লুকিয়ে বেরোতে গিয়ে আবার কর্টেজ ধরা পড়ল।

এবার হাতকড়া বেড়ি পরিয়ে একেবারে জাহাজে নিয়ে তোলা হল তাকে। পরের দিন সকালেই তাকে চালান করা হবে হিসপানিয়োলায় বিচার আর শাস্তির জন্যে।

বিচার মানে অবশ্য প্রহসন আর শাস্তি মানে প্রাণদণ্ড ছাড়া আর কিছু নয়।

কর্টেজ-এর এবার আর কোনও আশা কোনও দিকে নেই।

ভেলাসকেথ এবার তাঁর ক্ষমতার বহরটা না বুঝিয়ে ছাড়বেন না।

অথচ এই ভেলাসকেথ-এর সঙ্গেই কর্টেজ প্রধান সহায় রূপে কিউবা-বিজয়ের অভিযানে ছিলেন। ভেলাসকেথ-এর প্রিয়পাত্রও তখন হয়েছিলেন কিছুদিন। হবারই কথা। ভেলাসকেথ তাঁর অভিযানে সব দিকে চৌকস এমন যোগ্য সহকারী আর পাননি। তখন স্পেনের কল্পনাতীত সাম্রাজ্য বিস্তারের দিনেও অসীম সাহসের সঙ্গে স্থির বুদ্ধি ও দুরন্ত প্রাণশক্তির এমন সমন্বয় বিরল ছিল।

কর্টেজ-এর জন্ম স্পেনের পুব-দক্ষিণ দিকের মেদেলিন শহরে। ছেলেবেলায় নাকি ক্ষীণজীবী ছিলেন, কিন্তু বয়স বাড়বার সঙ্গে সঙ্গেই সমর্থ জোয়ান হয়ে উঠেছেন। বাবা মায়ের ইচ্ছে ছিল কর্টেজ আইন পড়ে। বছর দুই কলেজে পড়েই কর্টেজ পড়ায় ইস্তফা দিয়ে পালিয়ে আসেন। তখন স্পেনের হাওয়ায় নতুন অজানা দেশ আবিষ্কারের উত্তেজনা ও মাদকতা। দুঃসাহসিক নিরুদ্দেশ যাত্রার উদ্দীপনা সব তরুণের মনে। এসব অভিযানে সোনা দানা হিরে মানিকের কুবেরের ভাণ্ডার লুঠ করে আনার প্রলোভন যেমন আছে, তেমনই আছে অজানা রহস্যের হাতছানি, আর

সেই সঙ্গে গৌরব-মুকুটের আশা।

উনিশ বছর বয়সে ১৫০৪ খ্রিস্টাব্দে কর্টেজ স্পেন ছেড়ে পাড়ি দিলেন নতুন আবিষ্কৃত পশ্চিমের দেশে ভাগ্যান্বেষণে। সফল বিফল নানা অভিযানে অভিজ্ঞতা সঞ্চয় করে ১৫১১ সালে কর্টেজ ভেলাসকেথ-এর সঙ্গে গেলেন তাঁর কিউবা-বিজয়ের সহায় হয়ে। মান-সম্মান অর্থ-প্রতিপত্তি কিছুটা তখন তাঁর হয়েছে। ভবিষ্যৎ তাঁর উজ্জ্বল বলেই সকলের ধারণা। ঠিক এই সময়ে স্বভাবের দোষে আর ভাগ্যের বিরূপতায় এই সর্বনাশ তাঁর ঘটল। চোর-ডাকাতের মতো ফাঁসিকাঠে লটকেই তাঁর জীবনের সব উজ্জ্বল সম্ভাবনা শেষ হবে।

জাহাজের গারদ-কুঠুরির ভেতর হাত-পায়ে শেকলবাঁধা অবস্থায় এই শোচনীয় পরিণাম নিশ্চিত জেনে কর্টেজ তখন ভেঙে পড়েছেন। উপায় থাকলে আত্মহত্যা করেই নিজের মানটা অন্তত তিনি বাঁচাতেন।

হঠাৎ কর্টেজ চমকে উঠে দু-কান খাড়া করেন।

এই রাত্রে নির্জন জাহাজঘাটার পাড়ে কোথায় কোন ধর্মযাজক আভে মেরিয়া-র স্তোত্র পাঠ করতে এসেছেন!

পর মুহূর্তেই কর্টেজের বিস্ময়ের আর সীমা থাকে না।

এ তো আভে মেরিয়া নয়। ভাষাটা ল্যাটিন, সুরটাও মাতা মেরির বন্দনার স্তোত্রের, কিন্তু কথাগুলো যে আলাদা!

কর্টেজ দু-বছর কলেজে একেবারে ফাঁকি দিয়ে কাটাননি। ল্যাটিনটা অন্তত শিখেছিলেন।

স্তোত্রের সুরে উচ্চারিত কথাগুলোর মানে এবার তিনি বুঝতে পারেন। এ তো তাঁর উদ্দেশেই উচ্চারণ করা শ্লোক! ল্যাটিনে বলা হচ্ছে যে, ভাবনা কোরো না বন্দি বীর! আজ গভীর রাত্রে সজাগ থেকো। যে তোমাকে মুক্ত করতে আসছে তাকে বিশ্বাস কোরো।

জাহাজের মাল্লা আর প্রহরীরা গোমুখখু। তাদের বুঝতে না দেবার জন্যেই এই ল্যাটিন স্তোত্রের ছল, তা কর্টেজ বুঝলেন।

কিন্তু কে তাঁকে উদ্ধার করতে আসছে! এমন কোন দুঃসাহসিক বন্ধু তাঁর আছে যে তাঁকে এই জাহাজের গারদ থেকে উদ্ধার করবার জন্যে নিজের প্রাণ বিপন্ন করবে?

সত্যিই কেউ আসবে কি?

আশায় উদ্বেগে অধীর হয়ে কর্টেজ জেগে থাকেন।

সত্যিই কিন্তু সে এল। গভীর রাত্রে প্রহরীরা যখন ঢুলতে ঢুলতে কোনও রকমে পাহারা দিচ্ছে, তখন জাহাজের গারদ-কুঠুরির একটি মাত্র শিক দেওয়া জানালায় গাঢ় অন্ধকারে একটা সিড়িঙ্গে ভুতুড়ে ছায়াই যেন দেখা গেল।

কিছুক্ষণ বাদেই জানালার শিকটা দেখা গেল কাটা হয়ে গেছে নিঃশব্দে।

সেই ভুতুড়ে ছায়া গোছের লোকটা এবার জানালা গলে নেমে এল ভেতরে। কর্টেজ-এর হাত-পায়ের শিকল কেটে খুলে দিতে বেশিক্ষণ তার লাগল না।

চাপা গলায় সে এবার বললে, 'জানালা দিয়ে বাইরে চলে যান এবার। ডেক-এর

এদিকটা অন্ধকার। পাহারাতেও কেউ নেই। ডেক-এর রেলিং থেকে একটা দড়ি ঝুলছে দেখবেন। নির্ভয়ে সেটা ধরে নীচে নেমে যান। সেখানে একটা ডিঙি বাঁধা আছে। সেইটে খুলে নিয়ে প্রথম স্রোতে নিঃশব্দে ভেসে জাহাজঘাটা ছাড়িয়ে চলে যান। তারপর যেখানে হোক তীরে উঠলেই চলবে।'

এই নির্দেশ পালন করতে গিয়েও একবার থেমে কর্টেজ না জিজ্ঞেস করে পারলেন না, 'আর আপনি?'

'আমার জন্যে ভাববেন না,' বললে অস্পষ্ট মূর্তিটা, 'আগে নিজের প্রাণ বাঁচান। আমি যদি পারি তো আপনার পিছু পিছু ওই ডিঙিতেই গিয়ে নামব। নইলে গোলমাল যদি কিছু হয়, জাহাজেই তার মওড়া নিতে হবে।'

কর্টেজ নির্দেশ মতো ডিঙিতে পৌঁছোবার পর ছায়ার মতো মূর্তিটাও তাতে নেমে এল। জাহাজের ওপর কেউ কিছু জানতে পারেনি।

ডিঙি খুলে স্রোতে ভাসিয়ে অনেকখানি দূরে তীরে গিয়ে ওঠেন দু-জনে।

কর্টেজ তখন কৌতূহলে অধীর হয়ে পড়েছেন। কে এই অদ্ভুত অজানা মানুষটা? গায়ে আঁট-সাঁট পোশাক সমেত যে চেহারাটা দেখা যাচ্ছে তার সঙ্গে তাঁর চেনা-জানা কোনও কারওই মিল নেই। তারা কেউ এমন রোগাটে লম্বা নয়। মুখটা তখনও অবশ্য দেখা যাচ্ছে না। একটা শুধু দু-চোখের জন্যে দুটো ফুটো করা কাপড় তাতে বাঁধা।

তীরে নামবার পর কর্টেজ কিছু জিজ্ঞাসা করবার অবসর অবশ্য পেলেন না। লোকটা তাঁকে সে সুযোগ না দিয়ে ব্যস্তভাবে বলল, 'আর দেরি করবার সময় নেই, ডন কর্টেজ। আরবারে যে গির্জেয় আশ্রয় নিয়েছিলেন, সোজা সেখানেই যেতে হবে সামনের বনের ভেতর দিয়ে। আসুন।'

এ দিকের এই বনাঞ্চলটা কর্টেজ-এর অচেনা। কিন্তু লোকটার সব যেন মুখস্থ। অন্ধকার জঙ্গলের ভেতর দিয়ে আঁকাবাঁকা পথে কিছুক্ষণ বাদেই কর্টেজকে সে গির্জের পেছনের কবরখানার কাছে পৌঁছে দিয়ে বললে, 'এবার আপনি নিরাপদ, ডন কর্টেজ। কেউ এখনও আপনার পালাবার খবর জানতে পারেনি। যান, ভেতরে চলে যান এদিক দিয়ে।'

কিন্তু কর্টেজ গেলেন না। সেখানেই দাঁড়িয়ে পড়ে স্পেনের আদব-কায়দা মাফিক কুর্নিশ করে দৃঢ়স্বরে বললেন, 'না, আমার এত বড় উপকার যিনি করলেন, তাঁর পরিচয় না জেনে আমি কোথাও যাব না। বলুন আপনি কে? কী আপনার নাম?'

'আমার পরিচয় কী দেব, ডন কর্টেজ!' লোকটা তার মুখের ঢাকা খুলে ফেলে বললে, 'ক্রীতদাসের কি কোনও পরিচয় থাকে! আমরা গোরু ঘোড়ার বেশি কিছু নয়। আমায় সবাই গানাদো মানে গোরু-ভেড়া বলেই ডাকে হুকুম করতে।'

কর্টেজ তখন হতভম্ব। স্প্যানিশে গানাদো মানে গোরু-ভেড়া। তার চেয়ে ভাল সম্বোধন যার নেই তেমনই একটা ক্রীতদাসকে কুর্নিশ করে আপনি বলেছেন বলে বেশ একটু লজ্জাও বোধ করছেন। কিন্তু মানুষ হিসেবে কর্টেজ খুব খারাপ ছিলেন না। এত বড় উপকারের কৃতজ্ঞতাটা তাই তৎক্ষণাৎ উড়িয়ে দিতে না পেরে একটু ইতস্তত করে তুই-এর বদলে তুমি বলেই সম্বোধন করে বিস্মিতভাবে জিজ্ঞাসা করলেন,

'তুমি—মানে কাদের ক্রীতদাস তুমি?'

'যে জুয়ারেজ পরিবারে আপনি আগে যাতায়াত করতেন, তাদেরই।' লোকটির মুখে অন্ধকারেও যেন একটু অদ্ভুত হাসি দেখা গেল—'ক্রীতদাসদের কেউ তো লক্ষ করে দেখে না! নইলে আপনার ফাই-ফরমাশও আমি অনেক খেটেছি।'

'কিন্তু, কিন্তু', কর্টেজ একটু ধোঁকায় পড়েই বললেন এবার, 'তোমায় তো চেহারায় এদেশের আদিবাসী বলে মনে হয় না। দু-চারজন যে কাফ্রি ক্রীতদাস এখন এখানে আমদানি হয়েছে তাদের সঙ্গেও তোমার মিল নেই। তাহলে তুমি—'

'হ্যাঁ, ডন কর্টেজ, আমি অন্য দেশের মানুষ।' কর্টেজ-এর অসম্পূর্ণ কথাটা পূরণ করে লোকটি বললে, 'আপনারা এক ইন্ডিজ-এর খোঁজে পশ্চিম দিকে পাড়ি দিয়েছেন, কিন্তু আর-এক আসল ইন্ডিজ আছে পূর্ব দিকে। আমি সেখানকার মানুষ। ছেলেবেলায় বোম্বেটেদের কাছে ধরা পড়ে এদেশে এসে ক্রীতদাস হয়েছি।'

কর্টেজ সব কথা মন দিয়ে শুনলেন কি না বলা যায় না। আর-এক প্রশ্ন তখন তাঁর মনে প্রধান হয়ে উঠেছে। একটু সন্দিগ্ধভাবে জিজ্ঞাসা করলেন, 'আচ্ছা, দু-প্রহর রাত্রে জাহাজঘাটার পাড়ে আভে মেরিয়া-র সুরে স্তোত্র পাঠ করে কে আমায় এ উদ্ধারের জন্যে তৈরি থাকতে বলেছিল?'

একটু চুপ করে থেকে লোকটি বললে, 'আর কেউ নয় ডন কর্টেজ, এই অধীন।'

'তুমি!'—কর্টেজ সত্যিই এবার দিশাহারা—'তোমার অমন শুদ্ধ ল্যাটিন উচ্চারণ! এ শ্লোক তৈরি করলে কে? শেখালে কে তোমায়?'

'কেউ শেখায়নি ডন কর্টেজ।' লোকটি সবিনয়ে বললে, 'ও শ্লোক আমিই তৈরি করেছি আপনাকে হুঁশিয়ার করবার জন্যে।'

'তুমি ও শ্লোক তৈরি করেছ? তুমি ল্যাটিন জানো!'—কর্টেজ একেবারে তাজ্জব।

'আজ্ঞে, হ্যাঁ'—লোকটি যেন লজ্জিত—'এখানে চালান হবার আগে অনেককাল ডন লোপেজ দে গোমারার পরিবারে ক্রীতদাস ছিলাম। পণ্ডিতের বাড়ি। শুনে শুনে আর লুকিয়ে-চুরিয়ে পড়াশুনা করে তাই একটু শিখেছি। কিন্তু আর আপনি দেরি করবেন না, ডন কর্টেজ। গির্জেয় গিয়ে লুকোন তাড়াতাড়ি। বাইরে কেউ আপনাকে দেখলেই এখন বিপদ।'

ফিরে গির্জের বাগানে ঢুকতে গিয়েও কর্টেজ কিন্তু আবার ঘুরে দাঁড়ালেন।

'কী হবে ওই গির্জের মধ্যে চোরের মতো লুকিয়ে থেকে?' কর্টেজ বললেন ক্ষোভ আর বিরক্তির সঙ্গে, 'কতদিন বা ওভাবে লুকিয়ে থাকতে পারব? আর যদি বা পারি, ছুঁচোর মতো গর্তে লুকিয়ে বাঁচার চেয়ে ফাঁসিকাঠে ঝোলাও ভাল।'

'ভরসা দেন তো এই অধম একটা কথা নিবেদন করতে পারে।' লোকটি বিনীতভাবে বললে।

'কী কথা?' কর্টেজ এবার মনিবের মেজাজেই কড়া গলায় বললেন।

লোকটি তবু না ভড়কে বললে, 'ছুঁচোর মতো গর্তে লুকিয়ে বাঁচবার মানুষ সত্যিই তো আপনি নন। ডন জুয়ান দে গ্রিজাল ভা এই সবে পশ্চিমের কুবেরের রাজ্যের সন্ধান পেয়ে ফিরেছেন, শুনেছেন নিশ্চয়। কিউবার শাসনকর্তা মহামহিম ভেলাসকেথ

সেখানে আর একটি নৌ-বহর পাঠাবার আয়োজন করছেন। এ নৌ-অভিযানের ভার নেবার উপযুক্ত লোক আপনি ছাড়া কে আছে সারা স্পেনে!'

'খুব তো গাছে চড়াচ্ছ!' তিক্ত স্বরে বললেন কর্টেজ, 'হাতে-পায়ে বেড়ি দিয়ে যে আমায় ফাঁসিতে লটকাতে চায়, সেই ভেলাসকেথ আমায় এ ভার দেবার জন্যে হাত বাড়িয়ে আছে বোধহয়!'

'হাত তিনি সত্যিই বাড়াবেন, ডন কর্টেজ।' বললে লোকটি, 'শুধু একটি ভুল যদি আপনি শোধরান।'

'কী ভুল শোধরাব?' গরম হয়ে উঠলেন কর্টেজ।

লোকটি কিন্তু অবিচলিত। ধীরে ধীরে বললে, 'ডোনা ক্যাটালিনাকে আপনি বিয়ে করুন, ডন কর্টেজ। তিনি শুধু যে আপনাকে প্রাণ দিয়ে ভালবাসেন তা নয়, তাঁর মতো গুণবতী মেয়ে সারা স্পেনে খুব কম আছে। তাঁর কথা ভেবে তাঁর খাতিরেই আপনাকে আমি উদ্ধার করেছি।'

'সাহস তো তোর কম নয়!' লোকটার আস্পর্ধায় তুই-তোকারি করে ফেললেও একটু যেন নরম ভাবিত গলাতেই বললেন কর্টেজ, 'আমি কাকে বিয়ে করব না করব তাও তুই উপদেশ দিতে আসিস!'

দুই

"গোরু যার ডাক-নাম—সেই ক্রীতদাস গানাদোর পরামর্শই কিন্তু শুনেছিলেন ডন হার্নান্ডো কর্টেজ। তাঁর বরাতও ফিরেছিল তাইতে। ডোনা ক্যাটালিনা জুয়ারেজকে বিয়ে করে আবার শুধু ভেলাসকেথ-এর সুনজরেই তিনি পড়েননি, নেতৃত্বও পেয়েছিলেন কুবেরের রাজ্য খুঁজতে যাবার নৌবহরের।

ক্রীতদাস গানাদোকে তিনি ভোলেননি। স্ত্রী ক্যাটালিনার অনুরোধে জুয়ারেজ পরিবারের কাছ থেকে তাকে কিনে নিয়ে সঙ্গী অনুচর করে নিয়ে গিয়েছিলেন তাঁর অ্যাজটেক রাজ্য বিজয়ের অভিযানে।

সে অভিযান এক দীর্ঘ কুৎসিত কাহিনী।

গানাদোর কাছে তা বিষ হয়ে উঠেছিল শেষ পর্যন্ত। স্প্যানিয়ার্ডদের নৃশংস বর্বরতা দেখে যেমন সে স্তম্ভিত হয়েছিল তেমনই হতাশ হয়েছিল অ্যাজটেকদের ধর্মের পৈশাচিক বীভৎস সব অনুষ্ঠান দেখে। তাদের নিষ্ঠুরতম দেবতা হলেন হুইট্‌জিলপচ্‌লি। জীবন্ত মানুষের বুকে ছুরি বসিয়ে তার হৃৎপিণ্ড ছিঁড়ে বার করে তাঁকে নৈবেদ্য দিতে হয়। এ নারকীয় অভিযান থেকে ফিরে যেতে পারলে গানাদো তখন বাঁচে।

কিন্তু ফেরা আর তার হত না! হিতকথা বলেই একদিন সে কর্টেজ-এর প্রিয়পাত্র হয়েছিল। সেই হিতকথাই আবার গানাদোর সর্বনাশ ডেকে এনেছিল একদিন।

কর্টেজ-এর স্প্যানিশ বাহিনীর তখন চরম দুর্দিন।

স্পেনের সৈনিকদের অমানুষিক অত্যাচারে সমস্ত টেনচ্‌টিট্‌লান তখন খেপে গিয়ে

তাদের অ্যাক্সিয়াক্যাট্‌ল-এর প্রাসাদে অবরুদ্ধ থাকতে বাধ্য করেছে। টেনচ্‌টিট্‌লান নতুন মহাদেশের ভেনিস। শহরের চারিধার হ্রদে ঘেরা। কর্টেজ কোনও মতে তাঁর বাহিনী নিয়ে এ দ্বীপ নগর থেকে বেরিয়ে পালাবার জন্য ব্যাকুল। কিন্তু তার উপায় নেই। অ্যাজটেকদের আগ্নেয়াস্ত্র নেই, ইস্পাতের ব্যবহার তারা জানে না, তারা ঘোড়া কখনও আগে দেখেনি, কিন্তু তাদের তীরধনুক, ব্রোঞ্জের বল্লম, তলোয়ার আর ইট-পাটকেল নিয়ে সমস্ত নগরবাসী তখন মরণপণ করেছে বিদেশি সাদা শয়তানদের নিঃশেষ করে দেবার জন্যে। অ্যাক্সিয়াক্যাট্‌ল-এর প্রাসাদ থেকে কারও এক পা বাড়াবার উপায় নেই।

এই বিপদের মধ্যে স্পেনের সৈনিকদের মধ্যেই আবার কর্টেজ-এর বিরুদ্ধে ষড়যন্ত্র পাকিয়ে উঠেছে। তার নেতা হল অ্যান্টোনিও ভিল্লাফানা নামে এক সৈনিক।

প্রাসাদের একটি গোপন কক্ষে গানাদো ভিল্লাফানার দলের এ চক্রান্তের আলোচনা একদিন শুনে ফেলেছে। কিন্তু কর্টেজকে এসে সে খবর দেবার আগেই তাকে ধরে ফেলেছে ভিল্লাফানা।

ক্রীতদাস গানাদোর কাছে তো আর অস্ত্রশস্ত্র নেই। অ্যান্টোনিও ভিল্লাফানা তাকে সোজা এক তলোয়ারের কোপেই সাবাড় করতে যাচ্ছিল। কিন্তু গানাদো যে কর্টেজ-এর পেয়ারের অনুচর তা মনে পড়ায় হঠাৎ তার মাথায় শয়তানি বুদ্ধি খেলে গেছে।

সঙ্গীদের কাছ থেকে একটা তলোয়ার নিয়ে তার দিকে ছুড়ে দিয়ে বলেছে, 'নে হতাভাগা কালা নেংটি, তলোয়ার হাতে নিয়েই মর।'

'তলোয়ার নিয়ে আমি কী করব, হুজুর!' ভয়ে ভয়েই যেন বলেছে গানাদো, 'আমার মতো গোলাম তলোয়ারের কী জানে!'

'তবু হাতে করে তোল, হতভাগা!' পৈশাচিক হাসি হেসে বলেছে অ্যান্টোনিও, 'গোলাম হয়ে আমার ওপর তলোয়ার তুলেছিস বলে তোকে উচিত শিক্ষা দিয়েছি বলবার একটা ওজর চাই যে।'

নেহাত যেন অনিচ্ছায় ভয়ে ভয়ে তলোয়ারটা তুলে নিয়েছে গানাদো। অ্যান্টোনিও তলোয়ার নিয়ে এবার তেড়ে আসতেই ভয়ে ছুটে পালিয়েছে আর-একদিকে।

কিন্তু পালাবে সে কোথায়! হিংস্র শয়তানের হাসি হেসে বেড়ালের ইঁদুর ধরে খেলানোর মতো তলোয়ার ঘুরিয়ে কিছুক্ষণ তাকে নাচিয়ে বেড়িয়ে মজা করেছে অ্যান্টোনিও ভিল্লাফানা। তারপর হঠাৎ বেকায়দাতেই বোধহয় গানাদোর তলোয়ারের একটা খোঁচায় তার জামার আস্তিন একটু ছিঁড়ে যাওয়ায় খেপে উঠেছে অ্যান্টোনিও। এবার আর ইঁদুর খেলানো নয়, একেবারে সোজাসুজি ভবলীলা শেষ গানাদোর।

কিন্তু অ্যান্টোনিওর সঙ্গীরা হঠাৎ থ হয়ে গেছে।

এ কি সেই ক্রীতদাস গানাদোর আনাড়ি ভীরু হাতের তলোয়ার! এ যেন স্বয়ং এল্ সিড্ কম্পিয়াডর আবার নেমে এসেছেন পৃথিবীতে তাঁর তলোয়ার নিয়ে।

ইঁদুর নিয়ে বেড়ালের খেলা নয়, এ যেন অ্যান্টোনিওকে বাঁদর-নাচ নাচানো তলোয়ারের খেলায়।

প্রথম অ্যান্টোনিও-র জামার আর-একটা আস্তিন ছিঁড়ল। তারপর তার আঁটসাঁট প্যান্টের খানিকটা, মাথার টুপিটার বাহারে পালকগুলো তারপর গেল কাটা, তারপর একদিকের চোমরানো গোঁফের খানিকটা।

সঙ্গীরা তখন হাসবে না কাঁদবে ভেবে পাচ্ছে না।

অ্যান্টোনিও ভিল্লাফানা ছুটে বেড়াচ্ছে এদিক থেকে ওদিক তলোয়ারের খোঁচা বাঁচাতে।

হঠাৎ একটি মোক্ষম মারে অ্যান্টোনিওর হাতের তলোয়ার সশব্দে পড়ে গেছে মাটিতে। আর সেই সঙ্গে বজ্রহুঙ্কার শোনা গেছে—'থামো।'

চমকে সবাই ফিরে তাকিয়ে দেখেছে, কর্টেজ নিজে এসে সেখানে দাঁড়িয়েছেন তাঁর প্রহরীদের নিয়ে।

অগ্নিমূর্তি হয়ে তিনি গানাদোকে বলেছেন, 'ফেলো তোমার তলোয়ার। এত বড় তোমার স্পর্ধা, স্পেনের সৈনিকের ওপরে তুমি তলোয়ার তোলো!'

'ও স্পেনের সৈনিক নয়', তলোয়ার ফেলে দিয়ে শান্ত স্বরে বলেছে গানাদো, 'ও স্পেনের কলঙ্ক। আপনার বিরুদ্ধে ষড়যন্ত্র করছিল গোপনে। তা ধরে ফেলেছি বলে আমায় হত্যা করতে এসেছিল। তলোয়ার ধরে তাই ওকে একটু শিক্ষা দিচ্ছিলাম।'

'না, ডন কর্টেজ।' অ্যান্টোনিও এবার হাঁটু গেড়ে বসে পড়েছে কর্টেজ-এর পায়ের কাছে—'বিশ্বাস করুন আমার কথা, আপনার পেয়ারের ক্রীতদাস বলে ধরাকে ও সরা দেখে। আমাকে এই এদের সকলের সামনে যা-নয়-তাই বলে অপমান করেছে। আমি তাতে প্রতিবাদ করি বলে, আমাদের একজনের তলোয়ার খাপ থেকে তুলে নিয়ে আমার ওপর চড়াও হয়।'

চড়াও হওয়াটা কর্টেজ নিজের চোখেই দেখেছেন। তার সাক্ষ্য-প্রমাণের দরকার নেই।

অ্যান্টোনিও খাস বনেদি ঘরের ছেলে না হলেও তারই নীচের ধাপের একজন হিড্যালগো। তার ওপর সামান্য একজন ক্রীতদাসের তলোয়ার তোলা ক্ষমাহীন অপরাধ।

রাগে আগুন হয়ে অ্যান্টোনিওর কথাই বিশ্বাস করে কর্টেজ গানাদোকে বেঁধে নিয়ে যেতে হুকুম দিয়েছেন। ক্রীতদাসের বিচার বলে কিছু নেই। এ অপরাধের জন্যে সেদিনই যে তার মৃত্যুদণ্ড হবে এ-কথাও কর্টেজ জানিয়েছেন তৎক্ষণাৎ।

হিড্যালগো আর প্রহরীরা তাকে বেঁধে নিয়ে যাবার সময় গানাদো এ দণ্ডের কথা শুনে একটু শুধু হেসে বলেছে, 'প্রাণদণ্ডটা আজই না দিলে পারতেন, ডন কর্টেজ! তাতে আপনাদের একটু লোকসান হতে পারে।'

'আমাদের লোকসান হবে তোর মতো একটা গোরু কি ভেড়া মরে গেলে!'—কর্টেজ একেবারে জ্বলে উঠেছেন এতবড় আস্পর্ধার কথায়।

গানাদো কিন্তু নির্বিকার। ধীর স্থির গলায় বলেছে, 'হ্যাঁ, সে ক্ষতি আর হয়তো সামলাতে পারবেন না। বিশ্বাসঘাতক ভিল্লাফানার শয়তানি আজ না হোক, একদিন নিশ্চয় টের পাবেন, কিন্তু ততদিন পর্যন্ত আপনার এ বাহিনী টিকবে কি? আমায় আজ

মৃত্যুদণ্ড দিলে উদ্ধারের উপায় যা ভেবেছি, বলে যেতেও পারব না।'

কর্টেজ-এর রাগ তখন সপ্তমে উঠেছে। সজোরে গানাদোর গালে একটা চড় মেরে তিনি প্রহরীদের বলেছেন, 'নিয়ে যা এই গোরুটাকে এখান থেকে। নইলে নিজের হাতটাই নোংরা করে বসব এইখানেই ওকে খুন করে!'

তিন

"হাত নোংরা না করুন, প্রায় হাতজোড়ই করতে হয়েছে কর্টেজকে সেইদিনই গানাদোর কাছে তার কয়েদঘরে গিয়ে।

কর্টেজ আর তার অ্যাক্সিয়াক্যাট্‌ল-এর প্রাসাদে বন্দি সৈন্যদলের অবস্থা তখন সঙ্গিন। প্রাসাদে খাবার ফুরিয়ে এসেছে। খবর এসেছে যে, দ্বীপ-নগর টেনচ্‌টিট্‌লান থেকে বাইরের স্থলভূমিতে যাবার একটিমাত্র সেতুবন্ধ পথ অ্যাজটেকেরা ভেঙে নষ্ট করে দিচ্ছে। প্রাসাদ-কারাগার থেকে বেরিয়ে অন্তত লড়াই করে সে সেতুবন্ধের পথে যাবার একটা উপায় না করলেই নয়।

শুধু সেই জন্যেই কর্টেজ অবশ্য গানাদোর কাছে যাননি। একদিন যে তাঁর প্রাণ বাঁচিয়েছে, যার কাছে অনেক সুপরামর্শ পেয়ে বড় বড় বিপদ থেকে তিনি উদ্ধার পেয়েছেন, ক্রীতদাস হলেও তার প্রতি কৃতজ্ঞতাটা মন থেকে একেবারে মুছে ফেলতে কর্টেজ পারেননি। কিছুটা অনুশোচনাতেও কর্টেজ তাঁর মেক্সিকো অভিযানের দোভাষী ও নিত্যসঙ্গিনী মালিঞ্চে ওরফে মারিনাকে নিয়ে গেছেন গানাদোর কাছে।

কর্টেজ নিজে প্রথমে কিছু বলতে পারেননি। মালিঞ্চেই তাঁর হয়ে বলেছে, 'আমার কথা বিশ্বাস করো, গানাদো। হার্নান্ডো তোমার এ পরিণামে সত্যি মর্মাহত। কিন্তু ক্রীতদাস হয়ে মনিবের জাতের কারও বিরুদ্ধে হাত তোলার একমাত্র শাস্তি মৃত্যুদণ্ড রদ করবার ক্ষমতা তাঁরও নেই। শুধু স্পেনের জন্যে মস্ত বড় কিছু যদি তুমি করতে পারো, তাহলেই কর্টেজ শুধু প্রাণদণ্ড মুকুব নয়, দাসত্ব থেকেও তোমায় মুক্তি দিতে পারেন সম্রাটের প্রতিনিধি হিসাবে।'

'হ্যাঁ, বলো গানাদো,' কর্টেজ এবার ব্যাকুলভাবেই বলেছেন, 'আমাদের এ সংকট থেকে বাঁচাবার কোনও উপায় যদি তোমার মাথায় এসে থাকে, এখুনি বলো। তা সফল হলে শুধু নিজেদের নয়, তোমাকে বাঁচাতে পেরেই আমি বেশি খুশি হব। বলো কী ভেবেছ?'

'ভেবেছি,' বলে গানাদো এবার যা বলেছে কর্টেজ বা মালিঞ্চে কেউই তা বুঝতে পারেনি।

'এ আবার কী আওড়াচ্ছ?' অবাক হয়ে জিজ্ঞাসা করেছে মালিঞ্চে, 'তুকতাকের মন্ত্র নাকি?'

'না,' একটু হেসে বলেছে গানাদো, 'ডন কর্টেজকে আমি ছেলেবেলায় শেখা একটা কথা বললাম। বললাম—তোমায় রথ দেখাব বলেই ভেবেছি, রথও দেখবে কলাও বেচবে।'

সত্যি রথই দেখিয়েছে গানাদো। রথের মতো কাঠের মোটা তক্তায় তৈরি দোতলা সাঁজোয়া গাড়ি। সে ঢাকা সাঁজোয়া গাড়ির দুই তলাতেই বন্দুক নিয়ে থাকবে সৈনিকেরা। নিজেরা কাঠের দেওয়ালের আড়ালে তীর-বল্লম আর ইট-পাটকেলের ঘা বাঁচিয়ে নিরাপদে বন্দুক ছুঁড়তে পারবে শত্রুর ওপর। এই কাঠের সাঁজোয়া গাড়ির নামই হল মান্টা।

সেই মান্টা না উদ্ভাবিত হলে কর্টেজ আর তার মুষ্টিমেয় বাহিনী সেবার দ্বীপ-নগর টেনচ্‌টিট্‌লান থেকে পালিয়ে প্রাণ বাঁচাতে পারত না। নতুন আবিষ্কৃত আমেরিকা মহাদেশের ইতিহাসই হয়তো তাহলে পালটে যেত।

কর্টেজ নিজের কথা রেখেছিলেন। গানাদোকে দাসত্ব থেকে মুক্তি দিয়ে দামি দামি বহু উপহার সমেত সম্রাটের সওগাত বয়ে নিয়ে যাবার জাহাজেই স্পেনে পাঠিয়ে দিয়েছিলেন।

পাঠাবার আগে দাসত্ব থেকে মুক্তিপত্র লিখে দেবার সময় জিজ্ঞাসা করেছিলেন, 'এখন তুমি মুক্ত স্বাধীন মানুষ, গানাদো। বলো কী নামে তোমায় মুক্তিপত্র দেব? কী নেবে তুমি পদবি?'

'নাম আমার নিজের দেশের ছেলেবেলায় দেওয়া ঘনরামই লিখুন,' বলেছিলেন গানাদো, 'আর আমার বংশ যদি ভবিষ্যতে থাকে তাহলে এ ইতিহাস চিরকাল স্মরণ করাবার জন্যে পদবি দিন দাস।'"

ঘনশ্যাম দাস থামতেই ঈষৎ ভ্রু কুঞ্চিত করে জিজ্ঞাসা করলেন মর্মরের মতো মস্তক যাঁর মসৃণ সেই শিবপদবাবু, "কিন্তু এ ইতিহাস আপনি পেলেন কোথায়? আপনার আদিপুরুষ সেই গানাদো, থুড়ি ঘনরাম বাংলায় পুঁথি লিখে গিয়েছিলেন নাকি?"

"হ্যাঁ, পুঁথিই তিনি লিখে গেছলেন।" ঘনশ্যাম দাস একটু বাঁকা হাসির সঙ্গে বললেন, "তবে সে পুঁথি দেখলেও আপনি পড়তে পারতেন না। নাম এক হলেও ধর্মমঙ্গল লিখে যিনি রাঢ়ের লোককে এক জায়গায় একটু বিদ্রূপ করে গেছেন, ইনি সে ঘনরাম নয়। বাংলায় নয়, দেশে ফেরবার আগে প্রাচীন ক্যাস্টিলিয়ান-এই তিনি তাঁর পুঁথি লিখে গেছলেন। ফ্যালানজিস্টরা স্পেনের গৃহযুদ্ধের সময় ধ্বংস করে না দিলে অষ্টাদশ শতাব্দীর শেষদিকে বিখ্যাত পণ্ডিত মুনোজ তাঁর অক্লান্ত চেষ্টায় যেখান থেকে ফ্রানসিসক্যান ফ্রায়ার বার্নাদিনো দে সাহাগুনের অমূল্য রচনা হিস্টোরিয়া ইউনিভার্সাল দে নুয়েভা এসপানা মানে নতুন স্পেনের বিশ্ব-ইতিহাসের পাণ্ডুলিপি উদ্ধার করেন, স্পেনের উত্তরে টলোসা মঠের সেই প্রাচীন পাঠাগারেই এ পুঁথি পাওয়া যেত।"

এত জায়গা থাকতে টলোসা মঠে কেন, আর ফ্যাল্যানজিস্টরা যত মন্দই হোক, হঠাৎ একটা নির্দোষ মঠের পাঠাগার ধ্বংস করবার কী দায় পড়েছিল তাদের, জিজ্ঞাসা করতে গিয়েও শিবপদবাবু নিজেকে সংবরণ করলেন বুদ্ধিমানের মতো! রাত যথেষ্ট হয়েছে।

উপন্যাস

সূর্য কাঁদলে সোনা

"অর্থাৎ তস্য তস্য!"

কে বললেন?

না, শ্রীঘনশ্যাম দাস নয়, মর্মরের মতো মস্তক যাঁর মসৃণ, ইতিহাসের অধ্যাপক সেই শিবপদবাবুই উক্তিটি করলেন ঈষৎ ব্যঙ্গের সুরে।

এ উক্তির প্রতিবাদ স্বয়ং শ্রীঘনশ্যাম দাসের কণ্ঠেই শোনা গেল উদার সহিষ্ণুতার সুরে।

"না, তস্য তস্য নয়, ইনি সেই অনন্য অদ্বিতীয় ঘনরাম!"

"ঘনরাম!" মেদভারে হস্তীর মতো যিনি বিপুল সেই সদাপ্রসন্ন ভবতারণবাবু বিস্ফারিত চক্ষে জিজ্ঞাসা করলেন "মানে আপনার সেই আদিপুরুষ ঘনরাম দাস, যিনি সেই পৃথিবীর প্রথম ট্যাঙ্ক আবিষ্কার করেছিলেন—"

"আর ছেলেবেলাতেই ভারতবর্ষের পশ্চিম উপকূলের সমুদ্রে পোতুর্গিজ বোম্বেটেদের লুঠ-করা, জ্বালিয়ে দেওয়া তাম্রলিপ্তির সদাগরি জাহাজ থেকে রক্ষা পেয়েও ধরা পড়ে প্রায় অর্ধেক যৌবন পর্যন্ত পোর্তুগ্যালে স্পেনে এবং পরে এখন যা আমরা কিউবা আর মেক্সিকো বলে জানি, সেই দুই দেশে ক্রীতদাস হয়ে কাটিয়ে ওই মান্টা আবিষ্কারের পুরস্কারস্বরূপ দাসত্ব থেকে মুক্তি পেলেও নিজের বংশের ধারায় ওই চরম গ্লানি ও পরম গৌরবের অধ্যায় চিরস্মরণীয় করে রাখবার জন্যে দাস পদবিই গ্রহণ করেছিলেন।"—সদাপ্রসন্ন ভবতারণবাবুর অসমাপ্ত বাক্যটি একদমে ময়দানের মনুমেন্ট-মুখো মিছিলের মতো এই বাক্যস্রোতে পূরণ করে শ্রীঘনশ্যাম দাস যখন থামলেন তখন উপস্থিত আর সকলের বিশেষ্য বিশেষণ ক্রিয়া ক্রিয়ার বিশেষণ কনজাংশন প্রিপোজিশন কর্তা কর্ম ক্রিয়া ইত্যাদির জট থেকে গদ্যাংশ উদ্ধার করে তাৎপর্যে পৌঁছোতে হিম-সিম খাওয়া গলদঘর্ম অবস্থা।

মর্মর-মসৃণ শিরোদেশের শিবপদবাবুই প্রথম বোধহয় চরকি-পাক থেকে মাথাটি স্থির করতে পেরে জিহ্বা সঞ্চালনে সক্ষম হলেন। বললেন, "কিন্তু আপনার সে ঘনরাম দাস তো টেনচ্‌টিটলান-বিজয়ে কর্টেজ-এর কীর্তিকেও কানা করে আতলান্তিকের এপারে ওপারে বাহাদুরকা খেল দেখিয়ে স্বাধীনতার সনদ নিয়ে দেশে ফিরে গেছলেন!"

শিবপদবাবুর গলার সুরে ঠাট্টার খোঁচাটা আগের চেয়েও একটু বেশি তীক্ষ্ণ।

তা তীক্ষ্ণ হওয়ার আর দোষ কী!

অমন মোক্ষম সময়ে মুখের কথা কেড়ে নিলে কার মেজাজ আর ঠিক থাকে!

এমনিতেই শ্রীঘনশ্যাম দাস উপস্থিত থাকলে আর কারও কোনও মৌকা বড় একটা মেলে না। তাতে অমনভাবে আসরটা জমিয়ে তোলার পর ওই একটা বিদঘুটে

ফোড়ন কেটে সব ফাঁসিয়ে দেওয়া!

না, শিবপদবাবু আজ সত্যিই মনে মনে খুব বেশিরকম চটেছেন।

ঘনশ্যাম দাসের ফোড়নে যদি ঝাঁঝ থাকে, তাহলে তাঁর টিপ্পনিতেও কী জ্বালা শিবপদবাবু বুঝিয়ে দেবেন।

আজকের বেয়াদপিটা কিছুতেই তিনি ক্ষমা করতে রাজি নন। দাসমশাই রোজ তো নিজেই আসর মাত করেন, আজ একটু ধৈর্য ধরে তিনি শুনতে পারতেন না!

শিবপদবাবু আজে-বাজে গল্প তো ফাঁদেননি। শুরু করেছিলেন নীল নদের উৎস আবিষ্কারের আশ্চর্য রোমাঞ্চকর কাহিনী। একদিনে সে উৎস তো আবিষ্কার হয়নি, আবিষ্কারের অভিযান সাফল্যের আনন্দে এক একবার যেখানে এসে থেমেছে, দেখা গেছে নীল নদের উৎপত্তির রহস্য তারও চেয়ে দূর দুর্ভেদ্য যবনিকার আড়ালে গোপন।

সে রহস্য-যবনিকা সরিয়ে দিতে কত রকমের মানুষই না এগিয়ে এসেছে।

নেহাত মূর্খ গোঁয়ার বেপরোয়া গোছের বাউণ্ডুলে যেমন তেমনই আবার এমন জ্ঞানী-গুণী-পণ্ডিত-গোছের বিচক্ষণ মানুষও এসেছে যাদের কাছে এই অজানা উৎস-সন্ধান আধ্যাত্মিক সাধনারই শামিল।

এই সন্ধানী পর্যটকদের মধ্যে রিচার্ড বার্টন-এর মতো বিচিত্র অদ্ভুত মানুষেরও দেখা মেলে। অসামান্য পণ্ডিত, জীবন-রসিক, সকল রকম নকল গণ্ডি-ভাঙা যে বিদ্রোহী, এক হিসেবে নেহাত মুখ্যু গরিব ইতরদের জমায়েত থেকে সভ্য আরব জগতেরই ভুলে-যাওয়া, হেলায় পায়ে-ঠেলা, কল্পনার উধাও-ডানা-মেলা আরব্য উপন্যাসের মতো গল্প-সাহিত্যের একটি বিরল মুকুটমণি চিনে উদ্ধার করে এনেছিলেন, আসল জহুরির চোখ আর খাঁটি জীবন-পিপাসীর কলজের জোরের বিশেষত্বে, নিজের যুগের মাথা-ছাড়ানো সেই রিচার্ড বার্টন-এর মতো মানুষ ভেতরকার কী প্রেরণায় কী তাগিদে অজানা আফ্রিকার অন্ধকার গভীরে অতবড় দুঃসাহসী অভিযানে বেরিয়ে টাঙ্গানায়িকা হ্রদ আবিষ্কারের উপলক্ষ হয়েছিলেন, শিবপদবাবু নাটকীয়ভাবে জবাব দেবার জন্যে নিজেই সে প্রশ্নটা তুলে ধরেছিলেন।

"হয়তো দেনার দায়ে!"

এতক্ষণের বক্তৃতার ফুঁয়ে ফাঁপানো-ফোলানো রং-বাহারদার বেলুনটাকে যেন চোখের ওপর ওই বিদ্রূপের আলপিনের খোঁচায় ফুস করে ফেঁসে চুপসে যেতে দেখা গেল।

কে বললে কথাটা?

কে আর! ওই পাকা-কাঠে করাত-চালানো অদ্বিতীয় গলা একমাত্র শ্রীঘনশ্যাম দাসের ছাড়া আর কারওই হতে পারে না।

তাঁকে সশরীরে ঠিক শিবপদবাবুর পিছনেই মুখে তাঁর সেই মার্কামারা করুণা আর অবজ্ঞা-মেশানো হাসিটি আর হাতে চিরন্তন অবিচ্ছেদ্য ছড়িটি নিয়ে দাঁড়িয়ে থাকতে দেখা গেল।

কখন তিনি এসে দাঁড়িয়েছেন, কেউ যে লক্ষ করেননি, শিবপদবাবুর গল্প জমাবার

আংশিক সাফল্য তা থেকে অন্তত প্রমাণিত হয়।

এখন তাঁকে দেখে সবাই কেমন একটু লজ্জিত হয়ে তাঁকে জায়গা দেবার জন্যে ব্যস্ত হয়ে উঠলেন।

কুম্ভের মতো উদরদেশ যাঁর স্ফীত, সেই ভোজন-বিলাসী রামশরণবাবু কেমন করে অমন ত্বরিৎবেগে তাঁর পাশে দাসমশাইকে জায়গা দেবার ব্যবস্থা করে ফেললেন সেটি একটি দর্শনীয় বস্তু।

শ্রীঘনশ্যাম দাস কর্তৃক অলংকৃত এই সান্ধ্য-সভাটি আমাদের করুণ আত্মছলনায় একদা হ্রদ নামে অভিহিত ও বর্তমানে সরোবরে সংকুচিত হয়েও সম্মানিত একটি জলাশয়ের এক প্রান্তে বেদিকা-বেষ্টিত নাতি-বৃহৎ একটি বৃক্ষের তলায় প্রায় নিয়মিতভাবে যে বসে, এ সংবাদ দাসমহাশয়ের অনুরক্ত মহলের কারও বোধহয় অজানা নয়।

দাসমশাই আসন গ্রহণ করাতে মস্তক যাঁর মর্মর-মসৃণ, সেই শিবপদবাবু আর সকলের মতো অমন কৃতার্থ বোধহয় হতে পারলেন না। তাঁর কণ্ঠের ঈষৎ ক্ষুব্ধ তিক্ততাতেই তা বোঝা গেল।

"দেনার দায়ে মানে?" শিবপদবাবু রুদ্ধস্বরে জিজ্ঞাসা করলেন।

"মানে," দাসমশাই নিজের সংক্ষিপ্ত উক্তি বিস্তারিত করলেন, "সহজ সরল অর্থে যা হয় তা-ই। খাতক হয়ে উত্তমর্ণের ভয়ে দেশান্তরী হতে গিয়ে ভূগোলের সীমা বিস্তৃত করার দৃষ্টান্ত অতীতে একেবারে বিরল নয়। তা ছাড়া দেনার দায় না থাকলে প্রৌঢ় এক পর্যটক চার শতাব্দী আগেকার সংকীর্ণ পৃথিবীকে মরণ-পণ দুঃসাহসে প্রসারিত করে সে-যুগ এ-যুগ নিয়ে বোধহয় সর্বকালের সমৃদ্ধতম দেশ আবিষ্কারে উৎসাহী হতেন কি না বলা যায় না। অন্তত কল্পনার স্বর্ণলঙ্কাকেও হার মানানো সত্যিকার সোনায় বাঁধানো এক বাস্তব রূপকথার দেশ আবিষ্কারের গৌরব একজন দেনদারের। সে দেনদার আবার দেনার দায়ে কারারুদ্ধও হয়েছিলেন সেভিল-এ। সেদিন কারাগার থেকে তাঁকে উদ্ধার করবার জন্য একজন যেন ভোজবাজিতে সেভিল-এ উদয় হয়েছিল। তা না হলে পৃথিবীর হয়তো কল্যাণই হত, কিন্তু ষোড়শ শতাব্দীকে বিদ্যুৎ-চকিত করা একটি আবিষ্কার তখনকার ইউরোপীয় সভ্যজগতের হৃদস্পন্দন অত দীর্ঘকাল অমন দ্রুত করে তুলত না।"

মেদভারে যিনি হস্তীর মতো বিপুল সেই সদাপ্রসন্ন ভবতারণবাবু যেন দাসমশাই-এর কথা শেষ হবার জন্যে মুখ বাড়িয়ে ছিলেন। দাসমশাই থামতেই তিনি নিজেই যেন ধন্য হবার ব্যাকুল উৎসাহে গদগদ স্বরে জিজ্ঞাসা করলেন, "সেই ভোজবাজিতে যিনি উদয় হয়েছিলেন, তিনি কে? আপনার কেউ নিশ্চয়ই? ঠাকুরদার ঠাকুরদা তস্য ঠাকুরদা গোছের কেউ, কেমন?"

"না, পিতামহ কি অতিবৃদ্ধ প্রপিতামহও নয়"—বলে সহিষ্ণুভাবে শুরু করে দাসমশাই আর বক্তব্যটা শেষ করতে পারলেন না।

শিবপদবাবু তাঁকে সে সুযোগ না দিয়েই ব্যঙ্গভরে বলে উঠলেন, "বুঝেছি বুঝেছি! অর্থাৎ তস্য তস্য!"

এর পর এ সভায় উত্তর-প্রত্যুত্তর কীভাবে কোথায় গিয়ে থেমেছে তা আগেই বলা হয়েছে।

তাঁর আদিপুরুষ ঘনরাম দাসের দাসত্বশৃঙ্খল থেকে মুক্তি পেয়ে দেশে ফিরে যাওয়ার বৃত্তান্ত যে দাসমশাই-এর মুখ থেকেই শোনা একথা স্মরণ করিয়ে দিয়ে শিবপদবাবু যদি তাঁকে একটু বিব্রত করতে চেয়ে থাকেন সে আশা তাঁর কিন্তু পূর্ণ হল না।

আদি পুরুষের দুঃখ স্মরণ করেই যেন বিষণ্ণ সুরে দাসমশাই বললেন, "না, স্বাধীন হয়ে আর দেশে ফিরতে পারলেন কই? দাসত্ব থেকে মুক্তি আর দেশে ফেরা তখনও তাঁর ভাগ্যে নেই।"

"তার মানে, আপনার আদিপুরুষ সেই ঘনরাম দাস ক্রীতদাস হয়েই রইলেন?" স্ফীতোদর রামশরণবাবু নীল নদের উৎস-আবিষ্কারকদের জীবনের রহস্য রোমাঞ্চের কথা অনায়াসে ভুলে গিয়ে ঘনরাম দাসের জন্য উদ্বিগ্ন ও কাতর হয়ে উঠলেন—"কিন্তু তিনি তো স্বয়ং কর্টেজ-এর ছাড়পত্র পেয়েছিলেন!"

"স্পেনের সম্রাট বুঝি তা মানলেন না?" এ ক্রুদ্ধ সমালোচনা শোনা গেল সদাপ্রসন্ন ভবতারণবাবুর কণ্ঠে। ভবতারণবাবুর বিপুল মেদবহুল হাতের কাছে থাকলে স্পেনের সে সম্রাটের কী দুর্দশাই যে হত তা পরের কথাতেই বোঝা গেল—"এ সব সম্রাটের কী হওয়া উচিত, জানেন?"

দাসমশাইকে তাড়াতাড়ি ভবতারণবাবুকে শান্ত করতে হল তাঁর ভ্রান্ত ধারণাটুকু সংশোধন করে।

"না, না, সম্রাটের কোনও দোষ নেই।" বোঝালেন দাসমশাই, "সম্রাটের হাতে পড়লে তাঁর নিজের হুকুমনামা দেওয়া কর্টেজ-এর ছাড়পত্র নিশ্চয়ই তিনি স্বীকার করতেন। কিন্তু ঘনরাম তাঁর ছাড়পত্র সম্রাটকে দূরে থাক, সেভিল-এর বন্দরের কাউকেও দেখাবার সুযোগ পাননি!"

"কেন? কেন? সে ছাড়পত্রের হল কী?" প্রায় সমস্বরে প্রশ্ন করলেন রামশরণ ও ভবতারণবাবু। শিবপদবাবু শুধু তখনও নীরব।

"যা হল তা বড় জঘন্য," দার্শনিক নির্লিপ্ততা রাখার যেন বৃথা চেষ্টা করে বললেন শ্রীঘনশ্যাম দাস, "মানুষ সম্বন্ধে তাতে হতাশই হতে হয়। কল্পনার নয়, বাস্তবের স্বর্ণলঙ্কা আবিষ্কারের কাহিনী কিন্তু সে কুৎসিত ঘটনার বিবরণটুকু ভূমিকা হিসেবে আগে না জানালে দুর্বোধ অসম্পূর্ণই থেকে যাবে।"

"তার মানে ঘনরাম দাস স্বাধীন থাকলে ওই আপনার সত্যিকার স্বর্ণলঙ্কা আর মুখের ঘোমটা খুলত না?"

শিবপদবাবুর কথাগুলো এখনও বেশ বাঁকা। কিন্তু দাসমশাই সহিষ্ণুতার অবতার। পিন-ফোটানোটা যেন পালক-বোলানোর মতো নিয়ে হাসিমুখে বললেন, "স্বর্ণলঙ্কা কত দিনে কীভাবে তাহলে আবিষ্কৃত হত তা হয়তো ঠিক বলতে পারব না। কিন্তু স্বাধীন থাকলে ঘনরাম দাস সেভিল-এর বন্দরে জাহাজের গারদ ভেঙে বেরিয়ে সমুদ্রে নিশ্চয় ঝাঁপ দিতেন না, একদিন পশ্চিমের নতুন মহাদেশে বন্ধুত্বের আদর্শ

হিসেবে যাঁর নাম লোকের মুখে-মুখে ফিরবে সেই দিয়েগো দে আলমাগরোর জাহাজে লুকিয়ে তাঁকে আবার আতলান্তিক পার হতে হত না, তখনকার সবচেয়ে আজগুবি এক অভিযানে লোকসানের পর লোকসানেও টাকা ঢেলে যাবার মন্ত্র নতুন মহাদেশের সবচেয়ে বড় গুপ্ত মহাজন গ্যাস্পার দে এসপিনোসার কানে দেবার কেউ থাকত না, আসল হর্তাকর্তাদের মন বিষিয়ে দিয়ে অভিযান মূলেই মুড়িয়ে দেবার জন্যে সব কিছুই কালিমেড়ে দেখানো বিবরণ গোপনে পাঠাবার সত্যিকার শয়তানি চালাকি তাহলে কেউ ধরে সাবধান করে দিত না, দশ বছরের মধ্যে স্পেনকে ঐশ্বর্য আর গৌরবের শিখরে যে তুলবে, তখনও অজ্ঞাত অখ্যাত দেনার দায়ে দেউলে আধ-বুড়ো একটি মানুষকে যেমন কারাগার থেকে উদ্ধার তেমনই এ যুগের স্বর্ণলঙ্কার ভবিষ্যতের চরম সংকটের দিনে ভাগ্যের পাশার দান উলটে দিতে ল্লান্টু-র ওপর কোরাকেঙ্কু-র পালক গোঁজার ফন্দি কারও মাথায় আসত না।”

“কী বললেন?” শিবপদবাবুই প্রথম তাঁর সন্দিগ্ধ বিস্ময় জ্ঞাপন করলেন, “লাট্টু-র ওপর কার কেঙ্কু না কী!”

“লাট্টু নয়, ল্লান্টু!” ধৈর্য ধরে বোঝালেন ঘনশ্যাম দাস, “উচ্চারণটা জিভে আনা একটু শক্ত। ল্লান্টু হল একরকম নানারঙের ভাঁজ-দেওয়া পাগড়ি গোছের উষ্ণীষ, বাস্তবের স্বর্ণলঙ্কার অধীশ্বররা যা পরতেন।”

“আর, ওই কার কী কেঁউকু যা বললেন?” মেদভারে বিপুল ভবতারণবাবু উদগ্রীব হয়ে জানতে চাইলেন।

“কার কী কেঁউকু কি কেংকু নয়,”, করুণাভরে সংশোধন করে দিলেন দাসমশাই, “কথাটা হল কোরাকেঙ্কু। কোরাকেঙ্কু ছিল দুনিয়ার দুষ্প্রাপ্যতম পাখি। বোখারা সমরকন্দের সন্দিগ্ধ সমৃদ্ধতম বাদশার হারেমের সেরা সুন্দরীর চেয়ে কড়া পাহারায় সকলের চোখের আড়ালে তাদের পালন করা হত। সত্যিকার স্বর্ণলঙ্কার অধীশ্বরের মাথার উষ্ণীষ ল্লান্টু-তে গোঁজা হত তার দুটি পালক।”

“আপনার আদিপুরুষ ঘনরাম ওই কোরাকেঙ্কু-র পালক ল্লান্টু-র ওপর গুঁজে ভাগ্যের পাশা উলটে দিয়েছিলেন? কেন? কী করে?” বিস্ময়-বিস্ফারিত চোখে ভক্তিভরে জিজ্ঞাসা করলেন কুম্ভোদর রামশরণবাবু।

“তা বলতে গেলে ওখানেই তো থামা চলবে না!” হাসলেন দাসমশাই, “যে বিষ-ফলের গাছ পোঁতার ব্যাপারে কিছু ভাগ তাঁর ছিল, একদিন তা বেড়ে উঠে আকাশ-বাতাস বিষিয়ে তুলে ন্যায়ধর্মের টুঁটি যখন চেপে ধরে, তখন গোড়ায় কোপ দিয়ে তা শেষ করার চেষ্টায় কী ভূমিকা ঘনরামের ছিল তা পর্যন্ত বলতে হয়। কিন্তু সে যখনকার কথা তখনই বলা যাবে। ঘনরামের জীবনের নতুন পালার যা থেকে সূত্রপাত, ক্রীতদাস হওয়ার অভিশাপ থেকে মুক্তি পেয়েও ঘনরাম তাঁর স্বাধীনতা আবার কী করে খোয়ালেন, সেই করুণ বৃত্তান্তেই আগে ফিরে যাওয়া যাক।”

এবার শিবপদবাবুরও কোনও আপত্তি দেখা গেল না।

“ঘনরাম ঘটা করেই স্পেনে ফিরছিলেন।” শুরু করলেন দাসমশাই। “কর্টেজ সত্যিকার ভালবাসায় আর কৃতজ্ঞতায় তাঁর মুক্ত ক্রীতদাসকে উপহার হিসাবে যা

দিয়েছিলেন, খানদানি স্প্যানিশ হিড্যালগোদেরও তা ঈর্ষার বস্তু।

সেই ঈর্ষাই জেগেছিল এক স্পেনের সৈনিকের মনে। ঘনরামের সঙ্গে একই জাহাজে সে দেশে ফিরছিল। কর্টেজ-এর আদি বাহিনীর লোক সে নয়। কর্টেজ-এর বিরুদ্ধে পাঠানো নার্ভেজ-এর দলেই মেক্সিকোতে এসে সে কর্টেজ-এর পক্ষ নেয়। বেশির ভাগ ট্‌লাসকালায় অন্য বাহিনীতে ছিল বলে ঘনরামকে আগে সে দেখেনি। সে নিজের উন্নতিও মেক্সিকোয় এসে এ পর্যন্ত তেমন কিছুই করতে পারেনি। সত্যিকার লড়াই বেশির ভাগ সে ফাঁকিই দিয়েছে। ঠিক প্রমাণ না পাওয়া গেলেও কর্টেজ-এর বিরোধী দলের ষড়যন্ত্রে হয়তো আছে এই সন্দেহে তাকে এখন ফেরত পাঠানো হচ্ছে। যুদ্ধ না হোক, লুঠতরাজে সোরাবিয়ার উৎসাহ খুব। তাতে কিন্তু যা পেয়েছে সবই বলতে গেলে উড়িয়ে দিয়েছে জুয়া খেলে আর সাজপোশাকের বিলাসিতায়। সোরাবিয়ার ধারণা তার মতো সুপুরুষ নেই। সুন্দরী মেয়েরা তাকে দেখলেই মূর্ছা যায়।

জাহাজে ঘনরামের সঙ্গে ঠোকাঠুকি তার বেশি করে লেগেছে এই ব্যাপারে।

ঘনরামের সঙ্গে সোরাবিয়ার পরিচয় আগে ছিল না। জাহাজে একই যাত্রার সঙ্গী হিসেবে দেখে চেহারায় সাজপোশাকে ঘনরামকে বেশ শাঁসালো কেউ বলেই মনে হয়েছে সোরাবিয়ার। সেই সঙ্গে জুয়ায় নামিয়ে ভাল করে নিংড়ে নেবার মতলবও মাথায় এসেছে।

ঘনরামকে স্পেনে ফেরার সে জাহাজে দেখলে কেউ-কেটা বলে ভুল করা খুব অস্বাভাবিক কিছু নয়। কর্টেজ-এর হুকুমে সম্মানিত অতিথির মর্যাদাই তাঁকে দেওয়া হয়েছে। সাজপোশাকে কথাবার্তায় চালচলনে ব্যবহারে সে মর্যাদার সম্পূর্ণ যোগ্য বলেই তাঁকে বোঝা গেছে। কর্টেজ ঘনরামকে বিদায় দেবার সময় পয়সাকড়ি ছাড়া যে সব সম্ভ্রান্ত সাজপোশাক সঙ্গে দিয়েছিল তাতে তাঁকে বেমানান লাগেনি।

সোরাবিয়া গোড়ায় একটু গায়ে পড়েই ঘনরামের সঙ্গে ভাব করেছে।

তখনকার দিনের পালতোলা মাত্র সত্তর টনের মাঝারি গোছের জাহাজ। একশো টনের জাহাজ হলেই সেকালে খুব বড় বলে গণ্য হবার যোগ্য হত। এখনকার তুলনায় মোচার খোলার মতো সে ছোট জাহাজের সংকীর্ণ খোলে যাত্রীদের পরস্পরকে এড়িয়ে চলাও শক্ত।

ঘনরাম এড়িয়ে যেতে যেমন চাননি তেমনই উৎসাহও দেখাননি কারও সঙ্গে নিজে থেকে আলাপ করার।

সোরাবিয়াই প্রথম একটা ছুতো বার করেছে তাঁর সঙ্গে আলাপ শুরু করার।

তখন সবে সকাল হয়েছে। ঘনরাম জাহাজের খোলা ডেকের নিচু রেলিং ধরে সামনের সমুদ্রের দিকে চেয়েছিলেন।

হঠাৎ একটু চমকে উঠেছেন কাছেই একজনের গলা পেয়ে। পেছন ফিরে তাকিয়ে দেখেছেন জাহাজের আর এক যাত্রী এক স্প্যানিশ হিড্যালগো ছোকরা মাথার টুপিটা খুলে অভিবাদনের ভঙ্গিতে দাঁড়িয়ে তাঁকেই কী যেন বলছে।

কথাগুলো প্রথমে বুঝতে একটু দেরি হওয়ার কারণ ছিল। হিড্যালগো ছোকরা

একেবারে যাকে বলে রাজ-দরবারের কেতায় তাঁকে কুর্নিশ করে যা বলছে তা একটু অদ্ভুত ও অপ্রত্যাশিত।

হিড্যালগো ছোকরা কুর্নিশ সেরে হাতে একটা স্প্যানিশ সোনার মুদ্রা বাড়িয়ে ধরে বলছে—মহামান্য সেনর কিছু যেন মনে না করেন। তাঁকে বাধ্য হয়ে বিরক্ত করতে হচ্ছে। এই পেসো-দে-অরোটি যেন সেনরের জামা থেকেই গড়িয়ে পড়ল মনে হচ্ছে। সেনর যদি একটু কষ্ট করে দৃষ্টিপাত করে এটি তাঁর কি না বলেন।

ঘনরাম পেসোটা দেখেই চালাকিটা ধরতে পেরেছেন। তখনও তাঁর সঙ্গে এভাবে মিথ্যে অজুহাত বানিয়ে আলাপ করার কারণটা বুঝতে পারেননি।

তবু আলাপের ঔৎসুক্য, তা সে যারই হোক, অবজ্ঞায় উপেক্ষা করার শিক্ষা ঘনরামের নয়।

তিনি একটু হেসে বলেছেন, 'পেসোর গায়ে তো আমার নাম লেখা নেই। আছে স্বয়ং মহামান্য সম্রাটের ছাপ। সুতরাং ওটা আমার কি না বোঝবার মতো কোনও প্রমাণ পাচ্ছি না। এইটুকু শুধু বলতে পারি যে, আমার কোনও পেসো হারিয়েছে বলে এখনও আমি জানতে পারিনি।'

'আশ্চর্য তো!' সত্যিই যেন বিব্রত হয়ে সোরাবিয়া এবার সোজা হয়ে দাঁড়িয়েছে—'আমার যেন স্পষ্ট মনে হল আপনি ওদিক থেকে চলে আসবার সময় ওটা গড়িয়ে পাটাতনের ধারে গিয়ে পড়ল।'

'তা সেটা আপনার থলি থেকেও তো পড়তে পারে?' বলেছেন ঘনরাম সহজ পরিহাসের সুরে, 'আপনার নিজের পয়সাকড়ি গুনে দেখেছেন?'

'দেখিনি!' সোরাবিয়াও সহজ হয়ে বলেছে, 'তবে দেখবার দরকার নেই। কারণ আমার কাছে স্পেনের এরকম কোনও মুদ্রাই নেই।'

'তাহলে আমার বা আপনার কারওই যখন নয়, তখন পেসোটা আমাদের পাইলট সানসেদোর কাছেই জমা দিন না। তিনি কার সম্পত্তি খোঁজ করে দিয়ে দেবেন।'

'তা-ই দেবেন, না নিজের থলে মোটা করবেন কে বলতে পারে?' সোরাবিয়া হেসে উঠে আরও ঘনিষ্ঠ হবার চেষ্টা করেছে—'তার চেয়ে আপনার আমার কারওই যখন নয়, এটা নিয়ে একটা বাজিই ধরা যাক। ওই যে সাগরবাজটা আমাদের জাহাজের মাথার ওপর ডানা মেলে ভাসছে ওটা মাছ ধরতে কোন দিকে জলে ছোঁ মারবে, জাহাজের বাঁয়ে না ডাইনে, বলতে হবে। ঠিক যে বলতে পারবে এ পেসো-দে-অরো তার।'

হিড্যালগো জোয়ানের স্বরূপটা বুঝে ফেলতে ঘনরামের আর দেরি হয়নি। তবু তাকে একেবারে নিরাশ না করে তালে তাল দিয়ে তিনি বলেছেন, 'ভালো কথা। কিন্তু পেসোটা যখন আপনিই কুড়িয়ে পেয়েছেন তখন প্রথম সুযোগটা আপনিই নিন।'

'আমাকেই নিতে বলছেন?' সোরাবিয়া এরকম প্রস্তাব ঠিক বোধহয় আশা করেনি।

বেশি আপত্তি করলে ধরা পড়ার ভয় আছে বলেই বোধহয় একটু দ্বিধার ভাব দেখিয়েই সে নিজের অনুমান জানিয়েছে।

সেটা ভুল প্রমাণ হওয়ায় খুশিটা পায় চাপতে না পেরে বলেছে, 'এবার আপনার

পালা সেনর।'

'আমার পালাটা বোধহয় বৃথাই গেল।' ঘনরাম মুখে একটু আশাভঙ্গের ভাব ফুটিয়েছেন।

'কেন? কেন?' জিজ্ঞাসা করেছে সোরাবিয়া ব্যস্ত হয়ে।

'কারণ আমাদের বাজি ধরার খবর বোধহয় ও পেয়েছে!' মুখ টিপে একটু হেসে বলেছেন ঘনরাম, 'বিরক্ত হয়ে জুয়াড়িদের সংস্রব ছেড়ে বোধহয় চলেই যাবে তাই!'

ঘনরামের গণনা নির্ভুল প্রমাণ হতে কয়েক মুহূর্ত দেরি হয়েছে মাত্র। সাগরবাজটা ভাসতে ভাসতে হঠাৎ সবেগে ডানা নেড়ে দূর আকাশে উড়ে চলে গেছে!

'আশ্চর্য ব্যাপার তো সেনর!'—সোরাবিয়ার চোখে সত্যিকার সম্ভ্রম আর বিস্ময় এবার ফুটি-ফুটি করেছে—'আপনি কি জাদু-টাদু জানেন নাকি?'

'না, জাদু জানি না।' হেসে বলেছেন ঘনরাম, 'শুধু চোখ-কান একটু খোলা রাখতে জানি।'

সোরাবিয়ার মুখটা তবু হাঁ হয়ে আছে দেখে বুঝিয়ে বলেছেন, 'আমাদের জাহাজের গলুই-এ জলের ঢেউ-এর সাদা ফেনা আর দেখছেন? লক্ষ করেছেন যে পালগুলো ঢিলে হয়ে ঝুলতে শুরু করেছে? হাওয়া গেছে বন্ধ হয়ে? আমাদের জাহাজ প্রায় অচল। সাগরবাজ আর কী আশায় আমাদের সঙ্গী হয়ে থাকবে। মাছের লোভে সমুদ্রের এ সব পাখি আমাদের সঙ্গ দেয়।'

'বাহবা! বাহবা! চমৎকার।' সোরাবিয়া সত্যিই হাততালি দিয়ে তারিফ করে বলেছে, 'আমাকে রীতিমতো আহাম্মুক বানিয়ে ছেড়েছেন। এখন আমায় এমন শিক্ষা দেবার গুরুটি কে জানতে পারি? অধীন তার আগে নিজেই নিজের পরিচয় দিচ্ছে! এ অধমের নাম সোরাবিয়া। কর্টেজ-এর অধীনে লড়াই করে মহামান্য সম্রাটের সেবা করার সঙ্গে নিজের ট্যাঁকও ভারী করে ফিরব আশা ছিল। সে আশা পূর্ণ হয়নি। এবার কোন নৌ-সেনাপতির সঙ্গে পরিচয় হবার সৌভাগ্য আমার হল যদি জানান।'

ঘনরাম সোরাবিয়ার ছ্যাবলামিতে একটু হাসলেও তার সঙ্গে সুর মেলাননি! গম্ভীর গলাতেই বলেছেন, 'আপনাকে একটু হতাশ হতে হবে, সেনর সোরাবিয়া। নৌ-সেনাপতি তো নয়ই, জাহাজের একজন মাঝি-মাল্লাও আমি নই। সত্যি কথা বলতে গেলে মানুষ হিসাবে আমায় গণ্য না করলেও আমি কিছু মনে করব না। কারণ তাই আমার অভ্যাস আছে।'

সোরাবিয়া এ ঘোরালো কথার দু পিঠের মানে অবশ্য বুঝতে পারেনি, বিনয়ের আর-এক প্যাঁচ ভেবে ঘনরাম কোথাকার লোক এবং আসলে কে, সে পরিচয় জানতে আরও উদগ্রীব হয়ে উঠেছে।

মুখে সে ব্যাকুলতা প্রকাশ করতে সে দ্বিধা করেনি। বিনয়ের সঙ্গে পাল্লা দিয়ে বলেছে, 'সমুদ্র ও জাহাজের বিষয়ে আপনার অদ্ভুত হুঁশিয়ারি আর নজর দেখে আপনাকে নৌ-সেনাপতি ভাবা আমার যদি বেয়াদবি হয়ে থাকে মাপ করবেন। তবে আপনার সঙ্গে পরিচিত হবার সৌভাগ্যই যখন হল তখন আপনাকে সম্বোধন করতে না পারাটা বড় দুঃখের হবে এটুকু না জানিয়ে পারছি না।'

সৌজন্যের জিলিপি প্যাঁচ আর না বাড়িয়ে ঘনরাম বলেছেন, 'পুলকিত হয়ে সসম্ভ্রমে সম্বোধন করবার মতো কেউ আমি কিন্তু নই। আমার নাম ঘনরাম দাস।'

'ঘনরাম দাস!' সোরাবিয়ার একে স্প্যানিশ, তায় বাক্‌দেবীর সঙ্গে সম্পর্কহীন জিহ্বায় উচ্চারণটা লালাতেই যেন জড়িয়ে গেছে। স্পেনের এপার-ওপার মনের আঙুল বুলিয়েও এ ধরনের নামের উৎস খুঁজে না পেয়ে বেশ একটু বিমূঢ় হয়ে দাসকে দশ উচ্চারণ করে সে জিজ্ঞাসা করেছে, 'আচ্ছা দাস বললেন, কোথাকার দাস বলুন তো? ফার্নানদিনায় ওরকম পদবির একটি পরিবার আছে বলে যেন শুনেছি। কাস্তিল থেকে এসে তারা পদবিটা নাকি বেঁকিয়ে ওই রকম করেছে!'

ফার্নানদিনা ছিল কিউবার তখনকার নাম। ঘনরাম ফার্নানদিনায় তাঁর বংশ চালনা করবার চেষ্টা দেখে মনে মনে হেসে বলেছেন, 'না ফার্নানদিনায় আমাদের বংশধররা স্পেন থেকে আসেনি। আমরা যেখানকার সেইখানেই আছি ও থাকব বলেই আমার বিশ্বাস। আমাদের ঘরানা কোথাকার যদি জানতে চান তাহলে তাম্রলিপ্তির নামই করতে হয়।'

তাম্রলিপ্তি শুনেই শব্দটা উচ্চারণ করবার বা বোকা বনবার ভয়েই বোধহয় আর কিছু জিজ্ঞাসা করতে সোরাবিয়া সাহস করেনি।

মনে যদি একটু বিরক্তি কি জ্বালা থাকে বাইরে সৌজন্যের বিনিময় করে সোরাবিয়া তখনকার মতো চলে গেছে। আলাপের ছুতো যা দিয়ে করেছিল বাজি ধরা সেই স্বর্ণমুদ্রাটা সঙ্গেই নিয়ে গেছে ভুলে।

ঘনরামও হাওয়ার অভাবে নিস্তরঙ্গ পুকুরের মতো স্থির সমুদ্রের দিকে খানিক চেয়ে থেকে পাইলট সানসেদো যেখানে টঙ-এ বসে আছেন জাহাজ চালাতে সেই দিকে পা বাড়িয়েছেন।

পা বাড়িয়েও হঠাৎ চমকে ঘনরামকে থামাতে হয়েছে। ওপরের ডেক থেকে নীচের খোলে যাবার সিঁড়িতে একটা চাপা হাসির তরল ঝংকার দ্রুত পদশব্দের সঙ্গে মিলিয়ে গেছে।

একটু চুপ করে দাঁড়িয়ে থেকে ঘনরাম আবার পাইলট সানসেদোর সন্ধানেই গেছেন। এ হাসিতে চমকে উঠলেও বিমূঢ় তিনি হননি। এ হাসি ও পদশব্দ কার তা তিনি জানেন। এই হাস্যময়ীকে তাক লাগাবার উদ্দেশ্যেই কার্তিক কিংবা তার ময়ূরটি সেজে সময়ে অসময়ে পেখম-তোলা ভঙ্গিতে ঘোরাফেরা করার দরুনই হিড্যালগো সোরাবিয়াকে প্রথম তিনি লক্ষ করেন।

মেয়েটি কে তা-ও ঘনরাম জানেন। ক্ল্যাভিহেরো নামে এক হিড্যালগো সেনানায়কের সদ্যবিধবা যুবতী স্ত্রী। সে হিসেবে তার এরকম হাস্যচপলতা বেশ বিসদৃশ বেহায়াপনা মনে হওয়ারই কথা। তবে মেয়েটির স্বপক্ষে এইটুকু বলা যায় যে, ক্ল্যাভিহেরো এক হিসেবে প্রায় বিয়ের পর দিনই স্ত্রীকে কিউবায় ত্যাগ করে পালিয়ে কর্টেজ-এর বাহিনীর সঙ্গে মেক্সিকো অভিযানে চলে আসে। মেক্সিকোয় যাবার পর স্ত্রীর কোনও খোঁজ সে তো করেইনি, সেদেশে বার বার বহু সুন্দরীকে ঘরণীও করেছে। ক্ল্যাভিহেরোর স্ত্রী স্বামীর প্রেমের টানে নয়, তার ওপর আক্রোশেই তার

সত্যিকার স্বরূপ নিজের চোখে দেখবার জন্যে পরম দুঃসাহসে পাইলট সানসেদোকে বলে তাঁরই জাহাজে মেক্সিকো পর্যন্ত আসে। এসে সে জানতে পারে যে, যুদ্ধে নয়, মাতাল অবস্থায় টেনচ্‌টিট্‌লানের রাস্তায় নারীঘটিত ব্যাপারের দাঙ্গাতেই মারা গিয়ে ক্ল্যাভিহেরো সব সমস্যা মিটিয়ে দিয়ে গেছে।

মেয়েটি তাই আবার ফার্নানদিনায় নয়, স্পেনেই ফিরে যাচ্ছে। স্বামীর কাছে প্রতারণা ছাড়া কিছু যে পায়নি, স্বামীর মৃত্যুসংবাদে তার একেবারে ভেঙে পড়া খুব স্বাভাবিক বোধ হয় না। তার একটু আধটু তরল চাঞ্চল্যও তাই বোধহয় ক্ষমার যোগ্য।

কিন্তু সেদিনের হাসিটা কেমন একটু হিসেবের বাইরে বলে ঘনরামের মনে হয়। হাসিটা যেন ঝংকৃত হতে একটু দেরিও হয়ে গেছে।

সোরাবিয়া উপস্থিত থাকতে থাকতেই হাসির লহরীটা ওঠবার কথা নয় কি?

দুই

"এ হাসির লহরী কী হিংসার তুফান যে তুলবে তা ঘনরাম যদি জানতেন!

জানলে অবশ্য করতেনই বা কী?

তিনি তো এ চঞ্চলা হাস্যময়ীকে কোনও প্রশ্রয় দেননি। নির্লিপ্ত নির্বিকার দূরত্বেই নিজেকে সরিয়ে রেখেছেন।

কিন্তু মুশকিল হয়েছে জাহাজ হঠাৎ একেবারে অচল হওয়ায়। সাগরবাজ নিয়ে বাজি ধরার সকাল থেকে সেই যে হাওয়া বন্ধ হয়ে গেছে তার পর থেকে সেনোরা আনা-র চুলের একটা গুছিও কাঁপায়নি।

মাস্তুলে পালগুলো ঢিলে হয়ে ঝুলছে। জাহাজের পতাকাটাও তাই!

নতুন মহাদেশ থেকে স্পেনে ফেরার পথে এই একটি জায়গার ভয়ে নাবিক যাত্রী সবাই তটস্থ হয়ে থাকে। সমুদ্রের মাঝখানে সত্যিই এ এক বদ্ধ জলা। নাম সার্গাসো সাগর। সমুদ্রের শৈবালদাম জমে জমে ও অঞ্চলটাকে এমনিতেই বেশ দুর্ভেদ্য করে রেখেছে। তার ওপর সেখানে বাতাসও প্রায় ঘুমন্তই থাকে। সেকালের পালতোলা জাহাজ একবার সেখানে হাওয়া বিহনে আটকে পড়লে আকাশের দেবতা দয়া করে একটু ঝড়-তুফান না পাঠানো পর্যন্ত তার আর নিষ্কৃতি নেই। চারিদিকে অসীম সমুদ্রের মাঝখানে অচল হয়ে থাকা তখন এক শাস্তি!

সে শাস্তি হালকা করতে একটু আমোদ-প্রমোদ স্ফুর্তির ব্যবস্থা করতেই হয়। তাতে যাত্রীদের পরস্পরের মধ্যে মেলামেশাটাও খুব আড়ষ্ট থাকে না।

জাহাজে পনেরোজন নাবিক। তাদের অধিনায়ক হলেন সানসেদো। যাত্রী ঘনরাম আর সোরাবিয়াকে নিয়ে সবসুদ্ধ সাতজন মাত্র। তার মধ্যে দুজন মাত্র স্ত্রীলোক। সেনোরা আনা আর তার সঙ্গিনী পরিচারিকা এক প্রৌঢ়া।

পুরুষ পাঁচজনের মধ্যে একজন ফ্রানসিসকান পাদরি। বর্বরদের অন্ধ তমসার নরক থেকে সত্যধর্মে দীক্ষিত করবার জন্যে স্পেন থেকে তাঁর ধর্মভাইদের আনতে যাচ্ছেন। ঘনরাম বাদে বাকি তিনজনই সৈনিক হিড্যালগো। তবে সোরাবিয়াই তার

মধ্যে একটু দুর্নামের কলঙ্ক নিয়ে মেক্সিকো থেকে একরকম বরাবরের জন্যে বিদায় নিয়েছে। অন্য দু-জন হিড্যালগোর মধ্যে অ্যালনসো কিনটেরো মেক্সিকোর সেনাবাহিনীর জন্যে স্পেন থেকে ঘোড়া কিনে আনতে যাচ্ছে আর বার্নাল সালাজার যাচ্ছে স্বয়ং কর্টেজ-এর দূত হয়ে স্পেন সম্রাটের কাছে কর্টেজ-এর পত্র আর মহামূল্য সব উপহার নিয়ে।

এসব যাত্রীদের মধ্যে একমাত্র বার্নাল সালাজার-এরই ঘনরামের পূর্ব-পরিচয় জানা সম্ভব ছিল। কারণ দু-একবার কর্টেজ-এর সঙ্গে তাঁর নিজস্ব কামরাতেই সালাজার দেখা করতে আসার সুযোগ পেয়েছে। কর্টেজ-এর পেয়ারের ক্রীতদাস হিসেবে ঘনরামকে একটু-আধটু লক্ষ করা তার পক্ষে অসম্ভব ছিল না।

তবে ক্রীতদাসের দিকে কে আর কবে ভাল করে চেয়ে দেখে!

ঘনরাম নিজেই কর্টেজ-এর সঙ্গে প্রথম পরিচয়ের সময়ে সে-কথা বলেছিলেন। ক্রীতদাসেরা গোরু-ছাগলের শামিল বলে নিজের নাম বলেছিলেন গানাদো।

সালাজার ঘনরামকেই মনে রাখবার মতো করে লক্ষ নিশ্চয়ই করেনি। তার ওপর ক্রীতদাসের ভূমিকা ছেড়ে নতুন সাজপোশাক আর মর্যাদায় ঘনরামের ভোল যা বদলে গেছে, তাতে তাকে চিনতে পারা অসম্ভব বললেই হয়।

দাসত্ব থেকে ঘনরামের মুক্তির খবর ঢাক-ঢোল পিটিয়ে সকলের মধ্যে প্রচার করা হলে তবু হয়তো নতুন মুখ ও চেহারার ধাঁচ ও সেই সঙ্গে নাম-টাম শুনে কেউ কেউ একটু সন্দিগ্ধ হতে পারত।

কিন্তু কর্টেজ ডোনা মারিনারই পরামর্শে ঘনরামের সেই উপকারটুকু করেছেন। ঘনরামকে মুক্তি দিয়ে নতুন সাজপোশাকে সম্ভ্রান্ত করে তুলে স্পেনে পাঠাবার ব্যবস্থা করেছেন একেবারে নিঃশব্দে। কেউ ঘুণাক্ষরেও কিছু জানতে পারেনি।

স্পেনের গ্র্যান্ডীদেরই কেউ হিসাবে ঘনরামের নতুন চেহারায় তার পুরনো পরিচয় একেবারে চাপাই পড়ে গেছে।

নতুন মহাদেশ আবিষ্কৃত হবার পর থেকে কম দিন তো যায়নি, হিসপ্যানিওলা, ফার্নানদিনা, নয়া স্পেন য়ুকাটান, এমনকী পানামা পর্যন্ত অনেক জায়গাতেই স্পেনের উপনিবেশ ছড়িয়ে পড়ে শিকড় পর্যন্ত মেলেছে।

ঘনরাম দাসকে একটু ভিন্ন গোছের যাদের মনে হয়েছে, তারা তাকে তাই য়ুকাটান কি পানামার প্রবাসীই ভেবে নিয়েছে সম্ভবত।

হিড্যালগোদের তাঁর সঙ্গে মেলামেশা ও আলাপ করার ধরনে ঘনরাম তা-ই বুঝেছেন। এক সোরাবিয়া ছাড়া তাঁর সম্বন্ধে বেশি কৌতূহল কেউ প্রকাশও করেনি।

সার্গাসো সমুদ্রে জাহাজ অচল হওয়ার আগে পর্যন্ত খুব বেশি মেলামেশার সুযোগও ছিল না। যে যার নিজের গণ্ডির মধ্যেই তখন থেকেছে। খাবার টেবিলে কখনও সকলের একসঙ্গে দেখা হয়েছে, কখনও হয়নি। আজকালকার জাহাজের মতো খাওয়া-দাওয়ার নির্দিষ্ট সময় আর কেতাদুরস্ত ব্যবস্থা তখনকার এসব সেপাই আর মাল-বওয়া জাহাজে ছিল না। যার যখন মর্জি খেতে শুতে যেত।

ঘনরাম তো ইচ্ছে করেই কোনওদিন সকলের সঙ্গে এক টেবিলে তখন খেতে

বসেননি। দরকারও অবশ্য হয়নি তার। পাইলট সানসেদোর সঙ্গে তিনি আলাদাই খেতেন।

সানসেদোর সঙ্গে ঘনরামের আগের আলাপ অবশ্য ছিল না। আলাপ হয়েছে এই জাহাজে ওঠার পরই। কর্টেজ সানসেদোকে একটা চিঠি দিয়েছিলেন সেনর ঘনরাম দাসকে যত্ন করে স্পেনে পৌঁছে দেবার জন্য। ঘনরাম কে, কী বৃত্তান্ত আর কিছুই তাতে লেখেননি। লেখাটা অবশ্য জরুরিও নয়।

স্বয়ং কর্টেজ যার জন্যে চিঠি লিখে পাঠান, তাকে উপরি খাতির করতেই হয়। সে খাতির থেকে ভাব জমে উঠেছে প্রৌঢ় আর জোয়ানের মধ্যে। ঘনরাম সুবিধা থাকলে সানসেদোর সঙ্গেই সময় কাটিয়েছেন এতদিন।

সার্গাসো সমুদ্রে সব ওলটপালট হয়ে গেল।

বেকার মাঝিমাল্লারা পুরো একদিন হাওয়ার আশায় আশায় থেকে নিজেদের মধ্যে জুয়ায় বসে গেল। তারা এ হতচ্ছাড়া জায়গার হালচাল জানে। একবার যদি হাওয়া থামে তো জাহাজসুদ্ধ সবাইকে একেবারে না কাঁদিয়ে আর বইবে না।

আগেকার ফিনিসিয়ান গ্রিক কি রোম্যান জাহাজ হলে তাতে পালের সঙ্গে দাঁড়েরও ব্যবস্থা থাকত। হাওয়া না থাকলে দাঁড়ই হত ভরসা। কিন্তু সে সাগর-দাঁড়ী জাহাজ আসলে বড় নৌকো ছাড়া কিছু নয়। মেয়ার-ই নসট্রম-এর কূল ঘেঁষে ঘেঁষেই তা চালানো হত। আতলান্তিকের ঢেউ সামলানো তাদের কর্ম নয়।

মাঝিমাল্লাদের তাই কোনও দায়ই নেই এ-জাহাজে, হাওয়া যদি বন্ধ হয়।

পাইলটের শাসন কি বকুনির কোনও ভয় নেই জেনে তারা নিশ্চিন্ত হয়ে জুয়ায় বসেছে।

তাদের দেখাদেখি হিড্যালগো সৈনিকরাও নিজেদের আসর বসাতে দেরি করেনি। ঘনরাম সে-আসর প্রথমটা এড়িয়েই থেকেছেন, কিন্তু তাতে নতুন এক অস্বস্তি দেখা দিয়েছে।

সেনোরা আনা পর্দানশিন নয়। স্বামীর খোঁজে ফার্নানদিনা থেকে অজানা বিপদের দেশ মেক্সিকোয় যে বেপরোয়া হয়ে পাড়ি দিতে পারে সে লজ্জাবতী লতা গোছের হবে আশা করাই ভুল।

প্রথম প্রথম কিন্তু খানদানি সমাজের ভব্যতা মেনে সে নিজেকে একটু আড়ালে আড়ালেই রেখেছে। জাহাজের ডেকে তাকে একা কোনও সময়ে দেখা যায়নি। সঙ্গে স্যাপেরোন থেকেছে প্রৌঢ়া পরিচারিকা। তখনও তার চোখের কোণে কটাক্ষ যদি ঝিলিক দিয়ে থাকে, তা সোজাসুজি নয়। কারণ সেনোরা আনা তখন যে সময়টুকু ডেক-এর ওপর থাকত, ততক্ষণ তার মুখ ফেরানো থাকত সমুদ্রের দিকেই।

হাওয়া বন্ধ হবার প্রথম দিন বাজি ধরে আলাপের চেষ্টার পর সোরাবিয়া চলে গেলে ডেক থেকে নীচে নামবার সিঁড়িতে, যে তরল হাসিটুকু শোনা গেছল, সেইটেই সেনোরা আনার ব্যবহারের প্রথম দুর্বোধ ব্যতিক্রম বলা যেতে পারে।

সোরাবিয়া অবশ্য সেই সময়টাতেই সুযোগ নিত ঝুঁটিদার মোরগের মতো নিজেকে সেনোরার কাছে জাহির করবার। হিড্যালগোদের মধ্যে এক কিনটেরোর

সঙ্গে তখন পর্যন্ত তার কিছু পরিচয় ছিল। তাকে হাতের কাছে পেলে হাসি-ঠাট্টার মাতামাতি যে তার মাত্রা ছাড়িয়ে যেত, ঘনরাম ছাড়া অন্যেরাও হয়তো তা লক্ষ করে থাকবে।

কিনটেরোকে না পেলে যে-কোনও মাঝিমাল্লাই সোরাবিয়ার কাছে সই। একা একা তো আর কথার কেরামতি দেখানো যায় না।

জুয়ার আসরে বসবার পর থেকেই সোরাবিয়ার এ-মোরগনাচ যা একটু কমেছে।

জাহাজ অচল হওয়ার পর থেকেই সেনোরা আনার চালচলন একটু বেশি স্বাধীন হতে শুরু করেছে। স্যাপেরোন ছাড়াই তাকে এখন প্রায়ই ডেক-এর ওপর দেখা যায়। আর পিঠটা জাহাজের দিকে না হয়ে সমুদ্রের দিকেই ফেরানো থাকে বেশির ভাগ।

আর-একটা ব্যাপারও লক্ষ করে ঘনরাম একটু অস্বস্তি বোধ করতে শুরু করেছেন তখন। সোরাবিয়া আর দলবল যেখানে জুয়ায় বসত, তিনি সাধারণত সেখান থেকে একটু দূরেই থাকতেন। হঠাৎ তিনি লক্ষ না করে পারলেন না যে সেনোরা আনাও যেন জুয়ার আড্ডা থেকে দূরে থাকবার জন্যে তাঁরই মতো উৎসুক।

মানে যাই হোক, এরকম ঘটনার মিল আর বাড়তে দেওয়া উচিত নয় বলে মনে হয়েছে ঘনরামের। এর মধ্যে সোরাবিয়া বারকয়েক তাঁকে খেলতে ডাকলেও তিনি কোনওরকমে সে-অনুরোধ এড়িয়ে গেছেন। কিন্তু শেষবার অবস্থাটা একটু অস্বস্তিকর হয়ে দাঁড়িয়েছে।

খেলুড়ে কম পড়ায় সোরাবিয়া তাঁকে খেলায় যোগ দেবার জন্যে অনুরোধ করতেই এসেছিল। তার ছ্যাবলা ধরনেই সাধাসাধি করে সে বলছিল, 'আরে মশাই, জাহাজ থেকে নেমেই তো মাথা কামিয়ে সোজা ফ্রান্সিসক্যান মঠে ঢুকবেন বুঝতে পারছি। একটু পাপতাপ সুতরাং পথে করে যাওয়াই আপনার উচিত নয় কি? দোষই যদি না করেন তো পরমপিতার ক্ষমা চাইবেন কীসের জন্যে! ধোয়া কাপড় আবার কেউ ধোলাই করে! আসুন একটু কালির ছিটে লাগাবেন আমাদের সঙ্গে।'

নির্দোষ পরিহাসের সুরে কথা বলতে বলতে হঠাৎ সোরাবিয়ার মুখের ভাব আচমকা বদলে যাওয়ায় ঘনরাম বেশ অবাক হয়েছেন।

সোরাবিয়ার মুখের ভাব শুধু বদলায়নি, গলার স্বরও তারই সঙ্গে পাল্লা দিয়ে তীক্ষ্ণ কঠিন হয়ে উঠেছে।

'ও! আপনি আমাদের জুয়ায় কেন বসতে চান না, তা আহাম্মুক বলেই আমি বুঝতে পারিনি। আপনি আরও বড় বাজির খেলোয়াড়!'

সোরাবিয়ার মুখের ভাব থেকে গলার সুর হঠাৎ বদলাবার কারণটা বুঝতে না পেরে ঘনরাম তখন সত্যিই একটু অবাক হয়েছেন। সেদিন ওই সময়টায় অন্তত তিনি নিজেকে একাই মনে করেছিলেন। সোরাবিয়ার দৃষ্টি অনুসরণ করে কিন্তু অদূরে একটি মাস্তুলের আড়ালে সেনোরা আনাকে দাঁড়িয়ে থাকতে তিনি দেখেছেন এবার। মাস্তুল থেকে ঝুলে থাকা পালটা তাকে অর্ধেক আড়াল করে আছে।

ঘটনাটার মানে সোরাবিয়া বা আর যে কোনও লোকের কাছে কী হওয়া স্বাভাবিক, ঘনরামের তা অজানা নয়। সোরাবিয়াকে মাথায় চড়তে না দেওয়ার জন্যে তাই তাঁকে

অন্য ভঙ্গি নিতে হয়েছে। সে-ভঙ্গি সোরাবিয়ার সঙ্গে পাল্লা দেওয়া দম্ভ ও ঔদ্ধত্যের।

তিনি স্পষ্টই নাক বেঁকিয়ে বলেছেন, 'আপনি ঠিকই ধরেছেন সেনর সোরাবিয়া, আমি বড় বাজি ছাড়া খেলি না। আপনাদের ও এলেবেলে ছেলেখেলায় তাই আমার মন ওঠে না।'

'বটে!' সোরাবিয়ার চোখে যেন ছোরার ঝিলিক দেখা গেছে—'কীরকম বাজি হলে খেলায় আপনার মন ওঠে? প্রতি বাজিতে এক পেসো-দে অরো? দুই, পাঁচ, দশ পেসো দে-অরো?'

পেসো দে-অরো হল স্পেনের সোনার মোহর। সোনার দশ পেসো মানে বেশ কিছু টাকা। গরিবদের পক্ষে প্রায় এক বছরের উপার্জন।

ঘনরামকে কর্টেজ বিদায় দেবার আগে দিল খুলে উপহার দিয়েছেন বটে, কিন্তু তা আর কতটুকু! সাবধানে খরচ করলে তা দিয়ে স্পেন পর্যন্ত পৌঁছে সেখানে ভদ্রভাবে দু-এক বছর চালানো যায়, কিংবা পোর্তুগিজদের কোনও ভারত-মুখো জাহাজে অন্তত তাদের সেখানকার ঘাঁটি দমন, দিউ কি গোয়ায় ফিরে যাওয়া যায়। ফি বাজিতে দশ পেসো করে ধরলে সে-পুঁজিতে একদিনও কুলোয় কিনা সন্দেহ, বিশেষ যদি পড়তা খারাপ পড়ে।

কিন্তু সোরাবিয়ার কাছে এখন পিছু হটার চেয়ে মরণই ভালো।

ঘনরাম যেন অনুগ্রহ করার ধরনে বলেছেন, 'তা দশ পেসো হলে চলতে পারে।'

'তাহলে আসুন দয়া করে আমাদের আসর ধন্য করতে।'

সোরাবিয়া কুর্নিশের ভঙ্গিতেই কথাটা বলেছে। ঘনরাম কিন্তু তার দাঁতে দাঁত ঘষার শব্দটাও শুনেছেন সেই সঙ্গে।

'প্রতি দানে দশ পেসো—দে—অরো!'

মনটাকে শক্ত করে আসরের দিকে যেতে যেতে ঘনরামকে একটু থামতে হয়েছে। সোরাবিয়াকেও সেই সঙ্গে।

সেনোরা আনা তাদের সামনে দিয়েই জাহাজের একদিক থেকে আর-একদিকে পার হয়ে যাচ্ছে।

যেতে যেতে দ্বিধাহীনভাবে সোজা ঘনরামের মুখের দিকে যে দৃষ্টিটা সে চকিতে ছুড়ে দিয়ে গেছে, তাতে কৌতুকের সঙ্গে একটা তারিফ আর উৎসাহের উসকানি স্পষ্টভাবেই ফুটে উঠেছে।

এ-দৃষ্টি সোরাবিয়ার চোখেও পড়েছে সন্দেহ নেই।

তিন

"দশ পেসো-দে অরো-র বাজির খেলা। সারা জাহাজে যে সাড়া পড়ে গেছে তা আর বলবার দরকার নেই।

সালাজার এ-খেলায় থাকতে রাজি হয়নি।

'জুয়ার নেশার কী করতে কী করব কে জানে! শেষে সম্রাটের সোনায় হাত দিয়ে

ফেলি যদি!'—হালকা ঠাট্টার সুরে এই অজুহাত দেখিয়ে সে সরে দাঁড়িয়েছে।

বাকি শুধু অ্যালনসো কিনটেরো। সে স্পষ্টই জানিয়েছে, দশ সোনার পেসো করে বাজি ধরার মুরোদ তার নেই। তা ছাড়া স্পেনে শুধু ঘোড়া কিনতে নয়, সে বিয়েও করতে যাচ্ছে তার প্রেমিকাকে। সুতরাং জুয়ায় ফকির হবার যেমন তার ভয় আমির হবারও তেমনই। কথায় বলে জুয়ায় হার মানে প্রেমে জিৎ। তার উলটোটাও সত্যি। তাই জুয়ায় জিতে সে প্রেমিকাকে হারাতে চায় না।

খেলা তাহলে শুধু সোরাবিয়া আর ঘনরামের মধ্যেই হতে পারে। তাতে আপত্তি আছে কিনা জিজ্ঞাসা করেছে সোরাবিয়া বেশ ঠেস দিয়ে।

'আছে, আপত্তির ঠিক বিপরীত। জুয়ায় দ্বন্দ্বযুদ্ধই আমার পছন্দ।' বলেছেন ঘনরাম।

খেলতে বসার আগে বাধা এসেছে দু-দিক থেকে দু-বার। খবর পেয়ে প্রথমে ফ্রানসিসকান ফাদার ছুটে এসে ধর্মোপদেশ দিয়ে তাদের নিরস্ত করতে চেষ্টা করেছেন। জুয়া যে কত বড় পাপ তা বুঝিয়েছেন।

সোরাবিয়া খানিকক্ষণ সহ্য করে বিরক্ত হয়ে বলেছে, 'আমরা পাপ না করলে আপনারা উদ্ধার করবেন কাকে?'

'আমরা উদ্ধার করবার কেউ নই।' তৃণাদপি সুনীচ হয়ে বলেছেন পাদরিবাবা, 'উদ্ধার করবার তিনিই মালিক। তবে জ্ঞানপাপীর উদ্ধার পাওয়া যে বড় কঠিন।'

এবার ঘনরাম একটু হেসে বলেছেন, 'কিন্তু উদ্ধার যিনি করেন তিনি চোখে কম দেখেন না নিশ্চয়ই!'

'চোখে কম দেখেন!' পাদরিবাবার সঙ্গে আর সবাইও অবাক হয়ে তাকিয়েছে ঘনরামের দিকে।

পাদরিমশাই বলেছেন, 'কথাটা যে বুঝতে পারলাম না, বাছা।'

'না, আমি বলছিলাম', ঘনরাম বুঝিয়ে বলেছেন, 'চোখে কম না দেখলে তিনি দশ সোনার পেসোও যেমন, এক রুপোর পেসোও তেমনই স্পষ্ট দেখতে পান। সে চাঁদির পেসোর জুয়ার সময় তাঁর হয়ে মাল্লাদের পাপের কথা শোনাতে আপনি কেন আসেননি তাই ভাবছিলাম।'

সবাই হেসে উঠেছে। পাদরিবাবা খেপে গিয়ে একেবারে অন্যমূর্তি ধরে গালাগাল দিয়েছেন, 'তুই! তুই পাষণ্ড! জার্মানির সেই শয়তানের দূত নাস্তিকটার চেলা নিশ্চয়! চিরকাল নরকে পচে মরবি!'

জার্মানির শয়তানের দূত মানে অবশ্য মার্টিন লুথার। তাঁর ধর্মের স্বাধীনতার আন্দোলনকে যে কোনও ছুতোয় শাপান্ত করে না, দক্ষিণ ইউরোপে তখন এমন ক্যাথলিক নেই।

পাইলট সানসেদো নিজে এসে না থামালে পাদরিবাবাকে ঠাণ্ডা করা সেদিন শক্ত হত।

সানসেদোও কিন্তু দু-জনকে অত চড়া বাজি ধরে না খেলতে বলেছেন। নাবিক সৌনকদের জুয়া খেলতে মানা করা মিথ্যে, তিনি জানেন। জীবন নিয়েই যারা জুয়া

খেলছে তারা দুটো পয়সা লোকসানের কী পরোয়া করে!

তবে খুব বেশি চড়া দানের জুয়ায় বেশির ভাগ কিছু-না-কিছু কাজিয়া কেলেঙ্কারি হয়ই। সে-কেলেঙ্কারি রক্তারক্তি পর্যন্ত গড়ায়। তাঁর নিজের জাহাজে সেটা তিনি চান না। বিশেষত কর্টেজ যাকে খাতির করে পৌঁছে দেবার নির্দেশ দিয়ে চিঠি দিয়েছেন তার প্রতি সানসেদোর একটা দায়িত্ব আছে।

ঘনরামকেই তাই তিনি অনুরোধ করেছেন বাজিটা একটু নামিয়ে ধরতে।

ঘনরাম হেসে বলেছেন, 'কত নামিয়ে ধরব বলুন! দশ থেকে পাঁচ? ভাগ্য যদি বেঁকে দাঁড়ায় তাহলে কাটা যে পড়বার সে এক কোপের জায়গায় দু কোপে পড়বে। এই তো! তাতে লাভ কিছু হবে কি? না, কাপিতান, ছুড়ে দেওয়া দস্তানা আমি তুলে নিয়েছি। এ-জেদের লড়াইয়ে আমি মাথা নোয়াতে রাজি নই।'

'আমিও নই!' গরম হয়ে বলেছে সোরাবিয়া।

দশ সোনার পেসো ফি দানে বাজি ধরেই খেলা শুরু হয়েছে। এমন খেলা দেখবার সুযোগ কালেভদ্রে হয়। মাঝি-মাল্লারা নিজেদের খেলা ফেলে ঘিরে দাঁড়িয়েছে। পাদরিবাবা পর্যন্ত চলে যেতে পারেননি জায়গা ছেড়ে। কাপিতান সানসেদো অপ্রসন্ন মুখে দু-জনের মাঝামাঝি দাঁড়িয়ে থেকেছেন বেশ একটু উদ্বেগ নিয়ে।

সমস্ত মন খেলায় নিবদ্ধ করে রাখলেও এমন কিছুর আভাস ঘনরাম একসময় হঠাৎ পেয়েছেন যা সত্যিই তিনি ভাবতে পারেননি।

তাঁদের চারধারের ভিড় এক দিকে একবার একটু যেন ফাঁক হয়ে গেছে। মসৃণ রেশমি কাপড়ের ভাঁজে ভাঁজে মৃদু ঘর্ষণ লাগার একটা ফিসফিস শব্দ শোনা গেছে! সেই সঙ্গে একটা সুবাসের ঝলক।

সব আদব-কায়দা ভেঙে কে যে একবার উঁকি দিয়ে গেছে অনায়াসে বুঝলেও ঘনরাম মুখ তোলেননি।

তখন তিনি হারতে হারতে তাঁর পুঁজির প্রায় তলানিতে গিয়ে ঠেকেছেন। কিন্তু তাঁর মুখ দেখে শুধু চোয়ালের একটু কাঠিন্য ছাড়া আর কিছু ভাবান্তর বোঝবার নেই।

ওদিকে সোরাবিয়ার চোখ মুখ তখন সাফল্যের উল্লাসে জ্বলছে! উদ্ধত দম্ভে সে যেন ফেটেই পড়বে। অবজ্ঞাভরে তাস বাঁটতে বাঁটতে সে বলেছে, 'আর ক-দান খেলতে চান আমাদের ভালিয়েন্তে কাবালিয়েরো।'

ভালিয়েন্তে কাবালিয়েরো অর্থাৎ সাহসী ভদ্রলোক বলে ব্যঙ্গটা এ সময়ে একেবারে বিষাক্ত হুলের মতো বিঁধেছে ঘনরামকে।

সাহসের তাঁর অভাব নেই, কিন্তু ভদ্রলোক থাকা আর খানিক বাদে কঠিন হয়ে পড়বে তাঁর পক্ষে বুঝতে পারছেন।

কাবালিয়েরো অর্থাৎ ভদ্রলোকের মান-মর্যাদা ধুলোয় লুটিয়ে পড়ে, যদি জুয়ার দেনা সে শোধ না করে। মনে মনে হিসেব করে ঘনরাম তখন বুঝেছেন যে, আর কয়েকটা দান এমনই তাসের পড়তা পড়লে জমে-ওঠা-দেনা তাঁর পক্ষে শোধ করা সম্ভব হবে না।

কেন যে ভাগ্য তাঁর এত বিপক্ষে তিনি বুঝতে পারছেন না। সোরাবিয়া ভালো

খেলোয়াড় এ বিষয়ে সন্দেহ নেই। কিন্তু খেলার দোষে তাঁর নিরবচ্ছিন্ন হার হচ্ছে বলা ঠিক হবে না। আগাগোড়াই খারাপ তাস পাচ্ছেন বলেও নয়। কারণ তাস তিনি মাঝে মাঝে বেশ ভালই পাচ্ছেন। ভাল করে লক্ষ করে তিনি দেখেছেন সোরাবিয়ার তাস দেওয়ার সময়ই তাঁর হাত যে খারাপ পড়ছে এমন নয়। সুতরাং সোরাবিয়ার হাতের কারসাজি বলে সন্দেহ করবার কোনও কারণই তিনি পাননি। তাস ভাল-মন্দ দু-জনের হাতেই আসছে। শুধু সোরাবিয়া ভাল তাসের বেলা তার লাভ ষোলো আনার ওপর আঠারো আনা নিংড়ে আদায় করে খারাপ তাসের বেলা কেমন যেন পিছলে আগে থাকতে পালিয়ে যাচ্ছে।

এ কি শুধু তার ভাগ্য না তার সঙ্গে ফ্রানসিসকান পাদরিবাবার অভিশাপও কাঁধ লাগিয়েছে!

ঘনরামের হারে প্রায় সোরাবিয়ার সমান খুশি যদি কেউ হয়ে থাকেন তাহলে তিনি পাদরিবাবা। খেলা শুরুর আগেই তিনি ঘনরামের দিকে প্রায় ভস্ম-করা-দৃষ্টি ফেলছিলেন। ঘনরামের গো-হারান-হার ক্রমশই বাড়বার পর সে দৃষ্টিতে ব্যাভেরিয়ার পাষণ্ড নাস্তিকের চেলার উপযুক্ত শাস্তিতে ধর্মের জয়ের উল্লাস ফুটে উঠেছে।

অন্য দর্শকেরা কিন্তু তখন স্তব্ধ হয়ে গেছে। কাপিতান সানসেদো সত্যিই শঙ্কিত হয়ে ঘনরামকে এবার খেলায় ক্ষান্ত হতে অনুরোধ করেছেন।

'ঠিকই বলেছেন, কাপিতান!' ঘনরাম স্বীকার করেছেন, 'লাভ থাকতে থাকতে সেনর সোরাবিয়াকে এবার উঠে পড়ার সুযোগই দেওয়া উচিত।'

নিজের বিদ্রূপের উপযুক্ত জবাবের বিচুটির জ্বালায় চিড়বিড়িয়ে উঠেছে সোরাবিয়া। তার পক্ষে সৌজন্যের আবরণ বজায় রাখাই শক্ত হয়েছে।

দাঁতে দাঁত চিবিয়ে সে বলেছে, 'আমায় সুযোগ দেবার জন্যে ব্যস্ত হবেন না। আপনার কতখানি দৌড় তাই দেখিয়ে যান।'

'তাহলে একটা প্রস্তাব করি, সেনর সোরাবিয়া।' একটু যেন কৌতুক মুখে ফুটিয়েই ঘনরাম হঠাৎ নিজের হাতের আংটিটা টেবিলের ওপর ফেলে দিয়ে বলেছেন, 'হারজিতের হিসেব যা লেখা হচ্ছে তা তো খেলার শেষে শোধ হবেই, কিন্তু শুধু ওই লেখালেখির বদলে একবার চাক্ষুষ হারজিতের খেলা হোক। আমার এই আংটি রইল বাজি আপনার হাতের ওই আংটির বিরুদ্ধে। তিন দান খেলায় দু-দান যে জিতবে দুটো আংটিই তার।'

'না, আংটির খেলা খেলতে আমি বসিনি!' গজরে উঠেছে সোরাবিয়া, 'যা ঠিক হয়েছে আমি সেই দশ পেসোর খেলাই খেলব।'

'ও, দশ পেসোর চেয়ে আংটি খোয়াবার ভয় আপনার তাহলে বেশি, সেনর সোরাবিয়া?' মিছরির ছুরির মতো গলায় বলেছেন ঘনরাম, 'আপনারটার কথা জানি না, কিন্তু আমার আংটিটার দাম দশ পেসো-দে-অরো-র অন্তত পাঁচ গুণ। কাপিতান সানসেদো কি আপনার বন্ধু সেনর সালাজারকেই পরীক্ষা করতে বলতে পারেন।'

সানসেদো ঘনরামের মুখের কথা খসতে না খসতেই আংটিটা হাতে তুলে নিয়েছিলেন। ভাল করে পরীক্ষা করে তিনি সালাজারের হাতে তা দিয়ে বলেছেন,

'আপনিও দেখুন, সেনর সালাজার। এ আংটির শুধু পান্নাটারই দাম অন্তত পঞ্চাশ পেসো।'

সালাজার কাপিতান সানসেদোর কথায় সম্পূর্ণ সায় দিয়েছে। সায় দেওয়াটা আশ্চর্য কিছু নয়। আংটিটা আজেবাজে সস্তা কিছু নয়, সত্যিই দামি। মেক্সিকো থেকে আসবার সময় ঘনরামকে এই আংটিটিই উপহার দিয়েছিল ডোনা মারিনা। বলেছিল, 'তোমাকে নিজের ভাই-এর মতোই দেখেছি, গানাদো। বোনের এই উপহারটুকু তোমায় নিয়ে যেতেই হবে।'

সাত সমুদ্র পারের এই পাতানো বোনের স্নেহের পরিচয়ে সত্যিই সেদিন চোখে জল এসেছিল ঘনরামের।

আজ তারই দেওয়া আংটি বাজি ধরার সময় মনটা বিদ্রোহ করে উঠেছিল একবার। কিন্তু তারপর নিজেকে বুঝিয়েছিল—এ ছাড়া উপায় নেই বলে।

এদিকে সানসেদো শুধু নয়, সমস্ত নাবিকরা পর্যন্ত ঘনরামের পক্ষ নিয়ে তখন আংটির বাজি সোরাবিয়াকে দিয়ে না ধরিয়ে ছাড়বে না।

কাপিতান তো রেগে উঠেই বলেছেন, 'কী রকম জুয়াড়ি আপনি! জুয়ায় তালঠোকার জবাব দেওয়াই তো কাবালিয়েরো-র লক্ষণ বলে জানি। বিশেষ দাস যখন আপনাকে সে জবাব দিয়েছে।'

আর নারাজ হওয়া সোরাবিয়ার পক্ষে সম্ভব হয়নি। রাগে ফুলতে ফুলতে সে বাঁ-হাতের অনামিকা থেকে আংটিটা খুলে টেবিলের ওপর ছুঁড়ে দিয়েছে।

এ আংটিটাও একেবারে ফেলনা না হলেও ঘনরামের আংটির চেয়ে যে অনেক নিরেস তা পাশাপাশি দুটো আংটির চেহারা দেখেই নেহাত গোলা লোকের কাছেও ধরা পড়বে। সোরাবিয়ার আংটির পাথরটা একটু যা বড়, কিন্তু ঘনরামের আসল পান্নার কাছে তা সস্তা কাচের শামিল।

এত হারের পর এ দামি জিনিসটা তার চেয়ে খেলো আংটির বিরুদ্ধে বাজি রাখাটা ঘনরামের আহাম্মুকি বলেই মনে হচ্ছিল কাপিতান সানসেদোর। কিন্তু জুয়াড়িদের মতিগতিই আলাদা। দুই-এ দুই-এ চারের হিসেব মানলে তারা ক-টা ঘুঁটির চাল কি তাসের পড়তার ওপর তাদের সর্বস্ব জলাঞ্জলি দিতে তৈরি থাকবে কেন?

খেলা এতক্ষণ যথেষ্ট জমেছিল। কিন্তু এইবার যারা দেখছে তাদেরও যেন নিশ্বাস বন্ধ হবার জোগাড় হয়েছে।

তাসের এ প্রিমিয়েরো খেলা পোর্তুগ্যালের আমদানি। অজানা মহাদেশ আবিষ্কারের পর যারা সেখানে যশ আর ঐশ্বর্যের লোভে প্রাণ তুচ্ছ করে যায় তাদের মধ্যে এ খেলার চল তখন দিন দিন বাড়ছে। য়ুকাটানের জঙ্গলে জান দিতে দিতে বেঁচে এসে সেখানকার সমস্ত রোজগার আর লুঠ এক রাত্রের প্রিমিয়েরোতে উড়িয়ে দিয়েছে এমন জুয়াড়ি কাবালিয়েরো-র তখন অভাব নেই।

মোক্ষম সময়ে তাসের ভেতর দিয়ে ভাগ্য কী মুখ দেখাবে, তার ওপরই এ খেলার হার জিৎ।

প্রথম খেলা রুদ্ধশ্বাসে দেখতে হয়েছে সবাইকে। এক একটি তাসের টানে ভাগ্য

একবার যেন ঘনরাম একবার সোরাবিয়ার দিকে হেলেছে।

শেষপর্যন্ত জয় হয়েছে সোরাবিয়ার।

তারপর দ্বিতীয় খেলা। এ খেলায় হারলেই ডোনা মারিনার উপহারের চরম অপমান তো বটেই, শেষ কড়ি দিয়ে জুয়ার দেনা শোধ করে একেবারে ফতুর হতে হবে, ঘনরাম তা বুঝেছেন।

তবু বুকে যেন তাঁর এখন নতুন সাহস আর বিশ্বাসের জোর। ভাগ্য চরম বেইমানি না করলে তিনি হারবেন না এ যেন তিনি জানেন।

সত্যিই দ্বিতীয় খেলায় ঘনরামের জিৎ হয়েছে। জিৎ হয়েছে সোরাবিয়ার খেলার ভুলে এইটেই আশ্চর্য ব্যাপার। এতক্ষণের দৃঢ় আত্মপ্রত্যয়ের ভিত হঠাৎ তার নড়ে গিয়েছে। দোনামোনা হয়ে চালের ভুল করেছে সে। তাস টেনে আগের মতো নির্ভুল আন্দাজে তার দান বুঝে উলটে রাখবার সাহস তার হয়নি। পাকা তাসের হাত কাঁচা করে দিয়েছে নিজেই বেশি তাস টেনে।

সোরাবিয়ার হঠাৎ এই পরিবর্তনে অবাক হলেও দর্শকরা যেন তার পরাজয়ে খুশি বলে মনে হয়েছে।

সেটা হয়তো পরাজিতের প্রতি সাধারণের স্বাভাবিক সহানুভূতি, হয়তো সোরাবিয়ার দম্ভ আর আস্ফালনের বিরুদ্ধে আক্রোশ।

এবার তৃতীয় খেলা।

সোরাবিয়ার চোখ দুটো যেন ছুরির ফলা হয়ে ঘনরামকে বিদ্ধ করতে চায়।

ঘনরামের মুখে কিন্তু এবার একটু বিদ্রূপের হাসি।

'আপনার আংটিটা খুব পয়া—তাই না, সেনর সোরাবিয়া?' সরলতার ভান করে জিজ্ঞাসা করেছেন ঘনরাম।

সোরাবিয়া জবাব না দিয়ে চোখের দৃষ্টিতে ছুরি চালিয়ে তাস টেনেছে।

তাস টেনেছেন ঘনরামও।

দু-জনের তাস উপুড় করে রাখা।

'আর তাস টানবেন নাকি, সেনর?' বিদ্রূপের সুর ছুঁইয়ে জিজ্ঞাসা করেছেন ঘনরাম।

সোরাবিয়ার মুখচোখ লাল হয়ে উঠেছে তখন। কপালের ওপর একটা শিরা স্পষ্টই দপদপ করে কাঁপছে। একবার ঘনরামের সামনে উপুড় করে রাখা তাসটার দিকে, একবার তাঁর মুখের দিকে চেয়ে কী যেন বোঝবার চেষ্টা করে কিছুতেই সে মনঃস্থির করতে পারেনি।

'কী, সেনর সোরাবিয়া!' বিঁধিয়ে বলেছেন ঘনরাম, 'হঠাৎ যেন বড় বেশি সাবধানী হয়ে পড়লেন! আগে তো চটপট দান চুকিয়ে ফেলছিলেন!'

নাবিকরাও কেউ কেউ এ-কথায় হেসে উঠেছে। সেই সঙ্গে তরল জলতরঙ্গের মতো একটা মৃদু হাসির ঝংকার শোনা গেছে।

এবার ঘনরাম মুখ তুলে তাকিয়ে দেখেছেন। হ্যাঁ, আর কারও নয় হাসিটা, সেনোরা আনারই। এ উত্তেজনার টান কাটাতে না পেয়ে ডেকে বেড়াবার ছলেই বৃদ্ধা ঝিকে

নিয়ে তাদের আসরের পাশ দিয়ে উঁকি দিয়ে যেতে গিয়ে নিজেকে সে সংবরণ করতে পারেনি।

সোরাবিয়ার কানেও সে ঝংকার গেছে, তবে মধু নয়, তরল বিষের মতো। সেনোরা আনার চকিত দৃষ্টির মুগ্ধতাটুকু কার দিকে যে ফেরানো ওই অবস্থাতেই তার চেয়ে বেশি কেউ বোধহয় লক্ষ করেনি।

কিন্তু আর দ্বিধাভরে হাত গুটিয়ে বসে থাকলে চলে না। মনঃস্থির এবার করতেই হয়। যা টেনেছে তারই ওপর ভরসা করে শক্ত হয়ে থাকতে সাহস করেনি সোরাবিয়া। প্রায় কম্পিত হাতে আর একটা তাস টেনেছে।

চেয়ে দেখেছে ঘনরামের দিকে তার মতলব বোঝবার জন্যে।

ঘনরামের মুখ কিন্তু এখন মুখোশ, গাম্ভীর্যের নয়, বিদ্রূপের বাঁকা কৌতুকের। সে মুখোশের তলায় ঘনরামের মনের খবর একেবারে লুকোনো।

'কী করবেন এবার?' কাপিতান সানসেদো জিজ্ঞাসা করেছে ঘনরামকে।

'কিছুই করব না!' সেই মুখোশের মতো মুখেই বলেছেন ঘনরাম, 'যদি চান তো আমাদের ভালিয়েন্তে কাবালিয়েরো তাঁর প্রাপ্য শেষ তাসটাও টানতে পারেন।'

তাই টেনেছে সোরাবিয়া দাঁতে দাঁত চেপে। আর দু-জনের তাস চিত করবার পর দেখা গেছে তাতেই সর্বনাশ হয়ে গেছে।

ঘনরামের একটিমাত্র টানা তাস বেশ বড়ই ছিল, কিন্তু সোরাবিয়ার প্রথম দুটো তাস মিলে তাকে ছাপিয়ে গিয়েছিল দামে। তিনবারের বার টানা তাসটি টেনেই সোরাবিয়া সে ভাল হাতটা পচিয়ে দিয়েছে।

নাবিকেরা চিৎকার করে উঠেছে আনন্দে। কাপিতান পর্যন্ত নিজের আনন্দটা গোপন করতে পারেননি। শুধু পাদরিবাবাকে পেছন থেকে বেশ একটু জোরে জোরে পা ফেলে চলে যেতে দেখা গেছে। তিনি এতক্ষণ এই পাপের সংস্পর্শে ছিলেন এইটেই আশ্চর্য।

উপুড় করা তাস চিত করে ফেলার পর সোরাবিয়া কিছুক্ষণ হতভম্বের মতো একদৃষ্টে সেগুলোর দিকে চেয়ে ছিল। নাবিকরা তখন কে কী উল্লাস প্রকাশ করেছে তা লক্ষ করবার হুঁশই তার ছিল না।

তারপর ঘনরামকে আংটি দুটো নিজের দিকে টেনে আনতে দেখে গায়ের সমস্ত হিংস্র জ্বালাটা তাসগুলোর ওপরই ফলিয়ে সেগুলো টেবিলের উপর ছুঁড়ে ফেলে সে উঠে পড়তে গেছে।

'ও কী! উঠছেন কী, সেনর সোরাবিয়া!' কাপিতান সানসেদো তাকে বাধা দিয়ে বলেছেন, 'খেলা কি এখনই শেষ নাকি?'

'উনি বোধহয় আর আমার দৌড় দেখতে চান না!' কাটা ঘায়ে নুনের ছিটের মতো চিপটেন কেটেছেন ঘনরাম।

সোরাবিয়াকে মুখখানা কালো করে আবার খেলতে বসতে হয়েছে। নজর তাঁর তখন নিজের আংটিটার দিকেই। ঘনরাম নিজের আংটির সঙ্গে সেটা কাছের দিকে টেনে আনলেও কোনওটাই কিন্তু আঙুলে আর পরেননি।

একটু বেশ অদ্ভুতভাবেই সোরাবিয়ার দিকে চেয়ে থেকে বলেছেন, 'আপনার আংটির পয়টা না নিয়েই ভাগ্যের চাকা ঘোরে কিনা দেখা যাক।'

তা ভাগ্যের চাকা ধীরে ধীরে সত্যিই ঘুরে গেছে। কাগজে লেখা সোরাবিয়ার লাভের হিসেব নামতে নামতে সত্যিই শূন্যে গিয়ে ঠেকবার পর হঠাৎ ঘনরামই তাসটা ঠেলে দিয়ে বলেছেন, 'যাক, আমাদের পাওনা দেনা কারও কাছেই কারও কিছু আর নেই। এইখানেই সুতরাং দাঁড়ি টানা যাক। শুধু আপনার এই আংটিটা—'

ঘনরাম সোরাবিয়ার আংটিটা টেবিল থেকে তুলে নিয়ে যা বলতে যাচ্ছিলেন তা তক্ষুনি আর বলতে পারেননি। কাপিতান সানসেদো আগেকার খেলা এইভাবে মোড় ঘুরে যাওয়ার পর থেকেই ভুরু কুঁচকে কী যেন ভাবছিলেন। ঘনরাম আংটিটা তুলতেই সেদিকে ব্যস্তভাবে হাত বাড়িয়ে সন্দিগ্ধ স্বরে বলেছেন, 'দেখি একবার আংটিটা!'

ঘনরাম কিন্তু আংটিটা সানসেদোকে দেননি। হাতটা সরিয়ে নিয়ে হেসে বলেছেন, 'না কাপিতান, এ আংটির জাদু আর পয় বড় বেশি। আপনার মতো লোককেও জুয়ায় টানতে পারে। তার চেয়ে এটিকে সবার নাগালের বাইরে রাখাই ভাল।'

ঘনরাম তারপর যা করেছেন সকলে তাতে তাজ্জব! হাঁ হাঁ করে ওঠা সত্ত্বেও ঘনরাম ডেক-এর ওপর থেকে ছুঁড়ে আংটিটা সমুদ্রের জলে ফেলে দিয়ে সেখান থেকে উঠে চলে গেছেন আর একটি কথাও না বলে।

সোরাবিয়ার মাথা তখন নিজের অজান্তেই বুঝি একটু নিচু হয়ে গেছল। দৃষ্টিটাও কেমন বিমূঢ়। কাপিতান সানসেদো আর সেনর সালাজার নিজেদের মধ্যে দৃষ্টি বিনিময় করে কী যেন বলতে গিয়ে থেমে গেছেন।

নাবিকেরা এ রেষারেষির জুয়া যে যার নিজের মতো বুঝে উত্তেজিতভাবে আলোচনা করতে করতে চলে যাবার পর নিজে উঠে পড়ে কাপিতান শুধু বলেছেন, 'কাবালিয়েরো কাকে বলে আজ দেখবার সৌভাগ্য হল! কী বলেন, সেনর সোরাবিয়া?'

সোরাবিয়া কোনও জবাব দেয়নি।

'আশা করি আজকের কথা কেউ আমরা ভুলব না,' বলে কাপিতান সেনর সালাজারের সঙ্গে চলে গেছেন।

চার

"ভুলতে বারণ করেছিলেন কাপিতান সানসেদো।

জাহাজ স্পেনে পৌঁছোবার অনেক আগেই সোরাবিয়া তা ভুলে গেছে।

শুধু ভোলেনি, ঘনরামের বিরুদ্ধে হিংসায় আক্রোশে সে প্রায় ক্ষিপ্ত হয়ে উঠেছে।

তা হলেই বা ক্ষিপ্ত, শুধু সোরাবিয়া ক্ষিপ্ত হয়ে কতখানি ক্ষতি আর করতে পারত ঘনরামের! বড়জোর একদিন খোলা তলোয়ার নিয়ে এ বিরোধের মীমাংসা করতে হত, তার বেশি কিছু নয়।

কিন্তু ঘনরামের ভাগ্যাকাশের কুগ্রহ তার চরম লাঞ্ছনার জন্যে অনেক বেশি জটিল

ফাঁসের রশি তখন গোপনে টানছে।

সেদিন রাত্রে একসঙ্গে বসে খাওয়ার সময় কাপিতান সানসেদো তাঁর গণনায় সেই ইঙ্গিতই দিয়েছিলেন।

খেতে বসে বিশেষ কিছু ভূমিকা না করে সানসেদো সোজাসুজি সোরাবিয়ার আংটির কথাটা তুলেছিলেন। বলেছিলেন, 'আংটিটা আমায় দেখতে দিলেন না কেন বলুন তো!'

'কী আর দেখতেন ওই একটা সাধারণ আংটিতে!' ঘনরাম প্রসঙ্গটা চাপা দিতে চেয়েছিলেন।

'কী দেখতাম!' সানসেদো চাপা দিতে না দিয়ে বলেছিলেন, 'দেখতাম হয়তো পাথর নয়, আংটিটায় একটা ঈষৎ রঙিন আয়নার কাচই কৌশলে বসানো। আংটিটা যার আঙুলে থাকে, তাস বিলোবার সময় চেষ্টা করলে বিলোনো তাস এই কাচের ছায়া থেকে সে চিনে নিতে পারে।'

ঘনরাম কাপিতানের দিকে চেয়ে কিছুক্ষণ চুপ করে থেকে বেশ একটু কৌতুকের সুরে বলেছিলেন, 'যে-আংটি সমুদ্রের জলে ডুবে গেছে তা নিয়ে আর জল্পনা-কল্পনায় লাভ কী, কাপিতান! আংটি ডুবলে হয়তো মানুষটা ভাসতে পারে।'

এবার কাপিতানও হেসে উঠে বলেছিলেন, 'ঠিকই বলেছেন, সেনর দাস!'

তারপর হঠাৎ ঘনরামের ডান হাতটা টেনে নিয়ে টেবিলের ওপর চিত করে রেখে বলেছিলেন, 'মাপ করবেন, সেনর দাস! মানুষ সম্বন্ধে অন্যায় অশোভন কৌতূহল আমার নেই, কিন্তু দু-একজনকে দেখলে তাদের ভাগ্য জানবার আগ্রহ আমি চাপতে পারি না। আপনার সঙ্গে পরিচয় হবার পর কোনও ব্যক্তিগত প্রশ্ন আমি যে করিনি তা আপনি ভাল করেই জানেন। ও সব বিবরণে আমার প্রয়োজন নেই। আপনাকে দেখা মাত্র কিন্তু আমার মনে হয়েছে আপনার ভাগ্যলিপি অদ্ভুত কিছু হতে বাধ্য। আপনার হাতটা তাই একটু দেখতে চাই।'

'হাতের রেখার ভাষা আপনি জানেন?' ঘনরামের কথায় কৌতূহলের চেয়ে কৌতুকই বেশি প্রকাশ পেয়েছিল।

কিন্তু সানসেদোর প্রথম কথাতেই তিনি চমকে উঠেছিলেন।

'যেটুকু পড়তে পারি, মনে করতাম,' বেশ গম্ভীরভাবে বলেছিলেন সানসেদো, 'তা তো এখন ভুল মনে হচ্ছে!'

'তার মানে?' সত্যি কৌতূহলী হয়ে উঠেছিলেন ঘনরাম।

'মানে, আমার বিচার ঠিক হলে বুঝতে হয় যে তিন সমুদ্র পার হয়ে চতুর্থ সমুদ্রও আপনি দেখবেন।' সবিস্ময়ে ঘনরামের দিকে চেয়ে বলেছিলেন সানসেদো।

পুরোপুরি না বুঝলেও যেটুকু বুঝেছেন তাতেই ভেতরে ভেতরে চমকে উঠেছিলেন ঘনরাম। মনে মনে তখন তিনি শিশুকালের কালাপানি থেকে আরবসাগর আর তারপর লিসবনে ক্রীতদাস হিসেবে বিক্রি হতে আসার সময় আফ্রিকার উপকূলের সেই অসীম সাগর, পরে যা আতলান্তিক বলে জেনেছেন, তা গুনে ফেলায় বিস্মিত হয়ে উঠেছেন সানসেদোর গণনা শক্তিতে। কিন্তু সে বিস্ময় গোপন করে

জিজ্ঞাসা করেছিলেন, 'এ তো হেঁয়ালির মতো শোনাচ্ছে। অর্থ কী এ কথার?'

'অর্থ কী আমিও তা জানি না।' সরলভাবে স্বীকার করেছিলেন কাপিতান সানসেদো। 'সমুদ্রে পাড়ি দেওয়া যাদের নিয়তি তাদের হাতে যে চিহ্ন থাকে তাই দেখেই যা বলবার বলেছি।'

'এ গণনা আপনি শিখলেন কোথায়?' বিশেষ আগ্রহভরে জিজ্ঞাসা করেছিলেন ঘনরাম।

'শিখেছি আমাদের এসপানিয়াতেই। তবে সুদূর এক দেশের আশ্চর্য এক জ্যোতিষীর কাছে।'

'সুদূর দেশের আশ্চর্য এক জ্যোতিষী!' ঘনরাম অবাক হয়ে সে দেশের নাম জানতে চেয়েছিলেন।

'নাম তার ইন্ডিয়া!' গর্বভরে বলেছিলেন সানসেদো, 'একদিন অ্যাডমিরাল কলম্বাস এই দেশ খুঁজতেই অকূল সাগরে পাড়ি দিয়েছিলেন এবং এই ভ্রান্ত ধারণা নিয়েই জীবনের শেষ নিঃশ্বাস ত্যাগ করেছিলেন যে ইন্ডিয়া যার অংশ সেই এশিয়া মহাদেশের পূর্ব উপকূলই তিনি আবিষ্কার করেছেন। সে দেশ আবিষ্কারের গৌরব কিন্তু তাঁর বা আমাদের দেশের কারও অর্থাৎ কোনও এসপানিওল-এর প্রাপ্য হয়নি। সে গৌরব পেয়েছে পোর্তুগিজ ভাস্কো-দা-গামা। সেই ভাস্কো-দা- গামার আবিষ্কৃত সমুদ্রপথে সে দেশ থেকে আশ্চর্য এক মানুষকে পোর্তুগিজদের জাহাজে এদেশে ক্রীতদাস হিসাবে এনে বিক্রি করা হয়। ভাগ্যক্রমে এক ক্রীতদাসের বাজারে তাঁকে দেখে আমার গভীর কৌতূহল ও শ্রদ্ধা জাগে। বৃদ্ধ দুর্বল মানুষ। ক্রীতদাস হিসাবে তাঁকে খাটিয়ে নেবার সুযোগ নেই বললেই হয়। অত্যন্ত সুলভেই তাই তাঁকে কিনে আমি মুক্তি দিই।'

'ক্রীতদাসকে আপনি মুক্তি দেন!' ভেতরে ভেতরে অভিভূত হলেও বাইরে একটু অপ্রসন্ন বিস্ময়ের ভান করেছিলেন ঘনরাম।

'পারলে দিই। কিন্তু কতটুকু আর আমার ক্ষমতা!' কোনওরকম আস্ফালন না করেই বলেছিলেন কাপিতান সানসেদো, 'স্বাধীনভাবে তাঁকে নিজের দেশেই ফেরত পাঠাতে পারব এই আশা করেছিলাম। কিন্তু তিনি নিজেই আমায় সে চেষ্টা করতে মানা করেছিলেন। বলেছিলেন, এই দেশেই তাঁর মাটি কেনা আছে। সে নিয়তি খণ্ডাবার চেষ্টা বৃথা। জীবনের শেষ ক-টা দিন আমার মেদেলিন শহরের বাড়িতেই তিনি কাটান। তাঁর আশ্চর্য গণনার বিদ্যা সামান্য একটুমাত্র শেখবার সুযোগ আমি পেয়েছিলাম। তাঁর কাছেই শুনি তাঁদের দেশে জ্যোতিষের নামও সামুদ্রিক বিদ্যা।'

সানসেদোর প্রতি প্রথম থেকেই ঘনরামের মনে একটা শ্রদ্ধা ও অনুরাগ জেগেছিল। আরও বর্ধিত শ্রদ্ধা নিয়ে ঘনরাম জিজ্ঞাসা করেছিলেন, 'নিজের সম্বন্ধে কিছু কি তিনি বলে গিয়েছেন।'

'না, কিছুই বলেননি। শুধু দুটি নির্দেশ তিনি দিয়ে গিয়েছিলেন। প্রথম, তাঁর মৃত্যুর পর শবদেহ আমি যেন দাহ করবার ব্যবস্থা করি। আর তা যদি সম্ভব না হয় তাহলে সমুদ্রের জলে যেন তা ভাসিয়ে দিই। প্রতিবেশীদের সংস্কারের বিরুদ্ধে শহর বা

গ্রামাঞ্চলে দাহ করা আমার পক্ষে সম্ভব হয়নি। আমি এসপানিয়া থেকে ফার্নানদিনা যাবার পথে এই জাহাজ থেকেই তাঁর দেহ সমুদ্রের জলে ভাসিয়ে দিই। তাঁর দ্বিতীয় নির্দেশ ছিল তাঁর একটি নিজের হাতে লেখা লিপি তাঁর দেশে পোঁছে দেওয়া। পৌঁছে দেবার জন্যে আমায় উদ্বিগ্ন বা ব্যস্ত হতে নিষেধ করে তিনি শুধু ধৈর্য ধরে অপেক্ষা করতে বলেছিলেন। বলেছিলেন, তাঁর এ অন্তিম লিপি যথাস্থানে পৌঁছে দেবার ভার নিতে একদিন একজন নিজে থেকেই এসে দেখা দেবে। আজ পর্যন্ত কেউ অবশ্য আসেনি।'

কিছুটা সান্ত্বনার সুরে, 'ভবিষ্যতে হয়তো আসবে'—বলে অতি কষ্টে নিজেকে সংবরণ করে ঘনরাম নিজের পূর্বের প্রশ্নেই ফিরে গিয়েছিলেন।

জিজ্ঞাসা করেছিলেন, 'এখন আমার ভাগ্যলিপিতে আর কী দেখছেন, বলুন।'

'আর—' বলতে গিয়ে নীরব হয়ে সানসেদোর মুখ হঠাৎ অত্যন্ত বিষণ্ণ গম্ভীর হয়ে উঠেছিল।

'কী? চুপ করে গেলেন কেন? বলুন!' দাবি করেছিলেন ঘনরাম।

'কোনও গণনাই নির্ভুল হতে পারে না।' একটু যেন মাপ চেয়ে নেওয়ার ভঙ্গিতে বলেছিলেন সানসেদো, 'আমার তো নয়ই। তাই যা বলছি তা ধ্রুব সত্য বলে ধরে নেবেন না। আমার নিজেরই শোনাতে মন চাইছে না।'

'তবু অসংকোচে বলুন।' জেদ ধরে বলেছিলেন ঘনরাম, 'ভাগ্যের সঙ্গে আমার অনেক দিনের লড়াই। তার চোরা চক্রান্তগুলো আগে থাকতে জানলে বরং কিছু সুবিধেই হতে পারে।'

'আপনার সমস্ত ভবিষ্যৎ স্পষ্ট করে দেখা আমার বিদ্যার বাইরে।' ধীরে ধীরে বলেছিলেন সানসেদো, 'আমি আবছা আলোছায়ায় সেখানে যা দেখতে পাচ্ছি তাতে চোখ ধাঁধাবার মতো আশ্চর্য সাফল্যই বেশি। অন্ধকার খাদে আর উজ্জ্বল চূড়ায় নামাওঠার হতাশায় উল্লাসে দোলানো বিচিত্র আপনার জীবন। অজানা নিরুদ্দেশে আপনাকে পাড়ি দিতে হবে, রক্তের নদী বইবে আপনার সামনে, সোনায় বাঁধানো পথ দিয়ে আপনি হাঁটবেন, আপনাকে বরমাল্য দেবে এক রাজকুমারী এমন এক অচিন রহস্যের দেশে পৃথিবীর কেউ আজও যা জানে না, কিন্তু তার আগে, তার আগে—'

সানসেদো আবার দ্বিধাভরে থেমেছিলেন। কিন্তু ঘনরাম তাঁকে থামতে দেননি।

'তার আগে কী বলুন।' ঈষৎ তীব্র দাবি করেছিলেন।

'তার আগে আমার গণনায় ভাগ্যের অবিশ্বাস্য নিষ্ঠুরতম আঘাতে আপনাকে একেবারে অতলে তলিয়ে যেতে দেখছি। দেখছি অমঙ্গলের একটা ভয়ংকর কালো ছায়া গাঢ় হয়ে আপনার জীবনে নামছে।'

সানসেদো আর কিছু বলতে পারেননি। একটা চাপা হাসির হিল্লোল দমকা হাওয়ার মতো কামরাটার ভারি আবহাওয়ার গাম্ভীর্যে একটা ঝাপটা দিয়েই থেমে গেছল।

'ও, তিয়েন'-এর পর 'সিয়েন্তো মুচো' শুনে ঘনরাম মুখ ফিরিয়ে দেখেছিলেন, সেনোরা আনা যেন ভুল করে ঘরে ঢুকে পড়ার লজ্জায় থমকে থেমে গেছে।

খুব যেন একটা জরুরি একটা কথা বলতে এসে বাইরের লোকের উপস্থিতিতে 'তিয়েন' বলে যাঁকে কাকার মর্যাদায় প্রতিষ্ঠিত করেছে তাঁকে বলবে কি না ঠিক করতে পারছে না।

একবার সানসেদো আর একবার তাঁর নিজের দিকে আনাকে চঞ্চলভাবে তাকাতে দেখে ঘনরাম নিজেই উঠে পড়ে ঘর থেকে বিদায় নিতে চেয়েছেন।

'না, না, সে কী! আপনার তো এখনও খাওয়াই হয়নি!' আপত্তি করতে বাধ্য হয়েছেন সানসেদো।

এর পরও সেনোরা আনা ঘরে দাঁড়িয়ে থাকাতে পরিচয় না করিয়ে দিয়েও পারেননি।

'এটি আমার সাব্রিনা সেনোরা আনা', বলেছেন সানসেদো, 'নিজের ভাগ্নী না হলেও তার চেয়ে কম কিছু নয়। আর ইনি হলেন সেনর দাস।'

আনা শুধু এইটুকুর জন্যেই অপেক্ষা করছিল বোধহয়। পরিচয়ের পর প্রথম যথাবিহিত সৌজন্য বিনিময়টুকু সারতে না সারতেই উচ্ছ্বসিত হয়ে বলেছে, 'ওঁর নাম আমি জানি। আজ ওঁর খেলাও দুবার উঁকি দিয়ে দেখেছি, তিয়েন! জাহাজে এখন সকলের মুখে তো শুধু ওঁরই কথা।'

ঘনরাম সত্যিই একটু অস্বস্তি বোধ করেছেন এ উচ্ছ্বাসে। সেটা কাটাবার জন্যে ঠাট্টার সুরে বলেছেন 'জুয়াখেলায় বাহাদুরি দেখিয়ে একটা মস্ত কীর্তি রেখেছি তাহলে!'

'জুয়াখেলায় বাহাদুরি কেন!' আনা প্রতিবাদ করেছে, 'তিয়েনই বলুন না, হারজিৎ এমন সমানভাবে নেওয়ার মতো জুয়াড়ি ক-জন উনি জীবনে দেখেছেন।'

'তা বেশি দেখিনি বটে!' স্বীকার করেছেন সানসেদো।

এ প্রসঙ্গ তাঁর সামনে চলতে দিতে ঘনরাম আর চাননি। এবার খাবার প্লেট সরিয়ে রেখে উঠে পড়ে বলেছেন, 'আমার খাওয়া হয়ে গেছে কাপিতান। আপনারা যদি অনুমতি করেন, আমি যেতে পারি এখন।'

'কেন, আপনি যাবেন কেন!' আনা এর মধ্যেই সহজ হয়ে গেছে বহুদিনের পরিচিতের মতো।

'কিছু একটা কথা তিয়েনকে বোধহয় আপনার বলবার ছিল।' স্মরণ করিয়ে দিয়েছেন ঘনরাম, 'আপনাকে ঘরে ঢুকতে দেখে অন্তত তা-ই মনে হয়েছিল।'

'হ্যাঁ, কী বলতে এসেছিলে, আনা?' সানসেদোও জিজ্ঞাসা করেছেন, 'এঁর সামনে বলতে যদি বাধা না থাকে তো বলো।'

'না, ওঁর সামনে বাধা কী!' আনা ঘনরামকে যেন অন্তরঙ্গের মধ্যে ধরে বলেছে, 'আমি একটা ষড়যন্ত্রের কথা ভেবেছি। তাই হাসতে হাসতে ঢুকছিলাম।'

'ষড়যন্ত্রের কথা ভেবে হাসতে হাসতে আসছিলে!' সানসেদো বিমূঢ়ভাবে আনার দিকে তাকিয়েছেন।

'হ্যাঁ, ষড়যন্ত্র।' আনা উচ্ছ্বসিত ভাবে বলেছে, 'শোনোই না ষড়যন্ত্রটা—তুমিও খুশি হয়ে হাসবে।'

সেনোরা আনা কৌতুক হিসেবেই ষড়যন্ত্র কথাটা ব্যবহার করেছিল। ঘনরামের জীবনে সেটা কৌতুক নয়, সত্যিকার ষড়যন্ত্রই হয়ে দাঁড়াবে কে আর তখন পেরেছিল ভাবতে!

এ ষড়যন্ত্র কিন্তু কোনও মানুষের নয়। ঘনরামের বিরুদ্ধে যত হিংস্র আক্রোশই মনের ভেতর পুষে রাখুক, সোরাবিয়া এ ষড়যন্ত্রের একটা অসহায় ঘুঁটি মাত্র।

এ ষড়যন্ত্র স্বয়ং নিয়তির।

কৌতুক হিসাবে সাজানো একটা ছেলেখেলার চক্রান্ত নিয়তির নির্মম শঠতা ছাড়া অমন বিফল বিকৃত হয়ে ঘনরামের জীবনকে চরম অপমান লাঞ্ছনা গ্লানিতে জর্জর করে আবার অকূলে ভাসিয়ে দিতে পারত না।

ঘনরামকে আর যেখানেই হোক ১৫২১-এ নতুন মহাদেশের সবচেয়ে জঘন্য অস্বাস্থ্যকর উপনিবেশে অন্তত দেখা যাবার কথা নয়। সানসেদোর ভবিষ্যৎ গণনার প্রথম দিকটা অন্তত হাতে হাতে তাঁর ফলেছে এ বিষয়ে সন্দেহ নেই।

শেষের দিকটা ফলবার কথা এ উপনিবেশেই বন্দি থেকে এটা ভাবাও বাতুলতা।

এ উপনিবেশের জমকালো ও গালভরা নাম কিন্তু কাস্তিল্‌লা-দেল-অরো অর্থাৎ সোনার কাস্তিল। এ উপনিবেশের শাসনকর্তা হলেন ডন পেড্রো আরিয়াস দে আভিলা, ওরফে পেড্রারিয়াস!

যেমন নীচ স্বার্থপর তেমনই হিংসুক পরশ্রীকাতর মানুষটা। যে যুগে এসপানিয়াতে সবচেয়ে যাতে কাজ হত সেই খানদানি বংশে বিয়ের জোরেই তিনি একটা নতুন উপনিবেশের শাসকের মতো সম্মান ও দায়িত্বের পদ পেয়েছিলেন। যাকে তাকে তো আর তিনি বিয়ে করেননি, ক্যাথলিক ইসাবেলা বলে সারা ইউরোপ যাঁকে জানে, তাঁরই বান্ধবী মোআ-র মারনেস, বিখ্যাত ডোনা বিয়াত্রিজ দে বোবাদিল্লার মেয়ে তাঁর ঘরনি। এসপানিয়ায় সম্মান প্রতিপত্তির চূড়ায় ওঠবার সিঁড়িই হল এই। মেক্সিকো বিজেতা কর্টেজ যৌবনে নিচু ঘরে বিয়ে করে যত সুখীই হয়ে থাকুন এই সিঁড়ির সুবিধা না পাওয়ার দরুনই তাঁর যোগ্য সম্মানশিখরে উঠতে পারেননি। তার জন্যে কর্টেজ-এর মনে দারুণ আফশোশ ছিল বলেও অনেক ঐতিহাসিকের ধারণা। মেক্সিকো বিজয়ের শেষে স্পেনের শাসন যখন সেখানে বিস্তৃত তখন সে দেশের হর্তাকর্তা কর্টেজ-এর পাশে তাঁর সহধর্মিণীরূপে অংশ নিতে এসে কর্টেজ-এর স্ত্রী যখন তিন মাসের মধ্যেই মারা যান তখন কর্টেজ নিজের সামাজিক উন্নতির পথ পরিষ্কার করবার জন্যে তাঁকে সরিয়েছেন এমন গুজবও শোনা গেছল।

সামাজিক সম্পর্কের জোরেই অত বড় উচ্চপদ পেলেও এবং স্বভাবচরিত্রে নীচ স্বার্থপর ঈর্ষাকাতর হলেও তখনকার এসপানিওল অর্থাৎ স্পেনের মানুষের বিশেষ চরিত্র লক্ষণটি পেড্রারিয়াস-এর মধ্যেও ছিল।

নতুন মহাদেশ আবিষ্কৃত হবার পর থেকে সমস্ত ইউরোপের যৌবনই তখন অস্থির চঞ্চল। স্পেন ও পোর্তুগ্যালে উদ্দাম বেপরোয়া উদ্দীপনা আর চাঞ্চল্য সবচেয়ে বেশি।

পোর্তুগ্যাল আর স্পেনই নৌবিদ্যায় তখন অন্যদের তুলনায় বেশি অগ্রসর।

সময়ের মাপ আরও সূক্ষ্ম হয়েছে তখন, তার ওপর চুম্বক-কম্পাস নির্ভুল দিকনির্ণয়ের শক্তি দিয়ে নাবিকদের আত্মবিশ্বাস বহুগুণ বাড়িয়ে দিয়েছে। ধুকধুকে প্রাণ হাতে নিয়ে সমুদ্রের কূল ঘেঁষে যারা জাহাজ চালাত অকূল দরিয়ায় পাড়ি দেবার মতো তাদের এখন বুকের পাটা।

পোর্তুগ্যাল ও স্পেন এ অগ্রগতির পুরোভাগে থেকেও কিছুকাল আগেও যা কল্পনাতীত ছিল সেই অসাধ্য সাধন করেছে।

আফ্রিকার কূল ধরে ধরে গুটি গুটি এগিয়ে দক্ষিণের দিকে একটা অন্তরীপ থেকে আর-একটা অন্তরীপ পর্যন্ত নিজেদের দৌড় বাড়াতে যাদের প্রায় গোটা শতাব্দীটা লেগে গিয়েছিল, সেই পোর্তুগ্যালের এক দুঃসাহসী নাবিক ডিয়াজ প্রথম আফ্রিকার দক্ষিণের শেষ অন্তরীপ ঘুরে নতুন সমুদ্রে পৌঁছোবার কীর্তি রাখলেন। আমরা সে অন্তরীপের নাম উত্তমাশা বলে জানি! কিন্তু ডিয়াজ এ অন্তরীপে উত্তম আশা করবার মতো কিছু পাননি। ঝড়-তুফানে নাজেহাল হয়ে তিনি এর নাম ঝোড়ো অন্তরীপঁই রেখেছিলেন। পোর্তুগ্যালের রাজা দ্বিতীয় জন-এর কিন্তু দূরদৃষ্টি ছিল অনেক বেশি। তিনিই অন্তরীপের নতুন নামকরণ করেছিলেন উত্তমাশা। তাঁর নামকরণ যে সার্থক ভাস্কো-দা-গামার আফ্রিকার দক্ষিণ অন্তরীপ ঘুরে ইউরোপের আকুল স্বপ্নের ইন্ডিয়া অর্থাৎ আমাদের ভারতবর্ষে পৌঁছোনোতেই তা প্রমাণ হয়।

যে লক্ষ্যের দিকে একাগ্র হয়ে পোর্তুগ্যাল আফ্রিকার দক্ষিণ দিকে দুঃসাহসভরে এগিয়ে গেছে, সেই একই লক্ষ্যের টানে কলম্বাস স্পেনের হয়ে নতুন এক মহাদেশ আবিষ্কার করে ফেলেছেন পোর্তুগ্যালের আগেই।

সে লক্ষ্য হল ইন্ডিয়া। প্রাচ্য দেশ বলতে তখন ইন্ডিয়াই আগে বোঝায়। সেই ইন্ডিয়াই কল্পনাতীত ঐশ্বর্যের দেশ—সোনা রুপা হিরে মুক্তো সুগন্ধী আতর আর চন্দন, অপরূপ সব মশলা আর তার চেয়ে অপরূপ সব বয়নশিল্পের নিদর্শন।

এই ইন্ডিয়ায় পৌঁছোবার পথ আবিষ্কার করতে পারাতেই জীবনের চরম সার্থকতা। তার চেয়ে বড় আকাঙ্ক্ষা স্পেন পোর্তুগ্যালের কোনও ভদ্রসন্তান কাবালিয়েরোর তখন নেই।

কিন্তু পোর্তুগ্যাল যেখানে যাবার পথ খুঁজছে আফ্রিকার দক্ষিণ দিয়ে, পৃথিবী গোলাকার জেনে কলম্বাস তাকে বেড় দিয়ে উলটো দিক থেকে সেখানে পৌঁছোবার চেষ্টা করেছেন কেন?

আর কি পথ ছিল না ইন্ডিয়ায় যাবার?

ছিল আরও সহজ সংক্ষিপ্ত পথ, কিন্তু মেয়ার-ই-নসট্রম অর্থাৎ মধ্যোপসাগরে সে পথে ধনপ্রাণ বাঁচানো অনিশ্চিত করে তুলেছে মরক্কো আর আলজিরিয়ার মূর বোম্বেটেরা। সে সমুদ্রের পূর্বদিকের মুখও আবার মিশর আরবের যোজক সুয়েজ দিয়ে বন্ধ। তারপরও আছে দুরন্ত আরব সাগর-সদাগরেরা, যারা একহাতে বাণিজ্য করে আর-এক হাতে লুঠতরাজ!

তাই ইন্ডিয়ায় পৌঁছোবার নিরাপদ রাস্তা চাই।

সে রাস্তার খোঁজে বেরিয়ে কলম্বাস মাঝপথে যা পেয়েছেন সে দেশের সঠিক

পরিচয় তখনও গাঢ় রহস্যে ঢাকা।

বিরাট একটা অজানা বিস্তৃতির ওপরকার দুর্ভেদ্য যবনিকা এখানে সেখানে সামান্য একটু উঁকি দেবার মতো ওঠানো গেছে মাত্র।

কিন্তু যবনিকা যেটুকু উঠেছে তাতেই উত্তেজনার বন্যা বইয়ে দিয়েছে দুঃসাহসীদের রক্তে।

স্পেনে নিজেকে পুরুষ বলে যারা গর্ব করে তারা সবাই তখন দুঃসাহসী, সবারই মন অবিশ্বাস্য যশ আর ঐশ্বর্য জয়ের স্বপ্নে বিভোর।

তাদের এ স্বপ্ন দেখবার কারণ যে নেই তা নয়।

আবিষ্কারের পর জয় করে প্রথম উপনিবেশ পাতা হয়েছে হিসপানিওলায়, ফার্নানদিনায়, মানে কিউবায়।

তারপর হার্নান্দেজ দে কর্ডোভা বাহামা দ্বীপ থেকে সেখানকার আদিবাসী ক্রীতদাস ধরে আনতে গিয়ে ঝড় তুফানে ছিটকে আশাতীত এক অজানা রাজ্যে পৌঁছে তাদের বাড়িঘর চাষবাস মিহি কাপড়ের শৌখিন বেশভূষা আর গয়নার সোনাদানা দেখে অবাক হয়েছেন। কান শুনতে ধান শুনে সেখানকার লোকের মুখের টেক্‌টেটানকে য়ুকাটান নাম দিয়ে তিনি কিউবায় ফিরে নতুন দেশের ঐশ্বর্যের চোখ-কপালে-তোলা গল্প করেছেন।

এক আবিষ্কার আর-এক অভিযানকে ঠেলা দিয়েছে।

য়ুকাটানের পর কর্টেজ-এর কীর্তি মেক্সিকো জয়।

উদ্দাম উত্তেজনার ঢেউ তখন এই সব দৃষ্টান্তে নতুন মহাদেশের সমস্ত পূর্ব উপকূলের তীরে ধাক্কা দিচ্ছে।

সামনে অজানা মহাদেশ প্রসারিত। কিন্তু তারই ভেতর কোথাও আছে সেই প্রণালী যা আতলান্তিক থেকে ইন্ডিয়ার পশ্চিম তীরে গিয়ে নামবার সমুদ্রে পৌঁছে দেবে—এই ছিল সব অভিযাত্রীর দৃঢ় বিশ্বাস।

মেক্সিকো স্পেনের পদানত হয়েছে ১৫২৩-এ। তার অনেক আগেই ১৫১১ খ্রিস্টাব্দে ভাস্কো নুনিয়েজ-দে-বালবোয়া আশ্চর্য এক দেশের কিংবদন্তি শুনেছেন।

এসপানিওলরা সবাই সোনা বলতে পাগল—এ ব্যাপারটা তখনও নতুন মহাদেশের নিজস্ব অধিবাসীদের কাছে অদ্ভুত লাগে। তাদেরই একজন বালবোয়াকে সে অবিশ্বাস্য দেশের কথা শুনিয়েছে।

আগে যে জঘন্য অস্বাস্থ্যকর উপনিবেশের কথা বলেছি বালবোয়া তখন পেড্রারিয়াস-এর অধীন সেই কাস্তিল্‌লা-দে-অরো মানে সোনার কাস্তিলের নরকে থাকেন।

কাস্তিল্‌লা-দে-অরো যে উত্তর আর দক্ষিণ আমেরিকার যোজক মাত্র তা তখনও ঔপনিবেশিকদের অজানা!

শাসক পেড্রারিয়াস-এর প্রতিনিধি হিসেবে বালবোয়া আদিম অধিবাসীদের কাছে সংগ্রহ করা কিছু সোনা ওজন করাচ্ছিলেন। সেখানে স্থানীয় একজন সর্দার ছিল উপস্থিত। বিস্ময়ে কৌতুকে সোনা ওজনের এ অনুষ্ঠানে দেখতে দেখতে হেসে উঠে

দাঁড়িপাল্লায় একটা চাপড় দিয়ে সে সমস্ত সোনা মাটিতে ছড়িয়ে দেয়। তারপর মুখ বেঁকিয়ে বলে, 'এই জিনিসের ওপর তোমাদের এমন লোভ যে হিতাহিত কাণ্ডজ্ঞান পর্যন্ত খুইয়ে পাগলের মতো হন্যে হয়ে ছুটে বেড়াচ্ছ! এমন দেশের খোঁজ আমি দিতে পারি যেখানে সোনার থালা বাটিতে ছাড়া কেউ খায় না, তোমাদের কাছে লোহা যা সেখানে সোনা তারই মতো সস্তা। সেখানে সূর্য কাঁদলে সোনা ঝরে।'

সূর্য কাঁদলে সোনা ঝরার দেশ হয়তো আজগুবি কিংবদন্তি মাত্র। অমন অনেক আজগুবি কল্পনাই তো তখনকার অভিযাত্রীরা এই রহস্যময় মহাদেশ সম্বন্ধে করেছে, অল্পবিস্তর বিশ্বাসও করেছে অদ্ভুত অবিশ্বাস্য সব আরব্যোপন্যাসকে হার-মানানো কাহিনী।

মেয়েরাই যেখানে যোদ্ধা সেই বীরনারী আমাজনদের কথায় তারা খুব অবিশ্বাসের কিছু পায়নি, শুনেছে পাটাগোনিয়ার দানব জাতির কথা, আর সেই এল ডোরাডো-র বিবরণ শুনে উত্তেজিত হয়ে উঠেছে যেখানে সোনার কণা সমুদ্রের বালির মতো ছড়িয়ে থাকে, আর নদীতে জাল ফেললে পাখির ডিমের মতো সোনার ঢেলার ভারে জাল টেনে তোলা শক্ত হয়।

সূর্য কাঁদলে সোনার দেশ সত্যে মিথ্যায় বাস্তবে কল্পনায় মেশানো তেমনই কিছু হওয়া অসম্ভব নয়।

কিন্তু কাহিনী যারা শোনায় তারাও সে দেশের সঠিক হদিস দিতে পারে কই!

রহস্য-যবনিকার আড়াল থেকে মাঝে মাঝে বিহ্বল-করা একটা অস্পষ্ট হাতছানি শুধু অস্থির করে তোলে।

এই হাতছানির ডাকেই বালবোয়া সূর্য কাঁদলে সোনা ঝরার দেশের কাহিনী শোনার কিছু পরেই কাস্তিল্‌লা দে অরো-র পচা জলাবাদার সাপখোপ মশা পোকামাকড়ের ভ্যাপসা নরক থেকে ডারিয়েন যোজকের মেরুদণ্ডের মতো পর্বতপ্রাকার ডিঙিয়ে গেছলেন পরম দুঃসাহসে।

পাহাড় ডিঙিয়ে যা তিনি দেখেছিলেন তা তাঁর সমস্ত কল্পনার অতীত।

সমস্ত অস্ত্রশস্ত্রসমেত যোদ্ধার পোশাকেই তিনি ঝাঁপিয়ে গিয়ে পড়েছিলেন সামনে ফেনায়িত তরঙ্গ-ফনা-তোলা নীল জলের বিস্তৃতিতে। পাগলের মতো চিৎকার করে বলেছিলেন, 'যতদূর এ অজানা সমুদ্র ছড়িয়ে আছে ততদূর পর্যন্ত দেশ মহাদেশ থেকে দ্বীপবিন্দু সমেত সব কিছুর ওপর কাস্তিল-এর মহামান্য নৃপতির একছত্র অধিকার আমি ঘোষণা করলাম।'

দিগন্ত পর্যন্ত প্রসারিত দেখেও সে নীল জলধির বিরাটত্ব তিনি তখন বোধহয় অনুমান করতে পারেননি।

সেই অসীম জলরাশি প্রশান্ত মহাসাগরের। সময়টা বোধহয় ১৫১৪-র কিছু পূর্বে।

মানুষের সভ্যজগৎ সমবেত ও সচেতনভাবে সেই প্রথম এক অজানা মহাসমুদ্রের সন্ধান পেল।

যোজকের অপর পারে এই মহাসমুদ্রের তীরেই বালবোয়া রূপকথার মতো অবিশ্বাস্য সোনার দেশের আরও কিছু কিছু বিবরণ পান। সে দেশের পশু পাখি ফল

ফসলও নাকি অদ্ভুত। সেখানকার প্রধান একটি প্রাণীর ছবি তাঁকে এঁকে কেউ দেখায়। ইউরোপ এশিয়ার কোনও প্রাণীর সঙ্গে মিল তার কিছু হয়তো থাকলেও তা একেবারে স্বতন্ত্র।

এ দেশ কি শুধু এখানকার অজ্ঞ অধিবাসীদের কল্পনাতেই আছে!

যদি কল্পনারই হয় তবু বালবোয়া নিজে একবার তা যাচাই করে দেখবেন।

সুদৃঢ় সংকল্প আর গভীর আশা নিয়ে বালবোয়া তাঁর হর্তাকর্তা সোনার কাস্তিল-এর শাসক পেড্রারিয়াস-এর রাজধানী ডারিয়েন-এ ফিরে যান। তাঁর সব সংকল্প ব্যর্থ, সব আশা চূর্ণ হয়ে যায় পেড্রারিয়াস-এর নীচ পরশ্রীকাতরতায় আর সংকীর্ণতায়। পেড্রারিয়াস নতুন রাজ্য আবিষ্কারের গৌরব নিতে চায়, নিতে চায় সেখানে যা পাওয়া যায় সে সম্পদের সিংহভাগ, কিন্তু আর কারও, এমনকী অভিযানের সমস্ত দুর্ভোগ দায়িত্ব নিয়ে নির্বাসন বন্দিত্ব মৃত্যু পর্যন্ত বরণ করতে যে প্রস্তুত তার, বিন্দুমাত্র সাধুবাদ সহ্য করতে পারবে না।

শাসকের সমর্থন ও অনুমতি ছাড়া কোনও অভিযান পরিচালনা করা অসম্ভব। এসপানিয়া-র সম্রাট অনেক দূর অস্ত। ডারিয়েন-এ তাঁর প্রতিনিধি পেড্রারিয়াস।

বালবোয়া দিনের পর দিন বৃথাই তাঁর অনুমতির জন্য অপেক্ষা করেছেন। ইতিমধ্যে বালবোয়ার যুগান্তকারী আবিষ্কারের মূল্য পেড্রারিয়াস যে সম্পূর্ণ অস্বীকার করেছেন তা নয়। নতুন মহাসমুদ্রে আবিষ্কারের অভিযান চালাবার সুবিধার জন্যেই ১৫১৯-এ বালবোয়ারই পরামর্শ অনুসারে ডারিয়েন থেকে রাজধানী পশ্চিমের সমুদ্রকূলে পানামায় সরিয়ে নিয়ে আসা হয়েছে। সেখান থেকে নতুন অজানা দেশ, বিশেষ করে সেই ভারতমুখী প্রণালী খোঁজার উদ্দেশ্যে জাহাজ সাজিয়েও বেরিয়েছেন অভিযাত্রীরা, কিন্তু সব অভিযানেরই মুখ উত্তরে। উত্তরে যোজকের ভেরাগুয়া, কোস্টারিকা, নাইকারগুয়া প্রভৃতি পর পর আবিষ্কৃত ও অধিকৃত হয়েছে।

শুধু দক্ষিণে কোনও অভিযান যায়নি।

বালবোয়া অন্যায়ে অবিচারে আশাভঙ্গের বেদনায় নিরুপায় হতাশায় ভেতরে ভেতরে জর্জর হয়ে একদিন মৃত্যুবরণ করেছেন।

সূর্য কাঁদলে সোনা-র দেশ আবিষ্কারের ভাগ্য তাঁর হয়নি।

সে সৌভাগ্য হয়েছে তিনজনের মিলিত একটি দলের।

এ তিনজনের দু-জন রাস্তায় কুড়িয়া পাওয়া অনাথ শিশু হিসেবে বেশির ভাগ ইগ্লেসিয়া অর্থাৎ স্থানীয় গির্জার কৃপা করুণাতেই মানুষ। দু-জনেই এঁরা নিরক্ষর মূর্খ। একজন দেশে গাঁয়ে শুয়োর চরাতেন, আর-একজন কী করতেন সঠিক জানা না গেলেও ওর চেয়ে সম্মানের কিছু যে করতেন না সে বিষয়ে সন্দেহ নেই।

অজানা দেশ আবিষ্কারের অভিযাত্রী হওয়া জোয়ান তরুণদেরই কাজ। কিন্তু যাঁদের কথা বলেছি তাঁরা দু-জনে যখন প্রথম অভিযানে রওনা হন তখন দু-জনেরই বয়স পঞ্চাশ ছাড়িয়ে গেছে।

আধবুড়ো এই দুই নিরক্ষর ভাগ্যান্বেষীর পয়সার জোরও ছিল না। তাঁদের অভিযানের খরচ বইবার ভার দলের তৃতীয় যে জন নিয়েছেন তিনি হলেন একজন

এসপানিওল ধর্মযাজক—পানামায় ভাইকার-এর কাজ করেন। তার আগে ডারিয়েন-এর গির্জায় গুরুমশাই ছিলেন ছাত্র পড়াবার।

এত টাকা তিনি পেলেন কোথায়?

আসলে টাকা তাঁরও নিজের নয়। তিনি আর-একজনের প্রতিনিধি হয়ে টাকাটা দিয়েছেন মাত্র।

কী নামে এঁরা সবাই পরিচিত?

তখনকার সেই ছোট উপনিবেশের জগতেও গ্রাহ্য করবার মতো নাম কারও নয়।

নেপথ্য থেকে যিনি সমস্ত ঝুঁকি নিয়ে টাকা দিয়েছেন সেই আসল মহাজনের নাম লাইসেনসিয়েট গাসপের দে এসপিনা। যাঁর মারফত টাকাটা দেওয়া হয়েছে তিনি হলেন হার্নান্ডো দে লুকে, দুই দুঃসাহসী আধবুড়ো অভিযাত্রীদের মধ্যে একজনের নাম দিয়েগো দে আলমাগরো আর অন্যজনের ফ্রানসিসকো পিজারো। মূর্খ নিরক্ষর অনাথ গির্জার দয়ায় মানুষ পিজারোই যেখানে তাঁর জন্ম স্পেনের সেই ট্রুকসিল্লো শহরে যৌবন পর্যন্ত শুয়োর চরাতেন।

১৫২২ সালে তিনি পানামার রাস্তায় ঘাটে যাদের ছড়াছড়ি নতুন মহাদেশে ভাগ্যান্বেষে আসা সেই বাউণ্ডুলেদের একজন।

তাদেরই একজন বটে, কিন্তু কিছু বিশেষত্বের পরিচয় ইতিমধ্যেই তিনি দিয়েছেন। ১৫১০-এ নতুন মহাদেশের পথেঘাটে সোনা ছড়ানো গুজব শুনে ও বিশ্বাস করে আরও অনেকের মতো দেশ ছেড়ে তিনি অকূলে ঝাঁপ দিয়ে প্রথম হিসপানিওলায় এসে ঠেকেছিলেন। সেখান থেকে সোনার কাস্তিল-এর নরকে। কিন্তু এখানে অসামান্য অথচ একান্ত হতভাগ্য বালবোয়ার সঙ্গে পিজারোর যোগাযোগ হয়। বালবোয়ার সঙ্গেই ইউরোপের মানুষ হিসেবে প্রথম প্রশান্ত মহাসাগর দেখার সুযোগ তিনি পান। তারপর বালবোয়ার অকাল মৃত্যুর পর ১৫১৫ খ্রিস্টাব্দে আর একবার যোজকের পর্বতপ্রাকার ডিঙিয়ে মোরালেস নামে একজন সঙ্গীকে নিয়ে তিনি সমুদ্রকূলের আদিম অধিবাসীদের কাছে দক্ষিণের রহস্যরাজ্যের আরও কিছু খবর সংগ্রহ করে আনেন।

১৫২২-এ পাসকুয়াল দে আন্দাগোয়া নামে আর-একজন অধিনায়কের নেতৃত্বে একটি অভিযান বালবোয়া যতদূর পর্যন্ত পৌঁছেছিলেন সেই পুয়েরতো দে পিলিয়াস-এর বেশি অগ্রসর হতে না পারলেও সূর্য কাঁদলে সোনা-র দেশের আরও বিস্তারিত বিবরণ নিয়ে এসে প্রচার করে।

পানামা শহরের হাওয়ায় তখন সেই আশ্চর্য দেশ খুঁজতে বার হওয়ার ব্যাকুল উত্তেজনা। পথেঘাটে সকলের মুখে ওই বিষয়ে ছাড়া আলোচনা নেই।

কিন্তু ঘনরামও তো তখন ওই সোনার কাস্তিল-এর নরকে কোথাও না কোথাও আছেন!

হ্যাঁ, আছেন। ১৫২১-এ ভাগ্য ও সত্যিকার সমুদ্রের ঝড় তুফানের প্রচণ্ড ঢেউ তাঁকে নিয়ে কিছুকাল লোফালুফি করে এই পানামা যোজকেই আছড়ে ফেলে দিয়ে গেছল।

এখানে পানামায় যার বাড়িতে তিনি আশ্রয় পেয়েছেন তাঁর নাম আমরা একবার শুনেছি। তিনি মোরালেস। পিজারোর সঙ্গে ১৫১৫-তে তিনি পশ্চিমের অসীম মহাসমুদ্র দেখে এসেছেন।

তাঁর কাছে কাজ করতে করতে ঘনরাম সেই নতুন আবিষ্কৃত মহাসমুদ্র আর তার কূলে কোথাও যা এখনও নিজেকে লুকিয়ে রেখেছে সেই বাস্তব স্বর্ণলঙ্কার কথা শুনেছেন।

১৫২২-এ পিজারো যখন তাঁর অভিযানের স্বপ্ন সার্থক হওয়া সম্বন্ধে কোনও আশাই রাখেন না, ঘনরাম তখনও ওই পানামা শহরেই আছেন।

পিজারোর সঙ্গে পথেঘাটে তাঁর দেখা হয়। দেখা হয় মোরালেস-এর বাড়িতেও।

পিজারো সেখানে যান। তাঁর সঙ্গে একটু বেঁটেখাটো শক্তসমর্থ আর-একজন আসেন। তখনও একটা চোখ অসাধ্য সাধনের ব্রতে তাঁকে নৈবেদ্য দিতে হয়নি। দেখতে পিজারোর মতো সুপুরুষ না হলেও কিছুক্ষণ লক্ষ করলেই তাঁর প্রাণখোলা চরিত্র ভাল লাগে। ইনিই পিজারোর বন্ধু দিয়েগো দে আলমাগরো।

পিজারো আর আলমাগরো মোরালেস-এর সঙ্গে একত্র হলেই অবশ্য যে দেশের রাস্তাঘাট সোনায় বাঁধানো, আর সোনার বাসন ছাড়া কেউ যেখানে অন্য কিছু ব্যবহার করে না, সেই দেশে অভিযানের আয়োজন কেমন করে করা যায় তারই আলোচনা করেন।

কিন্তু সে আলোচনা যেন বামন হয়ে চাঁদ পাড়বার ফন্দির আলোচনার মতো।

এ অভিযান সাজানো মানে চারটিখানি তো কথা নয়। ছোটখাটো হলেও অন্তত দুটো জাহাজ নিয়ে পাড়ি দিতেই হবে। কোথায় পাবেন সে জাহাজ কেনবার বা তৈরি করাবার খরচ? দুটি জাহাজের রসদ জোগাড় করার সমস্যা আছে তারপর, আর সেই সঙ্গে প্রায় শ-খানেক মাঝিমাল্লা সৈনিক।

এমনিতেই দেনার দায়ে তাঁদের চুলের টিকি পর্যন্ত বাঁধা। এত খরচের টাকা সুতরাং তাঁদের বেচলেও জুটবে না।

পিজারো তবু বলেন যে যেমন করে হোক অস্ত্রশস্ত্র গুলিবারুদ বন্দুকের খরচটা তিনি দিতে পারবেন। আলমাগরো জানান যে দুটি জাহাজে প্রয়োজনীয় রসদ বোঝাই করবার ভার নিতে প্রস্তুত।

কিন্তু লাগাম যাতে লাগাবেন সে ঘোড়া কোথায়? আসল যা দরকার সেই জাহাজ আসছে কোথা থেকে!

হঠাৎ পিজারো একদিন তাঁর বাসায় একটা চিঠি পান। অজানা কে একজন লিখেছে তাঁকে উদ্দেশ করে।

পিজারো পড়তে জানেন না। চিঠি পড়তে তাঁকে মোরলেস-এর কাছেই আসতে হয়েছে।

মোরালেস চিঠি পড়ে যা জানিয়েছেন তাতে অবাক হবারই কথা।

কে একজন অপরিচিত হিতৈষী পিজারোকে জানিয়েছে যে পানামার বন্দরে একটা জাহাজ খুলে রাখা অবস্থায় আছে। ভাস্কো নুনিয়েজ দে বালবোয়া নিজের

ব্যবহারের জন্য এ জাহাজটি তৈরি করিয়েছিলেন। সূর্য কাঁদলে সোনার দেশেই এ জাহাজ নিয়ে অভিযান করার বাসনা তাঁর ছিল। সে বাসনা তাঁর পূর্ণ হয়নি। খুলে রাখা জাহাজটা বেশ সস্তা দরে পাওয়া যেতে পারে। সেটা জুড়ে নিয়ে ব্যবহারের যোগ্য করাও শক্ত নয়। পিজারো ও তাঁর বন্ধু এ জাহাজটার খোঁজ নিয়ে দেখুন না!

চিঠির তলায় কোনও নাম সই নেই। কে লিখল তাহলে এ চিঠি? তাঁদের ভাবনা ভাববার এত মাথাব্যথা কার? ভেতরকার এত কথা আর কেউ জানলই বা কী করে?

তার ওপর বালবোয়া-র নিজের জন্যে তৈরি জাহাজটার ওই অবস্থার খবর তো তাঁরা নিজেরাই রাখেন না! কাস্তিল কি মাদ্রিদের মতো একটা বিরাট কিছু শহর নয়। অল্পবিস্তর সকলকেই সকলে এখানে চেনে। এত হুঁশিয়ার এবং তাঁদের হিতৈষী কারও কথা পিজারো কি আলমাগরো কি মোরালেস কেউই মনে করতে পারেন না।

তাজ্জবের ওপর তাজ্জব। খানিক বাদে মোরালেস-এর খোঁজে যিনি সেখানে এসে উপস্থিত হন, তাঁকে দেখে পিজারো ও মোরালেস দুজনেই একেবারে হতভম্ব।

স্বয়ং পানামার ভাইকার হার্নান্ডো দে লুকে তাঁদের খোঁজে এখানে এসেছেন। তিনিও এসেছেন এক অচেনা বন্ধুর চিঠি পেয়ে। চিঠিতে তাঁকে মোরালেস-এর বাড়িতে অতি অবশ্য সেদিন সকালে একবার দেখা করতে অনুরোধ করা হয়েছে। দেখা করলে তাঁর নিজের যাতে বিশেষ উৎসাহ হতে পারে এমন একটি ব্যাপারের কথা তিনি জানতে পারবেন। অত্যন্ত দুঃসাধ্য ও দুঃসাহসিক একটি উদ্যোগ হয়তো তাঁরই সাহায্যে সার্থক হয়ে উঠতে পারে।

কী সে ব্যাপার আর উদ্যোগ দে লুকে-কে জিজ্ঞাসা করে তা জানতে হয়নি।

দুটি চিঠির লেখা মিলিয়ে দেখতে গিয়ে দুটি যে এক হাতের লেখা তা বোঝা গেছে। ভাইকার দে লুকে-কে পিজারোর সঙ্গে দেখা করানোর চেষ্টার উদ্দেশ্যটাও বোঝা গেছে।

তাঁদের বিস্মিত উত্তেজিত আলোচনার মধ্যে আলামাগরো এসে পড়েছেন। তিনিও সব শুনে এ-চিঠি কে পাঠাতে পারে, ঠিক করতে পারেননি।

চিঠি যে-ই পাঠিয়ে থাক তার উদ্দেশ্য সফলই হয়েছে।

মোরালেস-এর বাড়িতে ভবিষ্যতের তিন অংশীদারের যোগাযোগ ও আলোচনার সূত্রপাত হয়েছে সেদিন থেকেই।

মোরালেস খুশি মনে সকলের জন্যে পানীয় আনবার হুকুম দিয়েছেন।

পানীয় এনে যে সসম্ভ্রমে সকলকে পরিবেশন করেছে তার দিকে কে আর নজর দিয়েছে?

নজর এক-আধবার পড়লেও তাকে ঘনরাম বলে চিনবে কে? যে অচেনা হিতৈষীর চিঠি তাঁদের এইভাবে একত্র করেছে তা যে তাঁদের সামনে যথাবিহিত মাথা নুইয়ে দাঁড়ানো একজন ক্রীতদাসের লেখা, তাঁরা আর কী করে কল্পনা করবেন!"

"ক্রীতদাস! ঘনরাম দাস ক্রীতদাস!" এবার শ্রীঘনশ্যামকে বাধা দিয়ে মস্তক যাঁর মর্মরের মতো মসৃণ সেই শিবপদবাবুই তীক্ষ্ণ স্বরে তাঁর সংশয় প্রকাশ করেছেন, "তা

কী করে হয়?”

“হ্যাঁ”, মেদভারে হস্তীর মতো বিপুল সদাপ্রসন্ন ভবতারণবাবুও তাঁকে সমর্থন করে বলেছেন, “সেই সেনোরা আনা মজা করে ষড়যন্ত্রের মতলব নিয়ে আসার পর কোথায় কী যে হল কিছুই তো জানতে পারলাম না। সেনোরা আনা কীসের ষড়যন্ত্রের কথা বলেছিল, তাতে হলই বা কী, কী এমন ভাগ্যের কারসাজিতে কীভাবে ঘনরাম আবার সেই ক্রীতদাস হয়ে পানামার মতো জায়গায় এসে ছিটকে পড়ল কিছুই তো জানতে পারলাম না।”

“পারবেন। সবই জানতে পারবেন।” দাসমশাই উদারভাবে আশ্বাস দিলেন, “কিন্তু তার জন্যে ধৈর্য ধরে একটু অপেক্ষা করতে হবে, অপেক্ষা করতে হবে সূর্য কাঁদলে সোনা-র দেশের গৌরবের মধ্যাহ্নে হঠাৎ অবিশ্বাস্য কালরাত্রি যখন নেমে আসে তখন অনাঘ্রাতা স্বর্গীয় কুসুমের মতো রহস্য-মাধুর্য-মণ্ডিত সূর্য-সমর্পিতা এক অসূর্যম্পশ্যা রাজকুমারীর আশ্চর্য উদ্ধারের পর থেকে নারীমাংস লোলুপ নরপশুদের শাস্তি দিতে দুগ্ধ-ধবল তুরঙ্গবাহনে দেবাদিদেব ভীরাকোচারই যেন অলৌকিক আবির্ভাব পর্যন্ত শুধু নয়, ঘনরামের জীবনের হিংস্র পরম শনি মার্কুইস গঞ্জালেস দে সোলিস-এর কুজকো শহরে বিচিত্র প্রেত-দর্শনের অভিজ্ঞতা থেকে পানামা যোজকের পূর্ব উপকূলে নোম্‌ব্রে দে দিয়স বন্দরের অন্ধকার সমুদ্রে সেই অভাবিত চরম নাটকীয় হিসাবনিকাশ অবধি।”

এর পর কারও মুখে কিছুক্ষণ আর কোনও কথা নেই। মর্মর-মসৃণ শিরোদেশের শিবপদবাবু পর্যন্ত তাঁর ঘূর্ণায়মান মাথাটাকে স্থির করবার চেষ্টা করেছেন। কুম্ভের মতো উদরদেশ যাঁর স্ফীত সেই ভোজনবিলাসী রামশরণবাবু তো আগেই হাল ছেড়ে দিয়ে আত্মসমর্পণ করে বললেন, “না মশাই, আমি ধৈর্য ধরে থাকতেই প্রস্তুত। এক চক্কর যা ঠেলা পেয়েছি তাতেই মাথাটার মধ্যে একটা ঘূর্ণি চলছে। এর ওপর আর এক পাক দিলে একেবারে কাত হয়ে পড়ব।”

শিবপদবাবু সামান্য একটু প্রতিবাদের চেষ্টা করলেন তবু। বললেন, “এত যে লম্বা ফিরিস্তি দিয়ে গেলেন উনি, তা মনে করে কেউ রাখতে পারে!”

“মনে রাখবার আপনার খুব প্রয়োজন আছে কি!” হেসে বললেন দাসমশাই, “আমিই তো আছি তার জন্যে। যথাসময়ে সবই ঠিক মনে করিয়ে দেব। আর তাতে যদি শান্তি না পান, একটা খাতা-পেন্সিল নিয়ে আসবেন টুকে রাখার জন্যে।”

খোঁচাটা হয়তো ইচ্ছে করে দেওয়া নয়। কিন্তু শিবপদবাবু একটু পালটা খোঁচাই দিলেন, “টুকে রাখব? কেন আমাদের কি পরীক্ষা দিতে হবে নাকি!”

“না, দিতে হবে কেন, তার বদলে নিতেও তো পারেন!” একটু হেসেই বললেন দাসমশাই, “ঘনরাম দাসকে একটু বেকায়দায় যদি চেপে ধরতে পারেন তাই বা মন্দ কী? সোরাবিয়া থেকে মার্কুইস দে সোলিস, এমনকী স্বয়ং পিজারো পর্যন্ত, সেই চেষ্টাই করেছিল। কিন্তু সে পরের কথা। আপাতত তাঁকে মোরালেস-এর বাড়িতে ক্রীতদাস হিসেবে দেখেই আমাদের উঠতে হয়।”

শ্রীঘনশ্যাম দাস আসর ভেঙে উঠলেন। তাঁর সঙ্গে আর সবাই।

রাত বেশ হয়েছে। সরোবরের তীরে তীরে মশলামুড়ির মাহাত্ম্য আর তেমন ঘন-ঘন ঘোষিত হচ্ছে না। আইসক্রিম ফেরিওয়ালারাও অদৃশ্য।

আমাদের পরিচিত সরোবর-সভা ভাঙবার পরই একটা ঝিঁঝি হঠাৎ একটানা তীব্র ঘর্ষণ ধ্বনিতে সকলকে চমকে দিলে।

এতক্ষণ দাসমশাই-এর জন্যেই সে যেন সাড়া দিতে সাহস করেনি।

পাঁচ

"১৫২১-এ যোজকের নতুন সরিয়ে-আনা রাজধানী পানামায় পিজারো আর আলমাগরো বন্ধু মোরালেস-এর বাড়িতে ঘনরামকে ক্রীতদাস হয়ে থাকতে আমরা দেখেছি", পরের দিন সরোবরের সান্ধ্যসভায় শুরু করলেন শ্রীঘনশ্যাম দাস, "আর সূর্য কাঁদলে সোনা-র দেশের সন্ধানে যাবার জন্যে যারা ব্যাকুল তাদের একত্র মিলিয়ে পাথেয় সংগ্রহের উপযুক্ত ভূমিকা তৈরি করার ব্যাপারে তাঁর নেপথ্য হাত যে আছে তা অনুমান করা আমাদের ভুল হয়নি।

পিজারো আর আলমাগরোর স্বপ্ন সার্থক হবার সম্ভাবনা সত্যিই ক্রমশ উজ্জ্বল হয়ে উঠেছে। কিন্তু তাঁরা নিজেরাই বিস্মিত হয়েছেন অপ্রত্যাশিতভাবে নানাদিক থেকে ভাগ্য তাঁদের ওপর অনুকূল হয়ে ওঠায়।

ভাইকার হার্নান্ডো দে লুকে তাঁদের দুই বন্ধুর প্রস্তাব শুনে সে বিষয়ে কিছু করা সম্ভব কি না চেষ্টা করে দেখবেন বলে আশ্বাস দিয়ে গেছলেন। কিন্তু তাঁর দিক থেকে কয়েক মাস কোনও সাড়াই পাওয়া যায়নি।

আসলে ভাইকার দে লুকে খুব প্রাণ খুলে কোনও আশ্বাস তাদের দেননি। এ-অভিযানের পরিকল্পনা যা শুনেছেন, তাতে তেমন কিছু উৎসাহবোধ করার বদলে তিনি তার সাফল্য সম্বন্ধে সন্দিহানই হয়েছেন। পিজারো আর আলমাগরোর এ-রকম অভিযান চালাবার যোগ্যতা সম্বন্ধে সংশয় জেগেছে তাঁর মনে। যত উৎসাহীই হোক, দু-জন প্রায়-বুড়ো, সম্পূর্ণ নিরক্ষর বাউণ্ডুলে ছাড়া তো তারা কিছু নয়। তা ছাড়া আরও একটা কথা ভাবতে হয়েছে দে লুকেকে। নতুন মহাদেশ আবিষ্কৃত হবার পর থেকে আশাতীত অনেক কিছুর সন্ধান মিলেছে সত্যিই, কিন্তু কল্পনারঙিন কিংবদন্তি যে আশা জাগিয়েছে, তার একশোটার মধ্যে একটাও পূর্ণ হয়েছে কি না সন্দেহ। বেশিরভাগ ক্ষেত্রে লুব্ধ করে টেনে এনে মরীচিকার মতোই আশ্চর্য সব দেশের ঘোষিত ঐশ্বর্যের সমারোহ হাওয়ায় মিলিয়ে গেছে।

দুঃসাহসী বেপরোয়া ভাগ্যান্বেষীরা না হোক, তাদের অভিযানের খরচ যারা জোগায় ভবিষ্যৎ লাভের আশায়, সেই মহাজনেরা অন্তত একটু সাবধান হয়ে হাত গুটিয়ে নিয়েছে তাই।

এ মহাজনির কারবারে লাভ হলে অঢেল হয় বটে, কিন্তু লোকসানের ঝক্কিও দারুণ। প্রথমত, অভিযান সফল হলেও কতদিনে হবে তার কোনও ঠিকই নেই। এক দু বছর নয়, পাঁচ দশ বছরেও লাভ দূরের কথা, যাদের ভরসায় টাকা খাটানো,

তাদের মুখই হয়তো দেখতে পাওয়া যাবে না। বেঁচেবর্তেই তারা না থাকতে পারে। তখন যা-কিছু তাদের জন্যে ঢালা হয়েছে, সবই জলাঞ্জলি। তাদের আরম্ভ করা অভিযান হয়তো সফল হবে, কিন্তু ভিন্ন লোকের হাতে। তারা আমলই দেবে না আর কারও সঙ্গে আগেকার কোনও চুক্তিকে।

ফল হাতে পেয়ে গাছ পোঁতার দাবিদারকে তারা মানবে কেন?

এত ঝক্কি সত্ত্বেও কল্পনার সোনার আশায় সত্যিকার সোনা প্রায় বিলিয়ে দেবার মতো মহাজন তখন দু-চারজন ছিল। তা না থাকলে নতুন মহাদেশের রহস্য-যবনিকা দিকে দিকে কতদিনে গুটিয়ে তোলা হত কে জানে! অন্তত আবিষ্কৃত হবার মাত্র ত্রিশ বছরের মধ্যে সেই পালতোলা জাহাজের যুগে এই বিরাট অজানা মহাদেশের উত্তরের লাব্রাডর থেকে দক্ষিণের শেষ বিন্দু টেরা ডেল ফুয়েগো পর্যন্ত উদ্ঘাটিত হয়ে ১৫২১-এ স্পেনের পতাকা বয়ে পোর্তুগিজ নাবিক ম্যাগেলান-এর পক্ষে পশ্চিম সমুদ্রে যাবার সেই পরমবাঞ্ছিত প্রণালী খুঁজে পাওয়া সম্ভব হত না।

তেমনই এক মহাজন একদিন হঠাৎ দে লুকের কাছে নিজে থেকে এসেছেন। কী আলাপ তাঁদের মধ্যে হয়েছে তা বলা যায় না, কিন্তু পিজারো আর আলমাগরো নিবিড় অন্ধকারে হঠাৎ আলোর রেখা দেখতে পেয়েছেন।

দে লুকে তাঁদের অভিযানের বিস্তারিত পরিকল্পনা ছকে দেখাতে বলেছেন।

'খরচা কি তাহলে সত্যিই পাওয়া যাবে? দেবেন দে লুকে সে টাকা?' ব্যাকুলভাবে জিজ্ঞাসা করেছেন পিজারো আর আলমাগরো।

'হ্যাঁ, পরিকল্পনা বিচার করে তারপর টাকার ব্যবস্থাটা হতেও পারে।' ভাসা ভাসা ভাবে বলেছেন দে লুকে, স্পষ্ট কোনও আশ্বাস দেননি।

দেবেন কোথা থেকে! আশ্বাস দেবার আসল মালিক তো তিনি নন। তবে পরিকল্পনাটা সত্যিই খোলা মন নিয়ে তিনি বিচার করে দেখবেন। তাঁর সে বুদ্ধি-বিচক্ষণতা আর সাধুতার সুনাম ইতিমধ্যেই পানামায় অনেকের কাছে পৌঁছেছে।

কিন্তু বিচার করে দেখবেন কার হয়ে? নেপথ্য থেকে সত্যিকার চাবিকাঠি নাড়বার এই মানুষটি কে?

ইচ্ছে করেই যিনি নিজেকে নেপথ্যে আড়াল করে রাখেন তিনি কি নিজে থেকেই এই ব্যাপারে হঠাৎ আকৃষ্ট হয়ে বিস্তারিত সন্ধানের উদ্যোগ করলেন?

তা যদি না হয়, তাহলে তাঁর গোপন পরিচয় খুঁজে বার করে কে তাঁর কৌতূহল এইটুকু পর্যন্ত উসকে দিল? দিলই বা কী ভাবে!

তা জানবার উপায় নেই। তবে মানুষটির নাম ইতিহাসের অগোচরেই থেকে যায়নি। ঐতিহাসিকেরা তাঁকেও স্মরণীয় করে রেখেছেন। নাম তাঁর গ্যাসপার দে এসপিনোসা। শুধু নেপথ্য থেকে অভিযানের খরচাই তিনি জোগাননি, একদিন সূর্য কাঁদলে সোনা-র দেশে তাঁকে সশরীরে উপস্থিত থাকতেও দেখা গেছে। কিন্তু সে ঘটনা তখন ভবিষ্যতের অন্ধকার গর্ভে বিলীন।

পিজারো আর আলমাগরো তখন তাঁদের পরিকল্পনাটা ছকে ফেলেছেন। কিন্তু দু-জনেই তো সমান পণ্ডিত! মুখে মুখে ছকলেই তো হবে না, তা কাগজে কলমে

তোলা চাই।

সেই কাজটা মোরালেস-এর বাড়িতেই হয়েছে। সন্ধে সকাল দুবেলা তিন বন্ধুর বৈঠক বসেছে, সব কিছু ভেবেচিন্তে স্থির করে লিখে ফেলবার জন্যে। আলোচনা করেছেন সবাই আর লেখার কাজটা করেছেন মোরালেস।

নিজে প্রত্যেক দিনের লেখা পরের দিন পড়িয়ে শুনিয়েছেন মোরালেস, দরকার মতো নতুন কিছু সংশোধন করার জন্যে।

নিজের লেখা পড়তে গিয়েই কিন্তু অবাক হয়েছেন এক-একদিন! সম্ভব হলে অভিযান কোন সময় নাগাদ শুরু করবেন আগের দিন আলোচনা করে তা লেখা হয়েছিল বলেই সকলের ধারণা। নভেম্বর মাসই উপযুক্ত সময় বলে তাঁরা ঠিক করেছিলেন। কিন্তু পড়তে গিয়ে নভেম্বর মাসটা কাটা দেখে প্রথমটা বেশ একটু ধোঁকাই লেগেছে। লেখাটা কখন কাটলেন মনে করতে পারেননি। তেমন কিছু গুরুত্ব অবশ্য এ ব্যাপারে সেদিন দেননি। নিজেই ভুলে কখন কেটেছেন এখন মনে নেই, এইরকমই ধরে নিয়েছেন।

পরের বার কিন্তু বেশ একটু হতভম্বই হয়েছেন নিজের লেখা পড়তে গিয়ে। এ দেশের আদিম অধিবাসীদের কাছে আবছা যে সব বিবরণ এ পর্যন্ত সংগৃহীত হয়েছে তার অধিকাংশতেই পানামার যোজক ছাড়িয়ে দক্ষিণ-মুখে পুয়ের্তো দে পিনাস-এর পর কিছুটা অগ্রসর হলে বীরু নামে একটি নদী পাবার কথা জানানো আছে।

এই বীরু নদীর নাগাল পেলেই তাঁদের সন্ধান সহজ হয়ে যাবে বলে তিন বন্ধুই মনে করেছেন। মোরালেস কাগজে লিখেছিলেনও তাই।

লিখেছিলেন, 'বীরু নদী আমাদের লক্ষ্য! তার স্রোত বেয়েই রহস্য-রাজ্যের সন্ধান আমরা পাব।'

পড়তে গিয়ে দেখেন, দ্বিতীয় সেনটেন্স-এর আগে 'হয়তো' শব্দটা বসানো। হাতের লেখাটা হুবহু যেন তাঁরই, কিন্তু এ কথা লিখেছেন বলে স্মরণ করতেই পারেন না।

ওই একটা শব্দে সমস্ত বাক্যটার অর্থ একেবারে বদলে গেছে। সেটা দাঁড়িয়েছে, 'বীরু নদী আমাদের লক্ষ্য। হয়তো তার স্রোত বেয়েই রহস্য-রাজ্যের সন্ধান আমরা পাব।'

এ 'হয়তো' শব্দ বসিয়ে তাঁদের বিশ্বাসকে এমন দুর্বল করে দেখানো তো তাঁদের পক্ষে অসম্ভব! ভুলেও মোরালেস তা করতে পারেন না।

তাহলে আর কেউ কি তাঁর এ লেখার ওপর কলম চালাচ্ছে!

কিন্তু কে তা চালাতে পারে, আর চালাবেই বা কেন?

মোরালেস বয়সে পিজারো আর আলমাগরোর প্রায় সমান হলেও নানা রোগে ভুগে বড় বেশি ভেঙে পড়ে অথর্ব হয়ে গেছেন। তা না হলে পিজারোর অভিযানের শুধু পরিকল্পনা করেই তিনি ক্ষান্ত থাকতেন না।

ভাঙা শরীর নিয়েও মোরালেস কিন্তু স্পেনে ফিরে যাননি। শরীর অক্ষম হলেও অজানা মহাদেশের মোহে তাঁর মন এখনও আচ্ছন্ন। সেই দেশে উত্তেজনার উৎস-মুখেই তিনি জীবনটা কাটিয়ে যেতে চান।

প্রায় একলাই তিনি পানামায় একটি বাসা নিয়ে থাকেন। পানামার দপ্তরখানায় তাঁর এক দূরসম্পর্কের ভাইপো কাজ করে। সে মাঝে মাঝে কাকার সঙ্গে দেখা করে যায় মাত্র। তাঁকে দেখাশোনা আর তাঁর ফাইফরমাশ খাটার কাজ এক ক্রীতদাসই করে।

অসম্ভব হলেও, তাঁর সেই ভাইপো পেড্রো কোনও সময়ে এসে তাঁকে না পেয়ে কাগজগুলোর ওপর কলমবাজি করেছে, এইটুকু মাত্র ভাবা যেতে পারে।

পেড্রো এসেছিল কিনা জানবার জন্যে তাই তিনি ক্রীতদাসকে ডাক দেন।

একবার দুবার তিনবার ডাকেও তার কিন্তু সাড়া পাওয়া যায় না।

'গানাদো' বলে বেশ উদ্বিগ্ন হয়ে আর একবার ডেকে মোরালেস উঠে পড়েন।

না, মোরালেস-এর ক্রীতদাস গানাদোর কোনও পাত্তা পাওয়া যায় না। বাড়িতে সে নেই। একদিন খোঁজ-খবরের পর জানা যায়, পানামা থেকেই সে উধাও।

হঠাৎ লোকটা গেল কোথায়? কোন স্পর্ধায় সে যায়!

পিজারো বন্ধুকে ক্রীতদাসের পালানোটা সরকারি দপ্তরে জানিয়ে রাখতে বলেন, ধরতে পারলে যাতে ঠাণ্ডা করে দেয় মার দিয়ে।

মোরালেস হেসে বলেন, 'কী জানাব দপ্তরে? ও কি আমার সত্যিকার নিজের কেনা ক্রীতদাস! তোমরা হয়তো খেয়াল করোনি, মাত্র বছর দুয়েক লোকটি আমার কাছে কাজ করছে। আমার আগের ক্রীতদাস মারা যাবার পর লোক খুঁজছিলাম। হঠাৎ একদিন নিজে থেকেই এসে জানালে সে ক্রীতদাস। কিউবা থেকে পালিয়ে এসেছে গোরু-ভেড়ার জাহাজে লুকিয়ে। নামও বললে গানাদো। জানালে আমার কাছে গোলাম হয়ে থাকতে চায়। পালিয়ে-আসা ক্রীতদাস নতুন মহাদেশে অগুনতি আছে। নিজে থেকে তার সে কথা স্বীকার করাতেই অবাক হলাম। কেউ তা করে বলে আমার জানা নেই। কিউবায় গোলামদের ওপর অধিকাংশ মনিবের বাড়িতে অকথ্য অত্যাচার হয় আমি জানি। লোকটাকে দেখে পছন্দ হওয়ায় তাই এক কথায় নিয়ে নিলাম। সে জন্যে আফশোশ হয়নি কখনও। একদিনের জন্যে তার এতটুকু গাফিলি কি বেচাল দেখিনি। আজ যদি নিজের খুশিতেই চলে গিয়ে থাকে আমার নালিশ করবার কিছু নেই।'

মোরালেস নালিশ করেননি কোথাও। কিন্তু তাঁর অত গুণের ক্রীতদাসের হঠাৎ তাঁকে ছেড়ে যাওয়ার কোনও কারণও খুঁজে পাননি। তাঁর কাছে কোনও রকম দুর্ব্যবহার সে তো পায়নি। লোকটির নিজস্ব একটা আত্মমর্যাদাবোধই ছিল। তাকে কোনও বিষয়ে সামান্য একটু ভর্ৎসনাও করবার প্রয়োজন কখনও হয়নি। অতিরিক্ত পরিশ্রমও তাকে দিয়ে কখনও করিয়েছেন এমন নয়। নামে ক্রীতদাস হলেও বাড়ির লোকের মতোই তাকে দেখেছেন। তার এভাবে চলে যাওয়া সত্যিই একেবারে দুর্বোধ্য। যা আগে ভাবতে পারেননি সেরকম কোনও রহস্য লোকটির মধ্যে ছিল বলে মোরালেস-এর এতদিনে ক্ষীণ একটা সন্দেহ জাগে।

ঘনরামের হঠাৎ চলে যাওয়ার কারণ খুঁজে পাওয়া সত্যিই একটু কঠিন। মোরালেস-এর বাড়ির বৈঠকে লেখা পরিকল্পনা গোপনে সংশোধন করে তা ধরা পড়বার ভয়েই কি ঘনরামকে পালাতে হয়?

কারণটা খুব বিশ্বাসযোগ্য মনে হয় না এই জন্যে যে তাঁকে মোরালেস বা আর কেউ ঘুণাক্ষরেও সন্দেহ করেননি। ধরা পড়বার অত ভয় থাকলে ওরকম কাজ তিনি করতে যেতেন কি?

নেহাত অহেতুক খেয়াল যদি না হয় তাহলে পানামা শহরে সম্মানিত এক অতিথি দম্পতির আসার সঙ্গে ঘনরামের নিরুদ্দেশ হওয়ার কোনও সম্পর্ক থাকা কি সম্ভব?

পানামায় গভর্নরের অতিথি হয়ে সত্যিই তখন কিছুদিনের জন্যে কেওকেটাদের একজন সস্ত্রীক এসেছেন বটে।

কিন্তু মার্কুইস গঞ্জালেস দে সোলিস আর তাঁর স্ত্রী যে মহলের লোক মোরালেস কি তাঁর বন্ধুরা সেখানে কল্কেই পান না। মোরালেস-এর ক্রীতদাসে সঙ্গে ওই রাজাগজাদের কী সম্পর্ক থাকতে পারে?

সম্পর্ক কিছু না থাকুক গভর্নরের সাদা ঘোড়ার জুড়িগাড়িতে পানামার বাজারে রাস্তা দিয়ে যেতে যেতে একদিন সকালে মার্শনেস-কে হঠাৎ চমকে উঠতে দেখা গেছে।

'কী হল?' স্ত্রীর অকারণ চমকটা লক্ষ করে জিজ্ঞাসা করেছেন মার্কুইস গঞ্জালেস দে সোলিস।

'কিছু নয়' বলে মার্শনেস কথাটা চাপা দিয়েছেন। মুখে আর কিছু না বললেও মার্কুইস কিন্তু স্ত্রীর কৈফিয়তে সন্তুষ্ট হননি। দিন-তিনেক বাদে একদিন সকালে মার্শনেসকে কী খেয়ালে, অনেক আগেই বেড়াতে বেরিয়ে পড়তে দেখা গেছে গাড়ি ডাকিয়ে।

গভর্নরের রাজকীয় অতিথিশালায় স্বামী ও স্ত্রীর ঘর পাশাপাশি। মার্কুইস যথাসময়ে তৈরি হয়ে স্ত্রীর ঘরে এসে কাউকে দেখতে পাননি। মার্শনেস-এর পরিচারিকার কাছে খোঁজ নিয়ে স্ত্রীর অনেক আগে একা বেরিয়ে যাওয়ার খবর জানতে পেরেছেন।

মার্শনেস কি কিছু বলে গেছেন?

হ্যাঁ, পানামা বন্দরের দিকটা দেখতে যাচ্ছেন এ কথা জানাতে বলে গিয়েছেন। মার্কুইস-এর তো এই ছেলেখেলার বন্দর দেখবার কোন আগ্রহ নেই। তাই তাঁকে ডেকে বিরক্ত না করে মার্শনেস একাই গেছেন।

কেউ দেখলে মার্কুইস বিরক্ত না হয়ে খুশিই হয়েছেন মনে করত তাঁর মুখের হাসি দেখে। হাসিটা শুধু সামান্য একটু বাঁকা।

সম্মানিত অতিথিযুগলের জন্যে বরাদ্দ করে রাখা পানামার হর্তাকর্তা ডন পেড্রো আরিয়াস দে আভিলা ওরফে পেড্রারিয়াস-এর দুধের মতো সাদা ঘোড়ার জুড়ি গাড়িটাকে পানামো বন্দরের দিকে যেতে সেদিন সকালে সত্যিই দেখা গেছে। গাড়িতে মার্শনেসই শুধু নেই।

একলা ঘোড়ায় চেপে বেরিয়ে মার্কুইস গঞ্জালেস দে সোলিস শহর থেকে বন্দরে যাবার নির্জন পথেই মার্শনেসকে সেদিন দেখতে পেয়ে যেন চমকে গেছেন।

'সে কী! তুমি এখানে দাঁড়িয়ে। তুমি গাড়ি নিয়ে বন্দর দেখতে গেছ শুনলাম!'

'হ্যাঁ, তাই যাব ভেবেছিলাম।' সুন্দরী মার্শনেস বিন্দুমাত্র অপ্রতিভ না হয়ে বলেছেন, 'হঠাৎ এই নির্জন জায়গাটায় নেমে একটু হাঁটতে ইচ্ছে হল।'

'হ্যাঁ, চমৎকার জায়গা। নামতে ইচ্ছে হবার মতো!' মার্কুইস স্বীকার করেছেন, 'এদিকে জলাটার একটু পচা দুর্গন্ধ আর কাঁচা রাস্তাটা একটু এবড়ো-খেবড়ো, কিন্তু প্রাকৃতিক সৌন্দর্যের জন্যে ওরকম একটু-আধটু খুঁত অনায়াসে সহ্য করা যায়। আর নিজে না যাও, গাড়িটাকে পাঠিয়ে খুব ভালো করেছ। ঘোড়াগুলো বন্দর ঘুরে তো আসবে! ওই যে ফিরছে দেখছি।'

গাড়িটা ফিরে এসে কাছে দাঁড়ালে সহিস এসে দরজা খোলার পর ঘোড়া থেকে লাফ দিয়ে নেমে নিখুঁত আদবকায়দায় স্ত্রীকে হাত ধরে ভেতরে বসিয়ে দিয়ে আবার ঘোড়ায় চেপে গাড়ির পাশাপাশি যেতে যেতে যেন তুচ্ছ অবান্তর একটা কথা জানিয়েছেন মার্কুইস।

বলেছেন, 'তুমি অত সকাল সকাল বেরিয়ে গেছ দেখে আমিও একটা কাজ সেরে ফেললাম ওই অবসরে।'

যে প্রশ্নটা এবার আসা উচিত তার জন্যে সামান্য কয়েক মুহূর্ত সময় দিয়েছেন মার্কুইস গঞ্জালেস দে সোলিস।

মার্শনেস সে প্রশ্ন করেননি। সামনের দিকে চেয়ে কীসের ভাবনায় যেন তিনি অন্যমনস্ক।

মার্কুইস নিজে থেকেই আবার নির্লিপ্ত তাচ্ছিল্যের সঙ্গে বলেছেন, 'দপ্তরে গিয়ে পালিয়ে-আসা গোলামটাকে রাস্তায় যেন দেখেছি মনে হওয়ার কথা জানিয়ে এলাম। পরিচয়, চেহারার বর্ণনা দিয়ে নামটা যেন দাস ছিল তাও বলে এসেছি। গভর্নরের অতিথির মানে রাখতে কোথায় কার কাছে গোলামটা আছে ওরা ঠিক খুঁজে বার করবে। গোলামদের সব খবর লেখা একটা পাকা খাতাই ওদের আছে।'

মার্শনেসকে আগের মতোই অন্যমনস্ক মনে হয়েছে। মুখটা একটু ফেরাননি, এমনকী একটা শব্দও তাঁর মুখে শোনা যায়নি।

গাড়িটা শুধু একটা গর্তের মধ্যে পড়েই বোধহয় একটু লাফিয়ে উঠেছে। মার্শনেস কেঁপে উঠেছেন নিশ্চয় তাতেই।

ঘনরাম দাসকে গভর্নরের মাননীয় অতিথি মার্কুইস গঞ্জালেস দে সোলিস-এর মতো লোকের পানামার পুলিসকে দিয়ে খোঁজাবার এত গরজ কীসের?

গভর্নরের অতিথির সম্মান রাখতে পুলিশ চেষ্টার ত্রুটি অবশ্য করেনি, কিন্তু মার্কুইস-এর বর্ণনার সঙ্গে মেলে এমন কারও সন্ধান পায়নি। তাদের পাকা খাতাতেও নামটা না থাক, ওরকম কোনও ক্রীতদাসের বিবরণ নেই। থাকার কথাও নয়, কারণ ঘনরাম মোরালেস-এর কাছে নিজে থেকে এসে যখন কাজ নিয়েছেন, মোরালেস পলাতক বলেই তার খবর দপ্তরে জানাননি। ঘনরাম নিরুদ্দেশ হবার পরও আগেকার মতোই নীরব থেকেছেন। সুতরাং নেহাত সামনাসামনি কেউ ধরিয়ে না দিলে পুলিসের পক্ষে ঘনরামের পাত্তা পাওয়া অসম্ভব।

হাতে হাতে কেউ ধরিয়ে দেবে এই ভয়েই কি ঘনরামকে একবেলার মধ্যে পানামা

থেকে অমন নিরুদ্দেশ হতে হয়?

সামনাসামনি যে তাঁকে চিনে নির্জন একটি রাস্তায় দাঁড় করায় সে অবশ্য পুলিসকে জানাবার ভয়ই দেখিয়েছিল।

বলেছিল, 'নিয়তিকে এড়িয়ে পালানো যায় না, বুঝেছ? আমার চোখকেও ফাঁকি দিতে পারবে না। বলো এখন কী করব? পুলিশকে এখনই সব জানানো আমার উচিত নয় কি?'

পুলিসের কছে ধরা পড়বার ভয় ঘনরামের জবাবে তখন খুব প্রকাশ কিছু পায়নি।

গোলামের পক্ষে অত্যন্ত অশোভনভাবে সোজা মার্শনেস-এর মুখের দিকে তাকিয়ে তিনি বলেছিলেন, 'উচিত কাজ করতে কবে আপনি পেছপাও হয়েছেন, মার্শনেস!'

'মার্শনেস! আপনি!'—হেসে উঠেছিল মার্শনেস।

'মার্শনেস বলেই তো আরও আপনি। তা ছাড়া তুমি বলার ঘনিষ্ঠতা কোনওদিন আপনার সঙ্গে ছিল বলে তো মনে করতে পারছি না।'—ঘনরামের মুখের হাসির দরুনই কথাটা তেমন তিক্ত মনে হয়নি।

'চার হাজার মাইল দূরে চার মিনিটের দেখায় এসব কথা কাটাকাটির সময় নেই দাস।' হঠাৎ গম্ভীর হয়ে তীব্র স্বরে বলেছিল মার্শনেস, 'ভাগ্য যখন তোমায় আবার আমার হাতের মুঠোয় এনে দিয়েছে তখন আর আমি তোমায় ছাড়ব না এটুকু জেনে রাখো। অপরাধের জন্যে মাপ চেয়ে কান্নাকাটি করার মেয়ে আমি নই। আমার জন্যে তোমার যদি অশেষ দুর্গতি হয়ে থাকে তোমার জন্যেও আমি তার চেয়ে কম দুঃখ পাইনি।'

একটু থেমে ঘনরামের চোখের দৃষ্টিটা লক্ষ করে আরও যেন জ্বলে উঠে মার্শনেস বলেছিল, 'এই ঐশ্বর্য এই বিলাস এই নাম এই সম্মান সৌভাগ্য এই যদি আমার সুখ বলে মনে করতাম তাহলে একটা ক্রীতদাসের সঙ্গে গোপনে কথা বলবার জন্যে—যা আমার নেই সেই লজ্জার কথা বলছি না—অপরের মানসম্মান, নিজের অহংকার সব বিসর্জন দিয়ে এখানে ভিখিরির মতো দাঁড়িয়ে থাকতাম না। শোনো, দাস, তোমাকে আমার চাই। তুমি আমার জন্যে যা সয়েছ তার চেয়ে অনেক বেশি আমি সহ্য করতে প্রস্তুত। এ নতুন মহাদেশ বিরাট, বিশাল, সম্পূর্ণ অজানা। এখানে যদি আমরা স্বেচ্ছায় হারিয়ে যেতে চাই তাহলে সমুদ্রের বালির চড়ায় দুটো চিনির দানার মতো কেউ আমাদের খুঁজে পাবে না কোনদিনও। আমরা হারিয়েই যাব সেই রকম। আজই সন্ধ্যায় তুমি তৈরি হয়ে আসবে। এখানে নয়।

বন্দরে যাবার নাম করে গাড়িটা সেখানে পাঠিয়ে তোমার জন্যে আমি এখানে নেমে দাঁড়িয়ে আছি। এখান দিয়ে বাজার থেকে তুমি ফেরো লক্ষ করেছি দু-দিন। আজ তোমার বাজারে যাবার আগেই তাই আরও ভোরে এসে অপেক্ষা করেছি এই ক-টা কথা বলব বলে। ভাল করে কথাগুলো শুনে নাও।

বন্দর থেকে নিকারাগুয়ার নতুন উপনিবেশে কাল ভোরে একটা ব্রিগানটাইন যাচ্ছে। গভর্নরের গাড়ির কোচোয়ানকে বকশিশ দিয়ে যেন আমাদের একজন

অনুচরকে সস্ত্রীক সে জাহাজে পাঠাবার ব্যবস্থা ভাড়া দিয়ে করিয়ে রেখেছি। নিকারাগুয়া থেকে কোস্টারিকা কি ভেরাগুয়া যেখানে খুশি আমরা গিয়ে বাসা বাঁধতে পারব। কেউ আমাদের বাধা দিতে পারবে না।

আজ দুপুরে মার্কুইস গভর্নরের সঙ্গে শিকারে যাচ্ছে। আমার ওপর এর মধ্যেই তার সন্দেহ হয়েছে, কিন্তু সন্দেহ যতই হোক, আমার সব কিছু বিসর্জন দিয়ে এ অকূলে ঝাঁপ দেওয়ার কথা তার মতো মানুষ ভাবতেই পারবে না। তাই আজ সটান আমাদের অতিথিশালায় তুমি আসবে সন্ধ্যার পর। তোমার আসার সব ব্যবস্থা আমি করে রাখব। যাও, আর এখানে দাঁড়িয়ে কথা বলতে সাহস হয় না। শুধু কথা দিয়ে যাও, সন্ধ্যায় তুমি আসবে!'

ঘনরামের চোখের দৃষ্টি কেমন অতল হয়ে উঠেছিল। শান্ত গম্ভীর স্বরে বলেছিলেন, 'এতবড় সৌভাগ্য আমি পায়ে ঠেলতে পারি!'

'তাহলে এখনই গিয়ে তৈরি হও।' গাঢ় স্বরে বলেছিল মার্শনেস, 'সারাজীবনের পাওয়ার আশা না থাকলে এতদিন বাদে এইটুকু পেয়ে নিজেই তোমায় ঠেলে সরিয়ে দিতে পারতাম না।'

আর কিছু না বলে ঘনরাম বাজারের দিকেই চলে গিয়েছিলেন।

মার্কুইস গঞ্জালেস দে সোলিস কিছুক্ষণ বাদে ঘোড়ায় চেপে এসে স্ত্রীকে এইখানেই পেয়ে কী বলেছিলেন আমরা জানি।

মার্কুইস আর যাই বুঝে ফেলে থাকুন, মার্শনেস যে বাজারে এক কসাই-এর দোকানে চকিতে একবার ঘনরামকে দেখবার পর থেকে তার গতিবিধির অতখানি খবর নিয়ে তার সঙ্গে সত্যি সত্যিই দেখা করতে সাহস করেছে আর দেখা হওয়ার আগেই অত বড় একটা দুঃসাহসিক ফন্দি সফল করবার নিখুঁত ব্যবস্থা করে ফেলেছে, এতখানি কল্পনা করতেও পারেননি।

নিশ্চিন্তভাবেই গভর্নর পেড্রারিয়াস-এর সঙ্গে নতুন মহাদেশের যা কুমির সেই কেম্যান শিকারে বেরিয়ে গেছেন।"

"তার মানে!" ঘনশ্যাম দাস একটু দম নেবার জন্য থামতেই জিজ্ঞাসা করেছেন মেদভারে বিপুল ভবতারণবাবু, "ঘনরাম ওই নিকারাগুয়ায় যাবার জাহাজে ওই মার্শনেস-এর সঙ্গেই পালিয়ে যান বলে পানামায় আর তাঁর পাত্তা পাওয়া যায় না?"

"এইটুকু আর বুঝতে পারেননি!" কুম্ভের মতো উদরদেশ যাঁর স্ফীত সেই রামশরণবাবু বিস্ময় প্রকাশ করলেন ভবতারণবাবুর সরলতায়, "ঘনরাম নিজেই কী বলেছিলেন, মনে নেই? 'এত বড় সৌভাগ্য কি আমি পায়ে ঠেলতে পারি।' "

"হ্যাঁ, ঠিক ঠিক!" রামশরণবাবুর বিচক্ষণতা স্বীকার করে ভবতারণবাবু বেশ একটু গর্বভরে বলেছেন, "আমি কিন্তু ওই ছুঁড়িটাকে বুঝে ফেলেছি!"

"ভাষা! ভাষা সামলান, ভবতারণবাবু!" শিবপদবাবু সাবধান করেছেন—"কাকে কী বলছেন! উনি মার্শনেস, সে খেয়াল আছে! মার্শনেস কি মার্কুইস-এর মর্যাদা কত ধাপ ওপরে তা জানেন কিছু? আর্ল আর ডিউকের মাঝামাঝি।"

"তার মানে পদ্মভূষণ গোছের!" সরলভাবে বলেছেন যাঁর উদরদেশ কুম্ভকে

লজ্জা দেয় সেই রামশরণবাবু, "ওই পদ্মশ্রী আর পদ্মবিভূষণের মাঝখানে।"

"না, না, ওসব শূন্যলোকের ত্রিশঙ্কু গোছের কিছু নয়।" শিবপদবাবু ব্যাখ্যা করে বোঝাবার এ সুযোগ ছাড়েননি—"তখনকার দিনে বেশ শাঁসালো না হলে ওই আর্ল, মার্কুইস, ডিউক আর মার্শনেস, ডাচেস কেউ হত না। বনেদি বড় ঘর বড় ঘরোয়ানা, অগাধ বিষয়সম্পত্তি, নিদেনপক্ষে দেশের মানে সম্রাটের জন্যে দারুণ কোনও কীর্তির জন্যেই এ সম্মান সম্রাট অনুগ্রহ করে বিতরণ করতেন। মার্কুইস গঞ্জালেস দে সোলিস এইরকম একটা মস্ত কেউ না হলে ওই বয়সে ও খেতাব পেতেন না। বয়স তো যা শুনলাম তাতে খুব বেশি মনে হচ্ছে না। তবে হ্যাঁ, পৈতৃক খেতাব হতে পারে!"

দাসমশাই নীরবে ঈষৎ হাস্যকুঞ্চিত মুখে সভাসদদের আলোচনা শুনছিলেন, এবার নিজের টীকা যোগ করে বলেছেন, "না, পৈতৃক নয়, স্বোপার্জিত খেতাব! স্বয়ং সম্রাট পঞ্চম চার্লস-এর কাছেই পাওয়া। তাও স্পেনে নয়, ইটালিতে। সম্রাট নিজের দেশ স্পেনের চেয়ে সেখানে থাকাটা বেশি পছন্দ করতেন আর একটু ফাঁক পেলেই হুট করে গিয়ে হাজির হতেন। সম্রাটের মেজাজ-মর্জি তখন একটু বেশি খুশি ছিল। পাভিয়ার যুদ্ধে তাঁর জন্মশত্রু ফ্রান্সের রাজাকে শুধু হারাননি, বন্দি পর্যন্ত করেছেন। সেই সঙ্গে জার্মানির সিংহাসনও তাঁর অধিকারে এসেছে। অনেকেরই ধারণা, সম্রাটকে এই দিলদরিয়া মেজাজে ইটালিতে গিয়ে ধরার কৌশলেই গঞ্জালেস আর্লগিরি ডিঙিয়ে একেবারে মার্কুইস হয়ে ওঠেন। শুধু যে সম্রাট নিজে খোশমেজাজে ছিলেন তা নয়, তাঁর সাঙ্গোপাঙ্গদের মধ্যে বিজ্ঞ বিচক্ষণ মন্ত্রী বা সভাসদদের কেউও ছিলেন না। হাতের কাছে উলটে দেখবার মতো দপ্তরের কাগজপত্র নেই, তার ওপর খাইয়েদাইয়ে তোয়াজ করে বশ-করা সম্রাটের খোশামুদে মোসায়েবদের সুপারিশে সম্রাট ঝোঁকের মাথায় উদার হয়ে দরাজ হাতে অতবড় খেতাবটা দিয়ে ফেলেছেন। সত্যি কথা বলতে গেলে, নতুন মহাদেশ সম্বন্ধে তখন বিশেষ কিছুই খবর তিনি রাখেন না, রাখার প্রয়োজনও বোধ করেননি।

অত হাঁকডাক সত্ত্বেও নতুন মহাদেশ থেকে যা এ পর্যন্ত পেয়েছেন, আশাটা বড় বেশি ফাঁপানো ছিল বলেই তা আহামরি কিছু নয় বলে মনে হয়েছে। কর্টেজ মেক্সিকো জয় করে যা পাঠাচ্ছেন, তাতে তবু নতুন মহাদেশের একটু যা মান বেঁচেছে। নইলে স্পেন ফ্রান্স জার্মানি আর ইতালির অধিকার নিয়ে ইউরোপই তাঁর কাছে বেশি দামি। খানিকটা খোশ মেজাজে আর কিছুটা হেলায় ছেদ্দায় অনুগ্রহটা বাড়াবাড়ি হয়ে যাচ্ছে কি না তিনি খেয়ালই করেননি। ভাবতেই পারেননি যে, একদিন তাঁর খেয়ালের ফলে কোথাকার জল কোথায় পর্যন্ত গড়াবে, আর তার কেলেঙ্কারি মুছে ফেলতে সরকারি মহাফেজখানার হাড়ে দুর্বো গজাবার অবস্থা হবে কতখানি।"

"কিন্তু—ওই কী বলে," মনের মতো সম্বোধনটা কোনওরকমে একেবারে জিভের ডগায় রুখে দিয়ে ভবতারণবাবু বলেছেন, "ওই মার্শনেস মেয়েটাকে কিছু বোঝা গেল না কিন্তু। যাই হোক, সময়মতো ঘনরামকে ঠেলে বিদেয় করে দিয়েছিল এই ভাগ্যি। নইলে ওই মার্কুইস গঞ্জালেস একবার হাতে পেলে জ্যান্ত ছাল ছাড়িয়ে নিত বলেই তো মনে হয়।"

"সত্যি জ্যান্ত ছাল ছাড়িয়ে নিতে চেয়েছিল, কিন্তু মার্কুইস নয়, আর-একজন।" বলেছেন শ্রীঘনশ্যাম দাস, "আর মার্শনেস সাবধান করে না দিলেও ধরা দেবার জন্য ঘনরাম ওখানে দাঁড়িয়ে থাকতেন না। কারণ মার্কুইস আর মার্শনেসকে এর আগেই দেখে তিনি চিনে রেখেছেন। মার্শনেস যেদিন বাজার দিয়ে গাড়ি চালিয়ে যেতে যেতে ঘনরামকে দেখেন, সেদিন অবশ্য নয়।

তখনও পর্যন্ত পানামার গভর্নরের মাননীয় অতিথি আসবার গুজব তিনি রাস্তায় বাজারে শুনেছেন মাত্র। বিদেশবিভুঁয়ে ছোট জায়গায় যেমন হয়, মার্কুইস গঞ্জালেস দে সোলিস সম্বন্ধে অতিরঞ্জিত কিছু গল্পও তখন পানামায় চাউর হয়েছে। মস্ত নাকি তিনি বীর। ফ্রান্সের রাজার সঙ্গে যুদ্ধে, না কর্টেজ-এর সঙ্গে মেক্সিকো অভিযানে অসাধারণ বীরত্ব দেখিয়ে সম্রাটকে একেবারে মুগ্ধ করে হঠাৎ এই খেতাব পেয়েছেন।

ফ্রান্সের রাজার সঙ্গে পাভিয়ার যুদ্ধের কথা ঘনরাম কিছু জানেন না, কিন্তু কর্টেজ-এর অভিযানে অতবড় কীর্তি কেউ করলে তাঁর নাম ঘনরামের অজানা থাকবার কথা নয়। গঞ্জালেস দে সোলিস বলে কাউকে তিনি স্মরণ করতে পারেননি।

মার্কুইস কোন কীর্তির জোরে এমন হাউই-এর মতো উঠেছেন ঘনরাম তা নিয়ে অবশ্য মাথা ঘামাননি। মার্কুইসের পত্নীভাগ্যও যে অসাধারণ, তাঁর স্ত্রী মার্শনেস নাকি অপরূপ সুন্দরী, এ-রটনাও উনি শুধু কান দিয়ে শুনেছেন মাত্র।

প্রথম দিন গভর্নরের সাদা জোড়াঘোড়ায় টানা গাড়ি রাস্তা দিয়ে চলে যাবার পর তাঁর সেদিকে দৃষ্টি পড়েছিল। যে-কসাই-এর কাছে মোরালেস-এর জন্যে মাংস কিনতে গেছলেন, সে-ই আঙুল তুলে একটু উত্তেজিতভাবে বলেছিল, 'ওই যে, গভর্নরের খাস গাড়িতে মার্কুইস আর মার্শনেস যাচ্ছেন।'

ঘনরাম তখন সামনের দিকেই ফিরে দাঁড়িয়ে কসাইকে দেবার পেসোটা গুণছিলেন। মুখ তুলে যখন তিনি তাকিয়েছিলেন তখন গাড়িটা বেশ দূরেই চলে গেছে। মার্কুইস আর মার্শনেস-এর পিঠের দিকই তিনি দেখতে পেয়েছিলেন। না, মার্শনেস-এর ঠিক পিঠ নয়। কারণ সেই তিনি সবে পেছন দিকে কী যেন দেখে ঘাড় ঘুরিয়ে নিচ্ছেন।

ওই চকিতে ঘুরিয়ে নেওয়া মুখ দেখে ঘনরাম চিনতে কাউকে অবশ্য পারেননি।

চিনেছেন সেইদিনই বিকেলবেলা গাড়িটা আবার বাজার দিয়েই যাবার সময়। গাড়িতে মার্শনেস তখন একা। তিনি যে বেশ উদগ্রীব হয়ে রাস্তার পাশের দোকানগুলি লক্ষ করতে করতে যাচ্ছেন, তা দূর থেকেই ঘনরামের নজরে পড়েছে। এবার চিনতে তাঁর দেরি হয়নি।

গাড়িটা তাঁর পাশ দিয়ে পার হয়ে যাবার সময় ইচ্ছে করেই মুখ নিচু করে তিনি হেঁটেছেন। চোখ নীচের দিকে নামানো থাকা সত্ত্বেও মার্শনেস-এর দৃষ্টিটা তিনি যেন সমস্ত শরীরে অনুভব করেছেন।

সে-দৃষ্টির অর্থটা শুধু ঠিকমতো বুঝতে পারেননি।

বুঝতে পারলে তিনি কি কিছু করতেন?

আরও বেশি সাবধান হতেন কি?

না, আর সাবধান কী হবেন! মার্কুইস মার্শনেসকে চেনার পর থেকেই তিনি যথেষ্ট হুঁশিয়ার হয়ে গিয়েছিলেন। তাঁদের গাড়ির সামনে আর তারপর পড়েননি একবারও।

তবু মার্শনেস তাঁকে সত্যিই বিস্মিত করে দিয়ে পথের মাঝখানে অপ্রত্যাশিতভাবে ধরেছেন।

মার্শনেস-এর সেদিনকার দৃষ্টিটার ঠিকমতো অর্থ বুঝলে ব্যাপারটা তাঁর কাছে অপ্রত্যাশিত থাকত না, এই যা।

মুখে প্রকাশ করুন বা না করুন এই অপ্রত্যাশিত সাক্ষাৎ আর মার্শনেস-এর নিজের হৃদয় যেন নিরাবরণ করে মেলে ধরা তাঁকে যে গভীরভাবে নাড়া দিয়েছে, ঘনরামের প্রায় অভিভূত আচ্ছন্নের মতো বাজার থেকে মোরালেস-এর বাড়িতে ফিরে যাওয়া লক্ষ করলেই তা বোঝা যেত।

বাড়িতে ফিরেই চলে যাবার জন্যে তৈরি হতে তাঁর বেশিক্ষণ লাগেনি। কেনই বা লাগবে? সঙ্গে নেবার মতো কোনও সম্পদ তো ক্রীতদাসের থাকে না। মোরালেস-এর কোনও কিছু নিজের প্রয়োজনে না বলে ঋণ হিসেবেও সঙ্গে নিয়ে যাবেন, ঘনরামের শিরায় সে রক্ত বয় না।

ছেড়ে যেতে মোরালেস-এর জন্যে একটু বিষণ্ণ সহানুভূতি অনুভব করা ছাড়া আর কোনও কষ্টই হয়নি।

১৫২১ খ্রিস্টাব্দে একদিন নিজে থেকে যেচে মোরালেস-এর কাছে দাসত্ব স্বীকার করেছিলেন ঘনরাম। ১৫২৩-এর একটি বিশেষ দিনে তিনি নিজেই আবার একেবারে নিঃশব্দে চলে গেছেন।

তাঁর চলে যাওয়ার দিনটি মনে রাখবার মতো বিশেষ ঠিকই, কিন্তু কার কাছে?

তাঁর নিজের ও মার্শনেস-এর তো বটেই, আর-একজনের কাছেও।

সেই বিশেষ দিনটিতে মার্কুইস কিন্তু পানামায় ছিলেন না। সত্যিই সেদিন দুপুরেই গভর্নর পেড্রারিয়াস-এর সঙ্গে তিনি শহর থেকে দূরের জংলা জলায় শুধু ও-দেশের কুমির, কেম্যান বা অ্যালিগেটর নয়, ও-দেশের গুলবাঘা চিতা, জাগুয়ার শিকারে গেছলেন। ফিরেছিলেন দিনতিনেক বাদে বেশ ক-টা কুমিরের চামড়া আর জাগুয়ারের ছাল নিয়ে।

অতিথিশালায় ঢুকে নিজের কামরায় যাবার পথে সত্যিই বিহ্বল হয়ে তাঁকে দাঁড়িয়ে পড়তে হয়েছিল।

সামনে জঙ্গলের জাগুয়ারের চেয়ে অনেক গুণ হিংস্র আরও এক ভয়ংকর বাঘিনী মূর্তিই যেন দেখেছেন।

প্রায় উন্মাদিনীর মতো মার্কুইস-এর কাছে ছুটে এসে তাঁর জামার আস্তিন ধরে প্রায় টেনে ছিঁড়ে ফেলে মার্শনেস তরল আগুনের মতো গলায় বলেছেন, 'এখন তোমার আসবার সময় হল! তিন দিন তুমি বাইরে কাটিয়ে এলে!'"

"দাঁড়ান! দাঁড়ান!" সমস্বরে দাসমশাইকে থামিয়ে বলে উঠলেন শিবপদ আর রামশরণবাবু, "তার মানে ঘনরামের সঙ্গে মার্শনেস সেই নিকারাগুয়ার জাহাজে চড়ে

পালাননি? তিনি পানামাতেই থেকে গেছেন?”

“আমি তখনই বলেছিলাম না,” ভবতারণবাবু নিজেকে তারিফ করেছেন, “যে ওই ছুঁ—থুড়ি, মার্শনেসকে ঠিক বোঝা যাচ্ছে না। শেষ পর্যন্ত পিছিয়ে গেছল তো মেয়েটা?”

“না, মার্শনেস পিছিয়ে যায়নি।” দাসমশাই রহস্যটা উদ্ঘাটন করে বলেছেন, “ঘনরামই কথামতো সেদিন সন্ধ্যায় অতিথিশালায় আসেননি। মার্শনেস তখন সাধারণ দরিদ্র এসপানিওল মেয়ের সাজপোশাকে তৈরি হয়ে অপেক্ষা করেছেন নিজের ঘরে। নিজের পরিচারিকাকে নির্দেশ দেওয়া আছে, কেউ খুঁজতে এলে তাঁদের অনুচরদের মহলে যেন তাকে বসিয়ে রেখে তাঁকে খবর দেওয়া হয়। অন্য অনুচরদের বকশিশ দিয়ে সেদিন সন্ধ্যার মতো ছুটি দেওয়া হয়েছে। স্বয়ং মার্কুইসই শিকারে চলে গেছেন, সুতরাং এ-বদান্যতা অস্বাভাবিক কিছু মনে হবার কথা নয়। সন্ধ্যা উত্তীর্ণ হয়ে প্রহরের পর প্রহর বেড়েছে। গভর্নরের অতিথিশালায় মার্শনেসকে খুঁজতে কেউ আসেনি।

সারারাত জেগে কাটিয়েছেন মার্শনেস, জেগে আর নিজের ঘরে অস্থিরভাবে পায়চারি করে।

সকাল হতে না হতেই কোচোয়ানকে গাড়ি আনতে হুকুম পাঠিয়েছেন।

সে গাড়ি নিয়ে বন্দর পর্যন্ত গেছেন প্রথমেই। খবর নিয়ে জেনেছেন কিছু গোলমালের দরুন শেষ রাত্রে, মাত্র কিছুক্ষণ আগে সকাল হবার পর সে জাহাজ ছেড়েছে। সে জাহাজে যাদের যাবার ব্যবস্থা তিনি করিয়েছিলেন, তারা কেউই কিন্তু আসেনি।

'না, কেউই না!' কোচোয়ান ভাল করে তাঁর নির্দেশমতো জিজ্ঞাসাবাদ করে জেনে এসে খবর দিয়েছে, 'দু-জন যাত্রীর কেউ ভাড়া দিয়ে রাখা সত্ত্বেও জাহাজে আসেনি।'

মার্শনেস তারপর আর-এক নির্জন পথের ধারে গিয়ে বহুক্ষণ অপেক্ষা করেছেন। সেইখানেই ঘনরামের দেখা পেয়েছিলেন আগের দিন সকালে।

সেখানে অপেক্ষা করা বৃথা হয়েছে। এরপর বাজারে গিয়ে ঘুরে আসা নিরর্থক। তবু তাই গেছেন। তারপর অপ্রকৃতিস্থের মতো গাড়ি নিয়ে সমস্ত পানামা শহর অকারণে ঘুরে বেড়িয়ে গাড়ির সহিস কোচোয়ানকেও একটু ভাবিত করে তুলেছেন।

এ ছাড়া মার্শনেস-এর করবারই বা কী আছে। পানামা ছোট শহর, এখনও গোনাগুনতি তার রাস্তা আর বসতি। কিন্তু সেই শহরের দরজায় দরজায় গিয়ে ধাক্কা দিয়ে একজন ক্রীতদাসের খোঁজ তো তিনি করতে পারেন না!

হ্যাঁ, একটা কাজ পারেন বটে!

কথাটা মনে হওয়ামাত্র মার্শনেস সরকারি কোতায়ালি দপ্তরে গিয়ে উপস্থিত হয়েছেন।

তাঁকে দেখে স্বয়ং কোতোয়ালও যে ভড়কে গিয়েছেন, তা বলাই বাহুল্য। স্বয়ং গভর্নর পেড্রারিয়াস-এর চেয়ে বেশি সন্ত্রস্ত খাতির পেয়েছেন মার্শনেস।

কিন্তু মার্শনেস তো খাতির পাবার জন্যে আসেননি। তিনি যে-কারণে এসেছেন, তীব্র জ্বলন্ত স্বরে তা জানিয়েছেন।

সমস্ত দপ্তর ভীতত্রস্ত হয়ে তাঁকে জানিয়েছে যে, মার্কুইস একজন দেশ-থেকে পালানো গোলামের খবর আর বর্ণনা দিয়ে গেছেন বটে, কিন্তু তিনি যা পরিচয় আর বর্ণনা দিয়েছেন, পানামা শহরে সেরকম কোনও ক্রীতদাসের খোঁজ আপ্রাণ চেষ্টা করেও পাওয়া যায়নি।

'পাওয়া যায়নি আপনাদের গাফিলতি আর অকর্মণ্যতায়।'—মেঝের ওপর জুতোর গোড়ালি ঠুকতে গিয়ে মার্শনেস-এর সুঠাম পায়ের গোছ একটু দেখা গেছে—'একটা গোলামকে সমস্ত বর্ণনা পেয়েও এই এতটুকু পানামা শহর থেকে আপনারা খুঁজে বার করতে পারেন না, তাকে স্পষ্ট আমরা এই শহরের রাস্তায় দেখেছি বলা সত্ত্বেও? পানামা থেকে আপনাদের পাহারা সজাগ থাকলে পালিয়েই বা সে কোথায় যেতে পারে!'

নগর-কোতোয়াল নীরব থাকাই শ্রেয় মনে করেছেন। জানা থাকলে তিনি হয়তো জবাব দিতে পারতেন যে, এই নতুন মহাদেশ অজানা বিরাট বিশাল। এখানে কেঁউ হারিয়ে যেতে চাইলে সমুদ্রের চড়ার বালিতে একটা চিনির দানার মতো তাকে খুঁজে পাওয়া অসম্ভব।

মার্শনেস-এর সব বকুনি শাসানি শেষ হবার পর দপ্তরের সবাই নিজেরাই ক্রীতদাসের মতো নিচু হয়ে জানিয়েছে যে, নেহাত পাখি হয়ে উড়ে বা মাছ হয়ে ডুব-সাঁতারে যদি না পালিয়ে গিয়ে থাকে, তাহলে মার্কুইস ও মার্শনেস-এর গোলামকে জ্যান্ত বা মরা তারা দু-দিনের মধ্যে হাজির করবেই।

দু-দিনের একদিন বাদে মার্কুইস শিকার থেকে ফিরে মার্শনেস-এর ওই রূপ দেখেছেন।

প্রথমে স্ত্রীর উন্মত্ত প্রলাপের অর্থ কিছু বুঝতে না পেরে একটু পরিহাসের চেষ্টা করেই বলেছেন, 'তিনদিনটা বড় বেশি তাড়াতাড়ি কেটে গেল মনে হচ্ছে বুঝি!'

'থামো!' গর্জনে মার্শনেস-এর মধুর কণ্ঠও কর্কশ হয়ে উঠেছে, 'এ হাসি-ঠাট্টার ব্যাপার নয়। জানো, তুমি এখানে নেই বলেই সেই শয়তানটা পানামা ছেড়ে পালিয়েছে। তাকে এমন পালাবার সুবিধেই যদি দেবে, তাহলে কী দরকার ছিল দপ্তরে গিয়ে তার কথা জানাবার! কী দরকার ছিল?'

প্রথমটা একটু বিমূঢ় হলেও মার্শনেস কার বিষয় নিয়ে ক্ষিপ্ত তা বুঝতে মার্কুইস-এর দেরি হয়নি।

এতক্ষণে ব্যাপারটা মনে মনে উপভোগ করতে শুরু করে মার্কুইস দৃষ্টিতে উপহাসের ঝিলিকটা গোপন না করেই জিজ্ঞাসা করেছেন, 'সে-শয়তান যে পালিয়েছে তা তুমি জানলে কী করে?'

'জানলাম, জানলাম,' মার্শনেস সামান্য একটু থতমত খেয়ে বলেছেন, 'জানলাম কোতোয়ালি দপ্তরে গিয়ে। তারা এখনও সে-শয়তানের কোনও পাত্তাই পায়নি। চেষ্টাই কিছু করেনি বলে আমার ধারণা।'

'তাহলে চেষ্টা করলেই পাবে,' উদাসীনভাবে বলেছেন মার্কুইস।

কথার খোঁচা বোঝবার মতো অবস্থা তখন মার্শনেস-এর নয়। তীব্রস্বরে তিনি

বলেছেন, 'সেই চেষ্টা তাদের দিয়ে করাতেই হবে। তুমি যদি না পারো তো আমি নিজে গভর্নরকে বলব। যেমন করে হোক সে-বদমাশকে ধরে আনা চাই-ই।'

'আনলে কী করবে কী?' একটু বাঁকা হাসির সঙ্গে জিজ্ঞাসা করেছেন মার্কুইস।

'কী করব!' মার্শনেস যেন যন্ত্রণার মতো তীব্র আক্রোশে বলেছেন, 'জ্যান্ত তার গায়ের ছাল ছাড়িয়ে নেব নিজের হাতে।'

'হুঁ', মার্কুইস-এর কথাটা মনে ধরেছে, 'তাহলে যেগুলো এত কষ্টে শিকার করে আনলাম, সেই কুমিরের চামড়া আর জাগুয়ারের ছালগুলো তো বাতিল করে দিতে হয়।'

এ-বিদ্রূপটা বোঝার ওপর শাকের আঁটি হয়েছে। জ্বলন্ত দৃষ্টিতে মার্কুইস-এর দিকে কয়েক মুহূর্ত তাকিয়ে থেকে মার্শনেস ছুটে আবার তাঁর নিজের কামরায় গিয়ে ঢুকে সশব্দে খিল দিয়েছেন।

কয়েকদিন বাদে গভর্নর পেড্রারিয়াস তাঁর মাননীয় অতিথিদের সসম্মানে বিদায় দিয়েছেন।

কোতোয়ালি দপ্তর দাস নামের কর্ডোভার মূর-রক্ত-মেশানো ক্রিশ্চান-হওয়া বংশের অভিজাতদের মতো ঈষৎ শ্যামল এক সুপুরুষ ক্রীতদাসের তখনও কোনও খোঁজ পায়নি।

ছয়

"১৫২৩-এর মে মাসের একদিন মোরালেস-এর ক্রীতদাস গানাদো নিরুদ্দেশ হয়ে যায়।

সে-ঘটনার প্রায় দেড় বছর বাদে তারই গোপন চেষ্টায় যে উদ্যোগের সূত্রপাত হয় তা বহুদূর অগ্রসর হয়ে সত্যি সত্যি পানামার ছোট বন্দর থেকে একটি মাঝারি জাহাজ নিয়ে সূর্য কাঁদলে সোনা-র রাজ্য খুঁজতে পিজারোর অকূলে পাড়ি দেওয়া সম্ভব করে তোলে।

সময়টা ১৫২৪-এর নভেম্বর মাসের মাঝামাঝি।

ঘনরাম গোপনে যে ইঙ্গিত দিয়েছিলেন, পিজারো আর তাঁর দুই অংশীদার তা-ই অনুসরণ করেছেন।

দুটি জাহাজ এ-অভিযানের জন্যে দে লুকে-র হাত দিয়ে পাওয়া টাকায় কেনা হয়েছে। তার মধ্যে বড়টি হল বালবোয়া নিজের জন্যে যে জাহাজ তৈরি করিয়েও আর ব্যবহার করতে পারেননি এবং খোলা অবস্থায় পানামার বন্দরে যা পচবার উপক্রম হয়েছিল, সেইটি।

সেটি নতুন করে জুড়ে খাড়া করে তাতে রসদ বোঝাই আর লোকজন অর্থাৎ মাঝি-মাল্লা আর সৈনিক নেবার ব্যবস্থা করেছেন আলমাগরো। লোকলশকর মিলিয়ে দাঁড়িয়েছে প্রায় একশো জন।

এই জাহাজ নিয়ে পিজারো প্রথমে রওনা হয়েছেন। ঠিক হয়েছে যে, পিজারোর

বন্ধু ও অংশীদার আলমাগরো দ্বিতীয় ছোট জাহাজটির সব ব্যবস্থা যথাসম্ভব তাড়াতাড়ি সেরে ফেলে পিজারোকে কিছুদিন বাদেই অনুসরণ করবেন।

জাহাজ নিয়ে কিছুদূর অগ্রসর হবার পরই মোরালেস-এর বাড়িতে পরিকল্পনাটা কাগজে-কলমে তোলবার সময়কার সেই অদ্ভুত রহস্যময় সংশোধনটার কথা পিজারোর মনে পড়েছে।

তিনবন্ধু মিলে তখনই নভেম্বরে যাত্রা শুভ বলে ঠিক করেছিলেন, কিন্তু আশ্চর্য হয়েছিলেন পরের দিন সেই নভেম্বর কথাটা কাটা দেখে।

মোরালেস নিজে সে-কাটাকুটি করেছেন বলে মনে করতে পারেননি। তাঁর ওভাবে নিজের লেখা কাটবার কোনও কারণও ছিল না।

নভেম্বর মাস ওভাবে কেটে সংশোধন করবার চেষ্টাটা তাই অমীমাংসিত রহস্যই থেকে গেছে।

রহস্যটার মূল কে তা জানা না গেলেও তার মানেটা এতদিনে যেন স্পষ্ট হয়ে ওঠে পিজারোর কাছে।

নভেম্বরটা এ-অঞ্চলের দারুণ ঝড়-তুফানের সময়। দক্ষিণের দিকে সমুদ্রযাত্রার পক্ষে সময়টা তাই একেবারেই অনুকূল নয়।

ঝড়বৃষ্টির বিরুদ্ধে যুঝতে যুঝতে প্রতি পদে বিপন্ন হয়ে অত্যন্ত মন্থরগতিতে অগ্রসর হতে হতে দৈববাণীর মতো নভেম্বরে যাত্রা নিষেধের সেই নির্দেশ তাঁকে দিন দিন অত্যন্ত বিস্ময়বিহ্বল করেছে।

এ-নির্দেশ কি সত্যিই দৈবিক? তা না হলে তাঁরা নিজেরা এত খোঁজখবর নিয়েও যা জানতে পারেননি, সে-সংবাদ জেনে তাঁদের সাবধান আর কে করতে পারে!

এর আগে একটিমাত্র অভিযানই এদিকে কিছুটা পর্যন্ত অগ্রসর হয়েছিল। সে বিফল অভিশপ্ত অভিযানের নায়ক ছিলেন আন্দাগোয়া। পুয়ের্তো দে পিনিয়াস নামে একটি অন্তরীপের বেশি শুধু যে তিনি অগ্রসর হতে পারেননি তা নয়, ফিরে যাবার পর মারাই পড়েছিলেন।

পিজারো সেই অন্তরীপ ঘুরে পার হয়ে এরপর যেখানে পৌঁছোলেন পৃথিবীর জানিত সভ্যদেশের কোনও মানুষ ইতিপূর্বে সেখানে আসেনি বলেই তাঁর ধারণা।

বীরু নদীর মোহানায় তখন তাঁর জাহাজ ঢুকতে চলেছে।

এই বীরু নদীর কথা এদেশের আদিম অধিবাসীদের কাছে নানাভাবে শুনে শুনে পিজারো ও তাঁর বন্ধুদের তখন নিশ্চিত ধারণা হয়েছে, এই নদীই তাঁদের চরম সিদ্ধির কূলে পৌঁছে দেবে।

স্পেন থেকে এ পর্যন্ত এই নতুন মহাদেশে যত অভিযান হয়েছে, সেগুলির একটিও পশ্চিমের সমুদ্রকূলের এই অজানা জগতের কোনও সন্ধান পায়নি।

এখানকার যা কিছু পরিচয় সব আদিবাসীদের অসংলগ্ন ও বেশির ভাগ সময়ে আজগুবি অবাস্তব বিবরণ থেকে নেওয়া।

সে-বিবরণ অনেক সময় পরস্পরবিরোধী হলেও কয়েকটি বিষয়ে সেগুলির মিল উপেক্ষা করবার নয়।

তার একটি হল এই বীরু নদীর নাম। এ-নাম নানাজনের বিবরণে নানাভাবে বহুবার শোনা গেছে। সকলের বর্ণনাতেই মনে হয়েছে, একটা রহস্যের আবরণে এ-নামটা যেন জড়ানো।

নদীটির বিস্তৃত মোহানায় ঘোলা তরঙ্গিত জল কোনও সুদূর গহন গোপন রহস্য-রাজ্য থেকেই বয়ে আসছে বলে পিজারোর মনে হয়েছে।

তাঁদের পরিকল্পনার খসড়ায় বীরু নদীর নামের আগে সেই হয়তো শব্দটা অদ্ভুতভাবে লেখা হবার কথা তখন পিজারো ভুলে গেছেন।

কথাটা বেশ একটু অবাক হয়ে এবং দুঃখের সঙ্গে স্মরণ করতে হল কয়েকদিন বাদেই।

বীরু নদী বেয়ে মোহানা থেকে ক্রোশ চারেক ভেতরে ঢুকে পিজারো তখন নোঙর ফেলেছেন। জায়গাটা খুব উৎসাহ বাড়াবার মতো কিছু নয়। যত দূর দেখা যায়, শুধু বাদা আর জংলা জলা। মাটি সেখানে আছে, কিন্তু তুমুল বর্ষার জলে তা এমন পিছল কাদা হয়ে গেছে যে তার ওপর দিয়ে চলাফেরা প্রায় অসম্ভব। এই বাদার ওপর দিয়ে বহুদূর গেলে কিছুটা উঁচু জমি আর জঙ্গল দেখা যায়। সে-জঙ্গল কিন্তু এমন ঘন, লতাপাতায় কাঁটা-ঝোপে তার তলা এমন দুর্ভেদ্য যে, তার ভেতর দিয়ে পথ করে ওদিকের পাথুরে ডাঙায় পৌঁছোতে পিজারো আর তার সেপাইদের প্রাণান্ত হয়েছে। খিদেয় তেষ্টায় ক্লান্তিতে তারা আধমরা, কাঁটায় ছড়ে আর ধারালো পাথরে কেটে হাত-পা তাদের ওরান।

কিন্তু সোনার চেয়ে বড় নেশা নেই। পিজারো তাঁর সৈনিকদের রেহাই দেননি। তাঁর হুকুমে ভারী বর্ম আর অস্ত্রশস্ত্র নিয়েই সেপাইদের কখনও কাঠফাটা রোদে পুড়ে, কখনও অবিশ্রান্ত বৃষ্টিতে ভিজে কাদাজল ভেঙে ঘোরাঘুরি করতে হয়েছে। সেপাইদের নিজেদের মনেও সোনার লালসা না থাকলে শুধু পিজারোর হুকুমে তারা এত কষ্ট বোধহয় সহ্য করত না। সোনায় মোড়া সত্যিকার রূপকথার রাজ্য খুঁজে পাওয়ার যে-প্রলোভন পিজারো তাদের দেখিয়েছেন, তারা তা বিশ্বাস করেছে।

কিন্তু সোনার রাজ্য দূরে থাক, মেঠো গাঁয়ের একটা কুঁড়ের সন্ধানও পাওয়া যায়নি।

জনমানবহীন সেই বাদার মুল্লুক থেকে বাধ্য হয়েই পিজারোকে ফিরে আসতে হয়েছে নোঙর তুলে। জাহাজ আবার দক্ষিণমুখো চালান হয়েছে।

কিন্তু কোথায় সে সূর্য কাঁদলে সোনা-র দেশ!

ভাগ্য যেন তাদের সঙ্গে নিষ্ঠুর তামাশা করবার জন্যে দশদিন ধরে ভয়ংকর ঝড়-তুফানে তাদের জাহাজ তলিয়ে দেবার হুমকি দিয়েছে। ভরাডুবি থেকে যদি বা বেঁচেছে, খিদেয় তেষ্টায় সত্যিই তখন প্রাণ যাবার উপক্রম। নোনা মাংস সঙ্গে যা এনেছিল, সব তখন শেষ। মাথাপিছু দুটো করে ভুট্টার মাথা তখন প্রতিদিনের খাবার হিসেবে বরাদ্দ।"

"ভুট্টার মাথা!" উদরদেশ যাঁর কুম্ভের মতো স্ফীত, ভোজনবিলাসী সেই

রামশরণবাবু বাধা না দিয়ে বুঝি পারলেন না, "ওখানে তারা ভুট্টা পেল কোথায়?"

"ভুট্টা ওই দেশেরই ফসল।" এই প্রথম শ্রীঘনশ্যাম দাসকে নিজ থেকে সমর্থন করলেন মর্মরমসৃণ যাঁর মস্তক সেই ঐতিহাসিক শিবপদবাবু—"এই আমেরিকা থেকেই আলু তামাক ইত্যাদির মতো ভুট্টাও পুরনো মহাদেশে আমদানি হয়েছে। কলম্বাসের আবিষ্কারের আগে সমস্ত আমেরিকায় ভুট্টাই প্রধান ফসল ছিল।"

শিবপদবাবুর এ সমর্থন পাণ্ডিত্য প্রকাশের সঙ্গে মন-কষাকষি মিটমাটের জন্যে হাত বাড়ানোরও শামিল। কিন্তু দাসমশাই হাত বাড়ানো নয়, আগেকার বেয়াদবির দরুন লম্বা কুর্নিশই বোধহয় চান। তাই শিবপদবাবুর সমর্থনও তিনি একটু টুকতে ছাড়লেন না।

বললেন, "ভুট্টা বা মকাই-এর আদি জন্মভূমি কোথায় তা অত নিশ্চিত করে কিন্তু বলা যায় না। নতুনের বদলে পুরনো মহাদেশের ফসলও হতে পারে বলে কেউ কেউ মনে করেন। তাঁরা এ-শস্য আরবরা প্রথম স্পেনে নিয়ে যায় বলে প্রমাণ দেখান। প্রাচীন একটি চিনা পুঁথিতেও ভুট্টার ছবিসমেত উল্লেখ তাঁরা পেয়েছেন।"

শিবপদবাবুর পাণ্ডিত্যের ওপর ঠোকরটুকু ভাল করে টের পেতে দেবার জন্যেই একটু থেমে দাসমশাই নিজেই অবশ্য শিবপদবাবুর পক্ষে শেষ রায় দিলেন, "তবে কথা হচ্ছে এই যে, প্রাচীন চিনে পুঁথিটি কলম্বাসের আমেরিকা আবিষ্কারের প্রায় ষাট বছর বাদে লেখা। তা ছাড়া এশিয়ার বা আফ্রিকা ইউরোপের কোথাও ধানের বা গমের যেমন, ভুট্টার তেমন বুনো জাতি আর পাওয়া যায়নি। মধ্য বা আগের যুগের কোনও পর্যটক ভুট্টা জাতীয় কোনও শস্যের দেখা পেয়েছেন বলে লিখে যাননি, আর মিশরের প্রাচীন পিরামিডে নানা রকম শস্যের মধ্যে ভুট্টার একটি দানাও কোথাও নেই। সুতরাং এ ফসল নতুন মহাদেশেরই দান বললে খুব ভুল হয় না।"

হস্তীর মতো মেদভারে যিনি বিপুল সেই সদাপ্রসন্ন ভবতারণবাবুকে এই প্রথম বুঝি একটু অসন্তুষ্ট হতে দেখা গেল! ঈষৎ ক্ষুণ্ণ স্বরে তিনি বললেন, "ভাল এক ভুট্টার কুলজির কথা তুললেন শিবপদবাবু! ওসব থাক। পিজারো-র জাহাজ সূর্য কাঁদলে সোনা-র দেশে কখন পৌঁছোল তাই শুনি!"

"তা শুনতে হলে আরও অনেক সবুর করতে হবে," বললেন ঘনশ্যাম দাস, "অন্তত ও যাত্রায় তাদের শুধু হয়রানি সার হয়েছিল। শেষ পর্যন্ত পিজারো মন্টেনেগরো নামে একজন সৈনিকের অধীনে তাঁর জাহাজ পানামায় ফেরত পাঠাতে বাধ্য হন। নিজে তিনি কয়েকজন বাছাই করা সঙ্গী নিয়ে সেই জলা-জঙ্গলের দেশেই থেকে গেলেন, মন্টেনেগরো মুক্তা-দ্বীপ থেকে রসদ নিয়ে ফিরবে এই আশায়। তাঁর সৈনিক ও মাঝিমাল্লারা তখন প্রায় বিদ্রোহী হয়ে উঠেছে। শুধু আধবুড়ো পিজারোর অসীম কষ্ট-সহিষ্ণুতা আর উৎসাহের দৃষ্টান্ত তাদের সামনে ছিল বলে তারা একেবারে বেসামাল হয়ে যায়নি। সোনার লোভ তাদের সব কষ্ট সহ্য করতে কিছুটা সাহায্য করেছে বটে কিন্তু সে কষ্ট কী দুঃসহ যে হয়ে উঠবে তারাও কল্পনা করতে পারেনি।

দিনের পর দিন, হপ্তার পর হপ্তা কেটে গেছে। মন্টেনেগরো মুক্তা-দ্বীপ থেকে রসদ নিয়ে ফেরেনি। জলা-জঙ্গলের রাজ্যে পিজারো-র লোকদের তখন শামুক

গুগলি আর বুনো ঝোপঝাড়ের ফল খেয়ে দিন কাটছে। খিদের জ্বালায় যে-সব ফল তারা খেয়েছে তার কিছু কিছু এমন বিষাক্ত যে তাদের শরীর ফুলে গিয়ে অসহ্য যন্ত্রণা হয়েছে। কিছুকালের মধ্যে দলের কুড়িজন তো অখাদ্য খেয়ে আর অনাহারে মারাই গেল।

দলের অন্য সবাই বয়সে প্রায় তরুণ। শুধু পিজারো-রই পঞ্চাশ পার হয়েছে! কিন্তু তিনি যেন অন্য ধাতুতে তৈরি। সকলের সঙ্গে সব দুঃখ-কষ্ট তিনি সমানভাবে ভাগ করে নিয়েছেন, কিন্তু কিছুতেই দমে যাননি।

সমুদ্রের দিকে হতাশ হয়ে মন্টেনেগরোর জাহাজের জন্যে চেয়ে থাকতে থাকতে চোখ যখন প্রায় ক্ষয়ে যাওয়ার উপক্রম তখন একদিন ডাঙার দিক থেকে উত্তেজিত হওয়ার মতো একটি খবর পাওয়া গেল। সেখানে দূরে নাকি একটি আলো দেখা গেছে।

আলো মানেই মানুষ, মানুষের বসতি, গ্রাম, হয়তো শহর, হয়তো সেই সোনার দেশ!

ছোট একটি দল নিয়ে পিজারো সেই আলোর উৎস সন্ধানে তখনই বার হলেন। ঘন-জঙ্গল ভেদ করে যেখানে তারা পৌঁছোলেন সেটি একটি উন্মুক্ত প্রান্তর। সত্যিই সেখানে ছোট একটি বসতি দেখা গেল। বাসিন্দারা কিন্তু নেহাত ভীরু নিরীহ ভাল মানুষ। পিজারো-র দলবলকে দূর থেকে দেখেই তারা গ্রাম ছেড়ে পালিয়েছে। পিজারো-র অনুচরেরা প্রথমেই অবশ্য গ্রাম লুঠ করে খাবার-দাবার যা পেল আত্মসাৎ করল। খাবার-দাবার সরেস কিছু নয়, ভুট্টা আর নারকেলই তার মধ্যে প্রধান। কিন্তু পিজারোর উপোসি সৈনিকদের কাছে তা অমৃত।

গাঁয়ের লোকেরা প্রথমে ভয়ে পালালেও পরে একটু ইতস্তত করে তখন ফিরে এসেছে। সম্পূর্ণ অজানা অঞ্চল হলেও সৌভাগ্যের কথা এই যে, তাদের ভাষা পানামা অঞ্চলের আদিবাসীদের থেকে খুব আলাদা নয়। তাদের সঙ্গে কিছুটা আলাপ-পরিচয় তাই সম্ভব হল। আলাপের বিষয় অবশ্য একটি। গাঁয়ের আদিবাসীরা ফিরে আসার পর যা দেখে পিজারো আর তার অনুচরদের চোখ ঝলসে গেছে তা হল আদিবাসীদের গায়ের সোনার সব গয়না। গয়নাগুলোতে সূক্ষ্ম কারুকাজ না থাকলেও সেগুলির ওজনই পিজারো-র লোকেদের উত্তেজিত করে তুলেছে। সোনার দেশের যে কিংবদন্তি তারা শুনেছে, তাহলে একেবারে ভুয়ো নয়!

সূর্য কাঁদলে সোনা-র দেশ সম্বন্ধে যা শুনে এসেছেন, এই আদিবাসীদের সঙ্গে আলাপ করে পিজারো তার সমর্থন পেয়েছেন। আরও প্রায় দশদিনের পথ দক্ষিণে পর্বতমাল্লার ওপারে সত্যি এক বিরাট রাজ্য নাকি আছে। সেখানে সোনা নুড়ি-পাথরের মতো ছড়ানো। পিজারো এবং তার অনুচরেরা আদিবাসীদের কথার এই মানেই করেছে।

ভাগ্য কিছুটা অনুকূল এবার হয়েছে। মন্টেনেগরো রসদ ভরা জাহাজ নিয়ে ফিরে এসেছে এতদিনে। পিজারো নতুন উৎসাহে দক্ষিণ দিকে পাড়ি দিয়েছেন। এবার অজানা সমুদ্রের উপকূলে মাঝে মাঝে ছোট বড় মানুষের বসতি দেখা গেছে।

অধিবাসীরা কোথাও নিরীহ, এসপানিওলদের লুঠপাটে বাধা দিতে সাহস করেনি, কোথাও বা তারা হিংস্রভাবে পালটা আক্রমণ করেছে। এক জায়গার পিজারোর তো প্রাণসংশয়ই হয়েছিল।

এত চেষ্টা এত দুঃখ-ভোগের পর লুঠপাটের সোনা কিছু জমে উঠলেও সোনার দেশের যথার্থ হদিস কিন্তু মেলেনি। পিজারোর জাহাজের অবস্থা তখন কাহিল। ভালভাবে মেরামত না করে তা নিয়ে অজানা সমুদ্রে পাড়ি দেওয়া বাতুলতা। লোকজনও তখন বেশির ভাগ আহত ও অসুস্থ।

অত্যন্ত অনিচ্ছার সঙ্গে পিজারোকে তাই আবার পানামায় ফিরে যাবার সিদ্ধান্ত নিতে হয়েছে। কিন্তু সেখানে গভর্নরের কাছে মুখ দেখাবেন কী করে? পানামা থেকে কিছু দূরে পশ্চিম চিকামা বলে একটি জায়গায় তিনি দলের কয়েকজনকে নিয়ে নেমে গেছেন আর জাহাজের খাজাঞ্চি নিকোলাস ই রিবোলাকে লুঠ করা সমস্ত সোনা দিয়ে গর্ভনর পেড্রারিয়াসকে সন্তুষ্ট করবার জন্যে দূত হিসেবে পাঠিয়েছেন।

সেই সোনার ভেট পেয়ে আর পিজারোর অভিযানে আংশিক সাফল্যের বিবরণ শুনে যদি গভর্নরের মন গলে তাহলে আর একবার নতুন করে সোনার দেশের সন্ধানে বেরোবার সুযোগ হয়তো পেতে পারেন এই ছিল পিজারোর আশা।

এ আশায় তাঁর ছাই-ই পড়ত যদি না চিকামায় হঠাৎ একদিন একটি বেকার নাবিক পিজারোকে নিজে থেকে না খুঁজে বার করত।

এই বেকার নাবিকের নাম বার্থালমিউ রুইজ। সাধারণ মানুষ তো বটেই, ইতিহাসও এ নাম ভুলে গেছে বললেই হয়।

কিন্তু যেমন আলমাগরো, লুকে কিংবা মোরালেস-এর সঙ্গে, তেমনই এই রুইজ-এর সঙ্গে যোগাযোগ হওয়াটাও সূর্য কাঁদলে সোনা-র দেশ আবিষ্কৃত হওয়া সম্ভব করে তুলেছে।

অনেক বাধা-বিপত্তি জয় করে অর্থ লোকবল ও রাজানুমতি শেষ পর্যন্ত সংগ্রহ করতে পারলেও পিজারো ও আলমাগরোর দ্বিতীয় অভিযান সফল হয়নি। কিন্তু যত ব্যর্থই হোক, বার্থালমিউ রুইজ যদি দ্বিতীয় নৌ অভিযানের পোতাধ্যক্ষ না হতেন এবং কূল ঘেঁষে জাহাজ না চালিয়ে দুঃসাহস ভরে খোলা দরিয়ায় না পাড়ি দিতেন তা হলে নবাবিষ্কৃত পশ্চিম সমুদ্রের প্রথম বিস্ময়, সমুদ্রগামী ভেলা বালসার সাক্ষাৎও মিলত না আর সূর্য কাঁদলে সোনা-র দেশের এ অকাট্য প্রমাণ অভিযাত্রীরা পেতেন না।

বেকার নাবিক বার্থালমিউ রুইজ চিকামার মতো জায়গায় হঠাৎ পিজারোকে খুঁজতে এলেন কেন? পিজারোর এঁ অদ্ভুত অস্থায়ী ঠিকানা তিনি জানলেন কোথা থেকে?

প্রথম আলাপের পর চিকামায় পিজারোই সে প্রশ্ন করেছিলেন। রুইজ যা বলেছিলেন তা প্রায় আজগুবি। রুইজ আন্দালুসিয়ার মোগুইয়ের-এর অধিবাসী। সেখানকার মাটি জল হাওয়াতেই যেন নিপুণ নাবিক গড়বার মশলা আছে। কলম্বাসের অভিযানে সেখানকার নাবিকরাই প্রধান অংশ নিয়েছিল বলা যায়।

বিচক্ষণ নিপুণ নাবিক হলেও রুইজ বেকার হয়ে পানামাতে সাধারণ ফেরি পানসিতে তখন কাজ করছিলেন।

সেই ফেরি পানসিতে একদিন এক অদ্ভুত গণৎকারের সঙ্গে রুইজ-এর দেখা হয়। গণৎকার লোকটি কোন দেশের, চেহারা দেখে রুইজ ঠিক করতে পারেননি। পোশাক-আশাক ওখানকার আদিবাসীদের মতো হলেও এক মুখ দাড়ি-গোঁফের আড়ালে তাকে ভিনদেশি বলেই মনে হয়। সে নিজে সেধে রুইজ-এর ভাগ্য গণনা করতে চেয়েছিল। রুইজ-এর অতীত জীবনের দু-একটা খবর নির্ভুলভাবে বলে তার মনে বিশ্বাস জাগিয়ে শেষে যা বলেছিল সেইটেই অদ্ভুত। বলেছিল ফেরি পানসির চেয়ে অনেক বড় জাহাজ অজানা সমুদ্রে রুইজ-এর জন্যে অপেক্ষা করে আছে। পানামা ছেড়ে চিকামায় গিয়ে তিনি যদি পিজারো নামে কাউকে খুঁজে বার করতে পারেন তাহলেই তাঁর বরাত ফিরবে।

রুইজ এই অদ্ভুত গণৎকারের কথা সম্পূর্ণ বিশ্বাস করতে না পারলেও মন থেকে একেবারে মুছে ফেলতে পারেননি। পিজারো নামটা তাঁর একেবারে অপরিচিত নয়। পানামা থেকে পিজারোর দুঃসাহসিক এক অভিযানে যাবার কথা তিনিও শুনেছেন। অভিযানের কোনও খবর পানামায় এসে অবশ্য পৌঁছয়নি। এ সমস্ত অবুঝ গোঁয়ার্তুমির যে পরিণাম হয় এ অভিযানেরও তাই হয়েছে বলে সবাই ধরে নিয়েছে।

গণৎকারের মুখে পিজারোর নাম শুনে রুইজ বেশ একটু অবাক ও কৌতূহলী হয়েছেন। গণৎকারকে পরীক্ষা করবার জন্যেই জিজ্ঞাসা করেছেন, 'পিজারো আবার কে?'

'তা জানি না।' গণৎকার যেন সরলভাবেই বলেছে, 'হাত গুনে ওই নাম পাচ্ছি।'

'হাত গুনে নামও পাওয়া যায়? এ তোমার কোন জ্যোতিষ?' রুইজ জিজ্ঞাসা করেছেন।

'তাতে আপনার কী দরকার?' একটু উদ্ধতভাবেই বলেছে গণৎকার, 'যা বললাম বিশ্বাস করতে পারেন তো পিজারোর খোঁজে যাবেন, নইলে যাবেন না।'

'পিজারোকে ওই চিকামায়ই পাব?' একটু সন্দিগ্ধভাবে বলেছেন রুইজ, 'তিনি তো অনেক দিন পানামা ছেড়ে গেছেন। তাঁর জাহাজ পশ্চিমের অজানা মহাসমুদ্রে কোথাও ডুবে গেছে বলেই সকলের ধারণা।

'আমার গণনা তা বলে না।' বেশ রুক্ষ স্বরে বলে গণৎকার চলে গিয়েছিল।

বিশ্বাস করুন বা না করুন রুইজ চিকামায় পিজারোর খোঁজে একবার না এসে পারেননি। সেখানে পিজারোর দেখা পেয়ে বিস্মিত বিমূঢ় হয়েছেন।

পিজারোও রুইজ-এর কথা শুনে অবাক হয়ে ভেবেছেন, কে এই গণৎকার!

গণৎকার যে-ই হোক, পিজারো আর রুইজ এই মিলনের গুরুত্ব অত্যন্ত বেশি। নতুন স্বর্ণলঙ্কা আবিষ্কারের স্বপ্ন সফল হওয়ার সূচনা এই মিলন থেকেই হয়েছে। কিছুদিন বাদে পিজারোর সহায় ও সুহৃদ আলমাগরো চিকামায় এসে বন্ধুর সঙ্গে যোগ দিয়েছেন।

ইতিমধ্যে তিনিও বেশ কিছু কীর্তি করে এসেছেন। পূর্বেকার ব্যবস্থা মতো

পিজারোর অল্পদিন পরেই আলমাগরো পাদরি লুকে-র কাছে টাকার সাহায্য নিয়ে আর-একটি ছোট ক্যারাভেল-এ পিজারোকে অনুসরণ করেন। অজানা মহাসমুদ্রে দক্ষিণ উপকূলে এক জায়গায় আদিবাসীদের সঙ্গে লড়াইয়ে একটি চোখ তাঁকে বাদ দিতে হয়েছে। বেশ কিছুদূর পর্যন্ত পাড়ি দিয়েও পিজারোর কোনও হদিস না পেয়ে আলমাগরো আবার পানামেতেই ফিরছিলেন। পথে মুক্তা-দ্বীপে নেমে প্রথম পিজারোর খবর তিনি পান। সেই খবর অনুসারেই তিনি চিকামায় এসেছেন।

পানামা যদি নরক হয় তাহলে চিকামা তারও অধম। যেমন সেখানে জলা-জঙ্গলার ভ্যাপসা গুমোট গরম তেমনই মশা মাছি বিষাক্ত পোকামাকড়ের উপদ্রব আর সেই সঙ্গে বদ্ধ নোনা জলা অঞ্চলের মারাত্মক সব জ্বর-জ্বালা!

তবু পিজারোর তখন চিকামা ছেড়ে কোথাও যাবার উপায় বা সংগতি নেই। ব্যর্থ অভিযানের দরুন অপমান লাঞ্ছনার সীমা থাকবে না তো বটেই, এই অবস্থায় পানামায় ফিরলে পাওনাদাররাও তাঁকে ছিঁড়ে খাবে। পিজারো, আলমাগরো ও রুইজ তিনজনের পরামর্শে শেষ পর্যন্ত গভর্নর পেড্রারিয়াস-এর কাছে দরবার করবার জন্যে আলমাগরোকেই পাঠানো স্থির হয়েছে। তাঁদের অভিযান যে সম্পূর্ণ ব্যর্থ হয়নি আশ্চর্য এক সোনায় মোড়া দেশের বিশ্বাসযোগ্য কিছু হদিস পেয়েছেন পেড্রারিয়াসকে তা বোঝাতে পারলে দ্বিতীয় অভিযানের অনুমতি পাওয়া যেতে পারে। সে অনুমতি পেলে পাদরি লুকে-কে ধরাধরি করে অভিযানের খরচা জোগাড় হয়তো অসম্ভব হবে না।

দ্বিতীয় অভিযান শেষ পর্যন্ত সম্ভব হয়েছে, কিন্তু তার আগে বাধা-বিপত্তি যা পার হতে হয়েছে তা এক-এক সময় অলঙ্ঘ্য মনে করে হতাশ হয়ে পড়েছেন উদ্যোগীরা।

গভর্নর পেড্রারিয়াস তো খাপ্পা হয়ে উঠেছেন আলমাগরো-র অনুরোধ শুনে। অনুমতি দেওয়ার বদলে আগের অভিযানে যে সব সৈনিক নাবিক মারা গিয়েছে তাদের মৃত্যুর জবাবদিহি চেয়েছেন গভর্নর। আলমাগরো-র উপহার দেওয়া সোনাদানা জিনিস তাঁকে সন্তুষ্ট করতে পারেনি। অভিযানের আরজি সরাসরি নাকচ করে দিয়ে তিনি নতুন উপনিবেশ নিকারাগুয়ার এক বিদ্রোহী রাজকর্মচারীকে শাস্তি দিতে চলে গেছেন।

চিকামায় পিজারো রুইজ-এর সঙ্গে দুর্ভোগের দিন গুনছেন আর পানামায় আলমাগরো চরম হতাশায় তখন ডুবে আছেন। যে জন্যে একটা চোখ তিনি দিয়েছেন সে স্বপ্নও আর সফল হবার নয়। গভর্নর পেড্রারিয়াস তো বটেই, সাধারণ অন্য পরিচিত বন্ধু-বান্ধবও তাঁদের অভিযান বুনোহাঁসের পেছনে ধাওয়া মনে করেছে। যে মোরালেস একদিন উৎসাহভরে তাঁদের অভিযানের পরিকল্পনায় যোগ দিয়েছিলেন তিনিও এবারে আলমাগরো-কে নিরস্ত করতে চেয়েছেন। সত্যিই আশ্চর্য কোনও সোনার দেশ আছে বলে তিনি আর বিশ্বাস করতে পারেননি। অনেকের মতো তাঁর কাছেও সমস্ত ব্যাপারটা একটা আজগুবি কল্পনা মাত্র। অজানা মহাসমুদ্রে এই আজগুবি রূপকথার দেশ খোঁজার জন্যে ধন-প্রাণ জলাঞ্জলি দেওয়া তাই মূর্খতা।

আলমাগরো হতাশ হয়ে হয়তো চিকামাতেই ফিরে যেতেন কিংবা বন্ধুদের কাছেও

মুখ দেখাতে না পেরে পানামা যোজকের নতুন কোনও উপনিবেশে নিজেকে নির্বাসিত করতেন। কিন্তু যার কাছে যেতে তিনি সবচেয়ে দ্বিধা করেছেন সেই পাদরি লুকেই একদিন তাঁর খোঁজে মোরালেস-এর বাড়িতে এসে উপস্থিত।

পিজারো আলমাগরোর ব্যর্থ অভিযান সম্পর্কে আর যে যাই শুনে থাক লুকে কিন্তু সম্পূর্ণ ভিন্ন কিছু শুনেছেন। সূর্য কাঁদলে সোনা-র দেশ তাঁর কাছে আজগুবি কল্পনা নয়! সংকল্প সাহস থাকলে সে দেশ খুঁজে পাওয়া যাবেই এই দৃঢ় বিশ্বাসে শুধু গভর্নর পেড্রারিয়াসকেই অভিযানের অনুমতি দিতে তিনি রাজি করাননি, দ্বিতীয় অভিযানের জন্যে অনেক বেশি খরচের টাকাও সংগ্রহ করে দিয়েছেন!

সর্বসাধারণের ধারণার বিরুদ্ধে সোনায় মোড়া দেশের অস্তিত্ব সম্বন্ধে পাদরি লুকের এরকম দৃঢ় বিশ্বাসের ভিত্তি কী? ব্যর্থ অভিযানের বিবরণ সবাই যা শুনেছে, তিনি তার বেশি কী শুনেছেন! কার কাছে, কোথায়? কেউ তা জানে না।

বার্থালমিউ রুইজকে নাবিক-প্রধান করে পিজারো ও আলমাগরো আগের চেয়ে আরও দুটি বড় জাহাজে অস্ত্রশস্ত্র এমনকী ঘোড়া পর্যন্ত নিয়ে পানামা বন্দর থেকে সত্যি একদিন দ্বিতীয় অভিযানে রওনা হয়েছেন।

সে অভিযানও ব্যর্থ। কিন্তু তার ব্যর্থতার ইতিহাসও বিস্ময়কর। সূর্য কাঁদলে সোনা-র দেশে সেবারেও পিজারো কি আলমাগরো পৌঁছোতে পারেননি। কিন্তু অজানা মহাসমুদ্রে দক্ষিণের দিকে যত এগিয়েছেন তত এমন কিছু সব দেখেছেন যা তাঁদের কল্পনারও বাইরে।

এ অভিযানের প্রথম অসামান্য বিস্ময় নাবিক-প্রধান রুইজকে প্রায় স্তম্ভিত করে দিয়েছে। সমুদ্রের উপকূলে নতুন নতুন বর্ধিষ্ণু গ্রাম-নগর, নতুন জাতের মানুষ ও পশুপাখি তাঁরা এ পর্যন্ত অনেক দেখেছেন। সসৈন্য তীরে নেমে কোথাও লুঠপাট করে, কোথাও ভদ্রভাবে বিনিময় করে সোনাদানার জিনিস ও অলংকার যা তাঁরা সংগ্রহ করেছেন তা চোখ ধাঁধাবার মতো। সূর্য কাঁদলে সোনা-র দেশের আশ্বাস এই সব সোনার জিনিসের মধ্যে ভালভাবেই পাওয়া গেছে। কিন্তু লুব্ধ ও মুগ্ধ করলেও এইসব ঐশ্বর্য তাঁদের কল্পনাতীত নয়।

কল্পনাতীত যে বস্তুটি নাবিক-প্রধান রুইজ-এর চক্ষু বিস্ফারিত করে তুলেছে তা তিনি দেখেন উপকূল থেকে বহু দূরে মাঝদরিয়ায়।

প্রথমে নিজের চোখকেই বিশ্বাস করতে পারেননি। বিশ্বাস করা সত্যিই কঠিন। কারণ দিগন্তবিস্তৃত সমুদ্রের মাঝে যা তিনি দেখেছেন তা গোড়াতে পালতোলা ক্যারাভেল জাতীয় বেশ বড় জাহাজ বলেই মনে হয়েছে। এ অজানা সমুদ্রে তাঁদের আগে কোনও ইউরোপীয় জাহাজের পাড়ি দেওয়া তো অবিশ্বাস্য ব্যাপার। ইউরোপীয় যদি না হয় তাহলে নিশ্চয়ই জাহাজটি এই দেশীয়দেরই। কিন্তু নৌ-বিদ্যায় এ সব দেশ তো একেবারে আদিম যুগে পড়ে আছে বললেই হয়। সভ্যতায় অতখানি অগ্রসর মেক্সিকোর মানুষও তো সমুদ্রে জাহাজ ভাসাবার কথা কল্পনাই করতে পারে না। এ পালতোলা জাহাজ তাহলে কাদের?

কাছাকাছি যাবার পর বিস্ময় আরও বাড়ে।

যা জাহাজ ভাবা গেছল তা জাহাজ নয়, অদ্ভুত বিরাট সম্পূর্ণ নতুন ধরনের এক রকম ভেলা যা ছোটখাটো জাহাজেরই শামিল।

প্রথমে যা শুধু দেখেই অবাক হতে হয়েছিল পরে খুঁটিয়ে তার পরিচয় পাবার পরও সে বিস্ময় বেড়েছে বই কমেনি। এই ভেলা-জাহাজ বড় বড় অত্যন্ত হালকা এক রকম গাছের কাঠ দিয়ে তৈরি। গাছটির নাম বালসা তা থেকে এই ধরনের জাহাজগুলিও বালসা নামে পরিচিত! এই বালসা কাঠের ভেলায় লোহা তো নয়-ই, তামার কোনও পেরেকও ব্যবহার করা হয় না। সমস্ত কাঠের গুঁড়িগুলো ওখানকার জঙ্গলের এক রকম শক্ত লতায় বাঁধা। ভেলার ওপর মোটা শরের পাটাতন। তার ভেতর থেকে দুটি শক্ত মাস্তুলের খুঁটি বেঁধে তোলা হয়েছে। সেই মাস্তুলে প্রকাণ্ড পাল ঝোলানো। এই বালসা বা ভেলা-জাহাজে দাঁড় বলে কিছু নেই। একটি বড় হাল আর বাঁকানো হেলানো যায় এমন ইরাক বা কীল-এর সাহায্যে সেটি চালাবার ব্যবস্থা। এ বালসা যারা চালায় তাদের নৈপুণ্য নিশ্চয়ই খুব উঁচুদরের, তা না হলে খোলা সমুদ্রে এই ধরনের ভেলা নিয়ে তারা চলাফেরা করতে সাহস করত না।

রুইজ তাঁর জাহাজটি বালসা-ভেলার কাছে ভেড়াবার পর উভয় পক্ষই কিছুক্ষণ অবাক হয়ে পরস্পরকে লক্ষ করেছে। তারপর পরস্পরের আলাপ পরিচয়ের সুযোগ হয়েছে বালসার একজন আদিবাসী যাত্রীর সাহায্য।

রুইজ ও তাঁর এসপানিওল নাবিকেরা প্রথমত ভেলা-জাহাজ বালসা আর তারপর তার সওয়ারি নারী পুরুষের গায়ের সোনাদানা আর পোশাকের বৈচিত্র্য দেখে অত হতভম্ব ও মুগ্ধ না হলে এই সম্পূর্ণ অজানা অঞ্চলের আজব ভেলা-জাহাজে অমন আশাতীত ভাবে দোভাষী পাওয়াতে কৌতূহলী হয়ে তাকে একটু ভাল করে লক্ষ করতেন।

কিন্তু তাঁরা সবাই তখন বালসার যাত্রীদের সোনার গহনার ওজন ও কারুকাজ আর সেই সঙ্গে তাদের গায়ে পশমের মতো কী বস্তুতে চমৎকার নকশা তুলে বোনা পোশাকের খোঁজ নিতেই তন্ময়।

দোভাষীর কাছেই রুইজ জেনেছেন যে, পশমের মতো যা দেখতে সে পোশাক ভেড়ার লোম থেকে তৈরি নয়, এ দেশের সম্পূর্ণ ভিন্নজাতের অদ্ভুত এক পশুই তা জোগায়।

সেই দোভাষীই তাঁকে আরও কিছু দক্ষিণের এক বন্দর-নগরের খবর দিয়েছে। সে নগরের নাম টম্‌বেজ। সেখানে গেলে এ দেশের পশম যারা জোগায় সেই অদ্ভুত প্রাণীর পাল মাঠে-ঘাটে দেখা যাবে আর যা দেখা যাবে তার বর্ণনা শুনেই রুইজ ও তাঁর সঙ্গীদের চোখ লোভে চকচক করে উঠেছে।

সেখানে সোনা আর রুপো নাকি কাঠ-কাঠরার মতোই সস্তা জানিয়েছে দোভাষী। সোনা রুপো সম্বন্ধে এ ধরনের উচ্ছ্বাস রুইজ বা অন্য এসপানিওলরা এর আগেও অনেক শুনেছে। যত অতিরঞ্জিতই হোক, এ সব বিবরণের মধ্যে কিছু সত্য আছে বিশ্বাস করেই তারা সুখ-শান্তি এমনকী জীবনের মায়াও জলাঞ্জলি দিয়ে পাড়ি দিয়েছে এই অজানা বিপদের দেশে। কিন্তু ভেলা-জাহাজ বালসার দোভাষীর আশ্বাসের বেশ

ভালো রকম প্রমাণ চাক্ষুষই দেখা গেছে। দেখা গেছে ওই বালসাতেই। ওই ভেলা-জাহাজে রুইজ আর তার নাবিকেরা কী দেখেছিল তার একটা তখনকার লেখা বিবরণ আছে একটা পুরনো পাণ্ডুলিপিতে। তাতে লিখছে 'এস্পেহোস গুয়ার নাসিদস দে লা দি চা প্লাটা। ঈ তাসাস ঈ ওট্রাস ভাসিহাস পারা বেবের—' "

শ্রীঘনশ্যাম দাসকে থামতে হয়েছে। উদরদেশ যাঁর কুম্ভের মতো স্ফীত সেই রামশরণবাবুর গলা থেকে জলে কুম্ভ নিমজ্জনের মতোই একটা খাবি-খাওয়া গোছের আওয়াজ শোনা গেছে। ধ্বনিটা সত্যিই মারাত্মক কিছু নয়, দাসমশাইকে তাঁর কী যেন বলার চেষ্টা দ্বিধায় সংকোচে ওই ধ্বনিরূপ নিয়েছে।

দাসমশাই অস্ফুট বক্তব্যটা সঠিক অনুমান করে নিয়ে বলেছেন, "ও আপনারা তো আবার স্প্যানিশ জানেন না। ও পাণ্ডুলিপিতে লেখা আছে—"

দাসমশাইকে আবার থামতে হয়েছে! এবার বাধা দিয়েছেন মর্মরের মতো মস্তক যাঁর মসৃণ সেই শিবপদবাবু। দাসমশাই-এর উন্নাসিক কৃপাকটাক্ষটুকুই সহ্য করতে না পেরে শিবপদবাবু জিজ্ঞাসা করেছেন, "পাণ্ডুলিপিটা কী জানতে পারি?"

"পারেন বইকী!" দাসমশাই অনুকম্পাভরে চেয়ে বলেছেন, "পাণ্ডুলিপির পরিচয় হল 'রিলেসইয়োর সাকাদা দে লা বিবলিওটেকা ইমপেরিয়াল দে ভিয়েনা'।"

শিবপদবাবু সামলে ওঠবার আগেই মেদভারে হস্তীর মতো যিনি বিপুল সেই সদাপ্রসন্ন ভবতারণবাবু তাড়াতাড়ি বলেছেন, "পাণ্ডুলিপির নাম জেনে কী হবে, মশাই! বালসা জাহাজে কী ছিল তাই বলুন!"

দাসমশাই যেন ভোট অফ কনফিডেন্স পেয়ে আবার শুরু করলেন—"ওই পাণ্ডুলিপি থেকে জানা যায় যে, ভেলা-জাহাজটিতে সোনা-রুপোর উঁচুদরের কারুকাজ করা গহনাপত্র ও পশমি পোশাক ছাড়া বিচিত্র আকারের ধাতুর পাত্র আর পালিশ করা রুপোর যে আয়না ইত্যাদি জিনিস রুইজ দেখেন, তা উঁচুদরের সভ্যতারই পরিচয় দেয়। এ পর্যন্ত এ ধরনের সূক্ষ্ম ও উন্নত চারুশিল্পের নিদর্শন তাঁরা কোথাও দেখেননি।

দোভাষীর কাছে টম্‌বেজ নামে বন্দরনগরের কথা শুনে রুইজ সেখানেই যাবার জন্যে উদগ্রীব হয়ে ওঠেন। পথ দেখাবার জন্যে বালসা থেকে দোভাষীকে যে তিনি নিজের জাহাজে তুলে নেন, তা বলাই বাহুল্য। টম্‌বেজ-এ একা যাওয়া অবশ্য তাঁর চলে না। এ অভিযানের নেতা পিজারোর অধীনেই সেখানে যাবার আয়োজন করতে হয়। তাই পিজারো আর তাঁর সঙ্গীদের রিও-দে-সান-জোয়ান নদীর তীরে যেখানে ছেড়ে এসেছিলেন, সেখানেই প্রথমে ফিরে গেছেন রুইজ।

পিজারো আর তাঁর দলবলের ইতিমধ্যে দুর্দশার একশেষ হয়েছে। রুইজ জাহাজ নিয়ে সে সময়ে না ফিরলে এ দলের অস্তিত্বই থাকত কি না সন্দেহ। পিজারোর দলের কিছু নাবিক সৈনিক মারা গেছে অসুখে-বিসুখে ও অনাহারে। সঙ্গের সামান্য খাবার ফুরিয়ে যাবার পর বুনো আলু, নোনা তীরভূমির নারকেল আর গরানগাছের তেতো ফল ছাড়া আর বিশেষ কোনও আহার তাঁদের জোটেনি। নদীতীরের বাদা-জঙ্গলে ওদের কুমির কেম্যান-এর পেটে গেছে কেউ কেউ, কারও জীবনান্ত

হয়েছে ওখানকার অজগর আনাকোণ্ডার আলিঙ্গনে। আর কিছু মরেছে আদিবাসীদের গোপন আক্রমণে। ও অঞ্চলের যে আদিবাসীরা প্রথম দিকে স্পেনের অভিযাত্রীদের সূর্যের সন্তান—দেবতা—বলে ভক্তির চোখে দেখেছিল, তারা এসপানিওলদের সত্যকার স্বরূপ তখন জেনে ফেলেছে।

রুইজ একেবারে শেষ মুহূর্তে জাহাজ নিয়ে ফিরে পিজারো আর তাঁর অনুচরদের শোচনীয় পরিণাম থেকে বাঁচিয়েছেন। পিজারোর ভাগ্য এবার সবদিক দিয়েই অনুকূল মনে হয়েছে। শুধু রুইজ নয়, আলমাগরোও পানামা থেকে প্রচুর রসদ ও নতুন ভর্তি হওয়া নাবিক-সৈনিক নিয়ে এসে পৌঁছেছে সেই সময়।

রুইজ-এর কাছে পিজারো ও আলমাগরো তাঁর অভিযানের বিস্তারিত বিবরণ শুনে উৎসাহিত হয়ে উঠেছেন। টম্‌বেজ বন্দর-নগরের খবর যার কাছে পাওয়া গেছে ভেলা-জাহাজ বালসা থেকে তুলে নেওয়া সেই দোভাষীর সঙ্গে তাঁরা সরাসরি আলাপ করতে চেয়েছেন।

কিন্তু কোথায় সে দোভাষী! কোথাও তাঁর পাত্তা পাওয়া যায়নি। রিও-দে-সান-জোয়ান-এর তীরে পিজারোর আস্তানায় ফিরে আসার দিনও দোভাষীকে জাহাজে দেখেছেন বলে রুইজ-এর মনে আছে। অন্যান্য নাবিকরাও তাঁকে সমর্থন করে জানিয়েছে যে সেই দোভাষীকে তীরে নামতেও তারা দেখেছে। তারপর থেকে তার আর কোনও হদিস নেই।

নদীর মোহনায় বালুকাময় তীরভূমিতে পিজারো আর তাঁর সাঙ্গোপাঙ্গ অনুচরদের ছোট্ট একটা উপনিবেশ। তার চারদিকে দুস্তর বিপদসংকুল বাদা-জলা আর দুর্ভেদ্য জঙ্গল। নেহাত আহাম্মকের মতো জলা-বাদা পার হয়ে যদি না সে কুমির, অজগর কি জাগুয়ারের শিকার হবার ভয় তুচ্ছ করে পালিয়ে থাকে তাহলে তার এমনভাবে উধাও হওয়া তো অবিশ্বাস্য ব্যাপার। হঠাৎ অকারণে সে পালাতে যাবেই বা কেন?

দোভাষীর অন্তর্ধান-রহস্যের কোনও মীমাংসা শেষ পর্যন্ত হয়নি।

তার দেওয়া বিবরণের ওপর নির্ভর করে পিজারো দক্ষিণের বন্দর-নগর টম্‌বেজ খুঁজতে যাওয়ার সংকল্প কিন্তু ছাড়েননি। দলের সকলেরই মনে এখন নতুন আশা, নতুন উৎসাহ। বুনো আলু আর গরানগাছের ফল খেয়ে যাদের হাড়-চামড়া সার হয়েছিল, তাদের এখন আর রসদের অভাব নেই। আলমাগরোর চেষ্টায় লোকবলও তাদের বেড়েছে। তুমুল উত্তেজনা ও উৎসাহের মধ্যে দুটি জাহাজ প্রায় একসঙ্গেই ছেড়েছে। লক্ষ্য, দূর দক্ষিণ সমুদ্রের বন্দর-নগর টম্‌বেজ, এ যুগের স্বর্ণলঙ্কার যা হয়তো প্রথম সোপান।

অভিযাত্রীদের এবারের স্বপ্নও কিন্তু বিফল হয়েছে। আশ্চর্য বন্দর-নগর টম্‌বেজ-এ পিজারো তাঁর দলবল নিয়ে পৌঁছেছেন। আশাতীত অভ্যর্থনাও সেখানে পেয়েছেন। বন্দর-নগর টম্‌বেজ যে অত্যন্ত উন্নত ও সমৃদ্ধ এক অজানা রাজ্যের একটি সীমান্তঘাঁটি মাত্র তা বুঝতে তাঁর দেরি হয়নি। সর্বত্র রাস্তায় ঘাটে দেব-স্থানে সোনা-রুপোয় ছড়াছড়ি দেখেছেন, দেখেছেন সেই আশ্চর্য প্রাণী যার কোমল মসৃণ লোম ইউরোপের শ্রেষ্ঠ পশমকেও হার মানায়—অজানা সভ্যতায় ব্যবহৃত নতুন

কয়েকটি শব্দ শিখেছেন যেমন কুরাকা, যেমন মিনি মায়েস, যেমন ইঙ্কা।

এই টম্‌বেজ বন্দর-নগরেই পিজারো মহামহিম রাজ্যেশ্বর হুয়াইনা কাপাক-এর নাম শুনেছেন, সমুদ্রতীর থেকে অনতিদূরের অভ্রভেদী তুষারমৌলি পর্বতশ্রেণী পর্যন্ত যাঁর একচ্ছত্র রাজত্ব বিস্তৃত।

এ রাজ্যের শাসনশৃঙ্খলার পরিচয় টম্‌বেজ নগরীতে ভালভাবে পাওয়া গেছে। পূর্বতন এক রাজ্যেশ্বর মহামহিম টুপাক ইউপাঙ্কি নগরে একটি দুর্ভেদ্য দুর্গ স্থাপন করেছেন। এ নগরের সুবর্ণমণ্ডিত দেব-স্থান পিজারো ও তাঁর সহ-অভিযাত্রীদের বিস্ময় উৎপাদন করেছে। নগরের একটি আশ্চর্য আবাস-হর্ম্য তাঁরা দেখেছেন সূর্যকুমারীদের জন্যে যা নির্দিষ্ট। নগরময় অসংখ্য জলধারা বহন করবার কৃত্রিম প্রণালী তাঁদের চোখে পড়েছে। তাঁরা দেখেছেন সমুদ্র আর উর্বর মৃত্তিকার দাক্ষিণ্যে নগরবাসীদের কোনও কিছুরই অভাব নেই।

নমুনা স্বরূপ এ নগর দেখেই এ সোনার রাজ্য জয় করবার লালসা তীব্র হয়ে উঠেছে পিজারোর মনে। কিন্তু সেবারের মতো এ রাজ্যের বিশদ কিছু বিবরণ আর তার কল্পনাতীত ঐশ্বর্যের বিস্ময়কর কিছু নিদর্শন নিয়েই পিজারোকে সদলবলে পানামায় ফিরতে হয়েছে।

টম্‌বেজ থেকে আরও কিছু দক্ষিণ পর্যন্ত অবশ্য তিনি পাড়ি দিয়েছিলেন। সে পথে সমুদ্র উপকূলে আরও বহু সমৃদ্ধ নগর তিনি দেখেন আর সর্বত্রই সেই অসামান্য রাজ্যেশ্বরের কথা শোনেন, আকাশছোঁয়া তুষারমৌলি গিরিশ্রেণীর এক গহন গোপন উপত্যকায় যাঁর পরমাশ্চর্য রাজধানী রূপকথার রহস্য-বিস্ময় দিয়ে ঘেরা।

সে স্বপ্নপুরীতে পৌঁছোবার সুগম পথ কি নেই?

দক্ষিণ সমুদ্রে একটু করে পিজারো এগিয়ে গেছেন জাহাজ নিয়ে। তাঁর বাঁদিকে অজানা তটরেখা। অনতিদূরে আকাশপটে অভ্রংলিহ সব গিরিশিখরের একসঙ্গে নিষেধ ও নিমন্ত্রণ। সে সব গিরিশিখরের নাম তিনি শুনেছেন স্থানীয় অধিবাসীদের কাছে।

চিম্বোরাজো, কোটোপাক্সি—সে সব নামগুলিই শঙ্কামেশানো সম্ভ্রম আর বিস্ময় জাগায়।

আর-একটু, আর-একটু করে পিজারো আর তাঁর সঙ্গীরা বিষুবরেখার দক্ষিণে প্রায় নবম অক্ষাংশের কাছে এসে পৌঁছেছেন। ইউরোপের কারও ইতিপূর্বে এতদূর পর্যন্ত আসার সৌভাগ্য হয়নি।

সুন্দর বিশাল একটি নদীর মোহনায় ঢুকে পিজারো এক বন্দর-নগরে জাহাজ ভিড়িয়েছেন এবার।

প্রশস্ত চওড়া নদী, তার ধারে সুন্দর ছোট্ট শহর। তবু এখানে পা দেবার পর থেকেই কেমন যেন একটা অস্বস্তিবোধ করেছে সবাই—কী একটা প্রায় গা ছম-ছম করা ভাব।

কী নাম এ শহরের? নাম জানা গেছে সান্তা।

এখানে এ রকম অদ্ভুত অনুভূতি হবার কারণটা কী হতে পারে? শহরটা কি

আলাদা ধরনের কিছু?

এমন কিছু নয়। হাওয়াটা শুধু বড় বেশি রকম যেন শুকনো। নিঃশ্বাস নিতে নাকের ভেতর পর্যন্ত শুকিয়ে দেয়।

'আর, আর ওগুলো কী?' জিজ্ঞাসা করেছে পিজারো আর তাঁর দলের লোকেরা, শহরে ঘুরতে বেরিয়ে।

'ওগুলো গুয়াকাস'!

'গুয়াকাস! সে আবার কী?' অবাক হয়ে জিজ্ঞাসা করেছেন পিজারো।

নগরবাসীরা গুয়াকাস কী বুঝিয়ে দিয়েছে। কিন্তু দলের কেউ তো নয়ই, পিজারো বা আলমাগরোও স্পষ্ট করে কিছুই বুঝতে পারেননি।

বুঝবেন কী করে? আসলে দু-জনেই তো সরস্বতীর ত্যাজ্যপুত্র টিপসই দেওয়া মূর্খ। এ দেশের রাজ্যেশ্বরের পরিবার আর খানদানিরা যে মৃত্যুর পর আপনজনের মৃতদেহ মিশরিদের মতো মামি করে রাখে আর এখানকার আবহাওয়া অসম্ভব রকম শুকনো বলেই সান্তা বন্দর যে সমাধি-নগর হিসেবে নির্বাচিত, তা বোঝবার মতো জ্ঞানবিদ্যে দু-জনের কারওই নেই।

গুয়াকাস মানে সমাধিস্থান। এইটুকুই তাঁরা বুঝেছেন, আর যত রাজ্যের সেকাল একালের মড়া তার মধ্যে ওষুধে আরকে তাজা রাখবার ব্যবস্থা হয় এইটুকু জেনেই ও শহরে থাকবার উৎসাহ পাননি।

জীবিতের চেয়ে মৃতের মর্যাদাই যেখানে বেশি সে বন্দর-নগর ছাড়বার পর পিজারোর লোকজন আর অজানা দক্ষিণে পাড়ি দিতে চায়নি। পিজারোকেও তাদের মতে সায় দিতে হয়েছে।

সূর্য কাঁদলে সোনা-র কিংবদন্তির দেশ যে সত্যি আছে তার যথেষ্ট প্রমাণ তো তাঁরা এবার সঙ্গে করে নিয়ে যাচ্ছেন। ছোটখাটো একটা জনপদ তো নয়, এ বিশাল সমৃদ্ধ শক্তিমান রাজ্য জয় করা পিজারোর ওই সামান্য ক-জন সাঙ্গোপাঙ্গদের ক্ষমতার বাইরে। তার জন্যে পুরোপুরি তৈরি হয়ে আসতে হবে।

এবারের সার্থক অভিযানের বিবরণ শুনলে আর এ অজানা আশ্চর্য রাজ্যের কল্পনাতীত ঐশ্বর্যের কিছু নিদর্শন চাক্ষুষ দেখলে শাসনকর্তা পেড্রারিয়াস যে কিছুতেই আগের মতো বিমুখ থাকতে পারবেন না, নতুন অভিযান সাজাবার জন্যে যা কিছু দরকার সাগ্রহেই তা দেবেন, এ-বিষয়ে পিজারোর কোনও সংশয় তখন আর নেই।

আশায় উৎফুল্ল হয়ে দৃঢ় আত্মবিশ্বাস নিয়ে প্রায় আঠারো মাস বাদে পিজারো তাঁর সাঙ্গোপাঙ্গ সমেত দুটি জাহাজ পানামা বন্দরে ভেড়ালেন।

পানামা বন্দরে সে এক অভূতপূর্ব দৃশ্য। সমস্ত শহরই যেন ভেঙে পড়েছে পিজারো আর তাঁর সঙ্গীদের দেখতে আর অভ্যর্থনা জানাতে। তাঁরা যে এখনও প্রাণে বেঁচে আছেন পানামার কেউ তা-ই ভাবতে পারেনি। আঠারো মাস যাঁদের কোনও সংবাদ নেই, অজানা অসীম সমুদ্রে সম্পূর্ণ অনাবিষ্কৃত ভূভাগে বেপরোয়া হয়ে পাড়ি দিয়ে নিজেদের গোঁয়ার্তুমির চরম শাস্তিই তারা পেয়েছে বলে সবাই ধরে নিয়েছেন।

তার বদলে তাঁরা শুধু নিরাপদে ফিরেই আসেননি, কিংবদন্তির দেশ সত্যিই

আবিষ্কার করে তার আশ্চর্য বিবরণ আর নিদর্শন সঙ্গে নিয়ে এসেছেন, এ খবর চাউর হবার পর পানামার মতো বন্দর-নগরে উৎসাহ-উত্তেজনার জোয়ার বওয়া অস্বাভাবিক কিছু নয়।

পানামা বন্দরে সেদিন গণমান্য থেকে অতিনগণ্যদেরও প্রায় সকলকেই উপস্থিত থাকতে দেখা গেছে।

দেখে গেছে মোরালেসকে, পাদরি হার্নান্দো লুকে-কে, আর তখনও পর্যন্ত পিজারোর অভিযানের আসল মহাজন হিসেবে যিনি আত্মপ্রকাশ করেননি সেই লাইসেনসিয়েট গ্যাসপার দে এসপিনোসাকেও।

দেখা যায়নি শুধু পানামার গভর্নর পেদ্রো দে লোস রিয়স ওরফে পেড্রারিয়াসকে। তাঁর সম্মানে বাধলেও তাঁর সরকারি-দপ্তরের কেউ তো তাঁর হয়ে পিজারোদের অভ্যর্থনা জানাতে আসতে পারত। সেরকম কেউও আসেনি।

পিজারো, আলমাগরো ও রুইজ-এর তখনই উদ্বিগ্ন হবার কথা। কিন্তু নাগরিকদের উচ্ছ্বসিত সমাদরে কিছুকাল মাথা ঠাণ্ডা রাখাই তাঁদের পক্ষে কঠিন হয়েছে।

মেঘলোক থেকে মাটিতে নামবার অবসর হবার পর তিনজনে যখন পেড্রারিয়াস-এর কাছে নিশ্চিন্ত বিশ্বাসে দরবার করতে গেছেন তখন যে আঘাত তাঁরা পেয়েছেন তা সত্যিই কল্পনাতীত।

সূর্য কাঁদলে সোনা-র দেশ জয় করার স্বপ্ন একমুহূর্তে ধূলিসাৎ করে দিয়ে গভর্নর পেড্রারিয়াস বলেছেন, 'নো এনতেনদিয়া দে দেসপোবলার সু গবর্নেসিওন পারা কে আভিয়া মুয়েরতো—'

নিজেকে যেন কড়া রাশ টেনে থামিয়ে দাসমশাই নিজের ত্রুটি স্বীকার করে বললেন, 'ভুলে পেড্রারিয়াস-এর আসল মুখের কথাই বলে ফেলছিলাম। মোদ্দা কথা হল পেড্রারিয়াস পিজারোদের আরজি সরাসরি নাকচ করে দিয়ে রূঢ়ভাবেই জানিয়ে দিয়েছেন যে, নিজের মুল্লুক ভাসিয়ে দিয়ে অন্যের মুল্লুক গড়ে দেবার বাসনা তাঁর নেই। সস্তা ক-টা সোনা-রুপোর খেলনা আর কিম্ভূত একজাতের ভেড়ার জন্যে যতজন প্রাণ খুইয়েছে তা-ই যথেষ্ট। তার বেশি প্রাণ অকারণে নষ্ট হতে তিনি দেবেন না।

পাহাড় টললেও পেড্রারিয়াস টলবেন না। হয় পিজারোদের অভিযানের অসীম সম্ভাবনা তিনি ধারণা করতে পারেননি কিংবা সে সম্ভাবনা অত বিরাট বলেই ভয় পেয়ে গেছেন।

কিন্তু পিজারো আর তাঁর সঙ্গীরা যে চোখে অন্ধকার দেখেছেন! তাঁদের এত দুর্ভোগ এত প্রাণের মায়া-ত্যাগ-করা দুঃসাহস, সব নিষ্ফল? অন্যের কাছে যা সাহায্য পেয়েছেন তার ওপরে নিজেদের যথাসর্বস্ব তাঁরা এই অভিযানের পেছনে ঢেলেছেন। এখন তাঁরা পথের ভিখিরি বললেই হয়। পানামার গভর্নর বিরূপ হবার পর আর নতুন অভিযান সাজাবার কথা ভাবা বাতুলতা। সূর্য কাঁদলে সোনা-র দেশ অনাবিষ্কৃতই থেকে যাবে, কিংবা তাঁরা যে প্রথম ধাপ কেটে দিয়ে যাচ্ছেন তাই দিয়ে ভাগ্যের পরিহাসে আর-কেউ সাফল্যের শিখরে উঠবে এ দেশ আবিষ্কারের গৌরব আত্মসাৎ

করতে।

পিজারো আর আলমাগরো একেবারে ভেঙে পড়ে নিজেদের বাসা থেকেই আর বার হন না।

রুইজ শুধু এত বড় আশাভঙ্গের দুঃখ ভুলতে শুঁড়িখানাতেই প্রায় দিনরাত পড়ে থাকেন। অনেক রাত্রে শুঁড়িখানার মালিক যখন একরকম জোর করে তাঁকে রাস্তায় ঠেলে বার করে দিয়ে দোকান বন্ধ করে, রুইজ তখন কোনওরকমে টলতে টলতে মোরালেস-এর বাড়িতেই গিয়ে ওঠেন। সে-ই তাঁর আস্তানা!

সেদিন অমনই টলতে টলতে মোরালেস-এর বাড়িতে যাবার পথে রুইজ নির্জন জলার রাস্তায় যেন ভূত দেখেছেন। নেশায় নিজেকে বেহুঁশ জেনে প্রথমে নিজের চোখকে বিশ্বাস করতে না পেরে জেগে স্বপ্ন দেখছেন বলেই মনে করছেন। কিন্তু স্বপ্ন বা চোখের ভুল নয়। সত্যিই নির্জন রাস্তায় চাঁদের আলোয় মানুষটাকে স্পষ্ট দাঁড়িয়ে থাকতে দেখা গেছে। নির্জন রাস্তায় এমন একজন মানুষ দাঁড়িয়ে থাকা কিছু আজগুবি ব্যাপার নয়। কিন্তু মানুষটা যে সেই দোভাষী, ভেলা-জাহাজ বালসা থেকে যাকে তুলে নিয়েছিলেন আর পিজারো-র তখনকার আস্তানা রিও-দে-সান জোয়ান-এর তীরে জাহাজ বাঁধবার পর যে নিশ্চিহ্ন হয়ে গিয়েছিল আশ্চর্যভাবে।

'তুমি! তুমি এখানে?' রুইজ-এর নেশায় জড়ানো জিভ যেন আরও অসাড় হয়ে গেছে।

'হ্যাঁ, একটা কথা শুধু বলবার জন্যে দাঁড়িয়ে আছি এখানে।'

'কী কথা?' রুইজ মাথাটা পরিষ্কার করবার চেষ্টা করে জিজ্ঞাসা করেছেন।

'ইঁদারায় জল না পেলে নদীতে যেতে হয়।'

'অ্যাঁ!' মাথাটায় ঝাঁকানি দিয়ে ঝাপসা বুদ্ধি ও দৃষ্টি একটু স্পষ্ট করতে যাবার পর রুইজ সামনে আর কাউকে দেখতে পাননি। লোকটা যেন জ্যোৎস্নার আবছা আলোয় মিশে গেছে।

বালসা থেকে যাকে তুলেছিলেন সেই দোভাষীকেই সত্যি এইমাত্র দেখেছেন কি না মনে সন্দেহ জেগেছে।

যা সে বলে গেল সে কথাটারও মাথামুণ্ডু কিছু খুঁজে পাননি।

সাত

"সারা সেভিল শহরেই সেদিন উৎসবের আনন্দ কোলাহল। এক জায়গায় জনতার চেহারা একটু সম্ভ্রান্ত।

সেখানে ঘুরেফিরে অনেকেরই দৃষ্টি একদিকে পড়ছে। পড়া কিছু আশ্চর্য নয়। অভিজাত সুন্দরী নারী। সৌন্দর্যেও বিশেষত্ব আছে। অনেক সুন্দরী নারীর ভিড়েও এ মহিলাকে আলাদা করে দেখতে হয়।

ভিড় জমেছে অসামান্য এক গির্জার উৎসব উপলক্ষে। যে সে গির্জা নয়, সান্তা মারিয়া দে লা সেদে ক্যাথিড্রাল! সেভিল শহরের পরম গর্বের স্থাপত্যনিদর্শন।

পৃথিবীতে ওর চেয়ে বড় গির্জা আর একটি মাত্রই আছে।

শতাধিক বছর আগে কাজ শুরু হয়ে ১৫১৯-এ মাত্র ন-বছর হল গির্জাটি তৈরি শেষ হয়েছে। সেই থেকে প্রতিবছর এ গির্জাকে কেন্দ্র করে উৎসব হয়ে আসছে। দর্শকদের ভিড় যেখানে সবচেয়ে বেশি পূজাবেদীর পেছনের সেই অপূর্ব চুয়াল্লিশটি গিল্টি-করা কাঠের খোদাই মূর্তিগুলির কাজ সাতচল্লিশ বছর ধরে নানা শিল্পীর সাধনায় সমাপ্ত হয়েছে মাত্র দু-বছর আগে।

অন্য অনেকের দৃষ্টি বারবার যার ওপর গিয়ে পড়ছে সেই সুন্দরী মহিলার অখণ্ড মনোযোগ কিন্তু এই অপূর্ব শিল্পনিদর্শনের ওপর নেই। নেহাত বাইরের ভড়ং রাখবার জন্যেই সে মূর্তিগুলির ওপর চোখ বুলিয়ে যাচ্ছে মাত্র। ভাল করে একটু লক্ষ করলেই বোঝা যায়, ক্ষণে ক্ষণে সুন্দরী বাইরের গির্জাতোরণের দিকেই কীসের একটা প্রত্যাশায় যেন তাকাচ্ছে।

রীরডস-এর মূর্তিগুলি পুরোপুরি না দেখেই মহিলাকে গির্জার আর-একদিকে চলে যেতে দেখা যায়।

এখানেও ক্যাথিড্রালের একটি অতুলনীয় সম্পদ অবশ্য আছে। মেরিমাতার একটি প্রমাণ মাপের কাঠের মূর্তি। জননী মেরি রুপোর সিংহাসনে বসে আছেন। তাঁর কেশরাশি সোনার সুতোয় তৈরি।

এ অপূর্ব মূর্তির সামনে হাঁটু গেড়ে বসে ক্ষণেকের জন্যে নতি জানিয়েই মহিলা উঠে পড়ে আবার গির্জার বাইরের তোরণের দিকেই এগিয়ে যায়।

ক্যাথিড্রালের ঈষৎ স্তিমিত আলো থেকে বাইরে আসবার পর সুন্দরী মহিলাকে কেউ কেউ চিনতে পারে।

মহিলা সেভিলের অধিবাসিনী নয়। কিছুদিন মাত্র এ নগরে তাকে দেখা যাচ্ছে। এই সময়টুকুর মধ্যে মহিলা শুধু মুগ্ধ বিস্ময়ই নয়, তার স্বামীর সঙ্গে বেশ একটু তীব্র কৌতূহলও জাগিয়েছে।

মার্কুইস গঞ্জালেস দে সোলিস নামটা তখন স্পেনের খানদানি মহলে একেবারে অপরিচিত নয়। বনেদি প্রাচীন ঘরানা না হয়েও কীসের দৌলতে মার্কুইস উপাধি পাবার সৌভাগ্য হয়েছে সেই বিষয়েই সঠিক ধারণা বিশেষ কারও নেই। নানারকম অনুমান ও গুজব তাই এই নিয়ে প্রচলিত। মার্কুইস-এর আভিজাত্য কত গভীর সে বিষয়ে অনিশ্চয়তা থাকলেও তাঁর স্ত্রী মার্শনেস-এর সৌন্দর্য সম্বন্ধে অবশ্য দ্বিমত নেই। সেভিল-এর সম্ভ্রান্ত মহলে মার্কুইস ও মার্শনেস-এর খাতির সেই জন্যেই দিন দিন বাড়ছে।

কিন্তু মার্শনেস-এর মতো অভিজাত সুন্দরী মহিলাকে এখন দেখলে একটু অবাকই হবার কথা।

সান্তা মারিয়া দে লা সেদে-র ক্যাথিড্রাল থেকে সে রাস্তায় বেরিয়ে এসেছে। নেহাত মেলার আবহাওয়া না হলে মার্শনেস-এর এভাবে চলাফেরা অত্যন্ত দৃষ্টিকটু হত।

ধর্মের উৎসবের দিন। রাস্তায় উৎসবমত্ত নাগরিকদের ভিড়। মার্শনেস-এর ওপরে

বিশেষভাবে কেউ নজর দেয় না।

এসপানিওলরা জাত হিসেবেই ফুর্তিবাজ। তার ওপর সেভিল শহর শুধু নয়, দক্ষিণ স্পেনের সমস্ত সেভিল প্রদেশের লোকেরই আমুদে বলে খ্যাতিটা সবচেয়ে বেশি। খ্রিস্টপূর্ব দ্বিতীয় শতাব্দীতে সেভিল শহরের পত্তন থেকেই সেখানকার মানুষ আমাদের দেশের বারো মাসে তেরো পার্বণের মতো যে কোনও ছুতোয় একটা উৎসব করতে পেলে আর কিছু চায় না। স্পেনের নিজস্ব ষাঁড়ের লড়াই নিয়ে তারা যেমন মেতে ওঠে তেমনই ধর্মের অনুষ্ঠানের মেলা কি কার্নিভ্যালেও তাদের অদম্য উৎসাহ।

তখনকার উৎসবটা আবার ইস্টার-এর। সেভিলের এই উৎসবটাই সবচেয়ে বড়। সেভিল জলার দেশ বললেই হয়। শাখা-প্রশাখা সমেত গুয়াদালকুইভির নদীর বন্যা সামলাতে বর্তমান যুগেও সেখানে অনেক তোড়জোড় করতে হয়। কিন্তু জলার দেশ হলেও আন্দালুসিয়া অঞ্চলটার শুকনো রোদে ঝলমল আবহাওয়াই সেখানকার মানুষের পোশাক যেমন মনও তেমনই রংচঙে করে তোলে।

শুধু শহরের লোক নয়, দূর গ্রামাঞ্চল থেকেও চাষিরা সপরিবারে তখন মেলায় যোগ দিতে এসেছে। তাদের রংবেরং-এর সাবেকি ধরনের সাজের মধ্যে মার্শনেস-এর পোশাক একটু বেমানান হয়তো লাগে। কিন্তু তা নিয়ে মাথা ঘামাবার মতো সময় ও উৎসাহ কারও নেই।

মার্শনেস ক্যাথিড্রাল থেকে বেরিয়ে উত্তর-পুব কোণের ঘণ্টামিনার বা জিরাল্ডার নীচে খানিক দাঁড়ায়। এ ঘণ্টামিনার এখন প্রায় দুশো হাত উঁচু। তখন ছিল মাত্র সওয়া একশো হাত। আগের মিনারটি নতুন করে গেঁথে পরে বাড়িয়ে তোলা হয়। পুরনো মিনারটির বয়স কিন্তু গির্জাটির চেয়ে সাড়ে তিনশো বছরের বেশি। সে মিনার ছিল একটি প্রাচীন মসজিদের অংশ। স্পেনের সুদীর্ঘ মুসলিম অধীনতার স্মৃতিচিহ্ন হিসাবে এ ঘণ্টা-মিনারটি সেভিল ক্যাথিড্রালকে একটি বৈশিষ্ট্য দিয়েছে।

স্থাপত্যরীতির ওসব ভেদাভেদ বুঝে উপভোগ করবার মতো ক্ষমতা থাক বা না থাক মার্শনেস-এর তখন সেদিকে দৃষ্টি দেবার মতো মনের অবস্থাই নয়। কী একটা অস্থিরতা তাকে যেন তাড়িয়ে নিয়ে ফিরছে।

ঘণ্টামিনারের নীচে একটু অপেক্ষা করে মার্শনেস আবার ক্যাথিড্রালের দিকেই ফেরবার জন্যেই পা বাড়ায়।

ঠিক সেই সময় পেছন থেকে তার পোশাকে একটা টান পড়ে।

বেশ একটু চমকে মার্শনেস ঘুরে দাঁড়ায়। সেভিল-এর লোকেরা ফুর্তিবাজ, কিন্তু তাদের শিষ্টতার খ্যাতি অনেককালের। তারা তো পারতপক্ষে এমন অসভ্যতা করে না। তা ছাড়া মার্শনেস-এর পোশাকটাই তাকে চিনিয়ে দেয়। সে পোশাক যে হেঁজি-পেঁজির ঘরের নয় তা বুঝে এরকম অসম্মান করবার সাহস করবে কে?

গাঁ-দেশ থেকে চাষাভুষো অনেক এসেছে। তারা অবশ্য অতশত বোঝে না। মাতাল হয়ে খোশমেজাজে তারাই কেউ কি না-জেনেশুনে এ বেয়াদপি করেছে?

ফিরে দাঁড়িয়ে লোকটার দিকে চেয়ে সেই অনুমানই ঠিক বলে মনে হয়।

রংদার হলেও একেবারে মার্কামারা গ্রাম্য-উৎসবের পোশাকে একটি গাঁইয়া লোক নেশায় ঢুল-ঢুলু চোখে তার দিকে তাকিয়ে হাসছে। খাটো আঁট ইজের। কোমরবন্ধ আঁটা ঝোলা কুর্তা আর উপুড়-করা প্রকাণ্ড সানকির মতো টুপিতে লোকটার গাঁইয়া পরিচয় স্পষ্ট করে লেখা।

মার্শনেস এক মুহূর্তে রেগে আগুন হয়ে ওঠে। তার মধ্যে যে একটা হিংস্র বাঘিনী আছে বাইরের রূপ দেখে তা বোঝবার উপায় নেই।

সেই বাঘিনীটাই যেন হঠাৎ জেগে উঠে লোকটার ওপর ঝাঁপিয়ে পড়তে চায়।

নিজেকে তবু অতিকষ্টে সামলে সে গোলামদের ধমক দেবার ভঙ্গিতে ক্রুদ্ধ চাপা গলায় জিজ্ঞাসা করে, 'তুই আমার পোশাক ধরে টেনেছিস, বদমাশ?'

'আজ্ঞে হ্যাঁ, মার্শনেস!' অম্লানবদনে আগের মতোই মুচকে মুচকে হাসতে হাসতে বলে লোকটা।

মার্শনেস! লোকটার কাছে তার পরিচয় তা হলে অজানা নয়। তা সত্ত্বেও চাষাটার এতবড় বেয়াদবি করবার স্পর্ধা হয়েছে!

রাগে মার্শনেস প্রায় ক্ষিপ্ত হয়ে উঠে, চোখের দৃষ্টিতে আগুন ছিটিয়ে বলে, 'হাতদুটো কাটিয়ে নুলো হতে চাস?'

'তাতে রাজি আছি, মার্শনেস দে সোলিস!' লোকটার মুখে কোনও ভাবান্তর দেখা দেয় না। 'তার আগে ওই মিহি কোমরটা একবার জড়িয়ে ধরবার অনুমতি যদি দেন!'

মার্শনেস অভদ্র চাষাটার গালে কষাবার জন্যে চড়টা তুলেছিল তার আগে। কিন্তু হাতটা তাকে বেশ একটু হতভম্ব হয়ে নামাতে হয়।

তাকে মার্শনেস বলে চেনা একজন চাষা-ভুষোর পক্ষে যদি বা সম্ভব, মার্শনেস দে সোলিস বলে তার পুরো পরিচয়টা জানা তো প্রায় অবিশ্বাস্য ব্যাপার।

লোকটাকে তীক্ষ্ণদৃষ্টিতে এবার লক্ষ করে মার্শনেস সত্যিই চমকে ওঠে—'তুমি!'

চাষাড়ে মোটা নকল গোঁফটা খুলে আর মাথায় বড় কানাতোলা থালার মতো টুপিটা নামিয়ে লোকটি এবার সম্পূর্ণ ভিন্ন গলায় তীব্র বিদ্রূপের সঙ্গে বলে, 'হ্যাঁ আমি, মার্শনেস দে সোলিস! তোমার প্রিয়তম স্বামী। সামান্য একটু ছদ্মবেশ করে তোমার ওপর নজর রাখছি অনেকক্ষণ থেকে । সান্তা মারিয়া দে লা সেদে ক্যাথিড্রালের ইস্টার উৎসবে যোগ দেবার নামে যখন একলা বাসা থেকে বেরিয়ে এসেছ তখন থেকেই। আমার ছদ্মবেশ অতি সাধারণ। কোনও ছেলেমানুষের চোখকেও বোধহয় এতে ফাঁকি দেওয়া যায় না। কিন্তু কোনও কিছুর চিন্তায় তুমি এত উতলা, এমন অস্থিরভাবে কাউকে খুঁজতে ক্যাথিড্রালের এ প্রান্ত থেকে ও প্রান্ত ছোটাছুটি করে বেড়াচ্ছ যে অমন একটা বেয়াদবির পরও আমাকে ভাল করে লক্ষ করবার ক্ষমতা তোমার হয়নি।'

একটু থেমে মার্কুইস গঞ্জালেস দে সোলিস বাঁকা হাসিতে বিষ ছড়িয়ে আবার জিজ্ঞাসা করে, 'এত ব্যাকুল হয়ে কাকে খুঁজছ বলে ফেলো দেখি! কার সঙ্গে এই ক্যাথিড্রালের ভেতরে বা বাইরে দেখা করবার ব্যবস্থা করেছ?'

'একটা গোলামের সঙ্গে,' প্রথম চমকের পর ইতিমধ্যেই নিজেকে সামলে নিয়ে

মার্কুইস-এর চেয়েও তিক্ত তীব্র বিদ্রূপের চাবুক চালিয়ে মার্শনেস বলে, 'যাকে শয়তানি ফন্দিতে গোলাম না বানাতে পারলে আজ মার্কুইস গঞ্জালেস দে সোলিস-এর বদলে ছদ্মবেশে যা সেজে আছ তোমার অবস্থা তারও অধম হত।'

'তা যে হয়নি,' মার্কুইস যেন স্ত্রীর তীব্র বিদ্বেষটা উপভোগ করে বলে, 'তার জন্যে মার্শনেস-এর কাছেই কৃতজ্ঞতা জানাচ্ছি। কারণ শয়তানকেও হার মানানোর ফন্দিটা খাটাবার বাহাদুরি আমার একার নয়, তাতে তাঁরও কিছু কেরামতি আছে। আর আমি আজ মার্কুইস না হয়ে চাষার অধম হলে বেহায়া বিধবা হিসেবে ফার্নানদিনাতেই তাঁরও বোধ হয় এতদিনে সোনার অঙ্গে ছাতা ধরত।'

'জানোয়ার!' দাঁতে দাঁতে চেপে কথা দিয়েই মাংস খুবলে নেবার মতো গলায় বলে মার্শনেস।

'নিশ্চয়ই! তা না হলে তোমার স্বামী হবার যোগ্য হতে পারি!' আগের মতোই জ্বালা-ধরানো হাসির সঙ্গে বলে মার্কুইস গঞ্জালেস দে সোলিস, 'কিন্তু পরস্পরকে মধুর সব সম্ভাষণ করবার যথেষ্ট সময় পরে পাওয়া যাবে। আপাতত তোমার এত ছটফটানি কার জন্যে সেইটেই বুঝে দেখা যাক। সেই গোলামটার?' মার্কুইস একটু থেমে ভুরু কুঁচকে যেন গম্ভীরভাবে ভাববার ভান করে বলে, 'না, গোলামটা নয়। তবে তারই হদিস পাবার আশায় আর কারও জন্যে!'

কথাগুলো কীরকম বিঁধছে বোঝবার জন্যেই স্ত্রীর মুখের দিকে চেয়ে মার্কুইস খানিক চুপ করে।

মার্শনেস-এর মুখ যেন পাথর কেটে তৈরি। শুধু চোখদুটো আঙরার মতো জ্বলছে।

'সে আর কেউ-কে কি আমি চিনি?' মার্কুইস যেন সরবে চিন্তা করে, 'মনে হচ্ছে চিনি। সেই অপদার্থ বুড়ো পাইলটটা, সেই কাপিতান সানসেদো, তোমার তিয়েন সেই আহাম্মকটা, যার ধর্মজ্ঞানের বাড়াবাড়িতে আমাদের সবকিছু বানচাল হতে বসেছিল। হ্যাঁ, ঠিক! সে ছাড়া আর কেউ নয়। বুড়ো জরদ্গবটা গোড়া থেকেই আমায় বিষনজরে দেখেছে। সেই গোলামটার ওপরই তার ছিল যত টান। জুয়াতে গোলামটার ওপর দরদের জন্যে তাকে তার শোধও আমি নিয়েছি। মহামান্য স্পেন-সম্রাটের সোনাদানার নজরানা মেক্সিকো থেকে জাহাজে বয়ে আনার সময়ে বেশ কিছু সরাবার দায়ে তার পেছনে হুলিয়া ছুটছে। বুড়োকে এখন ফেরার হয়ে ফিরতে হচ্ছে গা-ঢাকা দিয়ে। তার মেদেলিনের বাড়িঘর সম্পত্তি সব বাজেয়াপ্ত হয়ে গেছে। সেই বুড়োটার সঙ্গে তোমার কোনওভাবে দেখা হয়েছে নিশ্চয়ই। বুড়োই গোপনে যোগাযোগ করেছে। সে তোমায় জপাতে চায় সেদিনকার আসল ব্যাপারটা তার কাছে ন্যায়ধর্মের খাতিরে খুলে বলবার জন্যে! আর তুমি তার কাছে গোলামটার হদিস চাও। বুড়ো আবার কীসব ডাইনি বিদ্যে-টিদ্যের জোরে ভূতভবিষ্যৎ বলে কিনা! দু-জনে গোপনে যুক্তি করে এইখানেই কোথাও দেখা হবার ব্যবস্থা তাই ঠিক করেছিলে, কেমন?'

শয়তানের মতো হেসে ওঠে এবার মার্কুইস। তারপর আক্রোশ আর বিদ্বেষে মুখচোখের বিকৃত ভঙ্গিতে বলে, 'কিন্তু তা হবার নয়, মার্শনেস। সেই বুড়ো

আহাম্মক, তোমার তিয়েন, কাপিতান সানসেদোকে সেভিল শহরে আর দেখতে পাবে না। তুমি ডালে ডালে ফেরো বলে আমায় পাতায় পাতায় থাকবার ব্যবস্থা করতেই হয়। চরেদের কাছে খবর পেয়ে তোমার আর কাপিতানের জোটবাঁধার রাস্তাটা তাই বন্ধ করতে হয়েছে। তোমার আদরের পাতানো মামা কাপিতান সানসেদোর নামে হুলিয়াটা এখানেও চালু করে দিয়েছি। এখানে ধরা পড়লে হাজতের দরজা যে তাঁর জন্যে হাঁ করে আছে তা জেনে কত পগার তিনি এতক্ষণে পার হয়েছেন কে জানে!'

'তুমিই তা হলে মেদেলিন শহরে তাঁর ভিটেমাটি নিলামে চড়িয়ে আমার তিয়েনকে দেশছাড়া করেছ, সম্রাটের নজরানা চুরির মিথ্যে অভিযোগ সাজিয়ে তাঁর নামে হুলিয়া বার করিয়েছ, আর এই সেভিল শহর থেকেও তাঁকে তাড়িয়েছ পাছে আমার সঙ্গে দেখা হয় বলে!'

মার্কুইসকেও একবার চমকে ভুরু কুঁচকে তাকাতে হয় স্ত্রীর দিকে। মার্শনেস যেন হঠাৎ অন্য কেউ হয়ে গেছে। এতগুলো কথা যে বলেছে তার মধ্যে উত্তেজনা আক্রোশ কিছুই নেই। এক পর্দায় কথাগুলো যেন ছোটদের মুখস্থ পড়ার মতো সে বলে গেছে। কিন্তু সেই একঘেয়ে একটানা বলাটাই যেন আরও বেশি অস্বস্তিকর।

ভেতরে বেশ একটু অস্বস্তি বোধ করলেও বাইরে তাচ্ছিল্য ও অবজ্ঞার সঙ্গে মার্কুইস বলে, 'ফিরিস্তিটা ঠিকই দিয়েছ। কিন্তু আমায় লুকিয়ে মেদেলিন শহরে সানসেদোকে খুঁজতে গিয়ে যখন রাজদ্রোহের অপরাধে ভিটেমাটি খুইয়ে তাঁর ফেরারি হবার কথা জেনেছিলে তখনই আমার বাহাদুরিটুকু আঁচ করা উচিত ছিল। সেভিলে তাঁর সঙ্গে মেলবার মিথ্যে আশা তা হলে আর করতে না। আর যেখানেই পাও, সেভিল শহরে তাঁর দেখা পাবে না।'

মার্শনেস কিছুই না বলে স্বামীর দিকে একদৃষ্টে কয়েক মুহূর্ত চেয়ে থেকে ক্যাথিড্রালের ভেতরেই চলে যায়। মার্কুইস গঞ্জালেস দে সোলিস-এর আস্ফালন কিন্তু মিথ্যে হয়ে গেছে অপ্রত্যাশিত একটি ঘটনায়।

কাপিতান সানসেদোর মতো সামান্য একটা মানুষের বিরুদ্ধে হুলিয়া নিয়ে সেভিল শহরের মাথাব্যথার তখন অবসর নেই। লুকিয়ে থাকতে হলেও কাপিতান সানসেদাকে সেভিল ছেড়ে যেতে হয়নি। তিনি তখন সেভিল ছেড়ে গেলে এ কাহিনীর সমাপ্তি এখানেই টানতে হত কি না জানে!

সেভিল শহর শুধু নয়, সারা স্পেনকে পরে সজাগ চঞ্চল করে তোলবার মতো একটি ব্যাপার তখন ঘটেছে। ঘটেছে প্রথমে কিন্তু নিঃশব্দে।

যাঁর সম্বন্ধে অনেক কিংবদন্তি আগেই স্পেনে এসে পৌঁছেছে সেই ফ্রানসিসকো পিজারো সেভিল-এর বন্দরে তাঁর জাহাজ নিয়ে এসে নোঙর ফেলার পরই পুরনো দেনার দায়ে গ্রেফতার হয়েছেন।

তাঁকে গ্রেফতার করিয়ে জেলে যিনি পাঠিয়েছেন ইতিহাসে শুধু সেই একটি কারণেই তিনি অবিস্মরণীয় হয়ে আছেন। তাঁর নাম ব্যাচিলর এনসিসো।

আট

"হ্যাঁ, পিজারো সত্যিই কুড়ি বছর বাদে আবার নিজের দেশ এসপানিয়ায় ফিরেছেন।

ছন্নছাড়া অভাগা বাউণ্ডুলে হিসেবে দেশ ছেড়ে দুর্গম অজানা বিপদের রাজ্যে অনিশ্চিতের মধ্যে ঝাঁপ দিয়ে ভাগ্য পরীক্ষা করতে যাবার পর এতদিন বাদে অনেক আশা নিয়ে ফিরে দেশের মাটিতে পা দেওয়া মাত্র জেলখানার কয়েদি হতে বাধ্য হওয়া যদি অভাবনীয় হয়, তা হলে পানামা থেকে তোড়জোড় করে তাঁর স্পেনে আসার ব্যবস্থা করাই আশ্চর্য ব্যাপার।

পানামার গভর্নর পেড্রারিয়াস তো পিজারো আর আলমাগরোর সব আশায় ছাই ঢেলে দিয়েছিলেন। তাদের আকুল প্রার্থনায় কানই দিতে চাননি, নিজেদের জীবনের তোয়াক্কা না করে চরম দুঃখ দুর্যোগ বিপদের সঙ্গে যুঝে আশ্চর্য এক দেশের যে-সব চাক্ষুষ প্রমাণ তাঁরা এনেছিলেন সস্তা ক-টা খেলনা বলে তা অগ্রাহ্যই করেছিলেন।

পিজারো-আলমাগরো তো বটেই, তাঁদের সঙ্গীসাথী আর মহাজন পর্যন্ত তখন হতাশায় ভেঙে পড়ে হাল ছেড়ে দিয়েছিলেন। পেড্রারিয়াস যখন বিমুখ তখন চিরকালের মতো তাঁদের কপাল ভেঙে গেছে বলে তাঁরা মেনেই নিয়েছিলেন।

তারই মধ্যে হঠাৎ স্পেনে আসার মতলব এল কোথা থেকে!

এল বার্থালমিউ রুইজ-এর সেই নেশার ঘোরে শোনা ভুতুড়ে নির্দেশ থেকে।

'ইঁদারায় জল না পেলে নদীতে যেতে হয়।'

মাতালের খেয়ালে কথাটা মুখে আওড়াতে আওড়াতে রুইজ সেদিন মাঝরাত্রে মোরালেস-এর বাড়িতে গিয়ে উঠেছিলেন।

বন্ধুর ঘরেই রুইজ-এর শোবার ব্যবস্থা। রুইজ-এর মাতাল হয়ে রাত করে বাড়ি ফেরা মোরালেস বন্ধুত্বের খাতিরে মেনেই নিয়েছেন। কিন্তু সেদিন এই বিড়বিড়িনির উপদ্রবে ঘুমোতে না পেরে চটে উঠে বলেছিলেন, 'মাতাল হওয়ার সঙ্গে পাগলও হয়েছ নাকি! বিড়বিড় করে বলছ কী?'

'বলছি, ইঁদারায় জল না পেলে নদীতে যেতে হয়।'

'তার মানে?' মোরালেস বিরক্ত হয়ে উঠেছিলেন—'রাতদুপুরে জপ করবার এ মন্তর আবার কোথায় পেলে?'

'পেলাম ভূতের কাছে!'

'থামো! ঘুমোতে দাও,' বলে ধমক দিয়েছিলেন মোরালেস। রুইজ কিন্তু থামেননি। বলেছিলেন, 'সত্যি বলছি তোমায়, এখানে আসতে জলার ধারের রাস্তায় ভূত দেখেছি। অনেক দূরের অজগর জঙ্গল ঘেরা, এক জলাবাদার মাঝখানে যে হঠাৎ যেন হাওয়াতেই মিলিয়ে গেছল একদিন, সেই দোভাষীটাই নির্জন পথে আমায় খানিক আগে থামিয়ে ওই কথাটা শুনিয়েছে। শুনিয়েই আবার মিলিয়ে গেছে অন্ধকারে।'

'কী কথাটা আর-একবার বলো তো! 'মোরালেস হঠাৎ উত্তেজিত হয়ে উঠেছিলেন। 'বলো, বলো।'

'ইঁদারায় জল না পেলে নদীতে যেতে হয়,' মোরালেস-এর হঠাৎ এত উত্তেজিত হবার কারণ বুঝতে না পেরে একটু হতভম্ব হয়েই বলেছিলেন রুইজ।

'হয়েছে! হয়েছে! ঠিক হয়েছে!' মোরালেস বিছানা ছেড়েই উঠে বসেছিলেন।

'কী ঠিক হয়েছে?' রুইজ বন্ধুর জন্যেই তখন চিন্তিত। শুঁড়িখানা থেকে তো তিনিই আসছেন, মোরালেস তা হলে এমন আবোল-তাবোল বকছেন কেন?

'ঠিক হয়েছে—তোমাদের এখন কী করতে হবে তা-ই।' উত্তেজনার ভেতরই গম্ভীর হয়ে এবার বলেছিলেন মোরালেস, 'কালই পিজারো আর আলমাগরোকে ডেকে আনবে। তোমাদের সব সমস্যা মেটাবার এই উপায়টার কথাই আগে মাথায় আসেনি।'

* * *

সে উপায় আর কিছু নয়, পেড্রারিয়াস-এর কাছে বিফল হলেও স্পেনে গিয়ে খোদ সম্রাটের কাছেই একবার হত্যা দেওয়া।

কুয়োয় জল না পেলে নদীতে যেতে হয়।

কুয়ো হল পেড্রারিয়াস। পেড্রারিয়াস যদি আশা না মেটায় তা হলে চলো, পেড্রারিয়াস যার হুকুমের চাকর সেই সম্রাট পঞ্চম চার্লস-এর কাছে শেষ চেষ্টা করে দেখতে।

কিন্তু যাবে কে এই গুরুভার নিয়ে?

আলমাগরো?

না, মুখ্খু শুধু নয়, বেঁটেখাটো গাঁট্টাগোট্টা চোয়াড়ে চেহারা। রাজদরবারে গিয়ে দাঁড়ালে চাকরবাকর ছাড়া আর কিছু মনে হবে না।

হ্যাঁ, চেহারার দিক দিয়ে মানায় বটে পিজারোকে। তিনিও মুখ্খু বটে, এককালে শুয়োরের রাখাল ছিলেন। কিন্তু চেহারা দশাসই হোমরাচোমরা গোছের। বলিয়ে-কইয়েও ভাল। অভিযানের কাহিনী ফলাও করে শোনাবার উপযুক্ত লোক।

সুতরাং ঠিক হয়েছে পিজারোই যাবেন স্পেনে সম্রাটের কাছে নিবেদন জানাতে।

কিন্তু এদিকে তখন অভিযাত্রী দলের যে ভাঁড়ে মা ভবানী। পানামা থেকে স্পেনের রাজদরবারে পাঠাবার পাথেয় জোগাড় করাই দায় হয়ে উঠেছে। দু-দুটো অভিযানে খরচ তো বড় কম হয়নি। সূর্য কাঁদলে সোনা-র দেশের হদিস তাতে মিলেছে, কিন্তু লাভ যা হয়েছে তা উজ্জ্বল সোনালি আশা, আসল সোনা নয়।

অনেক কষ্টে পনেরোশো ডুকাট জোগাড় হয়েছে। তাই নিয়ে পিজারো একদিন পানামার বন্দর নোম্বর দে দিয়স থেকে পাড়ি দিয়েছেন।

সঙ্গী হিসেবে নিয়েছেন শুধু পেড্রো দে কানডিয়াকে।

জাতে এসপানিওল নয়, গ্রিক। বিশাল দৈত্যাকার চেহারা। পিজারোর অনুগত বিখ্যাত তেরো সঙ্গীর একজন। টম্বেজ শহরে তার বিশাল বর্মপরা চেহারা দেখেই সেখানকার মানুষ থ হয়ে গেছল।

স্পেনের রাজদরবারে তাঁদের অভিযানের প্রমাণ হিসেবে দাখিল করবার জন্যে পিজারো সোনাদানার নানান জিনিসপত্র, গয়না, ও দেশের পশমি কাপড়-চোপড়, আর দু-তিনটি বিচিত্র প্রাণী, ল্‌লামা তো নিয়েছিলেনই, কয়েকজন ওদেশের আদিবাসীও সঙ্গে নিতে ভোলেননি।

এইসব লটবহর নিয়ে পিজারোর জাহাজ নিরাপদেই মাঝখানের অকূল সমুদ্র পার হয়ে একদিন সেভিল বন্দরে গিয়ে ভেড়ে।

অতলান্ত দীর্ঘ সমুদ্রপথে যার দেখা পাননি, সে আপদ তাঁর জন্যে সেভিলের বন্দরেই অপেক্ষা করছিল তা আর পিজারো কেমন করে জানবেন!

স্পেনে নতুন মহাদেশ থেকে কোনও জাহাজ এসে ভিড়লেই তখনও একটু উৎসুক হয়ে খোঁজখবর লোকে নেয়।

কোথা থেকে জাহাজ এল? ফার্নানদিনা কি হিসপানিওলা থেকে এলে তেমন কোনও কৌতূহল নেই। মেক্সিকো য়ুকাটান কি নতুন উপনিবেশ পানামা গুয়াতামেলা থেকে এলে আগ্রহ একটু বেশি।

এ জাহাজ পানামা থেকে এসেছে শুনে দু-চারজন বন্দরে একটু কৌতূহলী হয়ে দাঁড়িয়েছেন, দাঁড়িয়ে দেখাটা সার্থকও হয়েছে। কী সব অদ্ভুত জানোয়ার নামানো হয়েছে তক্তা ফেলে জাহাজ থেকে! অ্যাডমিরাল কলম্বাস ছত্রিশ বছর আগে সেই নতুন সমুদ্রপারের দেশ আবিষ্কার করার পর থেকে অনেক কিছু অবাক করবার মতো দেখলেও এমন অদ্ভুত জানোয়ার স্পেনের কেউ কখনও দেখেনি। শুধু জানোয়ারই নয়, একটু ভিন্ন চেহারার আদিবাসীও নেমেছে জাহাজ থেকে।

কোথা থেকে এসব আমদানি?

তা কেউ সঠিক বলতে পারে না।

এনেছে কে?

এনেছে এমন একজন যার সম্বন্ধে উড়ো খবর এই সেভিলেও কিছু কিছু পৌঁছেছে। লোকটার নাম ফ্রানসিসকো পিজারো।

ফ্রানসিসকো পিজারো! বন্দরে নতুন জাহাজের মাল খালাস দেখবার জন্যে ছোট্ট যে-ভিড় জমেছিল তার ভেতর থেকে একজনকে উত্তেজিত হয়ে উঠতে দেখা গেছে।

ফ্রানসিসকো পিজারো? নামটা শুনতে ভুল হয়নি তো? না, ভুল হয়নি। ওই তো পিজারো, একজন দেখিয়েছে। পিজারো তখন জাহাজ থেকে নামবার জন্যে ডেকের ধারে এসে দাঁড়িয়ে আর-এক দৈত্যাকার সঙ্গীর সঙ্গে কথা বলছেন।

ভিড়ের উত্তেজিত লোকটিকে এবার ব্যস্ত হয়ে যেতে দেখা গেছে বন্দরেরই কোতোয়ালিতে।

কিছুক্ষণ বাদে পিজারো জাহাজ থেকে বন্দরে নেমে দু-পা যাবারও সময় পাননি। চারজন সেপাই এসে তাঁকে ঘিরে দাঁড়িয়েছে।

'এ কী ব্যাপার!' অবাক হয়ে জিজ্ঞাসা করেছেন পিজারো।

'কী ব্যাপার বুঝতে পারছ না!'—সেপাইদের পেছন থেকে ভিড়ের সেই উত্তেজিত লোকটি এবার এগিয়ে এসেছে—'আমায় দেখলে হয়তো বুঝতে পারবে!

চিনতে পারছ আমায়?'

পিজারো সবিস্ময়ে তাঁর দিকে তাকিয়ে বলেছেন, 'আপনি—আপনি ব্যাচিলর এনসিসো!

'নামটা তো মনে আছে দেখছি!' ব্যাচিলর এনসিসো ব্যঙ্গ করে বলেছে, 'শুধু দেনাটাই ভুলে গেছ বেমালুম। স্মরণশক্তিটা সেদিকে একটু উস্‌কে দেবার জন্যেই এই হাজতে নিয়ে যাবার ব্যবস্থা করেছি। দেনাটা শোধ করতে পারো ভাল, নইলে হাজতেই পচিয়ে মারব।'

পিজারো সত্যিই তখন হতভম্ব। স্পেনের বীর সেবক সে যুগের সবচেয়ে দুঃসাহসিক অভিযানের নায়ক, দেশের মাটিতে পা দেবার সঙ্গে সঙ্গেই দেনার দায়ে গ্রেফতার হয়ে হাজতে চলেছেন! তাঁর হয়ে বলবার, তাঁকে বাঁচাবার কেউ নেই?

বাধা দেবার জন্যে দৈত্যাকার পেড্রো দে কানডিয়া অবশ্য ছুটে এসেছিল। নেহাত সরকারি সেপাই না হলে অমন গোটা দশেক লোককে সে একাই তক্তা বানিয়ে দিতে পারত। কিন্তু মারামারির জায়গা এটা নয়, সেটুকু বুদ্ধি তার ঘটে ছিল।

কানডিয়া নিজেকে সামলে যতদূর সম্ভব ভদ্রভাবেই জিজ্ঞাসা করেছে ব্যাচিলর এনসিসোকে, 'কী করছেন আপনি! কাকে ধরে নিয়ে যাচ্ছেন, জানেন?'

'জানি, জানি!' ব্যাচিলর এনসিসো টিটকিরি দিয়ে বলেছে, 'উনি নাকি সাগরপারে মস্ত এক বীর হয়েছেন আজকাল! বাঁশবনে গিয়ে শিয়াল রাজা! তা উনি রাজাগজা যা-ই হোন, আমার কাছে উনি খাতক। দেনা শুধতে না পারলে শ্রীঘর যেতেই হবে।'

'কত আপনার দেনা? দেনাই-বা কীসের?'—জিজ্ঞাসা করেছে পেড্রো দে কানডিয়া।

তারপর দেনা কত আর কীসের ব্যাচিলর এনসিসোর মুখে শুনে কানডিয়া থ হয়ে গিয়েছে একেবারে। পিজারো স্পেন থেকে সমুদ্রে পাড়ি দিয়ে প্রথম ড্যারিয়েন-এই গিয়েছিলেন। এখন যাকে পানামা-যোজক বলি তারই তখনকার নাম ছিল ড্যারিয়েন। সেখানে তখন নতুন উপনিবেশ বসছে। যারা সে উপনিবেশে বসতি করতে চেয়েছে মহাজন হিসেবে তাদের ধার দিয়েছিল এই ব্যাচিলর এনসিসো। পিজারোও এরকম ধার নিয়েছিলেন। সে ধার আর শোধ করা তাঁর পক্ষে সম্ভব হয়নি। চক্রবৃদ্ধি সুদে বেড়ে প্রতি এক ডুকাটের ঋণ বছর কুড়ির মধ্যে একশো ডুকাট হয়ে দাঁড়িয়েছে। সেই দেনার দায়েই ব্যচিলর এনসিসো এখন পিজারোকে গ্রেফতার করিয়ে কয়েদখানায় চালান করছে।

সত্যি চোখে অন্ধকার দেখেছে পেড্রো দে কানডিয়া। নেহাত সাদাসিধে মানুষ। চেহারাটা তার যত বিরাট, বুদ্ধিটা তত অল্প। পিজারো বন্দি হবার পর সঙ্গের নজরানার জিনিসপত্র, জন্তুজানোয়ার আর আদিবাসীদের ক-টাকে নিয়ে কী করবে তাই সে ভেবে পায়নি। তার বুদ্ধিতে মুশকিল আসানের একটিমাত্র যে উপায় সে বার করতে পেরেছে তা হল, সঙ্গে যা কিছু আনতে পেরেছে তা নিলেমে বেচে পিজারোকে দেনা মিটিয়ে খালাস করা।

কিন্তু সবকিছু বেচেও দেনা শোধ হবে কি না সে বিষয়ে তার কোনও ধারণা নেই।

তা ছাড়া এ সব বেচে দিয়ে পিজারোকে ছাড়ালে মনের দুঃখে তিনি তো আবার আত্মঘাতী হবেন। পিজারো তখন ছাড়াই পাবেন শুধু, কিন্তু সম্রাটের দরবারে কোন মুখে কী নিয়ে যাবেন?

দারুণ ফাঁপরে পড়ে জাহাজ থেকে নামানো মালপত্র তদারক করতে গিয়ে কানডিয়াকে মাথায় হাত দিয়ে বসে পড়তে হয়েছে।

জাহাজ থেকে নামানো ল্‌লামাগুলোর মধ্যে একটা ল্‌লামা নেই। সেই সঙ্গে সুদুর টম্‌বেজ থেকে আনা চারজন আদিবাসীর একটিও নিরুদ্দেশ।

পিজারোকে ধরে হাজতে নিয়ে যাওয়ার অপ্রত্যাশিত ব্যাপারে বন্দরের লোকজন বেশ উত্তেজিত চঞ্চল থাকবার দরুনই কখন যে আদিবাসীটি আর ল্‌লামাটা তাদের চোখের সামনে থেকে উধাও হয়ে গেছে কেউ খেয়াল করেনি।

কিন্তু আদিবাসীটার এমন দুর্বুদ্ধি হলই বা কেন? ল্‌লামাটাকে সে-ই যে বাঁধন খুলে ছেড়ে দিয়েছে এ বিষয়ে সন্দেহ নেই। সঙ্গে করেও যদি নিয়ে বেরিয়ে থাকে তাতে তার লাভটা কী? এই সম্পূর্ণ অজানা বিদেশে একটা অদ্ভুত অচেনা জানোয়ার নিয়ে সে পালাবে কোথায়? পালাবার দরকারটাই বা তার কী ছিল?

প্রশ্নগুলোর উত্তর দৈত্যাকার পেড্রো দে কানডিয়া অন্তত ভেবে পায়নি।

সে তখন পিজারোকে ছাড়াবার জন্যে ব্যাচিলর এনসিসোরই হাতে পায়ে ধরা একমাত্র উপায় বলে ঠিক করেছে।

ব্যাচিলর এনসিসো কিন্তু অটল নির্মম। দেনার একটি দামড়ি সে ছাড়তে প্রস্তুত নয়, আর কড়ায় ক্রান্তিতে দেনা শোধ না হলে পিজারোকে।

দে কানডিয়া নিরুপায় হয়ে যা-কিছু সঙ্গে এনেছে সব নিলেমে তোলার নিয়ম কানুন খোঁজ করতে ব্যস্ত হয়েছে।

সেটা ১৫২৮ খ্রিস্টাব্দ। গ্রীষ্মকালের শুরু। ইস্টার পরবের আনন্দে সমস্ত সেভিল শহর তখন মেতে উঠেছে।

পিজারো সম্বন্ধে একটু-আধটু উড়ো খবর আর গুজব অতলান্ত সমুদ্র পার হয়ে এ-কূলে মাঝে মাঝে ভেসে এসেছে বটে কিন্তু পিজারোর নামে তখনও সে জাদু নেই। বন্দরের দু-চারজন বাদে উৎসবমত্ত সেভিল শহর সেদিন পিজারোর কারারুদ্ধ হবার খবরেও এমন কিছু চঞ্চল হয়ে বোধহয় উঠত না।

সে খবর তাদের কাছে কতদিনে কীভাবে পৌঁছোত তারই ঠিক নেই। বাসি ও ফিকে হয়ে সে খবর যখন সাধারণের কানে যেত তখন কানডিয়ার নিলেমে বিক্রি করা জিনিসপত্র শৌখিন সম্ভ্রান্ত ধনীদের প্রাসাদে সাধারণের চোখের আড়ালে হত গায়েব। হাজত থেকে মুক্তি পেলেও বিষদাঁত ভাঙা সাপের মতো পিজারো তখন হতেন নিঃসহায় নিঃসম্বল।

ইস্টার উৎসবে মত্ত সেভিল শহর কিন্তু পিজারো সম্বন্ধে উদাসীন থাকতে পারেনি।

পিজারোর গ্রেফতারের খবর যাদের কাছে পৌঁছোলেও এমন কিছু সাড়া তুলত না তারাই সচকিত উত্তেজিত হয়ে উঠেছে একটি অভাবিত ব্যাপারে।

সেভিল শহরের রাস্তায় রাস্তায় উৎসবমত্ত জনতা হঠাৎ সেদিন বিস্মিত বিহ্বল আতঙ্কিত হয়ে উঠেছে।

কিঞ্চিৎ সুরা পানে যারা মত্ত তারা আচ্ছন্ন মস্তিষ্কের দুঃস্বপ্নই দেখছে বলে মনে করেছে। যারা সহজ স্বাভাবিক তারা নিজেদের চোখকেই বিশ্বাস করতে পারেনি।

সেভিল শহরের রাস্তায়, চিরপরিচিত রাস্তায় রাস্তায় অবিশ্বাস্য অদ্ভুত এক প্রাণী ছুটে বেড়াচ্ছে!

এ কি শয়তানের প্রেরিত কোনও মূর্ত অভিশাপ, না বাস্তব কোনও প্রাণী?

মার্শনেস গঞ্জালেস দে সোলিস দুঃসহ রাগে ঘৃণায় স্বামীর কাছ থেকে চলে গিয়েছিল ক্যাথিড্রালের ভেতরে। সেখান থেকে কিছুক্ষণ বাদে বার হয়ে মনের অশান্ত অস্থিরতায় উৎসবের ভিড়ের ভেতর দিয়ে হাঁটতে হাঁটতে এসেছিল সেভিলের মুসলিম যুগের বিখ্যাত প্রাসাদ আলকাজার-এর কাছে। গ্রানাদার আলহাম্‌ব্রার সঙ্গে তুলনীয় এই প্রাসাদের কাছেই মার্শনেস হঠাৎ জনতার ভীত চিৎকার শুনে দাঁড়িয়ে পড়ে। তারপর তার চোখের সামনে দিয়ে যে প্রাণীটি ছুটে চলে যায় সেটিকে দেখে আতঙ্কে বিস্ময়বিহ্বলতায় মুহূর্তের জন্যে সম্বিৎ হারিয়ে সে প্রায় টলেই পড়ছিল।

পেছন থেকে কে যেন তাকে তখন ধরে ফেলে।

কে ধরে ফেলেছে মার্শনেস-কে?

দু-এক মুহূর্তের অচেতনতার পরই মার্শনেস সংজ্ঞা ফিরে পেয়ে চমকে পাশে তাকায়।

আলকাজার প্রাসাদের কোল দিয়ে তখন ভীত বিশৃঙ্খল জনতার স্রোত বইছে। তারই ভেতর এক পাশে একটু সরে দাঁড়িয়ে যিনি তাকে বুকে ঈষৎ ভর দেবার সুযোগ দিয়ে ধরে আছেন, তাঁকে দেখে প্রথমটা মার্শনেস সন্ত্রস্ত হয়ে ওঠে।

এ কোন অজানা অচেনা একটা বুড়ো বাউণ্ডুলে ভিখিরি তাকে ধরে আছে?

ঝটকা দিয়ে সরে আসতে গিয়ে ভিখিরিটার মুখের হাসি দেখেই মার্শনেসকে একটু থমকে যেতে হয়।

জট পড়া সাদা কালো দাড়ির ফাঁকের হাসিটা তার যেন চেনা।

পরমুহূর্তেই আবার ভিখিরীটার বুকের ওপরই মাথা গুঁজে রেখে মার্শনেস উচ্ছ্বসিত গলায় বলে ওঠে, 'তিয়েন! তুমি? আমি যে তোমায়—'

বাউণ্ডুলে ভিখিরি চেহারার লোকটি চাপা গলায় এবার বলে, 'চুপ!' তারপর বেশ একটু জোর করেই মার্শনেসকে দূরে ঠেলে দিয়ে জনতার স্রোতে নিজেকে মিশিয়ে দিয়ে এগিয়ে যায়।

এক মুহূর্তের জন্যে একটু চমক লাগলেও মার্শনেস আর অবাক হয় না।

বাউণ্ডুলে ভিখিরি চেহারার লোকটিকে চিনতে তার ভুল হয়নি। মানুষটা যে তার পাতানো তিয়ো অর্থাৎ কাকা, কখনও কখনও আদর করে যাকে সে তিয়েন বলে, সেই কাপিতান সানসেদো সে বিষয়ে কোনও সন্দেহ নেই।

কেন যে কাপিতান সানসেদো তাকে অমনভাবে ঠেলে সরিয়ে ভিড়ের মধ্যে নিজেকে মিশিয়ে দিয়েছে মার্শনেস তখন তাও বুঝে নিয়েছে।

শহরের ক-জন পাহারা সেপাই তাদের পাশ দিয়েই তখন ছুটে যাচ্ছে। কাপিতান সানসেদোর সন্ধানে অবশ্য তারা ছুটছে না। তবু সাবধানের মার নেই বলেই সানসেদো নিশ্চয়ই মার্শনেসকে ঠেলে দিয়ে সরে গেছেন।

মার্শনেস-এর মতো সম্ভ্রান্ত পোশাক ও চেহারার সুন্দরী এক মহিলাকে একটা হাঘরে ভিখিরির সঙ্গে এত ঘনিষ্ঠ হতে দেখলে পাহারাদারদের পক্ষে সন্দিগ্ধ হওয়া স্বাভাবিক।

কিন্তু রাস্তার ধারের এরকম অদ্ভুত কোনও দৃশ্যও লক্ষ করবার মতো অবস্থা তাদের বোধহয় তখন নয়।

রাস্তার জনতা যে কারণে তখন উত্তেজিত, ভয়ার্ত, পাহারাদার সেপাইরাও অস্থির ও শশব্যস্ত সেই কারণেই।

মনের মধ্যে সেই একই আতঙ্ক বিহ্বলতা নিয়েও মার্শনেস জন-প্রবাহের মধ্যে তার তিয়েনকে অনুসরণ করেই এগিয়ে চলে।

বেশি দূর মার্শনেসকে এভাবে যেতে হয় না।

আলকাজার প্রাসাদের টরে-দেল-অরো নামে টুঙ্গির নীচে পৌঁছেই মার্শনেস কাপিতান সানসেদোর সঙ্গে মেলবার সুযোগ পায়।

পাহারাদার সেপাইরা সামনে বেরিয়ে যাবার পর সানসেদো সেখানে জনতার প্রবাহ থেকে সরে টুঙ্গির নীচে একটি কোণে দাঁড়িয়ে পড়েছেন।

মার্শনেসকে বেশি কিছু বলবার অবসর সানসেদো দেন না।

সে গিয়ে তাঁর কাছে দাঁড়াবার পরই চাপা গলায় ব্যস্তভাবে সানসেদো বলেন, 'শোনো আনা, তোমার আমার এখানে দাঁড়িয়ে কথা বলাও নিরাপদ নয়। তোমার মার্কুইস কী করেছে, তা বোধহয় জানো। এখানকার কোতোয়ালিতেও আমার বিরুদ্ধে হুলিয়া বার করিয়েছে! সমস্ত শহরের লোক হঠাৎ অত্যন্ত উত্তেজিত সন্ত্রস্ত হয়ে উঠেছে তাই—'

সানসেদোকে বাধা দিয়ে, প্রধান প্রশ্নটা আপাতত স্থগিত রেখে, অস্থির উদ্বেগের সঙ্গে আনা জিজ্ঞাসা করে, 'কিন্তু ব্যাপারটা কী, তিয়ো? শহরের মানুষের মতো আমিও তো ভয়ে দিশাহারা। এইমাত্র যা দেখেছি তা সত্যি না দুঃস্বপ্ন তা বুঝতে পারছি না। তুমিও দেখেছ নিশ্চয়!'

'হ্যাঁ, দেখেছি!' অস্বস্তির সঙ্গে বলেন সানসেদো, 'নিজের চোখকে বিশ্বাস করতে আমারও মন চাইছে না। কিন্তু সমস্ত শহরের লোকের একসঙ্গে দৃষ্টি বিভ্রম হওয়াও সম্ভব নয়। সুতরাং একটা অদ্ভুত ভয়ংকর কিছু মানে ব্যাপারটার নিশ্চয় আছে। কিন্তু এখন তা নিয়েও কথা বলবার সময় নেই। তোমার সঙ্গে দেখা হবার আশাই ছেড়ে দিয়েছিলাম। ভাগ্যক্রমে তা যখন হয়েছে তখন সন্ধ্যার পর সান মার্কস-এর মিনারের কাছে সাধারণ কিষাণ মেয়ের পোশাকে আমার সঙ্গে দেখা কোরো। ও মুসলিম মিনারের কাছে আজকের পরবের দিন তেমন ভিড় হয়তো না থাকতে পারে। মনে রেখো—'

সানসেদোর কথার মাঝখানেই উত্তেজিত আতঙ্কবিহ্বল জনতার আর্ত চিৎকার

হঠাৎ আবার তীব্র হয়ে ওঠে। সামনের দিকে জনতার যে স্রোত বয়ে গিয়েছিল তা আবার বিশৃঙ্খলভাবে সবেগে ঘুরে আসছে।

'কী? কী ওটা, তিয়ো?' ছদ্মবেশী সানসেদোর খাটো আলখাল্লা গোছের পোশাকটা সভয়ে আঁকড়ে ধরে মার্শনেস প্রায় চিৎকার করে ওঠে।

'কী তা জানি না।' সানসেদো বিচলিত-স্বরে বলেন, 'তবে এখন তাই জানবার চেষ্টাই আগে করতে হবে।'

* * *

সানসেদো না জানলেও সেভিল-এর নানা জায়গায় খবরটা তখন ছড়াতেও শুরু করেছে।

জনতার মধ্যে এখানে সেখানে সামান্য একটু কানাকানি। বিরাট জলাশয়ে ছোট ছোট ঢিল পড়লে যেমন হয়, সেই সামান্য খবর তেমনই চারিদিকে ঢেউ তুলে ক্রমশ বিস্তৃত হচ্ছে তখন।

কে যে কোথায় কলকাঠি নাড়ছে তা কেউ জানে না। কিন্তু লোকের মুখে ক-টা প্রশ্ন আর উত্তর চালাচালি হচ্ছে প্রায় সর্বত্রই।

কিম্ভূতকিমাকার প্রাণীটার সম্বন্ধে ভয়ের বিহ্বলতাটা তখন তীব্র কৌতূহলে রূপান্তরিত হতে শুরু করেছে।

'এটা কী আজগুবি জানোয়ার? কোথা থেকে এল?' শংকিত ব্যাকুল প্রশ্ন।

সে প্রশ্নের উত্তরও কেউ কেউ দিচ্ছে, 'ঠিক জানি না। তবে ওরা বলছে নতুন মহাদেশ থেকে নাকি আমদানি।'

'নতুন মহাদেশের জানোয়ার!' সবিস্ময়ে অবিশ্বাসের সুরে বলেছে অনেকে, 'এরকম জানোয়ার তো সেখান থেকে এ পর্যন্ত কখনও আসেনি!'

'তা আসেনি। তবে এ হিসপানিওলা ফার্নানদিনা মেক্সিকো কি দারিয়েন-এর জানোয়ার নয়। একেবারে অজানা আর এক আশ্চর্য মুল্লুক থেকে আনা।'

'কে আনল, কে? এনে এমন করে রাস্তায় ছেড়েই-বা দিয়েছে কেন?'

'ছেড়ে দেয়নি। শুনছি, কেমন করে আপনা থেকেই পালিয়ে এসেছে বন্দরের জাহাজ থেকে।'

'তা কেউ ধরছে না কেন এখনও! এ জানোয়ার যে এনেছে সে-ই বা করছে কী? এত অসাবধান সে হয় কেন?'

'সে আর কী করবে! সে তো শুনছি কয়েদ হয়েছে বন্দরে পা দিতে-না-দিতে পুরনো দেনার দায়ে।'

'দেনার দায়ে কয়েদ!'

জনতার মধ্যে এই শুনেই আর-এক ধরনের উত্তেজনা দেখা দিয়েছে। সুদখোর মহাজনদের ওপর সে যুগের মানুষের ঘৃণা আক্রোশ কিছু কম ছিল না। বিশেষ করে জীবনমরণ তুচ্ছ করে যারা নতুন মহাদেশ আবিষ্কারে সর্বস্ব পণ করছে তাদের প্রতি

মুগ্ধ শ্রদ্ধা ও সহানুভূতি তখন এত বেশি যে কোনও মহাজনের হাতে তাদের একজনের নিগ্রহ জনতাকে ক্রমশ অস্থির ক্রুদ্ধ করে তুলেছে।

'কাকে কয়েদ করেছে, কাকে?' 'এই অজানা নতুন মুল্লুক থেকে কে এনেছে এই অদ্ভুত জানোয়ার?' উত্তেজিত জিজ্ঞাসা শোনা গেছে নানা জটলায়।

'এনেছেন ফ্রানসিস্‌কো পিজারো! বন্দরে পা দিয়ে তিনিই হয়েছেন বন্দি।'

'ফ্রানসিস্‌কো পিজারো!'

অনেকের কানেই নামটা একেবারে নতুন শোনায়নি।

হ্যাঁ, হ্যাঁ, এ নামটা তো একটু-আধটু তাদের কানেও পৌঁছেছে। বিশেষ করে দারিয়েন পানামা থেকে যে সব জাহাজ দেশে ফেরে তাদের কোনও কোনও মাঝিমাল্লা গল্প করেছে এক রূপকথার দেশের মতো আজগুবি রাজ্যের। সে রাজ্য খোঁজার দুঃসাহসিক অভিযানের যারা নায়ক তাদের নাম শোনা গেছে এইসব নাবিকদের মুখে। কখনও অবজ্ঞায় বিদ্রূপে, কখনও মুগ্ধ বিস্ময়ে। তার মধ্যে সবচেয়ে যাঁর নাম বেশি করে রটেছে, তিনি হলেন ফ্রানসিস্‌কো পিজারো।

'সেই ফ্রানসিস্‌কো পিজারো দেনার দায়ে বন্দি? কে তাকে বন্দি করেছে?'

'করেছে ব্যাচিলর এনসিসো।'

'তা দেনা মিটিয়ে দিলেই তো হয়।'

'মেটাবে কী করে? জানপ্রাণ কবুল করে নতুন দেশ যারা খোঁজে তাদের নিজের বলতে কিছু থাকে কি। অভিযানের পেছনেই সব কিছু ঢেলে তারা তো ফতুর। ব্যাচিলর এনসিসোর কাছে দেনাও তো কম নয়। প্রায় কুড়ি বছর আগের তিল প্রমাণ দেনা সুদে ফেঁপে দশ-বিশটা তাল হয়ে দাঁড়িয়েছে। সে দেনা শোধ করবার মতো সম্বল পিজারোর নেই। তাই এখন তাঁকে যতদিন বাঁচেন জেলেই পচে মরতে হবে।'

'জেলেই পচে মরতে হবে।' অসহায় আক্রোশ ফুটে উঠেছে নানাজনের গলার স্বরে— 'কেন, কেউ কি নেই তাঁর জামিন হয়ে দাঁড়াবার!'

'কে দাঁড়াবে তাঁর হয়ে! সত্যি সে ক্ষমতা যাদের আছে সেই বড়মানুষরা লাভের আশা যাতে অনিশ্চিত তেমন দায় কি ঘাড়ে নয়? এখনও তো তিনি কাম ফতে করে আসতে পারেননি! ফ্রানসিসকো পিজারো দুবারের পর তিনবারের অভিযানের খরচা জোগাড় করতে পারেননি বলেই স্বয়ং সম্রাট পঞ্চম চার্লস-এর কাছে আসছিলেন তাঁর অনুগ্রহ ভিক্ষা করতে। কিন্তু এখন সম্রাটের কাছে তাঁর খবরই পৌঁছোবে না। আশ্চর্য দেশের সামান্য যে সাক্ষীপ্রমাণ পিজারো সঙ্গে এনেছেন তা কে গাপ করবে কে জানে?'

'না, কিছুতেই তা হতে দেব না!' আজগুবি জনোয়ারটার ছোটাছুটি এবার আতঙ্কের বদলে একটা কঠিন সংকল্পই জাগিয়েছে নানা জায়গায় ছোট ছোট দলের মধ্যে।

পিজারোকে দেনার দায়ে কয়েদ করার খবর সম্রাটের দরবারে পৌঁছে দিতেই হবে। প্রতিজ্ঞা করেছে অনেকে।

'ব্যাচিলর এনসিসো-র মতো একটা চামার মহাজনের জুলুমে এতবড় একজন

সাহসী বীরের সব চেষ্টা কিছুতেই পঙ্গু হতে দেওয়া হবে না।' এই কথাই শোনা গেছে বহুজনের মুখে।

তাদেরই কেউ কেউ কৌতূহলী হয়ে উঠেছে পিজারোর খবর যার কাছে পাওয়া গেছে তার বিষয়েও।

'কিন্তু আপনি এত কথা জানলেন কী করে?' জিজ্ঞাসা করেছে দু-একজন।

'আমি?' মানুষটা একটু হেসেছে। তারপর যা উত্তর দিয়েছে তা সব জায়গায় এক নয়।

কোথাও বলেছে, 'আমি জানব না তো জানবে কে? আমি যে পিজারোর সঙ্গে এক জাহাজেই আসছি।'

লোকে একটু অবাক হয়ে মানুষটাকে একটু বেশি করে লক্ষ করেছে এবারে।

হ্যাঁ, মানুষটাকে আগে এ শহরে দেখেছে বলে কারও মনে পড়ে না। লোকটার চেহারা পোশাকও একটু কেমন আলাদা। নেহাত ইস্টারের উৎসবের দিন বলেই এতক্ষণ তেমন চোখে পড়েনি।

লোকটার ভাল করে খবরাখবর নেওয়ার কিন্তু সুযোগ মেলেনি কারওই।

তার আগেই কেমন করে ভিড়ের সঙ্গে মিশে লোকটা যেন হারিয়ে গিয়েছে।

দেখা গিয়েছে তাকে আবার আর-এক দলে। সেখানেও পিজারোর বন্দি হওয়ার খবরটা একটু হেরফের করে শুনিয়েছে সে।

বেশির ভাগ জায়গায় প্রশ্নটা ঘুরে তার নিজের সম্বন্ধেই ওঠবার আগেই সে হাওয়া হয়ে গিয়েছে। যেখানে তা সম্ভব হয়নি সেখানে কোথাও বলেছে বন্দর থেকে টাটকা খবর শুনেই সে আসছে। কোথাও নিজেকে পিজারোর জাহাজের মাল্লা বলে চালিয়েছে। কোথাও বা তারই অনুচর।

এ মানুষটার আসল পরিচয় সম্বন্ধে দু-একজন একটু সন্দিগ্ধ যে না হয়েছে তা নয়।

কিন্তু পিজারো সম্বন্ধে উত্তেজনা সহানুভূতি ও উৎসাহ ক্রমশ দুর্বার হয়ে উঠেছে। সমস্ত সেভিল শহরে সাড়া পড়ে গেছে তখন।

পিজারোকে কয়েদখানা থেকে ছাড়াতেই হবে। ব্যাচিলর এনসিসো যদি তাঁকে নিজে থেকে না মুক্তি দেয়, তা হলে খোদ সম্রাটের কাছে তার জুলুমের খবর না পৌঁছে দিয়ে তারা ছাড়বে না।

সেভিল শহরের এ দৃঢ়সংকল্পের মূলে আছে অজানা অদ্ভুত একটা প্রাণীর আকস্মিক আবির্ভাব। বন্দরে পিজারোর জাহাজ থেকে নামাবার সময় এই ল্‌লামাটি ছাড়া পেয়ে না পালালে অমন সচকিত সন্ত্রস্ত হয়ে উঠে সেভিল-এর নাগরিকেরা সেইদিনই পিজারোর দুর্ভাগ্য সম্বন্ধে অবহিত হয়ে তার প্রতিকারে তৎপর নিশ্চয় হত না।

ল্‌লামাটি কেমন করে ছাড়া পেল? কে তাকে ছেড়ে দিয়েছিল?

নগরের পথে পথে পিজারোর বন্দিত্বের বিবরণ যে সেদিন নানা জটলায় দিয়ে ফিরেছে সে মানুষটাই বা কে?

বন্দর থেকে ল্‌লামাটির সঙ্গে আশ্চর্য দেশের অন্যতম জীবন্ত প্রমাণ হিসেবে সুদূর

টম্‌বেজ থেকে আনা একজন আদিবাসীও কেমন করে নিখোঁজ হয়েছিল, পিজারোর সঙ্গী পেড্রো দে কানডিয়া তার কিনারা করতে পারেননি।

ল্‌লামাটি শেষ পর্যন্ত ছুটে ছুটে ক্লান্ত হয়ে সেভিল-এর রাস্তায় ধরা পড়েছিল। কিন্তু সেই আদিবাসীর কোনও সন্ধান আর মেলেনি।

সম্পূর্ণ অপরিচিত এক দেশের শহরে অজ্ঞ অসহায় একজন ভিন্নজগতের আদিবাসী ওভাবে উধাও হয়ে কোথায় যেতে পারে?"

দাসমশাই একটু থামতেই মস্তক যাঁর মর্মরের মতো মসৃণ সেই শিবপদবাবু একটু বাঁকা হাসির সঙ্গে কী যেন বলতে যাচ্ছিলেন। কিন্তু শ্রীঘনশ্যাম দাস সে-সুযোগ তাঁকে দিলেন না।

শিবপদবাবুর মুখের হাসিটা বাঁকা থেকে সোজা করে একেবারে বিমূঢ়তায় পৌঁছে দিয়ে দাসমশাই বললেন, "আপনি যা বলতে চাইছেন, তা জানি। এসব প্রশ্নের জবাব আমি যা দেব, সরকারি ইতিহাসে তা পাবেন না ঠিকই। তবে বিখ্যাত স্থপতি হেরেরা-র তৈরি লন্‌খা-র নাম শুনেছেন? তার লাল বাদামি মার্বেল পাথরের সিঁড়ি দিয়ে আচিভো দে ইনদিয়াস-এ গিয়েছেন কখনও? সেখানে গেলে স্পেনের আদি আবিষ্কারক অভিযাত্রীদের সম্বন্ধে ত্রিশ হাজার বিরল প্রাচীন পুঁথি পাবেন। সেসব পুঁথির অনেকগুলি এখনও যে পরীক্ষাই করা হয়নি আপনার ইতিহাসের পণ্ডিতদের জিজ্ঞাসা করলেই তা জানতে পারবেন। সে-সব পুঁথির পাঠ উদ্ধার হলে স্পেনের ইতিহাস নতুন করে লেখা হবে এইটুকু জেনে রাখুন।"

শিবপদবাবুকে নির্বাক করে দিয়ে শ্রীঘনশ্যাম আবার শুরু করলেন—"সান মার্কস-এর মিনারের কাছে আনার সঙ্গে সন্ধের সময় দেখা করবেন বলেছিলেন সানসেদো। শহরের অন্য সব রাস্তাঘাটে সন্ধ্যায় উৎসবে মত্ত নর-নারীর ভিড় বাড়বে ভয় করেই মুসলিম মিনারের কাছাকাছি নির্জন জায়গা তিনি বেছে নিয়েছিলেন আনার সঙ্গে গোপন সাক্ষাতের জন্যে।

সন্ধ্যার আবছা অন্ধকারে সেকালের সেভিল-এর বেশির ভাগই সংকীর্ণ আঁকাবাঁকা রাস্তা দিয়ে সান মার্কস-এর মিনারের দিকে যেতে যেতে সানসেদো রাস্তায় তেমন কোনও ভিড় কিন্তু দেখতে পান না।

প্রথমটা একটু অবাক হলেও রাস্তাগুলো এমন ফাঁকা হওয়ার কারণটা তিনি অনায়াসেই বুঝতে পারেন। ইস্টার উৎসবে যে জনস্রোত নানাদিক থেকে শহরে এসে মিলেছিল তার গতি এখন অন্যদিকে! শহরের ভেতর থেকে বেশির ভাগ জনতা এখন সেভিল-এর বন্দরে গিয়ে জমায়েত হয়েছে।

বেশির ভাগ নাগরিকই সেখানে গেছে নতুন অজানা রহস্য রাজ্য থেকে আশ্চর্য সব জিনিস আর জানোয়ার নিয়ে বন্দরে নেমেই দেনার দায়ে যিনি বন্দি হয়েছে, সেই পিজারো সম্বন্ধে কৌতূহলী হয়ে।

পিজারোর কিংবদন্তি যারা কিছু কিছু আগে শুনেছে তাদের সঙ্গে নামটা যাদের কাছে একেবারে অজানা, তারাও যোগ দিয়েছে শহরের রাস্তাঘাটের অদ্ভুত কয়েকটা ঘটনার উত্তেজনায়। বিকট আজগুবি এক জানোয়ারের সামনে পড়ার ভয়েও সন্ধ্যার

পর শহরের মাঝখানে বেশি কেউ আসতে সাহস করেনি।

আলকাজার প্রাসাদের ধারে দুপুরে আনার কাছে তাড়াতাড়ি বিদায় নেবার পর সানসেদো এই অদ্ভুত জানোয়ারটির রহস্য জানবার জন্যে খোঁজখবর নিয়ে আরও অনেকের মতো পিজারোর সমস্ত বিবরণই পেয়েছেন।

সত্যি কথা বলতে গেলে এ ব্যাপারে খুব বেশি উত্তেজিত হবার কারণ তিনি পাননি। আর পাঁচজন দুঃসাহসী অভিযাত্রীর থেকে পিজারোর কিছু তফাত আছে সন্দেহ নেই। এ পর্যন্ত যা আবিষ্কৃত হয়েছে তা থেকে আরও অজানা বিচিত্র কোনও রাজ্যের সন্ধান যে পিজারো পেয়েছেন ওই অদ্ভুত জানোয়ারটি তার প্রমাণ। কিন্তু নতুন মহাদেশে এখনও অনেক রহস্য-বিস্ময় আবিষ্কারের অপেক্ষায় থাকারই তো কথা। শুধু ওই জানোয়ারটি দেখেই পিজারোর কীর্তি সম্বন্ধে কোনও ধারণা করা তাই উচিত নয়।

পিজারোর বন্দি হওয়ার দুর্ভাগ্যটা সত্যি অবশ্য শোচনীয়। কিন্তু তাঁদের সময়কার দুনিয়ার হালই তো এই। বিশেষ করে নিজেদের জীবন নিয়ে অজানা মুল্লুকে যারা ভাগ্যের সঙ্গে জুয়া খেলার সাহস করে তাদের 'ক্ষণে হাতে দড়ি ক্ষণেকে চাঁদ'-এর মতো নসিব তো মেনে নিতেই হবে। তাঁর নিজের দুর্ভাগ্যটা কি কম নিদারুণ? ছিলেন এসপানিয়ার রাজদরবারের একান্ত বিশ্বাসী মান্যগণ্য একজন কাপিতান। সৎ ও কর্তব্যনিষ্ঠ বলে এমনই ছিল তাঁর সুনাম যে সম্রাটের খাজনা ও নজরানার সোনাদানা মেক্সিকো থেকে এসপানিয়ায় বয়ে নিয়ে আসার ভার তাঁকেই দেওয়া হয়েছে বার বার।

সেই তাঁকেই আজ ফেরারি হয়ে বাউণ্ডুলে ভিখিরি সেজে চোরের মতো পালিয়ে বেড়াতে হচ্ছে শহর থেকে শহরে। তাঁর নিজের মেদেলিন শহরের বাড়িঘর সব নিলেম হয়ে গেছে। সেখানে কোতায়ালির সেপাইরা তাঁকে খুঁজছে গ্রেফতারি পরোয়ানা নিয়ে।

সে শহর থেকে পালিয়ে এসেও তাঁর নিস্তার নেই। রাহুর মতো একজন দুশমন তাঁর পেছনে লেগে আছে। এই শহরেও তাঁর বিরুদ্ধে হুলিয়া বার করিয়েছে সে। এ শহরে সুতরাং বেশিক্ষণ থাকা তাঁর পক্ষে নিরাপদ নয়। এখান থেকে যত তাড়াতাড়ি সম্ভব চলে যাওয়াই ভাল।

কিন্তু কোথায় বা যাবেন! এসপানিয়ার যেখানেই যান ভয়ে ভয়ে তাঁকে লুকিয়ে ফিরতে হবে। তাতেও আর ক-দিন রেহাই পাবেন! অনিবার্য অভিশাপের মতো এ হুলিয়া তাঁর পিছনে লেগে থাকবেই।

এসপানিয়া ছেড়ে নতুন মহাদেশে পালাতে পারলে এ অভিশাপ হয়তো এড়ানো সম্ভব। কিন্তু নতুন মহাদেশে জাহাজ যা যায় তা নেহাত গোনাগুনতি। অপরাধীদের দেশ ছেড়ে পালাবার সুযোগ সে সব জাহাজে বন্ধ করবার জন্যেই বন্দরে বন্দরে কড়াক্কড়িটা একটু বেশি। সাধারণ চোরছ্যাঁচড় সে কড়াক্কড়ির ভেতর দিয়ে গলে যেতে পারলেও, তাঁর মতো স্বয়ং সম্রাটের কাছে যারা অপরাধী তাদের সে আশা নেই। বন্দর-কোতোয়ালদের শ্যেনচক্ষু তাদের জন্যেই সারাক্ষণ সজাগ হয়ে আছে।

অন্য কোনও উপায় যখন নেই, রাজদ্বারেই আত্মসমর্পণ করে তাঁর বিরুদ্ধে যা অভিযোগ তা খণ্ডন করাবার চেষ্টা কি তিনি করতে পারেন না?

কেমন করে করবেন? নিজের স্বপক্ষে কোনও সাক্ষ্যপ্রমাণই যে তাঁর নেই। সত্যিই তিনি যে এক হিসেবে হাতে হাতে ধরা পড়েছেন।

একান্ত বিশ্বাসে তাঁর জিম্মায় মেক্সিকো থেকে এসপানিয়ায় সম্রাট পঞ্চম চার্লস-এর রাজ-কর ও উপঢৌকন হিসেবে পাঠানো প্রচুর সোনাদানা ও মহামূল্য রত্নসম্পদের অধিকাংশ তাঁর জাহাজের গোপন সুরক্ষিত সিন্দুক থেকে কীভাবে খোয়া গেছে সানসেদো তার কোনও কৈফিয়ত দিতে পারেননি।

এসপানিয়ার বন্দরে নামবার আগে জাহাজের সিন্দুকে রাখা ধনরত্নের হিসাব মেলাতে গেলে এই সর্বনাশা তসরুফের ব্যাপারটা তিনি আগেই টের পেতেন। তখন তাঁর হয়তো এ চুরির রহস্য ভেদ করবার কিছু উপায় থাকত।

কিন্তু জাহাজের ওপর আর-এক অপ্রত্যাশিত ঘটনায় তুমুল আলোড়ন তখন চলছে। বন্দরে ভেড়াবার আগে সিন্দুক খুলে দেখবার সময়ই তিনি পাননি।

বন্দরে জাহাজ লাগাবার পর সম্রাটের খাজাঞ্চিখানার কর্মচারীদের কাছে সিন্দুক খুলে হিসেব মিলিয়ে দিতে গিয়েই সাংঘাতিক ঘাটতিটা ধরা পড়েছে।

কাপিতান সানসেদো এসপানিয়া সাম্রাজ্যের অনেক দিনের অত্যন্ত বিশ্বাসী নাবিকপ্রধান। ব্যাপারটা যত গুরুতরই হোক সন্দেহক্রমে তাঁকে বন্দি করার কোনও প্রশ্নই বন্দরের কোনও রাজপুরুষের মনে তাই ওঠেনি। কাপিতান সানসেদো তাঁর নিজের বিবৃতি দিয়ে বিমূঢ় বিহ্বলভাবে তাঁর মেদেলিন শহরের বাড়িতে ক-দিনের জন্যে ঘুরে আসতে গিয়েছেন। ফিরে এসে তাঁর যা বক্তব্য রাজদরবারেই তিনি পেশ করবেন এই স্থির হয়েছে।

রাজদরবারে কৈফিয়ত দেবার জন্যে আর তিনি ফিরে আসেননি। মেদেলিন শহর থেকেই একদিন হঠাৎ তিনি নিরুদ্দেশ হয়ে গেছেন।

নিরুদ্দেশ না হয়ে তাঁর উপায়ও ছিল না। মেদেলিন শহরে নিজের বাড়িতে যাবার পরদিনই তাঁর জাহাজে অত্যন্ত অনুগত ও বিশ্বস্ত এক মাল্লার মারফত তাঁর বিরুদ্ধে কী সর্বনাশা ষড়যন্ত্র যে হয়েছে তা তিনি জানতে পেরেছেন। জানতে পেরেছেন যে স্বয়ং সম্রাটের স্বাক্ষরিত পরোয়ানা নিয়ে সওয়ার সেপাই আসছে মেদেলিনের কোতোয়ালিতে তাঁকে গ্রেপ্তার করাবার জন্যে।

তখনও কি তিনি নিজের নির্দোষিতা প্রমাণ করবার জন্যে এই অন্যায় অবিচারের বিরুদ্ধে রুখে দাঁড়াতে পারতেন না?

না, তা সম্ভব ছিল না। পৃথিবীর সর্বত্রই তখন ন্যায়বিচারের ধারণা অত্যন্ত অস্পষ্ট। বিচারের ফলাফল বেশির ভাগই দৈবাধীন।

তা ছাড়া তাঁর বিরুদ্ধে যে সাংঘাতিক অভিযোগ করা হয়েছে বলে তিনি জানতে পেরেছেন সত্যিই তা খণ্ডন করবার মতো কোনও বিশ্বাসযোগ্য যুক্তি-প্রমাণ উপস্থিত করতে তিনি তখন অক্ষম।

জাহাজের গুপ্ত সিন্দুক তাঁরই জিম্মায় ছিল। তার চাবি নিজের কাছ-ছাড়া করাও

তাঁর পক্ষে অপরাধ। সে সিন্দুক থেকে ওই সব অমূল্য সম্পদ তিনি নিজে ছাড়া আর কে সরাতে পারে?

সরিয়ে তিনি রাখবেন কোথায়? তিনি তো ঝাড়া হাত-পা জাহাজ থেকে নেমে সেই অবস্থাতেই মেদেলিনে গিয়েছেন!

সানসেদোর প্রতি শ্রদ্ধা ও বিশ্বাস যাদের তখনও টলেনি তারা কেউ কেউ ওই প্রশ্ন তুলেছে।

কিন্তু সানসেদোর বিরুদ্ধে ওই ভয়ংকর অভিযোগ যে সাজিয়েছে, জবাব দিতে তার দেরি হয়নি।

কাপিতান সানসেদো নিজে সরিয়ে রাখবেন কেন! তিনি তাঁর দোসর সেই গোলামটার হাত দিয়ে সব চুরির মাল পাচার করে সাধু সেজেছেন। তাঁর যোগসাজস না থাকলে বন্দরের ওই কড়া পাহারার ভেতর দিয়ে সে গোলাম পালাতে পারে? এ ষড় যে তিনি অনেক আগেই করেছিলেন জাহাজে গোলামটার সঙ্গে তাঁর গলাগলি দেখেই তা বোঝা গেছল।

এ-সব যুক্তি সাজাবার গুণে একেবারে অকাট্য বলে মনে হয়েছে। এর ওপর আর বলবার মতো কথা কেউ পায়নি। কাপিতান সানসেদোর বিরুদ্ধে অভিযোগ তাঁর জাহাজ থেকে একটা ছদ্মবেশী গোলামের রহস্যজনকভাবে উধাও হওয়ার দরুনই অখণ্ডনীয় হয়ে উঠেছে।

ক্রীতদাস বলে ধরা পড়বার পর একজন যে তাঁর জাহাজ থেকে পালিয়েছিল এ-কথা তো মিথ্যে নয়। তাঁর সঙ্গে সেই ছদ্মবেশী গোলামের যথেষ্ট সম্প্রীতি যে ছিল তাও জাহাজের যাত্রীমাত্রেই দেখেছে।

সুতরাং আত্মসমর্পণের চেষ্টা তাঁর বৃথা। ঘটনাচক্র সম্পূর্ণ তাঁর বিপক্ষে বুঝে সানসেদো নিঃশব্দে নিরুদ্দেশ হওয়াই শ্রেয় মনে করেছেন!

তার ফলে প্রাণে এখনও বেঁচে আছেন বটে, কিন্তু রাজরোষে যথাসর্বস্বই তাঁকে হারাতে হয়েছে। পালিয়ে যাবার দরুন তাঁর অপরাধ আরও অভ্রান্তভাবে প্রমাণিত বলে যে ধরা হবে তা তিনি জানতেন। তবু এ ছাড়া আর কোনও উপায় তাঁর ছিল না।

সানসেদো তো সুদূর উদয়সমুদ্রের এক ঐশ্বর্যময় দেশের আশ্চর্য জ্যোতিষবিদ্যা কিছুটা শেখবার সুযোগ পেয়েছিলেন। ঘনরামের ভবিষ্যৎ তিনিই গণনা করে বলে দিয়েছিলেন অনেকখানি। অন্যের ভাগ্যলিপি যিনি অমন নিপুণভাবে পড়েছেন নিজের অদৃষ্ট জানবার কোনও চেষ্টা কি তিনি করেননি।

করেননি সত্যিই। জ্যোতিষবিদ্যার হাতেখড়ি যাঁর কাছে তাঁর হয়েছিল এ তাঁর সেই গুরুরই আদেশ।

মৃত্যুর আগে নিজের বিদ্যা যতখানি সম্ভব সানসেদোকে দান করে এই অলঙ্ঘ্য নির্দেশই তিনি দিয়ে গিয়েছিলেন যে নিজের ভবিতব্য নির্ধারণের জন্যে এ-বিদ্যা কখনও যেন তিনি প্রয়োগ না করেন।

সানসেদো তখন অবশ্য বিস্মিত হয়েছিলেন এ আদেশে। একটু ক্ষুণ্ণও বোধহয়।

'আপনি নিজে তো আপনার বিধিলিপি সম্পূর্ণ জানেন বলেই মনে হয়। তা হলে

আমার প্রতি কেন এ নির্দেশ?' জিজ্ঞাসা করেছিলেন সেই আশ্চর্য প্রৌঢ়কে।

'তোমার প্রতি এ-নির্দেশ প্রথমত বিদ্যা তোমার অসম্পূর্ণ বলে,' বলেছিলেন স্থৈর্যের প্রতিমূর্তি সেই সৌম্য মানুষটি, 'এ খণ্ডিত বিদ্যা নিজের জন্যে প্রয়োগ করলে অকারণ উদ্বেগ আর অশান্তিকেই নিত্যসঙ্গী করে শুধু নিজেকে নিয়েই তুমি তন্ময় থাকবে। এ বিদ্যা তা হলে হবে নিষ্ফলা।'

একটু থেমে তিনি আবার প্রশান্ত গভীর স্বরে বলেছিলেন, 'এ বিদ্যা তোমার সম্পূর্ণ হলেও নিজের ভাগ্যলিপি পাঠ করার বিষয়ে এই নিষেধই তোমায় জানাতাম।'

'কেন?' সবিস্ময়ে জিজ্ঞাসা করেছিলেন সানসেদো, 'সম্পূর্ণ বিদ্যা নিয়ে আপনি কি নিজের অদৃষ্টলিপি আদ্যোপান্ত পাঠ করেননি?'

'তা করেছি।' স্নিগ্ধ করুণ অপরূপ একটি হাসি ফুটে উঠেছিল সেই আশ্চর্য মানুষটির মুখে। ধীরে ধীরে তিনি বলেছিলেন, 'কিন্তু নিজের নিয়তি নির্ভুলভাবে জেনেও জীবনের ভার অকাতরে শেষ মুহূর্ত পর্যন্ত বয়ে নিয়ে যাওয়ার কঠিনতম পরীক্ষা সকলের জন্যে নয়। যতটুকু বিদ্যা পেয়েছ অপরের জন্যে যথাসাধ্য প্রয়োগ করে, অনিশ্চিত ভবিষ্যতের বদলে নিজের বেলা প্রত্যক্ষ বর্তমান নিয়েই ব্যাপৃত থেকো।'

সানসেদো গুরুর সেই নির্দেশই একান্ত বাধ্যতার সঙ্গে পালন করে এসেছেন।

প্রলোভন যে আসেনি তা নয়, দুর্বলতাও হয়েছে। কিন্তু তা তিনি জয় করেছেন শেষ পর্যন্ত।

এবার এসপানিয়ার মাটি ছোঁয়ার সঙ্গে সঙ্গে অবিশ্বাস্য নিদারুণ ভাগ্যবিপর্যয়ের পর নিজের সম্বন্ধে অটল থাকা বুঝি সবচেয়ে কঠিন হয়ে উঠেছিল।

কিন্তু সে কঠিন পরীক্ষায়ও তিনি উত্তীর্ণ হয়েছেন। ব্যাকুলতা যত তীব্রই হোক গণনার সাহায্যে নিজের ভবিষ্যৎ জানবার চেষ্টা তিনি করেননি, সামনে যা উপস্থিত সেই ঘটনাপ্রবাহ থেকেই নিজের গতিবিধি ও কর্তব্য নির্ধারণের চেষ্টা করেছেন।

মেদেলিন শহর থেকে নিরুদ্দেশ হবার পর যে কোনও মুহূর্তে ধরা পড়বার আশঙ্কা সত্ত্বেও একটি লক্ষ্য নিয়ে এসপানিয়ার উত্তর থেকে দক্ষিণ পর্যন্ত সমস্ত শহর বাউণ্ডুলে ভিখিরির সাজে তিনি ঘুরে বেড়িয়েছেন।

সে লক্ষ্য হল তাঁর বিরুদ্ধে অতবড় মিথ্যা অভিযোগ যে সাজিয়েছে তাকে খুঁজে বার করা।

তাকে খুঁজে বার করলেই অবিশ্বাস্যভাবে তাঁর জাহাজের বন্ধ সিন্দুকের ঐশ্বর্য লোপাট হবার রহস্য ভেদ করা সম্ভব হবে কি না সানসেদো জানেন না, কিন্তু তাঁর কল্পনাতীত ভাগ্যবিপর্যয়ের মূল কারণে পৌঁছোবার আর কোনও উপায় তিনি ভেবে পাননি।

এক ছদ্মবেশী ক্রীতদাসের সঙ্গে ষড়যন্ত্র করে সম্রাটের উদ্দেশ্যে পাঠানো মহামূল্য সব নতুন মহাদেশের সম্পদ চুরি করেছেন বলে সাংঘাতিক অভিযোগ কাপিতান সানসেদোর বিরুদ্ধে সাজিয়েছিল কে, তা বোধহয় আর বলতে হবে না।

যার সঙ্গে বিশেষ প্রীতির সম্পর্কের দরুনই সানসেদো গভীরভাবে সন্দেহভাজন,

এসপানিয়ার বন্দরে জাহাজ ভেড়বার পর রহস্যজনকভাবে পলাতক সেই ছদ্মবেশী ক্রীতদাসই বা কে, তা-ও সম্ভবত এখন কারও অগোচর নয়।

ক্রীতদাস আর কেউ নয়, সেই ঘনরাম দাস আর কাপিতান সানসেদোর বিরুদ্ধে অভিযোক্তা হল ঘনরাম দাসের কাছে জুয়ায় জুয়াচুরির চেষ্টায় চরম শিক্ষা-পাওয়া সেই সোরাবিয়া, মার্কুইস গঞ্জালেস দে সোলিস বলে এসপানিয়ার খানদানি সমাজে যে এখন পরিচিত।

কিন্তু মেক্সিকো বিজয়ী কর্টেজ-এর নিজের স্বাক্ষরিত মুক্তিপত্র সত্ত্বেও ঘনরাম দাসকে আবার ছদ্মবেশে ক্রীতদাসের পরিচয় লুকোবার শাস্তি এড়াতে পলাতক হতে হয় কেন?

নিজেকে রমণীমোহন মনে করার গর্বে আত্মহারা, অসাধু, অপদার্থ জুয়াড়ি সোরাবিয়াই বা মার্কুইস গঞ্জালেস দে সোলিস হয়ে ওঠে কী করে?

এ দুই রহস্য হয়তো একসঙ্গেই জড়ানো। একটির সমাধান হলেই আর একটির উত্তর আপনা থেকে মিলে যাবে।

বাউন্ডুলে ভিখিরির বেশে কাপিতান সানসেদো সেই আশাতেই সান মার্কস-এর মিনারের তলায় আনার সঙ্গে দেখা করবার জন্যে ব্যাকুলভাবে এদিকে প্রায় নির্জন হয়ে আসা সেভিল-এর সংকীর্ণ রাস্তা ধরে এগিয়ে চলেন।

আনা-র সঙ্গে তাঁর যোগাযোগ হয়েছে মাত্র সম্প্রতি। সে যে এখন সামান্য আনা নয়, মার্শনেস গঞ্জালেস দে সোলিস এই সংবাদই তাঁর কাছে বিস্ময়কর। কিন্তু তার চেয়ে বড় বিস্ময় হল আনার স্বামী মার্কুইস গঞ্জালেস দে সোলিস-এর আসল পরিচয়। এই জমকালো খানদানি উপাধির আড়ালে সোরাবিয়াই যে গা ঢাকা দিয়ে আছে তা তিনি আগে কল্পনা করতে পারেননি।

এসপানিয়ার শহরে শহরে ঘুরেও কেন যে সোরাবিয়ার খোঁজ এতদিন তিনি পাননি এই সেভিল শহরে এসে আকস্মিকভাবে আনা-র সঙ্গে দেখা হবার পরই তিনি প্রথম বুঝতে পেরেছেন। তিনি যেখানে সোরাবিয়াকে সন্ধান করে ফিরেছেন মার্কুইস গঞ্জালেস দে সোলিস সে জগতের মানুষ আর নয়।

আনার সঙ্গে দৈবাৎ সেভিল-এর একটি রাস্তায় দেখা না হয়ে গেলে সোরাবিয়ার নামের এ রূপান্তর তাঁর কাছে অজানাই থেকে যেত।

আনাকে তাঁর নতুন আভিজাত্যের চেহারা পোশাকে দেখে বিস্মিত হলেও সানসেদো সেই সঙ্গে অত্যন্ত খুশিও হয়েছেন। তিনি যখন সোরাবিয়াকে অধীরভাবে খুঁজে ফিরছেন তখন আনা যে আবার তাঁরই সন্ধানে ব্যাকুল এইটুকু তাঁর জানা ছিল না।

আনার কাছে অনেক কিছুর উত্তর তিনি চান, কিন্তু আনা তাঁকে কেন খুঁজেছে তা তিনি ঠিক বুঝতে পারেননি।

বেশ একটু উদ্বেগ-চঞ্চল মন নিয়েই সানসেদো সান মার্কস-এর মিনারের নীচে গিয়ে দাঁড়ান। জায়গাটা একেবারে নির্জন। আনা তখনও সেখানে এসে পৌঁছোয়নি। বেশ কিছুক্ষণ অপেক্ষা করার পরও আনার দেখা পাওয়া যায় না। সানসেদো এবার

অত্যন্ত উদ্বিগ্ন অধীর হয়ে ওঠেন। হঠাৎ তাঁর মনে হয় আনা বোধহয় আর তাঁর সঙ্গে দেখা করবে না।

একথা মনে হওয়ার সঙ্গে সঙ্গে সানসেদোর মন হতাশায় আচ্ছন্ন হয়ে যায়। আনার সঙ্গে দেখা না হলে তাঁর বিরুদ্ধে যে সাংঘাতিক অভিযোগ দাঁড় করানো হয়েছে তার মূল রহস্য জানবার আর বুঝি কোনও উপায় নেই।

আনা তাঁর সঙ্গে দেখা করার ব্যাপারে শেষ পর্যন্ত মত বদলাতে পারে এমন কথা সত্যিই তিনি ভাবতে পারেননি।

পারলে যত বিপদই থাক, সেই দুপুরবেলাই আনার কাছে যা জানবার তা জেনে নেবার চেষ্টা করতেন।

শুধু পথে-ঘাটে ভিড় অত্যন্ত বেশি বলে নয়, সম্ভ্রান্ত মহিলার পোশাকে আনাকে তাঁর মতো ভিখিরির সঙ্গে বেশিক্ষণ দেখলে লোকে সন্দিগ্ধ হয়ে উঠতে পারে এই কারণেও সানসেদো তখনকার মতো আনাকে ছেড়ে দিয়ে সন্ধ্যায় এই সাক্ষাতের ব্যবস্থা করেছিলেন।

তাঁর সামান্য একটা চিরকুটে লেখা চিঠির ডাকেই সকালে আনাকে অমনভাবে সান্তা মারিয়া দে লা ক্যাথিড্রালে উপস্থিত হতে দেখেই সন্ধ্যায় তার কথা রাখার বিষয়ে নিশ্চিন্ত ছিলেন তিনি।

এখন কিন্তু তাঁর সন্দেহ গভীর হতে শুরু করে।

সত্যিই আনার মতো মেয়ে, আজ মার্শনেস গঞ্জালেস দে সোলিস বলে যার পরিচয়, সে তাঁর সঙ্গে দেখা করবার জন্যে এত কষ্ট করে কোনও ঝক্কি নিতে যাবে কেন!

তাঁকে তিয়ো বলে ভক্তি-শ্রদ্ধা এককালে সত্যিই করত সন্দেহ নেই। তাঁর কাছে সে সময়ে যে স্নেহ, সাহায্য ও প্রশ্রয় পেয়েছে তার জন্যে মনে হয়তো একটু কৃতজ্ঞতাও ছিল। সেই জন্যেই তাঁর প্রথম চিঠি পেয়ে তার আহ্বান উপেক্ষা করতে পারেনি।

কিন্তু তারপর একটা অভাগা বুড়ো ভিখিরির জন্যে নিজের মান-মর্যাদা যাতে খোয়াতে হতে পারে এমন ঝক্কি নেবার কী দায় তার পড়েছে! একবার তাঁর সঙ্গে দেখা করতে এসেছিল তা-ই যথেষ্ট।

সোরাবিয়া তাঁর নামে এখানেও যে হুলিয়া বার করেছে তা কি আনার অজানা?

স্বামীর এ শয়তানিতে তার সায় না থাক, বাধাও সে নিশ্চয় দেয়নি।

না, আনার সঙ্গে দ্বিতীয়বার দেখা হওয়ার আশা করাই সানসেদোর ভুল হয়েছে। তাঁর কাছে এককালে যত স্নেহ আদরই পেয়ে থাক, সে যে সোরাবিয়ার স্ত্রী হয়েছে এই থেকেই তার স্বরূপ বোঝা তাঁর উচিত ছিল।

অথচ আনাকে চিনে তার সঙ্গে দেখা করার সুযোগ পাওয়ার পর কত আশাই না তিনি করেছিলেন! ভেবেছিলেন তাঁর অদৃষ্টকে এইবার বুঝি তিনি রাহুমুক্ত করতে পারবেন।

আনার দেখা তিনি পেয়েছিলেন অবশ্য নেহাতই দৈবাৎ। তাকে খোঁজবার কোনও

চেষ্টাই তিনি ভাগ্য বিপর্যয়ের পর করেননি।

তিনি সোরাবিয়ার খোঁজেই ভিখিরি বাউন্ডুলের বেশে শহর থেকে শহরে ঘুরে বেড়াচ্ছিলেন।

সোরাবিয়া অত্যন্ত নীচ চরিত্রের ইতর জুয়াড়ি। তার মতো লোকের যে রকম আস্তানা ও আড্ডা হতে পারে সানসেদো প্রতি শহরের সেই সব জায়গার আশেপাশেই টহল দিয়ে ফিরেছেন।

সোরাবিয়ার দেখা সে-সব মহলে কোথাও না পেয়ে বিস্মিত হয়েছেন সত্যিই।

সোরাবিয়ার মতো মানুষ হঠাৎ চরিত্র শুধরে সাধুপুরুষ হয়ে উঠেছে এ তো বিশ্বাস করবার মতো কথা নয়। হাঁসকে পুকুর থেকে ঠেকিয়ে রাখা যায়, কিন্তু জুয়ার আড্ডা থেকে সোরাবিয়ার সরে থাকা অসম্ভব।

বিশেষ করে তাঁর যা অনুমান তা একেবারে ভ্রান্ত না হলে সোরাবিয়ার জুয়ার মহলে এখন বড় চাঁই হিসেবেই পরিচিত হওয়া উচিত।

সে জগতে তাকে খুঁজে না পেলে আবার সে দরিয়া পার হয়ে নতুন মহাদেশে পাড়ি দিয়েছে ভাবতে হয়।

কিন্তু মেক্সিকো থেকে যে বেশ একটু দাগি হয়ে ফিরেছে তার পক্ষে আবার সাগর পাড়ি দেওয়া খুব সহজ নয়। তা ছাড়া আসলে লোকটা শুধু কপট শঠ ইতর নয়, অলস আয়েসিও বটে। নতুন মহাদেশে ভাগ্যোন্নতির ধকল সইতে সে সাধ করে পা বাড়াবে না।

তা হলে মানুষটা হঠাৎ এমন উধাও হতে পারে কী করে কাপিতান সানসেদো ভেবে পাননি।

তিনি যখন শহরের আজে-বাজে পাড়ায় জুয়াড়ি সোরাবিয়াকে খুঁজে বেড়াচ্ছেন তখন সে যে মার্কুইস গঞ্জালেস দে সোলিস হয়ে হয়তো তাঁর চোখের সামনে দিয়েই কখনও-সখনও সাড়ম্বরে চলে গেছে তা তিনি আর কেমন করে জানবেন! ও ধরনের রাজাগজার দিকে তখন তাঁর নজরই নেই।

সোরাবিয়াকে না দেখুন, আনাকে হঠাৎ একদিন সেভিল-এর এক গরিবানী পাড়াতেই তিনি দেখেছেন।

প্রথমে অবশ্য আনাকেও তিনি চিনতে পারেননি।

ভিখিরি সাজলে তার অভিনয়টাও নিখুঁত রাখতে হয়। সানসেদো তাঁর ভবঘুরে ভিখিরির পোশাকে সে দিক দিয়ে ত্রুটি রাখেন না। তাঁর মতো ভিখিরিদের যা দস্তুর, বড় মানুষ দেখলেই সেই মতো ভিক্ষের হাত পাতেন।

গরিব পাড়া দিয়ে লাগাম ধরে নফরের ধরে নিয়ে যাওয়া জমকালো সাজের ঘোড়ায় চেপে সম্ভ্রান্ত চেহারা পোশাকের এক মহিলাকে যেতে দেখে রাস্তার আরও তাঁর মতো দু-একজন ভিখিরির সঙ্গে হাত বাড়িয়েছিলেন একটা পেসোর জন্যে।

ভিক্ষে তিনি পাননি। সম্ভ্রান্ত মহিলার নফর তাঁদের ধমকে তাড়িয়ে দিয়েছিল। কিন্তু সেই সময়টুকুর মধ্যেই আনাকে চিনতে সানসেদোর ভুল হয়নি।

আনা তাঁকে অবশ্য চিনতে পারেনি। চেনবার কথাই নয়। তাচ্ছিল্য ভরে-সে তাঁর দিকে একবার চেয়েছে কি না সন্দেহ। সেই এক পলকের নজরে ছেঁড়া-খোঁড়া পোশাকের সঙ্গে ফেরার হওয়া অবধি এক মুখ দাড়ি গোঁফে যা চেহারা হয়েছে তার আড়ালে কাপিতান সানসেদোকে চেনা সম্ভব নয়।

আনাকে এই অপ্রত্যাশিত ভূমিকায় দেখে সানসেদোর বিস্ময় কৌতূহল যেমন তীব্র হয়েছে, মনে আশাও জেগেছে তেমনই গভীর।

তখন আনার সঙ্গে সোরাবিয়ার দাম্পত্য সম্বন্ধের কথা তিনি জানেন না। তবু তাঁর মনে হয়েছে তাঁর জাহাজের রহস্যোদ্ঘাটনের ব্যাপারে আনার কথাটাও তাঁর ভাবা উচিত ছিল।

আনার সম্ভ্রান্ত মহিলা হিসেবে নতুন পরিচয় জেনে তার সঙ্গে দেখা করার উপায় তারপর সানসেদোকে ভাবতে হয়েছে।

ভিক্ষে না পেয়ে যেন ক্ষুণ্ণ হয়ে রাস্তার একজনকে তিনি জিজ্ঞাসা করেছেন, 'কনোথে উস্তেদ আ এসা সেনিয়োরা?'

তাঁর প্রশ্নে যতটা নয় তাঁর মুখের 'কনোথে' শুনে লোকটা একটু কৌতুকের বাঁকা হাসি হেসে জিজ্ঞাসা করেছে, 'তুমি আন্দালুসিয়ার লোক নয়, কেমন?'

সানসেদো নিজের ভুলটা ততক্ষণ বুঝে ফেলেছেন। 'কনোসে'র বদলে 'কনোথে' বলে গোড়াতেই সেভিল যার প্রধান শহর সেই আন্দালুসিয়ার বাইরের লোক বলে নিজের পরিচয় ধরিয়ে দেওয়াটা তাঁর ঠিক হয়নি।

তাড়াতাড়ি ভুলটা সামলে বলেছেন, 'না, এখানকারই লোক, তবে কাস্তিল-এ অনেকদিন কাটিয়েছি।'

'সে তোমার দুধে জিভের কনোথে শুনেই বুঝেছি,' বলে লোকটা একটু অবজ্ঞা ভরেই হেসেছে। ভবিষ্যতে সমস্ত স্পেনের রাজভাষা যা হয়ে উঠবে তখনও তার কদর তেমন বেশি হয়নি।

আন্দালুসিয়ার কয়েকটা দন্ত্য 'স' কাস্তিল-এর আধো আধো 'থ' হয়ে তখন বিদ্রূপ জাগায়।"

শ্রীঘনশ্যাম দাস তাঁর ভাষাতত্ত্বের গভীর জ্ঞান জাহির করে বোধহয় যথোচিত তারিফের জন্যেই থেমেছেন, মোক্ষম সংলাপ বলতে রঙ্গমঞ্চের জাঁদরেল অভিনেতারা যেমন হাততালির সময় দেবার জন্যে থামেন।

তারিফের তাঁর অভাব হয়নি। মুগ্ধ স্তুতি ফুটে উঠেছে উদরদেশ যাঁর কুম্ভের মতো স্ফীত ভোজনবিলাসী সেই রামশরণবাবু আর মেদভারে হস্তীর মতো যিনি বিপুল সেই সদাপ্রসন্ন ভবতারণবাবুর মুখে চোখে।

শুধু মর্মরের মতো মস্তক যাঁর মসৃণ সেই ইতিহাসের অধ্যাপক শিবপদবাবু পাণ্ডিত্যের এ আতশবাজিতে সম্পূর্ণ উদাসীন থেকে জিজ্ঞাসা করেছেন অগোপন ঈষৎ অধৈর্যের সঙ্গে, "'স' আর 'থ'-এর মারপ্যাঁচ এখন রাখুন। আপনার সানসেদো আসলে জিজ্ঞেস করেছিল কী?"

অজ্ঞ বর্বরদের প্রতি যেন করুণার দৃষ্টি বিতরণ করে দাসমশাই একটু হাসলেন।

তারপর বললেন, "জিজ্ঞেস করেছিল—'ওই মহিলাকে কি চেনেন!'

'মহিলা!' রাস্তার লোকটি আবার হেসে উঠেছিল কৌতুকভরে। তারপর বলেছিল—'ওঁকে শুধু মহিলা ভাবছ নাকি, উনি সাধারণ সেনিয়োরা নন, দস্তুরমতো মার্শনেস। কিছুদিন হল স্বামী মার্কুইস গঞ্জালেস দে সোলিস-এর সঙ্গে সেভিল-এর শোভা বাড়াচ্ছেন।'

আমুদে আর রসিক বলে সেভিল-এর লোকের তখনই খ্যাতি ছিল। সানসেদো তাই লোকটির কৌতুকের খোঁচাগুলো গায়ে মাখেননি। আরও খোঁজখবর নিয়ে শেষ পর্যন্ত মার্কুইস গঞ্জালেস দে সোলিস-এর আবাস খুঁজে বার করেছেন, আর সেখানেই আনা-র সঙ্গে দেখা করবার সুযোগের জন্যে বাইরে ঘোরাঘুরির সময় স্বয়ং মার্কুইসকে দেখে স্তম্ভিত হয়ে গেছেন। আনা-র মার্শনেস হওয়া বিস্ময়কর হলেও সোরাবিয়া-র মার্কুইস গঞ্জালেস দে সোলিস হওয়া তাঁর সত্যিই কল্পনাতীত।

সোরাবিয়াই মার্কুইস রূপে আনার স্বামী হওয়ায় ব্যাপারটা যত জটিলই হয়ে উঠুক, সানসেদোকে আনার সঙ্গে দেখা করবার চেষ্টা করতেই হয়েছে! সে-বাড়ির একজন পরিচারককে ঘুষ দিয়ে আনার কাছে গোপনে একটি চিঠি পাঠাবার ব্যবস্থা করেছেন। সে চিঠিতে আনাকে সান্তা মারিয়া দে লা সেদে ক্যাথিড্রালের কাছে ইস্টারের পরবের দিন তাঁর সঙ্গে দেখা করার অনুরোধ ছিল।

সে চিঠি আনা ঠিকই পেয়েছে। কিন্তু তার আগে সোরাবিয়া স্বয়ং। কারণ বাড়ির প্রত্যেকটি চাকর তার চর।

আনাকে লেখা সানসেদোর গোপন চিঠি চর পরিচারক প্রথমে তার প্রভু মার্কুইস গঞ্জালেস দে সোলিসকেই দিয়েছিল।

মার্কুইস অর্থাৎ সোরাবিয়া সে-চিঠি পড়ে ছিঁড়ে ফেলতেও পারত। কিন্তু ছিঁড়ে সে ফেলেনি। বরং আনার হাতে সে-চিঠি পৌঁছে দেবার হুকুমই দিয়েছিল তার পরিচারককে।

আনা চিঠি পড়ে সানসেদোর সঙ্গে দেখা হবার আশায় সান্তা মারিয়া দে লা সেদে ক্যাথিড্রালে গেলে তাকেই টোপ করে সানসেদোকে নিজের হাতে ধরবে এই ছিল সোরাবিয়ার ফন্দি। এইজন্যেই গাঁইয়া চাষির ছদ্মবেশে সে আনাকে অনুসরণ করে ফিরেছে সেদিন।

তার সে-ফন্দি যে সফল হয়নি, তা আমরা জানি।

সফল না হবার কারণ এই যে, কাপিতান সানসেদোও আগে থাকতে সাবধান হয়ে গিয়ে আনার সঙ্গে ক্যাথিড্রালের কাছে দেখা করবার কোনও চেষ্টা করেননি।

আনাকে অবশ্য তিনি চোখে চোখে রেখেছিলেন দূর থেকে, আর তারই দরুন আনা না পারলেও সোরাবিয়ার ছদ্মবেশ গোড়াতেই ধরে ফেলেছিলেন আনার পিছনে তার লেগে থাকবার ভঙ্গি দেখে।

কাপিতান সানসেদো আগে থাকতে সাবধান হতে পেরেছিলেন সোরাবিয়ার অতিরিক্ত উৎসাহের দরুন। সানসেদোকে ধরার আগ্রহাতিশয্যে সে তাঁর চিঠি পড়বার পরই সেভিল-এর কোতোয়ালিকে সজাগ করে দিয়ে সেখান থেকে সানসেদোর নামে

হুলিয়া বার করাবার ব্যবস্থা করে।

ঢেঁড়া পিটে সে-হুলিয়ার কথা শহরে জানানো হয় বলেই কাপিতান সানসেদো আগে থাকতে সোরাবিয়ার ফন্দি সম্বন্ধে সাবধান হবার সুযোগ পান।

নয়

"সোরাবিয়ার শয়তানি ফন্দি এড়িয়ে আনার সঙ্গে কয়েক মুহূর্তের আলাপে সান মার্কস-এর মিনারের নীচে গোপন সাক্ষাতের যে-ব্যবস্থা তিনি করেছিলেন, তা ব্যর্থ হওয়ায় একান্ত হতাশ ও ক্ষুব্ধ হওয়া সানসেদোর পক্ষে স্বাভাবিক। কিন্তু আনার প্রতিশ্রুতিভঙ্গের কারণ তিনি যা ভেবেছিলেন তা ভুল। নিজের আগ্রহেই কথা দিয়েও আনা কেন যে তা রাখতে পারেনি, তা কল্পনা করাও সানসেদোর পক্ষে সম্ভব ছিল না।

আনার জীবনে সেদিন যা ঘটেছে তা তারও কল্পনাতীত।

সেভিল শহরের রাস্তায় সে এক অদ্ভুত আজগুবি জানোয়ার দেখে শঙ্কাবিহ্বল হয়েছে, তারপর সেইদিন সন্ধ্যাতেই তার নিজের আবাস থেকে বার হবার পথে যা দেখেছে তা অবিশ্বাস্য ভৌতিক কিছু ছাড়া প্রথমে ভাবতে পারেনি।

তার তিয়ো সানসেদোর সঙ্গে দেখা করবার জন্যেই আনা তখন গ্রামাঞ্চলের চাষি মেয়ের পোশাকে সেজে সান মার্কস মিনার-এর দিকে রওনা হয়েছিল। বাড়ি থেকে বেরিয়ে কয়েক পা যেতে-না-যেতেই তাকে সবিস্ময়ে কিন্তু থমকে দাঁড়াতে হয়েছে।

মার্কুইস গঞ্জালেস দে সোলিস অর্থাৎ তার স্বামী সোরাবিয়াই সেই পথ দিয়ে বাড়ি ফিরছে।

কিন্তু তার সঙ্গে ও কে আসছে বেশ একটু উত্তেজিতভাবে আলাপ করতে করতে?

সন্ধ্যার অন্ধকার তখন গাঢ় হতে শুরু করেছে। আনা রাস্তার ধারের একটি বাড়ির তোরণের নীচে লুকিয়ে দাঁড়াতে পেরেছিল। নিজেদের মধ্যে আলোচনায় মত্ত সোরাবিয়া ও তার সঙ্গী তাকে লক্ষ করেনি, কিন্তু সেই বিলীয়মান আলোতে স্বামীকে যেমন তার সঙ্গীটিকেও তেমনই আনা নির্ভুলভাবেই চিনেছে।

চেহারাটা চিনতে ভুল হয়নি বলেই নিজের চোখকে বিশ্বাস করা আনার পক্ষে শক্ত হয়েছে। অবিশ্বাস্য অলৌকিক কিছু বলে মনে হয়েছে ব্যাপারটা।

অবিশ্বাস্য অলৌকিক মনে হওয়া অস্বাভাবিক কিছু নয়। জীবনে যাকে দেখতে পাওয়ার আশা প্রায় ছেড়েই দিয়েছিল, স্পেনের মাটিতে পা দেওয়া মানে স্বেচ্ছায় আত্মঘাত জেনেও সে শুধু সেভিল শহরের রাস্তাতেই নয়, তার স্বামী সোরাবিয়ারই সঙ্গী হয়ে তাদের বাড়ির দিকে অগ্রসর হচ্ছে এ-ব্যাপার সত্যিই আনার সব কল্পনার বাইরে।

সান মার্কস মিনার-এ যাওয়া আনার আর হয়নি। স্বামী আর তার সঙ্গী কিছুটা এগিয়ে যাওয়ার পর সে অন্ধকারে একটু দূর থেকে তাদের অনুসরণ করেছে।

সোরাবিয়া তার সঙ্গীকে নিয়ে বাড়ির ভেতর গিয়ে ঢোকবার পর আনা বিমূঢ় স্তম্ভিত হয়েছে সবচেয়ে বেশি। কিষাণমেয়ের ছদ্মবেশে তখনই বাড়িতে ঢোকা তার

পক্ষে সম্ভব হয়নি। অস্থির উদ্বেগ নিয়ে বাড়ির বাইরে অন্ধকার রাস্তাতেই তাকে অপেক্ষা করতে হয়েছে। অপেক্ষা করতে তার ক্লান্তি নেই। সোরাবিয়ার সঙ্গে যে বাড়ির ভেতর গেছে, তার জন্যে এমন অনেক দীর্ঘ রাত সে অপেক্ষা করতে প্রস্তুত।

স্বামীর সঙ্গে কেন যে সে তাদের বাড়িতে গেছে আনা তা অনুমান করতে গিয়ে কূল পায়নি। কিন্তু যে কারণেই গিয়ে থাক, বার হয়ে সে তো আসবেই। ইস্টারের সময় দক্ষিণ স্পেনের সেভিল শহরে শীতের দাপট আর নেই বললেই হয়। প্রচণ্ড তুষারঝড়ের রাত হলেও কিন্তু আনা অকাতরে যতক্ষণ প্রয়োজন, অপেক্ষা করতে দ্বিধা করত না। যার চেয়ে কাম্য তার কিছু নেই সেই আশাতীত সুযোগই আনা আজ পেয়েছে। যখনই বার হয়ে আসুক, আনার কাছে আজ ধরা না দিয়ে তার উপায় নেই।

খুব বেশিক্ষণ আনাকে অপেক্ষা করতে হয়নি। তাদের বাড়ির ভেতর থেকে ঘোড়ার খুরের আওয়াজ শোনা গেছে। কয়েক মুহূর্ত বাদে ঘোড়সওয়ারই বেরিয়ে এসেছে রাস্তায়।

কিন্তু এ-সওয়ার তো আনার স্বামী সোরাবিয়া!

সঙ্গীকে ভেতরে রেখে একলাই সে ঘোড়ায় চড়ে বেরিয়ে এসেছে কেন?

সোরাবিয়ার ঘোড়ার খুরের শব্দ দূরে মিলিয়ে যাবার পর আনা একমুহূর্তও আর অপেক্ষা করেনি। পরনে তার চাষি মেয়ের পোশাক। বাড়ির চাকর-দাসীদের লুকিয়ে এ-পোশাকে সে বাইরে এসেছিল। এখন কিন্তু তাদের চোখে পড়ার সম্ভাবনা গ্রাহ্য না করে অস্থির উত্তেজনায় আনা বাড়ির ভেতর ছুটে গেছে।

চাকর-দাসী কারও সঙ্গে দেখা হয়নি। কিন্তু যাকে সে খুঁজছে, সে-ই বা কোথায়? সোরাবিয়ার সঙ্গে এসে সে কি এই বাড়ির মধ্যে হাওয়াতেই মিলিয়ে গেল?

সত্যিই আনা কি তা হলে অশরীরী ছায়ামূর্তিই দেখেছে?

অস্থির ব্যাকুল উত্তেজনায় আনা চিৎকার করে ডাকে, 'দাস!'

কোথাও কোনও সাড়া মেলে না।

মেক্সিকো থেকে এসপানিয়ায় ফেরার জাহাজে সম্ভ্রান্ত কাবালিয়েরো হিসেবে যাঁকে একদিন দেখা গিয়েছিল আর তারপর ভাগ্যচক্রে স্বেচ্ছায় পিজারোর বন্ধু মোরালেস-এর কাছে আবার ক্রীতদাস হয়ে কিছুকাল কাটিয়ে যিনি আশ্চর্যভাবে নতুন মহাদেশের পানামা থেকে নিরুদ্দেশ হয়েছিলেন, আনার ব্যাকুল সন্ধানের পাত্র যে সেই ঘনরাম দাস, তা বোধহয় আনার আকুলকণ্ঠে তাঁর নাম শোনবার আগেই বোঝা গেছে।

ঘনরাম দাসই যে অজানা নতুন দেশ থেকে সঙ্গে আনা ল্‌লামাগুলির একটিকে ছেড়ে দিয়ে সেভিল-এর নাগরিকদের পিজারোর বন্দিত্ব সম্বন্ধে সচেতন করে তুলেছেন তা-ও বোধহয় অনেকের পক্ষেই অনুমান করা কঠিন হয়নি!

নতুন মহাদেশ থেকে আদিবাসীদের একজন হয়ে পিজারোর জাহাজে ঘনরামের এসপানিয়ায় এসে নামা রহস্যময় নিশ্চয়ই, কিন্তু সোরাবিয়ার কাছে নিজে থেকে আত্মপ্রকাশ করে তারই বাড়িতে আসা কম বিস্ময়কর নয়।

ঘনরাম সত্যিই তা-ই করেছিলেন। করেছিলেন পিজারোকে সুদখোর মহাজন

এনসিসো-র আক্রোশ থেকে বাঁচাবার আর কোনও উপায় না দেখে।

শহরের রাস্তায় অদ্ভুত আজগুবি প্রাণী হিসেবে ল্‌লামাটিকে ছেড়ে দেওয়ার কৌশল তাঁর আশাতীতভাবে সফলই হয়েছিল। পথের নানা জটলায় পিজারোর বন্দিত্বের সংবাদ জানিয়ে জনতাকে উত্তেজিত করে তোলবার ফন্দিও তাঁর ব্যর্থ হয়নি। ইস্টারের উৎসবমত্ত সেভিল শহরের প্রায় অর্ধেক নাগরিকই বন্দরের চারিপাশে গিয়ে জড়ো হয়েছে।

কিন্তু ওই পর্যন্তই। জনতার মধ্যে মিশে থেকে, ঘনরাম কিছুক্ষণ বাদেই বুঝেছেন যে, তাদের উচ্ছ্বাস আস্ফালন সবই বৃথা। ইউরোপে সামন্ততন্ত্রের যুগ শেষ হয়ে গেলেও জনগণের অধিকার স্বীকৃত হতে তখনও অনেক দেরি। ওপরের মহলের ভাগ্যবানরা জনসাধারণ বলে কোনও কিছুর অস্তিত্ব সম্বন্ধে অচেতন। তাদের বিক্ষোভ অভিযোগের কোনও তোয়াক্কাই কেউ করে না। সেভিল-এর বন্দরের জনতার কণ্ঠ সম্রাট পঞ্চম চার্লস দূরে থাক, তাঁর পরিষদের কারও কান পর্যন্তও গিয়ে পোঁছোবে না। তা পৌঁছে দেবার জন্যে এমন কাউকে দরকার রাজসভা যার কাছে অগম্য নয়।

এমন মানুষ কে আছে সেভিল-এ?

ঘনরাম জনতার সঙ্গে মিশে সন্ধান নিয়েছেন! সন্ধান যা পেয়েছেন তাতে হতাশই হতে হয়েছে।

রাজসভায় পর্যন্ত খাতির আছে এমন মানুষ সেভিল-এ থাকবে না কেন? সেভিল তো আজেবাজে শহর নয়। কিন্তু পিজারোর মতো মানুষের জন্যে নড়ে বসতে তাদের দায় পড়েছে! হাজার হলেও ব্যাচিলর এনসিসোর মতো মহাজন তাদেরই জাত-ভাই। দুটো আজগুবি জানোয়ার এনেছে বলে কোথাকার কোন হাঘরে বাউণ্ডুলের জন্যে সেই জাতভাইকে চটাতে সেভিল-এর বনেদি বড় ঘরোয়ানার কেউ রাজি নয়।

ব্যাচিলর এনসিসোর ইয়ার-দোস্ত কি জাত-ভাই নয় এমন হোমরা-চোমরা কি আর কেউ নেই তা হলে সেভিল-এ?

'আছে। ওই তো মার্কুইস গঞ্জালেস দে সোলিসই আছেন।' দু-চারজন ভিড়ের ভেতর থেকে দেখিয়েও দিয়েছে—'দরবারে ওঁর নাকি দারুণ খাতির। কোথায় কী ছিলেন কেউ জানে না। একধাপে একেবারে মার্কুইস হয়ে গেছেন কি অমনি অমনি!'

'মার্কুইস গঞ্জালেস দে সোলিস!'

ঘনরাম ভিড়ের ভেতর দূর থেকে মার্কুইসকে ঘুরতে দেখেছেন। মার্কুইসকে আরও অনেকের মতোই পিজারো আর তার জাহাজের আজগুবি জানোয়ারের খবর কৌতূহলী করে বন্দরে টেনে এনেছে। সেভিল-এর খানদানিরা অবশ্য ব্যাচিলর এনসিসোর এ-ব্যাপারের সঙ্গে সংস্রবের কথা জানবার পর আজেবাজে চাষাভুষো ইতরের ভিড়ে বেশিক্ষণ সময় নষ্ট করেননি। সেভিল-এর বাইরের মানুষ বলেই মার্কুইস গঞ্জালেস দে সোলিসকে তখনও বন্দরে ঘুরতে দেখা গেছে।

মার্কুইসকে দূর থেকে চিনিয়ে দেবার পর ঘনরাম প্রথমটা চমকে উঠেছেন সত্যিই। কিন্তু তারপর একটু কৌতুকের হাসিই ফুটে উঠেছে তাঁর মুখে।

মার্কুইস গঞ্জালেস দে সোলিস-এর ঠিক এই সময়টিতে সেভিল শহরে উপস্থিত থাকা নিয়তির আর-এক কুটিল কৌতুক সন্দেহ নেই।

অবস্থা যা দাঁড়িয়েছে তাতে মার্কুইসকেই শেষ পর্যন্ত তাঁকে ধরতে হবে। পিজারোর খবর সম্রাটের দরবার পর্যন্ত পৌঁছে দেবার এ ছাড়া কোনও উপায় নেই। তাঁকে দেখে চিনতে পারলেই মার্কুইস কী করতে চাইবে তা তিনি ভাল করেই জানেন। পলাতক ক্রীতদাস হিসেবে তাঁকে ধরিয়ে দেওয়ার উৎসাহ ছাড়া মার্কুইস-এর মাথায় আর কোনও চিন্তাই তখন থাকবার কথা নয়।

তবু এ-ঝুঁকি তাঁকে নিতেই হবে। যেমন করে হোক তাকে বিশ্বাস করাতে হবে যে, পিজারোর খবর ঠিকমতো সম্রাটের দরবারে পৌঁছে দিলে তার নিজের ভবিষ্যৎই আরও উজ্জ্বল হতে পারে। মার্কুইস-এর ওপরে আরও বড় খেতাব আছে। মার্কুইস হিসেবে সে যা পেয়েছে, তার চেয়ে বড় ইনাম। সোরাবিয়া নাম মুছে যে মার্কুইস গঞ্জালেস দে সোলিস হতে পেরেছে সম্রাটকে বাধিত করে রাখার এ সুযোগ ছাড়া তার উচিত নয়।

মার্কুইস গঞ্জালেস দে সোলিসকে এসব কথা বুঝিয়ে বিশ্বাস করানো ঘনরাম যতটা কঠিন হবে ভেবেছিলেন তা হয়নি! সোরাবিয়া নির্বোধ নয়, সম্রাটের দরবারে পিজারোর হয়ে ওকালতি করতে যাবার লাভ যে কী হতে পারে কথা পড়তে-না-পড়তেই সে বুঝেছে।

প্রথমে অবশ্য ঘনরামকে দেখে সোরাবিয়া ঠিক চিনতে পারেনি, কিংবা চিনলেও বিশ্বাস করা তার পক্ষেও শক্ত হয়েছে।

ঘনরাম নিজে থেকেই ভিড়ের ভেতর সোরাবিয়ার পাশে গিয়ে দাঁড়িয়ে বলেছিলেন, 'মহামান্য মার্কুইস গঞ্জালেস দে সোলিস পুরোনো এক আলাপীকে চিনতে পারবেন কি!'

সোরাবিয়া মুখ ফিরিয়ে বেশ খানিকক্ষণ একটু হতভম্ব হয়ে তাকিয়ে থেকেছে। তার চোখের বিভ্রম ধীরে ধীরে বিস্ময় থেকে হিংস্র উল্লাসে পৌঁছেছে তারপর।

'তুই! তুই এসেছিস এই সেভিল শহরে আমারই চোখের সামনে!' পৈশাচিক আনন্দটা সোরাবিয়ার গলায় লুকোনো থাকেনি।

'হ্যাঁ, আমি নিজে থেকেই তোমার কাছে এসেছি, সোরাবিয়া!' শান্ত অনুত্তেজিত স্বরে বলেছেন ঘনরাম, 'আমি এখানে সম্পূর্ণভাবে তোমার হাতের মুঠোয়। আমায় যখন খুশি তুমি ধরিয়ে দিতে পারো ফেরারি গোলাম হিসেবে। কিন্তু তার আগে আমি যা বলতে এসেছি, ধৈর্য ধরে নিজের স্বার্থে তোমায় একটু শুনতে অনুরোধ করছি। শুনে মনে না ধরলে আমায় কয়েদ করবার পুরো এক্তিয়ার তোমার থাকবে।'

দু-এক মুহূর্ত কী ভেবে নিয়ে সোরাবিয়া বলেছে, 'চলো। তোমার কথাই আগে শুনব, কিন্তু আমার নিজের বাসায় আমার একটি শর্তে।'

তাতেই রাজি হয়ে ঘনরাম সোরাবিয়ার সঙ্গে তার সেভিল-এর আবাসে গেছেন।

দশ

"আনা শেষ পর্যন্ত ঘনরামকে খুঁজে পেয়েছে।

খুঁজে পেয়েছে সমস্ত বাড়িতে ব্যাকুল হয়ে ছুটে বেড়াবার পর এমন অবস্থায় এমন একটি জায়গায় যেখানে সন্ধান করার কথা সে প্রথমে ভাবতেই পারেনি।

বাড়িতে দাসদাসী কেউ তখন নেই। ইস্টারের উৎসবের জন্যে বিকেল থেকে সে-রাতের জন্যে যে তাদের ছুটি দেওয়া হয়েছে তা আনার ভুলে যাবার কথা নয়। সোরাবিয়াকে একবার শুধু জানিয়ে দুপুর থেকে ছুটি দেওয়ার ব্যবস্থাটা আনা নিজেই করেছিল সন্ধ্যায় কিষাণ মেয়ের ছদ্মবেশে বার হবার সুবিধের জন্যে। এখন কিন্তু সাহায্য করবার কাউকে না পেয়ে সে ক্রমশই বেশি অস্থির হয়ে উঠেছে। তার সমাজের অন্য মেয়েদের চেয়ে কুসংস্কার তার কম। তবু আজকের সব ক-টি ব্যাপার মিলে তার মনটা যেন দুর্বল করে দিয়েছে। আশাতীতভাবে যার দেখা সে আজ পেয়েছে এই বাড়ির মধ্যেই সোরাবিয়ার সঙ্গে ঢুকে সে লোকটা হঠাৎ এমন নিশ্চিহ্ন হয়ে যেতে পারে কী করে?

ব্যাপারটা সত্যিই ভৌতিক কিছু, না সোরাবিয়া নিজের খপ্পরে এনে মানুষটাকে গুমখুনটুন কিছু করেছে?

তার কাছে জনহীন নিস্তব্ধ তার নিজের চেনা বাড়িটাই কেমন যেন বিভীষিকাময় হয়ে উঠেছে হঠাৎ।

একবার মনে হয়েছে বাড়ি থেকে বার হয়ে গিয়ে কাউকে সাহায্যের সঙ্গী হবার জন্যে ডেকে আনে।

কিন্তু কাকে এখন সে ডেকে আনতে যাবে? রাস্তায় যাকে তাকে তো সে আহ্বান করতে পারে না। তার নিজের এখনকার সমাজের কাউকে ডাকতে গেলে একটা কৈফিয়ত তো দিতে হবে। কী কৈফিয়ত সে দিতে পারে!

সোরাবিয়াকে বাড়ি থেকে ঘোড়া চড়ে বেরিয়ে যেতে সে দেখেছে। ঘনরামকে সঙ্গে করে এনে তারপর একলা সে গেলই বা কোথায়?

স্থিরভাবে সমস্ত অবস্থাটা একবার বোঝবার চেষ্টা করবার জন্যে আনা তার নিজের ঘরে এবার গেছে! তিয়ো সানসেদোর সঙ্গে দেখা করা আজ আর হবে না। তার নিজের কিষাণ মেয়ের পোশাকটাও তাই বদলানো দরকার।

নিজের ঘরে ঢুকেই আনাকে স্তম্ভিত বিহ্বল হয়ে দাঁড়িয়ে পড়তে হয়েছে।

ঘনরাম তারই ঘরে পড়ে আছে, তারই বিছানার ওপর।

সমস্ত বাড়ির মধ্যে এই ঘরটিতে ঘনরামের থাকার কথা কল্পনা করতে পারেনি বলেই আনা এখানে খোঁজ করতে আসেনি।

নিজের ঘরে নিজের বিছানায় ঘনরামকে দেখবার পর আনা কিছুক্ষণ স্থাণুর মতো দাঁড়িয়ে থেকেছে। তার হাত পা নাড়বার যেন আর ক্ষমতা নেই।

ঘনরাম কেন যে তার এতক্ষণের ব্যাকুল চিৎকারে সাড়া দেয়নি তা এইবার বোঝা গেছে।

না, সে মৃত কি আহত বা অজ্ঞান নয়, আনার বিছানার ওপরই আষ্টেপৃষ্ঠে খাটের সঙ্গেই বাঁধা। শুধু চোখ দুটি বাদে মুখটাও তার কাপড় গুঁজে বন্ধ করা।

'তোমার, তোমার এ অবস্থা কে করেছে! কে তোমায় বেঁধেছে এখানে!' এক-হিসেবে অর্থহীন প্রশ্ন ক্ষুব্ধ চিৎকার হয়ে বেরিয়েছে আনার কণ্ঠ থেকে।

এ অবস্থায় ঘনরামের যে উত্তর দেবার ক্ষমতা নেই পরমুহূর্তে তা স্মরণ করে আনা ছুটে গিয়ে পাশের সোরাবিয়ার ঘর থেকে আর কিছু না পেয়ে তার দীর্ঘ ছোরাটা নিয়ে এসেছে।

সেই ছোরা দিয়ে ব্যস্তব্যাকুলভাবে ঘনরাম দাসের বাঁধন সে কেটেছে। সব বাঁধন কাটতে হয়নি। বিছানার সঙ্গে জড়ানো হাতের বাঁধনটা কাটবার পর ঘনরাম নিজেই তাঁর মুখের ওপর চাপা দেওয়া কাপড়টা খুলে ফেলে যা বলেছেন তা ওই অবস্থায় একটু অপ্রত্যাশিত আর অস্বাভাবিক।

অন্য সময় হলে আর অমন উত্তেজিত বিহ্বল হয়ে না থাকলে আনার মতো মেয়ে এ-কথায় বোধহয় জ্বলে উঠত।

ঘনরাম দাস নিজের মুখের বাঁধন খুলে বিছানার ওপর উঠে বসে একটু হেসে বলেছেন, 'কাজটা কি ভাল করলেন, মার্শনেস? একটা ফেরারি গোলামকে পালাবার সুযোগ দেওয়া যে অপরাধ তা তো জানেন!'

কথাটায় সূক্ষ্ম খোঁচা যা ছিল তা বোঝবার মতো মনের অবস্থা আনার তখন নয়।

'জানি!' বলে অস্থির আগ্রহে সে জিজ্ঞাসা করেছে, 'তোমাকে সোরাবিয়াই তা হলে এখানে বেঁধে রেখেছে! কিন্তু কেন? বাঁধলই বা কেমন করে? তোমায় এমন করে বাঁধবার ক্ষমতা তার হল?'

'তা হবে না কেন?' ঘনরাম এবার উঠে দাঁড়িয়ে ঈষৎ কৌতুকের স্বরে বলেছেন, 'আমি নিজেই যখন তাকে বাঁধতে দিয়েছি!'

'তুমি নিজেই তাকে বাঁধতে দিয়েছ!' আনার গলায় প্রথম গভীর বিভ্রান্তি প্রকাশ পেয়েছে। তারপর তীব্রস্বরে সে বলেছে, 'এ পরিহাসের সময় নয়, দাস। মনে হচ্ছে চরম বিপদে পড়ে তোমার বুদ্ধিভ্রংশ হয়েছে! নইলে তোমার অবস্থা যে কী সাংঘাতিক তুমি বুঝতে!'

'অবস্থা সাংঘাতিক জেনেই এখানে এসেছি, মার্শনেস!' ঘনরামের গলায় আর কৌতুকের সুর তখন নেই—'আর, পরিহাস করে নয়, সত্যই বলছি, আপনার মার্কুইসকে স্বেচ্ছায় এইভাবে আমায় বাঁধতে দিয়েছি!'

'কিন্তু—' গভীর বিমূঢ়তায় আনা কয়েক মুহূর্ত থেমেছে নিজের প্রশ্নটা গুছিয়ে নিতে। একটু অধৈর্যের সঙ্গে তারপর জিজ্ঞাসা করেছে, 'নেহাত উন্মাদ না হলে তা কি কেউ দেয়? তোমাকে তো তার সঙ্গেই এসে আমি এখানে ঢুকতে দেখেছি। তুমি কি এইভাবে বাঁধতে দেবার জন্যেই তার সঙ্গে এসেছিলে?'

'তা একরকম বলতে পারেন!' ঘনরামের মুখে একটু তিক্ত হাসি এবার দেখা দিয়েছে—'বাঁধা পড়বার জন্যে না হোক, তাঁর শর্ত মানতে রাজি হয়েই তার সঙ্গে এখানে এসেছিলাম। এখানে আসবার পর তিনি ওই শর্তই জানিয়েছিলেন।'

'মানে তোমায় বেঁধে রাখার শর্ত।' আনার মুখ দেখে মনে হয়েছে, ঘনরাম তার সঙ্গে যে পরিহাস করছেন তা তখনও সে এ বিষয়ে নিঃসংশয় হতে পারেনি—'আর বেঁধে রাখা আমারই ঘরে আমার বিছানার ওপরে?'

'হ্যাঁ, এটা মার্কুইস মানে আপনার স্বামীর একটা নীচ ইতর কৌতুক।' ঘনরামের গলার স্বর এবার ঘৃণাতীব্র হয়ে উঠেছে—'তিনি তাঁর শর্ত জানিয়ে বলেছেন যে, শুধু বাঁধা পড়লেই হবে না, তাঁর স্ত্রী মার্শনেস-এর ঘরের বিছানায় আমায় বাঁধা থাকতে হবে।'

'এরকম শর্তের মানে?'—তীব্র হয়ে উঠেছে আনার কণ্ঠস্বর!

এ বিশেষ শর্তের কারণ কুৎসিত রসিকতা করে তিনি যা বলেছেন তা আপনাকে শোনাতে পারব না মার্শনেস। তিক্তকণ্ঠে বলেছেন ঘনরাম, 'তা শুনেও বাধ্য হয়ে তাঁর সব কথায় যে রাজি হয়েছি তার জন্যে মনের গ্লানিটুকু ঘোচাবার সুযোগ আশা করছি এখুনি পাব।'

ঘনরামের কথার যথার্থ তাৎপর্যটা আনা তখনও ঠিক ধরতে পারেনি। কথাটা কেমন অদ্ভুত লাগায় ঘনরামের দিকে সবিস্ময়ে চেয়ে নিজের মনের জ্বালাতেই জিজ্ঞাসা করেছে, 'আমার ঘরে আমারই বিছানায় তোমাকে বাঁধবার শর্তের কী কারণ দেখিয়েছিল আমার স্বামী! শুনি কী রসিকতা সে করেছিল?'

'সে রসিকতাটা ওই নকল কাবালিয়েরো-সাজা ফেরারি গোলামের জিভে বোধহয় বাধছে! অত যখন শোনবার আগ্রহ তখন আমিই শোনাচ্ছি না হয়।'

আনা চমকে ফিরে তাকিয়েছে। তার স্বামী সোরাবিয়াই খাপ থেকে খোলা তলোয়ার হাতে সেখানে দাঁড়িয়ে। মুখে তার হিংস্র পৈশাচিক কৌতুকের হাসি।

আনার সাময়িক বিমূঢ় অস্বস্তিটুকু উপভোগ করে সে কথাগুলো এবার যেন কুরিয়ে কুরিয়ে বলেছে, 'স্বপ্নে যাকে পাশে দেখো সেই গোলামটাকে জ্যান্ত তোমার বিছানায় বেঁধে তোমায় দেখানোই ছিল আসল উদ্দেশ্য। সেইজন্যেই তোমার ফেরার অপেক্ষায় হতভাগাকে বেঁধে রেখে গিয়েছিলাম। ওকে তখন অবশ্য অন্য কৈফিয়ত দিয়েছিলাম। বলেছিলাম—আমাদের মার্শনেস-এর শুচিবায়ু বড় বেড়েছে। আলাদা ঘরে থাকেন, নোংরা হবার ভয়ে তাঁর বিছানা আমায় ছুঁতে দেন না। একটা গোলামকে বেঁধে শুইয়ে বিছানাটা তাই একটু পবিত্র করতে চাই।'

আনার মুখের চেহারা আর চোখের শানিত তীব্র ঝিলিক দেখে মনে হয়েছে সে বুঝি ক্ষিপ্ত চিতার মতো তৎক্ষণাৎ সোরাবিয়ার ওপর ঝাঁপিয়ে পড়বে।

কিন্তু তা সে ঝাঁপিয়ে পড়েনি। তার বদলে ঘনরামের দিকে ফিরে জ্বলন্ত স্বরে জিজ্ঞাসা করেছে, 'এই কুৎসিত ইতর বিদ্রূপ শুনে একটা জবাবও দাওনি! খুব মজা পেয়েছিলে বোধহয়?'

'না মজা পাইনি। তবে জবাবও দিতে পারিনি তখন।' ঘনরাম অনুত্তেজিত গলায় বলেছেন সোরাবিয়ার দিকে চেয়ে।

'জবাবটা এখন তা হলে দিবি বোধহয়!' হিংস্রভাবে হেসে উঠেছে সোরাবিয়া—'তাই দেওয়াই তো আমি চাইছি! ফেরারি গোলাম হিসেবে তোকে শুধু ধরিয়ে দিয়ে

আমার কতটুকু আর সুখ হত! মার্শনেস আদর করে তোর বাঁধন খুলে দিয়েছে। এখন তার বিছানাতেই তোর লাশটা শুইয়ে তার সাধ মেটাই। কই, জবাব দে!'

সোরাবিয়া তার খোলা তলোয়ারটা ঘনরামের দিকে তুলে ধরেছে এবার।

সেটা যেন লক্ষই না করে ঘনরাম অবিচলিতভাবে বলেছেন, 'জবাব আপনাকে সত্যিই দেব, মার্কুইস। কিন্তু শুধু ওই ইতর নোংরা রসিকতার নয়। আরও অনেক কিছুর জবাব আপনাকে দেবার আছে। প্রথম জবাব আপনার বেইমানির। পরস্পরের শর্ত মানব বলে আমরা কথা দিয়েছিলাম। আপনার শর্ত মেনে আমি আপনারই আবাসে এসে হাত-পা বাঁধা অবস্থায় আমার বক্তব্য আপনাকে শোনাতে রাজি হয়েছিলাম। আপনার নীচ জঘন্য রসিকতাও নীরবে সহ্য করেছিলাম আপনাকে দিয়ে একটা বড় কাজ করাবার জন্যে। কথা ছিল আপনার শর্ত মানলে আপনিও আমার শর্ত মানবেন। আমার বক্তব্য শুনে সেই অনুসারে কাজ করা আপনার পক্ষেও লাভের বুঝলে আমাকে মুক্ত করে সেই কাজই করবেন। এই বিছানায় বাঁধা অবস্থায় আপনাকে যা আমি বলেছি তার মূল্য আপনি বুঝেছেন, বুঝেছেন যে পিজারোর মতো অসামান্য আবিষ্কারকের সেভিলে অন্যায়ভাবে বন্দি হওয়ার খবর সম্রাটের দরবারে পৌঁছে দিতে পারলে আপনার কদর সেখানে অনেক গুণ বেড়ে যাবে। সমস্ত কথা বুঝে মনে মনে আমার পরামর্শ নেওয়ার মতলব করেও আমার বাঁধন আপনি খুলে দেননি। সত্যি সত্যিই আপনার স্ত্রী মার্শনেসকে তাঁরই বিছানায় আমার বাঁধা-পড়ে-থাকার দৃশ্য দেখিয়ে চরম অপমান করবার জন্যে তাঁকেই খুঁজতে গেছলেন। আপনার এতরকম নীচতা ইতরতা বিশ্বাসঘাতকতার পুরোপুরি জবাব এখন অবশ্য দেওয়া চলবে না।'

'কেন, তৈরি করার সুযোগ পাসনি বুঝি?' বাঁকা হাসির সঙ্গে তলোয়ারের ডগাটা ঘনরামের গলার কাছটায় সুনিপুণ কৌশলে দুবার ঘুরিয়ে বলেছে সোরাবিয়া, 'মার্শনেস-এর সঙ্গে একটু প্রেমালাপেরও সময় মেলেনি? বড় আচমকা এসে পড়েছি, কেমন!'

'না, আচমকা নয়, মার্কুইস।' যেন বিনীতভাবে বলছেন ঘনরাম, 'গোলাম হিসেবে মনিবদের কানমলা খেয়ে খেয়ে কান দুটো আমার একটু বেশি সূক্ষ্ম হয়ে গেছে। এইখানে বসে বাড়ির বাইরের রাস্তায় ঘোড়া থামিয়ে নিঃশব্দে আপনার নামবার চেষ্টা আমি টের পেয়েছি। টের পেয়েছি চুপি চুপি পা টিপে আপনার বাড়ির ভেতর ঢোকা। মার্শনেসকে তাই তখন বলছিলাম যে আপনার ইতর মনের জঘন্য শর্ত মেনে নেওয়ার গ্লানিটুকু ঘোচাবার সুযোগ বোধহয় পাব। আপনি তখন সবে বাইরের দেউড়িতে ঢুকছেন।'

'বটে! তোর কান তো তা হলে কুকুরকেও হার মানায়!' কুৎসিতভাবে হেসে উঠে বলেছে সোরাবিয়া, 'তোর কান দুটোই তা হলে আগে কেটে রাখি, তারপর এমন সরেস জবাব দেবার ওই জিভটা।'

সোরাবিয়ার আস্ফালিত তলোয়ারের ফলাটা ঝিলিক দিয়ে উঠেছে ঘরের ঝোলানো বাতিদানের আলোয়।

সোরাবিয়ার তলোয়ারের ফলাটা তখনই রক্তপাত করবার জন্যে অবশ্য ঝিলিক দিয়ে ওঠেনি। সোরাবিয়া নিষ্ঠুর কৌতুকে ঘনরামকে নিয়ে একটু খেলাবার জন্যেই তলোয়ারটা তাঁর মুখের চারিধারে নাচিয়েছে একটু।

কিন্তু সে শুধু বুঝি মুহূর্তের জন্যে।

সোরাবিয়ার তলোয়ারটা তাঁর মুখের কাছে নেচে ওঠবার সঙ্গে সঙ্গেই ঘনরাম বিদ্যুৎ গতিতে আনার হাতের ছোরাটা টেনে নিয়ে একটু সরে দাঁড়িয়েছেন।

সোরাবিয়া প্রথম এক লহমা বুঝি একটু হকচকিয়ে গিয়েছিল, তারপরই তার মুখ শয়তানি হাসিতে কুঞ্চিত হয়ে উঠেছে।

'বাঃ, চমৎকার!' চাপা হিংস্র উল্লাসে বলেছে সোরাবিয়া, 'ফেরারি গোলামের ধরা পড়ে ছোরা নিয়ে আক্রমণ! আজকাল আইন-কানুন একটু—বেয়াড়া হয়েছে। নফর গোলাম মারলেও কৈফিয়ত দিতে হয়। কিন্তু বেয়াড়া গোলাম কি খ্যাপা কুকুর মারলে ইনাম পর্যন্ত মেলে। তোকে মুর্দা বানাবার এমন নির্দয় সুযোগ তুই নিজেই দিবি ভাবতে পারিনি।'

'শোনো!'—সোরাবিয়া তলোয়ারটা বাড়িয়ে আবার একটু নাচাতেই রেগে চিৎকার করে এগিয়ে গিয়েছে আনা—'এ তোমার অন্যায় লড়াই, সোরাবিয়া। তোমার হাতে তলোয়ার আর দাসের হাতে শুধু একটা ছোরা।'

'ইস! গোলাম জাতের জন্য বড় যে দরদ। তার জন্যেই এ অভিসারের সাজ? কেমন?'—কুৎসিতভাবে হেসে উঠেছে সোরাবিয়া। তারপর হঠাৎ তলোয়ারের ফলাটা অদ্ভুত কৌশলে আনার পোশাকের ওপর যেন বুলিয়ে দিয়েছে।

তলোয়ারের খেলায় সোরাবিয়া যে উঁচুদরের বাহাদুর তার এই গায়ে আঁচড়টি না লাগিয়ে ফলা বুলোবার কায়দাতেই তা বোঝা গেছে। আনার পরনে কিষাণ মেয়ের পোশাক। কাঁধ থেকে কোমর পর্যন্ত সে পোশাক তলোয়ারের ফলার সূক্ষ্ম টানে দু ফাঁক হয়ে ঝুলে পড়েছে শরীরের দুধারে। হঠাৎ এভাবে বেআবরু হয়ে ক্ষণেকের জন্যে স্তম্ভিত ও তার পরেই লজ্জায় অপমানে দিশাহারা অবস্থায় আনাকে ছুটে বেরিয়ে যেতে হয়েছে ঘর থেকে অস্ফুট আর্তনাদ করে।

'গোলাম প্রেমিককে রূপ দেখাতে এত লজ্জা কীসের!' ইতর মুখভঙ্গি করে আনার পেছনে অপমানটা যেন নোংরা কাদার মতো ছুড়ে দিয়েছে সোরাবিয়া। তারপর ঘনরামের দিকে ফিরে বিদ্রূপে বাঁকা কুৎসিত হাসির সঙ্গে বলেছে, 'জানের বদলে তোকে একটু খেসারত দিতে চেয়েছিলাম। কিন্তু যাবার আগে চক্ষু সার্থক করে যাওয়া তোর কপালে নেই!'

ঘনরাম তখন শান্ত স্থির অবিচল, কিন্তু সে স্থৈর্য যেন থমকে যাওয়া তুফানের ভয়ংকর মেঘের।

ভেতরে যে কী চলছে তা শুধু তাঁর চোখের দৃষ্টির তীব্র বিদ্যুৎ-জ্বালায় ধরা পড়ে। গলা কিন্তু তাঁর সহজ স্বাভাবিক, বরং একটু যেন পরিহাসলঘু।

সেই হালকা গলাতেই তিনি বলেছেন, 'আপনি যে সত্যিকার বনেদি মার্কুইস তা আপনার চালচলনেই বোঝা যায়। নিজের স্ত্রীর সম্মান এভাবে রাখতে ইতর ভুঁইফোড়

কেউ পারে! আপনার মতো মার্কুইস-এর উপযুক্ত নজরানা আজই দিয়ে যেতে পারলে খুশি হতাম, কিন্তু তার উপায় নেই। আপনাকে শুধু একটা অনুরোধ করছি। হাতের তলোয়ারটা ফেলে দিন। আমাকে শিক্ষা দেবার বাসনা থাকে তো শুধু হাতেই তা দেবার চেষ্টা করতে পারেন। তলোয়ার হাতে থাকলে আপনার বেশি জখম হবার বিপদ আছে।'

'বটে!' হিংস্রভাবে হেসে উঠে বলেছে সোরাবিয়া, 'তলোয়ার চালাতে আমি যে আনাড়ি তা ধরে ফেলেছিস, কেমন!'

'না, আনাড়ি নয়, মার্কুইস,' বেশ একটু তারিফ করার ভঙ্গিতেই বলেছেন ঘনরাম, 'আমি সমুদ্রের এপারে-ওপারে আপনার মতো তলোয়ারের পাকা হাত দেখেছি কি না সন্দেহ। কিন্তু মুশকিল হচ্ছে এই যে, আপনি তলোয়ার না ছাড়লে আমাকেও ছোরাটা হাতে রাখতে হয়। তলোয়ার ঠেকাতে ছোরা, বুঝতেই তো পারছেন বেসামাল হয়ে যদি একটু বেশি ঘা দিয়ে ফেলি।'

'বেসামাল হয়ে আমায় বেশি ঘা দিয়ে ফেলবি! তোর ওই পুঁচকে ছোরা দিয়ে?'—শুনে থ হয়েই সোরাবিয়া বোধহয় হাসতে ভুলে গেছে প্রথমে। তারপর রাগে চিড়বিড়িয়ে উঠে বলেছে, 'সত্যিই তোর মরণ ছিটফিটিনি ধরেছে দেখতে পাচ্ছি। মুখে যাই বলি, ভেবেছিলাম, শুধু তোর নাক কান কেটে খাঁদা বোঁচা করে ঠেলে ফেলে দেব রাস্তায় তোর প্রেয়সীর মন ভোলাতে। সত্যিই তোর শমনের ডাকই এসেছে। নে, ইষ্টনাম জপ করে নে।'

'দাঁড়ান! দাঁড়ান মার্কুইস।' সোরাবিয়া চালাবার জন্যে তলোয়ারটা তুলতেই মিনতির সুরে বলেছেন ঘনরাম, 'আবার আপনাকে বলছি, তলোয়ারটা ফেলে দিন। এখনও আপনার অনেক কিছু করার আছে। অনেক ওপরের ধাপে ওঠবার—'

ঘনরাম তখন তাঁর কথা আর শেষ করতে পারেননি। সোরাবিয়ার ঘা সামলাতে তাঁকে এক লাফে পাশে সরে যেতে হয়েছে।

সেখান থেকে প্রায় যেন নাচের পায়ে ঘুরে দাঁড়িয়ে তিনি আবার আগের কথার খেই ধরেই বলেছেন, 'আপনাকে সম্রাটের দরবারে যেতে হবে, মার্কুইস—সে কথা ভুলে যাচ্ছেন কেন?'

সোরাবিয়ার পরের মারটাও নাচুনে পায়ে এড়িয়ে ঘনরাম যেন বেশ একটু ক্ষুণ্ণ হয়ে বলেছেন, 'এই সোজা কথাটা বুঝছেন না কেন? সম্রাটের কাছে কানা খোঁড়া হয়ে কি গায়ে মাথায় ঘেয়ো পটি বেঁধে যাওয়া কি ভাল দেখাবে!'

সোরাবিয়ার তৃতীয় মারটা ঘনরাম তাঁর ছোরা দিয়েই ঠেকিয়েছেন এবার। তারপর কিছুক্ষণ কথা বলার ফুরসত পাননি।

সোরাবিয়া তখন সত্যিই একেবারে খেপে গেছে। আজেবাজে নয়, যথার্থই সে উঁচুদরের অসিযোদ্ধা। সামান্য একটা ছোরা নিয়ে তাকে ঠেকানো মানে তার চরম অপমান। সে অপমানের শোধ নিতে খোঁচানো বাঘের মতো সে তখন হিংস্র হয়ে উঠেছে। ঘনরামকে টুকরো টুকরো করে না কাটলে বোধহয় তার রাগ যাবে না।

কিন্তু ঘনরামকে কাটতে হলে ধরা তো চাই। সেইটেই যে মুশকিল। হাতে তাঁর

একটা খাটো ছোরা মাত্র। কিন্তু সেই ছোরা দিয়েই যেন তিনি ভেলকি দেখিয়েছেন। হাতের ছোরার চেয়ে তাঁর পায়ের ভেলকি অবশ্য বেশি বই কম নয়। তলোয়ার হাতে ওই ঘরটুকুর মধ্যে চরকিপাক খেতে হয়েছে সোরাবিয়াকে তাঁকে বাগে পাওয়ার জন্যে। হেলে দুলে যেন নাচের পা ফেলার কৌশলে ঘনরাম সোরাবিয়াকে বার বার এড়িয়ে গিয়ে তার তলোয়ারের নিপুণ চালও হাস্যকর করে তুলেছেন।

সোরাবিয়ার খ্যাপা আক্রোশের প্রথম ধাক্কাটা সামলে ঘনরাম আবার তাকে বোঝাতেও শুরু করেছেন আগের জের টেনে, 'তলোয়ার আপনি ভালই খেলেন, কিন্তু পায়ের কাজ কিছু শিখলে ভাল করতেন। পায়ের দোষেই ঠিক সুবিধে করতে পারছেন না। তা ছাড়া আমার এই ছোরাটাকে হেনস্থা করাও আপনার উচিত হয়নি। এ ছোরা আপনারই। শুধু এর দাম যে কত তা আপনি জানেন না। নেহাত বাহার হিসেবেই এটা কখনও-সখনও তলোয়ারের কোমরবন্ধে ঝুলিয়েছেন। এ বিষয়ে একটু ওয়াকিবহাল হলে বুঝতেন তলোয়ারের সঙ্গে ডানদিকে শোভার জন্যে ঝোলাবার মিজেরিকর্দে ছোরা এটা ঠিক নয়। এটা তার চেয়ে অনেক দামি আর কাজের জিনিস। এ ছোরা আপনাদের উত্তর-পুবের পাহাড়ি রাজ্যের পেশাদার সেপাইদের কাছ থেকে পাওয়া। আপনি কোথা থেকে এটা হাতিয়েছেন কে জানে, কিন্তু এ ছোরার পুরো মর্ম বোঝেননি। পাহাড়ি সেপাইদের ছোরার সঙ্গেও এ ছোরার একটু তফাত আছে। সে ছোরা একটু বদলে এক ধার দাঁতালো করে এ ছোরা বানানো। নাম হল মাইন গাউচে!'

হঠাৎ থেমে গিয়ে জিভে আফশোশের আওয়াজ করে ঘনরাম বলেছেন, 'এই দেখুন, এ বেয়াড়া হাতিয়ার এত সাবধানে চালাবার চেষ্টা করেও একটা কান আপনার কেটে ফেললাম। এই জন্যেই আপনাকে তলোয়ার ফেলে হাতে লড়তে বলেছিলাম। যাক, একটা কানই যখন গেছে তখন দুটোই যাক। ছেলেবেলায় যেন কোথায় শুনেছিলাম দু-কান কাটা হলে আর লজ্জা-শরম কিছুর দরকার থাকে না। আরে, আরে—আপনি যে আরও খেপে যাচ্ছেন! ভুলে যাচ্ছেন কেন যে এ ছোরার একধারে দাঁত থাকাটা মিথ্যে বাহার নয়। এর কাজ হল অতি ধারালো তলোয়ারও এমনইভাবে কায়দা মাফিক ধরে নিয়ে দু-টুকরো করে ফেলা।'

সোরাবিয়ার তলোয়ার তখন সত্যিই ঘনরামের হাতের ছোরার দাঁতালো ধারে পড়ে দু-টুকরো হয়ে সশব্দে মেঝের ওপর পড়েছে।

ব্যাপারটা বোধহয় সোরাবিয়ার একেবারে কল্পনাতীত। মেঝের ওপরকার তলোয়ারের টুকরো দুটোর দিকে চেয়ে সে একেবারে হতভম্ব, নির্বাক।

প্রথম বিমূঢ়তাটা একটু সামলে সে সভয়ে ঘনরামের দিকে তাকিয়েছে। ঘনরামের দিকে ঠিক নয়, তাঁর হাতের ছোরাটার ওপরই তার দৃষ্টি তখন স্থির।

ঘনরাম প্রথমে সজোরে মারবার ভঙ্গিতেই ছোরাটা তুলেছেন।

ফ্যাকাশে মুখে সোরাবিয়া দু-পা পিছিয়ে যেতে একটু মুচকি হেসে ঘনরাম ছোরাটা আবার নামিয়ে বলেছেন, 'ভয় নেই, মার্কুইস। আগেই বলেছি আপনার সব কীর্তি আর কথার পুরো জবাব আজই দেওয়া হবে না। দুনিয়ার ইতিহাসের একটা নতুন পাতা

খোলাবার জন্যে আপনাকেও এখন একটু দরকার। আপনাকে এই অবস্থাতেই তাই ছেড়ে দিয়ে যাচ্ছি। আমি চলে যাবার পর আপনারও বেশিক্ষণ এখানে থাকার অন্য বিপদ আছে। আপনার স্ত্রী মার্শনেসকে যে চরম অপমান করেছেন, তাতে লজ্জায় ঘেন্নায় দেশান্তরী হবার মতো মেয়ে তিনি বোধহয় নন। পোশাক বদলে উপযুক্ত প্রতিশোধ নিতে আসতে তিনি দেরি করবেন না এ অনুমান আমার বোধহয় ভুল নয়। আমি সামনে থাকলে ব্যাপারটা একটু কুৎসিত রকম জটিল হতে পারে বলে আমি এখুনি চললাম। তারপর বিলম্ব না করে আপনারও টোলেডো রওনা হওয়া উচিত। সম্রাট পঞ্চম চার্লস সেখানেই দরবার বসিয়েছেন খবর পেয়েছি। আশা করি নিজের স্বার্থ বুঝে আমার পরামর্শটা নেবেন—'

হঠাৎ থেমে বাঁ-হাতের প্রচণ্ড ধাক্কায় সোরাবিয়াকে ঘরের কোণে ছিটকে ফেলে দিয়ে ঘনরাম আবার বলেছেন, 'না না, মার্কুইস এরকম ভুল করা আপনার উচিত হয়নি। বিশেষ কারণে এখনকার মতো উদার হচ্ছি বলে অসাবধান আমি হইনি। আপনার মতো প্রাণীর প্যাঁচালো মাথার অন্ধিসন্ধি আমার জানা। সুতরাং অন্যমনস্কতার সুযোগে আচমকা কাবু করবেন, বৃথাই সে আশা করেছেন। আপনার সঙ্গে হিসেব-নিকেশ সব বাকি রেখেই এখন যাচ্ছি। আশা করছি একটা কান একটু ছিঁড়ে যার নমুনা দেখিয়েছি, একদিন সেই হিসেব পুরোপুরি চোকাবার সুযোগ পাব।'

সেই মুহূর্তে ঘরের বাইরে একটা দ্রুত পদশব্দ শোনা গেছে।

ঘনরাম সজোরে ঘরের বাতিদানের দিকে তাঁর ছোরাটা সঙ্গে সঙ্গে ছুড়ে মেরেছেন।

ঝনঝনিয়ে কাচের ঢাকনা সমেত বাতিদানটা মেঝেয় আছড়ে পড়ে ঘর অন্ধকার হয়ে যেতে-না-যেতেই ঘনরাম সেখান থেকে ছুটে বেরিয়ে গেছেন।

যাবার পথে অন্ধকারে সজোরে একবার ধাক্কা খেয়েছেন।

দেহের উষ্ণ কোমলতা থেকেই সংঘর্ষটা যে কার সঙ্গে হয়েছে তা বুঝতে দেরি হয়নি।

ধাক্কা খাওয়ার সঙ্গে সঙ্গে কোমল দেহটা তাঁর অঙ্গে জড়িয়ে গিয়ে তা থেকে যেন ইস্পাতের দুটি বাহু বেরিয়ে তাঁকে ধরে রাখতে চেয়েছে।

সেই সঙ্গে নারীকণ্ঠে শোনা গেছে ব্যাকুল জিজ্ঞাসা, 'কে? কে তুমি? দাস?'

ঘনরাম কোনও উত্তর দেননি। নীরবে প্রাণপণ শক্তিতে আনার বাহুবন্ধন থেকে নিজেকে প্রায় নিষ্ঠুরভাবে মুক্ত করে ছুটে বেরিয়ে গেছেন।

বাড়ি থেকে জনহীন নিরালোক রাস্তায় বেরিয়ে এসে তিনি নিশ্চিন্ত হয়েছেন অনেকখানি।

আপাতত সেভিল শহরে সে রাত্রের মতো অন্তত তিনি নিরাপদ।

সোরাবিয়ার বাড়ির দেউড়ি থেকে রাস্তায় পা বাড়িয়ে কয়েক পা এগিয়েই তিনি কিন্তু চমকে উঠেছেন।

সেখানে এমন একজন তাঁর পথ আগলে দাঁড়িয়ে আছে, যাকে এখানে দেখবার কথা ঘনরাম কল্পনাও করতে পারেননি।

এগারো

"পিজারোর সেভিল-এর বন্দরে দেনার দায়ে বন্দি হওয়ার খবর সম্রাট পঞ্চম চার্লস-এর দরবারে সত্যি পৌঁছেছিল।

সংবাদের প্রধান বাহক মার্কুইস গঞ্জালেস দে সোলিস। তার আগে একটু-আধটু উড়ো খবর যা পাওয়া গেছল তা দরবারে যৎসামান্য আলোচনার ঢেউ তুললেও সম্রাটের কানে তোলবার যোগ্য কেউ ভাবেনি। মার্কুইস বিশেষভাবে উদ্যোগী হয়ে এ খবর বয়ে না নিয়ে গেলে পিজারোর মুক্তি কতদিনে হত কে জানে! না-ও হতে পারত বছরের পর বছর। তখনকার যুগে অনেক উঁচুদরের মানুষের গারদখানার দেওয়ালের আড়ালে চিরকালের জন্যে হারিয়ে যাওয়ার ঘটনা বিরল ছিল না।

মার্কুইস গঞ্জালেস দে সোলিস-এর কাছে এ খবর পাবার পর সম্রাটের দরবার উত্তেজিত চঞ্চল হয়ে ওঠে।

পঞ্চম চার্লস তখন টোলেডোতে। পিজারো কে, কী জন্যে সে নতুন মহাদেশ থেকে এসেছে, আর এসেই কুড়ি বছরের পুরনো দেনার দায়ে কীভাবে কয়েদ হয়েছে সম্রাটের কানে যাওয়া মাত্র তিনি পিজারোকে মুক্ত করার হুকুম পাঠিয়ে দেন, সেই সঙ্গে রাজদরবারে তৎক্ষণাৎ পিজারোর আসার অনুমতি, যা নিমন্ত্রণেরই শামিল।

পিজারো যখন টোলেডোতে এসে পৌঁছোলেন তখন সম্রাটের সেখান থেকে ইটালিতে পাড়ি দেবার তোড়জোড় চলছে। জন্মগত উত্তরাধিকারসূত্রে স্পেনের সম্রাট হলে কী হবে, পঞ্চম চার্লস স্পেনে থাকা খুব পছন্দ করেন না। সময়টাও তখন তাঁর অত্যন্ত ভাল যাচ্ছে। তাঁর যোগ্য প্রতিদ্বন্দ্বী ফ্রান্সের রাজার মাথা তিনি হেঁট করতে পেরেছেন পাভিয়ার যুদ্ধে। জার্মানির সিংহাসন তাঁর দখলে। এ সব সৌভাগ্যে উৎফুল্ল হয়ে স্পেনের চেয়ে ইউরোপের বড় আসরে রাজাগিরির জাঁক দেখাবার আগ্রহ খুব অস্বাভাবিক নয়।

পিজারো টোলেডোতে এসেই বুঝলেন যে, তাঁর যা-কিছু আর্জি তাড়াতাড়ি মঞ্জুর না করাতে পারলে সব বরবাদ হয়ে যাবে। সম্রাট ক-দিন বাদেই ইটালিতে রোমান পণ্টিফ-এর হাত থেকে রাজচক্রবর্তীর মুকুট নিতে যাচ্ছেন। একবার স্পেন ছেড়ে চলে গেলে পঞ্চম চার্লস-এর নাগাল পাওয়া তাঁর পক্ষে সম্ভব হবে না।

পিজারোর ভাগ্য একটু ভাল যে, সম্রাট খুব সম্প্রতি সাগরপারের নতুন মহাদেশের আবিষ্কার অভিযান সম্বন্ধে একটু উৎসাহী হয়েছেন। প্রথম দিকে কাগজে কলমে বিরাট সব নতুন নতুন দেশ আবিষ্কার ও দখলের প্রমাণ পেলেও সে-সব জায়গা থেকে এমন কিছু ভেট নজরানা খাজনা পাননি যাতে তাঁর মন ওঠে। নামে তালপুকুর, আসলে ঘটি ডোবে না গোছের নতুন রাজ্য সম্বন্ধে তাই তিনি তখন উদাসীনই ছিলেন।

হাওয়াটা বদলেছে কর্টেজ-এর মেক্সিকো বিজয়ের পর। মেক্সিকো থেকে সোনাদানা মণিরত্ন যা এসেছে তাঁর রাজকোষে, তাতে খুশি হয়ে নতুন মহাদেশের ব্যাপারে তিনি একটু মনোযোগ দিতে শুরু করেছেন।

পিজারো টোলেডোতে এসে সময় নষ্ট করেননি। সভাসদদের মধ্যে যারা হোমরা চোমরা তাদেরই নানা উপহার দিয়ে বশ করেছেন সবার আগে। তারপর পশ্চিম অজানা সমুদ্রের উপকূলের পরমাশ্চর্য সূর্য কাঁদলে সোনা-র দেশের বলতে গেলে চৌকাঠ থেকে তুলে আনা সম্পদের নমুনা সম্রাটের কাছে নিবেদন করেছেন।

সোনারুপোর তৈজসপত্র আর অলংকারের কারুকাজ আর প্রাচুর্য দেখে মুগ্ধ হয়েছেন পঞ্চম চার্লস, মুগ্ধ হয়েছেন সে দেশের অদ্ভুত পশমের বস্ত্রে। কিন্তু তাতেও পিজারোর ওপর সেরকম সদয় তিনি হতেন কিনা সন্দেহ।

তাঁকে মনঃস্থির করতে যা সত্যিই সাহায্য করেছে তা হল সেই আজগুবি জানোয়ার, ল্‌লামা, সেভিল শহরে যা পিজারোর দুর্ভাগ্যের প্রথম বিজ্ঞাপন হয়ে নগরবাসীদের সজাগ করে তুলেছিল।

পিজারোর ওপর সন্তুষ্ট হয়ে টোলেডো ছেড়ে যাবার আগে সম্রাট তাঁকে যতখানি সম্ভব সাহায্য করবার হুকুম আমলাদের দিয়ে গেছেন।

সম্রাট তো হুকুম দিয়ে চলে গেলেন। কিন্তু সব দেশে সব যুগেই সরকারি ব্যবস্থার চাকা সমান গদাইলশকরি চালে ঘোরে।

পিজারোর পুঁজি আর কতটুকু। দু-দুটো অভিযানের পর সর্বস্বান্ত হয়ে মহাজন আর হিতৈষীদের কাছে কুড়িয়ে বাড়িয়ে যা এনেছেন রাজদরবারে ধরনা দিতেই দিতেই তা প্রায় ফুরিয়ে এল। ফতুর হয়ে রাজদরবারে টেকা যায় না, আর যদি বা টিকে থাকেন, আকালে বীজ পর্যন্ত খেয়ে শেষ করা চাষির খেতে বৃষ্টির পশলার মতো। সম্রাটের অনুগ্রহ তো তখন উপহাস হয়ে দাঁড়াবে! সে অনুগ্রহ তো কোনও কাজেই লাগবে না আর।

মরিয়া হয়ে পিজারো সম্রাজ্ঞীর কাছেই এবার করুণ আর্জি জানালেন, আর তাতেই অঘটন ঘটে গেল। পিজারো রাজানুগ্রহ যা পেলেন তা তাঁর কল্পনাতীত।

সম্রাট টোলেডো ছেড়ে যাবার পর সম্রাজ্ঞীর ওপরই ছিল এ সব রাজকার্যের ভার। মেয়েছেলে এসব অভিযান আবিষ্কারের মর্ম আর কতটা বুঝবে এই ছিল পিজারোর ভাবনা। কিন্তু সম্রাটের বদলে সম্রাজ্ঞীর হাতে ভার পড়া পিজারোর কপালে শাপে বর হল। সম্রাজ্ঞী মেয়েছেলে বলেই অনুগ্রহ যা করলেন তা সব হিসেবের বাইরে।

এই অনুগ্রহ বিতরণের পাকাপাকি ব্যবস্থাপত্র সম্রাজ্ঞী দস্তখত করে দেন ১৫২৯ খ্রিস্টাব্দের ছাব্বিশে জুলাই। সে ব্যবস্থাপত্র অনুসারে শুধু যে নতুন মুল্লুক আবিষ্কার ও জয় করবার অধিকার পিজারোকে দেওয়া হল তা নয়, তিনি সে প্রদেশের গভর্নর ও ক্যাপটেন জেনারেল হবেন বলেও সাব্যস্ত হল। তা ছাড়া তিনি, আসলে যা-ই হোক, গালভরা নামের আদেলানতাদো আর আলগাকুয়াথিল হবেন সারাজীবনের জন্যে আর বেতন পাবেন বছরে সাত শো পঁচিশ হাজার মারাভেদি। মারাভেদি যে কোন মুদ্রা তা এখন সঠিক বলা কঠিন। স্পেনে মুরদের আমলের সোনার মুদ্রা একরকম দিনারকে বলত মারাভেদি। পিজারোকে সেই সোনার দিনার-এ মাইনে দেওয়ার কথা ব্যবস্থাপত্রে লেখা হয়েছিল কিনা বলা যায় না। স্পেনের মধ্যযুগের আর এক রুপোর মুদ্রা রিয়াল-এর ভাঙটার নামও ছিল, মারাভেদি। সোনার দিনার-এর বদলে রুপোর

মারভেদি হলেই কিন্তু আমরা খুশি হই বোধহয় মনে মনে। সাড়ে চারশো বছর আগে চুকেবুকে গেলেও অমন বরাত দেখলে এখনও আমাদের যেন চোখ টাটায়।

আমাদেরই অবস্থা যখন এই তখন পিজারোর ওপর এই অনুগ্রহ বর্ষণের ঘটা দেখে টোলেডোর রাজসভায় ঈর্ষা যে অনেকের হয়েছিল সে বিষয়ে সন্দেহ নেই। কিন্তু এ সৌভাগ্যের সিঁড়ির প্রথম ধাপেই যে জবর কাঁটার বেড়া একটা ছিল সেইটেই বোধহয় বড় কেউ খেয়াল করে দেখেননি।

সে কাঁটার বেড়া হল এই যে, ব্যবস্থাপত্র দস্তখতের তারিখ থেকে ছ-মাসের মধ্যে পিজারোকে অন্তত আড়াইশো জনের এক লশকর বাহিনী তার অভিযানের জন্যে জোগাড় করতে হবে। সে আড়াইশোর মধ্যে নতুন মহাদেশের উপনিবেশ থেকে একশো জন রংরুট নেওয়া চলবে অবশ্য।

শুধু এই নয়, এই লশকর বাহিনী জোগাড় করে পানামায় পৌঁছোবার দু-মাসের মধ্যে পিজারোকে অভিযানে রওনা হতে হবেই।

পিজারোর তখন যা নামডাক আর নতুন মহাদেশের সূর্য কাঁদলে সোনা-র রাজ্যের যা সব কিংবদন্তি তখন সারা এসপানিয়ায় ছড়িয়েছে তাতে এই সামান্য ক-টা লোক তুড়ি দিয়েই জোগাড় করা যাবে মনে হয়েছিল।

কিন্তু তা হয়নি।

পিজারো টোলেডো থেকে তাঁর নিজের জন্মস্থান ট্রুকসিলোয় গেছেন নিজের জানা এলাকায় লশকর সংগ্রহের সুবিধা হবে ভেবে। সেখানে তাঁর চার ভাই তাঁর সঙ্গে যোগ দিয়েছে বটে কিন্তু তাঁর মুখের বিবরণ শুনে যত মোহিতই হোক, তাঁর জাহাজের লশকর সেনা হিসেবে নাম লেখাতে বেশি কেউ অগ্রসর হয়নি।

দেখতে দেখতে তাঁর বরাদ্দ ছ-মাস কেটে গেছে।

সেভিল-এর বন্দরে তিনটে জাহাজ তিনি অভিযানের জন্যে সাজিয়ে রেখেছেন বটে কিন্তু সেগুলির অবস্থা বিশেষ ভাল নয়। মাঝি-মাল্লা লশকরও তাঁর যা দরকার তা জোগাড় হয়নি।

ব্যবস্থাপত্রের শর্ত সময়মতো প্রাণপণে যখন পূরণ করবার চেষ্টা চলছে তখন রাজ-সরকার থেকে এক নির্দেশ এসে হাজির।

সম্রাজ্ঞীর দেওয়া ব্যবস্থাপত্রের সমস্ত শর্ত ঠিকমতো পূরণ করা হয়েছে কিনা পরীক্ষা করবার জন্যে সরকারি পরিদর্শক আসছেন।

পিজারো সত্যিই চোখে অন্ধকার দেখলেন। অজানা দূর সমুদ্রের কোনও রহস্যময় উপকূলে নয়—তাঁর নিজের দেশ এসপানিয়ার ঘাটেই এমন করে তাঁর ভাগ্যের ভরাডুবি হবে তিনি ভাবতে পারেননি।

পিজারোর ভাগ্য যদি অপ্রত্যাশিতভাবে খারাপ হয়ে থাকে তা হলে তাঁর অতিরিক্ত আত্মবিশ্বাসের দরুন হিসাবের ভুল তার জন্যে কিছুটা দায়ী। তিনি গালভরা সব পদবি আর কাঁড়ি কাঁড়ি মারাভেদি বেতনের আশ্বাসেই গলে গিয়েছিলেন। স্পেনের রাজ-সরকারের সব অনুগ্রহ যে মাছের তেলে মাছ ভাজা, সেটুকু আর তলিয়ে বোঝেননি।

অভিযাত্রীদের উৎসাহ দেবার জন্যে স্পেনের ব্যবস্থা বড় চমৎকার। নিজের রাজকোষ থেকে স্পেন একটি পয়সা খরচ করবে না। ধনপ্রাণ পণ করে যদি কেউ নতুন দেশ আবিষ্কার আর জয় করতে পারে সম্রাটের নামে তা হলে তারই সম্পদের ছিটেফোঁটা তাকে দেওয়া হবে অনুগ্রহ করে। সেই সঙ্গে গালভরা লম্বা লম্বা খেতাব বিলোতেও স্পেন সরকার মুক্তহস্ত।

পিজারোর বেলা ব্যাপারটা যদি গাছে না উঠতে এক কাঁদির স্বপ্ন হয়ে থাকে তা হলেও টোলেডোর রাজদরবারে পিজারোর খবর প্রথম পৌঁছে দেবার বাহাদুরি যে দেখিয়েছে সেই মার্কুইস গঞ্জালেস দে সোলিস-এর তো তা হবার কথা নয়।

পিজারোর ভাগ্যে যাই হয়ে থাক, মার্কুইস-এর বরাত তো ওই খবর পৌঁছে দেওয়া থেকেই খুলে যাওয়া উচিত ছিল। আর কিছু না হোক, এই এক বাহাদুরির জোরেই টোলেডোর রাজদরবারে তার পেখম তুলে ঘুরে বেড়ানোর কথা।

আশ্চর্য কথা এই যে, টোলেডোতে পিজারোর সংবাদ সবিস্তারে স্বয়ং সম্রাটের কাছেই জানাবার পরদিন থেকেই মার্কুইসকে আর রাজদরবারের ত্রিসীমানায় দেখা যায়নি।

অথচ মার্কুইস-এর হঠাৎ এমন নিরুদ্দেশ হবার কোনও কারণই পাওয়া যায় না।

সম্রাট পঞ্চম চার্লস এ খবর শুনে কর্তব্যবুদ্ধি আর সুবিবেচনার জন্যে নিজের মুখে মার্কুইসকে তারিফ করেছেন। সংশ্লিষ্ট রাজকর্মচারী খাতির করে মার্কুইসকে নিজেদের দফতরে ডেকে সেভিলের কোতায়ালিতে পাঠাবার হুকুমনামা মুসাবিদা করেছেন তাকে শুনিয়েই।

সেই দফতর থেকে বার হবার মুখে এমন একজন তাকে দেখে একটু থমকে দাঁড়িয়ে তার সম্বন্ধে খোঁজ নিয়েছেন যাঁর কৌতূহলটুকুর দরুনই মার্কুইস-এর কৃতার্থ হওয়া উচিত।

খোঁজ যিনি নিয়েছেন তিনি আর কেউ নন, স্বয়ং মেক্সিকো-বিজেতা হার্নান্ডো কর্টেজ। তিনি তখন মেক্সিকো থেকে টেলেডোর রাজদরবারে তাঁর কিছু আর্জি আর অভিযোগ জানাতে কয়েকদিন আগে মাত্র এসেছেন।

ঘটনাচক্র নিয়ে যারা মাথা ঘামায় তারা স্পেনের টোলেডোতে একই সময়ে হার্নান্ডো কর্টেজ আর ফ্রানসিসকো পিজারোর উপস্থিতির একটা তাৎপর্য খুঁজতে পারে।

হার্নান্ডো কর্টেজ আতলান্তিক সাগর পারে উত্তর দিকের এক অসীম ঐশ্বর্যের দেশ জয় করে তখন তাঁর কীর্তির শিখরে পৌঁছেছেন।

আর ফ্রানসিসকো পিজারো তখনও দক্ষিণের আর এক আশ্চর্য সোনায় মোড়া দেশ আবিষ্কার ও জয় করবার শুধু স্বপ্নই দেখছেন।

এ দুজনের পরস্পরের মধ্যে আলাপ পরিচয় তখনও বোধহয় হয়নি। অন্তত টোলেডোতে নিশ্চয় নয়। হলে সে সাক্ষাৎ স্মরণীয় হয়ে থাকত।

হার্নান্ডো কর্টেজ সেদিন মার্কুইসকে দেখে কিন্তু একটু চমকে দাঁড়িয়ে পড়েছিলেন। মার্কুইসও দফতরখানা থেকে বেরিয়ে কর্টেজকে দেখেছিল নিশ্চয়ই। কিন্তু সে

একবার দেখেই মুখ ফিরিয়ে হনহন করে যেভাবে বেরিয়ে চলে গেছল তাতে কর্টেজকে সে চেনে না বলেই মনে হয়েছে।

কর্টেজ-এর কিন্তু মার্কুইসকে সম্পূর্ণ অচেনা বোধহয় মনে হয়নি!

মার্কুইস চলে যাবার পর পাশের এক কর্মচারীকে তিনি জিজ্ঞাসা করেছিলেন 'উনি কে, বলুন তো?'

'বাঃ, উনিই তো মার্কুইস গঞ্জালেস দে সোলিস,' বেশ একটু সম্ভ্রমের সঙ্গে জানিয়েছিল কর্মচারীটি।

'মার্কুইস গঞ্জালেস দে সোলিস!'

নিজের মনে নামটা উচ্চারণ করতে করতে কর্টেজের ভ্রু একটু কুঞ্চিত হয়েছিল। চেহারা আর নামটা যেন কিছুতেই তিনি স্মরণ করতে পারছেন না।

আর একবার রাজদরবারে দেখা হলে হয়তো পারতেন। কিন্তু সে সুযোগ আর মেলেনি।

পরের দিন থেকেই মার্কুইসকে টোলেডোতে আর দেখা যায়নি।

কর্তব্যটুকু করে সে যেন প্রাপ্য সম্মানটুকুর তোয়াক্কা না রেখে চলে গেছে।

শুধু ওই কর্তব্যটুকু সে করেনি। সেভিল থেকে টোলেডো রওনা হবার আগেই সৎ নাগরিকের আর একটি প্রয়োজনীয় কর্তব্য সে পালন করে এসেছিল।

পলাতক ক্রীতদাস হিসেবে ঘনরামের বিস্তারিত পরিচয় সেখানকার কোতোয়ালিতে জানিয়ে এসেছিল।

এর আগে কাপিতান সানসেদোর বিরুদ্ধে সে হুলিয়া বার করবার ব্যবস্থা করিয়েছিল, এবার বার করিয়েছে ঘনরামের বিরুদ্ধে।

আশ্চর্য ব্যাপার এই যে, মার্কুইস-এর সেভিল ছাড়ার দু-দিন বাদেই এই দুটি ফেরারি অপরাধীই একসঙ্গে ধরা পড়েছে। ধরা পড়েছে সেভিল-এ নয়, সানসেদোর নিজের শহর মেদেলিন-এ।

একজন পলাতক রাজদ্রোহী আর একজন ফেরারি ক্রীতদাস। এদের দু-জনের জন্যে এক ফোঁটা সহানুভূতি খরচ করতেও কেউ আসেনি। হাঘরে চোর বদমায়েশের সঙ্গে দু-জনকে নোংরা শূয়ারের খোঁয়াড়ের মতো কোন এক গারদে পুরে দেওয়া হয়েছে।

বারো

"পনেরোশো ত্রিশ খ্রিস্টাব্দের জানুয়ারি মাস। গাঢ় কুয়াশাচ্ছন্ন রাত।

সেভিলের বন্দরে তাঁর খাস জাহাজে পিজারো তাঁর সহকারী পেড্রো দে কানডিয়ার সঙ্গে নিজের কেবিনে গুম হয়ে বসে আছেন।

খানিক আগে এ কামরায় পিজারোর আরও চার ভাই ছিলেন। পিজারোর জ্যেষ্ঠ হার্নান্ডো আর বাকি তিন ভাই গঞ্জালো পিজারো, জুয়ান পিজারো আর ফ্রানসিস্‌কো মার্টিন দে আলকান্ট্রা।

নিজের দেশ ট্রুকসিলোতে গিয়ে এই চার ভাইকে পিজারো দলে পেয়েছেন।

এই চার ভাই-এর মধ্যে বড় হার্নান্ডোই সত্যিকার পিজারো পদবি নেবার অধিকারী। তিনিই পিজারোর পিতার একমাত্র বৈধ বিবাহের সন্তান। অন্য তিন ভাই-এর কেউই সে মর্যাদা দাবি করতে পারেন না। গঞ্জালো আর জুয়ান এ অভিযানের নায়ক ফ্রানসিসকোর মতোই অবিবাহিত মাতার সন্তান আর ফ্রানসিসকো আলকান্ট্রা তাঁদের সৎভাই শুধু মায়ের দিক দিয়ে।

পাঁচ ভাই মিলে কিছুক্ষণ আগে এই কেবিনে বসে অনেক জল্পনাকল্পনাই করেছেন। কিন্তু সমস্যার কোনও মীমাংসা কেউ করতে পারেননি।

সমস্যা সত্যিই বুঝি সব সমাধানের বাইরে।

টোলেডোয় সম্রাজ্ঞীর দস্তখত করা দলিল হাতে পেয়ে পিজারো যখন আহ্লাদে আটখানা হয়েছিলেন তখন স্বয়ং সম্রাটের অনুগ্রহধন্য এরকম অভিযানে ছ-মাস সময় পেয়েও মাত্র শ-আড়াই লশকর আর মজবুত ক-টা জাহাজ জোগাড় করতে প্রাণান্ত হবে ভাবতে পারেননি।

ছ-মাসের মেয়াদ শেষ হয়ে গেছে। লোকলশকর আর জাহাজ যা জোগাড় করতে পেরেছেন কাউন্সিল অফ ইন্ডিজ-এর কর্তারা তা দেখলে যে খুশি হবেন না তা বলাই বাহুল্য।

কাউন্সিল অফ ইন্ডিজ-ই নতুন মহাদেশ সংক্রান্ত সব কিছু সম্রাটের হয়ে দেখাশুনা করেন। তাঁরা যদি পিজারোর বিরুদ্ধে তাঁদের মতামত জানান তা হলে সম্রাট সেই মুহূর্তে সব অনুগ্রহ ফিরিয়ে নিয়ে এ অভিযান নাকচ করে দেবেন।

কাউন্সিল অফ ইন্ডিজ পিজারোর অভিযানের আয়োজন সম্বন্ধে কিছু সন্দিগ্ধ নিশ্চয় হয়েছেন। কোনও দেশে, কোনও যুগেই কান ভাঙাবার লোকের অভাব হয় না। পিজারোর আশাতীত অনুগ্রহ পাওয়ায় অনেকেরই চোখ টাটিয়েছিল, তাদেরই কেউ কেউ পিজারোর সত্যিকার অবস্থার কথা রাজদরবারে জানিয়েছে।

কাউন্সিল অফ ইন্ডিজ থেকে ক-জন কর্তাব্যক্তি দু-এক দিনের মধ্যেই পিজারোর অভিযানে আয়োজনের সঠিক খবর জানতে সরেজমিনে তদারক করতে আসছেন এ খবর সেইদিনই সবে এসেছে।

পাঁচ ভাই মিলে অনেক রাত পর্যন্ত আলোচনা করেও এ সংকট থেকে উদ্ধার পাবার কোনও পথ দেখতে পাননি।

অন্য কোনও সরকারি বিভাগ হলে ঘুষ দিয়ে মুখ বন্ধ করবার কথা ভাবা যেত। কিন্তু কাউন্সিল অফ ইন্ডিজ তখনও এ সমস্ত প্রলোভনের ঊর্ধ্বে বলে সবাই জানে। তা ছাড়া কাউন্সিল অফ ইন্ডিজ-এর কর্তারা তো আর হেঁজিপেঁজি নন। ঘুষই যদি তাঁরা নেন তা হলে নেংটি ইঁদুরের নয়, তাঁদের খাঁই হবে একেবারে সিংহের। অভিযানের খরচ জোগাড় করতে যারা হিমসিম খাচ্ছে তারা এ খাঁই মেটাবে কোথা থেকে!

না, কাউন্সিল অফ ইন্ডিজকে সন্তুষ্ট করবার কি তাদের চোখে ধুলো দেবার কোনও উপায়ই নেই।

আসল অবস্থাটা কাউন্সিলের কাছে জানবার পর সম্রাট বিরক্ত হয়ে শুধু এ অভিযানই বন্ধ করে দেবেন না, তাঁকে মিথ্যে স্তোক দিয়ে ফাঁকি দেবার জন্যে রেগে আগুন হয়ে আরও কঠিন শাস্তি দেওয়াই তাঁর পক্ষে স্বাভাবিক।

এ বিপদ এড়াবার একমাত্র উপায় অভিযানের আশায় জলাঞ্জলি দিয়ে জাহাজ-টাহাজ ছেড়ে একেবারে গা ঢাকা দেওয়া কি না, পাঁচ ভাই শেষ পর্যন্ত সেইটেই ভেবে ঠিক করবার জন্য মাঝরাতে পরস্পরের কাছে বিদায় নিয়েছেন। বড় ভাই হার্নান্ডোর সঙ্গে আর তিন ভাই গেছেন অন্য দুটি জাহাজে। ফ্রানসিসকো পিজারো অনুগত দে কানডিয়ার সঙ্গে তাঁর কামরায় এসে বসেছেন হতাশ ভাবে।

এই রাত্রের মধ্যেই একটা কোনও সিদ্ধান্ত তাঁকে নিতেই হবে।

হয় কাউন্সিল অফ ইন্ডিজকে তাঁর যথার্থ অবস্থা জানিয়ে যে কোনও শাস্তির জন্যে প্রস্তুত হয়ে সম্রাটের কাছে আত্মসমর্পণ, নয় জাহাজ-টাহাজ সব ছেড়ে নিঃশব্দে পলায়ন।

বাইরে গাঢ় কুয়াশার দিকে চেয়ে হঠাৎ পিজারোর মনে হয়েছে পালাতে হলে এরকম কুয়াশাচ্ছন্ন অন্ধকার রাতই তো সবচেয়ে সুবিধের। মাঝি, মাল্লা লশকরদের—এমনকী তাঁর ভাইদেরও কাউকে কিছু না জানিয়ে চুপি চুপি শুতে যাওয়ার নাম করে জাহাজ থেকে জলে নেমে সাঁতরে তীরে উঠে একবার নিরুদ্দেশ হয়ে গেলে ক্ষতি কী?

তাঁর পালানো নিয়ে সাড়া পড়বার আগেই তীরে নেমে কোনওরকমে স্পেন ছেড়ে সাগরপারে উধাও হওয়ার চেষ্টা করা তবু সম্ভব। এ যাত্রায় সেখানে পৌঁছে সম্রাটের কোপদৃষ্টি এড়াতে পারলে ভবিষ্যতে হয়তো আবার সোনায় মোড়া দেশ খোঁজবার সুযোগ পেতে পারেন। আর না যদি পান তা হলেও স্পেনের কারাগারে বন্দি হয়ে তো পচে মরতে হবে না।

ভাইদের কিছু না জানিয়ে যাওয়ার জন্যে মনে তাঁর কোনও খুঁত থাকা উচিত নয়। রাজদরবারের সঙ্গে শর্ত তো তিনি করেছেন, ভাইরা তো নয়। তিনি ফেরারি হলে তাঁর অপরাধের জন্যে তাদের দায়ী করবে না কেউ। লোকসান তাদের বিশেষ কিছু হবে না শুধু একটু আশাভঙ্গ হওয়া ছাড়া। কুড়ি বছরের নিরুদ্দেশ ভাই হঠাৎ উদয় হয়ে তাদেরও ধাপ্পা দিয়ে ঠকিয়ে গেল এই রাগে তারা গালাগাল দিতে দিতে ঘরে ফিরে যাবে নিশ্চয়।

সবচেয়ে বেশি গালাগাল দেবে বড়ভাই হার্নান্ডো। সে বয়সেই বড় নয়, মেজাজও তার সবচেয়ে কড়া। বেজন্মা বলে ফ্রানসিসকো পিজারোকে সে যে গাল দেবে সে বিষয়ে সন্দেহ নেই। ও গাল দেবার অধিকার একমাত্র তারই আছে।

ভাইরা যা করে করুক, যাই ভাবুক তার লোকলশকর, পিজারোর সামনে ওই একটি রাস্তাই খোলা। এই কুয়াশায় ঢাকা রাত্রে নিঃশব্দে জাহাজ থেকে নিশ্চিহ্ন হয়ে যাওয়া।

পিজারো সংকল্প স্থির করে উঠে দাঁড়াতে গিয়ে হঠাৎ চমকে ওঠেন।

এ কী! তাঁর জাহাজ যে চলতে শুরু করেছে!

কিন্তু কেমন করে তা সম্ভব? বন্দরে নোঙর বাঁধা জাহাজ হঠাৎ নিজে থেকে ভেসে যেতে পারে কী করে? নোঙর কি তা হলে উপড়ে গেছে হঠাৎ? তা তো অসম্ভব। অজানা সমুদ্রে বাঁধবার জন্যে তৈরি অত্যন্ত মজবুত নোঙর। তা ছাড়া নোঙর উপড়ে দেবার মতো কোনও ঢেউ কি স্রোতের বেগই এখানে নেই।

নোঙর কি তা হলে তোলা হয়েছে? কিন্তু তাঁর হুকুম ছাড়া কেউ তো তা তুলতে পারে না।

ব্যাপারটা যে একেবারে ভৌতিক বলে মনে হচ্ছে। সবচেয়ে বিপদ হচ্ছে এই গাঢ় কুয়াশায় আপনা-থেকে-ভেসে-যাওয়া জাহাজ যেখানে-সেখানে ধাক্কা খেয়ে আর লাগিয়ে যে কোনও মুহূর্তে দারুণ ফ্যাসাদ বাধাতে পারে!

তখন গভীর রাত। সমস্ত মাঝিমাল্লাই বন্দরে বাঁধা জাহাজে কাজকর্মের দায় না থাকায় নিশ্চিন্ত হয়ে ঘুমোচ্ছে।

পিজারো আর তাঁর পিছনে কানডিয়াই শুধু শশব্যস্ত হয়ে জাহাজের হাল ধরবার টঙের দিকে ছুটে যান।

টঙ পর্যন্ত উঠতে হয় না। তার আগেই সিঁড়িতে থমকে দাঁড়াতে হয় পিজারো আর তার পিছনে কানডিয়াকে।

পাইলটের টঙে কে একজন তাঁদের দিকে পিস্তল লক্ষ্য করে দাঁড়িয়ে আছে।

তার হাতে পিস্তল, গলার স্বরে কিন্তু যেন হাসির আভাস।

'শান্ত হয়ে আপনি একলা ওপরে ওঠে আসুন, সেনিয়র পিজারো। কোনও ভয় আপনার নেই। গোড়ায় না বুঝে একটা হ্যাঙ্গামা-ট্যাঙ্গামা পাছে করে বসেন এই জন্যে পিস্তলটা উঁচোতে হয়েছে। সুবোধ ছেলের মতো ওপরে এসে সব শুনলেই বুঝবেন আজ আপনার কত বড় উপকার করেছি।'

'আমার উপকার করেছেন! আমার জাহাজ লুকিয়ে নোঙর তুলে নদীর স্রোতে ভাসিয়ে দিয়ে?' পিজারো গর্জন করে ওঠেন, 'আপনাকে হাতে পেলে আমি টুকরো টুকরো করে ছিঁড়ব—'

'না, কিছুই অমন করবেন না।' অত্যন্ত শান্ত গলায় উত্তর আসে—'বরং কী পুরস্কার দেবেন তাই ভেবে সারা হবেন।'

পিজারোর এবার সন্দেহ হয় একটা দারুণ উন্মাদের হাতেই তাঁর জাহাজ পড়েছে।

'কিন্তু আপনি কী করছেন তা জানেন!' রাগের চেয়ে উদ্বেগই এবার পিজারোর গলায় বেশি প্রকাশ পায়—'এই অন্ধকার কুয়াশায় জাহাজ যে বানচাল হয়ে যাবে এখুনি।'

'না, তা হবে না।'—এবার উত্তরটা দৃঢ়স্বরে দেওয়া—'সেভিলের তীর থেকে সমুদ্র পর্যন্ত এই গুয়াদালকুইভীর নদীর সমস্ত আটঘাট অন্ধিসন্ধি নিজের হাতের তেলোর মতো আমার জানা। মায়ের কোলে ছেলের মতো আপনার এ জাহাজকে আমি নদীর মোহনায় সান ল্যুকার-এর চড়া দেখতে দেখতে পার করে দেব।'

'সান ল্যুকার-এর চড়া!'

নামটা সবিস্ময়ে উচ্চারণ করেন পিজারো। তারপর বিমূঢ়ভাবে জিজ্ঞাসা করেন,

'সান ল্যুকার-এর চড়া পার করে দেবার কথা বলছেন কেন?'

'বলছি, সেই মতলবেই বন্দর থেকে নিঃশব্দে নোঙর তুলে এ জাহাজের হাল ধরেছি!'—লোকটি তার পিস্তলটা এবার সরিয়ে নিয়ে বলে।

পিজারো তাকে আক্রমণ করবার এ সুযোগ কিন্তু নেন না। বিস্ময়ের সঙ্গে একটু যেন সম্ভ্রমের সুরে জিজ্ঞাসা করেন, 'কে আপনি?'

'নাম শুনলে কি চিনতে পারবেন! আমার নাম কাপিতান সানসেদো!'

'কাপিতান সানসেদো!' সত্যিই কথাটা পিজারোর পক্ষে বিশ্বাস করা কঠিন হয়। কাপিতান সানসেদোর সঙ্গে সাক্ষাৎ পরিচয় তাঁর কখনও হয়নি। কিন্তু হিসপানিওলা ফার্নানদিনা থেকে নতুন মহাদেশের যে কোনও উপকূলে নিপুণতম নাবিক হিসাবে যাঁদের নাম উচ্চারিত হয় কাপিতান সানসেদো তাঁদেরই একজন। সানসেদো নামটা তো অপরিচিত নয়ই, সম্প্রতি টোলেডো আর সেভিলে নানা জনের আলাপ-আলোচনায় মানুষটার নিদারুণ ভাগ্য বিপর্যয়ের কাহিনীও তাঁর কানে এসেছে। সানসেদো সম্রাটের ধনরত্ন চুরি করে যে ফেরারি তাও পিজারো জানেন।

এই মানুষটা তাঁর জাহাজে কোথা থেকে এসে উদয় হল? তাঁর জাহাজ নিয়ে এভাবে গোপনে ভেসে পড়ার উদ্দেশ্যই বা কী? সানসেদো কি নিজের পালাবার সুবিধের জন্যেই এ ফন্দি করেছেন? তা যদি করে থাকেন তা হলে তা তো নেহাত আহাম্মুকি ছাড়া কিছু নয়। শুধু ওই পিস্তলের জোরে জাহাজসুদ্ধ লোককে কতক্ষণ তিনি ঠেকিয়ে রাখতে পারবেন! চরম দুর্ভাগ্যের চাপে এমন একটা মানুষের সত্যিই কি তা হলে মাথায় গোলমাল কিছু হয়েছে?

কথাগুলো এই ভেবেই একটু সাজিয়ে গুছিয়ে নিয়ে পিজারো এবার সহজ শান্তভাবে জিজ্ঞাসা করেন, 'নদীর মোহনায় সান ল্যুকার-এর চড়া পার করে দেবেন বললেন। বললেন তাতে আমার এমন উপকার করছেন যার জন্যে আমি কৃতজ্ঞ হব। উপকারটা কী তা তো বুঝতে পারছি না!'

'এখনও বুঝতে পারছেন না!' হেসে বলেন সানসেদো, 'আপনার ওই দৈত্যাকার সঙ্গীকে ফিরে যেতে হুকুম দিয়ে ওপরে উঠে আসুন, সব বুঝিয়ে বলছি। সব কথা না শুনে বুড়োর ওপর হামলা যে করবেন না এটুকু ভরসা আপনার ওপর বোধহয় রাখতে পারি। আসুন।'

পিজারো সানসেদোর নির্দেশ মতোই কানডিয়াকে ফিরে যেতে বলে ওপরে গিয়ে ওঠেন। মনে মনে তখন তিনি স্থির করে নিয়েছেন যে সত্যি উন্মাদ বলে বুঝতে পারলে সানসেদোকে গায়ের জোরে বন্দি করতে তিনি দ্বিধা করবেন না।

সানসেদো তাঁর মনের কথা যেন কেমন করে টের পেয়ে বলেন, 'এখনও আমাকে সম্পূর্ণ বিশ্বাস করতে আপনি পারছেন না, জানি। আশা করি আমার কৈফিয়তটা শুনলে পারবেন। আপনার জাহাজ নিয়ে লুকিয়ে পালিয়ে সান ল্যুকার-এর চড়া পার করে দিয়ে আপনার এই উপকার করছি যে কাউন্সিল অফ ইন্ডিজ-এর কর্তারা এসে আপনার জাহাজ আর তদারক করতে পারবে না। ওরা যখন আসবে তখন আপনি ওদের নাগালের বাইরে মাঝদরিয়ায়।'

'কিন্তু তাতে আমার লাভ?' হতভম্ব হয়ে জিজ্ঞাসা করেন পিজারো।

'লাভ ষোলো আনা। আপনার জাহাজে কতজন লশকর আপনি নিয়ে গেছেন ওদের গুণে দেখার কোনও উপায় নেই। ওরা যখন শুধু হিসেব নিতে আসার খবরই জানিয়েছিল, আপনাকে বন্দরে হাজির থাকার কোনও হুকুম পাঠায়নি তখন আপনার এভাবে চলে আসার কোনও দোষ ধরতে পারবে না। আপনার প্রতিনিধি হিসেবে আপনার ভাই হার্নান্ডো যা বলবে তা মেনে নেওয়া ছাড়া ওদের উপায় নেই। লশকরদের গুনতিতে যা কম পড়বে সব আপনার জাহাজেই আগে চলে গেছে জানাবে হার্নান্ডো। সে হিসেব নিয়ে গোলমাল ওরা নিজেদের গলদ ঢাকতেই করবে বলে মনে হয় না। যে বিপদে আপনি পড়েছিলেন তা থেকে বাঁচবার এর চেয়ে ভাল উপায় অন্তত আর কিছু নেই। এখন স্পেন ছেড়ে ক্যানারি দ্বীপাবলির গোমেরায় গিয়ে আপনি অপেক্ষা করুন। হার্নান্ডো আর দুটি জাহাজ নিয়ে সেখানেই আপনার সঙ্গে মিলবে।'

'কিন্তু এসব কী করে সম্ভব?' হতাশভাবে বলেন পিজারো, 'হার্নান্ডোর এ ব্যবস্থার কথা জানা তো দরকার। আজ রাত্রে শেষ দেখা যখন আমাদের হয়েছে তখন এরকম ঘটনা আমাদের কল্পনার বাইরে।'

'কিচ্ছু ভাববেন না।' জোরের সঙ্গে আশ্বাস দেন সানসেদো, 'কাল সকাল থেকে যা যা করতে হবে তার পুরো নির্দেশ হার্নান্ডোকে আপনার নামেই পাঠিয়ে না দিয়ে আমরা আসিনি। আপনি তো লিখতে জানেন না, সুতরাং সকালে আপনার জাহাজ গায়েব হয়েছে দেখবার পর অন্যের হাতে লেখা সে নির্দেশ হার্নান্ডো অমান্য করবে না।'

নিরক্ষরতার খোঁচাটা হজম করে পিজারো সবিস্ময়ে জিজ্ঞাসা করেন, 'নিজের বুদ্ধিতে এত কাণ্ড আপনি করেছেন একা?'

'না।' হেসে বলেন সানসেদো, 'একা নয়, নিজের বুদ্ধিতেও না। আমার এক সঙ্গী সহায় এই জাহাজেই আছেন।'

তেরো

"মার্কুইস আর মার্শনেস গঞ্জালেস দে সোলিস-এর বাড়ি থেকে ছুটে বেরিয়ে যাবার মুখে সন্ধ্যার অন্ধকারে কে যে ঘনরাম দাসের পথ আটকে ছিল তা এতক্ষণে বোধহয় বোঝা গেছে।

পথ আটকে দাঁড়িয়েছিলেন আর কেউ নয়, স্বয়ং কাপিতান সানসেদো।

কাপিতান সানসেদো আনার জন্যে নির্দিষ্ট জায়গায় বহুক্ষণ অপেক্ষা করার পর প্রথমে অত্যন্ত ক্ষুণ্ণ আর তার পরে সত্যি উদ্বিগ্ন হয়ে তার বাড়িতেই আনার সন্ধানে এসেছিলেন।

সানসেদো প্রথম ক্ষুণ্ণ হয়েছিলেন আনা তাঁর সঙ্গে দেখা করাটা ইচ্ছে করেই এড়িয়ে গেছে মনে করে।

একটু ভেবে দেখবার পর আনার পক্ষে এরকম তাচ্ছিল্য বেশ অস্বাভাবিক বলেই তাঁর মনে হয়েছে।

সোরাবিয়ার স্ত্রী হিসেবে আনার মার্শনেস হওয়া একটা রহস্য নিশ্চয়। কিন্তু যেভাবেই এ আভিজাত্যের ছাপ সে পেয়ে থাকুক, তাঁর সঙ্গে ব্যবহারে কোনও পরিবর্তন তার মধ্যে দেখা যায়নি। উন্নাসিক ঔদ্ধত্যে তাঁকে তাচ্ছিল্য করলে তাঁর একটা চিঠির চিরকুট পেয়েই অমনভাবে নিজেকে বিপদে ফেলে ক্যাথিড্রালে তাঁর সঙ্গে দেখা করবার জন্যে সে ছুটে আসত না।

আনার ভাব-গতিক দেখে তখন এই কথাই মনে হয়েছে যে, তাঁর সঙ্গে দেখা করবার জন্যে সে নিজেও বিশেষ কোনও কারণে ব্যাকুল।

তা সত্ত্বেও যথাস্থানে যথাসময়ে আনা যদি উপস্থিত না হয়ে থাকে তা হলে তার অন্য কোনও গুরুতর কারণই সম্ভবত আছে। সেই কারণটা ভাবতে গিয়ে সানসেদো উদ্বিগ্ন হয়ে উঠেছেন।

সোরাবিয়া প্রথম সাক্ষাতের ব্যবস্থার সময় ক্যাথিড্রালে কীভাবে ছদ্মবেশে আনাকে চোখে চোখে রেখেছিল তা তিনি দেখেছেন। তাঁদের এ দ্বিতীয় সাক্ষাৎ ব্যর্থ করার মূলে তারই কি কোনও শয়তানি আছে? সে শয়তানি কী হতে পারে অনুমান না করতে পারার দরুনই আরও বেশি উদ্বিগ্ন হয়ে উঠে কাপিতান সানসেদো শেষ পর্যন্ত আনার বাড়িতেই তার খোঁজ নেবার জন্যে না এসে পারেননি।

এভাবে আসা যে কতখানি বিপদের তা তাঁর অজানা নয়। যে সোরাবিয়া হিংস্র ব্যাধের মতো তাঁকে সন্ধান করে ফিরছে, এখানে আসা মানে সাধ করে তার-ই খপ্পরে পড়া। তবু কাপিতান সানসেদোকে নিরুপায় হয়ে এ দুঃসাহস করতে হয়েছে।

বাড়ির কাছে এসেও কীভাবে আনার খোঁজ নেওয়া যায় তাই নিয়েই হয়েছে মুশকিল। সোজাসুজি বাড়ির দেউড়িতে গিয়ে খোঁজ নেওয়া তাঁর পক্ষে সম্ভব নয়। যা সম্ভব তা হল দূর থেকে লক্ষ রেখে চাকর-দাসী কাউকে বাড়িতে ঢুকতে কি সেখান থেকে বার হতে দেখলে জিজ্ঞাসাবাদ করার সুযোগ নেওয়া।

বহুক্ষণ পর্যন্ত অপেক্ষা করেও কোনও চাকর-দাসীর সাড়াশব্দ কিন্তু পাননি। বাড়িটাই কেমন অস্বাভাবিক রকম নিস্তব্ধ মনে হয়েছে। সন্দেহ হয়েছে সেখানে বুঝি কেউ নেই।

সন্দেহ নিরসনের একমাত্র উপায় বাড়ির দরজায় গিয়ে ঘা দেওয়া কিংবা গোপনে কোনওরকমে ভেতরে গিয়ে ঢোকা।

দেউড়ির দরজায় ঘা দেওয়া যখন তাঁর পক্ষে সম্ভব নয়, তখন বাড়িতে গোপনে ঢোকবার উপায় খুঁজতে হয়।

সেভিল-এর এ সব বাড়ির ছক তাঁর জানা। বাড়িগুলি পুরনো আমলের মুরদের রীতিতে তৈরি। মাঝখানের একটি বিস্তৃত উদ্যান-প্রাঙ্গণকে ঘিরে সাধারণত এ সমস্ত বাড়ির ঘরগুলি সাজানো থাকে। আনাদের বাড়িটা এ ধরনের একটু উঁচুদরের ইমারতের মতো দোতলা।

এ সব বাড়ির সুবিধা এই যে, মাঝখানের উদ্যান-প্রাঙ্গণে কোনওরকমে গিয়ে

পৌঁছোতে পারলে লুকিয়ে থাকবার ব্যবস্থা একটা করা যায়। বেশির ভাগ উদ্যান-প্রাঙ্গণেই একটি করে ফোয়ারা থাকে মাঝখানে। তারই সঙ্গে চারিদিকে নানা ফুলের গাছ ও লতার কুঞ্জ। সে বাগিচায় তেমন কোনও পাহারা থাকে না বললেই হয়।

বয়সে প্রৌঢ় হলেও সানসেদো অথর্ব একেবারেই হননি। অন্ধকারের মধ্যে বাইরের দেয়াল ডিঙিয়ে ভেতরে ঢোকবার সুবিধে কোথাও আছে কি না তিনি এবার খোঁজবার চেষ্টা করেছেন।

কিন্তু বেশিক্ষণ তার সুযোগ মেলেনি। হঠাৎ রাস্তায় ঘোড়ার পায়ের শব্দ শুনে তাঁকে চমকে উঠতে হয়েছে। নিঃশব্দে রাস্তার এক অন্ধকার কোণে তিনি তারপরে সরে দাঁড়িয়েছেন! ঘোড়ার পায়ের শব্দ তখন থেমে গেছে। ঘোড়াটা রুখে তা থেকে সাবধানে যে নেমেছে আবছা অন্ধকারেও তাকে চিনতে সানসেদোর দেরি হয়নি।

লোকটি যে সোরাবিয়া তা আমরাও ইতিমধ্যে জেনেছি। নিজের সত্য ভঙ্গ করে ঘনরামকে আনার বিছানায় বাঁধা অবস্থায় ফেলে রেখে সে ইতরভাবে অপমান করবার জন্যে স্ত্রী আনাকেই খুঁজতে গেছল। তাকে না পেয়ে ফিরে চোরের মতো সন্তর্পণে নিজের বাড়িতে ঢুকেছে।

সানসেদো এসব ব্যাপারের কিছু জানেন না। সোরাবিয়ার নিজের বাড়িতে ঢোকার অদ্ভুত ধরনে আরও সন্দিগ্ধ ও উদ্বিগ্ন হয়ে উঠে তিনি অধীরভাবে বাইরে কিছুক্ষণ অপেক্ষা করেছেন। বিপদ যতই থাক, আনার জন্যেই বাড়ির ভেতরে খোঁজ করতে পারেন কি না এই নিয়ে তাঁর মনে তখন প্রবল দ্বিধাদ্বন্দ্ব চলছে।

ধৈর্য ধরতে না পেরে বাড়ির ভেতরেই ঢুকতে যাবেন এমন সময় ঘনরাম দাস দ্রুতপদে সেখান থেকে বেরিয়ে এসেছেন।

মানুষটা যে সোরাবিয়া নয়, শরীরের গড়নেই তা বুঝে সানসেদো আরও বিস্মিত চমকিত হয়ে তার পথ আগলে দাঁড়িয়েছেন। তারপর রুক্ষ স্বরে বলেছেন, 'দাঁড়াও। কে তুমি?'

এই উত্তেজিত ব্যস্ততার মধ্যে নিরস্ত্র একটা ভিখিরি গোছের পোশাকের লোকের কথা ঘনরাম অনায়াসে অগ্রাহ্য করতেও পারতেন। কিন্তু তা তিনি করেননি। অগ্রাহ্য না করবার কারণ এই যে, আবছা অন্ধকারে ভিখিরি গোছের মানুষটার চেহারা দেখা না গেলেও তার গলার স্বরটা ঘনরামের মনে কোথায় যেন একটা ক্ষীণ সাড়া তুলেছে।

বিনা প্রতিবাদে দাঁড়িয়ে পড়ে তীক্ষ্ণ দৃষ্টিতে মানুষটাকে অন্ধকারের মধ্যে চেনার চেষ্টা করে মুখে একটু কৌতুকের স্বরে ঘনরাম বলেছেন, 'এ বাড়ি থেকে বার হবার পরও পরিচয় জিজ্ঞাসা করবার দরকার হয়? সেভিল শহরে কে না জানে যে এ বাড়ি মহামান্য মার্কুইস গঞ্জালেস দে সোলিস-এর।'

'এ বাড়ি তার হতে পারে কিন্তু তুমি সে মার্কুইস নও!' সানসেদো কঠিন স্বরে বলেছেন এবার, 'বলো তুমি কে?'

'আমি!' ঘনরাম মানুষটিকে চিনতে পেরে এবার হেসে উঠেছেন হঠাৎ, 'মার্কুইস না হলে আমায় তো গোলাম হতে হয়। মনে করুন আমি এক ফেরারি গোলাম।

বহুকাল আগে কাপিতান সানসেদো বলে এক নাখোদার জাহাজ থেকে এই সেভিল-এর বন্দরেই পালিয়ে ছিলাম।'

কয়েক মুহূর্ত বিস্ময়ে স্তব্ধ হয়ে থেকে সানসেদো উচ্ছ্বসিতভাবে বলে উঠেছেন 'দাস! তুমি? এ যে আমার কল্পনাতীত!'

'আপনাকে এ বেশে এখানে দেখাও আমার পক্ষে তাই!' সানসেদোকে সেখান থেকে সরিয়ে নিয়ে যেতে যেতে ঘনরাম বলেছেন, 'কিন্তু এখানে আর থাকা আমাদের দুজনের কারও পক্ষেই নিরাপদ নয়! পরস্পরের অনেক কিছুই আমাদের জানবার আছে। নির্ভয়ে কিছুক্ষণ কাটাতে পারি এমন আস্তানায় তাই এখন যাওয়া দরকার।'

'কিন্তু সে রকম জায়গা সেভিল-এ পাবে কোথায়?' বিষণ্ণ স্বরে বলেছেন সানসেদো, 'ফেরারি গোলাম হয়ে কোন সাহসে কীভাবে এ শহরে তুমি এসেছ জানি না, কিন্তু এ শহরে তোমার চেয়ে আমার বিপদ এখন কম নয়। সোরাবিয়া আমার বিরুদ্ধে এখানে হুলিয়া বার করিয়েছে তা বোধহয় জানো না!'

'না জানলেও আপনার চেহারা পোশাক দেখে সে রকম একটা কিছু অনুমান করেছি।' তিক্ত স্বরে বলেছেন ঘনরাম, 'সমস্ত ইতিহাস তাই শুনতে চাই।'

'সে ইতিহাস তা হলে এই রাত্রে পথে পথে ঘুরেই তোমাকে শোনাতে হবে। কিন্তু এখন আমার পক্ষে তা সম্ভব নয়।' রাস্তার মাঝেই থেমে পড়ে বলেছেন সানসেদো, 'আমার অভিশপ্ত জাহাজের আনাকে নিশ্চয় তুমি ভোলোনি। সেই আনার খবর না নিয়ে এখান থেকে আমি যেতে পারব না। এ বাড়িতে আসার দুঃসাহস কেন তোমার হয়েছিল জানি না, কিন্তু বাড়িটা যখন তোমার চেনা তখন আনা যে এখন মার্কুইস গঞ্জালেস দে সোলিস অর্থাৎ সোরাবিয়ার স্ত্রী তা-ও তোমার জানা উচিত। এই আনার খোঁজ নেবার জন্যেই আমি এখানে দাঁড়িয়ে ছিলাম! তার সম্বন্ধে দুর্ভাবনার কারণ সত্যিই ঘটেছে!'

'সে দুর্ভাবনা এখন আপনি ঝেড়ে ফেলতে পারেন।' ঈষৎ কৌতুকের স্বরে জোর দিয়েই বলেছেন ঘনরাম, 'আপনার ভাগ্নি আনা সম্পূর্ণ নিরাপদ এটুকু আশ্বাস আপনাকে দিতে পারি। দুর্ভাবনা যদি করতে হয় তা হলে মার্কুইস গঞ্জালেস দে সোলিস-এর জন্যেই বোধহয় করা উচিত।'

'তার মানে?' সানসেদো বিমূঢ় হয়েই জিজ্ঞাসা করেছেন।

'মানেটা আমার বিবরণ শুনলেই বুঝবেন।' একটু হেসে বলেছেন ঘনরাম, 'আপনার ইতিহাস শোনবার ও আমারটা শোনাবার সুবিধামতো আস্তানায় এখন শুধু যাওয়া দরকার।'

'কিন্তু সে আস্তানা সেভিল শহরে তো পাওয়া যাবে না।' হতাশভাবে বলেছেন সানসেদো, 'রাত্তিরটুকু পথে পথে যদি-বা কাটাতে পারি, সকাল হলেই সমস্ত শহর তো আমাদের শত্রুপুরী।'

'না,' আশ্বাস দিয়ে বলেছেন ঘনরাম, 'আমাদের মতো অভাগাদের নিশ্চিন্তে গা-ঢাকা দিয়ে থাকবার জায়গা এ শহরে আছে। সেখানে প্রায় সবাই দাগি, সুতরাং ঝোড়ো কাকের পালে নেহাত হাঁস কি কবুতর না হলে কারও নজর পড়ে না।'

'কোথায় সে জায়গা?' সবিস্ময়ে জিজ্ঞাসা করেছেন সানসেদো।

'এই সেভিল শহরেই নদীর ওপারে ত্রিয়ানায়।' জানিয়েছেন ঘনরাম, 'কুমোরদের কাজ আর গান-বাজনার জন্যে ত্রিয়ানার সারা স্পেনে যত সুনাম তত দুর্নাম চোর আর বেদেদের চিরকেলে আস্তানা বলে। চলুন রাতারাতি নদী পার হয়ে যেতে পারলে কিছু দিনের মতো অন্তত নিশ্চিন্ত।'

নদী পার হয়ে সেই ত্রিয়ানায় গিয়েই দুজনে সে রাত্রে উঠেছেন। বেশি দিন সেখানে কাটানো কিন্তু সম্ভব হয়নি। ত্রিয়ানায় তাঁদের লুকিয়ে থাকার অসুবিধে অবশ্য কিছু ছিল না। সেই ষোড়শ শতাব্দীর গোড়ার দিকে ত্রিয়ানা সত্যিই বেপরোয়া বাউণ্ডুলেদের স্বর্গ ছিল। স্পেনের বেদেদের সেটা ছিল বড় গোছের একটা ঘাঁটি। যত রাজ্যের চোর-ছ্যাঁচড়দেরও সেটা ছিল মনের মতো আস্তানা। তারাও বেদেদের মতোই ভাগ্যের স্রোতে ভাসা শ্যাওলা। আজকের খোরাক জুটলে কালকের ভাবনা কেউ ভাবে না। তারা যার যেমন মর্জি আর পুঁজি সেই মাফিক সেখানে ফুর্তি নাচ-গান খানা-পিনাতেই মেতে থাকত। সবাই সেখানে ছুঁচ বলে চালুনির পেছনে লাগবার গরজ কারও ছিল না। ইচ্ছে করলে কাপিতান সানসেদো আর ঘনরাম যতদিন খুশি সেখানে অজ্ঞাতবাসে থাকতে পারতেন।

কিন্তু শুধু নিরাপদ থাকাই তাঁদের লক্ষ্য নয়। পিজারোর পরিণামের সঙ্গে ঘনরাম নিজেকে জড়িয়েছেন। ত্রিয়ানায় নিশ্চিত হয়ে বসে থাকা তাঁর চলে না। সানসেদোর ব্রত আলাদা। নিজের অবিশ্বাস্য ভাগ্যবিপর্যয়ের মূলে কী রহস্য আছে তা তাঁর ভেদ না করলেই নয়। সেই জন্যেই ত্রিয়ানায় নিরাপদ আশ্রয় না ছেড়ে তাঁর উপায় নেই!

পরস্পরের সমস্ত বিররণ শুনে মূল রহস্য সম্পূর্ণ ভেদ না করতে পারলেও নিজেদের সংকল্পে তাঁরা আরও কঠিন হয়েছেন। ত্রিয়ানায় থাকতে থাকতেই টোলেডোর সম্রাটের দরবারে পিজারোর সসম্মানে নিমন্ত্রণের খবর তাঁদের কাছে পৌঁছেছে। ঘনরাম ও সানসেদো দুজনেই এবার যে যার নিজের পথে যাবেন স্থির করেছেন। আলাদা হবার আগে শুধু একটি দুরূহ কাজ তাঁদের সম্পন্ন করতে হবে। সে কাজ হল সানসেদোর অত্যন্ত মূল্যবান একটি সম্পদ তাঁর মেদেলিন শহরের স্পেন সরকারের বাজেয়াপ্ত বাড়ি থেকে উদ্ধার করে আনা।

এ মূল্যবান সম্পদ সোনা-দানা হিরে-মুক্তো কিছু নয়। একটি চামড়ার থলের মধ্যে রাখা কয়েকটা কাগজপত্র মাত্র। সেগুলির মধ্যে একটি কাগজ আবার কাপিতান সানসেদোর কাছে সবচেয়ে দামি।

ত্রিয়ানা ছেড়ে যে যার নিজের পথে যাবার সংকল্প করবার পরই সানসেদো অত্যন্ত দুঃখের সঙ্গে এই কাগজটির কথা ঘনরামকে বলেন। নিজের একটা অঙ্গের বিনিময়েও এ কাগজটি উদ্ধার করতে তিনি প্রস্তুত। সানসেদোর মুখে এ কথা শোনবার পর ঘনরাম বেশ অবাক হয়েই জিজ্ঞাসা করেন, 'কাগজটা কী বলুন তো? কোনও দামি সম্পত্তির দলিল!'

'না, দলিল নয়, একটা চিঠি,' বলেন সানসেদো।

'একটা চিঠি!' ঘনরাম অবাক হয়ে জিজ্ঞাসা করেন, 'একটা চিঠির এত দাম

আপনার কাছে? কার লেখা সে চিঠি? কাকে লেখা? আপনাকে?'

'না, আমাকে নয়।' বিষণ্ণ স্বরে বলেন সানসেদো, 'সে চিঠি কাকে লেখা তা জানি না। যে ভাষায় লেখা তা আমার অজানা। সুতরাং সে চিঠি পড়েও কিছু বোঝবার ক্ষমতা আমার নেই। সে চিঠির দাম আমার কাছে এত বেশি যিনি লিখেছেন শুধু তাঁর জন্যে।'

'কে তিনি?'

'ক্রীতদাস হিসেবে যাঁকে কিনে মুক্তি দিতে পেরে আমি ধন্য হয়েছি, যাঁর কাছে জ্যোতিষ গণনার যৎসামান্য পাঠ নেবার সৌভাগ্য আমার হয়েছে, তিনি সুদূর উদয় সাগরের দেশের সেই অসামান্য পুরুষ।'

একটু থেমে সানসেদো আবার বলেন, 'তাঁর নিজের গণনা যদি সত্য হয় তা হলে তাঁর এ লিপির বাহক যথাসময়েই পাওয়া যাবে। কিন্তু তার আগে সেটি আমার হাতে থাকা তো দরকার। রাজরোষের খবর পাওয়ার পর গোপনে মেদেলিন শহরের বাড়ি ছেড়ে আসবার ব্যস্ততায় এই কাগজটি আমি ভুলে ফেলে আসি। নিজের সে অপরাধ আমি কখনও ক্ষমা করতে পারব না।'

সানসেদোর কথা শেষ হবার পর ঘনরাম কিছুক্ষণ যেন উদাসীনের মতো নীরব থেকে হঠাৎ জিজ্ঞাসা করেন, 'আপনার মেদেলিন শহরের বাড়ি তো সেখানকার কোতোয়ালির জিম্মায়? অন্য কেউ সে বাড়ির দখল নিয়েছে কি না জানেন?'

'তা ঠিক জানি না।' সানসেদো বলেন, 'তবে না নেবারই কথা।'

'আমরা তা হলে মেদেলিন শহরেই প্রথমে যাচ্ছি।' দৃঢ়স্বরে বলেন ঘনরাম, 'আপনার পূজনীয় গুরুর গচ্ছিত করা লিপি উদ্ধারই এখন আমাদের প্রথম কার্জ।'

'কিন্তু—?'

সানসেদোর উদ্বিগ্ন প্রশ্নটা শেষ করতে না দিয়ে ঘনরাম আবার বলেন, 'কেমন করে তা সম্ভব তা-ই ভাবছেন? চারিদিকে একবার চোখ বুলিয়ে দেখুন, ফিকিরফন্দি সামনে সাজানো রয়েছে। এই জন্যেই মনে হচ্ছে আমাদের ত্রিয়ানায় আসার মধ্যে নিয়তির হাতই ছিল।'

সেভিল শহরে কিছুকাল গা ঢাকা দিয়ে থাকবার জন্যে সানসেদোকে নিয়ে গুয়াদালকুইভির নদীর ওপারে চোর-ছ্যাঁচড় আর বেদেদের আস্তানা ত্রিয়ানায় ওঠার মধ্যে নিয়তির হাত আছে বলে মনে করেছিলেন ঘনরাম।

নিয়তির হাত ছিল সে বিষয়ে সন্দেহ নেই। কারণ ত্রিয়ানায় গিয়ে ক-দিন না কাটালে সানসেদোর গুরুর গচ্ছিত করা লিপি উদ্ধারের অমন ফন্দি ঘনরামের মাথায় বোধহয় আসত না।

ফন্দিটা অবশ্য ভালই, কিন্তু তার দরুন নিয়তির হাতটা ঠিক কল্যাণের বোধহয় বলা চলে না।

কারণ মেদেলিন শহরে এই ফন্দি খাটাতে গিয়েই ঘনরাম সানসেদোর সঙ্গে ধরা পড়েন।

ধরা পড়েন আবার যার-তার নয়, একেবারে মার্কুইস গঞ্জালেস দে সোলিস-এরই হাতে।

এইখানেই বুঝি নিয়তির কারসাজি। নইলে মার্কুইস হঠাৎ মেদেলিন শহরে ঠিক ওই সময়টিতেই হাজির থাকে কী করে?

নিয়তি মানতে হলে বলতে হয় যে তার হাতের চাল অনেক আগেই শুরু হয়েছে। শুরু হয়েছে কর্টেজ যেদিন টোলেডোর মহাফেজখানায় যেতে যেতে মার্কুইসকে দেখে একটু কৌতূহলী হয়ে তার পরিচয় জানতে চেয়েছিলেন সেইদিন থেকেই।

পরিচয় শুনেও তাঁর মনের ধোঁকা পুরোপুরি যায়নি। ঠিক চিনতে না পারলেও মানুষটা সম্বন্ধে মনে কোথায় একটা যেন খোঁচা থেকে গেছে। কী যেন তার সম্বন্ধে জানলেও স্মরণ করতে পারছেন না বলে মনে হয়েছে।

মনের এ সংশয় দূর করা কিছু শক্ত নয়। মার্কুইস গঞ্জালেস দে সোলিস-এর বিশদ বৃত্তান্ত সরকারি দফতরে গিয়ে জানতে চাইলেই হয়। বংশানুক্রমে যাঁরা অভিজাত আর অসামান্য কোনও কীর্তির জন্যে সম্রাট যাঁদের আভিজাত্যে প্রতিষ্ঠিত করেন তাঁদের সকলের বিস্তারিত পরিচয় ও বিবরণ লিপিবদ্ধ করে রাখার বিশেষ দফতর আছে।

মার্কুইস তো আর যেমন তেমন পদবি নয়। এ পদবি যাঁরা পান তাঁরা হয় খানদানিদের মধ্যে বংশপরিচয়ে নৈকষ্যকুলীন, নয়তো অসামান্য কীর্তিধর।

গঞ্জালেস দে সোলিস বলে কোনও বনেদি বংশের কথা কর্টেজ মনে করতে পারেননি। তবে সেটা এমন কিছু বড় কথা নয়। তিনি নিজে এমন কিছু খানদানি নন। অর্ধেক জীবন বিদেশে কাটিয়ে স্পেনের সব বড় ঘরোয়ানার নাম জানবার সুযোগই বা কতটুকু পেয়েছেন! সুতরাং মার্কুইস-এর কোনও বনেদি বড় ঘরোয়ানা হওয়া অসম্ভব নয়। আর তা যদি না হয় তা হলে নিশ্চয়ই স্পেনের রাজদরবারকে মুগ্ধ ও বাধিত করবার মতো কিছু তিনি করেছেন।

মার্কুইস-এর সঙ্গে দেখা হবার পর দিনই কর্টেজ আসল ব্যাপারটা কী জানবার কৌতূহলে উপযুক্ত দফতরে যাবার জন্যে রওনা হয়েছিলেন, সেখানে পৌঁছে মার্কুইস গঞ্জালেস দে সোলিস-এর বিবরণটুকু জানতে পারলেই সমস্ত রহস্য কর্টেজ-এর কাছে পরিষ্কার হয়ে যেত।

এ কাহিনীর বেশ কিছু জটও তা হলে ছেড়ে যেতে পারত এখান থেকেই।

কিন্তু তা হবার নয়। ভাগ্য এইখানেই বাদ সেধেছে।

দফতরে যাবার পথে কর্টেজ হঠাৎ বাধা পেয়েছেন। রাজদরবারে এক দূত তাঁকে ছুটে এসে ধরে জানিয়েছে যে, সম্রাটের টোলেডো ছেড়ে যাবার বিশেষ তাড়া থাকায় সেইদিনই কর্টেজকে রাজদর্শনের অনুমতি দিয়ে অনুগ্রহ করেছেন।

কর্টেজ-এর দফতরখানায় যাওয়া আর হয়ে ওঠেনি। ব্যস্ত হয়ে বাসায় ফিরে রাজ-সাক্ষাতের জন্যে তাঁকে যথোচিত পোশাক-পরিচ্ছদ আর কাগজপত্র নিয়ে তৈরি হতে হয়েছে।

সম্রাটের সঙ্গে সাক্ষাৎটা কর্টেজ-এর পক্ষে মোটেই প্রীতিকর হয়নি। মেক্সিকোর

মতো রাজ্য আবিষ্কার ও জয় করে কুবেরের ভাণ্ডার যিনি সম্রাটের হাতে তুলে দিয়েছেন তাঁর যথোচিত মর্যাদা দিতে স্পেনের রাজদরবার কার্পণ্য করেছে। আশাভঙ্গের ক্ষোভে দুঃখে কর্টেজ-এর মন থেকে অন্য সমস্ত চিন্তা দূর হয়ে গেছে তখন।

মার্কুস গঞ্জালেস দে সোলিস-এর সঙ্গে টোলেডোর দরবারে কি রাস্তাঘাটে এরপর এক-আধবার দেখা হলে কর্টেজের কৌতূহলটা আবার হয়তো মাথা চাড়া দিয়ে দিত। কিন্তু সেই প্রথম সাক্ষাতের দিনের পর টোলেডোতে মার্কুইসকে কর্টেজ কেন, কেউই আর দেখেনি।

দেখবে কোথা থেকে? কর্টেজ-এর সঙ্গে দেখা হবার পর সে রাতটা পর্যন্ত মার্কুইস টোলেডোতে কাটায়নি। সেই সন্ধ্যাতেই পাততাড়ি গুটিয়ে টোলেডোর টাগুস নদীর সান মার্টিন পোল পেরিয়ে উধাও হয়ে গেছে।

এ রকম হন্তদন্ত হয়ে টোলেডো ছাড়ার কারণ কি কর্টেজ-এর সঙ্গে ওই আকস্মিক সাক্ষাৎ?

তাই বলেই তো মনে হয়। কর্টেজ না পারলেও এক পলকের দেখাতেই কর্টেজকে চিনতে মার্কুইস-এর ভুল হয়নি। চিনতে পেরে প্রতিক্রিয়া যা হয়েছে তা একটু অদ্ভুত। লক্ষ করবার কেউ থাকলে সেই মুহূর্তে মার্কুস-এর ছাই মেড়ে দেওয়া মুখ দেখে একটু অবাকই হত।

কর্টেজকে এতখানি ভয় করবার কী আছে মার্কুইস-এর?

যাই থাক, সে রহস্যের মীমাংসা এখন হবার নয়।

আপাতত কর্টেজ-এর নজর এড়িয়ে পালিয়ে মার্কুইস ঘনরাম আর সানসেদোরই জীবনের শনি হয়ে উঠেছে।

মার্কুইস গঞ্জালেস দে সোলিস অর্থাৎ সোরাবিয়া টোলেডো থেকে সেভিল-এ ফিরে যায়নি। সেখানে ফিরে যাবার কোনও আকর্ষণও তার নেই। সেভিল-এর বাসা থেকে দলিত ফণিনীর মতো প্রতিহিংসার জন্যে উন্মাদিনী স্ত্রীকে কোনও রকমে ফাঁকি দিয়ে সে রাত্রে যে পালাতে পেরেছে এই তার সৌভাগ্য। আনা সেখানে এখনও থাক বা না থাক, সে বাড়িতে ফিরতে সে এখন আর প্রস্তুত নয়।

একদিকে কর্টেজ-এর ত্রিসীমানা ছাড়িয়ে আর একদিকে স্ত্রী আনার নাগালের বাইরে নিশ্চিন্তে কিছুদিন কাটাবার পক্ষে মেদেলিন শহরের সুবিধার কথাই সোরাবিয়ার প্রথমে মনে হয়েছে। মেদেলিন শহরে কাপিতান সানসেদোর ভিটেমাটি স্পেন সরকার রাজদ্রোহের দায়ে বাজেয়াপ্ত করেছে। সে জন্যে আর হুলিয়ার ভয়ে সানসেদো সে শহরের ধার অন্তত মাড়াবে না। আনার পক্ষেও মেদেলিন শহরে যাওয়া তাই প্রায় অসম্ভব। আনা এখন সাহায্য আর পরামর্শের জন্যে তার তিয়ো সানসেদোর সঙ্গে দেখা করবার জন্যেই যে ব্যাকুল তা সেভিল-এর ক্যাথিড্রালে তার সেদিনকার ব্যাকুল ছোটাছুটি থেকেই বোঝা গেছে। সানসেদোর যেখানে যাবার সম্ভাবনা নেই সেখানে আনা সাধ করে বেড়াতে যাবে না নিশ্চয়। তার নতুন আস্তানা হিসেবে মেদেলিন শহরের সুবিধা তাই অনেক। এ শহর আস্তানা হিসেবে বাছবার

সময় শুধু এই কথাটাই সোরাবিয়ার জানা ছিল না যে মেদেলিন কর্টেজ-এর জন্মস্থান।

মার্কুইসরূপী সোরাবিয়া টোলেডো থেকে একটু ঘুরপথে মেদেলিন শহরেই গিয়ে উঠেছে তারপর। সেখানে গিয়ে কোতোয়ালি থেকে খবর নিয়ে সানসেদোর বাড়ি তখনও নিলেমে ওঠেনি জেনে খুশি হয়েছে অত্যন্ত। যেখানে যেমন দরকার টাকা খাইয়ে এ বাড়ি সুবিধামতো কিনে নিতে সোরাবিয়াকে খুব বেগ পেতে হয়নি।

তার সব মতলবই এ পর্যন্ত প্রায় নির্বিঘ্নে হাসিল হবার পর আরও এমন একটি ব্যাপার ঘটেছে যা যেমন সুখের তেমনই তার আশাতীত।

মেদেলিন শহরে সানসেদোর বাড়িতে সোরাবিয়া তখন সবে সাজিয়ে গুছিয়ে বসবার আয়োজন করছে। নিজে সে তখনও সে বাড়িতে এসে ওঠেনি। শহরের এক সরাই-এ থেকে ঠিকাদারকে দিয়ে বাড়িটার যেখানে যা দরকার অদল-বদল মেরামত করাচ্ছে।

সেই সময়ে একদিন একদল বেদেকে সেখানে ঘোরাঘুরি করতে দেখে ঠিকাদারই তাদের ভেতরে ডাকে।

স্পেনে বেদেদের আমদানি তখনও খুব বেশিদিন হয়নি। চুরি-চামারি করার দুর্নাম সত্ত্বেও রকমারি নাচ-গান আর ভূত-ভবিষ্যৎ বলার ক্ষমতার জন্যে সাধারণের কাছে তাদের আদর-খাতির যথেষ্ট।

ঠিকাদার প্রথমে অবশ্য বেদেদের ধমক দিয়েই সেখানে ঘুর ঘুর করার কারণ জিজ্ঞাসা করে। ধমক-ধামক দিয়ে তাদের কাছে একটু গান-বাজনা শোনাই তার মতলব ছিল বোধহয়। কিন্তু বেদেদের সর্দার গোছের একজন তার ধমকের জবাবে যা বলে তা শুনে ঠিকাদারের চক্ষুস্থির।

বেদেরা মিছিমিছি এ বাড়ির কাছে ঘোরাফেরা করছে না। এ বাড়িতে কেউ যা ভাবতে পারে না এমন গুপ্তধনের ইশারা নাকি তারা গুণে পেয়েছে।

অন্য কোথাও হলে যদি বা সন্দেহ হত, কাপিতান সানসেদোর বাড়িতে গুপ্তধন থাকা এমন কিছু আজগুবি বলে ঠিকাদারের মনে হয় না। কাপিতান সানসেদো যে সম্রাটের জন্যে মেক্সিকো থেকে পাঠানো সোনাদানা গাপ করে ফেরারি, মেদেলিন শহরের কে না তা জানে। সে চোরাই মাল সানসেদোর এই বাড়িতেই কোথাও লুকিয়ে পুঁতে রাখা অসম্ভব কিছু নয়।

ঠিকাদার লুব্ধ উৎসাহিত হয়ে বেদেদের গুপ্তধন খোঁজবার অনুমতি দেয়। খুঁজে পেলে তাদের মোটা বকশিশ। মালিক সোরাবিয়া তখনও এসে পৌঁছোয়নি। তার হয়ে এ আশ্বাস দিতে তবু ঠিকাদারের বাধে না।

বেদেরা গুপ্তধন খোঁজার ক্রিয়া-প্রক্রিয়া শুরু করে দেয়। গুপ্তধন তারা যে বার করবেই এ বিষয়ে সন্দেহ নেই, শুধু জায়গাটা নির্ভুলভাবে খোঁজবার জন্যে তাদের একটা জিনিস দরকার।

কী জিনিস?

এ বাড়ির যে আসল মালিক তার নিজের নাড়াচাড়া জিনিস কিছু।

এ বাড়ির আসল মালিক তো ছিল সানসেদো। কিন্তু তার জিনিস এখন পাওয়া

যাবে কোথায়? নাড়াচাড়া যা যায় সব তো এতদিনে মীরমিদনরাই লুঠপাট করে নিয়ে গেছে।

কিছুই তা হলে নেই?

হ্যাঁ, আছে বটে, পুড়িয়ে দেবার মতো কিছু কাগজপত্রের বাণ্ডিল? হবে তাতে কাজ?

'দেখাই যাক'—বলে বেদেরা।

কাজ কিন্তু হয় না। বেদেরা সে কাগজ-পত্র ফিরিয়ে দিয়ে আবার খড়ি পেতে গুনতে বসে।

আর ঠিক সেই সময়ে এসে হাজির হয় নতুন মালিক মার্কুইস গঞ্জালেস দে সোলিস।

'এ সব কী ব্যাপার?' জ্বলে উঠে জিজ্ঞাসা করে সোরাবিয়া।

ঠিকাদার উত্তেজিতভাবে বেদেদের গুপ্তধন খোঁজার কথা তাকে জানায়।

কিন্তু নতুন মালিককে দেখে বেদেরাই কেমন যেন গুপ্তধন খোঁজার উৎসাহ হারিয়ে সরে পড়বার জন্যে ব্যাকুল। দু-জন বাদে সবাই তারা সরে পড়বার সুযোগও পায়।

ধরা যে দু-জন পড়ে প্রথমে তাদের দেখেই হিংস্র উল্লাসে চিৎকার করে লোকজনের ভিড় জমিয়ে ফেলেছে সোরাবিয়া।

তা সত্ত্বেও একজন বোধহয় ইচ্ছে করলে অনায়াসে সোরাবিয়া আর তার দলবলকে বৃদ্ধাঙ্গুষ্ঠ দেখাতে পারত। তা সে দেখায়নি শুধু তার সঙ্গীর জন্যে। সঙ্গীটির প্রথম দিকেই পালাতে গিয়ে বেকায়দায় পড়ে একটি পা মচকে যায়। তাকে নিয়ে পালানো যায় না! তাকে ফেলে যাওয়াও অসম্ভব হয়েছে দ্বিতীয় জনের। সে তাই স্বেচ্ছাতেই ধরা দিয়েছে সঙ্গীর আপত্তি সত্ত্বেও।

পা-ভাঙা সঙ্গীটি যে কাপিতান সানসেদো আর তাঁরই জন্যে নিজের মুক্তির সুযোগ যিনি উপেক্ষা করেছেন তিনি যে ঘনরাম দাস তা বোধহয় বলার প্রয়োজন নেই। ত্রিয়ানার বেদেদের দিয়ে কাজ হাসিলের ফন্দি তাঁদের পক্ষে সর্বনাশা হয়ে দাঁড়িয়েছে।

এক সঙ্গে এই দু-জনকে গারদে ভরতে পারার সৌভাগ্য সোরাবিয়া বোধহয় কল্পনাও করতে পারেনি। খুশিতে ডগমগ হয়ে কয়েদখানায় দু-জনের যথোচিত সমাদরের জন্যে মেদেলিন-এর অ্যালগুয়াসিল অর্থাৎ নগর কোটালকে সে একদিন ভোজ দিয়েই আপ্যায়িত করেছে।

নগর কোটাল অকৃতজ্ঞ নয়। ঘনরাম আর কাপিতান সানসেদোকে এমন এক গারদে পাঠাবার ব্যবস্থা হয়েছে যা কবরখানারই শামিল। যারা সেখানে একবার গিয়ে ঢোকে তারা আর কোনওদিন বার হয় না। বাইরের পৃথিবী থেকে তাদের নামই মুছে যায়।

তাদের নাম বাইরের জগৎ ভুলে গেলেও বাইরের খবর তাদের কাছে পৌঁছোয়। সে রকম আগ্রহ থাকলে যমদূতের মতো রক্ষীদের দিয়েই সে খবর সংগ্রহ অসম্ভব হয় না।

শুধু আগ্রহ নয়, তার সঙ্গে অবশ্য একটু উৎকোচও দরকার। উৎকোচ দেবার মতো কিছু ঘনরাম বা সোরাবিয়ার কাছে থাকবার কথা নয়। কিন্তু ঘনরাম কী কৌশলে কে জানে বন্দি হওয়ার পরও কিছু পয়সা-কড়ি লুকিয়ে সঙ্গে রাখতে পেরেছিলেন। তাঁদের বেদের পোশাকের দরুন তল্লাশিও বোধহয় তেমন ভাল করে কেউ করেনি। তা ছাড়া একরকম জীবন্ত কবরই যাদের দেওয়া হচ্ছে, তাদের সঙ্গে কী রইল না রইল, তা নিয়ে মাথাব্যথা আর কীসের?

পেসোটা-আসটা ঘুষ দিয়ে ঘনরাম খবর যা বাইরের জগতের পেয়েছেন তা প্রথমে খুশি হবার মতোই মনে হয়েছে। একটু অস্পষ্ট গোলমেলেভাবে হলেও জানা গেছে যে পিজারো বলে কে একজন নাকি সমুদ্র পারের নতুন এক সোনার দেশ দখল করবার হুকুম পেয়েছে সম্রাটের কাছে। সে নাকি জাহাজ সাজিয়ে তৈরি হচ্ছে পাড়ি দেবার জন্যে।

সানসেদো আর ঘনরাম যেমন খুশি তেমনই একটু অস্থির হয়ে উঠেছেন এ খবরে। গারদখানায় বন্দি অবস্থায় ঘনরাম সানসেদোকে যতখানি দরকার, পিজারোর অভিযান আর তার লক্ষ্য সম্বন্ধে জানিয়েছেন। পিজারোর অভিযানের বিষয়ে সানসেদো তখন আর নির্লিপ্ত উদাসীন নন।

খুশি হওয়ার সঙ্গে তাঁদের অস্থিরতা শুধু নিজেদের মুক্তির কোনও আশা না দেখে।

যে গারদে তাঁদের রাখা হয়েছে তার অন্য বিষয়ে শাসন তেমন কড়া না হলেও সেখান থেকে বার হবার কথা ভাবাও বুঝি বাতুলতা। সমুদ্রের তলায় পাতালে বন্দি থাকলে বাইরের জগতের মুখ আবার দেখবার যতটুকু আশা থাকে এ গারদখানাতেও তার বেশি কিছু নেই।

দেখতে দেখতে দুই-তিন-চার-পাঁচ মাস কেটে গেছে। এবার যা খবর পাওয়া গেছে তা বেশ একটু ভাবিয়ে তোলবার মতো।

এ খবর রক্ষীদের কাছে নয়, পাওয়া গেছে নতুন এক কয়েদির কাছ থেকে। পিজারোর নাকি দারুণ মুশকিল হচ্ছে লোক-লশকর জোগাড় করতে। আর কিছুদিনের মধ্যে তা জোগাড় করতে না পারলে তাঁকে কথার খেলাপের জন্যে কাঠগড়ায় উঠতে হবে।

এ খবর যে এনেছে সে নিজেও একজন বার দরিয়ার মাল্লা। হিসপানিওলা ফার্নানদিনা পর্যন্ত এর আগে ঘুরে এসেছে জাহাজে। পিজারোর অভিযানের রংদার গুজব শুনে কাজ নিতে সেভিল-এ গেছল। সেখানে কিন্তু উলটো খবর শুনেছে। ওসব খোলামকুচির মতো সোনা সস্তার গালগল্প নাকি শুধু বোকাদের ঠকিয়ে জাহাজে তোলবার ফিকিরে বানানো। পিজারোর জাহাজে নাম লেখাবার চেষ্টা না করেই সে তাই ফিরে এসেছে। তারপর মেদেলিন শহরে এক শুঁড়িখানায় হল্লা মারামারি করে চালান হয়েছে এই গারদে।

পিজারোর দুরবস্থার এ খবর শোনবার পর সানসেদো হতাশ হয়েছেন, আর ঘনরাম গুম হয়ে থেকেছেন কয়েকদিন।

তারপর এক রাত্রে পারাহাদার এক রক্ষী ঘনরাম আর সানসেদোর গারদ কুঠুরির

পাশ দিয়ে শেষ টহল দিয়ে যাবার সময় হঠাৎ চমকে থেমে গেছে। ভাল করে নজরবন্দি রাখবার জন্যে সোরাবিয়ার পরামর্শ মতোই এ দু-জনকে এক কুঠুরিতে রাত্রে বন্ধ রাখা হয়।

কুঠুরির ভেতর থেকে চুপি চুপি কী আলাপ শোনা যাচ্ছে। চাপা গলায় হলেও কথাগুলো না বোঝবার মতো অস্পষ্ট নয়।

সে আলাপের যেটুকু মর্ম রক্ষী বুঝেছে তাইতেই তার চোখ তখন ছানাবড়া। চুপি চুপি আলাপটা তারপর হঠাৎ একেবারে তুমুল ঝগড়া হয়ে উঠে তাকেও চমকে দিয়েছে।

দু-জনে রাগে খেপে গিয়ে পরস্পরকে যা নয় তাই বলতে বলতে বুঝি খুনই করে ফেলে।

অন্য রক্ষীরাও ছুটে এসেছে দারুণ গোলমালে। দরজা খুলে দু-জনকে ছাড়িয়ে দিয়ে কুঠুরির দু-পাশে বেঁধে ফেলে রাখবার ব্যবস্থা হয়েছে তারপর।

এমনিভাবে দু-দিন কেটেছে ঘনরাম আর সানসেদোর।

দু-দিন বাদেই কিন্তু আর তাদের দেখা যায়নি। গারদখানার পাথরের দেওয়াল যেন হাওয়ার চেয়েও সূক্ষ্মদেহে তাঁরা ভেদ করে চলে গেছেন।

তারপর শেষ পর্যন্ত যেখানে গিয়ে তাঁরা উঠেছেন পিজারোর সেই খাস জাহাজ আচমকা সেভিল-এর বন্দর ছেড়ে কেমন করে লুকিয়ে পালায় সে বিবরণ আমরা আগেই জেনেছি।

পনেরোশো ত্রিশ খ্রিস্টাব্দের জানুয়ারি মাসের এক গাঢ় কুয়াশাচ্ছন্ন রাত্রে সেভিল-এর বন্দরে বাঁধা তাঁর জাহাজ বিনা হুকুমেই হঠাৎ যেন ভৌতিক নির্দেশে গুয়াদালকুইভির নদীর স্রোতে ভেসে যাওয়ায় বিমূঢ় ব্যাকুলভাবে তার কারণ সন্ধান করতে গিয়ে পিজারো হাল চালাবার টঙে কাপিতান সানসেদোকে সবিস্ময়ে আবিষ্কার করে তাঁর কাছে জাহাজ এভাবে নিঃশব্দে গোপনে ভাসিয়ে নিয়ে যাওয়ায় অদ্ভুত কৈফিয়তের সঙ্গে আর একটি এমন কথা শোনেন যা সত্যিই কৌতূহল জাগাবার মতো।

কাপিতান সানসেদো গোপনে জাহাজ ছাড়ার ব্যাপারে অবিশ্বাস্য যে-সব কাণ্ড-কারখানা করেছেন তাতে তিনি পরামর্শ ও সাহায্য পেয়েছেন নাকি আর-একজনের কাছে। তাঁর সে সঙ্গী সহায় নাকি সেই জাহাজেই বর্তমান।

'কে সে লোকটা?' একটু রূঢ়ভাবেই জানতে চান পিজারো। কাপিতান সানসেদোর কৈফিয়তটা যতই মনে ধরুক, তাঁর ওপর খোদকারি করে জাহাজ নিয়ে পালাবার ফন্দির স্পর্ধাটা তখনও পিজারো পুরোপুরি বরদাস্ত করতে পারছেন না।

'সে লোকটার পরিচয় আর কী দেব! দেবার মতো কিছু নেই,' হেসে বলেন সানসেদো, 'এই জাহাজেই সে আছে, সময় মতো আপনার সামনে হাজির হবে।'

'সময় মতো মানে?' বেশ গরম হয়ে ওঠে পিজারোর গলা, 'এখুনি তাকে ডাকান। নইলে সমস্ত জাহাজ আমি তালাশ করাব।'

'তার দরকার হবে না, আদেলানতাদো!'

পিজারোকে চমকে পেছন ফিরে তাকাতে হয় এবার। শুধু যে পেছনে অপ্রত্যাশিত কণ্ঠ শুনেই তিনি চমকান তা নয়, আদেলানতাদো বলে সম্বোধনও তাঁকে বিস্মিত করে। যে সোনার রাজ্য তিনি আবিষ্কার ও জয় করতে যাচ্ছেন তার পুরস্কারস্বরূপ টোলেডোর রাজদরবার থেকে তাঁকে অন্যান্য সুবিধা ও সম্মানের সঙ্গে এই পদবির প্রতিশ্রুতিও যে দেওয়া হয়েছে তা তো যার-তার জানবার কথা নয়।

লোকটাকে দেখবার পর তার মুখে এ সম্বোধন তো আরও অবিশ্বাস্য লাগে।

চেহারা পোশাক দেখে লোকটা যে জাতে বেদে এ বিষয়ে পিজারোর কোনও সন্দেহ থাকে না। চুরি, হাত-সাফাই ছাড়া বেদেদের অদ্ভুত কিছু কিছু ক্ষমতা থাকার গুজব তিনি বহুকাল আগে স্পেনে থাকতে শুনেছিলেন। কিন্তু টোলেডোর রাজদরবারের গোপন ব্যাপার জানবার মতো বিদ্যে তাদের থাকতে পারে বলে তো বিশ্বাস হয় না।

'আদেলানতাদো বলছ কাকে?' ভ্রূকুটি করে জিজ্ঞাসা করেন পিজারো।

'আপনি ছাড়া ও সম্বোধনের যোগ্য আর কে আছে এখানে?' সসম্ভ্রমে মাথা নুইয়ে বলে লোকটি, 'শুধু আদেলানতাদো কিংবা আলগুয়ালির মেয়র নয়, কাপিতান জেনেরালও আপনাকে বলা উচিত—'

'থামো!' বেশ একটু অস্বস্তি ও অধৈর্যের সঙ্গে লোকটিকে থামিয়ে দিয়ে পিজারো বলেন, 'এসব আবোল-তাবোল কথার মানে কী! কোথায় শুনেছ যে আমি কাপিতান জেনেরাল?'

'কোথাও শুনিনি, আদেলানতাদো।' লোকটা অবিচলিতভাবে বলে, 'ভর হওয়ার সময় জানতে পেরেছি, যেমন আপনার সেভিল ছেড়ে পালাবার উপায়ও জানতে পেরেছি সেই অবস্থায়।'

'সেই অবস্থায় জানতে পেরেছ।' হতভম্ব হলেও গলাটা কড়া রেখে জিজ্ঞাসা করেন পিজারো, 'সে ভর হওয়াটা আবার কী!'

'কী, তা বোঝাতে পারব না, আদেলানতাদো। তবে মাঝে মাঝে আমাতে আর আমি থাকি না।' চাপা গলায় যেন ভয়ে-ভয়ে বলে লোকটি, 'তখন আশ্চর্য অনেক কিছু আমি জানতে পারি। আমাদের বেদেদের মধ্যে একেই ভর-হওয়া বলে। দেবতা কি অপদেবতা কেউ তখন আমার মধ্যে এসে ঢোকে।'

'দেবতা নয়, অপদেবতাই হবে।' মুখে তাচ্ছিল্যের ভান করলেও পিজারোর অন্ধ কুসংস্কারে জড়ানো মনে লোকটা সম্বন্ধে বেশ একটু ভয়-ভক্তিই জাগে। নিজে থেকেই তাই আবার জিজ্ঞাসা করেন, 'কী নাম তোমার? কোথা থেকে এখানে এসে জুটলে?'

'আজ্ঞে নাম আমার গানাদো।' লোকটি সবিনয়ে জানায়, 'আসছি ত্রিয়ানা থেকে।'

'ত্রিয়ানা থেকে আসছ?' গানাদো অর্থাৎ গোরু-ঘোড়া নামটা বেদের পক্ষে তেমন বেয়াড়া না লাগলেও, আর ত্রিয়ানাই যে স্পেনের বেদেদের বড় ঘাঁটি তা জানলেও, পিজারো একটু সন্দিগ্ধভাবে জিজ্ঞাসা করেন, 'সেখানেই ভর হয়ে আমার আর আমার জাহাজের কথা জানতে পেরে চলে এসেছ আমায় সাহায্য করবার জন্যে?'

'আজ্ঞে! ভর-হওয়া অবস্থার হুকুম তো অমান্য করবার জো নেই।' লোকটি অর্থাৎ গানাদোর গলায় আতঙ্ক মেশানো সম্ভ্রম ফুটে ওঠে।

ভয়ে বিস্ময়ে পিজারোর সন্দেহ করবার মতো মনের অবস্থা তখন আর নেই। একটু দ্বিধাভরেই তিনি শুধু জিজ্ঞাসা করেন, 'কিন্তু কাপিতান সানসেদোকে জোটালে কী করে? তাঁকে পেলে কোথায়?'

'ওই ত্রিয়ানাতেই পেলাম, আদেলানতাদো। তাঁকেও আমার ভর-হওয়া দশার হুকুম মেনে এখানে আসতে হয়েছে।'

যত আজগুবিই মনে হোক, দেবতা-অপদেবতার নামে জড়ানো কথাগুলোকে অবিশ্বাস করবার সাহস পিজারোর আর হয় না। বেশ একটু আগ্রহের সঙ্গেই তিনি এবার জিজ্ঞাসা করেন, 'ক্যানারি দ্বীপপুঞ্জের গোমেরায় গিয়ে অপেক্ষা করবার হুকুমও কি তুমি ভর-হওয়া অবস্থায় পেয়েছ?'

'আজ্ঞে হ্যাঁ আদেলানতাদো!' বেদেরূপী গানাদো গলায় সরল বিস্ময় ফুটিয়ে বলে, 'নইলে ক্যানারি দ্বীপপুঞ্জ কি গোমেরার নাম আমি জানব কোথা থেকে!'

'এসব নামও তুমি জানতে না!' পিজারো সবিস্ময়ে অদ্ভুত বেদেটাকে ভাল করে লক্ষ করবার চেষ্টা করেন। লোকটা তাঁর সম্পূর্ণ অচেনা! গাঢ় কুয়াশার মধ্যে অন্ধকারে তার মুখটা সম্পূর্ণ অস্পষ্ট হলেও দেহের গড়নটা কিন্তু পিজারোকে যেন কার কথা মনে করিয়ে দেয়।

কাকে যে মনে করিয়ে দেয় সে রাত্রে তো নয়ই, তার পরে অনেক কালের সংস্রবেও পিজারো ধরতে পারেননি।

শেষ পর্যন্ত ভিন্ন ভিন্ন নানা খণ্ডরহস্য যখন এক সঙ্গে যুক্ত হয়ে তাঁর কাছে পরিষ্কার হয়ে যায় তখন সূর্য কাঁদলে সোনার দেশকে রক্তে ভাসিয়ে তিনি তাঁর ভয়ংকর নিয়তির শেষ ধাপে গিয়ে পৌঁছেছেন।

সে অবশ্য অনেক পরের কথা।

আপাতত অদ্ভুত অচেনা বেদেটার কথা আজগুবি মনে হলেও কুসংস্কার জড়ানো ভয়-ভক্তিতে সব সন্দেহ চাপা দিয়ে তার নির্দেশ মেনে পিজারোর সত্যি-সত্যিই যথেষ্ট লাভ বই লোকসান হয় না।

কাপিতান সানসেদো ওই কুয়াশাচ্ছন্ন অন্ধকার রাতেই সান ল্যকার-এর বিপজ্জনক চড়ার পাশ কাটিয়ে বারদরিয়ায় জাহাজ এনে ফেলে তাঁর নৌবিদ্যার বাহাদুরি দেখান।

পিজারো তাঁর জাহাজ নিয়ে নির্বিঘ্নেই তারপর ক্যানারি দ্বীপপুঞ্জের গোমেরাতে গিয়ে ওঠেন। সেখানেই কাপিতান সানসেদোর আদেশ মতো পিজারোর ভাই হার্নান্ডো বাকি জাহাজ দুটি নিয়ে গিয়ে যোগ দেন কয়েক দিন বাদে। সেভিল-এর বন্দরে পরের দিনই কাউন্সিল অফ ইন্ডিজ থেকে যাঁরা তদন্ত করতে এসেছিলেন তাঁদের ধোঁকা দিয়ে পালিয়ে আসা হার্নান্ডোর পক্ষে শক্ত হয়নি!

ছোট-বড় অনেক বাধা এর পর দেখা দিলেও সূর্য কাঁদলে সোনার রহস্য-রাজ্যের অভিযান অনিবার্যভাবেই এগিয়ে গেছে।

সেই কুয়াশাচ্ছন্ন রাত্রে সেভিল-এর বন্দর থেকে অপ্রত্যাশিতভাবে জাহাজ ভেসে

যাওয়ার সময় উত্তেজনা আর আশঙ্কার মধ্যে কাপিতান সানসেদো ছাড়া আর যে-লোকটির পরিচয় পেয়েছিলেন তার বিষয়ে পিজারোর কৌতূহল বেশিদিন খুব সজাগ কিন্তু থাকেনি। পরের পর আরও উত্তেজনা-জোগানো ঘটনায় আর মাথা-ঘোরানো সমস্যায় সে কৌতূহল আপনা থেকে কিছু পরে ফিকে হয়ে গেছে। ব্যাপারটায় অলৌকিকত্বের আভাস থাকলেও বেদেদের সে রকম ক্ষমতা থাকা অসম্ভব নয়, এই বিশ্বাসে মানুষটা সম্বন্ধে বিশেষ মনোযোগ দেবার কোনও তাগিদ আর তিনি অনুভব করেননি যে গানাদো নামে একজন বেদে আর-সব মাঝিমাল্লার মধ্যে তারপর বেমালুম মিশে গেছে! অভিযান অগ্রসর হওয়ার সঙ্গে কাপিতান সানসেদো এবং সেই এক অজানা বেদের কাছে এ অভিযান সম্ভব করার জন্যে কৃতজ্ঞ থাকার কথা পিজারোর নিশ্চয় মনে থাকেনি। থাকলে বেদের ছদ্মবেশে ঘনরাম দাসই বোধহয় সবচেয়ে অসুবিধায় পড়তেন, কারণ বিশেষ প্রয়োজনে সামনে আসতে বাধ্য হলেও এ অভিযানে তাঁর যা কাজ তা নেপথ্যে থেকেই সারবার।

ঘনরাম নিজেকে নেপথ্যে রাখবার সুযোগ নিয়ে পিজারোর অভিযানে যে ভূমিকা নিয়েছেন তার বিবরণ দেবার আগে আর একটি রহস্য বোধহয় না পরিষ্কার করলে নয়।

ঘনরাম আর কাপিতান সানসেদোকে যমপুরীর মতো এক গারদখানার কুঠুরিতে বদ্ধ অবস্থায় আমরা শেষ দেখে ছিলাম।

নিজেদের মধ্যে হিংস্র মারামারি করার জন্যে প্রহরীরা তখন তাঁদের হাত-পা বেঁধেই কুঠুরির দু-ধারে ফেলে রেখেছে। সেখান থেকে মুক্তি পাওয়াই তো অলৌকিক ব্যাপার। কেমন করে তা সম্ভব হল?

সে অলৌকিক ব্যাপার সম্ভব হয়েছে এক হিসাবে বলতে গেলে অতি সহজ একটি কৌশলে। কৌশল আর কিছু নয়, মানুষের মনের একটি বিশেষ রিপুকে উসকানি দেওয়া।

গারদখানার এক প্রহরী এক রাত্রে ঘনরাম আর সানসেদোর কুঠুরির পাশ দিয়ে শেষ টহল দিয়ে যাবার সময় ফিসফিস কী আলাপ শুনে থমকে থেমে গিয়েছিল।

কী শুনে অমন চমকিত, বিস্মিত হয়েছিল সে পাহারাদার?

যা শুনেছিল তা সামান্য একজন প্রহরী কেন, নেহাত সত্যকার সাধুসন্ন্যাসী ছাড়া যে কোনও সাধারণ মানুষের মাথা ঘুরিয়ে চক্ষু বিস্ফারিত করবার পক্ষে যথেষ্ট।

প্রহরী কাপিতান সানসেদো আর ঘনরামকে চুপি চুপি আলাপ করতে শুনেছে গুপ্তধন নিয়ে। স্বয়ং স্পেনের সম্রাটকে লুব্ধ চঞ্চল করে তুলতে পারে এমন গুপ্তধনের কাঁড়ি! এ গুপ্তধন আসলে সম্রাট পঞ্চম চার্লস-এরই, আর জাহাজে মেক্সিকো থেকে আসবার সময় তা চুরি করে কাপিতান সানসেদো এমন গোপন জায়গায় লুকিয়ে পুঁতে রেখেছেন যে তাঁর কাছে হদিস না পেলে হাজার বছরেও কেউ খুঁজে বার করতে পারবে না।

এই সব বিবরণের সঙ্গে ফিসফিস আলাপে প্রহরী কাপিতান সানসেদোর তীব্র আফশোশও শুনেছে। এত বড় কুবেরের ভাণ্ডার চিরকালের মতো মাটির নীচেই

পোঁতা থাকবে, দুনিয়ার কাউকে তার হদিস না দিতে পেরে এই গারদখানাতেই তাঁরা শেষ হয়ে যাবেন, সানসেদো আর ঘনরাম দু-জনে এই দুঃখই করেছেন।

'নিজেদের ভোগে যখন নেই তখন কাউকে অন্তত হদিসটা দিয়ে গেলে ক্ষতি কী!' বলেছেন এবার সানসেদো।

কিন্তু কাকে এ অনুগ্রহ করা যেতে পারে সে মীমাংসা কিছুতেই আর হয়নি। তা ছাড়া আর এক সমস্যার কথাও উঠেছে। হদিস তো শুধু মুখে বলে দিলেই হবে না, গুপ্তস্থানের মাপ-জোকের এমন শক্ত অঙ্ক আছে যা সেখানে গিয়ে না কষতে পারলে নয়। হদিস দিতে হলে আঁক-জোকে ভুল করবে না এমন কাউকে দিতে হয়। তা না হলে সব গুপ্ত সংকেতই বৃথা।

হদিস যদি দিতেই হয় তা হলে কাকে দেওয়া যায় সে আলোচনা এবার প্রহরী রুদ্ধ নিঃশ্বাসে শুনেছে। প্রহরীদের কাউকেই এ সৌভাগ্য যে দেওয়া উচিত এ বিষয়ে একমত হতে শোনা গেছে দু-জনকেই। মতভেদ হয়েছে শুধু কোন প্রহরী এ হদিস পাবার যোগ্য তারই বিচার নিয়ে।

উৎকর্ণ হয়ে যে প্রহরী তাঁদের কথা শুনছে ঘনরাম তার নামই করেছেন প্রথমে।

সানসেদো তাতে সায় দেননি। সকাল থেকে দিনের বেলা যে তাঁদের পাহারায় থাকে সে-ই তাঁর মতে গুপ্তধন পাবার যোগ্য।

দু-জনে এবার নিজের নিজের বাছাই নিয়ে ওকালতি শুরু করেছেন।

ঘনরাম রাত্রের পাহারাদারের হয়ে লড়েছেন। 'লোকটা খুব খারাপ নয়। তার ওপর সারা জীবন এই গারদখানার কয়েদিদের সঙ্গে একরকম বন্দি হয়েই কাটিয়ে বুড়ো হতে চলেছে। সাত রাজার ধন পেয়ে জীবনের বাকি ক-টা দিন তারই সুখভোগ করার সুবিধে পাওয়া উচিত।'

সানসেদো তীব্র প্রতিবাদ করেছন নিজের প্রৌঢ়ত্ব যেন ভুলে গিয়ে। 'বুড়োর আবার সুখভোগ কী! তার তো জীবন ফুরিয়েই এসেছে। দিনে যে পাহারায় থাকে সে জোয়ান। রাজার ঐশ্বর্য তারই পাওয়া উচিত। পেলে সে তার মান রাখতে পারবে।'

'মান রাখবে, না যত রকম বদখেয়ালে উড়িয়ে-পুড়িয়ে দেবে!' ঘনরাম গলার স্বর খুব চাপা না রেখে বলেছেন, 'জোয়ানদের হাতে টাকা মানেই পাপের প্রশ্রয়।

'তাতে হয়েছে কী!' সানসেদোও জ্বলে উঠেছেন, 'মঠে গির্জায় দেবার জন্যে তো এ গুপ্তধন নয়, এ স্ফূর্তি করবার টাকা জোয়ানকেই আমি দেব। আসলে গুপ্তধন তো আমার। আমার যাকে খুশি আমি হদিস দিয়ে যাব।'

'তাই দিন।' বিদ্রূপের স্বরে বলেছেন ঘনরাম, 'দেখুন কেমন হদিস দিতে পারেন! হদিস লেখা কাগজ আছে আপনার কাছে?'

'নেই মানে!'—সানসেদো অস্থির হয়ে উঠেছেন—'আমার জামার হাতায় তা সেলাই করে রাখা আছে।'

'আছে নয়, ছিল। আপনি ঘুমোবার সময় জামার সেলাই খুলে তা আমি বার করে নিয়েছি।' ঘনরাম হিংস্রভাবে হেসেছেন—'আর এমন জায়গায় রেখেছি, সারা কুঠুরি ভেঙে খুঁড়েও তার খোঁজ পাবেন না।'

'তুই বার করে নিয়েছিস? মিথ্যে কথা।' সানসেদোর ব্যাকুল হয়ে গায়ের জামা খুলে পরীক্ষা করার শব্দ শোনা গেছে।

তারপর চিৎকার করে গালাগাল দিয়ে তিনি ঝাঁপিয়ে পড়েছেন ঘনরামের ওপর!

অন্ধকারে ঘনরামেরও পালটা গালাগাল আর দু-জনের ধ্বস্তাধ্বস্তি শোনা গেছে।

সে গোলমালে অন্য প্রহরীরাও আলো নিয়ে ছুটে এসে দু-জনকে আলাদা করে যখন দু-দিকে বেঁধে রেখেছে তখনও মুখের আস্ফালনে তাঁদের কামাই নেই।

সে মুখের লড়াই অবশ্য বেশিক্ষণ চলেনি। ক্লান্ত হয়েই দু-জনকে বুঝি থামতে হয়েছে।

তাদের কুঠুরি সেই থেকে একেবারে নিস্তব্ধ।

দিন দুই বাদে সে কুঠুরি শুধু নিস্তব্ধ নয়, সকাল হবার পর একেবারে ফাঁকাই দেখা গেছে। কুঠুরির দরজার তালো খোলা। ভেতরে দু-জনের কেউ নেই। সঙ্গে সঙ্গে গারদখানার দু-জন প্রহরীও উধাও!

সানসেদো আর ঘনরামের সঙ্গে দু-জন প্রহরীও উধাও হওয়া থেকে রহস্যটার কিছুটা হদিস পাওয়া উচিত।

দু-দুজন প্রহরীকে কাবু করে ঘনরাম আর সানসেদো যদি পালাতেন, তা হলে জ্যান্ত কি মরা যে-কোনও অবস্থায় তাদের পাত্তা অবশ্য পাওয়া যেত। কোনও চিহ্ন পর্যন্ত না রেখে গারদখানা থেকে তারা অমন বেমালুম লোপাট নিশ্চয় হতেন না।

প্রহরীরা তা হলে কয়েদিদের সঙ্গেই পালিয়েছে! শুধু তাই নয়, কয়েদিদের পালাবার সমস্ত সুযোগ নিজেরাই করে দিয়ে একরকম জোরজবরদস্তি করে তাড়িয়ে বার করেছে তারাই।

ঘনরাম সেই ফন্দিই এঁটেছিলেন। যে-প্যাঁচ তিনি করেছিলেন তা পুরোপুরি সফল হয়েছে।

যে প্রহরী রাত্রের টহলে কয়েদি দু-জনের গোপন ফিসফিস থেকে গলাবাজির ঝগড়া শুনেছিল এক রাত্রের বেশি নিজেকে সে সামলে রাখতে পারেনি। স্বপ্নেও যা ভাবতে পারেনি এমন গুপ্তধন বাগাবার এ সুযোগ কি ছাড়া যায়?

সমস্ত কিছু একলা হাতাতে পারলেই অবশ্য সে খুশি হত। কিন্তু তার তো উপায় নেই।

বাধ্য হয়েই দিনের পাহারাদারকে গোপনে সব কথা জানিয়ে ভাগীদার করতে হয়েছে।

সেই রাত্রেই পাহারাদারদের শেষ রোঁদের কিছুক্ষণ বাদে কুঠুরির দু-কোণে মুখ গুঁজড়ে শুয়ে থাকা অবস্থায় ঘনরাম আর সানসেদো অতি সন্তর্পণে কুঠুরির দরজার তালা খোলার আওয়াজ পেয়েছেন। তারপর পা টিপে টিপে কুঠুরির ভেতর ঢোকার শব্দ।

কানের কাছে তারপর ফিসফিস শোনা গেছে গায়ে মৃদু ঠেলার সঙ্গে।

'এই ওঠো ওঠো, পালাতে চাও তো উঠে পড়ো জলদি!'

ঘনরাম আর সানসেদো দু-জনেই যেন ধড়মড়িয়ে জেগে উঠে বসেছেন। কুঠুরির

মধ্যে আচমকা দুই প্রহরীকে দেখে আঁতকে চিৎকারই বুঝি করে ওঠেন তাঁরা।

তাঁদের মুখে প্রায় হাত চাপা দিয়ে প্রহরীকে সে বিপদ ঠেকাতে হয়েছে। ঘনরাম আর সানসেদোকে নিয়ে তারপরও কম বেগ পেতে হয়নি। প্রহরীদের ধারণা ছিল ছাড়া পাবার নামে দুই কয়েদিই ধেই ধেই নৃত্য করে গারদঘর থেকে বেরিয়ে যাবে। তার বদলে দু-জনের কারওই যেন ছাড়া পাবার তেমন আগ্রহ নেই।

'ছাড়া পেয়ে যাব কোথায়?' বলেছেন ঘনরাম, 'আবার তো ধরে এনে গারদে পুরবে!'

'না, না, সে রকম কোনও ভয় নেই,' বলে আশ্বাস দিতে হয়েছে পাহারাদারদের। কিন্তু তাতেও যেন চিঁড়ে ভেজেনি। ঘনরাম যদি বা রাজি হয়েছেন, সানসেদো আপত্তি তুলেছেন। ছাড়া পেয়ে তাঁর লাভ কী! যে গুপ্তধন উদ্ধার করতে গিয়ে ধরা পড়েছেন, তা যখন আর উদ্ধার করা যাবে না তখন বাইরে থাকাও যা, এই গারদঘরেও থাকা তা-ই।

'তা কেন হবে!' একটু বেশি উৎসাহই দেখিয়ে ফেলেছে প্রহরীরা। 'গুপ্তধন উদ্ধার করা আটকাচ্ছে কে? দরকার হলে আমরাই সাহায্য করতে প্রস্তুত।'

'তোমরাও সাহায্য করতে প্রস্তুত!' ঘনরাম আর সানসেদো দু-জনেই যেন খুশিতে ডগমগ হয়ে উঠেছেন।

তারপরই একটু ফ্যাকড়া তুলেছেন সানসেদো, 'কিন্তু উদ্ধার হলে গুপ্তধনের ভাগটা হবে কীরকম?' ঘনরামের দিকে আঙুল দেখিয়ে বলেছেন, 'ওই ঠগটাই সিংহভাগ নেবে তা হতে দেব না।'

'তা আমি চাইও না।' উদার হয়ে উঠেছেন ঘনরাম, 'চারজন আছি, চারজনের ভাগ হবে সমান সমান। কিন্তু তার জন্যে আমার একটা শর্ত মানতে হবে।'

'কী শর্ত?'

'শর্ত হল গারদঘর থেকে বেরিয়ে আমি যেমনটি যখনটি বলব, তাই মানতে হবে। আমার ওপর কারও কথা চলবে না। হদিস যার, হুকুম তার।'

সানসেদো একটু যেন মৃদু আপত্তি করতে গেছেন। কিন্তু প্রহরীরা তাঁকে থামিয়ে দিয়েছে। হদিস যার হুকুম তার—এ-ব্যবস্থা মানতে তাদের কোনও আপত্তি নেই।

ফিসফিসিয়ে এসব তর্ক মীমাংসার মধ্যে পাহারাদারদের নিয়ে আসা পোশাক বদল হয়ে গেছে ঘনরাম আর সানসেদোর। নতুন পোশাক আর কিছুর নয়, পাহারাদারদেরই। সেই পোশাক পরে রাতের অন্ধকারে গারদখানা থেকে যখন তারা বেরিয়েছে তখন সন্দেহ কেউ করেনি, বাধা তাদের দেয়নি কেউ।

সে রাত্রে কেউ কিছু না জানলেও পরের দিন হুলুস্থুল পড়ে গেছে গারদখানায়। খবর পেয়ে খাপ্পা হয়ে প্রথমেই ছুটে এসেছে সোরাবিয়া। আলগুয়াসিল মানে শহরকোটাল তার হাতের লোক। খোঁজ করবার সে আর কিছু বাকি রাখেনি। মেদেলিন শহর তো তোলপাড় করে তুলেছেই, ত্রিয়ানায় বেদেদের ঘাঁটিতে পর্যন্ত পরোয়ানা দিয়ে লোক পাঠিয়েছে জায়গাটা চষে ফেলে খোঁজবার জন্যে।

কিন্তু কোথাও তাদের পাত্তা পাওয়া যায়নি।

পাওয়া যাবে কী করে? ঘনরাম আর সানসেদো এবার বুঝেসুঝেই ত্রিয়ানার ত্রিসীমানায় যাননি, মেদেলিন শহরেরও ধারে কাছে নয়।

সোরাবিয়ার লাগানো চর যতদূর পর্যন্ত তাঁদের খোঁজ পায়, তা সে ছোট্ট একটি শহর মনতরো। সেই শহরেই তাঁদের সঙ্গী পাহারাদার দু-জন ধরা পড়ে। তারাও তখন অস্থির হয়ে ঘনরাম আর সানসেদোকে খুঁজে ফিরছে। ঘনরাম আর সানসেদো তাদের চোখে ধুলো দিয়ে পালিয়েছেন। কী করে কোথায় যে পালিয়েছেন সেইটেই গভীর রহস্য।

পাহারাদারদের কথায় জানা যায় যে, গুপ্তধনের খোঁজে তাদের মাতব্বর হিসেবে ঘনরাম সকলকে নিয়ে কর্দোভায় আসছিলেন। পথে এই মনতরো শহরে রাতটা শুধু কাটাবার কথা। কর্দোভাও তাদের লক্ষ্য নয়। সেখান থেকে আর একটু থেমে পাসাদাস শহরে গিয়ে গুয়াদালকুইভির-এর উপনদী গুয়াদিয়ানা মেনর ধরে আবার উত্তরে যাওয়াই নাকি তাদের উদ্দেশ্য ছিল। কিন্তু এই শহরে প্রায় যেন তাদের চোখের ওপর দিয়ে ঘনরাম আর সানসেদো গায়েব হয়ে গেছেন।

পাহারাদারেরা তো নয়ই, সোরাবিয়া নিজেও চরেদের কাছে খবর পেয়ে মনতরোতে এসে তার দুই শিকারের অন্তর্ধান রহস্যের কোনও কিনারা করতে পারেনি। চেষ্টার ক্রুটি অবশ্য তার ছিল না। কাপিতান সানসেদো দুই ফেরারির একজন বলে প্রথমে তাঁদের ধরাটা সহজই মনে হয়েছে। কাপিতান সানসেদো মেদেলিন শহরে বেদে সেজে নিজের বাড়িতে খোঁজাখুঁজি করতে যাওয়ার দিন সেই যে খোঁড়া হয়ে ধরা পড়েছিলেন, তারপর তাঁর পা আর পুরোপুরি সারেনি। জখম হয়েই আছে। ঘনরাম অনায়াসে পারলেও কাপিতান সানসেদোর পক্ষে হাঁটা পায়ে তাড়াতাড়ি বেশিদূর যাওয়া অসম্ভব। বিশেষ করে উত্তরের দিকে সিয়েরা দে মোরেনার পাহাড়ি অঞ্চলে খোঁড়া পা নিয়ে তিনি যাবার সাহস নিশ্চয় করবেন না। আর ঘনরামও সানসেদোকে ফেলে একলা যে যাবেন না—এ বিষয়ে সন্দেহ নেই। এইসব বিচার করে সোরাবিয়ার দৃঢ় ধারণা হয়েছে যে, পায়ে হেঁটে নয়, কোনওরকমে সওয়ার হবার মতো ঘোড়া জোগাড় করেই তার শিকার পালিয়েছে। মনতরো শহরে খোঁজখবর করার পর অকাট্য প্রমাণও পাওয়া গেছে তার। আজকালকার দিনে স্পেনের যে ঘোড়ার দারুণ নামডাক, সেই কাম্পিনার ঘোড়ার বনেদি বংশের তখনই পত্তন হয়েছে। মনতরো শহরের সেইরকম ঘোড়ার পালের এক মালিকের কাছে জানা গেছে যে তার দুটি ঘোড়াও ঘনরাম আর সানসেদোর সঙ্গে একই দিনে নিরুদ্দেশ।

সোরাবিয়া আর একমুহূর্ত দেরি করেনি। নিজের গাঁটের পয়সা খরচ করে বেশ কিছু সওয়ার সেপাই ভাড়া করে পাঠিয়েছে সিয়েরা দে মোরেনার দিকে। সেপাইদের বেশি দূর যেতে হয়নি। ফেরারিদের তারা পায়নি। পেয়েছে ঘোড়া দুটোকে শুধু। যারাই সে দুটোকে নিয়ে গিয়ে থাক, কিছু দূর গিয়েই ছেড়ে দিয়ে গেছে।

ঘোড়া ছেড়ে দুই ফেরারি কীভাবে কোথায় পালিয়েছে, প্রায় টানা জাল দেবার মতো করে সিয়েরা অঞ্চল খুঁজেও সোরাবিয়া কোনও হদিস পায়নি।

হদিস পাবে কী করে? সবকিছুই সে ভেবেছে, শুধু মনতরো শহরের গা বেয়ে বওয়া সরু নদীটার দিকে তার চোখ পড়েনি। এই নদীই যে কর্দোভা ছাড়িয়ে দুই উপনদীর প্রণামী পেয়ে বিরাট গুয়াদালকুইভির হয়ে উঠেছে, সে খেয়ালই তার ছিল না বোধহয়। চুরি-যাওয়া ঘোড়াদুটোকে উত্তর দিকের রাস্তায় পেয়েই তার হিসেব গিয়েছে গুলিয়ে।

ঘনরামের প্যাঁচটাই অবশ্য ছিল তাই।

ঘোড়াদুটোকে চুরি করে তাঁরা সিয়েরা দে মোরেনার দিকে রওনা হয়েছিলেন ঠিকই, কিন্তু কিছুদূর গিয়ে ধোঁকা দেবার জন্যে সেগুলো ছাড়বার পর আর উত্তরে পা বাড়াননি। গুয়াদালকুইভির সেখানে সবে শুরু-হওয়া দুঃখিনী একটি সরু খালের শামিল। সেই খালের মতো নদীতেই একটা জেলে ডিঙি জোগাড় করে তাঁরা দক্ষিণদিকে পাড়ি দিয়েছেন। উত্তরের পাহাড়ে যখন তাঁদের তল্লাশ চলেছে তখন তাঁরা সেই জেলে ডিঙি নিয়েই পৌঁছেছেন সেভিল-এর বন্দর পর্যন্ত।

সেখানে গিয়ে পিজারোর জাহাজ খুঁজে বার করতে কোনও অসুবিধাই হয়নি। কিন্তু জাহাজ পেয়ে লাভ কী? ওই বন্দরেই পিজারোর শিরে সংক্রান্তির যে-খবর পেয়েছেন, তাতে হতাশ হয়ে বুঝেছেন যে, নেহাত অঘটন ঘটাবার মন্ত্র ছাড়া সে জাহাজ সমুদ্রে আর পাড়ি দেবে না।

মন্ত্র না হোক, সেই অঘটন ঘটাবার মন্ত্রণাই ঘনরাম শুনিয়েছেন সানসেদোকে।

ঘনরামের কাছে দিনের পর দিন নানা বিবরণ শুনে কাপিতান সানসেদো আগে পিজারোর অভিযানের বিষয়ে উৎসাহী হয়ে উঠেছিলেন ঠিকই, কিন্তু সেভিল-এ এসে ব্যাপার-স্যাপার দেখে সমস্যার জট তাঁর অচ্ছেদ্যই মনে হয়েছে। হতাশ হয়ে ঘনরামের কাছে তিনি বিদায় চেয়েছেন। তাঁর সোব্রিনা আনাকে তিনি খুঁজে বার করবার চেষ্টা করবেন। তার বাড়ির দরজা থেকে সেবার ঘনরামের সঙ্গে বাধ্য হয়ে চলে আসার পর থেকে কোনও খবরাখবর তার পাননি। সে সেবারে ব্যাকুল হয়ে তাঁকে খুঁজেছিল কিছু যেন একটা বলবার বা কোনও সাহায্য চাইবার জন্যে। কী সে চেয়েছিল জানতে না পেরে মনটায় তাঁর একটা কাঁটা বিঁধে আছে। পিজারোর অভিযান যখন আর সম্ভব হবার নয় তখন সব বিপদ সত্ত্বেও আনাকে তিনি খুঁজতে চান।

ঘনরাম ধৈর্য ধরে সানসেদোর সব কথা শুনেছেন। তারপর হেসে ফেলে বলেছেন, 'মাপ করবেন, কাপিতান। আপনার আদরের সোব্রিনা আনার বিরুদ্ধে কিছু বলছি না, কিন্তু আপনার সাহায্য না পেলে সরলা অবলা হিসেবে সে অকূল পাথারে পড়বে বলে তো মনে হয় না। তা ছাড়া স্পেনে তাকে খোঁজার জন্যে এখন থাকতে চাইলে একূল-ওকূল দুকূলই তো আপনার যাবে। নিজে গারদঘরে গেলে তাঁকে খুঁজবেন কখন?'

'কিন্তু স্পেন ছেড়ে যাচ্ছিই বা কোথায়!' সানসেদো দুঃখের সঙ্গে বলেছেন, 'অন্য কোনও জাহাজে আমাদের মতো দাগি ফেরারিদের লুকিয়ে-চুরিয়ে জায়গা পাওয়াও শক্ত। পিজারোর জাহাজে যদি বা যাবার আশা ছিল, সে-জাহাজই তো আজ বাদে

কাল ক্রোক করবে কাউন্সিল অফ ইন্ডিজ।'

'কেমন করে করবে?' ঘনরামের মুখ গম্ভীর হলেও চোখে যেন একটু হাসির ঝিলিক দেখা গেছে।

'কেমন করে করবে, জানো না!' সানসেদো একটু অধৈর্যের সঙ্গে বলেছেন, 'পরোয়ানা এনে জাহাজে কোতায়ালি পাহারা বসিয়ে দেবে। মেয়াদ ফুরোবার পরও লোক-লশকরের বরাদ্দ পুরো যে হয়নি, তা গুণে বার করতে তো তাদের দেরি হবে না। তখন এ-জাহাজ ক্রোক না করে ছাড়বে!'

'কিন্তু জাহাজ না পেলে ক্রোক করবে কী?' এবার ঘনরামের মুখে হাসির ঝিলিক আরও স্পষ্ট!

'তার মানে!' অবাক হয়ে জিজ্ঞাসা করেছেন সানসেদো।

মানেটা ঘনরাম বুঝিয়ে দিয়েছেন বিশদভাবে। কী যে বুঝিয়েছেন তা আমরা জানি। সানসেদোর কিন্তু মনের সংশয় তাতে কাটেনি।

দুঃসাহসিক ফন্দিটায় বুদ্ধির পরিচয় আছে বলে স্বীকার করলেও তা সফল হওয়া অসম্ভব বলেই তাঁর মনে হয়েছে।

'কিন্তু তা যে হতেই হবে, কাপিতান,' এবার গম্ভীর হয়েছেন ঘনরাম, 'নইলে যাঁর কাছে আপনি পরম দীক্ষা নিয়েছেন, আপনার সেই গুরুদেবের কথাই মিথ্যে হয়ে যাবে!'

'আমার গুরুদেবের কথা মিথ্যে?' সানসেদো বিমূঢ় যেমন হয়েছেন, অবান্তর কথাটায় তেমনই বেশ একটু ক্ষুব্ধও তাঁর গুরুদেবের অসম্মানে।

'হ্যাঁ!' অবিচলিতভাবে বলেছেন ঘনরাম, 'পিজারো যদি জাহাজ নিয়ে এ অভিযানে যেতে না পারেন, তা হলে আমার নিয়তি যে পূর্ণ হবে না। আর আমার নিয়তি পূর্ণ না হলে আপনার গুরুদেবের শেষ ইচ্ছা আমাকে দিয়ে পূরণ হবে কী করে?'

সানসেদো এবার অবাক হয়ে ঘনরামের দিকে খানিক তাকিয়ে থেকে ধীরে ধীরে বলেছেন, 'তার মানে তাঁর শেষ ইচ্ছা পূরণের ভার নিতে যার আসবার কথা বলে গেছেন তুমি সে-ই!'

'আমার তো তাই মনে হয়।' মৃদু একটু হেসে বলেছেন ঘনরাম, 'নইলে আপনার সঙ্গে এমন আশাতীতভাবে আমার আবার সেভিল-এর রাস্তায় দেখা হবে কেন? আপনার গুরুদেবের শেষ লিপি উদ্ধার হবেই বা কেন আমার হাত দিয়ে! আর উদয়সাগরের তীরের যে আশ্চর্য দেশ থেকে আপনার গুরুদেব এসেছিলেন, সেই দেশে ফিরে যাওয়ার চেয়ে বড় কামনা আমার কিছু থাকবে না কেন?'

'ফিরে যাওয়া!' ঘনরামের সমস্ত কথার মধ্যে শুধু এইটুকুই বিশেষ করে লক্ষ করে কাপিতান সানসেদো সবিস্ময়ে বলতে গেছেন, 'তা হলে তুমি—'

'হ্যাঁ, কাপিতান।' সানসেদোকে তাঁর বিস্মিত মন্তব্যটা শেষ করতে না দিয়ে ঘনরাম বলেছেন, 'আমি সেই সুদূর উদয়সাগরের দেশেরই লোক, সেখানেই ফিরে যাব সময় আর সুযোগ হলে। কিন্তু নিয়তির সমস্ত দাবি চুকিয়ে শাপমুক্ত না হলে সে সময় আর

সুযোগও আমার হবে না। তাই বলছি আপনার গুরুদেব সত্যদ্রষ্টা হলে অজানা নিরুদ্দেশে পাড়ি দিয়ে তিনটির পর চতুর্থ এক মহাসাগর আমায় দেখতে হবে, রক্তের নদী বইবে আমার সামনে, আর পৃথিবীর কেউ আজও যা জানে না, এমন এক অচিন রহস্যের দেশে সোনায় বাঁধানো পথেঘাটে আমি এক রাজকুমারীর বরমাল্য পাব।'

কাপিতান সানসেদোর মুখে একটু স্নেহের হাসি দেখা দিয়েছে এবার। বলেছেন, 'কথাগুলো অক্ষরে অক্ষরে মনে রেখেছ দেখছি! কিন্তু এসব তো আমার গুরুদেবের কথা নয়। আমি আমার অসম্পূর্ণ বিদ্যার সামান্য ক্ষমতায় তোমার ওই নিয়তি দেখেছিলাম। তখনই তো বলেছিলাম আমার ও গণনা অভ্রান্ত বলে মনে কোরো না। গুরুদেবের কাছে কতটুকু আর আমি শেখার সুযোগ পেয়েছি!'

'কিন্তু যেটুকু শিখেছেন তাতেই আপনার গণনায় আপনার গুরুদেবের হাতের ছাপ স্পষ্ট হয়ে উঠেছে।' যথার্থ শ্রদ্ধার সঙ্গে বলেছেন ঘনরাম, 'আমায় যা বলেছিলেন, তার শুরুটা যখন এমন নিদারুণভাবে ফলেছে, শেষটাও তখন আশ্চর্যভাবে ফলবার আশা আমি রাখি। তাই বলছি, পিজারোর অভিযান বন্ধ হতে পারে না, আর গুরুদেবের কাছে আপনার সত্যরক্ষার জন্যে পিজারোর জাহাজ সেভিল থেকে লুকিয়ে সরিয়ে নিয়ে যাওয়ার ব্যাপারে আপনাকে উপলক্ষ হতে হবেই।'

সানসেদোর আপত্তির কারণ তখনও হয়তো ছিল কিন্তু তিনি নীরবে এবার নিয়তির নির্দেশ হিসেবেই যেন ঘনরামের কথা মেনে নিয়েছেন।

এত সব বোঝাপড়া সত্ত্বেও ঘনরাম আর কাপিতান সানসেদোর সব ফন্দিফিকিরই বোধহয় ভেস্তে যেত। পিজারোর জাহাজ সেভিল-এর বন্দরেই আটক হয়ে থাকত কাউন্সিল অফ ইন্ডিজ-এর হুকুমে। কারণ, মনতরো শহর থেকে যে জেলে নৌকো ভাড়া করে ঘনরাম আর সানসেদো গুয়াদালকুইভির নদী দিয়ে দক্ষিণে পালিয়েছিলেন, একটু দেরিতে হলেও শেষপর্যন্ত সোরাবিয়া তার মালিকের কাছে সমস্ত খবর তখন পেয়ে গেছে। খবর পেয়েই জেলে নৌকোর পেছনে ধাওয়া করতে সে দেরি করেনি। আজকালকার দিনে গুয়াদালকুইভির নদী প্রশস্ত জলপথ হিসেবে সেভিল-এ এসেই শেষ। কিন্তু মুরদের আমলে তো বটেই, ষোড়শ শতাব্দীর গোড়ার দিকে পর্যন্ত সে-নদী দিয়ে কর্দোভা পর্যন্ত বড় বড় জাহাজের যাতায়াত ছিল। সোরাবিয়া মনতরো থেকে একটি জেলে নৌকোতেই কর্দোভায় এসে নেমেছিল নদীপথে তাড়াতাড়ি যাবার জন্যে একটা দ্রুতগামী পানসি ভাড়া করবার জন্যে । সে পানসি নিয়ে কর্দোভা থেকে রওনা হতে পারলে পিজারোর জাহাজ অন্ধকার কুয়াশার মধ্যে গোপনে ভাসিয়ে নিয়ে যাবার সুযোগ ঘনরাম আর সানসেদো পেতেন না। তার আগেই সেভিল-এ এসে পৌঁছে তাঁদের ধরতে পারুক বা না-পারুক, সোরাবিয়া সব ফন্দি ভণ্ডুল করে দিত।

কিন্তু কর্দোভা থেকে পানসি নিয়ে শিকারের পেছনে ধাওয়া করা সোরাবিয়ার হয়ে ওঠেনি। তাকে নিজেকেই সন্ত্রস্ত হয়ে পালাতে হয়েছে আচমকা।

পানসি ভাড়া করবার ঘাটে এমন একটি লোকের সঙ্গে তার অকস্মাৎ দেখা, যাঁকে এড়াবার জন্যে টোলেডোর রাজদরবারে ইনামের লোভও সে ছেড়ে এসেছে।

হ্যাঁ, হার্নান্ডো কর্টেজই সেই ঘাটে সেদিন উপস্থিত। তিনিও সেভিল যাবার পানসি ভাড়া করতে এসেছেন। সোরাবিয়াকে দেখে তিনি থমকে দাঁড়িয়েছেন। সোরাবিয়াও তখন তাঁকে দেখেছে। দেখেও না দেখার ভান করে সরে পড়বার সুযোগ কিন্তু তার মেলেনি।

কর্টেজ তার পথ আগলে বলেছেন, 'দাঁড়ান। আপনি কি মার্কুইস গঞ্জালেস দে সোলিস?'

'হ্যাঁ, কেন বলুন তো?' সোরাবিয়া বে-পরোয়া ঔদ্ধত্যের ভান করবার চেষ্টা করেছে, কিন্তু গলা তার তখন শুকনো।

'কী করে, কবে মার্কুইস হলেন সেইটুকু জানবার জন্যে।' কঠিন কণ্ঠে বলেছেন কর্টেজ, 'আমি যেন অন্য একটা নাম জানতাম।'

'সে অন্য কারও হবে।' সোরাবিয়া ছাই মেড়ে-দেওয়া মুখে পাশ কাটিয়ে ব্যস্ত হয়ে চলে গেছে। এবার কর্টেজ বাধা দেননি। কিন্তু সেভিল যাওয়া বাতিল করে তিনি আবার রওনা হয়েছেন টোলেডোতে সেইদিনই।

সোরাবিয়া তার ভাড়া-করা পানসির দখল নিতেও আর কর্দোভা ঘাটে আসেনি।"

চৌদ্দ

"সূর্য কাঁদলে সোনা-র দেশ শুনতে শুনতে তো কান পচে যাবার জোগাড়! কিন্তু দেশটা কী কেউ বোধহয় বোঝেননি। দেশটা আসলে হল পেরু। হ্যাঁ, দক্ষিণ আমেরিকার পশ্চিম প্রান্তের পেরু রাজ্য, প্রশান্ত মহাসাগরের উপকূলে একটু সরু বাঁকানো পটির মতো যা লাগানো আছে।

দেশটা অবশ্য সত্যিই অদ্ভুত। সাহারার মতো মরুভূমি, তার পরেই হিমালয়ের সঙ্গে পাল্লা দেওয়ার মতো নগরাধিরাজ, আর তারই লাগাও কঙ্গোর মতো অজগর গহন জঙ্গল—একই রাজ্যে এমন পাশাপাশি পৃথিবীর আর কোথাও পাবার নয়। পেরুর প্রশান্ত সমুদ্রের নীল জল থেকে শুরু করে ধূ ধূ মরু হিমেল তুষারঢাকা পাহাড় আর গহন অরণ্য আজকালকার জেট বিমানে অন্তত দু-ঘণ্টার মধ্যেই বোধহয় পার হওয়া যায়।

পশ্চিমে সমুদ্র উপকূলের মরুভূমি চওড়ায় কোথাও ষাট মাইলের বেশি নয়, কিন্তু লম্বায় প্রায় চোদ্দোশো মাইল। এই মরুভূমির পরই আন্ডিজ পাহাড়ের সিয়েরা আর তার পর মনটানা অর্থাৎ গহন জঙ্গল। আন্ডিজ পর্বতমালা ছোটখাটো পাহাড় নয়, মর্যাদায় তা হিমালয়ের পরেই। পেরুর মধ্যেই তার ইয়াসকারান চুড়োর উচ্চতা প্রায় বাইশ হাজার ফিট। মরুভূমির সমতল থেকে এ পাহাড়শ্রেণী প্রায় খাড়াভাবেই উঠে গেছে। সমুদ্রের লেভেল ছাড়িয়ে ষোলো হাজার ফুট উঠতে পঁচাশি মাইলের বেশি যেতে হয় না। আন্ডিজ পাহাড়ের মাথায় এই পেরুতেই পৃথিবীর সবচেয়ে উঁচু মালভূমির হ্রদ টিটিকাকা। তার উচ্চতা সাড়ে বারো হাজার ফুটেরও বেশি। টিটিকাকা হ্রদের পশ্চিম তীরের পুনো-ই হল পেরুর দক্ষিণের শেষ বড় শহর। তারপর—"

তারপর বক্তা থামলেন।

বক্তা কিন্তু শ্রীঘনশ্যাম দাস নন, মর্মরের মতো মস্তক যাঁর মসৃণ সেই ইতিহাসের ভূতপূর্ব অধ্যাপক শিবপদবাবু।

সেদিন অন্য সবাই যথাসময়ের আগেই উপস্থিত হলেও দাসমশাই তখনও এসে পৌছোননি। আসর ফাঁকা পেয়ে শিবপদবাবু তাঁর বিদ্যা একটু জাহির করছিলেন।

তারপর-টুকু বলেই তাঁকে থামতে হয়েছে অবশ্য তাঁর শ্রোতাদের মুখেই কীরকম একটা অস্বস্তি লক্ষ করে।

শ্রোতাদের দৃষ্টি অনুসরণ করেই এবার পেছন ফিরে শ্রীঘনশ্যাম দাসকে তিনি দেখতে পেয়েছেন। দাসমশাই কখন তাঁর পেছনে এসে নিঃশব্দে দাঁড়িয়েছেন, শিবপদবাবু টের পাননি।

শিবপদবাবু মুখ ফিরিয়ে একটু অপ্রস্তুতই হলেন। দাসমশাই কিন্তু তাঁকে উৎসাহ দিয়েই বললেন, "থামলেন কেন? বলুন, তারপর কী?"

অপ্রস্তুত ভাবটা কাটিয়ে উঠতে শিবপদবাবুর দেরি হল না। দাসমশাই-এর কথাগুলো উৎসাহের হলেও মুখের হাসিটা কেমন বাঁকা মনে হওয়ায় তিনি একটু গরম গলাতেই বললেন, "তারপর কী আবার? তারপর চিলি আর বলিভিয়া। এ বৃত্তান্ত বলবারই বা দরকার কী? ভূগোলের ম্যাপ দেখলেই জানা যায়। আপনি সূর্য কাঁদলে সোনা-র দেশ বলে অত প্যাঁচালো হেঁয়ালি করছিলেন বলে সেটা একটু ভেঙে দিলাম।"

"খুব ভাল করেছেন।" দাসমশাই তাঁর নির্দিষ্ট আসনটিতে অধিষ্ঠিত হয়ে বললেন, "কিন্তু পেরুর হেঁয়ালি কি শুধু তার ভৌগোলিক বিবরণ একটু দিয়েই ঘুচিয়ে দেওয়া যায়? পেরুর বিবরণ যা দিলেন তাও তো ঠিক নয়।"

"ঠিক নয় মানে!" শিবপদবাবু প্রায় খাপ্পা—"পেরু দক্ষিণ আমেরিকার পশ্চিম প্রান্তের সরু একটু লম্বা বাঁকানো ফালির মতো রাজ্য নয়? মরুভূমি থেকে তুষার ঢাকা চুড়োর পাহাড় আর অজগর জঙ্গল ও রাজ্যে পাশাপাশি নেই?"

"ও সবই ঠিকই!" দাসমশাই-এর মুখে সহিষ্ণুতার মৃদু হাসি, "শুধু আয়তনটা ভুল বলেছেন। আজকের পেরু আর সেই পিজারোর যুগের পেরু এক নয়। সেকালে পেরুর শেষ দক্ষিণের শহর পুনো ছিল না। উত্তর-দক্ষিণে তখনকার পেরু আরও অনেক দূর ছড়ানো। এখনকার ইকোয়েডর বলিভিয়া চিলির বেশ কিছুটা নিয়ে সেকালের সে পেরু রাজ্য আয়তনে ইউরোপের প্রায় তিনভাগের এক ভাগ ছিল। এই বিশাল দেশের রাজ্যেশ্বরকে বলা হত ইংকা। জাপানের সম্রাটবংশের মতো ইংকারা নিজেদের সূর্যের সন্তান বলতেন। ইংকাদের সাম্রাজ্যে লেখার পাট ছিল না। লেখার বিদ্যাই ছিল অজানা। ধাতু হিসেবে তখনও লোহা পেরুতে আবিষ্কৃত হয়নি। তবু সভ্য সচ্ছল সুখী রাজ্য গড়ে তোলার এক আশ্চর্য দৃষ্টান্ত তাঁরা রেখে গেছেন বহুদিক দিয়ে। তাঁদের স্থাপত্য ছিল অদ্ভুত। চুন সুরকি সিমেন্ট কিছু ব্যবহার না করে আর লোহার ব্যবহার না জেনেও তাঁরা বড় বড় পাথরের চাঁই দিয়ে যে সব দুর্গ দেবস্থান প্রাসাদ তৈরি করে গেছেন শুধু মাপসই ভাবে খাঁজে খাঁজে বসাবার কৌশলে, আজও তা

অটল। সে যুগে এই দুর্গম মরু পাহাড় অরণ্যের দেশে তাঁরা দিগ্বিদিকে যোগাযোগের হাজার হাজার মাইল রাস্তা তৈরি করিয়েছেন। তাক তাক করে পাহাড় কেটে চাষের ব্যবস্থা করেছেন। যেখানে যেমন দরকার খাল কেটে আর সুড়ঙ্গ নালা বসিয়ে মরুভূমিকেও উর্বর করবার ব্যবস্থা করেছেন দুরন্ত পাহাড়ি নদীর সেচের জল দিয়ে। সমস্ত পৃথিবীর আজ যা একটা প্রধান খাদ্য, সেই আলুর চাষ পেরু থেকেই আমাদের পাওয়া। ইংকাদের পেরু রাজ্যে দারিদ্র্য ছিল না বললেই হয়। সমস্ত দেশের যা শস্য তার একভাগ দেবতার নামে উৎসর্গ করা হত। এক ভাগ বরাদ্দ হত রাজসরকারের জন্যে আর তিন ভাগের বাকি এক ভাগ পেত প্রজারা। শস্যের মধ্যে প্রধান হল ভুট্টা যা আলুর মতো আমেরিকা থেকেই সমস্ত পৃথিবী পেয়েছে। সেচের সুব্যবস্থায়, চাষের নৈপুণ্যে আর অধ্যবসায়ে ফসল প্রচুর হত। কাউকে উপবাসী থাকতে হত না। তবু দুর্বৎসরের জন্যে রাজভাণ্ডারে ফসল জমা করে রাখার ব্যবস্থাও ছিল। ইংকারা ছিলেন সুর্যোপাসক। দেবতাকে কেন্দ্র করে রাজ্যশাসন করলেও রাষ্ট্রীয় সমাজতন্ত্রের নীতির আভাস তাঁদের পরিচালনায় পাওয়া যেত।

পেরু রাজ্যের অধীশ্বর এই ইংকারাই কিন্তু সে দেশের সবচেয়ে বড় হেঁয়ালি। নিজেদের সূর্যের সন্তান বলে সূর্যকেই যাঁরা উপাসনা করতেন কোথা থেকে কেমন করে পেরুতে তাঁদের আবির্ভাব ঘটেছে?

প্রমাণ যতদূর পাওয়া যায় তাতে খ্রিস্টীয় দ্বাদশ শতাব্দীতেই পেরুতে তাঁদের আধিপত্য শুরু হয়েছে মনে হয়।

তাঁরাই কি এসে পেরুকে সভ্যতার দীক্ষা দিয়েছেন?

না, তা নয়। পেরুর সভ্যতা আরও অনেক প্রাচীন। টিটিকাকা হ্রদের কাছে এমন সব ধ্বংসস্তূপ আছে যা ইংকাদের আবির্ভাবের অনেক আগে নির্মিত হয়েছিল। ইংকাদের আগে পেরুতে যারা রাজত্ব করে গেছে এসব তাদের কীর্তি। তারাই বা কোন জাতি, কোথা থেকে এসেছে, পেরুর রঙ্গমঞ্চ থেকে বিদায় নিয়ে গেছেই বা কোথায়?

প্রত্নতাত্ত্বিক ঐতিহাসিকরা এখনও উত্তর খুঁজছেন। সুদূর স্ক্যান্ডিনেভিয়ার এক তরুণ পণ্ডিত গবেষক এই সেদিন ইংকাদের পূর্বগামীদের রহস্য ভেদ করতে মাত্র একটি কাঠের ভেলায় অকূল প্রশান্ত মহাসাগর পাড়ি দিয়েই অক্ষয় কীর্তি রেখেছেন। অজানা দেশের উপকূলের সাগরজলে পালতোলা যে বিচিত্র ভেলা দেখে পিজারোর নৌ-প্রধান রুইজ বিস্মিত বিমূঢ় হয়েছিলেন এ সেই বালসা ভেলা। নরওয়ের তরুণ দুঃসাহসী পণ্ডিত থর হেডেরডাল এই বালসা ভেলায় প্রশান্ত মহাসাগরের পারের যে-কোনও পলিনেশীয় দ্বীপবিন্দুতে পৌঁছে প্রমাণ করতে চেয়েছিলেন যে, ইংকাদের আগে পেরুতে যাদের প্রতাপ ছিল তারাই ভেলায় ভেসে এসে পলিনেশিয়ার সমস্ত ছড়ানো দ্বীপে ডেরা পেতে তাদের সভ্যতা ছড়িয়েছে।

তাঁর সিদ্ধান্ত প্রমাণ করতে পারুন বা না পারুন, মাত্র কয়েকজন সঙ্গী নিয়ে ইস্ক্রুপ-পেরেক ছাড়া শুধু দড়িতে বাঁধা কাঠের ভেলায় হেডেরডাল সত্যিই প্রশান্ত মহাসাগর পাড়ি দিয়ে পলিনেশিয়ার এক দ্বীপে গিয়ে পৌঁছেছিলেন।

ইংকা বা তাঁদের পূর্বগামীদের রহস্য কিন্তু আজও সম্পূর্ণ ভেদ করা যায়নি।

যাবে কী করে? পেরু পৃথিবীর এক অদ্ভুত দেশ। বহু বিষয়ে অসামান্য হলেও পেরুর মানুষ লেখবার কৌশলটাই আবিষ্কার করেনি। লেখা পুঁথিপত্রের বদলে তাদের যা ছিল তার নাম হল কিপু—গিঁট দেওয়া কিছু রঙিন সুতুলি। এই গিঁট দেওয়া সুতুলি দিয়ে কেমন করে তারা কাজ চালাত তাই বুঝে ওঠা যায় না।

যা কিছু স্মৃতি-পুরাণ সব তাদের মুখে মুখে চলে এসেছে। ইংকাদের সম্বন্ধে একটি শুধু লিখিত পুরাণ-কথা আছে। এ পুরাণ-কথা লিখে গেছেন গার্সিলাস্‌সো দে ভেগা। তিনিও এক অদ্ভুত মানুষ। বাপ এসপানিওল আর মা ইংকা রাজপরিবারের মেয়ে। ইংকা সাম্রাজ্যের মুখে মুখে ফেরা সমস্ত স্মৃতি-পুরাণ স্পেনের কর্দোভা শহরে বসে তিনিই তাঁর মহাগ্রন্থ 'কমেন্তারিয়োস রিয়ালেস'-এ স্প্যানিশ-এ লিখে গেছেন।

ইংকাদের আবির্ভাব সম্বন্ধে যে পুরাণ-কথা তিনি লিখে গেছেন তা পৃথিবীর অন্য বহু জাতির আদি কথার মতোই আজগুবি কল্পনায় বোনা।

পৃথিবীর এক চরম দুর্দিনে সূর্যদেব মানুষের ওপর দয়া করে তাঁর দুটি সন্তান পাঠিয়েছিলেন।

নিজেদের মধ্যে মারামারি কাটাকাটি খাওয়াখাওয়ি করে, যেখানে যা দেখে নির্বিচারে তাই পুজো করে মানুষজাতটা তখন ধ্বংস হতে যাচ্ছে।

সূর্যের দুই ছেলে মেয়ে এসে মানুষকে ধ্বংস থেকে বাঁচালেন। এই দুই ভাই বোনের নাম হল মানকো কাপাক আর মামা ওয়েলো হুয়াকো। এই দুই স্বর্গের ভাই বোন প্রথমে মানুষকে সমাজ গড়তে শেখানোর সঙ্গে সভ্যতার আর সব দীক্ষাও দিলেন। তারপর তাঁরা এক সোনার খুঁটি নিয়ে চললেন উত্তর দিকে। সেখানে টিটিকাকা হ্রদের ধারে এক জায়গায় তাঁদের সোনার খুঁটি আপনা থেকে মাটিতে পুঁতে গেল। সেইখানেই দুজনে তখন ডেরা বাঁধলেন। এই ডেরা থেকেই গড়ে উঠল কুজকো শহর।

সেখানে মানকো কাপাক পেরুর পুরুষদের চাষবাস শেখালেন আর মামা ওয়েলো হুয়াকো মেয়েদের শেখালেন সুতোকাটা আর কাপড় বোনা।

ইংকাদের আবির্ভাব সম্বন্ধে আর একটি পুরাণ কাহিনীও আছে। তাতে বলা হয় যে, টিটিকাকা হ্রদের তীর থেকে গৌরবর্ণ শ্মশ্রুমণ্ডিত কিছু মানুষ এসে পেরুর ওপর আধিপত্য বিস্তার করে। পেরুর লোকেদের সভ্যতার দীক্ষা তারাই দিয়েছে।

ইংকাদের সম্বন্ধে বিভিন্ন পুরাণ কাহিনীর মধ্যে অন্য যা তফাতই থাক, একটি বিষয়ে মিল দেখা যায়।

ইংকারা যে দক্ষিণ থেকে এসে প্রথমে টিটিকাকা হ্রদের ধারে এবং তারপর কুজকো শহরে তাদের ঘাঁটি গাড়েন এ বিষয়ে সব পুরাণই একমত। তার বিপরীত কথা কোনও পুরাণ কাহিনীতে নেই।

কিন্তু পৃথিবীর সবচেয়ে উঁচু হ্রদের ধারে উদয় হওয়ার আগে দক্ষিণে কোথায় ছিলেন ইংকারা? ওদেশের সাধারণ আদিবাসীদের চেয়ে সভ্যতার ওপরের ধাপে তাঁরা উঠলেন কোথা থেকে? একেশ্বর সূর্যকে পূজা করবার আশ্চর্য বৈশিষ্ট্যও তাঁদের

মধ্যে দেখা দিল কেমন করে, কবে?

এ সব প্রশ্নের সুস্পষ্ট উত্তর আজও মেলেনি। সমস্ত আমেরিকার নৃতত্ত্বের ওপর নতুন আলো পড়েছে ইদানীং। বহু ভ্রান্ত ধোঁয়াটে ধারণা দূর হয়ে গেছে। উত্তর ও দক্ষিণ আমেরিকার মহাদেশে খ্রিস্টজন্মের হাজারখানেক বছর আগে মানুষ প্রথম এশিয়া ও আমেরিকার উত্তরের বেরিং যোজক দিয়ে পদার্পণ করে, এরকম একটা ধারণা বহুকাল বৈজ্ঞানিক পণ্ডিতরাও আঁকড়ে ধরেছিলেন। সে মতবাদ এখন অচল। তারও বহু পূর্বে, খ্রিস্টপূর্ব প্রায় বারো হাজার বছর আগে প্রস্তর যুগের মানুষ যে উত্তরের আলাস্কা থেকে দক্ষিণ আমেরিকার টেরা ডেল ফুয়েগো পর্যন্ত ছড়িয়ে ছিল তার সুস্পষ্ট প্রমাণ এখন পাওয়া গেছে। কিন্তু মেক্সিকো য়ুকাটান আর পেরুর উন্নত সভ্যতার জন্মরহস্যের তাতে মীমাংসা হয়নি।

আশ্চর্যের কথা এই যে, য়ুকাটান ও মেক্সিকোর মায়া, টোলটেক কি আজটেক সভ্যতার সঙ্গে পেরুর ইংকা সভ্যতা ও সাম্রাজ্যের কোনও যোগাযোগই ছিল না। একই যুক্ত মহাদেশের মধ্যে কয়েক হাজার মাইল ব্যবধানে দুটি বিভিন্ন সভ্যতা পরস্পরের সম্পূর্ণ অচেনা থেকে স্বাধীনভাবে গড়ে উঠেছে।

এ দুই সভ্যতার বীজ কি ওই মহাদেশের মাটিতে আপনা থেকে জন্ম নিয়ে সঞ্জাত ও অঙ্কুরিত হয়েছে? না, বাইরের কোথাও থেকে তা বিক্ষিপ্ত হয়ে এসে পড়েছে এই কুমারী মহাদেশের গর্ভে?

অনেক অনুমান, অনেক জল্পনা-কল্পনা মতবাদ সিদ্ধান্তের তোলাপাড়া চলেছে আজও এই নিয়ে।

এশিয়ার প্রাচ্য ভূখণ্ড থেকেই এ সব সভ্যতার বীজ সাগর-স্রোতে ভেসে এসেছে এ মতবাদটাও ফেলনা নয়।

আরও আশ্চর্য অবিশ্বাস্য এমন তথ্যও আছে যা সমস্ত তর্ক একেবারে গুলিয়ে দেয়।

উত্তর ও দক্ষিণ আমেরিকা নিয়ে নতুন অজানা মহাদেশ কলম্বাসই প্রথম আবিষ্কার করেন আমরা জানি। তার আগে এশিয়া ইউরোপে নতুন মহাদেশ সম্বন্ধে কোনও বিশ্বাসযোগ্য প্রামাণিক উল্লেখ কোথাও নেই। এশিয়া ইউরোপ আফ্রিকা নিয়ে যে সংযুক্ত মহাভূবিস্তার, গৌরাঙ্গ অসামান্য কয়েকটি মানুষের আকস্মিক আবির্ভাব সম্বন্ধে কিছু অস্পষ্ট কিংবদন্তি ছাড়া তার সঙ্গে নতুন মহাদেশের যোগাযোগের কোনও চিহ্ন স্বভাবতই কোথাও দেখা যায়নি। প্রথম বীজ প্রাচীন মহাদেশ থেকে পেলেও নতুন মহাদেশ সম্পূর্ণ বিচ্ছিন্ন আর স্বতন্ত্র হয়ে শতাব্দীর পর শতাব্দী কাটিয়েছে এই সিদ্ধান্তই ছিল সন্দেহাতীত।

হঠাৎ সে সিদ্ধান্তের ভিতও অপ্রত্যাশিতভাবে নাড়া খেয়েছে।

বেশি দিনের কথা নয়। উনিশশো বাহান্ন খ্রিস্টাব্দ। পেরুর এক অখ্যাত প্রত্নতাত্ত্বিক দানিয়েল রুথো এক আজগুবি কিংবদন্তি অনুসরণ করেই আণ্ডিজের মার্কাহাউসি প্লেটো নামে এক দুর্গম মালভূমিতে যাবার চড়াই ভাঙছেন। যে কিংবদন্তি তাঁকে নাচিয়েছে তা হল এই যে পেরু অভিযাত্রী স্প্যানিশ বাহিনী নাকি কোনও এক দুর্গম

গোপন অধিত্যকায় নান্না মানুষ ও পশুর বিরাট মূর্তি তাদের যাত্রাপথে দেখেছিল।

একটিমাত্র অত্যন্ত দুরারোহ গিরিবর্ত্ম দিয়ে মার্কাহাউসি প্লেটোতে পৌঁছোনো যায়। সে গিরিপথ দেখেই দানিয়েল রুথো বুঝলেন যে তা মানুষের হাতে তৈরি। প্লেটোতে যাবার রাস্তা পাহাড়ের ভেতর দিয়ে যারা কেটে তৈরি করেছিল তারা রাস্তার ধারে ধারে পাহাড়ের দেয়ালে সব বড় বড় খোপও রেখেছে শত্রু কেউ আক্রমণ করলে পাথর ছুড়ে রোখবার জন্যে।

এই মালভূমিতে যাদের প্রাচীন বসতির চিহ্ন রুথো আবিষ্কার করেন তারা ইংকাদের বহু আগেকার মানুষ। গোপন এই প্লেটোতে তারা বারোটি কৃত্রিম হ্রদ বানিয়েছিল জল জমিয়ে রাখার জন্যে, সেচের জন্যে প্রকাশ্য ও সুড়ঙ্গ নালা কেটেছিল আর যা করেছিল সেইটেই সবচেয়ে অবিশ্বাস্য।

তারা পাহাড়ের গায়ে অদ্ভুত রহস্যময় এমন সব মূর্তি গড়েছিল যা নতুন মহাদেশের পক্ষে সত্যিই কল্পনাতীত।

মূর্তিগুলির একটি হল বিরাট এক কাফ্রির মুখ।

নতুন মহাদেশে কাফ্রি জাতির প্রথম পদার্পণ ঘটেছে কলম্বাসের আবিষ্কারের বেশ কিছু পরে ক্রীতদাস হিসাবে। সে আমদানিও হয়েছে কিউবা হিসপানিওলার মতো দ্বীপে। প্রাচীন মহাদেশের প্রায় অগম্য দক্ষিণ আমেরিকার পশ্চিম প্রান্তে আণ্ডিজ পাহাড়ের গুপ্ত মালভূমিতে কাফ্রি কোথা থেকে আসবে? তাও কলম্বাসের আমেরিকা আবিষ্কারের কমপক্ষে পাঁচ-ছ শতাব্দী আগে!

কাফ্রির মাথার সঙ্গে মূর্তিটির সাদৃশ্য যদি কিছুটা কাল্পনিক বলে ধরা হয় তাহলেও অন্য ভাস্কর্যগুলি সম্বন্ধে সন্দেহের অবকাশ নেই। সেগুলি হাতি-ঘোড়া-গোরু ও উটের।

কলম্বাসের আবিষ্কারের আগে এসব প্রাণীর সঙ্গে আমেরিকার কোনও পরিচয় ছিল না।

এসব প্রাণীর মূর্তি কারা তাহলে গড়েছে? চাক্ষুষ পরিচয় না থাকলে এ ধরনের মূর্তি গড়া তো সম্ভব নয়। সে পরিচয় যাদের ছিল এমন এক জাতি ওই দুর্গম কৃত্রিম গিরিপথ দিয়ে আগলানো গোপন মালভূমিতে কোথা থেকে এসে বসতি করেছিল?

না, পেরুর হেঁয়ালি শুধু একটু ভৌগোলিক বিবরণ দিয়ে ঘুচিয়ে দেবার নয়।

সূর্য কাঁদলে সোনা-র এই হেঁয়ালির দেশে পনেরোশো একত্রিশ খ্রিস্টাব্দের জানুয়ারি মাসে পিজারো তাঁর সঙ্গীদের নিয়ে পানামা উপসাগর থেকে তৃতীয়বারের অভিযানে পাড়ি দিলেন।

দু-দুবারের মতো এ অভিযানও কি ব্যর্থ হবে?

পনেরো

"তৃতীয় অভিযানেও পিজারো তিনটি জাহাজ নিয়ে রওনা হন। তবে এবারের জাহাজগুলি আগেকার চেয়ে মজবুত ও বড়। মাঝিমাল্লা লোক-লশকর কাউন্সিল অফ ইন্ডিজ-এর চাহিদামাফিক না হলেও খুব অল্প নয়। সবসুদ্ধ তিনটি জাহাজে একশো

আশিজন লোক আর সাতাশটি সওয়ার সেপাই বাহিনীর ঘোড়া। অস্ত্রশস্ত্র গুলিবারুদের পরিমাণও এবার একটু বেশি।

কিন্তু বেশি হলেও সবসুদ্ধ জড়িয়ে তিনটে জাহাজে ওই তো মাত্র একশো আশিজন মানুষ আর সাতাশটা ঘোড়া। তাই দিয়ে যে রাজ্য জয় করতে যাচ্ছেন উত্তর-দক্ষিণে তা লম্বাই তো দু-হাজার মাইলের বেশি। তখনকার পেরু সাম্রাজ্য উত্তরে এখনকার ইকোয়েডরের কুইটো থেকে বলিভিয়ার উঁচু পাহাড়ি ডাঙা আর আর্জেন্টিনার উত্তর-পশ্চিম অংশ নিয়ে চিলির মাউলে নদী পর্যন্ত ছড়িয়ে সত্যিই দু-হাজার মাইলের অনেক বেশি লম্বা ছিল।

ওই ক-টা সেপাই আর ঘোড়া নিয়ে সেই পেরুর মতো বিশাল সাম্রাজ্য জয় করার কথা ভাবা মোচার খোলায় সাগর পার হওয়ার কথা ভাবার মতোই হাস্যকর আজগুবি দিবাস্বপ্ন।

কিন্তু পিজারোর আত্মবিশ্বাস প্রায় উন্মত্ততারই শামিল। দু-দুবার ব্যর্থতার পর প্রৌঢ় বয়সে অদম্য উৎসাহে তিনি আবার সেই অসাধ্য সাধনের আশায় পাড়ি দিয়েছেন।

পিজারোর ইচ্ছা ছিল প্রথমেই আর কোথাও জাহাজ না ধরে একেবারে টম্‌বেজ বন্দরে গিয়ে জাহাজ ভেড়ানো। কিন্তু প্রতিকূল হাওয়ায় আর স্রোতে তা সম্ভব হয় না। তেরো দিন সমুদ্রযাত্রার পর পিজারোকে নৌবাহিনী নিয়ে টম্‌বেজ-এর অনেক আগেই জাহাজ ভেড়াতে হয়। সেখান থেকে তিনি সৈন্য-সামন্ত নিয়ে হাঁটাপথে যাত্রা শুরু করেন আর জাহাজ তিনটিকে বলা হয় সমুদ্রপথে তাঁদের সঙ্গী হতে।

অজানা দুর্গম দেশ। আণ্ডিজ পাহাড়ের নদীতে শীতের দিনেই ঢল নামে। সেই ঢল নেমে নদীগুলি ফুলে ফেঁপে দুস্তর হয়ে উঠেছে। লোক-লশকরের হয়রানি আর দুর্দশার সীমা নেই। সোনার লোভ আর পিজারোর আশ্চর্য দৃষ্টান্ত চোখের সামনে না থাকলে ক-জন এই অভিযানে শেষ পর্যন্ত টিঁকে থাকত বলা কঠিন।

পিজারো সত্যিই যেন দানোয় পাওয়া মানুষ। পিজারোর জন্মতারিখ নিয়ে অনেক গোলমাল আছে সত্যি, কিন্তু তৃতীয় অভিযানের সময় তাঁর বয়স যে পঞ্চাশ ছাড়িয়ে প্রায় ষাটের কাছে পৌঁছেছে এবিষয়ে মতভেদ নেই। প্রায় ষাট বছরের এই বুড়ো সেদিন শক্ত-সমর্থ জোয়ানদের লজ্জা দিয়েছেন। তাঁর শ্রান্তি ক্লান্তি হতাশা বলে কিছু নেই। দরকার হলে খিদে-তেষ্টা সব তিনি জয় করতে পারেন। শত্রুরা যেমন, অসুখ-বিসুখও তেমনই তাঁকে এড়িয়ে চলে।

এই ফ্রানসিসকো পিজারোর দৃষ্টান্তে অনুপ্রাণিত হয়ে সৈন্যরাও অসাধ্য সাধন করে। অসাধ্য সাধন অবশ্য নিজেদের চেয়ে সংখ্যায় অনেক গুণ বেশি দেশোয়ালিদের মার-কাট আর লুঠতরাজ।

নতুন মহাদেশে সাদা চামড়ার আগন্তুকদের সম্বন্ধে সাধারণ অধিবাসীদের ধারণা তখনই পালটাতে শুরু করেছে। এর আগেরবার অজানা শ্বেতাঙ্গ এই বিদেশিদের লোকে দেবতার মতো অভ্যর্থনা করেছে। এবারে সেই দেবতার আসল পরিচয় ধরা পড়ে গেছে অনেকের কাছেই।

হাঁটাপথে পাড়ি দেওয়ার কিছুদিন বাদেই প্রথম যে আধাশহর তাদের সামনে পড়ে পিজারোর বাহিনী তা লুঠেপুটে ছারখার করে। শহরের লোকেদের কাছে ব্যাপারটা তখনও কল্পনাতীত। কারও কোনও ক্ষতি তারা যখন করেনি তখন তাদের ভয় করবার কিছু নেই এই বিশ্বাসে তারা সরল আন্তরিকতার সঙ্গে গৌরাঙ্গ বিদেশিদের তাদের বসতিতে স্বাগত জানায়। কিন্তু বিদেশিরা এ প্রীতির জবাব দেয় খোলা তলোয়ার নিয়ে তাদের তাড়া করে তাদের ঘরবাড়ির যা-কিছু লুঠেপুটে নিয়ে।

এই আধাশহরেই পিজারোর লোক-লশকরেরা প্রথম নুড়ি পাথরের মতো এক মণিরত্নের ছড়াছড়ি দেখে। এ মণিরত্ন হল পান্না।

পিজারোর দলে হিড্যালগো অর্থাৎ বড়ঘরের ছেলে কিছু ছিল না এমন নয়। কিন্তু তারাও বেশির ভাগ ঘটি-ডোবে-না নামে-তালপুকুর গোছের পড়ে-আসা বংশের দুলাল। তাও বাপে খেদানো মায়ে তাড়ানো। তারা বা বাকি সব নেহাত নিচু ঘরের ডানপিটে মুখ্খু গোঁয়াররা পান্নার মর্ম কী বুঝবে। পায়রার ডিমের মতো একটা অমূল্য পান্না তারা এই শহরেই পায়। সে পান্না তারা হাতুড়ি দিয়ে ঠুকে ভেঙেছিল। ভেঙেছিল আবার এক পাদরির কথায়। পাদরিবাবা সকলকে বুঝিয়েছিলেন যে পান্না সাচ্চা কি ঝুটো তা বোঝবার পরীক্ষাই নাকি হাতুড়ি দিয়ে পেটানো। সাচ্চা পান্না নাকি হাতুড়ি দিয়ে পিটেও ভাঙা যায় না। পাদরিবাবার এই পরামর্শ শুনেই পৃথিবীর অমূল্য একটি রত্ন নষ্ট হয়ে গেছে।"

"অমূল্য রত্ন মানে পায়রার ডিমের মতো একটা পান্না!"—এতক্ষণ বাদে খোঁচা দেওয়ার এ সুযোগটুকু মর্মরের মতো মস্তক যাঁর মসৃণ সেই শিবপদবাবু ছাড়লেন না—"তা, সে অস্পৃশ্য পান্নার ভাঙা টুকরোগুলো কেউ কুড়িয়ে রেখেছিল বোধহয়! নইলে পায়রার না ঘোড়ার ডিম জানা গেল কী করে?"

"কী করে জানা গেল?"—দাসমশাই অবোধকে জ্ঞান দিতে করুণার হাসি হাসলেন—"জানা গেল, রিলেথিওনেস দেল দেশকিউব্রিসিয়েন্তো ঈ কনকুইস্তা দে লস রেনস দেল পেরু-র দৌলতে।"

শিবপদবাবু ভুরু কুঁচকে কী যেন বলতে যাচ্ছিলেন। তাঁকে সে সুযোগ না দিয়ে দাসমশাই আবার বললেন, "না, এসপানিওল-এর বিদ্যে জাহির করছি মনে করবেন না। শুধু সে যুগের চাক্ষুষ দেখা একটি বিবরণের নাম বলছি। যিনি এ বিবরণ লিখে গেছেন তাঁর নাম পেড্রো পিজারো। পিজারো পদবি দেখে যা মনে হয় তা কিন্তু ভুল। তিনি ফ্রানসিসকো পিজারোর আপন বা সতাতো ভাইটাই কেউ নন। পিজারোদের জন্মস্থান এসত্রেমাদুরা প্রদেশের টোলেডোতেই অবশ্য তিনি জন্মেছেন, আর খুঁজলে তাদের সঙ্গে দূরসম্পর্কের একটা জ্ঞাতিত্ব হয়তো পাওয়া যেতে পারে। পেড্রো পিজারো পনেরো বছর বয়সেই ফ্রানসিসকো পিজারোর খাস অনুচর হিসেবে তাঁর তৃতীয় অভিযানে যোগ দেন। পেরু-বিজয়ের প্রায় সমস্ত বড় বড় ঘটনাতেই তিনি উপস্থিত ছিলেন। পেরু অভিযানের নেতা ফ্রানসিসকো তাঁকে বিশ্বাস করে অনেক কঠিন দুঃসাহসিক কাজের ভার দিয়েছেন। পেড্রো সে সমস্ত কাজে তাঁর বিচক্ষণতা ও যোগ্যতার প্রমাণ দিয়েছেন। নেতার বিশ্বাসের অমর্যাদা কখনও করেননি। সম্পদে

বিপদে সৌভাগ্যে আর ভাগ্যবিপর্যয়ে তিনি সমানভাবে ফ্রানসিসকো পিজারোর অনুগত থেকেছেন। নিজের ধনপ্রাণ রক্ষা করতেও তাঁর বিরুদ্ধে নেমকহারামি কখনও করেননি।

পেড্রো পিজারো সম্বন্ধে এত কথা বলার কারণ এই যে, প্রত্যক্ষদর্শী হিসেবে যে বিবরণ তিনি রেখে গেছেন, সূর্য কাঁদলে সোনা-র দেশ আবিষ্কার ও অধিকারের যথার্থ বৃত্তান্ত সংগ্রহের ব্যাপারে তা অমূল্য। পেড্রো পিজারো এ বিবরণে নিজের ঢাক পেটাবার চেষ্টা কোথাও করেননি। নিজের কথা যেখানে বলতে হয়েছে সেখানে তিনি উত্তম পুরুষের 'আমি'র বদলে প্রথম পুরুষের 'সে' ব্যবহার করেছেন। দেখবার চোখ ও বর্ণনার ক্ষমতার সঙ্গে আন্তরিকতা ও সততা মিশে তাঁর বিবরণটিকে অত্যন্ত দামি করে তুলেছে।

এই অমূল্য বিবরণটিও কিন্তু প্রায় হারাতে বসেছিল। এ বিবরণের হাতে লেখা একটিমাত্র পাণ্ডুলিপির কথা সেই ষোড়শ শতাব্দীর পর বহুদিন পর্যন্ত বিশেষ কারও মনেই ছিল না। শ-খানেক বছর আগে সেনিয়র দে নাভাররেতে-র হাতে পড়বার পর মাদ্রিদ থেকে এটি ছাপাবার ব্যবস্থা হয়।

এ বিবরণ থেকে শুধু পায়রার ডিমের মতো পান্নার কথাই নয়, পেরু-অভিযানের আরও অনেক ঘটনার উজ্জ্বল বর্ণনা পাই।

অমূল্য একটি পান্না মূর্খের মতো ভেঙে নষ্ট করলেও পিজারোর লোক-লশকর লুঠপাট করে যা পেয়েছিল তা প্রচুর। ফ্রানসিসকো পিজারো তাঁর বাহিনীর লোকেদের লুঠপাট করায় বাধা তখন দেননি। কিন্তু তাঁর একটি অলঙ্ঘ্য আদেশ অক্ষরে অক্ষরে পালন করতে সকলকে বাধ্য করেছেন। সে আদেশ হল এই যে যেখান থেকে যা কিছু লুণ্ঠিত হোক সমস্ত পিজারোর সামনে এক জায়গায় জড়ো করতে হবে। লুঠের মাল পিজারো নিজে তারপর ভাগ করে দেবেন।

লুঠের মালের পাঁচ ভাগের এক ভাগ পিজারো বরাদ্দ করেছিলেন স্পেনের সম্রাটের জন্যে, বাকি চার ভাগ নির্দিষ্ট ছিল পদমর্যাদা অনুযায়ী তাঁদের সকলের জন্যে। এ আদেশ অমান্য করার শাস্তি ছিল ছোটোখাটো কিছু নয়, একেবারে প্রাণদণ্ড।

এই কড়া বিধানে আর যা-ই হোক লুঠ নিয়ে নিজেদের মধ্যে মারামারি কাটাকাটি পিজারোর বাহিনীতে বন্ধ হয়েছে।

লুঠের মাল ভাগ-বাঁটোয়ারার পর পিজারো প্রথমেই স্পেন সম্রাটের বরাদ্দ পানামায় পাঠাবার ব্যবস্থা করেছেন। সম্রাটের জন্যে যা পাঠানো হয়েছে তা সামান্য কিছু নয়। পেড্রো পিজারো লিখে গেছেন যে সে সওগাতের দাম কমপক্ষে বিশ হাজার কাস্তেললানো। কাস্তেললানো হল প্রাচীন স্প্যানিশ স্বর্ণমুদ্রা! ওজন ত্রিশ রতির কম নয়।

এই সওগাত পাঠাবার পেছনে রাজভক্তি ছাড়া একটু কূটবুদ্ধিও ছিল। সেভিল থেকে জাহাজ নিয়ে পালিয়ে আসতে পারলেও শত্রুদের তাঁর বিরুদ্ধে রাজদরবারে গুঞ্জন তোলবার সুযোগ তিনি দিয়ে এসেছেন। সম্রাটের নামে এই ধনরত্নের ভেট পৌঁছোলে সে গুঞ্জনই শুধু বন্ধ হবে না, তাঁর অভিযান সম্বন্ধে যারা বিরূপ কি উদাসীন

ছিল এতদিন, তারাও নতুন উৎসাহ পেয়ে হয়তো যোগ দিতে পারে।

পিজারোর হিসাবের ভুল হয়নি। নিজে সৈন্যসামন্ত নিয়ে হাঁটাপথে রওনা হয়ে এবার তিনটি জাহাজই তিনি পানামায় ফেরত পাঠিয়ে দিয়েছিলেন। কিছুদূর অগ্রসর হওয়ার পর একটি জাহাজ পানামা থেকে ফিরে তাঁদের সঙ্গ ধরেছে। সে জাহাজে রাজখাজাঞ্চি ভিভর অর্থাৎ পরিদর্শক ইত্যাদি নিয়ে স্পেন রাজ্যের বেশ কয়েকজন বড় আমলাই ছিলেন। সেভিল থেকে এঁদের সঙ্গে আনবারই কথা। কাউন্সিল অফ ইন্ডিজ-র চোখে ধুলো দিতে অমন লুকিয়ে পালাবার দরুনই তা সম্ভব হয়নি।

রাজপ্রতিনিধিরা এখন বেশ প্রসন্নমনেই পিজারোর অভিযানে যোগ দিয়েছেন। আরও কিছুটা এগিয়ে পুয়ের্তো ভিয়েখো অর্থাৎ ভিয়েখো বন্দর পর্যন্ত পৌঁছোবার পর দ্বিতীয় একটি জাহাজও বেলালকাজার বলে একজন সেনাপতির অধীনে নতুন জনত্রিশ সৈন্য নিয়ে তাঁদের সঙ্গে ভিড়েছে।

দলে একটু ভারী হলেও পিজারোকে এবার বেগ পেতে হয়েছে অজানা দেশের লোকের শত্রুতার জন্যে। পিজারোর বাহিনীর লোকেদের কীর্তিকলাপের খবর তাদের আগে হাওয়ায় ছড়িয়ে গেছে। এই সাদা চামড়ার মানুষগুলো যে দেবতা নয়, দানব, সমুদ্র-উপকূলের শহরে গ্রামে কারও তা জানতে বোধহয় তখন বাকি নেই।

পিজারোর দলকে আগের বারের মতো অভ্যর্থনা করতে কেউ এগিয়ে আসেনি। যেখানেই তারা গেছে, হয় লোকেরা যা কিছু সম্ভব নিয়ে ঘরদোর ছেড়ে বনে গিয়ে লুকিয়েছে, কিংবা প্রাণপণে তাদের অস্ত্রশস্ত্র নিয়ে বাধা দিয়েছে।

পিজারোর প্রথম লক্ষ্য হল টম্‌বেজ। সে শহরে পৌঁছোবার আগে কিন্তু অনেক বিপদ তাঁকে কাটাতে হয়েছে।

টম্‌বেজ শহরে যেতে ছোট্ট একটি উপসাগর পথে পড়ে। নাম গুয়াকুইল উপসাগর। সেখানে পুনা বলে ছোট্ট একটি দ্বীপের সর্দারের নিমন্ত্রণে বর্ষাকালটা কাটাতে গিয়ে পিজারো সমস্ত বাহিনীসমেত প্রায় ধ্বংস হতে বসেছিলেন।

পুনা দ্বীপের লোকেদের সঙ্গে পেরুর ইংকাদের প্রজাদের ঝগড়া। এই ঝগড়ার সুযোগ নিয়ে পুনাবাসীদের নিজের কাজে লাগাবার ফন্দি কিন্তু সফল হয়নি! পিজারোর বাহিনীর লোকেদের নির্মমতা ও কপটতায় খেপে উঠে পুনার অধিবাসীরা একদিন তাদের আক্রমণ করেছে।

শরীরের বর্ম দিয়ে লম্বা বল্লম আর বন্দুকের জোরে কোনওরকমে সে আক্রমণ ঠেকালেও পুনা দ্বীপে থাকা পিজারোর পক্ষে সর্বনাশা হয়েছে। সম্মুখ যুদ্ধে গুলি-বারুদের সামনে দাঁড়াতে না পেরে জঙ্গলে গিয়ে আশ্রয় নিলেও পুনার লোকেরা তাদের শত্রুতা ত্যাগ করেনি। রাতের অন্ধকারে লুকিয়ে হানা দিয়ে তারা পিজারো-বাহিনীর রসদ নষ্ট করেছে, দল-ছাড়াভাবে বাগে পেলে নিকেশ করে দিয়েছে।

এই দুর্দিনে পানামা থেকে আরও শ-খানেক নতুন সেপাই আর কিছু ঘোড়াসমেত দুটি জাহাজ এসে পৌঁছোবার দরুন পিজারো ধড়ে প্রাণ পেয়েছেন!

এই নতুন সেনাদল যাঁর অধীনে এসেছে তাঁর নাম হার্নান্ডো দে সটো—পেরু

অভিযানে অবজ্ঞা করবার মতো না হলেও এ নাম স্মরণীয় হয়ে আছে আরও একটি বড় কীর্তির জন্যে। সে কীর্তি হল উত্তর আমেরিকার মিসিসিপি নদী আবিষ্কার। সেই মিসিসিপির তীরেই তাঁর সমাধি বহুকাল তাঁর অক্ষয় কীর্তি ঘোষণা করছে।

হার্নান্ডো দে সটো নতুন সৈন্যসামন্ত-সমেত দুটি জাহাজ নিয়ে আসার পর পিজারো তাঁর পক্ষে অভিশপ্ত পুনাদ্বীপ ছেড়ে আবার পেরুর উপকূলে গিয়ে উঠেছেন। সেই উপকূলের পথে টম্‌বেজ পর্যন্ত পৌঁছোনো অবধি দুর্ভাগ্য তাঁকে একেবারে ত্যাগ করেনি। পুনা দ্বীপ থেকে উপকূলে নামবার সময়েই একটি ছোট দল একলা পড়ে গিয়ে শত্রুদের হাতে মারা পড়েছে! টাম্‌বেজ শহরে পর্যন্ত এবারে পিজারো প্রথমে সম্পূর্ণ ভিন্ন অভ্যর্থনা পেয়েছেন!

আগেরবার যে টম্‌বেজ শহরের সুখশান্তি ঐশ্বর্য দেখে তাঁরা মুগ্ধ বিস্মিত হয়ে ফিরে গিয়েছিলেন, সে শহর এখন যেন শ্মশান। লোকজন তো শহরে নেই-ই, তার ওপর দু-চারটি ছাড়া সমস্ত বাড়িঘরও সম্পূর্ণ ধ্বংস হয়ে গেছে। বৃথাই এ দুর্দশার যথার্থ কারণ জানবার চেষ্টা করেছেন পিজোরা। টম্‌বেজের কুরাকা অর্থাৎ শাসকও শহর ছেড়ে পালিয়েছিল। কোনওরকমে তাকে ধরে আনবার ব্যবস্থা হয়েছে। কুরাকা যা বলেছে তা বিশ্বাস করা পিজারোর পক্ষে সম্ভব হয়নি। পুনাদ্বীপের অধিবাসীরাই অতর্কিত আক্রমণ করে টম্‌বেজের এই দুর্দশা করেছে বলে বোঝাতে চেয়েছে কুরাকা।

টম্‌বেজ শহরে যে দু-জন প্রতিনিধি পিজারো রেখে গিয়েছিলেন এবারে ফিরে এসে তাদের আর দেখতে পাননি। তাদের নিশ্চিহ্ন হওয়ার ব্যাপারে উলটোপালটা নানা কথা শোনা গেছে।

কেউ বলেছে, তারা মারা গেছে মহামারিতে, কেউ বলেছে, পুনার লোকেদের সঙ্গে লড়াই-এ। দু-একজন ভয়ে ভয়ে জানিয়েছে যে মেয়েদের ইজ্জৎ নষ্ট করবার চেষ্টার দরুনই তাদের প্রাণ হারাতে হয়েছে।

শেষের ব্যাখ্যাটাই ঠিক মনে হলেও পিজারো রক্তের বদলে রক্ত চেয়ে এবার কাউকে সাজা দেবার ব্যবস্থা করেনি। নিঃশব্দে সমস্ত ব্যাপারটা যেন হজম করে নিয়েছেন।

এ দেশের মানুষ সম্বন্ধে পিজারোকে তাঁর নীতিই হঠাৎ বদলে ফেলতে দেখা গেছে এর পর। আর কারণে-অকারণে মারকাট জুলুম জবরদস্তি লুঠ নয়, একেবারে তৃণাদপি সুনীচ আর তরোরিব সহিষ্ণু হতে হবে সকলকে। বাহিনীর প্রত্যেকটি সৈনিকের ওপর এই আদেশ।

হঠাৎ এ পরিবর্তন কেমন করে হল?

এ কি মনেরই পরিবর্তন, না শুধু নীতির?

পরিবর্তন যে রকমই হোক, তার মূলে কিছু একটা ব্যাপার নিশ্চয় আছে। কী সে ব্যাপার? একটি নতুন মানুষের আমদানি?

সেই মানুষ কি হার্নান্ডো দে সটো স্বয়ং? না। হার্নান্ডো দে সটোর অধীনে দুটি জাহাজে শুধু ঘোড়া আর সোনা সন্ধানী সেপাই ছাড়া আরও একটি মানুষ এসেছেন।

পানামা থেকে ১৫৩১-এর জানুয়ারিতে সূর্য কাঁদলে সোনার দেশের উদ্দেশে পাড়ি দেবার সময় পিজারোর কোনও জাহাজে তিনি ছিলেন না।

হ্যাঁ, ঘনরামই সেই আশ্চর্য মানুষ যিনি পিজারোর অভিযানের নীতি বদলাবার মূলে ছিলেন।

কিন্তু পিজারোর সঙ্গে এক জাহাজেই তো তিনি কাপিতান সানসেদোকে নিয়ে কুয়াশাচ্ছন্ন মধ্যরাতে সেভিল-এর বন্দর ছেড়েছিলেন বেদের সাজে। গোপনে নোঙর তুলে জাহাজ ছাড়ার ফন্দিও তাঁর।

তারপর তিনি গেলেন কোথায়। ১৫৩১-এর জানুয়ারি মাসে পিজারো যখন পানামা থেকে তাঁর তৃতীয় অভিযানে বার হন তখন ঘনরাম আর সানসেদো পিজারোর দল থেকে বাদ পড়েছিলেন কেন?

না, বাদ তাঁরা পড়েননি। ঘনরাম কাপিতান সানসেদোকে নিয়ে নিজে থেকেই পিজারোর খাস জাহাজ ছেড়ে পানামায় পোঁছোবার আগেই সান্তা মার্তায় নেমে গিয়েছিলেন।

সান্তা মার্তায় জাহাজ ভেড়ানো পিজারোর পক্ষে শুভ হয়নি। ১৫৩০-এর জানুয়ারি মাসে সেভিল ছেড়ে সান ল্যুকার-এর চড়া এড়িয়ে ক্যানারি দ্বীপপুঞ্জের গামেরাতে জাহাজ ভিড়িয়ে তিনি ভাই হার্নাণ্ডোর জন্যে অপেক্ষা করেন।

কাপিতান সানসেদো সেভিল-এ জাহাজ নিয়ে লুকিয়ে পালাবার সময় যে, আশ্বাস দিয়েছিলেন তা মিথ্যে হয়নি। পিজারোর ভাই হার্নাণ্ডো সেভিল-এ কাউন্সিল অফ ইণ্ডিজ-এর মাতব্বরদের ধোঁকা দিয়ে ঠিকই সেখানে এসে তাঁর সঙ্গে মিলিত হন।

তারপর মহাসাগর নিরাপদে পেরিয়ে তাঁদের জাহাজ ভেড়ে সান্তা মার্তা বন্দরে। এইখানেই পিজারোর লোক-লশকরের মধ্যে অনেকে বিগড়ে যায়। সান্তা মার্তার বাসিন্দারা তাদের বেশ দমিয়ে দেয়। এসব বাসিন্দারাও এককালে এসপানিয়া থেকে সোনা-দানা আর নাম-যশের লোভে পাড়ি দিয়েছিল। তারপর তাদের সব আশায় ছাই পড়েছে। জোয়ার বয়ে যাওয়ার পর স্রোতের জঞ্জালের মতো তারা আটকে পড়ে আছে এই জলা-জঙ্গলের রাজ্যে।

এসব পোড়-খাওয়া বানচাল মানুষের কোনও কিছুতেই আর বিশ্বাস নেই। পিজারোর লোক-লশকর বন্দরে নেমে বুঝি তাদের অভিযান সম্বন্ধে একটু বড়াই করেছিল।

সান্তা মার্তার লোকেরা তাদের উৎসাহে একেবারে বরফজল ঢেলে দিয়েছে।

তারা হেসে যা বলেছে তার সোজা বাংলা হল এই যে, মার কাছে মাসির গল্প আর কোরো না। খোলামকুচির মতো সোনা ছড়ানো এমন দেশ সত্যি কোথাও আছে নাকি! ওই সব ভুজুং দিয়ে শুধু তোমাদের স্পেন থেকে ভুলিয়ে আনা।

সান্তা মার্তার লোকেরা নিজেদের দৃষ্টান্তই দিয়েছে। তারাও দেশ ছেড়ে অমনই সব মিথ্যে আশ্বাসে ভুলেই এসেছিল। এসে এখন তাদের এই হাল। তাদের এ-অঞ্চল তো তবু পদে আছে। সূর্য কাঁদলে সোনার দেশ তো এরও অধম। সে-দেশের কথা জানতে তো আর তাদের বাকি নেই। সে যদি সত্যি অমন সোনার দেশ হত তা হলে তারা

নিজেরা পচে মরত নাকি এই নরকে! পিজারোকে যে স্পেন পর্যন্ত ধাওয়া করতে হয়েছে লোক-লশকর আনতে, তাতেই তো তার ফাঁকিটা বোঝা উচিত। হাতের কাছে এখানে লোক পেলে সাগরপারে তাকে পাড়ি দিতে হয়?

মুখে একটু-আধটু তর্ক করবার চেষ্টা অবশ্য পিজারোর লোকেরা করেনি এমন নয়, কিন্তু তাদের মনে একটু করে খোঁচা উঠতে শুরু করেছে সেই থেকেই।

'কিন্তু সে-দেশ কেমন কেউ তো তোমরা জানো না।' দু-একজন মৃদু প্রতিবাদ জানিয়েছে, 'ভালোও তো হতে পারে।'

'হ্যাঁ, তা পারে বইকী!' তারা টিটকিরি দিয়ে বলেছে, 'সেখানকার আবহাওয়া আরও গরম আর ভ্যাপসা। মশা-মাছি জংলা পোকা-মাকড়ের ঝাঁক আরও পাগল-করা, ডাঙায় কিলবিলে সাপ আরও বড় আর বিষাক্ত, আর জলে কেম্যান অর্থাৎ কুমির আরও ভয়ংকর। সবদিক দিয়েই সে-দেশ ভালো তো বটেই!'

সান্তা মার্তায় বসে কথাগুলো শোনার দরুনই তা মনে দাগ কেটেছে আরও বেশি। স্পেন ছেড়ে যারা বড়জোর ক্যানারিজ দ্বীপপুঞ্জ কি হিসপানিওলা ফার্নানদিনা পর্যন্ত এক-আধবার এসেছে তাদের কাছে সান্তা মার্তা সত্যিই প্রত্যক্ষ নরক।

এরকম জায়গার সঙ্গে তাদের পরিচয়ই নেই। তারা আর যাই হোক, খোলামেলা জায়গার মানুষ। এ-ধরনের বুকচাপা লতাপাতায় ডালপালায় দিনদুপুরেই অন্ধকার দুর্ভেদ্য জঙ্গল তারা কল্পনাই করেনি। শুধু জঙ্গল নয়, যেন বিষাক্ত নিশ্বাসে আকাশ ভারী করে রাখা বিরাট সব জলা। আর শয়তানের দূতের মতো বিদঘুটে সব কীট-পতঙ্গের জ্বালায় এক দণ্ড স্বস্তি নেই। এ-জলাজঙ্গলের জন্তুজানোয়ারগুলোও যেন সত্যি-হয়ে-ওঠা দুঃস্বপ্ন।

প্রথম অভিজ্ঞতা যাদের এইরকম, নতুন মহাদেশটা আগাগোড়াই ভয়াবহ বলে তাদের বোঝানো খুব কঠিন হয়নি। প্রথম পরিচয়টুকুই সারাদেশের নমুনা বলে তারা মেনে নিয়েছে।

এরকম ধারণা ঠেকাবার চেষ্টা কেউ করেনি এমন নয়। কিন্তু তাতে বিশেষ কিছু ফল হয়নি।

তখন সান্তা মার্তার বন্দরে জাহাজ তিনটিতে সামান্য কিছু রসদ আর জল তোলার সঙ্গে সেগুলির ছোটখাটো একটু-আধটু মেরামতি চলছে। মাঝিমাল্লা সেপাইরা বেশির ভাগই বন্দরের লোকজনের সঙ্গে সেই সুযোগে অবসরমতো একটু আড্ডা দেয়। আড্ডা মানে অবশ্য শুঁড়িখানায় বসে পুলকে টানা। আমেরিকার-ই একটি অদ্ভুত গাছ আগেভি-র ডাঁটার রস থেকে গাঁজানো, দুধে রং-এর এই পুলকে তখন নেশা হিসেবে এসপানিওলদের দারুণ পেয়ারের হয়ে উঠেছে।

এই পুলকে-র আসরেই সান্তা মার্তার লোকেরা পিজারোর লোকেদের কান ভাঙিয়েছে।

বাধা দেবার চেষ্টা যে করেছে সে একটা বেদে মাত্র! পিজারোর দলের লোকেরা তাকে গানাদো বলে জানে। সেভিল-এর বন্দর ছাড়বার পর জাহাজে নতুন মুখ হিসেবে তাকে দেখা গিয়েছিল। তা নতুন মুখ তো ওই একটাই নয়। এ-ধরনের

অভিযানে হামেশাই তা দেখা যায়। গানাদো নামটা একটু অদ্ভুত, কিন্তু বেদেদের নাম হিসেবে তাও কানে সয়ে গিয়েছে।

কিছু যারা পুরনো তারা বেদে বলে তুচ্ছ-তাচ্ছিল্য কি ঘেন্না যেমন করেনি, তেমনই সমীহও নয়। আসলে গানাদোকে নিয়ে তাদের বিশেষ মাথা ঘামাতেই হয়নি। লোকটা নিজে থেকেই একটু যেন সরে সরে থেকেছে সবকিছু থেকে।

এই গানাদোকে কিন্তু পুলকে-র মৌতাতের আসরে একটু ঘন ঘন দেখা গেছে আর সব দলের সঙ্গে।

সেটা কিছু এমন অদ্ভুত নয়। পুলকে-র মতো নেশার টানে কে না বেরিয়ে আসে।

কিন্তু সান্তা মার্তার লোকেদের সঙ্গে তাকে কথা-কাটাকাটি করতে দেখে সবাই একটু অবাক।

সূর্য কাঁদলে সোনা-র দেশের নিন্দে শুনে গানাদো অবশ্য খেপেটেপে যায়নি। সে যা বলেছে, তা বিদ্রূপের সুরে।

বলেছে, 'হ্যাঁ, কথাটা মন্দ নয়। নিজের পচা জলের গর্ত যার ছাড়বার ক্ষমতা নেই, সে কুয়োর ব্যাঙের পক্ষে বাইরের সব-ই এঁদো পুকুর মনে করাই ভাল।'

পুলকে-র নেশা ভেদ করে খোঁচাটা মর্মে গিয়ে পৌঁছোতে একটু দেরি হয়েছে। সান্তা মার্তার মাতালরাই খেপেছে তারপর।

'আমরা কুয়োর ব্যাঙ! নিজেদের মান বাঁচাতে আমরা বানিয়ে বানিয়ে মিথ্যে দুর্নাম রটাচ্ছি। তা হলে শুনবে একটা ছড়া?'

'কী ছড়া?' জিজ্ঞাসা করেছে পিজারোর মাঝিমাল্লাদের অনেকে।

গানাদো অর্থাৎ ঘনরাম প্রমাদ গনেছেন তখনই। ছড়ার উল্লেখ শুনেই তিনি বুঝেছেন সমস্যাটা সঙ্গিন।

সান্তা মার্তার মাতাল নিন্দুকরা তখন ছড়া আওড়াতে শুরু করেছে—

'পুয়েস সেনিয়র গোবেরনাদর
মিরেলো বিয়েন পোর এন্তেরো
কুয়ে আলিয়া ভা এল রেকোখেদর
ঈ আকা কুয়েদা এল কার্নিখেরো।'

এ-ছড়া আওড়ানো শেষ হওয়ার পর গানাদোকে আর সেখানে দেখা যায়নি। অবস্থা বেগতিক দেখে গানাদোরূপী ঘনরাম সরে পড়েছেন আগেই।"

"কেন? ঘনরাম ওই ছড়া শুনেই পালালেন কেন? ও-ছড়া ভূতের মন্তর-টন্তর নাকি!" শিরোদেশ যাঁর মর্মরের মতো মসৃণ সেই শিবপদবাবু জো পেয়ে চিমটিটুকু কাটলেন।

"না, ভূতের মন্তর নয়।" ক্ষমার অবতার হয়ে দাসমশাই কিন্তু অনায়াসে এ-বেয়াদপি মাপ করে বললেন, "তবে এ বড় সাংঘাতিক ছড়া। এ-ছড়ার নাম শুনেই ঘনরাম বুঝেছিলেন যে সান্তা মার্তা তাঁদের পক্ষে বেশ একটু গরম জায়গা। এ-ছড়া যারা আওড়ায় তাদের ঠাণ্ডা করবার মতো জবাব তখনও তৈরি হয়নি।"

"কিন্তু ছড়াটা অত সাংঘাতিক কেন? ওর মানেটানে কিছু আছে?" মেদভারে

হস্তীর মতো যিনি বিপুল সেই সদাপ্রসন্ন ভবতারণ সরল কৌতূহলে জিজ্ঞাসা করলেন।

"হ্যাঁ, মানে আছে বই কী!" দাসমশাই আশ্বস্ত করে জানালেন, "আর সেই মানেটার জন্যেই ছড়াটা সাংঘাতিক। ও-ছড়ার বাংলা মানে মোটামুটি এইরকম করা যায়—

ফৌজদারসাব থাকুন হুঁশিয়ার,
আড়কাটিটার ওপর রাখুন নজর!
ভেড়ার পাল সে যায় তাড়িয়ে আনতে
কসাই হেথায় ছুরি শানায় জবর!"

"এই ছড়াকে—" পর্যন্ত বলেই শিবপদবাবুকে থামতে হল।

শিবপদবাবু টিপ্পনিটুকু নিজেই পূরণ করে দিয়ে দাসমশাই বললেন, "এই ছড়াকে এত ভয়! সবাই আপনারা তা-ই ভাবছেন নিশ্চয়। ছড়াটার ইতিহাস জানলে তা আর ভাবতেন না। ছড়াটা রচনা হিসেবেও উঁচুদরের নয়, মানেটার ভেতরেও এমন ভয়ংকর কিছু শুধু কানে শুনে পাওয়া যায় না। তা পাওয়া যায়, কেন, কারা, কবে, ও-ছড়া বেঁধেছিল, তা জানলে। ও ছড়া বেঁধেছিল পিজারোর দ্বিতীয় অভিযানের কয়েকজন খাপ্পা নাবিক সেপাই! সোনার প্রলোভনে পিজারোর অভিযানে যোগ দেওয়ার পর তাদের তখন সব দিক দিয়ে দুর্দশার একশেষ হয়েছে। কোনও রকমে দেশে ফিরতে পারলে তারা বাঁচে। কিন্তু পিজারো আর আলমাগরো তাদের জোর করে গাল্লো বলে এক অখদ্দে দ্বীপে ধরে রাখবার ব্যবস্থা করেন। খেপে আগুন হয়ে নাবিক-সেপাইদের বেশির ভাগই তখন পানামায় তাদের বন্ধুদের কাছে তাদের অবস্থার কথা জানাবার চেষ্টা করে। গাল্লো দ্বীপে এক দলকে রেখে নেহাত রুগ্ন আর অকর্মণ্য কয়েকজনকে নিয়ে আলমাগরো তখন নতুন লোকজন আর রসদ সংগ্রহ করে আনতে একটি জাহাজে পানামায় ফিরছেন। এই জাহাজে ফিরে যাওয়া সেপাইদের মারফতই গাল্লো দ্বীপে যাদের থাকতে বাধ্য করা হয় তারা তাদের চিঠি পাঠাবার ব্যবস্থা করে। কিন্তু ব্যাপারটা জানতে পেরে আলমাগরো সে-সব চিঠি কেড়ে নিয়ে তাদের বিক্ষোভ পানামায় পৌঁছোবার রাস্তা বন্ধ করেন। তা সত্ত্বেও একটি চিঠি পানামায় গিয়ে পৌঁছোয়। পৌঁছোয় আবার যার তার কাছে নয়, একেবারে খোদ গভর্নর পেড্রো দে লস রিয়স-এর বিবিসাহেবের কাছে।

কেমন করে এ-চিঠি তাঁর হাতে পৌঁছোল? সাবধানের মার নেই বলে আলমাগরো তো তন্ন তন্ন করে খুঁজিয়ে লেখা কাগজের একটা টুকরোও কোথাও জাহাজে থাকতে দেননি। এ-চিঠি তাঁর নজর এড়াল কী করে?

নজর এড়িয়েছিল খুব চতুর একটি ফন্দির জোরে। আলমাগরো ভাবতেই পারেননি যে তাঁরই হাত দিয়ে চিঠিটা যথাস্থানে পৌঁছে দেবার ব্যবস্থা হয়েছে। আলমাগরো তাঁদের ভেট হিসেবে পানামার গভর্নর আর তাঁর স্ত্রীর কাছে যা সব নিয়ে গিয়েছিলেন তার মধ্যেই চিঠিটা সুকৌশলে রাখা ছিল!

না, সোনাদানার কোনও জিনিসে নয়, শুধু একটা তুলোর গুলির ভেতর। নতুন

দেশের আজব তুলো হিসেবে সেটা উপহার দেওয়া হয়েছিল গভর্নরের স্ত্রীকে।

গভর্নরের স্ত্রী সেই তুলোর গুলি একটু ছাড়িয়ে দেখতে যেতেই সে চিঠি বেরিয়ে পড়েছে। এক-আধজন নয়, বেশ কয়েকজনের সইকরা চিঠি। সে চিঠিতে তারা পিজারো, আর আলমাগরোর নির্মম জুলুমবাজির বিরুদ্ধে তীব্র নালিশ জানিয়েছে, আর সেই সঙ্গে বর্ণনা দিয়েছে নিজেদের অকথ্য দুর্দশার। এই চিঠির শেষেই ওই ছড়াটি ছিল।

পুরোপুরি সত্য হোক বা না হোক এ চিঠির কথা জানবার পর তা বিশ্বাস করে গভর্নর পেড্রো দে লস রিয়স আগুন হয়ে উঠেছিলেন রাগে। টাফুর নামে একজন সেনাপতিকে দুটি জাহাজ দিয়ে তখনই তিনি হুকুম করেন পিজারো আর তার অনিচ্ছুক সাঙ্গোপাঙ্গকে ফিরিয়ে আনতে।

টাফুর গভর্নরের সে-হুকুম পুরোপুরি তামিল করতে পারেনি। পিজারো সব পরিণাম তুচ্ছ করে পানামায় না ফিরে অভিযান চালিয়ে যাবার সংকল্পই জানিয়েছেন।

টাফুর ব্যর্থ হয়ে ফিরে পিজারোর অবাধ্যতার কথা গভর্নরকে জানিয়েছে। গভর্নর তাতে ক্ষিপ্ত হয়েছেন নিশ্চয়ই, কিন্তু শেষ পর্যন্ত পাদরি লুকে আর আলমাগরোর ধরাধরিতে গভর্নরের রাগ খানিকটা পড়েছে। জ্বালা যায়নি শুধু টাফুর-এর। টাফুর সেই থেকে পিজারোর শত্রু। গভর্নরের স্ত্রীকে লেখা চিঠির ছড়া সাধারণের কাছে পৌঁছে দেবার ব্যাপারে তার বেশ কিছুটা হাত থাকা অবিশ্বাস্য কিছু নয়।

গভর্নরের বিরূপতার চেয়ে এই ছড়া পিজারোর ক্ষতি করেছে বেশি। মুখে মুখে ছড়িয়ে ও অঞ্চলের মানুষের মনে পিজারোর অভিযান সম্বন্ধে অবিশ্বাস তীব্র করে তুলেছে।

এ ছড়া যেখানে পৌঁছেছে সেখানে পিজারোর স্বপক্ষে কোনও কথায় কেউ কান দেবে না বুঝেই অত্যন্ত ভাবিত হয়ে সেদিন ঘনরাম পুলকের আড্ডা ছেড়ে সরে পড়েন।

আড্ডা ছেড়ে তিনি সোজা বন্দরে গিয়ে কাপিতান সানসেদোকে খুঁজে বার করে সব কথা আলোচনা করেন।

'তাহলে কী করা এখন উচিত?' জিজ্ঞাসা করেন সানসেদো।

'উচিত এখনই এ বন্দর ছেড়ে যাওয়া।' জোর দিয়ে বলেন ঘনরাম, 'তা না হলে এই সান্তা মার্তা থেকে জাহাজ নিয়ে বার হওয়ার লোক পাওয়া যাবে না। খবর নিয়ে জেনেছি, টাফুর এখানকার ফৌজদার হয়ে কিছুকাল কাটিয়ে গেছে। পিজারোর বিরুদ্ধে এখানকার মন বিষিয়ে দেওয়ার কিছু সে বাকি রাখেনি। এখানে বেশিদিন থাকলে আমাদের লোক-লশকর সব ছেড়ে যাবে।'

কাপিতান সানসেদো পিজারোকে সেই পরামর্শ দিতে গেছেন।

কিন্তু পিজারো যদি বা তাঁর কথায় কান দিতেন, তাঁর দাম্ভিক ভাই হার্নাণ্ডো প্রায় অপমান করেই হটিয়ে দিয়েছে সানসেদোকে। অবজ্ঞাভরে বিদ্রূপ করে বলেছে, 'এখানকার শুঁড়িখানায় একটু বেশি পুলকে টানা হয়ে গেছে, না? যাও সেই আসরে গিয়ে এ-সব গুল ঝাড়ো।'

সানসেদো অপমানিত হয়ে ফিরে গিয়ে ঘনরামকে সব জানিয়েছেন।

তার পরদিনই জানা গেছে যে একটি দল জাহাজ ছেড়ে পালিয়েছে। দলটা খুব বড় নয় এই যা রক্ষে। সে দলে যারা পালিয়েছে তাদের মধ্যে কাপিতান সানসেদোর নামটাই পিজারো খেয়াল করেছেন। গানাদো নামে একটা বেদের কথা তাঁকে জানানো কেউ প্রয়োজনও মনে করেনি।

দল ছোট হলেও তাতেই পিজারোর টনক নড়েছে। সান্তা মার্তায় আর একটা বেলাও তিনি কাটাতে সাহস করেননি। সেইদিনই বাকি লোক-লশকর নিয়ে রওনা হয়েছেন নোম্ব্রে দে দিওস-এ। সেইখানেই লুকে আর আলমাগরো পানামা যোজকের শিরদাঁড়ার পাহাড় ডিঙিয়ে তাঁর সঙ্গে মিলেছেন। তারপর ছোটখাটো বাধাবিপত্তি সত্ত্বেও পিজারোর তৃতীয় অভিযান বন্ধ হয়নি।

পনেরোশো ত্রিশের জানুয়ারিতে তিনি সেভিল ছেড়েছিলেন কাউন্সিল অফ ইন্ডিজ-এর ভয়ে। পুরো এক বছর বাদে ঠিক ওই জানুয়ারি মাসে তিনি পানামা থেকে রওনা হতে পেরেছেন।

সান্তা মার্তা ছাড়বার পর এতদিনের মধ্যে কাপিতান সানসেদো বা তার সঙ্গী বেদে সেই গানাদোর কোনও খবর তিনি পাননি। তাদের কথা পিজারোর মনেই ছিল কি না সন্দেহ।

টম্‌বেজ শহরে হঠাৎ একদিন একটি লোককে দেখে তিনি বিস্মিত হন। বিস্মিত হন তার অদ্ভুত পাগলামিতে। তখনও তাকে দেখে তাঁর স্মৃতিতে কোনও সাড়া জাগেনি।

লোকটির চেহারা পোশাক দেখে তাঁর নিজের বাহিনীর কেউ বলেই বুঝতে পারেন। হার্নান্ডো দে সটোর সঙ্গে তারই জাহাজে এসেছে নিশ্চয়। এ নতুন দলের দু-একজন ছাড়া কেউই তাঁর চেনা নয়।

লোকটি যা করছে তাই অদ্ভুত লাগবার জন্যেই তিনি সেখানে দাঁড়িয়ে পড়েছেন। টম্‌বেজ শহরে এবারে এসে তখনও বেশিদিন তাঁদের কাটেনি। শ্মশানের মতো শহরের চেহারা দেখেই সবাই তাঁরা তখন বিমূঢ়। তাঁদের নিজেদের লোকজন ছাড়া শহরের বাসিন্দা কেউ নেই বললেই হয়।

সেই নির্জন শহরে একটা ছোট পুকুরের ধারে লোকটা করছে কী?

কাছে গিয়ে সেই কথাই জিজ্ঞেস করতে গিয়ে সম্পূর্ণ অন্য প্রশ্ন করেন পিজারো। তার কারণ লোকটার মুখের দিকে চাইতেই ঢাকা-পড়া স্মৃতিটা একটু ঝিলিক দিয়ে উঠেছে।

'তুমি! তুমি সেই বেদে না?' ভ্রূকুটিভরে জিজ্ঞাসা করেন পিজারো।

'হ্যাঁ, গোবেরনাদর, আমি সেই বেদে গানাদো—'

গানাদোর আর তার কথাটা শেষ করবার সুযোগ মেলে না। পিজারো জ্বলন্ত স্বরে বলেন, 'তুমি না সান্তা মার্তায় জাহাজ ছেড়ে পালিয়েছিলে সেই বদমাশদের সঙ্গে। আবার তুমি ফিরে এসেছ?'

'তাতেই তো বুঝবেন, আদেলানতাদো, যে ইচ্ছে-সুখে পালাইনি। পালাতে তখন

চাইনি বলেই আবার ফিরে এসেছি।' ঘনরামের গলায় সম্ভ্রম থাকলেও ভয়ের লেশ নেই।

পিজারো তাতে আরও গরম হয়ে ওঠেন—'পালাতে চাওনি তবু পালিয়েছিলে? কার পরামর্শে? সেই কাপিতান সানসেদো? পালের গোদা তাহলে সে?'

'আজ্ঞে হ্যাঁ, আদেলানতাদো।' ঘনরাম শ্রদ্ধাভরে বলেন, 'তিনি ছাড়া দলপতি আর কে হবেন? তিনি আপনার অভিযানের ভালর জন্যেই অত বড় ত্যাগ স্বীকার করেছিলেন।'

প্রথমটা হতভম্ব হয়েই বোধহয় পিজারোর মুখ দিয়ে কোনও কথা বার হয় না। তারপর একবারে আগুন হয়ে তিনি বলেন, 'আমার অভিযানের ভালর জন্যেই তিনি ত্যাগ স্বীকার করেছেন! জাহাজ থেকে লোক ভাঙিয়ে পালানোর নাম আমার অভিযানের ভাল করা? আর তা-ই হল ত্যাগ স্বীকার?'

'আজ্ঞে হ্যাঁ, গোবেরনাদর।' ঘনরাম অবিচলিত হয়ে জানান, 'তিনি আমাদের ক-জনকে নিয়ে দল বেঁধে না পালালে আপনার টনক নড়ত না। আপনি তাঁর হুঁশিয়ারি গ্রাহ্য না করে আর কিছুদিন সান্তা মার্তায় থাকলে আপনার সব লোক-লশকরই বিগড়ে যেত। আপনার বিপদ ঠেকাতেই ছোট একটা দল ভাঙিয়ে নিয়ে গিয়ে তিনি আপনাকে সজাগ করে দিয়েছেন। বেছে বেছে যাদের তিনি সঙ্গে নিয়ে গেছেন তারা আপনার বাহিনীর সবচেয়ে ওঁচা বদমাশ। তাদের সরিয়ে নিয়ে গিয়ে আর সকলকে ছোঁয়াচ থেকে বাঁচানো একটা বড় কাজ। এ ছাড়া নিজে তিনি ত্যাগ স্বীকার করেছেন অনেক। প্রথমত যেচে মিথ্যে দুর্নাম মাথায় নিয়ে আপনার অভিশাপ কুড়িয়েছেন, তার ওপর বুড়ো খোঁড়া মানুষ হয়ে জলাজঙ্গল আর পাহাড় ডিঙিয়ে পালাতে গিয়ে দুর্ভোগ যা ভুগেছেন তার সীমা নেই। একেও ত্যাগ স্বীকার বলবেন না?'

পিজারো খানিক চুপ করে থাকেন। কথাগুলো গুছিয়ে বুঝতে তাঁর বেশ একটু সময় লাগে বোধহয়। তারপর রাগটা কাটিয়ে উঠলেও একটু উত্তাপের সঙ্গে তিনি জিজ্ঞাসা করেন গম্ভীর হয়ে, 'তা অভিযানের খাতিরেই অত কষ্ট যিনি করলেন তিনি তোমার সঙ্গে ফিরলেন না কেন? তুমি তো একাই এসেছ দেখছি?'

পিজারোর গলায় রাগটা না থাকলেও একটু জ্বালা তখনও আছে।

'হ্যাঁ, আমি একাই এসেছি।' ঘনরামের মুখে তাইতেই এবার একটু হাসির আভাস বোধহয় দেখা যায়, 'আসতে চাইলেও তাঁর মতো বুড়ো খোঁড়া মানুষকে ও-অভিযানে কেউ পাত্তা দিত কি! না, উপায় নেই বলেই পানামাতেই তাঁকে ফেলে আসতে হয়েছে।'

'ও।' একটু বোধহয় অপ্রস্তুত হয়ে সেটা ঢাকবার জন্যেই পিজারো এবার তীক্ষ্ণ স্বরে জিজ্ঞাসা করেন, 'কিন্তু তুমি করছ কী এ পুকুরের ধারে?'

গানাদো বলে যে নিজের পরিচয় নিয়েছে সে যা করছিল তা সত্যিই অবাক করবার মতো।

তার অদ্ভুত কাণ্ড-কারখানা দেখেই পিজারো প্রথম নির্জন জলাশয়টার ধারে দাঁড়িয়ে পড়েছিলেন কৌতূহল ভরে। কাউকে লম্বা একটা আঁকশি গোছের কাঠি নিয়ে

কোনও পুকুরের ধারে খামোকা জল ঠেঙাতে দেখলে বিস্ময় কৌতূহল হওয়া স্বাভাবিক।

সেখানে দাঁড়িয়ে পড়বার পর অপ্রত্যাশিতভাবে মানুষটাকে চিনতে পেরে তারই উত্তেজনায় অন্য প্রসঙ্গ তুললেও শেষ পর্যন্ত অদ্ভুত ব্যাপারটার মানে না জেনে চলে যাওয়া পিজারোর পক্ষে সম্ভব হয়নি।

পিজারোর প্রশ্নে গানাদো একটু কি অপ্রস্তুত হয়ে পড়েছে?

পিজারোর তা-ই অন্তত মনে হয়েছে।

কয়েক মুহূর্ত একটু ইতস্তত করে গানাদো যা বলেছে তাতে হাসবেন না আহাম্মক বলে ধমক দেবেন, পিজারো ঠিক করতে পারেননি।

শেষ পর্যন্ত নিজের গাম্ভীর্য বাঁচিয়ে ধমকই তিনি দিয়েছেন।

'আহাম্মক কোথাকার। জলে তোমার আংটি পড়েছে, আর তাই তুলতে তুমি আঁকশি দিয়ে জল ঠেঙাচ্ছো। লাঠি আছড়ালে জল সরে গিয়ে তোমার আংটি ফিরিয়ে দেবে? জলটা থিতোতে দিয়ে আস্তে আস্তে আঁকশিটা নামাও উজবুক, আংটি থাকলে বিনা হাঙ্গামায় পাবে। বুঝেছো?'

'আজ্ঞে হ্যাঁ, আদেলানতাদো।' গানাদোকে অত্যন্ত লজ্জিত মনে হয়েছে।

এ আহাম্মকটার কাছে আর সময় নষ্ট না করে পিজারো তাঁর নিজের সাময়িক শিবিরের দিকে এগিয়ে গিয়েছেন।

কিন্তু খানিকদূর যেতেই হঠাৎ তাঁর মনে একটা খটকা লেগেছে। গানাদো একটা বেদে মাত্র বটে, কিন্তু আংটি তুলতে জল ঠেঙাবার মতো আহাম্মক বলে তো তাকে মনে হয় না, দেবতা-টেবতার ভর হয়ে দৈববাণী গোছের যা সে পেয়েছে বলেছে, তার মধ্যে তার নিজস্ব বুদ্ধি-শুদ্ধির কোনও প্রমাণ নেই বলে ধরলেও সাধারণ কাজকর্ম কথায়বার্তায় ওরকম নির্বুদ্ধিতার পরিচয় তো সে দেয়নি এ পর্যন্ত।

কেমন একটু সন্দিগ্ধ হয়ে পিজারো আবার সেই জলাশয়টার ধারে ফিরে গিয়েছেন। ফিরে গিয়ে কিন্তু গানাদোকে আর দেখতে পাননি।

সে কি এর মধ্যেই তার আংটিটা তুলে ফেলে চলে গেছে! পুকুরের ধারে যখন সে নেই তখন তা-ই বুঝে নেওয়া উচিত। কিন্তু পিজারোর মনের খটকাটা যায়নি। আর সেই খটকা থেকেই হঠাৎ তিনি যেন নতুন এক হদিস পেয়েছেন তাঁর অভিযান সম্পর্কে।

তিনি নিজেও হাতে আঁকশি নিয়ে জল ঠেঙাচ্ছেন নাকি? ঠেঙালে জল সরে, না সমান জোরে পালটা ঘা দেয়?

নতুন দেশের মানুষ সম্বন্ধে পিজারোর নীতি সেইদিন থেকেই বদলেছে। অন্তত তখনকার মতো।

আর মারকাট লুঠতরাজ নয়। বন্ধুর মতো প্রীতির হাত বাড়িয়ে দিয়ে অজানা দেশের রহস্যময় দুর্গমতা জয় করতে এগিয়ে যাওয়া।

পিজারো পনেরোশো বত্রিশ খ্রিস্টাব্দের মে মাসে টম্‌বেজ শহরে সামান্য কিছু অক্ষম রুগ্নকে রেখে ইংকা সাম্রাজ্যের হৃদয়স্থল খুঁজতে তুষার কিরীটি

কার্দোলিয়েরাস-এর দিকে যাত্রা শুরু করেন।

পথে টম্‌বেজ থেকে নব্বই মাইল দূরে সান মিগুয়েল নামে একটি নতুন শহরেরও পত্তন করে যান। এ শহর ছাড়বার আগে এ পর্যন্ত যা-কিছু সংগ্রহ হয়েছে সমস্ত সোনা-রুপো গলিয়ে তার পাঁচভাগের একভাগ যথারীতি সম্রাটের জন্য বরাদ্দ করে বাকি সব কিছু দেনা শোধের জন্যে তিনি পানামায় পাঠাবার ব্যবস্থা করেন। দেনা তো কম নয়, জাহাজ যার কাছে কেনা হয়েছে তার কাছে যেমন, তেমনই মালপত্র অস্ত্রশস্ত্র সব কিছুর জোগানদারদের কাছেই তখনও তাঁরা বাকি দামের জন্যে দেনদার। সে দেনার টাকা মেটাবার জন্যে তাঁর লোক-লশকরদের ভাগের সোনাদানাও তাঁকে বুঝিয়ে-সুঝিয়ে নিতে হয়েছে। তারা যে পিজারোর কথায় বিশ্বাস করে ভবিষ্যতের আশায় অত কষ্টের ও সাধের বখরা ছাড়তে রাজি হয়েছে এতেই অভিযাত্রীদের মধ্যে তখন নতুন উৎসাহের সঞ্চার হয়েছে বলে বোঝা যায়।

এ উৎসাহ তারপর ম্লান না হয়ে আরও তীব্র হওয়ার কারণই ঘটেছে।

প্রায় আধা-মরুর তীরভূমি ছেড়ে যত তারা আকাশছোঁয়া পাহাড়ের দেশে এগিয়েছে তত মধুর অপরূপ হয়ে উঠেছে তাদের পরিবেশ। আর সেই ভ্যাপসা জলাজংলার দুর্দশা নয়, চারিদিকে যেন স্বপ্নরাজ্যের খেত-খামার-বাগান বিছানো। এদেশের লোক পাহাড়ি নদীকে বাগ মানিয়ে চাষের জন্যে সেচের কাজে লাগাতে শিখেছে, পাহাড়কে খাঁজে খাঁজে কেটে ফসলের খেত বানাবার কৌশল তারা জানে। যেখানে খেত খামার গ্রাম নেই সেখানে বিরাট সব অজানা মহীরূহের অরণ্য আর ঢেউ-এর পর ঢেউ তোলা পাহাড়ের সারির মহিমাময় রূপ। ইংকাদের প্রতাপ যেন সে নিসর্গ শোভার মধ্যে ফুটে উঠেছে।

বন্ধুভাবে অগ্রসর হওয়ার জন্যে পিজারোর বাহিনী প্রায় সর্বত্রই সাদর অভ্যর্থনা পেয়েছে এবার। যেখান দিয়ে তারা গেছে সেখানকার বসতির লোকেরা অতিথি হিসেবে তাদের সৎকারের কোনও ত্রুটি রাখেনি।

যাত্রাপথে পার্বত্য উপত্যকায় এই সব বসতিতে পিজারো যা দেখেছেন শুনেছেন তা বেশ একটু ভয়-ভাবনা জাগাবার মতো। ইংকা সাম্রাজ্যের বিধি-ব্যবস্থা যে কীরকম উঁচুদরের, তীরভূমি থেকে পাহাড়ের দেশে আসবার পথে পদে পদে তার নিদর্শন মিলেছে। পার্বত্য নদী কোথাও বেঁধে কোথাও সুড়ঙ্গপথে চালিয়ে তাদের সেচের ব্যবস্থা তাঁর নিজের দেশকেও লজ্জা দেওয়ার মতো। তীরভূমি থেকে সমস্ত পার্বত্য অঞ্চলে দূর-দূরান্তরের যোগাযোগের জন্যে যেভাবে রাস্তাঘাট তৈরি ও তা রক্ষার ব্যবস্থা চালু রাখা হয়েছে তা সত্যিই বিস্ময়কর। নিরক্ষর পিজারোর পূর্তবিদ্যা সম্বন্ধে কোনও জ্ঞান না থাকলেও এসব দুঃসাধ্য কারিগরির অসাধারণত্ব বুঝতে কষ্ট হয়নি। নেহাত নগণ্য না হলে পার্বত্য পথের প্রতি জনপদে পিজারো ইংকা নরেশের জন্যে নির্দিষ্ট বিশাল সব পান্থ-নিবাসই শুধু দেখেননি, দেখেছেন প্রতিরক্ষার জন্য সুনির্মিত সব দুর্গ।

জনপদের অধিবাসীদের কাছে ইংকা সাম্রাজ্যের বিস্তারিত বিবরণও তিনি সংগ্রহ করেছেন। মাত্র বাষট্টি জন রিসালা নিয়ে সবসুদ্ধ একশো আটষট্টি জন সৈন্য যাঁর

সম্বল তাঁর পক্ষে সে বিবরণ একেবারেই মনোরম নয়।

ইংকা সাম্রাজ্য কত বড় আর কতখানি তার ঐশ্বর্য এ সবের চেয়ে ইংকা নরেশের সৈন্যবল কত ও কী দরের সেই কথা জানবার আগ্রহই পিজারোর তখন বেশি। সঠিক খবর পাওয়া না গেলেও তাঁর মুষ্টিমেয় বাহিনীকে ইংকা সাম্রাজ্যের বিরাট সেনাদল যে পায়ে মাড়িয়েই শেষ করে দিতে পারে এটুকু পিজারো জেনেছেন।

সৈন্যবল কত ইংকা নরেশের? কেউ তা ঠিকমতো বলতে পারে না, কিন্তু এটুকু তারই মধ্যে জানা গেছে যে সম্প্রতি ইংকা সম্রাট যেখানে শরীর সারাবার জন্যে আস্তানা নিয়েছেন সেখানেই তাঁর সঙ্গে আছে অন্তত হাজার পঞ্চাশ সেপাই।

পিজারোর কি এবার মানে মানে ফিরে যাবার ব্যবস্থাই করা উচিত ছিল না?

কিন্তু তিনি তা করলেন কই? একশো আটষট্টি জন্য সৈন্য সঙ্গে নিয়েই তিনি আতাহুয়ালপার সঙ্গে দেখা করবার জন্যে কাক্‌সামালকার উদ্দেশে এগিয়ে চললেন।

আতাহুয়ালপা কে তা বোধহয় আর বলতে হবে না।

তিনি হলেন সূর্যপ্রভব ইংকা সাম্রাজ্যের অধীশ্বর, আর কাক্‌সামালকা হল পেরুর এক আশ্চর্য ঝরনা-জলের শহর, তখনকার ইংকা নরেশদের মতো এখনও মানুষ যেখানে স্বাস্থ্যোদ্ধারের জন্যে যায়।

ইংকা আতাহুয়ালপার নিজের ডেরার কডিলিয়েরাস-এর পার্বত্য গোলোক ধাঁধা ভেদ করে এ ভাবে যাওয়া এক হিসেবে বাতুল গোঁয়ার্তুমি ছাড়া কিছু নয়। কী করবেন পিজারো তাঁর ওই ক-টা সঙ্গী নিয়ে সেই ইংকা সম্রাটের কাছে উপস্থিত হয়ে? তিনি কি শুধু সেই মহামহিমের দর্শনলাভের জন্যেই যাচ্ছেন? অকূল সাগর আর দুর্গম গিরি-মরু পেরিয়ে এসেছেন শুধু কিছু অনুগ্রহ ভিক্ষা করতে?

সে অনুগ্রহ চাইলেই যে পাবেন তারই বা ভরসা কী? রাজা-গজার মেজাজের কিছু ঠিক আছে? পিজারো আর তাঁর দলবল এ অজানা দেশের রেওয়াজ দস্তুর আদব-কায়দা কিছুই জানেন না বললে হয়। সামান্য একটু ভুলচুক হওয়া আশ্চর্য কী! আর তাতেই ইংকা রাজ্যেশ্বরের মেজাজ যদি বিগড়ে যায়, তখন? যে পঞ্চাশ হাজার সৈন্য ইংকা আতাহুয়ালপার সঙ্গে রক্ষী হিসেবে আছে তারা সবাই একটা করে টোকা দিলেই তো তাঁরা গুঁড়িয়ে ধুলো হয়ে যাবেন। যদি বা তাদের এড়িয়ে কোনওমতে কাক্‌সামালকা থেকে পালাতে পারেন, তারপর নিস্তার পাবেন কি? এ পাহাড়ি গোলক-ধাঁধার রাজ্যে পথে পথে দুর্গের পাহারা। তা ছাড়া দূর-দূরান্তরে রাজাদেশ নিয়ে যাওয়া ও খবর দেওয়া-নেওয়ার জন্যে দৌড়বাজ দূতের ব্যবস্থা আছে। তাঁরা পাঁচ পা না যেতে যেতেই তাঁদের খবর পাহাড় থেকে সাগর-তীর পর্যন্ত পৌঁছে যাবে।

এ সব কথা একেবারেই ভাবেননি, পিজারো এমন নির্বোধ গোঁয়ার সত্যিই নন। তবু তিনি যে অটল সংকল্প নিয়ে কাক্‌সামালকা শহরের দিকে এগিয়ে গেছেন তা শুধু বাতুল জেদের জন্যই বোধহয় নয়। ভরসা পাওয়ার মতো কিছু একটা তিনি সম্ভবত জেনেছিলেন।

ভরসা যা থেকে পেয়েছিলেন তা কি ইংকা সাম্রাজ্যের সাম্প্রতিক ইতিহাস? মনে হয় তাই। এ বিশাল রহস্যময় সাম্রাজ্যের ভয়-জাগানো নানা বিবরণের মধ্যে

আতাহুয়ালপার রাজ্যেশ্বর হওয়ার কাহিনীটুকু হয়তো তাঁকে কিছুটা আশা দিয়ে থাকতে পারে।

আশা এই কারণে যে আতাহুয়ালপার ভাগ্যে নিরঙ্কুশ সাম্রাজ্য লাভ ঘটেনি। রক্তসমুদ্র পার হয়ে তাঁকে সিংহাসনে পৌঁছোতে হয়েছে। আর তাও তিনি পৌঁছেছেন মাত্র সেদিন ভ্রাতৃহত্যার পাতকে কলঙ্কিত হয়ে।

ইতিহাসের জ্ঞান নিরক্ষর পিজারোর ছিল না বটে, কিন্তু ধূর্ত বিচক্ষণতা নিশ্চয় ছিল যাতে ঘরোয়া খুনোখুনিই যে বাইরের দুশমনির রাস্তা সাফ করে দেয় তা তিনি বুঝতেন।

সাম্রাজ্য নিয়ে যে ঘরোয়া সংগ্রামে আতাহুয়ালপাকে ভ্রাতৃহত্যার পাতকী হতে হয় ইংকা রাজবংশের ইতিহাসে তা অভাবনীয়।

ইংকাদের আদি অভ্যুত্থান টিটিকাকা হ্রদের তীরের সময়ের কুজ্ঝটিকায় অস্পষ্ট। নিজেদের যাঁরা সূর্যের সন্তান বলতেন সেই ইংকা রাজবংশের ইংকা টুপান য়ুপানকি ছিলেন এক অসামান্য পুরুষ। পঞ্চদশ শতাব্দীর শেষের দিকে তাঁর মৃত্যু হয়। তার আগেই ইংকা সাম্রাজ্য তাঁর বাহুবলে উত্তরে বর্তমান ইকোয়েডর-এর কুইটো থেকে দক্ষিণে এখনকার চিলি রাজ্যের মরুপ্রায় তীরভূমি আতাকামা ছাড়িয়েও বিস্তৃত হয়েছে।

ইংকা য়ুপানকির পুত্র ও উত্তরাধিকারী হুয়াইনা কাপাক কীর্তিতে পিতাকেও তারপর ছাড়িয়ে গেছেন। ইংকা সাম্রাজ্যের সবচেয়ে সুখ শান্তি ও সম্মানের যুগ তাঁর রাজত্বকালেই এসেছিল। কিন্তু এ সাম্রাজ্যের ধ্বংসের বীজও তিনি নিজের অজ্ঞাতে রোপণ করে গিয়েছিলেন।

পনেরোশো চব্বিশের নভেম্বর মাসে পিজারো যখন প্রথম পানামা বন্দর থেকে সূর্য কাঁদলে সোনা-র দেশ আবিষ্কারের আশায় পাড়ি দেন, হুয়াইনা কাপাক তখনও জীবিত।

নতুন মহাদেশে সম্পূর্ণ অপরিচিত এক শ্বেতাঙ্গ জাতের বিদেশি মানুষের পদার্পণের কথা তিনি জেনে গিয়েছিলেন বলে শোনা যায়। জেনেছিলেন সম্ভবত পিজারোর প্রথম অভিযান শুরু হওয়ার আগেই। বালবোয়া প্রশান্ত মহাসাগর আবিষ্কার করে সেন্ট মাইকেল উপসাগর পার হয়ে ইংকা সাম্রাজ্যের প্রথম কিংবদন্তি যখন শোনেন তখনই এই অচেনা আগন্তুকদের খবর হয়তো হুয়াইনা কাপাক-এর কানে পৌঁছেছিল। তখন যদি এ খবর না-ও পেয়ে থাকেন, পিজারো আর আলমাগরো তাঁদের প্রথম অভিযানে রিও দে সান খুয়ান নদী পর্যন্ত পৌঁছোলে তার বিবরণ হুয়াইনা কাপাক নিশ্চয় পেয়েছিলেন। শোনা যায় এ বিবরণ শুনে তিনি নাকি বেশ একটু বিচলিত হয়েছিলেন ভবিষ্যতের কথা ভেবে। পিজারোর সৈন্যদের বন্দুক ও সওয়ারি ঘোড়ার বর্ণনা বেশ একটু অতিরঞ্জিতভাবেই কাপাক শুনেছিলেন নিশ্চয়। এ রকম অদ্ভুত যাদের শক্তি তাদের নামমাত্র সংখ্যা আর ব্যর্থ হয়ে ফিরে যাওয়ার কথা জেনেও হুয়াইনা কাপাক নিশ্চিন্ত হননি। দিকচক্রবালে সামান্য একটা কালো ফোঁটা থেকেই ইংকা সাম্রাজ্যের ভিত নাড়ানো প্রলয়-তুফানের আবির্ভাব তিনি নাকি অনুমান

করেছিলেন। নিজের অনুমান সত্য হয়ে ওঠা দেখে যাওয়ার দুর্ভাগ্য তাঁর হয়নি। সঠিক তারিখ নিয়ে কিছু মতভেদ আছে তবু পনেরোশো পঁচিশ কি ছাব্বিশে তিনি মারা যান।

মারা যাওয়ার আগে এমন একটি কাজ তিনি করে যান যা ইংকা রাজবংশের চিরকালের রীতি ও সংস্কারের বিরোধী। ইংকা রাজবংশের প্রাচীন রীতি অনুসারে ইংকা নরেশের নিজের ভগিনীই একমাত্র খাসরানি হওয়ার যোগ্য এবং তারই প্রথম পুত্রসন্তান রাজশক্তির একমাত্র উত্তরাধিকারী।

সে হিসেবে হুয়াইনা কাপাক-এর সাম্রাজ্য তাঁর বৈধ বিবাহজাত জ্যেষ্ঠ পুত্র হুয়াসকার-এর ওপরই বর্তাবার কথা। হুয়াসকার পুত্র হিসেবে কাপাক-এর অপ্রিয়ও ছিলেন না। তাঁর হুয়াসকার নামের কুইচুয়া ভাষার অর্থ হল শৃঙ্খল। এরকম অদ্ভুত নাম রাখবার কারণ এই যে হুয়াসকার-এর জন্মোৎসবের নাচের আসরে অভিজাত খানদানিদের জাতীয় নৃত্যের সময় ধরবার জন্যে হুয়াইনা কাপাক চারশো হাতেরও বেশি লম্বা ও জোয়ান মানুষের কবজির মতো মোটা একটি স্বর্ণশৃঙ্খল তৈরি করিয়েছিলেন।

হুয়াসকার-এর প্রতি তাঁর স্নেহের অভাব তারপর ঘটেনি, কিন্তু আর এক টান তাঁর ছিল প্রবলতর।

হুয়াইনা কাপাক উত্তরের কুইটো জয় করবার পর সে রাজ্যের শেষ স্কিরি বা অধীশ্বর পরাধীনতার দুঃখেই মারা যান। কাপাক তাঁর কন্যাকে তখন বিয়ে করেন। তখনকার যুগের প্রায় সব দেশের রাজাবাদশার মতো ইংকাদের বৈধ মহিষী ছাড়া অন্য রানি ও শয্যাসঙ্গিনী থাকত অসংখ্য। কাপাকের সবচেয়ে প্রিয় রানি ছিল কুইটোর এই রাজকন্যা। এরই প্রেমে শেষ জীবনটা তিনি নিজের রাজধানী ছেড়ে কুইটো থেকেই শাসনকার্য চালিয়েছেন।

কুইটোর এই রাজকন্যাই আতাহুয়ালপার জননী। ছেলেবেলা থেকে আতাহুয়ালপা বাপের সঙ্গে সঙ্গেই থেকেছে। বড় হয়ে উঠেছে তাঁরই শিক্ষাদীক্ষায় স্নেহের প্রশ্রয়ে। ইংকা ছাড়া আতাহুয়ালপার শরীরে অন্য রক্ত ছিল বলেই বোধহয় ছেলেবেলা থেকে তার মধ্যে একটা অতিরিক্ত বুদ্ধির উজ্জ্বলতা আর প্রাণের উচ্ছলতা দেখা গেছে। দিনে দিনে পুত্রস্নেহাতুর হুয়াইনা কাপাকের তিনি নয়নের মণি হয়ে উঠেছেন। মৃত্যুকালে স্নেহান্ধ হয়েই হুয়াইনা কাপাক ইংকা রাজবংশের সমস্ত বিধিনিষেধ লঙ্ঘন করে সমস্ত সাম্রাজ্য বৈধ উত্তরাধিকারী হুয়াসকার আর আতাহুয়ালপার মধ্যে ভাগ করে দিয়েছেন। ধ্বংসের বীজ রোপিত হয়েছে তখনই।

হুয়াইনা কাপাকের মৃত্যুর পর প্রথম পাঁচ বছর একরকম নির্ঝঞ্ঝাটেই কেটেছে। হুয়াসকার দক্ষিণে আর আতাহুয়ালপা উত্তরে নিজের নিজের অংশে রাজত্ব করেছেন পরস্পরের সম্মান রেখে। কিন্তু বিরোধের কারণ দেখা দিতে দেরি হয়নি।

হুয়াসকার আতাহুয়ালপার চেয়ে বয়সে বছর-পাঁচেক বড়। বিধিসম্মতভাবে একমাত্র ন্যায্য উত্তরাধিকারী হলেও প্রকৃতিটা শান্তশিষ্ট হওয়ার দরুন পিতার পক্ষপাতিত্ব মেনে নিয়ে তিনি হয়তো নির্বিরোধে নিজের অংশটুকুর ওপরে রাজত্ব

করেই সুখী থাকতে পারতেন, কিন্তু আতাহুয়ালপার সম্পূর্ণ বিপরীত চরিত্রের জন্যেই তা সম্ভব হয়নি।

বাইরে থেকে দেখলে বিরোধের প্রথম প্রত্যক্ষ সূত্রপাত হুয়াসকারই করেছেন, কিন্তু করেছেন অনেক কিছুতেই ধৈর্য হারিয়ে।

আতাহুয়ালপার প্রকৃতি হুয়াসকার-এর ঠিক উলটো। সুখে স্বচ্ছন্দে শান্তিতে রাজত্ব করবার মানুষ তিনি নন। রাজ্য পেয়েই তিনি তা বাড়াবার জন্যে নানাদিকে সৈন্য-সামন্ত নিয়ে হানা দিতে শুরু করেছেন। প্রথমে হুয়াসকার-এর এলাকায় হাত না বাড়ালেও অন্যদিকে তাঁর দুর্দান্ত সব অভিযানের সাফল্যের খবর হুয়াসকারকে ভাবিত করে তুলেছে। রাজসভায় তাঁকে উসকে দেওয়ার লোকের অভাব হয়নি। তারা বুঝিয়েছে যে, গোড়াতেই বিষদাঁত না উপড়ে নিলে এ-সাপ বড় হয়ে এক দিন হুয়াসকারের রাজধানী কুজকোর ওপর ছোবল দেবে। আতাহুয়ালপার চালচলন ভাবগতিক দেখে এ-সন্দেহ আরও জোরদার হয়েছে। শেষপর্যন্ত হুয়াসকার আতাহুয়ালপার রাজধানী কুইটোতে দূত পাঠিয়েছেন।

এসপানিওলদের এ-রাজ্যে পা দেওয়ার কিছুদিন মাত্র আগের ঘটনা। তবু পেরুর রাজতক্ত নিয়ে দুই ভাই-এর সংগ্রামের সঠিক বিবরণ কেউ সংগ্রহ করতে পারেনি। এক মত অনুসারে হুয়াসকার কুইটোতে দূত পাঠিয়ে আতাহুয়ালপাকে খুশিমতো নিজের রাজ্যের বাইরে চড়াও হতে মানা করেছিলেন আর তাঁর কাছে বশ্যতার প্রমাণস্বরূপ রাজত্ব চেয়েছিলেন। অন্য এক বিবরণে পাওয়া যায় যে, ঝগড়ার সূত্রপাত টুমেবাম্বা বলে এক প্রদেশ নিয়ে। আতাহুয়ালপার অধিকারে থাকলেও সেটি তাঁর প্রাপ্য বলে দাবি করেই নাকি হুয়াসকার দূত পাঠান।

কারণ যা-ই হোক, ভেতরে ভেতরে যা ধোঁয়াচ্ছিল সে-বিরোধের আগুন দাউ-দাউ করে এবারে জ্বলে ওঠে। আতাহুয়ালপা প্রথম দিকে এ লড়াই-এ সুবিধে করতে পারেননি। যে টুমেবাম্বা নিয়ে বিরোধ, সেই জায়গাতেই হুয়াসকার-এর কাছে যুদ্ধে হেরে গিয়ে তিনি বন্দী হন।

পেরুর ভাগ্য নির্ণয় অত সহজে কিন্তু হয়ে যায়নি। আতাহুয়ালপা বন্দিশিবির থেকে পালাবার সুযোগ পেয়েছেন আর তারপর নিজের রাজধানী কুইটোয় ফিরে গিয়ে দুই প্রবীণ বিচক্ষণ সেনাপতির সাহায্যে এমন এক বাহিনী গড়ে তুলেছেন যা প্রলয়ের ঢেউয়ের মতো দুর্বার গতিতে হুয়াসকার-এর রাজধানী কুজকো পর্যন্ত পৌঁছে গেছে।

আতাহুয়ালপার সহায় এই দুই প্রবীণ সেনাপতির একজন হলেন তাঁর বাবা হুয়াইনা কাপাকেরই বন্ধু কুইথকুইথ, আর দ্বিতীয়জন আতাহুয়ালপার মাতুল চালিকুচিমা।

আতাহুয়ালপার বাহিনী রাজধানী কুজকোর কাছের প্রান্তর কুইপেইপান-এ এসে পৌঁছে গেলেও হুয়াসকার ভয় পাননি। শত্রুকে একেবারে নিজের এলাকায় মুঠোর মধ্যে এনে ফেলাই নাকি ছিল তাঁর গোপন অভিসন্ধি। কোনও নিপুণ অভিজ্ঞ সেনাপতি নয়, এ রণ-কৌশলের পরামর্শ তাঁকে দিয়েছিলেন সূর্যমন্দিরের

পুরোহিতরা।

এ-পরামর্শ হুয়াসকার-এর পক্ষে সর্বনাশা হয়ে দাঁড়ায়। কুইপেইপান-এর যুদ্ধে হুয়াসকারের সৈন্যবাহিনী বিশ্বাসঘাতকতা করেনি, প্রাণ দিয়ে তারা লড়েছে, বিশুদ্ধ ইংকা রক্ত যাঁর মধ্যে বইছে, সাম্রাজ্যের সেই যথার্থ অধীশ্বরের জন্যে, কিন্তু আতাহুয়ালপার সৈনিকদের শিক্ষা ও শৃঙ্খলা অনেক উঁচু দরের। মাতুল চালিকুচিমা আর পিতৃবন্ধু কুইথকুইথ-এর রণকৌশলও অনেক শ্রেষ্ঠ। হুয়াসকারের বাহিনী মৃত্যুপণ করে যুঝেও তাদের সামনে দাঁড়াতে না পেরে ছারখার হয়ে গেছে।

হুয়াসকার হাজারখানেক সেনার ছোট একটি অনুগত দল নিয়ে পালাবার চেষ্টা করে সফল হতে পারেননি। তাঁকে বন্দি করে বিজয়ী বাহিনী কুজকো নগর দখল করেছে।

এর পরেরকার যে-ইতিহাস পাওয়া যায় তা হয়তো অতিরঞ্জিত, কিন্তু তার মধ্যে আতাহুয়ালপার নৃশংতার সব বিবরণ সম্পূর্ণ অবিশ্বাস করা যায় না।

আতাহুয়ালপা প্রথমে বড়ভাইকে যথাযোগ্য সম্মান দিয়েই নাকি বন্দি করে রাখবার ব্যবস্থা করেছিলেন। কিন্তু সে-ব্যবস্থা হয়তো একটা ধূর্ত রাজনীতির চাল মাত্র। হুয়াসকারের হিতৈষী অন্য অভিজাত ইংকা-প্রধানরা তাতে বেশ কিছুটা আশ্বস্ত হয়েছিলেন, সে-বিষয়ে সন্দেহ নেই। তা না হলে সমস্ত দেশের দূরদূরান্ত থেকে কুজকো নগরে এসে সমবেত হতে তাঁরা রাজি হবেন কেন!

আতাহুয়ালপা তাঁদের ডেকে পাঠিয়েছিলেন পেরু সাম্রাজ্য দুই ভাই-এর মধ্যে ন্যায্যভাবে ভাগবাঁটোয়ারায় সাহায্য করবার জন্যে। এমন ভাগাভাগি তিনি চান ভবিষ্যতে যাতে বিরোধের কোনও জড় আর না থাকে।

বিশ্বাস করে যাঁরা কুজকো নগরে সেদিন জড়ো হয়েছিলেন তাঁদের কেউই আর নিজের ঘরে ফিরে যেতে পারেননি। আতাহুয়ালপার সৈন্যরা তাঁদের ঘেরাও করে প্রত্যেককে নির্মমভাবে হত্যা করেছে।

শুধু এই ইংকা-প্রধানদেরই নয়, ইংকা রক্তে যাদের জন্ম ও এ-রক্ত ভবিষ্যতে যাদের মধ্যে দিয়ে প্রবাহিত হতে পারে, এমন বালক-বালিকা যুবক-যুবতী, বৃদ্ধ-বৃদ্ধা কাউকেই জীবিত থাকতে দেওয়া হয়নি। তাঁর প্রতিদ্বন্দ্বী হয়ে সাম্রাজ্যের অধিকার দাবি করতে পারে এমন সব বংশধারা আতাহুয়ালপা নিশ্চিহ্ন করে দিয়েছেন।

এ বিবরণ আর কারও কাছে নয়, ইংকা বংশেরই উত্তরপুরুষ স্বয়ং সার্সিলাসো দে লা ভেগা-র কাছে পাওয়া বলে একেবারে উড়িয়ে দেওয়ার নয়।

এসব ঘটনার মাত্র কিছুদিন বাদে পেরুতে পৌঁছে পিজারোর, যত বিকৃত জটিলভাবেই হোক, কোনও বিবরণ শুনতে নিশ্চয় বাকি থাকেনি। ভাই-এ ভাই-এ এই ঘরোয়া লড়াই আর দু-পক্ষের দলাদলির খবরই তাঁকে উৎসাহিত করেছে। সাম্রাজ্য বিরাট হতে পারে, কিন্তু তার মাঝখানে এই সর্বনাশা ফাটল যখন ধরেছে তখন ধ্বংস একেবারে অসম্ভব কিছু হয়তো নয়।

তাঁর সেনাদল নিয়ে পিজারো তখন থারান বলে এক পাহাড়ি শহরে আস্তানা পেতেছেন। তাঁর আস্তানা ইংকা রাজপুরুষদের ব্যবহারের জন্যে নির্দিষ্ট একটি

চমৎকার সরাইখানা। সে শহরের কুরাকা মানে মোড়ল পিজারো ও তাঁর লোকজনের যথাসম্ভব পরিচর্যাই করেছে।

কিন্তু সে আদর আপ্যায়নে পিজারোর উদ্বেগ অশান্তি আরও বেড়েছে।

সমুদ্রের তীরভূমি থেকে তুষার ঢাকা পাহাড়ে অনেক দূর পর্যন্ত তো উঠে এসেছেন, এখনও ইংকা আতাহুয়ালপার কোনও সাড়াশব্দ নেই কেন?

এই পাহাড়ি চড়াই উৎরাই-এর গোলকধাঁধার রাজ্যে পিজারো আর তাঁর দলবলের জন্যে নতুন ধরনের কোনও ফাঁদ পাতা হচ্ছে কি?

থারান ছেড়ে নিজে আর না অগ্রসর হয়ে পিজারো তাঁর বিশ্বস্ত বুদ্ধিমান সহকারী হার্নান্ডো দে সটোকে কয়েকজন অনুচর সঙ্গে নিয়ে সামনের পথে কিছুদূর পর্যন্ত টহল দিয়ে আসতে বলেছেন। টহল দিতে পাঠাবার উদ্দেশ্য কাক্‌সাস বলে একটি জায়গার খবর নেওয়া। পিজারো কয়েকজনের মুখে শুনেছেন যে কাক্‌সাস-এ ইংকা সেনাদের একটি বড় গুপ্ত ঘাঁটি আছে। এ সব ঘাঁটি কী ধরনের, সেখানকার অস্ত্রশস্ত্র ও লোকবল কী রকম তার একটু আভাস না পেলে অন্ধের মতো সদলবলে এগিয়ে যাওয়া অত্যন্ত আহাম্মকি হবে।

কিন্তু দে সটো সেই যে গেছে তার আর ফেরবার নাম নেই। একদিন দু-দিন করে পুরো হপ্তাই কেটে গেছে, দে সটোর কোনও সাড়া-শব্দ মেলেনি।

এই পাহাড়ি গোলকধাঁধায় সে তার দলবল সমেত কোথাও গুম হয়ে গেল নাকি!

পিজারো যখন রীতিমতো শঙ্কিত হয়ে উঠে সদলে এগোবেন-না-পেছোবেন মনে মনে তোলাপাড়া করছেন তখন দে সটো হঠাৎ আশাতীতভাবে ফিরে এসেছে। ফিরে এসেছে একা নয়, সঙ্গে তার স্বয়ং ইংকা আতাহুয়ালপারই এক রাজদূত।

রাজদূত যে পেরুর বড় ঘরোয়ানা তা তাঁর চেহারা পোশাকেই বোঝা যায়। তাঁর সঙ্গে অনুচরই এসেছে বেশ কয়েকজন। কাক্‌সাস দুর্গ-শহরে দে সটোর সঙ্গে দেখা হওয়ার পর ইংকা রাজ্যেশ্বরের বার্তা আর উপহার তিনি পিজারোর কাছে পৌঁছে দিতে এসেছেন।

উপহার যা তিনি এনেছেন তা বেশ দামি ও অদ্ভুত। এনেছেন আলপাকা আর ভিকুয়ানার পশমে বোনা সোনা রুপোর জরির কাজ করা পোশাক, খাবার জন্যে নয়, গুঁড়িয়ে সুগন্ধ হিসেবে ব্যবহার করবার জন্যে মশলা মাখা শুখানো বিচিত্র একতাল হাঁসের মাংস আর দুটি পাথরের তৈরি ফোয়ারা। এই শেষের উপহার দুটিই একটু উদ্বিগ্ন করে তোলার মতো। খেলনা ফোয়ারা দুটি দুর্গের আকারে তৈরি। এই দুর্গাকার খেলনা উপহার হিসেবে পাঠাবার মধ্যে কোনও গূঢ় ইঙ্গিত আছে কি না পিজারোকে ভাবতে হবে।

ইংকার রাজদূত যে শুধু পেরু সম্রাটের আমন্ত্রণবার্তা নিয়ে সৌজন্য দেখাতে আসেননি, এসপানিওলদের খোঁজখবর নিয়ে তাদের ক্ষমতার বহর জেনে যাওয়াই যে তাঁর আসল উদ্দেশ্য পিজারোর তা বুঝতে দেরি হয়নি। মনের কথা মনেই চেপে রেখে বাইরে পিজারো যথাসাধ্য সমাদরই করেছেন রাজদূত আর তাঁর অনুচরদের। রাজদূতকে বিদায় দেওয়ার সময় উপহারের বদলি উপহার দিতেও ভোলেননি। সেই

সঙ্গে সবিনয়ে জানিয়েছেন যে সুদূর অকূল সমুদ্রপারের এক দেশের মহামহিম অধীশ্বরের প্রজা হিসেবে এই অজানা দেশে এসে ইংকা আতাহুয়ালপার আশ্চর্য বীরত্বের বহু কাহিনী তাঁরা শুনেছেন। তাই শুনে আতাহুয়ালপাকে শত্রু দমনে সাহায্য করতে পিজারো সদলবলে উৎসুক। ইংকা রাজ্যেশ্বরের আমন্ত্রণ পাবার সৌভাগ্য যখন তাঁদের হয়েছে তখন তাঁরা রাজসন্দর্শনে যেতে আর একমুহূর্ত বিলম্ব করবেন না।

তা, বিলম্ব করবেন না ঠিকই, কিন্তু রাজসন্দর্শনে যাবেন কোথায়? ইংকা রাজ্যেশ্বরের দূত তার হদিস তো দিয়ে যায়নি।

শেষ পর্যন্ত সে হদিস পাওয়া গেছে। জানা গেছে যে, ইংকা রাজ্যেশ্বর বিরাট বাহিনী নিয়ে কাক্‌সামালকায় বিশ্রাম করছেন। হ্যাঁ, সেই স্বাভাবিক উষ্ণ প্রস্রবণের শহর কাক্‌সামালকা, তখনকার ইংকা সম্রাটের মতো আজও যেখানে ধনী-মানীরা স্বাস্থ্যোদ্ধারের জন্যে যায়।

অনেক দ্বিধা সংশয় দমন করে অনেক বাধা-বিপত্তি কাটিয়ে পিজারোর বাহিনী একদিন সেই কাক্‌সামালকার নগর সীমান্তেই উপস্থিত হয়েছে। কাক্‌সামালকায় পৌঁছোতে পাহাড়ের ওপর থেকে উৎরাই-এর পথে নামতে হয়। নামতে নামতে যে দৃশ্য চোখে পড়ে তা অপূর্ব। চারিদিকে অভ্রভেদী পর্বত প্রাচীরে ঘেরা নাতিপ্রশস্ত একটি ডিম্বাকৃতি উপত্যকা। লম্বায় আন্দাজ সাড়ে চার ক্রোশ আর চওড়ায় তিন। এ উপত্যকার মাঝখান দিয়ে বেশ বড় ও চওড়া একটি নদী বয়ে গেছে। এই মনোহর উপত্যকার মধ্যে পরিচ্ছন্ন যেন দুধে ধোওয়া সব বাড়ি দিয়ে সাজানো নগর কাক্‌সামালকা।

পিজারো তাঁর বাহিনীর সঙ্গে পাহাড় ঘেরা উপত্যকার সৌন্দর্য আর নীল আকাশে পতাকার মতো উষ্ণ প্রস্রবণের সাদা ধোঁয়ার কুণ্ডলী তোলা শহরের শোভা দেখে মুগ্ধ হওয়ার অবসর কিন্তু পাননি। নীচের শহরের দিকে চেয়ে আর একটি যে দৃশ্য তাঁদের চোখে পড়েছে তাতেই বুক তাঁদের তখন কেঁপে উঠেছে নিশ্চয়।

শহর ঘিরে যে সব পাহাড়ের দেওয়াল উঠে গেছে তার কোলে কোলে ক্রোশের পর ক্রোশ মুঠো মুঠো করে ছড়ানো সাদা তুষারের মতো ওগুলো কী?

ওগুলো যে কী তা বুঝতে দেরি হয়নি। ওগুলো আর কিছু নয়, ইংকা আতাহুয়ালপার বিরাট সৈন্যবাহিনীর অগণন সব তুষারশুভ্র শিবির।

শিবিরই যেখানে অমন অগুনতি সেখানে সৈন্য যে কত তা বুঝে পিজারোর লোকেদের বুক যদি বেশ দমে গিয়ে থাকে তাতে আশ্চর্য হওয়ার কিছু নেই। উপায় থাকলে তাদের ক-জন ওই উৎরাই-এর পথে নীচের উপত্যকায় তখন নামত তা বলা কঠিন। ইংকা আতাহুয়ালপার ওই সৈন্যসমুদ্রে ঝাঁপ দেওয়া মানে নিশ্চিত নিষ্ফল আত্মহত্যা বুঝে অনেকের মনেই ফিরে যাওয়ার আকুলতা যে জেগেছিল, কনকুইস্তেদর মানে অভিযাত্রীদের একজনই তা স্বীকার করে গেছেন তাঁর লেখায়।

'ভয় যতই হোক'—তিনি লিখে গেছেন—'ফিরে যাওয়ার তখন আর সময় নেই। এতটুকু দ্বিধা দুর্বলতা দেখালেও সর্বনাশ। সঙ্গে ওদেশি যেসব লোকজন আছে তারাই

তাহলে আমাদের ওপর প্রথমে চড়াও হবে। সুতরাং যথাসাধ্য মনের ভাব মনেই চেপে আমরা উৎরাই-এর পথে নামতে শুরু করলাম।'

ষোলো

"পনেরোশো বত্রিশের পনেরোই নভেম্বর।

মাত্র দু-বছর আগে মোগল-সাম্রাজ্যের প্রতিষ্ঠাতা ভারতবিজেতা বাবর আটচল্লিশ বছর বয়সে আগ্রা শহরে মারা গেছেন। তাঁর পুত্র ও উত্তরাধিকারী হুমায়ুন আফগান সর্দার শের শাহকে শায়েস্তা করবার উদ্দেশ্যে চুণার দুর্গ অবরোধ করে তাঁকে সাময়িক বশ্যতা স্বীকার করিয়েছেন মাত্র এক বছর আগে।

ইউরোপে তিন বছর আগে তুর্কিরা ভিয়েনা দখল করেছে। ভয়ংকর আইভান বলে সে যুগে যিনি পরিচিত সেই চতুর্থ আইভানের রাশিয়ার জারের সিংহাসনে বসতে আর এক বছর মাত্র বাকি।

পোর্তুগিজরা ইউরোপের প্রতিনিধি হিসেবে মাত্র আঠারো বছর আগে চিনে পা দিয়েছে, কিন্তু নিজেদের জুলুম জবরদস্তির দোষে কোথাও স্থায়ীভাবে বাস করবার সুযোগ পায়নি। কোথাও তাদের মেরে শেষ করা হয়েছে আর কোথাও থেকে হয়েছে বিতাড়িত। কান্টনের দক্ষিণে ছোট্ট দ্বীপ সাংচুয়ান থেকে তারা কোনওরকমে তখন ব্যবসা চালাচ্ছে।

পৃথিবীর ইতিহাসের নানা দিক দিয়ে স্মরণীয় এই সময়ে ওই তারিখে সুদূর সাগরপারের এক দেশ থেকে মুষ্টিমেয় ক-টি সৈন্য নিয়ে পিজারো অজানা রহস্যময় পেরু সাম্রাজ্যের অধীশ্বর আতাহুয়ালপার সম্পূর্ণ নিজস্ব পাহাড়ঘেরা সুরক্ষিত দুর্গনগরে নামবার জন্যে পা বাড়ালেন।

কী আছে ভবিষ্যতের গর্ভে তার কোনও আভাস কি পিজারো পেয়েছিলেন?

নইলে তিনি সেদিন যা করেছিলেন তাকে তো উন্মত্ত আত্মঘাতী বাতুলতা ছাড়া আর কিছু বলা যায় না। পাহাড়ের ঢালু পথে যখন পিজারো তাঁর দলবল নিয়ে নীচের শহরে নামছেন তখন বিকেল হয়ে এসেছে।

সারাদিন আকাশ পরিষ্কার ছিল। হঠাৎ সেই সময় যেন নিয়তির ইঙ্গিত নিয়ে ঝড় উঠল। ঝড়ের সঙ্গে বৃষ্টি। শুধু জলের ফোঁটা নয়, শিলাবৃষ্টিও। সেই সঙ্গে আর হাড়-কাঁপানো শীত যা ভয়ের কাঁপুনি লুকোবার সুযোগ দিয়েছে কাউকে কাউকে।

তিনটি দলে ভাগ হয়ে পিজারো নামছিলেন। শহরে নেমে তিনি নিজের দল নিয়ে তাঁর বিশ্রামের জন্যে নির্দিষ্ট পান্থনিবাসে গেলেও তৎক্ষণাৎ দে সটোকে পনেরোজন সওয়ার সমেত ইংকা আতাহুয়ালপার কাছে সেলাম দিতে পাঠিয়েছেন। শুধু দে সটোর দলকে পাঠিয়ে তিনি নিশ্চিন্ত হতে পারেননি। নিজের ভাই হার্নাণ্ডোকেও তার পিছনে বিশজন সওয়ার নিয়ে সহায় স্বরূপ যেতে বলেছেন।

দে সটোর পনেরো আর হার্নাণ্ডোর কুড়ি এই মোট পঁয়ত্রিশ জন তো সওয়ার। সত্যিই যদি বিপদ কিছু ঘটে, কে কাকে কী সাহায্য করবে!

বিপদ কিন্তু কিছু ঘটেনি। পিজারোর প্রতিনিধিরা নিরাপদে বহাল তবিয়তেই ফিরে এসেছে। ইংকা নরেশ তাঁর শিবির ফেলেছেন নগরের বাইরে পাহাড়ের কোলের মুক্ত প্রান্তরে গরম জলের স্বাভাবিক ফোয়ারাগুলির কাছে। সেখান থেকে ফিরে দে সটো আর হার্নান্ডো ইংকা আতাহুয়ালপার চরিত্র চেহারা ও ব্যবহারের বিবরণ দিয়ে যে খবর জানিয়েছে তা শুনে পিজারো সেই রাত্রেই তাঁর বাহিনীর প্রধানদের এক গোপন মন্ত্রণাসভা ডেকেছেন।

সেই দিনই বিকেলে তো সবে পিজারো কাক্সামালকা শহরে পা দিয়েছেন ইংকা নরেশের অতিথি হয়ে। শহরে পৌঁছোবার পর কর্তব্য হিসেবে রাজদর্শনে যাদের পাঠিয়েছিলেন তারা ফিরে এসে কী এমন খবর দিলে যে পিজারো সেই রাত্রেই গোপনে মন্ত্রণাসভা ডাকবার জন্যে ব্যস্ত হয়ে উঠলেন।

ইংকা আতাহুয়ালপা কি রাজদর্শনে যারা গিয়েছিল তাদের ওপর জুলুম জবরদস্তি কিছু করেছেন, কিংবা অপমান-টপমান?

না, মোটেই নয়।

তবে কি অগ্রাহ্য, অবজ্ঞা?

না, তা-ও নয়।

পিজারো তাঁর বিশ্বস্ত সেনাপতি দে সটোকে পাঠিয়েছিলেন ইংকা নরেশকে কুর্নিশ করে আসতে আর সেই সঙ্গে ভাই হার্নান্ডোকেও ভরসা দেওয়ার জন্যে সঙ্গে থাকতে বলেছিলেন।

ফিরে এসে তাঁরা যে বিবরণ দিয়েছেন তাতে বিচলিত হবার কারণ অন্য।

এই নতুন মহাদেশে এ পর্যন্ত এসপানিওলরা অনেক কিছু দেখেছে, বড় ছোট অনেক মানুষের সংস্রবে এসেছে। তুষার ঢাকা অভ্রভেদী পাহাড়ের বুকে সূর্য কাঁদলে সোনা-র দেশ যত রহস্যময়ই হোক, সত্য-মিথ্যা নানা বর্ণনা শুনে তার রাজ্যেশ্বর ইংকা আতাহুয়ালপা সম্বন্ধে একটা মোটামুটি ধারণা তাই পিজারো আর তাঁর দলবলের মনে গড়ে উঠেছিল।

আতাহুয়ালপার চাক্ষুষ যে রূপ দেখা গেছে তার সঙ্গে সে ধারণার একেবারে মিল নেই।

আতাহুয়ালপার মতো এরকম সত্যিকার সম্রাটোচিত চেহারাই এর আগে এদেশে কোথাও পিজারো বা তার সঙ্গীদের কারও চোখে পড়েনি।

দে সটো আর হার্নান্ডো পিজারোর এই ইংকা নরেশের সামনে আপনা থেকেই নিজেদের কেমন ছোট মনে হয়েছে। নিজেদের স্বাতন্ত্র্য দেখাবার চেষ্টা সত্ত্বেও তাঁদের ব্যবহারে আর কথায় সম্ভ্রম ফুটে উঠেছে আপনা থেকেই।

সত্যি কথা বলতে গেলে দে সটো বা হার্নান্ডো পিজারোর মনে নিজেদের সাদা চামড়া থেকে শুরু করে লম্বা চওড়া চেহারা আর গুলি-বারুদ বন্দুক আর ঘোড়া নিয়ে শক্তি সামর্থ্যের একটু গুমর ছিলই। তাঁরা ভেবেছিলেন আর কিছু না হোক এদেশের পক্ষে সম্পূর্ণ অজানা এসব জাঁকজমক দিয়ে ইংকা নরেশকে একটু হকচকিয়ে দিতে অন্তত পারবেন।

তার বদলে দে সটো আর হার্নান্ডোকেই ভেতরে ভেতরে বেশ একটু বিচলিত হতে হয়েছে।

বিচলিত হবার কারণ ইংকা নরেশের রাজসমারোহ কিন্তু নয়।

কাক্সামালকা নগরের বাইরে আতাহুয়ালপার সেই সময়ের শিবির এমন কিছু জমকালো নয়। বেশ বড় গোছের খোলা একটা চত্বর, তার চারিধারে ধাপে ধাপে বসবার আসনের ব্যবস্থা। চত্বরের মাঝখানে একটি জলের কুণ্ড। সুড়ঙ্গ নালি দিয়ে তাতে ঠাণ্ডা আর গরম জলের স্রোত আসে।

বিরাট এই চত্বরে বড় ঘরোয়ানা ইংকা নারী-পুরুষ সব জড়ো হয়েছে আতাহুয়ালপার অনুচর হিসাবে পরিচর্যার জন্যে।

আতাহুয়ালপা কুণ্ডের কাছে একটি নিচু আসনে বসে আছেন। তাঁর পোশাক-আশাক সভাসদদের তুলনায় বরং সাদাসিধে। শুধু তাঁর মাথায় কপাল পর্যন্ত ঢাকা ইংকা রাজশক্তির প্রতীকচিহ্ন রক্তের মতো লাল বোর্লা।

মাথায় এই বোর্লা না থাকলেও তাঁকে আলাদা করে চেনা যেত এমনই তাঁর বিরল বৈশিষ্ট্য।

দে সটো আর হার্নান্ডো পিজারো দু-একজন সঙ্গীকে নিয়ে ঘোড়ায় চড়েই ইংকা আতাহুয়ালপার কাছে গিয়ে দাঁড়িয়েছেন। নিজেদের স্বাতন্ত্র্য দেখাবার জন্যে ঘোড়া থেকে কেউই নামেননি।

ব্যবহারের এই ঔদ্ধত্যটুকু কিন্তু গলার স্বরের স্বতঃস্ফূর্ত সম্ভ্রমে কাটাকাটি হয়ে গেছে।

দে সটো একটু সবিস্তারেই এ রাজ্যে তাঁদের আসার উদ্দেশ্যে জানিয়েছেন। জানিয়েছেন যে সাগরপারের এক মহান রাজ্যের সম্রাটের প্রতিনিধি হিসাবে তাঁরা এখানে এসেছেন। ইংকা নরেশের নানা বীরত্বের কীর্তিকাহিনী শুনে তাঁরা মুগ্ধ। তাঁরা ইংকা নরেশের হয়ে লড়তে চান আর পৃথিবীতে একমাত্র যা সত্য ধর্ম তার বাণী তাঁকে শোনাতে চান।

আতাহুয়ালপা কী বলেছেন এ ভাষণের জবাবে?

কিছুই নয়।

বুঝতে পারেননি বলেই কি তিনি নীরব থেকেছেন?

তা কেন হবে। দে সটোর সব বক্তব্য দোভাষী ফেলিপিলিও তো ভালভাবে অনুবাদ করে শুনিয়েছে। পিজারোর দলে যে ক-জন নামকরা দোভাষী ছিল ফেলিপিলিও তাঁদের মধ্যে এক রকম প্রধান। টম্‌বেজ শহরে তাঁর বাড়ি। সেখান থেকে তাঁকে দু-দুটো সাগর পার করে কাস্তিল-এ নিয়ে যাওয়া হয়েছিল শুধু ওস্তাদ দোভাষী বানাবার জন্যেই। ফেলিপিলিও-র অনুবাদে কোনও ত্রুটি নিশ্চয়ই তা হলে ছিল না।

আতাহুয়ালপা সুতরাং সব শুনে-বুঝেও কোনও জবাব দেননি! শুধু যে তিনি নীরব থেকেছেন তা নয়, মুখের চেহারা যা করে রেখেছেন তাতে মনে হয়েছে এ সব কথা তাঁর কাছে কানে দেবার উপযুক্তও নয়।

দে সটো আর হার্নান্ডো বেশ ফাঁপরে যে পড়েছেন তা বলাই বাহুল্য।

ইংকা নরেশের কঠিন নির্বিকার মুখ দেখে কী তাঁরা বুঝবেন? আতাহুয়ালপা সন্তুষ্ট, না অসন্তুষ্ট? তাঁদের ওপর বিরূপ, না সদয়?

আতাহুয়ালপার বদলে তাঁর এক সভাসদ সংক্ষেপে অবশ্য-দুটি শব্দ উচ্চারণ করেছেন, 'ঠিক আছে।'

কিন্তু তাতে কী বোঝা যায়? ও দুটি কথার মানে তো দু-দিকেই লাগানো যেতে পারে।

বেশ একটু ব্যাকুল অস্বস্তির সঙ্গে পিজারোর ভাই হার্নান্ডো এবার আতাহুয়ালপাকে সনির্বন্ধ অনুরোধ জানিয়েছেন, নিজের মুখে তাঁদের কিছু বলবার জন্যে।

বেশ উদ্বিগ্ন ক-টা মুহূর্ত কেটেছে। আতাহুয়ালপা নিজ-মুখে কিছু কি বলবেন? সে অনুগ্রহ যদি করেন তা হলেও কী হবে তাঁর ভাষণ?

দে সটো আর হার্নান্ডো শুধু নন ইংকা প্রধানরাও বেশ একটু শঙ্কা-সংশয় নিয়ে আতাহুয়ালপার মুখের দিকে চেয়ে থেকেছেন।

আতাহুয়ালপার নির্বিকার ভাবলেশহীন মুখে এই প্রথম ঈষৎ বাঁকা হাসির আভাস দেখা গেছে। তারপর এসপানিওলদের প্রতি দৃষ্টি নিক্ষেপ করে তিনি ধীর গম্ভীর স্বরে বলেছেন, 'তোমাদের সেনাপতিকে বলো গিয়ে যাও যে আমি এক উপবাস ব্রত পালন করছি। এ ব্রত কাল সমাপ্ত হবে। তারপর আমার রাজ্যপ্রধানদের নিয়ে আমি তাঁর সঙ্গে দেখা করব। নগরের সমস্ত রাজ-অতিথিশালা তাঁর ও তাঁর সঙ্গীদের জন্যে খুলে দেওয়ার ব্যবস্থা হয়েছে। সেইখানেই তিনি যেন তাঁর অনুচরদের নিয়ে অপেক্ষা করেন।'

প্রথমকার কঠিন নীরবতার পর ইংকা নরেশের এই ভাষণটুকুতেই কি পিজারো আর তাঁর সঙ্গীরা অতখানি উদ্বেগের কারণ খুঁজে পেয়েছেন?

না, তা ঠিক নয়! ইংকা নরেশ আতাহুয়ালপার চেহারা, আচরণ ও এই ভাষণ, সব কিছুর ভেতর একটা ভিন্ন অস্বস্তিকর ইঙ্গিত ফুটিয়ে তুলেছে পরের একটি ঘটনা আর তার প্রতিক্রিয়া।

ঘটনাটা ঘটেছে আতাহুয়ালপা তাঁর বক্তব্য শেষ করবার পরই।

এসপানিওলরা সবাই ঘোড়ায় চড়েই রাজদর্শনে এসেছিল। আতাহুয়ালপাকে সসম্ভ্রমে অভিবাদন জানালেও ঘোড়া থেকে কেউ মাটিতে নামেননি।

ঘোড়া জানোয়ারটিই সম্পূর্ণ অজানা বলে নতুন মহাদেশের লোকের মনে তখন গভীর বিস্ময়, কৌতূহল আর আতঙ্ক জাগায়। এসপানিওল সওয়ার সৈনিকদের মধ্যে দে সটোর ঘোড়াটাই আবার সবার সেরা। তাঁর ঘোড়াও যেমন বিরাট আর তেজি দে সটো নিজেও তেমনই ওস্তাদ সওয়ার। ঘোড়ার পিঠে ইংকা আতাহুয়ালপার সবচেয়ে কাছে তিনিই দাঁড়িয়েছিলেন।

হঠাৎ কী কারণে বলা যায় না, দে সটোর তেজি ঘোড়াটা হ্রেষাধ্বনি করে একটু অস্থির হয়ে ওঠে। তারপর যা ঘটে তা কতটা দৈবাৎ আর কতটা ইচ্ছাকৃত বলা শক্ত।

দেখা যায়, দুরন্ত ঘোড়াটা লাগাম চিবিয়ে, গরম নিঃশ্বাস ছেড়ে পায়ের খুরে মাটি আঁচড়াতে আঁচড়াতে যেন অকস্মাৎ খেপে গিয়ে সামনের বিরাট চত্বরে ঝড়ের বেগে ছুটতে শুরু করেছে।

এই বার বোঝা যায় দে সটোর কেরামতি। অদ্ভুত কৌশলে কখনও বিদ্যুৎবেগে ছুটিয়ে, কখনও চরকিবাজির মতো ঘুরপাকের পর ঘুরপাক খাইয়ে, দৌড়ের মধ্যেই বেপরোয়া বাঁক নিয়ে বা সামনের দু-পা শূন্যে তুলিয়ে দে সটো সওয়ারগিরিতে তাঁর আশ্চর্য নৈপুণ্যের পরিচয় দিয়েছেন।

শুরুতে ঘোড়াটার অস্থির হয়ে ওঠাটা হয়তো আকস্মিক। কিন্তু ঘোড়া নিয়ে পরের বাহাদুরকা খেল দে সটো ইচ্ছে করেই দেখিয়েছেন বলে মনে হয়। ঘোড়াটা নিজে থেকে চঞ্চল হয়ে ওঠার পর তার দৌড়-ঝাঁপ নাচন-কোঁদন দেখিয়ে ইংকা প্রধানদের আর বিশেষ করে স্বয়ং আতাহুয়ালপাকে একটু ভড়কে চমকে দেওয়ার মতলব বোধহয় দে সটোর মাথায় আসে। আতাহুয়ালপার নির্বিকার তাচ্ছিল্যের মুখোশটা সরে কিনা দেখবার দুষ্টুবুদ্ধিও তার সঙ্গে ছিল।

চমকে দেওয়ার চেষ্টাটা কিন্তু অমন মাত্রা ছাড়িয়ে যাবে দে সটোও ভাবেননি বোধহয়। আতাহুয়ালপার একেবারে গায়ের কাছে তুফানের মতো ঘোড়াটাকে হঠাৎ রুখে দাঁড় করিয়ে দিয়ে দে সটো তাঁর বাহাদুরকা খেল শেষ করেছেন।

তাঁর সওয়ারগিরির আশ্চর্য কেরামতিতে ঘোড়াটা আতাহুয়ালপার প্রায় মাথার ওপর দু পা তুলে দাঁড়িয়ে উঠে আবার সামলে নিয়ে মাটির ওপর পা নামিয়ে স্থির হয়েছে সত্যি, কিন্তু তেজি ছুট-করানো ঘোড়াটার মুখের কিছুটা ফেনা ইংকা নরেশের পোশাকের ওপর গিয়ে পড়েছে।

ভড়কে দিতে গিয়ে এসপানিওল সেনাদল সমেত হার্নান্ডোর সঙ্গে দে সটো নিজেই ভড়কে গিয়ে প্রমাদ গুনেছেন। কী করবেন এবার আতাহুয়ালপা?

কিন্তু কিছুই তিনি করেননি। তাঁর পাথরে খোদাই মূর্তির মতো কঠিন মুখে সমস্ত বাহাদুরির খেলার সময়ে তো নয়ই, শেষ মুহূর্তের এই মাত্রাছাড়া উপদ্রবেও এতটুকু ভাবান্তর দেখা যায়নি। গায়ের ওপর ঘোড়া এসে পড়বার উপক্রম হওয়ায় ইংকা প্রধানদের কাউকে কাউকে নিজের অনিচ্ছাতেই একটু শিউরে সরে দাঁড়াতে দেখা গেছে, কিন্তু আতাহুয়ালপার চোখের পাতাও একটু কাঁপেনি।

হ্যাঁ, পোশাকে ঘোড়ার মুখের ফেনা ছিটিয়ে পড়ার পর আতাহুয়ালপা কিছুই করেননি বলাটা ঠিক নয়। কিছু তিনি সত্যিই করেছেন। যে বেয়াদবিতে তাঁর খেপে ওঠবার কথা তা যেন লক্ষই না করে তিনি অতিথিদের খাদ্যে পানীয়ে আপ্যায়িত করবার আদেশ দিয়েছেন।

এসপানিওলরা ঘোড়া থেকে নামবার অনিচ্ছার দরুন খাবার জিনিস প্রত্যাখ্যান করেছে, কিন্তু ইংকা রাজপরিবারের আয়তাক্ষী সুন্দরীরা বড় বড় সব সোনার পাত্রে চিচা নামের যে দেশোয়ালি সুরা পরিবেশন করেছে তার প্রতি বিমুখতা দেখায়নি।

আতাহুয়ালপাকে বিদায় অভিবাদন জানিয়ে ফিরে আসবার সময় সে সুরার নেশাও দে সটো আর তাঁর সঙ্গীদের চাঙ্গা করতে পারেনি। সবাই বেশ একটু গুম

হয়েই ফিরেছেন।

পিজারোকে বিবরণ শোনাবার সময় তাঁদের শঙ্কিত উদ্বেগের কারণগুলো আরও স্পষ্ট হয়ে উঠেছে।

আতাহুয়ালপা দে সটোর বেয়াদবিতে খেপে উঠে কিছু করলে যা মনে হত তার চেয়ে তাঁর অবিচলিত নির্বিকার ভাবটা ভয়াবহ লেগেছে আরও বেশি।

আর একটি সাংঘাতিক খবর ইতিমধ্যে পিজারোর বর্তমান আস্তানায় পৌঁছে গেছে।

খবর পাওয়া গেছে যে দে সটোর ঘোড়ায় খেলায় যে দু-একজন ইংকা বীর আতঙ্ক গোপন করতে পারেনি, আতাহুয়ালপা সরাসরি তাদের প্রাণদণ্ডের আদেশ দিয়েছেন।

এই খবরেই আতাহুয়ালপার সমস্ত ব্যবহার আর কথার ওপরকার মোলায়েম খোলসটা সরে গিয়ে ভেতরকার ভয়ংকর চেহারাটা যেন বেরিয়ে পড়েছে।

আতাহুয়ালপা পিজারোর বাহিনীর সঙ্গে ওপর থেকে দেখলে অত্যন্ত ভাল ব্যবহারই করেছেন এ পর্যন্ত। কাক্সামালকা শহরে তাদের রাজসমাদরে থাকবার ব্যবস্থা করে দিয়েছেন। তাদের বেয়াড়া বেয়াদবিতে ভ্রুক্ষেপ পর্যন্ত করেননি। নিজে থেকে ইংকা প্রধানদের নিয়ে দর্শন দিতে আসবেন বলেছেন।

শুনতে যেমন চমৎকার ব্যাপারগুলো তেমন সরল সোজা কি?

রাজ-সমাদরে পিজারোর লোকজনদের রাখবার ব্যবস্থা করা হয়েছে ঠিকই, কিন্তু সে ব্যবস্থা তাদের জবাই করবারই ভূমিকা নয়, কে বলবে?

প্রতিদ্বন্দ্বী ভাই হুয়াসকার-এর হিতৈষী ইংকা প্রধানদেরও ডাকিয়ে এনে আতাহুয়ালপা এমনই করে সসম্মানে কুজকো শহরে রাখবার ব্যবস্থা করেছিলেন। তারপর শেষ করে দিয়েছিলেন সকলকে।

দে সটোর বেয়াদবিতে ভ্রুক্ষেপ না করে যেন তা মাপ করেছেন বলেই মনে হয়েছে।

কিন্তু ভয় যারা পেয়েছিল সে সব ইংকা সভাসদদের প্রাণদণ্ড দিয়েছেন কেন?

নিজে থেকে পিজারোর সঙ্গে দেখা করতে আসবেন বলেছেন ইংকা প্রধানদের নিয়ে।

কিন্তু এ কি শুধু সম্রাটোচিত উদারতায় পিজারোকে অনুগ্রহ করতে আসা? ইংকা প্রধানদের নিয়ে সদলবলে আসার আশ্বাসের মধ্যে কোনও ভয়ংকর গূঢ় অভিসন্ধি লুকিয়ে আছে কি?

না, এক মুহূর্তও আর নষ্ট করবার নয়। পিজারোকে শশব্যস্ত হয়ে মন্ত্রণাসভা ডাকতে হয়েছে।

মন্ত্রণাসভায় স্থির-ধীর আলোচনা সম্ভব হয়নি। সবাই কেমন দিশেহারা।

'পালিয়ে যাওয়া ছাড়া আর কোনও উপায় নেই এখন', বলেছেন কাউন্সিল অফ ইন্ডিজ-এর প্রতিনিধি খাজাঞ্চি।

অনেকেই তাতে সায় দিয়েছেন। কিন্তু তাতে হবে কী?

সবাই মিলে সায় দিলেও ও-পরামর্শ যে বেকার তা কারও জানতে বাকি নেই।

পালিয়ে বাঁচবার কোনও আশা তাদের নেই, সুতরাং অন্য কোনও উপায় ভাবতে হবে।

'উপায় আর কী? যতক্ষণ প্রাণ থাকবে ততক্ষণ অকাতরে লড়ে যাওয়া,' বীরের মতো বলেছেন দে সটো।

'আহাম্মকের মতো মিছিমিছি প্রাণটা এখানে রেখে যেতে কি এতদূরে এসেছি?' দে সটোকে একটু বিদ্রূপ করেই বলেছে পিজারোর আর-এক সেনাপতি জুয়ান দে হেরাদা, রাদা নামে যে পরিচিত।

'বুদ্ধিমানের মতো প্রাণটা লাভের সঙ্গে রাখার উপায়টা তা হলে বাতলাও শুনি!' দে সটো পালটা খোঁচা না দিয়ে পারেননি।

'উপায় হল, সিসিলির আগাথোক্লিস যা করেছিল তা-ই।' উদ্ধতভাবে জবাব দিয়েছে হেরাদা। অদূর ভবিষ্যতের ইতিহাস গাঢ় রক্তের ছোপে সে যে কলঙ্কিত করে যাবে তার ইঙ্গিত তখনই যেন তার আলাপে আচরণে দেখা গেছে।

'সিসিলির আগাথোক্লিস আবার কে? কী-ই বা করেছিল সে?' পিজারোর মন্ত্রণাসভার সবাই হতভম্ব হয়ে প্রশ্ন তুলেছে এবার।

সে প্রশ্নের উত্তরে হেরাদা যা বলেছে সবাই তাতে থ।

শেষ মীমাংসা কিছুই অবশ্য তখন হয়নি। কিন্তু মন্ত্রণাসভার আর সকলের মতো পিজারো নিজেও কেমন বিমূঢ় দুশ্চিন্তায় সে রাতটা কাটিয়েছেন।

পিজারোর এ গোপন মন্ত্রণাসভায় গানাদো নামে পরিচিত বেদিয়ার যে জায়গা হয়নি তা বলাই বাহুল্য।

সভার সব বিবরণ সেই রাত্রেই কিন্তু তিনি পেয়েছেন। পিজারোর সেনাপতিদের মধ্যে দুটি মানুষ, অন্যদের তুলনায় অনেক সরল সোজা ও সৎ। এ দুজন হলেন দানবাকার গ্রীক পেড্রো দে কানডিয়া আর দুর্ধর্ষ বীর দে সটো।

কী কারণে সঠিক বলা শক্ত, দে সটো প্রথম পরিচয়ের পর থেকেই গানাদো নামে বেদিয়াকে একটু বেশি রকম সমীহ করেন। সময়ে-অসময়ে এই অদ্ভুত মানুষটার কাছে অত্যন্ত দামি শলাপরামর্শ কয়েকবার পেয়েই বোধহয় দে সটোর শ্রদ্ধাটা অত গভীর হয়েছে।

মন্ত্রণাসভা থেকে বেরিয়েই দে সটো প্রথমে গানাদোর খোঁজ করেছেন। তারপর একটু নিরিবিলিতে নিয়ে গিয়ে গানাদোর কাছে সভার বিবরণের সঙ্গে হেরাদা যা বলেছে তা সবই শুনিয়েছেন সবিস্তারে।

সব কিছু শোনবার পর গানাদোর মুখে একটু বিদ্রূপের হাসি দেখা গেছে।

একটু বিরক্ত হয়েই দে সটো বলেছেন, 'এতে হাসবার কী পেলে?'

'হাসবার পেলাম আপনাদের হেরাদার ঠগবাজি!' হেসে বলেছেন গানাদো, 'যে বিদ্যে জাহির করে সে আপনাদের হতভম্ব করেছে তা তার বেমালুম চুরি করা।'

'চুরি করা বিদ্যে?' দে সটো অবাক হয়ে জিজ্ঞাসা করেছেন, 'তার মানে কী?'

'মানেটা সত্যি ভয়ানক!'—এবার গম্ভীর হয়েছেন গানাদো—'সেনাপতি হেরাদা আপনাদের কাছে চুরি করা বিদ্যেরই ভড়ং করেছে। সেটা দোষের বটে, কিন্তু তার

চেয়ে যা সে পরামর্শ দিয়েছে তা অনেক বেশি সাংঘাতিক। আশা করি তার কথায় কেউ কান দেবে না, কিন্তু চুরি করা বিদ্যের জোরেই এ শয়তানির প্যাঁচ যার মাথায় খেলে সে মানুষ সম্বন্ধে সাবধান থাকা দরকার বলে মনে করি।'

হেরাদা সম্বন্ধে গানাদোর এত বিরাগের কারণটা ভাল করে না বুঝলেও দে সটো সে বিষয়ে প্রতিবাদ করবার কিছু পাননি। হেরাদা মানুষটাকে তাঁর নিজেরও কেন বলা যায় না অত্যন্ত খারাপ লাগে।

গানাদোর সঙ্গে একমত হয়ে হেরাদার বিদ্যের ভড়ং সম্বন্ধেই ঘৃণাভরে দে সটো এবার প্রশ্ন করেছেন, 'যে বিদ্যে জাহির করে তা হলে তা ওর চুরি করা?'

'হ্যাঁ,' হেসে বলেছেন গানাদো, 'ওর চুরি ধরিয়ে দিয়ে ভড়ং ভাঙতে চান তো এক কাজ করুন। জোঁকের মুখে তা হলে নুন পড়বে।'

'কী কাজ?' আগ্রহভরে জিজ্ঞাসা করেছেন দে সটো।

'আজ তো আবার আপনাদের মন্ত্রণাসভা বসবে?' কৌতুকের স্বরে বলেছেন গানাদো, 'আজ ওর কাছে শুধু একটা নাম উচ্চারণ করবেন। শুধু বলবেন, মাকিয়াভেল্লী।"

"কী বললেন? মেকিয়াভেলি?"

এবারের প্রশ্নটা দে সটোর নয়, মর্মরের মতো মস্তক যাঁর মসৃণ সেই শিবপদবাবুর।

"মেকিয়াভেলি নয়," অনুকম্পাভরে বলেই ফেললেন দাসমশাই, "ওটা হল ইংরেজি উচ্চারণ। হেরাদা যখন পিজারোর দলের কাছে চুরি-করা বিদ্যে জাহির করেছে তখন ফ্লোরেন্সের নবচাণক্য মাকিয়াভেল্লীর নাম ইংরেজরা শুনেছে কি না সন্দেহ।"

"ইংরেজদের কাছেও কূটনীতির যে নবকৌটিল্যের নাম পৌঁছোয়নি, তা তখনই শুনেছিলেন শুধু আপনার সেই গানাদো!"

শিবপদবাবুর বিস্মিত মন্তব্যে বিদ্রূপের খোঁচা নিশ্চয় একটু ছিল, কিন্তু দাসমশাই-এর নির্বিকার প্রশান্তি তা ভেদ করতে পারল না।

বরং এরকম একটা উপযুক্ত প্রশ্নে যেন খুশি হয়ে তিনি ব্যাখ্যা করে বোঝালেন—"হ্যাঁ, ঘনরাম তা শুনেছিলেন আর শোনা খুব একটা আশ্চর্য কিছুও নয়। নিক্‌কলো দি বের্নাদো মাকিয়াভেল্লী মাত্র পাঁচ বৎসর আগে ইতালির ফ্লোরেন্সে মারা গেছেন। ইতালি আর স্পেনের দূরত্ব এমন কিছু নয়। আর ইংরেজরা না জানলেও লাতিন দেশগুলিতে সে-যুগে জ্ঞান বিদ্যা রাজনীতির চর্চা যাঁরা করতেন ইতালির এই অসামান্য মানুষটির খবর তাঁরা অনেকেই রাখতেন—বিশেষ করে গনজালো ফার্নান্ডেজ দে ওভিয়েডো ঈ ভালডেজ-এর মতো স্বনামধন্য মানুষ তো বটেই! তিনি রাজনীতিবিদ পণ্ডিত শুধু ছিলেন না, এক সময়ে ইতালি গিয়ে নেপ্‌লসের রাজা ফার্ডিন্যান্ডের অধীনে কাজও করেছেন। গানাদো বলে যাঁর পরিচয়, এককালে এই ওভিয়েডোর কাছেই তিনি ক্রীতদাস ছিলেন। লেখাপড়া শেখবার সুযোগও পেয়েছিলেন সেইখানেই। মাকিয়াভেল্লীর নাম সুতরাং তাঁর অজানা থাকাটাই অস্বাভাবিক।"

"সব তো বুঝলাম!"—শিবপদবাবু আর বোধহয় নীরব থাকতে পারলেন না—"কিন্তু আসলে ব্যাপারটা হল কী! পিজারোর গোপন মন্ত্রণাসভায় হেরাদা চুরি-করা বিদ্যে জাহির করে কী বলেছিল, কী? যা বলেছিল তার সঙ্গে মাকিয়াভেল্লীর কী এমন সম্পর্ক যে সে-নামটা শোনালেই মুখে নুন-দেওয়া জোঁকের মতো সে জব্দ হবে ভেবেছিলেন আপনার গানাদো?"

"হেরাদার কাছে মাকিয়াভেল্লী নামটা কেন জোঁকের মুখে নুনের মতো জিজ্ঞাসা করছেন?" পরম ধৈর্য আর অনুকম্পার সঙ্গে বললেন দাসমশাই, "তা হলে হেরাদা মন্ত্রণাসভায় যা বলেছিল, সেইটে একটু বিশদভাবে আগে শোনা দরকার। হেরাদা সিসিলি দ্বীপের আগাথোক্লিস-এর নাম করে তার উপায় নিতে বলেছিল। উপায়টা কী আর আগাথোক্লিস-ই বা কে? আগাথোক্লিস বড় ঘরের ছেলে নয়, একেবারে অতি সাধারণ দীন দরিদ্র এক কুমোরের ছেলে। বেপরোয়া সাহস আর বদমায়েশি বুদ্ধির জোরে সে সিরাকুস নগরের পৃটার পর্যন্ত হয়। তারপর সিরাকুস-এর শাসন-পরিষদের সমস্ত নগরপ্রধানদের সে একদিন সকালে ডেকে পাঠিয়ে জড়ো করে তার নিজের সেনাদের দিয়ে অতর্কিতে নির্মমভাবে হত্যা করায়। হোমরা-চোমরাদের একজনও এ-মরণফাঁদ থেকে রেহাই পায় না। এইভাবে পথের সব কাঁটা সরিয়ে আগাথোক্লিস সিসিলির রাজদণ্ড অনায়াসে শুধু নীচ নৃশংসতার জোরেই অধিকার করে।"

"হুঁ," শিবপদবাবুর মুখে এবার একটু গর্বের হাসি ফুটল, "এসব তো মাকিয়াভেল্লীর 'দ্য প্রিন্স' মানে 'রাজপুত্র' বই-এ আছে। তাই থেকে নেওয়া।"

"না।" দাসমশাই গম্ভীর প্রতিবাদে শিবপদবাবুকে নীরব করে পাণ্ডিত্যের শিলাবৃষ্টি করলেন, "মাকিয়াভেল্লী বিখ্যাত হয়ে আছেন, অবশ্য যাকে 'দ্য প্রিন্স' বা 'রাজপুত্র' বলছেন সেই 'ইল প্রিনসিপে' বইটির জন্যে। এ-বইটি পেরকুসসিনা গ্রামের উপান্তে তাঁর বিশ্রামাবাসে থেকে ১৫১৩ খ্রিস্টাব্দে মাকিয়াভেল্লী শেষ করেন। 'ইল প্রিনসিপে' বইটি আসলে কিন্তু আরও একটি বড় বই 'ডিসকোরসি সোপ্রা লা প্রাইমা দেকা দি টিটো লিভিও'-র একটি অংশ মাত্র। এই বড় বইটি লেখা শুরু হয় 'রাজপুত্র'-এর আগে, শেষও হয় অনেক পরে। মাকিয়াভেল্লী ছিলেন প্রাচীন রোমক ঐতিহাসিক লিভিও অর্থাৎ টাইটস লিভিয়স-এর দারুণ ভক্ত। ওই বড় বইটির লম্বা নামটার বাংলা মানে হল 'লিভিওর দশকগুলি সম্বন্ধে আলোচনা'। লিভিও-র বিষয় আলোচনা করতে গিয়ে ইউরোপের মধ্যযুগের নবকৌটিল্য মাকিয়াভেল্লী তাঁর বিচক্ষণ কূটনীতির পুরো পরিচয় ওই বড় বইটিতে রেখে গেছেন। হেরাদার সেই বইটি কোনওরকমে পড়া ছিল। তাই বেমালুম গাপ করে সে পিজারোর মন্ত্রণাসভায় নিজের বলে চালিয়ে বাহাদুরি দেখিয়েছে—"

"আর গানাদো মানে ঘনরাম তা ধরে ফেলেছেন!" এতক্ষণ আচ্ছন্ন অভিভূত থাকার পর শিবপদবাবুর স্বরে একটু ঝাঁজ ফুটে উঠল—"কিন্তু তাতে হল কী!"

"যা হল তা বড় সাংঘাতিক!"—দাসমশাই সকলকে যেন তৈরি হবার সুযোগ দিতে একটু থেমে হঠাৎ নাটকের যবনিকা তুললেন—"চারশো বছরের প্রাচীন

দোর্দণ্ডপ্রতাপ ইংকা রাজশক্তি কর্ডিলিয়েরার তুষার-ঢাকা পার্বত্য সাম্রাজ্য থেকে কুয়াশার মতো চিরকালের জন্যে মিলিয়ে গেল।”

“মিলিয়ে গেল!” উদরদেশ যাঁর কুম্ভের মতো স্ফীত, ভোজনবিলাসী সেই রামশরণবাবুর কণ্ঠ থেকে বিমূঢ় আক্ষেপ শোনা গেল—“কেমন করে?”

“যেমন করে মিলিয়ে গেল তা প্রায় অবিশ্বাস্য।” দাসমশাই বলে চললেন, “মাত্র বাষট্টি জন সওয়ার আর একশো-ছ-জন পদাতিক যাঁর সম্বল, ইংকা সম্রাটের নিজের দুর্গনগরে অগণন বিপক্ষবাহিনীর মধ্যে যিনি একরকম বন্দি, সেই পিজারো এক কল্পনাতীত স্পর্ধা দেখিয়ে এ অসম্ভব সম্ভব করে তুললেন।

একটি বিশেষ দুঃখের কথা এই যে, ঘনরাম সম্পূর্ণভাবে এই ব্যাপারটার প্রত্যক্ষদর্শী হবার সুযোগ পাননি।

যে-রাত্রে দে সটোর কাছে মন্ত্রণাসভার বিবরণ তিনি শোনেন তার পরের দিন সকালে কাক্সামালকার পাহাড়-ঘেরা উপত্যকাটির অন্ধিসন্ধি ভাল করে একটু জানবার জন্যে একা একাই তিনি বেরিয়েছিলেন।

সতেরো

“তারিখটা ষোলোই নভেম্বর, ১৫৩২, শনিবার।

ইংকা আতাহুয়ালপা সেইদিনই পালটা লৌকিকতা করতে সদলে পিজারোকে দর্শন দিতে আসবেন এরকম একটা কথা ঘনরাম শুনেছিলেন। কিন্তু আতাহুয়ালপা এত তাড়াতাড়ি সে-অনুগ্রহ করবেন, ঘনরাম তা বিশ্বাস করতে পারেননি।

সেইখানেই তাঁর সর্বনাশা ভুল।

এ ভুল না করলে ইংকা সাম্রাজ্যের ইতিহাস কি ভিন্ন হত?

তা হয়তো হত না, কিন্তু পিজারো আর তাঁর বাহিনীকে ইচ্ছাপূরণের জন্যে আর একটু বেশি দাম দিতে হত নিশ্চয়।

ঘনরাম নিশ্চিন্ত নিরুদ্বিগ্ন মন নিয়েই সকালবেলা একটি ঘোড়ায় চড়ে বেরিয়েছিলেন। ডিম্বাকৃতি কাক্সামালকা উপত্যকার চারিধারে কঠিন আকাশ-ছোঁয়া পর্বতপ্রাচীর। সেই পর্বতপ্রাচীর সত্যিই কতখানি দুর্ভেদ্য তা জেনে আসা ঘনরামের প্রয়োজন মনে হয়েছিল।

বেলা দুপুর পর্যন্ত দূর পাহাড়ের কোলে কোলে কাটিয়ে ঘনরাম ফিরে এসে শহরে ঢুকতে গিয়ে অবাক হয়েছেন। শহরের চেহারাই বদলে গিয়েছে। চারিদিকে উৎসবমত্ত জনতার উত্তেজিত আনন্দ কোলাহল। তার ভেতর দিয়ে ইংকা নরেশ আতাহুয়ালপা সদলবলে পিজারোকে দর্শন দিতে আসছেন।

শোভাযাত্রার সামনে আসছে অসংখ্য অনুচর। ইংকা নরেশের যাত্রাপথে এতটুকু আবর্জনা কোথাও যাতে না থাকে তার জন্যে তারা আগে আগে পথ পরিষ্কার করতে করতে চলেছে। তার পরে আসছে অভিজাত ইংকা প্রধানরা সারিবদ্ধ হয়ে। তাদের মধ্যে যারা মানে সবচেয়ে বড় তারা ইংকা সম্রাটকে তাঁর শিবিকায় কাঁধে করে বয়ে

নিয়ে আসছে।

ইংকা নরেশের অভিজাত সব সেবকদের সারা অঙ্গে বিচিত্র সব সোনার অলংকার। বিকেলের রোদে সেই সব স্বর্ণালংকার যেন আগুনের মতো জ্বলছে।

অভিজাত অনুচর আর সেবক ছাড়া ইংকা নরেশের শোভাযাত্রায় আছে অগণন সৈন্যসামন্ত। রাজপথে তাদের সকলকে কুলোয়নি। বেশির ভাগ পথের ধারের প্রান্তরে যতদূর দৃষ্টি যায় ছড়িয়ে পড়েছে।

ঘনরাম তাঁর ঘোড়াটি এক জায়গায় বেঁধে রেখে এসে কাক্সামালকার নাগরিকদের সঙ্গে মিশে এ দৃশ্য দেখছিলেন।

দেখতে দেখতে মনে তাঁর একটু আশঙ্কাই জেগেছে। ইংকা আতাহুয়ালপা এত সমারোহ করে পিজারোকে দেখা দিতে আসছেন শুধু কি নিজের ঐশ্বর্যের পরিচয় দিয়ে এসপানিওলদের চমকে দিতে? না, এই দেখা দিতে যাওয়ার মধ্যে ভয়ানক কোনও উদ্দেশ্য সত্যিই আছে?

ইংকা নরেশের অনুচরদের ভাল করে লক্ষ করে সেরকম সন্দেহের কারণ আছে বলে কিন্তু মনে হয়নি। তাদের ভাবভঙ্গি চালচলনে উৎসবের আনন্দমত্ততার লক্ষণই দেখা গেছে। মনে মনে অন্য অভিসন্ধি থাকলে দু-একজনের পক্ষে তা হয়তো গোপন করা সম্ভব, কিন্তু এত বড় বিশাল বাহিনীর সকলেই অমন নিপুণ অভিনেতা নিশ্চয় হতে পারে না।

ইংকা নরেশের এটা কপট মিছিল নয় বোঝবার পরও কেন যে মনটা তাঁর সম্পূর্ণ নিশ্চিন্ত হয়নি, ঘনরাম সত্যিই তখন ভেবে পাননি।

আতাহুয়ালপার একটি সিদ্ধান্তে ঘনরাম কিছুটা তবু আশ্বস্ত হয়েছেন! পিজারো আর তাঁর বাহিনী নগরের যে অতিথি-মহল্লা অধিকার করে আছে তার আধমাইলটাক দূরে এসে শোভাযাত্রা থেমে গেছে। থেমে গেছে আতাহুয়ালপারই আদেশে।

চারিদিকের মাঠে শিবির পাতবার আয়োজন দেখে ঘনরাম বুঝেছেন ইংকা নরেশ সে রাত্রের মতো তাঁর বাহিনী নিয়ে সেখানেই কাটাতে চান।

ঘনরাম এবার নাগরিকদের ভিড় ঠেলে নিজেদের আস্তানার দিকেই এগিয়েছেন। কিন্তু বেশিদূর যাবার সুযোগ তাঁর হয়নি। রাজপথ মুক্ত রাখবার জন্যে আবার নাগরিকদের পথের পাশে সরিয়ে দিয়েছে ইংকা নরেশের সেবকবাহিনী।

জানা গেছে যে আতাহুয়ালপা তাঁর মত পরিবর্তন করেছেন পিজারোর খাতিরে। ইংকা নরেশকে রাত্রের মতো অতিথিপল্লী থেকে দূরে মুক্ত প্রান্তরে বিশ্রামের আয়োজন করতে দেখে পিজারো দূত পাঠিয়ে তাঁকে এ সংকল্প ত্যাগ করবার অনুরোধ জানিয়েছেন। অনুরোধের কারণ বলা হয়েছে এই যে পিজারো সেই রাত্রেই মহামান্য ইংকা অধীশ্বরের অভ্যর্থনার আয়োজন করে সেই সঙ্গে ভোজন-সভার সব ব্যবস্থা করেছেন। ইংকা নরেশ তাঁদের অনুগ্রহ না করলে সমস্ত আয়োজনই শুধু পণ্ড হবে না, মনে মনে পিজারোর বাহিনীর সকলে অত্যন্ত দুঃখ পাবে।

পিজারোর অনুরোধ রক্ষা করতে আতাহুয়ালপার রাজকীয় শোভাযাত্রা আবার অগ্রসর হয়েছে।

এবার আগের চেয়ে কাছে দাঁড়িয়ে ঘনরাম ইংকা নরেশ আর তাঁর বাহকসেবকদের শোভাযাত্রা দেখবার সুযোগ পেয়েছেন।

আতাহুয়ালপার অনুচরদের বেশভূষা অত্যন্ত বিচিত্র তো বটেই, তাঁর নিজের পোশাকপরিচ্ছদ অলংকারও অপূর্ব।

যে শিবিকায় তাঁকে বয়ে নিয়ে আসা হচ্ছে তা সোনা রুপোর পাত দিয়ে মোড়া আর নানা বিচিত্র রংবেরং-এর পাখির পালক দিয়ে অপূর্ব শোভায় সাজানো। এই শিবিকার ওপর নিরেট সোনার তৈরি একটি সিংহাসনে আতাহুয়ালপা বসে আছেন। আগের ব্রত উপবাসের দিনের সঙ্গে আতাহুয়ালপার এদিনের সাজসজ্জার অনেক তফাত। রাজচক্রবর্তীর নিদর্শনস্বরূপ কপাল ঢাকা রাঙা বোর্লাটি তাঁর মাথায় আগের দিনের মতোই আছে, কিন্তু সেই সঙ্গে গলায় যে অসাধারণ পান্নার মালাটি দেখা যাচ্ছে তা পিজারোর নিজের দেশের যে কোনও জহুরির চোখ ধাঁধিয়ে দেবার মতো।

সাজপোশাক অলংকারের চেয়ে আতাহুয়ালপার চেহারা ও মুখের ভাবই ঘনরাম বেশি করে লক্ষ করেছেন।

সত্যিই বেশ একটু সশঙ্ক সম্ভ্রম জাগাবার মতো চেহারা। চারশো বছরের মহিমান্বিত ইংকা রক্তের ধারা তাঁর মুখে অনায়াস অসামান্য আভিজাত্য ফুটিয়ে তুলেছে।

ইংকা নরেশের শিবিকা বহন করে বিরাট শোভাযাত্রা ধীরে ধীরে এবার অতিথিপল্লীর প্রশস্ত চত্বরে প্রবেশ করেছে।

রাজশিবিকাকে পথ করে দেবার জন্য ইংকা নরেশের নিজের বাহিনীর লোকেরা দু-ধারে সরে গিয়েছে। সমস্ত ব্যবস্থা সুশৃঙ্খল। কোথাও একটু বিভ্রান্তি কি গোলযোগ নেই। ইংকা নরেশের হাজার পাঁচেক সেবক অনুচর তখন অতিথিভবন বেষ্টিত মহাচত্বরে সমবেত।

নিঃশব্দে আতাহুয়ালপার শিবিকা চত্বর পার হয়ে সামনের মহামণ্ডপের প্রায় কাছাকাছি গিয়ে হঠাৎ থেমেছে। থামবার আদেশ আতাহুয়ালপা নিজেই দিয়েছেন। তাঁর প্রশান্ত গম্ভীর মুখে এবার একটু সন্দিগ্ধ ভ্রূকুটি দেখা গেছে। সেটা অস্বাভাবিক কিছু নয়।

যাদের তিনি দর্শন দিতে এসেছেন সেই এসপানিওলরা কোথায়? সমস্ত চত্বরে পিজারোর বাহিনীর একটি লোককেও তো দেখা যাচ্ছে না।

কিছু দূরে দাঁড়িয়ে ঘনরামও তখন এই ব্যাপারে বেশ বিস্মিত হয়েছেন। ইংকা নরেশকে অভ্যর্থনা করবার এ কী রকম ব্যবস্থা? ব্যবস্থার কোথাও কোনও গুরুতর ভুল হয়েছে কি!

না, তা বোধহয় হয়নি। সেই মুহূর্তে পিজারোর বাহিনীর ডোমিনিসিয়ান পাদরি ফ্রে ভিসেন্তে দে ভালভের্দেকে বেরিয়ে আসতে দেখা গিয়েছে। তাঁর এক হাতে একটি ক্রুশ-প্রতীক, আর-এক হাতে একটি বাইবেল।

আতাহুয়ালপা একটু অপ্রসন্নভাবেই পাদরি-বাবার দিকে তাকিয়েছেন। অভ্যর্থনার এ অভিনব রীতিটা তিনি ঠিক পছন্দ করতে পারেননি।

তবু রাজকীয় ধৈর্য তাঁর যথেষ্ট বলতে হবে। পাদরিসাহেব ইংকা নরেশের সামনে এসে দাঁড়িয়েই এক নিঃশ্বাসে কী যেন বলতে শুরু করেছেন। আতাহুয়ালপা মুখে একটু বিরক্তি প্রকাশ করা ছাড়া সে দীর্ঘ বক্তৃতায় বাধা দেননি।

শুধু পাদরিসাহেবের ভাষণের অর্থ যখন তাঁকে অনুবাদ করে শোনানো হয়েছে তখনই তাঁর মুখ কঠিন হয়ে উঠেছে ধীরে ধীরে।

দোভাষী পাদরিসাহেবের বক্তৃতার যথাযথ অনুবাদ নিশ্চয়ই করতে পারেনি। তার অক্ষম অনুবাদ থেকে এইটুকু কিন্তু বোঝা গেছে যে পাদরিসাহেব পেরু সাম্রাজ্যের অধীশ্বরকে তাঁর নিজের অপবিত্র মিথ্যা ধর্ম ছেড়ে নবাগত এসপানিওলদের সত্য ধর্ম গ্রহণ করে ধন্য হতে বলছেন।

নতুন ধর্মের মাহাত্ম্য ও সুখ-সুবিধা বোঝাতে পাদরিসাহেব ক্রুশবিদ্ধ যিশুর জীবনী থেকে শুরু করে রোমের পোপের মহিমা আর স্পেনের সম্রাটের অসামান্য প্রতাপ প্রতিপত্তি সব কিছুই সবিস্তারে ব্যাখ্যা করেছেন।

দোভাষীর কাঁচা অনুবাদ থেকেই আতাহুয়ালপা কতখানি যে বুঝেছেন তা তাঁর জবাবেই এবার বোঝা গেছে।

'আমি পৃথিবীর যে কোনও অধীশ্বরের চেয়ে বড়।' জ্বলন্ত স্বরে তিনি বলেছেন, 'কারও অধীন আমি হব না। তোমাদের সম্রাট মস্ত কেউ হতে পারেন। এত দূরে সমুদ্র পারে তোমাদের যখন তিনি পাঠাতে পেরেছেন তখন তাঁর অসাধারণত্ব আমি স্বীকার করি। তাঁর সঙ্গে তাই আমি বন্ধুত্ব পাতাতে চাই। আর যে পোপের কথা তুমি বলছ তাঁর তো মাথা খারাপ বলে আমার মনে হয়। নইলে যা তাঁর নয় সে দেশ তিনি দান করেন কী হিসেবে? আমার ধর্ম আমি ছাড়ব না জেনে রাখো। তুমি নিজেই বলছ তোমাদের ঈশ্বরকে তাঁর তৈরি মানুষই হত্যা করেছে। আর চেয়ে দেখো, আমার ঈশ্বর এখনও নিজের দেবলোক থেকে তাঁর সন্তানদের দিকে করুণার দৃষ্টি মেলে আছেন।'

পশ্চিম আকাশে কাক্সামালকার পর্বত প্রাচীরের আড়ালে রক্তিম সূর্য তখন অস্ত যাচ্ছে। সূর্যপ্রভব ইংকাবংশের শেষ সম্রাট আতাহুয়ালপাকে সেই দিকেই অঙ্গুলি নির্দেশ করে তাঁর আরাধ্য ঈশ্বরকে যে দেখাতে হয়েছিল তার মধ্যেই নিয়তির নির্মম ইঙ্গিত কি ছিল না?

অস্তাচলের রাঙা সূর্যকে ইংকা সাম্রাজ্যের একেশ্বর দেবতা হিসাবে দেখিয়ে প্রায় তেমনই রক্তনেত্রে ইংকা নরেশ আতাহুয়ালপা পাদরি-বাবা ভালভের্দে-র দিকে চেয়ে জিজ্ঞাসা করেছেন কঠিনস্বরে, 'আমায় এইমাত্র যা শুনিয়েছ সেসব কথা বলবার অধিকার কে তোমায় দিয়েছে? কার হুকুমে তুমি আমার সামনে এসে দাঁড়িয়েছ?'

এরপর যা ঘটেছে তার কোন বিবরণ সম্পূর্ণ সঠিক তা বলা শক্ত। প্রত্যক্ষদর্শী হয়েও একটু দূরে থাকার দরুন ঘনরামও তখনকার বিশৃঙ্খল উত্তেজনার মধ্যে ঘটনার ধারা ঠিকমতো অনুসরণ করতে পারেননি।

আতাহুয়ালপার ক্রুদ্ধ কণ্ঠ শোনবার পরই তাঁর অনুচর বাহক ও প্রহরীরা অস্থির চঞ্চল হয়ে উঠেছে।

আতাহুয়ালপার রক্তচক্ষু দেখে আর জ্বলন্ত স্বর শুনে পাদরি-বাবা ভালভের্দে-ও তখন বেশ ভড়কে গিয়েছেন নিশ্চয়। তিনি নাকি তাঁর হাতের একটি বই আতাহুয়ালপার দিকে এগিয়ে দিয়ে বলেছেন, 'হুকুম আমি পেয়েছি এইটি থেকে।'

আতাহুয়ালপা বইটি হাতে নিয়ে দু-একটা পাতা উলটেই নাকি রেগে ফেটে পড়েছেন। বইটি ছুঁড়ে ফেলে দিয়ে বজ্রস্বরে পাদরিসাহেবকে শাসিয়ে বলেছেন, 'তোমার সঙ্গীদের গিয়ে বলো যে তারা এ পর্যন্ত যা যা অন্যায় করেছে সব কিছুর জবাবদিহি না নিয়ে আমি যাব না।'

এই বই ছুঁড়ে ফেলাই নাকি বারুদের গাদায় আগুনের ফুলকির কাজ করেছে, কারণ বইটি ছিল নাকি 'বাইবেল'।

পাদরিবাবা ভালভের্দে এরপর 'বাইবেল'টি কুড়িয়ে নিয়ে অতিথিশালার ভেতরে পিজারোর কাছে ছুটে ফিরে গিয়েছেন। আর তার কয়েক মুহূর্ত বাদেই যা শুরু হয়েছে তা ঘনরামের কাছেও অবিশ্বাস্য দুঃস্বপ্ন বলে মনে হয়েছে।

ভিড়ের মধ্যে যেখানে দাঁড়িয়েছিলেন সেখান থেকে 'বাইবেল' ছুড়ে ফেলার মতো কোনও ব্যাপার ঘনরাম দেখতে পাননি। আতাহুয়ালপাকে ঘিরে জনতার একটা ক্রুদ্ধ উত্তেজিত আলোড়নই শুধু লক্ষ করেছেন। পাদরি-বাবা ভালভের্দে-র ব্যস্ত হয়ে অতিথিশালার ভেতরে ছুটে যাওয়াটা অবশ্য তাঁর নজর এড়ায়নি।

কিছু একটা অপ্রত্যাশিত যে ঘটতে যাচ্ছে এটুকু তিনি ঠিকই অনুমান করেছেন। শুধু অপ্রত্যাশিত ঘটনাটা যে কী হতে পারে তা কল্পনাও করতে পারেননি।

আতাহুয়ালপার অভ্যর্থনার ব্যাপারটা এমন বিশৃঙ্খল হয়ে যাবার কারণ ভাল করে বোঝবার জন্যে ঘনরাম অতিথিশালার দিকেই তখন এগুতে শুরু করেছিলেন। হঠাৎ তাঁকে চমকে দাঁড়িয়ে পড়তে হয়েছে।

চমকে দাঁড়িয়ে পড়েছেন তিনি অকস্মাৎ কামানের গর্জনে।

এই সময়ে কামান গর্জে উঠল কী করে, কোথা থেকে?

বিস্মিত বিহ্বলভাবে চারদিকে চেয়ে ঘনরাম এবার কোথা থেকে কামান ছোড়া হচ্ছে দেখতে পেয়েছেন। অতিথিমহল্লার প্রবেশদ্বারের দুর্গ থেকেই কামান ছোড়া হচ্ছে ইংকা-বাহিনীর ওপর। ছুঁড়ছে পিজারোরই সৈনিকরা। সুকৌশলে কামান ঢেকে রেখে এতক্ষণ তারা ভেতরে লুকিয়ে ছিল।

লুকিয়ে থাকা এসপানিওল সৈন্য চারিদিকের সমস্ত অতিথিশালা থেকেই এবার পিলপিল করে বেরিয়ে এসেছে। নেতা হিসেবে তাদের চালনা করছেন স্বয়ং ফ্রানসিসকো পিজারো। 'জয় সন্ত খাগো-র! মেরে শেষ করো ওদের!'—এই চিৎকার-ধ্বনি তুলে নিজের রিসালা নিয়ে তিনি ঝাঁপিয়ে পড়েছেন ইংকা-বাহিনীর ওপর।

সম্পূর্ণ অতর্কিত অন্যায় এ আক্রমণ। এর চেয়ে নীচ জঘন্য বিশ্বাসঘাতকতা আর কিছু হতে পারে না!

কিন্তু এ পৈশাচিক শঠতায় লাভ কিছু হবে কি? এ তো শুধু অন্ধ মূঢ়তায় সাধ করে সর্বনাশ ডেকে আনা। ইংকা নরেশের হাজার হাজার প্রহরী অনুচর আর

সৈন্যবাহিনীর মধ্যে ওই ক-টি এসপানিওল যোদ্ধা তো দেখতে দেখতে নিশ্চিহ্ন হয়ে যাবে।

তা কিন্তু হয় না।

অতিথিমহল্লার বিরাট চত্বরে আতাহুয়ালপার সঙ্গে কমপক্ষে হাজার ছয়েক সৈন্য তখন উপস্থিত। কামান-বন্দুক যা-ই থাক, পিজারোর হয়ে লড়বার লোক তো বাষট্টিজন ঘোড়সওয়ার আর একশো ছয় পদাতিক নিয়ে সবসুদ্ধ একশো আটষট্টিজন মাত্র।

ইংকা নরেশের বাহিনী যদি একবার শুধু দৃঢ়সংকল্প নিয়ে রুখে দাঁড়াত, কামান-বন্দুক আর সওয়ারি ঘোড়া নিয়েও পিজারোর দল কতক্ষণ পারত যুঝতে! তাদের সব গোলাবারুদ কখন যেত ফুরিয়ে, আর সেই সঙ্গে ছ-হাজার ইংকা সেনার পায়ের চাপেই তারা দলে পিষে যেত।

তার পরিবর্তে যা অসম্ভব কল্পনাতীত তা-ই ঘটেছে এবার। পিজারোর সওয়ার সৈনিকরা খোলা তলোয়ার এলোপাথাড়ি চালাতে চালাতে ছুটে গেছে জনতার ভেতর দিয়ে। বন্দুক-কামানের গুলিগোলা আর তীরন্দাজদের তীর এই জনতার ওপর বর্ষিত হয়েছে ঝাঁকে ঝাঁকে। নিহত আহত হয়েছে অসংখ্য ইংকা নরেশের সৈন্য। যারা তা হয়নি, তারা গুলিগোলার ভয়ংকর ধ্বনি-প্রতিধ্বনিতে আর তার অজানা উৎকট গন্ধমিশ্রিত ধোঁয়ার আতঙ্কে দিশাহারা হয়ে এ মরণফাঁদ থেকে পালাবার চেষ্টাতেই নিজেদের গুরুতরভাবে দলিত পিষ্ট করে গেছে। পিজারোর মুষ্টিমেয় ক-জন সৈনিক সওয়ার ঘোড়া চালিয়ে আর কামান-বন্দুক ছুড়ে যা পারেনি ভয়ে জ্ঞানশূন্য হয়ে ইংকা-বাহিনী নিজেরাই নিজেদের সে দারুণ সর্বনাশ করেছে। চত্বরে ঢোকবার ও তা থেকে বাইরে যাবার একটিমাত্র পথই ছিল খোলা। সে পথ পালাবার জন্যে ব্যাকুল ইংকা সেনাদের উন্মত্ত ঠেলাঠেলিতেই যারা নিহত তাদের স্তূপীকৃত শবে রুদ্ধ হয়ে গেছে। শেষ পর্যন্ত শুধু মানুষের প্রচণ্ড চাপেই চত্বর প্রাকারের একটি মাটি ও পাথরে গাঁথা অংশ ধ্বসে পড়েছে আর সেই ফাঁক দিয়ে ইংকাবাহিনীর যারা পেরেছে তারাই ছুটে পালিয়েছে নগর ছাড়িয়ে যতদূর সম্ভব বাইরের মুক্ত প্রান্তরে।

সেখানে গিয়েও তারা রক্ষা পায়নি। হত্যার আনন্দে এসপানিওল সওয়ার সৈনিকরা তখন উন্মত্ত। তারা অসহায় আতঙ্কবিহ্বল পলাতকদের ভেতর সবেগে ঘোড়া ছুটিয়ে অবাধে তাদের দেহ ছিন্নভিন্ন করেছে ডাইনে-বাঁয়ে তলোয়ার চালিয়ে।

ইংকা নরেশ আতাহুয়ালপার তখন কী হয়েছে? তিনিও কি এই আকস্মিক পৈশাচিক আক্রমণের শিকার হয়ে প্রাণ দিয়েছেন?

না, প্রাণ তাঁকে দিতে হয়নি। দেওয়াই যদিও তাঁর পক্ষে আর ইংকা সাম্রাজ্যের ইতিহাসের পক্ষে গৌরবের হত।

আতাহুয়ালপা তখন পিজারোর হাতে বন্দি হয়েছেন। প্রাণে মারা নয়, এই বন্দি করাই ছিল পিজারোর অভিপ্রায়। আতাহুয়ালপাকে জীবন্ত অবস্থায় বন্দি করবার জন্যে শেষ পর্যন্ত পিজারো বেশ একটু আহতও হয়েছিলেন ইংকা নরেশের ওপর এসপানিওল এক সৈনিকের নিক্ষিপ্ত অস্ত্র ঠেকাতে।

সে এসপানিওল সৈনিক অধৈর্য হয়েই নিশ্চয় ইংকা নরেশকে মারবার জন্যে অস্ত্র ছুড়েছিল। অধৈর্য হবার কারণ আতাহুয়ালপাকে কিছুতেই অক্ষত অবস্থায় বন্দি করবার মতো বাগে না পাওয়া।

আতাহুয়ালপার সঙ্গে যারা ছিল সেই বাহক-সেবক অনুচরেরা সবাই নিরস্ত্র। পিজারোর সৈনিকদের অতর্কিত ভয়ংকর আক্রমণের পর আর সকলের মতো তারা কিন্তু পালাবার জন্যে ব্যাকুল হয়নি। তারা সকলে অভিজাত বংশের বীর। এই কল্পনাতীত বিভীষিকার মধ্যেও তারা তাদের অধীশ্বরকে রক্ষা করবার জন্যে নিরস্ত্র অবস্থাতেই মরণপণ করে যুঝেছে।

পিজারোর আদেশ ছিল আতাহুয়ালপাকে বিন্দুমাত্র আহত না করে বন্দি করতে হবে। অতর্কিত আক্রমণে গোড়া থেকেই এসপানিওল সওয়ার সৈনিকরা সেই চেষ্টা করেও কিন্তু সফল হয়নি। সওয়ার সৈনিকরা ঘোড়ার ওপর থেকে খোলা তলোয়ার চালিয়েছে আর নিরস্ত্র নিরুপায় ইংকাবীরেরা তাদের বাধা দেবার চেষ্টা করেছে জীবন তুচ্ছ করে সে ঘোড়ার লাগাম ধরে ঝুলে পড়ে। একের পর এক বীর কাটা পড়েছে, কিন্তু তার জায়গা নেবার লোকের অভাব হয়নি।

এদিকে সূর্য অস্ত গিয়ে সন্ধ্যার অন্ধকার ক্রমে গাঢ় হয়ে আসছে। পিজারোর সৈনিকদের ভয় হয়েছে শেষ পর্যন্ত সেই অন্ধকার বিশৃঙ্খলার মধ্যে ইংকা নরেশ তাদের খপ্পর থেকে না পালাবার সুযোগ পায়। অসহিষ্ণু এক সৈনিক তখনই আতাহুয়ালপাকে লক্ষ্য করে বল্লম ছুড়ে মেরেছে আর নিজে আহত হয়ে সে বল্লম ঠেকিয়েছেন স্বয়ং পিজারো।

সে সন্ধ্যার একতরফা হত্যা-তাণ্ডবে এসপানিওলদের নিজেদের ক্ষতির পরিমাণ নাকি ওইটুকুই! পিজারো ছাড়া তাঁর সৈন্য-সামন্তদের একজনও নাকি বিন্দুমাত্র আহত হয়নি।

পিজারোর ওই আঘাতটুকু নেওয়া অবশ্য সার্থক হয়েছে পুরোমাত্রায়। কিছুক্ষণ বাদেই শিবিকাবাহী বীরদের প্রায় সবাই একে একে প্রাণ দেবার পর আতাহুয়ালপার শিবিকাই ভেঙে পড়েছে মাটিতে। পিজারো আর তাঁর কয়েকজন সঙ্গী ইংকা নরেশকে সেই অবস্থাতেই বন্দি করে নিয়ে গেছেন অতিথিশালার একটি পাহারা দেওয়া কামরায়। আতাহুয়ালপার মাথায় রাজ চক্রবর্তীর প্রতীক-চিহ্ন রক্তিম বোর্লা তখন আর নেই। তাঁর শিবিকা ভেঙে পড়ার সঙ্গে সঙ্গেই সাধারণ এক সৈনিক তা ছিনিয়ে নিয়েছে।

এই বোর্লা ছিনিয়ে নেওয়ার দৃশ্যটুকু ঘনরাম নিজের চোখেই দেখেছেন। অবিশ্বাস্য এ হত্যা-তাণ্ডব শুরু হবার পর প্রথমটা বিমূঢ় হয়ে দাঁড়িয়ে পড়লেও তারপর তিনি আতাহুয়ালপার শিবিকা ঘিরে যেখানে উন্মত্ত সংগ্রাম চলেছে সেইদিকেই অগ্রসর হবার চেষ্টা করেছেন।

অগ্রসর হওয়া অবশ্য সহজ হয়নি। মানুষের উন্মত্ত বন্যাস্রোত ঠেলে কাছাকাছি যখন গিয়ে পৌঁছোতে পেরেছেন তখন সেখানকার নিষ্ঠুর করুণ নাটক শেষ হয়ে এসেছে। রক্তাক্ত বাহকরা ধরাশায়ী হবার সঙ্গে সঙ্গে ইংকা নরেশের টলমল শিবিকা

মাটিতে ভেঙে পড়েছে এবার, আর ঘনরামের চোখের ওপরেই মিগুয়েল এসতেতে নামে এক সাধারণ সৈনিক আতাহুয়ালপার মাথার বোর্লা খুলে নিয়েছে টান মেরে।

ঘনরামের ডান হাতটা আপনা থেকেই তাঁর কোমরে বাঁধা তলোয়ারের হাতলের ওপর গিয়ে একবার পড়েছিল। তৎক্ষণাৎ নিজেকে তিনি কিন্তু সামলে নিয়েছেন। বুঝেছেন যে নীরবে নিস্পন্দ দর্শকমাত্র হওয়া ছাড়া তাঁর করণীয় আর কিছু নেই।

করণীয় সত্যিই কি কিছু তাঁর ছিল?

করণীয় কিছু আছে মনে করেই কি তিনি এতক্ষণ তা হলে প্রাণপণে আতাহুয়ালপার শিবিকার কাছে পৌঁছোবার চেষ্টা করেছিলেন?

কী-ই বা তাঁর পক্ষে করা সম্ভব ছিল? কী তিনি চেয়েছিলেন করতে?

কাক্‌সামালকা নগরের কয়েকটি অদ্ভুত পরবর্তী ঘটনায় তার আভাস পরে হয়তো পাওয়া যেতে পারে।

সেই মুহূর্তে ঘনরাম কিন্তু নির্লিপ্ত দর্শকের মতোই সব কিছু দেখেছেন, তারপর নিঃশব্দে এক সময়ে অতিথিমহল্লার চত্বর ছেড়েই বেরিয়ে গেছেন রাতের গাঢ় অন্ধকারে। আতাহুয়ালপার সম্মানে আয়োজিত পিজারোর ভোজসভায় সে রাত্রে তাঁকে দেখা যায়নি।

হ্যাঁ, পিজারো তাঁর কথার মর্যাদা রেখে সত্যিই সেই রাত্রে ইংকা নরেশকে ভোজ দিয়েছেন। কয়েক ঘণ্টা আগে যেখানে ইংকাবাহিনীর রক্তবন্যা বয়ে গেছে কাক্‌সামালকার সেই অতিথিমহলেরই একটি বিরাট হল-এ ভোজসভার আয়োজন হয়েছে। পিজারো আতাহুয়ালপাকে সসম্মানে নিজের পাশের আসনে বসিয়ে আপ্যায়িত করেছেন।

সেই ভোজসভায় উপস্থিত থাকার সৌভাগ্য যাদের হয়েছিল তারা আতাহুয়ালপাকে দেখে বেশ একটু বিস্মিতই হয়েছে। কল্পনাতীত এই আকস্মিক ভয়ংকর ভাগ্য বিপর্যয়ের পর ইংকা নরেশ বিমূঢ় বিহ্বলতায় বিবশ হয়ে পড়লে অবাক হবার কিছু ছিল না। ভেতরে ভেতরে তাঁর মনের মধ্যে যে আলোড়নই চলুক, আতাহুয়ালপার বাইরের চেহারায় তার বিন্দুমাত্র আভাস কিন্তু কেউ দেখতে পায়নি। সম্রাটোচিত প্রশান্তিই প্রকাশ পেয়েছে তাঁর মুখের ভাবে। তিনি যেন নিজের ঔদার্যে অনুগ্রহ করে এই অজানা বিদেশিদের ভোজসভা অলংকৃত করতে এসেছেন মনে হয়েছে তাঁর আলাপে আচরণে।

পিজারোর এই পৈশাচিক শঠতা সম্বন্ধেও আতাহুয়ালপা প্রশংসাসূচক মন্তব্য করেছেন বলে এই ভোজসভার একজন নিমন্ত্রিত প্রত্যক্ষদর্শী বিবরণ রেখে গেছেন।

আতাহুয়ালপা কি সত্যিই তাঁর বন্দিত্বের সম্পূর্ণ ভয়াবহ তাৎপর্য তখনও বোঝেননি? না, এত বড় বিরাট সাম্রাজ্যের বুকের একটি কোণে মুষ্টিমেয় ক-জন বিদেশি শত্রুর উন্মত্ত বাতুল স্পর্ধার উপযুক্ত জবাব দিতে ইংকা রাজশক্তির দেরি হবে না, নিশ্চিত নিশ্চিন্ত এই বিশ্বাসে পিজারো আর তাঁর সঙ্গীদের একটু প্রচ্ছন্ন বিদ্রূপ করেছেন মাত্র।

আঠারো

আতাহুয়ালপা যখন পিজারোর ভোজসভায় আপ্যায়িত হচ্ছেন ঘনরাম তখন কাক্সামালকা নগরের বাইরে উষ্ণ প্রস্রবণের কাছে ইংকা নরেশের নিজের বিশ্রাম-শিবিরের একটি বেদির ওপর একলা বসে আছেন।

এই জায়গাটিতে এসে বসবার আগে বহুক্ষণ নগরের বাইরের প্রান্তরে তিনি প্রায় অপ্রকৃতিস্থের মতো ঘুরে বেড়িয়েছেন। পিজারোর এই পৈশাচিক শঠতায় তাঁর সমস্ত শরীর মন তখন আগুনের মতো জ্বলছে। কাক্সামালকা শহরে কিছুক্ষণ আগে যে হত্যা-তাণ্ডব হয়ে গেল তাতে তাঁর বিন্দুমাত্র হাত নেই। কিন্তু প্রত্যক্ষ যোগ না থাকলেও এই অবিশ্বাস্য পরিণামের নিমিত্তমাত্র হিসাবেও তাঁর কিছুটা দায়িত্বও অস্বীকার করবার নয়। সূর্য কাঁদলে সোনা-র দেশের অভিযান সফল করবার জন্যে চেষ্টার ত্রুটি তো সত্যিই তাঁর ছিল না।

সে সাফল্যের এই চেহারা শুধু যদি তিনি কল্পনা করতে পারতেন! নির্মম পৈশাচিকতায় এই সোনার দেশে রক্তগঙ্গা বহাবার তিনি সহায় হবেন জানলে কাপিতান সানসেদোর গণনা সফল করবার জন্য এমন ব্যাকুল তিনি নিশ্চয় হতেন না। কাপিতান সানসেদোর গণনায় এত কিছু ধরা পড়া সত্ত্বেও এই ভয়ংকর নিয়তির কোনও আভাস কেন পাওয়া যায়নি?

এই নিয়তি ঘটনার স্রোতকে কোন অমোঘ সর্বনাশের দিকে এগিয়ে নিয়ে চলেছে তা তিনি জানেন না। জানতেও তিনি চান না। ফল যাই হোক, তাঁর জীবনের একমাত্র কাজ এখন এই নিয়তির গতিতে বাধা দেওয়া।

এখনও হয়তো একেবারে হতাশ হবার কিছু হয়নি। সর্বনাশা ঘটনা-প্রবাহের মুখ ফিরিয়ে এখনও হয়তো জল্লাদ পিশাচদের অত্যাচারের উপযুক্ত জবাব দেওয়া যায়।

অভ্রভেদী পর্বতশৃঙ্গের দেশের সমগ্র সাম্রাজ্য-শক্তির দরকার নেই। এই কাক্সামালকা শহরের ইংকাবাহিনী আর নাগরিকদের একবার রুখে দাঁড় করাতে পারলেই এসপানিওল পিশাচেরা ফুৎকারে উড়ে যাবে এ পর্বতশিখর থেকে।

ইংকা নরেশের সেনাবাহিনী আর কাক্সামালকার নাগরিকেরা তখন আতঙ্কে উন্মত্ত হয়ে শহর ছাড়িয়ে দিগ্বিদিক-জ্ঞানশূন্য হয়ে ছুটে পালাতে ব্যস্ত।

ঘনরাম ইংকা বাহিনীর একজন সৈনিককেই ধরে থামিয়েছেন। 'কোথায় পালাচ্ছ? লজ্জা করে না তোমার!' বলেছেন তীব্র কঠিন স্বরে।

ঘনরামের হাত ছাড়াবার চেষ্টায় আকুলি-বিকুলি করতে করতে লোকটা পশুসুলভ একটা আর্তধ্বনি ছাড়া একটা স্পষ্ট শব্দও উচ্চারণ করতে পারেনি। আবছা অন্ধকারেও লোকটার মুখে কসাই-এর হাতে-পড়া মেষশিশুর কাতর ভয়-বিহ্বলতা শুধু দেখা গিয়েছে।

তাকে ছেড়ে দিয়ে আরও অনেককে ঘনরাম থামিয়েছেন। দু-একজন তাঁর কথার জবাবও দিতে পেরেছে।

সে জবাব শুনে হতাশায় স্তব্ধ হয়ে গেছেন ঘনরাম।

আকাশের বজ্র যাদের অস্ত্র, বিদ্যুৎগতি দানবীয় পশু যাদের বাহন, গায়ের বর্ণ যাদের তুষারের মতো শুভ্র সেই অতিমানবদের বিরুদ্ধে যোঝবার চেষ্টাই বাতুলতা!—আতঙ্কবিহ্বল আর্তনাদ হিসাবে এই বিশ্বাসই নানাভাবে ধ্বনিত হয়েছে নানাজনের মুখে।

বহুক্ষণ পর্যন্ত একজনকেও ফেরাবার চেষ্টায় বিফল হয়ে ঘনরাম অবশেষে এই বেদির ওপর এসে বসেছেন ক্লান্ত হতাশায়।

অবসন্ন হতাশায় সারারাতই হয়তো ঘনরাম সেই উষ্ণ প্রস্রবণের কাছে ইংকা নরেশের বিশ্রাম-শিবিরের পাষাণ বেদিকার ওপর বসে থাকতেন।

কিন্তু তা থাকা তাঁর হয়নি।

হঠাৎ রাত্রির অন্ধকারে অদূরে তিনি একটা তীব্র আর্তনাদ শুনে অস্থির চঞ্চল হয়ে উঠে দাঁড়িয়েছেন। এই ভয়ংকর পিশাচ-তাণ্ডবের রাত্রে তীব্র কোনও আর্তনাদ সচকিত বিস্মিত করবার মতো কিছু নয় অবশ্য। এর আগে বহু আর্তনাদই তিনি শুনেছেন কাছে দূরে, রাত্রির আকাশে যা আতঙ্কের শিহর তুলেছে।

সে সব আর্তনাদ শুনে উত্তেজিত হলেও বিশেষ কিছু করতে তিনি পারেননি। আর্তধ্বনির উৎসস্থান অনুমান করে কয়েক পা যেতে-না-যেতেই সে ধ্বনি মিলিয়ে গেছে। বেশির ভাগ আর্তনাদের উৎপত্তি স্থান খুঁজে বার করা সম্ভব হয়নি। দু-একবার তা পারলেও সেখানে উপস্থিত হয়ে কোনও হতভাগ্য ইংকা সৈনিক কি প্রজার মৃতদেহই শুধু পড়ে থাকতে দেখেছেন যার অসহায় নিরস্ত্র দেহের ওপর বীর এসপানিওল রিসালাদার ঘোড়ার ওপর থেকে তার ইস্পাতের তলোয়ারের ধার পরীক্ষা করে গেছে।

এবারে শুধু তীব্র আর্তনাদ শুনেই সুতরাং তিনি বিচলিত হয়ে ওঠেননি। বিচলিত হয়েছেন এ আর্তনাদ নারীকণ্ঠের বলে।

শুধু নারীকণ্ঠের বললেও তার যথার্থ পরিচয় দেওয়া হয় না। সুধাময় অপার্থিব কোনও বিহঙ্গই যেন মানবীর কণ্ঠ অনুকরণ করে এ আর্তধ্বনি তুলেছে!

পুরুষের গলার কাতর চিৎকার এ পর্যন্ত যা শোনা গেছে তা দীর্ঘ হয়নি কোনওবারই। একবার কি বড়জোর দু-বারের পরই তা স্তব্ধ হয়ে গেছে নিহত হতভাগ্যের রুদ্ধকণ্ঠে।

এ আর্তধ্বনি কিন্তু ক্ষীণ হয়ে এলেও একেবারে থামেনি। হত্যা নয়, হরণ করার উদ্দেশ্যেই কোনও নারীকে যে ধরে নিয়ে যাওয়া হচ্ছে তা বোঝা গেছে করুণ আর্তনাদের এই ধরন থেকে।

আর্তনাদ কোন দিক থেকে আসছে তা অনুমান করতে দেরি হয়নি ঘনরামের। তৎক্ষণাৎ সেই দিকে তিনি ছুটে গেছেন, কিন্তু বিপন্নাকে সত্যিই উদ্ধার বা সাহায্য করার বিশেষ কোনও আশা মনের মধ্যে রাখেননি।

আশা না রাখবার কারণ এই যে, রিসালাদার সওয়ার সৈন্য ছাড়া রাতের অন্ধকারে এতদূর পর্যন্ত কেউ যে হত্যাবিলাসে মাততে আসেনি তা তিনি জানেন। তাদেরই কেউ নিশ্চয় কোনও অসহায় নারীকে জোর করে ধরে নিয়ে চলেছে। তিনি যত

জোরেই ছুটে যান না কেন ঘোড়সওয়ারের সঙ্গে পাল্লা দেওয়া তাঁর পক্ষে সম্ভব নয়। নিষ্ফল জেনেও আর্তধ্বনি অনুসরণ করে ছোটা কিন্তু তিনি বন্ধ করতে পারেন না।

অন্ধকারে কিছুদূর ছুটে যাবার পরই একটা ব্যাপারে তিনি বিস্মিত হন। অসহায় আর্ত বিলাপটা তখন ক্ষীণ হতে হতে প্রায় থেমে এসেছে। কিন্তু সেটা এতক্ষণে যত দূরে মিলিয়ে যাবার কথা ছিল তা তো যায়নি! এই নিস্তব্ধ প্রান্তরে ঘোড়ার দ্রুত শব্দও পাওয়া যাচ্ছে না।

হঠাৎ সামান্য একটু আশার আলো তাঁর মনের মধ্যে ঝিলিক দিয়ে ওঠে। ঘনরাম নিজের গতি বিশেষ না কমালেও পদশব্দ সম্বন্ধে একটু সাবধান হন।

আকাশে ক্ষীণ একটু জ্যোৎস্নাও নেই। তবু তারার আলোতেই অস্পষ্টভাবে কিছুদূর পর্যন্ত দেখা যায়।

ঘনরাম অনুমান যা করেছিলেন তা-ই ঠিক। এসপানিওল সওয়ার সৈনিক আর তার ঘোড়াটাকে এবার আবছাভাবে দেখা যাচ্ছে। ঘোড়াটা দাঁড়িয়ে আছে আর সওয়ার সৈনিক নীচে নেমে ঘোড়াটার পিঠের ওপর যা বাঁধবার চেষ্টা করছে তা নিশ্চয়ই তার বন্দিনীর প্রায় অসাড় দেহ।

বন্দিনীর যোঝবার শক্তি আর নেই বললেই হয়, তবু দুর্বল অবশ শরীরে এখনও সে মাঝে মাঝে উন্মাদের মতো মুক্তি পাবার জন্যে অস্থির হয়ে উঠছে। বেঁধে ফেলাটা সওয়ার সৈনিকের পক্ষে তাই সহজ হচ্ছে না। বিনা বাধায় এই লুণ্ঠিত নারী শিকারটিকে ধরে নিয়ে যাওয়া সম্ভব হয়নি বলেই সওয়ার সৈনিককে এরকমভাবে বাঁধবার ব্যবস্থা করতে হচ্ছে মনে হয়।

সওয়ার সৈনিক এ নারীরত্নকে অক্ষত অবস্থায় ধরে নিয়ে যাওয়ার জন্যে লুব্ধ না হলে তার নাগাল পাওয়ার সুযোগ ঘনরাম নিশ্চয় পেতেন না।

অনেকটা কাছাকাছি গিয়েও ঘনরাম কিন্তু ইংকা নরেশের বিশ্রামাগারের প্রান্তে একটি স্তম্ভের আড়ালে নিঃশব্দে নিশ্চেষ্ট হয়ে দাঁড়িয়ে থাকেন।

সওয়ার সৈনিক মেয়েটিকে বাঁধা শেষ করে নিজে এবার ঘোড়ার পিঠে উঠতে যায়।

কিন্তু রেকাবে পা দিতে গিয়ে তাকে চমকে নেমে দাঁড়াতে হয়।

অন্ধকার নির্জন প্রান্তরে একটা যেন অশরীরী ধ্বনি হঠাৎ শোনা গেছে কঠিন ধমকের সুরে—'পারে।'

পারে! অবাক হয়ে এসপানিওল বীর এবার একটু সন্ত্রস্তভাবেই চারিদিকে চায়। পারে মানে—থামো। এমন সময় এই জায়গায় কে তাকে এই ধমকের সুরে থামতে বলতে পারে! স্বয়ং ইংকা নরেশকে বন্দি করার পর আজ রক্তবন্যা বইয়ে এই অবাধ হুল্লোড়ের দিন এরকম হুকুম দেবার আহাম্মকি কোনও সেনাপতিও তো করবেন না।

সওয়ার সৈনিকের গায়ে একটু কাঁটা দিয়ে ওঠে সত্যিই। বিশেষ করে দূরের একটা স্তম্ভের আড়াল থেকে একটা অস্পষ্ট ছায়ামূর্তিকে বেরিয়ে আসতে দেখে একবার বুকটা কেঁপেও ওঠে।

কিন্তু ভেতরে যা-ই হোক, সাত সমুদ্র পেরিয়ে এই অজানা রহস্যের দেশে সমস্ত

বিপদ তুচ্ছ করে আসবার মুরোদ যার হয়েছে এত সহজে সে বেসামাল হয় না। ধমক দেওয়া হুকুমের পালটা জবাব তাকে দিতেই হয়।

'পারে!' বলে হুকুমটার শব্দই একটু ঘুরিয়ে সে দাঁত খিচিয়ে বলে ওঠে, 'পেরো! কুইয়েন এস্তা তু?'

কে তুই কুত্তা? এত বড় অপমান শুনেও ছায়ামূর্তির কোনও চাঞ্চল্য কিন্তু দেখা যায় না। ঠিক যেন একটা অসাড় কবন্ধের মতো নিঃশব্দে ধীরে ধীরে মূর্তিটা এগিয়ে আসে।

কবন্ধের মতো মনে হবার কারণটা বুঝতে সওয়ার সৈনিকের দেরি হয় না। কিছুটা কাছাকাছি আসার দরুন দেখা যায় যে মূর্তিটার মুখটা মুখোশের মতো কালো পর্দায় যেন ঢাকা।

এসপানিওল বীর নিজের অজান্তেই দু-পা পিছিয়ে যায় এবার। কোমরের খাপ থেকে তলোয়ারটা খুলে সে তখন হাতে নিয়েছে।

মূর্তিটা কিন্তু তখনও নির্বিকারভাবে নিঃশব্দে এগিয়ে আসছে। তার কোমরবন্ধ থেকেও খাপে-ভরা তলোয়ারটা ঝুলতে দেখা যায়। কিন্তু সে তলোয়ার খোলবার বিন্দুমাত্র চেষ্টা না করে মূর্তিটা মাথার ওপর দু হাত তুলে কী যেন করে মনে হয়।

সওয়ার সৈনিক হাত তোলার মানে বোঝবার জন্যে আর অবশ্য অপেক্ষা করে না। মূর্তিটা আর-এক-পা বাড়াতে-না-বাড়াতে খোলা তলোয়ার নিয়ে হিংস্রভাবে তার ওপর ঝাঁপিয়ে পড়ে।

ওই ঝাঁপিয়ে পড়াই সার। হঠাৎ কী যেন কোথা দিয়ে হয়ে যায় এসপানিওল বীর বুঝতেই পারে না।

ঝাঁপিয়ে পড়ার পরমুহূর্তে দেখা যায় সওয়ার সৈনিক মাটির ওপর সচাপ্টে আছড়ে পড়ে আছে। তার শিথিল হাত থেকে তলোয়ারটা ছিটকে পড়েছে একটু দূরে। মুখোশ ঢাকা মূর্তিটা কাছে এসে সে তলোয়ারটা কুড়িয়ে নেয়। তারপর যা করে তা অদ্ভুত। অন্ধকারেই সেই তলোয়ারটা সৈনিকের মুখের ওপর একটু শুধু যেন সে কাঁপায়।

কপালে হাতটা তুলে সওয়ার সৈনিক অস্ফুট একটা চিৎকার করে ওঠে এবার।

চিৎকার শুধু কপালের ওপর সূক্ষ্ম আঘাতের জন্যেই নয়। তার তলোয়ারটা সেই ভয়ংকর মূর্তি নিজের হাঁটুর ওপর নিয়ে এক চাপে তখন দু-টুকরো করে ফেলেছে। ভাঙা টুকরো দুটো সৈনিকের দিকে ছুঁড়ে দিয়ে মূর্তিটা তারই ঘোড়ার ওপর লাফিয়ে গিয়ে উঠে সবেগে সেটা খোলা প্রান্তরে ছুটিয়ে দেয়।

উনিশ

"পরের দিন সকালে ঘনরামকে তাঁর নির্দিষ্ট সেনাবাসে ঠিক মতোই দেখা যায়।

আগের রাতের হত্যাতাণ্ডবের উত্তেজনার পর ক্লান্ত সৈনিকদের কোনও কিছু খুঁটিয়ে লক্ষ করবার মতো তখন অবস্থা নয়। সে অবস্থা থাকলে একজন এসপানিওল সৈনিকের কপালের ওপরকার অদ্ভুত কাটা দাগটা অনেকেরই বোধহয় বিস্ময়

জাগাত।

তার কপালের ঠিক মাঝখানে নাকের ওপর কে যেন সূক্ষ্ম ছুরির ফলা দিয়ে গুণর্ক চিহ্নের মতো দুটো লম্বা ঢ্যারা কেটে দিয়েছে।

শুধু তার কপালের ওই কাটা দাগ নয়, তার মুখের চেহারাও লক্ষ করবার মতো। কী যেন এক অজানা আতঙ্কে তার মুখ ফ্যাকাশে হয়ে আছে তখনও।

সেই সৈনিককে ছাড়া ঘনরামকেও লক্ষ করবার মতো কিছু ছিল। ঘনরামের এরকম চেহারা আগে কখনও অন্তত দেখা যায়নি। তাঁর সঙ্গে ঘনিষ্ঠভাবে যারা পরিচিত তাদের কেউ, যেমন কাপিতান সানসেদোও, ঘনরামের এ চেহারা দেখলে বোধহয় চিন্তিত হতেন।

না, বেশি বা অল্প, ঘনরাম কোনওরকম আহত হননি। আগের রাত্রে তাঁর মুখে যে ক্লান্ত হতাশার ছাপ পড়েছিল তা সম্পূর্ণ মুছে না গেলেও তার চেয়ে আর একটা রহস্যজনক কিছু তাঁর মুখের ওপর যেন গভীর ছায়া ফেলেছে। ভাসাভাসাভাবে দেখলে সেটা এক রকম অন্যমনস্কতা বলেই মনে করবার মতো। বাইরে যা-ই করুন, ভেতরে ভেতরে তিনি যেন আর কোনও দূর ভাবনায় তন্ময় হয়ে আছেন।

অতিথি-মহল্লার সৈন্য শিবিরে ফিরে ঘনরাম অবশ্য নিজের ভাবনায় তন্ময় হয়েই সময় কাটাননি। তাঁর প্রথম কাজ হয়েছে গত দিনের অবিশ্বাস্য ব্যাপার কেমন করে সম্ভব হল তার বিবরণ সংগ্রহ করা।

য: ঘটেছে তার পেছনে শুধু আকস্মিক উত্তেজনা যে ছিল না, সমস্ত ব্যাপারটা যে আগে থাকতে সুপরিকল্পিত, ঘনরাম তার সমস্ত খুঁটিনাটি প্রমাণই ক্রমে ক্রমে পেয়েছেন।

বাতুল হাস্যকর বলে যা ধরে নেওয়া হয়েছিল হেরাদার সেই পরামর্শই গ্রহণ করেছেন পিজারো আর তাঁর সাঙ্গোপাঙ্গরা। মাকিয়াভেল্লী থেকে চুরি করে হেরাদা সিসিলির পিশাচ আগাথোক্লিস-এর সার্থক শয়তানির যে দৃষ্টান্ত দিয়েছিল তারই ছক ধরে পিজারো ইংকা নরেশকে হাতের মুঠোয় নেবার কূটকৌশল সাজিয়েছেন।

কাক্সামালকা শহরের অতিথি-মহল্লার মাঝখানে যে বিরাট উদ্যান-প্রাঙ্গণ তার তিন দিক বিশাল সব মণ্ডপালয় দিয়ে ঘেরা। সেই সব মণ্ডপের বড় বড় দরজা উদ্যান-প্রাঙ্গণের দিকেই উন্মুক্ত।

পিজারো এই সব মণ্ডপের ভেতর দু-ভাগে তাঁর সওয়ার সৈন্য রাখবার ব্যবস্থা করেছিলেন। পদাতিকদের তিনি রেখেছিলেন অন্য একটি আয়তনে। তা থেকে নিজের সঙ্গে তিনি বাছাই করা কুড়িজন মাত্র রেখেছিলেন বিশেষ প্রয়োজনের জন্যে। এসব ব্যবস্থা ছাড়া পেড্রো দে কানডিয়ার অধীনে দুটি ছোট কামান সমেত কয়েকজন বন্দুকধারী তিনি রেখেছিলেন নগর তোরণের দুর্গের ভেতব।

সকলের ওপরই হুকুম ছিল নির্দিষ্ট সংকেত পাবার আগে কেউ যেন ঘুণাক্ষরে নিজের উপস্থিতি জানতে না দেয়।

নির্দিষ্ট সংকেত হল একটি কামানের আওয়াজ। সে সংকেত পাওয়ার পর যে যেখানে আছে বন্যাবেগে ইংকা নরেশ আর তাঁর অনুচর-বাহিনীর ওপর ঝাঁপিয়ে

পড়বে এ-ই ছিল নির্দেশ।

সংখ্যায় অনেক বেশি হলেও এই অতর্কিত আক্রমণের চমকেই শত্রুবাহিনী বিহ্বল দিশাহারা হয়ে ভেড়ার পালের মতো প্রাণ দেবে ও হার মানবে এই অনুমানই ছিল পিজারোর কূট পৈশাচিক যুদ্ধ-কৌশলের ভিত্তি।

তাঁর অনুমান আশাতীতভাবে অবশ্য নির্ভুল বলে প্রমাণিত হয়েছে।

ঘনরাম এ সমস্ত বিবরণই তন্ন তন্ন করে সংগ্রহ করেছেন। কিন্তু কী লাভ তাঁর এ নীচ পৈশাচিক চক্রান্তের কথা খুঁটিয়ে জেনে? যা ঘটে গেছে তার পর কিছু কি তাঁর করবার আছে এ অন্যায়ের প্রতিবিধানের জন্যে?

সত্যিই কিছু নেই। আতাহুয়ালপার নিজের সৈন্য-সামন্ত আর প্রজামণ্ডলীই এ নিয়তি মেনে নিয়েছে নির্বিচারে।

হত্যাতাণ্ডবের পরের দিন সকালে পিজারো যেখানে যত মৃতদেহ জমে আছে সমস্ত সরিয়ে নগর পরিষ্কার করবার হুকুম দিয়েছেন। মৃতদেহ তো দু-চারটি নয়। পিজারোর সচিব সেরেস হাজার দুয়েক ইংকা প্রজার নিহত হওয়ার কথা লিখে গেছেন। গার্সিলাসো দা ভেগার চেয়েও বিশ্বাসযোগ্য আর-এক বিবরণে দশ হাজার মৃতদেহের কথা পাওয়া যায়। এ বিবরণ যিনি লিখে গেছেন তিনি নিজেও একজন ইংকা বংশধর। হুয়াইনা কাপাক-এর তিনি নাতি, সুতরাং আতাহুয়ালপার ভাইপো!

তাঁর বিবরণ পুরোপুরি বিশ্বাস না করলেও সেই এক ভয়ংকর রাত্রে বড় জোর এক ঘণ্টার মধ্যে অন্তত হাজার পাঁচেক ইংকা সাম্রাজ্যের প্রজা যে পিজারোর জল্লাদ-সৈনিকদের হাতে প্রাণ দিয়েছিল এ বিষয়ে সন্দেহ নেই।

পিজারোর হুকুমে নগর পরিষ্কার করা হয়েছে, সেই সঙ্গে উষ্ণ-প্রস্রবণ ঘেরা আতাহুয়ালপার বিশ্রাম বা বিলাস শিবির লুণ্ঠন করতেও ভুল হয়নি।

সোনা রুপোর বাসন-কোসন গয়না-পত্রের যে স্তূপাকার সম্পদ তাতে পাওয়া গেছে তা সোনার নামে পাগল এসপানিওল সেনারা স্বপ্নেও বোধহয় আশা করতে পারেনি।

সোনাদানা নিয়ে যেমন উৎফুল্ল হয়েছে পিজারো আর তার দলবল তেমনই ফাঁপরে পড়েছে বন্দিদের সমস্যা নিয়ে।

তাদের রাজ্যেশ্বরই বন্দি হবার পর বিমূঢ় হতাশায় অতিসন্ত্রস্ত থেকে সাধারণ অসংখ্য ইংকা প্রজা প্রায় স্বেচ্ছাতেই এসপানিওলদের কাছে আত্মসমর্পণ করেছে। স্বয়ং ইংকা নরেশকেই যারা এত সহজে বন্দি করতে পারে তাদের বিরুদ্ধে দাঁড়াবার চেষ্টাই বৃথা, ইংকা প্রজাদের এ-ই তখন বদ্ধমূল ধারণা। দলে দলে তারা দাসত্ব স্বীকার করেছে এসপানিওলদের।

কিন্তু এই অসংখ্য বন্দিকে নিয়ে কী করা হবে তা-ই কঠিন সমস্যা হয়ে দাঁড়িয়েছে পিজারোর বাহিনীর কাছে।

হোমরা-চোমরারা তো বটেই, সাধারণ পাঁওদল সৈনিকরাও জনে জনে অমন দশটা বিশটা করে বিনা মাইনের খিদমদগার পেয়েছে। কিন্তু তাতে সমস্যা মেটেনি। খিদমদগার পেলেই তো হবে না, তাদের খোরাক তো জোগাতে হবে। তা জুটবে

কোথা থেকে?

গরম জলের ফোয়ারাগুলির কাছাকাছি পাহাড়ি উপত্যকায় প্রচুর ল্লামার পালের সন্ধান অবশ্য পিজারো পেয়েছেন। ইংকা নরেশের রাখালরা সেখানে সে পশুপাল চরায়।

সে ল্লামার পাল দিনে প্রায় শ-দেড়েক করে মেরে পিজারোর বাহিনীর রসদ জোগানো হয়েছে। সে বরাদ্দ থেকে গোলামদের ভাগ দেবার কথা নিশ্চয় ভাবা যায় না।

কয়েকজন তাই যুক্তি দিয়েছে বন্দির সংখ্যা কিছু কমিয়ে ফেলবার জন্যে।

কেমন করে? কেন, স্রেফ নিকেশ করে দিয়ে। কমপক্ষে পাঁচ-ছ হাজার যেখানে আগেই খতম হয়ে গেছে সেখানে আর দু-তিন হাজার গেলে এমন কী আসবে-যাবে?

এ যুক্তি অনুসারে কাজ অবশ্য হয়নি। কিন্তু পেরুবাসীদের ওপর অত্যাচার ক্রমশ বেড়েই গেছে অবাধে।

কাক্সামালকা উপত্যকার একটি অদ্ভুত কিংবদন্তির সূত্রপাত হয়েছে বুঝি তখন থেকেই।

আশ্চর্য সে কিংবদন্তি। হয়তো তা পরাজিত নিপীড়িত নিরুপায় পেরুবাসীর মিথ্যে সান্ত্বনা খোঁজার জন্যে বানানো অলীক কাহিনী মাত্র।

নিজেদের হাতে যে প্রতিকার করবার ক্ষমতা তাদের নেই, দেবতাকে দিয়ে তাই করাবার কল্পনা করে তারা মনের আশা মেটাতে চেয়েছে হয়তো।

এ দেবতা হলেন ভীরাকোচা। সুদূর অজানা সমুদ্র পর্বত পার হয়ে যারা ইংকা সাম্রাজ্যে এসেছে সেই এসপানিওলদের মতোই ভীরাকোচার গায়ের রং শুভ্র। তিনি নাকি এসপানিওলদের বিচার ও শাস্তি নিজের হাতে তুলে নিয়ে কাক্সামালকার পর্বত বেষ্টিত অধিত্যকায় মাঝে মাঝে সশরীরে দেখা দেন।

এসপানিওলদের কানেও এ কিংবদন্তি পৌঁছেছে। বাইরে হেসে উড়িয়ে দিলেও অনেকেই মনে মনে এ কাহিনী সম্পূর্ণ অবিশ্বাস করতে পারেনি।

কারণ ভীরাকোচাকে স্বচক্ষে সুস্পষ্ট না দেখলেও এ দেবতার রহস্যময় আবির্ভাবের প্রমাণ কেউ কেউ একটু বিশ্রীভাবেই পেয়েছে।

পেরুবাসীদের ভীরাকোচা নামে দেবতাটি বেশ একটু অসাধারণ ও রহস্যময়।

ভীরাকোচা ইংকা সম্রাটদের আরাধ্য সূর্যদেব নন। অথচ তাঁর প্রভাব-প্রতিপত্তি আর মহিমা সূর্যদেবেরই সমান। এই দেবতাটি শুধু ভীরাকোচা নয়, পাচাকামাক নামেও পরিচিত। এই নামের একটি নগর পাচাকামাক দেবতার পীঠস্থান হিসেবে সে-যুগে বিখ্যাত ছিল। এ-নগরের অবস্থান কর্ডিলিয়েরা অর্থাৎ আন্ডিজ পাহাড়ের শীর্ষদেশের কোনও মালভূমিতে নয়, পশ্চিমের সমতল সমুদ্রতীরে।

সেখানে পাচাকামাক বা ভীরাকোচার পূজামন্দিরের স্থাপত্যও ইংকা সম্রাটদের প্রতিষ্ঠিত সূর্যমন্দিরের চেয়ে অনেক বেশি পুরনো বলে প্রত্নতাত্ত্বিকদের সিদ্ধান্ত।

পাচাকামাক বা ভীরাকোচা হলেন সেই দেবতা, সমস্ত সৃষ্টির যিনি প্রাণের উৎস। এ-সৃষ্টির রক্ষকও তিনি।

ইংকা সম্রাটরা বিজয়ীরূপে দেখা দিয়ে সমস্ত পেরু রাজ্যে যে সূর্যপূজার প্রবর্তন করেন, ভীরাকোচা দেবতা হিসাবে তার অনেক আগে থেকেই প্রতিষ্ঠিত।

ইংকা বিজয়ীরা রাজনৈতিক সুবুদ্ধির পরিচয় দিয়ে এই আগেকার দেবতাকে সূর্যদেবের সঙ্গেই সমান মর্যাদা দিয়ে স্বীকার করে নিয়েছেন। আমরা যে-রাজ্যকে পেরু বলে জানি ইংকা সম্রাটদের কাছে জিভে গিঁঠ-পড়ানো তার একটা অদ্ভুত নাম ছিল—তাভান্‌তিনসুইয়ু। শব্দটার মানে হল, দুনিয়ার চার তরফ। এই তাভান্‌তিনসুইয়ুর মধ্যে পাচাকামাক-এর মন্দিরের দৈববাণীর খ্যাতি ছিল অসামান্য। সমস্ত পেরু রাজ্য থেকে তীর্থযাত্রীরা আসত এই পাচাকামাক বা ভীরাকোচা-র মন্দিরে দৈববাণীর জন্যে ধরনা দিতে। ভীরাকোচার প্রাধান্য ইংকা সম্রাটদের আরাধ্য সূর্যদেব তাই খর্ব করতে পারেননি।

আগাগোড়া শ্যামলা মানুষের দেশে এই ভীরাকোচা দেবতার গায়ের রং সাদা বলে কল্পনা করা আর তাঁর মন্দির-নগর ঠিক সমুদ্রকূলেই স্থাপিত থাকার মধ্যে পেরুর লুপ্ত ইতিহাসের কোনও অস্ফুট ইঙ্গিত আছে কি না কে বলতে পারে!

এই আশ্চর্য দেবতা ভীরাকোচা-ই কি সত্যি এত যুগ বাদে তাঁর ভক্তদের সাহায্য করতে পৃথিবীতে নেমেছেন? এরকম কিংবদন্তি রটবার কারণ কী?

পেরু রাজ্যের প্রজারা ভীরাকোচা-র পুরাণ-কথা স্মরণ করেই এসপানিওলদের প্রতি প্রথম সশ্রদ্ধ আকর্ষণ অনুভব করেছিল। এসপানিওলদের গায়ের রং সাদা, সুতরাং সেই সুদূর পুরাণের যুগের ভীরাকোচা-র সঙ্গে তাদের হয়তো কোনও সম্পর্ক থাকতে পারে—এইরকম একটা ধারণাই গোড়ায় গড়ে উঠেছিল তাদের মনে। তাদের এ-ভুল মর্মান্তিকভাবে ভাঙতে দেরি হয়নি অবশ্য।

নিষ্ঠুর আঘাত পেয়ে পেয়ে কিছুদিনের মধ্যেই তারা বুঝেছে, সমস্ত সৃষ্টি যাঁর কাছে জীবন পেয়েছে, জীবনের যিনি পরম রক্ষক, সেই ভীরাকোচা-র সঙ্গে সামান্যও একটু সম্বন্ধ থাকলে, এসপানিওলরা এমন পিশাচ কখনও হতে পারত না।

কাক্‌সামালকা নগরে ইংকা নরেশ আতাহুয়ালপা পিজারোর হাতে বন্দি হবার কয়েকদিন পর থেকেই অত্যন্ত গোপনে প্রায় চুপি চুপি একটা কথা তাই কান থেকে কানে ছড়িয়ে যেতে শুরু করেছে। কথাটা কী? কথাটা এই যে, গায়ের রং সাদা হলেও, এসপানিওলরা অনাদি জীবন-দেবতা ভীরাকোচা-র কেউ নয়। ভীরাকোচা-র সঙ্গে তাদের মিলটা একটা প্রতারণা। ওপরটাই তাদের সাদা, ভেতরটা একেবারে ঝুলের মতো কালো।

ভীরাকোচা-র কাছে তাদের আসল চেহারা তো লুকোনো নেই। তিনি তাই যুগযুগান্তর বাদে অকস্মাৎ দেখা দিয়ে পিশাচ এসপানিওলদের উচিত শিক্ষা দিতে আরম্ভ করেছেন।

পেরুর লোকেরা এরকম আজগুবি কিছু ভেবে নিয়ে সান্ত্বনা পেতে চায় তো পাক, কিন্তু এ-অদ্ভুত কিংবদন্তি এসপানিওলদের মধ্যেও ছড়িয়ে একটু-আধটু ভয় জাগালেই ভাবনার কথা। পিজারোর বিশ্বস্ত বীর সেনাপতি দে সটোর মনে সেই ভাবনাই হয়েছে।

ব্যাপারটা আলোচনা করবার জন্যে তিনি বেদে গানাদোর খোঁজ করছেন। এ-ধরনের ব্যাপারে তার মতামতের একটা দাম আছে বলেই মনে হয়েছে দে সটোর।

গানাদোর খোঁজ দে সটো শেষ পর্যন্ত পেয়েছেন, কিন্তু দিন-তিনেক চেষ্টা করার পর।

গানাদোকে পাকড়াও করবার পর সেই প্রশ্নই তিনি আগে করেছেন।

'কোথায় ছিলে বলো তো হে ক-দিন?' জিজ্ঞাসা করেছেন দে সটো, 'রোজ তোমার খোঁজ করতে এসে পাইনি।'

'কখন খোঁজ করতে এসেছিলেন কাপিতান?' গানাদোর গলায় সম্ভ্রমের সঙ্গে একটু যেন অন্য সুর শোনা গেছে।

দে সটো অবশ্য তা লক্ষ না করে বলেছেন, 'কখন আবার? রোজই সন্ধ্যার পর খোঁজ করেছি তোমার ছাউনিতে। তোমায় পাইনি।'

'পাবেন কী করে, কাপিতান?' গানাদো যেন সরলভাবেই বলেছেন, 'সন্ধের পর কাউকে এখন পাওয়া যায়!'

'কেন, পাওয়া যায় না কেন?' দে সটো অবাক হয়ে জিজ্ঞাসা করেছেন, 'কোথায় যায় সবাই?'

'আজ্ঞে, কেউ যায় লুঠ করতে, আর কেউ লুকোতে,' গানাদো যেন দে সটোর মনের ভাবনাটা আঁচ করেই জবাব দিয়েছেন।

'লুকোতে কী রকম?' দে সটো একটু চমকে উঠেই প্রশ্ন করেছেন এবার, 'এসপানিওলরা সুবিধে পেলেই লুঠ করে, মানি। কিন্তু তাদের কেউ কেউ ভয়ে লুকোচ্ছে বলতে চাও? কার ভয়ে? এ-দেশের মানুষের?'

শেষ কথাগুলো বলবার সময় দে সটোর গলায় উত্তেজনার সঙ্গে বেশ একটু রাগই ফুটে উঠেছে।

গানাদো কিন্তু তাতে বিচলিত হননি। বরং এবার একটু কৌতুকের স্বরে বলেছেন, 'না, এ-দেশের মানুষের ভয়ে নয় কাপিতান, লুকোচ্ছে ভূতের ভয়ে।'

'ভূত আবার কী?' ধমক দিয়েছেন দে সটো, 'স্পষ্ট করে বলো।'

'ভূতকে যে স্পষ্ট করা যায় না কাপিতান।' যেন দুঃখের সঙ্গে বলেছেন গানাদো, 'আমাদের মনের অন্ধকার সব কোণেকানাচেই যে তার আস্তানা।'

বেদে গানাদোকে ধমক দিলে এইরকম ধোঁয়াটে ধাঁধাই বার হবে বুঝে দে সটো এবার নরম হয়ে সোজাসুজি তাঁর প্রশ্নটা জানিয়েছেন।

'সত্যিই ভৌতিক কিছু ব্যাপার কাক্‌সামালকায় ঘটছে বলে তুমি মনে করো? ওরা যা বলে তার ভেতর কিছু সত্য আছে বলে তোমার ধারণা!'

'ওরা যা বলে তা তাহলে আপনি জানেন?' এবার গানাদোর গলা গম্ভীর।

'হ্যাঁ, জানি।' দে সটো অনিচ্ছার সঙ্গে স্বীকার করেছেন, 'সেই জন্যেই তুমি এ-ব্যাপারের কী কতটুকু জানো জিজ্ঞাসা করছি।'

'আমাকে জিজ্ঞাসা করে কী লাভ কাপিতান!' গানাদো যেন পাশ কাটাতে চেয়েছেন, 'আপনার মতো আমিও ওরা যা বলে সেইটুকুই জানি।'

'না, না,' প্রায় অনুরোধের সুর ফুটে উঠেছে দে সটোর গলায়, 'আমার কাছে লুকিও না, গানাদো। আমাদের সৈনিকদের মধ্যে এরকম অদ্ভুত কথা রটনার মূলে কিছু আছে কি না আমার চেয়ে নিশ্চয় তুমি বেশি জানো। যা জানো তা বলো।'

এবার খানিক চুপ করে থেকে গানাদো ধীরে ধীরে বলেছেন, 'বলবার বেশি কিছু নেই, কাপিতান দে সটো। এইটুকু শুধু নিজে ভেবে দেখলেও বুঝতে পারতেন যে, নেহাত হাওয়ার ওপর এরকম একটা অদ্ভুত ভয়ের গল্প এই ক-দিনে গড়ে উঠতে পারে না। কিছু একটা ভিত্তি তার আছেই।'

'সেই ভিত্তিটা কী তাই তো জানতে চাইছি।'—দে সটোর গলায় অধৈর্যের সঙ্গে বিস্ময়বিহ্বলতা মেশানো—'ধবধবে সাদা ঘোড়ায় সাদা পোশাকে সাদা মুখোশ-ঢাকা এক মূর্তি এসপানিওলদের কাউকে একা পেলে হঠাৎ যেন ভোজবাজিতে যেখানে সেখানে দেখা দিয়ে তাদের আক্রমণ করে এরকম আজগুবি কল্পনার কী ভিত্তি থাকতে পারে? তুমি নিজে দেখেছ কখনও সে-মূর্তি?'

'না, কাপিতান।' একটু যেন ভয়ে কাঁপানো গলায় বলেছেন গানাদো, 'আপনাকে হলফ করে বলতে পারি, এ-মূর্তি নিজের চোখে দেখার ভাগ্য আমার হয়নি। তবে সাদা ঘোড়ায় সাদা মুখোশ-ঢাকা সওয়ার দেখার ব্যাপারটা সত্য বা কাল্পনিক যা-ই বলুন না কেন, সেইরকম অদ্ভুত কোনও কিছুর ধরবার ছোঁবার মতো প্রত্যক্ষ প্রমাণ দু-একটা যে নেই এমন নয়।'

একটু থেমে দে সটোকে তাঁর প্রশ্নটা করবার অবসর না দিয়ে গানাদো আবার বলেছেন, 'প্রমাণগুলো অবশ্য লুকিয়ে রাখবার চেষ্টাই হয়েছে। যারা ভুক্তভোগী তারাই ব্যস্ত হয়েছে লুকিয়ে রাখতে। তবু রহস্যটা সম্পূর্ণ চাপা দেওয়া যায়নি।'

'কী বলছ তুমি আবোল-তাবোল?' দে সটো এবার একটু বিরক্তির সঙ্গেই বলেছেন, 'কী প্রমাণ লুকিয়ে রাখার চেষ্টা হয়েছে? যারা ভুক্তভোগী তারাই বা প্রমাণ লুকোতে ব্যস্ত হয়েছে কেন?'

'ব্যস্ত হয়েছে প্রমাণগুলো একটু লজ্জার বলে।' গম্ভীরভাবে বলেছেন গানাদো, 'আস্ত না থেকে তলোয়ার যদি কারও দু-টুকরো হয়, তাহলে ঢাক পিটিয়ে তা জানাতে নিশ্চয় কেউ ব্যাকুল হয় না। সাহসী বীরের হাতের তলোয়ার দু-টুকরো হওয়ার কৈফিয়ত বানানো তো সোজা নয়। ভাঙা তলোয়ার লুকিয়ে ব্যাপারটা বেমালুম চেপে যাওয়ার চেষ্টাই তাই করতে হয়। মুশকিল হয় শুধু কপালের কলঙ্কের দাগটা নিয়ে।'

'ভাঙা দু-টুকরো তলোয়ার, কপালে কলঙ্কের দাগ, এসব কী হেঁয়ালি করছ, গানাদো?' দে সটো ক্ষুব্ধস্বরে বলেছেন, 'আমি তোমার কাছে হেঁয়ালি শুনতে চাইনি, তার জবাব চেয়েছি।'

'জবাবই আপনাকে দিয়েছি, কাপিতান।' এবার একটু হেসে বলেছেন গানাদো, 'একটু খোঁজ নিলে ভাঙা দু-টুকরো তলোয়ার আর কপালের দাগের প্রমাণ আপনি নিজেই বার করতে পারবেন। প্রথমে আরমেরিয়ায় গিয়ে অস্ত্রাগারের ভাঁড়ারির কাছে গত এক হপ্তার মধ্যে ক-জন সৈনিক নতুন তলোয়ারের আর্জি জানিয়েছে খবর নিন, তার পর পারেন তো কুচকাওয়াজে সবাইকে ডেকে কপাল পরীক্ষা করে দেখুন।'

একটু চুপ করে দে সটোর বিমূঢ় মুখের দিকে চেয়ে গানাদো আবার বলেছেন, 'কপাল পরীক্ষা করাটা এসপানিওলদের পক্ষে একটু বেশি অপমান হয়ে যাবে, কাপিতান। সুতরাং তার দরকার নেই। শুধু ভাঙা তলোয়ারের হিসাবটা গোপনে নিলেই বুঝতে পারবেন একটা অদ্ভুত কিছু ঘটনা নিশ্চয়ই তার পেছনে আছে। সেই অদ্ভুত কিছু ঘটনার সঙ্গে সাদা মুখোশধারী ঘোড়সওয়ারের কিংবদন্তির সম্পর্ক কী, আর কতটুকু, তা আপনাকে বলতে পারব না।'

বেশ কিছুক্ষণ দে সটো বিস্ময়বিমূঢ় হয়েই নীরব হয়ে থেকেছেন। তারপর গভীর সংশয়েরই সুর গলায় নিয়ে বলেছেন, 'ভাঙা তলোয়ারের ব্যাপারটার নির্ভুল প্রমাণ যখন আছে তখন তার মূলে সাদা মুখোশধারী কোনও শত্রু ঘোড়সওয়ারের রহস্য থাকতেও পারে তুমি মনে করো?'

'তা করি।' স্বীকার করতে যেন বাধ্য হয়েছেন গানাদো।

'কিন্তু,' দে সটো তাঁর অবিশ্বাসের কারণগুলো প্রকাশ করেছেন, 'এই কাক্‌সামালকার পাহাড়-ঘেরা অধিত্যকায় ওরকম সাদা ঘোড়া আর তার সওয়ার আসবে কোথা থেকে? ঘোড়া তো এ-দেশের প্রাণী নয়। আমরা যে-কটি সঙ্গে এনেছি তা ছাড়া একটি ঘোড়াও এই বিশাল রাজ্যে নেই। রোগে, অপঘাতে যে-ক-টা গেছে, তা বাদে ঘোড়া এখনও আমাদের যা আছে, তা গোনাগুনতি। সে-সব ঘোড়ার মধ্যেও সত্যিকার দুধে ঘোড়া যাকে বলে, তা তো একটাও নেই যে বলব কেউ চুরি করে নিয়ে গিয়ে চালাচ্ছে। আমাদের কোনও ঘোড়া চুরি সত্যিই যায়নি এ পর্যন্ত। তা গিয়ে থাকলেও তো রহস্যের কিনারা হয় না। মুখোশধারী সওয়ার তার ঘোড়া নিয়ে কোথা থেকে আসে, চলে যায়ই বা কোথায়? তাহলে ব্যাপারটা কি সত্যিই ভৌতিক বলে ধরে নেওয়া ছাড়া উপায় নেই? অশরীরী কোনও মূর্তি কি হঠাৎ দেখা দিয়ে আবার শূন্যে মিলিয়ে যায়?'

দে সটো শেষ প্রশ্নটা নিজেকেই যেন করেছেন। দরকার নেই বলেই বোধ হয় গানাদো তার কোনও জবাব দেবার চেষ্টা করেননি।

দে সটো আবার নিজেই অন্য প্রশ্ন তুলেছেন, 'সাদা ঘোড়ার মুখোশধারী মূর্তি অশরীরী ছায়া মাত্র হতে পারে, কিন্তু সে যা করে থাকে, তা তো অলীক স্বপ্ন গোছের কিছু নয়।ভাঙা দু-টুকরো তলোয়ার আর কপালের কাটা চিহ্নের কথা যা বলছ, তা যদি ঠিক হয়, তাহলে সে তো বিশ্রী বাস্তব সত্য। অলীক ছায়া আর এই বাস্তব সত্যে যে মেলানো যাচ্ছে না।'

'মেলাবার দরকার কী, কাপিতান দে সটো!' এবার হেসে বলেছেন গানাদো, 'দু-চারটে ভাঙা তলোয়ার আর কপালের কাটা দাগ কত আর আপনাদের ক্ষতি করবে? আপনাদের পেরু বিজয় তাতে আটকে থাকবে না।'

'তা হয়তো থাকবে না।' চিন্তিতভাবে বলেছেন দে সটো, 'কিন্তু এরকম একটা রহস্যের কিনারা না হলেও তো নয়। আস্ত তলোয়ার কেমন করে দু-টুকরো হয়, সৈনিকদের কপালে কী করে কাটা দাগ আসে, তার ঠিক মতো হদিস না পেলে অজানা আতঙ্কটা ক্রমশ আরও ছড়িয়ে যাবে। ভুতুড়ে অত্যাচারটা বাড়তে বাড়তে

কতদূর পৌঁছবে, আর কখন কার ওপর পড়বে তারই বা ঠিক কী?'

'না, কাপিতান।' প্রতিবাদ জানিয়েছেন গানাদো, 'ভুতুড়ে রহস্যের মীমাংসা হবে কিনা জানি না, কিন্তু যেটুকু দেখা গেছে তাতে এটুকু বোধহয় বলা যায় যে, ভুতুড়ে অত্যাচারটা এলোপাথাড়ি খামখেয়ালিভাবে যার-তার ওপর হয়নি ও হবে না।'

'তার মানে?' দে সটো সবিস্ময়ে জিজ্ঞাসা করেছেন।

'তার মানে, যাকে অত্যাচার বলছেন, তা এ পর্যন্ত যার-তার ওপরে নয়, বাছাই-করা কয়েকজনের ওপরেই শুধু হয়েছে।'

'বাছাই-করা ক-জনের ওপর হয়েছে!' গানাদোর কথাটাই আবার আউড়ে দে সটো বিমূঢ়ভাবে জানতে চেয়েছেন, 'কী হিসেবে বাছাই করা?'

'তাদের কীর্তি ধরে বাছাই করা।' গানাদোর গলাটা একটু যেন তীব্র মনে হয়েছে, 'এ-দেশের নিরীহ অসহায় স্ত্রী-পুরুষের ওপর সবচেয়ে অন্যায় অত্যাচার যারা করেছে, শুধু তাদের কয়েকজনকেই যেন ভুতুড়ে সওয়ার বেছে নিয়ে শাস্তি দিয়েছেন দেখা যাচ্ছে।'

'তুমি তো তাহলে এ-দেশের লোকের অন্ধ কুসংস্কারেই সায় দিচ্ছ?' গানাদোর দিকে সবিস্ময়ে চেয়ে বলেছেন দে সটো।

'কোন অন্ধ কুসংস্কার?' জিজ্ঞাসা করে যেন সরলভাবেই মন্তব্য করেছেন গানাদো, 'এদের অন্ধ কুসংস্কারের তো অন্ত নেই।'

'এদের পুরাকালের দেবতা ভীরাকোচা সম্বন্ধে এরা যা বলছে, সেই অন্ধ বিশ্বাসের কথা বলছি।' দে সটো ব্যাখ্যা করে বলেছেন, 'ভীরাকোচাই এদের হয়ে প্রতিশোধ নিতে নেমেছেন বলে এদের ধারণা। তুমি তা বিশ্বাস করো?'

'বিশ্বাস ঠিক করি না, কিন্তু অবিশ্বাসও বা পুরোপুরি করতে পারছি কই!' গানাদো ধরাছোঁয়া না দিয়ে বলেছেন, 'দেবতারা কখন কীভাবে দেখা দেন কেউ কি জানে!'

'এ-দেশের দেবতাও তাহলে তুমি মানো!' সাদাসিধে মানুষ দে সটোর গলাতেও একটু তিক্ত বিদ্রূপের সুর শোনা গেছে—'তুমি যে জাতে খিতানো, সেটাই আমি ভুলে গিয়েছিলাম।'

'হ্যাঁ, কাপিতান, আমি যে আসলে বেদে, সেটা আমাকেও ভুলতে দেবেন না,' বলে গানাদো একটু অদ্ভুতভাবে হেসে চলে যাচ্ছিলেন। কিন্তু 'দাঁড়াও' বলে সে সটো তাঁকে থামিয়েছেন।

তারপর একটু তীক্ষ্ণ দৃষ্টিতেই তাঁর দিকে চেয়ে জিজ্ঞাসা করেছেন, 'আচ্ছা, সন্ধের পর ক-দিন তোমায় খুঁজে পাইনি কেন বলো তো? তুমি-ই তো বলেছ সন্ধের পর এখন কেউ লুঠ করে, কেউ লুকোয়। তুমি নিজে কী করেছ? লুঠের ধান্দায় বেরিয়েছ, না লুকিয়েছ?'

'দুটোর কোনওটাই করিনি, কাপিতান।' একটু হেসে বলেছেন গানাদো।

'তাহলে?' সন্দিগ্ধভাবে গানাদোর দিকে তাকিয়েছেন দে সটো।

'পাছে-ভেঙে-যায় ভয়ে একটা স্বপ্নকে আমি পাহারা দিয়ে রাত কাটিয়েছি, কাপিতান। আর সেই পাহারা দিতে গিয়ে ভীরাকোচা সত্যি কোথায় নামতে পারেন

সন্ধান নিয়েছি তারও।'

হতভম্ব দে সটোর এর পর অনেক কিছুই হয়তো বলবার ছিল। কিন্তু সে-সুযোগ হয়নি। মোক্ষম হেঁয়ালিটুকু ছেড়েই গানাদো সেখান থেকে উধাও হয়ে গেছেন।

এসপানিওলদের কাছে যিনি গানাদো আমাদের সেই ঘনরাম দে সটোর কাছে সব শেষে যা বলেছিলেন তা কি সত্যিই নেহাত অর্থহীন হেঁয়ালি ছাড়া আর কিছু নয়? না, তার ভেতর অন্য কোনও গূঢ় ইঙ্গিত ছিল?

'পাছে-ভেঙে-যায় ভয়ে একটা স্বপ্নকে আমি পাহারা দিয়ে রাত কাটিয়েছি কাপিতান।' তিনি বলেছিলেন। সেই সঙ্গে বলেছিলেন, 'আর সেই পাহারা দিতে গিয়ে ভীরাকোচা সত্যি কোথায় নামতে পারেন সন্ধান নিয়েছি তারও।'

দুটো উক্তিরই ওপর থেকে বিচার করলে কোনও মানে আছে বলে মনে হয় না। শুধু যেন একটু ধোঁয়াটে ধাঁধা তৈরি করবার জন্যেই তা বলা।

খিতানো মানে এসপানিয়ার বেদেদের ওরকম একটু-আধটু মিথ্যে হেঁয়ালি দিয়ে বাহাদুরি করা যে স্বভাব তা দে সটোর অজানা ছিল না। শেষ পর্যন্ত কথা দুটোকে তাই তিনি তেমন আমল দেননি। গানাদোর কাছে এসপানিওল সৈনিকের আরমেরিয়া থেকে ভাঙার বদলে নতুন তলোয়ার চাওয়ার ব্যাপারটা যা শুনেছেন তা কতখানি ঠিক যাচাই করাই তাঁর কাছে বেশি জরুরি মনে হয়েছে।

যাচাই করে যা জেনেছেন তা সত্যিই তাঁকে রীতিমতো ভাবিত করে তুলেছে। একজন দু-জন নয়, প্রায় সাতজন সৈনিক এ ক-দিনে নতুন তলোয়ার অস্ত্রাগার থেকে নিয়ে গেছে। ব্যাপারটা খোদ কাপিতান জেনেরাল পিজারোর কানে তোলবার মতো। তবে তার আগে আর একটু খোঁজখবর নেওয়া দরকার।

সেই চেষ্টায় অস্ত্রাগারের ভাণ্ডারীর কাছে নতুন তলোয়ার যারা বদলি নিয়েছে দে সটো তাদের নাম জানতে চেয়েছেন। কিন্তু সঠিকভাবে তা জানা সম্ভব হয়নি। সত্যিকারের কেতাদুরস্ত আরমেরিয়া তো নয়, নেহাত ঢিলেঢালা ব্যাপার। সৈনিকদের নিজেদের সঙ্গে যা থাকে তার ওপর বাড়তি অস্ত্রশস্ত্রের একটা সঞ্চয় অভিযাত্রীদের সঙ্গে সঙ্গে বওয়া হয়। সকলে যার যখন যা দরকার হয় তা থেকে নেয়। নামকা ওয়াস্তে একজন ভাঁড়ারি আছে। সে খাতাপত্র কিছু রাখে না বললেই হয়।

আর খাতাপত্র থেকে পাওয়াই বা যাবে কী! বেশির ভাগই তো মুখ্খু। নাম লেখার বদলে ঢেরা কাটে মাত্র। সেরকম কয়েকটা ঢেরাই শুধু খাতায় পাওয়া গেছে। সই দিতে যারা জানে তারাও ধরা না পড়বার জন্যে ঢেরা কেটেছে কি না কে জানে।

অস্ত্রাগারের ভাঁড়ারির নাম সোটেলো। এই অভিযানেই প্রথম যোগ দিয়েছে। একটু আনাড়ি। দে সটোর তাগাদায় তলোয়ার যারা নিয়েছে তাদের একজনের নাম অতি কষ্টে সে মনে করে বলতে পেরেছে। দে সটোর ধমকে তার অপ্রস্তুত ধরনধারণে বোঝা গেছে যে একদিন লুঠপাটের উত্তেজনায় সে নিজেও এমন মেতে ছিল যে আর কোনও কিছুর হুঁশ রাখেনি।

একটিমাত্র যে নাম পেয়েছেন দে সটো তাই দিয়েই শুরু করেছেন তাঁর সন্ধান। খবর দিয়ে সৈনিকটিকে ডেকে পাঠিয়েছেন অতিথিশালায় তাঁর নিজের ঘরে।

সৈনিকের নাম গাল্লিয়েখো। ঠিক কাবালিয়েরো মানে ভদ্রবংশের না হলেও একেবারে হেঁজিপেঁজি ইতর সাধারণ থেকে সেনাদলে নাম লেখায়নি। লম্বা-চওড়া বলিষ্ঠ চেহারায় একটু বড় ঘরোয়ানার ছাপ আছে। চালচলনে একটা উগ্র দাম্ভিকতাও। শরীরের শক্তি সত্যিই অসুরের মতো, অন্য সৈনিকরা দু-চারবার ঠেকে শিখে তাকে একটু সমীহ করে চলে বলেই আস্ফালনটা একটু বেশি।

দে সটো অনেক ওপরওয়ালা কাপিতান। তবু গাল্লিয়েখো তাঁর সামনে একটু যেন ব্যাজার মুখেই এসে দাঁড়িয়েছে! সে নিজে অন্য একজন সেনাপতির অধীন বলেই বোধহয় দে সটোর ডাকে আসতে বাধ্য হওয়াটা তার পছন্দ নয়।

বিরক্তিটুকু দে সটোর নজর এড়ায়নি। কিন্তু তখন অন্য একটা কারণে ভেতরে ভেতরে তিনি উত্তেজিত হয়ে উঠেছেন। বাইরে তবু সেটা দমন করে তিনি জিজ্ঞাসা করেছেন যথাসাধ্য শান্তভাবেই, 'তোমার নাম তো গাল্লিয়েখো?'

'হ্যাঁ,' সে সটোকে যেন কথাটা স্মরণ করিয়ে দেবার জন্যেই অতিরিক্ত পরিচয় দিয়ে বলেছে, 'দে কান্ডিয়া আমাদের দলপতি।'

অযাচিত এ অতিরিক্ত খবরটুকু দেওয়ার মধ্যে ইঙ্গিত নিশ্চয় এই যে দলপতি ছাড়া আর কারও কোনও সৈনিককে এভাবে তলব করা ঠিক দস্তুর নয়।

দে সটো এ ইঙ্গিত বোঝেননি এমন নয়, কিন্তু তা অগ্রাহ্য করে এবার একটু কঠিন গলায় জানতে চেয়েছেন, 'তুমি আরমেরিয়া থেকে নতুন তলোয়ার নিয়েছ কেন?'

'নতুন তলোয়ার!' প্রথমটায় চমকে ওঠার পর এক মুহূর্তের মধ্যে গাল্লিয়েখোর মুখ লাল হয়ে উঠেছে রাগে।

'কে বললে আমি নতুন তলোয়ার নিয়েছি!' গলার স্বরেই বোঝা গেছে যে বেশ একটু কষ্ট করেই তাকে নিজেকে সামলাতে হচ্ছে।

'আমি বলছি!' গাল্লিয়েখোর দিকে একদৃষ্টে চেয়ে জলদগম্ভীর স্বরে বলেছেন দে সটো, 'তাড়াতাড়ি জবাব দাও আমার প্রশ্নের। নতুন তলোয়ার কেন তোমার দরকার হল?'

গাল্লিয়েখো খানিকক্ষণ চুপ করে থেকেছে। তার চোখ মুখের ভাব দেখে এমন সন্দেহও একবার হয়েছে যে সে হয়তো হঠাৎ বেপরোয়া হয়ে সেনাদের অবশ্যবাধ্যতার অলঙ্ঘ্য আইনটাই ভেঙে বসবে।

কিন্তু তা সে করেনি। সম্ভবত প্রতিবাদ নিষ্ফল বুঝেই এবার অন্য ভঙ্গি নিয়েছে। একটু চাপা তাচ্ছিল্যের সঙ্গে যেন সহজভাবে জবাব দিয়েছে, 'নতুন তলোয়ার যে জন্যে দরকার হয় সেই জন্যেই নিয়েছি। আগেরটা ভেঙে গেছে বলে।'

'আগেরটা ভাঙল কী করে?' দে সটোর সেই বজ্রগম্ভীর স্বর।

গাল্লিয়েখো আবার খানিক চুপ করে থেকেছে। বোধহয় ভাববার সময় নেবার জন্যেই। জিভের ডগায় তার যে উত্তরটা আপনা থেকে উঠে এসেছে, সেটা খুব বিনীত বোধহয় নয়। সেটাকে একটু বদলে তাই সে প্রশ্নের আকার দিয়েছে। 'কী করে ভাঙল তার কৈফিয়ত দিতে হবে? আগে তো কখনও হত না।'

'আগে না হলেও এখন দিতে হবে।' গাল্লিয়েখো সম্বন্ধে রীতিমতো সন্দিগ্ধ হয়ে

উঠে দে সটো কড়া গলায় জিজ্ঞাসা করেছেন, 'আগে কখনও তোমার তলোয়ার ভেঙেছে কি?'

'না, ভাঙেনি।' গাল্লিয়েখোর গলার ঔদ্ধত্যটা সম্পূর্ণ চাপা থাকেনি, 'ভেঙেছে এইবারই। তলোয়ার কি কারও কখনও ভাঙে না!'

'নিশ্চয়ই ভাঙে।' তীক্ষ্ণদৃষ্টিতে তার দিকে চেয়ে বলেছেন দে সটো, 'সুতরাং কী করে ভেঙেছে বলতে তোমার এত আপত্তি কেন!'

'আপত্তি!' গাল্লিয়েখো যেন অবাক হয়ে অস্বীকার করে বলেছে, 'আপত্তি থাকবে কেন? ব্যাপারটা বলার মতো কিছু নয় তাই বলতে চাইনি। খোলা তলোয়ার নিয়ে এ-দেশি ক-টা হতভাগাকে ঝরনামহল থেকে তাড়িয়ে বার করছিলাম। হঠাৎ ঘোড়াটা হোঁচট খেয়ে পড়ায় তলোয়ারের ফলাটা একটা পাথুরে থামে লেগে দু-টুকরো হয়ে যায়।'

কৈফিয়তটা বেশ সাজানো গোছানো। খুঁত ধরবার কিছু নেই।

সেই জন্যেই কি দে সটো চুপ করে গিয়ে শুধু একটু ভ্রুকুটিভরে গাল্লিয়েখোর দিকে তাকিয়ে থাকেন।

তা যে নয় তা তাঁর পরের কথাতেই বোঝা যায়। তীক্ষ্ণ তীব্র বিদ্রূপের স্বরে গাল্লিয়েখোকে শুধু নয়, ঘরটাকে পর্যন্ত কাঁপিয়ে তিনি বলেন, 'আর তাইতেই তোমার কপালের মাঝখানে ওই দুটো ঢেরা দাগ আপনা থেকে কেটে বসল! খোলো তোমার ও মাথার বাহারে ফেটি। দাগ দুটো আমি ভাল করে দেখতে চাই।'

একেবারে চুপ হয়ে গেছে এবার গাল্লিয়েখো। আর মুখ-চোখ তার রাগে লাল নয়, বেশ একটু ফ্যাকাশে।

মাথার বাহারে ফেটি খোলবার জন্যে হাত সে তোলেনি বটে, কিন্তু দে সটোর কথার কোনও প্রতিবাদও করেনি। নীরবে ফ্যাকাশে মুখে কেমন একটু আড়ষ্ট হয়ে দাঁড়িয়ে থেকেছে।

'কই? খুলবে তোমার মাথার ফেটি। না, তার অন্য ব্যবস্থা করতে হবে?'

দে সটোর মুখের দিকে একবার তাকিয়ে নিয়ে গাল্লিয়েখো আর দেরি করেনি। মাথার চারিধারে জড়ানো ইংকা নরেশের বোর্লা-র ধরনের ফেটিটা ধীরে ধীরে খুলে ফেলেছে। ফেটিটার নীচে সামান্য যে কাটাটুকু লক্ষ করে দে সটো সন্দিগ্ধ হয়েছিলেন তা এবার স্পষ্ট দুটি ঢেরার মতো কাটা দাগ বলে বোঝা গেছে। দে সটোর অনুমান সুতরাং ভুল হয়নি।

'কাটা দাগ তোমার কপালে হল কী করে?' কঠিন স্বরে জিজ্ঞাসা করেছেন দে সটো, 'কিছু লুকোবার চেষ্টা কোরো না। বলো, কেউ কি এ দাগ দিয়েছে?'

'হ্যাঁ, দিয়েছে!' গাল্লিয়েখোর গলা দিয়ে যেন আগুনের হলকা বার হয়েছে এবার। তবে তার জ্বলন্ত রাগের লক্ষ্য এখন আর দে সটো নন।

তখনই পেলে যেন দাঁত দিয়ে ছিঁড়ে ফেলে এমনই হিংস্র আক্রোশে সে আবার বলেছে, 'এ যার কাজ, সে যদি শয়তানের খাস সাগরেদ কি স্বর্গের দেবদূতও হয় তবু এই দাগের শোধ আমি নেবই। তলোয়ারের ডগায় তার দুটো চোখ আমি উপড়ে

নেব। একটা একটা করে হাতের পায়ের সমস্ত আঙুল আমি পেঁচিয়ে পেঁচিয়ে কাটব, তার পর—'

'তার পর হাতের সুখ যা করবে তা আরও ভাল করে পরে ভেবে নিও।' কঠিন হলেও এতক্ষণে তার সঙ্গে একটু কৌতুক মেশানো অবজ্ঞার সুরে দে সটো ধমক দিয়ে গাল্লিয়েখোকে থামিয়ে দিয়ে বলেছেন, 'এখন লোকটা কে বলো তো? তোমার তলোয়ারও কি সেই ভেঙেছে?'

'হ্যাঁ, কাপিতান।' গাল্লিয়েখো এবার দে সটোর যোগ্য সম্মান দিয়ে রাগে ফুলতে ফুলতে বলেছে, 'তলোয়ার সে-ই ভেঙেছে। তা যদি না ভাঙত, যদি তলোয়ার নিয়ে আমার সঙ্গে লড়ত—'

'তাহলে তার দুটো চোখ তুমি উপড়ে নিতে তা জানি।' আবার বাধা দিয়ে গাল্লিয়েখোকে থামিয়ে দে সটো বলেছেন, 'কিন্তু লোকটা কে তাই আগে জানতে চাই।'

'তা আমি জানি না, কাপিতান। সে কোন জাতের কী রকম মানুষ তা-ও আমি জানি না।'

'জানো না কী রকম!' গানাদোর কথাগুলো মনে করেই বোধহয় দে সটোর গলায় উদ্বিগ্ন বিস্ময় ফুটে উঠেছে 'যে তোমার তলোয়ার ভাঙল, তোমার কপালে দাগ দিল, সে লোকটার কীরকম চেহারা তা তো বলতে পারো অন্তত।'

'না, তা-ও পারি না। ক্ষুব্ধভাবে মাথা নেড়েছে গাল্লিয়েখো, 'তার মুখ আমি দেখতে পাইনি। শুধু দেখেছি তার মুখোশ।'

'শুধু মুখোশ দেখেছ? সাদা মুখোশ?' দে সটোর গলাটা আপনা থেকে ধরে গিয়ে যেন বুজে এসেছে, 'আর তার ঘোড়া যা ছিল তার রংও সাদা?'

'হ্যাঁ, কাপিতান।' সংশয়বিমূঢ়তার সঙ্গে তীব্র আক্রোশ মেশানো স্বরে বলেছে গাল্লিয়েখো, 'রাতের অন্ধকারে যেন প্রেতমূর্তি বলে মনে হয়।'

'ভূত প্রেত বা সত্যি মানুষ যা-ই হোক, রাত্তিরবেলা তাকে তুমি দেখেছ তাহলে?' দে সটোর কণ্ঠস্বর আবার তীব্র হয়ে উঠেছে, 'কিন্তু হঠাৎ তলোয়ার ভেঙে তোমার কপালেই বা সে দাগ দিতে গেল কেন। আচমকা অকারণে কি তোমার ওপর এসে চড়াও হল?'

গাল্লিয়েখোর উত্তর দিতে কয়েক মুহূর্ত এবার দেরি হয়েছে।

অধৈর্যের সঙ্গে দে সটো তাকে ধমক দিতে যাচ্ছেন—এমন সময় নিজে থেকেই হঠাৎ বেপরোয়া হয়ে উঠে সে মুখের বাঁধন খুলে দিয়েছে। লজ্জা-সংকোচের বালাই না রেখে বিষঢালা গলায় বলেছে, 'কারণ যদি বলতে হয় তাহলে একটাই তো খুঁজেপেতে ধরা যায়। দিনের বেলা জানলায় একটা মুখ দেখে শহরের একটা বাড়ি চিহ্নিত করে রেখেছিলাম। রাত্রে সে বাড়িতে হানা দিয়ে দরজা ভেঙে বার করে আনছিলাম মেয়েটাকে। ঘোড়াটা বাইরে বাঁধা ছিল। আটকাতে যে দু-চারটে হতভাগা এসেছিল তাদের হাত-পাগুলো উড়িয়ে দিয়ে দামি মালটা টেনে হিঁচড়ে ঘোড়ার পিঠে তুলতে যাব, এমন সময় ঘোড়াটাই চিঁহি করে বিকট ভয়ের ডাক ছেড়ে খাড়া হয়ে

দাঁড়িয়ে পড়ল। সামনে তখন চেয়ে দেখি, ওই এক অদ্ভুত মূর্তি। সাধা ঘোড়া, সাদা পোশাক, মুখে সাদা মুখোশ। এর আগে কানাঘুষায় এরকম মূর্তির কথা শুনেছিলাম। বিশ্বাস করিনি। এবার স্বচক্ষে দেখলাম। ভয় আমি কিন্তু পাইনি। মওড়া নেবার জন্যে আমি তখন প্রস্তুত।'

'হ্যাঁ, তুমি খুব সাহসী সবাই জানে।' তিক্ত গম্ভীর স্বরে বলেছেন দে সটো, 'কিন্তু এ দেশের লোকেদের ওপর হামলা করা, তাদের মেয়েদের ওপর অত্যাচার করা যে গুরুতর অপরাধ বলে ঘোষণা করা হয়েছে তা কি তুমি জানো না!'

'অপরাধ বলে ঘোষণা!' কথাটা নেহাত আজগুবি মনে হয়েছে বলে এবার দে সটোর মুখের ওপরই হেসে উঠতে গাল্লিয়েখোর বাধেনি, 'আমরা সাতসমুদ্দুর তেরো নদী পেরিয়ে জীবনমরণ তুচ্ছ করে এদেশে এসেছি কি গির্জের ব্রহ্মচারী পাদরি হব বলে? এ দেশের লোকের গায়ে জাদুর হাত বুলোব, মেয়েদের দেখলে চোখ বন্ধ করে থাকব, এই আমাদের কাছে আশা করেন? না, কাপিতান। ও সব ঘোষণার মানে আপনিও জানেন, আমরাও জানি। লোক দেখানো ওসব ভড়ং একটু করতে হয় বলে সত্যি কিছু দাম ওর আছে না কি!'

গাল্লিয়েখো যা বলেছে তাই যে বেশির ভাগ সৈনিকের মনের কথা তা জেনে দে সটো তীব্র প্রতিবাদ আর কিছু করতে পারেননি। সামান্য একটু ভর্ৎসনার সুরে শুধু বলেছেন, 'পাদরি হতে কাউকে বলা হয়নি, কিন্তু এ দেশের মানুষের ওপর যা খুশি অত্যাচার তো করতে পারো না। জন্তু-জানোয়ার হলেও তা করা যায় না।'

'এরা জন্তু-জানোয়ারের অধম।' বেপরোয়া হবার পর ক্রমশ যেন মনের আর গলার জোর পেয়ে বলেছে গাল্লিয়েখো, 'এদের ওপর অত্যাচারের আবার জবাবদিহি আছে নাকি! তার জন্যে যদি ওই মূর্তি দেখা দিয়ে থাকে তাহলে ভূত, প্রেত, শয়তানের বাচ্চা যা-ই হোক, তার সঙ্গে আবার আমার মোকাবিলা হবেই আর তখন শোধ কী করে নেব তা আমি জানি।'

'কিন্তু শোধ নেবার দরকারই বা হচ্ছে কেন?' তীব্রভাবেই বিদ্রূপ করে বলেছেন দে সটো, ' প্রথম দেখা হবার সময় কোথায় ছিল তোমার বীরত্ব। তখন তলোয়ারই বা ভাঙল কেন আর দাগই বা পড়ল কেন কপালে? তখন লড়তে পারোনি?'

'না, পারিনি বলেই তো আফশোশ।' প্রচণ্ড জ্বালা ফুটে উঠেছে গাল্লিয়েখোর গলায়, 'শয়তানি চালাকিতে আমায় ঠুঁটো পঙ্গু করে দিয়েছে আগেই। তলোয়ার আমি ধরতেই পারিনি।'

'তার মানে?' এবার সবিস্ময়ে জিজ্ঞাসা করেছেন দে সটো, 'তোমার সে মূর্তির সঙ্গে লড়াই-ই হয়নি? শয়তানি চালাকি সে করেছে?'

গাল্লিয়েখো বলেছে, সাদা মুখোশধারী মূর্তিকে দেখেই হুঁশিয়ার হয়ে সে দাঁড়িয়ে পড়ে। সাদা মুখোশধারীও তখন তার ঘোড়া থেকে নেমেছে। কোমরে ঝোলানো তলোয়ার তখনও কিন্তু সে খুলে হাতে নেয়নি। গাল্লিয়েখোর হাতে তখন খোলা তলোয়ার। সেই সুবিধেটা কাজে লাগাবার জন্যে গাল্লিয়েখো মূর্তিটার দিকে তলোয়ার উঁচিয়ে এবার ছুটে যায়—মূর্তিটা খাপ থেকে তলোয়ার খুলতে খুলতে গাল্লিয়েখো

তাকে বেকায়দায় পেয়ে যাবে। কিন্তু সে সুযোগ আর মেলে না। হঠাৎ দড়ির মতো একটা বাঁধনে জড়িয়ে সে হোঁচট খেয়ে পড়ে। তলোয়ারটা ছিটকে যায় হাত থেকে। তলোয়ারটা কুড়োবার জন্যে উঠে দাঁড়াতে গিয়ে সে টের পায় যে অদ্ভুত একটা দড়ির ফাঁসে হাত-পা তার জম্পেস করে বাঁধা হয়ে গেছে। এ বাঁধনটা যে মূর্তিটারই কারসাজি তা বুঝতে দেরি হয় না। তলোয়ার নিয়ে এগিয়ে যাবার সময় মূর্তিটাকে অন্ধকারে মাথার ওপর হাত তুলে কী যেন একটা করতে দেখেছিল। কিন্তু সেটা যে এই শয়তানি ফাঁস ছোড়া তা কল্পনা করতে পারেনি।

রাগে সমস্ত শরীর জ্বললেও তখন কিছু করবার নেই। হাত-পা বাঁধা পঙ্গু অবস্থায় শুধু চেয়ে দেখতে হয় যে সাদা মুখোশ-ঢাকা মূর্তিটা এগিয়ে আসছে।

মূর্তিটা কাছে এসে প্রথমে গাল্লিয়েখোর তলোয়ারটা কুড়িয়ে নেয়। তাই দিয়ে তাতেই ঘোড়ার বাঁধনটা প্রথমে কেটে সেটাকে ছুটিয়ে দেয় খোলা প্রান্তরে। তারপর তলোয়ারটা নিয়ে গাল্লিয়েখোর কাছে এসে দাঁড়ায়।

যার জন্যে এত কাণ্ড সেই মেয়েটা ভয়েই এতক্ষণ বোধহয় অজ্ঞান হয়ে পড়েছিল। এতক্ষণে সাড় ফিরে পেয়ে সে আতঙ্কে চিৎকার করে উঠে তার বাড়ির দিকেই ছুটে পালায়। তলোয়ারটা তুলে সে দিকে দেখিয়ে মূর্তিটা হঠাৎ তলোয়ারটা গাল্লিয়েখোর কপালের ওপর দু-বার কাঁপায়। গাল্লিয়েখো একটু অস্ফুট চিৎকার না করে উঠে পারে না। চিৎকারটা শুধু কপালের কাটার জ্বালার জন্যে নয়, অক্ষম রাগের জন্যেও বটে। তার চোখের ওপরই মূর্তিটা তার তলোয়ারটা হাঁটুর ওপর দুমড়ে এক ঝটকায় তখন ভেঙে ফেলেছে। ভাঙা টুকরোগুলো মাটির ওপর দূরে ছুঁড়ে দিয়ে মূর্তিটা তারপর তার সাদা ঘোড়ায় চড়ে চলে যায়।

'মূর্তিটা আর তার সাদা ঘোড়া তাহলে তুমি স্পষ্ট দেখেছে?' গাল্লিয়েখোর বিবরণ শেষ হবার পর দে সটো তাঁর কাছে সবচেয়ে যা অবিশ্বাস্য সেই বিষয়টা সম্বন্ধেই আগে প্রশ্ন করেছেন।

'হ্যাঁ, স্পষ্ট দেখেছি কাপিতান।' বলেছে গাল্লিয়েখো, 'আর দ্বিতীয়বারও দেখব বলে আশা রাখি।'

'কীসের ওপর এ আশা?' সন্দিগ্ধভাবে প্রশ্ন করেছেন দে সটো।

'সত্যিই এ দেশের মানুষের সহায়, অবলা-সরলার বিপদতারণ হলে, মানের দায়ে সে মূর্তিকে যাতে আসতে হয় সেই ব্যবস্থা করছি বলে।' হিংস্র আনন্দের সঙ্গে যেন তারিয়ে তারিয়ে বলেছে গাল্লিয়েখো, 'আমার হাত-ফসকানো সুন্দরীকে এখন কোথায় লুকোনো হয়েছে তার পাকা খবর পেয়েছি। সেখান থেকেই তাকে জ্যান্ত বা মরা লুঠ করবই। মুখোশওলার সঙ্গে মোলাকাত সেইখানেই হবে আশা করছি।'

'শোনো, গাল্লিয়েখো!' অগ্নিমূর্তি হয়ে উঠে দাড়িয়েছেন দে সটো, 'তোমায় আমি সাবধান করে দিচ্ছি আগে থাকতে। তোমার বিরুদ্ধে এরকম কোনও অত্যাচারের নালিশ যদি আমার কানে আসে তাহলে আমি নিজে হাতে তোমায় কোতল করব।'

'তা-ই করবেন। কিন্তু আপনার কানে নালিশ এলে তো!' গাল্লিয়েখো এখন একেবারে সম্পূর্ণ বেপরোয়া হয়ে বলেছে, 'নালিশ করতে আসছে কে?'

জবাবে কিছুই যে বলবার নেই তা বুঝে দে সটোকে বাধ্য হয়ে চুপ করে থাকতে হয়েছে। সত্যিই গাল্লিয়েখোকে এতক্ষণ যে জেরা করেছেন তা-ই যথেষ্ট। তার বিরুদ্ধে প্রমাণ করবার মতো কোনও অভিযোগ তো নেই। এই কাক্সামালকা শহরের নিরীহ অসহায় স্ত্রী-পুরুষের ওপর যত বড় অত্যাচারই সে করুক, হাতে হাতে ধরা না পড়লে এসপানিওল সৈনিক বলে কেউ তার বিরুদ্ধে নালিশ জানাতে সাহস করবে না, কোনও শাস্তিও তাকে দেওয়া যাবে না তাই।

শাস্তি কিন্তু গাল্লিয়েখো পেয়েছে। অবিশ্বাস্য শাস্তি। কাক্সামালকা শহরে একদিন সকালে হই-চই পড়ে গেছে। শহরের বড় রাস্তার ওপরই একটা খুঁটির সঙ্গে বাঁধা এক এরপানিওল সৈনিক। তার কপালে শুধু নয়, দুই গালেও ঢেরা কাটা দাগ।

হিড্যালগো অর্থাৎ খানদানি বংশের না হোক, ভাল ঘরের নামকরা এক এসপানিওল বীর। সেই বীর কিনা কপালে আর দু-গালে দাগ নিয়ে সদর রাস্তার মাঝখানে বাঁধা! এ লজ্জা যে রাখবার জায়গা নেই।

কিন্তু এ কাজ কে করতে পারে! এতখানি ক্ষমতা কার হতে পারে তাই ভেবেই তো অবাক হতে হয়। গাল্লিয়েখো যেমন-তেমন যোদ্ধা তো নয়। মানুষটা অতি বদ সন্দেহ নেই। তার সঙ্গী-সাথীরাও তাকে সুনজরে দেখে না। বরং বেশ একটু ভয়ে ভয়েই থাকে। দূরে দূরে থাকে গাল্লিয়েখোর দাম্ভিক স্বভাব, অসুরের মতো শরীরের শক্তি আর তারই সঙ্গে হাতিয়ার চালাবার অদ্ভুত দক্ষতার দরুন। মানুষটার সব কিছু নিন্দের হলেও সাহস শক্তি আর অস্ত্রকৌশলের প্রশংসা না করে উপায় নেই।

সেই অসামান্য বীরের এমন মুখ-পোড়ানো অপমান লাঞ্ছনা কার হাতে হল?

এ কাজ করবার ক্ষমতা যদি-বা কারও থাকে তার এত বড় সাহস আর স্পর্ধা হয় কী করে?

এ দেশের মানুষের কাছে এসপানিওলদের দেবতার চেহারা এখন আর নেই। কিন্তু দানবের চেহারাটা তার বদলে খাড়া না রাখলে তো নয়। এমন দানব যে ইচ্ছে করলে যা খুশি করতে পারে, নিজেদের সম্বন্ধে এরকম একটা ভয় জাগিয়ে রাখতে না পারলে মুষ্টিমেয় ক-টা এসপানিওল-এর এ দেশে দু-দিন টিঁকে থাকাই তো সম্ভব হবে না।

সুতরাং যে কোনও একজন এসপানিওল-এর চূড়ান্ত অপমান এভাবে এ দেশের মানুষের গোচর করার মানে পিজারোর সমস্ত বাহিনীকে এদের চোখে খাটো করে তাদের ভয় ভাঙার ব্যবস্থা করা।

ধরা পড়লে এ কাজের শাস্তি পিজারোর কাছে যে কী হবে তা বোঝা শক্ত নয়। এসপানিওল হয়ে অত বড় সাহস আর স্পর্ধা কারও পক্ষে দেখানো তো অসম্ভব মনে হয়।

কিন্তু এসপানিওল কোনও সৈনিকের যদি না হয় তাহলে কাজটা কার? এ দেশের আজগুবি কুসংস্কারের গল্পই কি তাহলে বিশ্বাস করতে হয়?

পিজারোর বাহিনীর মধ্যে একটা চাপা ভয়ের গুঞ্জন আগে থাকতেই ছিল। এবার তা তীব্রভাবে ছড়াতে শুরু করেছে।

এ গুঞ্জন ক্রমশ কী চেহারা নিত বলা যায় না, কিন্তু পিজারোর কাছে অনুমতি নিয়ে

আর দে কান্ডিয়ার সঙ্গে পরামর্শ করে দে সটো একটা বুদ্ধিমানের মতো ব্যবস্থা করেছেন, ব্যাপারটার মূলেই কোপ দিয়ে।

ঘটনার পরের দিন থেকেই গাল্লিয়েখোকে আর কাক্সামালকায় দেখা যায়নি।

কোথায় সে গেছে জানতে পারেনি কেউ। জল্পনা-কল্পনা অবশ্য কয়েকদিন চলেছে নানারকম। কেউ বলেছে লজ্জায় অপমানে আত্মঘাতী হয়েছে গাল্লিয়েখো, স্বয়ং পিজারোই তাকে এসপানিওলদের মুখে চুন-কালি দেবার অপরাধে গোপনে কোতল করবার হুকুম দিয়েছেন বলেছে কেউ। কার হাতে গাল্লিয়েখোর এমন লাঞ্ছনা হয়েছিল তা নিয়ে লুকোছাপা আলোচনাটা এবার একটু অন্য দিকে বাঁক নিয়েছে। কাপিতানদেরই কাউকে, হয়তো স্বয়ং দে কাণ্ডিয়া কি দে সটোর মতো মানুষকেই ঘাঁটাতে গেছল বলে গাল্লিয়েখোর শাস্তি আর লাঞ্ছনাটা অমন চরম হয়েছে বলে শোনা গেছে কারও কারও মুখে।

এ গুজবে পুরোপুরি বিশ্বাস কেউ বোধহয় করেনি। তবু গাল্লিয়েখো সামনে থাকলে অস্ফুট সন্দেহ আর ভয়টা যে ইন্ধন পেয়ে সাংঘাতিক হয়ে উঠতে পারত সেটা না পাওয়ার দরুন এ গুজবও সৈনিকদের আশ্বস্ত করবার কাজে কিছুটা লেগেছে।

কাপিতানদের কারও হাতে শিক্ষা পেয়ে গাল্লিয়েখোর বেমালুম গায়েব হওয়ার গুজব রটাবার ফন্দিটা কিন্তু দে সেটোর নয়, কূটচক্রী সেই হেরাদার, মাকিয়াভেল্লী থেকে চুরি করা বিদ্যে দিয়ে এক হিসেবে যে ইংকা সাম্রাজ্য ধ্বংসের সবচেয়ে শয়তানি উপায় বাতলেছে।

দে সটোর হেরাদার উপর ভক্তি-শ্রদ্ধার বদলে বেশ একটু ঘৃণাই ছিল। তার কাছে পরামর্শের জন্যে তিনি যাননি।

সদর রাস্তার ওপর গাল্লিয়েখোর লজ্জাকর লাঞ্ছনাটা শহরসুদ্ধ সবাই-এর চোখে পড়বার পর এসপানিওল বাহিনীর মান সম্ভ্রম বাঁচাবার জন্যেই দে সটো তাকে কাক্সামালকা থেকে সরিয়ে দেবার কথা ভেবেছেন।

এ বিষয়ে পরামর্শ করবার জন্যে প্রথমে গানাদোরই খোঁজ করেছিলেন। তাকে কোথাও না পেয়ে গাল্লিয়েখো যাঁর দলের লোক সেই দে কান্ডিয়ার সঙ্গেই পরামর্শ করেছেন গোপনে। দে কান্ডিয়া তাঁর মতেই সায় দেবার পর দু-জনে মিলে গেছেন পিজারোর কাছে।

পিজারোর কাছে খবরটা ঠিক মতো তখনও পৌঁছোয়নি। সকাল থেকে তিনি বন্দি ইংকা সম্রাট আতাহুয়ালপার কাছেই উপস্থিত আছেন বলে বোধহয় সবাই তাঁকে যথার্থ খবরটা দিতে দ্বিধা করেছে।

শহরে কিছু একটা গোলমাল হয়েছে এমনই একটু ভাসা-ভাসা খবর ছাড়া পিজারোর কানে আর কিছু পৌঁছোয়নি। ইংকা নরেশ আতাহুয়ালপার সঙ্গে এমন একটা অত্যন্ত লোভনীয় আলোচনায় তিনি তখন তন্ময় যে দে সটো আর দে কান্ডিয়ার তাঁর সঙ্গে দেখা করতে সেখানে আসাটা তিনি উপদ্রবই মনে করেছেন প্রথমে।

আসলে বন্দীনিবাস হলেও ইংকা নরেশ আতাহুয়ালপার জন্যে নির্দিষ্ট মহলে

সম্রাটোচিত স্বাচ্ছন্দ্যবিলাসের কোনও উপকরণেরই অভাব নেই বললে হয়। পিজারো সে দিক দিয়ে কোনও ত্রুটি না রাখবার ঢালাও হুকুম দিয়েছেন। আতাহুয়ালপা যেন তাঁর নিজের ঝরনা-মহল ছেড়ে সাধ করেই অতিথি মহল্লায় কিছুদিন ডেরা বেঁধেছেন বাইরে থেকে দেখলে এমনই মনে হবে। তাঁর পেয়ারের সব পত্নীরা সেখানে জায়গা পেয়েছেন, তাঁর সেবা করবার খিদমদগার আগে যেমন থাকত এখনও তেমনই আছে। অভিজাত থেকে সাধারণ তাঁর ভদ্র প্রজারা নিত্য ভেট নিয়ে যথাসময়ে তাঁকে এখানে দর্শন করে যাবার সুযোগ পায়। পিজারো স্বয়ং আর তাঁর হুকুমে এসপানিওলরা সবাই তাঁকে সম্রাটের উপযুক্ত খাতিরই দেখায়।

সেদিন সকালেও পিজারো যেন রাজদর্শনে আসার ভঙ্গিতে আতাহুয়ালপার কাছে বসেছিলেন। আতাহুয়ালপার সেটি এখানকার দরবার-ঘর। তিনি নিজে তাঁর বিশেষ সোনা-রুপোর কাজ করা আসনে বসে আছেন, পিজারোও দাঁড়িয়ে নেই। কিন্তু তিনি বসেছেন অতি সাধারণ আর আরও নিচু একটি আসনে। ঘরে আর একটি মাত্র লোক দাঁড়িয়ে আছে। সে দোভাষী।

পিজারো তাঁর আলোচনায় একেবারে তন্ময় থাকার দরুন প্রথমে দে সটো আর দে কান্ডিয়াকে দেখতেই পাননি। দোভাষীই তাঁদের উপস্থিতির কথা তাঁকে জানিয়েছে। পিজারোর মুখে তাতে একটু ভ্রুকুটি ফুটে উঠেছে গোড়ায়। সেটা এক মুহূর্তের জন্যেই। তাঁর দুই প্রিয় কাপিতানকে পরে দেখা করবার কথা বলতে গিয়ে তাই তিনি থেমেছেন। দে সটো আর দে কান্ডিয়ার মুখের ভাব দেখেই গুরুতর কিছু একটা ঘটেছে বুঝতে তাঁর দেরি হয়নি। তাঁরা মুখ ফুটে কিছু বলার আগে, নিতান্ত অনিচ্ছাসত্ত্বে হলেও, নিজে থেকেই তিনি উঠে পড়ে ইংকা নরেশের কাছে সসম্ভ্রমে বিদায় চেয়েছেন।

'কিন্তু আমার যে আরও কিছু বলার ছিল।' দোভাষীর মারফত জানিয়েছেন আতাহুয়ালপা। তাঁর বক্তব্যটায় ক্ষোভের আভাস থাকলেও মুখ তাঁর নির্বিকার উদাসীন।

'আমি ফিরে এসেই সব শুনব।' পিজারোই কুণ্ঠিত প্রার্থনার ভঙ্গিতে বলেছেন, 'আমায় সামান্য কিছুক্ষণের জন্যে মাপ করুন, সম্রাট।'

সম্রাটের কথা পুরো না শুনে চলে যাওয়ার যে স্পর্ধার জন্যে এককালে মাথাটাই কেটে রাখতেন, আতাহুয়ালপাকে প্রসন্ন মুখে তা মাপ করবার উদারতা দেখাতে হয়েছে।

পিজারো দুই কাপিতানকে নিয়ে নিজের কামরায় যেতে যেতেই সমস্ত ব্যাপারটা শুনেছেন। শুনে চিন্তিত হয়েছেন অত্যন্ত বেশি। দে সটোর গাল্লিয়েখোকে কাক্সামালকা থেকে সরিয়ে দেবার প্রস্তাবে সায় দিয়েও উদ্বিগ্ন দুশ্চিন্তা তাঁর ঘোচেনি।

কে এ কাজ করতে পারে, এ প্রশ্নের চেয়ে একজন এসপানিওল সৈনিকের এ রকম লজ্জাকর প্রকাশ্য দুর্গতির কী প্রতিক্রিয়া এ দেশের লোকের ও এসপানিওল বাহিনীর অন্য সকলের মনে হতে পারে তাই নিয়েই তাঁর দুশ্চিন্তা অত্যন্ত বেশি দেখা

গেছে।

এর পর তো এ দেশের লোকের মনে সন্দেহ জাগবে আমাদের ক্ষমতায় আর আমাদের নিজেদের সৈনিকদের মনে ভয়। পিজারো যেন যন্ত্রণার সঙ্গে বলেছেন, 'এত কষ্টে যে চেষ্টা প্রায় সফল করে তুলেছি তা তো সব যাবে পণ্ড হয়ে। গাল্লিয়েখোকে সরিয়ে দিতে বলছেন তা দিচ্ছি, কিন্তু তাতে কি ধিকি-ধিকি সন্দেহের আগুন নিভবে, না লোকের মুখ বন্ধ হবে!'

দে সটো আর দে কান্ডিয়া নিজেদের মনের সংশয় নিয়ে এ প্রশ্নের জবাব খুঁজে পাননি। পিজারো নিজে থেকে এবার হেরাদাকে ডেকে পাঠিয়েছেন। ইংকা নরেশকে বন্দি করার ব্যাপারে তার বাতলানো শয়তানি ফন্দি সফল হবার পর থেকে পিজারোর কাছে হেরাদার খাতির বেড়ে গেছে।

হেরাদা এসে সমস্যা শুনে সব দিক রক্ষা করবার জন্যে যে রটনার পরামর্শ দিয়েছে তাতে একেবারে মুশকিল আসান না হলেও হেরাদার বিচক্ষণতারই পরিচয় পাওয়া গেছে সন্দেহ নেই।

কাক্‌সামলকা নগরের ইংকা প্রজাদের কাছে এ রটনা কতখানি পৌঁছেছে আর তারা কীভাবে সেটা নিয়েছে তা বোঝবার সুবিধে পিজারোর সৈনিকদের হয়নি, কিন্তু তাদের নিজেদের মনে গাল্লিয়েখোর কথা চাপা দেবার জন্যে কোনও চতুর রটনার আর বিশেষ দরকার হয়নি। এমন এক উত্তেজনায় এর পর তারা মেতে উঠেছে যা অন্য সব ভয়-ভাবনা ফিকে করে দিয়েছে।

এ উত্তেজনার সূত্রপাত হয়েছে আতাহুয়ালপার দরবার-ঘরে দে কান্ডিয়া আর দে সটো যখন পিজারোর সঙ্গে দেখা করতে যান তার কিছুক্ষণ মাত্র আগে।

আতাহুয়ালপা তাঁর দোভাষীকে দিয়ে সেইদিনই পিজারোকে বিশেষ একটি অনুরোধ করে পাঠিয়েছিলেন। পিজারো সেই সকালেই সময় করে তাঁর একটি বিশেষ প্রস্তাব যদি শুনে যান তাহলে আতাহুয়ালপা অত্যন্ত খুশি হবেন।

পিজারো মনে মনে একটু বিরক্তি নিয়েই আতাহুয়ালপার কাছে গেছলেন। বাইরে থেকে ইংকা নরেশের মর্যাদা রক্ষার কোনও ত্রুটি না রাখলেও তাঁর কাছে দণ্ডবৎ রাজভক্তির ভান করতে কত আর ভাল লাগে! আতাহুয়ালপা ক-দিন ধরে আবার মুক্তি পাবার জন্যে অস্থির হয়ে উঠেছেন। মুক্তি চাইবার ধরনটা ভিক্ষের মতো না হলেও দেখা করলেই সেই এক কথা, 'তোমরা তো এখন ইংকা সাম্রাজ্যের সহায় আর আমি তোমাদেরই লোক। আমার কি আর এই কাক্‌সামালকা শহরের অতিথি মহল্লায় বসে বসে দিন কাটানো ভাল দেখায়? চলো, তোমাদের নিয়ে আমার সাম্রাজ্য ঘুরিয়ে দেখাই।'

'তা তো দেখাবেনই।' আতাহুয়ালপাকে নানাভাবে স্তোক দিতে হয়েছে পিজারোকে, 'এখানকার গোলমালগুলো একটু সামলেই আপনার সঙ্গী হব।'

সেদিন সকালের তলবটাও ওই এক কথার জন্যে ধরে নিয়ে অপ্রসন্ন মনে আসবার পর আতাহুয়ালপার প্রস্তাবটা শুনে থ হয়ে গেছেন পিজারো।

প্রথমটা আতাহুয়ালপার প্রস্তাব সত্যি বলে বিশ্বাস করতেই পারেননি। অবাক হয়ে

আতাহুয়ালপাকে না জিজ্ঞেস করে পারেননি, 'আপনি আমার সঙ্গে পরিহাস করছেন না নিশ্চয়!'

'পরিহাস করব! আপনার সঙ্গে?' আতাহুয়ালপা একটু আহত হয়ে দোভাষী মারফত জানিয়েছেন, 'ইংকা সাম্রাজ্যের অধীশ্বরেরা পরিহাস করতে জানে না, সাগর-পারের বীর। তারা চিরকাল হয় তিরস্কার করেছে, না হয় পুরস্কার দিয়েছে। আমি আপনাকে পুরস্কার দিতে চাই। এমন পুরস্কার যা আপনার কল্পনার বাইরে।'

আতাহুয়ালপা সেদিন তাঁর মুক্তির কথা একবার ইঙ্গিতেও জানাননি, পিজারোকেও তাই ঘুরিয়ে কথা বলতে হয়েছে।

'আপনার কাছে পুরস্কার পাব, এ তো আমার পরম সৌভাগ্য, কিন্তু তা পাবার মতো কী যোগ্যতা আমার আছে?' সবিনয়ে জিজ্ঞাসা করেছেন পিজারো।

এবার আতাহুয়ালপা যা বলেছেন, তা অনুবাদ করতে দোভাষীর বেশ বেগ পেতে হয়েছে। ইংকা নরেশ বলেছেন, 'কী আছে তা আমার চেয়ে তিনি বেশি জানেন, সারা বিশ্বের দীপ্তিদাতা পরমারাধ্য সূর্যদেবের যিনি দোসর ও অগ্রদূত। আপনাদেরই মতো শুভ্র বর্ণ নিয়ে যিনি পশ্চিম সমুদ্রকূলে ইংকা রাজশক্তির অভ্যুদয়-বার্তা নিয়ে এসেছিলেন সেই মহিমান্বিত ভীরাকোচাই আমায় এ আদেশ দিয়েছেন।'

'ভীরাকোচা!' অস্ফুটভাবে নিজের অজ্ঞাতেই পিজারোর মুখ দিয়ে বিস্মিত উচ্চারণটা বেরিয়ে গেছে। কিছুদিন ধরেই ভীরাকোচা দেবতার নামটা নানাভাবে তাঁর কানে আসছে। ভীরাকোচার নতুন করে আবির্ভাবের কিংবদন্তিও তিনি কয়েকজনের কাছে শুনেছেন।

মনের বিস্ময়-চাঞ্চল্যটা চাপা দিয়ে তিনি জিজ্ঞাসা করেছেন, 'কিন্তু আপনাদের আরাধ্য তো সূর্যদেব। ভীরাকোচাকে আপনারা মানেন? তিনি তো সূর্যদেবের প্রতিদ্বন্দ্বী।'

'প্রতিদ্বন্দ্বী!' আতাহুয়ালপার মুখে একটু বিদ্রূপের হাসি দেখা দিয়েছে দোভাষীকে বোঝাবার সময়, 'আপনাদের পণ্ডিতরা তাই আপনাকে বুঝিয়েছে বুঝি! দু-দিন আমাদের দেশে পা দিতে না দিতেই আমাদের জাতি-ধর্ম-সমাজ তারা বুঝে ফেলেছে!'

একটু থেমে আতাহুয়ালপা গম্ভীর হয়ে আবার বলেছেন, 'না, আপনি যা শুনেছেন তা ভুল। ভীরাকোচা সূর্যদেবের প্রতিদ্বন্দ্বী নন, দোসর। তাঁর আর-এক নাম পাচাকামাক। সে নামের মানে হল যিনি জীবন দেন। তিনি সৃষ্টির মধ্যে জীবনের উৎস আর সূর্যদেব তার প্রাণশিখা। দু-জনের কোনও বিরোধ নেই। ভীরাকোচা তাঁর দোসরের অগ্রদূত হয়ে বরং আগে আমাদের রাজ্যে পদার্পণ করেছেন। পশ্চিম সমুদ্র উপকূলে তাঁর বিশাল দেবায়তন আপনাদের দেখাবার বাসনা রাখি।'

'কী করে তাঁর আদেশ পেলেন একটু জানতে পারি?' পিজারো তাঁর এ কয়দিনের শোনা উদ্ভট কল্পনা-কিংবদন্তিগুলোতে আতাহুয়ালপারই অদৃশ্য হাত আছে কি না কৌশলে জানবার চেষ্টায় সরল সশ্রদ্ধ কৌতূহলের ভান করেছেন।

উত্তর যা শুনেছেন তা তাঁকে বিমূঢ় করে দিয়েছে।

আতাহুয়ালপা জানিয়েছেন, 'ভীরাকোচার এ আদেশ আপনাদের একজনেরই মুখ দিয়ে পেয়েছি।'

'আমাদেরই একজনের মুখ দিয়ে!' সন্দিগ্ধ স্বরটা লুকোতে পারেননি পিজারো।

'হ্যাঁ, আপনাদেরই একজন।' অবিচলিতভাবে বলেছেন আতাহুয়ালপা, 'আপনারা যাকে গানাদো বলেন সেই দৈবজ্ঞই জানিয়েছেন এ আদেশ। এ দৈবজ্ঞ আপনারাই পাঠানো—মনে আছে বোধহয়?'

আতাহুয়ালপার কাছে দৈবজ্ঞ পাঠাবার কথা পিজারোর ঠিকই মনে পড়েছে। না মনে পড়বার কথা নয়।

এই তো মাত্র কয়েকদিন আগের ব্যাপার। আতাহুয়ালপা সম্বন্ধে একটা মজার খবর পিজারোর কানে আসছিল। খবরটা এমন কিছুই বলতে গেলে নয়। অন্য কোথাও বা অন্য সময় হলে হেসেই উড়িয়ে দেওয়া যেত।

আতাহুয়ালপাকে ক-দিন ধরে মাঝে মাঝে কীরকম সব রংচঙে সুতো নাড়াচাড়া করতে দেখা যাচ্ছে, এই ছিল খবর।

খবর এনেছিল অবশ্য গুপ্তচরেরা। ইংকা নরেশকে রাজসমাদরে রাখলেও পিজারো তাঁকে পুরোপুরি বিশ্বাস তো আর করেননি। আতাহুয়ালপার মহল ঘিরে সারাক্ষণ কড়া পাহারা যেমন ছিল, তেমনই ছিল এ দেশেরই বাছা বাছা আর শেখানো পড়ানো দু-একজনকে দিয়ে তাঁর ওপর গোপনে নজর রাখবার ব্যবস্থা।

এসব গুপ্তচর হয় পুনা দ্বীপ কিংবা কুজকো শহরের কাছাকাছি দক্ষিণ অঞ্চলের লোক। পুনা দ্বীপের অধিবাসীরা ইংকা সম্রাট মাত্রেরই বিরুদ্ধে শত্রুতা করে আসছে বহুকাল ধরে। কোনও ইংকা সম্রাটের অধীনতাই তারা খুশিমনে মেনে নেয়নি। তারা দুর্দান্ত লড়াইবাজ। পিজারো নিজেই তাদের হাতে দলবল সমেত প্রায় মারা পড়তে বসেছিলেন একবার। তা সত্ত্বেও ইংকা সাম্রাজ্যের বিরুদ্ধে তাদের মজ্জাগত আক্রোশের কথা জেনে তাদের দু-একজনকে দলে নিতে তিনি দ্বিধা করেননি।

পেরুর দক্ষিণ অঞ্চলের লোকও সানন্দে পিজারোর হয়ে গুপ্তচরের কাজ করেছে। আতাহুয়ালপার ভাই হুয়াসকারকেই তারা সত্যকার ইংকা মনে করে বলে। কুইটো নয়, কুজকোই তাদের কাছে আসল রাজধানী। কুইটোর ভিনদেশি রাজকুমারীর গর্ভে যার জন্ম সেই আতাহুয়ালপাকে তারা ইংকা বলেই স্বীকার করে না।

এই দুই জাতের চরই পিজারোর কাছে অদ্ভুত রঙিন সুতোর খবরটা দিয়েছিল।

খবরটা শুনে মনে মনে হাসিই পেয়েছিল পিজারোর। আতাহুয়ালপার ওপর এদের জাতক্রোধের কথা তিনি ভালো করেই জানেন। সেই রাগে এরা নেহাত তিলকে তাল করে তুলেছে বলে মনে হয়েছিল তাঁর।

তবু জিজ্ঞাসা করেছিলেন চরেদের একটু ঠাট্টার সুরে, 'রঙিন সুতোগুলো কীরকম? নিজের বা অন্য কারও গলায় ফাঁস দেবার মতো কিছু?'

'না, তা নয়।' জানিয়েছিল চরেরা প্রত্যেকেই, 'নেহাত রংবেরং-এর ক-টা গিঁট-বাঁধা সুতুলি।'

'এসব সুতুলি গোনেন কোথায় আতাহুয়ালপা?' মুখটা কষ্ট করে গম্ভীর রেখে

জিজ্ঞাসা করতে হয়েছিল পিজারোকে।

'তা জানি না।' একই উত্তর দিয়েছিল জনে জনে।

'দোষটা কী, অমন দুচারটে রঙিন সুতো নাড়াচাড়া করলে? ইংকা নরেশের হয়তো ওগুলো একরকম খেলার জিনিস!' বলে চরেদের মুখের দিকে একটু বাঁকাভাবে চেয়ে পিজারো জিজ্ঞাসা করেছিলেন, 'ওগুলো নিয়ে ভাবনা করবার কিছু আছে? শুধু ক-টা রঙিন গিঁট-পড়া সুতো বই আর কিছু তো নয়?'

চরেদের সঙ্গে আলাদা আলাদা করে কথা বলেছিলেন পিজারো। তাঁর শেষ প্রশ্নের জবাব তারা কেউ দেয়নি।

আতাহুয়ালপা আর ইংকা-সাম্রাজ্যের বিরুদ্ধে জন্মগত আক্রোশ নিয়েও রঙিন গিঁট-পড়া ক-টা সুতোর বিষয়ে খবরটুকু মাত্র জানিয়ে তারা নীরব থেকেছে।"

"কিন্তু ওগলো তো কিপু!"—হঠাৎ উত্তেজিত উচ্ছ্বাস শোনা গেছে—"গিঁট-দেওয়া যে-রঙিন সুতো দিয়ে পেরুতে লেখাপড়ার কাজ চলত!"

যোড়শ শতাব্দীর কোনও এসপানিওল কি পেরুবাসীর কণ্ঠ নয়, ওই উচ্ছ্বাস শোনা গেছে মেদভারে যিনি হস্তীর মতো বিপুল সেই সদাপ্রসন্ন ভবতারণবাবুর কণ্ঠে।

দাসমশাই কি বিরক্ত হয়েছেন?

আর সকলেই প্রায় তটস্থ হয়ে চেয়েছেন তাঁর দিকে। এ ধরনের মূঢ় বেয়াদবির ফল কী হতে পারে, তাঁদের অজানা নয়। দাসমশাই মুখে একেবারে তালাচাবি দিতে পারেন। মাঝপথেই পূর্ণচ্ছেদ পড়তে পারে কাহিনীর ধারায়।

মস্তক যাঁর মর্মরের মতো মসৃণ দাসমশাই-এর প্রতি নাতিপ্রসন্ন সেই ঐতিহাসিক শিবপদবাবুও ভবতারণবাবুর মূঢ়তাকে ঈষৎ তিরস্কার করেছেন বিপদটা কাটাবার জন্যে। বলেছেন, "আপনার এখুনি বিদ্যে জাহির না করলে চলছিল না ভবতারণবাবু! ওগুলো কী, তা কি শুধু আপনিই জানেন যে কিপু বলে না চেঁচিয়ে উঠলে আমরা অন্ধকারে পড়ে থাকতাম! পিজারো নিজেই কি কিপু-র কথা একেবারে জানতেন না।"

"না, তিনি জানতেন না বিন্দুবিসর্গও।" দাসমশাই শিবপদবাবুকে সংশোধন করতে পেরেই খুশি হয়েছেন। "কিপু তখন সত্যিই তাঁর কাছে হেলাফেলার ক-টা রঙিন সুতো ছাড়া কিছু নয়। আতাহুয়ালপাকে জব্দ করার এমন একটা সুযোগ পেয়েও গুপ্তচরেরা কিপু-র রহস্য ফাঁস করে দিতে পারেনি।"

"কেন?"

"হিংসা, বিদ্বেষ, স্বার্থবুদ্ধির চেয়ে মনের আরও গহিন গভীর কোনও নির্দেশে বোধহয়। ব্যক্তিগত সত্তা ছাড়িয়ে যে নির্দেশ এসেছে রক্তের অতলতা থেকে।

চরেরা সব বলতে চেয়েও এক জায়গায় এসে থেমে গেছে এবং পিজারোও আতাহুয়ালপার হাতে সামান্য ক-টা রঙিন সুতোর খবর নিয়ে ব্যস্ত হবার কিছু পাননি।

তা সত্ত্বেও ওরই মধ্যে একদিন কথায় কথায় আতহুয়ালপার কাছে প্রসঙ্গটা তুলেছিলেন পিজারো।

'আপনি নাকি কী-সব রঙিন সুতো নিয়ে খেলা করেন, সম্রাট?'

'হ্যাঁ, করি,' ভাবান্তরহীন মুখে বলেছেন আতাহুয়ালপা, 'আর কোনও কাজ নেই যখন—সময় কাটাবার একটা কিছু তো চাই!'

'দেখতে পারি রঙিন সুতোগুলো!'—পিজারো বিনীতভাবে যেন প্রার্থনা জানিয়েছেন।

'খুব পারেন!' বলে নিজের রাজাসনের পাশ থেকেই একটি রঙিন সুতুলি আতাহুয়ালপা পিজারোর দিকে এগিয়ে দিয়েছেন।

নেড়েচেড়ে সেটা দেখতে দেখতে পিজারোর ঠোঁটের কোণে একটু অবজ্ঞার হাসি একেবারে চাপা থাকেনি। নেহাত সাধারণ ক-টা রংবেরং-এর গিঁটপড়া সুতো একসঙ্গে জড়ানো। ছেলেখেলার যোগ্যও সেটা নয়।

মনে যা হয়েছে বাইরে তার বিপরীতটাই প্রকাশ করে পিজারো উৎসাহ দেখিয়ে বলেছেন, 'জিনিসটা তো বেশ মজার! সত্যি কী করেন এগুলো নিয়ে?'

'তা জানেন না?' পিজারের চরেদের সম্বন্ধে বিদ্রূপের ইঙ্গিতটুকু খুব অস্পষ্ট না রেখে আতাহুয়ালপা জিজ্ঞাসা করেছেন, 'কেউ কিছু বলেনি আপনাকে?'

বিদ্রূপের প্রচ্ছন্ন খোঁচাটাই লক্ষ করেছেন পিজারো। আতাহুয়ালপার নির্বিকার মুখে যার আভাসও পাওয়া যায়নি এ প্রশ্নের পেছনে সেই আসল উদ্বেগটা কী নিয়ে তা পিজারো ধরতেই পারেননি।

শুধু খোঁচাটা টের না পাবার ভান করে তাই তিনি সরল সত্য কথাই বলেছেন, 'না, বলবে আবার কে কী! এ যে খেলার জিনিস তা তো বোঝাই যাচ্ছে। তবে সময় কাটাতে এর চেয়ে ভাল খেলার জিনিস আপনাকে দিতে পারি। তা শেখাও সহজ।'

পিজারো তাদের তখনকার স্পেনের চালু তাসের জুয়া ব্যাকারা-র কথা ভেবেই ও প্রস্তাব করেছিলেন নিশ্চয়। জুয়ায় মাতিয়েও আচাহুয়ালপার কাছে যা কিছু পারা যায় নিংড়ে বার করবার লোভ বোধহয় তাঁর হয়েছিল।

আতাহুয়ালপা কিন্তু সে ফাঁদে পা-ই বাড়াননি। একটু উন্নাসিকভাবেই বলেছিলেন, 'সময় কাটাবার জন্যে নতুন খেলা শেখবার ধৈর্য আমার নেই, সাগরপারের বীর। চান তো, নতুন খেলা শিখিয়ে নয়, সময় কাটাতে আমার অন্য একটা নেশার জিনিস জুগিয়ে সাহায্য করতে পারেন।'

'কী নেশা আপনার?' একটু সন্দিগ্ধসুরেই জিজ্ঞাসা করেছিলেন পিজারো। আতাহুয়ালপার একটু-আধটু চিচা পান ছাড়া আর কোনও নেশার কথাই জানা যায়নি এ পর্যন্ত।

'ভবিষ্যৎ গণনার নেশা!' পিজারোকে বেশ অবাক করে দিয়ে বলেছিলেন আতাহুয়ালপা।

'সে নেশা মেটাতে আমি কী করতে পারি!' পিজারোর মুখে একটু ভ্রুকুটি এবার অস্পষ্ট থাকেনি। 'আমি তো আর গণৎকার নই।'

'আপনি নিজে না হন আপনার দলের মধ্যে তেমন কি কেউ নেই?' আতাহুয়ালপার সাধারণত নির্বিকারমুখে এবার একটা ঔৎসুক্য ফুটে উঠেছিল।

আবেদনটা সত্যিই অদ্ভুত লেগেছিল পিজারোর। বিস্মিতভাবেই জানতে

চেয়েছিলেন, 'আপনি আমাদের দল থেকে একজন জ্যোতিষী চান! কেন?'

'আমার নিজের দেশের গণৎকারদের ওপর আর ভক্তি নেই বলে।' অসংকোচে জানিয়েছিলেন আতাহুয়ালপা, 'যে কোনও পাপে হোক, তাদের দিব্যদৃষ্টি নষ্ট হয়ে গেছে। এ পর্যন্ত যা ঘটল তার একটু ইঙ্গিতও তারা দিতে পারেনি।'

'আমাদের কেউই যে তা পারবে তার ঠিক কী?' পিজারো নিজের মনের সত্যকার সংশয়টাই জানিয়েছিলেন।

কিন্তু আতাহুয়ালপা এ সংশয়কে আমল না দিয়ে বলেছিলেন, 'তবু চেষ্টা করতে আপত্তি কী! আছে আপনাদের মধ্যে কেউ এমন দৈবজ্ঞ?'

পিজারো তৎক্ষণাৎ জবাব দিতে পারেননি। প্রথমটা কারও নামই মাথায় আসেনি তাঁর। তারপর হঠাৎ বেদে গানাদোর কথা মনে পড়েছিল। জ্যোতিষবিদ্যা সত্যি সে জানে কি না তা পিজারো নিজেই বলতে পারেন না। কিন্তু জাতে বেদে বলে তার অদ্ভুত কিছু ক্ষমতা-টমতা বোধ হয় আছে। তার পরিচয়ও একটু-আধটু পাওয়া যায়নি এমন নয়। আর কিছু না হোক, আতাহুয়ালপাকে কিছুটা ভুলিয়ে রাখতে সে পারবে। আতাহুয়ালপার পেটের কথাও একটু-আধটু বার করা তার পক্ষে হয়তো অসম্ভব হবে না।

পিজারো গানাদোকেই আতাহুয়ালপার কাছে একদিন পাঠিয়ে দিয়েছিলেন। পাঠাবার আগে তাকে একটু তালিম দিতে ভোলেননি।

'তোমার তো ভর-টর হত বলেছিলে। ভর হলে আবার নাকি দিব্যদৃষ্টি খুলে যায়। তা এখন ভর-টর হয়?' একটু যেন কড়া গলাতেই জিজ্ঞাসা করেছিলেন পিজারো।

'যাঁরা ভর করেন তাঁদের মর্জি হলেই হয়, আদেলানতাদো।' সবিনয়ে জানিয়েছে গানাদো।

আদেলানতাদো ছাড়া আর কিছু বলে গানাদো তাঁকে সম্বোধন করে না। আগে বিরক্তি লাগত। এখন সয়ে গেছে।

তবু ধমক দিয়ে পিজারো বলেছেন, 'ও-সব প্যাঁচালো কথা ছাড়ো। দেবতা-অপদেবতার ভর হালফিল হয়েছে কি না জানতে চাইছি।'

'আজ্ঞে তা অনেক দিন হয়নি।' কুণ্ঠিতভাবে যেন স্বীকার করেছে গানাদো।

'হুঁ', পিজারো বিদ্রূপের খোঁচাটুকু না দিয়ে পারেননি, 'যাঁরা ভর করতেন তাঁরা সাগর পেরিয়ে আর তোমার নাগাল পাচ্ছেন না কেমন?'

গানাদো লজ্জাতেই যেন কোনও জবাব দেয়নি।

পিজারোই আবার বলেছেন, 'শোনো, ইংকা নরেশ আতাহুয়ালপার আমাদের জ্যোতিষীদের দিয়ে ভাগ্য গণাবার শখ হয়েছে। পারবে তাঁকে সন্তুষ্ট করতে?'

'দেবতারা যদি দয়া করেন, আদেলানতাদো, তাহলে নিশ্চয়ই পারব।'—প্রায় করুণভাবে জানিয়েছে গানাদো।

'দেবতারা দয়া করুন না করুন, আতাহুয়ালপাকে খুশি তোমায় করতেই হবে,' এবার কঠিন আদেশের স্বরেই বলেছেন পিজারো, 'আর চেষ্টা করতে হবে গণনা করার ছলে ওর পেটের কথা বার করবার। ওর সোনাদানা কোথায় কী লুকোনো

আছে যদি জানতে পারো—'

'তাহলে আপনাকে তৎক্ষণাৎ জানাব, আদেলানতাদো।' পিজারোর কথাটা পূরণ করে দিয়েছে গানাদো মাঝখানে বাধা দিয়ে।

পিজারো এ বেয়াদপি কিন্তু গ্রাহ্যই করেননি। লুব্ধ প্রত্যাশায় বদান্য হয়ে বলেছেন, 'হদিস যা তুমি দেবে তা নির্ভুল হলে সোনাদানা যা কিছু উদ্ধার হবে তার মোটা বখরা তোমার।'

'আপনার অসীম দয়া, আদেলানতাদো,' বলেছে গানাদো।

গানাদো তারপর থেকে আতাহুয়ালপার কাছে নিয়মিতভাবে যাতায়াত যে করেছে পিজারো তা জানেন।

আতাহুয়ালপা জ্যোতিষের বিষয়ে আর উচ্চবাচ্য না করায় এইটুকু তিনি ধরে নিয়েছেন যে, ইংকা নরেশকে খুশি করতে না পারুক, একেবারে হতাশ সে করেনি।

আতাহুয়ালপার গোপন কোনও খবর সে এখনও আনতে পারে এইরকম একটু ক্ষীণ আশার বেশি পিজারোর মনে আর কিছু ছিল না।

হঠাৎ আতাহুয়ালপার অবিশ্বাস্য প্রস্তাব শুনে আর সে প্রস্তাবের মূলে সেই গানাদোই আছে জেনে প্রথমটা পিজারো সত্যিই তাই রীতিমতো অভিভূত বিহ্বল হয়ে যান।

আতাহুয়ালপা যা বলেছেন, তা বিশ্বাস করা সত্যিই কঠিন। বন্দিনিবাসে আতাহুয়ালপার দরবার ঘরটির মাপ ছিল লম্বায় প্রায় চল্লিশ আর চওড়ায় বারো হাত। পিজারোর সঙ্গে পুরস্কারের কথাটা আলাপ করতে করতে আতাহুয়ালপা প্রথমে ঘরের মেঝেটার দিকে আঙুল দেখিয়ে বলেছেন, 'এই মেঝের মাপটা ভাল করে দেখে রাখুন, সাগরপারের বীর।'

পিজারো অবাক হয়ে মেঝের দিকে তাকাবার পরই আতাহুয়ালপা হঠাৎ তাঁর রাজাসন থেকে উঠে পড়ে প্রশস্ত ঘরটির দেয়ালের কাছে চলে গিয়েছেন। পিজারোকে রীতিমতো চমকে দিয়ে তারপর পায়ের বুড়ো আঙুলে ভর দিয়ে দাঁড়িয়ে একটা হাত যতদূর সম্ভব ওপরে তুলে আঙুলের ডগা দিয়ে দেওয়ালে একটা দাগ টেনে বলেছেন, 'আমার হাতটা কতদূর পৌঁছোয় তা-ও লক্ষ করুন।'

দেওয়ালের কাছ থেকে আবার ঘরের মাঝখানে নিজের রাজাসনে এসে বসে আতাহুয়ালপা তারপর যা বলেছেন তা উন্মাদের প্রলাপ বলে মনে হয়েছে পিজারোর।

মেঝে থেকে যতদূর পর্যন্ত হাত তুলে দাগ দিয়েছেন দরবার-ঘরের সেই সমস্ত জায়গা আতাহুয়ালপা উপহার হিসেবে সোনায় যদি ভরে দেবেন বলেন তাহলে তা প্রলাপ ছাড়া আর কী ভাবা যায়?

প্রলাপ কিংবা পরিহাস!

প্রলাপ নয়, পরিহাস নয়, পিজারোর নিজেরই দলের এক দৈবজ্ঞ গানাদোর মুখ দিয়ে পেরুর আদিম দেবতা ভীরাকোচার নাকি এই আদেশ!

আতাহুয়ালপার মুখে এই পর্যন্ত শোনবার পর দে সটো আর দে কান্ডিয়া এসে

পড়ায় গুরুতর সমস্যার মীমাংসার জন্যে পিজারোকে আলোচনায় ছেদ টেনে চলে যেতে হয়েছিল।

দ্বিতীয়বার এ বিষয়ে আলাপ করতে পেরেছিলেন তার পরের দিন।

যা ভয় করেছিলেন তা অমূলক বলে বোঝা গেছে। আতাহুয়ালপার ইতিমধ্যে মতিগতি বদলায়নি। আগের দিন যা বলেছিলেন এখনও তাঁর মুখে সেই এক কথা। ভীরাকোচার আদেশে শ্বেতবাহিনীর সেনাপতিকে পুরস্কৃত তাঁকে করতেই হবে, আর সে পুরস্কার কী তা তিনি আগেই দেখিয়ে দিয়েছেন।

'কিন্তু এত সোনা আপনার আছে কোথায়?' এবার লুব্ধভাবে প্রশ্ন করেছেন পিজারো, 'এই কাক্সামালকা শহরে?'

'না।' জানিয়েছেন আতাহুয়ালপা, 'আছে আমার সমস্ত রাজ্যের নানা জায়গায় লুকোনো। সেখান থেকে সে সব আনার ব্যবস্থা করতে হবে।'

'কিন্তু যদি নিজের কথা আপনি না রাখতে পারেন,' পিজারোর গলা লুকোবার চেষ্টা সত্ত্বেও তীক্ষ্ণ কঠিন হয়ে উঠেছে, 'যদি মিথ্যে আশ্বাস দিয়েছেন বলে জানা যায় শেষ পর্যন্ত?'

'তাহলে ভীরাকোচা আমায় ক্ষমা করবেন না,' একটু হেসে বলেছেন আতাহুয়ালপা।

'তার বেশি কোনও ভয় আপনার নেই?' পিজারোর গলায় ব্যঙ্গের সুরটা খুব অস্পষ্ট থাকেনি এবার।

'না, তার চেয়ে বড় ভয় কিছু আমার নেই।' পিজারোর প্রচ্ছন্ন ব্যঙ্গটুকু গ্রাহ্য না করে দৃঢ়স্বরে বলেছেন আতাহুয়ালপা, 'যেমন বড় সৌভাগ্য কিছু নেই তাঁকে প্রসন্ন করার চেয়ে।'

'ভীরাকোচা প্রসন্ন হলে কী সৌভাগ্য আপনার হবে বলে আশা করেন?' পিজারোর মুখে আপনা থেকেই প্রশ্নটা যেন উঠে এসেছে।

'আশা কেন করব, কী সৌভাগ্য আমার হবে আমি জানি।' আগের মতোই গভীর বিশ্বাসের সঙ্গে বলেছেন আতাহুয়ালপা, 'সমস্ত অভিশাপের মেঘ কাটিয়ে উঠে আমার আরাধ্য সূর্য্যদেবের মতোই আমি আবার দীপ্ত হয়ে উঠব।'

'তা-ই যেন হতে পারেন।' ব্যঙ্গ ভরে নয়, পরম আন্তরিকতার সঙ্গেই পিজারো এ শুভকামনা জানিয়েছেন মনে হয়েছে।

পরের দিন থেকেই আতাহুয়ালপার নির্দেশ মতো পিজারোর হুকুম নিয়ে সমস্ত পেরু রাজ্যের দূরদূরান্তরে পাইক-পেয়াদারা ছুটে গেছে যেখানে যত সোনা সঞ্চিত আছে সব কাক্সামালকায় বয়ে নিয়ে আসবার জন্যে। দেখা গেছে এসপানিওলদের হাতে বন্দি হওয়া সত্ত্বেও কী আশ্চর্য আতাহুয়ালপার প্রতাপ প্রতিপত্তি! দূরদুর্গম পথে ভারে ভারে সোনা এসে পৌঁছেছে প্রতিদিন কাক্সামালকা শহরে। দেখতে দেখতে দরবার ঘর সত্যিই সোনায় ভরে উঠেছে।

সমস্ত এসপানিওল বাহিনীর মধ্যে তীব্র হয়ে উঠেছে এই সোনার স্তূপ জমা হওয়ার উত্তেজনা।

কল্পনাতীত দুর্ভোগ, যন্ত্রণা আর বিপদ মৃত্যু সব কিছু তুচ্ছ করে তাদের এ দুঃসাহসী অভিযানের পরম সার্থকতা এবার তারা নিজেদের চোখে দেখতে পাচ্ছে, স্পর্শ করতে পারছে নিজেদের হাতে ওই সোনার স্তূপের মধ্যে।

তাঁর বাহিনীর আর সবাইকার মতোই পিজারোর উল্লাসের আর সীমা নেই। এমন আশাতীত সৌভাগ্যের জন্যে পরমেশ্বরকে ধন্যবাদ দেবার জন্য তিনি কাক্সামালকা শহরে নতুন এক গির্জা প্রতিষ্ঠিত করেছেন। গির্জার জন্যে নতুন আয়তন তাঁকে তৈরি করাতে হয়নি। অতিথি-মহল্লার একটি জমকালো বাড়িই একটু-আধটু অদলবদল করে তিনি গির্জা বানিয়েছেন।

পিজারো একেবারে অকৃতজ্ঞ নয়। দেবতাকে সন্তুষ্ট করতে গিয়ে মানুষের কথা এবার তাঁর মনে হয়েছে।

গানাদোর অবশ্য নিজে থেকেই তাঁর কাছে আসবার কথা। এত বড় একটা বাহাদুরি দেখাবার পর কেন যে সে নিজের তারিফ শুনতে আর বখরা চাইতে আসেনি সেইটেই একটু আশ্চর্য লেগেছে পিজারোর।

আতাহুয়ালপার প্রতিজ্ঞা পূরণ হতে আর সামান্য কিছু বাকি। হয়তো কাজটা শেষ হবার পর আরও মোটা বকশিশ দাবি করবার জোর পাবে বলেই গানাদো এখন ধৈর্য ধরে অপেক্ষা করে আছে কিংবা নিজে হাত বাড়িয়ে পুরস্কার চাইতে তার সাহস কুলোয়নি। গানাদোর এ-পর্যন্ত দেখা করতে না আসার কারণ এইরকমই ধরে নিয়েছেন পিজারো।

বকশিশ নেবার জন্যে অপেক্ষা করার ধৈর্য গানাদোর যদি থাকে তো থাক, পিজারোর সে ধৈর্য নেই। গানাদো আতাহুয়ালপাকে জ্যোতিষের কী ভড়ং-ভাঁওতায় এমন করে কাবু করেছে জানবার জন্যে তিনি ব্যাকুল। আতাহুয়ালপার পেটের কথা আরও কিছু সে বার করতে পেরেছে কি না তাও তাঁর জানা দরকার।

পিজারো গানাদোকে তাঁর সঙ্গে দেখা করবার জন্যে তলব পাঠিয়েছেন। গানাদোকে ডেকে আনতে যে গেছল সেই সেপাই যা খবর এনেছে পিজারো তা বিশ্বাস করতেই পারেননি।

গানাদো তার ডেরায় নেই। ডেরায় তো নয়ই, কাক্সামালকার অতিথি-মহল্লার সৈন্য-শিবিরের কোথাও নাকি তাকে খোঁজ করে পাওয়া যায়নি।

খোঁজ করতে গিয়ে অনেকেরই খেয়াল হয়েছে যে শুধু সেইদিনই নয়, গত কয়েকদিন ধরেই গানাদোর সঙ্গে দেখা হবার কথা কেউ মনে করতে পারে না।

কোথায় গেল তাহলে গানাদো!

এসপানিওল একজন সৈনিক হিসেবে কাক্সামালকা থেকে একেবারে তার নিরুদ্দেশ হয়ে যাওয়া তো আজগুবি ব্যাপার। সোনা নিয়ে সবাই তখন মেতে আছে। গানাদোও কেও-কেটাদের একজন নয়, তবু তাকে নিয়েও কিছু জল্পনা-কল্পনা শুরু হয়েছে।

তার অন্তর্ধানের পেছনেও ভীরাকোচার রহস্য কিছু আছে নাকি! কিন্তু তা থাকলেও মানষটা এমন হাওয়া হয়ে যায় কী করে?

ভীরাকোচার হাতে যাদের লাঞ্ছনার কথা জানা গেছে তাদের তো সব সশরীরেই উপস্থিত থাকতে দেখা গেছে। একেবারে গায়েব তো কেউ হয়ে যায়নি গানাদোর মতো।

অন্যেরা যত না হোক, পিজারো আর তাঁর দুই বিশ্বস্ত সেনাপতি দে সটো আর দে কান্ডিয়া চিন্তিত অস্থির হয়েছেন সবচেয়ে বেশি।

দে সটোকে নিয়ে পিজারো শেষ পর্যন্ত আতাহুয়ালপার কাছেই গেছেন এ রহস্যের হদিস পাবার আশায়।

'আপনার কাছেই তো সে ইদানীং আসত যেত।' পিজারো প্রায় অভিযোগের সুরে বলেছেন, 'শেষ তাকে দেখেছেন কবে?'

'কবে?' আতাহুয়ালপাকে যেন ভাবতে হয়েছে।

'এই তো দিন তিনেক আগেই।'—ভেবে নিয়ে জানিয়েছেন আতাহুয়ালপা—'হ্যাঁ, সেইদিনই আমাকে ভীরাকোচার কোপে পড়বার ভয় দেখায়।'

'ভীরাকোচার কোপে পড়বার ভয় দেখায়? আপনাকে?'

পিজারোর সঙ্গে দে সটো আর কান্ডিয়ার মুখে একই বিস্মিত প্রশ্ন শোনা গেছে।

'এ ভয় দেখাবার কারণ?' গানাদোর অন্তর্ধান রহস্যের মীমাংসা আপাতত স্থগিত রেখে জিজ্ঞাসা করতে হয়েছে পিজারোকে।

'ভয় দেখাবার কারণ প্রতিজ্ঞা রাখবার মেয়াদ আমার ফুরিয়ে আসছে বলে।' আতাহুয়ালপা যেন অনিচ্ছার সঙ্গে জানিয়েছেন, 'নির্দিষ্ট সময়ের মধ্যে কথা না রাখতে পারলে ভীরাকোচা তো আমায় ক্ষমা করবেন না। আপনাদের গানাদো তাই সেদিন আমার জমানো সোনা দূরদূরান্তর থেকে বয়ে আনবার জন্যে আরও বেশি লোকজন লাগাতে বলেছিল। তা না লাগালে আমারই শুধু প্রতিজ্ঞা ভঙ্গ হবে না, আমার লুকোনো সব পুঁজি হয়তো বেহাতই হয়ে যাবে।'

'বেহাত হবে কেন?' সোনার পুঁজি থেকে বঞ্চিত হবার ভয়, গানাদোর অন্তর্ধান রহস্য সম্বন্ধে উদ্বেগ কৌতূহল ছাপিয়ে, পিজারোর গলা রুক্ষ করে তুলেছে।

'হবে-ই বলছি না'—আতাহুয়ালপা মনে মনে নিশ্চয় পিজারোর এই অস্থিরতাটুকু উপভোগ করে বাইরে অবিচলিত গাম্ভীর্যের সঙ্গে সম্রাটোচিত কূটবুদ্ধির পরিচয় দিয়েছেন তাঁর জবাবে—'তবে আমার নিজের টহলে বার হওয়া বন্ধ দেখে কেউ কেউ শয়তানির চেষ্টা করতে পারে বলে ভাবনা হচ্ছে। তাই উপরি লোক লাগিয়ে যেখানে যা আছে যত তাড়াতাড়ি সম্ভব আনিয়ে ফেলা দরকার মনে করছি।'

'বেশ, উপরি লোকই আজ থেকে পাবেন।' পিজারো আশ্বাস দিতে দেরি না করলেও আর একটা প্রশ্ন তুলেছেন, 'কিন্তু আপনার লোকজনের অমন ঘটা করে জাঁকজমকের সাজপোশাকে যাবার দরকার কী? অত সাজগোজের মধ্যে আবার মুখে রংচং আর মুখোশের ছড়াছড়ি দেখলে তো মনে হয় কোনও বিয়ের বরযাত্রীদের সঙ্গে তামাশা দেখাবার সব ভাঁড় চলেছে। ও সব হই-হুল্লোড় না করে আর সোনা আনতে যাওয়া যায় না?'

'চুপি চুপি কাউকে কিছু না জানিয়ে যাওয়া-আসার কথা বলছেন!'

দোভাষীকে দিয়ে বলাবার ভেতরও আতাহুয়ালপার প্রচ্ছন্ন বিদ্রূপের রেশ একটু বুঝি থেকে গেছে। সেটা চাপা দেবার জন্যে একটু বেশি গাম্ভীর্যের সঙ্গে আতাহুয়ালপা তারপর জানিয়েছেন—'চোরের মতো লুকিয়ে গেলে আসল কাজই যে হবে না। লুকোনো পুঁজির জিম্মাদাররাই যে অবিশ্বাস করবে। ইংকা অধীশ্বরদের সম্পদ—সূর্যদেবের জমানো চোখের জল রাখতে বা বার করে আনতে এমনই সমারোহ করাই যে এ দেশের দস্তুর।'

'দস্তুর' শোনাবার পর পিজারো তার বিরুদ্ধে আর কিছু বলার পাননি। গানাদো সম্বন্ধে আর দু-চারটে প্রশ্ন করে আতাহুয়ালপাকে বাড়তি কিছু লোক লাগাতে দেওয়ার আশ্বাস দিয়ে দে সটো আর দে কান্ডিয়াকে নিয়ে ফিরে গেছেন।

গানাদোর মতো একজন সৈনিকের বেমালুম গায়েব হয়ে যাওয়া যত বড় রহস্যই হোক, তা নিয়ে মাথা ঘামাবার বেশি সময় পিজারো বা তাঁর বিশ্বস্ত সেনাপতিরা পাননি।

আতাহুয়ালপার দরবার ঘর সোনায় ভরে ওঠার উত্তেজনা তো আছেই, তার ওপর আর এক খবর দূতমুখে এসে পিজারো আর তাঁর বিশ্বাসী সেনাপতিদের অস্থির চঞ্চল করে তুলেছে।

আর কারও কাছ থেকে নয়, খবর এসেছে আতাহুয়ালপারই ভাই আর প্রতিদ্বন্দ্বী ইংকা সাম্রাজ্যের ন্যায্য প্রথা-সংগত অধীশ্বর হুয়াসকার-এর কাছ থেকে।

রাজসিংহাসন নিয়ে হুয়াসকার আর আতাহুয়ালপার জীবনপণ সংগ্রামের কথা আমরা জানি। আতাহুয়ালপার কাছে পরাজিত হয়ে হুয়াসকার যে ইংকা সাম্রাজের যথার্থ রাজধানী কুজকোর কাছে সৌসা-র সুরক্ষিত দুর্গে বন্দি হয়ে আছেন তাও আমাদের অজানা নয়।

সৌসা-য় বন্দি থাকতেই হুয়াসকার এসপানিওল নামে অজানা এক শত্রুর হাতে আতাহুয়ালপার কল্পনাতীত ভাগ্য বিপর্যয়ের কথা শুনেছেন। শুনেছেন যে আতাহুয়ালপা বন্দিত্ব থেকে মুক্তি পাবার জন্যে প্রচুর ধনরত্ন এসপানিওলদের দেবার কড়ার করেছেন।

এই সংবাদই উৎসাহিত করে তুলেছে হুয়াসকারকে। আতাহুয়ালপার ওপর পরাজয়ের প্রতিশোধ নেবার আর নিজের মুক্তি কেনবার একটা কূটকৌশল তাঁর মাথায় এসেছে। গোপনে নিজের বিশ্বাসী গুপ্তচরকে দিয়ে এসপানিওলদের অধিপতির কাছে তিনি একটা প্রস্তাব করে পাঠিয়েছেন। প্রস্তাব এই যে আতাহুয়ালপার বদলে তাঁকে মুক্তি দিলে তিনি আতাহুয়ালপার চেয়ে অনেকগুণ বেশি সোনাদানার সম্পদ এসপানিওলদের দিতে প্রস্তুত। সে ক্ষমতা তাঁর সত্যিই আছে, কারণ কুজকো তাঁর নিজের রাজধানী। ইংকা সাম্রাজ্যের সবচেয়ে বেশি সম্পদ স্বাভাবিকভাবে এই শহরেই মজুত। কোথায় তা কী পরিমাণ আছে তা বাইরের লোক হয়ে আতাহুয়ালপা আর কতটুকু জানে!

হুয়াসকার-এর এই প্রস্তাবে পিজারো আর তাঁর ঘনিষ্ঠ সাঙ্গোপাঙ্গের উত্তেজিত চঞ্চল হয়ে ওঠা অস্বাভাবিক কিছু নয়। কী এ বিষয়ে করা উচিত স্থির করা সত্যিই

তাঁদের পক্ষে কঠিন হয়ে উঠেছে।

প্রলোভন তো বড় সামান্য নয়। আতাহুয়ালপা যা দিতে চেয়েছেন তা-ই পিজারো আর তাঁর দলবদলের কাছে কল্পনাতীত। হুয়াসকার তার চেয়েও অনেকগুণ বেশি দেওয়ার লোভ দেখাচ্ছেন। এখন আতাহুয়ালপা, না হুয়াসকার কার দিকে হেলা যায়?

গোপন রাখবার চেষ্টা সত্ত্বেও হুয়াসকার-এর এ প্রস্তাবের খবর আতাহুয়ালপার কানে একেবারে পৌঁছোয়নি এমন নয়।

তাঁর তো এ খবরে অত্যন্ত বিচলিত হবার কথা। কিন্তু তা তিনি হননি।

হননি এই কারণে যে এই রকম একটা অবস্থা যে হতে পারে তা জেনে তিনি আগে থাকতেই প্রস্তুত ছিলেন অনেকখানি। এসপানিওলরা এই দোটানার মধ্যে মনঃস্থির করে ওঠবার আগেই তারা যা ভাবতে পারে না এমন কিছু ঘটে যাবে। আতাহুয়ালপা আর হুয়াসকার-এর মধ্যে একজনকে বেছে নেবার সময় সুযোগ তখন আর পিজারোর থাকবে না এই মেঘ-ছাড়ানো তুষার-চূড়ার দেশে।

নির্ভুলভাবে সমস্ত মতলব ভাঁজা হয়েছে, ধাপে ধাপে শেষ লক্ষ্যে পৌঁছোবার যে আয়োজন করা হয়েছে তা নিখুঁত।

প্রথম ধাপ হল পিজারোকে স্তূপাকার সোনা উপহার দিয়ে বিমূঢ় বিহ্বল করার সেই প্রস্তাব। এসপানিওলরা সোনা বলতে অজ্ঞান। তাদের সেই উন্মত্ত লোভই তাদের বিরুদ্ধে অস্ত্র হিসেবে ব্যবহার করার ফন্দি হয়েছে তাই।

এ ফন্দি অবশ্য আতাহুয়ালপার নিজের মাথা থেকে বার হয়নি। ধাপে ধাপে আগাগোড়া সমস্ত চালগুলো যিনি কষে কষে সাজিয়েছেন তিনি যে কে তা আতাহুয়ালপা এখনও ঠিকমতো জানেন না। গানাদো নামে পরিচিত এ লোকটি এসপানিওল বাহিনীরই একজন। তবু আতাহুয়ালপা লোকটিকে বিশ্বাস করতে বাধ্য হয়েছেন। বাধ্য হয়েছেন তার কাজ দেখে।

কিন্তু ঘনরামকে কাক্সামালকা শহরে তো পাওয়া যাচ্ছে না। সমস্ত ফন্দি সাজিয়ে তিনি নিজে গেলেন কোথায়?

আর কেউ না জানুক, আতাহুয়ালপা তা জানেন।

দু-দিন বাদে আতাহুয়ালপা নিজে যেখানে রওনা হবেন, নেহাত অসম্ভব কিছু না ঘটে থাকলে গানাদো সেই সৌসায় ইতিমধ্যে পৌঁছে তাঁর জন্যে অপেক্ষা করছেন।

হ্যাঁ, সৌসা সেই সুরক্ষিত দুর্গনগরী আতাহুয়ালপার ভাই হুয়াসকার যেখানে বন্দি হয়ে আছেন।

আর কোথাও নয়, গানাদো সৌসা-তে গেছেন কেন, আতাহুয়ালপার জন্যে অপেক্ষা করতে?

তাঁর পরাজিত রাজভ্রাতা ভূতপূর্ব ইংকা নরেশ হুয়াসকারকে যেখানে বন্দি করে রেখেছেন, সেই দুর্গনগরী সৌসা-তেই আতাহুয়ালপার নিজেরও গোপনে যেতে চাইবার কারণ কী?

হুয়াসকার যে তাঁর ভাগ্যবিপর্যয়ের সুযোগ নিয়ে নিজের স্বাধীনতা আর ক্ষমতা ফিরে পাবার জন্যে বেশি সোনার লোভ দেখিয়ে পিজারোকে হাত করতে চাইছে, এ

গোপন খবর জানবার পরও আতাহুয়ালপার সংকল্প তো বদলায়নি।

এরকম সম্ভাবনার কথা আগে থাকতেই অনুমান করে নিয়ে তিনি অবিচলিত ছিলেন কীসের জোরে?

শুধু কি গানাদোর ছকে দেওয়া চালের ওপর অটল বিশ্বাসে?

কিন্তু গানাদোর চাল যে অব্যর্থ এ বিশ্বাস তাঁর হল কী করে? গোড়ায় তো গানাদোকে পিজারোর গুপ্তচর বলে ধরে নিয়ে তাঁর সমস্ত কিছুই অবিশ্বাসের চোখে দেখেছিলেন।

যে নির্দেশ পেয়ে পিজারোর কাছে প্রথম একজন এসপানিওল দৈবজ্ঞের কথা পাড়েন তা-ই তো রীতিমতো সন্দেহজনক মনে হয়েছিল। নির্দেশ পেয়েছিলেন অবশ্য সেই রঙিন সুতোর জট থেকে। সেই কিপু ক-টা তাঁর মহলে কোথা থেকে এল তাই প্রথম বুঝে উঠতে পারেননি। পিজারোর চরদেরই সেটা কারসাজি ভেবেছিলেন প্রথমে। এমন কথাও ভেবেছিলেন যে ইংকা-সাম্রাজ্যের কোনও কুলাঙ্গার দেশধর্মের চরম অপমান করে বিদেশি পিজারোর কাছে কিপু-র রহস্য জানিয়ে দিয়েছে, আর পিজারো সেই কিপু দিয়ে তাঁকে পরীক্ষা করতে চাইছেন।

কিপুগুলো পর পর হাতে পড়ার পরও আতাহুয়ালপা তাই তার নির্দেশ মানবার কোনও চেষ্টা করেননি। সেগুলো যেন বাজে রঙিন সুতো হিসেবেই নাড়াচাড়া করেছেন। সত্যিই কিপু-র রহস্য জেনে থাকলেও পিজারো আতাহুয়ালপাকে ধরা-ছোঁয়ার যাতে কিছু না পান।

গুপ্তচরদের চরম দেশদ্রোহ সম্বন্ধে তাঁর আশঙ্কা যে অমূলক, পিজারোর কিপুগুলো সম্বন্ধে খোঁজ নেবার ধরন দেখেই আতাহুয়ালপা বুঝতে পারেন একদিন। কিপুগুলো পিজারোর কাছে যে খেলাধুলোর রঙিন সুতোর বেশি কিছু নয়, তা বুঝে সেই দিনই এসপানিওল একজন দৈবজ্ঞের কাছে ভাগ্য গনাবার ইচ্ছে জানান।

কিপুগুলোর মধ্যে সেই নির্দেশই ছিল।

'সব দুর্ভাগ্য ঘোচাতে চাও তো এসপানিওল দৈবজ্ঞ ডাকাও।'—এই ছিল কিপুর রঙিন জটপাকানো সুতোর আদেশ-বাণী।

গিঁট-দেওয়া রঙিন সুতোর জট দিয়ে এ আদেশ-বাণী প্রকাশ করা যেমন, তার পাঠোদ্ধার করাও তেমনই পেরু-রাজ্যের নিতান্ত গুপ্তবিদ্যা। কিপু কী জিনিস জানলেও তা পড়বার ও তা নিয়ে কিছু বলবার ক্ষমতা যার-তার থাকে না।

ইংকা রাজবংশের লোক হিসাবে আতাহুয়ালপাকে ছেলেবেলাতেই এ বিদ্যা শিখতে হয়েছে। রাজ ও অত্যন্ত অভিজাত বংশের লোক ছাড়া, পুরোহিতদেরই শুধু এ বিদ্যা শেখার অধিকার আছে।

কিপুগুলির আদেশ-বাণী সেদিক দিয়েও আতাহুয়ালপাকে বিস্মিত চিন্তিত করেছিল।

কিপুর রঙিন সুতোয় ভাষা ফোটাতে যারা জানে, ইংকা রাজ্যের এমন কে এরকম অদ্ভুত নির্দেশ পাঠাতে পারে! দুর্ভাগ্য ঘোচাবার জন্য শত্রুর দৈবজ্ঞের শরণ নেবার পরামর্শ দেওয়া তাদের কারও পক্ষে সম্ভব বলেই আতাহুয়ালপা ভাবতে পারেন না।

মনের এ সমস্ত দ্বিধাসংশয় নিয়েও আতাহুয়ালপা পিজারোর কাছে কিপু-র নির্দেশ অনুসারে একজন এসপানিওল জ্যোতিষীর খোঁজ করেছিলেন। সেরকম কেউ থাকলে পাঠিয়ে দিতে বলেছিলেন তাঁর কাছে। নেহাত কিপুগুলোর মানে বোঝা যায় কি না দেখবার চেষ্টাতেই এ অনুরোধ।

সেই অনুরোধ রাখতে পিজারো কয়েকদিন বাদে যাকে পাঠিয়েছিলেন, তাকে দেখে তো গোড়াতেই মনটা বিরূপ হয়ে উঠেছিল।

এই কি এসপানিওল জ্যোতিষী! না, পিজারো তাঁর নিজের মতলব হাসিল করতে যাকে-তাকে দৈবজ্ঞ সাজিয়ে পাঠিয়েছেন?

লোকটার চেহারাই তো প্রথমত অন্য এসপানিওলদের থেকে কেমন আলাদা। গায়ের রংটা তাদের মতো অমন কটা নয়। আর-এক পোঁচ ময়লা হলে ইংকা রাজবংশের ছেলেদের সঙ্গেই প্রায় মিলে যেত। মুখ-চোখ ধরন-ধারণও অন্য এসপানিওলদের সঙ্গে মেলে না। লোকটা তাদের মতোই লম্বা হলেও, পাতলা একহারা ধরনের। জ্যোতিষের মতো বিদ্যের চর্চা যারা করে, তাদের মুখ-চোখে যে ধীর-স্থির গাম্ভীর্যটুকু থাকা উচিত তা-ও এর মুখে নেই। কেমন একটা অস্থিরচঞ্চল ভাব তার জায়গায়, আর সেই সঙ্গে চোখের দৃষ্টিতে একটা চাপা কৌতুকের আভাস, মাঝে মাঝে যা হঠাৎ আবার যেন অন্যভাবে ঝিলিক দিয়ে ওঠে।

লোকটার নাম জেনেছিলেন গানাদো। গানাদোর সঙ্গে প্রথম দেখার সময় যা-কিছু হয়েছিল তাও বেশ একটু অদ্ভুত বেয়াড়া ধরনের।

গানাদোর সঙ্গে কথা বলবার জন্যে আতাহুয়ালপা সঙ্গে তাঁর দোভাষীকে রেখেছিলেন।

দোভাষী কিন্তু গানাদোর কথা কিছুক্ষণ শোনবার পর অনুবাদের চেষ্টা না করে একেবারে বোবা হয়ে গিয়েছিল। বোবা হওয়ার আর দোষ কী। গানাদোর কথা সে একবর্ণ বুঝতে পারেনি।

চুপ করে থাকতে দেখে আতাহুয়ালপা ভ্রূকুটিভরে তার দিকে চেয়েছিলেন।

গানাদোকেও অত্যন্ত বিরক্ত মনে হয়েছিল। তিনি রাগের চোটে মুখে যেন তুবড়ি ছুটিয়ে কী সব বলেছিলেন দোভাষীকে।

দোভাষী ঘেমে উঠে কাঁচুমাচু মুখ করে এবার আতাহুয়ালপার কাছে স্বীকার করেছিল যে, গানাদোর কথা অনুবাদ করবার ক্ষমতা তার নেই।

'কেন?'—আতাহুয়ালপা রেগে উঠেছিলেন—'তুমি এসপানিওলদের ভাষা জানো না?'

'জানি। কিন্তু উনি যা বলছেন তা কাস্তেলিয়ানো মানে এসপানিওলদের ভাষা নয়।'—করুণস্বরে নিবেদন করেছিল দোভাষী।

'কী!' এসপানিওল শব্দটা থেকেই যেন দোভাষীর কুইচুয়া ভাষায় বলা বক্তব্যটা বুঝে ফেলে গানাদো একেবারে অগ্নিশর্মা হয়ে বলেছিলেন, 'আমি যা বলছি, তা এসপানিওল নয়? এসপানিওলদের ভাষা শুধু কাস্তেলিয়ানো? কেন, বাস্ক, গালিসিয়ান, কাটালান কি বানের জলে ভেসে এসেছে? আমি কাটালান বলছি,

কাস্তেলিয়ানো নয়। বুঝেছ?'

ভ্যাবাচাকা খেয়ে গানাদোর কথাগুলো যে কাস্তেলিয়ানোতেই বলা সে খেয়াল হয়নি দোভাষীর।

'কিন্তু আমি তো শুধু কাস্তেলিয়ানোই শিখেছি।'—অপরাধীর মতো সে জানিয়েছে—'কাটালান আমি জানি না।'

'না যদি জানো তা হলে এখানে করছ কী! যাও।'

আর কিছু না বুঝুন আতাহুয়ালপা গানাদোর রাগের সঙ্গে বলা শেষ কথাটা বুঝেছিলেন। বন্দি হবার পর থেকে এসপানিওলদের সংসর্গে যে দু-একটা শব্দ তিনি এই ক-দিনে শিখেছেন তার একটা হল 'ভায়িয়া'। 'ভায়িয়া' মানে যাও। গানাদো রাগের মাথায় দোভাষীকে সেই কথাই বলেছে।

কথা যে বোঝে না এমন দোভাষীর ওপর রাগ হওয়া অবশ্য স্বাভাবিক। তার থাকা-না-থাকা সমান। যাও বলে তাকে তাড়ালে সুতরাং কোনও ক্ষতি নাই। আতাহুয়ালপা দোভাষীকে বিদায় দেওয়ায় তাই আপত্তি করেননি।

কিন্তু যে গেছে তার জায়গায় গানাদোর কথা বোঝে এমন দোভাষী তো একজন দরকার। নইলে ইশারায় তো তাঁদের পরস্পরের আলাপ আর হতে পারে না।

ইশারায় কথা বোঝাতে হয়নি, দরকার হয়নি কোনও দোভাষীরও, হঠাৎ চমকে উঠে অবাক হয়ে আতাহুয়ালপা গানাদোর দিকে তাকিয়েছেন। নিজের কানকেই তিনি বিশ্বাস করতে পারছেন না তখন।

বিশ্বাস করা সত্যিই শক্ত।

গানাদো তাঁর সঙ্গে কথা বলছে। কথা বলছে পেরুর সাধারণ ভাষা কুইচুয়ায় নয়, ইংকা রাজপরিবারের নিজস্ব বিশেষ ভাষায়, বাইরের প্রজাসাধারণেরও যা অজানা।

গানাদোর এ ভাষা ব্যবহারে স্তম্ভিত হয়ে আতাহুয়ালপা প্রথমে তাঁর কথাটাই মন দিয়ে শুনতে পারেননি।

গানাদো একটু হেসে দ্বিতীয়বার কথাটা বলার পর তিনি সজাগ হয়েছেন।

'দোভাষীকে তাড়িয়েছি বলে রাগ করেননি নিশ্চয়?' বলেছেন গানাদো।

'না, তা করিনি।' ভ্রুকুটিভরে বলে আতাহুয়ালপা নিজের তীব্র কৌতূহলটা আর চাপতে পারেননি! 'তুমি—তুমি আমাদের এ ভাষা শিখলে কোথায়?'

'এ ভাষা কি এমন অদ্ভুত কিছু যে শিখলে আশ্চর্য হতে হয়!' গানাদো যেন সরল বিস্ময়ই প্রকাশ করেছেন।

'হ্যাঁ, তাই!' ইংকা নরেশ একটু উষ্ণস্বরেই বলেছেন, 'এ দেশের সবাই যা বলে এ সেই কুইচুয়া নয়। ইংকা-রক্ত যাদের গায়ে আছে, রাজবংশের, তারাই শুধু এ ভাষা ব্যবহার করে।'

'ইংকা-রক্ত আমার গায়ে নেই,' সবিনয়ে বলেছেন গানাদো, 'সুতরাং এ ভাষা ব্যবহার করে আমার যদি অন্যায় হয়ে থাকে তো মাপ করবেন। আমি কুইচুয়াতেই যা বলবার বলতে চেষ্টা করব।'

'সে চেষ্টা করতে তোমায় বলছি না,' আতাহুয়ালপা অধৈর্যের সঙ্গে বলেছেন,

'কোথায় এ রাজভাষা তুমি শিখলে তাই জানতে চাইছি।'

'রাজভাষা তো যার-তার কাছে শেখা যায় না।'—আবার প্রশ্নটা এড়িয়ে গিয়েছেন গানাদো—'কোথায় কেমন করে শিখেছি আশা করি তা জানাবার সময়-সুযোগ পরে পাব। কিন্তু এখন সবচেয়ে যা জরুরি, সেই কথাগুলোই আপনার সঙ্গে আগে আলোচনা করতে চাই। দোভাষীকে সেইজন্যেই ওভাবে সরিয়ে দিলাম।'

'কী জরুরি কথা আলোচনা করতে চাও?' আতাহুয়ালপা অত্যন্ত সন্দিগ্ধভাবে গানাদোর দিকে তাকিয়েছেন, তারপর রূঢ়স্বরে বলেছেন, 'এসপানিওলদের জ্যোতিষবিদ্যার দৌড় কতটা তা-ই আমি তোমায় দিয়ে পরীক্ষা করতে চাই। গোপন আলোচনা করবার জন্যে তোমায় ডাকিনি। পারো তুমি ভাগ্য গণনা করতে!'

'না।'

সোজা স্পষ্ট দৃঢ়স্বরের এ অপ্রত্যাশিত জবাব শুনে চমকে উঠে আতাহুয়ালপা সবিস্ময়ে গানাদোর দিকে তাকিয়েছেন। লোকটা বলে কী! অম্লানবদনে স্বীকার করছে যে, সে জ্যোতিষী নয়! গানাদোর অবিচলিত নির্বিকার মুখের ভাব দেখে একমুহূর্তে মেজাজ তাঁর আরও গরম হয়ে উঠেছে।

তীব্রস্বরে তিনি বলেছেন, 'ভাগ্য গণনা করতে জানো না, তবু তুমি এখানে এসেছ! এসেছ কি পরিহাস করতে?'

'না, সম্রাট।' শান্ত দৃঢ়স্বরে বলেছেন গানাদো, 'পরিহাস করবার জন্যে নিজের মাথায় খাঁড়া ঝুলিয়ে এখানে আসিনি। এসেছি আর এক উদ্দেশ্য আর আশা নিয়ে। ভাগ্য গণনা করতে আমি জানি না, কিন্তু ভাগ্য বদলাতে হয়তো পারি।'

'ভাগ্য বদলাতে পারো!'—আতাহুয়ালপা জ্বলন্তস্বরে ওইটুকু বলে গানাদোর স্পর্ধাতেই বোধহয় নির্বাক হয়ে গেছেন।

'আপনি আমায় বিশ্বাস করতে পারছেন না, জানি।' গানাদো আগের মতোই স্থির-ধীরভাবে বলেছেন, 'ভাবছেন পিজারোর চর হিসেবে আপনার মনের কথা বার করবার চেষ্টা করছি। নিজেকে বাঁচাতে পিজারোর কাছে আমার সব কথা ফাঁস করে দেবেন কি না তা-ও তোলাপাড়া করছেন মনে মনে। তা আমায় ধরিয়ে দিতে আপনি সত্যিই পারেন। মুখ-সাপাটিতে তখন নিজের সাফাই গেয়ে পার পাব কি না জানি না। পাই বা না পাই, এই তাভান্‌তিন্‌সুইয়ু-র যিনি জীবনের উৎস, সেই ভীরাকোচা আর তাহলে ইংকা সাম্রাজ্যের অভিশাপ মোচন করতে বোধহয় দেখা দিতে পারবেন না।'

'তাভান্‌তিন্‌সুইয়ু-র জীবনের উৎস ভীরাকোচা!'—আতাহুয়ালপার গলায় রাগের চেয়ে বিস্ময়বিমূঢ়তাই বেশি স্পষ্ট হয়ে উঠেছে এবার—'কী জানো তুমি তাঁর বিষয়ে?'

'এইটুকু জানি যে তাঁর নাম নিয়ে তাঁর ভরসার জোরে এই ইংকা সাম্রাজ্য আবার জাগিয়ে তুলে তার সমস্ত অভিশাপ কাটিয়ে দেওয়া যায়।' আতাহুয়ালপার দিকে স্থির দৃষ্টিতে তাকিয়ে বলেছেন গানাদো, 'আপনার ভাগ্য সত্যিই বদলে যেতে পারে, সম্রাট, শুধু যদি যা আপনাকে বলব তা বিশ্বাস করতে পারেন।'

'বিশ্বাস তোমায় আমি করব কেন?' এবার বিদ্রূপের স্বরে বলেছেন আতাহুয়ালপা,

'শুধু আমাদের রাজভাষা তুমি কোথা থেকে শিখেছ, আর জীবনদেবতা ভীরাকোচার দোহাই দিচ্ছ বলে?'

'না, সম্রাট!' একটু হেসে বলেছেন গানাদো, 'রাজভাষা শিখেছি বা ভীরাকোচার দোহাই দিচ্ছি বলে আমায় বিশ্বাস করতে হবে না। তার চেয়ে ভাল প্রমাণ—'

গানাদো কথাটা শেষ করতে পারেননি। ইংকা রাজবংশের সম্ভ্রান্ত কেউ একজন আতাহুয়ালপার সঙ্গে দেখা করতে দরবার ঘরে এসে দাঁড়িয়েছেন। যথারীতি, খালি পায়ে কাঁধে বশ্যতার নিদর্শন হিসেবে একটা বোঝা নিয়ে কাছে এসে দাঁড়িয়ে প্রণামী দিয়ে ও কুর্নিশ করে তিনি যেভাবে বেশ একটু ব্যাকুল অস্বস্তির সঙ্গে গানাদোর দিকে তাকিয়েছেন, তাতে বোঝা গেছে, ইংকা নরেশের কাছে খুব গুরুতর কিছু তাঁর নিবেদন করার আছে।

আতাহুয়ালপাকেও একটু বিব্রত মনে হয়েছে।

আগন্তুক ইংকা জ্ঞাতির কাছে তার জরুরি নিবেদনটা গোপনে তিনি শুনতে চান, কিন্তু আলাপ অসমাপ্ত রেখে গানাদোকে বিদায় দিতে বাধছে।

গানাদোই আতাহুয়ালপার এ দোটানার অস্বস্তি দূর করেছেন অপ্রত্যাশিতভাবে।

হঠাৎ আগন্তুক ইংকা-প্রধানকেই উদ্দেশ করে তিনি বলেছেন, 'ভুল হলে মাপ করবেন। আপনার নামই তো পাউল্‌লো টোপা?'

ইংকা নরেশ ও আগন্তুক দুজনেই সবিস্ময়ে গানাদোর দিকে তাকিয়েছেন।

আতাহুয়ালপাই জিজ্ঞাসা করেছেন ভ্রূকুটিভরে, 'তুমি ওর নাম জানলে কী করে?'

'শুধু ওঁর নাম নয়, উনি আপনার কাছে কী আবেদন জানাতে এসেছেন, তা-ও আমি জানি,' ঈষৎ কঠিনস্বরে বলেছেন গানাদো, 'ওঁকে আপনি আশ্বাস দিতে পারেন, সম্রাট, যে স্বয়ং ভীরাকোচা ওঁর সহায় হবেন। একবার শিক্ষা পেয়েও যার সংশোধন হয়নি, পাউল্‌লো টোপার স্ত্রীর ওপর পাশব লালসা নিয়ে আবার যে তাঁকে লুণ্ঠন করে নিয়ে যাবার আয়োজন করেছে, আজ রাত্রেই এমন চরম শাস্তি সে পাবে, এসপানিওল বাহিনীর কাছে যা গল্প-কথা হয়ে থাকবে বহুদিন। প্রকাশ্য রাজপথে কলঙ্কচিহ্ন-ভরা মুখে হাত-পা বাঁধা অবস্থায় কাল সকালে তাকে পাওয়া যাবে।'

'কী, বলছ কী তুমি!' যেন একটু অধৈর্যের সঙ্গে বলেছেন আতাহুয়ালপা, 'ভীরাকোচার নাম নিয়ে তামাশা করছ কোন সাহসে!'

'তামাশা করিনি, সম্রাট!' গানাদো দৃঢ়স্বরে বলেছেন, 'সত্য কথাই বলছি যে, ভীরাকোচাই পাউল্‌লো টোপাকে চরম অপমান থেকে রক্ষা করবেন।!'

একদিকে যেমন বিস্ময়বিমূঢ় আর একদিকে তেমনই ক্রুদ্ধ উত্তেজিত হয়ে আতাহুয়ালপা জ্বলন্তস্বরে পাউল্‌লো টোপাকেই জিজ্ঞাসা করেছেন, 'এ এসপানিওল তোমার দুর্ভাগ্যের কথা যা বলছে তা সত্য টোপা!'

'হ্যাঁ সত্য, সম্রাট!' নত আরক্তমুখে স্বীকার করেছে পাউল্‌লো টোপা।

'কিন্তু ভীরাকোচার পবিত্র নাম নিয়ে যে আশ্বাস দিচ্ছ, তা যদি শুধু মিথ্যে দম্ভ হয়—' গানাদোর দিকে ফিরে তীক্ষ্ণ-দৃষ্টিতে তাকে যেন বিদ্ধ করে আতাহুয়ালপা প্রশ্নটা অসমাপ্তই রেখেছেন।

'তাহলে আমায় প্রতারক গুপ্তচর বলেই বুঝবেন!' কুণ্ঠাহীন গলায় বলেছেন গানাদো, 'আমি কতখানি বিশ্বাসের যোগ্য আমার এই দাম্ভিক আস্ফালনই তার প্রমাণ দিক।'

তার পরদিন সত্যিই সে প্রমাণ পেয়েছিলেন আতাহুয়ালপা, গাল্লিয়েখো নামে সেই পাষণ্ড এসপানিওল সৈনিকের অবিশ্বাস্য লাঞ্ছনায়।

আতাহুয়ালপা বিস্ময়বিমূঢ় হয়েছিলেন সত্যিই, কিন্তু গানাদোকে পরিপূর্ণভাবে বিশ্বাস করা আর তাঁর পক্ষে কঠিন হয়নি।

বিশ্বাস যে তাঁর অপাত্রে পড়েনি তার প্রমাণ এর পর পদে পদে পাওয়া গেছে। যা প্রায় কল্পনাতীত ছিল গানাদোর নিখুঁত চাল সাজাবার গুণে তা সম্ভব হয়েছে আশ্চর্যভাবে।

সোনার ঢিবি উপহার দেবার টোপ বিফল হয়নি। অসন্দিগ্ধভাবে পিজারো সে টোপ গিলেছেন। সবচেয়ে বড় সমস্যার সমাধান হয়েছে তাই দিয়েই।

সে বড় সমস্যা কী?

চারদিকে দুর্লঙ্ঘ্য পাহাড়ের প্রাচীরে ঘেরা কাক্সামালকা থেকে এসপানিওল বাহিনীর সজাগ পাহারা এড়িয়ে বার হওয়া।

সেই সমস্যার কিনারাই করেছেন গানাদো সোনার কাঁড়ির প্রলোভন দেখিয়ে।

তা না করতে পারলে পিজারোর পাহারাদারদের একরকম চোখের ওপর দিয়ে গানাদো কি অমন উধাও হতে পারতেন!

কিন্তু কৌশলটা সত্যিই কী ছিল?

পিজারোর ঝানু সব সঙ্গী-সাথী সেনাপতিরা ভেবেই পায়নি।

শুধু পিজারোই একবার নিজের অজান্তে কৌশলটা প্রায় ধরি-ধরি করে ফেলেছিলেন একটা কৌতূহল মেটাতে গিয়ে। রহস্যের চৌকাঠ পার হওয়া কিন্তু তাঁর হয়নি। সত্যিই কিছু সন্দেহ না করে দরজা থেকেই তিনি ফেরত গেছেন বলা চলে। গানাদোর অন্তর্ধান-রহস্য শেষ পর্যন্ত ভেদ করা তাঁর পক্ষে সম্ভব হয়নি।

কী কৌশলে গানাদো কাক্সামালকা থেকে পালিয়েছেন তা শুধু একজনই জানেন। পালিয়ে তিনি কোথায় গেছেন তা-ও শুধু আতাহুয়ালপারই জানা।

আতাহুয়ালপার অনুমান নির্ভুল হলে গানাদো তখন দুর্গনগর সৌসানগরে পৌঁছে সাগরপারের দুশমনবাহিনীর বিরুদ্ধে একেবারে মোক্ষম মাত-এর চালটি চেলে আতাহুয়ালপার জন্যে অপেক্ষা করছেন।

মাত-এর মোক্ষম চালটি কী?

তা আর কিছুই নয়, দু-ভাগ হয়ে যা পলকা হয়ে গেছল তা-ই আবার এক করে জুড়ে দেওয়া। সে জোড়া হাতিয়ারের সামনে তখন দাঁড়াবে কে?

আতাহুয়ালপা আর হুয়াসকার নিজেদের মধ্যে যুদ্ধ করে যখন শক্তি ক্ষয় করছেন শত্রু এসে তখন হানা দিয়েছে এই গৃহ বিবাদের সুযোগে। দুই ভাই একবার দেশের জন্যে জাতির জন্যে আকাশের যিনি অধীশ্বর সেই সূর্যদেব আর জীবনের যিনি উৎস সেই ভীরাকোচার জন্যে মিলিত হলে এসপানিওল বাহিনী তো ফুৎকারে উড়ে যাবে।

হুয়াসকার তাঁর সঙ্গী-সাথীর কুপরামর্শে পিজারোর কাছে অত্যন্ত গর্বিত একটা প্রস্তাব পাঠিয়েছেন।

তা পাঠালেও ক্ষতি নেই। পিজারো আর তাঁর দলবল যতক্ষণ সে প্রস্তাবের সুবিধে-অসুবিধে লাভ-লোকসান হিসেব করছেন ততক্ষণে গানাদো সৌসায় পৌঁছে হুয়াসকার-এর সঙ্গে যোগাযোগ করে ফেলেছেন নিশ্চয়।

হুয়াসকার নির্বোধ নন। গানাদোর ছকা চালগুলি যে অব্যর্থ তা বুঝতে তাঁর দেরি হবে না। তারপর শুধু আতাহুয়ালপার সৌসা পৌঁছোবার জন্যে অপেক্ষা। আতাহুয়ালপাকে সশরীরে সামনে দেখলে হুয়াসকার-এর মনে দ্বিধা-দ্বন্দ্ব তখনও যদি কিছু থাকে, নিশ্চিহ্ন হয়ে যাবে নিশ্চয়। ইংকা রাজরক্ত যাঁদের মধ্যে প্রবাহিত সেই দুই রাজভ্রাতা এখন এক হয়ে মিললে সমস্ত কর্ডিলিয়েরাই কেঁপে উঠবে তাঁদের বাহিনীর পদভারে। কোথায় তখন দাঁড়াবে ওই ক-টা দুশমন বিদেশি।

কিন্তু আতাহুয়ালপা তো পিজারোর কড়া পাহারায় তাঁর নিজের অতিথি-মহল্লাতেই বন্দি। অতিথি-মহল্লা থেকে বাইরের চত্বরে পর্যন্ত একটু পা ছাড়িয়ে আসার সুযোগ তাঁর নেই!

তিনি সেই দূর দুর্গনগর সৌসায় যাবেন কেমন করে?

কেমন করে আর! গানাদো যেমন করে সকলের চোখে ধুলো দিয়ে গেছেন তেমনই করে।

পিজারোকে সোনার কাঁড়ি উপহার দিয়ে ভীরাকোচাকে প্রসন্ন করবার ব্রত কি আতাহুয়ালপা অকারণে নিয়েছেন!

প্রতিদিন সমারোহ করে সূর্যদেবের জমানো চোখের জল বয়ে আনবার শোভাযাত্রীর দল কি এদিকে-ওদিকে মিছিমিছি পাড়ি দিচ্ছে?

তাদের রংবেরং-এর পোশাক, মুখের রংচং মুখোশ আর যাবার পথে নাচগান বাজনা দেখতে শুনতে গোড়ায় গোড়ায় এসপানিওলরাও রাস্তায় জড়ো হত। সং দেখার মতো একটা মজা ছিল তার মধ্যে।

কিন্তু দু-বেলা দেখে দেখে তারপর অবশ্য একঘেয়েমিতে অরুচি ধরে গেছে। এখন আর সোনা-বরদার মিছিল দেখলে কেউ দাঁড়িয়ে ভিড় জমায় না। যেটুকু আগ্রহ তাদের বিষয়ে আছে তা শুধু ভারে ভারে তারা সোনা আনছে বলে।

কাক্সামালকা থেকে কুজকো যাবার রাস্তায় প্রতিদিন একটা করে অন্তত মিছিল যায় আসে। তার মধ্যে একটা বিশেষ দলকে কে আর লক্ষ করেছে।

লক্ষ করলেই বা বুঝত কী! সেই মুখোশ পরে সং সাজা রংবেরং-এর পোশাক পরা ভেঁপুর মতো বাঁশি আর করতালের মতো বাজনা নিয়ে একদল আধা নাচের ভঙ্গিতে চলেছে।

হ্যাঁ, একটা ব্যাপার লক্ষ করবার মতো ছিল বটে। মুখোশ আঁটা নানা রং-এর প্রায় ঘেরাটোপ পরা একটা নেহাত ছোটখাটো পাতলা দুবলা চেহারা। একেবারে বাচ্চা ছেলেই মনে হয়। এত অল্পবয়সের কেউ সাধারণত এ সব সোনা-বরদার মিছিলে থাকে না।

কিন্তু থাকলে দোষও কিছু নেই। বুড়োবুড়ি ছাড়া ছেলে-ছোকরার এ দলে থাকা বারণ তো আর নয়! কারও চোখে পড়লে তা নিয়ে জেরা সে করতে পারত না সুতরাং। এসপানিওলরা তো নয়ই। কারণ তারা এ সব মিছিলের নিয়ম-কানুন কী আর জানে!

কিন্তু লক্ষই যখন কেউ করেনি তখন সন্দিগ্ধ হবে কে? আর এ দলের পক্ষে বেমানান এই ছেলে-ছোকরার মতো চেহারা যদি নজরে না পড়ে থাকে তাহলে তার সঙ্গী হিসেবে আর কেউ দৃষ্টি আকর্ষণ করেনি নিশ্চয়।

না বলতেই বোঝা গেছে বোধহয় যে গানাদো এই দলের সঙ্গে সোনা-বরদার সেজেই কাক্‌সামালকা থেকে উধাও হয়েছেন। উধাও হয়েছেন কুজকোর পথে। কুজকো কাক্‌সামালকার খুব কাছাকাছি নয়। পথও বেশ দুর্গম। তবে ইংকা স্থপতিরা সেখানে পাহাড় কেটে পথ বানাবার এমন আশ্চর্য বাহাদুরি দেখিয়েছেন, তখনকার ইউরোপে অন্তত যার তুলনা ছিল না।

এ পথে তখনও পর্যন্ত ইংকা সাম্রাজ্যের নিজস্ব দৌড়বাজ হরকরার ব্যবস্থা চালু আছে। পেরুর উত্তর থেকে দক্ষিণপ্রান্ত আর সাদা তুষারের পাহাড়ের রাজ্য থেকে মরুর মতো ধূ-ধূ পশ্চিম সমুদ্র তীরের নগর-বসতি পর্যন্ত এই ডাকবিলির ব্যবস্থা সে যুগের এক বিস্ময়। দৌড়বাজ ডাক-হরকরা প্রতিদিন অবিশ্বাস্য তৎপরতার সঙ্গে রাজ্যের সংবাদ ও ইংকা নরেশের আদেশ সর্বত্র বহন করে নিয়ে যায়।

এই দৌড়বাজ হরকরাদের পর পর হাতফেরতা হয়ে ডাকবিলি হত অবশ্য। রিলে রেস-এর মতো এক হরকরার দৌড় যেখানে শেষ সেখানে আর-এক হরকরা তৈরি থাকত তার বার্তা নিয়ে ছুটে যাবার জন্যে।

এই ব্যবস্থা সত্ত্বেও কাক্‌সামালকা থেকে কুজকোয় ডাক পৌঁছোতে পাঁচ দিন অন্তত লাগত।

সোনা-বরদার শোভাযাত্রীদের দলের সঙ্গে গানাদোর কুজকো পৌঁছোতে আরও বেশি কিছুদিন লাগা তাই স্বাভাবিক।

কুজকো শুধু নয়, সেখান থেকে সৌসা পর্যন্ত পৌঁছোতে যে সময় লাগতে পারে, তার হিসেব ধরেই গানাদো আতাহুয়ালপার অন্তর্ধানের সব ব্যবস্থা পাকা করে ছকে রেখে গেছেন।

সৌসায় পৌঁছেই দূত হিসাবে বিশ্বাসী দৌড়বাজ হরকরাদেরই একজনকে হুয়াসকার-এর পাঞ্জা দিয়ে আতাহুয়ালপার কাছে গোপন খবর দেবার জন্যে পাঠানো হবে।

আতাহুয়ালপা কিন্তু কাক্‌সামালকাতেই তার অপেক্ষায় বসে থাকবেন না। গানাদো যেদিন থেকে নিরুদ্দেশ তার ঠিক গুণে গুণে একপক্ষকাল বাদে তিনি কাক্‌সামালকা থেকে রওনা হয়ে পড়বেন। কুজকোর দূতের সঙ্গে মাঝপথেই যাতে তাঁর দেখা হয়।

আতাহুয়ালপা রওনা হবেন ওই সোনা-বরদার দলের শোভাযাত্রী হয়েই অবশ্য। কিন্তু অতিথি-মহল্লার বন্দিশালায় যারা তাঁকে দিনরাত পাহারায় রাখে সেই

এসপানিওল সেপাইদের দৃষ্টি তিনি এড়াবেন কী করে?

যদি বা কিছুক্ষণের জন্যে তাদের ফাঁকি দিয়ে অতিথি-মহল্লার বন্দিশালা থেকে শোভাযাত্রী সেজে পথে বেরিয়ে পড়তে পারেন, তারপর যথাস্থানে তাঁকে না দেখতে পেলে হুলস্থুল তো বাধবেই।

গানাদোর বেলা যা হয়েছিল তার চেয়ে সহস্র গুণ বেশি নিশ্চয়ই। আতাহুয়ালপা আর গানাদো তো এক নয়। আতাহুয়ালপা তাঁর চোখের ওপর থেকে নিরুদ্দেশ হলে পিজারো আর প্রকৃতিস্থ থাকবেন কি না সন্দেহ। ক্ষিপ্ত হয়ে সমস্ত পেরু রাজ্য তোলপাড় করে ফেলবেন নিশ্চয়।

গানাদোর পক্ষে যা সম্ভব হয়েছিল আতাহুয়ালপার পক্ষে সেইরকম শুধু রংবেরং-এর পোশাক মুখোশ এঁটে এসপানিওলদের চোখে ধুলো দেওয়া বোধহয় সম্ভব হবে না। কাক্সামালকা থেকে বার হতে পারলেও কুজকোর পথেই তিনি ধরা পড়ে যাবেন।

সৌসায় পৌঁছে হুয়াসকার-এর সঙ্গে যতক্ষণ না মিলিত হতে পারছেন ততক্ষণ পর্যন্ত অতিথি-মহল্লা থেকে তাঁর অন্তর্ধানটা পিজারো আর তাঁর সহচর অনুচরদের কাছে গোপন রাখবার ব্যবস্থা তাই না করলেই নয়।

কেমন করে তা সম্ভব?

সম্ভব যেভাবে হতে পারে তার কূট-কৌশলও বলে দিয়ে গেছেন গানাদো।

গানাদোর অন্তর্ধানের কয়েকদিন বাদে পিজারো হুয়াসকার-এর প্রস্তাব সম্বন্ধেই আতাহুয়ালপার সঙ্গে আলোচনা করতে এসে বিস্মিত ও হতাশ হয়েছেন।

আতাহুয়ালপা শয্যাশায়ী না হলেও অত্যন্ত অসুস্থ। রাজাসনে বসেই তিনি পিজারোর সঙ্গে কথা বলবার চেষ্টা করেছেন। কিন্তু অসুস্থতার জন্যে তাঁর কণ্ঠ এমন রুদ্ধ যে তা থেকে কোনও আওয়াজই বার হয়নি। অতি কষ্টে তিনি পিজারোকে পরের দিন আসবার অনুরোধটা শুধু করতে পেরেছেন।

পরের দিন অবস্থা আরও খারাপই দেখা গেছে। আতাহুয়ালপা সেদিন শয্যাশায়ী। গলার স্বর সম্পূর্ণ রুদ্ধ। ইংকা পরিবারের রাজবৈদ্য তাঁর শয্যাপার্শ্বে দোভাষীর সঙ্গে দাঁড়িয়ে চিকিৎসার ব্যবস্থা করছেন। ব্যবস্থা বেশ একটু অদ্ভুত লেগেছে পিজারোর। আতাহুয়ালপার শয্যার পাশে এক তাল সোনার গুঁড়ো মেশানো কাদামাটির তাল।

রাজবৈদ্য সেই মাটি চাপড়া চাপড়া করে আতাহুয়ালপার মুখে মাথায় লাগাচ্ছেন।

'এ আবার কী চিকিৎসা!' সবিস্ময়ে জিজ্ঞাসা করেছেন পিজারো।

'এ-ই হল ইংকা রাজ্যের চিকিৎসা।' দোভাষীর মারফত জানিয়েছেন রাজবৈদ্য। রাজবৈদ্য আর কেউ নয়, পাউল্‌লো টোপা।

হ্যাঁ, ইনি সেই পাউল্‌লো টোপা যাঁর পরিবারের মর্যাদা অক্ষুণ্ণ রাখতে স্বয়ং ভীরাকোচাই বুঝি এক এসপানিওল পাষণ্ডকে চরম শাস্তি দিতে নেমে এসেছিলেন।

গানাদো আতাহুয়ালপাকে উদ্ধার করবার যে চক্রান্ত করেছেন তাতে বিশ্বাস করে একজনকেই শুধু দলে নেওয়া হয়েছে। পাউল্‌লো টোপা-কে।

পাউল্‌লো টোপাও সম্ভ্রান্ত নাগরিক। তাঁর শরীরেও ইংকা রক্ত বয়। কিন্তু শুধু সে

জন্যে তাঁকে এতখানি বিশ্বাস করা হয়নি। বিশ্বাস করা হয়েছে ভীরাকোচা ও তাঁর মুখপাত্র বলে নিজেকে যিনি প্রমাণ করেছেন সেই গানাদোর প্রতি অকৃতজ্ঞ হওয়া টোপা-র পক্ষে সম্ভব নয় জেনে।

পাউল্‌লো টোপা এ বিশ্বাসের মর্যাদা রেখেছেন। কেমন করে রেখেছেন তা পরে যথাস্থানে জানা যাবে।

আপাতত গানাদোর কূট-কৌশল সব দিক দিয়েই সফল হয়েছে!

দ্বিতীয় দিনের পর তৃতীয় দিন পিজারো আতাহুয়ালপাকে দেখতে এসে বিরক্তই হয়েছেন।

আতাহুয়ালপার মুখ-হাত-পা সব যেন সোনালি মাটিতে পলস্তারা করা।

চোখ, নাক আর মুখের হাঁ-টুকু বাদে সমস্ত মুণ্ডটা একটা যেন সোনালি কাদার তাল। তার ভেতর থেকে আতাহুয়ালপার গলার স্বরেই শুধু তাঁকে চেনা গেছে।

গলার রুদ্ধ স্বর সেদিন কিছুটা খুলেছে। এটা চিকিৎসার গুণ বলেই দাবি করেছেন রাজবৈদ্য।

‘এ আসুরিক চিকিৎসা কতদিন আর চলবে?’ বিরক্ত হয় জিজ্ঞাসা করেছেন পিজারো। চিকিৎসার গুণ পুরোপুরি কবে বোঝা যাবে জানতে চেয়েছেন।

‘চলবে দক্ষিণায়নের শেষ দিন পর্যন্ত।’ দোভাষী মারফত জানিয়েছেন রাজবৈদ্যবেশী টোপা, ‘সূর্যদেবের উত্তরায়ণের প্রথম দিন রেইমি-র উৎসব শুরু হলেই ইংকা নরেশ সম্পূর্ণ সুস্থ হয়ে উঠে বসবেন। সকাল-সন্ধ্যায় সূর্যদেবের অনুগত পার্শ্বচর হয়ে যে সেবা করে দেবকিশোর সেই চাস্কা আতাহুয়ালপার প্রতি ঈর্ষায় তাঁর গলার স্বর চুরি করে পাতালে লুকিয়ে রেখে এসেছে। সূর্যদেব দক্ষিণায়নের শেষ সীমায় পৌঁছে সে স্বর খুঁজে নিয়ে আতাহুয়ালপাকে ফিরিয়ে দেবেন, রেইমি-র উৎসবের দিন সূর্যদেব উত্তর আকাশে আরোহণের প্রথম ধাপে পা দেবার সঙ্গে সঙ্গে যাতে আতাহুয়ালপা তাঁকে বন্দনা করতে পারেন। আর—’

‘ঠিক আছে। ঠিক আছে!’ ইংকা পুরাণের হিং টিং ছটে ধৈর্য হারিয়ে প্রায় ধমকের সঙ্গে বাধা দিয়ে পিজারো দোভাষীকে বলেছেন, ‘রেইমি-র উৎসবের পরেই একদিন আসব দেখা করতে। তখনও যদি তোমাদের ওই চাস্কা না কার কাছ থেকে ইংকা নরেশের গলার স্বর না উদ্ধার হয় তাহলে এই সোনার গুঁড়ো মেশানো মাটির তাল ঠেসে ওই রাজবৈদ্যের গলাই বুজিয়ে দেব বলে দাও।’

পিজারো বিরক্ত হয়ে আতাহুয়ালপার মহল ছেড়ে গেছেন।

রাজবৈদ্য সেজে টোপা তাঁকে হিং টিং ছট পুরাণই শুনিয়েছেন সত্য, কিন্তু সূর্যের পার্শ্বচর সেবায়েত চাস্কা-র নামটা মিথ্যে করে বানানো নয়। পেরুতে শুকতারা ও সন্ধ্যাতারারূপী শুক্র গ্রহকে চাস্কা নামে কমনীয় দেবকিশোররূপেই কল্পনা করা হয়।

রেইমি উৎসবের দিনটা উল্লেখ করবার মধ্যেও একটা গূঢ় অর্থ আছে।

আর মাত্র কয়েকদিন বাদেই সূর্যের দক্ষিণায়ন শেষ হবার তারিখ। পেরুর রেইমি উৎসব তার পর দিন থেকেই শুরু। তার আগে তিন দিন ধরে সমস্ত পেরু রাজ্যে অরন্ধন। কোথাও কোনও বাড়িতে কারও উনুন এই তিন দিন জ্বালানো হয় না।

রেইমি উৎসবের প্রথম দিনে উত্তরায়ণের প্রথম সূর্যোদয় দেখবার জন্যে সমস্ত পেরুবাসী যে যেখানে আছে সক্ষম হলে ভোরের আগে মুক্তাকাশের তলায় পূর্ব দিগন্তে উৎসুকভাবে চেয়ে থাকবে।

উদয়-দিগন্তে সূর্যের প্রথম রক্তিম রেখাটুকু দেখার মতো পুণ্য আর কিছু নেই।

সেই সূর্যোদয় দেখবার সরব আনন্দোচ্ছ্বাসে আকাশ-বাতাস মুখর হয়ে উঠবে তখন। তার পর সারাদিন চলবে উৎসব-মত্ততা।

গানাদো আতাহুয়ালপার কাক্সামালকা ত্যাগের জন্যে এই দিনটিই স্থির করে দিয়ে গেছেন।

পরাধীনতার গ্লানি সত্ত্বেও পেরুর মানুষ এ দিনটিতে উৎসব-মত্ত হবেই।

সেই উৎসব-মত্ত নগরের বিশৃঙ্খলার ভেতর আতাহুয়ালপার নিঃশব্দে আত্মগোপন করে কাক্সামালকার সীমানা ছাড়িয়ে যাওয়া অত্যন্ত সহজ।

একবার কাক্সামালকা ছাড়িয়ে কুজকো যাবার রাস্তা ধরতে পারলে আর কোনও ভাবনা নেই।

পথে এমন সব গুপ্ত আশ্রয় আছে ইংকা নরেশদের অত্যন্ত বিশ্বস্ত পার্শ্বচর ছাড়া যার সন্ধান কারও জানবার কথা নয়।

আতাহুয়ালপার শরীরে ইংকা রাজরক্ত থাকলেও তিনি কুইটোর যুবরাজ। এ সব গুপ্ত আশ্রয়ের রহস্য তাঁর অজানা।

কিন্তু তাঁকে সাহায্য করবার জন্যে আছেন পাউল্‌লো টোপা। সোনা-বরদার শোভাযাত্রীদের একজন হয়ে টোপাই তাঁকে পথ দেখিয়ে নিয়ে যাবেন। পূর্বেকার ইংকা নরেশ হুয়াসকার-এর বিশ্বস্ত সহচর হিসেবে সমস্ত গুপ্ত আশ্রয় তাঁর জানা। একবার কাক্সামালকা থেকে বার হতে পারলে এসপানিওল বাহিনীর তাই সাধ্য নেই তাঁদের ধরবার।

শুধু তাই নয়, আতাহুয়ালপা বিদেশি শ্বেতদানবের কবল থেকে ছাড়া পেয়েছেন জানলে সমস্ত পেরু রাজ্য দুলে উঠবে উত্তেজনায়। যেখান দিয়ে আতাহুয়ালপা তাঁর সঙ্গীদের নিয়ে যাবেন সেখানেই জ্বলে উঠবে প্রতিরোধের প্রচণ্ড আগুনের বেষ্টনী, এসপানিওলদের পক্ষে যা ভেদ করা অসম্ভব।

সূর্যের উত্তরায়ণের আর মাত্র ক-টা দিন বাকি।

ইংকা নরেশের রাজপালঙ্কে সোনালি কাদার প্রলেপে ঢাকা বিশ্বাসী এক অনুচর শায়িত থাকে।

রাজ অন্তঃপুরে গোপনে আতাহুয়ালপা প্রস্তুত হয়ে অপেক্ষা করেন অনুকূল মুহূর্তটির জন্যে।

গানাদোর পরিকল্পনা এ পর্যন্ত প্রতি ধাপে আশাতীতভাবে সফল হয়েছে। এখন শুধু শেষের ক-টি চালই বাকি।

গানাদো ইতিমধ্যে সৌসায় না হোক, পেরুর রাজধানী কুজকোতে পৌঁছে গেছেন নিশ্চয়।

সেখানে সূর্য মন্দিরে আশ্রয় নিয়ে আতাহুয়ালপার নিজের হাতে পাকানো ও

সাজানো কিপু তিনি এমন একজনের হাত দিয়ে পাঠাবেন যাকে হুয়াসকার নিজেও যেমন অবিশ্বাস করতে পারবেন না, বাধাও দিতে পারবে না তেমনই তাঁর প্রহরীরা।

হুয়াসকার-এর প্রহরীরা আতাহুয়ালপার-ই দলের লোক। কিন্তু তারা হুয়াসকারকে পরাজিত শত্রু বলেই জানে, নির্মমভাবে যাকে বন্দি করে রাখাই তাদের কাজ।

আতাহুয়ালপা যে হুয়াসকার-এর সঙ্গে মিলিত হতে চাইতে পারেন এ তারা কল্পনা করতেও পারে না। হুয়াসকার-এর সঙ্গে বাইরের যে কোনও যোগাযোগ সম্পর্কে তাই তারা অতন্দ্রভাবে সজাগ।

কিন্তু তারাও যাকে বাধা দেবে না এমন কার হাতে কিপু দিয়ে হুয়াসকার-এর কাছে পাঠাবার ব্যবস্থা ভেবে রেখেছেন গানাদো?

এমন আশ্চর্য দূতটি কে?

আর কেউ নয়, মুখোশ-আঁটা সত্ত্বেও কিশোর বালকের মতো কমনীয় চেহারায় যে শোভাযাত্রাটির অস্বাভাবিক ব্যতিক্রম হিসেবে কৌতূহলী দর্শককে সন্দিগ্ধ করে তুলে গানাদোর দলের বিপদ ডেকে আনতে পারত।

এমন সহযাত্রী গানাদো জোটালেন কোথা থেকে তাঁর দলে? কুইটো আর কুজকো সেদিনকার দুই পরম শত্রুশিবিরের দু-পক্ষের কাছেই যার অমন খাতির, কিশোর বালকের মতো চেহারায় আসলে সে কে?

তা জানতে হলে সোনা-বরদারদের দলের সঙ-এর মুখোশ খুলে তাকে দেখতে হয়।

আর দেখলে নির্বাক বিস্ময়ে স্তব্ধ হয়ে থাকতে হয় কিছুক্ষণ।

যেমন হয়েছিলেন গানাদো।

কবে?

আতাহুয়ালপাকে নীচ চক্রান্তে যেদিন বন্দি করা হয়, এসপানিওলদের চরম বিশ্বাসঘাতকতার সেই পৈশাচিক হত্যাতাণ্ডবের রাত্রে।

হ্যাঁ, সেই রাত্রেই আতাহুয়ালপার বিশ্রাম-শিবিরের কাছে এক অসহায় লুণ্ঠিতা নারীর আর্তধ্বনি শোনা গিয়েছিল, এসপানিওল এক পাষণ্ডের ললাটে প্রথম দেখা গিয়েছিল তলোয়ারে আঁকা এক অদ্ভুত কলঙ্ক চিহ্ন, আর কয়েক দিন বাদে সেনাপতি দে সটোর কাছে নিজের সময় কাটাবার কৈফিয়ত দিতে গিয়ে গানাদো হেঁয়ালি করে বলেছিলেন, 'পাছে ভেঙে যায় ভয়ে একটা স্বপ্নকে আমি পাহারা দিয়ে রাত কাটিয়েছি কাপিতান।'

এই তিনটি ব্যাপার একই সুতোয় বাঁধা।

পাছে ভেঙে যায় ভয়ে যে-স্বপ্নকে পাহারা দিয়ে রাত কাটাবার কথা গানাদো বলেছিলেন সে স্বপ্নকে শরীরিণীরূপে সেই রাত্রেই তিনি প্রথম দেখেছিলেন।

দেখে নির্বাক বিস্ময়ে কিছুক্ষণ স্তব্ধ হয়েছিলেন সত্যি।

সাত সমুদ্রের জল ইতিমধ্যে যথার্থই তিনি ঘেঁটেছেন, মধ্যোপসাগর থেকে আতলান্তিকের এপারে-ওপারে নারীর সৌন্দর্যের বিচিত্র প্রকাশ দেখেছেন, তবু এ রূপ যেন তাঁর কল্পনার বাইরে ছিল।

ক্ষণিকের জন্যে জ্বালা একটা মশালের আলোয় যা দেখেছিলেন তাতে নিজের প্রকৃতিস্থতা সম্বন্ধেই তাঁর সন্দেহ জেগেছিল। মনে হয়েছিল অলীক কোনও মায়াই তাঁর অস্বাভাবিক কল্পনায় সময়ের ক-টি বুদ্বুদে ভেসে উঠেছে, এখুনি বুঝি মিলিয়ে যাবে।

মশালটা নিভিয়ে দেবার সঙ্গে সঙ্গে গিয়েও ছিল যেন মিলিয়ে।

মশালটা সংগ্রহ করেছিলেন ইংকা নরেশের প্রস্রবণ-ঘেরা বিশ্রাম-শিবির থেকে শহরের প্রান্তে পর্বতপ্রাচীরের দিকে যেতে যেতে এক জায়গায় থেমে। কোনও হতভাগ্য কাক্সামালকার নাগরিক সে মশাল জ্বেলে তার কোনও আপনার জনকে বোধহয় খুঁজে ফিরছিল সেই শ্মশান প্রান্তরে। হিংস্র কোনও এসপানিওল সৈনিকের হাতে নিহত তার দেহটার পাশেই পড়ে ছিল নিভে যাওয়া মশালটা।

গানাদো তাঁর তলোয়ারের উলটো পিঠ সেখানকার ছড়ানো পাথরে ঠুকে স্ফুলিঙ্গ বার করে অনেক কষ্টে মশালটা ধরিয়েছিলেন শুধু মৃত্যুর চেয়ে নিদারুণ নিয়তি থেকে যাকে তখনকার মতো উদ্ধার করতে পেরেছেন তার সত্যকার অবস্থাটা এক পলকে দেখে একটু বুঝে নেবার জন্যে।

পাষণ্ড এসপানিওল সেপাই তার বন্দিনীকে ঘোড়ার ওপর বেঁধে রেখেছিল।

সেই ঘোড়াই চালিয়ে গানাদো প্রস্রবণ-শিবির থেকে কাক্সামালকার পর্বত-বেষ্টনীর দিকে বেশ কিছুদূর যাবার পর থেমেছিলেন। থেমেছিলেন, ঘোড়ার পিছে বাঁধা বন্দিনী জীবিত কি মৃত, বুঝতে না পেরে।

সন্তর্পণে বাঁধন খুলে বন্দিনীকে তারপর তিনি মাটিতে নামিয়েছিলেন।

বন্দিনীকে বাঁধন খুলে পার্বত্যভূমির ওপর নামাবার সময় যেটুকু স্পর্শ লেগেছিল, তাতে গানাদো বুঝেছিলেন যে, অচৈতন্য অসাড় হলেও দেহে প্রাণ তখনও আছে। কিন্তু সে-প্রাণ ওষ্ঠসীমায় এসে পৌঁছেছে কি না, আর কতক্ষণ সেখানেই বা থাকবে, সেইটেই ভাবনার বিষয় হয়েছিল।

অন্ধকার তখন চোখে কিছুটা সয়ে এসেছে। বন্দিনীকে মাটিতে নামাবার পর কিছুদূরেই একটি মৃতদেহ দেখতে পেয়ে অস্বস্তিভরে বন্দিনীকে আবার একটু সরাতে যাচ্ছেন এমন সময় নেভানো মশালটা চোখে পড়েছিল।

সেই রাত্রে হত্যাকাণ্ডের ওই মশান-প্রান্তরে মশাল জ্বালা কোথাও নিরাপদ নয়। তবু সে বিপদের ঝুঁকি গানাদো নিয়েছিলেন শুধু বন্দিনীর অবস্থাটা তাঁর না বুঝলেই নয় বলে।

অনেক কষ্টে মশালটা জ্বালাবার পর বিহ্বল এক বিস্ময় ছাড়া আর সব ভাবনাই তাঁর মন থেকে মিলিয়ে গিয়েছিল অবশ্য।

বেশ কয়েকটি মুহূর্ত কেমন একটা অবর্ণনীয় মুগ্ধ বিহ্বলতায় কাটাবার পর তাঁর হুঁশ ফিরে এসেছিল।

মূর্ছিতার চোখ-মুখের ভাব আর নাড়ির গতি পরীক্ষা করে তিনি তাড়াতাড়ি মশালটা নিভিয়ে দিয়েছিলেন।

যেটুকু তিনি দেখেছেন তাতে বন্দিনী সম্বন্ধে একেবারে হতাশ হবার কিছু পাননি।

সযত্নে উপযুক্ত শুশ্রূষা ও বিশ্রামের ব্যবস্থা করলে এখনও তাকে বাঁচানো যেতে পারে।

কিন্তু কোথায় সে ব্যবস্থা করবেন!

কাঞ্চন আর কামিনীলোলুপ, লুণ্ঠন হত্যা আর ধর্ষণের নেশায় উন্মত্ত পিশাচদের দৃষ্টির আড়ালে কোথায় এ স্বপ্নমূর্তিকে লুকিয়ে রাখা সম্ভব?

বন্দিনীর শুধু রূপ নয়, তার পরিচ্ছদ অলংকারও ওই কয়েক মুহূর্তের আলোয় দেখে বিস্মিত হয়েছিলেন গানাদো।

এ রাজ্যে আসবার পর প্রায় সব শ্রেণীর নারী-পুরুষই তাঁর চোখে পড়েছে। দরিদ্র সাধারণ থেকে সম্ভ্রান্ত রাজপরিবারের বহু সুন্দরী তিনি দেখেছেন। অল্পবিস্তর তাদের বেশভূষাও লক্ষ করেছেন।

বন্দিনীর বেশভূষা তাদের থেকে বেশ একটু ভিন্ন।

কাক্সামালকা নগরে শাপভ্রষ্টা সুর-সুন্দরীর মতো এ মূর্ত স্বপ্ন কোথায় ছিল লুকোনো? কোথা থেকে পাষণ্ড এসপানিওল সৈনিক তাকে লুঠ করে নিয়ে যাচ্ছিল!

ঘটনা বিচার করে গানাদোর মনে হয়েছে নগরে হত্যাতাণ্ডব শুরু হবার পর বন্দিনী বোধহয় কোনও সঙ্গী দলের সাহায্যে নগর থেকে পালাবার জন্যে বার হয়ে পড়েছিল। তারপর নারীমাংসলোলুপ এসপানিওল সৈনিকের দৃষ্টিতে পড়ে তার এই দশা হয়েছে। তার সঙ্গীরা হয়তো সবাই নিহত। রক্ষা কেউ যদি পেয়েও থাকে তারা এখন পলাতক।

বন্দিনীকে কারও হাতে সমর্পণ করবার সুতরাং উপায় নেই। তাকে শুশ্রূষায় সুস্থ করে তোলবার চেষ্টা গানাদোকে করতে হবে।

একটা নির্জন নিরাপদ গোপন আশ্রয় তার জন্যে অবিলম্বে প্রয়োজন।

ব্যাকুল হয়ে সেরকম আশ্রয়ের কথা ভাবতে গিয়ে গানাদোর হঠাৎ তাঁর সেইদিনকার সকালের টহলদারির কথাই মনে পড়েছে।

কাক্সামালকা নগর যে উপত্যকার ওপর বসানো সেদিন সকালেই তার চারিদিকের উত্তুঙ্গ পর্বতপ্রাচীর কতখানি দুর্ভেদ্য গানাদো ঘোড়ায় চড়ে তা দেখতে বেরিয়েছিলেন।

উপত্যকা ঘিরে-রাখা পাহাড়গুলোর তলায় তলায় ঘুরেওছিলেন বেশ বেলা পর্যন্ত আর তার জন্যেই আতাহুয়ালপার পিজারোকে দর্শন দিতে আসবার সংকল্প আর পিজারোর তারই ওপর পৈশাচিক আয়োজনের কথা আগে থাকতে জানতে পারেননি। এসপানিওল শিবিরের ভেতর থেকে নয়, বাইরের পেরুবাসী দর্শকদের মধ্যে থেকে এসপানিওলদের হাতে ইংকা নরেশের বন্দিত্বের অবিশ্বাস্য করুণ কুৎসিত নাটকটা তাঁকে দেখতে হয়েছিল নিরুপায়ভাবে।

সারা সকালের টহলদারিতে গানাদো কাক্সামালকার পর্বতপ্রাচীরে গোপন কোনও গিরিবর্ত্ম অবশ্য পাননি, কিন্তু এমন একটা কিছু দেখেছিলেন যা সেই মুহূর্তে তাঁর কাছে ভাগ্যের আশাতীত দান বলে মনে হয়।

উপত্যকার বেষ্টনীস্বরূপ একেবারে অলঙ্ঘ্য পাহাড়ের নানা খাঁজ গোপনপথের

খোঁজে পরীক্ষা করতে গিয়ে গানাদো এক জায়গায় একটি গুহা দেখে বিস্মিত হয়েছিলেন। গুহাটি পাহাড়ের খাঁজের আড়ালে এমনভাবে লুকোনো যে, গুপ্তপথ জানা না থাকলে অত্যন্ত কাছ দিয়ে যাতায়াত করলেও তার হদিস পাওয়া যায় না।

গানাদো গুহাটির সন্ধান যে পেয়েছিলেন, তাও নেহাত দৈবাৎ।

কিংবা তাঁর নিয়তিই ভাবী সম্ভাবনার কথা স্মরণে রেখে তাঁকে এই অপ্রত্যাশিত আবিষ্কারের সুযোগ দিয়েছিল বলতে ইচ্ছে করে।

গুহাটার কথা মনে হওয়ার পর গানাদো আর এক মুহূর্ত অপেক্ষা করেননি। বন্দিনীকে ঘোড়ার পিঠে তুলে তৎক্ষণাৎ রওনা হয়েছিলেন সেই গোপন গুহার সন্ধানে।

কিন্তু দিনের আলোতেই যে গোপন গুহার প্রবেশপথ খুঁজে পাওয়া কঠিন, রাতের অন্ধকারে তা চিনে বার করবার আশাই বাতুলতা।

ঘোড়া চালিয়ে পর্বতপ্রাচীরের কাছে পৌঁছে কিছুক্ষণ বৃথা চেষ্টার পরই গানাদো নিরস্ত হয়েছিলেন।

দিনের আলোর জন্য অপেক্ষা করা ছাড়া আর কোনও উপায় তাঁর নেই।

ছোট একটি ঝরনা-ধারার ধারে বন্দিনীকে নামিয়ে কিছুটা নরম বালির শয্যায় শুইয়ে রেখে গানাদো ঘোড়াটাকে একটু মৃদু চাপড় মেরে ছেড়ে দিয়েছেন। ছাড়া পাওয়া মাত্র ঘোড়াটা নিজে থেকেই ছুটে শহরের দিকে চলে গেছে।

ঘোড়াটাকে ছেড়ে দিয়ে একটু নিশ্চিন্ত হয়েছেন গানাদো। জায়গাটা বেশ নির্জন ও নিরাপদ। রাতের অন্ধকারে কারও এদিকে আসার সম্ভাবনা অল্প। এলেও সহজে কেউ সন্ধান পাবে না। ঘোড়াটা সঙ্গে থাকলে তার আকস্মিক ডাক বা পায়ের শব্দে ধরা পড়ার যেটুকু ভয় ছিল, তাও এখন নেই। নিঃশব্দে এখন শুধু রাত ভোর হবার জন্যে অপেক্ষা করে থাকাই আসল কাজ। আলো ফুটলে গোপন গুহাপথ খুঁজে বার করা কঠিন হবে না বলেই মনে হয়। খুঁজে বার করার অসুবিধা বুঝেই গানাদো আশ-পাশের পাহাড়ের কিছু বৈশিষ্ট্যের চিহ্ন মনে করে রেখেছিলেন। দিনের আলোয় দেখলেই সেগুলি চিনতে পারবেন এ বিষয়ে তাঁর সন্দেহ ছিল না।

কুড়ি

"দিনের আলোর জন্যে অপেক্ষা করা কিন্তু সে রাত্রে এক দুঃসহ ধৈর্যের পরীক্ষা বলে মনে হয়েছিল।

মূর্ছিতা বন্দিনীকে বালির ওপর শোয়াবার পরে ঘোড়া ছেড়ে দিয়ে প্রথমে ঝরনার জলে মুখে চোখে ছিটিয়ে জ্ঞান ফেরাবার চেষ্টা করেছিলেন গানাদো।

জ্ঞান তাতে ফেরেনি। মেয়েটির গলায় একটা অস্ফুট গোঙানিই শুধু শোনা গিয়েছিল।

গানাদো মুখে জলের ঝাপটা দেওয়া বন্ধ করেছিলেন। তাঁর মনে হয়েছিল নিদারুণ আতঙ্কে মেয়েটির চেতনা অসাড় হয়ে গিয়ে একটা গাঢ় আচ্ছন্নতার মধ্যে সে ডুবে

আছে। এ আচ্ছন্নতাই তার একরকম শুশ্রূষা। হঠাৎ তা ভাঙাতে গেলে বিপরীত প্রতিক্রিয়া হওয়া অসম্ভব নয়। চেতনার সূক্ষ্ম স্তরে সচকিত আঘাত হয়ে স্থায়ী ক্ষতিই করতে পারে।

বন্দিনীকে তাই সম্পূর্ণভাবে বিশ্রাম করতে দিয়ে গানাদো নীরব অতন্দ্র পাহারায় দাঁড়িয়ে থেকেছেন।

ধীরে ধীরে তাভান্‌তিনসুইয়ুর দেবাদিদেবের প্রথম সুবর্ণকিরণ স্পর্শ করেছে কাক্‌সামালকার গিরিপ্রাকার চূড়া।

সে সোনালি ঈষৎ রক্তিম আলো তারপর ছড়িয়ে পড়েছে পাহাড়ের কোলে।

গানাদো সবিস্ময়ে ঝরনার ধারে বালির শয্যায় শোয়ানো বন্দিনীর দিকে চেয়েছেন।

না, দিনের আলোয় অপ্সরা-অস্ফুট স্বপ্ন-কায়ার মতো সে মূর্তি শূন্যে মিলিয়ে যায়নি। কিন্তু তখনও এক অপার্থিব লাবণ্যের আভায় তাকে যেন মণ্ডিত মনে হয়েছে। সূর্যালোকের স্পষ্টতাতেও সে তার রহস্যমায়া হারায়নি।

সেই মুখের দিকে অনিমেষ চেয়ে থাকতে থাকতে গানাদো গাঢ় নীল জলে পদ্মকোরকের মতো দুটি চোখ উন্মীলিত হতে দেখেছেন।

বন্দিনী প্রথমে বিস্মিত বিহ্বলভাবে একবার তার পরিবেশ আর একবার গানাদোর দিকে চেয়েছে।

তারপর তার মুখ অকস্মাৎ পাণ্ডুর হয়ে উঠেছে আতঙ্কে। সর্পাহতের মতো সন্ত্রস্ত হয়ে উঠে বসে শঙ্কিত অস্ফুট চিৎকারে কী যেন বলে সে ছুটে পালাবার চেষ্টা করেছে।

সাধ্যে কিন্তু তার কুলোয়নি। দাঁড়িয়ে উঠে এক-পা যেতে-না-যেতে সে টলে পড়ে গেছে। তারপর অনিবার্যভাবে এগিয়ে আসা অজগরের সামনে পাখা-ভাঙা পাখির মতো দৃষ্টিতে গানাদোর দিকে চেয়ে আবার আকুল আর্তনাদে যা বলেছে গানাদো তার কিছুই বুঝতে পারেননি।

এ রাজ্যের ভাষার সঙ্গে গানাদো নিজের চেষ্টায় ভালভাবেই পরিচিত। কিন্তু এই মেয়েটির অপরূপ অপার্থিব কণ্ঠে যে ভাষা শোনা গেছে, তা তাঁর সম্পূর্ণ অজানা। তার কণ্ঠের মতো সে ভাষাও যেন অপার্থিব।

গানাদো তাঁর বিচক্ষণতার দরুন একটি ভুল এড়াতে পেরেছেন। এগিয়ে গিয়ে মেয়েটিকে ধরবার চেষ্টা দূরে থাক, একটা হাত নেড়েও তাকে আশ্বস্ত করবার চেষ্টা তিনি করেননি।

যেখানে ছিলেন, সেখানে নিথর নিস্পন্দ পাথরের মূর্তির মতো দাঁড়িয়ে তিনি তাঁর যা জানা সেই কুইচুয়া ভাষায় শান্তস্বরে মেয়েটিকে অস্থির আতঙ্কবিহ্বল না হতে অনুরোধ করেছেন। বলেছেন যে, অবুঝ অস্থির হলে তার বিপদ বাড়বে বই কমবে না। তিনি যে মেয়েটির শত্রু নন, এ কথা তার পক্ষে বিশ্বাস করা প্রায় অসম্ভব, তিনি জানেন। যারা মেয়েটির ও তার আপনার জনের ওপর পৈশাচিক নির্মমতা দেখিয়েছে, তার চরম সর্বনাশের চেষ্টা যারা করেছিল, তাঁর নিজের অঙ্গে তাদেরই দলের পোশাক। তিনি তাদের দলেরও বটে। তবু দলের মধ্যে সবাই একরকম হয় না। তাঁকে

মেয়েটি কখনও যে বিশ্বাস করবে এমন আশা তিনি করেন না, তিনি শুধু চান যে, সে যেন তাঁকে পরীক্ষা করে দেখে নিতে দ্বিধা না করে।

মেয়েটি কুইচুয়া ভাষায় তাঁর কথা বুঝেছে কি না গানাদোর পক্ষে জানা সম্ভব হয়নি। কিন্তু তাঁর শান্ত গলার স্বর ও বলার ধরনে কিছু বোধহয় কাজ হয়েছে। মেয়েটির মুখের আতঙ্ক-পাণ্ডুরতা কেটে গেছে অনেকখানি।

কাছে যাওয়ার বদলে আরও একটু দূরে সরে গিয়ে ঝরনার ধারে একটি পাথরের ওপর বসে এবার গানাদো সংক্ষেপে গত রাত্রের ঘটনার কথা বলেছেন। কীভাবে তার আর্ত আবেদন শুনে পাষণ্ড এসপানিওলের হাত থেকে তাকে উদ্ধার করেছেন তারও আভাস দিয়েছেন একটু।

মেয়েটি কুইচুয়া ভাষা জানে কি না তখনও বুঝতে পারেননি গানাদো, তার মুখে শঙ্কা-বিহ্বলতার জায়গায় যে বিমূঢ় কৌতূহলের আভাসটুকু এবার ফুটে উঠেছে তাতে গানাদোর কথা তার একেবারে অবোধ্য হয়নি এইটুকু শুধু মনে হয়েছে।

বেলা বাড়ছে। এ পার্বত্য অঞ্চল সাধারণত নির্জন ও নিরাপদ, তবু নগরের বর্তমান অবস্থায় নিশ্চিন্ত নির্ভয় হয়ে কোনও জায়গাতেই থাকা যায় না।

গানাদো তাই একটু ব্যস্ত হয়েই মেয়েটিকে গোপন গুহাশ্রয়ের কথা বলেছেন। জানিয়েছেন যে সে গুহা তিনি মেয়েটিকে দেখিয়ে দেবেন শুধু, সেখানে তাকে অনুসরণ করবেন না। সারারাত বাইরে থেকে তাকে পাহারা দেবেন আর যতদিন না এ শত্রুপুরী থেকে তাকে মুক্ত করতে পারেন ততদিন এই গোপন আশ্রয়ে যথাসাধ্য স্বাচ্ছন্দ্যে তাকে রাখবার চেষ্টা করবেন।

হঠাৎ চমকে উঠে নিজের কানকেই বিশ্বাস করতে পারেননি গানাদো।

মেয়েটি ভাঙা-ভাঙা কুইচুয়াতেই তাঁকে বলছে, 'তুমি কি উদয়-সমুদ্র-তীরের মানুষ?'

বেশ কয়েক মুহূর্তের বিস্ময়ে নির্বাক হয়ে ছিলেন গানাদো।

মেয়েটি তাঁর বোধ্য কোনও ভাষায় কথা বলতে পারে বলেই তিনি আশা করেননি। তার ওপর এরকম অদ্ভুত একটা প্রশ্ন তার পক্ষে করা সম্ভব, এ কল্পনাই তাঁর ছিল না।

অবাক হয়ে মেয়েটির মুখের দিকে তাকিয়ে তিনি জিজ্ঞাসা করেছিলেন কুইচুয়া ভাষায়, 'এমন অদ্ভুত প্রশ্ন হঠাৎ তুমি করলে কেন? উদয়-সমুদ্র বলতে কী বোঝো তুমি?'

মেয়েটির মুখে গানাদোর পালটা প্রশ্নে প্রথমে কীরকম একটা অপ্রতিভ অস্বস্তি ফুটে উঠেছিল।

হঠাৎ নিজের ওইটুকু প্রগলভতার জন্যেই যেন লজ্জিত হয়ে সে শুধু কাতরভাবে মাথা নেড়ে বোঝাতে চেয়েছিল যে এ বিষয়ে আর কিছুই সে বলতে চায় না।

'না, তোমার ভয় কিছু নেই।' গানাদো তাকে স্নিগ্ধ স্বরে উৎসাহ দিয়েছিলেন, 'পরস্পরের কথা যে আমরা বুঝতে পারছি এই আমাদের দু-জনেরই সৌভাগ্য। এ সৌভাগ্য যেন বিফল না হয়। নির্ভয়ে যা বলবার তুমি বলো। বলো উদয়-সমুদ্রের কথা কী তুমি জানো?'

'তেমন কিছুই জানি না!' গানাদোর আশ্বাসে ধীরে ধীরে সাহস পেয়ে সরল মধুক্ষরা কণ্ঠে বলেছিল মেয়েটি, 'শুধু দেবাদিদেব বিশ্বজ্যোতি প্রতিদিন যে-সমুদ্র থেকে স্নান করে আকাশ-সোপানে ওঠেন তারই তীর থেকে কেউ একদিন এসে এ রাজ্যের চরম অভিশাপের দিনে আমার পরম সহায় হবে এই আমি শুনেছিলাম—'

মেয়েটির কথায় বাধা না দিয়ে পারেননি গানাদো। গভীর বিস্ময়ের সঙ্গে তার কথারই পুনরাবৃত্তি করে বলেছিলেন, 'উদয়-সমুদ্র-তীর থেকে কেউ এসে তোমার সহায় হবে শুনেছিলে? কার কাছে? কীভাবে?'

আগ্রহের তীব্রতায় গানাদো উঠে দাঁড়িয়ে কয়েক পা বুঝি এগিয়ে গিয়েছিলেন মেয়েটির দিকে।

মেয়েটিও উঠে দাঁড়িয়েছিল আপনা থেকেই। কিন্তু এক পা পিছিয়ে গিয়েই সে থেমে গিয়েছে। তারপর মিনতির স্বরে বলেছে, 'আমার কাছে এসো না। যা বলবার আমি সবই বলছি।'

সজাগ হয়ে গানাদো নিজেই তখন থেমে পড়েছেন। লজ্জিত হয়ে তিনি বলেছিলেন, 'আমায় মার্জনা করো। যেটুকু তুমি বলেছ তাতেই বিস্ময়ে কৌতূহলে উত্তেজনায় আমি একটু আত্মহারা হয়ে গিয়েছিলাম। তোমার সব কথা না শুনলে আমার স্বস্তি নেই। তবু এখন আমায় আত্মসংবরণ করতে হবে। এখানে প্রকাশ্য জায়গায় আর তোমার থাকা নিরাপদ নয়। আমি পথ দেখিয়ে নিয়ে যাচ্ছি। বিশ্বাস করে শুধু আমায় অনুসরণ করো।'

একটু থেমে মেয়েটিকে তখনও দ্বিধা করতে দেখে আবার বলেছিলেন, 'উদয়-সাগরের তীরের কেউ তোমার সহায় হবে এ গণনার কথা কোথায় কার কাছে তুমি শুনেছ জানি না। এ গণনা সত্য কি না তা-ও বিচারের ক্ষমতা আমার নেই। এইটুকু শুধু তোমায় জানাচ্ছি যে যাদের দলে আমায় দেখছ তাদের দেশের মানুষ আমি নই। সত্যিই বহু বহু দূরের উদয়-সাগরের তীর থেকেই আমি আসছি। এইটুকু জেনে আমায় বিশ্বাস করলে তোমার ক্ষতি হবে না।'

মেয়েটি কী বুঝেছিল বলা যায় না। কিন্তু এবারে দূর থেকে হলেও গানাদোকে অনুসরণ করতে সে আপত্তি করেনি।

গুহা মুখের গুপ্ত পথের কাছে পৌঁছে সেটি নির্দেশ করে দেখিয়ে গানাদো যা করেছিলেন তাতে মেয়েটি পর্যন্ত বিস্মিত চমকিত হয়ে উঠেছিল।

হঠাৎ কোমর থেকে তাঁর ছোরাটা খুলে নিয়ে মেয়েটির কাছে ছুড়ে দিয়ে তিনি শান্ত দৃঢ়স্বরে বলেছিলেন, 'যে গুপ্তপথ দেখিয়ে দিলাম তা দিয়ে গুহার ভেতর নির্ভয়ে চলে যাও। এবার ওই সামান্য অস্ত্রটাও তুলে নিয়ে যাও। আমিই হই বা আর যে কেউই হোক, দুর্জন হিসেবে আক্রমণ করলে ওই অস্ত্রে তাকে রুখতে হয়তো পারবে না, কিন্তু জীবনের চেয়ে যার মূল্য বেশি নিজের সেই মর্যাদা তো বাঁচাতে পারবে ওই অস্ত্রটুকুর সাহায্যে!'

মেয়েটি বেশ কিছুক্ষণ নীরবে দাঁড়িয়ে থেকেছিল গানাদোর মুখের দিকে চেয়ে।

কিন্তু তখন তার চোখের দৃষ্টিতে দ্বিধা-দ্বন্দ্বের ছায়া আর নেই। তার বদলে বিস্ময়

মেশানো একটা কৃতজ্ঞ নির্ভরতার আভাস ফুটে উঠতে শুরু করেছে।

খানিক বাদে ছোরাটি তুলে নিয়ে মেয়েটি গানাদোর নির্দেশ করা গুপ্ত পথ দিয়ে উঠে গুহামুখের দিকে যেতে শুরু করেছিল। গানাদো কিছু দূরে নীচেই ছিলেন দাঁড়িয়ে।

বিরাট একটি পাথরের চাঁই-এর আড়ালে মেয়েটি অদৃশ্য হবার আগে গানাদো হঠাৎ তাকে ডেকেছিলেন!

'শোনো।'

মেয়েটি একটু চমকে ফিরে দাঁড়িয়েছিল।

'কয়েকটা কথা তোমায় বলে যেতে চাই,' বলেছিলেন গানাদো, 'গুহাপথে তোমায় আমি অনুসরণ করব না। এখান থেকেই বিদায় নেব এখনই। সারাদিন আমায় নিজেদের শিবিরে থাকতে হবে। তারপর আবার রাত্রে গোপনে শিবির ছেড়ে এসে তোমায় আমি পাহারা দেব। যতদিন তোমায় এ পাপ নরক থেকে উদ্ধার করতে না পারি ততদিন এই হবে প্রতিদিনের নিয়মিত ব্যবস্থা। আজ সারাদিনের জন্যে তোমায় উপবাসীই থাকতে হবে বুঝতে পেরেছি। এখানে ঝরনাধারা বইছে। গুপ্ত পথের মুখ থেকে ভাল করে চারিদিক লক্ষ করে নিরাপদ বুঝলে তার জলে তৃষ্ণা নিবারণ করতে পারো। রাত্রে আমি তোমার জন্যে আহার্য কিছু নিয়ে আসব। নিশ্চিন্ত থাকো যে তখনও গুহা মুখে আমি যাব না। কিন্তু বাইরে থেকে তোমায় ডাকা প্রয়োজন। কী নামে তোমায় ডাকব শুধু বলে দাও।'

গানাদোর কথা শেষ হবার পরও মেয়েটি এতক্ষণ এমন চুপ করে দাঁড়িয়ে ছিল যে সন্দেহ হয়েছিল সমস্ত বক্তব্য হয়তো সে বুঝতে পারেনি।

গানাদো আবার প্রশ্নটা করবেন কি না ভাবছেন এমন সময়ে মেয়েটি যেন বিষণ্ণ স্বরে বলেছিল, 'আমার নাম তো কিছু নেই।'

'নাম নেই!' গানাদো বিস্ময়প্রকাশ না করে পারেননি।

'না, নাম আমাদের থাকে না।' মেয়েটি মৃদু কণ্ঠে বলেছিল, 'সূর্যকন্যা আর সেই দেবাদিদেবের সেবিকা এই আমাদের পরিচয়।'

একুশ

"মেয়েটির সমস্ত রহস্য এই একটি উক্তিতেই পরিষ্কার হয়ে গিয়েছিল গানাদোর কাছে। তার অদ্ভুত অপার্থিব সৌন্দর্য, তার বেশভূষার ভিন্নতা, প্রথম যে ভাষা আপনা থেকে সে ব্যবহার করেছিল, সেই সব কিছুরই অর্থ বোঝা গিয়েছিল এবার।

মেয়েটি তাভানতিন্‌সুইয়ু-র সেই পরম রহস্যে ঘেরা সূর্যসেবিকা দিব্যকুমারী সমাজের একজন।

এই সূর্যকন্যাদের কথা শুনলে প্রাচীন রোমের ভেস্টা দেবীর মন্দিরে পূত হোমাগ্নি অনির্বাণ রাখবার ভার যাদের ওপর দেওয়া হত সেই কুমারীদের বা ভারতের

দেবদাসীদের কথা মনে হতে পারে। কিন্তু পেরুর দিব্যাঙ্গনা কুমারী সূর্যসেবিকারা ভেস্টাল ভার্জিন বা দেবদাসীদের থেকে বেশ একটু আলাদা।

ভেস্টা দেবীর কুমারী সেবিকাদের সঙ্গে সেই সূর্যকন্যা দিব্যাঙ্গনাদের একটি বিষয়ে শুধু মিল। ভেস্টা দেবীর সেবিকাদের মতো এই সূর্যকন্যাদেরও একটি পবিত্র অগ্নি নির্বাপিত না হতে দেওয়ার ভার নিতে হয়। সূর্যদেবের উত্তরায়ণের দিন থেকে যার আরম্ভ এ অগ্নি সেই রেইমি উৎসবের।

কুমারী দিব্যাঙ্গনারা সূর্যসেবিকা হয়েও কিন্তু সম্পূর্ণ অসূর্যম্পশ্যা।

একবার সূর্যসেবিকা হবার সৌভাগ্য লাভ করার পর বাইরের জগতের সঙ্গে সমস্ত সম্পর্ক তাদের ছিন্ন হয়ে যায়।

অতি অল্প বয়সে কৈশোরে পা দিতে-না-দিতে তারা তাভান্‌তিনসুইয়ু-র এই চরম গৌরবের জন্যে নির্বাচিত হয়। তারপর নিজেদের আত্মীয়স্বজন, এমনকী পিতামাতাও তাদের আর দেখতে পান না। বাইরের জগতের কোনও পুরুষ কি নারীর অধিকার নেই তাদের কন্যাশ্রমে প্রবেশ করবার।

পুরুষের মধ্যে একমাত্র ইংকা স্বয়ং আর নারীদের মধ্যে শুধু কয়া বা সম্রাজ্ঞী তাদের আশ্রমে প্রবেশ করতে পারেন।

সূর্যসেবিকাদের শ্রেষ্ঠ কন্যাশ্রম হল কুজকো নগরে। সেখানে শুধু ইংকা-রাজরক্ত যাদের মধ্যে আছে সেইসব পরিবার থেকেই সূর্যকন্যা নির্বাচিত হয়। পরিবার থেকে সূর্যকন্যা নির্বাচিত হওয়া একটা অসামান্য গৌরব। কিন্তু গৌরবের যেমন তেমনই নিদারুণ উদ্বিগ্ন আতঙ্কের ব্যাপারও পরিবারের পক্ষে। সূর্যকন্যাদের সামান্যতম বিচ্যুতিরও ক্ষমা নেই। ভ্রষ্টা কেউ হলে তাকে তো জীবন্ত সমাধি দেওয়া হয়, আর যে পুরুষ এ ব্যাপারে জড়িত থাকে তার নিজেরই শুধু মৃত্যুদণ্ড হয় না, ধূলিসাৎ করে তার গ্রামের বা নগরের বসতির চিহ্ন পর্যন্ত লুপ্ত করে দেওয়া হয়।

এ রাজ্যে আসবার পর থেকে এই বিচিত্র সূর্যসেবিকাদের সম্বন্ধে গানাদো যথাসাধ্য অনেক বিবরণই সংগ্রহ করেছিলেন। এটুকুও জেনেছিলেন যে চাঁদের অন্য পৃষ্ঠের মতো তারা অদর্শনীয়া।

মেয়েটি সেই দিব্যাঙ্গনা সূর্যসেবিকাদেরই একজন শোনবার পর তীব্র বিস্ময়বিহ্বলতায় তাকে লক্ষ করতে গিয়ে স্থানকাল কয়েক মুহূর্তের জন্যে ভুলে গিয়েছিলেন বোধহয়। তারপরই আত্মস্থ হয়ে বলেছিলেন, 'সূর্যসেবিকা বলে কোনও পরিচয় আর তো তোমার নেই। কন্যাশ্রমের সীমানা পার হওয়ার সঙ্গে সঙ্গে বাইরের আলো-বাতাস আর পাপের সংসারের স্পর্শে তোমার সে নামহীন একাগ্র সাধিকার জীবন শেষ হয়ে গেছে। এখানে তোমায় নাম নিয়ে চিহ্নিত হতে হবে। বলো, কী নামে তোমায় ডাকব?'

একটু থেমে চুপ করে থেকে হঠাৎ উৎসাহভরেই গানাদো বলেছিলেন, 'পেয়েছি তোমার নাম। তুমি আজ থেকে কয়া।'

'না, না।' নামটা শুনেই মেয়েটি আপনা থেকেই যেন শিউরে উঠেছিল—'আর যে নাম দাও, কয়া নয়।'

'কেন নয়!' একটু হেসেই এবার বলেছিলেন গানাদো, 'কয়া মানে রাজেন্দ্রাণী বলে তোমার আপত্তি? কিন্তু রাজেন্দ্রাণী বললেও তোমায় বুঝি তুচ্ছ করা হয়। তবু তোমার নাম আমি কয়াই রাখলাম। আজ সন্ধ্যায় ওই নামেই এসে ডাকব।'

গানাদো আর সেখানে দাঁড়াননি। মেয়েটির দিকে ফিরেও আর না তাকিয়ে সোজা কাক্সামালকার অতিথি-মহল্লায় তাঁদের শিবিরের দিকে পা বাড়িয়েছিলেন।

ফিরে এসেছিলেন সন্ধ্যা না হতেই।

গুহামুখের গুপ্ত পথের কাছে এসে নাম ধরে ডাকতে কিন্তু তাঁকে হয়নি। কয়া আগে থাকতেই সেখানে এসে একটি পাথর-স্তূপের আড়ালে তাঁর জন্যে অপেক্ষা করছে।

তখনও সন্ধ্যার আকাশে সব আলো মিলিয়ে যায়নি। যেন কোনও নববধূর মুখের সলজ্জ রক্তিম আভা ছড়িয়ে আছে পৃথিবীর ওপর।

সেই অবাস্তব আলোয় কয়া-র স্নিগ্ধ কোমল দুটি চোখে একটি মধুর ঔৎসুক্য যেন দেখেছিলেন গানাদো।

সে ঔৎসুক্যের উৎস সারাদিনের উপবাসক্লিষ্ট তনু, না তার জাগরণোন্মুখ হৃদয় বিচার করবার সাহস হয়নি গানাদোর।

শিবির থেকে আনা আহার্য এক জায়গায় রেখে কয়াকে তা তুলে নিয়ে যেতে বলে তিনি কিছু দূরে এসে বসেছিলেন।

কয়া সে খাবার তুলে নিয়েছিল ঠিকই, কিন্তু দূরে নয়, তাঁর বেশ কাছেই এসে বসেছিল।

'এত কাছে এসে বসার সাহস তোমার হল?' গানাদো বিস্ময়ের সঙ্গে ঈষৎ কৌতুকের স্বরে বলেছিলেন।

'হল।' কয়া-র মুখে এই প্রথম হাসি দেখেছিলেন গানাদো। 'আগেই হওয়া উচিত ছিল। শুধু ইংকা নয়, আমি যে মুইস্কা বংশের মেয়ে তা ভুলে যাওয়া উচিত হয়নি।'

'মুইস্কা বংশের মেয়ে!'

গানাদো কয়ার কথাটার সবিস্ময়ে শুধু পুনরাবৃত্তি করেছিলেন। তার অর্থ কিছুই বুঝতে পারেননি। এই অজানা বিচিত্র পার্বত্যরাজ্যে পা দেবার পর থেকে এদেশের সব কিছু তিনি যথাসম্ভব খুঁটিয়ে জানবার চেষ্টা করেছেন। এসপানিওল বাহিনীর পণ্ডিত গোছের দু-একজনের তুলনায় তাঁর জ্ঞান যে অনেক বেশি এ নিয়ে তাঁর মনে গোপন একটু গর্বও বোধহয় ছিল। কিন্তু সে গর্ব কয়ার উচ্চারিত ওই একটি শব্দ 'মুইস্কা' চুরমার করে দিয়েছে।

মুইস্কা বংশের মেয়ে বলতে কী বোঝাতে চায় কয়া?

মাত্র একদিন এক রাত্রির মধ্যে ভাগ্য তাকে নিয়ে যা ছিনিমিনি খেলেছে তাতে কিছুটা মাথার গোলমাল হয়ে কয়া কি প্রলাপ বকছে নাকি? তার অমন করে হঠাৎ কাছে এসে বসাটাই তো বেশ একটু অদ্ভুত।

গানাদো সন্ধ্যার ঘনায়মান অন্ধকারে কয়ার মুখের দিকে তীক্ষ্ণ দৃষ্টিতে তাকিয়েছিলেন।

সে মুখে স্নিগ্ধ সরল একটু হাসির আভাস। সে হাসিতে বা তার চোখের প্রসন্ন দৃষ্টিতে বাতুলতার লক্ষণের বদলে একটা পরম নির্ভরতার তৃপ্তিই ফুটে উঠেছে।

নিজের অজ্ঞতাটা প্রথমে গোপন করবার ইচ্ছাই হয়েছিল গানাদোর। বিমূঢ় বিস্ময়ে প্রথমে যেটুকু প্রকাশ করে ফেলেছিলেন তা চাপা দিয়ে কৌশলে 'মুইস্কা' শব্দের রহস্যটা জেনে নেবার কথা ভেবেছিলেন একবার।

কিন্তু এই শিশির-স্বচ্ছ পবিত্র মেয়েটির সঙ্গে চাতুরী করার কথা মনে যে একবার উঠেছিল তার জন্যেই নিজেকে ধিক্কার দিয়েছিলেন তখনই।

সোজাসুজিই তারপর জিজ্ঞাসা করেছিলেন, 'মুইস্কা আবার কী? ওরকম বংশের নামও তো কখনও শুনিনি।'

'না শোনবারই কথা।' কয়া হেসে বলেছিল, 'এই তাভানতিনসুইয়ু-তেও কতজন আর মুইস্কাদের কথা শুনেছে! কিন্তু মুইস্কারা না বলে দিলে রেইমি উৎসবের দিন নির্ভুলভাবে কেউ জানতে পারত না। আকাশ-পথে ভেসে যেতে যেতে কবে চন্দ্রদেবীর মুখ যন্ত্রণায় কালো হয়ে উঠবে তা আগে থাকতে জেনে, পারত না প্রস্তুত হয়ে থাকতে। বংশ-মর্যাদায় ইংকাদের সমতুল্য হলেও, পেরুর যাঁরা অধীশ্বর তাঁদের কাছে তাই মুইস্কাদের সম্মান সবচেয়ে বেশি।'

'তার মানে মুইস্কারা জ্যোতিষী?' সবিস্ময়ে জিজ্ঞাসা করেছিলেন গানাদো।

'সাধারণ জ্যোতিষী নয়, তার চেয়ে অনেক বেশি কিছু।' একটু গর্বই প্রকাশ পেয়েছিল কয়া-র গলার স্বরে—'ইংকা রাজ্যে আরও অনেক জ্যোতির্বিদ আছে, কিন্তু দেবাদিদেব পরম জ্যোতির সৃষ্টি-পরিক্রমার গূঢ় রহস্য একমাত্র মুইস্কাদেরই জানা।'

পেরু রাজ্যবাসীরা অন্য অনেক বিষয়ে টেনচ্‌টিট্‌লান অর্থাৎ মেক্সিকোর অধিবাসীদের চেয়ে যথেষ্ট অগ্রসর হলেও জ্যোতির্বিদ্যায় যে তাদের চেয়ে অনেক পিছিয়ে আছে, গানাদো ইতিমধ্যেই তার প্রমাণ পেয়েছিলেন! সমস্ত পেরু রাজ্যে একমাত্র মুইস্কারাই যে মেক্সিকোর আজটেকদের মতো শুধু নয়, প্রশান্ত মহাসাগরের ওপারের এশিয়ার সভ্য জাতিদের মতো জ্যোতির্বিদ্যার মূল সূত্রগুলি আশ্চর্য ও স্বাধীনভাবে আবিষ্কার করেছিল কিছুদিন বাদে গানাদো তা জানতে পারেন বিশদভাবে।

সেই মুহূর্তে কিন্তু এ সব আলোচনায় কোনও উৎসাহ তাঁর হয়নি। নিজের মনের সবচেয়ে বড় কৌতূহলটাই তিনি প্রকাশ করেছিলেন।

জিজ্ঞাসা করেছিলেন বিমূঢ় বিস্ময়ের স্বরে, 'কিন্তু তুমি যে শুধু ইংকা নও, মুইস্কাও, তা মনে পড়ায় আমার এত কাছে এসে বসার সাহস হল কী করে? দ্বিধা সংকোচ ভয় কি তাইতেই চলে গেল?

'হ্যাঁ, গেল।' গভীর নির্ভরতার সুরে বলেছিলেন কয়া, 'তোমাকে ভয় করা যে আমার ভুল তা মুইস্কা হিসেবে আগেই আমার বিশ্বাস করা উচিত ছিল। উদয়-সাগর-তীর থেকে তোমার আসা যখন মিথ্যে হয়নি, তখন আর সব গণনাই বা সত্য হয়ে উঠবে না কেন?'

'তার মানে এ সব ঘটনা আগেই তোমাদের কেউ গণনা করে জেনেছিলেন!'

সবিস্ময়ে জিজ্ঞাসা করেছিলেন গানাদো, 'কে তিনি? কী তাঁর গণনা?'

'কী তাঁর গণনা সব জানতে চেও না।' মধুর অনুরোধের সুরে বলেছিল কয়া, 'ভবিষ্যৎ জানবার অধিকার সকলের থাকে না। জানলে জীবনের স্বাদ তাদের কাছে ম্লান কিংবা ফিকে হয়ে যায়। একথা বলতেন আমার পিতামহ। তিনিই তাভান্‌তিনসুইয়ু-র সঙ্গে জড়িত আমার নিয়তি গণনা করে বলে গিয়েছিলেন যে, এ রাজ্যের চরম দুর্যোগের দিনে সূর্যকন্যা হিসেবে আমি ব্রতভ্রষ্টা হব আর আমার জীবনে পরম সহায় রূপে দেখা দেবে উদয়-সাগর-তীরের কোনও এক অচেনা ভিনদেশি।'

একটু থেমে গানাদোর দিকে উৎসুক চোখ তুলে আবার বলেছিল কয়া, 'এর বেশি আর কিছু বলার অনুরোধ আমায় কোরো না। বলতে নিষেধ আছে আমাদের মুইস্কা সংস্কারে। ভবিষ্যৎকে অজানা থাকতেই দাও। সুখ-দুঃখ জয়-পরাজয় নিয়ে জীবনের সব পাওনাই আসুক গভীর অন্ধকার থেকে অভাবিতের চমক নিয়ে।'

'তাই আসুক!' কয়া-র প্রতি মুগ্ধ আকুলতার সঙ্গে নতুন এক সম্ভ্রম নিয়ে বলেছিলেন গানাদো, 'তোমার পিতামহ যা বলতেন আমার নিজেরও মত তাই। শুধু একটা কথা তোমায় জিজ্ঞাসা করি। সূর্যসেবিকা যখন তুমি হয়েছিলে তোমার পিতামহ কি তখন জীবিত?'

'হ্যাঁ, জীবিত,' ম্লান একটু হেসে গানাদোর পরের প্রশ্নটা যেন অনুমান করে বলেছিল কয়া।

'তা হলে ব্রতভ্রষ্টা হবে জেনেও তোমাকে সূর্যসেবিকার অনুমতি তিনি দিয়েছিলেন কেন?' কয়ার অনুমিত প্রশ্নই তুলে গানাদো বলেছিলেন, 'সূর্যকন্যা হওয়া তো এ রাজ্যে হেলাফেলার ব্যাপার নয়। এ জীবন-ব্রতে সার্থকতার গৌরব যেমন অসামান্য, স্খলন পতনের লজ্জা গ্লানি লাঞ্ছনা তেমনই অপরিসীম। সব জেনেশুনেও তোমার এ চরম দুর্গতি ঠেকাবার চেষ্টা তিনি করেননি কেন?'

'করেছিলেন।' মুখে একটি বিষণ্ণ ছায়া নিয়ে বলেছিল কয়া, 'অনিবার্যের বিরুদ্ধে সব সংগ্রামই নিষ্ফল জেনেও করেছিলেন। তবু সূর্যসেবিকারূপে আমার নির্বাচন বন্ধ করতে পারেননি। কৈশোর না পার হতে একদিন কুজকোর' প্রধান কন্যাশ্রমের অলঙ্ঘ্য প্রাচীরের আড়ালে আমি নির্বাসিত হয়েছিলাম। সেখানে নিষ্কলঙ্ক দিব্যাঙ্গনার জীবন কিন্তু আমি কাটাইনি। এ রাজ্যের এই চরম বিপর্যয়ের দিনেই প্রথম নয়, মনে পাপের স্পর্শ লেগে ভ্রষ্ট হয়েছি আমি অনেক আগেই।'

'তুমি ভ্রষ্টা হয়েছ ওই কন্যাশ্রমের মধ্যে? ওই পবিত্র সূর্যকন্যা ব্রত তুমি ভঙ্গ করেছ?'—বিস্ময়ে সংশয়ে তীক্ষ্ণ হয়ে উঠেছিল গানাদোর গলার স্বর।

'হ্যাঁ, ভ্রষ্টা আমি হয়েছি সত্যিই অনেক আগে।' গানাদোর উত্তেজিত সন্দিগ্ধ প্রশ্নের জবাব শান্ত স্নিগ্ধ আর সেই সঙ্গে কেমন যেন অনুশোচনাহীন কণ্ঠে বলেছিল কয়া, 'ভ্রষ্টা হয়েছি সেইদিন থেকে যেদিন নিজের নিয়তির কথা জেনে শঙ্কিত বিহ্বল হবার বদলে আমার উৎসুক কল্পনা কন্যাশ্রমের অলঙ্ঘ্য দেওয়ালের বাইরে আমি ছড়িয়ে দিয়েছিলাম। কঠিন আচার অনুষ্ঠানের বন্ধনে সূর্যকন্যাদের সমস্ত জীবন বাঁধা। আমার মন সে বন্ধন কিন্তু আর স্বীকার করতে চায়নি। অমোঘ নিয়তিই আমার কাছে যেন

মুক্তির দ্বার হয়ে মনে মনে আমায় ব্যভিচারিণী করেছে। এ অমোঘ নিয়তির কথা না জানলে কী হত আমি জানি না, কিন্তু পিতামহ তাঁর মৃত্যুর আগে নিজেই কন্যাশ্রমের কঠিন চিরসতর্ক পাহারা ভেদ করে তাঁর গণনার কথা আমায় জানাবার ব্যবস্থা করেছিলেন।'

'কেন? কী করে?' গানাদো সবিস্ময়ে জিজ্ঞাসা করেছিলেন।

'কেন তা তিনিই জানেন।' মৃদু হেসে বলেছিল কয়া, 'তবে সূর্যসেবিকাদের কন্যাশ্রমের অলঙ্ঘ্য প্রাচীর বিফল করবার মতো ছিদ্রপথও কিছু কিছু আছে। পিতামহ সেই ছিদ্রপথেই আমার কাছে তাঁর শেষ বার্তা পাঠিয়েছিলেন। নামে যারা সূর্যসেবিকা বাইরের জগতের কাছে তারা অসূর্যম্পশ্যা। স্বয়ং ইংকা কিংবা তাঁর সামাজ্ঞী কয়া ছাড়া তাদের সাক্ষাৎ দর্শন পাবার অধিকার কারও নেই। বাইরের সঙ্গে কন্যাশ্রমের যোগাযোগ রক্ষা করেন বর্ষিয়সী তপোসিদ্ধা কয়েকজন পূর্বতন সূর্যসেবিকা, মামাকোনা বলে যারা পরিচিত। কী উপায়ে জানি না আমাদের এক মামাকোনাকেই প্রভাবিত করে পিতামহ তাঁর হাত দিয়ে আমার কাছে তাঁর গোপন কিপু পাঠিয়েছিলেন। ইংকা নয়, সে আরও জটিল ও উন্নত মুইস্কা কিপু। মামাকোনা চেষ্টা করলেও তার অর্থ উদ্ধার করতে পারতেন না। ছেলেবেলার বংশগত শিক্ষায় আমি তা পেয়েছিলাম। কৈশোর থেকে যৌবনে উত্তীর্ণ হয়ে আমি তখন রেইমি উৎসবের পবিত্র শিখা রক্ষণের ভার পেয়ে সূর্যকন্যারূপে চিহ্নিত হয়েছি। কিন্তু পিতামহের সেই ক-টি সুতুলি কিপু আমার মনের কঠিন নিষ্ঠা ও সংকল্পের ভিত্তিতে চিড় ধরিয়ে দিল। অনাগত ভবিষ্যৎ সম্বন্ধে ঔৎসুক্যে আমার মন একাগ্র সূর্য-সাধনার পক্ষে অশুদ্ধ হয়েছিল তখনই। পিতামহ সেই উদ্দেশ্যেই তাঁর গণনা আমায় জানিয়ে গেছলেন কি না এক-একবার আমার সন্দেহ হয়।'

কয়ার কথা শেষ হবার পর অনেকক্ষণ গানাদো স্তব্ধ হয়ে বসেছিলেন।

সন্ধ্যার অন্ধকার তখন বেশ গাঢ় হয়ে চারিদিকের দৃশ্যবৈচিত্র্য মুছে দিয়েছে। মৌন এক বিচ্ছিন্নতার যবনিকায় তাঁরা দু-জনে যেন বেষ্টিত।

অনেকক্ষণ বাদে, ক্রমশ নিবিড় হয়ে ওঠা অন্ধকারে পরস্পরের কাছেও অস্পষ্ট হয়ে আসার পর কয়া কুণ্ঠিত মৃদু কণ্ঠে জিজ্ঞাসা করেছিল, 'আমাকে একটু ঘৃণা করছ নিশ্চয়ই।'

'ঘৃণা!' বিস্মিত স্বরে বলেছিলেন গানাদো, 'ঘৃণা করব তোমাকে? কেন?'

'তোমার কাছে আমার গোপন স্খলনের কথা প্রকাশ না করে পারলাম না বলে। সূর্যসেবিকা হিসাবে আমি তো সত্যিই ভ্রষ্টা।' প্রায় অস্ফুট স্বরে বলেছিল কয়া।

এবার হেসে উঠেছিলেন গানাদো। বলেছিলেন, 'হ্যাঁ, সত্যিই তুমি ভ্রষ্টা। কিন্তু এ স্খলন তোমার লজ্জা নয়, তোমার গৌরব। বেগের আনন্দে বয়ে যাবার নদী বলেই বদ্ধ জলের বাঁধানো পাড় তুমি না ভেঙে পারোনি। তোমার পিতামহ এই নিয়তির জন্যেই তোমাকে প্রস্তুত রাখতে চেয়েছিলেন এই কথাই ভাবতে ইচ্ছে করে নাকি?'

গানাদোর কথা কয়া কি সব বুঝেছিল? কোনও উত্তর সে অন্তত দেয়নি।

অন্ধকারে অনেকক্ষণ নীরবে বসে থাকবার পর গানাদো উঠে পড়ে বিদায় চেয়ে

ছিলেন। কয়াকে আশ্রয় নিতে বলেছিলেন গোপনে গুহায়।

'এখনই তুমি যাবে?'

দেহের শিরা উপশিরায় সুধার স্রোত ছড়িয়ে কয়ার ঈষৎ কাতর প্রশ্ন গানাদোর কানে বেজেছিল।

আবেগ বিহ্বলতার জন্যেই কয়েক মুহূর্ত তিনি বুঝি উত্তর দিতে পারেননি। তারপর শান্ত আশ্বাসের কণ্ঠে বলেছিলেন, 'হ্যাঁ, এখনই যাব, তবে বেশিক্ষণের জন্যে নয়। তুমি নিশ্চিত থেকো যে, মধ্য রাত্রের আগেই ফিরে এসে সূর্যোদয় পর্যন্ত এ গুহামুখ আমি পাহারা দেব। এখন শুধু কাক্সামালকা নগরে একটি দায় না সেরে এলে নয়।'

কী সে দায়, কয়া কিন্তু আর জিজ্ঞাসা করেনি। নীরবে সে গুহামুখের গোপন পথে চলে গেছে।

কিছুক্ষণ সেখানে দাঁড়িয়ে থাকার পর গানাদো যা করেছেন তা দেখতে পেলে কয়া কেন, কাক্সামালকা নগরের যে কেউ বিস্মিত হত।

পার্বত্যপথে কিছুদূর পর্যন্ত হেঁটে গানাদো একটি প্রস্তর-স্তূপের আড়ালে গিয়ে দাঁড়িয়েছেন।

একটি ঘোড়া সেখানে বাঁধা। ঘোড়াটির বিশেষত্ব এই যে, অন্ধকারেও তার গা থেকে যেন ক্ষীণ একটু সাদা আলো ছড়াচ্ছে। ভাল করে লক্ষ করলে অবশ্য দেখা যেত ঘোড়ার গায়ের এ শুভ্রতা স্বাভাবিক নয়। কাছের একটি পাত্রই তার প্রমাণ। কাক্সামালকা শহরের বাড়িগুলি যার কল্যাণে সবই উজ্জ্বল ধবল সেই চুনই খানিকটা রাখা আছে পাত্রটিতে।

গানাদো নিজেই যেভাবে বেশ বদল করেছেন তা একটু অদ্ভুত। যা পরেছিলেন তার ওপর সাদা আলখাল্লা জাতের একটি পোশাক তিনি চাপিয়েছেন। কোমরবন্ধে সে আলখাল্লা বেঁধে খাপ সমেত তলোয়ার তো সেখানে ঝুলিয়েছেনই, তার সঙ্গে আর একটি যা জিনিস নিয়েছেন সেইটিই বিস্ময়কর। জিনিসটি এমনিতে দেখলে একটা লম্বা দড়ি ছাড়া কিছু মনে হয় না।

এই দড়িটি জিনের ওপর রেখে ঘোড়া খুলে তাতে সওয়ার হয়ে আপাদমস্তক শুভ্র আবরণে ঢেকে গানাদো যখন নগরের দিকে রওনা হয়েছেন তখন সত্যিই ঘোড়া সমেত তাঁর মূর্তি অলৌকিক কোনও আবির্ভাব বলে মনে করা কারও পক্ষে অস্বাভাবিক ছিল না।

রাতের পর রাত নগরের নির্জন পথে এ মূর্তি দেখবার সৌভাগ্য বা দুর্ভাগ্য কারও কারও হয়েছে তার পর। কাক্সামালকা নগরে পেরুবাসী তো বটেই, এসপানিওলদের মধ্যেও এ মূর্তি নিয়ে তখনই বিস্ময় সংশয়ভরা আলোচনা শুরু হয়ে গেছে।

শুধু কাক্সামালকা নয়, আর-এক জায়গাতেও ভীরাকোচারূপী ও মূর্তি কীভাবে যে কিছুকাল বাদেই আলোচিত হয়েছে তা জানলে গানাদো নিজেই বোধহয় একটু বিচলিত হতেন।

জায়গাটির নাম টম্‌বেজ বন্দর। আলোচনা যারা করেছে তাদের দু-জনেই আমাদের চেনা—একজনের নাম গাল্লিয়েখো আর একজন মার্কুইস গঞ্জালেস দে

সোলিস।

মার্কুইস গঞ্জালেস দে সোলিসের কাছে স্পেন ও মেক্সিকো দুই-ই একটু বেয়াড়া হয়ে ওঠায় অজানা নতুন মহাদেশ পেরুতেই ভাগ্য পরীক্ষা তার কাছে সুবিধের মনে হয়েছে। পানামা থেকে একটি অভিযাত্রী জাহাজে সে তখন সবে এসে নেমেছে টম্‌বেজ-এ।

কাক্‌সামালকায় যার মুখ দেখানো আর সুবিধের নয়, পিজারোর হুকুমে বিতাড়িত সেই গাল্লিয়েখোও তখন পাহাড় থেকে নেমে টম্‌বেজ বন্দরে ওই জাহাজেই ফিরে যাবার জন্যে অপেক্ষা করছে।

বন্দরের পথেই দুজনের দেখা। মার্কুইস গঞ্জালেস দে সোলিসকে না হলেও পুরোনো আলাপী সোরাবিয়াকে গাল্লিয়েখো চিনেছে। সোরাবিয়া সে পরিচয় অস্বীকার করেনি।

নেশার আড্ডায় সোরাবিয়ার না হোক, গাল্লিয়েখোর জিভের রাশ আলগা হয়ে গেছে তার পর। অদ্ভুত ভীরাকোচা মূর্তির কাছে তার চরম লাঞ্ছনার কথা সবই বলে ফেলেছে গাল্লিয়েখো।

শুনতে শুনতে উত্তেজিত হয়ে উঠেছে সোরাবিয়ার মুখ। গাল্লিয়েখোর কপালের আর মুখের অসি-কলঙ্ক চিহ্নগুলি তখনও মেলায়নি। সেগুলি তীক্ষ্ণ দৃষ্টিতে পরীক্ষা করে প্রায় নিষ্পেষিত দন্তে অদ্ভুতভাবে হেসে সোরাবিয়া বলেছে, 'তোমার এ লাঞ্ছনার শোধ শিগগিরই হবে, গাল্লিয়েখো। কাক্‌সামালকার এসপানিওলদের বিভীষিকা, ভীরাকোচার এ অবতারকে আমি বোধহয় চিনি।'

তীব্র উৎসাহ উত্তেজনা নিয়ে সেই দিনই সোরাবিয়া রওনা হয়েছে কাক্‌সামালকার পথে।

গানাদো তখন অবশ্য কাকসামালকায় নেই। সোনা-বরদারদের দলে সবে কুজকো শহরে পৌঁছে ইংকা সাম্রাজ্যের শ্রেষ্ঠ সূর্যমন্দির কোরিকাঞ্চায় আশ্রয় নিয়ে কয়াকে তিনি সৌসায় হুয়াসকার-এর কাছে কিপু নিয়ে দুঃসাহসিক দৌত্যে পাঠাবার আয়োজন করছেন।

হুয়াসকার-এর কাছে গোপন কিপু নিয়ে যে দৌত্যে যাবে সোনা-বরদার দলের সঙ্গে কোরিকাঞ্চার সূর্যমন্দিরে আশ্রয় পাবার পরই তার চেহারা পোশাক আশ্চর্যভাবে পালটে গেছে।

হালকা পাতলা নেহাত কিশোর গোছের যে একজনকে সোনা-বরদার দলের সঙ্গে কাক্‌সামালকা থেকে কুজকো পর্যন্ত আসতে দেখা গেছল কুজকো শহরে পা দিয়ে সোনা-বরদার দল কোরিকাঞ্চায় ঢোকবার পর আর তার পাত্তা পাওয়া যায়নি।

কোরিকাঞ্চার মন্দিরে সে যেন কোথায় হারিয়ে গেছে বলেই মনে হয়েছে প্রথমে।

তা কোরিকাঞ্চার মন্দিরে হারিয়ে যাওয়া এমন কিছু আশ্চর্য তো নয়! কুজকো শহরের একেবারে মাঝখানে এ যেন বিশাল এক আলাদা জগৎ।

প্রধান সূর্য-দেউল একটিই। কিন্তু সেটিকে ঘিরে অসংখ্য ছোট বড় সব আয়তন চারিদিকে বহুদূর পর্যন্ত যেন অনুগত সেবক-সেবিকার মতো ভিড় করে দাঁড়িয়ে

আছে। সূর্য-মন্দির থেকে শুরু করে ছোট বড় সব দেবায়তনই পাথরে তৈরি। কিন্তু আশ্চর্যের বিষয় এই যে সেগুলির ছাউনি ঘাসের। বাইরে সেগুলির চেহারা তেমন জমকালো না হলেও ভেতরের ঐশ্বর্য ইউরোপের অনেক রাজা-মহারাজাদেরও চোখ কপালে তোলবার মতো। সারা তাভানতিনসুইয়ু-ই বলতে গেলে সোনা রুপোয় মোড়া। তার মধ্যে সমস্ত দেশের সেরা যা কিছু সোনাদানা সব জড়ো হয়েছে এই কোরিকাঞ্চার দেবস্থানে। সোনার ছড়াছড়ি বলেই এ দেবায়তনের নাম হয়েছে কোরিকাঞ্চা। কোরিকাঞ্চা মানে হল সোনার পুরী।”

“আশ্চর্য তো!” উৎসাহ দমন করতে না পেরে মেদভারে যিনি হস্তীর মতো বিপুল সেই সদাপ্রসন্ন ভবতারণবাবু শ্রীঘনশ্যাম দাসকে বাধা দিয়ে ফেলেছেন।

বাধা পেয়ে দাসমশাই একটু ভ্রুকুটিভরে তাকাতে বেশ একটু অপ্রস্তুত হলেও ভবতারণবাবু তাঁর বিস্ময়সূচক মন্তব্যটা শেষ না করে পারেননি।

কুণ্ঠিতভাবে দুবার ঢোক গিলে বলেই দিয়েছেন, “কোরিকাঞ্চার মানে সোনার পুরী হওয়া ভারী অদ্ভুত নয়?”

“অদ্ভুতটা কোথায় দেখলেন?”—মস্তক যাঁর মর্মরের মতো মসৃণ সেই শিবপদবাবু তাঁর পাণ্ডিত্যের উচ্চ শিখর থেকে একটু অবজ্ঞার খোঁচা না দিয়ে পারেননি—“কাঞ্চা শব্দটার সঙ্গে কাঞ্চনের সম্পর্ক খুঁজছেন নাকি? ভাবছেন, সংস্কৃতের কাঞ্চন শব্দটাই কালাপানি, ভারত সমুদ্র আর গোটা প্রশান্ত মহাসাগর পেরিয়ে গিয়ে পেরুতে কাঞ্চা হয়েছে? আর তা যদি হয়ে থাকে তা হলে ইংকা সভ্যতার পেছনে ভারতবর্ষই উঁকি দিচ্ছে বলে ধরে নিচ্ছেন?”

ভবতারণবাবু কাঁচুমাচু, সভার অন্য সবাই একটু দিশাহারা।

কিন্তু সাহায্য এসেছে অপ্রত্যাশিতভাবে শ্রীঘনশ্যাম দাসের কাছ থেকেই। শিবপদবাবুর ইস্কাবনের টেক্কার ওপর চিঁড়েতনের রঙের দুরির তুরুপ মারবার এমন সুযোগ কি দাসমশাই ছাড়েন!

ঈষৎ কুঞ্চিৎ চোখে শিবপদবাবুর দিকে চেয়ে তিনি বলেছেন, “ভারতবর্ষ উঁকি দিচ্ছে কি না কেউ জানে না, তবে সেকালের কুইচুয়া ভাষার কয়েকটা শব্দ যে কৌতূহলটা জাগাবার মতো এ বিষয়ে সন্দেহ নেই। যেমন ধরুন অমাউতা। উচ্চারণ অমাউত্যা ছিল মনে হয়। সংস্কৃতে অমাত্য হল রাজাকে মন্ত্রণা দেন এমন প্রাজ্ঞ বিদ্বান মানুষ আর পেরুতেও অমাউত্যা বলতে বোঝাত বিজ্ঞ পণ্ডিত। তফাত শুধু ছিল এই যে, রাজাকে মন্ত্রণা দেবার বদলে ইংকা রাজপুত্রের শিক্ষাদীক্ষা দেবার ভার তাঁদের ওপর থাকত। শুধু কাঞ্চা আর অমাউত্যা কেন, পেরু শব্দটাই সংস্কৃত পারুর কথা মনে করিয়ে দেয়। পারু মানে সংস্কৃতে সূর্য। কাঞ্চা শুনে ভবতারণবাবুর কান একটু খাড়া হয়ে ওঠা সুতরাং দোষের নয়।”

শিবপদবাবু পালটা কিছু প্রশ্ন তোলার জন্যে যদি তৈরি হয়ে থাকেন, তার সুযোগ দাসমশাই তাঁকে দেননি। সরাসরি আবার গল্পে গা ভাসিয়ে দিয়েছেন—

“যে কোরিকাঞ্চার কথা বললাম কুজকোর একেবারে বুকের মাঝখানে হৃদপিণ্ডের মতো আর-এক সেই মন্দির-নগর চারিদিকে আবার যথেষ্ট উঁচু দেওয়াল দিয়ে ঘেরা।

উৎসবের দিনেও এক ইংকা ছাড়া আর সকলকে সে নগরে ঢোকবার আগে দেওয়ালের বাইরে জুতো খুলে ঢুকতে হয়।

এ মন্দির-নগরের হর্তাকর্তা হলেন ভিলিয়াক ভ্মু, অর্থাৎ প্রধান পুরোহিত। পেরু সাম্রাজ্যে মর্যাদার দিক দিয়ে তাঁর স্থান ইংকার পরেই। ইংকা রাজরক্ত গায়ে না থাকলে কোরিকাঞ্চার ভিলিয়াক ভ্মু হওয়া যায় না। কোরিকাঞ্চাতেই তাঁর অধীনে চার হাজারের ওপর তাঁবেদার।

এ রকম একটি মন্দির-নগরের ভিড়ের মধ্যে অনায়াসেই নিপাত্তা হওয়া সম্ভব। গানাদোর দলের কিশোর চেহারার এক সোনা-বরদার তা-ই হয়েছে। কিন্তু নিখোঁজ হলেও নিশ্চিহ্ন সে হয়নি। কয়েকদিন বাদেই তাকে ওই কোরিকাঞ্চাতেই দেখা গেছে সম্পূর্ণ ভিন্ন রূপে।

মন্দির-নগরের একটি অতিথিশালায় গানাদো অন্যান্য সোনা-বরদারদের সঙ্গে তখন আশ্রয় পেয়েছেন। ইতিপূর্বে সোনা-বরদার হিসেবে যারা এসেছে, এই অতিথিশালাতেই আশ্রয় নিয়ে তারা আতাহুয়ালপার হুকুমনামা ভিলিয়াক ভ্মুর কাছে দাখিল করেছে। সে হুকুমনামা অনুযায়ী রাজপুরোহিত ভারে ভারে সোনা তাদেরই মারফত পাঠিয়েছেন কাক্সামালকায়।

এবারে কাক্সামালকা থেকে সোনাবরদারদের দল মন্দির-নগরে এসে আশ্রয় নেবার পর দিন কয়েক কেটে যাওয়া সত্ত্বেও আতাহুয়ালপার হুকুম নিয়ে কেউ তাঁর কাছে না আসায় রাজপুরোহিত বেশ একটু অবাক হয়েছেন।

কোরিকাঞ্চা উজাড় করে আতাহুয়ালপার হুকুম তামিল করতে যে তাঁর ভাল লাগে তা নয়, মনে মনে আতাহুয়ালপার এ অন্যায় আদেশ তাঁর কাছে বাতুলতার লক্ষণ বলেই মনে হয়। কিন্তু বিদেশি শত্রুর হাতে বন্দি হলেও আতাহুয়ালপা-ই এ রাজ্যের সর্বেসর্বা। ঘাড়ে একটা মাত্র মাথা নিয়ে তাঁর আদেশের প্রতিবাদ করা যায় না।

সোনা-বরদারদের কেউ তাঁর সঙ্গে দেখা না করতে আসায় রাজপুরোহিত প্রথমে অবাক এবং পরে তাই চিন্তিত হয়ে উঠেছেন। পাছে সোনা-বরদারদের আলস্য কি গাফিলতি তাঁর নিজের অবাধ্যতা বলে কেউ ধরে বসে এই ভয়ে অতিথিশালায় নিজেই তিনি সোনা-বরদারদের খোঁজ নিতে পাঠিয়েছেন।

সেখান থেকে খবর যা পাওয়া গেছে তা দুর্ভাবনা করবার মতো নয়। সোনা-বরদার দল রেইমি-র উৎসব না দেখে কুজকো থেকে রওনা হবে না। উৎসবের এখনও কয়েকদিন দেরি আছে। তাই তারা ভিলিয়াক ভ্মুকে এ কয়দিন বিরক্ত করেনি। তাদের হয়ে একজন সেইদিন আতাহুয়ালপার হুকুমনামা নিয়ে তাঁর কাছে যাচ্ছে।

সোনা-বরদারদের প্রতিনিধি হয়ে এসেছে একজন ঠিকই কিন্তু তাকে দেখে রাজপুরোহিত একেবারে বিমূঢ়।

কাক্সামালকা থেকে সোনা-বরদারদের দলকে যারা কুজকো আসতে দেখেছে তাদেরও সে মূর্তি একটু বিস্মিত, সন্দিগ্ধ কি করত না? সে দলের কিশোর গোছের একটি চেহারার সঙ্গে একটা রহস্যজনক সাদৃশ্য তাদেরও লক্ষ এড়াত না বোধহয়। তবু সাক্ষাৎ নক্ষত্রলোক থেকে নেমে আসা অপ্সরার মতো সুন্দরী মেয়েটিকে সেই

সোনা-বরদারদের একজন বলে ভাবা বেশ কঠিন হত তাদের পক্ষে।

গানাদো যার নাম কয়া রেখেছিলেন সূর্যসেবিকাদের নিতান্ত বেঢপ পোশাকের বদলে কুজকোর সম্ভ্রান্ত ঘরের মেয়েদের বেশে তার সৌন্দর্য সত্যিই যেন অপার্থিব হয়ে উঠেছে।

রাজপুরোহিতও সে মূর্তি দেখে প্রথমটা বিস্মিত বিহ্বল হয়েছেন সত্যিই, কিন্তু তারপরে জ্বলে উঠেছেন রাগে।

তাঁর সঙ্গে এটা কী ধরনের পরিহাস!

নারীর সৌন্দর্য দেখবার চোখ থাকলেও তাতে মোহিত হয়ে বুদ্ধিশুদ্ধি হারাবার বয়স তাঁর নেই।

সোনাবরদারদের প্রতিনিধি হিসেবে একটি সুন্দরী মেয়েকে তাঁর কাছে পাঠানো তাই তাঁর ক্ষমার অযোগ্য রসিকতার স্পর্ধা বলে মনে হয়েছে।

'কী করতে এসেছ তুমি এখানে?' বজ্রস্বরে বলেছেন ভিলিয়াক ভ্মু, 'এসেছ কোন অধিকারে!'

একটি মধুর সরল হাসি ফুটে উঠেছে কয়া-র মুখে।

তাঁর অমন প্রচণ্ড ধমকের উত্তরে এ হাসিতে রাজপুরোহিত একটু অস্বস্তি বোধ করেছেন। তবু কঠিন স্বরে আবার বলেছেন, 'উৎসবে অনুষ্ঠানে ছাড়া কোরিকাঞ্চার এ সূর্যবেদিকার কক্ষে মেয়েদের প্রবেশ নিষেধ তুমি জানো না?'

'জানি।' শান্ত চোখ তুলে স্নিগ্ধস্বরে বলেছে কয়া, 'তবে একথাও জানি যে এ নিষেধ কারও কারও জন্যে নয়।'

'হ্যাঁ, নয়।' স্নিগ্ধ স্বরের কথাগুলিতে স্পর্ধার আভাস প্রচ্ছন্ন বলে সন্দেহ করে রাজপুরোহিত আরও রূঢ় হয়ে উঠেছেন, 'কিন্তু নয় শুধু কাদের জন্যে? শুধু ইংকা রাজঅন্তঃপুরিকা সূর্যসেবিকাদের কন্যাশ্রমের প্রধান মামাকোনার, আর মুইস্কা বংশের কুমারীদের জন্যে।'

'আমি মুইস্কা বংশেরই কুমারী,' একটু যেন বিষণ্ণ সুরেই বলেছে কয়া।

'তুমি মুইস্কা!'—সন্দিগ্ধ স্বরে জিজ্ঞাসা করেছেন রাজপুরোহিত, 'তোমায় বিশ্বাস করব কেমন করে?'

'আমায় বিশ্বাস করতে হবে না।' মৃদু একটু হেসে বলেছে কয়া, 'যাঁর কাছ থেকে আমি এসেছি সেই মহামহিম আতাহুয়ালপার আদেশবাহী কিপু থেকেই তাঁর যা নির্দেশ তার সঙ্গে আমার পরিচয়ও জানতে পারবেন।'

রাজপুরোহিত ভ্রূকুটিভরে কয়া-র হাত থেকে আতাহুয়ালপার হুকুমনামা এবার নিয়েছেন।

সেটির ওপর চোখ বোলাতে গিয়ে তাঁর ভ্রূকুটি প্রথমে আরও তীক্ষ্ণ হয়ে উঠেছে। তারপর কেমন একটা সংশয়-বিহ্বলতার ছায়া ফুটে উঠেছে তাঁর দৃষ্টিতে।

কয়ার দিকে যেভাবে তিনি চেয়েছেন তাতে মনে হয়েছে আতাহুয়ালপার এ নির্দেশের কিপুই জাল বলে বুঝি তিনি ঘোষণা করবেন।

কিন্তু তা তিনি করেননি। করা সম্ভব নয়। ইংকা নরেশের নিজস্ব গোপন এমন

কিছু গ্রন্থিবৈশিষ্ট্য এ কিপুতে আছে যার রহস্য একমাত্র ইংকা নরেশ স্বয়ং, পেরুর রাজপুরোহিত আর প্রধান সেনাপতিই জানেন। অন্য কারও পক্ষে তা নকল করা অসম্ভব।

এ কিপু সুতরাং অবিশ্বাস করা যায় না।

কিন্তু তাতে যে আদেশ দেওয়া হয়েছে তা সত্যিই বিশ্বাসের বাইরে।

আতাহুয়ালপার কিপুতে এবার সোনা পাঠাবার নির্দেশ নেই।

দূতী হিসেবে মুইস্কা বংশের মেয়েটির পরিচয় দিয়ে এমন একটি কাজে তাকে যথাসাধ্য সাহায্য করার আদেশ আছে যা সর্বনাশা বাতুলতা বলেই মনে হয়েছে রাজপুরোহিতের।

আতাহুয়ালপা জানিয়েছেন যে, তাঁর দূতী মুইস্কা কুমারী সৌসা দুর্গে বন্দি হুয়াসকার-এর কাছে একটি বিশেষ প্রস্তাব নিয়ে যাচ্ছে। যত দ্রুত সম্ভব তাকে সৌসা দুর্গে পৌঁছে দেবার ব্যবস্থা ভিলিয়াক ভ্মুকে করতে হবে। আর আতাহুয়ালপার প্রস্তাবে রাজি হলে মুক্ত করতে হবে হুয়াসকারকে।

মুক্ত করতে হবে হুয়াসকারকে!

কিপুর রঙিন গ্রন্থিগুলোর ভুল অর্থ করেছেন কি না একবার এমন সন্দেহ হয়েছে রাজপুরোহিতের।

হুয়াসকারকে মুক্ত করা মানে তো জেনে শুনে গলায় দোকর মরণ-ফাঁস টানা। আতাহুয়ালপার গলায় সাদা বিদেশি শয়তানের ফাঁস তো লাগানোই আছে, তার ওপর হুয়াসকারকে ছেড়ে দিলে সর্বনাশের কি বাকি থাকবে কিছু?

আতাহুয়ালপার প্রস্তাবে রাজি হলে তবে হুয়াসকারকে ছাড়বার কথা আছে অবশ্য।

কিন্তু সত্যের তেজ ছাড়া মিথ্যের এক রত্তি কালো ছায়া যাঁর দেহে নেই হুয়াসকার কি সেই সূর্যদেব? ছাড়া পাবার জন্যে আতাহুয়ালপার প্রস্তাবে রাজি হবার ভান করতে তার আটকাচ্ছে কোথায়? একবার ছাড়া পেলেই সে যে নিজমূর্তি ধরবে, এ-বিষয়ে কোনও সন্দেহই নেই। কী বিশ্বাসে হুয়াসকারকে এরকম সুযোগ তা হলে দেওয়া হচ্ছে?

এরকম অনেক প্রশ্নেই রাজপুরোহিতের মন অস্থির হয়ে উঠেছিল। এতসব উদ্বেগ দুর্ভাবনা কি সত্যিই ইংকা নরেশের বিপদের কথা ভেবে? তা যদি হয় তা হলে আতাহুয়ালপা নিজেই যে এসব প্রশ্ন একদিন তুলেছিলেন এইটুকু জানলে রাজপুরোহিত বিস্মিত হতেন নিশ্চয়।

গানাদোর আর সব পরামর্শ মেনে নিলেও প্রথমে আতাহুয়ালপা হুয়াসকারকে মুক্তি দেওয়ার সম্পূর্ণ বিপক্ষে ছিলেন সত্যিই। বিদেশি শত্রুর বিরুদ্ধে মরণপণ করে আতাহুয়ালপার পাশে দাঁড়িয়ে লড়বে, এমন কথা দিলে হুয়াসকারকে মুক্তি দেওয়া হবে।

‘কিন্তু তার কথার দাম কী?’ গভীর সন্দেহের সঙ্গে জিজ্ঞাসা করেছিলেন আতাহুয়ালপা। বলেছিলেন, ‘মুক্তি পাবার জন্যে সে তো অম্লান বদনে কথা দেবে

মিথ্যে করে।'

'হ্যাঁ, মিথ্যে করেই কথা দিতে পারেন,' বলেছিলেন গানাদো, 'কিন্তু মুক্তি পাবার পর তিনি কথা রাখবেন সত্যি করে।'

'কেন?' বিস্ময় প্রকাশ করেছিলেন আতাহুয়ালপা।

'কারণ আপনার বিরুদ্ধে যত আক্রোশই থাক, সাচ্চা ইংকা হলে, মুক্তি পাবার পর আরও ভাল করে তিনি বুঝবেন যে সৌসা দুর্গ থেকে ছাড়া পাওয়াটা কিছুই নয়, বিদেশি শত্রুকে না তাড়ানো পর্যন্ত সমস্ত পেরুই সৌসা দুর্গের চেয়ে অসহ্য বন্দিশালা। আর বিদেশি শত্রুকে তাড়াতে হলে আপনার পাশে না দাঁড়ালেও নয়।'

আতাহুয়ালপা এর পর আর কোনও প্রশ্ন তোলেননি।

রাজপুরোহিতের মনে অসংখ্য প্রশ্নের খোঁচা কিন্তু থেকেই গেছে। সে সমস্ত এই মেয়েটির কাছে তোলবার নয়। তাকে শুধু একটি প্রশ্নই তিনি করেছেন, 'সৌসায় হুয়াসকার-এর কাছে তোমায় পাঠাবার ব্যবস্থা করছি। কিন্তু তুমি যে সত্যিই আতাহুয়ালপার দূতী তা তিনি বিশ্বাস করবেন কেন? এটা যে তাঁকে ফাঁদে ফেলবার একটা ষড়যন্ত্র নয় তা তিনি বুঝবেন কীসে?'

'যাতে বোঝেন সেই ব্যবস্থাই করেছেন গানাদো।' গভীর বিশ্বাসের সঙ্গে বলেছে কয়া।

'গানাদো! তিনি আবার কে?' সবিস্ময়ে জিজ্ঞাসা করেছেন রাজপুরোহিত।

'তিনি উদয়-সমুদ্র-তীরের এক আশ্চর্য মানুষ!' কয়ার কণ্ঠস্বর গাঢ় হয়ে উঠেছে মুগ্ধতায় 'তাভানতিনসুইয়ুকে উদ্ধার করবার সমস্ত পরিকল্পনার মূলে তিনিই আছেন।'

রাজপুরোহিতের চোখে হঠাৎ কী যেন একটা ঝিলিক দেখা গেছে। কৌতূহল আর সম্ভ্রম মেশানো গলাতেই যেন জিজ্ঞাসা করেছেন, 'এ মহাপুরুষের দেখা পাওয়া কি সম্ভব?'

বাইশ

"প্রচ্ছন্ন বিদ্রূপের সঙ্গে কি না বলা যায় না, মহাপুরুষ যাঁকে বলেছিলেন, তাঁর সঙ্গে রাজপুরোহিত ভিলিয়াক ভ্‌মুর দেখা হয়েছিল সেইদিনই।

গানাদোর সামান্য পরিচয় কয়া-র কাছে পাবার পর কেন যে রাজপুরোহিতের চোখে একটা ঝিলিক দেখা গিয়েছিল তা একটু যেন বোঝা গিয়েছিল এবার।

ভিলিয়াক্ ভ্‌মু আতাহুয়ালপারই দলের লোক। ইংকা নরেশের অধীন হলেও তাভানতিনসুইয়ুর ধর্মজগতের প্রধান হিসেবে ক্ষমতা তাঁর অশেষ। বিদেশি শত্রুর বিরুদ্ধে দেশব্যাপী অভ্যুত্থানে তাঁর ভূমিকাটা কারও চেয়ে ছোট হবে না।

গানাদো তাই হুয়াসকারকে মুক্তি দেবার প্রয়োজন বোঝাতে তাঁর পরিকল্পনাটা রাজপুরোহিতকে একটু বিশদভাবেই জানিয়েছিলেন।

শুনতে শুনতে স্পষ্টই উত্তেজিত হতে দেখা গিয়েছিল রাজপুরোহিতকে!

খুঁটিয়ে খুঁটিয়ে অনেক কথাই তিনি জানতে চেয়েছিলেন গানাদোর কাছে। তারই

মধ্যে হঠাৎ জিজ্ঞাসা করেছিলেন, 'যে বিদেশি শয়তানদের বিরুদ্ধে পেরুবাসীদের জাগাতে চাচ্ছেন, আপনি নিজেও তাদেরই একজন। এ দেশকে উদ্ধার করায় আপনার কী স্বার্থ?'

গানাদো খানিক চুপ করে থেকেছেন। তারপর ঈষৎ গম্ভীর স্বরেই বলেছেন, 'যদি বলি পাপের প্রায়শ্চিত্ত।'

রাজপুরোহিতের ভ্রু কুঞ্চিত হয়ে উঠতে দেখে একটু হেসে তৎক্ষণাৎ আবার বলেছেন, 'না, না, সত্যিকার স্বার্থ যে কী তা তো বুঝতেই পারছেন। নিজের দলের প্রতি বিশ্বাসঘাতকতার দাম হিসেবে আপনাদের কাছে বড়গোছের ইনাম চাই। ধরুন দেশে নিয়ে যাবার মতো এক জাহাজ সোনা।'

'না।' তীক্ষ্নদৃষ্টিতে গানাদোর দিকে চেয়ে রাজপুরোহিত মাথা নেড়ে বলেছেন, 'তা হতে পারে না। এ বিশ্বাসঘাতকতার পর সোনার জাহাজ নিয়ে ফেরবার দেশ আর আপনার থাকবে না। এইখানেই আপনাকে জীবন কাটাতে হবে।'

'তাই না হয় কাটাব।' প্রসন্ন মুখে বলেছেন গানাদো, 'থাকবার পক্ষে এ তো সত্যি সোনার দেশ! শুধু এর অভিশাপটা না দূর করলে নয়। তারই জন্যে হুয়াসকার-এর কাছে এখুনি যাওয়া দরকার। আমাদের জন্যে সেই ব্যবস্থাই করুন, এই অনুরোধ। কাল সকালেই যেন আমরা রওনা হতে পারি।'

'কাল সকালেই?' বেশ একটু চিন্তিত দেখা গেছে রাজপুরোহিতকে। নিজের মনে কী যেন তোলাপাড়া করে নিয়ে কয়েক মুহূর্ত বাদে দুঃখের সঙ্গে মাথা নেড়ে বলেছেন, 'না, কাল সকালে আপনাদের পাঠানো সম্ভব নয়। প্রস্তুত হবার জন্যে সময় দিতে হবে আর একটু।'

'প্রস্তুত আবার কীসের জন্যে হবেন!' গানাদো একটু অবাক হয়ে বলেছেন, 'এ তো আপনারই এলাকা। আমাদের সৌসা যাবার অনুমতিটা শুধু দিলেই হবে।'

'না, শুধু তাই দিলেই হবে না।' গম্ভীরভাবে বলেছেন রাজপুরোহিত, 'আমার অনুমতি নিয়ে আপনারা সৌসা গিয়ে পৌঁছোতে পারেন। সেখানে হুয়াসকার ওই মুইস্কা মেয়েটিকে আতাহুয়ালপার দূতী বলি বিশ্বাস করবেন ধরে নিচ্ছি, ধরে নিচ্ছি যে আতাহুয়ালপার প্রস্তাবে তিনি রাজি হবেন, কিন্তু তাতেই তাঁর বন্দিত্বের শিকল তো আপনা থেকে খসে পড়বে না! সৌসা দুর্গকারার দরজাও খুলে যাবে না ভোজবাজিতে!'

রাজপুরোহিত যুক্তি যা দেখিয়েছেন তা অগ্রাহ্য করবার নয়। তবু গানাদো একটু মৃদু প্রতিবাদ না করে পারেননি। বলেছেন একটু হেসে, 'আপনার আদেশই তো সেই ভোজবাজি। আমাদের সৌসা যাবার অনুমতি যেমন দিচ্ছেন, সেই সঙ্গে আমাদের সায় পেলে হুয়াসকারকে যাতে মুক্তি দেওয়া হয়, সে হুকুমও পাঠিয়ে দিন।'

'ব্যাপারটা কি এত সোজা!' এবার একটু অধৈর্যই প্রকাশ পেয়েছে রাজপুরোহিতের কণ্ঠস্বরে—'ফাঁস দেবার দড়ি গলায় পরিয়ে একলহমায় তাকে ফুলের মালা বানানো যায় না। হুয়াসকারকে পরম শত্রু হিসেবে আগলানো যাদের ধর্মকাজ বলে বুঝিয়েছি তারা হঠাৎ আমার উলটো হুকুমে বেঁকে দাঁড়াবে না তার ঠিক

কী! খেলার ঘুঁটি ঘুরিয়ে সাজাবার তাই সময় চাই একটু। বেশি নয়, ধৈর্য ধরে দু-চারটে দিন কোরিকাঞ্চার অতিথি হয়ে আয়েশ করুন। সব ব্যবস্থা পাকা করে তারপরই আপনাদের সৌসা পাঠাচ্ছি।'

দু-চারদিন অপেক্ষা করা মানে যে কী বিপদের ঝক্কি নেওয়া তা বুঝিয়ে গানাদো এ ব্যবস্থার প্রতিবাদ করতে পারতেন। কিন্তু তা তিনি করেননি। বরং রাজপুরোহিতের যুক্তি যেন অকাট্য বলেই মেনে নিয়ে খুশি মুখে বিদায় নিয়ে গেছেন।

সূর্যবেদিকার কক্ষ থেকে নিজেদের আস্তানায় কিন্তু তিনি ফিরে যাননি। দূরদূরান্তরের পূজারিণীদের জন্যে কোরিকাঞ্চায় যে কয়েকটি পৃথক অতিথিশালা আছে তারই একটিতে গিয়ে কয়া-র সঙ্গে প্রথমে দেখা করেছেন। সোনা-বরদারের ছদ্মবেশ ছাড়বার পর থেকে কয়া দূর অঞ্চলের তীর্থযাত্রিণী হিসেবে অতিথিশালাতে আশ্রয় নিয়েছে।

কয়া-র সঙ্গে দেখা হওয়ার পর গানাদো প্রথমে রাজপুরোহিতের সঙ্গে তাঁর যা আলাপ হয়েছে তার বিবরণ দিতে দিতে হঠাৎ অপ্রত্যাশিতভাবে জিজ্ঞাসা করেছেন, 'এই তাভানতিনসুইয়ুকে আবার পবিত্র করে তুলতে চাও, কয়া?'

'এ প্রশ্ন কেন?' গানাদোর দিকে বিমূঢ় ব্যাকুল দৃষ্টি তুলে জিজ্ঞাসা করেছে কয়া।

'কারণ তা করতে চাইলে চরম আত্মবলির জন্যে এবার তোমায় প্রস্তুত থাকতে হবে।' বলেছেন গানাদো, 'সে সংকল্পের সাহস আছে কি না তাই জানতে চাই।'

'সাহস আছে।' সরল স্নিগ্ধ স্বরে বলেছে কয়া, 'কিন্তু নিজের মনকে তো কেউ সত্যি চেনে না। যথার্থ পরীক্ষার দিনে এ সাহস কতখানি থাকবে এখন কী করে বলব! তবু কী আমায় করতে হবে, বলো। যারা আমাদের এই পবিত্র দেশকে ধর্ষণ করেছে তাদের পাপস্পর্শ দূর করবার জন্যে যা তুমি বলবে তাই করতে আমি প্রস্তুত।'

'তা হলে শোনো কয়া,' বিষণ্ণ গম্ভীর স্বরে বলেছেন গানাদো, 'তোমাকে প্রায় অসাধ্য কাজেই পাঠাচ্ছি। সৌসায় হুয়াসকার-এর কাছে একাই তোমায় যেতে হবে। যেতে হবে একা শুধু নয়, রাজপুরোহিতের অনুমতি ছাড়া এবং আজ, এখনই।'

প্রতিবাদ করেনি কয়া, কোনও প্রশ্ন তোলেনি এ আদেশ নিয়ে। গানাদোর মুখের দিকে পরম নির্ভরতার দৃষ্টিতে চেয়ে শুধু বলেছে, 'তা-ই যাচ্ছি। তুমি কি এখানেই থাকবে?'

'না, বোধহয়।' একটু তিক্ত হাসি ফুটে উঠেছে গানাদোর মুখে—'যতদূর বুঝতে পেরেছি আমাকে আরও নিরাপদ জায়গায় রাখবার আয়োজনই করছেন তোমাদের রাজপুরোহিত।'

পরিহাসের সুরে বলা কথা। কিন্তু তারই মধ্যে কী যেন একটা অনুভব করে শংকিত কাতরতা ফুটে উঠেছে কয়ার দু-চোখে। ব্যাকুলভাবে বলেছে, 'কী তুমি বলতে চাইছ আমি বুঝতে পারছি না।'

'বোঝবার মতো করেই তা হলে বলি,' গম্ভীর হয়ে উঠেছে এবার গানাদোর মুখ আর গলার স্বর—'কত বড় শক্তির বিরুদ্ধে আমাদের যুঝতে হবে তা তোমার জেনে রাখাই উচিত।'

সময় অল্প, তবু গানাদো কয়াকে যা একটু জানিয়েছেন তা এই—তাভান্‌তিন্‌সুইয়ুর এই চরম দুর্ভাগ্যের দিন রাজপুরোহিত ভিলিয়াক ভ্‌মু তাঁর নিজের কাজে লাগাবার জন্যে কোনও গভীর শয়তানির খেলা খেলছেন বলে গানাদোর দৃঢ় বিশ্বাস হয়েছে। কাক্‌সামালকায় আতাহুয়ালপা আর সৌসায় হুয়াসকার বন্দি থাকায় নিজের চাল তিনি নির্বিঘ্নে সাজাতে পেরেছেন। এ দু-জনকেই ডিঙিয়ে বিদেশি শত্রুর সাহায্যে পেরুতে সর্বেসর্বা হওয়াই তাঁর স্বপ্ন। রাজপুরোহিত তো আছেনই, তার ওপর ইংকা নরেশই বা নয় কেন? ইংকা রাজরক্ত তাঁর শরীরেও আছে। সেদিক দিয়ে কোনও বাধা নেই। অন্য বাধা দূর করবার ব্যবস্থাও সুকৌশলে তিনি অনেক আগেই শুরু করেছেন। হুয়াসকার নিজের মুক্তি কেনবার জন্যে আতাহুয়ালপার চেয়েও বেশি সোনা ঘুষ দেবার প্রস্তাব বিদেশিদের সেনাপতির কাছে গোপনে পাঠান। এ প্রস্তাবের খবর কিন্তু আতাহুয়ালপারও অগোচর থাকে না। হুয়াসকার সৌসায় বন্দি হয়েও কেমন করে তাঁর এ প্রস্তাব পাঠাবার সুযোগ পেলেন, আর সে গোপন প্রস্তাবের খবর আবার সঙ্গে সঙ্গে আতাহুয়ালপার কাছেও কেমন করে পৌঁছোল ভাবতে গিয়ে তখনই গানাদো একটু সন্দিগ্ধ হয়েছিলেন। সে সন্দেহ ভুল নয় বলে এখন জেনেছেন। রাজপুরোহিত নিজেই এক ঢিলে দু-পাখি মারার এ ব্যবস্থা করেছিলেন। এ ব্যবস্থায় যা আশা করেছিলেন তার উলটো ফল দেখে ভিলিয়াক ভ্‌মু বেশ অস্থির হয়েছেন। দুই-ভাই-এর পরস্পরের ওপর আক্রোশ হিংসা চরমে ওঠবার বদলে আতাহুয়ালপার কাছ থেকে এরকম মিলনের প্রস্তাব আসবে রাজপুরোহিত ভাবতে পারেননি। তাঁর অনেক পাকা ঘুঁটি তাতে কেঁচে গিয়েছে। নতুন করে তাঁকে আবার চাল ভাবতে আর সাজাতে হবে। আতাহুয়ালপার প্রস্তাব হুয়াসকার-এর কাছে পৌঁছোতে দিতে তিনি চান না। সেই জন্যেই প্রস্তুত হবার ছুতো করে সময় নিয়েছেন। কিন্তু সময় এক মুহূর্ত আর নষ্ট করা চলবে না। যত তাড়াতাড়ি সম্ভব হুয়াসকার-এর হাতে আতাহুয়ালপার কিপু পৌঁছে দিতেই হবে। গানাদোর নিজের পক্ষে সৌসা যাওয়া আর সম্ভব নয়। গেলে ধরা পড়তে হবে। রাজপুরোহিত তাঁর ওপর কড়া নজর রাখবার ব্যবস্থা ইতিমধ্যেই নিশ্চয় করেছেন। যতুদূর বোঝা যাচ্ছে, তাঁকে বন্দি করবার মতলবই তাঁর আছে। অতিথিশালায় এখনই রাজপুরোহিতের অনুচরেরা হয়তো মোতায়েন হয়ে আছে সে উদ্দেশ্যে। গানাদোকে বাদ দিয়ে কয়াকে একাই তাই সৌসা যাবার দুঃসাধ্য ভার নিতে হবে। কেমন করে কয়া সেখানে যাবে, রাজপুরোহিতের অনুচরদের পাহারা ও দৃষ্টি এড়িয়ে কীভাবে হুয়াসকার-এর সঙ্গে গোপন সাক্ষাতে সুযোগ করে নেবে সে বিষয়ে কোনও পরামর্শ গানাদো দিতে পারবেন না! যা কিছু উপায় নিজেকেই ভেবে বার করতে হবে কয়াকে। চরম লাঞ্ছনার দিনের আগে কন্যাশ্রমের বাইরে কখনও যে পা দেয়নি তার ওপর এ দাবি যে নিষ্ঠুর অযৌক্তিক তা গানাদো জানেন, কিন্তু এ ছাড়া আর কোনও পথ এখন নেই। রাজপুরোহিতের কুটিল চক্রান্তে এ পরিকল্পনা যদি ব্যর্থ হয়, হুয়াসকার আর আতাহুয়ালপাকে মিলিত করবার এই পরম সুযোগ যদি তারা না নিতে পারে, তা হলে পেরুর উদ্ধারের আশা আর বুঝি নেই। অসম্ভব জেনেও কয়াকে তাই গানাদো এ কাজে পাঠাচ্ছেন। মৃত্যু, আর তার

চেয়েও বড় দুর্ভাগ্য এ দুঃসাহসের পুরস্কার হতে পারে জেনেই যেন কয়া এ ভার নেয়।

শেষ কথাগুলো বলতে বলতে গানাদোর কণ্ঠস্বর কি একটু রুদ্ধ হয়ে এসেছে আপনা থেকে?

মুখের ভাবে কিন্তু কোনও আবেগই তিনি ফুটতে দেননি।

প্রায় কঠিন মুখে সমস্ত বক্তব্য শেষ করে নিজের আলখাল্লা গোছের পোশাকের ভেতর থেকে ভিকুনার পশমি কাপড়ে বোনা একটি ছোট থলি তিনি কয়ার হাতে দিয়ে বলেছেন, 'হুয়াসকার-এর কাছে যদি পৌঁছোতে পারো কোনওরকমে, তা হলে শুধু আতাহুয়ালপার কিপু দেখে তিনি তোমায় বিশ্বাস না-ও করতে পারেন। আতাহুয়ালপার নিজস্ব গ্রন্থি-চিহ্ন হুয়াসকার জানেন না, জানবার কথা নয়। তুমি যে যথার্থই আতাহুয়ালপার দূতী, আর আতাহুয়ালপার কোনও কপট উদ্দেশ্য যে নেই, তার প্রমাণ এই থলির মধ্যেই রইল। এই তোমার সত্যকার অভিজ্ঞান। এ অভিজ্ঞান দেখলে তোমাকে বা আতাহুয়ালপাকে আর অবিশ্বাস করা যে হুয়াসকার-এর পক্ষে সম্ভব নয় এইটুকু নিশ্চিত বলে জেনো। এ অভিজ্ঞান যেন না হারায়।'

যা বলবার সবই বলা হয়েছে। এইবার পরস্পরের কাছে বিদায় নিলেই হয়। তবু গানাদো কয়েক মুহূর্ত যেন স্থাণুর মতো দাঁড়িয়ে থেকেছেন। কয়াও নিস্পন্দ নীরব।

হঠাৎ ভেতরের কী যেন এক অস্থিরতায় গানাদো একেবারে যেন অন্য মানুষ হয়ে গেছেন। কয়ার হাত থেকে থলিটা প্রায় ঝটকা দিয়ে ছিনিয়ে নিয়ে উত্তেজিত গলায় বলেছেন, 'না কয়া, কোথাও তোমাকে যেতে হবে না। আতাহুয়ালপা আর হুয়াসকার-এর ভাগ্যে যা থাকে থাক, পেরুর পরিণাম যা হয় হোক, তা রোধ করবার এই বাতুল নিষ্ফল চেষ্টায় তোমাকে এমন করে আত্মবলি দিতে পাঠাবার কোনও অধিকার আমার নেই। তুমি যেখানে আছো সেইখানেই থাকো কয়া। দরকার বোধ করলে রাজপুরোহিতের আশ্রয়ও তুমি চাইতে পারো। তুমি সব চক্রান্তের বাইরে, নির্দোষ নিরাপরাধ আমারই হাতের পুতুল মাত্র বুঝে তিনি নিশ্চয়ই তোমায় কোনও শাস্তি দেবেন না। আমি এবার চলি। তোমার দেখা পাওয়ার পর স্বপ্নের মতো যে ক-টা দিন আমার কেটেছে তার জন্যেই ভাগ্যের কাছে আমি চিরকৃতজ্ঞ থাকব।'

গানাদো ফিরে দাঁড়িয়ে এক পা বাড়াবারও সময় পাননি। কয়া এসে তাঁর হাত ধরে ফেলেছে।

পরস্পরের মুখের দিকে চেয়ে দু-জনের কেউই কিছুক্ষণ কোনও কথা বলতে পারেননি। হাতও ছাড়েননি কেউ কারও।

কয়াই স্নিগ্ধ স্বরে প্রথমে বলেছে, 'ও থলি আমায় দাও।'

চোখ তার সজল, মুখে অদ্ভুত একটি হাসি।

'এ থলি নিয়ে কী হবে, কয়া?' গলার স্বর অকম্পিত রাখবার চেষ্টা করেছেন গানাদো—'তোমায় যেতে দিতে আমি পারি না। উদয়-সাগরের তীরের মানুষ হয়ে তোমায় একবার উদ্ধার করবার সৌভাগ্য আমার হয়েছে বলে তোমার মৃত্যুদণ্ড আমার হাতে নেই। তোমার পিতামহের গণনাই নিষ্ফল।'

'তাঁর গণনার কতটুকু আর তুমি জানো!' বিষণ্ণ একটি হাসি মুখে নিয়ে বলেছে

কয়া—'মনে করো তাঁর গণনা সফল করতেই আমায় যেতে হবে! তা ছাড়া সূর্যকন্যা হিসেবে ভ্রষ্টা বলে তাভান্‌তিন্‌সুইয়ু-র জন্যে প্রাণ দেবার অধিকারও কি আমার নেই?'

এর উত্তরে আর কিছু বলতে পারেননি গানাদো। নীরবে অভিজ্ঞানের থলিটি কয়ার হাতে ফিরিয়ে দিয়েছেন।

ফিরিয়ে দিয়ে আর সেখানে দাঁড়াননি।

তেইশ

"অনুমান ভুল হয়নি গানাদোর। যে অতিথিশালায় সোনা-বরদার হিসেবে তাঁরা আশ্রয় পেয়েছিলেন তার দরজায় সত্যিই রাজপুরোহিতের অনুচর প্রহরীরা তখন খাড়া হয়ে আছে।

রাজপুরোহিতের সূর্যবেদিকার কক্ষ থেকে বার হয়ে সে আস্তানায় ফিরে গেলে এ প্রহরীদের সঙ্গে তাঁর দেখা হত। রাজপুরোহিত বেশিক্ষণ অপেক্ষা করেননি। গানাদো বিদায় নিয়ে চলে যাবার খানিক বাদেই তাঁর অনুচরদের পাঠিয়েছেন।

অনুচর প্রহরীরা অতিথিশালায় এসে জোর-জুলুম কিছু করেনি। অত্যন্ত সম্ভ্রমের সঙ্গেই সোনা-বরদারদের নায়ক গানাদোর কাছে রাজপুরোহিতের একটা অনুরোধ জানাতে চেয়েছে। রাজপুরোহিত বিশেষ জরুরি কোনও প্রয়োজনে গানাদোর সঙ্গে এখনই আর একবার দেখা করতে চান। প্রহরীরা তাই গানাদোকে সসম্মানে নিয়ে যেতে এসেছে।

'কিন্তু গানাদো তো এখানে নেই!' অতিথিশালা থেকে বেরিয়ে এসে পাউল্‌লো টোপাই প্রহরীদের প্রধানকে বলেছেন, 'তিনি তো রাজপুরোহিতের সঙ্গেই দেখা করতে গেছেন।'

'হ্যাঁ, গেছলেন?' বিমূঢ়ভাবে বলেছে প্রহরী-প্রধান, 'দেখা শেষ করে চলেও এসেছেন অনেক আগে। এতক্ষণে তো তাঁর এখানেই ফিরে আসবার কথা।'

ফিরে কিন্তু গানাদো আসেননি। নিরুপায় হয়ে প্রহরী-প্রধান পাউল্‌লো টোপাকেই রাজপুরোহিতের কাছে নিয়ে গেছে। পাহারায় দাঁড় করিয়ে গেছে কয়েকজন অনুচরকে গানাদো যদি ফিরে আসেন সেই ভরসায়।

প্রহরীদের দাঁড়িয়ে থাকা-ই সার হয়েছে। গানাদোর দেখা তারা পায়নি। ওদিকে পাউল্‌লো টোপাকে তখন অস্থির হয়ে উঠতে হচ্ছে রাজপুরোহিতের জেরায়।

গানাদো এখনও অতিথিশালায় ফেরেননি কেন? এখান থেকে আর কোথায় তাঁর পক্ষে যাওয়া সম্ভব?

পাউল্‌লো টোপা সরলভাবেই এ বিষয়ে তাঁর অজ্ঞতা জানিয়েছেন! তাতে রেহাই মেলেনি এবং আরও কঠিন প্রশ্নের মুখে পড়তে হয়েছে।

বিদেশি শত্রুদেরই একজন হওয়া সত্ত্বেও গানাদো তাঁদের দলপতি হয়েছেন কী করে?

আতাহুয়ালপার এত গভীর বিশ্বাস তাঁর ওপর কেমন করে জন্মাল যে তাঁরই

পরামর্শ নিয়ে এমন বিপজ্জনক ষড়যন্ত্রের মধ্যে নিজেকে জড়িয়েছেন?

পাউল্‌লো টোপা এসব প্রশ্নের উত্তর যতটুকু জানতেন তাও দেননি। রাজপুরোহিতের গলার স্বর আর চোখের দৃষ্টিতে এমন কিছু তিনি পেয়েছেন যা তাঁকে সতর্ক করে দিয়েছে। তিনি জানিয়েছেন যে, ইংকা নরেশ আতাহুয়ালপার আদেশ পালনই করতে সোনাবরদার দলের সঙ্গে তিনি এসেছেন। গানাদো সম্বন্ধে কোনও প্রশ্নের উত্তর দেবার ক্ষমতা তাঁর নেই।

রাজপুরোহিত বিশ্বাস করেননি সে কথা। পাউল্‌লো টোপার কাছ থেকে কোনও কথা বার করতে না পেরে শেষ পর্যন্ত তাঁকে বন্দি করেছেন। সেই সঙ্গে প্রহরীদের আদেশ দিয়েছেন যেমন করে হোক গানাদোকে খুঁজে আনবার।

গানাদোকে কিন্তু খুঁজে পাওয়া যায়নি। কোরিকাঞ্চার মন্দির-নগর তোলপাড় করে ফেলেছে রাজপুরোহিতের অনুচরেরা। সেখানে অন্তত তিনি নেই।

কোরিকাঞ্চায় না থাকলে কুজকো নগরেই কোথাও তিনি গা ঢাকা দিয়ে আছেন নিশ্চয়। সেইখানেই তাঁর খোঁজ করা দরকার। কিন্তু কুজকো শহরে তাঁর সন্ধান করা বেশ একটু কঠিন হয়ে পড়েছে তখন রেইমি-র উৎসবের দরুন।

সূর্যদেবের উত্তরায়ণ একেবারে আসন্ন। রেইমির উৎসবের আয়োজন তার আগে থাকতেই শুরু হয়ে গেছে। দূর-দূরান্তর থেকে এ উৎসবে যোগ দিতে যারা কুজকোয় এসে জড়ো হয়েছে তাদের ভিড়ে নগরে চলাফেরাই দায় হয়ে দাঁড়িয়েছে।

লুকিয়ে থাকতে চাইলে এ জনারণ্যে কাউকে খুঁজে বার করা অসম্ভব।

গানাদোর খোঁজ না পেয়ে অত্যন্ত অস্থির উত্তেজিত হয়ে উঠেছেন রাজপুরোহিত। গানাদো কি তা হলে কুজকো ছেড়ে সৌসার দিকেই গেছে? না, তা অসম্ভব। প্রথম দিন থেকেই সৌসার পথে তিনি কড়া পাহারা রেখেছেন।

তাঁর কাছে আতাহুয়ালপার দূতী হয়ে যে এসেছিল সেই মুইস্কা মেয়েটির কথা এবার মনে পড়েছে তাঁর। দলপতি গোছের কারও সাহায্য ও নির্দেশ না পেলে তার মতো অবলা অসহায় একটি মেয়ের যে কিছু করবার ক্ষমতা নেই তা জেনেই এ পর্যন্ত তাকে হিসেবের মধ্যে ধরেননি।

এবার কিন্তু তাকেও প্রয়োজন মনে হয়েছে। পাউল্‌লো টোপা চরম উৎপীড়নেও কোনও গোপন কথা প্রকাশ করেননি। কোনও প্রলোভনেও আতাহুয়ালপার প্রতি বিশ্বাসঘাতকতায় সম্মত করা যায়নি তাঁকে।

পাউল্‌লো টোপার বেলা যা বিফল হয়েছে ওই মুইস্কা মেয়েটির বেলা তা সফল হতে বাধ্য। শুধু উৎপীড়নের ভয় দেখিয়েই মেয়েটির কাছে কথা যা আদায় করবার করা যাবে নিশ্চয়। তা ছাড়া তাকে টোপ করে গানাদোর মতো ধুরন্ধরকে ধরা হয়তো শক্ত হবে না। ইতিপূর্বে এ কৌশলটা কেন মাথায় আসেনি ভেবে আফশোশ হয়েছে রাজপুরোহিতের।

এইবার মাথায় আকাশ ভেঙে পড়ার মতো সবচেয়ে অপ্রত্যাশিত ঘা খেয়েছেন রাজপুরোহিত। মুইস্কা মেয়েটি কোথায় আশ্রয় নিয়েছে তা তাঁর জানা। দূর-দূরান্তরের তীর্থযাত্রিণীদের সেই অতিথিশালায় কিন্তু তাকে পাওয়া যায়নি। জানা গেছে যে

গানাদো যেদিন থেকে নিরুদ্দেশ মেয়েটিকেও সেই দিন থেকে অতিথিশালায় আর দেখা যায়নি। তীর্থযাত্রিণীদের অতিথিশালায় থাকা না থাকা তাদের স্বেচ্ছাধীন বলেই এ বিষয়ে সন্দেহ করবার কিছু পায়নি কেউ।

মুইস্কা মেয়েটি কি তা হলে গানাদোর সঙ্গেই কুজকো শহরে রেইমি উৎসবের ভিড়ে আত্মগোপন করে আছে?

রাজপুরোহিত তাঁর অনুচরদের প্রাণপণে এ দুজনের সন্ধান করতে বলেছেন। নিজে কিন্তু তিনি এ সন্ধানের ফলাফলের জন্যে অপেক্ষা করেননি। তাভান্‌তিন্‌সুইয়ুর প্রধান পুরোহিত হয়েও চিরদিনের বিধি লঙ্ঘন করে রেইমি উৎসবের আগেই দু-জন বিশ্বাসী অনুচর নিয়ে তিনি কোরিকাঞ্চা শুধু নয়, কুজকো শহরই গোপনে ত্যাগ করেছেন।

কী তাঁর গন্তব্য তা অনুমান করা কঠিন নয়। হুয়াসকার যেখানে বন্দি সেই সৌসা দুর্গই তাঁর লক্ষ্য।

প্রথমে যত অস্থির উত্তেজিতই হয়ে থাকুন, রওনা হবার পর রাজপুরোহিতের মনে বিশেষ কোনও উদ্বেগ আর থাকে না। অসম্ভবও যদি সম্ভব হয়ে থাকে তবু তাঁর ভাবনা করবার কিছু নেই। কুজকো থেকে সৌসায় এমন গুপ্ত গিরিপথ আছে যা ডাক হরকরাদেরও অজানা। সে গুপ্তপথের বিশেষ দিশারি রক্ষী আছে। ইংকা নরেশ, সেনাপতি ও রাজপুরোহিত, এই তিন ইংকা শ্রেষ্ঠ ও তাঁদের চিহ্নিত কোনও প্রতিনিধিকে ছাড়া আর কাউকে এ পথ চিনিয়ে তারা নিয়ে যাবে না। সুতরাং সাধারণ সরকারি রাস্তায় যদি কেউ সমস্ত সতর্ক পাহারা এড়িয়ে গিয়ে যেতে পেরেও থাকে তবু তার অনেক আগে তিনি গুপ্তপথে সৌসায় পৌঁছে যাবেন।

হুয়াসকার-এর কাছে আতাহুয়ালপার প্রস্তাবই কোনওদিন আর পৌঁছোবে না।

যা অসম্ভব অবিশ্বাস্য তাই কিন্তু ইতিমধ্যে ঘটে গেছে। কন্যাশ্রমের বাইরের পৃথিবী যার কাছে চন্দ্রলোকের মতো অজানা, শিশিরস্নিগ্ধ তেমনই একটি অবলা সরলা মেয়ে অসাধ্য সাধন করে আতাহুয়ালপার প্রস্তাব সত্যিই পৌঁছে দিয়েছে হুয়াসকার-এর কাছে।

শুধু গুপ্ত গিরিপথই তার কাছে উন্মুক্ত হয়ে যায়নি, সৌসার সদাসতর্ক প্রহরীরা তাকে বাধা দেবার বদলে সসম্ভ্রমে অভ্যর্থনা করেছে, আর হুয়াসকার-আতাহুয়ালপার দূতী হিসেবে তাকে অবিশ্বাস করবার কথা কল্পনাও করেননি।

এ অলৌকিক ব্যাপার কেমন করে সম্ভব হল?

রাজপুরোহিত সৌসায় পৌঁছে স্তম্ভিত হয়ে সেই প্রশ্নেরই উত্তর খুঁজেছেন।

সৌসা দুর্গে উপস্থিত হবার পর প্রথমেই তিনি হুয়াসকার-এর সঙ্গে সাক্ষাৎ করতে গেছলেন। সেখানে প্রেতমূর্তি দেখবার মতো তিনি চমকে উঠেছেন। সেই মুইস্কা মেয়েটিকে আর যেখানে হোক হুয়াসকার-এর কাছে দেখবার কথা তিনি কল্পনাও করতে পারেননি। ভেতরে ভেতরে যত বিচলিতই হোন, বাইরে নিজেকে সম্পূর্ণ সংযত রেখে হুয়াসকার-এর মুখে আতাহুয়ালপার প্রস্তাবের কথা ধৈর্য ধরে তিনি

দ্বিতীয়বার শুনেছেন। হুয়াসকার যে এ প্রস্তাবে সম্পূর্ণ সম্মত তা বুঝতে রাজপুরোহিতের দেরি হয়নি!

সব কিছু শোনবার পর প্রথমেই তাই তিনি প্রশ্ন করেছেন, 'এ প্রস্তাব স্বয়ং আতাহুয়ালপাই পাঠিয়েছেন বলে আপনি বিশ্বাস করেন?'

এ রকম প্রশ্নে বেশ একটু বিস্মিত হয়ে হুয়াসকার বলেছেন, 'নিশ্চয় করি!'

'শুধু ওই কিপুটি দেখে?' চেষ্টা করেও রাজপুরোহিত তাঁর গলার স্বর সম্পূর্ণ স্বাভাবিক রাখতে পারেননি, 'কেমন করে জানছেন যে ও কিপু জাল নয়? এই সম্পূর্ণ অজানা মেয়েটি যে আমাদের প্রতারণা করতে আসেনি তার প্রমাণ কী?'

'যার চেয়ে বড় প্রমাণ আর হতে পারে না সেই প্রমাণই ও দিয়েছে!' হুয়াসকার গভীর বিশ্বাসের সঙ্গে একটু হেসে বলেছেন, 'তা ছাড়া ওর দিকে একবার চেয়ে দেখলেই বুঝবেন, তাভান্‌তিন্‌সুইয়ু-র পবিত্রতম গিরিসাগর টিটিকাকার জলের মতো অন্তর ওর স্বচ্ছ। কোনও প্রমাণ ছাড়াই বিশ্বাস করা যায় যে সেখানে প্রতারণা থাকতে পারে না।'

'শুধু ওই রূপ দেখেই তা হলে ভুলেছেন?' রাজপুরোহিত ভিলিয়াক ভ্‌মুর গলা তিক্ত বিদ্রূপে একটু তীক্ষ্ণ হয়েছে—'ওর মুখে ইংকা রাজভাষা শুনে মনে করেছেন ও সত্যিই মুইস্কা বংশের কুমারী।'

'মুইস্কা বা ইংকা না হলে এ ভাষা তো কারও পক্ষে জানা সম্ভব নয়।'—রাজপুরোহিতের অন্যায় সন্দেহে একটু কৌতুকই বোধ করেছেন হুয়াসকার—'তা ছাড়া ওর বংশপরিচয়ের কথা এখানে অবান্তর নয়?'

'না, নয়।' জোর দিয়ে বলেছেন রাজপুরোহিত, 'মিথ্যা বংশপরিচয়ের মধ্যেই ওর প্রতারণার সুস্পষ্ট প্রমাণ। ইংকা রাজভাষা ওর মুখে শুনে ভুলবেন না। যেদিন থেকে এ পবিত্র দেশ বিদেশি পাষণ্ডদের পায়ের স্পর্শে কলুষিত হয়েছে সেদিন থেকে মানুষের বুকে সত্যের আর ধর্মের দীপ নিভে গেছে। কুইচুয়ার বদলে পবিত্র রাজভাষা অশুচি জিহ্বায় উচ্চারণ করতে সাধারণ প্রজার আর বুক কাঁপে না। বিদেশি পাষণ্ডরা দেশদ্রোহী এ দেশের কুলাঙ্গারদের এ-ভাষা শেখবার সুযোগ করে দিচ্ছে চর হিসেবে নিয়োগ করবার জন্যে।'

হুয়াসকার একটু হেসে এ উত্তেজিত ভাষণে বাধা দিয়েছেন, 'আপনি বলতে চান এ মেয়েটি সেই রকম বিদেশি শত্রুর চর!'

'হ্যাঁ, তাই বলতে চাই!'—হুয়াসকারের কৌতুকের স্বরে রাজপুরোহিত আরও উত্তেজিত হয়েছেন—'মুইস্কা কুমারী বলে ও নিজের পরিচয় দিচ্ছে। ইংকা আর মুইস্কা কোনও পরিবারেরই কুলপঞ্জি আমাদের অজানা নয়। কোথাকার কোন মুইস্কা বংশে ওর জন্ম আমি জানতে চাই। জানতে চাই এই বয়সে এই কঠিন দৌত্যের ভার ও কেমন করে পেল!'

রাজপুরোহিতের এ তীব্র আক্রমণের সামনে মেয়েটি যেন একটু বিবর্ণ হয়ে উঠেছে, লক্ষ করেছেন হুয়াসকার।

রাজপুরোহিতের দৃষ্টিতেও তা এড়ায়নি। আরও নির্মম তীব্রতার সঙ্গে তিনি

জিজ্ঞাসা করেছেন, 'নিজের কোনও নাম এ পর্যন্ত ও যে জানায়নি তা লক্ষ করেছেন? নিজের নামটুকু জানাতে কেন ওর এ দ্বিধা।'

'দ্বিধা হবে কেন!' মেয়েটির একেবারে পাণ্ডুর হয়ে আসা মুখের দিকে চেয়ে স্বতস্ফুর্ত মমতায় তার পক্ষ নিয়ে বলেছেন হুয়াসকার, 'নাম বলার প্রয়োজন হয়নি বলেই বলেনি।' একটু থেমে সাহস দিয়ে বলেছেন আবার, 'বলো, কী নাম তোমার?'

মেয়েটি বিপন্ন কাতর দৃষ্টি মেলে হুয়াসকার-এর দিকে নীরবে চেয়ে থেকেছে শুধু। কিছুই বলতে পারেনি।

'বলো, তোমার নাম।' একটু বিমূঢ় স্বরে হুয়াসকার আবার তাকে উৎসাহ দেবার চেষ্টা করেছেন।

হিংস্র উল্লাসে দীপ্ত হয়ে উঠেছে রাজপুরোহিতের মুখ। নিষ্ঠুর শাণিত দৃষ্টিতে যেন শিকারকে বিদ্ধ করে তিনি বলেছেন, 'নাম ও বলবে না। কারণ ও জানে মিথ্যা নাম দিয়ে ও পরিত্রাণ পাবে না। শুধু নামটুকু পেলেই কুলজি মিলিয়ে ওর প্রতারণা আমি প্রমাণ করে দেব। নাম বলবার সাহস তাই ওর নেই।'

'নিশ্চয় আছে।' এতক্ষণে একটু অধৈর্য প্রকাশ পেয়েছে হুয়াসকার-এর কণ্ঠে! স্নেহের স্বরে বলেছেন, 'বলো, তোমার নাম, দ্বিধা কোরো না।'

এখনও কি নীরব থাকবে মেয়েটি!

হুয়াসকার উদ্বিগ্নভাবে তার মুখের দিকে তাকিয়েছেন। রাজপুরোহিত তাকিয়েছেন হিংস্র ব্যাধের দৃষ্টিতে।

মেয়েটির ঠোঁটদুটি বারকয়েক কেঁপে উঠেছে। তারপর অস্ফুট স্বরে সে যা বলেছে তাতে বিমূঢ় জিজ্ঞাসা ফুটে উঠেছে হুয়াসকার-এরও চোখে আর রাজপুরোহিতের কণ্ঠে একটা তীক্ষ্ণ বিদ্রূপের হাসি।

'আমার নাম কয়া,' বলেছে মেয়েটি।

'কয়া!' সবিস্ময়ে তার দিকে তাকিয়ে নিজের মনেই যেন কথাটা উচ্চারণ করেছেন হুয়াসকার।

'এ নাম এ দেশের কোনও কুমারী মেয়ের হওয়া সম্ভব?' বিদ্রূপের সঙ্গে একটা তীব্র অভিযোগ ফুটে উঠেছে রাজপুরোহিতের গলায়—'তোমায় এ নাম দেবার স্পর্ধা কোন পরিবারের হয়েছে?'

কী বলবে কয়া? এ নাম কোথায় কে তাকে দিয়েছে স্বীকার করবে? প্রকাশ করবে তার চরম কলঙ্কের কথা? সে যে কন্যাশ্রম থেকে লুণ্ঠিতা সূর্বসেবিকা, সূর্যসেবিকা হিসেবে কোনও নাম যে তার কোনওদিন ছিল না, তার জীবনে অভাবিত মুক্তির দূত হয়ে যে দেখা দিয়েছে, এ নাম যে উদয়-সমুদ্রতীরের সেই আশ্চর্য পুরুষের দেওয়া, সবিস্তারে জানাবে কি সে কাহিনী?

কী তার ফল হবে সে ভাল করেই জানে। আর যারই থাক, ভ্রষ্টা সূর্যকুমারীর কোনও ক্ষমা নেই তাভান্‌তিন্‌সুইয়ুতে। ইতিহাস যাই হোক, কেউ তার কোনও মূল্য দেবে না। আপামর সকলের সে ঘৃণা ও অবিশ্বাসের পাত্রী। স্বয়ং সূর্যদেবের অভিশাপে ছাড়া সূর্যকুমারী কখনও ভ্রষ্টা হতে পারে না, এ রাজ্যের এই দৃঢ়বিশ্বাস।

কারও সহানুভূতি সে পাবে না। পাপাচারিণী বলে চিহ্নিত হয়ে তার পক্ষে প্রতারণাই স্বাভাবিক বলে সবাই ধরে নেবে।

এমন আশ্চর্য কৌশলে, এত দুঃসাহসে ও অবিশ্বাস্য চেষ্টায় সাজিয়ে তোলা আয়োজন কি শুধু তার জন্যেই ব্যর্থ হয়ে যাবে তা হলে?

কুজকো থেকে সৌসায় এসে হুয়াসকার-এর সাক্ষাৎ পাওয়ার মতো অসাধ্যসাধনের পর সার্থকতায় পৌঁছোবার সেতু ভেঙে পড়বে শেষমুহূর্তে। হুয়াসকার তাকে অবিশ্বাস করবেন? দুই রাজভ্রাতার মিলন আর হবে না? বিদেশি শত্রুর কলুষমুষ্টি থেকে তাভান্‌তিন্‌সুইয়ু উদ্ধারের সব আশা শূন্যে বিলীন হয়ে যাবে এক মুহূর্তে?

কয়ার পায়ের তলায় কঠিন মাটি যেন দুলে উঠেছে। সেই অবস্থাতেই হুয়াসকার-এর বজ্রকঠিন স্বর সে শুনতে পেয়েছে।

হুয়াসকার যা বলছেন তা আশাতীত অবিশ্বাস্য।

'শুনুন, ভিলিয়াক ভ্‌মু।' কঠিন স্বরে বলেছেন হুয়াসকার, 'কয়া নামে নিজের পরিচয় যে দিচ্ছে, সেই মুইস্কা বংশের কেউ না হতে পারে। কিন্তু পরিচয় ও ইতিহাস যাই হোক, আতাহুয়ালপার দূতী হিসেবে তাকে অবিশ্বাস করবার কোনও অধিকার আমাদের নেই। অন্য সবকিছু মিথ্যা হলেও তার দৌত্যের মধ্যে যে প্রতারণা নেই, তার পরম সন্দেহাতীত প্রমাণ সে দিয়েছে। বুঝতেই পারছেন, সে প্রমাণ না দিতে পারলে কুজকো থেকে গুপ্ত গিরিপথে সৌসায় আসা তার পক্ষে সম্ভব হত না আর সৌসার এ কারাদুর্গের নির্মম প্রহরীরাও দেবীর সম্মান দিয়ে আমার কাছে তাকে উপস্থিত হবার সুযোগ দিত না।'

'বুঝতে সবই পারছি!' দাঁতে দাঁত চেপে বলেছেন রাজপুরোহিত, 'কিন্তু এত সব অসাধ্যসাধন যা করেছে সেই আশ্চর্য প্রমাণটা চাক্ষুষ একবার দেখতে চাচ্ছি।'

'তা-ই দেখুন।' এবার হেসে বলেছেন হুয়াসকার।

কয়া ধীরে ধীরে ভিকুনার পশমে বোনা থলিটি এবার খুলে ধরে যা বার করে এনেছে সেদিকে চেয়ে স্তব্ধ হয়ে গেছেন রাজপুরোহিত।

রাজপুরোহিতের মুখেই শুধু যে কথা সরেনি তা নয়, তাঁর চোখদুটো যেন কোটর থেকে ঠেলে বেরিয়ে এসেছে বিমূঢ়-বিস্ময়ে।

না, আর সন্দেহ কি প্রতিবাদের একটি শব্দও উচ্চারণ করেননি রাজপুরোহিত। নীরবে নতমস্তকে কয়ার এগিয়ে দেওয়া প্রমাণ সন্দেহাতীত বলে মানতে বাধ্য হয়েছেন।

চব্বিশ

"কয়ার ভিকুনার পশমে বোনা থলিতে কী এমন প্রমাণ ছিল যার সামনে সকলের সমস্ত দ্বিধা সংশয় প্রতিবাদই শূন্যে মিলিয়ে গিয়েছে?

কুজকোর মন্দিরপুরী কোরিকাঞ্চার তীর্থযাত্রিণীদের অতিথিশালায় গানাদো শেষ

বিদায় নেবার সময় কয়ার হাতে প্রাণপণ সতর্কতায় রক্ষা করবার উপদেশের সঙ্গে অমূল্য অভিজ্ঞান হিসেবে এটি দিয়েছিলেন আমরা জানি।

কয়া নিজেও প্রথমে পশমের থলি থেকে বার করে সে অভিজ্ঞান যে কী তা দেখতে সাহস করেনি।

সংকটতারণ জাদুদণ্ড হিসেবে এ অভিজ্ঞান প্রথম ব্যবহার করতে বাধ্য হয়েছিল কুজকো থেকে সৌসা যাবার সংকীর্ণ গিরিপথে।

রেইমির উৎসবের জন্যে সে পথে দূরদূরান্তর থেকে তখন উৎসুক জনপদবাসীরা কুজকো নগরে আসছে।

কৃষক-দুহিতার বেশে সেই জনতার ভেতর দিয়ে কিছুদূর পর্যন্ত অগ্রসর হতে কয়ার তেমন অসুবিধা হয়নি।

কিন্তু কৃষক-কন্যার বেশে থাকলেও সমস্ত কুজকোমুখী জনতার মধ্যে বিপরীত পথের একজন যাত্রিণী কতক্ষণ দৃষ্টি এড়িয়ে থাকতে পারে!

রাজপুরোহিত ভিলিয়াক ভ্মুর গুপ্ত প্রহরীদের একজন তাই সন্দিগ্ধ হয়ে কয়াকে আটক করেছিল। সবাই যখন রেইমি উৎসবের জন্যে কুজকো শহরে চলেছে তখন উলটো পথে সে যাচ্ছে কেন এই ছিল প্রহরীর প্রশ্ন।

এরকম প্রশ্নের জন্যে তৈরি ছিল কয়া। বিশ্বাসযোগ্য একটা উত্তরও দিয়েছিল। বলেছিল, তীর্থযাত্রীদের একদলের মুখে তার মা মরণাপন্ন শুনে সে নিজেদের বসতিতে ফিরে যাচ্ছে। আসবার সময় মাকে সামান্য একটু অসুস্থ দেখে এসেছিল। তাঁর এরকম অবস্থা হতে পারে জানলে সে উৎসবে আসত না। কুজকো শহরে রেইমি উৎসবের আনন্দের চেয়ে মার টান বেশি বলেই সে ফিরে যাচ্ছে।

কৈফিয়তটা ভালই দিয়েছিল। মরণাপন্ন মার জন্যে উদ্বেগের অভিনয়ে কোনও ত্রুটি ছিল না। কিন্তু বিপদ বেধেছিল তারপরই।

কয়ার কথা বিশ্বাস করে সহানুভূতি থেকেই প্রহরী কয়ার গ্রামের নাম জিজ্ঞাসা করেছিল এবার। তাকে সাহায্য করার উদ্দেশ্যই ছিল হয়তো প্রহরীর।

এইবার ধরা পড়েছে কয়া। কাল্পনিক একটা গ্রামের নাম সে কোনওমতে বানিয়ে বলেছিল, কিন্তু তাতে হিতে বিপরীত হয়েছে। সেরকম কোনও গ্রামের অস্তিত্ব নেই জেনে হিংস্র কঠোর হয়ে উঠেছে প্রহরী। কয়াকে তার সঙ্গে সেখানকার কুরাকা অর্থাৎ অঞ্চলপ্রধানের কাছে যেতে হবে এই তার আদেশ।

এ বিপদ কাটাবার শেষ চেষ্টা করেছিল এবার কয়া। কাক্সামালকা শহরের সেই ভয়ংকর প্রলয় রাত্রির পর থেকে গানাদোর সঙ্গে সোনা-বরদার সেজে কুজকো এসে পৌঁছোনো পর্যন্ত সংক্ষিপ্ত অথচ তীব্র প্রগাঢ় যে অভিজ্ঞতা তার এই সময়টুকুর মধ্যে হয়েছে, তারই স্মৃতি সন্ধান করে আর-একটা কৈফিয়ত সাজিয়েছিল।

বলেছিল, 'গ্রামের নাম হয়তো আমি ভুল বলেছি। আমরা মিতিমায়েস বহু দূরের কুইটোর এলাকা থেকে সবে এ অঞ্চলে আমাদের বসতি বদল করতে হয়েছে। আমাদের বসতির ঠিক নাম তাই আমার মনে থাকে না।'

এ কৈফিয়ত সাজানোর মধ্যে কয়ার বুদ্ধি ও কল্পনাশক্তির যথেষ্ট পরিচয় ছিল

সন্দেহ নেই। পেরু রাজ্যের সত্যিই একটি প্রথা ছিল, এক জায়গার অধিবাসীদের গ্রামকে গ্রাম জনপদকে জনপদ বহুদূরের আর এক জায়গায় স্থানান্তরিত করার। ইংকারা প্রজাদের বিদ্রোহের সম্ভাবনা রোধ করবার জন্যেই এ ব্যবস্থা করতেন। অসন্তোষের অঙ্কুর কোথাও আছে সন্দেহ করলে এ জনপদের সমস্ত অধিবাসীদের এমন দূর প্রবাসে সরিয়ে দেওয়া হত, যেখানে সে অঙ্কুরের শিকড় মেলবার সুযোগ নেই। রাজাদেশে এরকম বাধ্যতামূলক বসতি বদল যাদের করতে হত, তাদের নাম ছিল মিতিমায়েস। মিতিমায়েসদের একটি মেয়ের পক্ষে নতুন বসতির নাম ভুলে যাওয়া খুব অস্বাভাবিক নয়।

গুপ্ত প্রহরী কিন্তু কয়ার এ কথায় হেসে উঠেছিল নির্মমভাবে। বলেছিল, 'এ কৈফিয়ত কুরাকার কাছেই দেবে চলো। তিনি শুনে স্বয়ং রাজপুরোহিতের কাছেই তোমায় পাঠাবেন মনে হচ্ছে। এসো আমার সঙ্গে।'

হাত বাড়িয়ে কয়াকে ধরতে গিয়ে চমকে উঠেছিল প্রহরী।

'না!' কোনওদিকে কোনও আশা আর নেই জেনে মরিয়া হয়ে উঠে তীব্রস্বরে বলেছিল কয়া, 'তোমার সঙ্গে আমি যাব না, তোমাকেই আসতে হবে আমার সঙ্গে সৌসায় যাবার গোপন গিরিপথ দেখাতে। এই আমার আদেশ!'

কৃষক-কন্যাবেশী মেয়েটির এ আশ্চর্য রূপান্তরে প্রথমটা সত্যিই বিমূঢ়-বিচলিত হয়ে গিয়েছিল প্রহরী। তারপর নিজেকে অত্যন্ত অপমানিত বোধ করে ক্রোধে জ্বলে উঠে বলেছে, 'তোমার এই আদেশ! তোমার আদেশে সৌসার গোপন গিরিপথ দেখিয়ে তোমায় নিয়ে যেতে হবে! কে তুমি?'

'অযথা প্রশ্ন কোরো না।' এবার শান্ত দৃঢ় হয়ে এসেছে কয়ার কণ্ঠ। তবু তার মধ্যে উদ্বেগের ঈষৎ কম্পন বুঝি সম্পূর্ণ প্রচ্ছন্ন থাকেনি।

এক মুহূর্ত থেমে কয়া আবার বলেছিল, 'আমার পরিচয় তোমার জানবার নয়। কেন আমার আদেশ তোমার অলঙ্ঘ্যনীয় তা-ই শুধু দেখো।'

ভিকুনার পশমে বোনা থলিটি এবার খুলে ধরেছিল কয়া। খোলবার সময় নিজের অনিচ্ছাতেই তার হাত যে একটু কেঁপে উঠেছিল, সেটা বোধহয় অস্বাভাবিক নয়।

কী আছে সে রহস্যময় থলির মধ্যে সে তখনও জানে না। যে অভিজ্ঞান সে দেখাতে যাচ্ছে শত্রুপক্ষের সন্দিগ্ধ প্রহরীর কাছে তার কোনও মূল্য হবে কি না তা সম্পূর্ণ অনিশ্চিত।

রাজপুরোহিতের গুপ্ত প্রহরীর চেয়ে অনেক বেশি উৎকণ্ঠিত কৌতূহল নিয়ে থলিটি থেকে অভিজ্ঞানের নিদর্শনগুলি সে বার করে এনেছিল।

তারপর প্রহরীর চেয়ে অভিভূত হয়ে সেদিক থেকে আর দৃষ্টি ফেরাতে পারেনি।

অভিজ্ঞান হিসেবে এমন কিছু তখন তার হাতে শোভা পাচ্ছে, যা তারও কল্পনাতীত।

এ কল্পনাতীত অভিজ্ঞান নিদর্শন হল কোরাকেঙ্কুর দুটি পালক আর উদয়সূর্যের মতো রক্তিম ইংকা নরেশের শিরোশোভা ল্লাণ্টুর একটি টুকরো।

ইংকা নরেশের প্রত্যক্ষ উপস্থিতির চেয়ে তাঁর অখণ্ড আধিপত্যের এ ক-টি

নিদর্শনের মূল্য কম নয়। কোরাকেঙ্কুর এ পালক পেরুর বিরলতম বস্তু। তাভান্‌তিন্‌সুইয়ুর অতিগোপন দুর্গম একটি মরুশুষ্ক সর্বসাধারণের নিষিদ্ধ অঞ্চলে কোরাকেঙ্কু নামে আশ্চর্য একটি পক্ষীজাতি যুগ যুগ ধরে সযত্নে লালিত হয়ে আসছে। পোষা দূরে থাক, সে পাখি চোখে দেখবার অধিকারও পেরুর প্রজাসাধারণের নেই। অভিষেকের সময়ে সেই পাখির দুটি মাত্র পালক প্রত্যেক ইংকাকে শিরোভূষণ হিসেবে দেওয়া হয়। কোরাকেঙ্কুর সেই পালক আর বিশেষ ভিকুনার পশমে বোনা মাথায় জড়াবার রক্তিম বস্ত্র ল্লাণ্টু ইংকা রাজশক্তির সবচেয়ে সম্মানিত প্রতীক। আর যা-কিছুরই হোক, কোরাকেঙ্কুর এ পালকের জাল হওয়া অসম্ভব। স্বয়ং ইংকা নরেশের মতো এ পালক দ্বিতীয়রহিত। রাজশক্তির প্রতীক হিসেবে তাই এ নিদর্শন সমস্ত সন্দেহ সংশয়ের ঊর্ধ্বে।

এ প্রতীক চিহ্ন আতাহুয়ালপার কাছে গোপনে চেয়ে নিয়ে গানাদো আশ্চর্য দূরদৃষ্টির পরিচয় দিয়েছিলেন সন্দেহ নেই। এ প্রতীকচিহ্ন আতাহুয়ালপার কাছে আদায় করা অবশ্য সহজ হয়নি। গানাদোর ওপর আতাহুয়ালপার বিশ্বাস তখন গভীর, তবু এ প্রস্তাব শুনে রীতিমতো স্তম্ভিত হয়ে গিয়েছিলেন আতাহুয়ালপা। তীক্ষ্ণ অবিশ্বাসের সুরে সবিস্ময়ে গানাদোর দিকে চেয়ে বলেছিলেন, 'কী, বলছ কী তুমি! কোরাকেঙ্কুর পবিত্র পাখির পালক আমি তোমার হাতে তুলে দেব প্রতীক-চিহ্ন হিসেবে চরম সংকটে ব্যবহার করবার জন্যে!'

'হ্যাঁ, সূর্যসম্ভব।' দৃঢ়স্বরে বলেছিলেন গানাদো, 'আর সবকিছু যেখানে বিফল, সেখানে অসাধ্যসাধনের জাদুদণ্ড হিসেবে এই পালকে যে কাজ হবে, আর কিছুতে তা হবার নয়।'

'কিন্তু,' ক্ষুব্ধ প্রতিবাদ জানিয়ে বলেছিলেন আতাহুয়ালপা, 'এ তো আমাদের সমস্ত সংস্কার আর ঐতিহ্যের অপমান! তাভান্‌তিন্‌সুয়ুইর ইতিহাসে এ পবিত্র প্রতীক কোনওদিন কোনও ইংকা নরেশের হাতছাড়া হয়নি।'

শান্তকণ্ঠে একটি উত্তর দিয়েই আতাহুয়ালপাকে নীরব করে দিয়েছিলেন গানাদো। বলেছিলেন, 'তাভান্‌তিন্‌সুইয়ু-র ইতিহাসে এমন চরম লজ্জার আর দুর্ভাগ্যের দিনও কখনও আসেনি।'

পরিকল্পনায় ভুল হয়নি গানাদোর। চরম সংকটে অলৌকিক জাদুদণ্ডের মতোই কাজ করেছে ইংকা নরেশের প্রতীক-চিহ্ন।

রাজপুরোহিত ভিলিয়াক ভ্‌মু নত-মস্তকে সে প্রতীকচিহ্ন মেনে নিয়ে চলে গেছেন। হুয়াসকার এবার মুক্তি পাবেন।

পঁচিশ

"পরের দিন থেকেই সূর্যদেবের উত্তরায়ণের সঙ্গে রেইমি-র উৎসব শুরু হবে।

কাক্‌সামালকা শহরে আতাহুয়ালপা নিশ্চয়ই প্রস্তুত হয়ে আছে সম্পূর্ণভাবে। রেইমি উৎসবের সুযোগ নিয়ে আনন্দমত্ত জনতার মধ্যে নিজেকে গোপন করে

সৌসার পথে তিনি রওনা হবেন। ওদিকে হুয়াসকারও তখন সৌসায় বসে থাকবেন না। পার্বত্যপথের এক গোপন দুর্গে দুই রাজভ্রাতার সাক্ষাতের ব্যবস্থা সম্পূর্ণ হয়ে আছে। বিদেশি শত্রুদের যা তাভান্‌তিনসুয়ুইর পবিত্র গিরিরাজ্য থেকে ঘৃণ্য ক্লেদের মতো ধুয়ে দূর করে দেবে পেরুর সে নবজাগরণের ঢল নামতে শুরু করবে ওই গোপন দুর্গ থেকেই।

ভিলিয়াক ভ্‌মুর সমস্ত পাহারাদারদের চোখে ধুলো দিয়ে গানাদো সেই পরম মুহূর্তের অপেক্ষায় কুজকো শহরেই এমন এক অবিশ্বাস্য গোপন আশ্রয় খুঁজে নিয়েছেন, সমস্ত কুজকোবাসীর প্রায় চোখের ওপরে থেকেও, যা তাদের কল্পনাতীত।

অপেক্ষা আর ক-টা দিন মাত্র, অধৈর্য নেই তাই গানাদোর মনে।

কাক্‌সামালকায় কী হচ্ছে তা যেন তিনি মনশ্চক্ষে দেখতে পান। যা দেখতে পান না তা হল এই যে, এসপানিওল সেনাপতি পিজারোর সঙ্গে কাক্‌সামালকা শহরের নতুন এক আগন্তুক গভীর উত্তেজিত আলোচনায় মত্ত। সে আগন্তুকের নাম মার্কুইস গঞ্জালেস দে সোলিস।

সৌসা কারাদুর্গের একটি ঘটনাও তখন গানাদোর কল্পনার বাইরে।

কোরাকেঙ্কুর পালক দেখিয়ে সৌসা দুর্গে কয়া যখন সমস্ত সন্দিগ্ধ অভিযোগের জবাব দিয়ে রাজপুরোহিতের কুটিল গোপন চক্রান্ত ব্যর্থ করে দিয়েছে, আর কাক্‌সামালকা নগরে পেরু বিজয়ী এসপানিওল সেনাপতি পিজারোর সঙ্গে স্মরণীয় সাক্ষাৎ হয়েছে মার্কুইস গঞ্জালেস দে সোলিস-এর, গানাদো নিজে তখন কুজকো শহরেই দিন নয়, দণ্ডপল গুনছেন।

সমস্ত তাভান্‌তিন্‌সুইয়ু যাতে কেঁপে উঠবে সে বিস্ফোরণের আর বিলম্ব হবার কথা নয়। হাওয়ায় তিনি উদ্‌গ্রীব কান পেতে আছেন সৌসা থেকে প্রথম সে জয়ধ্বনি শোনবার জন্যে।

কিন্তু কান তিনি পেতে আছেন কোথায়?

নেহাত জাদুমন্ত্রে কীটপতঙ্গ না হয়ে থাকলে কুজকো শহরে তাঁর লুকিয়ে থাকা তো অসম্ভব। রাজপুরোহিত ভিলিয়াক ভ্‌মুর প্রকাশ্য প্রহরী ও গোপন চরেরা বাড়িঘর রাস্তাঘাট তো তন্নতন্ন করে খুঁজেছে-ই, রেইমি উৎসবের জন্যে সমবেত তীর্থযাত্রীদেরও জনে জনে পরীক্ষা করবার ত্রুটি রাখেনি। ভিলিয়াক ভ্‌মু সৌসা রওনা হবার আগে সেই আদেশই দিয়ে গিয়েছিলেন। কুজকো থেকে বাইরে যাবার গোনাগুনতি পাহাড়ি রাস্তা তো আগেই বন্ধ করবার ব্যবস্থা হয়েছিল। গানাদো তাঁর সঙ্গে দেখা করে চলে যাবার পর তাঁকে অতিথিশালায় গিয়ে বন্দি করার আদেশের সঙ্গে কুজকো থেকে যাবার-আসবার পথগুলিতে কড়া পাহারার ব্যবস্থা রাজপুরোহিত করেছিলেন। নেহাত স্ত্রীলোক বলেই কয়া সে পাহারা এড়িয়ে কিছুদূর পর্যন্ত বিনা বাধায় যেতে পেরেছিল। গানাদোর সম্বন্ধেই সতর্ক হওয়া দরকার মনে করে মেয়েদের সম্বন্ধেও হুঁশিয়ার থাকবার নির্দেশ দেবার কথা রাজপুরোহিতের মাথায় আসেনি। রাজপুরোহিতের এই হিসেবের ভুলটুকু অনুমান করেই গানাদো কয়াকে একা অত বড় কঠিন বিপদের কাজে পাঠিয়েছিলেন নিশ্চয়।

কিন্তু কয়া কুজকো ছেড়ে সৌসার পথে রওনা হতে পারলেও গানাদো তো তা আর পারেননি। ভিলিয়াক ভ্‌মুর প্রহরীদের দৃষ্টি এড়িয়ে কুজকো শহরে থাকাও তাঁর পক্ষে অসম্ভব।

সেই অসম্ভবই কিন্তু গানাদো সম্ভব করে তুলেছেন শুধু বুদ্ধির জোরে আর বেপরোয়া সাহসে। এ রাজ্যের মানুষের হাড়হদ্দ জানবার চেষ্টায় সত্যিই এমন এক লুকোবার আস্তানার হদিস তিনি পেয়েছেন সামনা-সামনি দেখেও কুজকো শহরের কেউ যেখানে তাঁকে খোঁজবার কথা কল্পনাও করবে না।

দরকার শুধু সে আস্তানায় নিজেকে লুকোবার সাহস। গানাদোর সে সাহসের অভাব হয়নি।

সূর্যের দক্ষিণায়ন শেষ হবার সঙ্গে রেইমির উৎসব শুরু হবে পরের দিন। আগের বছর হুয়াসকার-ই ইংকা নরেশ হিসেবে এ উৎসবের প্রধান ভূমিকা নিয়েছিলেন। এবারে উৎসবে বিজয়ী নতুন ইংকা হিসেবে এ ভূমিকা যাঁর নেবার কথা তিনিও কাক্‌সামালকায় বিদেশি শত্রুর হাতে বন্দি।

রাজপুরোহিত ভিলিয়াক ভ্‌মুকেই তাই এবারের উৎসব অনুষ্ঠানে একাধারে ইংকা আর রাজপুরোহিতের দায়িত্ব নিতে হবে।

কুজকো নগরে কোরিকাঞ্চা ঘিরে সমবেত নাগরিক আর তীর্থযাত্রীরা বুঝি উদ্বিগ্ন হয়েছে। তাদের সোনার রাজ্যে একটা গভীর অমঙ্গলের ছায়া যে পড়েছে তা তাদের জানতে বাকি নেই। তবু যে তারা এ উৎসবে যোগ দিতে সব কিছু তুচ্ছ করে এসেছে তার কারণ শুধু অন্ধ ধর্মভীরুতা নয়। তাভান্‌তিন্‌সুইয়ুর এই প্রধান ধর্মীয় অনুষ্ঠানে দেবাদিদেব আকাশপতি সূর্য তাঁদের কাতর প্রার্থনায় প্রসন্ন হয়ে তাদের পবিত্র রাজ্য থেকে পাপের ছায়া সরিয়ে নিতে পারেন এ আশাও একটু তাদের মনে আছে।

তারা উদ্বিগ্ন একটু হয়েছে পাছে অনুষ্ঠানের কোনও ত্রুটি হয় এই ভয়ে। ইংকা নরেশ হিসাবে হুয়াসকার বা আতাহুয়ালপা এ উৎসবে কোনও ভূমিকাই নিতে পারবেন না। কিন্তু ইংকা রাজশক্তির প্রতিনিধি হিসেবে যিনি এ উৎসব পরিচালনার দায়িত্ব নেবেন সেই রাজপুরোহিত ভিলিয়াক ভ্‌মুও যে কুজকো শহরে তখনও অনুপস্থিত।

কয়েকদিন আগে বিশেষ কোনও জরুরি প্রয়োজনে রাজপুরোহিত কুজকো ছেড়ে গেছেন তা তারা জানে। যেখানেই গিয়ে থাকুন, রেইমি উৎসবের দিন উত্তরায়ণের প্রথম সূর্যোদয়কে অভিনন্দিত করে অর্ঘ্যসুরা বিতরণ করবার জন্যে কুজকোয় তিনি উপস্থিত থাকবেন নিশ্চয়।

কিন্তু রাত্রির শেষ যাম অতিক্রান্ত হতে চলেছে। পূর্ব দিগন্তের তারারা নিষ্প্রভ হয়ে আসছে। সে দিকের অন্ধকার তরল হওয়ার সঙ্গে সঙ্গে, নগরসীমার পার্বত্য প্রান্তরে ভক্ত জনতা সমবেত হয়েছে মধ্যরাত্রি থেকে। অর্ঘ্যসুরার বিরাট পাত্র যথাস্থানে স্থাপিত হয়েছে অনেক আগেই। শুধু রাজপুরোহিতেরই তখনও দেখা নেই।

গত তিন দিন কোনও গৃহস্থ বাড়িতে আগুন জ্বলেনি, তিন দিন ধরে সমস্ত ভক্ত পেরুবাসীরা উপবাসী। পূর্বাকাশ প্রথম সূর্যকিরণ দেখবার সৌভাগ্যে ধন্য ও পবিত্র

হবার জন্যে তারা দূরদূরান্তর থেকে এসে এই কৃচ্ছ্রসাধন করেছে। স্বয়ং ইংকা নরেশ কি রাজপুরোহিত সেদিনের শিশুসূর্যকে প্রশস্তি মন্ত্রে বরণ না করলে তো সমস্ত অনুষ্ঠানই ব্যর্থ হয়ে যাবে। দেবাদিদেব পরমজ্যোতির আশীর্বাদের বদলে অভিশাপই বর্ষিত হবে সমস্ত তাভান্‌তিন্‌সুইয়ুর ওপর।

আকাশের দিকে আর নয়, জনতা ভীত উদ্বিগ্ন দৃষ্টিতে পিছনের নগরবর্ত্মের দিকে তাকায়, কোরিকাঞ্চার অধস্তন পুরোহিতদের উৎকণ্ঠিত দৃষ্টিও সেই দিকে। এত বড় বিশাল জনারণ্যকে একই আশঙ্কা যেন ঝড়ের মতো উদ্বেলিত করছে। অতি দীনদরিদ্র কৃষক থেকে যথার্থ ইংকা রক্তের অভিজাত সম্প্রদায় পর্যন্ত সকল শ্রেণীর আবালবৃদ্ধ নরনারীই তো সেখানে উপস্থিত। শুধু জীবিত নয়, মহান মৃতেরাও এসেছেন উত্তরায়ণের প্রথম সূর্যকে বন্দনা করতে।

তাভান্‌তিন্‌সুইয়ুর প্রাচীনতম প্রথা সত্যি পালিত হয়েছে এই দিনটির জন্যে। পেরু রাজ্যে মৃত ইংকাদের বিস্মৃতির অতলে হারিয়ে যেতে দেওয়া হয় না। অনেকটা মিশরের ধরনে তাঁদের মরদেহ শাশ্বত করে রাখবার চেষ্টা হয়। জীবন-কালে যা পরতেন সেই জমকালো মহার্ঘ পোশাকে সাজিয়ে নিরেট সোনার সিংহাসনে কোরিকাঞ্চার সূর্যমন্দিরে সারিবদ্ধ তাঁদের শবদেহ বসানো থাকে। পরলোকগত ইংকাদের জন্যে একটি করে প্রাসাদও পৃথক ভাবে বরাদ্দ। সেখানে তাঁদের নিত্যব্যবহার্য জিনিস ও ঐশ্বর্য কোনও কিছুরই অভাব রাখা হয় না।

বিশেষ বিশেষ দিনে মৃত ইংকাদের শবদেহ তাঁদের ঐশ্বর্যবিলাসের উপকরণ সমেত এই কাজে নিয়োজিত স্বতন্ত্র প্রহরী ও অনুচরেরা জনসাধারণের সামনে এনে উপস্থিত করে। মৃত ইংকারা তখন জীবিতদের সমানই সশঙ্ক সমাদর পান।

সেই প্রথামতোই রেইমির উৎসব উপলক্ষে মৃত ইংকাদের সংরক্ষিত শবদেহ এনে রাখা হয়েছে নগর সীমার প্রান্তরে। পূর্বতন ইংকাদের মধ্যে হুয়াসকার ও আতাহুয়ালপা দু-জনেরই পিতা হুয়াইনা কাপাক-এর শবদেহকে ঘিরে ঐশ্বর্যগরিমার সমারোহ সবচেয়ে বেশি। পেরুর প্রজাসাধারণের মনে ইংকা হুয়াইনা কাপাক-এর স্মৃতি এখনও অত্যন্ত উজ্জ্বল। সোনার সিংহাসনে বসানো, সোনারুপোর কাজে ঝলমল পোশাকে সাজানো তাঁর শবদেহের পাশ দিয়ে যাওয়ার সময় ইংকা প্রজারা সসম্ভ্রমে তাঁকে অভিবাদন জানিয়ে যায়। তাদের কাছে তিনি মৃত নন। রাজপুরোহিত যথাসময়ে না এসে পৌঁছোবার দরুন রেইমি উৎসব যে পণ্ড হতে চলেছে তার জন্যে তিনিও গভীরভাবে উৎকণ্ঠিত বলেই তাদের ধারণা। পূর্ব দিগন্ত আরও পাণ্ডুর হয়ে আসার সঙ্গে সঙ্গে শঙ্কিত ব্যাকুলতায় তারা অনেকে হুয়াইনা কাপাক-এর কাছেই নিজেদের প্রার্থনা জানায়। যথাবিহিত অনুষ্ঠান না হলে সূর্যদেবের যে অভিশাপ সমস্ত তাভান্‌তিন্‌সুইয়ুতে বর্ষিত হতে পারে তা থেকে শেষ মুহূর্তে তিনিই রক্ষা করতে পারেন এই তাদের অন্ধ বিশ্বাস।

সেই অন্ধ বিশ্বাসেই কি তাদের কেউ কেউ সোনার সিংহাসনে বসানো হুয়াইনা কাপাক-এর সুসজ্জিত শবদেহে ঈষৎ প্রাণের স্পন্দন লক্ষ করে বিদ্যুৎ-শিহরন অনুভব করে সারা দেহে।

এই নিদারুণ সংকটে সত্যিই কি মহাশক্তিধর হুয়াইনা কাপাক আবার জেগে উঠবেন? অসামান্য বাহুবলে কুজকো থেকে কুইটো পর্যন্ত যিনি ইংকা সাম্রাজ্য বিস্তৃত করেছিলেন তিনিই কি আবার এসেছেন তাভান্‌তিন্‌সুইয়ুকে বিদেশি গ্রাস থেকে মুক্ত করতে?

শঙ্কিত উৎকণ্ঠিত জনতার মধ্যে একটা উত্তেজিত গুঞ্জন শুরু হয়ে যায়।

পুবের আকাশ আরও পরিষ্কার হয়ে আসছে। কোরিকাঞ্চার উদ্বিগ্ন অধস্তন পুরোহিতেরা দিশাহারা হয়ে পড়েছেন, এ বিপদে কী যে করণীয় তা স্থির করতে না পেরে।

তাঁরা নিজেরাই কি কেউ আজ ইংকা নরেশ আর রাজপুরোহিতের হয়ে উত্তরায়ণের সদ্যোজাত সূর্যদেবকে বরণ করবার ভার নেবেন?

কিন্তু তাঁদের ধর্মের সবচেয়ে পবিত্র অনুষ্ঠানের এ নিদারুণ ত্রুটি রেইমি উৎসবের জন্যে সমবেত বিরাট জনতা মেনে নেবে বলে তো মনে হয় না। রাজপুরোহিত স্বয়ং এসে এখনও সব দিক রক্ষা করতে পারেন। আর কিছুক্ষণ দেরি হলে উত্তেজিত উৎকণ্ঠিত ধর্মপ্রাণ জনতার মধ্যে কী উত্তাল আলোড়ন যে জাগবে তা অনুমান করাই কঠিন।

এই অস্থির বিহ্বলতার মধ্যে জনতার গুঞ্জন পুরোহিতদের কানেও এসে পৌঁছোয়। ব্যাকুল হয়ে তাঁদের কেউ কেউ হুয়াইনা কাপাক-এর শবদেহের দিকে ছুটে যান।

পেরুর চরম দুর্দিনে এই ভয়ংকর সংকট মুহূর্তে সত্যিই কি এক অলৌকিক বিস্ময় প্রত্যক্ষ করবার সৌভাগ্য তাঁদের হবে? উত্তরায়ণের সূর্যকে বরণ করবার জন্যে অদ্বিতীয় ইংকা কুলতিলক হুয়াইনা কাপাক তাঁর সযত্নে সংরক্ষিত শবদেহ আবার সঞ্জীবিত করে তুলবেন? এ অঘটন কি সত্যিই সম্ভব?

সাধারণ জনতার সঙ্গে নিষ্পলক দৃষ্টিতে তাঁরাও স্বর্ণ-সিংহাসনে আসীন মূর্তির দিকে চেয়ে থাকেন। এ মূর্তির মধ্যে প্রাণের স্পন্দন প্রথম কে দেখেছে, কেউ জানে না। কিন্তু মুখে মুখে কথাটা বহুদূর পর্যন্ত ছড়িয়ে গেছে। পূর্ব দিগন্তে উৎসুকভাবে যারা চেয়েছিল তাদের অনেকেই ভূতপূর্ব ইংকা নরেশের শবদেহ যে রজ্জু-বেষ্টনীর মধ্যে সাড়ম্বর স্বর্ণ-সিংহাসনে স্থাপিত তার চারিধারে ভিড় করে এসে জড়ো হয়।

সকলেই উত্তেজিত উৎকণ্ঠিত উৎসুক। অন্ধ বিশ্বাসের চোখে কি না বলা কঠিন, অনেকেই এবার শবদেহে একটা চাঞ্চল্যের আভাস পায়। যা তাদের স্বপ্নাতীত তাই কি এবার সত্যি ঘটতে চলেছে?

না ঘটবার কোনও হেতু নেই। কারণ এমনই একটি সুযোগের মুহূর্তের জন্যই নিখুঁতভাবে সমস্ত আয়োজন করা হয়েছে।

সৌসার কারাদুর্গ থেকে নিশ্চয় এতক্ষণে মুক্তি পেয়েছেন হুয়াসকার। মুক্তি পাবার সঙ্গে সঙ্গে তাঁর বিশ্বস্ত অনুরক্ত অনুচরবাহিনী নিয়ে এই কুজকোর অভিমুখেই তিনি এগিয়ে আসছেন ঝড়ের গতিতে। রেইমি উৎসবের আগে ব্রাহ্মমুহূর্তেই তাঁর সদলবলে কুজকোর এই সূর্যাবরণের প্রান্তরে এসে পৌঁছোবার কথা। তিনি এসে পৌঁছোবার সঙ্গে সঙ্গে যে উত্তেজনার সঞ্চার হবে তারই মধ্যে জেগে উঠবে অদ্বিতীয়

ইংকা নরেশ হুইয়ানা কাপাক-এর শবদেহ। তাঁরই কণ্ঠে রেইমি উৎসবের জন্য সমবেত সমস্ত তাভান্‌তিন্‌সুইয়ুর ভক্ত তীর্থযাত্রীরা শুনবে নবজাগরণের এক বহ্নিময় বাণী।

যে কোনও কারণেই হোক হুয়াসকার রেইমি উৎসবের আগে কুজকোয় এসে পৌঁছোতে পারলেন না দেখা যাচ্ছে। তাতেও এমন কিছু ক্ষতি নেই। হুয়াসকার এসে না পৌঁছোলেও হুয়াইনা কাপাক-এর শবদেহ একবারের জন্যে প্রাণ পেয়ে জেগে উঠবে। উত্তরায়ণের শিশুসূর্য পূর্ব দিগন্তে আবির্ভূত হওয়ার সঙ্গে সঙ্গে একটি মহামন্ত্র অন্তত সমস্ত পেরুবাসীর কানে পৌঁছোবে। সে মহামন্ত্র তাভান্‌তিন্‌সুইয়ুর পবিত্র গিরিরাজ্য বিদেশি পাষণ্ডের পাপস্পর্শ থেকে মুক্ত করার।

হুয়াইনা কাপাক-এর শবদেহে প্রাণ-সঞ্চার কিন্তু আর হয় না। হঠাৎ কুজকো শহরের দূর সীমা থেকে দ্রুত অগ্রসর একটা ধ্বনি শোনা যায়। সচকিত হয়ে ওঠে সমস্ত জনতা। হুয়াসকারই কি তা হলে এসে পৌঁছোলেন যথাসময়ে? কিন্তু এ তো তাঁর বাহিনীর পদশব্দ নয়। এ যে অশ্বক্ষুর-ধ্বনি!

অশ্বক্ষুর-ধ্বনি মানে কী?

তার মানে তো হুয়াসকার-এর আহ্বান তাঁর পতাকাতলে সমবেত পেরুর শৃঙ্খলমোচনের বাহিনী নয়! নিশাবসানের তরল অন্ধকারে কুজকো শহরের দিগ্বিদিকে যা তাভান্‌তিন্‌সুইয়ুর শঙ্কিত হৃদস্পন্দনের মতো শোনা যাচ্ছে, তা তো এসপানিওল রিসালার আগমনবার্তা ছাড়া আর কিছু হতে পারে না। ঘোড়ার খুরের শব্দ একমাত্র বিদেশি শত্রু সওয়ারের নির্ভুল ইঙ্গিতই দেয়।

হঠাৎ এই মুহূর্তে এসপানিওল সওয়ার সৈনিক কি কাক্‌সামালকা থেকেই কুজকোতে আসছে? কেন?

কী হয়েছে তা হলে আতাহুয়ালপার? হুয়াসকারই বা কোথায়? কয়া কি তাঁকে মুক্ত করতে পারেনি?

দুর্ভাবনায় অস্থির হয়ে ওঠেন গানাদো। নির্ভুলভাবে সযত্নে সাজানো যেসব চাল অনিবার্যভাবে সাফল্যের শিখরে গিয়ে পৌঁছে দেবে ধরে রেখেছিলেন, তার মধ্যে কোনও একটা অপ্রত্যাশিতভাবে ব্যর্থ হয়ে গেছে।

কোন চালটা বিফল হয়েছে? কোথায়? কাক্‌সামালকায়, না কুজকোতে?

এসপানিওল সওয়ারবাহিনীর এই আকস্মিক হানা দেওয়ায় মনে হচ্ছে কাক্‌সামালকাতেই কোনও কিছু ঘটেছে যা তাঁর হিসেবের বাইরে।

এসপানিওল সওয়ারবাহিনী এবার সূর্য-বরণ প্রান্তরে এসে পৌঁছে গেছে। আতঙ্কবিহ্বল জনতা দিশাহারা হয়ে ঠেলাঠেলি করছে নিজেদের মধ্যে।

পারলে গানাদো একবার উঠে দাঁড়াতেন। জনতার মধ্যে একজন হয়ে এগিয়ে দেখতেন এসপানিওল রিসালায় কারা এসেছে আর কে তাদের নায়ক।

কিন্তু তার উপায় নেই। জনসমুদ্রে অস্থির দোলা লেগেছে সত্যিই, কিন্তু তাঁর চারিধারে একটা নিস্তরঙ্গ বেষ্টনী। তাঁকে ঘিরে যারা পাহারা দিচ্ছে, প্রাণ দিয়েও সে বেষ্টনী তারা রক্ষা করবার চেষ্টা করবে।

তবু নিস্পন্দ নিথর হয়ে বসে থাকা অসহ্য মনে হয় গানাদোর। একবার ইচ্ছা হয় হঠাৎ সাড়া দিয়ে উঠে বিহ্বল-ব্যাকুল এই জনসমুদ্র আর-এক বিদ্যুৎ-বিস্ময়ে উত্তাল করে তুলবেন।

কিন্তু তার লগ্ন পার হয়ে গেছে। এখন তা শুধু নিরর্থক আত্মঘাতী মূঢ়তা। নির্মম দুর্ধর্ষ এসপানিওল বাহিনীর সামনে আকুল দিশাহারা লামার পালের মতো পলাতক এই নিরস্ত্র নিরুপায় ভয়ার্ত জনতাকে কোনও অলৌকিক আবির্ভাব দিয়েও এখনই আর সংহত করা যাবে না।

চারিদিকের তীব্র উত্তেজনা ও বিশৃঙ্খলার আলোড়নের মধ্যে মহার্ঘ পোশাকে শবদেহের মতোই নিস্পন্দ হয়ে থাকেন গানাদো। তাঁকে ঘিরে উদ্যত বল্লম নিয়ে পাহারা দেয় তাঁর মর্যাদা-রক্ষায় জীবনপণ করা প্রহরীরা।

তারা অবশ্য জানে যে, মহামহিম সূর্যসম্ভব ভূতপূর্ব ইংকা নরেশ হুয়াইনা কাপাক-এর মরদেহই তারা পাহারা দিচ্ছে।

হ্যাঁ, এই অবিশ্বাস্য গোপন আশ্রয়ই খুঁজে নিয়েছিলেন গানাদো রাজপুরোহিত ভিলিয়াক ভ্মুর গভীর অভিসন্ধি অনুমান করে কয়াকে যেদিন পরম অভিজ্ঞান দিয়ে সৌসায় পাঠান, সেইদিনই।

কয়ার কাছে বিদায় নেবার পর কাক্সামালকা থেকে সোনা-বরদার হয়ে যারা এসেছিল তাদের জন্যে বরাদ্দ অতিথিশালায় গানাদো ফিরে যাননি। বার হবারও চেষ্টা করেননি কুজকো নগর থেকে। সে চেষ্টা করলে রাজপুরোহিতের প্রহরীদের প্রখর দৃষ্টি এড়ানো তাঁর পক্ষে সম্ভব হত না। প্রহরীরা রাজপুরোহিতের কঠোর নির্দেশে প্রাণের দায়ে কুজকো শহরেও তাঁকে তন্নতন্ন করে খোঁজার ত্রুটি করেনি। তবু তাদের শিকার যে কুজকো থেকে জাদুবলে অদৃশ্য হয়েছে বলে তাদের মনে হয়েছে, তার কারণ গানাদো প্রথম দিন থেকেই ভূতপূর্ব ইংকা নরেশ হুয়াইনা কাপাক-এর জন্যে বরাদ্দ প্রাসাদেই আত্মগোপন করেছেন। পেরুবাসীর রীতিনীতি সংস্কার জেনে এ-ফন্দি তিনি ভেবে রেখেছিলেন গোড়া থেকেই। বিশেষ একটি-দুটি উৎসব ছাড়া মৃত ইংকাদের প্রেত-প্রাসাদে কড়াক্কড়ি কোনও পাহারা থাকে না। থাকার প্রয়োজনও নেই। প্রেত-প্রাসাদে সাধ করে কেউ ঢুকতে বা সেখান থেকে যত মূল্যবানই হোক কোনও ঐশ্বর্য চুরি করতে চাইবে তাভান্‌তিন্‌সুইয়ুতে এ ব্যাপার কল্পনাতীত। জীবিত ইংকার চেয়ে মৃতের মর্যাদা পেরুবাসীদের কাছে বেশি বই কম নয়। এ প্রেত-প্রাসাদে যেসব প্রহরী আর অনুচর থাকে, তাদের আসল কাজ মৃত ইংকাদের প্রতাপ-প্রতিপত্তি মৃত্যুতেও যে অক্ষুণ্ণ অম্লান তারই প্রমাণস্বরূপ সাজসজ্জার ঘটা দেখানো। দরকার হলে নিজেদের পরম প্রভুর মর্যাদা রক্ষার জন্যে তারা সত্যিই প্রাণ দিতে প্রস্তুত, কিন্তু সেরকম কোনও প্রয়োজন কখনও হয় না বললেই চলে।

প্রেত-প্রাসাদের রক্ষণাবেক্ষণ নেহাত আনুষ্ঠানিক বলেই গানাদোর সেখানে লুকিয়ে থাকবার কোনও অসুবিধে হয়নি। প্রহরী ও অনুচরেরা কল্পনাই করতে পারেনি যে, মৃত ইংকা নরেশের শবদেহের কাল্পনিক সুখ-সাচ্ছন্দ্যবিধানের অনুষ্ঠান পালন করতে গিয়ে তারা সত্যিই জীবিত কারও পরিচর্যা করছে। হুয়াইনা কাপাক-এর

আত্মার পরিতৃপ্তির জন্যে নৈবেদ্য হিসেবে তারা অপর্যাপ্ত খাদ্য পানীয় প্রতিদিন যথাবিধি তাঁর শবদেহের সামনে ধরে দিয়েছে। পরের দিন সে আহার্য সরিয়ে নিয়ে যাবার সময় তা থেকে যৎসামান্য খোয়া গিয়েছে কি না লক্ষই করেনি। রাত্রে ভিকুনার পশমে বোনা সুকোমল রাজশয্যা পেতে ইংকা নরেশের শয়নমন্দিরের দ্বার যখন তারা বন্ধ করে প্রেত-প্রাসাদের বাইরে নেহাত নিয়মরক্ষার পাহারা দিতে চলে গেছে তখন কেউ যে সে শয্যা সত্যিই ব্যবহার করতে পারে, তা তাদের স্বপ্নেরও অগোচর।

এই প্রেত-প্রাসাদেই রাজপুরোহিতের প্রহরীদের দৃষ্টি এড়িয়ে গানাদো দিন গুনেছেন রেইমি উৎসবের জন্যে। প্রহরীদের নিজেদের মধ্যেকার আলাপ আড়াল থেকে যতটা তিনি শুনেছেন, তাতে লক্ষণ সব শুভ বলেই মনে হয়েছে। কয়া সৌসা যাবার পথে ধরা পড়লে কুজকো নগরে একটা সাড়া পড়ে যেত নিশ্চয়ই। প্রেত-প্রাসাদের প্রহরীদের আলাপে তার আভাস পাওয়া যেত। সেরকম কিছু যখন পাওয়া যায়নি তখন কয়া সৌসায় পৌঁছে হুয়াসকার-এর সাক্ষাৎ নিশ্চয় পেয়েছে বুঝেছিলেন গানাদো। হুয়াসকার-এর একবার সাক্ষাৎ পেলে আর ভাবনার কিছু নেই! উত্তরায়ণের প্রথম লগ্নে না হোক, রেইমির উৎসবের মধ্যে তাঁর বাহিনী নিয়ে হুয়াসকার এসে পড়বেনই কুজকো শহরে। আতাহুয়ালপাও তখন কাক্‌সামালকা থেকে কুজকোর দিকে অর্ধেক পথ পেরিয়ে আসবেন। যে মহান লক্ষ্য নিয়ে তাঁরা মিলিত হচ্ছেন তারই সমর্থনে সমস্ত পেরুর দূরদূরান্ত থেকে তীর্থযাত্রীরা যেখানে সমবেত হয়েছে, সূর্যবরণের সেই পবিত্র বিশাল পার্বত্য-প্রান্তরে অলৌকিক এক দৈববাণী শোনা যাবে। শোনা যাবে যেন পূর্বতন ইংকা-নরেশ হুয়াইনা কাপাক-এর শবদেহের সংরক্ষিত মূর্তির মুখে। গানাদো জানতেন উত্তেজিত ধর্মপ্রাণ জনতা সন্দেহ করবে না সে দৈববাণীর যাথার্থ্য, প্রশ্ন করবে না তা নিয়ে। গভীর অন্ধবিশ্বাসে, দেশ ও জাতির পরম কলঙ্ক মোচনের আকুলতায়, নির্বিচারে মেনে নেবে সে বাণী। তারপর দেশপ্রেমের আবেগের সঙ্গে ধর্মবিশ্বাসের আন্তরিকতা মিলে যে প্রচণ্ড আলোড়নের সৃষ্টি হবে তার সামনে কোথায় দাঁড়াবে মুষ্টিমেয় ক-টা বিদেশি শত্রু!

সেই পরম মুহূর্তের জন্যেই তৈরি হয়েছিলেন গানাদো।

কিন্তু তার বদলে কোথা দিয়ে এ কী হয়ে গেল!

তাঁর চারিপাশ থেকে জনতা যেভাবে ব্যাকুল হয়ে ছুটে পালাচ্ছে, তাতে এসপানিওল সওয়ারেরা এদিকেই আসছে বুঝতে পারেন গানাদো। ঘোড়ার পায়ের শব্দ আর দ্রুত নয়, রিসালা এখন ধীরে সুস্থে অগ্রসর হচ্ছে।

মৃত ইংকা নরেশের সুসজ্জিত অলঙ্কার-ভূষিত শবদেহ হয়ে গানাদো সোনার সিংহাসনে নিস্পন্দ জড়ের মতোই হেলান দিয়ে আছেন। মুখে তাঁর মৃত্যু-মুখোশ আঁটা। মাথায় উষ্ণীষস্বরূপ নানারঙের ল্লাণ্টু একটু সরে এসেছে কপালের ওপর, আর কপালের রাজশক্তির প্রতীক ঝালর-দেওয়া রক্তিম বোর্লা নেমে এসে চোখ দুটোকে চাপা দিয়েছে অনেকখানি।

ল্লাণ্টু ও বোর্লা-র এ স্থানচ্যুতি একেবারে দৈবাৎ নয়, অলক্ষ্যে তাতে গানাদো সাহায্য লাভ করেছেন, চোখের জন্যে কাটা মৃত্যু-মুখোশের ফোকর দিয়ে

অস্পষ্টভাবেও একটু দেখবার সুযোগের জন্যে।

বোর্লার রক্তরাঙা ঝালরের ভেতর দিয়ে গানাদো এসপানিওল সওয়ারদের নেতৃস্থানীয় দু-জনকে তাঁর চারিধারের বেষ্টনীর কাছে ঘোড়া থামাতে দেখেন।

একজন তার মধ্যে তাঁর পরিচিত। মাকিয়াভেল্লী থেকে চুরি করা বিদ্যে জাহির করে যে কাক্সামালকার প্রথম মন্ত্রণাসভায় পিজারোকে শয়তানি পরামর্শ দিয়েছিল, সেই জুয়ান দে হেরাদা।

কিন্তু হেরাদার পাশে ওই সওয়ারটি কে?

ঘোড়ার পিঠে বসে পিছু ফিরে পেছনে কী যেন দেখছে বলে তার মুখটা গানাদোর বেয়াড়াভাবে হেলানো ও অনড় মাথার দৃষ্টি-সীমার মধ্যে পড়ছে না, কিন্তু ঘোড়ার ও মালিকের সাজের বহর দেখে বোঝা যাচ্ছে লোকটা হেঁজি পেজি নয়।

হেরাদার হাঁক এবার শোনা যায় 'এই, কে তোরা? কোথায় তোদের রাজপুরোহিত ভিলিয়াক ভ্মু?'

জবাব মেলে না কোনও। গানাদোকে হুয়াইনা কাপাক-এর শবদেহ হিসেবে যারা পাহারা দিচ্ছে তারা ছাড়া জবাব দেবারও কেউ নেই। প্রহরীরা ভিলিয়াক ভ্মু নামটা ঠিকমতো শুনলে হয়তো কিছু বলার চেষ্টা করতে পারত, কিন্তু হেরাদার বিকৃত উচ্চারণে সে নাম তাদের বোধগম্য হয় না।

জবাব না পেয়ে গরম হয়ে ওঠে হেরাদা। দাঁত খিঁচিয়ে চিৎকার করে ওঠে, 'বোবা সেজেছে সব? জিভগুলো কেটে সত্যিই বোবা বানিয়ে দিচ্ছি!'

হেরাদা কোমরবন্ধ থেকে তলোয়ারটা প্রায় খুলতেই যাচ্ছে এমন সময় পেছন থেকে যে এসে তাকে বাধা দেয় সে-ও গানাদোর চেনা। দোভাষী ফেলিপিলিও।

মানুষ হিসেবে ফেলিপিলিও হেরাদারই যোগ্য সহচর। তবে আপাতত সে উচিত প্রশ্নই করে।

একটু হেসে বলে, 'কাদের জিভ কাটতে যাচ্ছেন? এদের?'

'হ্যাঁ, যা জিজ্ঞেস করছি তার জবাব নেই।' হেরাদা ক্রুদ্ধ স্বরে বলে, 'আর স্পর্ধা দেখেছ হতভাগাগুলোর।। আর সবাই তবু ভয়ে পালাচ্ছে আর এরা ঠায় দাঁড়িয়ে আছে গ্যাঁট হয়ে। হাতে আবার উঁচোনো বল্লম।'

দোভাষী ফেলিপিলিও এবার ব্যাপারটা ব্যাখ্যা করে বোঝায়। লোকগুলো স্পর্ধা দেখাতে নয়, ভূতপূর্ব ইংকা নরেশ হুয়াইনা কাপাক-এর পবিত্র শবদেহ পাহারা দিতে ওখানে এদেশের চিরকালের সংস্কার মেনে অটল হয়ে দাঁড়িয়ে আছে। ফেলিপিলিওর এই বিবরণের মধ্যেই দ্বিতীয় সওয়ার নায়ক পেছন থেকে সামনে মুখ ফেরায়।

সচকিত বিস্ময়ে স্তব্ধ হয়ে যান গানাদো। অসামান্য সংযম না থাকলে সেই মুহূর্তে ভেতরের চাঞ্চল্য চাপতে না পেরে হয়তো ধরাই পড়ে যেতেন।

আর যাকে-ই হোক, ঠিক সেই মুহূর্তে কুজকো শহরের সেই সূর্য-বরণ প্রান্তরে এই মানুষটিকে এসপানিওল সওয়ারদের অন্যতম নায়ক হিসেবে দেখবার কথা গানাদো কল্পনাও করেননি।

মানুষটি আর কেউ নয়, মার্কুইস গঞ্জালেস দে সোলিস, কোনওকালে সোরাবিয়া

নামে যে নেহাত নীচ ইতর জুয়াড়ি বলে পরিচিত ছিল, আর গানাদোর জীবনে একাধিকবার যে অশুভ গ্রহের মতো চরম দুর্ভাগ্যের দূত হয়ে অপ্রত্যাশিতভাবে দেখা দিয়েছে।

মার্কুইস গঞ্জালেস দে সোলিস ফেলিপিলিওকে তার ব্যাখ্যা শেষ করতে দেয় না। অধৈর্যভরে তাতে বাধা দিয়ে বলে, 'এ দেশের মর্কটগুলোর শাস্ত্রকথা শুনতে এখানে আসিনি। রাজপুরোহিত ভিলিয়াক ভ্মুর খবর পেয়েছ কিছু? আছে সে এখানে?'

'না, এখানে নেই।' জানায় ফেলিপিলিও, 'মনে হচ্ছে কুজকো শহরেই নেই।'

'কী করে জানলে?' সন্দিগ্ধ চড়া গলায় প্রশ্ন করে মার্কুইস দে সোলিস, 'মন্তর পড়ে নাকি? তুমি তো আমাদের সঙ্গেই এলে!'

'হ্যাঁ, আপনাদের সঙ্গেই এসেছি,' বলে ফিলিপিলিও, 'কিন্তু রাজপুরোহিতকে আপনাদের চেয়ে একটু বেশি চিনি! কুজকো শহরে থাকলে তিনি ঘোড়ার খুরের শব্দ পেলে সবার আগে ছুটে এসে এখানে হাজিরা দিতেন।'

'বটে!' ব্যঙ্গের সুরে বলে হেরাদা, 'হুঁশিয়ার মানুষ বোঝা যাচ্ছে। কিন্তু আজ এদের কী এক মস্ত জংলি পরব। এই পরবের দিনেও রাজপুরোহিতের এখানে না থাকাটা কী রকম!'

'হ্যাঁ, ব্যাপারটা একটু অদ্ভুত।' স্বীকার করে ফেলিপিলিও, তারপর জানায় যে কোরিকাঞ্চার ছোটখাটো পুরোহিতদের কাউকে ধরে এখন খবর না নিলে নয়।

'কিন্তু যাকে আমরা চাই, সেই গোলামটার খোঁজ দিতে পারবে ওরা?' হিংস্রভাবে প্রশ্ন করে মার্কুইস গঞ্জালেস দে সোলিস।

'না পারলে ওরা শুধু নয়, কুজকো শহরের কেউ রেহাই পাবে!' হেরাদা যেন মনে মনে ভাবী উৎপীড়নটা কল্পনাতেই উপভোগ করে বলে, 'এ শহরের একটা মানুষকে তা হলে আস্ত রাখব না। খোঁজ না দিতে পারার শাস্তি একটি করে অঙ্গ। জ্যান্ত মানুষ কেউ পার পাবে না!'

'কিন্তু যাকে খুঁজছেন,' মৃদু প্রতিবাদের ছলে একটু রহস্য করে ফেলিপিলিও, 'সে-ই এখনও বেঁচে আছে তারই বা ঠিক কী!'

'মরে গিয়ে থাকলে,' পৈশাচিক আক্রোশের সঙ্গে বলে মার্কুইস দে সোলিস, 'কবর খুঁড়েও তার লাশ আমি টেনে বার করব। জ্যান্ত বা মড়া যাই হোক, আমার হাত থেকে তার নিস্তার নেই। চলো এখন, রাজপুরোহিতের জায়গায় কাকে পাওয়া যায় দেখি।'

কোরিকাঞ্চার অন্য ছোটখাটো পুরোহিতের খোঁজে ঘোড়া চালিয়ে এবার এগিয়ে যেতে যেতে মার্কুইস দে সোলিস হঠাৎ পিছু ফিরে তাকিয়ে জিজ্ঞাসা করে, 'সোনার সিংহাসনে বসানো ও বাসি পচা মড়াটা কার বললে যেন, কোন বাঁদির বাচ্চার?'

'বাঁদির বাচ্চার নয়,'—এসপানিওলদের কাছে নিজেকে বিকিয়ে-দেওয়া দেশের দুশমন বিভীষণ হলেও ফেলিপিলিওর গলার স্বর একটু তেতোই শোনায়—'কুজকো থেকে কুইটো পর্যন্ত সমস্ত রাজ্যের যিনি অধীশ্বর ছিলেন ও পবিত্র শবদেহ ইংকাশ্রেষ্ঠ সেই হুয়াইনা কাপাক-এর।'

'হুঁ, গলায় যেন ভক্তি ভক্তি ভাব পাচ্ছি!' বিদ্রূপ করে মার্কুইস, 'তোমাদের

রাজা-গজা যা-ই হোক, আমার কাছে সব বাঁদির বাচ্চা। এখান থেকে ফেরবার সময় ও লাশটা তলোয়ারের খোঁচায় টেনে ফেলে দিয়ে সিংহাসনটা সঙ্গে নিয়ে যাব। ওটা নিরেট সোনা মনে হচ্ছে।'

নিরেট সোনার সিংহাসনে হুয়াইনা কাপাক-এর শব সেজে নিস্পন্দ গানাদোর কানে প্রত্যেকটা কথা যেন গলানো সিসের মতো গিয়ে পড়ে।

অপ্রত্যাশিত বিশ্রীগোছের কিছু একটা যে হয়ে গেছে এবিষয়ে আর সন্দেহ থাকে না গানাদোর।

মার্কুইসরূপী সোরাবিয়া সঙ্গী হিসেবে হেরাদাকে নিয়ে তাঁরই খোঁজে যে এসেছে তা স্পষ্ট বোঝা যাচ্ছে।

শুধু নিজেদের মর্জিতে হেরাদা বা সোরাবিয়ার পক্ষে সওয়ারবাহিনী নিয়ে কাক্সামালকা থেকে কুজকোয় আসা সম্ভব নয়। সেনাপতি পিজারোর অনুমতি তো বটেই, সমর্থন জানানো আদেশও এই দুই মানিকজোড় পাষণ্ড পেয়েছে নিশ্চয়।

তাঁকেই বিশেষ করে খুঁজতে আসার কারণ কী? সোনাবরদার হয়ে তাঁর কাক্সামালকা থেকে পালানো কি ধরা পড়েছে?

শুধু সেটুকু ধরা পড়লেও এমন কিছু সর্বনাশ হবে না। সেখানে যে চাকা ঘোরাবার গানাদো তার যথোচিত ব্যবস্থা করে দিয়েছেন। এখন তাঁর পেছনে ধাওয়া করে, এমনকী তাঁকে গ্রেপ্তার করলেও পেরুর বিদ্রোহের দাবানল নেভানো যাবে না।

সৌসা থেকে হুয়াসকার আর কাক্সামালকা থেকে আতাহুয়ালপা একবার রওনা হতে পারলে আর ভাবনা নেই।

কিন্তু আতাহুয়ালপার সঙ্গে তাঁর চক্রান্ত যদি ফাঁস হয়ে গিয়ে থাকে, তা হলে তো সবকিছুই ব্যর্থ।

না, তা কখনওই হয়নি—মনে মনে বিচার করে ধারণা হয় গানাদোর। আতাহুয়ালপাকে যেটুকু চিনেছেন, তাতে তিনি কুটিল ক্রূর স্বার্থপর দাম্ভিক সবকিছু হতে পারেন কিন্তু সম্রাটোচিত মর্যাদাবোধে তিনি পৃথিবীর কোনও নৃপতির চেয়ে কম যান না। যারা তাঁকে বন্দি করে রেখেছে, তাদের চেয়ে তিনি অনেক ওপরের স্তরের মানুষ। ইংকা রক্তের স্বাভাবিক আভিজাত্যে তিনি এ পার্বত্য রাজ্যের তুষারমৌলি উত্তুঙ্গ শিখরের মতোই স্বতন্ত্র ও অসাধারণ। আতাহুয়ালপা সুতরাং কোনও কারণেই নিজের দেওয়া প্রতিশ্রুতি ভাঙবেন না। রাজত্ব ফিরে পাওয়ার প্রলোভনে কিংবা চরম উৎপীড়নে আর মৃত্যুভয়েও কোনও গোপন কথা বার হবে না তাঁর মুখ থেকে। আর আতাহুয়ালপা ছাড়া এ বিদ্রোহের গোপন আয়োজনের কথা বিন্দুবিসর্গও যে জানে এমন কাউকে গানাদো কাক্সামালকায় রেখে আসেননি। এ ষড়যন্ত্রের আর একজন মাত্র অংশীদার পাউল্‌লো টোপা তাঁর সঙ্গেই কুজকোতে এসেছে। এখানে রাজপুরোহিত ভিলিয়াক ভ্মুর হাতে ধরা পড়ে সে হয়তো উৎপীড়নে কিছু কিছু গোপন কথা প্রকাশ করে ফেলেছে। পাউল্‌লো টোপার পক্ষে যা প্রকাশ করা সম্ভব, তা রাজপুরোহিতের কাছে নতুন কিছু নয়। তিনি ইতিমধ্যে গানাদোর কাছেই তার বেশি কিছু জেনেছেন। যা জেনেছেন, সে খবর কিন্তু কাক্সামালকায় পৌঁছে দেবার

জন্যে রাজপুরোহিত একটুও ব্যস্ত হবেন কি না সন্দেহ। এ ধরনের গুপ্ত ষড়যন্ত্র ধরে দেওয়ার ঝুঁকি তো কম নয়। তার উপযুক্ত প্রমাণ না দিতে পারলে হিতে বিপরীত হতে পারে। তা ছাড়া এখান থেকে খবর পাঠালেও ইতিমধ্যে কাক্সামালকা থেকে তার জবাবে এসপানিওল রিসালার কুজকোয় এসে হানা দেওয়া সম্ভব নয়।

সুতরাং আতাহুয়ালপার কাছ থেকে গোপন ষড়যন্ত্র ফাঁস হয়নি যেমন ধরে নেওয়া যেতে পারে, রাজপুরোহিতের কাছ থেকেও কোনও খবর কাক্সামালকায় যায়নি এ কথা বিশ্বাস করতে পারা যায় তেমনই।

ষড়যন্ত্র প্রকাশ না পাওয়ার আর একটা প্রমাণ এই বলে গানাদোর মনে হয় যে, এরকম একটা সর্বনাশা কিছুর আঁচ পেলে পিজারো শুধু সোরাবিয়া আর হেরাদার নেতৃত্বে ছোট একটা রিসালা কুজকো পর্যন্ত পাঠিয়ে নিশ্চিন্ত হতেন না।

সোরাবিয়ার আর হেরাদার আলাপে শুধু তাঁর কথাটাই প্রধান হয়ে উঠত না অতখানি।

গানাদোই তা হলে কাক্সামালকা থেকে এসপানিওল রিসালার কুজকো অভিযানের একমাত্র লক্ষ্য বলে বোঝা যাচ্ছে। এসপানিওলদের বিরুদ্ধে ষড়যন্ত্র যদি প্রকাশ না হয়ে থাকে—হয়নি বলেই নিশ্চিত ধরে নেওয়া যেতে পারে—তা হলে তাঁর এতবড় সম্মান পাওয়ার কারণ কী?

শুধু পলাতক একজন এসপানিওল সৈনিকের জন্যে এত মাথাব্যথা পিজারোর হতে পারে না যে তাকে ধরতে ছোটখাটো একটা সওয়ার দল পাঠাবেন।

সে সওয়ার দলের নায়ক আবার সোরাবিয়া!

সোরাবিয়া কোথা থেকে এসে কী করে এ বাহিনীর নায়ক হয় সেইটেই ঠিক বুঝে উঠতে পারেন না গানাদো।

মেদেলিন শহরে যমপুরীর মতো কারাগার থেকে পালিয়ে আসবার পর আর কোনওদিন সোরাবিয়ার সঙ্গে সাক্ষাৎ হবার সম্ভাবনা সত্যি ছিল না। সোরাবিয়ার হাতেই ভাগ্যের চক্রান্তে কাপিতান সানসেদোর সঙ্গে সেবার ধরা পড়েছিলেন বটে, তারই ঘুষ আর প্রতিপত্তির দরুন চালানও হয়েছিলেন অমন জীবন্ত কবরে, কিন্তু সেখান থেকে প্রায় অলৌকিকভাবে উদ্ধার পাবার পর সোরাবিয়ার জগৎ চিরকালের মতো ছেড়ে আসতে পেরেছেন বলেই ধারণা হয়েছিল গানাদোর।

সোরাবিয়া তো আর তখন যেমন-তেমন কেউ নয়, দস্তুরমতো মার্কুইস গঞ্জালেস দে সোলিস। গানাদো আর সানসেদোর কারাগার থেকে পালাবার খবর পেয়ে রাগে যত আগুনই সে হোক, গানাদোকে নিয়ে মাথা ঘামাবার সময় আর উৎসাহ তার না থাকবারই কথা। অভিজাতদের একজন হিসেবে এসপানিয়ার আমিরি ফেলে একটা হাঘরে ঘেয়ো কুকুরের মতো তাড়া-খেয়ে-ফেরা গোলামের পেছনে সে ছুটে মরবে কেন? আক্রোশ তার যা ছিল সে গোলামের বিরুদ্ধে তা তো মিটেই গেছে। যদি বা কিছু অবিশিষ্ট থাকে তা এমন তীব্র নিশ্চয় নয় যে এসপানিয়ার ঐশ্বর্য বিলাস প্রতিপত্তি সব বিসর্জন দিয়েই এই অজানা বিপদের রাজ্যে পাড়ি দেওয়াতে পারে।

এত জায়গা থাকতে এই সূর্য কাঁদলে সোনা-র দেশেই সোরাবিয়ার আসাটা তাই

একটু বেশি অদ্ভুত লাগে গানাদোর। গানাদোর সন্ধানেই সোরাবিয়া সব কিছু ছেড়ে বেরিয়েছে এই অসম্ভব ব্যাপারও যদি সত্যি হয় তা হলেও ঠিক এই রাজ্যেই সে আসে কেমন করে? গানাদো যে এখানে এসেছেন তা তো তার কোনওমতেই জানবার কথা নয়।

ছাব্বিশ

"গানাদো অনেক কিছুই ভাবেন, কিন্তু এক হিসেবে যে নিয়তি সোরাবিয়ার সঙ্গে প্রথম সাক্ষাৎ থেকে তাঁর জীবনে অপ্রত্যাশিত বিপর্যয়ের অভিশাপ এনেছে, সেই নিয়তিই যে সোরাবিয়াকে নাটকের শেষ অঙ্কের জন্যে তার নিজের অগোচরে এই দুর্গম ইংকা সাম্রাজ্যে এনে ফেলেছে সেইটুকু ঠিক কল্পনা করতে পারেন না।

কেমন করে আর পারবেন? পিজারোর জাহাজে সেভিলের বন্দর ছাড়বার পর তাঁর ও কাপিতান সানসেদোর পিছু নিয়ে সোরাবিয়া যে কতদূর পর্যন্ত ধাওয়া করেছে, তা গানাদো জানেন না। সেই অনুসরণের পথেই মার্কুইস গঞ্জালেস দে সোলিসরূপী সোরাবিয়ার হঠাৎ এসপানিয়া আর যে নিরাপদ মনে হয়নি, মান সম্ভ্রম ঐশ্বর্য প্রতিপত্তি সবকিছু জলাঞ্জলি দিয়েও নিজের দেশ থেকে কিছুদিনের জন্যে নিরুদ্দেশ হওয়া বুদ্ধিমানের কাজ বলে যে মনে হয়েছে, এ খবরও গানাদো পাননি।

কর্দোভার ঘাটে কর্টেজ-এর সঙ্গে অকস্মাৎ দেখা হবার পরই সোরাবিয়া শুধু কর্দোভা কি নিজের নতুন আস্তানার শহর মেদেলিন নয়, এসপানিয়াই ত্যাগ করবার ব্যবস্থা করেছে।

এসপানিয়া সে চিরকালের জন্যে ছাড়েনি। কিছুকাল বাইরে কোথাও কাটিয়ে কর্টেজ-এর সন্দেহে তার সম্বন্ধে বেয়াড়া প্রশ্ন যদি কিছু ওঠে, সেটাকে থিতিয়ে দেবার সময় দিতে চেয়েছে।

আর সব জায়গা থাকতে তার পেরুতে আসাটা একেবারে আকস্মিক অবশ্য নয়। কর্টেজ-এর নিজের রাজ্য মেক্সিকোতে যাবার কথা ভাবাই যায় না। ফার্নানদিনা হিসপানিওলা এমনকী পানামায় পর্যন্ত বড় চেনাশোনার ভিড় বেড়ে গেছে। গা ঢাকা দিয়ে কিছুকাল থাকবার পক্ষে সেগুলো খুব প্রশস্ত নয়।

এসব রাজ্য ছেড়ে দিলে বাকি থাকে অজানা দুর্গম রহস্যময় এক সোনায় মোড়া কিংবদন্তির দেশ।

সোরাবিয়া বেপরোয়া হয়ে সেখানেই পাড়ি দিয়েছে। অজ্ঞাতবাসকে অজ্ঞাতবাস হবে, তারই সঙ্গে ভাগ্য একটু সদয় হলে সেখান থেকে সোনার কাঁড়িও নিয়ে আসা যেতে পারে।

ভাগ্য যে তার ওপর সদয় টম্‌বেজ বন্দরে জাহাজ থেকে নামবার পরই তার যেন প্রমাণ পেয়েছে। ভাগ্য অনুকূল না হলে ওখানেই গাল্লিয়েখোর সঙ্গে দেখা হবে কেন?

গাল্লিয়েখোর বিবরণ শুনতে শুনতেই উত্তেজিত হয়ে উঠেছে সোরাবিয়া। দুনিয়ায় আর সবাই ভুল করতে পারে, কিন্তু পেরুর আদি ভীরাকোচার নতুন অবতারের রহস্য

যে কী, সে বিষয়ে তার ধারণা একেবারে অভ্রান্ত হতে বাধ্য।

ভাগ্য যেন এ নতুন রাজ্যে তার প্রতিষ্ঠা প্রতিপত্তির চাবিকাঠি নিজে থেকে তার হাতে তুলে দিয়েছে।

এসপানিওল সেনাপতি পিজারোর কাছে এ রহস্যভেদের বাহাদুরি দেখাতে পারলে একমুহূর্তে তার কদর বেড়ে যাবে।

সে বাহাদুরি দেখাতে যে সে পারবে, এ বিষয়ে কোনও সন্দেহ সোরাবিয়ার নিজের মনে তখন নেই। তলোয়ার চালাবার কৌশলের একটি নমুনার কথা শুনেই সে চিনে ফেলেছে ভীরাকোচার অবতারকে! এ দেশের মর্কটগুলোর তো নয়ই, একটি মাত্র লোকের ছাড়া এসপানিওল বাহিনীরও কারও তলোয়ারের কাজের অমন সূক্ষ্ম কেরামতি নেই, যাতে যেখানে খুশি ওই চিকে-র দাগ দেওয়া যায়।

কথায় কথায় গানাদো নামে এক ত্রিয়ানার বেদে এসপানিওল বাহিনীতে আছে জেনে আর উত্তেজনা চেপে রাখতে পারেনি সোরাবিয়া। সেইদিনই গাল্লিয়েখোকে নিয়ে রওনা হয়েছে কাক্সামালকার উদ্দেশে।

কাক্সামালকায় যখন সে গিয়ে পৌঁছেছে, গানাদো তখন সেখান থেকে নিরুদ্দেশ। পিজারো তার নিরুদ্দেশ হওয়ার ব্যাপারে চিন্তিত হয়েছেন, কিন্তু খুব বেশি গুরুত্ব ব্যাপারটায় দেওয়া প্রয়োজন মনে করেননি।

মার্কুইস গঞ্জালেস দে সোলিসরূপী সোরাবিয়া কাক্সামালকায় এসে তাঁর সঙ্গে দেখা করে যা বলেছে, তা পিজারো বিশ্বাসই করতে পারেননি প্রথমে।

গানাদো, মানে ওই সামান্য বেদেটা এমন আশ্চর্য কেউ? তার বুদ্ধি আর কাণ্ডজ্ঞানের পরিচয় অবশ্য আগে অনেকবার পেয়ে মনে মনে তারিফ করতে বাধ্য হয়েছেন। সত্যি কথা বলতে গেলে আতাহুয়ালপার কাছ থেকে সোনার কাঁড়ি আদায় করবার ফন্দি নিজের মাথা থেকে সে-ই বার করেছিল। লোকটাকে কেন তাঁর বরাবর যেন চেনা-চেনা লেগেছে, তা ঠিক মনে করতে না পারলেও, তার কয়েকটা পরামর্শের জন্যে তার প্রতি একটু কৃতজ্ঞই বোধ করছেন।

সেই গানাদো তলোয়ারের খেলায় এসপানিয়ার কিংবদন্তির বীর এল সিড-এর মতো অদ্বিতীয়? সে-ই ভীরাকোচার অবতার সেজে এসপানিওল সৈনিকদের জব্দ করে মুখে কলঙ্ক-চিহ্ন দেগে দেয়? কেন?

পিজারোর 'কেন?' প্রশ্নের ভালরকম জবাবই দিয়েছে সোরাবিয়া।

গানাদোর শয়তানির অকাট্য প্রমাণ হিসেবে জানিয়েছে যে গানাদো আসলে পলাতক এক ক্রীতদাস। মেক্সিকো থেকে স্পেনের যাত্রী এক জাহাজে হিড্যালগো সেজে যাবার সময় সোরাবিয়া তার ছদ্ম পরিচয় ধরে ফেলার পর থেকেই সে নিরুদ্দেশ। পানামাতে একবার ধরা পড়তে পড়তে সে পালিয়ে বেঁচেছে। এসপানিয়ার ফেরারি গোলাম বলেই সব এসপানিওল-এর ওপর তার রাগ। সুযোগ পেলেই সে তাই এসপানিওলদের বিরুদ্ধে প্রতিশোধ নেবার চেষ্টা করে। শয়তানের সাকরেদটা বেদে বলে নিজের পরিচয় দিলেও সত্যিই জাতবেদে নয়। সোরাবিয়া বেদেদের বড় ঘাঁটি ত্রিয়ানায় খোঁজ নিয়ে তা জেনেছে। কোথা থেকে তলোয়ারের খেলা সে অবশ্য

আশ্চর্যরকম শিখেছে। খোদ শয়তানই তাকে শিখিয়েছে হয়তো। নইলে তলোয়ারের সূক্ষ্ম ফলার অমন আশ্চর্য কেরামতি মানুষের হাতে সম্ভব নয়। ইচ্ছে করলে সে বুঝি খেলতে খেলতে তলোয়ারের ডগায় শত্রুর মুখে নিজের নামও লিখে দিতে পারে। তার তলোয়ারের কাজ থেকেই সোরাবিয়া তাকে চিনেছে।

গানাদো যত বড় ওস্তাদই হোক, সাপের ওপরেও নেউল আছে। সোরাবিয়াকে বেকায়দায় একবার পেয়ে সে হাত ফসকে পালিয়েছিল। কিন্তু দু-বারের বার আর নয়। তলোয়ারের ডগায় নাম লেখার কসরত সোরাবিয়া সাধবার চেষ্টা করেনি, কিন্তু এফোঁড় ওফোঁড় করার কেরামতিতে তার জুড়ি সে দেখতে চায়।

পিজারো ধৈর্য ধরে যে এত সব আস্ফালন শুনেছেন তার কারণ মনে মনে তখনও তিনি বেশ একটু বিভ্রান্ত। গানাদো সম্বন্ধে কী ধারণা তিনি করবেন তা তখনও ঠিক করে উঠতে পারছেন না।

মার্কুইস গঞ্জালেস দে সোলিসকে গণ্যমান্য হিড্যালগো বলেই তিনি অবশ্য ধরে নিয়েছেন। কিন্তু এরকম লোকের কথাও একেবারে নির্বিচারে বিশ্বাস করা যায় কি? মার্কুইস-এরও তো ভুল হতে পারে!

মার্কুইসকে এর আগে পিজারো কখনও দেখেননি। নামটাও কখনও শুনেছেন কি না প্রথমে ঠিক মনে করতে পারেননি। নাম না শোনা অবশ্য আশ্চর্য কিছু নয়। পিজারো তো আর কর্টেজ-এর মতো নিজেই খানদানি ঘরের ছেলে নয়। আদি পরিচয় তো তাঁর শুয়োরের রাখাল। জারজ সন্তান যাকে বলে, তা-ও। বড় ঘরোয়ানাদের কোনও খবরই তিনি রাখেন না।

মার্কুইস-এর চালচলন আর আত্মপরিচয় দেওয়া থেকেই পিজারো তাকে বিশ্বাস করেছেন। তা ছাড়া সেভিল-এ নেমে দেনার দায়ে বন্দি হবার পর সম্রাটের আদেশে মুক্ত হয়ে টোলেডোতে রাজদরবারে নিজের আর্জি পেশ করতে গিয়ে এইরকম একটা নাম যেন শুনেছিলেন বলে পরে মনে পড়েছে। টোলেডোর রাজদরবারে এইরকম নামের কেউ যেন তাঁর সেভিল-এ বন্দি থাকার কথা প্রথম জানিয়েছিল।

মার্কুইস গঞ্জালেস দে সোলিসই সেই লোক কি না, পিজারো অবশ্য জিজ্ঞেস করেননি। মার্কুইস হিসেবে সোরাবিয়া নিজের গরজেই তা চেপে গিয়েছে।

মার্কুইস হিসেবে সমীহ করলেও তার সব কথা নির্ভুল বলে পিজারো যেমন মনে করেননি তেমনই কতকগুলো ইঙ্গিত যে তার আশ্চর্যরকম মিলে গেছে তা-ও অস্বীকার করতে পারেননি নিজের মনে।

গানাদোই আতাহুয়ালপার কাছ থেকে সোনার পাহাড় আদায় করবার ফন্দি ভেবে বার করেছিল ঠিকই, কিন্তু তার পক্ষে সে সোনার এতটুকু বখরা দাবি না করা বেশ একটু অবিশ্বাস্য।

নিজের পরিচয় যা সে দিয়েছে তা সত্যি হলে সোনার লোভ এভাবে তার ত্যাগ করার কথা তো ভাবাই যায় না।

যদি কোনও কারণে সে মারা পড়ে থাকে ইতিমধ্যে তা হলে অবশ্য আলাদা কথা। কিন্তু তা-ও তো একদিক দিয়ে অসম্ভব বলেই মনে হয়। অসুখে বিসুখে দুর্ঘটনায়

কিংবা নিজেদের মধ্যে মারামারি করে দু-একজন এসপানিওল সৈনিক মাঝে মাঝে মারা যায় না এমন নয়। কিন্তু তাদের মৃতদেহ তো গায়েব হয়ে যায় না এমন ভোজাবাজিতে? নিজেদের মধ্যে মারামারি করলে তা একেবারে গোপনও থাকে না সিপাই মহলে। তা জানাজানি হয়ে যায়ই না কোনও-না-কোনও দলের মধ্যে। গানাদোর সঙ্গে কারোও সে রকম মারাত্মক কেন, ছোটখাটো ঝগড়ার কথাও কেউ জানে না!

নিজেদের মধ্যে মারামারিতে না হয়ে এদেশের কারও হাতে তার নিহত হওয়াও বিশ্বাসের অযোগ্য। এরকম ঘটনা এ পর্যন্ত ঘটেনি। রহস্যময় ভীরাকোচার অবতারের কাছে যাদের চরম লাঞ্ছনা হয়েছে তারাও কেউ প্রাণে মারা যায়নি। গেলেও তাদের লাশগুলো অদৃশ্য হত না নিশ্চয়!

সবচেয়ে আশ্চর্যের কথা এই যে গানাদোর কাক্সামালকা থেকে অন্তর্ধানের পর থেকে ভীরাকোচার অবতারের নামে যে উপদ্রব এসপানিওল সৈনিকদের ওপর হচ্ছিল তা একেবারে থেমে গেছে। সেরকম ঘটনা একটাও তার পর আর ঘটেনি।

মার্কুইস-এর সন্দেহ তাই একেবারে ভুল বলে উড়িয়ে দেবার নয়।

কিন্তু গানাদো সত্যিই যদি অমন সাংঘাতিক মানুষ হয় তা হলে এখন তার সন্ধান কী করে পাওয়া যাবে? কাক্সামালকা শহরে সে নেই। এ শহর ছেড়ে কোথাও সে গেছে এমন কোনও প্রমাণও পাওয়া যাচ্ছে না।

মার্কুইসরূপী সোরাবিয়া এ রহস্যও ভেদ করেছে। নানারকম প্রশ্ন করে সে জেনেছে যে কাক্সামালকা থেকে একমাত্র সোনা-বরদার দল ছাড়া বাইরে যাবার সুবিধে কেউ পায়নি। সোনা-বরদার দলের সবাই পেরুর লোক। কিন্তু তাদের সাজ-পোশাক দেখবার পর এই ছদ্মবেশেই যে গানাদো সকলের চোখে ধুলো দিয়ে পালিয়েছে এ বিষয়ে মার্কুইস-এর আর সন্দেহ থাকেনি।

পিজারোকে নিজের ধারণার কথা এবার জোরের সঙ্গে জানিয়েছে মার্কুইস। পিজারোর কাছে ছোট একটা রিসালা নিয়ে কুজকো শহরে গিয়ে গানাদোকে ধরবার অনুমতিও সে আদায় করেছে।

পিজারো দোভাষী হিসেবে ফেলিপিলিও আর এ রাজ্যের অভিজ্ঞ সৈন্যাধ্যক্ষ হিসেবে হেরাদাকে মার্কুইস-এর সঙ্গে দিয়েছেন, আর সেই সঙ্গে ফেলিপিলিওর হাতে রাজপুরোহিত ভিলিয়াক ভ্মুকে নিজের শিলমোহর মারা আদেশও দিয়েছেন সোনা-বরদার দলে যারা যারা আছে সকলকে মার্কুইস-এর হাতে সমর্পণ করবার জন্যে।

মার্কুইসরূপী সোরাবিয়া অত ব্যস্ত হয়ে তাই প্রথমে রাজপুরোহিত ভিলিয়াক ভ্মুর খোঁজ করেছে।

তাঁকে না পেয়ে শেষ পর্যন্ত জন দুই অধস্তন পুরোহিতকে সে পাকড়াও করবার ব্যবস্থা করলে।

তারা নেহাত তাঁবেদার। সত্যিই কিছুই জানে না। রাজপুরোহিত কয়েকদিন আগে খুব তাড়াহুড়ো করে সৌসা গেছেন এই খবরটুকুই তারা দিতে পারলে।

টম্‌বেজ বন্দরে পা দেওয়ার পর থেকে কাক্‌সামালকা হয়ে কুজকো পর্যন্ত আসার মধ্যে মার্কুইসরূপী সোরাবিয়া এ রাজ্যের হালচাল যতখানি সম্ভব জেনে নিয়েছে।

সৌসা যে একটা কারাদুর্গ, কাক্‌সামালকায় যে বন্দি তারই বড় বৈমাত্র ভাই ভূত-পূর্ব ইংকা হুয়াসকার যে সেখানে বন্দি হয়ে আছে সে খবর তার অজানা নয়।

ভিলিয়াক ভ্‌মুর শশব্যস্ত হয়ে সেখানে হঠাৎ যাওয়া বেশ একটু সন্দেহজনক মনে হল তার। রেইমির মতো এ রাজ্যের প্রধান উৎসবের প্রথম লগ্নেও সেখান থেকে না এসে পৌঁছোনো আরও।

এর ভেতরেও সেই শয়তান গানাদোর কোনও কারসাজি থাকা অসম্ভব নয় বলেই তার সন্দেহ হল।

গানাদোকে অবিলম্বে খুঁজে বার করা তাই একান্ত দরকার। তাঁবেদার পুরোহিতদের কাছে খবর নিয়ে যা সে জানল তা-ও বেশ একটু. গোলমেলে।

রাজপুরোহিত ভিলিয়াক ভ্‌মু নিজেই নাকি এবারের সোনা-বরদার দলের সকলকে বন্দি করে গেছেন।

শুধু তাদের একজনকে নাকি পাওয়া যায়নি।

কাকে পাওয়া যায়নি?

তাঁবেদার পুরোহিতরা তার নামধাম পরিচয় কিছু জানে না। শুধু রাজপুরোহিতের সঙ্গে দেখা করবার সময় যারা তাকে দেখেছিল ও পরে কোরিকাঞ্চার অতিথিশালায় তাকে বন্দি করতে গেছল রাজপুরোহিতের আদেশে, তারা খানিকটা বর্ণনা দিতে পারল তার চেহারার।

সোরাবিয়ার পক্ষে ওইটুকুই যথেষ্ট।

খোঁজ যার পাওয়া যায়নি সে যে গানাদো ছাড়া আর কেউ নয় এবিষয়ে সন্দেহ আর তার রইল না।

রাজপুরোহিত ভিলিয়াক ভ্‌মুও, যে কোনও কারণেই হোক, গানাদোর শত্রু হয়েছেন বুঝল সোরাবিয়া। এই কুজকো শহর থেকে রাজপুরোহিতের তীক্ষ্ণ সজাগ পাহারা এড়িয়ে তা হলে গানাদো গেল কোথায়!

আবার কাক্‌সামালকার দিকে সে যেতে পারে?

'না, তা সম্ভব নয়।' জোর গলায় জানালে চেলা পুরোহিতরা।

'তা হলে সৌসার দিকে?'

'না, তা-ও নয়। কুজকো থেকে বার হবার প্রায় অগম্য যে পথ আছে তাতেও ভিলিয়াক ভ্‌মুর আদেশে এমনভাবে কড়া পাহারা দেওয়া হচ্ছে যে একটা মাছিরও সাধ্য নেই তার ভেতর দিয়ে গলে যাবার।'

'তা হলে গানাদো এই কুজকোতেই আছে নিশ্চয়।'

'তা-ও অসম্ভব।' ভয়ে ভয়ে নিবেদন করলে কোরিকাঞ্চার তাঁবেদাররা, 'এক এক করে এ শহরের প্রত্যেকটি মানুষের হিসেব নেওয়া হয়েছে, মায় বাইরে থেকে তীর্থযাত্রী হিসেবে যারা এসেছে তাদেরও।'

'সে লোকটা কি তা হলে হাওয়ায় মিলিয়ে যাবার মন্ত্র জানে!'—তীক্ষ্ণ বিদ্রূপ

করলে সোরাবিয়া।

'তা-ই জানে বোধহয়।' এবারও সসম্ভ্রমে জানালে ছোট পুরোহিতরা।

'তা হলে হাওয়া শুষে নেবার মন্ত্র আমিও জানি।' হিংস্রভাবে বললে সোরাবিয়া। 'একটা দরকারি কাজ আগে সেরে আসি, তারপর গানাদোকে খুঁজে পাওয়া যায় কি না আমি দেখছি।'

সঙ্গী হেরাদাকে সে শুধু রিসালার অর্ধেক সওয়ার দিয়ে পাঠাল সৌসায় গিয়ে রাজপুরোহিত ভিলিয়াক ভ্মুর খবর নিতে।

কী দরকারি কাজটা সোরাবিয়া আগে সারতে চায় সেটা বোঝা গেল খানিক বাদেই।

কোরিকাঞ্চার ছোট মোহান্তদের সঙ্গে আলাপ সেরে ফেলিপিলিওকে সঙ্গে রেখে বাছাই জন-পাঁচেক সওয়ার সেপাই নিয়ে সোরাবিয়া ব্যস্ত হয়ে ফিরে এল সূর্য-বরণ প্রান্তরের মাঝখানে মৃত ইংকা হুয়াইনা কাপাক-এর শব-সভা যেখান সাজানো হয়েছিল সেইখানে।

কিন্তু কোথায় সেখানে ইংকাশ্রেষ্ঠ হুয়াইনা কাপাক-এর শব-সভা। রেইমির উৎসব গেছে পণ্ড হয়ে। বেলা বেড়ে সূর্য তখন পুবের আকাশে অনেক ওপরে উঠে এসেছে। হানাদার এসপানিওলদের ভয়ে সমস্ত সূর্য-বরণ প্রান্তরই ফাঁকা। হুয়াইনা কাপাক-এর শব-সভার কোনও চিহ্ন সেখানে নেই।

'কোথায় গেল সে-সব?' চড়া গলায় জিজ্ঞাসা করেছে সোরাবিয়া।

'কী-সব কোথায় গেল?' বুঝেও না বোঝার ভান করেছে ফেলিপিলিও।

'সেই সোনার সিংহাসন আর দামি দামি আসবাবপত্রগুলো, কার একটা মড়াকে যার মাঝে বসিয়ে রেখেছিল?' এত করে বোঝাতে হবার জন্যেই মেজাজ গরম হয়ে গিয়েছে সোরাবিয়ার।

'সেগুলো যেখানকার সেখানেই নিয়ে গেছে।' ফিলিপিলিও ওইটুকুই জানিয়েছে উত্তরে।

'সেই যেখানটা কোথায় জানতে চাইছি!' খিঁচিয়ে উঠেছে সোরাবিয়া! ধমক দিয়ে বলেছে, 'নিয়ে চলো সেখানে।'

ফেলিপিলিও মিছেই এসপানিওলদের সঙ্গ এতদিন করেনি। দেশের কুলাঙ্গার হলেও মানসম্ভ্রম সব একেবারে পায়ে লুটিয়ে দিয়ে বিদেশিদের গোলাম সে হয়নি। নিজের প্যাঁচালো ধারালো বুদ্ধিতে এই বিদেশিদের দম্ভ আর আস্ফালনের যোগ্য জবাব সে দিতে শিখেছে।

বাইরে অত্যন্ত বিনীত চেহারা ফুটিয়ে মোলায়েম গলায় সে তার অক্ষমতা জানিয়েছে। বলেছে যে, কোথায় সে সব সরানো হয়েছে তা তার জানা নেই।

'না জানো তো জিজ্ঞেস করো এই বাঁদির বাচ্চাদের কাউকে!' হুকুম করেছে সোরাবিয়া।

'জিজ্ঞেস কাকে করব?' যেন হতাশ হয়ে বলেছে ফেলিপিলিও, 'আমাদের একশো হাত দূর থেকে দেখলে এরা পালাচ্ছে। যদি বা কাউকে ধরতে পারা যায় সে কি কিছু

বলতে পারবে! ইংকাদের প্রেত-প্রাসাদ তো একটা নয়! বেশির ভাগই সেসব আবার এমন লুকোনো যে নিজস্ব অনুচরেরা ছাড়া তার সন্ধান কেউ জানে না। এক ভিলিয়াক ভ্‌মুর নিজের গোপন কিপুর গোছায় ছাড়া কোথাও তাদের হদিস মেলবার নয়। ভিলিয়াক ভ্‌মু তো আবার এখানে নেই।'

'তোর বক্তৃতা শুনতে এখানে আসিনি, বেইমান মর্কট!' সোরাবিয়া প্রচণ্ড এক চড় মেরেছে ফেলিপিলিওর গালে। তারপর হিংস্রভাবে বলেছে, 'যেমন করে পারিস সে জায়গার হদিস জোগাড় কর। সে সিংহাসন আমার চাই।'

'যে আজ্ঞে মার্কুইস!' সসম্ভ্রমে বলেছে ফেলিপিলিও।

হ্যাঁ, ফেলিপিলিও যেমন করে পারে সে জায়গার হদিস জোগাড় করার প্রাণপণ চেষ্টা করেছে বটে।

সোরাবিয়া নিজের চোখে তা দেখেছে।

ফেলিপিলিও পাছে খোঁজায় ঢিল দেয় সেই সন্দেহে তার সঙ্গে সঙ্গে থেকেছে সোরাবিয়া। ফেলিপিলিও তাতে অস্বস্তিবোধ করবার বদলে সত্যিই যেন খুশি। খুশি বোধহয় তার আন্তরিকতা দেখাবার সুযোগ পাবার দরুন!

কী আন্তরিকতাই না দেখা গেছে ফেলিপিলিওর! সোরাবিয়ার চড় খেয়েই তার গরজ, তার আন্তরিক আগ্রহ যেন বেড়ে গেছে!

কারও কাছে খোঁজ নিতে সে বাকি রাখেনি। অন্তত নাগালের মধ্যে যাদের পাওয়া গেছে তাদের প্রত্যেকের কাছে।

প্রথমেই নাগালের মধ্যে পাওয়া গেছে কোরিকাঞ্চার ছোট পুরুতদের। কুজকো শহরের লোক এই দিনটির আগে পর্যন্ত স্বচক্ষে তাদের রাজ্যে হানাদার কোনও সাদা বিদেশি দেখেনি।

শুধু গুজব শুনেছে তাদের সম্বন্ধে।

গুজব সাধারণত সত্যের চেয়ে অনেক ফাঁপানোই হয়। কিন্তু ভোর থেকে বেলা দুপুরের মধ্যেই কুজকোবাসীদের এসপানিওল হানাদারদের সঙ্গে যেটুকু পরিচয় হয়েছে তাতে তাদের মনে হয়েছে, গুজব বুঝি সত্যের তুলনায় অনেক ফিকে।

এসপানিওলরা যা দেখেছে, যা পেয়েছে, লুঠপাট তো করেইছে, দেবস্থান থেকে শুরু করে কোনও কিছুরই মান আর রাখেনি।

এসপানিওলদের নামেই কুজকোর যে যেখানে পেরেছে পালিয়ে বাঁচবার চেষ্টা করেছে, কিন্তু তাদের মধ্যে সওয়ার সেনাদের হাতে ধরাও পড়েছে অনেকে। যারা ধরা পড়েছে তাদের লাঞ্ছনার আর সীমা থাকেনি, বিশেষ করে মেয়েদের। তাদের যা হয়েছে তা মৃত্যুর অধিক।

এ সব কিছুর খবরই কোরিকাঞ্চার ছোট পুরুতদের কানে এসেছে, তারা চোখেও দেখেছে অনেক কিছু।

আর সবাই পালাবার চেষ্টা করলেও তাদের সে উপায় নেই। প্রাণের মায়া ত্যাগ করে মন্দিরে দেবতার সম্মানে তাদের থাকতে হয়েছে।

তাই তাদের কাছেই ফেলিপিলিওর খোঁজ নেবার প্রথম সুযোগ হয়েছে। সে

সুযোগের পুরো সদ্ব্যবহার করেছে ফেলিপিলিও।

সোরাবিয়ার হুকুমে বলির পাঁঠার মতো কোরিকাঞ্চার পুরুতদের তখন দাঁড় করানো হয়েছে ভেতরের চত্বরে।

ফেলিপিলিও সোরাবিয়ারই উপযুক্ত প্রতিনিধির মতো মুখের চেহারা আর গলায় তাদের কুইচুয়া ভাষায় তার প্রশ্ন জানিয়েছে।

কিন্তু সে প্রশ্ন শুনে তাদের মুখগুলো হঠাৎ অমন হয়ে গিয়েছে কেন? প্রাণের ভয়ে মানের ভয়ে দাঁড়াবার মতো পায়ের জোর না পেয়ে, বুক যাদের কাঁপছে তাদের মুখের অমন অদ্ভুত চেহারা হয়ে গেল কীসে?

সোরাবিয়ার সেটা লক্ষ এড়ায়নি। তার কাছে এ দেশের মর্কটদের মুখের ভাবটাবের কোনও অর্থই নেই। তবু একটু খটকা তার লেগেছে। নিজের দেশের মানুষ হলে এ ধরনের মুখের ভাব যেন কাঁদতে গিয়ে হাসি চাপার বলেই তার মনে হত।

পুরুতদের মুখগুলো এই রকম অদ্ভুত হয়ে গেলেও জবাব কেউ দেয়নি। দেবার ক্ষমতাই তাদের নেই।

কী প্রশ্ন তা হলে করেছে তাদের ফেলিপিলিও!

প্রশ্ন বড় জবর। চোস্ত কুইচুয়া ভাষায় ফেলিপিলিও জিজ্ঞাসা করেছে, 'এই যে সাদা চামড়ার জানোয়ারটা মানুষের পোশাকে সেজে আমার পাশে দাঁড়িয়ে আছে, সে কী চায় জানো? সে আমাদের দেবতাদের সব ধনদৌলত লুঠ করতে চায়। দেবে তোমরা সে সবের সন্ধান?'

প্রথমটা এসপানিওল শত্রুদের কাছে নিজেকে বিকোনো এক দেশদ্রোহীর মুখে এরকম অপ্রত্যাশিত কথা শুনে তারা হতভম্ব হয়ে গিয়েছে। ফেলিপিলিও যে সত্যিই তার মনিবদের অমন করে গাল পাড়বে তা বিশ্বাস করাই শক্ত হয়েছে তাদের পক্ষে। একটু সন্দেহ হয়েছে, ফেলিপিলিও হয়তো তাদের পরীক্ষা করছে কি না এমনই করে! সন্দেহটা টেঁকেনি। তার বদলে ব্যাপারটার মধ্যে যে মজা আছে সেইটেই বড় হয়ে উঠেছে। শুধু ফেলিপিলিওর পাশে তার মনিবের দুশমনি চেহারা দেখেই কোনওরকমে মুখে হাসি তারা সামলেছে।

ফেলিপিলিও সম্বন্ধে যেটুকু সন্দেহ ছিল তা কেটে গেছে তার পরের কথায়।

ফেলিপিলিও মুখখানা আগের মতোই হিংস্র করে রেখে বলেছে, 'একেবারে চুপ করে থাকলে সাদা জানোয়ারটা সন্দেহ করবে। তোমরা দু-একজন অন্তত মাথাটা নাড়ো।'

তাই নেড়েছে দু-একজন।

ফেলিপিলিও যেন হতাশভাবে সোরাবিয়ার দিকে ফিরে কাতর স্বরে বলেছে, 'দেখলেন তো মার্কুইস, ওরা কিছুই জানে না বলছে!'

'বলছে শয়তানি করে!' গর্জন করে উঠেছে সোরাবিয়া, 'তলপেটে দুটো লাথি দিলেই কিছু জানে কি না বোঝা যাবে! ওদের বলো যে মড়ার কবরখানা কোথায় এখনই না বললে তলোয়ার গুঁজে গলার ছিদ্রগুলো বড় করে দেব।'

'তাই বলছি, মার্কুইস!' সসম্ভ্রমে মার্কুইসের হুকুম শুনে ফেলিপিলিও পুরুতদের

দিকে ফিরে ধমকের সুরে বলেছে, 'সাদা শকুনটা কী বলে, জানো! পবিত্র একটা নাম পাষণ্ডটার নোংরা পচা মুখে উচ্চারিত হওয়া চাই না বলেই একটু ঘুরিয়ে বলছি। পাষণ্ডটা বলছে—আমাদের পরম পূজনীয় সাবেকি ইংকাশ্রেষ্ঠের প্রেত-প্রাসাদের খবর না দিলে তোমাদের সকলের গলার ছিদ্র তলোয়ারের ফলায় বড় করে দেবে! জানোয়ারটার হুমকি শুনে ভয় পেয়ো না। আর যাই হোক, বিদেশি শয়তানদের ও সর্দার নয়, যাকে খুশি কোতল করবার এক্তিয়ার নিয়েও আসেনি। অন্যায় জুলুমবাজি যার তার ওপর করলে ওকেও জবাবদিহি দিতে হবে। ওর হম্বিতম্বির জবাবে মাথা নেড়ে আমাদের ভাষায় শুধু ওকে যা পারো বাপান্ত করে নাও। আমি ওকে জল বুঝিয়ে দেব।'

'এত কী বক বক করছিস, মর্কট?' ফেলিপিলিওর দীর্ঘ বক্তৃতা পছন্দ হয়নি সোরাবিয়ার, দাঁত খিঁচিয়ে বলেছে, 'যা বলেছি তা বোঝাতে অত কথা কীসের!'

ফেলিপিলিও বিনীতভাবে জানিয়েছে যে ভাল করে না বোঝালে ওরা যে ঠিক বোঝে না। তা ছাড়া মার্কুইস যে কত বড় একজন রাজাগজা গোছের মানুষ, ইচ্ছে করলে ওদের সব ক-টার মাথা যে কেটে নিতে পারেন, তা-ই ওদের বোঝাতেই অত কথা বলতে হচ্ছিল।

'তা অত বোঝাবার পরও ওদের মুখে রা নেই কেন?' ফেলিপিলিওর কৈফিয়তেও ঠাণ্ডা না হয়ে বলেছে সোরাবিয়া, 'সব কি বোবা নাকি!'

বোবা যে নয় তার প্রমাণ দিয়েছে এবার পুরুতদের একজন। এতক্ষণে নিজেদের খানিকটা সামলাতে পেরে একজন মুখ খুলেছে।

মুখ খুলে ফেলিপিলিও যা বলেছিল সেই মতো সোরাবিয়ার বাপান্ত অবশ্য সে করেনি। হাজার হলেও কোরিকাঞ্চার সমর্পিত সেবায়েত হিসেবে অত বড় প্রতিহিংসার জ্বালাতেও ইতরতায় নামা তাদের পক্ষে সহজ নয়।

পুরোহিত তাই শুধু দেবাদিদেব ভীরাকোচার নাম নিয়েই বলেছে যে, এ রাজ্যে দেবতা ও পূর্বপুরুষদের নামে উৎসর্গ করা পবিত্র সম্পদের দিকে নোংরা লোভের হাত যে বাড়াবে স্বয়ং আদিদেব ভীরাকোচাই তার উপযুক্ত শাস্তির ব্যবস্থা করবেন।

'কী বলছে কী, বাঁদির বাচ্চাটা? হদিস কিছু দিচ্ছে?' চড়া গলায় হলেও একটু উৎসুক হয়েই জিজ্ঞাসা করেছে সোরাবিয়া।

'আজ্ঞে হ্যাঁ, মার্কুইস। ওরা যেমন জানে সেই হদিসই দিচ্ছে!' বলে ফেলিপিলিও সোরাবিয়ার লালচটা আর একটু উসকে দিয়েছে।

'কী হদিস দিচ্ছে?' বেশ অধীর হয়েই জানতে চেয়েছে সোরাবিয়া।

'আজ্ঞে, বলছে যে ওসব লুকোনো প্রেত-প্রাসাদের হদিস পাওয়া নাকি শক্ত নয়।' বিনীত মোলায়েম গলায় বলেছে ফেলিপিলিও, 'শুধু বেঁচে থাকতে তা পাওয়ার উপায় নেই।'

'তা-ই বলছে!' রাগে ফেটে পড়েছে সোরাবিয়া—'ওদের সবাইকে সেই হদিস পেতেই আমি পাঠাচ্ছি। কোরিকাঞ্চার এই মন্দিরে সব ক-টাকে আমরা গলায় ফাঁসি দিয়ে ঝোলাব!'

ওই হম্বিতম্বিই সার অবশ্য। চড়-চাপড় লাথি-ঘুষির বেশি চালাতে সাহস করেনি সোরাবিয়া। পিজারোর নেকনজরে থাকবার মতলবেই নিজেকে সামলানো তার সুবুদ্ধির পরিচয় বলে মনে হয়েছে।

সোনার সিংহাসনের লোভে প্রেত-প্রাসাদ খোঁজার চেষ্টা কিন্তু সে ছাড়েনি। ফেলিপিলিও তাকে এ খোঁজায় শেষ পর্যন্ত অক্লান্তভাবে যে ধরনের সাহায্য করে গেছে তার নমুনা আগেই পাওয়া গেছে কোরিকাঞ্চার মন্দিরে।

না গানাদোর সন্ধান, না তার অত লোভের সোনার সিংহাসন যেখানে রাখা সেই হুয়াইনা কাপাস-এর প্রেত-প্রাসাদের হদিস, কিছুই না পেয়ে বিফল হয়েই সোরাবিয়ার আবার এসপানিওল রিসালা নিয়ে কাক্‌সামালকায় ফিরে যাওয়ার কথা।

সঙ্গী হেরাদাকে সূর্য-বরণ প্রান্তরের প্রথম ঘটনার পর কারা দুর্গ সৌসার দিকে সে পাঠিয়েছিল, কিন্তু হেরাদা সন্ধ্যা হবার আগেই সে যাওয়া বাতিল করে তাঁবেদার সওয়ারদের নিয়ে কুজকোতেই ফিরে এসেছে।

কোনও কারণেই ভাগ হয়ে এসপানিওল রিসালা যেন নিজেদের দুর্বল না করে, সব সময়ে সর্বত্র যেন তারা একসঙ্গে থাকে, কুজকো রওনা হবার সময় সেনাপতি পিজারোর এই নির্দেশের কথা মনে করেই ফিরে আসতে বাধ্য হয়েছে হেরাদা।

সন্ধ্যাবেলা জোর করে দখল করা কোরিকাঞ্চার এক অতিথিশালায় দুই দলপতির আলাপ হয়েছে এর পর তাদের গতিবিধি কী হবে তাই নিয়ে।

গানাদোর কোনও খোঁজ পাওয়া যায়নি। কুজকোর রাজপুরোহিত ভিলিয়াক ভ্মুরও কোনও পাত্তা নেই। এ শহরের লোকেরা এসপানিওলদের ভয়ে কাঠ! তারা এসপানিওল সওয়ার সৈনিকদের তুলনায় নিরস্ত্র অসহায় বললেই হয়। তবু সামান্য সেনাদল নিয়ে চারিধারে এ দেশের মানুষের চাপা ঘৃণা হিংসায় ঘেরা হয়ে বেশিদিন তাদের আসল ঘাঁটি কাক্‌সামালকা থেকে এতদূর শহরে থাকা নিরাপদ হবে বলে মনে হয়নি হেরাদার। সে পরের দিন সকালেই সওয়ার বাহিনী নিয়ে কাক্‌সামালকায় ফিরে যাবার পরামর্শ দিয়েছে। সোরাবিয়াকে অনিচ্ছা সত্ত্বেও মেনে নিতে হয়েছে সে পরামর্শ।

সওয়ার সেনাদের কাছে হুকুম চলে গেছে পরের দিন ভোরেই ফিরে যাবার জন্যে তৈরি হবার।

সুতরাং সকল দিক দিয়ে নিষ্ফল সোরাবিয়ার এ অভিযানের ওপর এখানেই যবনিকা পড়বে এ কথাই ভাবা স্বাভাবিক।

কিন্তু নিয়তির নির্দেশ আলাদা। যে শয়তানি বুদ্ধি আর ভাগ্য মেক্সিকোয় কর্টেজ-এর বাহিনীর দল-খেদানো, মান-খোয়ানো এক সামান্য হিড্যালগো জুয়াড়িকে এক লাফে এসপানিয়ার মার্কুইস হবার সুযোগ করে দিয়েছে সেই ভাগ্যই কোন গূঢ় উদ্দেশ্যে কে জানে এখানেও নিজের হাতে যেন শেষ মুহূর্তে ঘটনার ঘুঁটি নেড়েছে।

যা সে খুঁজছে সেই গোপান প্রেত-প্রাসাদের হদিস অপ্রত্যাশিতভাবে মিলে গেছে সোরাবিয়ার। হদিস মিলেছে ছোট একদল এসপানিওল দলের কাছে। তারা যথারীতি লুঠতরাজের ধান্দায় সারাদিন কাটিয়ে সন্ধ্যায় ফৌজি আস্তানায় ফিরছিল। তখন সন্ধে

হয়ে গেছে। শহরের একটু বাইরে পাহাড়ি দুর্গম একটা রাস্তায় একদল কুজকোবাসীকে আসতে দেখে তারা তাড়া করে। তাড়া করতে গিয়ে একটি পাহাড়ি বাঁক ঘুরে দূরে খাড়া একটা পাহাড়ের গায়ে যেন কেটে লাগানো একটা দরজা গোছের তারা দেখতে পায়। যে কুজকোবাসীদের কতকটা মজা করেই তারা তাড়া করেছিল, তাদের সবাই তখন এদিকে-ওদিকে পালিয়ে গেছে। এসপানিওলদের হাতে ধরা পড়েছিল শুধু একজন। ভাষা কেউ কারও জানে না। তবু ইশারা ইঙ্গিতে জায়গাটা কী তাকে জিজ্ঞেস করা হয়। হিজিবিজি যা সে বলে তা বুঝতে না পেরে তাকে সেদিকে নিয়ে যাওয়ার চেষ্টা করা হয় তারপর। সে চেষ্টায় লোকটার মুখ চোখ যা হয় তাতে জায়গাটা ভয়ংকর কিছু বলেই এসপানিওল সওয়ার দলের ধারণা হয়েছে। লোকটা সেদিকে যেতে তো চায়ইনি, তাদের জুলুমে এমনভাবে ভূমিশয্যা নিয়েছে যে মেরে না ফেললে যেন তাকে আর ওদিকে নড়ানো যাবে না। তখন সন্ধের অন্ধকার ঘনিয়ে আসছে। লোকটার ব্যাপার দেখে শুনে এসপানিওলদেরও কেমন গা ছমছম করেছে জায়গাটায়। ভরসা করে রাত্রে তাই সেদিকে আর এগোয়নি। ইচ্ছে ছিল পরের দিন দিনের আলোয় একবার হানা দিয়ে দেখবে কিন্তু তা তো আর হবার নয়।

সোরাবিয়া জায়গাটা কী হতে পারে একবার জিজ্ঞাসা করেছে ফেলিপিলিওকে।

ফেলিপিলিও মনে মনে প্রমাদ গুনলেও বাইরে কিছু বুঝতে দেয়নি। জায়গাটা পুরনো কালের কোনও সত্যি-সত্যি হানা দেওয়া ধ্বংসপুরীর অবশেষ বলে তুচ্ছই করে দিতে চেয়েছে।

কিন্তু সোরাবিয়া তার কথা মানেনি। ধ্বংসপুরী বা যাই হোক, সেই রাত্রেই নিজের বাছাই করা ক-জন সওয়ার সৈনিক নিয়ে মশাল জ্বেলে সে হানা দিতে বেরিয়েছে সেই পাহাড়ে লুকোনো পুরীতে। সঙ্গে যেতে বাধ্য করেছে ফেলিপিলিওকে।

সাতাশ

"কী করছেন তখন গানাদো? কোথায় তখন তিনি?

আর কোথাও নয়, হুয়াইনা কাপাক-এর প্রেত-প্রাসাদেই তখনও তিনি আছেন। আছেন নিজের ইচ্ছাতেই। কোনও কিছুর সঠিক খবর না পেয়ে এ অবস্থায় কী তাঁর করা উচিত তখনও স্থির করে উঠতে পারেননি বলেই প্রেত-প্রাসাদ ছেড়ে বার হতে তিনি দেরি করেছেন।

ইতিপূর্বে প্রেত-প্রাসাদ থেকে বার হওয়া খুব কঠিন হয়তো তাঁর পক্ষে হত না।

এসপানিওল সওয়ারদের চড়াও হওয়ার দরুন সূর্য-বরণ প্রান্তর ফাঁকা হয়ে যাবার পরও হুয়াইনা কাপাক-এর রক্ষীরা কিছুক্ষণ সেখানে অপেক্ষা করেছে।

রেইমির উৎসবের সারা সপ্তাহের মধ্যে ইংকা নরেশের রাজবেশে সজ্জিত শবদেহ সূর্য-বরণ প্রান্তর থেকে সরাবার কোনও নজির তাদের ইতিহাসে নেই বলেই তারা যে কোনও মুহূর্তে শত্রুরা সব লুঠপাট করতে পারে বুঝেও শব-সভা ভেঙে প্রেত-প্রাসাদে ফিরে যেতে প্রথমটা চায়নি। কিন্তু কোথায় আর উৎসব!

রাজপুরোহিত ভিলিয়াক ভ্মুর দেখা নেই।

রেইমি উৎসবের যারা প্রধান পাণ্ডা কোরিকাঞ্চার সেই ছোট বড় পুরোহিতদেরও প্রান্তর ছেড়ে চলে যেতে দেখবার পর আর দ্বিধা না করে ইংকা নরেশের শবদেহের সঙ্গে শব-সভার আর সব উপকরণ সাজসজ্জা প্রেত-প্রাসাদে ফিরিয়ে নিয়ে যাবার ব্যবস্থা তারা করেছে।

গানাদো ইচ্ছে করলে সে সময়ে হয়তো নিজেকে মুক্ত করতে পারতেন।

কিন্তু ব্যাপারটা নিঃশব্দে সারা যেত না। হুয়াইনা কাপাক-এর নব জাগরণের কোনও তাৎপর্যও দেওয়া যেত না সে ঘটনায়। অস্বাভাবিক যে চাঞ্চল্য তাতে সৃষ্টি হত তাঁর নিজের উদ্দেশ্য সিদ্ধির তা বাধা হতে পারত।

গানাদো তাই শবদেহের মতোই নিথর নিস্পন্দ হয়ে হুয়াইনা কাপাক-এর রক্ষীদের তাঁকে ভক্তিভরে বয়ে নিয়ে যেতে দিয়েছেন।

নিথর নিস্পন্দ তিনি তখন অবশ্য শুধু দেহে। মনের ভেতরটা তুফানের সমুদ্রের চেয়ে অস্থির।

ঘটনা কোথায় কী ঘটেছে তার বিন্দুমাত্র আভাস না পাওয়ার জন্যেই তাঁর উদ্বেগ দুর্ভাবনা আরও বেশি। সত্যি কথা বলতে গেলে সব কিছুই এখন তাঁর কাছে হেঁয়ালি।

কাক্সামালকা থেকে এসপানিওল সওয়ার দল নিয়ে সোরাবিয়ার কুজকো পর্যন্ত হানা দেওয়ার লক্ষ্য যে তিনি, এটুকু বুঝলেও কেমন করে এমনসব যোগাযোগ সম্ভব হল তা তিনি ভেবে পাননি।

সৌসার খবরের জন্যেই তাঁর আকুলতা উদ্বেগ সবচেয়ে বেশি।

কী হয়েছে সৌসায়?

যেখান থেকে একটা বিস্ফোরণ সমস্ত পেরুকে কাঁপিয়ে তুলবে সে সৌসা হঠাৎ যেন পেরুর মানচিত্র থেকেই মুছে গেছে!

একটা সামান্য সাড়াশব্দও সেখান থেকে পাওয়া যাচ্ছে না।

রাজপুরোহিত ভিলিয়াক ভ্মু ব্যস্ত হয়ে সেখানে ছুটেছেন। সে ছোটার কারণটা অতি স্পষ্ট।

গানাদোকে ধরতে না পেরে আর কয়ারও কোনও সন্ধান না পেয়ে ক্ষিপ্ত হয়ে তিনি সৌসা ছুটে গেছেন হুয়াসকারকে মুক্ত করার সমস্ত আয়োজন পণ্ড করার জন্যে।

কিন্তু কয়া যদি সেখানে পৌঁছোতে পেরে থাকে তা হলে রাজপুরোহিতের সাধ্য কী যে গানাদোর সাজানো চাল এক চুল এদিক-ওদিক করেন।

কয়া অবশ্য যদি বিফল হয়ে থাকে—

ভাবতেই শিউরে ওঠেন গানাদো। কয়া বা ভিলিয়াক ভ্মু একজন তো সফল হবেই। হয় মুক্ত হুয়াসকার না হয় সাফল্যগর্বিত ভিলিয়াক ভ্মুকে তো দেখা যাবে কুজকোর সূর্য-বরণ প্রান্তরে রেইমি উৎসবের প্রথম শুভ লগ্নে?

রেইমি উৎসবের প্রথম দিনের সূর্য পশ্চিমে ডুবতে চলেছে, তবু সৌসা থেকে দুপক্ষের কারওই কোনও বার্তা এসে পৌঁছয়নি।

কী এমন সৌসায় ঘটে থাকতে পারে যা সেখানকার এই অদ্ভুত অস্বাভাবিক

নীরবতা সম্ভব করে তুলেছে?

কয়ার ভাবনাতেই সবচেয়ে কাতর হয়ে ওঠেন গানাদো।

কন্যাশ্রমের অলঙ্ঘ্য প্রাচীরের আড়ালে সূর্যসেবিকারূপে বাইরের সংসারের সঙ্গে কোনও সাক্ষাৎ পরিচয় যার হয়নি সেই অবলা অসহায় সদ্যকৈশোর-পার-হওয়া একটি মেয়েকে তিনি অসাধ্যসাধন করতে পাঠিয়েছেন।

না পাঠিয়ে অবশ্য উপায় ছিল না।

কিন্তু ব্যর্থ যদি সে হয়ে থাকে তা হলে যে অবস্থা তার হয়েছে তা তো শোচনীয় বললেও কিছুই বলা হয় না।

সে অবস্থা যদি তার হয়ে থাকে তা হলে প্রতিকারে কিছুই অবশ্য করা গানাদোর পক্ষে সম্ভব নয়। তবু নির্বিকার হয়ে এই কুজকো শহরে আটকে থাকার যন্ত্রণা যে অসহ্য।

সন্ধ্যার অন্ধকার নেমে আসবার আগেই প্রেত-প্রাসাদের প্রহরীরা ইংকা নরেশের শবদেহের সমস্ত পরিচর্যার ব্যবস্থা করে দিয়ে বিদায় নিয়েছে। একজন প্রহরীর রাত্রের জন্যও এ প্রাসাদদ্বারে উপস্থিত থাকবার কথা। কিন্তু এ নিয়ম নিষ্প্রয়োজন বলেই আর পালিত হয় না।

গানাদো প্রেত-প্রাসাদ থেকে বার হবার জন্যে তৈরি হয়েছেন। তৈরি হবার আর কী আছে? এ প্রেত-প্রাসাদে লটবহর নিয়ে তো আর ঢুকতে পারেননি। কাক্‌সামালকা থেকে বার হবার সময়ই এসপানিওল সৈনিকের ধড়াচূড়ার সঙ্গে খাপে-ভরা তলোয়ারও সেখানে ফেলে আসতে হয়েছে।

সঙ্গে যা নিতে পেরেছিলেন তা একটা ছোরা আর তার চেয়েও যা দামি সেই একপ্রান্ত ফুটো করা পাথরের ছোট গোলা পরানো আশ্চর্য দড়ির অস্ত্র—বোলাস।

এই প্রেত-প্রাসাদে গোপনে আশ্রয় নেবার সময়ে পেরুবাসীর সাধারণ পোশাক বাদে সেই বোলাস আর ছোরাটাই সঙ্গে এনে লুকিয়ে রাখতে পেরেছিলেন। সেই লুকোনো সম্বল বার করে এনে বাইরে যাবার জন্যে ইংকা নরেশের রাজবেশ ছেড়ে সাধারণ পোশাক পরতে গিয়ে বাধা পেয়েছেন গানাদো!

বাইরে কীসের একটা গণ্ডগোল শুনতে পাওয়া যাচ্ছে।

প্রেত-প্রাসাদের এ এলাকা একান্ত নির্জন ও নিস্তব্ধ। এ দেশের কেউ এ এলাকার পবিত্র নির্জনতা ও স্তব্ধতা সহজে ভঙ্গ করে না।

এ ধরনের অস্বাভাবিক গোলমালে তাই বিস্মিত হয়ে গুপ্ত ছিদ্রপথে গানাদো বাইরে কী হচ্ছে দেখতে গেছেন।

যা দেখেছেন তাতে একটু অস্বস্তিই বোধ করেছেন।

এ সেই এসপানিওল সওয়ারদের নিরীহ নিরস্ত্র কুজকোবাসীদের তাড়া করে প্রথম প্রেত-প্রাসাদের খোঁজ পাওয়ার ঘটনা।

তখনও সন্ধ্যা ভাল করে নামেনি।

বাইরের আলো ম্লান হয়ে এলেও তার মধ্যে এসপানিওল সওয়ারেরা যে একজন কুজকোবাসীকে ধরে পাহাড়ের গায়ে বসানো প্রেত-প্রাসাদের দরজার রহস্য জানবার

চেষ্টা করছে তা তিনি বুঝেছেন।

কুজকোবাসীর কাছে কিছু জানতে না পারলেও নিজেদের কৌতূহলে ও লুঠের লোভে সওয়ার সৈনিকরা দরজা ওধারে কী আছে সন্ধান করবার চেষ্টা করতে পারে বলে গানাদোর সন্দেহ হয়েছে।

সাধারণ এদেশি পোশাক তখন পরা হয়ে গিয়েছিল। লুঠেরা সওয়াররা হয়তো তখনই হানা দিতে পারে। পোশাক বদলাবার সময় সুতরাং আর নেই। সে ঝক্কি না নিয়ে গানাদো যা পরেছিলেন তারই ওপর ইংকা নরেশের শবদেহের রাজবেশ তাড়াতাড়ি চাপিয়ে রাজপালঙ্কে গিয়ে মমির মতো শয্যা নিয়েছেন।

সেপাইরা যদি কোনও কারণে সন্দেহ করে ইংকার শবদেহের রহস্য ধরে ফেলে তা হলে সে চরম সংকটে ব্যবহারের জন্যে হুয়াইনা কাপাক-এরই মণিমাণিক্যখচিত তলোয়ারটা শুধু লুকিয়ে রাখবার ব্যবস্থা করেছেন শয্যার ভেতরে।

সওয়ার সেপাইরা শেষ পর্যন্ত সাহস করে অবশ্য পাহাড়ের গায়ে বসানো রহস্যময় দরজা ঠেলে ভেতরে যেতে সাহস করেনি। কিছুক্ষণ বাদে বাইরে তাদের গোলমাল থেমে গেছে।

বিছানা ছেড়ে উঠে বসলেও গানাদো তবু নিশ্চিন্ত হয়ে প্রেত-প্রাসাদ ছেড়ে তখনই বার হওয়া সমীচীন মনে করেননি।

সওয়ার সৈনিকদের ভয়েই যে তিনি বার হতে দ্বিধা করেছেন তা নয়। দরকার হলে একসঙ্গে ও রকম কয়েকজন সওয়ারের মওড়া নেবার ক্ষমতা তিনি রাখেন।

কিন্তু এখন তাঁর যা উদ্দেশ্য তা সিদ্ধ করতে হলে সবার আগে দরকার সম্পূর্ণ গোপনতা।

বীরত্ব দেখাতে গিয়ে তাঁর পরিচয় জানাজানি হয়ে গেলে তিনি যা করতে চান তার সব আশা এখানেই নির্মূল হয়ে যাবে।

ভীরুর মতোই অতি সাবধানে সওয়ার সৈনিকদের চোখে পড়বার বিপদ সম্পূর্ণ কেটে যাবার জন্যে ধৈর্য ধরে তিনি অপেক্ষা করেন। লুঠের নেশায় মত্ত এইসব পাষণ্ড এসপানিওলদের কোনও বিশ্বাস নেই। একবার ভয় পেয়ে এ অঞ্চল ছেড়ে গেলেও আবার দল ভারী করে খেয়ালের মাথায় এখানে হানা দিতে তারা আসতে পারে।

তখন তাদের সামনে পড়তে গানাদো চান না।

একটু বেশি রাত হবার জন্যে তাই তিনি অপেক্ষা করেন। রাতের অন্ধকারে সব দিক দিয়েই তাঁর সুবিধে।

শুধু যে এসপানিওল সেনারা তখন খাবার আর সুরা নিয়ে মেতে থাকবে তা নয়, আঁধারে আঁধারে কুজকো ছেড়ে সৌসার পথে বেশ কিছুদূর এগিয়ে যাওয়াও তাঁর সহজ হবে।

গানাদো যা আশা করে অপেক্ষা করেছেন ঘটনা ঘটেছে ঠিক তার বিপরীত।

রাত গভীর হলে প্রেত-প্রাসাদ ছেড়ে বার হওয়া তাঁর পক্ষে নিরাপদ হবে ভেবেছিলেন গানাদো।

সেই অনুসারে রাত্রির প্রথম প্রহর শেষ হবার পর প্রেত-প্রাসাদের দরজা তিনি

যখন খুলতে যাচ্ছেন হঠাৎ সেই মুহূর্তে সচকিত হয়ে উঠেছে চারিধারের নিস্তব্ধ অন্ধকার প্রান্তর লুব্ধ হিংস্র সওয়ার সৈনিকদের চিৎকারে আর ঘোড়ার পায়ের শব্দে। সেই সঙ্গে বহু মশালের কম্পিত শিখার আলো ঈষৎ খোলা দরজার ফাঁক দিয়ে যেন ভয়ংকর কোনও অশুভ সম্ভাবনার ছায়া কাঁপিয়েছে ভেতরের দেয়ালে।

আটাশ

"সোরাবিয়া ফেলিপিলিও আর তার বাছাই করা সওয়ার দলকে নিয়ে পাহাড়ের গায়ে লুকোনো প্রেত-প্রাসাদের দরজায় এসে নিজেদের ঘোড়া রুখেছে।

জায়গাটা সত্যিই কেমন হানা দেওয়া কবরের রাজ্যের মতো।

মশালের আলোয় পাহাড়ের গায়ে বিরাট খোদাই করা দরজাটা না দেখলে এখানে কোনও লুকোনো পুরী আছে, সোরাবিয়া বিশ্বাসই করতে পারত না।

এখন এটাই হুয়াইনা কাপাক-এর প্রেত-প্রাসাদ কি না তা-ও জানবার কোনও উপায় নেই। ফেলিপিলিও এ বিষয়ে এসপানিওলদের মতোই অজ্ঞ দেখা গেছে। এদেশের ভাষাটা ছাড়া আর কিছুই সে জানে না।

হুয়াইনা কাপাক-এর হোক বা না হোক সন্ধান যখন পাওয়া গেছে তখন এ প্রেত-প্রাসাদই একটু হাঁটকে না দেখে সোরাবিয়া যাবে না।

ছোটখাটো জিনিসে তার লোভ নেই। তার ভাবখানা হল মারি তো গণ্ডার লুঠি তো ভাণ্ডার!

সওয়ার সেপাইদের সেই মতোই হুকুম সে দিয়েছে। জন-চারেক মিলে মশাল নিয়ে ভেতরে ঢুকে একবার দেখে আসুক। হুয়াইনা কাপাক-এর প্রেত-প্রাসাদ হলে সাজসজ্জার ঘটা আর ঐশ্বর্যের আড়ম্বর দেখেই বুঝতে পারবে। সূর্য-বরণ প্রান্তরে অতক্ষণ ধরে দেখে হুয়াইনা কাপাক-এর রাজবেশটাও চেনা হয়ে গেছে।

সেপাইরা নিজেরা যা খুশি নিতে চায় নিক, তার জন্যে শুধু সিংহাসনটা নিয়ে আসা চাই-ই।

যা খুঁজছে সে জায়গা যদি না হয় তা হলে সোনার সিংহাসন গোছের কিছু না থাকলে সোরাবিয়ার জন্যে আনার দরকার নেই। সেপাইরা যা চায় নিজেরা লুঠ করে আনুক।

সেপাইদের সঙ্গে সোরাবিয়া ফেলিপিলিওকে পাঠিয়েছে। মৃত ইংকা নরেশদের প্রেত-প্রাসাদে যার-তার ঢোকবার অধিকার নেই। সেখানে যাওয়া তাদের ধর্মে বারণ বলে ফেলিপিলিও আপত্তি করবার চেষ্টা করেছিল। কিন্তু সোরাবিয়া কোনও ওজর আপত্তি শোনেনি।

অত্যন্ত নির্মমভাবে বিদ্রূপ করে বলেছে, 'মাথাই নেই তার মাথাব্যথা। তোদের দেবতারাই সব আমাদের ভয়ে দেশ ছেড়ে পালিয়েছে, এখন আবার তোদের ধর্ম কীসের? এদের সব দেখিয়ে শুনিয়ে বুঝিয়ে দিতে তুই না গেলে যাবে কে!'

বাধ্য হয়ে যেতে হয়েছে ফেলিপিলিওকে সেপাইদের সঙ্গে।

সওয়ার সেপাইরাও যে প্রেত-প্রাসাদ লুঠ করতে খুব উৎসুক তা মনে হয়নি!

ভেতরে লোভ যতই থাক, এই বিদঘুটে বেমক্কা জায়গায় পাহাড়ের ভেতরে কাটা অজানা প্রেতপুরীতে ঢুকতে তাদের ভয় হয়েছে অনেক বেশি।

কিছুটা লোভ, কিছুটা দলে ভারী থাকার ভরসা, আর খানিকটা দলপতির হুকুমের দরুন শেষ পর্যন্ত সাহস করে মশাল নিয়ে গুটি গুটি তারা দরজা ঠেলে ঢুকেছে।

দরজা তাদের ভাঙতে কি কষ্ট করে খুলতে হয়নি। আধ ভেজানো অবস্থায় খোলাই পেয়েছে।

সোরাবিয়া তখন ঘোড়া ছেড়ে নেমে বাকি সব সওয়ারদের জড়ো করে মশালের আলোয় একরকম ছোটখাটো দরবার বসিয়েছে। এই একদিনে কে কত কী লুঠ করতে পেরেছে তা জিজ্ঞাসাবাদ করবার দরকার।

দু-একজন মাত্র সবে তাদের কথা জানিয়েছে, এমন সময় সোরাবিয়া আর তার সঙ্গীদের শিউরে চমকে উঠে তাকাতে হয়েছে পাহাড়ের গায়ে বসানো প্রেত-প্রাসাদের দরজার দিকে।

সেখান থেকে আধ ভেজানো দরজার ভেতর দিয়ে ক-জনের গলায় যেন ভীত চিৎকারের মতো আওয়াজ আর গণ্ডগোল শোনা গেছে।

সবিস্ময়ে দু-চার মুহূর্তের বেশি অপেক্ষা করতে হয়নি। পাহাড়ের গায়ে বসানো দরজা দিয়ে হুড়মুড় করে পড়ি কি মরি অবস্থায় বেসামাল মশাল দিয়ে প্রায় নিজেদের পোশাকেই আগুন ধরিয়ে ফেলে এসপানিওল সওয়ার সেপাইরা ছুটে বেরিয়ে এসেছে।

'কী, হল কী?' যতখানি রাগ, অধৈর্য, ততখানি উদ্বেগ নিয়ে উঠে দাঁড়িয়ে জিজ্ঞাসা করেছে সোরাবিয়া।

কারও মুখে কোনও কথাই নেই। দিনের আলো হলে দেখা যেত তাদের মুখ থেকে যেন সব রক্ত সরে গেছে। চেষ্টা করেও তারা খানিকক্ষণ গলায় আওয়াজ ফোটাতে পারেনি।

প্রথম জবাব ফেলিপিলিও-ই দিয়েছে।

বলেছে, 'এ পবিত্র প্রেত-প্রাসাদের অপমান করবার অধিকার যে কারও নেই পেরুর ইংকাশ্রেষ্ঠ নিজে তা আমাদের বুঝিয়ে দিয়েছেন, মার্কুইস! আঁর আত্মা এখনও এ প্রেত-প্রাসাদ পাহারা দিচ্ছে আমরা স্বচক্ষে দেখে এসেছি।'

রাগের মাথায় সোরাবিয়ার মুখে এসেছিল—তোমরা সব ল্যাজ গুটানো খেঁকি কুকুরের দল! কিন্তু শুধু একা ফেলিপিলিও তো নয়, অন্য এসপানিওল সেপাইদের কথা মনে রেখে তাকে জিভের রাশ টানতে হয়েছে।

তবু তীব্র স্বরে সে বলেছে, 'কবে মরে মমি হয়ে গেছে, সে বাঁদির বাচ্চার আত্মাকে তোমরা পাহারা দিতে দেখেছ? তোমরা তো সব ভীরু খরগোশের পাল। কাঁপতে কাঁপতে সব ভেতরে গিয়ে ঢুকেছ আর তারপর নিজেদের মশালের ছায়াই নড়তে দেখে ভূত বলে আঁতকে পালিয়ে এসেছ। তোমরা সব এসপানিওল বীর! সাগর ডিঙিয়ে এসেছ রাজ্য জয় করতে!'

গালাগাল অনেক সামলে নিয়েছে সোরাবিয়া, কিন্তু রগচটা এসপানিওল সেপাইরা মার্কুইস আর সেই সঙ্গে দলপতির মান রাখতেও এতটা সহ্য করতে প্রস্তুত নয়।

বেয়াদবি জেনেও তাদের একজন এবার বেপরোয়া হয়ে বলেছে, 'আমরা তো খরগোশের পাল বটেই, মার্কুইস। আপনি সিংহ হয়ে নিজেই একবার দেখে আসুন না, আমরা ছায়া দেখে ভির্মি গেছি কি না!'

কেউ এ খোঁচা না দিলেও সোরাবিয়া তাই দেখতে নিজেই যে যেত সে বিষয়ে সন্দেহ নেই। আর যা-ই হোক, শয়তানি একটা সাহসের আস্ফালন তার আছে।

সে সাহস সম্বন্ধে সন্দেহের ইঙ্গিতে রেগে আগুন হয়ে উঠেছে সোরাবিয়া।

ঘৃণা আর অবজ্ঞায় গলাটা যতদূর সম্ভব তিক্ত করে বলেছে, 'তা নিজে না দেখে তোমাদের কথাই মেনে নিয়ে এখান থেকে ফিরে যাব ভেবেছিলে! এখুনি আমি যাচ্ছি। একজন শুধু এসো আমার সঙ্গে মশাল নিয়ে।'

সোরাবিয়াকে কয়েক পা এগিয়ে আবার দাঁড়িয়ে পড়তে হয়েছে। তার সঙ্গে মশাল নিয়ে যাবার জন্যে কেউ এগিয়ে আসেনি।

'কই, কে আসছে মশাল নিয়ে?' সোরাবিয়া চিৎকার করে জিজ্ঞাসা করেছে।

কারও কাছ থেকেই কোনও সাড়া পাওয়া যায়নি।

সোরাবিয়া দাম্ভিক স্বার্থপর গোঁয়ার, কিন্তু নির্বোধ মোটেই নয়। সেপাই-সওয়ারদের এ অবাধ্যতা এখনই শাসন করতে গেলে ব্যাপারটা বিশ্রী হয়ে দাঁড়িয়ে তার উদ্দেশ্যটাই পণ্ড হতে পারে।

সওয়ার সেপাইদের ছেড়ে দিয়ে তাই সোরাবিয়া এবার ফেলিপিলিওকে হুকুম করেছে, মশাল নিয়ে তার সঙ্গে থাকার জন্যে।

'এ আদেশ আমায় করবেন না, মার্কুইস।' নিষ্ফল জেনেও ফেলিপিলিও একবার শুধু তার বক্তব্যটা জানিয়েছে—'এ প্রেত-প্রাসাদ অপবিত্র করার শাস্তি আমি তো পাবই, আপনিও তা হলে এ অভিশাপ থেকে রেহাই পাবেন না।'

'আমায় তোদের জুজুর ভয় দেখাচ্ছিস, বাঁদির বাচ্চা!'—সোরাবিয়া তার খোলা তলোয়ারের ডগাটা দিয়ে ফেলিপিলিওর পিঠে একটা খোঁচা দিয়েছে—'নেহাত দোভাষী হিসেবে তোকে দিয়ে এখনও কিছু করবার আছে। নইলে এই খোঁচাতে এফোঁড় ওফোঁড় করে তোকে তোর জুজুর কাছে বলি দিয়ে যেতাম। চল এখন।'

একজন মশালচি সেপাই-এর হাত থেকে একটা মশাল টেনে নিয়ে ফেলিপিলিওর দিকে ছুঁড়ে দিয়ে সোরাবিয়া এগিয়ে গেছে পাহাড়ের গায়ে বসানো দরজার দিকে।

কিছুক্ষণ আগেই এসপানিওল সৈনিকেরা সেখান দিয়ে ছুটে পালিয়ে এসেছে। তাদের ধাক্কায় দরজাটা খোলাই ছিল। পেছন থে:কে ফেলিপিলিওর হাতের মশালের আলো তখনও তো এসে পড়েনি। ভেতরটা পাহাড়টারই যেন বিরাট অন্ধকার মুখের হাঁ বলে মনে হচ্ছিল।

মশালের লালচে কাঁপা আলো পড়ায় সে অন্ধকার গভীর গহ্বরের চেহারাটা বদলে গেলেও থমথমে রহস্যের ভাবটা আরও যেন গাঢ় হয়েছে।

সোরাবিয়া নিজের একটা ভুল তখন মনে মনে নিজের কাছে স্বীকার করেছে।

রাগের মাথায় সওয়ার সৈনিকদের গালাগাল দিতে গিয়ে তারা কী এখানে দেখেছে তা জিজ্ঞাসা করা হয়নি।

ফেলিপিলিওকে এখন অবশ্য জিজ্ঞাসা করা যায়। কিন্তু একজন এসপানিওল আর এদেশের কুসংস্কারে আষ্টেপৃষ্ঠে জড়ানো একজন জংলির দেখা তো এক নয়। ওপরে একটু-আধটু পালিশ হলেও ফেলিপিলিও মনে-প্রাণে এখনও এদেশের মুখ্‌খু গোঁড়া জংলি। সে যদি কিছু দেখে থাকে তো চোখের চেয়ে মনের কল্পনাতেই দেখেছে। তার কথার কোনও দাম নেই তাই। এসপানিওল সৈনিকদের কাউকেই জিজ্ঞেস করে আসা উচিত ছিল বলে বুঝেছে সোরাবিয়া।

ভেতরের বিরাট গুহাকক্ষের ভেতর এগিয়ে যেতে যেতে মশালের আলোয় সোরাবিয়া যা এখন দেখেছে তা সত্যিই চোখ ধাঁধিয়ে দেবার মতো। সূর্য-বরণ প্রান্তরের শবসভায় এ ঐশ্বর্য আড়ম্বরের এক শতাংশও নিয়ে গিয়ে দেখানো হয়নি। তা সম্ভবও নয়।

যে ঐশ্বর্য এখানে জমা হয়ে আছে সোরাবিয়া আর হেরাদার সঙ্গে যারা এসেছে সেই গোটা এসপানিওল সওয়ার বাহিনীর তাতে এক জন্মের মতো লুঠের সাধ মিটে যায়।

আর যে আহাম্মকগুলো এখানে এসেছিল তারা কি না মেয়েছেলের মতো কোথায় কী ছায়া নড়তে দেখে এসপানিওল বীরত্বের মুখে চুন-কালি মাখিয়ে ছুটে পালিয়েছে!

এই তো বিরাট গুহাপুরী। মশালের আলো যতটুকু পৌঁছোচ্ছে তার বাইরে ফিকে থেকে ক্রমশ গাঢ় হওয়া অন্ধকারের একটা বেড় যেন একটু অসাবধান হলেই চেপে ধরবার জন্যে ওত পেতে আছে মনে করা যেতে পারে, কিন্তু সে তো নেহাত অলীক কল্পনা।

এক মশালের আলোর শিখাটা বাদে গুহাপুরীতে যত কিছু সব নিথর নিস্পন্দ। তাদের নিজেদের পায়ের আওয়াজটুকু ছাড়া চারিদিকে তাদের ঘিরে গভীর নিস্তব্ধতা।

মশালের আলোর কম্পিত শিখার ছায়ায় শুধু মাঝে মাঝে যেন চোখের ভুল একটু ঘটছে।

ঠিক আগের মুহূর্তেই রাজবেশ পরিয়ে সোনার সিংহাসনে বসানো ইংকা নরেশের শবদেহটা কেমন একটু যেন নড়ে বসল বলে মনে হয়েছিল।

দৃষ্টিবিভ্রম ছাড়া তা আর কী হতে পারে!

জোরের সঙ্গে নিজেকে একথা বোঝাতে গিয়েই সোরাবিয়ার শিরদাঁড়ার ভেতর দিয়ে একটা বরফের ধারা নেমে গিয়ে সমস্ত শরীরে কাঁটা দিয়ে উঠেছে।

ফিসফিস করে কে যেন কী বলছে। না, ফেলিপিলিও নয়। সোরাবিয়া তীক্ষ্ণ দৃষ্টিতে তাকে লক্ষ করেছে। ফিসফিস করে বলার ভাষাটা কিন্তু নিখুঁত কাস্তিলিয়ান। আর যা বলছে তার মানে হল, 'ফিরে যাও সোরাবিয়া। এ প্রেত-প্রাসাদ অপবিত্র করে আমার অভিশাপ সাধ করে মাথায় নিও না।'

ফেলিপিলিও তো নির্বাক। তা হলে এ অশরীরী ঘোষণা কোথা থেকে আসছে?

এ ঘোষণার ভাষা আবার কাস্তিলিয়ান! তা কী করে সম্ভব হয়?

কাস্তিলিয়ান বলবার মতো মানুষ প্রেত-প্রাসাদে এক সোরাবিয়া নিজে আর ফেলিপিলিও।

ফেলিপিলিওর গলার স্বর তার চেনা। তা ছাড়া দোভাষী হিসেবে কাস্তিলিয়ান দিয়ে কাজ সারতে পারলেও তার ভাষায় উচ্চারণে অনেক ভুল।

আর এ তো একেবারে চোস্ত কাস্তিলিয়ান। স্পেনের রাজদরবারে শিক্ষিত বড় ঘরোয়ানারা যা ব্যবহার করে তা-ই!

সোরাবিয়া মনে মনে জানে মূর্খ বলে এ নির্ভুল উচ্চারণের ভাষা তার গলা দিয়েও বার হয় না।

এ তা হলে সত্যিই কি ভৌতিক কিছু?

অশরীরী দৈববাণী গোছের বলেই যে-ভাষায়-খুশি উচ্চারিত হতে পারে?

সোরাবিয়া সারা শরীরে লোমহর্ষ নিয়ে কম্পিত বুকে চারিদিকে চেয়েছে।

ফেলিপিলিওর দিকে চোখ পড়েছে তাইতেই। সমস্ত মুখ তার আতঙ্কে রক্তশূন্য হয়ে গেছে, চোখের দৃষ্টি উদ্‌ভ্রান্ত।

তার অসাড় হাত থেকে মশালটা পড়ে গিয়ে একটা অগ্নিকাণ্ডই বুঝি বাধাত এই প্রেত-প্রাসাদের দাউ দাউ করে জ্বলবার নানা উপকরণের মধ্যে।

সোরাবিয়া তাড়াতাড়ি সেটা ফেলিপিলিওর হাত থেকে কেড়ে নিয়ে মেঝের উপর রাখা একটা সরু গলার দীর্ঘ ভৃঙ্গার গোছের রুপোর পাত্রের মুখে বসিয়ে দিয়েছে।

ফেলিপিলিও তখন অর্ধচেতন অবস্থায় সেই ভৃঙ্গারের পাশেই দেওয়ালে ঠেস দিয়ে কোনওরকমে নিজেকে সামলাবার চেষ্টা করছে।

সে ভৌতিক ঘোষণা এখন থেমে গেছে।

কী করবে সোরাবিয়া?

মানে মানে পালিয়েই যাবে এই অভিশপ্ত প্রেত-প্রাসাদ থেকে? এখন যদি চলে যায় বাইরের তার সওয়ার সৈনিকেরা কেউ সন্দেহ করতে পারবে না যে ভয় পেয়ে সে পালিয়ে এসেছে।

শুধু ফেলিপিলিও থাকবে একমাত্র সাক্ষী! কিন্তু ফেলিপিলিও নিজেই কী হয়েছে ভাল করে মনে করতে পারবে কি? তা ছাড়া নিজের ভয়ের লজ্জা ঢাকতেই তাকে নীরব থাকতে হবে।

পিছু হটে পালাবার জন্যে পেছনে পা বাড়াতে গিয়ে একটা কথাই সোরাবিয়া এই আতঙ্কের মধ্যেও ভুলতে পারে না। এরকম ভাবে পালালে একটা আফশোশই তার থেকে যাবে। অনুচর সেপাইদের কাছে কৈফিয়তটাও খুব জোরদার হবে না যদি একেবারে শুধু হাতে সে ফেরে!

দৈববাণী থেমে গিয়েছে। শুধু ওই সোনার সিংহাসনটা টেনে নিয়ে গেলেই তো হয়!

ঝলমল পোশাকে যে মড়াটা ওর ওপর বসানো আছে সেটাকে শুধু একটু সরাতে হয় এই যা।

মড়াটাকে খুব তাচ্ছিল্য এখন আর অবশ্য করতে পারে না। যে ভুতুড়ে শাসানিটা সে এই মাত্র শুনেছে সেটা তো ওই সাজানো লাশটা যার সেই কোন মরা ইংকার প্রেতের গলা থেকেই বেরিয়েছে বলে ধরতে হয়। এ প্রেত-প্রাসাদ তো তারই। এ প্রাসাদ অপবিত্র করার বিরুদ্ধে অভিশাপের ভয় সে-ই দেখাতে পারে।

বুকটা সোরাবিয়ার বেশ কেঁপে ওঠে। তবু সোনার লোভে মরিয়া হয়ে একবার শেষ চেষ্টা করবার জন্যে নিজেকে সে জোর করে শক্ত করে রাখে।

সিংহাসনটা টেনে নিয়ে যাবার জন্য মড়াটাকে তার ওপর থেকে ফেলে দিতে হবে। মড়াটাকে তার জন্যে হাত দিয়ে ছোঁবার দরকারই বা কী?

তলোয়ারের খোঁচাতেই সেটাকে সিংহাসন থেকে নামিয়ে দিলেই তো হয়।

অভিশাপের ভয়? একবার এই ভুতুড়ে গুহা থেকে বার হতে পারলে আর কোনও অভিশাপ তাকে স্পর্শ করতে পারবে কি?

সঙ্গে হেরাদাই তো আছে তাদের পুরুত! তার কাছে গিয়ে একবার ক্রুশ ছুঁয়ে নিজের জন্যে কিছু মানত করলে এ অভিশাপ কেটে যেতে কতক্ষণ।

যা করবার তাড়াতাড়ি করে ফেলতে হবে শুধু।

তলোয়ারটা খাপ থেকে খুলে বাগিয়ে ধরে সোরাবিয়া এগিয়ে যায় সিংহাসনে বসানো মড়াটার দিকে।

তলোয়ারটা বাড়িয়ে সেটাকে খোঁচানো কিন্তু আর হয়ে ওঠে না।

'খবরদার!'

একটা তীক্ষ্ণ ক্রুদ্ধ হুকুম শুনে তাকে থমকে যেতে হয়।

না, এবার অশরীরী ভৌতিক প্রায়-চুপিচুপি-বলা কোনও সাবধান বাণী নয়, স্পষ্ট, ক্রুদ্ধ জোরালো উচ্চারণ।

কণ্ঠটা আর কারও নয়, ফেলিপিলিওর।

তার সে ভয়ে বিবর্ণ চেহারা এখনও বদলায়নি, কিন্তু অসাড় আচ্ছন্নতার জায়গায় তার দু-চোখে একটা অস্বাভাবিক আগুন যেন জ্বলছে।

এ প্রেত-প্রাসাদের যিনি অধীশ্বর তাঁর নিষেধবাণী নিজের কানে শোনবার পর এত কালের ফেলিপিলিও সে বুঝি আর নেই!

নিজেকে সে জাতির কুলাঙ্গার বলেই জানে। এই এসপানিওলদের কাছেই নিজেকে বিকিয়ে সে এদের গোলাম হয়ে গেছে একথা মিথ্যা নয়। তা ছাড়া মার্কুইস কেন, যে কোনও এসপানিওল অসিযোদ্ধার সঙ্গে যোঝবার মতো শিক্ষা কি শক্তি তার নেই। তবু ঘৃণ্য নীচ বিদেশির হাতে এ পবিত্র প্রেত-প্রাসাদের অপমানের বিরুদ্ধে তাকে দাঁড়াতেই হবে। বিশেষ করে ইংকা-শ্রেষ্ঠ স্বয়ং হুয়াইনা কাপাক-এর মৃতদেহ তলোয়ার দিয়ে এই বিদেশি পাষণ্ড তার চোখের সামনে খোঁচাবে এ সহ্য করা তার পক্ষে অসম্ভব।

তাদের জাতির, তাদের ধর্মের সে-ই এখানে একমাত্র প্রতিনিধি। সে প্রতিনিধিত্বের মর্যাদা সে রাখবে।

সোরাবিয়া ফেলিপিলিওর চিৎকারে প্রথমটা হকচকিয়ে গিয়েছে। এমনিতেই তার

মনের তখন বেশ একটু অস্বাভাবিক অবস্থা, তার ওপর এই তীক্ষ্ণ কণ্ঠের 'খবরদার' আওয়াজটা তার ভেতরটা পর্যন্ত কাঁপিয়ে দিয়েছে অদম্য আতঙ্কে।

প্রথম থমকে যাওয়ার পরে ফিরে তাকিয়ে সে আওয়াজের উৎসটা বুঝতে পারে। আর কেউ নয়, ফেলিপিলিওই তাকে এ ধমক দিয়েছে এটা উপলব্ধির পর কয়েক মুহূর্ত আতঙ্কটা বিমূঢ় বিস্ময় হয়ে তাকে বিহ্বল করে রাখে। তারপর সেই বিহ্বলতাটা বোমার বারুদের মতো প্রচণ্ড রাগে ফেটে পড়ে।

এ প্রেত-প্রাসাদের বুকের ভেতর পর্যন্ত জমিয়ে দেওয়া হিমেল ভয়ের স্পর্শটা যেন সে রাগের উত্তাপে খানিকক্ষণের জন্যে আর টের পাওয়া যায় না।

হিংস্রভাবে দাঁত খিঁচিয়ে উঠে সোরাবিয়া জিজ্ঞাসা করে, 'তুই? তোর গলার আওয়াজ শুনলাম? তুই হাঁকলি খবরদার!'

'হ্যাঁ, আমিই হাঁকলাম।' ফেলিপিলিওর গলা এখন আর তীক্ষ্ণ তীব্র নয়। এ প্রতিবাদের পরিণাম জেনে সে শান্ত দৃঢ় স্বরে বলে, 'আগেই আপনাকে মানা করেছিলাম, মার্কুইস। তা সত্ত্বেও জোর করে আমায় এখানে এনে ভালো করেননি। এ পবিত্র প্রেত-প্রাসাদের রক্ষীরা এখন নেই। কিন্তু আমি আছি। এখানকার অগুনতি সোনা রুপোর দামি জিনিসের মধ্যে দু-চারটে নিতে চান তো নিন। আমি আপত্তি করব না। কিন্তু ইংকা-শ্রেষ্ঠ হুয়াইনা কাপাক-এর পবিত্র শবদেহ স্পর্শ করতে বা তাঁর সিংহাসন এখান থেকে সরিয়ে নিয়ে যেতে আপনি পারবেন না। অন্তত আমার মৃতদেহ না মাড়িয়ে নয়।'

'তোর মৃতদেহ না মাড়িয়ে?' ফেলিপিলিওর কথাগুলো শুনতে শুনতে সোরাবিয়ার মুখে রাগের বদলে একটা ক্রূর পৈশাচিক হাসি এবার দেখা যায়। বেশ চিবিয়ে চিবিয়ে সে বলে, 'পাপোশ হবার তোর এত শখ তা আগে জানালেই পারতিস। যাক, এখন জানিয়েও ভাল করেছিস। তোর শখ আর আমার সাধ এক সঙ্গেই মিটিয়ে ফেলি, আয়।'

সোরাবিয়া বাঁদর নাচাবার মতো অবজ্ঞার ভঙ্গিতে তলোয়ারটা নাড়ে ফেলিপিলিওর মুখের কাছে।

ফেলিপিলিও সরে যায়, কিন্তু ভয় পায় না। চরম নিয়তির জন্যে প্রস্তুত হয়েই সে মরণপণ করে মার্কুইসকে আক্রমণই করে।

তার আক্রমণে বেপরোয়া সাহসই আছে, কিন্তু তাতে নেহাত অক্ষম অজ্ঞ আনাড়ির আড়ষ্টতা নিতান্ত স্পষ্ট। সোরাবিয়ার হিংস্র কৌতুক তাতে আরও তীব্র হয়।

এক আঘাতে এফোঁড়-ওফোঁড় নয়, একটু একটু করে ফেলিপিলিওর গায়ে এখানে ওখানে তলোয়ারের ডগা বিঁধিয়ে রক্তপাত করে সোরাবিয়া তাকে ধীরে ধীরে মারবার নির্মম আনন্দটাই উপভোগ করে।

হঠাৎ আবার সেই অশরীরি ধ্বনি—'এখনও ক্ষান্ত হও সোরাবিয়া। অক্ষম দুর্বলকে মৃতুযন্ত্রণা দিয়ে আনন্দ পাওয়ার দ্বিগুণ দাম তা হলে তোমায় দিতে হবে। এখনও বলছি, এ প্রেত-প্রাসাদ ছেড়ে চলে যাও। জেনে রাখো ফেলিপিলিও আমার আশ্রিত—'

সোরাবিয়ার বুকের ভেতরটা হিম হয়ে যায় ভয়ে বিহ্বলতায়। কিন্তু চরম আতঙ্কই যেন একটা উদ্ধত উন্মত্ততা এনে দেয় তার ভেতরে।

হিংস্রভাবে পাগলের মতো হেসে উঠে সে বলে, 'ভূত-প্রেত-দানব, কে তুই জানি না। সাহস যদি থাকে তা হলে সামনে আয়। তোর আশ্রিত যাকে বলছিস তোর সামনেই তাকে হত্যা করছি দেখ।'

সোরাবিয়া নিপুণ অসিযোদ্ধার কৌশলে ডান পা একটু মুড়ে সামনে বাড়িয়ে ফেলার সঙ্গে সঙ্গে প্রসারিত ডান হাতের তলোয়ারটা চক্ষের নিমেষে কাঁধ থেকে সোজা সামনে চালিয়ে দেয়।

এখনকার ফেনসিং-এর ভাষায় এটা একেবারে নিখুঁত লাঞ্জ। এ মার ঠেকাবার একমাত্র চাল হল সেই ভাষায়—প্যারা অফ প্রাইম।

ফেনসিং-এর এ সব নামই সে যুগে বানানো হয়নি। তবে কৌশলগুলো একেবারে অজানা ছিল না। নাম না জেনেই সোরাবিয়া তলোয়ারের যে চাল চেলেছিল তা মোক্ষম।

ঠেকাবার পালটা চাল জানা না থাকায় ব্যর্থ প্রতিরোধের চেষ্টায় সোরাবিয়ার সেই এক খোঁচাতেই ফেলিপিলিওর হৃদ্‌পিণ্ড এফোঁড় ওফোঁড় হয়ে যাবার কথা।

কিন্তু তা হয় না।

হঠাৎ চরম মুহূর্তে একটা ভারী জিনিস সোরাবিয়া আর ফেলিপিলিওকে ছাড়িয়ে একটু দূরে সশব্দে মেঝের ওপর গিয়ে পড়ে।

পড়বার আগে সোরাবিয়ার তলোয়ারের ডগাটা তাতে একটু নড়ে গিয়ে ফেলিপিলিওকে বাঁচিয়ে দিয়ে যায়।

সোরাবিয়া আর ফেলিপিলিও দুজনেই চমকে উঠে ঘাড় ঘুরিয়ে মেঝের ওপর সশব্দে গিয়ে পড়া বস্তুটা দেখে।

ব্রোঞ্জের তৈরি একটা ভারী এদেশি রণকুঠার।

রণকুঠারটা কে কোন দিক থেকে ছুঁড়েছে আর বুঝতে বাকি থাকে না।

এ রণকুঠারটা খানিক আগে পর্যন্ত যার হাতে শোভিত দেখা গেছল ইংকা নরেশ হুয়াইনা কাপাক-এর সেই রাজবেশে সাজানো শবমূর্তিকেই ধীরে ধীরে এবার উঠে দাঁড়াতে দেখা যায়। মুখোশ-ঢাকা তার মুখ, সারা গায়ে সোনা রুপো জড়োয়ার কাজে ঝলমল পোশাক আর হাতে একটা তলোয়ার।

কিন্তু সে ব্রোঞ্জের তৈরি খাটো তলোয়ার তো এসপানিওলদের সরেস ইস্পাতে গড়া লম্বা অসি-ফলকের কাছে ছেলেখেলার জিনিস।

সোরাবিয়া প্রথমে নিজেকে সামলাতে না পেরে ভয়ে কয়েক পা পিছিয়ে গেলেও সেই কথাই ভাবে। আর ফেলিপিলিও আশঙ্কায় উৎকণ্ঠায় যেন নিশ্চল হয়ে গিয়ে একদৃষ্টে তাকিয়ে থাকে সেই মূর্তির দিকে।

ইংকা নরেশ হুয়াইনা কাপাক কি সত্যিই এবার জাগলেন? কিন্তু কী করবেন তিনি ওই সামান্য সেকেলে অস্ত্র নিয়ে এই এসপানিওলদের বিরুদ্ধে, তাদের নিজেদের ধর্মের সবরকম পাপের অধীশ্বর স্বয়ং শয়তানই যাদের সহায়?

সত্যিই যদি জেগে থাকেন তবু ইংকা শ্রেষ্ঠ হুয়াইনা কাপাক তাঁর সঞ্জীবিত শবদেহে কিছুই যে করতে পারছেন না, ফেলিপিলিও সশঙ্ক হতাশায় তা দেখতে পায়।

কেমন করেই বা করবেন!

হাতে তাঁর সামান্য একটা সেকেলে দুর্বল অস্ত্র যা সাধারণ একটা ছোরার একটু দীর্ঘ সংস্করণ ছাড়া আর কিছু নয়। এ দীর্ঘ ছোরা আবার ব্রোঞ্জের। তামা আর টিন মেশাবার অসামান্য কৌশলে এ ব্রোঞ্জ পেরুর লোকেরা যত কঠিনই করে তুলে থাকুক, ইস্পাতের তলোয়ারের সঙ্গে তার কি তুলনা হয়!

তাও আবার ইউরোপের সেরা অস্ত্রের কাজ তখন যেখানে হয় স্পেনের সেই টোলেডো শহরের বিখ্যাত কারিগরের তৈরি সরেস ইস্পাতের বেঁধবার ও কোপ দেবার সুচোলো আর দু-দিকে সমান ধারালো তলোয়ারের সঙ্গে। এত কথা ফেলিপিলিওর জানা নেই। কিন্তু মার্কুইস যে ক্রমশ জয়ী হচ্ছে তা বুঝতে তার দেরি হয়নি।

রাজবেশ পরা মৃতদেহকে সিংহাসন থেকে উঠে এগিয়ে আসতে দেখে প্রথমটা হকচকিয়ে গিয়ে সোরাবিয়া নিজের অজান্তেই কয়েক পা পিছিয়ে এসেছিল, তারপর তার ওপর সত্যি শয়তানই যেন ভর করেছে মনে হয়েছে। তার মুখটা হিংস্র দেখিয়েছে সেইরকমই।

এ হিংস্র উল্লাস অকারণে হঠাৎ তার মুখে ফুটে ওঠেনি। ভূত প্রেত যা-ই হোক, রাজবেশ-পরা মড়াটা তাঁর সঙ্গে অস্ত্র নিয়ে যুঝতে আসছে এটুকু বুঝেই সোরাবিয়া তখন বুকে নতুন বল পেয়েছে।

আর অস্ত্রই বা কী! ব্রোঞ্জের একটা খাটো তলোয়ার! ঠিকমতো চালাতে পারলে তার তলোয়ারের এক ঘায়ে ও তলোয়ার দু-টুকরো হয়ে যাবে।

গেছেও প্রায় তাই।

সোরাবিয়া তলোয়ারের খেলায় ইউরোপের সেরা গুণীদের একজন। তাকে একবার একজন শুধু একটা বড় ছোরা নিয়েই বেশ একটু বেকায়দায় যে ফেলেছিল, সোরাবিয়ার মনের গোপনে সে স্মৃতির জ্বালা এখনও অবশ্য আছে। কিন্তু আর যাই হোক সে ছোরাটা ছিল ইস্পাতের, আর তার নিজের দেশের এক বিশেষ দাঁত-কাটা ধরনে তৈরি।

এ ঠুনকো ব্রোঞ্জের হাতিয়ার সে ইস্পাতের ছোরার কাছে খেলনা মাত্র। আর দানোয় পাওয়াও যদি হয় তাহলেও এই জাগানো মড়া, তার স্ত্রী আনার পেয়ারের সেই গোলাম নয়।

সোরাবিয়া অকুতোভয়ে তার তলোয়ার চালিয়েছে। দু-টুকরো না হয়ে গেলেও সে মার ঠেকাতে গিয়ে ব্রোঞ্জের খাটো তলোয়ারের একটা চোক্‌লা তাতে উঠে গিয়েছে।

সোরাবিয়া নিজের অস্ত্র-প্রাধান্যের এ সুবিধেটুকু ষোলো আনা কাজে লাগাতে ত্রুটি করেনি। নির্মম অমোঘ নিয়তির মতো সে একটু একটু করে কোণঠাসা করে এনেছে সে শবমূর্তিকে।

অস্ত্রবিদ্যায় মৃত ইংকা নরেশ তেমন অপটু যে ছিলেন না তাঁর শবমূর্তির চালনা-কৌশল দেখে ফেলিপিলিও তা ভাল করেই বুঝেছে। কিন্তু দীর্ঘতর অনেক জোরালো ও ভিন্ন জাতের ইস্পাতের অস্ত্রের কাছেই হার মানতে হয়েছে ব্রোঞ্জের খাটো তলোয়ারকে।

মাঝে মাঝে অদ্ভুত ঘোরা-ফেরার কায়দায় কোনওরকমে মার্কুইসকে এড়িয়েও শেষ পর্যন্ত শবমূর্তি উঁচু বেদির ওপর বসানো তাঁর সিংহাসনের পেছনেই আশ্রয় নিতে বাধ্য হয়েছেন।

এখান থেকে আর পেছিয়ে যাবার বা এপাশে-ওপাশে পালাবার কোনও উপায় নেই।

মার্কুইস-এর মুখের দিকে চেয়ে ফেলিপিলিও মনে মনে নিরুপায় হতাশ রাগে গুমরেছে। একটা ইঁদুরকে থাবার তলায় চেপে রেখে শেষ মারে নিকেশ করবার জন্যে বেড়ালের মুখে যা ফুটে ওঠে তার চেয়ে অনেক পৈশাচিক একটা হিংসার উল্লাস মার্কুইসের চোখ মুখে তখন জ্বলছে।

মার্কুইস জানে ইস্পাতের তলোয়ারের শুধু একটা কি দুটো কোপ দেওয়ার অপেক্ষা। সে কোপ ঠেকাবার মতো কোনও কিছু ওই ভুতুড়ে মূর্তির হাতে বা ধারে-কাছে নেই। তার ভুতুড়ে ক্ষমতার পরিচয় তো এখনও পর্যন্ত কিছু পায়নি। সোরাবিয়ার সাহস সেই জন্যেই এত বেশি। এ বাঁদির বাচ্চাদের দেশের ভূতের জারিজুরিও তার মতো ধনী সভ্য মানুষের কাছে খাটে না বলে তার তখন দৃঢ় বিশ্বাস হয়েছে।

শেষ কোপটা দেওয়া অবশ্য তখনই হয়নি। বাধা পড়েছে আচমকা।

হঠাৎ গুহামুখে বেশ একটু হট্টগোল শোনা গেছে।

সোরাবিয়া একটু অবাক হয়েছে সে গোলমালে। তার সওয়ার সেপাইরা তো ভয়েই কাঠ হয়ে ছিল এর আগে। তারাই শেষ পর্যন্ত ভীরুতার লজ্জায় মরিয়া হয়ে তার সঙ্গে যোগ দিতে আসছে না কি?

কোণঠাসা ভুতুড়ে মূর্তির ওপর কড়া নজর রেখে সোরাবিয়া গুহামুখে যারা ঢুকছে তাদেরও একটু লক্ষ করেছে।

সওয়ার সেপাই-এর কয়েকজন প্রেত-প্রাসাদের দরজা দিয়ে ঢুকেছে বটে, কিন্তু এ তো তার সঙ্গে যারা এসেছিল তাদের কেউ নয়। কোরিকাঞ্চার রাতের আস্তানায় যাদের রেখে এসেছিল এরা তো তাদেরই ক-জন!

তাদের ভেতর থেকে হেরাদাকে এগিয়ে আসতে দেখে আরও অবাক হয়েছে।

হেরাদা উত্তেজিতভাবে সোরাবিয়ার কাছে এসে যা বলেছে তাতে অবশ্য রক্ষীদল নিয়ে হঠাৎ তার এই প্রেত-প্রাসাদে ছুটে আসার কারণটা আর অস্পষ্ট থাকেনি।

কারণটা সত্যিই যেমন অপ্রত্যাশিত তেমনি অবিশ্বাস্য! এদেশের রাজনীতি সম্বন্ধে বিশেষ কোনও মাথা ব্যথা সোরাবিয়ার নেই। তবু হেরাদা যা খবর জানিয়েছে তাতে তাকে বেশ একটু বিচলিত হতে হয়েছে।

'চলুন, এখুনি ফিরে চলুন মার্কুইস!' প্রথমেই অত্যন্ত উত্তেজিত অস্থিরতার সঙ্গে

বলেছে হেরাদা!

'কেন, কী, হয়েছে কী?' বিস্মিত উদ্বেগের সঙ্গে একটু বিরক্তি নিয়েই জিজ্ঞাসা করেছে সোরাবিয়া। আশ মিটিয়ে হাতের সুখ করবার এমন একটা মুহূর্তে বাধা পড়ায় সে খুশি নয় তখন।

'যা হয়েছে তাতে যত তাড়াতাড়ি সম্ভব আমাদের কাক্‌সামালকায় ফেরা দরকার।' প্রায় আদেশের স্বরেই যেন বলতে বাধ্য হয়েছে হেরাদা, 'সেনাপতি পিজারোর কাছে খবরটা পৌঁছে দেবার দায়িত্বও আমাদের।'

'কিন্তু খবরটা কী সেটা তো এখনও জানতে পারলাম না।' সোরাবিয়া মার্কুইস হিসেবে তার অধৈর্যটা একটু মেজাজ দেখিয়েই প্রকাশ করেছে।

উত্তেজিত অবস্থায় আসল কথাটা জানাতেই ভুল হয়ে গিয়েছিল বটে হেরাদার। সে ত্রুটি সংশোধন করে হেরাদা এবার যা জানিয়েছে তা খবর হিসেবে সত্যিই সাংঘাতিক।

রাজপুরোহিত ভিলিয়াক ভ্‌মু সৌসা দুর্গে বন্দি আতাহুয়ালপার বৈমাত্রেয় রাজভ্রাতা পরাজিত ভূতপূর্ব ইংকা হুয়াসকারকে হত্যা করিয়েছে।

'হুয়াসকারকে হত্যা করিয়েছে রাজপুরোহিত!' এ রাজ্যের বেশি কিছু না জেনেই চমকে উঠেছে সোরাবিয়া।

চমকটা যে শুধু তার একার নয়, সজাগ থাকলে সোরাবিয়ার তা দৃষ্টি এড়াত না।

ফেলিপিলিওর দৃষ্টি তা এড়ায়নি। নিজের স্তব্ধ বিহ্বলতা নিয়েই শবমূর্তির দিকে সবিস্ময়ে চেয়ে সে হেরাদার পরের ব্যাখ্যাটা শুনেছে।

'হ্যাঁ,' হেরাদা গম্ভীর স্বরে জানিয়েছে, 'সৌসা থেকে এইমাত্র এক দূত এসে পৌঁছেছে এই ভয়ংকর খবর নিয়ে! যে সওয়ারদের নিয়ে আপনি এখানে এসেছেন তাদেরই একজন বেশি নেশা করে বেসামাল হয়ে আপনার সঙ্গে এ দলে যোগ দিতে পারেনি। তার কাছেই জায়গাটার হদিস নিয়ে আমি ছুটে আসছি। চলুন, আর দেরি করবার সময় নেই।'

'আছে!' একটু তিক্ত উদ্ধত স্বরেই বলেছে সোরাবিয়া, 'এই দানোয় পাওয়া মড়াটাকে কয়েক টুকরো করে এ সোনার সিংহাসনটা টেনে নিয়ে যাবার মতো সময় অন্তত আছে।'

সোরাবিয়া তার তলোয়ারটিকে বাগিয়ে তুলতে গেছে শেষ কোপ দেবার জন্যে।

কিন্তু ওই পর্যন্তই।

হঠাৎ সমস্ত গুহা একেবারে অন্ধকার হয়ে গেছে। অন্ধকার হয়ে গেছে দেওয়ালের ধারে ভৃঙ্গারে বসানো মশালটার জ্বলন্ত মাথাটাই কাটা হয়ে মেঝের ওপর ঠিকরে পড়বার দরুন।

মশালের মাথাটা কেটে গেছে তীরবেগে ছোঁড়া অব্যর্থ একটা খাটো তলোয়ারের ঘায়ে। ইস্পাতের বদলে সামান্য ব্রোঞ্জের তৈরি হলেও এ কাজটা তাতে নিপুণভাবেই হয়েছে।

পাথুরে মেঝের ওপর ছেতরে পড়ে মশালের মাথার আগুনটা দু-বার একটু যেন

খাবি খেয়েছে। তার পর একেবারে গেঁছে নিভে।

আর সকলের মতো সোরাবিয়ার চোখ আপনা থেকেই ছিটকে পড়া মশালের মাথাটার সঙ্গে মেঝের ওপরেই গিয়ে পড়েছিল। আগুনটা সেখানে নিভে যাবার পর চোখ ফেরাতে গিয়ে সবদিক দিয়েই সে সত্যিকার অন্ধকার দেখেছে।

গুহার ভেতরে একেবারে কালি-ঢালা অন্ধকার। হেরাদার সঙ্গে যে দু-চারজন সেপাই ভেতরে এসে ঢুকেছিল তারা কেউ মশাল সঙ্গে আনেনি।

হঠাৎ এ অন্ধকারে সোরাবিয়া ও হেরাদার সঙ্গে তারাও চমকে হতভম্ব আর দিশেহারা হয়ে পড়েছে। নিজেদের কারও গায়ে লাগতে পারে জেনেও বেপরোয়া হয়ে সোরাবিয়া তলোয়ার চালিয়েছে সামনের দিকে। কিন্তু বৃথাই।

এরই মধ্যে ফেলিপিলিও তার হাতে একটা হেঁচকা টান টের পেয়েছে। সেই সঙ্গে কুইচুয়া ভাষায় একটা চাপা গলার আদেশ—'এসো। ভয় পেয়ো না।'

এ আওয়াজটা সোরাবিয়ার কানেও গেছে অস্পষ্টভাবে। কিন্তু আওয়াজ লক্ষ করে যে তলোয়ার সে চালিয়েছে তাতে মশাল রাখবার রুপোর ভৃঙ্গারটাই ঝনঝন শব্দে অন্ধকার গুহা কাঁপিয়ে যেন আর্তনাদ করে উঠেছে।

একটা আর্তনাদের মতো শব্দ কয়েক মুহূর্ত বাদে গুহা মুখেও শোনা গেছে সেখানকার বিশাল দরজাটা বন্ধ হয়ে যাওয়ার সঙ্গে সঙ্গে।

গুহা মুখের দরজা বন্ধ হল কেমন করে?

কে করলে?

সোরাবিয়া আর হেরাদা অন্ধকার প্রেত-প্রাসাদকক্ষে চারিদিকে সাজানো নানা মহামূল্য ঐশ্বর্যবিলাসের উপকরণের মধ্যে হোঁচট খেতে খেতে দরজার দিকে ব্যাকুলভাবে ছোটবার চেষ্টা করেছে। দরজার কাছাকাছি যারা ছিল সেই সওয়ার-সৈনিকদের কোনও একজনের বন্ধ দরজার ওপর ভীত করাঘাতের শব্দই নিশানা হয়েছে আর সকলের।

প্রেত-প্রাসাদের বাইরেও তখন একটা হুলস্থূল বেধেছে। সোরাবিয়ার সঙ্গে যারা আগে এসেছিল, তারা, হেরাদা ও তার রক্ষীদলের হঠাৎ এমন করে এ জায়গায় উপস্থিত হওয়ায় উৎসুক ও উত্তেজিত হয়ে ব্যাপারটা পরস্পরের মধ্যে আলোচনা করছিল। হঠাৎ তাদের ভেতর দিয়ে একটা ঘূর্ণিঝড় যেন বয়ে গিয়েছে।

নিজেদের মধ্যে তন্ময় হয়ে আলাপ করতে করতে প্রেত-প্রাসাদের দরজাটা হঠাৎ সশব্দে বন্ধ হওয়াই তাদের চমকে সজাগ করে তুলেছিল। দরজা বন্ধের সে শব্দের পরই কাছাকাছি খুঁটি পুঁতে বেঁধে রাখা তাদের ঘোড়াগুলো যেন খেপে গিয়েছে মনে হয়েছে। ঠিক নেকড়ের পালের সামনে পড়ার মতো আতঙ্কের ডাক ছেড়ে অস্থির হয়ে লাফালাফি করে তারা যেন দড়িদড়ার বাঁধন ছিঁড়েই সব যেদিকে খুশি অন্ধকারে ছুটে পালিয়েছে।

সেদিকে খোঁজ নিতে যাবে কী, ওদিকে গুহামুখের দরজার ওপর তখন আকুল পরিত্রাহি ঘা পড়ছে ভেতর থেকে!

সেপাইদের ব্যাপারটা ভাল করে বুঝতেই বেশ কিছুটা সময় গেছে। সব গোল

মেটাতে আরও অনেক বেশি।

গুহামুখের দরজার বাইরে থেকে দেওয়া হুড়কো খুলে দিয়ে সোরাবিয়া ও হেরাদার সঙ্গে আটকে-পড়া সওয়ার সেপাইদের বার করবার পর ঘোড়াগুলোর খোঁজ পাওয়া সহজ হয়নি। খোঁজ করতে গিয়ে দেখা গেছে ঘোড়াগুলো নিজে থেকে দড়িদড়া ছেঁড়েনি। খুঁটিতে বাঁধা তাদের দড়িগুলো সব কাটা।

এদিকে ওদিকে পালানো ঘোড়াগুলো প্রায় সবই শেষ পর্যন্ত উদ্ধার করা গেছে। যায়নি শুধু দুটো। মার্কুইসরূপী সোরাবিয়া আর দলপতি হেরাদার সেরা ঘোড়া দুটোই একেবারে নিখোঁজ।

সে ঘোড়ায় চড়ে কারা যে পালিয়েছে তার হদিসও পাওয়া গেছে। সোরাবিয়া আর হেরাদার সঙ্গে যারা এ প্রেত-প্রাসাদে এসেছিল তাদের মধ্যে শুধু ফেলিপিলিওর কোনও পাত্তা নেই। আর হুইয়ানো কাপাক-এর শবদেহে পরানো রাজবেশটা প্রেত-প্রাসাদের বাইরে ঘোড়াগুলো যেখানে বাঁধা ছিল তারই কাছাকাছি ছেড়ে ফেলা খোলসের মতো পড়ে আছে।

পালিয়ে যাওয়া সব ঘোড়া খুঁজে পেতে ধরে এনে জড়ো করতে রাত প্রায় শেষ হয়ে এসেছিল। ভোরের সেই আবছা আলোতেই হেলায় ফেলে-যাওয়া সোনা-রুপোর কাজে জমকালো রাজবেশটা দেখে সোরাবিয়ার দুচোখ দিয়ে যেন আগুন ঠিকরে বেরিয়েছে।

রাজবেশের খোলস ফেলে যাওয়ার রহস্য সে তার শয়তানি বুদ্ধিতে কিছু আঁচ করতে পেরেছে কি?

উনত্রিশ

"মেঘ-ছোঁয়া উত্তুঙ্গ পাহাড় চূড়ার রাজ্য তাভান্‌তিন্‌সুইয়ু। তার ইতিহাসের চরম বিপর্যয়ের সঙ্গে যিনি জড়িত তাঁর কাহিনী ওদেশের জলপ্রপাতের মতোই এবার মন্থর থেকে দ্রুত হয়ে মালভূমির ঊর্ধ্বলোক থেকে সবেগে সমতলে নেমে গিয়েছে।

প্রেত-প্রাসাদের সামনে বিমূঢ় অস্থির সওয়ার সৈনিকের দল যখন সোরাবিয়া আর হেরাদার নির্দেশে তাদের পলাতক ঘোড়ার সন্ধান করছে কোরিকাঞ্চায় সাময়িক ফৌজি আস্তানা হিসেবে দখল করা অতিথিশালায় তখন বেশ একটু সাড়া পড়ে গিয়েছে।

সাড়া পড়েছে ফেলিপিলিওর জন্যে। সে যেন হেরাদার কাছ থেকেই খবর পেয়ে তার হুকুমে সৌসা থেকে হুয়াসকার-এর হত্যার খবর-আনা দূতের সঙ্গে দেখা করতে চেয়েছে। সঙ্গে আবার একজন কোরিকাঞ্চার ছোট মোহান্তকেও আনতে ভোলেনি। হেরাদার তাকে এ কাজে পাঠানো অবশ্য স্বাভাবিক বলেই মনে হয়েছে সকলের। দূত হিসেবে যে এসেছে সে প্রথম এখানে এলে তার কথা সম্পূর্ণ বুঝে বোঝাবার মতো দোভাষী কাউকে তো পায়নি। কোনও রকমে হুয়াসকার আর ভিলিয়াক ভ্‌মুর নামগুলো বার বার উচ্চারণ করে মূক অভিনয়ে ব্যাপারটা বুঝিয়ে দিয়েছে।

এখন ফেলিপিলিও তার কাছে সমস্ত ব্যাপারটা ভাল করে জেনে নিতে পারবে। কোরিকাঞ্চার ছোট একজন মোহান্তকে সঙ্গে নিয়ে এসেছে সে সেই উদ্দেশ্যে। সৌসার কাছে রাজপুরোহিত ভিলিয়াক ভ্‌মু সম্বন্ধে প্রশ্ন করবার জন্যে একজনকে দরকার।

হেরাদা সৌসার দূতের আনা খবর ভাসাভাসা ভাবে বুঝে, ব্যস্ত হয়ে মার্কুইস-এর খোঁজে প্রেত-প্রাসাদের উদ্দেশে যাবার আগে তার অধীন যে সৈনিকের ওপর আস্তানার ভার দিয়ে গেছল সে ফেলিপিলিও বা তার সঙ্গীকে সন্দেহ করবার কথা কল্পনাই করেনি। সন্দেহ করবার কোনও কারণই অবশ্য তার ছিল না। এসপানিওল বাহিনীতে বিশেষভাবে সম্মানিত ও একান্ত বিশ্বাসী দোভাষীর এরই মধ্যে কী গভীর রূপান্তর হয়েছে তা আর সে জানবে কেমন করে?

অতটা নিশ্চিন্ত বিশ্বাস না থাকলে সৌসার দূতকে ফেলিপিলিও ও তার সঙ্গীর সামনে এনে হাজির করবার পর একটা জিনিস অন্তত সে লক্ষ করত। চেষ্টা করা সত্ত্বেও ফেলিপিলিওর সঙ্গীর মুখে এক সঙ্গে বিস্ময়-আনন্দ-ভয় উত্তেজনার অস্থির অদম্য প্রকাশ তার দৃষ্টি তা হলে বোধহয় এড়াত না।

ফেলিপিলিওর সঙ্গী যে কে তা বোধহয় আর বলবার দরকারই নেই। কিন্তু সৌসার দূতকে দেখে তাঁর সহসা ভাবাবেগে এমন উদ্বেল হয়ে ওঠার কারণ কী?

কারণ এই যে সৌসার দূত হয়ে যে এসেছে সে আর কেউ নয়—কয়া। কাক্‌সামালকা থেকে সোনা-বরদার হয়ে যেভাবে সে কুজকোতে এসেছিল সেইভাবে যেন সদ্য কৈশোর-পার হওয়া তরুণের ছদ্মবেশে রাজপুরোহিত ভিলিয়াক ভ্‌মুর কবল থেকে পালিয়ে এসেছে কোনওরকমে।

কিন্তু কেন তাকে পালিয়ে আসতে হয়েছে? দূত হিসেবে যে নিদারুণ সংবাদ সে এনেছে তা কি সত্য?

সমস্ত বিবরণই কয়ার কাছে তারপর শোনা গেছে। কিন্তু কোরিকাঞ্চার ফৌজি আস্তানায় নয়, কুজকো থেকে কাক্‌সামালকা যাবার পথে।

সে দুর্গম পার্বত্য পথে দুটি তেজিয়ান ঘোড়া সওয়ার নিয়ে দুরন্ত বেগে তখন কাক্‌সামালকার দিকে ছুটে চলেছে। একটির ওপর সওয়ার হয়েছেন নারীবেশেই কয়া-কে নিয়ে গানাদো। আর একটি চালাচ্ছে ফেলিপিলিও।

প্রাণপণ বেগে ঘোড়া দুটিকে চালানো হচ্ছে বটে, তবু নেকড়ের পালের মতো পেছনে ধাওয়া করা সোরাবিয়া ও হেরাদার বাহিনীকে এড়িয়ে পালানো কি সম্ভব হবে?

সোরাবিয়া ও হেরাদার সওয়ার দলের অনুসরণে রওনা হতে একটু বিলম্ব অবশ্য হয়েছে। গানাদো ফেলিপিলিওকে নিয়ে বার হয়ে প্রেত-প্রাসাদের দরজা বাইরে থেকে বন্ধ করে দিয়েছিলেন। প্রথমত সে দরজা খোলাতে কিছু সময় গেছে, তার চেয়ে অনেক বেশি সময় গেছে গানাদো আর ফেলিপিলিও যে সব ঘোড়ার বাঁধন কেটে ছেড়ে দিয়েছিলেন সেগুলি আবার খুঁজে আনতে।

সওয়ার দলের সকলকে জড়ো করে সোরাবিয়া হেরাদার সঙ্গে সেপাইদেরই দুটি

ঘোড়ায় চড়ে আগের রাতের নিজেদের ফৌজি আস্তানায় যখন পৌঁছেছে তখন সকালের প্রথম আলো কোরিকাঞ্চার সূর্য-মন্দিরের মাথায় এসে লেগেছে।

সেখানে এসে খবর যা তারা পেয়েছে তা সত্যিই খেপিয়ে দেবার মতো।

হেরাদা যার ওপর আস্তানার ভার দিয়ে গেছল সেই অধীন সেনানী ভয়ে কাঁপতে কাঁপতে জানিয়েছে যে, ফেলিপিলিওকে অবিশ্বাস করবার কথা সে ভাবতে পারেনি। হেরাদার হুকুম নিয়েই সে এসেছে মনে করে নিশ্চিন্ত বিশ্বাসে তাকে আর তার সঙ্গীকে সৌসার দুতের কাছে বিস্তারিত বিবরণ নেবার জন্যে ছেড়ে দিয়ে গেছে। তারপর ভোরবেলায় তাদের খোঁজ করতে এসে দেখেছে, অতিথিশালায় তারা কেউ নেই। অস্থির হয়ে কুজকো শহরের চারিধারে সে সন্ধান করিয়েছে তন্ন তন্ন করে। তাদের কোথাও পাওয়া যায়নি। শুধু ভীত দু-একজন কুজকোবাসীর মূক ইশারায় যা বোঝা গেছে তাতে সন্দেহ হয় দু-টি ঘোড়ায় চেপে কুজকো থেকে কাক্সামালকার পথেই তাদের তিনজনকে যেতে দেখা গেছে।

সোরাবিয়া জিজ্ঞাসাবাদ করে আর বৃথা সময় নষ্ট করেনি। তার প্রচণ্ড রাগ শুধু কয়েকটা কুৎসিত গালাগাল আর হতভাগা সেনানীর গণ্ডে বিরাশি সিক্কার চপেটাঘাতে প্রকাশ করে হেরাদাকে নিয়ে সেই মুহূর্তেই সে কাক্সামালকার পথে রওনা হয়েছে সমস্ত দল নিয়ে।

পলাতক দল কয়েক দণ্ড আগে বার হতে পেরেছে ঠিকই। কিন্তু কতক্ষণ তারা এগিয়ে থাকতে পারবে। দুটি মাত্র ঘোড়া তাদের সম্বল। এসপানিওল রিসালার মতো বাড়তি ঘোড়া তাদের সঙ্গে নেই। নেই সেপাই আর ঘোড়ার দানাপানির ব্যবস্থাও।

একটি ঘোড়ার সওয়ারি আবার তাদের দু-জন।

যত তাড়াতাড়িই রওনা হয়ে প্রাণপণে ঘোড়া ছোটাক না কেন, কাক্সামালকা পৌঁছোবার আগেই ধরা তারা পড়তে বাধ্য। এ পথের কোথাও কোনও ফ্যাকড়াও নেই যে তা দিয়ে পালাবার চেষ্টা করবে। কুজকো থেকে কাক্সামালকায় নামার পাহাড়ি দুর্গম সংকীর্ণ পথ ওই একটিই।

নিজের ঘোড়ার পিঠে কয়াকে নিয়ে ফেলিপিলিওর সঙ্গে যথাসাধ্য তাড়াতাড়ি কাক্সামালকার দিকে নামতে নামতে গানাদো নিজেই সে কথা ভাল করে বুঝেছেন। তাঁরা এসপানিওল রিসালার দুটি সেরা ঘোড়া পেয়েছেন ঠিকই। কিন্তু শুধু দুটি ঘোড়া নিয়ে সোরাবিয়ার এসপানিওল সওয়ার দলের সঙ্গে তাঁদের ব্যবধান বেশিক্ষণ বজায় রাখা যাবে না।

সোনা-বরদার দলে যে তার সঙ্গী হয়েছিল সেই পাউল্‌লো টোপা থাকলে এই দুর্গম পাহাড়ি পথেও শুধু ইংকা বংশের লোকদের জানা গোপন লুকোবার জায়গার হদিস দিতে পারত। কিন্তু ফেলিপিলিও সামান্য একজন নাগরিক মাত্র, অভিজাত বংশেরও নয়। সে এসব আস্তানার কিছুই জানে না। কন্যাশ্রমের চার দেয়ালের মধ্যে লালিতা সূর্যকুমারী হিসেবে কয়ার তো এসব কিছু জানবার সুযোগই হয়নি জীবনে।

পেছনে হিংস্র নেকড়ের পালের মতো যারা আসছে তাদের হাতে ধরা পড়া অনিবার্য জেনেও গানাদো অবশ্য আত্মসমর্পণের জন্যে প্রস্তুত হয়নি। তাঁর পিঠের

সঙ্গে লগ্ন কয়া-র কোমল দেহের মধুর উত্তাপ সমস্ত শিরায় শিরায় প্রবাহিত রক্তস্রোতে অনুভব করে চরম হতাশার মধ্যেও আসন্ন ভয়ংকর নিয়তি ঠেকাবার উপায়ের কথা ভেবেছেন।

ইতিমধ্যে কয়ার কাছে সৌসার নিদারুণ বিপর্যয়ের বৃত্তান্ত বিশদভাবে শুনেছেন। ঘোড়ার পিঠে তাঁকে দু বাহুতে বেষ্টন করে পিছনে বসে কয়া তাঁর কানের কাছে মুখ রেখে সে বিবরণ শুনিয়েছে।

রাজপুরোহিত ভিলিয়াক ভ্‌মু প্রথমে হুয়াসকারকে কয়ার বিরুদ্ধে সন্দিগ্ধ ও বিরূপ করে তোলবার চেষ্টা করেন। কোরাকেঙ্কুর দুটি পালক আর ইংকা নরেশের উষ্ণীষের রক্তিম ল্লাণ্টুর টুকরোটুকুর দরুন সে চেষ্টা বিফল হবার পর তিনি যে অমন পৈশাচিক চক্রান্ত করবেন কয়া তা ভাবতে পারেনি। যে সন্ধ্যায় ভিলিয়াক ভ্‌মুর সামনে হুয়াসকারকে তার অভিজ্ঞান দেখিয়ে সে নিজের বিশ্বস্ততার প্রমাণ দেয় তার পরের দিন ভোর না হতেই সে আবার গিয়েছিল হুয়াসকার-র বিশ্রাম কক্ষে তাঁর সঙ্গে সাক্ষাতের জন্যে। গানাদোর শিখিয়ে দেওয়া কয়েকটি কথা গোপনে হুয়াসকারকে তার বলার ছিল।

হুয়াসকার তখনও তাঁর কারা-নিবাসেই আছেন। তাঁর কক্ষদ্বারে কোনও প্রহরী কিন্তু নেই। আতাহুয়ালপার নির্দেশেই রাজপুরোহিতকে বাধ্য হয়ে যে হুয়াসকারকে মুক্তি দিতে হয়েছে এটিই তার একটি নিদর্শন মনে হয়েছে কয়ার। নিশ্চিন্ত মনে ভেতরে গিয়ে ঢোকবার পর তাই সে স্তম্ভিত বিহ্বল হয়েছে অত বেশি। বিশ্রামকক্ষের দরজাতেই হুয়াসকার-র রক্তাক্ত মৃতদেহ তার চোখে পড়েছে। পিঠের দিকে বেঁধানো ছুরিসমেত হুয়াসকার-এর মৃতদেহ যেভাবে সেখানে পড়ে আছে তাতে একবার দেখলেই বোঝা যায় যে, হুয়াসকার অসন্দিগ্ধভাবে বিশ্বাসযোগ্য কারও সঙ্গে আলাপ সেরে বিদায় নেবার সময়ই পৃষ্ঠে এ ছুরিকাঘাত পেয়েছেন।

কয়া সরল অনভিজ্ঞ হলেও নির্বোধ নয়। তীক্ষ্ণ সহজ বুদ্ধিতে সে পৈশাচিক চক্রান্তটা অনুমান করতে পেরেছে, হুয়াসকারকে এভাবে নিহত অবস্থায় আবিষ্কার করা মানে সমস্ত অপরাধ নিজের ওপর নেওয়া। সে যত তাড়াতাড়ি সম্ভব হুয়াসকার-এর সঙ্গে পরামর্শ করতে আসবে জেনেই বোধহয় রাজপুরোহিত আগের রাত্রে এ ফাঁদ পেতেছিলেন। বিশেষ প্রয়োজনে একলা দেখা করবার ছুতোয় এসে গভীর রাত্রে ভিলিয়াক ভ্‌মুই বিদায় দেবার সময় পিছু ফেরার পর হুয়াসকারকে কাপুরুষের মতো হত্যা করেছেন এ বিষয়ে আর কোনও সন্দেহ নেই। তারপর কয়াকেই এ হত্যার জন্যে দায়ি করার ব্যবস্থা করেছেন। এক ঢিলে তাতে দু-পাখি মারবার সুবিধে হয়েছে। পথের কাঁটা হিসেবে হুয়াসকার দূর হয়েছে নিহত হয়ে, আর আতাহুয়ালপারও সর্বনাশের আয়োজন হয়েছে তিনিই দূতী পাঠিয়ে এ কাজ করিয়েছেন বলে প্রমাণের ব্যবস্থা করে।

কয়া একটু বেশি ভোরে আসার দরুনই বোধহয় হাতে হাতে ধরা পড়ার ব্যবস্থাটা এড়াতে পেরেছে। রাজপুরোহিত তাঁর সাজানো ভূমিকাটা নিতে আসার জন্যে তখন বোধহয় তৈরি হচ্ছেন।

আর এক মুহূর্ত সেখানে অপেক্ষা করেনি কয়া। শুধু নারীবেশের বদলে সোনাবরদার হিসেবে যে সাজে এসেছিল তা-ই পরে সে গুপ্ত গিরিপথে কুজকোতে রওনা হয়েছে। অমূল্য অভিজ্ঞান কোরাকেঙ্কুর পালক আর ল্লাণ্টুর টুকরোর দরুন সে পথে কোথাও কোনও বাধা তাকে পেতে হয়নি।

কুজকো-তে এসে পৌঁছোবার পর আর একবার কিন্তু কয়াকে দিশাহারা হতে হয়েছে।

কুজকো শহরে এসপানিওল রিসালার উপস্থিতি তার কাছে স্বপ্নাতীত ঘটনা। এ শহরে কেমন করে কোথায় সে গানাদোর সন্ধান করবে! বিদেশি পাষণ্ডদের ভয়ে দেশের মানুষ যেন মাটির তলায় গর্ত খুঁড়ে লুকিয়েছে। কোরাকেঙ্কুর পালকের এখানে কোনও দাম নেই।

শেষ পর্যন্ত সৌসার দূত সেজে এসপানিওলদের মধ্যেই গিয়ে আশ্রয় নেবার ছল তার মাথায় যে এসেছে সেটা তার বুদ্ধির বাহাদুরি বলতে হয়। এসপানিওল সেপাইদের হাতে প্রায় ধরা পড়তে পড়তে নিজেকে বাঁচাবার জন্যে এ ফন্দি তাকে অবশ্য ভাবতে হয়েছিল। এই ফন্দিতে সত্যি সত্যি সেই রাত্রেই গানাদোর দেখা পাওয়ার ও তার সঙ্গেই পালাবার সুযোগ মেলার মতো অঘটন ঘটবার আশা অবশ্য সে করেনি।

ফেলিপিলিওর সঙ্গে কোরিকাঞ্চার একজন ছোট মোহান্ত সেজে হুয়াসকার-এর হত্যার খবর নিতে এসপানিওল সওয়ারদের শিবিরে এসে দূত হিসেবে কয়াকে দেখেই গানাদো আর সেখানে সময় নষ্ট করা উচিত মনে করেননি। হেরাদার প্রতিনিধির মাথায় তাঁদের ওপর পাহারা রাখবার কল্পনাই ছিল না। সেই সুযোগ নিয়ে তৎক্ষণাৎ তিনি ফেলিপিলিও আর কয়াকে নিয়ে তাঁদের দখল করা ঘোড়ায় চড়ে রওনা হয়েছেন। সুস্পষ্ট কোনও পরিকল্পনা তখন তাঁর মাথায় ছিল না। কুজকো শহর আর এক মুহূর্তও তাঁদের পক্ষে নিরাপদ নয় বুঝে যত দূরে সম্ভব তা থেকে চলে যেতেই শুধু চেয়েছেন।

প্রায় অর্ধেক রাত সমানে ঘোড়া চালিয়ে কুজকো থেকে বেশ কিছু দূরে যে আসতে পেরেছেন সে বিষয়ে সন্দেহ নেই। তা সত্ত্বেও ক্রমশই তাঁর মনে হয়েছে যে কুজকো শহরেই লুকিয়ে থাকবার চেষ্টা করলে যা হত তার চেয়ে বেশি বিপজ্জনকই হয়ে উঠেছে তাঁদের অবস্থা। তাঁদের ঘোড়া দুটি ক্রমশ ক্লান্ত হয়ে আসছে। পথে তেষ্টা মেটাবার জল একেবারে দুষ্প্রাপ্য না হলেও খাদ্য পাবার কোনও আশাই নেই। মানুষ যদি বা উপবাসী হয়ে দীর্ঘকাল যুঝতে পারে, ঘোড়ার মতো প্রাণীর পক্ষে খাবার না পেলে এই দুর্গম পার্বত্য পথে বেশিদূর সওয়ার বয়ে ছোটা অসম্ভব। ক্রমশই তাদের গতি মন্থর হতে হতে শেষ পর্যন্ত তারা ভেঙে পড়বেই।

রাত কেটে গিয়ে কিছুটা বেলা বাড়বার পর এক জায়গায় বাধ্য হয়েই গানাদোকে ফেলিপিলিওর সঙ্গে তাঁদের ঘোড়া রুখতে হয়েছে তাদের একটু বিশ্রাম করতে দেওয়ার জন্যে। রাস্তার ধারে ফেলিপিলিওকে ঘোড়ার পাহারায় রেখে কয়াকে নিয়ে গানাদো কাছের একটা পাহাড়ের চূড়ায় গিয়ে উঠেছেন। এ শিখরদেশ থেকে কুজকো

ও কাক্‌সামালকার যোগাযোগের আঁকাবাঁকা পার্বত্য পথ সামনে পেছনে অনেকখানি দেখা যায়।

দূরবিন তাঁদের ছিল না। তখনও পর্যন্ত দূরবিন যন্ত্র উদ্ভাবিতই হয়নি। কিন্তু খালি চোখে সামান্য যেটুকু দেখতে পেয়েছেন তাতেই গানাদোর মুখে হতাশার হাসি ফুটে উঠেছে।

কয়ার দিকে ফিরে মুখে সেই হাসি নিয়েই বলেছেন, 'আর ঘোড়াগুলোর সঙ্গে নিজেদের হয়রান করে কোনও লাভ নেই, কয়া। এখানে এই চূড়ার ওপর বসে থাকলেও যা হবে ঘোড়া ছুটিয়ে পালাবার চেষ্টা করলেও তা-ই।'

কয়ার দৃষ্টিশক্তি গানাদোর চেয়েও বুঝি তীক্ষ্ণ। খাড়া সব পাহাড়চূড়াকে যেন কোনও মতে জড়িয়ে কুজকো থেকে সরু একটা ফিতের মতো যে পার্বত্য পথ ঘুরে ঘুরে নেমে এসেছে তার বহুদূরের একটি বাঁকে একরাশ পিঁপড়ের মতো এসপানিওল সওয়ার সৈনিকদের সে ভালভাবেই তখন দেখতে পেয়েছে। সে সওয়ার দলের তাদের কাছে পৌঁছোতে অবশ্য তখনও অনেক দেরি। কিন্তু নিজেরা তৎক্ষণাৎ রওনা হয়েও সে বিলম্বটা আর একটু বাড়ানো যাবে মাত্র। তার বেশি কিছু নয়। কাক্‌সামালকায় পৌঁছোলেই যে তারা নিরাপদ তা মোটেই নয়। তবু সেখানে পর্যন্ত পৌঁছোনো তাদের হবে না। তার অনেক আগেই এসপানিওল রিসালার কাছে তাদের ধরা পড়তে হবেই।

ম্লান একটু হেসে সেই কথাই বলেছে কয়া, 'সত্যি, কোথায় ধরা দেব, এখানে, না আরও দূরে কোথাও, শুধু এইটুকুই এখন আমরা বেছে নিতে পারি।'

'হ্যাঁ'—গানাদোর স্বর এই প্রথম যেন বড় বেশি ক্লান্ত শুনিয়েছে—'আমাদের ধরে ফেলতে ওদের খুব কষ্টও করতে হবে না। কারণ পথ এই একটাই, আর আমরা বাদে তাতে আর কোনও যাত্রীও নেই।'

কথাগুলো বলতে বলতে গানাদোর চোখে হঠাৎ যে ঝিলিকটা দেখা গেছে সেটা কি অমোঘ নিয়তির বিরুদ্ধে অসহায় নিষ্ফল আক্রোশের?

ত্রিশ

"হেরাদা ও সোরাবিয়ার তাড়নায় তাদের সওয়ার দল অনুসরণে ঢিলে দেয়নি। অক্লান্তভাবে চালিয়ে যথাসময়ের আগেই তারা কাক্‌সামালকায় পৌঁছেছে।

কিন্তু কোথায় তাদের শিকার?

গানাদো ফেলিপিলিও কি কয়া কারও সন্ধানই তারা পায়নি। পেয়েছে অবশ্য তাদের ঘোড়া দুটোর। পাহাড়ি সড়কের এক জায়গায় একটা অত্যন্ত খাড়াই পায়ে-হাঁটা পথের ধারের ছোট একটা কয়েক ঘর বসতির গাঁয়ের সামনে ঘোড়া দুটো ছাড়া অবস্থায় পাওয়া গেছে।

কখন কারা ঘোড়া দুটোকে অমন জায়গায় ছেড়ে গেছে তার কোনও হদিস মেলেনি। হদিস দেবে কে! গাঁয়ে একটা মানুষ আছে যে তার কাছে খোঁজ মিলবে।

কোথায় গেল গাঁয়ের মানুষ? একটা নয়, দুটো নয়, পর পর কয়েকটা এমনই খাঁ-খাঁ গাঁ আর বসতি পার হওয়ার পর গাঁয়ে মানুষ না থাকার মানেটা বোঝা গেছে।

গাঁয়ে মানুষ পাওয়া যাবে কেমন করে? সব মানুষ তো সেই পাহাড়ি রাস্তায়! নারী-পুরুষ ছেলে মেয়ে বুড়ো বুড়ি সব যেন আগুন-লাগা গাঁ থেকে হুড়মুড় করে ছুটে পালাচ্ছে নীচের দিকে।

এই একটা নতুন ঝামেলা মাঝরাস্তা থেকে এসপানিওল দলকে পোহাতে হয়েছে বটে।

কুজকো থেকে মাঝরাস্তা পর্যন্ত আসার কোনও অসুবিধেই হয়নি। পাহাড়ি সড়ক একদম ফাঁকা। একটা আধটা এদেশি পথিক যদি বা সে পথে তখন চলে থাকে তারাও সওয়ার বাহিনীর ঘোড়ার পায়ের আওয়াজ পেয়ে যেখানে পেরেছে, লুকিয়েছে। চোখে আর তাদের দেখা যায়নি।

এখন কিন্তু এসপানিওলদের সম্বন্ধেও ভয়ডর যেন তাদের নেই। কিংবা সওয়ার বাহিনীর চেয়ে আরও ভয়ংকর কিছুকে এড়াবার জন্যে তারা যেন মরিয়া হয়ে ছুটে পালাচ্ছে। দূর থেকে শুধু আওয়াজ পেলে যারা ত্রিসীমানায় ঘেঁষত না তাদের ভিড় ঠেলে সওয়ার বাহিনীর ঘোড়া চালানোই দায় হয়ে উঠেছে।

এত ভয়টা তাদের কীসের?

সত্যি কোনও গ্রামে কোথাও আগুন তো লাগেনি। এ অঞ্চলে যা সবচেয়ে আতঙ্কের সেই ভূমিকম্প বা পাহাড়ের ধস নামারও কোনও চিহ্ন কোথাও নেই।

ফেলিপিলিও ছেড়ে যাবার পর সোরাবিয়া আর হেরাদার বাহিনীতে দোভাষী কেউ নেই। দু-চারজন সেপাই এ অভিযানে এসে সামান্য দু-চারটে এদেশি শব্দ শিখেছে মাত্র।

কাতারে কাতারে যারা নামছে এ দেশের সেই গ্রামাঞ্চলের লোকেদের কাছে জিজ্ঞাসাপত্র করে কিছুই তাই ভাল করে বোঝা যায়নি।

তারা শুধু সভয়ে কুজকোর দিকে আঙুল নেড়ে কী যেন বলেছে! যা বলেছে তার মধ্যে রেইমি কথাটা শুধু বার বার উচ্চারণের জন্যে কানে লেগেছে! তাতে এইটুকু বোঝা গেছে যে কুজকো শহরে রেইমি উৎসব সংক্রান্ত কোনও একটা ব্যাপার তাদের কাছে বিভীষিকা। সেই জন্যেই তারা সমস্ত পার্বত্য রাজ্যই ছেড়ে যত দূরে সম্ভব পালাবার চেষ্টা করছে।

এসপানিওল সওয়ার দল কাক্সামালকার দিকে যত অগ্রসর হয়েছে সংকীর্ণ পার্বত্য পথে এই শঙ্কিত পলাতক আবালবৃদ্ধবনিতার ভিড় তত বেড়ে উঠেছে। চারিদিকের গ্রামাঞ্চল থেকে বহুধারায় নেমে এসে মূল জনস্রোতে যুক্ত হয়ে তারা যেন সমতলের দিকে মানুষের ঢল সৃষ্টি করেছে।

মারধর, ধমক, হুমকিতে কোনও ফল হয়নি। যা তাদের ভিটেমাটি সব কিছু ছাড়িয়ে দিশাহারা করে ছোটাচ্ছে সে তাড়না এসপানিওলদের সম্বন্ধে আতঙ্কের চেয়ে অনেক বেশি প্রবল।

সে তাড়না যে কীসের তা কাকসামালকায় পৌঁছোবার পর কিছুটা জানা গেছে,

কিন্তু তার আগে সোরাবিয়া ও হেরাদার কুজকো থেকে সারা পথ ধাওয়া করে আসার সমস্ত উদ্দেশ্যই পণ্ড হয়ে গেছে তাইতে।

জনতার এই বন্যাস্রোতের মধ্যে কোথায় খোঁজ করবে গানাদো আর তার সঙ্গীদের? একেবারে হাতের মুঠো থেকে হঠাৎ তারা পিছলে পালিয়েছে অপ্রত্যাশিত এই দৈবদুর্বিপাকে।

কিন্তু ব্যাপারটা কি সত্যিই অমন দৈবাধীন?

কাক্সামালকায় কোনওরকমে গিয়ে পৌঁছে সোরাবিয়া এই আকস্মিক জনবন্যার কারণ কিছুটা জানতে পেরেছেন। সংক্রামক মহামারীর মতো কাক্সামালকার অধিবাসীদের মধ্যেও তখন এক দুর্বোধ্য বিভীষিকার ছোঁয়াচ লেগেছে। কুজকোর পথে যারা নেমে এসেছে তাদের সঙ্গে যোগ দিয়ে কাতারে কাতারে কাক্সামালকার অধিবাসীরাও সমতলের দিকে নামতে শুরু করেছে।

ব্যাপারটা শেষ পর্যন্ত এসপানিওল সেনাপতি পিজারোকেও না ভাবিয়ে তুলে ছাড়েনি। তাঁরই উদ্বিগ্ন অনুসন্ধানের ফলে এইটুকু জানা গেছে যে রেইমির উৎসব যা দিয়ে সূচিত হয় উত্তরায়ণের সেই সূর্য-বরণ অনুষ্ঠান পেরুর ইতিহাসে এই প্রথম পণ্ড হওয়ার ঘটনা আকাশপতি পরম জ্যোতির্ময়ের চরম অভিশাপ বলে এ দেশের মানুষ তাদের অন্ধ কুসংস্কারে ধরে নিয়েছে। এ অভিশপ্ত কলুষিত উর্ধ্বলোক ছেড়ে তাই তারা ছুটে চলেছে সমতলের সমুদ্রতটে। সেখানে সমস্ত সৃষ্টির যিনি উৎস পাচাকামাক বা ভীরাকোচা নামে পূজিত সেই দেবাদিদেবের মন্দিরে তাভান্‌তিন্‌সুইয়ুর শাপমুক্তির জন্যে তারা ধরনা দেবে। ভীরাকোচা যদি দয়া করেন তবেই সূর্যদেবের কোপ দূর হয়ে এ দেশ অভিশাপ মুক্ত হতে পারে। তা না হলে উত্তুঙ্গ তুষারমৌলি-গিরিশিখরে বেষ্টিত সূর্যদেবের পরমপ্রিয় এ দেশ ধ্বংস হয়ে সমুদ্রের জলে তলিয়ে যাবে।

সমতলের সমুদ্রতীরের দিকে আকস্মিক জনবন্যার এ ব্যাখ্যা পেয়ে পিজারো সন্তুষ্ট হতে পারেননি। তিনি উদ্বিগ্ন ও বেশ একটু শঙ্কিতই হয়েছেন। সোরাবিয়া ও হেরাদার কাছে হুয়াসকার-এর হত্যার খবর তখন তিনি পেয়েছেন। হঠাৎ এ হত্যার কারণ কী হতে পারে তিনি ভেবে পাননি। পরামর্শ সভা ডেকেও তিনি বিফল হয়েছেন। নানাজনের কাছে সব ক-টি আকস্মিক ব্যাপারের নানা ব্যাখ্যা পাওয়া গেছে। ঘটনাগুলির মধ্যে এ রাজ্যের নতুন কোনও অভ্যুত্থানের গভীর ষড়যন্ত্র আছে বলে সন্দেহ করেছে কেউ কেউ। পিজারোর নিজেরও সেরকম একটু সন্দেহ যে হয়নি এমন নয়। কিন্তু হুয়াসকার-এর অপ্রত্যাশিত হত্যার সঙ্গে অভিশপ্ত বলে দেশ ছেড়ে পালাবার এ উন্মত্ততার সম্পর্ক কী হতে পারে? রেইমির উৎসব পণ্ড হওয়ার সঙ্গে সঙ্গে এ অভিশাপের আতঙ্ক কি আপনা থেকেই এ দেশের মানুষের মনে এমন দারুণ ও তীব্র হয়ে উঠেছে?

তা বোধহয় হয়নি।

ভাল করে খোঁজ নিলে পিজারো জানতে পারতেন যে অভিশাপের যে আতঙ্ক দিশাহারা ভয়োন্মত্ত পেরুবাসীর এ ঢল সাগরতীরের দিকে নামিয়েছে তার প্রথম উদ্ভব বেশ একটু রহস্যময়।

কুজকো শহরে রেইমি উৎসব অনুষ্ঠান পণ্ড হয়েছে। কিন্তু এ আতঙ্কের ঢেউ সেখান থেকে তো ওঠেনি। উঠেছে হঠাৎ কুজকো থেকে কাক্সামালকা নামবার পথে মাঝ রাস্তায়।

কুজকোয় হুয়াইনা কাপাক-এর প্রেত-প্রাসাদের ধার থেকে চুরি-করে-আনা ঘোড়া দুটো যেখানে পাওয়া গেছে তার কাছাকাছি থেকেই যে অভিশাপের আতঙ্কটা প্রথম জাগতে শুরু করেছে এটুকু অন্তত সোরাবিয়া ও হেরাদারও খেয়াল করা উচিত ছিল।

ওই অঞ্চলের সকলকে ভয়ে দেশছাড়া করবার মতো ঘটনাটা হঠাৎ ওইখানেই কেন প্রথম শোনা গেছে তা বোধহয় তাহলে সোরাবিয়ার পক্ষে আঁচ করা খুব কঠিন হত না।

সোরাবিয়ার সে খেয়াল কিন্তু হয়নি। আতঙ্কবিহ্বল জনস্রোতের দরুন গানাদোকে ধরার এত বড় সুযোগটা তার নষ্ট হয়েছে এইটিই তার মনের জ্বালা। সে স্রোত-সৃষ্টিতে যে গানাদোর হাত থাকতে পারে তা সোরাবিয়া কল্পনাই করেনি।

হ্যাঁ, সমস্ত ব্যাপারটার মূলে গানাদোই আছেন। সোরাবিয়ার হিংস্র অনুসরণকে ব্যর্থ করার এই কৌশলই তাঁর হঠাৎ মাথায় এসেছে। এসেছে পাহাড়ের চূড়া থেকে অমোঘ নিয়তির মতো সওয়ার বাহিনীকে আসতে দেখার পর কয়া-র কাছে নিজেদের নিরুপায় অবস্থাটা বুঝিয়ে বলবার সময়।

নির্জন পার্বত্য পথে তাঁরা ছাড়া আর কোনও রাহি নেই বলেই সোরাবিয়ার দলের পক্ষে তাঁদের ধরে ফেলা অনিবার্য, তিনি হতাশভাবে বোঝাচ্ছিলেন। সেই হতাশার অন্ধকারে হঠাৎ নিজের যুক্তি থেকেই আশার আলো তিনি দেখতে পান।

পার্বত্য পথ নির্জন বলেই তাঁদের ধরা পড়া অবশ্যম্ভাবী। কিন্তু এ পথে যদি হঠাৎ জনস্রোত বইতে শুরু করে?

এ অঘটন ঘটাবার উপায় কিন্তু শেষ পর্যন্ত ভেবে বার করেছেন গানাদো।

এসপানিওল বাহিনী তখনও কমপক্ষে একবেলার পথ পিছিয়ে আছে। গানাদো তাঁদের ঘোড়া দুটিকে সেখানেই ছেড়ে দিয়ে কাছাকাছি প্রথম যে গ্রামাঞ্চল পেয়েছেন সেখানেই চলে গেছেন সাধারণ পেরুবাসীর সাজে।

তাঁর নিজের ও ফেলিপিলিওর দুজনের চেহারা পোশাক ঠিক গ্রামাঞ্চলের মানুষের মতো নয়। কিন্তু তাতে অসুবিধের বদলে সুবিধেই হয়েছে। কুজকোর সমৃদ্ধ সম্ভ্রান্ত ঘর থেকেই যেন তাঁরা আসছেন এইভাবে গানাদো গ্রামের মানুষের মধ্যে রেইমির উৎসব পণ্ড হওয়া ও হুয়াসকার-এর হত্যার ঘটনা বাড়িয়ে সমস্ত দেশ অভিশপ্ত হওয়ার রটনা শুরু করেছেন।

বিদেশি এসপানিওলরা এ পুণ্যভূমি তাদের পাপস্পর্শে অপবিত্র করার পর থেকে যা যা ঘটেছে তাতে দেশের মানুষের মন এমনিতেই দাহ্য হয়ে ছিল—রেইমি উৎসব পণ্ড হওয়ার সংবাদের সঙ্গে জড়িত হয়ে কুপিত সূর্যদেবের অভিশাপ সম্বন্ধে রটনায় তা দাউ দাউ করে জ্বলে উঠে চতুর্দিকে ছড়িয়ে পড়েছে।

আর্ত দিশাহারা মানুষের যে বন্যাস্রোত তারপর পাহাড়ের পথ দিয়ে নেমে গেছে তার মধ্যে গানাদোর ফেলিপিলিও আর কয়ার সঙ্গে সম্পূর্ণ নিশ্চিহ্ন হয়ে নিজেদের

মিশিয়ে দিতে কোনও অসুবিধাই হয়নি।

কাক্সামালকা পর্যন্ত তো বটেই, সেখান থেকে টম্‌বেজ বন্দর অবধি পাচাকামাক-এর মন্দিরে ধরনা-দিতে-যাওয়া ব্যাকুল অস্থির তীর্থযাত্রীদের মধ্যে তাঁরা বেমালুম গা-ঢাকা দিয়ে থেকেছেন।

টম্‌বেজ বন্দরে একটু বিপদ হতে পারত। কিন্তু গানাদো আর তার সঙ্গীদের পালাবার কৌশলটা তখনও সম্পূর্ণ অজ্ঞাত। কাক্সামালকা ছেড়ে যাবার পর পাচাকামাকের মন্দিরের পথে ভীত অস্থির যাত্রীদের ওপর তেমন নজর রাখা হয়নি। টম্‌বেজ বন্দরে কোনও পাহারাও ছিল না।

থাকলেও একটি মেয়ে আর একটি পুরুষ গোলাম নিয়ে পানামায় বেচতে যেতে কেউ বাধা পেত না বোধহয়। এরকম ক্রীতদাস ক্রীতদাসী তখন প্রতি জাহাজেই চালান হতে শুরু করেছে।

টম্‌বেজ বন্দরের একটি জাহাজে এমনই এক ব্যবসায়ীর সঙ্গে এক জোড়া দাস-দাসী দেখা গেছল।

কে এই ব্যবসাদার?

না, গানাদো নয়। এই ভূমিকাটা ফেলিপিলিওর ওপর চাপিয়ে দিয়ে,—গানাদো কয়া-র সঙ্গে গোরু ঘোড়ার মতো বেচাকেনার গোলামই সেজেছেন।

ফেলিপিলিও তাতে আপত্তি করেছিল প্রবলভাবে। কিন্তু গানাদো হেসে তাকে বুঝিয়েছিলেন যে ফেলিপিলিও নিজে যাতে অনভ্যস্ত সেই ক্রীতদাসের ভূমিকাটা তাঁর কাছে নতুন নয়। এ ভূমিকায় তিনি পাকা, তাই তার দুঃখ কষ্ট যন্ত্রণার সঙ্গে ভালরকম পরিচয়ই তাঁর আছে।

এই সূত্রে নিজের অভিজ্ঞতার কথা বলতে গিয়ে এই সমুদ্রপথেরই আগেকার একটি দুর্ভেদ্য রহস্যের তিনি নিজে থেকেই মীমাংসা করে দিয়েছিলেন।

এই অজানা পশ্চিম মহাসাগরে নাখোদা বার্থলোমিউ রুইজ দ্বিতীয় বার পিজারোর অভিযানের নৌ-সেনাপতি হয়ে এসে এ দেশের অদ্ভুত পালতোলা সমুদ্রযাত্রী ভেলা থেকে দোভাষী হিসেবে একটি লোককে নিজের জাহাজে তুলে নেন। টম্‌বেজ বন্দরে ঘুরে পিজারো যে দ্বীপে ছিলেন সেখানে জাহাজ ভেড়াবার পর সেই দোভাষী আশ্চর্যভাবে হঠাৎ নিখোঁজ হয়ে যায়।

নিখোঁজ হবার কৌশলটা এবার প্রকাশ করে দিয়েছিলেন গানাদো। তিনি জাহাজ থেকে কোথাও পালিয়ে যাননি। কেউ তাঁর খোঁজ না পেলেও তিনি জাহাজের ভেতরেই ছিলেন। ছিলেন মরণাপন্ন রোগী সেজে মৃত একজন সৈনিকেরই বিছানায়। তখনকার দিনে জাহাজে অসুস্থ না হলে কেউ বিছানা নিত না, আর বিছানা নিলে তা থেকে ওঠবার আশা কেউ করত না। কারণ রোগীদের শুশ্রূষার কি চিকিৎসার কোনও ব্যবস্থাই ছিল না জাহাজে।

পিজারোকে যে দ্বীপ থেকে রুইজ তুলে নিতে গিয়েছিলেন সেখানে জাহাজ ভেড়াবার সময় দু-জন নাবিক রুইজের জাহাজে অসুস্থ হয়ে পড়েছিল। নিজে থেকে তাদের একটু দেখাশোনা করতে গিয়ে গানাদো একজনকে মৃত অবস্থায় দেখেন! তাই

থেকেই সম্পূর্ণভাবে আত্মগোপন করে পানামায় নামার উপায়টা তাঁর মাথায় আসে।

অন্য নাবিকেরা যখন দ্বীপে নেমে আমোদ আহ্লাদে ব্যস্ত সেই সময়ে জাহাজে উঠে এসে গানাদো মৃত সৈনিকটির যথাযোগ্য সমুদ্র-সৎকারের ব্যবস্থা করেন। তারপর তার রোগশয্যাই গানাদোর জন্যে সন্ধানের অসাধ্য গোপন আশ্রয় হয়ে ওঠে। রোগী হিসেবে তাঁর দিকে কেউ একবার দৃষ্টিপাতও করেনি। নেহাত দয়া করে কখনও একটু পান করার জল বা সামান্য কিছু খাদ্য কেউ কখনও রেখে গেছে। সেই ভাবেই সেবার পানামা পর্যন্ত পৌঁছে তিনি সুযোগ বুঝে জাহাজ থেকে সকলের অগোচরে এক সময়ে উধাও হয়ে গিয়েছিলেন। হঠাৎ অদৃশ্য হওয়া দোভাষী সম্বন্ধে খোঁজ হয়েছে, কিন্তু একটা মুমূর্ষু রোগীর অন্তর্ধান নিয়ে কেউ মাথা ঘামায়নি।

একা হলে, আর সুযোগ থাকলে এবারেও সেইরকম রোগী সেজে সকলের চোখের আড়ালে থাকার ব্যবস্থাই পছন্দ করতেন গানাদো। সে সুযোগ হয়তো হতে পারত, কিন্তু সঙ্গে কয়া আছে। তাকে নিরাপদ রাখবার জন্যেই তার সঙ্গে থাকা একান্ত প্রয়োজন। পাখির মতো হৃদয় যার কোমল, পাশে থেকে সাহস না দিলে এই অবিশ্বাস্য অমানুষিক পরিবেশে ভয়ে হতাশাতেই সে নিশ্চয় মারা পড়ত।

জাহাজে যতক্ষণ আছেন ততক্ষণ অবশ্য কোনও ভয় নেই। গোরু-ছাগলের মতো ক্রীতদাসদের যেখানে প্রায় খাঁচাবন্দি করে রাখা হয় সেখানে তাদের দিকে দৃষ্টি দেবার উৎসাহ কারও হয় না।

বিপদ জাহাজ থেকে ক্রীতদাস হিসেবে নামবার পর। পানামার বন্দরে আগে থাকতে বাছাই করে চিহ্নিত করে রাখবার জন্যে ক্রীতদাসের ব্যাপারীদের দালালরা জাহাজ ভিড়তে-না-ভিড়তে এসে হাজির থাকে।

খুঁটিয়ে খুঁটিয়ে সব ক্রীতদাসের চেহারা তাকত যাচাই করে দেখাই তাদের পেশা। তারা নেহাত বুড়ো হাবড়া বা রুগ্ন না হলে অবহেলাভরে কাউকে বাদ দেয় না। একবার তাদের নজর পড়ে গেলে আর নিস্তার নেই।

দাদন দিয়ে তারা বাছাই করা গোলামকে তখনই অর্ধেক কিনে রাখতে পারে। জাহাজে করে ক্রীতদাস-দাসী যে আনে তারও তখন সাধ্য নেই সে দাদন নিতে অস্বীকার করে। ইচ্ছা করলে ব্যাপারী বা তার দালাল দাদন না দিয়ে পুরো দামে গোলামকে কিনেও নিতে পারে।

তিনি নিজে না হলেও পানামার যাত্রী জাহাজ পৌঁছোবার পর কয়া এমনই কোনও দালালের চোখে ধরে যেতে পারে এই ছিল গানাদোর সব চেয়ে বড় ভয়।

একত্রিশ

"বন্দরে জাহাজ লাগাবার পর যা ভয় করেছিলেন হয়েছেও ঠিক তা-ই।

নতুন জয়-করা সূর্য কাঁদলে সোনা-র দেশ থেকে জাহাজ এসে পানামার বন্দরে লাগলে অনেকেই সেখানে গিয়ে হাজির হয়। কেউ যায় পরিচিত বন্ধু-বান্ধব আসছে জেনে, কেউ-বা শুধু সে দেশের নতুন খবরাখবর জানবার কৌতূহলে। পানামার

রাজসরকার থেকে খাজাঞ্চি কোতোয়াল যায় স্পেনের সম্রাটের জন্যে পাঠানো সোনাদানার দখল নিতে আর আসে ব্যাপারী বা তাদের দালারেরা ভিকুনার পশম কি আলপাকার রেশমি লোমে বোনা কাপড়-চোপড়ের মতো সওদা থেকে কেনাবেচার গোলামের মতো পণ্যের খোঁজে।

ফেলিপিলিও ক্রীতদাস হিসেবে গানাদো আর কয়াকে নিয়ে বন্দরে পা দিতে-না-দিতেই একজন নয়, দু-জন দালালের চোখে পড়েছে।

কয়ার মুখ আর শরীর প্রায় আগাগোড়াই বেঢপ নোংরা ময়লা পোশাকে ঢাকা। কিন্তু তা সত্ত্বেও পাশ দিয়ে চলে যেতে গিয়ে একজন থমকে দাঁড়িয়ে পড়েছে হঠাৎ।

তারপর বর্বর তাচ্ছিল্যের সঙ্গে টান দিতে গেছে কয়ার গায়ের কাপড়ে।

ফেলিপিলিও বাধা দিতে গেছে, কিন্তু তার আগেই গানাদো এক ঝটকায় দালালের হাতটা সরিয়ে দিয়ে কয়াকে আড়াল করে দাঁড়িয়েছেন।

প্রথমে সত্যিই হতভম্ব হয়ে গেছে দালাল। তারপর তার দু-চোখ দিয়ে আগুন ঠিকরে বেরিয়েছে। একটা ক্রীতদাসের এরকম স্পর্ধা দালালের বুঝি কল্পনারও বাইরে।

দাঁতে দাঁত ঘষে হিংস্র জ্বলন্ত স্বরে সে ফেলিপিলিওকেই প্রথম গালাগাল দিয়ে বলেছেন, 'তুমি এ গোলামের মালিক! গোলাম হয়ে সে ভদ্রলোকের গায়ে হাত তোলে! ওর ওই হাত দুটো কেটে সমস্ত গায়ের ছাল ছাড়িয়ে নেব আর তোমারও গোলাম কেনাবেচার কারবার কেমন করে চলে তা দেখব! দেখেছেন সেনর এ গোলামের স্পর্ধা?'

শেষ কথাটা বলা হয়েছে পাশের আর একটি প্রৌঢ়-গোছের লোককে। এ লোকটিও ওই জায়গা দিয়ে যেতে যেতে প্রথম দালালের ক্রুদ্ধ চিৎকার শুনেই বোধহয় দাঁড়িয়ে পড়েছে।

চেহারায় সৌম্য শান্ত গোছের মনে হলেও এ লোকটিও যে আর-এক দালাল তা বোঝা গেছে দু-একটি কথার পরেই।

প্রথম দালালের প্রশ্নের উত্তরে প্রৌঢ় লোকটি বেশ তিক্ত স্বরেই বলেছে, 'হ্যাঁ, দেখলাম। দেখেই তো দাঁড়িয়ে পড়েছি।'

'আমি এখানেই ওর ছাল চামড়া ছাড়িয়ে নিচ্ছি, দেখুন না।' গর্জন করে বলেছে প্রথম দালাল।

'না।' দৃঢ় স্বরে আপত্তি জানিয়েছে প্রৌঢ় লোকটি, 'ছাল ছাড়াবার সুখটা আমিই করতে চাই।'

'তার মানে?' বিস্ময়ের সঙ্গে বিরক্তিও একটু ফুটে উঠেছে প্রথম দালালের স্বরে।

'তার মানে ওর তেজ দেখে আমিই কিনে নেব ঠিক করেছি,' জোরালো গলায় জানিয়েছে প্রৌঢ় লোকটি।

'আপনি কিনে নেবেন?' এবার ব্যঙ্গের হাসি হেসে উঠেছে প্রথম দালাল—'আপনি কি গোলাম কেনা-বেচার কারবারী নাকি?'

'না, কারবারি নয়।' প্রৌঢ় লোকটি স্বীকার করেছে এবার, 'আমি আপনারই মতো

ব্যাপারীর দালাল।'

'ও, আপনি দালাল!' প্রথম দালালের গায়ের জ্বালাটা এবার প্রকাশ পেয়েছে প্রৌঢ় লোকটির বিরুদ্ধে। কয়া আর গানাদোর দিকে আঙুল দেখিয়ে সে তীব্র অবজ্ঞার স্বরে বলেছে, 'কিন্তু আমি যে এই দুটোর জন্যে দাদন দিচ্ছি এখুনি।'

'দাদন দিচ্ছেন!'—প্রৌঢ় দ্বিতীয় দালালের মেজাজও এবার চড়তে দেখা গিয়েছে—'আর আমি যে পুরো দামে কিনে নিচ্ছি এখানেই এখনই।'

'বেশ কিনুন দেখি, কত আপনার মুরোদ!' উপহাস করে বলেছে প্রথম দালাল, 'কত দাম এ দুটোর জন্যে দেবেন শুনি?'

'যা আপনি দেবেন তার চেয়ে দশ পেসো দে অরো বেশি!' এবার গম্ভীর গলায় বলেছে দ্বিতীয় দালাল।

যা বলেছে করেছেও তা-ই।

বন্দরের ওপর মুখরোচক ঝগড়ার গন্ধে গন্ধে তখন চারিদিকে বেশ একটু ভিড় জমে গেছে। তাদের সকলের সামনে প্রথম দালালের চেয়ে সত্যিই দশ পেসো দে অরো বেশি দাম ধরে দিয়েছে দ্বিতীয় দালাল।

পানামার বন্দরে পা দিতে-না-দিতে ফেলিপিলিওর বিমূঢ়-বিহ্বল অসহায় দৃষ্টির সামনে গানাদো কয়ার সঙ্গে বিক্রি হয়ে গেছেন ক্রীতদাসের ব্যাপারীর এক দালালের কাছে।

বিক্রি হয়ে যাবার পর গোরু-ছাগলের মতোই গানাদো আর কয়াকে নতুন মালিকের সঙ্গে বন্দর ছেড়ে যেতে হয়।

পানামা শহর তখন জমজমাট হয়ে উঠেছে শুধু পেরু আবিষ্কারের দৌলতেই।

সেখানকার লুঠ করা ঐশ্বর্য এই পানামা হয়েই স্পেনে চালান যায়, আর সে লুঠের ছিটেফোঁটা বখরাতেই ফেঁপে ওঠে পানামা শহর। জমজমাট বলতে অবশ্য রাস্তা বাড়ি-ঘরের ছড়াছড়ি কি শোভা-সৌন্দর্য ভাবলে ভুল হবে। আসলে জংলা জলা বাদার দেশ। সেখানে মানুষের ভিড় বেড়ে শহর ভাল করে ছড়াতে না পেরে ঘিঞ্জিই হয়েছে আরও বেশি।

সেই ঘিঞ্জি ভুঁইফোড় শহরের রাস্তা দিয়ে গোলাম হিসেবে তাঁদের যে কিনেছে সেই ব্যাপারীর দালাল গানাদো আর কয়াকে হাঁটিয়ে নিয়ে যায়।

তার সঙ্গে ঘোড়া আছে। নিজে সে ইচ্ছে করলে তাতে চেপে যেতে পারত। কিন্তু তার বদলে ঘোড়ার লাগাম ধরে সে তার নতুন কেনা ক্রীতদাস-ক্রীতদাসীর সঙ্গে হেঁটেই চলে। নতুন গোলাম আর বাঁদি যাতে পালাতে না পারে সেইজন্যেই কি এই সাবধানতা?

তা হবে বোধহয়! পথে যেতে যেতে যেভাবে ব্যাপারী তাদের দিকে মাঝে মাঝে চেয়ে দেখে তাতে বেশ বড় গোছের দাঁও সে মেরেছে বলেই মনে হয়।

তখন সবে সকাল হয়েছে। পানামার রাস্তায় কিন্তু লোকজনের অভাব নেই। দু-চারজন তার মধ্যে নাম না জানুক, ব্যাপারীর মুখ বোধহয় চেনে। তারা একটু সবিস্ময়েই তার হাতে ধরা দড়িতে বাঁধা গোলাম আর বাঁদিকে লক্ষ করে।

পানামা শহরের রাস্তায় হাতে দড়ি বাঁধা বাঁদি-বান্দাকে নিয়ে যেতে দেখা এমন কিছু অদ্ভুত ব্যাপার নয়! ব্যাপারটা প্রায় নিত্য-নৈমিত্তিক। গানাদো আর কয়ার বেলা এই বিশেষ বিস্মিত কৌতূহল তাই একটু অস্বাভাবিক।

গানাদোকে কেউ কেউ চিনতে পারে বলেই কি এই বিস্মিত কৌতূহল ফুটে ওঠে তাদের মুখে?

না, তা নয়। কয়া এ শহরে সম্পূর্ণ অচেনা তো বটেই, কিছুকাল এ শহরে কাটিয়ে যাওয়া সত্ত্বেও গানাদোকে চেনবার মতো মানুষও পানামা শহরে তখন নেই বললেই হয়। পানামা তখন তো শেকড় মেলবার শহর নয়, ভেসে যেতে যেতে দু-দণ্ড ঠেকে যাবার আঘাটা মাত্র। পুরনো মহাদেশ থেকে ভাগ্য ফেরাতে কি সেখানকার অপরাধের সাজা এড়াতে যারা এখানে এসে ঠেকে তারা স্রোতের শেওলার মতো। দু-চার দিন কি বড় জোর দু-এক বছরের বেশি কেউ বড় একটা এখানে আটকে থাকে না। নতুন ধান্দায় অথবা হুজুগের ঢেউ-এ অন্য কোথাও ভেসে যায়। পানামা শহরে তখন যারা আছে গোনা-গুনতি দু-একজন বাদে সবাই তারা একেবারে নতুন লোক।

গানাদোকে তারা কেউ চেনে না।

তুচ্ছ অজানা গোলাম-বাঁদিকে নয়, অবাক দু-একজন হয় তাদের মালিককে দেখে।

অবাক হল ডন মোরালেসও।

হ্যাঁ, সেই ডন মোরালেস, একদিন যাঁর বাড়িতে পিজারো আর তাঁর বন্ধু আলমাগরোর নিত্য বৈঠক বসেছে সূর্য কাঁদলে সোনা-র দেশে অভিযানের উপায় ভাবতে।

পানামা শহরের প্রথম পত্তনের সময়কার বাসিন্দাদের মধ্যে তিনিই আর দু-একজনের মতো এখনও পর্যন্ত টিকে আছেন।

কী কাজে ডন মোরালেস সবে বুঝি বাড়ি ছেড়ে বেরিয়েছিলেন।

তাঁর বাড়ির রাস্তায় হাতে দড়ি বাঁধা দু-জন গোলাম-বাঁদি আর তাদের মালিককে আসতে দেখে তিনি অবাক হয়ে থমকে দাঁড়িয়ে পড়েন।

তার পর বিমূঢ় অবিশ্বাসের স্বরে যা জিজ্ঞেস করেন, পানামা বন্দরে জাহাজ ভেড়াবার পর গানাদো আর কয়া অমন নাটকীয় ভাবে গোলামের কারবারির এক দালালের কাছে বিক্রি হয়ে যাবার রহস্য তাতেই কিছুটা পরিষ্কার হয়ে যায় বোধহয়।

'এ কী ব্যাপার, কাপিতান!' ডন মোরালেস-এর কণ্ঠ বিমূঢ় বিস্ময়ে তীক্ষ্ণ হয়ে ওঠে, 'আপনি এ দুই গোলাম-বাঁদি পেলেন কোথায়?'

'কোথায় আবার!' কাপিতান বলে ডন মোরালেস যাঁকে সম্বোধন করেছেন সেই সৌম্য-দর্শন প্রৌঢ় একটু হেসে বলেন, 'জাহাজঘাটা থেকে কিনে নিয়ে এলাম!'

'কিনে নিয়ে এলেন!' ডন মোরালেস কথাটা বিশ্বাস করতে পারেন না—'আপনি সাত সকালে জাহাজঘাটায় গেছলেন গোলাম বাঁদি কিনতে?'

'এ কারবারে দাঁও মারতে হলে তা-ই তো যেতে হয়।' কাপিতান গলায় পরিহাসের সুরটা স্পষ্ট করে তুলে বাহাদুরির ভান করে বলেন, 'কী রকম সরেস মাল বাগিয়েছি একবার ভাল করে নজর দিয়েই দেখুন না!'

ডন মোরালেস তাই দেখেন এবার। আর দেখার সঙ্গে তাঁর দৃষ্টি সত্যিই বিস্ফারিত হয়ে ওঠে।

গানাদোর দিকে চেয়ে তাঁর কণ্ঠে একটা বিস্ময়-ধ্বনিই শুধু শোনা যায়, 'এ কী! এ তো—'

'হ্যাঁ, ডন মোরালেস', কাপিতান হাসিমুখে তাঁর অসমাপ্ত কথাটা পূরণ করে দিয়ে বলেন, 'এ ক্রীতদাস আপনার অচেনা নয়। একদিন আপনিই তাকে আশ্রয় দিয়েছিলেন। আজ আপনার কাছেই তাই ওদের নিয়ে এলাম।'

পানামার বন্দরে জাহাজ ভিড়বার পর কোনও ক্রীতদাসের ব্যাপারীর হাতে পড়বার ভয় ছিল গানাদোর মনে। যা ভয় করেছিলেন, হয়েছিলও তাই। জাহাজঘাটার জব্বর এক ব্যাপারীর দালালের নজর পড়েছিল তাঁর আর কয়ার ওপর। আগে থাকতে তাক করলেও শেষ পর্যন্ত শিকার অবশ্য তার হাত থেকে ফস্‌কে গেছে। তার ওপরে টেক্কা দিয়ে আর-এক গোলাম কেনা-বেচার কারবারি গানাদো আর কয়াকে নগদা দামে কিনে নিয়েছে।

গানাদো আর কয়ার পক্ষে এ পরিণামটা তপ্ত খোলা থেকে গনগনে চুলোয় পড়ার শামিল হওয়ারই কথা। কিন্তু তা হয়নি।

না হবার কারণ এই যে জাহাজঘাটায় চড়া নগদ দাম দিয়ে যিনি গোলাম হিসেবে কয়া আর গানাদোকে কিনে নিয়েছেন তিনি আর কেউ নন, গানাদোর বন্ধু ও গুরুজনস্থানীয় পরম হিতৈষী সেই কাপিতান সানসেদো।

কাপিতান সানসেদো অবশ্য কস্মিনকালে গোলাম বাঁদি কেনাবেচার কারবারি নন। শুধু অবস্থা গতিকে গানাদোকে রক্ষা করবার জন্যে তাঁকে তা-ই সাজতে হয়েছে।

কিন্তু অত সকালে এই বিশেষ দিনটিতে জাহাজঘাটায় তাঁর হাজির হওয়াটাই একটু আশ্চর্য ব্যাপার নয় কি?

না, তাও নয়। কারণ পেরু-ফেরতা যে কোনও জাহাজ পানামা বন্দরে ভিড়লেই তা দেখতে যাওয়া কাপিতান সানসেদোর অবশ্য কর্তব্য হয়ে দাঁড়িয়েছে বহুকাল ধরে। পেরুর উপকূল থেকে কোনও জাহাজ ফিরছে জানলে একবার বন্দরটা তিনি ঘুরে যাবেনই।

এ ঘোরাঘুরি যে গানাদোর জন্যে তা বলা বাহুল্য। যে সান্তা মার্তা দ্বীপে পিজারোর পেরু অভিযানের সংকল্পের প্রায় সমাধি হতে চলেছিল, সেখান থেকে কৌশলে অভিযাত্রীদের সকলকে সরাবার ব্যবস্থা করে গানাদো কাপিতান সানসেদোকে নিয়ে মাঝখানের পাহাড় ডিঙিয়ে পানামায় গিয়ে পৌঁছোবার পর সেবারকার মতো পিজারোর অভিযানের আর সঙ্গী হতে পারেননি। পরে ভিন্ন পরিচয় নিয়ে অন্য একটি দলের সঙ্গে পুনা দ্বীপে গিয়ে তিনি পিজারোর বাহিনীর সঙ্গে যোগ দেন। স্বাস্থ্যে শক্তিতে কুলোবে না বলে প্রৌঢ় কাপিতান সানসেদোকে অনিচ্ছা সত্ত্বেও তখন থেকে পানামাতেই থেকে যেতে হয়। গানাদোরই গোপন নির্দেশে কাপিতান সানসেদো ইতিমধ্যে ডন মোরালেস-এর সঙ্গে ভাব করে তাঁরই অতিথি হয়ে আছেন। মোরালেস-এরই এক কালের ক্রীতদাস গানাদো সম্বন্ধে সানসেদো অবশ্য কোনও

কথা এ পর্যন্ত ভাঙেননি। পেরু-ফেরতা জাহাজের খোঁজ নিতে তাঁর পানামার বন্দরে যাওয়ার বাতিকটাও যথাসম্ভব গোপন রেখেছেন ডন মোরালেস-এর কাছে। এ বাতিক সত্যিই একদিন এতখানি কাজে লাগবে তা সানসেদো নিজেই ভাবতে পারেননি।

এইবার অবশ্য ডন মোরালেসকে সমস্ত কথাই খুলে বলতে হয়।

মোরালেস সত্যিই উদার সহৃদয় মানুষ। এক কালে ক্রীতদাস হিসেবে যাকে দেখেছেন, সত্যকার পরিচয় জানবার পর সেই গানাদোকে যথাযোগ্য মর্যাদা দিতে তাঁর বাধে না। গানাদো আর কয়ার আশু আশ্রয়ের সমস্যা সহজেই তাই মিটে যায়। মোরালেস-এর আস্তানায় তাঁরা যতদিন খুশি থাকতে পারেন।

কিন্তু আশ্রয়ের সমস্যা এভাবে মিটিয়ে তো গানাদো খুশি হতে পারেন না। মোরালেস-এর বাড়িতে কয়াকে নিয়ে সসম্মানেই তিনি ঠাঁই পেয়েছেন, কিন্তু এখানে থাকা মানে তো সমস্ত পানামা শহরের কাছে গা ঢাকা দিয়ে চোরের মতো লুকিয়ে থাকা। ক্রীতদাস কেনাবেচার কারবার ফলাও ভাবে শুরু হবার পর থেকে পানামা শহরেও কোতোয়ালদের হুঁশিয়ারি আর আইন-কানুনের কড়াকড়ি বেড়ে গিয়েছে। গোলামদের সম্বন্ধে আগেকার সে ঢিলে-ঢালা উদাসীন মনোভাব আর নেই। ফেরারি গোলাম হিসেবে গানাদো এখানকার দাগি আসামি। একবার তিনি এ শহরের পাহারা এড়িয়ে বেমালুম গা-ঢাকা দিতে পেরেছিলেন বটে, কিন্তু এখন আর তা কি সম্ভব? যে ব্যাপারীর দালাল তাঁর সঙ্গে কয়াকে কিনতে চেয়েছিল সে-ও এখন তাঁদের শত্রু। কোতোয়ালির লোকজনের তো বটেই, শহরে সে দালালের কড়া নজরে পড়বার সম্ভাবনাও কম নয়। নিজে একা হলে খুব বেশি ভাবনা গানাদোর ছিল না। কিন্তু সঙ্গে কয়া থাকাতেই সমস্যা অত কঠিন হয়ে উঠেছে।

তাঁকে পানামা থেকে কয়াকে নিয়ে হাঁটা পথে জঙ্গল পাহাড় ডিঙিয়ে যোজকের ওপারের কোনও বন্দরে গিয়ে পৌঁছোতে হবে। নিজে যা পারতেন সেরকম অজানা দুর্গম বিপদসংকুল বিপথে কয়াকে নিয়ে পানামা যোজকের শিরদাঁড়া গোছের পাহাড় পার হওয়ার আত্মঘাতী চেষ্টা করা তাঁর পক্ষে উচিত নয়। পাহাড় ডিঙোবার চালু সহজ রাস্তা না ধরে তাঁদের উপায় নেই। আর সে পথে ক্রীতদাস বলে চিহ্নিত কারও পক্ষে ধরা পড়বার বিপদ পদে পদে।

কী করবেন তাহলে গানাদো? পানামায় মোরালেস-এর বাড়িতে এমন করে লুকিয়ে বসে কতদিন আর কাটাবেন? ভাগ্যে যা থাকে বিপদের সমস্ত ঝুঁকি নিয়ে পাহাড় ডিঙিয়ে আতলান্তিকের তীরের কোনও বন্দরে যাবার সংকল্পই তিনি শেষ পর্যন্ত করেন।

এ সংকল্পে বাধা দেন শুধু ডন মোরালেস।

'না, গানাদো!' দৃঢ় স্বরে তিনি বলেন, 'ক্রীতদাস হিসেবে পানামা ছাড়া তোমার চলবে না।'

'তাহলে মরণ না হওয়া পর্যন্ত তো পানামা ছাড়ার আর কোনও আশা নেই।' তিক্ত স্বরে বলেন গানাদো।

'কেন আশা নেই!' মেরালেস জোর দিয়ে বলেন, 'সেই স্বার্থপর নীচ পেড্রারিয়স-এর জায়গায় পানামার নতুন গভর্নর এখন ডন পেড্রো দে লস রিয়স। ইনি উঁচুদরের মানুষ বলে শোনা যাচ্ছে। এঁর কাছে তোমার সমস্ত ইতিহাস জানালে উনি নিশ্চয়ই তোমায় স্বাধীন বলে ছাড়পত্র দেবেন বলে আমার বিশ্বাস। পিজারোর এ অভিযান সম্ভব ও সফল করে তোলবার জন্যে যা তুমি করেছ তা কাপিতানের কাছে সব আমি শুনেছি। আমি নিজেও তার অনেক কিছু এখন জানি। কাপিতান সানসেদোর সঙ্গে আমি ডন পেড্রোর কাছে গিয়ে দরবার করে সব জানাব।'

'সব জানাতে পারবেন না, ডন মোরালেস,' দুঃখের হাসি হেসে বলেন গানাদো, 'আর জানালে স্বাধীনতার ছাড়পত্র দেওয়ার বদলে আমাকে তাঁর গারদে দেওয়ার সম্ভাবনাই বেশি। কারণ পেরু আবিষ্কারের অভিযান সম্ভব করবার জন্যে প্রথমে যদি আমি কিছু করে থাকি সে অভিযান ব্যর্থ করবার জন্যেও শেষকালে কম কিছু করিনি। ভাগ্য বিরূপ না হলে আমার চক্রান্ত সফল হয়ে তাভান্‌তিন্‌সুইয়ুর পবিত্র রাজ্যে কোনও এসপানিওলের আর ঠাঁই হত না।'

'কী বলছ কী তুমি, গানাদো!' মোরালেস বিমূঢ়ভাবে গানাদোর দিকে তাকান। কাপিতান সানসেদোর চোখেও বিস্মিত জিজ্ঞাসার দৃষ্টি ফুটে ওঠে।

একটু চুপ করে থেকে গভীর অবিশ্বাসের স্বরে মোরালেস আবার বলেন, 'তুমি স্পেনের শত্রু, একথা আমায় বিশ্বাস করতে বলো?'

'না!, তা বলি না, ডন মোরালেস।' গাঢ় গম্ভীর শোনায় এবার গানাদোর গলা, 'স্পেনের আমি শত্রু নই। অবিচার অন্যায় নীচতা দম্ভ পাশবিকতা লোভ, পৃথিবীর সব সাধারণ মানুষের মতো আমি শত্রু শুধু এই সব কিছুর। নতুন আশ্চর্য এক দেশ আবিষ্কৃত হোক আগ্রহভরে আমি তা চেয়েছিলাম, সে আবিষ্কারের পথ এমন পৈশাচিকতায় নোংরা, রক্তে পিচ্ছিল হবে আমি ভাবতে পারিনি। শেষ পর্যন্ত যথাসাধ্য তাই এ পাপের অভিযানে বাধা দিতে চেষ্টা করেছি। সে চেষ্টা অবশ্য ব্যর্থই হয়েছে।'

গানাদোর কথা শেষ হবার পর খানিকক্ষণ সমস্ত ঘর একেবারে নিস্তব্ধ হয়ে যায়। কী বলবেন এবার ডন মোরালেস আর কাপিতান সানসেদো? যে অকপট স্বীকারোক্তি গানাদো করেছেন তারপর তাঁকে আর ক্ষমা করতে পারবেন কি?

অনেকক্ষণ পর্যন্ত কারও মুখে কোনও কথা শোনা যায় না। মুখের ভাব দেখেও বোঝা যায় না তাঁদের মনের মধ্যে কী দ্বন্দ্ব চলছে।

দ্বন্দ্বটা সত্যিই নেহাত সামান্য তো নয়। একদিকে স্পেন ও স্পেনের সম্রাটের প্রতি আনুগত্য আর-একদিকে সত্য ও ন্যায়ের দাবির সঙ্গে গানাদোর মতো মানুষের প্রতি স্বতঃস্ফূর্ত শ্রদ্ধা ও সহানুভূতি।

ডন মোরালেসই প্রথম তাঁর মনের কথাটা প্রকাশ করেন। গম্ভীর ও বেশ একটু বিষণ্ণ মুখে তিনি যা বলেন, তাতে বোঝা যায় যে উদার সহৃদয় হলেও তাঁর কাছে যা দেশদ্রোহিতা গানাদোর সে আচরণ তিনি সম্পূর্ণ ক্ষমা করতে পারেননি।

আমি অত্যন্ত দুঃখিত গানাদো। ধীরে ধীরে গম্ভীর অনুচ্চ কণ্ঠে তিনি বলেন, 'তোমার সব অভিযোগ মেনে নিয়েও পিজারোর অধীন পেরুর এসপানিওল বাহিনীর

বিরুদ্ধে তোমার চক্রান্ত আমি সমর্থন করতে পারছি না। তুমি যা করেছ তা আমার বিচারে গুরুতর অপরাধ। তবু এ অভিযানে তোমার আগেকার ভূমিকার কথা মনে রেখে তোমাকে শাস্তি দেবার কোনও ব্যবস্থা আমি করব না। শুধু যা জেনেছি তার পর তোমাকে বাড়িতে আশ্রয় দেওয়া আমার পক্ষে অসম্ভব। একটি দিন মাত্র তোমায় সময় দিচ্ছি। কাল সকালে উঠে তোমাকে আর আমার বাড়িতে যেন দেখতে না পাই। পেলে সম্রাটের প্রতি কর্তব্য আমি না করে পারব না।'

'অনেক ধন্যবাদ, ডন মোরালেস!' শান্ত স্বরে কৃতজ্ঞতা জানিয়ে গানাদো আরও কী যেন বলতে যাচ্ছিলেন। কিন্তু বলা তাঁর হয় না।

বেশ একটু তিক্ত কণ্ঠে গানাদোকে বাধা দিয়ে কাপিতন সানসেদো ডন মোরালেসকে ধিক্কার দিয়ে বলেন, 'ছি মোরালেস! আপনার মুখে এরকম কথা শোনবার আশা করিনি। ন্যায়, ধর্ম, সত্য এ সব কিছুর দাম আপনার কাছে নেই? গানাদো স্পেনের সম্রাটের বিরুদ্ধে রাজদ্রোহী বলে আপনি মনে করছেন? মনে করছেন সে স্পেনের সঙ্গে শত্রুতা করেছে? শত্রুতা করেছে, না স্পেনের শুধু নয়, সমস্ত খ্রিস্টান জগতের যারা কলঙ্ক, আবিষ্কারক অভিযাত্রীর সাজে ঐশ্বর্য আর রক্তলোলুপ সেই নরপিশাচদের বিরুদ্ধে দাঁড়িয়ে, স্পেন আর স্পেনের সম্রাটের গৌরব রক্ষা করবারই চেষ্টা করেছে গানাদো?'

কাপিতান সানসেদোর জ্বলন্ত কণ্ঠের ধিক্কার কিন্তু নিষ্ফলই হয়।

কয়েক মুহূর্ত নীরব থেকে ডন মোরালেস আগেকার মতোই বিষণ্ণ গম্ভীর গলায় বলেন, 'আমায় মাপ করবেন, কাপিতান, যুক্তিতর্ক বিচারে আমার মনের ভাব বদলাবার নয়। স্পেনের বিজয়-পতাকা সমুদ্র পারে দূরদূরান্তরে যারা মেলে ধরছে আমার চোখে তারা সব বিচারের ঊর্ধ্বে। তাদের উদ্দেশ্যে বাধা দেওয়া আমার কাছে চরম রাজদ্রোহিতা। গানাদোকে তাই আমি ক্ষমা করতে পারব না। ওকে কাল সূর্যোদয়ের আগে আমার বাড়ি ছেড়ে যেতেই হবে।'

'আর যে মেয়েটি গানাদোর সঙ্গে এসেছে,' তিক্ত শ্লেষ ও ক্ষোভের সঙ্গে জিজ্ঞাসা করেন কাপিতান, 'তাকেও আর আপনি বাড়িতে স্থান দিতে চান না নিশ্চয়?'

'না', মোরালেস কাপিতানের আক্রমণে এবার একটু আহত স্বরেই বলেন, 'ওই অসহায় মেয়েটিকে আশ্রয় দিতে আমার কোনও আপত্তি নেই। কিন্তু গানাদো চলে যাবার পর ওর এখানে একলা থাকা বোধহয় সম্ভব নয়। ওর আশ্রয়ের সমস্যাটা তাই কঠিন। ও তো আমাদের ভাষাও জানে না।'

'কিছুটা জানি। তাই বলছি, আমার ভাবনা কাউকে ভাবতে হবে না। কারও ভার আমি হতে চাই না।'

ঘরের সবাইকে চমকে দরজার দিকে তাকাতে হয়। সেখানে দাঁড়িয়ে মৃদু ঈষৎ বিকৃত উচ্চারণে হলেও দৃঢ়কণ্ঠে ও কথা যে বলেছে সে কয়া। কখন সে যে ওখানে এসে দাঁড়িয়েছে কেউ লক্ষ করেননি। সে যে দরজার পাশে এসে দাঁড়িয়ে তাঁদের আলোচনা শুনতে পারে ও তা বোঝাবার মতো ক্ষমতা টম্‌বেজ বন্দরে জাহাজে ওঠবার পর থেকে পানামায় এই কয়েক দিন থেকেই আয়ত্ত করে থাকতে পারে তা

কল্পনাতেই আসেনি কারও। এমনকী গানাদোরও নয়। অবলা অসহায় একটি মেয়ে হিসেবে তাকে রক্ষা করার দায়িত্বটুকুই শুধু স্মরণ রেখে তার স্বাধীন সত্তার কথা যেন ভুলেই ছিলেন এ কয়দিন। আর যারই হোক, গানাদোর কিন্তু তা ভোলা উচিত হয়নি। পেরুর কুজকো আর সৌসায় সদ্য কৈশোর পার হওয়া যে মেয়েটি একলা সাহস ও বুদ্ধির অতবড় কঠিন পরীক্ষায় উত্তীর্ণ হয়ে আসতে পেরেছে, অজানা বিদেশে পা দেবার সঙ্গে সঙ্গে সে পরগাছা দুর্বল কোনও লতার মতো অক্ষম অসহায় হয়ে যাবে ভাবাই ভুল।

ওই ক্ষীণকায়া একটি মেয়ের সামনে সবাই কেমন একটু অপ্রস্তুত হয়ে পড়েন। সবচেয়ে লজ্জিত হন গানাদো নিজে। লজ্জিত আর দুঃখিতও।

তখনই উঠে পড়ে কয়ার কাছে গিয়ে তিনি দাঁড়ান। দাঁড়িয়ে অপরাধীর মতো বলেন, 'আমায় তুমি ভুল বুঝেছ, বুঝতে পারছি কয়া। এখান থেকে কেমন করে উদ্ধার পাব সেই দুর্ভাবনায় ক-দিন-ধরে এত অস্থির হয়ে কাটাচ্ছি যে তোমার সঙ্গে দুটো কথা বলবারও সময় পাইনি। সেটা অবহেলা নয়, কয়া। তোমাকে শান্তিতে রাখবার জন্যেই আমার দুর্ভাবনার ভাগ তোমাকে দিতে চাইনি। কিন্তু সেইটেই আমার ভুল। নিরুপায় বোঝা হয়ে থাকবার মেয়ে যে তুমি নও সে কথা আমার মনে রাখা উচিত ছিল। জীবনে এ ভুল আর করব না। এখন তৈরি হয়ে নাও। ভাগ্যে যা-ই থাক, আজ রাত্রেই পানামা থেকে আমরা বার হব যোজকের পাহাড় ডিঙিয়ে ওপারের কোনও বন্দরে যাবার জন্যে।'

'তাহলে আমিও তোমাদের সঙ্গী হচ্ছি, জেনে রাখো।' কাপিতান সানসেদো দাঁড়িয়ে উঠে দৃঢ়স্বরে জানান, 'পথে যদি মারাও পড়ি, তাতে আমার দুঃখ নেই। এই পানামা আমার কবর যেন না হয়, এখন এই আমার একমাত্র কামনা।'

কথাগুলো বলে ডন মোরালেস-এর বাড়িটাই যেন গোটা পানামা শহর এমনই ঘৃণাভরে সেদিকে তাকিয়ে সানসেদো বার হয়ে যাচ্ছিলেন। গানাদো তাঁকে ডেকে থামিয়ে বলেন, 'আজ রাত্রেই যখন আমরা রওনা হচ্ছি তখন শহরে ফেলিপিলিওর একটু খোঁজ করে আসবেন। এখান থেকে যাবার আগে তাকে একটু জানাতে চাই। ইচ্ছে করলে সে-ও আমাদের সঙ্গী হতে পারে। জাহাজঘাটায় আপনার কাছে অমনভাবে বিক্রি হয়ে যাবার পর আমাদের পরিণাম না জানতে পেরে সে অস্থির হয়ে আছে। তাকে পেতে খুব অসুবিধে বোধহয় হবে না। আমাদের খোঁজে বাজারের রাস্তাতেই সে ঘোরাঘুরি করবে বলে মনে হয়।'

গানাদোর অনুমান ঠিক। কাপিতান সানসেদো বাজারের রাস্তাতেই ফেলিপিলিওকে পেয়ে যান। কিন্তু তার পরে এমন আর-একজনের দেখা পান যাকে পানামা শহরে দেখবার কথা তাঁর কল্পনার বাইরে।

সানসেদো ফেলিপিলিওকে জাহাজঘাটায় মাত্র খানিকক্ষণের জন্য দেখেছিলেন। তার বিশেষ চেহারা পোশাকের জন্যে ছবিটা একটু যেন মনে ছিল। ফেলিপিলিও নিজেই তাঁকে ডেকে না কথা বললে শুধু তারই জোরে পানামা শহরে বাজারের ভিড়ে ফেলিপিলিওকে তিনি অবশ্য খুঁজে নিতে হয়তো পারতেন না।

ফেলিপিলিও সত্যিই ক-দিন ধরে অত্যন্ত যন্ত্রণার মধ্যে দিশাহারা হয়ে কাটিয়েছে। জাহাজঘাটায় গানাদো আর কয়াকে অজানা এক ব্যাপারী কিনে নেবার পর সে চোখে একেবারে আঁধার দেখেছে। বিক্রির ভান করতে বাধ্য হলেও কেনাবেচার পর ব্যাপারী কোথায় গানাদো আর কয়াকে নিয়ে যায় পিছু পিছু গিয়ে একবার দেখে আসার ইচ্ছে তার হয়েছিল। কিন্তু মুখের গ্রাস ফসকে যাবার দরুন অন্য যে দালাল তখনও জাহাজঘাটায় দাঁড়িয়ে গজরাচ্ছে তারই কড়া নজরের সামনে সে অনুসরণ আর সম্ভব হয়নি।

পানামা শহরে কী সে এর পর করবে তাই ঠিক করা তার পক্ষে কঠিন হয়ে উঠেছে। একটা সুবিধের কথা এই যে গানাদো আর কয়ার দাম হিসেবে বেশ কিছু নগদ পেসো দে অরো সে হাতে পেয়েছে। শেষ পর্যন্ত তারই জোরে পানামার বাজারের মধ্যে দেশি মানুষের পাড়ায় একটা আস্তানা জোগাড় করে নিতে তার অসুবিধে হয় না। মুশকিল হয় শুধু কোনও হদিস না জানা থাকায় গানাদো আর কয়ার খোঁজ করা। সত্যিকার গোলামের ব্যাপারীর কাছে তাঁরা যে বিক্রি হননি তা আর ফেলিপিলিও কোথা থেকে জানবে! ক্রীতদাস হিসেবে বাজারের রাস্তাতেই তাদের কোনও সময়ে আসা সম্ভব মনে করে সেইখানেই সে ব্যাকুলভাবে প্রতিদিন যতক্ষণ সম্ভব টহল দিয়ে বেড়ায়।

গানাদো বা কয়াকে নয়, সেই টহলের মধ্যে হঠাৎ সেদিন কাপিতান সানসেদোকে দেখে সে চিনতে পারে। চিনতে পেরে কী যে করবে তাই প্রথমটা স্থির করে উঠতে পারে না। সে মনে রাখলেও গোলামের ব্যাপারীর দালাল যে তাকে মনে রেখেছে তার ঠিক কী! মনে রাখবার কোনও গরজই তার নেই। ডেকে কথা বলার চেষ্টা করলে হয়তো চিনতেই পারবে না। আর চিনুক না চিনুক, তার সঙ্গে ফেলিপিলিও কী বলে প্রথম আলাপই বা করতে পারে! জাহাজঘাটায় সেদিন যাদের কিনেছে তাদের সম্বন্ধে হঠাৎ অমন খোঁজ নিতে গেলে ব্যাপারটা সন্দেহজনক হবে না? তাতে হিতে বিপরীতও তো হতে পারে। সমস্যা কঠিন হলেও ফেলিপিলিও শেষ পর্যন্ত মরিয়া হয়ে কাপিতানকে পেছন থেকে ডেকে থামায়। তারপর বিনীতভাবে বলে, 'মাপ করবেন সেনর, আপনাকে একটা কথা জিজ্ঞাসা করতে পারি?'

প্রথমটা চমকে বেশ একটু বিরক্তির সঙ্গে ফিরে দাঁড়ালেও কাপিতান সানসেদো একটু লক্ষ করেই ফেলিপিলিওকে চিনতে পারেন। চিনে রীতিমতো অবাকই হন, যাকে তিনি খুঁজছেন সে-ই নিজে থেকে তাঁকে ডেকে থামিয়েছে দেখে। বিস্ময়টা গোপন করে তিনি ফেলিপিলিওকে বিমূঢ় করে দিয়ে গম্ভীর স্বরে বলেন, 'হ্যাঁ, তোমার নাম যদি ফেলিপিলিও হয় তাহলে পারো।'

'আমার নাম যে ফেলিপিলিও তা—' বিস্ময়ে ফেলিপিলিও ওর বেশি কিছু বলতে পারে না।

'কেমন করে আমি জানলাম ভাবছ তো?' এবার হেসে বলেন সানসেদো, 'আমার সঙ্গে এলেই জানতে পারবে।'

ফেলিপিলিওকে পথে যেতে যেতে সানসেদো এবার সমস্ত বিবরণ শুনিয়ে তাঁদের

সেইদিনই পানামা ছেড়ে যাবার ব্যবস্থার কথাও জানান।

'কিন্তু এখন আর তা যাওয়া তো সম্ভব নয়।' এতক্ষণ নীরবে সব শোনবার পর ফেলিপিলিও বিষণ্ণভাবে মাথা নেড়ে জানায়।

'কেন নয়?' সানসেদো একটু উষ্ণস্বরেই বলেন, 'ধরা পড়ার বিপদের কথা যদি বলো তাহলে তা তো বরাবরই আছে ও থাকবে। আজ হঠাৎ সে বিপদ তো নতুন করে দেখা দেয়নি।'

'তা দেয়নি,' ফেলিপিলিও বিনীতভাবে জানায়, 'কিন্তু সে বিপদ আর কারও পক্ষে না হোক, গানাদোর পক্ষে এখন গুরুতর।'

'বিপদ গুরুতর বেছে বেছে শুধু গানাদোর পক্ষেই?' সানসেদোর কণ্ঠে অবিশ্বাসের সঙ্গে বিরক্তিই ফুটে ওঠে, 'পানামা শহর গোলাম বলতে শুধু গানাদোকেই জানে? আর যত আক্রোশ শুধু তার ওপর!'

'আক্রোশ কি না জানি না!' ফেলিপিলিও এবার তার বক্তব্যটা বিশদ করবার চেষ্টা করে, 'কিন্তু দু-চারদিন ধরে পানামা শহরের সমস্ত আসা-যাওয়ার রাস্তায় গানাদোর মতো একজন গোলামের খোঁজে সজাগ কড়া পাহারার ব্যবস্থা যে হয়েছে এটুকু নির্ভুলভাবে আপনাকে বলতে পারি।'

পানামার বাজারের মধ্যে বাস করে গত কয়েকদিন যা সে জেনেছে, ফেলিপিলিও তারপর সানসেদোকে শুনিয়ে দেয়। কোতোয়ালির সিপাই সান্ত্রীদের তো বটেই, বাজারের সাধারণ লোকেদের মধ্যেও গানাদোর চেহারা চরিত্রের বর্ণনা কয়েকদিন আগে ঢেঁড়া পিটে জানিয়ে দেওয়া হয়েছে। সেই সঙ্গে ঘোষণা হয়েছে যে এই চেহারার মানুষের হদিস দিলে প্রচুর পুরস্কার মিলবে।

'পুরস্কার দেবে বলে ঘোষণা করেছে?' সব কথা শুনে সানসেদো বেশ একটু বিস্মিত সংশয়ের সুরে বলেন, 'কোনও ফেরারি গোলামের খোঁজ দেবার জন্যে সরকারি দপ্তর বা কোতোয়ালি থেকে পুরস্কার দিতে চায় এমন কথা তো কখনও শুনিনি। ফেরারি গোলাম হিসেবে গানাদোর দাম হঠাৎ এত বেড়ে গেল কী করে? জাহাজ থেকে তোমরা যেদিন নামো সেদিনও তো তার জন্যে এ খোঁজাখুঁজি ছিল না। পেরু থেকে এর মধ্যে আর কোনও জাহাজও আসেনি যে গানাদোর সেখানকার কীর্তি এখানে জানাজানি হয়ে তার খোঁজ এত জরুরি হয়ে পড়েছে। গানাদোর জন্যে পানামার সরকারের হঠাৎ এ পুরস্কার ঘোষণার মানেটা আমি ঠিক বুঝতে পারছি না।'

'আমি বাজারের নানা লোকের সঙ্গে আলাপ করে যা বুঝেছি,' ফেলিপিলিও জানায়, 'তাতে পুরস্কারটা পানামার সরকারি দপ্তর কি কোতোয়ালি থেকে দেওয়া হচ্ছে বলে মনে হয় না। কোতোয়ালির মারফত ঘোষণাটা করা হলেও পুরস্কারটা দিতে চেয়েছে অন্য কেউ। শুনছি, মাত্র ক-দিন আগে স্পেন থেকে এখানে এসে কেউ একজন হন্যে হয়ে ঠিক গানাদোর মতো একজন গোলামকে খুঁজছে।'

'স্পেন থেকে এসে হন্যে হয়ে গানাদোকে খুঁজছে!' সানসেদো নিজের মনেই যেন সরবে চিন্তা করেন—'গানাদোর বিরুদ্ধে আক্রোশের যার সীমা নেই সে সোরাবিয়া তো এখনও পেরুতে। স্পেন থেকে গানাদোর এত বড় শত্রু আর কে আসতে পারে!'

কথা বলতে বলতে বাজারের রাস্তা যেখানে বন্দরের দিকে মোড় নিয়েছে সানসেদো আর ফেলিপিলিও সেখানে দাঁড়িয়ে পড়েছিলেন। হঠাৎ সে পথে একজনকে আসতে দেখে সানসেদো চমকে ওঠেন।

বত্রিশ

"গানাদো আর কয়ার পানামা থেকে বার হওয়া বুঝি অসম্ভব!

বারবার ভাগ্যের অবিশ্বাস্য বিরোধিতা দেখে অন্তত তাই মনে হয়। তা না হলে একান্ত অনুকূল ঘটনা সম্পূর্ণ বিপরীত হয়ে দাঁড়ায় কেন।

জাহাজঘাটায় নামবার পর অচেনা দাস-ব্যবসায়ীর হাতে না পড়ে কাপিতান সানসেদোর উপস্থিত-বুদ্ধি ও তৎপরতায় রক্ষা পাওয়া আর তারপরে ডন মোরালেস এর মতো উদার সহৃদয় মানুষের কাছে আশ্রয় পাওয়া আশাতীত সৌভাগ্য সন্দেহ নেই। কিন্তু সেই সৌভাগ্যই ডন মোরালেস-এর দেশ ও রাজভক্তির গোঁড়ামির দরুন অমন বিপজ্জনক হয়ে উঠবে আগে তো ভাবতে পারা যায়নি!

এটুকু বলা যায় যে, গানাদো এমন তেজি ও সাচ্চা কথার মানুষ না হলে সে বিপদ অবশ্য ঘটত না। মোরালেস-এর কাছে নিজের যথার্থ মনোভাব গোপন রাখলে তিনি পানামার নতুন শাসনকর্তাকে দিয়ে গানাদোর ক্রীতদাসত্বের কলঙ্কমোচনের ব্যবস্থা বোধহয় করতে পারতেন। কিন্তু আর যেভাবেই হোক অতখানি মিথ্যা পরিচয়ের মূল্যে নিজেদের মুক্তি কিনতে রাজি হওয়া গানাদোর পক্ষে সম্ভব নয়।

মোরালেস-এর আশ্রয় এক রাত্রের মধ্যে ছেড়ে যাওয়ার কঠিন ও বিপজ্জনক সংকল্পই তাই তিনি নিয়েছেন।

সে সংকল্প সফল হওয়ার ব্যাপারে ভাগ্যের অপ্রত্যাশিত সাহায্যই যেন পাওয়া গেছে। কাপিতান সানসেদো ফেলিপিলিওর কাছে যা শুনেছিলেন, তা বেশ একটু ভীত ও ভাবিত করবার মতোই! নগরে আর এক-রাত্রের বেশি নিরাপদ আশ্রয় যার নেই, সেই গানাদোকে ধরবার জন্যে পানামা থেকে যাওয়া আসার সমস্ত পথে কড়া জাগ্রত পাহারার ব্যবস্থা করা হয়েছে জানলে শঙ্কিত বিহ্বল হওয়ারই কথা।

সে শঙ্কা-বিহ্বলতা আশ্চর্যভাবে কেটে গিয়েছে প্রায় তৎক্ষণাৎ।

ফেলিপিলিওর সঙ্গে নগর থেকে বন্দরে যাবার পথের বাঁকে যাকে দেখে কাপিতান সানসেদো চমকে উঠেছিলেন, আশঙ্কার জায়গায় আশার সঞ্চার করবার মূল সে-ই।

প্রথম চমকে ওঠবার পর উচ্ছ্বসিত উত্তেজিতভাবে কাপিতান সানসেদো তার সঙ্গে যে আলাপ করেছেন তাতে কয়েক মুহূর্তের মধ্যেই একটা দুর্বোধ রহস্যের ব্যাখ্যা পাওয়া গেছে আর সেই সঙ্গে সবচেয়ে কঠিন সমস্যার আশাতীত সমাধান হাতের মুঠোয় এসে গেছে বলে মনে হয়েছে।

অসম্ভব যার দরুন এক মুহূর্তে সম্ভব হয়ে ওঠে কে সে জন?

এমন কেউ যাকে পানামার ওই বাজারের রাস্তায় দেখবার কথা কাপিতান

সানসেদো কল্পনাও করেননি। পরস্পরের প্রথম উচ্ছ্বসিত ব্যাকুল সম্ভাষণের পর বিশ্বাসও করতে পারেননি তার কথা।

যার ব্যাকুল আবেদনে সাড়া দিতে গিয়েও বিফল হয়ে বেশ একটু বেদনা নিয়ে সেভিল থেকে চলে আসতে বাধ্য হয়েছিলেন, চপল চঞ্চল খেয়ালি হলেও তাঁর একান্ত আদরের ভাগিনেয়ী সেই আনার দেখা যে হঠাৎ সুদুর পানামার এই বিশেষ সময়টিতে পেতে পারেন, তা কাপিতান সানসেদো সত্যি কেমন করে কল্পনা করবেন! গানাদোর জন্যে সমস্ত পানামায় কড়া নজর রাখার ব্যবস্থা যে আনারই কাজ তা বিশ্বাস করাও তাঁর পক্ষে সহজ নয়।

আনা তাঁকে সমস্ত বৃত্তান্ত সবিস্তারে এর পর জানিয়েছে। সব কিছু শোনবার পর স্তম্ভিত হয়েই তিনি কিছুক্ষণ কোনও কথা বলতে পারেননি। আনা তাঁকে যে অবিশ্বাস্য বিবরণ শুনিয়েছে তা ভাল করে ধারণা করতেই যেন তাঁর অনেকখানি সময় লেগেছে।

তিয়ো সানসেদোর কাছে কোনও কথাই আনা এবার গোপন করেনি। কাপিতান সানসেদোর অধীন মেক্সিকো থেকে স্পেনে ফেরবার সেই জাহাজেই সমস্ত কাহিনীর সূত্রপাত! সেই জাহাজে গানাদোকে দেখে দুর্বার এক আকর্ষণ অনুভব করেছিল আনা। সব বিচার-বুদ্ধি সংযম ভাসিয়ে দেবার মতো আকর্ষণ। সেনর দাস হিসাবে গানাদোর যেটুকু পরিচয় তখন সে জানে তাতে তাঁকে মূর রক্ত মেশানো কোনও খানদানি হিড্যালগোই মনে করেছিল। হৃদয়ের প্রচণ্ড ক্ষুধায় জর্জর ভাগ্য-বঞ্চিত এক যুবতী। অপদার্থ নিষ্ঠুর দায়িত্বহীন এক পাষণ্ডের সঙ্গে বিয়ে হবার পর স্বামীর সঙ্গটুকুও আনা পায়নি। আনাকে বিয়ে করেই তার স্বামী লুঠতরাজ আর অবাধ উচ্ছৃঙ্খল জীবনের লোভে পাড়ি দিয়েছিল মেক্সিকোতে। সেখান থেকে তার নানা কুকীর্তি ও পরে মৃত্যুর উড়ো খবর আনার কাছে পৌঁছেছিল। মামা কাপিতান সানসেদোর সাহায্য নিয়ে পরম দুঃসাহসভরে আনা মেক্সিকো পর্যন্ত গিয়েছিল স্বামীর খোঁজ করতে। স্বামীর মৃত্যুর খবর পাকা জেনে কাপিতান সানসেদোর জাহাজে স্পেনে ফেরার পথে ওই সাক্ষাৎ। আনা যেমন করে হোক গানাদোকে জয় করতে চেয়েছিল! ছলাকলা চাতুরী কিছুই প্রয়োগ করতে সে দ্বিধা করেনি। গানাদোর কাছে কোনও উৎসাহ পায়নি, কিন্তু তার আত্মসংযমের বর্ম শেষ পর্যন্ত ভেদ করতে পারবেই এ আত্মবিশ্বাস আনার ছিল। গানাদোর সংযমের বর্ম ভেদ করবার জন্যে সে ফন্দি যে করেছিল, তা সত্যিই চতুর।

সোরাবিয়ার সঙ্গে গানাদোর সেই স্মরণীয় জুয়া-খেলার দিনই সে না জানার ভান করে কাপিতান সানসেদোর ঘরে ঢুকে পড়ে গানাদোর সঙ্গে পরিচিত হয়ে আলাপ করবার সুযোগ নেয়। হাওয়া বন্ধ হয়ে তাদের পালতোলা জাহাজ তখন মাঝদরিয়ায় অচল হয়ে আছে। সবার হাতেই অঢেল সময়। সময় কাটানোই দায়। গানাদোর সঙ্গে সোরাবিয়ার জুয়া খেলার ব্যবস্থাটা সেই জন্যেই সম্ভব হয়েছিল।

তার তিয়ো অর্থাৎ মামা সানসেদোর ঘরে ঢুকে আনা কৌতুকে উজ্জ্বল মুখে একটা ষড়যন্ত্রের কথা বলেছিল সেদিন। সত্যিই ষড়যন্ত্র কিছু নয়, আসলে অচল জাহাজের

জীবনের একঘেয়েমি কাটাবার জন্যে গোপন একটা নাটকীয় মজার ব্যবস্থা।

মজার ব্যবস্থাটা এই—সেদিন মাঝরাতে পাহারার ঘড়ি বাজাবার পর আধঘণ্টা ধরে জাহাজের কাবালিয়েরো মানে ভদ্রবংশের সবাইকে বেমালুম লুকিয়ে থাকবার চেষ্টা করতে হবে। আধঘণ্টা পর্যন্ত ধরা না পড়ে লুকিয়ে থাকতে পারাটাই হবে পরম বাহাদুরি। কাপিতান সানসেদো আর আনা হবে সমস্ত ব্যাপারটার দর্শক ও বিচারক। আর খোঁজাখুঁজি করবে মাঝিমাল্লারা। ধরা পড়লে কাবালিয়েরোদের গুনোগার দিতে হবে আর সেই গুনোগার যে খুঁজে পেয়েছে সে পাবে বকশিশ হিসেবে।

ব্যাপারটাকে ষড়যন্ত্র বলার একটা জুতসই কৈফিয়তও দিয়েছিল আনা। কোনও কাজকর্ম না থাকায় সমুদ্রে যেন শিকড় গেঁথে জমে যাওয়া জাহাজে মাঝিমাল্লারা ক্রমশ ধৈর্য হারিয়ে অস্থির হয়ে পড়ছে। জুয়াতেও তাদের আর মন ভরছে না। এরকম অবস্থায় আর এক-আধ দিন কাটাতে হলে হয়তো মাথায় কোনও কুবুদ্ধির পোকা ঢুকে তারা বেয়াড়া হয়ে উঠতে পারে। তাদের চাগিয়ে তোলবার জন্যে তাই এই ধরনের একটু মজার উত্তেজনা হয়তো দরকার।

গানাদো নীরবেই আনার কথা শুনেছিলেন। মতামত কিছু দেননি।

কাপিতান সানসেদোর কিন্তু আনার যুক্তিটা মনে ধরেছিল। তিনি মজার ব্যাপারটায় সায় দিয়েছিলেন। সত্যিই ব্যাপারটা যে এক রকমের ষড়যন্ত্র আর তাতে আনার আসল উদ্দেশ্য যে ভিন্ন, তা স্নেহান্ধ কাপিতান সানসেদো আর কেমন করে জানবেন!

আনার আসল উদ্দেশ্য যে কী তা গানাদো সেই রাত্রেই বুঝতে পেরেছিলেন।

তার আগে জাহাজের ওপর বেশ নাটকীয় উত্তেজনার সৃষ্টি হয়েছে সত্যিই। তখনকার দিনে বাঁদর খেলাবার ডুগডুগির আকারের বালি রাখা কাচের পাত্র দিয়ে সময়ের মাপ হত। মাঝখানের সরু ফুটো দিয়ে ঘড়ি-গেলাসের একদিকের বালি সব আর-একদিকে গিয়ে ঝরে পড়তে সময় লাগত আধঘণ্টা। আধ ঘণ্টা অন্তর ঘড়ি বাজিয়ে সময় জানানো হত তাই।

সেদিন মাঝরাতে প্রহর জানানো ঘণ্টা বাজবার পর জাহাজের ওপরে একটা হুল্লোড় শুরু হয়ে গিয়েছিল। মাঝিমাল্লারা কাপিতানের অনুমতি আর প্রশ্রয় পেয়ে সমস্ত জাহাজ তোলপাড় করে তুলেছিল কাবালিয়েরোদের খোঁজে।

গানাদো বাদে পুরুষ কাবালিয়েরো তো মাত্র চারজন। সালাজার, কিনেরো মায় সোরাবিয়াকে নিয়ে একে একে ধরা পড়েছিল সবাই। শুধু সেনর দাস নামে পরিচিত গানাদোরই খোঁজ পাওয়া যায়নি।

তন্নতন্ন করে জাহাজের সব জায়গা খুঁজে দেখা হয়েছে। সোরাবিয়া ও সালাজারের মতো কাবালিয়েরোদের মধ্যে যারা ধরা পড়েছিল তারাও গানাদোর তল্লাশে মাঝিমাল্লাদের সঙ্গে যোগ দিয়েছে! জাহাজের ওপর একটা ইঁদুর লুকোবার জায়গাও বুঝি তারা না দেখে ছাড়েনি।

জাহাজ বলতে এখনকার বিশ-পঁচিশ হাজার টনের সমুদ্রে ভাসানো শহর তো

নয়। ওজনে সত্তর-আশি টন আর লম্বায় বড়জোর হাত ষাটেক পালতোলা জাহাজ আজ যা আমাদের কাছে সামান্য সুলুপ মাত্র।

এ জাহাজ থেকে মানুষটা অমন অদৃশ্য হল কী করে?

কাপিতান সানসেদো পর্যন্ত একটু চিন্তিত হয়ে উঠেছেন। উদ্বেগ যদি কিছু হয়ে থাকে আনার মুখে অন্তত তা ফুটে ওঠেনি।

ঘড়ি-গেলাসের বালি আবার সব নীচের খোপে ঝরে পড়েছে। মাঝরাতের পর ঘড়ি বাজানো হয়েছে আর আধঘণ্টা কেটে যাবার।

হঠাৎ চঞ্চল হয়ে উঠেছে জাহাজের মাঝিমাল্লা সবাই।

নিস্পন্দ জাহাজ কি এবার তাহলে নড়বে? আকাশের স্তব্ধ হাওয়া কি আবার বইতে শুরু করেছে? নইলে জাহাজের পাল হঠাৎ দুলে উঠবে কেন?

সকলে উৎসুক আগ্রহে ওপরে তাকিয়ে দেখেছে। কৃষ্ণপক্ষের বিলম্বিত ভাঙা চাঁদের আলোয় ভুতুড়ে ওড়নার মতো জাহাজের ঝোলা পালগুলো অস্পষ্টভাবে তখন দেখা যাচ্ছে। তার মধ্যে হঠাৎ একটা ছোট পাল অমন দুলে উঠেছে কেন? ওটা তো যাকে বলে ফোর-টপ-সেল। শুধু ওই পালটিই দুলে ওঠবার কারণ কী?

রহস্যটা পরিষ্কার হয়ে গেছে পরের মুহূর্তে। ফোর-টপ-সেল-এর দড়ি বেয়ে একটা ভুতুড়ে ছায়াকেই যেন নামতে দেখা গেছে। ডেকের ওপর এসে দাঁড়াবার পর চেনা গেছে যে, সে সেনর দাস ছাড়া আর কেউ নয়। ব্যবহারের গুণে আর জুয়ায় অসামান্য বাহাদুরির দরুন গানাদো আগে থেকেই মাঝিমাল্লাদের প্রিয় হয়ে উঠেছিলেন, এখন তাঁর এই নতুন কৃতিত্বে খুশি হয়ে সবাই তাঁকে ঘিরে ধরেছে। অমন একটা লুকোবার জায়গা তিনি যে বেছে নিয়েছেন এইটেই তাঁর বাহাদুরি।

চারিদিকে ভিড় করে গানাদোর তারিফ যারা করেছে তাদের মধ্যে জাহাজের দু-তিন জনকে শুধু দেখা যায়নি। পুরুষদের মধ্যে দেখা যায়নি সোরাবিয়া আর ফ্রানসিসকান পাদরিবাবাকে, আর লুকোচুরির এ নাটকীয় খেলা যার মাথা থেকে বার হয়েছে, সেই আনাই সেখানে অনুপস্থিত।

এমন সময় কোথায় গেল আনা? সারাদিনের উৎসাহ-উত্তেজনায় হয়তো অতিরিক্ত ক্লান্ত হয়েই আনা আর অপেক্ষা করতে না পেরে তার কামরায় ঘুমোতে গেছে মনে করে কাপিতান তার খোঁজ আর করেননি। করলে রীতিমত স্তম্ভিত হতেন। জাহাজে কামরা বলতে মাত্র আড়াইটি বলা যায়। একটিতে সরকারি কাগজপত্র আর মেক্সিকো থেকে সম্রাটের জন্য পাঠানো সোনা-দানার সম্পদ নিয়ে কাপিতান সানসেদো থাকেন, আর একটিতে প্রৌঢ়া পরিচারিকাকে নিয়ে সেনোরা আনা। স্বয়ং কর্টেজ যাকে নিরাপদে পৌঁছে দেবার জন্যে চিঠি দিয়েছেন সেই সেনর দাসের জন্যে কাপিতান সানসেদো যে জায়গার ব্যবস্থাটুকু করতে পেরেছেন তাকে সেকালের হিসেবেও কামরা বলা যায় না। প্রায় কুঁজো হয়ে ঢুকে কোনওরকমে একটু গড়াবার সেটা একটা গুহা-গোছের খুপরি মাত্র।

কাপিতান সানসেদো তাঁর আদরের সোব্রিনার খোঁজ করলে তাকে তার নিজের কামরায় পেতেন না, সেই রাত্রে নিজের গুহার মতো খুপরি-কামরায় ঢুকে কেন যে

গানাদো হঠাৎ চমকে নিস্পন্দ হয়ে গিয়েছিলেন তা-ও পারতেন না কল্পনা করতে।

সেই রাত্রে ওই সংকীর্ণ কামরার মধ্যে কী যে ঘটেছিল আনা সেইটুকুই শুধু পানামার বাজারের রাস্তায় কাপিতান সানসেদোকে সবিস্তারে বলতে পারেনি। এইটুকু শুধু বুঝতে দিয়েছে যে, গানাদোর কাছে তার পক্ষে কল্পনাতীত কঠিন প্রত্যাখ্যান পেয়ে দলিতা ফণিনীর চেয়ে সে হিংস্র হয়ে উঠেছে তারপর। তার দেহ-মনের এ দুঃসহ বহ্নি-জ্বালার কুমন্ত্রণায় ইন্ধন জুগিয়েছে সোরাবিয়া। সাধারণ অবস্থায় যাকে ঘৃণার চোখেই দেখত সেই সোরাবিয়ার সঙ্গেই সে হাত মিলিয়েছে গানাদোর বিরুদ্ধে প্রতিশোধ নেবার জন্যে।

দু-এক দিনের মধ্যেই ঝড় তুফান হয়ে আবার তাদের জাহাজ সচল হয়েছে। স্পেনের বন্দরে পৌঁছোবার আগেই কিন্তু গানাদোর চরম সর্বনাশ হয়ে গেছে আনা আর সোরাবিয়ার মিলিত শয়তানিতে। গানাদো কর্টেজের স্বাক্ষরিত তাঁর দাসত্ব থেকে মুক্তির সনদ খুঁজে পাননি। কাপিতান সানসেদো খুঁজে পাননি তাঁর কাছে সেনর দাস সম্বন্ধে লেখা কর্টেজের চিঠি।

সেভিল বন্দরে পৌঁছোবার জন্যে স্পেনের দক্ষিণের গুয়াদালকুইভির-এর নদীমুখে পৌঁছোবার আগেই সোরাবিয়া তার শয়তানির মোক্ষম চাল চলেছে। গানাদো সম্ভ্রান্ত কাবালিয়েরোর ছদ্মবেশে পলাতক একজন ক্রীতদাস বলে ঘোষণা করে অবিলম্বে তাকে বন্দি করা হোক বলে দাবি করেছে কাপিতান সানসেদোর কাছে। হাতে অকাট্য প্রমাণ যা ছিল তা রহস্যজনকভাবে খোয়া গেছে, তবু কাপিতান সানসেদো বৃথাই গানাদোর হয়ে এ মিথ্যা অভিযোগ খণ্ডন করবার চেষ্টা করেছেন। কোনও উপায় আর নেই জেনে সেভিল-এ জাহাজ লাগবার আগেই রাতের অন্ধকারে গুয়াদালকুইভির-এর জলে নিঃশব্দে নিজেকে ভাসিয়ে দিয়েছেন গানাদো।

অপমানের জ্বালায় উন্মত্ত হয়ে গিয়েছিল আনা। একটু প্রকৃতিস্থ হবার পর নিজের প্রতিহিংসা চরিতার্থ করবার জন্যে কী নিদারুণ মূল্য তাকে দিতে হয়েছে বুঝতে পেরে স্তম্ভিত হয়ে গিয়েছে বিহ্বল-বেদনায়। তার নীচ পৈশাচিক চক্রান্তের মন্ত্রী ও সহায় সোরাবিয়ার সঙ্গে যে সে তখন বিবাহের বাঁধনে বাঁধা।

গানাদোর দাসত্ব থেকে মুক্তির সনদই শুধু চুরি করেনি সোরাবিয়া, স্পেনের দরবারে তার সম্বন্ধে লেখা কর্টেজ-এর উচ্ছ্বসিত চিঠিটিও হাত করেছে সেই সঙ্গে। সেই চিঠির ওপর একটু জালিয়াতির বিদ্যে খাটিয়ে তাই দিয়ে অসাধ্য সাধন করাও সম্ভব হয়েছে সোরাবিয়ার পক্ষে। সুদূর সাগরপারে টেনচটিট্‌লান বিজয়ে কর্টেজকে কল্পনাতীত সাহায্য করার স্বীকৃতি হিসেবে সামান্য সোরাবিয়া এক মুহূর্তে হয়ে গেছে মার্কুইস গঞ্জালেস দে সোলিস।

নিজের অপরাধের গ্লানিতে অনুশোচনায় তখন দগ্ধ হচ্ছে আনা। সোরাবিয়ার সঙ্গে তার সম্পর্কটা দাঁড়িয়েছে চরম ঘৃণা ও বিদ্বেষের। যে অন্যায় সে করেছে তার প্রতিকার করবার জন্যে আনা তখন ব্যাকুল। সেই জন্যেই কাপিতান সানসেদোকে সে আকুলভাবে খুঁজেছে। চেয়েছে গানাদোর কাছে অকপটে নিজের সব কথা জানাতে।

নিষ্ঠুর কৌতুকে তার ভাগ্য আশা দিয়েও সে সুযোগ ছিনিয়ে নিয়েছে। শেষ পর্যন্ত আনা মরিয়া হয়ে টোলেডোর রাজদরবারেই গিয়ে উপস্থিত হয়েছে সব অপরাধ স্বীকার করে সোরাবিয়ার অবিশ্বাস্য জালিয়াতি প্রকাশ করে দেবার সংকল্প নিয়ে। সেখানেই মেক্সিকো বিজয়ী কর্টেজ-এর সঙ্গে তার দেখা। কর্টেজ নিজে তখন কর্ডোভায় এক প্রতারকের যথার্থ পরিচয় হঠাৎ স্মরণ করতে পেরে রাগে অগ্নিশর্মা হয়ে টোলেডোতে এসেছেন সে পাষণ্ডের উপযুক্ত শাস্তির ব্যবস্থা করতে।

রাজদরবারে আনার অপরাধী হিসেবে আত্মসমর্পণের দরকার হয়নি। মার্কুইস গঞ্জালেস দে সোলিস রূপী সোরাবিয়ার জালিয়াতি ধরিয়ে দিয়ে কর্টেজ তার বিরুদ্ধে পরোয়ানা জারি করিয়েছেন আর সেই সঙ্গে গানাদোর দাসত্ব থেকে মুক্তির সনদ নতুন করে রাজ-দপ্তর থেকে বার করিয়ে আনার হাতেই দিয়েছেন গানাদোর কাছে পৌঁছে দেবার জন্যে।

সেই সনদ নিয়ে আনা একাই পানামায় এসেছে পরম দুঃসাহসে। একদিন যেখানে গানাদোর দেখা পেয়েছিল আবার সেখানে হয়তো পেতে পারে এই তার আশা। সে আশা এ পর্যন্ত সফল হয়নি। তবু ধৈর্য ধরে ভেতরের কী যেন এক দুর্বোধ আশ্বাসে আনা পানামাতেই অপেক্ষা করেছে এতদিন।

অন্তরের আশ্বাস যে তার মিথ্যা নয়, কাপিতান সানসেদোর সঙ্গে অপ্রত্যাশিত এই সাক্ষাতেই তার প্রমাণ পাওয়া গেছে।

সমস্ত সমস্যা মিটে গিয়ে সব মুশকিল এবার আসান হবে ধরে নেওয়া উচিত। আনার কাছে গানাদোর দাসত্বমোচনের ফারমান। তার জোরে গানাদো নির্ভয়ে কয়াকে নিয়ে পানামা যোজকের মাঝখানের পর্বতপ্রাচীর ডিঙিয়ে আতলান্তিকের উপকূলের প্রথম-বন্দর নোম্‌ব্রে দে দিয়স থেকে ইউরোপের দিকে যখন খুশি পাড়ি দিতে পারবেন।

কিন্তু তা সম্ভব হয় কই? আশাতীত সৌভাগ্যরূপে যা দেখা দেয়, নিয়তির নিষ্ঠুর পরিহাসে তাই চরম দুর্ভাগ্য হয়ে দাঁড়ায় দু-দণ্ড না যেতে যেতে। তা না হলে বুক ফুলিয়ে নির্ভয়ে প্রকাশ্যে যাঁর রওনা হবার কথা সেই গানাদোকে সে রাত্রেই চোরের মতো কয়াকে নিয়ে পানামা ছাড়বার চেষ্টা করতে হয় কেন!

তেত্রিশ

"বন্দরের নাম নোমব্রে দে দিয়স অর্থাৎ ভগবানের নাম।

নাম ভগবানের হলেও জায়গাটা গানাদো আর তাঁর সঙ্গীদের কাছে শয়তানের মুল্লুকই হয়ে দাঁড়িয়েছে।

এই বন্দরে পুরো দু-হপ্তা ধরে হা-পিত্যেশ করে তাঁরা অপেক্ষা করে আছেন স্পেনে বা ইউরোপের যে কোনও জায়গায় ফিরে যাবার একটা জাহাজের যাত্রী হবার সুযোগের জন্যে। তাঁদের যত তাড়াতাড়ি সম্ভব কোনও জাহাজে রওনা হওয়া দরকার ছিল। যত দিন যাচ্ছে ধরা পড়ার বিপদ তত বাড়ছে। কিন্তু কোনও জাহাজে জায়গা

পাবার আশাই আর দেখা যাচ্ছে না।

পানামা যোজকের পার্বত্য মেরুদণ্ড পার হবার সময় এই বিপদটার কথা গানাদো বা তাঁর দলের কেউ কল্পনা করতে পারেননি। নোমব্রে দে দিয়স-এ পৌঁছোলে আর কোনও ভাবনা থাকবে না এই ছিল তাঁদের দৃঢ় বিশ্বাস।

দুর্গম পথে পানামা থেকে পাহাড় ডিঙিয়ে লুকিয়ে ওপারের বন্দর নোমব্রে দে দিয়স-এ পৌঁছোনো সত্যিই ছিল প্রায় অসাধ্য।

পানামা যোজকের এপারে-ওপারে যাওয়া-আসার একটা সরকারি পথ তখন চালু হয়ে গেছে। তৈরি করা বাঁধানো রাস্তা না হলেও তা আগাগোড়া চিনে যাবার মতো করে চিহ্ন দেওয়া। দক্ষিণে পেরু আর উত্তরে ছোট ছোট রাজ্যে অভিযান শুরু হওয়ার পর থেকে সে রাস্তায় অল্পবিস্তর লোক চলাচলেরও কামাই নেই।

গানাদো আর তাঁর সঙ্গীরা সে রাস্তা ব্যবহার করতে তো পারেননি। তার উপায় ছিল না। দুর্ভেদ্য বনজঙ্গলের ভেতর দিয়ে তাঁদের নতুন করে পথ খুঁজে নিয়ে পাহাড়ের ওপারে যেতে হয়েছে সমস্ত ব্যাপারটা সম্পূর্ণ গোপন রাখবার জন্যে। এই গোপনতার জন্যেই পানামায় রাত্রের অন্ধকারে এমনই লুকিয়েই তাঁদের মোরালেস-এর বাড়ি ছাড়তে হয়েছিল। কিন্তু কেন এ গোপনতা, এ প্রশ্ন এবার উঠতে বাধ্য।

কাপিতান সানসেদোর সঙ্গে অমন দৈবানুগ্রহে আনা-র দেখা হয়ে যাবার পরও পানামা ছাড়তে গানাদোর অমন লুকোচুরির দরকার তো হবার কথা নয়।

স্পেনের রাজধানী টোলেডো থেকে গানাদোর যে মুক্তিপত্র আনা অত আগ্রহভরে সঙ্গে করে এনেছিল তাতে কি তাহলে গলদ ছিল কিছু?

না, তা ছিল না। সে হুকুমনামা টোলেডোর রাজদরবারে মহামান্য কর্টেজ-এর সুপারিশে স্বয়ং সম্রাটের স্বাক্ষরিত।

আনা কি তাহলে শেষ পর্যন্ত গানাদোর হাতে এ মুক্তিপত্র দিতে কাপিতান সানসেদোর সঙ্গে ডন মোরালেস-এর আস্তানায় গিয়ে উঠতে পারেনি?

না, তা-ও সে গিয়েছিল। দেখাও পেয়েছিল গানাদোর।

কিন্তু মুক্তিপত্র তার হাতে দেয়নি। তার বদলে আহত বাঘিনীর মতো প্রতিহিংসার জন্যে ক্ষিপ্ত হয়ে উঠে গানাদোকে চরম সর্বনাশের জন্যে প্রস্তুত থাকতে বলে ঝড়ের মতো সেখান থেকে বেরিয়ে গিয়েছিল।

আনার মতো নারীচরিত্রের গহন রহস্য জানা থাকলে কারণটা বোধ হয় আর ব্যাখ্যা করতে হবে না।

আনা আকুল আগ্রহে গানাদোর দেখা পাবার আশায় ছুটে এসেছিল মোরালেস-এর বাড়িতে। গানাদোর দেখা পেয়েছিল আর সেই সঙ্গে কয়ারও।

কয়ার কোনও পরিচয় তখনও কেউ দেয়নি। তবু আনা থমকে দাঁড়িয়ে পড়েছিল মোরালেস-এর বাড়ির ভেতর ঢুকে প্রথম তাকে দেখে। কিছুক্ষণ নিস্পন্দ নীরব হয়ে গিয়ে বিবর্ণ মুখে ধরা গলায় গানাদোকে একবার জিজ্ঞাসা করেছিল শুধু, 'এ কে?'

উত্তরের জন্যেও তারপর অপেক্ষা করেনি। হঠাৎ যেন বারুদের স্তূপের মতো

বিস্ফোরিত হয়ে হিংস্রকণ্ঠে চিৎকার করে উঠেছিল, 'এই তোমার পছন্দকরা সুন্দরী? সাত সমুদ্র পারের দেশ থেকে একেই খুঁজে নিয়ে এসেছ তোমার ঘরনি করবে বলে? একে নিয়েই এখান থেকে লুকিয়ে পালাতে চাও? সে স্বপ্ন ভুলে যাও। ফেরারি একটা গোলামের সঙ্গে বুনো বর্বর একটা বাঁদির মিল অত সহজ নয়। তোমার পেয়ারের সঙ্গিনীকে নিয়ে পানামার এক পা বাইরে কেমন করে তুমি যাও আমি দেখছি।'

আগুনের হলকার মতো কথাগুলো মুখ থেকে বার করে আনা আর এক মুহূর্ত সেখানে দাঁড়ায়নি। যেভাবে সে ছুটে বেরিয়ে গেছে তাতে অদম্য ক্রোধ নয়, দুঃসহ কোনও যন্ত্রণাই যেন তাকে তাড়িয়ে নিয়ে যাচ্ছে বলে মনে হয়েছে।

শুধু গানাদো আর কয়া নয়, সে ঘরে তখন কাপিতান সানসেদোর সঙ্গে ডন মোরালেস আর ফেলিপিলিও-ও উপস্থিত। সকলেই স্তম্ভিত বিহ্বল।

'শোনো! শোনো, আনা!' কাপিতান সানসেদোই প্রথম চিৎকার করে ডেকে আনাকে ফেরাবার জন্যে পিছনে ছুটে যাচ্ছিলেন, তাঁকে বাধা দিয়েছিলেন গানাদো।

বলেছিলেন, 'কোনও লাভ নেই কাপিতান। ওকে এখন ফেরাবার চেষ্টা বৃথা। এখন ওর যা মনের অবস্থা, সম্ভব হলে এখনই ও কোতোয়ালি থেকে সেপাই আনিয়ে আমায় ধরাবার ব্যবস্থা করবে।'

'করতে চাইলেও তা সম্ভব হবে না', ধীর গম্ভীর স্বরে বলেছিলেন ডন মোরালেস, 'এখন সন্ধে হয়ে এসেছে। পানামা স্পেন নয়। দিনের দায় চুকলে সারা রাত সজাগ পাহারায় খোলা থাকবার মতো কোতোয়ালি স্পেনের শহরেই মেলে না, তো এখানে! কাল সকালের আগে কোতোয়ালি থেকে হামলার ভয় তাই নেই। যেমন করে হোক আজ রাত্রেই পানামা ছাড়বার ব্যবস্থা কিছু করতে হবে!'

'আপনি যত তাড়াতাড়ি সম্ভব আপদ বিদায় করতে চান, কেমন?' কাপিতান সানসেদো তিক্তস্বরে বলেছিলেন ডন মোরালেসকে।

তার উত্তরে এবার একটু হেসেছিলেন ডন মোরালেস। হেসে বলেছিলেন, 'ঠিকই বুঝেছেন, কাপিতান। আপদ যাতে ঠিক মতো বিদায় হয় তার জন্যে নিজেও সঙ্গে গিয়ে মাঝখানের পাহাড়টা পার করে দিতে চাই।'

'আপনি আমাদের সঙ্গে যেতে চান?' সত্যিই বিস্মিত হয়ে জিজ্ঞাসা করেছিলেন গানাদো।

'হ্যাঁ, এ পাহাড় পার হবার একটা গোপন রাস্তা নইলে তোমাদের চেনাবে কে?' প্রসন্ন কণ্ঠে বলেছিলেন ডন মোরালেস।

সত্যিই তাই চিনিয়ে নিয়ে গিয়েছিলেন ডন মোরালেস। দুর্গম হলেও সম্পূর্ণ অজানা একটি পথ। এ পথ ডন মোরালেসকেও পুরনো স্মৃতি হাতড়ে খুঁজে বার করতে হয়েছে। একদিন তিনি ফ্রানসিসকো পিজারোর সঙ্গে এই পথেই পাহাড় পার হয়ে প্রথম পশ্চিমের অকূল সমুদ্র দেখে আবার ফিরে গিয়েছিলেন। সম্পূর্ণ না হলেও কিছুটা তাঁর মনে ছিল। পথ হিসেবে এটি অবশ্য সহজ সুগম নয়। এর চেয়ে সহজ পথ তারপর আবিষ্কৃত হয়ে এপার-ওপার যাতায়াতের সুবিধে করে দিয়েছে। এ দুর্গম পথের একমাত্র সুবিধা এই যে তা সম্পূর্ণ নিরাপদ। এ পথে কোনও পাহারাদারের

নজরে পড়বার কোনও ভয় নেই।

ডন মোরালেস গানাদোর দলকে শুধু নিরাপদ পথ চিনতেই সাহায্য করেননি, কয়া-র বাহন হিসেবে একটি ঘোড়াও সঙ্গে আনবার ব্যবস্থা করেছিলেন।

কিন্তু এত চেষ্টা এত কষ্ট সবই বৃথা মনে হয়েছে নোমব্রে দে দিয়স-এ কয়েকটা দিন কাটাবার পর। স্পেনে ফিরে যাবার জাহাজের সমস্যা যে এমন নিদারুণ হতে পারে, তাঁরা ভাবতে পারেননি।

বন্দরে কোনও জাহাজ নেই এমন নয়। মাঝে মাঝে দু-একটা জাহাজ স্পেনে ফেরবার জন্যে পাড়িও দিচ্ছে। কিন্তু গানাদোর মতো মানুষদের তাতে জায়গা পাওয়া অসম্ভব।

এ সব জাহাজে সরকারি কাজের লোক বাদে যারা যায় তাদের ভাড়া যা দিতে হয় তা প্রায় গলা-কাটা।

যোজকের ওপার থেকে সোনা ছড়ানো সব জায়গা, বিশেষ করে প্রায় সোনায় বাঁধানো পেরুর মতো দেশ আবিষ্কৃত ও লুণ্ঠিত হতে শুরু হওয়ার পর থেকেই এই অবস্থা দাঁড়িয়েছে। তাল তাল সোনাদানা যারা লুঠ করে এনে দেশে ফিরছে জাহাজের নাখোদা-রা তাদের ওপর মায়া-দয়া করবে কেন? জাহাজে জায়গা পেতে হলে লুঠের মালের বেশ কিছু ভাগ তাদের দিয়ে যেতে হবে।

সত্যিই লুঠ করে যারা ফিরছে তারা তাই দিতে খুব আপত্তি করে না। কিন্তু গানাদো সেরকম খাঁই মেটাবেন কোথা থেকে। দলের মধ্যে সামান্য যা একটু পুঁজি আছে তা কাপিতান সানসেদোর কাছে। জাহাজ-ভাড়ার সমস্যা এমন হতে পারে অনুমান করতে না পেরে তিনি সঙ্গে বিশেষ কিছু আনেননি। তবু যতটা পারেন তিনি সবই দেন জাহাজের কাপিতানের হাতে। গানাদো আর কয়া-র মূল্য বাবদ যা পেয়েছিল ফেলিপিলিও তাও প্রায় সবটাই ফেরত দেয়। সকলের কাছে সব কিছু কুড়িয়ে-বাড়িয়েও যা সংগ্রহ হয় তা কিন্তু এক জনের ভাড়ার পক্ষেও যথেষ্ট নয়।

ভাড়া যা দিতে পারবেন না গতরে খেটে তা পুষিয়ে দেবার প্রস্তাব করেও দেখেন গানাদো। কাপিতান সানসেদো আর ফেলিপিলিওকে নিয়ে পুরুষ তাঁরা তিনজন। একমাত্র কয়াকে যদি যাত্রিণী হিসেবে জায়গা দেয় তাহলে তাঁরা তিনজনে মাল্লা হিসেবে যে কোনও কাজ করতে প্রস্তুত বলে জানান।

নোমব্রে দে দিয়স বন্দরে আর যা কিছুর হোক, জাহাজের মাঝিমাল্লার অভাব নেই। গানাদোর দলের এ প্রস্তাবে রাজি হবার মতো কোনও জাহাজের কাপিতান পাওয়া যায় না।

প্রতিদিন অবস্থা যে গুরুতর হয়ে দাঁড়াচ্ছে তা ভাল করেই বুঝতে পারেন গানাদো। এখন শুধু জাহাজের ভাড়া সংগ্রহই সমস্যা, পরে যে কোনও দিন সমস্যা আরও সঙ্গিন হয়ে উঠতে পারে। মার্কামারা ফেরারি গোলাম হিসেবে তখন জাহাজে ওঠাই অসম্ভব হবে।

আনা এ কয়দিনে তাঁর খোঁজে পানামা তোলপাড় করে ফেলেছে নিশ্চয়। ওপারের হুলিয়া যে এখনও এপারে পৌঁছোয়নি এই ভাগ্য। কিন্তু এ ভাগ্য আর ক-দিন টিঁকবে!

চৌত্রিশ

“পানামার হুলিয়া নোমব্রে দে দিয়স-এ পৌঁছোলে ফেরারি গোলাম বলে চিহ্নিত হয়ে এ বন্দর থেকে বার হওয়া তাঁর পক্ষে কঠিন হবে এই ভয় করেছিলেন গানাদো।

তার চেয়ে কত বড় অভাবিত নিদারুণ দুর্ভাগ্য যে তাঁর জন্যে অপেক্ষা করে আছে তিনি তখন কল্পনাই করতে পারেননি।

নোমব্রে দে দিয়স-এ কয়েক দিন ফিরতি জাহাজে জায়গার খোঁজে হতাশ ভাবে কাটাবার পর সেদিন ফেলিপিলিও একটা আশার খবর এনেছে। সেদিন সকালেই একটি ছোট কারাভেল বন্দরে এসে ভিড়েছে। পানামা থেকে স্পেনে নিয়মিত যে সব জাহাজ যাতায়াত করে তাদের কোনওটি নয়। এ কারাভেল-এর বন্দর-ঘাঁটি হল নিকারাগুয়ার পুন্টা গোরদা। সেখান থেকে রওনা হয়ে ঝড়ের মুখে বিপথে এসে পড়ে নোমব্রে দে দিয়স-এ আশ্রয় নিয়েছে শুধু দিনের বেলাটায় কিছু মেরামতি সেরে নেবার জন্যে। সন্ধে বেলাতেই আবার অনুকূল হাওয়ায় রওনা হবে।

এ অঞ্চলের জাহাজ নয় বলে হয়তো তাতে জায়গা পাওয়া অত কঠিন হবে না। কাপিতান সানসেদো আর ডন মোরালেসকে নিয়ে গানাদো তাই ভেবে জাহাজের নাখোদার সঙ্গে কথা বলতে গিয়েছেন।

গিয়ে শেষ পর্যন্ত হতাশই হতে হয়েছে। এ জাহাজে কাপিতান সানসেদোকে নিয়ে তাঁর ও কয়ার মতো জায়গা ছিল ঠিকই। ভাড়াও তাঁদের সাধ্যের অতিরিক্ত ছিল না। কিন্তু তাঁদের পৌঁছোতে দেরি হয়ে গেছে। সকালবেলা বন্দরে ভিড়বার কিছু পরেই এখানকার একজন সব ক-টি জায়গাই আগাম মূল্য দিয়ে নিয়ে রেখেছেন।

‘কে সে লোকটি?’ না জিজ্ঞেস করে পারেননি গানাদো। সেই সঙ্গে উৎসুকভাবে বলেছেন, ‘হয়তো তাঁর দরকার আমাদের মতো জরুরি নয়। ঠিক মতো বোঝাতে পারলে হয়তো আমাদের জন্যে জাহাজের জায়গা তিনি ছেড়েও দিতে পারেন। আপনি শুধু তাঁর নাম আর পরিচয়টা আমাদের দিন।’

‘নাম আর পরিচয় কি আমি মুখস্থ করে রেখেছি!’ এবার যেন একটু অধৈর্যই ফুটে উঠেছে জাহাজের নাখোদার গলায়, ‘ভাড়া বুঝে পেয়ে জাহাজে জায়গা কবুল করে দিয়েছি, ব্যস ব্যাপার চুকে গেছে। তা ছাড়া নাম-ধাম মনে থাকলেও আপনাদের বলতাম না। তার বারণ আছে।’

আর কথা বাড়ানো বৃথা বুঝে গানাদো মোরালেস আর কাপিতানকে নিয়ে সেখান থেকে চলে এসেছেন। সামান্য একটু দেরির জন্যে এমন একটা বিরল সুযোগ হাতছাড়া হওয়ায় মনটা খিঁচড়ে গেছে বড় বেশি। তিক্ত হতাশা নিয়ে তিনজনে বন্দর শহরের পুল্‌কে পান করবার একটা দোকানে গিয়ে খানিকক্ষণ বসেছেন। সেখান থেকে বার হতে প্রায় সন্ধে হয়ে গেছে।

পুল্‌কে পানশালায় ওই সময়টুকু কাটানোই হয়েছে মারাত্মক ভুল। সর্বনাশ হয়ে গেছে ওই বিলম্বটুকুর মধ্যেই।

সর্বনাশের খবরটা প্রথম পেয়ে বিশ্বাসই করতে পারেননি। বিশ্বাস করা সত্যিই

শক্ত।

পানশালা থেকে বেরিয়ে নগর-সীমানায় তখন নিজেদের আস্তানায় দিকে তিনজনে বিষণ্ণ মনে চলেছেন। হঠাৎ দূর থেকে একটি মূর্তিকে ছুটে আসতে দেখে চমকে উঠেছেন গানাদো।

এ কী! এ তো আনা! কিন্তু আলুথালু বেশে অবিন্যস্ত কেশে এমন উন্মাদিনীর মতো চেহারা কেন?

উন্মাদিনীর মতোই ছুটে এসে আনা গানাদোর একটা হাত ব্যাকুলভাবে জড়িয়ে ধরেছে! তারপর হাঁফাতে হাঁফাতে এক নিঃশ্বাসে যা বলেছে তা পাগলের প্রলাপ ছাড়া আর কী হতে পারে?

সোরাবিয়া গানাদোদের আস্তানা থেকে কয়াকে জোর করে ধরে নিয়ে একটা জাহাজে পালাচ্ছে। এখনও বন্দরে ছুটে গেলে তাকে বাধা দেওয়া যায়। এই হল আনার উত্তেজিত যন্ত্রণাকাতর কণ্ঠের নিবেদন।

বিশ্বাস করা যায় এরকম আজগুবি অসম্ভব সংবাদ!

'সোরাবিয়া কোথা থেকে এল এখানে?' তীক্ষ্ণ কণ্ঠে অনেকগুলি প্রশ্ন করেছেন গানাদো, 'তুমি হঠাৎ এ খবর দেওয়ার জন্যে ছুটে এসেছ কেন? কয়া তো অসাড় গাছ-পাথর নয়। তাকে এই দিনের আলোয় নগরের রাস্তা দিয়ে বন্দর পর্যন্ত নিয়ে গেল কী করে? জাহাজেই বা তুলল কীভাবে?'

এসব প্রশ্ন এখন করবার নয়। আকুল অস্থির হয়ে উঠেছে আনা, 'তোমার কয়াকে যদি বাঁচাতে চাও এখনই বন্দরে গিয়ে ধরবার চেষ্টা করো সোরাবিয়াকে।'

'কয়া-কে বাঁচাবার জন্যে এত ব্যাকুল কখন থেকে হলে!' তীব্র বিদ্রূপের স্বরে বলেছেন গানাদো, 'সোরাবিয়া তো মন্ত্র পড়ে আমাদের হদিস পায়নি। আমাকে ও কয়াকে ধরিয়ে দেবার জন্যে তুমিই তো তাকে সব জানিয়েছ।'

'হ্যাঁ, জানিয়েছি!' কান্না-চাপা গলায় বলেছে আনা, 'ঈর্ষা আর প্রতিহিংসার জ্বালায় আমি তখন উন্মাদ হয়ে গিয়েছিলাম। বিশ্বাস করো, আজ নিজের জীবন দিয়েও সে ভুল, সে পাপের প্রায়শ্চিত্ত করতে আমি প্রস্তুত! কিন্তু এসব কথায় কাটাবার সময় এখন নেই! তুমি এখনও বন্দরে গেলে হয়তো তাকে ধরতে পারবে। আমায় তুমি যত খুশি ঘৃণা করো, দাস, সেই ঘৃণার ভেতর দিয়েই তোমার মনে একটু জায়গা পেয়ে আমি এখন খুশি থাকব। কিন্তু আমায় তুমি অবিশ্বাস করো না। আর এক মুহূর্ত দেরি না করে তুমি বন্দরে যাও।'

গানাদো কিন্তু নিজের সমস্ত প্রশ্নের উত্তর না শুনে সেখান থেকে এক পা নড়েননি। এমনই অবুঝ সর্বনাশা জেদ হয়েছিল তাঁর সেদিন।

অপ্রকৃতিস্থের মতো অস্থির উত্তেজিত কণ্ঠে আনা এবার যা জানিয়েছে তার সার কথা হল এই যে সোরাবিয়া কয়েক দিন আগে পেরু থেকে পানামায় ফেরে। আনার মতো সে-ও মার্কুইস গঞ্জালেস দে সোলিস হিসাবে পানামার গভর্নর-এর অতিথি হয় বলে দু-জনের দেখা হয় আপনা থেকেই। আনার কাছে গানাদোর খবর জানতে পেরে সোরাবিয়া তখনই আনাকে নিয়ে নোমব্রে দে দিয়স বন্দরে আসার ব্যবস্থা করে।

এখানেই যে গানাদো আর কয়াকে সে ধরতে পারবে এ বিষয়ে তার কোনও সন্দেহ ছিল না। আগেকার এক সপ্তাহের মধ্যে কোনও জাহাজ বন্দর থেকে ছাড়েনি জেনে সে আরও নিশ্চিন্ত হয়। নিজেকে প্রচ্ছন্ন রেখে সে গোপনে গানাদোর হদিস পাবার চেষ্টা করে। নগরের পথে একদিন ফেলিপিলিওকে দেখে তাকে নিঃশব্দে অনুসরণ করে গানাদোর সন্ধান সে পেয়েও যায়। সেই সঙ্গে কয়াকেও সে দেখে। এবার সে যে শয়তানি মতলব ভাঁজে তা বাহাদুরি করেই হিংস্র বিদ্রূপের সঙ্গে আনাকে জানায়। গানাদোকে ফেরারি গোলাম হিসেবে সে ধরিয়ে দেবে, কিন্তু শুধু তাতেই সে সন্তুষ্ট থাকবে না। কয়াকেও সে লুঠ করে নেবে। আনা যে তার বিবাহিতা স্ত্রী হয়েও গানাদোর প্রেমে হাবুডুবু, এ লুণ্ঠন হবে তারই প্রতিশোধ। পানামা থেকে রওনা হবার পর থেকেই নিজের অপরাধের পরিমাণটা বুঝতে পেরে আনা অনুশোচনায় দগ্ধ হতে শুরু করেছে। এবারে সে সোরাবিয়ার বিরুদ্ধে প্রকাশ্যেই বেঁকে দাঁড়ায়। গানাদো যে আর গোলাম নয়, মুক্ত স্বাধীন নাগরিক, সম্রাটের সই-করা সনদ দেখিয়ে বন্দরের কোতোয়ালকে তা সে জানিয়ে দেবে বলে। হিতে বিপরীত হয় এ শাসানিতে। সোরাবিয়া প্রথমে আনার কাছ থেকে গানাদোর মুক্তিপত্র জোর করে আদায় করবার চেষ্টা করে। কোথায় আনা সে সনদ লুকিয়ে রেখেছে জানবার জন্যে যতখানি সম্ভব শারীরিক উৎপীড়ন করতে সে দ্বিধা করে না। তা সত্ত্বেও বিফল হয়ে আনাকে প্রায় অজ্ঞান অবস্থায় তাদের এখানকার আশ্রয় নিবাসের একটি ঘরে বন্ধ করে রেখে সোরাবিয়া তার ভাড়াকরা গুণ্ডাদের নিয়ে গানাদোর আস্তানায় হানা দেবার মতলব আঁটতে বসে পাশের ঘরেই। গানাদোর আস্তানায় হানা দিয়ে জোর করে হাত পা মুখ বেঁধে তারা কয়াকে বার করে আনবে। তারপর কফিন-এর বাকসে পুরে মৃতদেহের মতো তাকে বয়ে নিয়ে যাবে বন্দরের দিকে। সেদিকের নির্জন রাস্তায় একবার পৌঁছোতে পারলে থল্লির মধ্যে ভরা কোনও চালানির মাল হিসেবে কয়াকে জাহাজে তুলে তখনকার মতো সোরাবিয়ার নিজের ভাড়া-করা কেবিনে বন্দি করে রাখা মোটেই শক্ত হবে না। এই পরামর্শ করে ভাড়াটে গুণ্ডাদের নিয়ে সোরাবিয়া বেরিয়ে গেছে। প্রতিবেশীদের একজন আনার চিৎকার আর দরজায় আঘাত শুনে যখন এসে তাকে মুক্ত করেছে তখন আনার নিজে থেকে কিছু করবার আর উপায় নেই। এইটেই তাঁর যাতায়াতের পথ জেনে আনা তাই আকুলভাবে গানাদোর জন্যে এখানে অপেক্ষা করে আছে। সোরাবিয়ার পৈশাচিক ষড়যন্ত্র শেষ মুহূর্তে যদি ব্যর্থ করা যায় এই আশায়।

এত কথা শোনবার পরও যদি গানাদো বন্দরের বদলে তাঁর আস্তানাতেই ব্যাপারটা সম্বন্ধে নিঃসন্দেহ হবার জন্যে না ফিরে যেতেন!

আস্তানায় ফিরে গিয়ে নিজের চোখে অবশ্য তিনি রক্তাক্ত মুমূর্ষু ফেলিপিলিওকে দেখেছেন। শেষ নিঃশ্বাস পড়বার আগে শুনেছেন তার ক্ষীণ স্তব্ধপ্রায় কণ্ঠে সোরাবিয়ার পৈশাচিক আক্রমণের কথা। সেই আক্রমণ ঠেকাবার জন্যেই প্রাণ দিয়ে ফেলিপিলিও তার দেশদ্রোহিতার প্রায়শ্চিত্ত করে গেছে।

কাপিতান সানসেদো আর ডন মোরালেস-এর ওপর ফেলিপিলিওর উপযুক্ত

সৎকারের ভার দিয়ে গানাদো তারপর বন্দরে ছুটে গেছেন।

কিন্তু তখন দেরি হয়ে গেছে একটু বেশি।

রাতের অন্ধকার গাঢ় হয়ে তখন নেমে এসেছে পৃথিবীর ওপর। সেই অন্ধকার উত্তর আকাশের ঈষৎ ফিকে পশ্চাৎপটে সোরাবিয়ার সঙ্গে বন্দিনী কয়াকে যা বয়ে নিয়ে যাচ্ছে সেই জাহাজটার গাঢ় কৃষ্ণ রেখাকৃতি আর তার মধ্যে একটা নাতি উজ্জ্বল আলোর বর্তিকা ক্রমশ দূরে সরে যেতে দেখা গেছে। আর মাত্র কিছুক্ষণ আগে এলে বুঝি এ জাহাজের নোঙর তোলা বন্ধ করবার চেষ্টা করা যেত।"

শ্রীঘনশ্যাম দাস চুপ করলেন আর সেই সঙ্গে সঙ্গে ককিয়ে উঠলেন কুম্ভোদর রামশরণবাবু, "ওই পাপিষ্ঠ সোরাবিয়া কয়াকে অমন করে অবাধে লুঠ করে নিয়ে চলে গেল?"

"না, তা আর যেতে পারল কই!" শ্রীঘনশ্যাম দাস আর সকলের তো বটেই, মর্মর মসৃণ যাঁর মস্তক সেই শিবপদবাবুর মুখেও অস্ফুট একটু প্রসন্ন হাসি ফুটিয়ে বললেন, "বন্দরের সীমানা ছাড়িয়ে খোলা দরিয়ায় পড়তে-না-পড়তে জাহাজের হালি গায়ের ওপর কয়েক ফোঁটা জল পড়ায় চমকে উঠেছে।

মেঘের বাষ্প কোথাও নেই। এমন ঝকঝকে পরিষ্কার আকাশ থেকে জলের ফোঁটা ঝরে কেমন করে?

ওপর দিকে চেয়ে শিউরে উঠেছে হালি। শিউরে উঠেছে সোরাবিয়াও। জাহাজ বন্দর থেকে ছাড়বার পর থেকে এতক্ষণ পর্যন্ত সে ডেকের ওপরেই আছে, নির্বিঘ্নে খোলা দরিয়ায় পৌঁছোনোটুকু দেখে যাবার জন্যে।

খোলা দরিয়ায় পৌঁছোবার পর নিশ্চিন্ত হয়ে এবার সে তার বন্দিনীর খবর নেবার জন্যে ফিরতে যাচ্ছিল। ফেরার মুখেই ওপর থেকে কয়েক ফোঁটা জল পড়তে সে চমকে উঠেছে হালি-র মতো, তারপর শিউরে উঠেছে ওপর দিকে চেয়ে।

ওপরে যা দেখেছে তাতে নিজের চোখকেই প্রথমত বিশ্বাস সে করতে পারেনি। একেবারে জাহাজের মাথার কাছের পাল ফোর-টপ-সেল-এর আড়াল থেকে একটা অদ্ভুত আবছা ছায়ামূর্তি বেরিয়ে এসেছে।

ছায়ামূর্তি নিছক ছায়া কিন্তু নয়। জলের ফোঁটাগুলো তার গা থেকেই যেন পড়ছে এবার।

ফোর-টপ-সেল থেকে মাস্তুলের দড়ি বেয়ে ছায়ামূর্তিটা মিজেন পালের দিকে নেমে এসেছে এবার।

কাঁপা হলেও তীক্ষ্ণ গলায় সোরাবিয়া জিজ্ঞাসা করেছে, 'কে? কে ওখানে?'

ছায়ামূর্তিটা তখন টপ-মাস্ট মাস্তুলের কাছে। সেখান থেকে বুকের রক্ত হিম করে দেওয়া গলায় উত্তর এসেছে, 'তোমার নিয়তি!'

মিজেন মাস্তুল বেয়েই মূর্তিটা তারপর খানিকটা নেমে এসে লাফিয়ে পড়েছে ডেকের ওপর।

'তুমি! তুই!' ভয় বিস্ময় আর হিংস্র উল্লাস মেশানো একটা অদ্ভুত চিৎকার বেরিয়ে এসেছে সোরাবিয়ার গলা থেকে। তারপর পৈশাচিক একটা অট্টহাসি।

'হ্যাঁ আমি, সত্যিই তোমার নিয়তি'—সোরাবিয়ার অট্টহাসি থামবার পর জবাব দিয়েছে সে মূর্তি—'তোমার সঙ্গে শেষ হিসেব-নিকেশ বাকি ছিল এতদিন। সেই জন্যেই আজ এসেছি।'

'হিসেব চুকোবার সাধ তোর সত্যিই আজ মিটিয়ে দেব!' কোমরের খাপ থেকে একটানে নিজের হিংস্র আক্রোশের মতোই ধারালো তলোয়ারটা খুলে বার করে বলেছে সোরাবিয়া, 'তুই নিজেকে আমার নিয়তি ভাবছিস? নিয়তি নয়, তুই আমার নিয়তির উপহার। আমার অনেক দিনের দারুণ একটা সাধ মিটিয়ে দেবার জন্যেই তোকে এমন করে আজ পাঠিয়েছে। তা না পাঠালে বন্দর থেকে ছেড়ে-যাওয়া এ জাহাজ সাঁতরে এসে ধরা তোর সাধ্যে কুলোত! নে এবার তৈরি হয়ে, ইষ্টনাম যদি কিছু থাকে তো জপ করে নে! এ আর চার দেয়ালের বন্ধ ঘর নয় যে, নাচের পা চালিয়ে বেঁচে যাবি। এ খোলা জাহাজের ডেক। এই হালিকে সাক্ষী রেখে বলছি, এই ডেকে তোর ঝাঁঝরা-করা লাশ আজ শোয়াব।'

সোরাবিয়া খোলা তলোয়ার নিয়ে প্রায় লাফ দিয়ে এগিয়ে গেছে এবার! তলোয়ার খুলে দাঁড়িয়েছে সে মূর্তিও। কিন্তু দু-জনের দ্বন্দ্বযুদ্ধের ধরন দেখে মনে হয়েছে, আস্ফালন যা করেছে তা-ই যেন সফল করে দেখিয়ে দেবে সোরাবিয়া।

সোরাবিয়ার নিপুণ আক্রমণে মূর্তিকে ধীরে ধীরে পিছিয়ে যেতে দেখা গিয়েছে জাহাজের সামনের মাস্তুল ফোর-মাস্টের দিকে। একেবারে প্রায় কিনারা পর্যন্ত গিয়ে আর পেছোবার উপায় নেই বলেই বোধহয় মূর্তিকে এবার সোরাবিয়ার মার ঠেকাবার ফাঁকে ফাঁকে মাস্তুল বেয়ে ওপরে উঠতে দেখা গেছে।

পৈশাচিক উৎসাহে আনন্দে এবার চিৎকার করে উঠেছে সোরাবিয়া। সে দক্ষ নাবিক। পাল মাস্তুলের রাজ্য তার চোখ বুজে ঘোরা ফেরার জায়গা। ছায়ামূর্তির ভড়ং-করা নির্বোধ গানাদো সেই পাল মাস্তুলের জটলার মধ্যে তাকে এড়িয়ে পালাতে পারবে ভেবেছে!

গানাদোর ধরন দেখে উদ্দেশ্যেটা তাঁর সেই রকমই মনে হয়েছে। ফোর-মাস্ট থেকে তিনি টপ-গ্যালান্ট মাস্তুলে গিয়ে উঠেছেন, সেখান থেকে রয়্যাল পালের আড়াল দিয়ে ফোর-রয়্যাল মাস্তুলে।

এর পর আর ওঠবার জায়গা নেই। সোরাবিয়া তার হিংস্র উল্লাস আর চেপে রাখতে পারেনি। অনায়াসে রয়্যাল পালের একটা রশি বাঁ-হাতে ধরে তারই তলার আড়া কানাতে পা রেখে তীব্র অবজ্ঞার স্বরে বলেছে, 'এখান থেকে সমুদ্রে ঝাঁপ দিয়ে রক্ষা পাবি, ভেবেছিস! ঝাঁপ দিতে হয়তো পারবি, কিন্তু তার আগে এফোঁড়-ওফোঁড় না হয়ে নয়। মিছেই এতটা কষ্ট করলি!'

'না, মিছে নয়।' এতক্ষণ বাদে প্রথম কথা বলেছেন গানাদো, 'তুমি ডেকের ওপর আমার লাশ শোয়াতে চেয়েছিলে, আমি কিন্তু এ জাহাজ তোমার রক্তে নোংরা করতে চাইনি। তাই তোমায় লোভ দেখিয়ে উঠিয়ে এনেছি এই মাস্তুলের ডগায়। এখান থেকে তোমার লাশটা আর জাহাজের ডেকে পড়বে না, পড়বে সমুদ্রের জলে যা অপবিত্র করার সাধ্য তোমার মতো শয়তানেরও নেই।'

গানাদোর কথা শেষ হবার আগেই উন্মাদের মতো তলোয়ার চালিয়েছে সোরাবিয়া। সে তলোয়ার গানাদোর কাছেও পৌঁছোয়নি। একটি অদ্ভুত আঘাতে অনেক নীচের ডেকের ওপর ঝন-ঝন শব্দে আছড়ে পড়েছে।

'এইবার তোমার পালা।' বজ্রস্বরে বলেছেন গানাদো, 'আমার তলোয়ারটাও তোমার রক্তে নোংরা করতে চাই না। শেষযাত্রায় গায়ে জড়াবার মতো একটা চাদর শুধু তোমার সঙ্গে দিচ্ছি।'

গানাদো পালের মাথার রশিতে কোথায় কী তলোয়ারের ঘা দিয়েছেন কে জানে। সমস্ত পালটা খুলে সোরাবিয়ার ওপর পড়ে তাকে জড়িয়ে নিয়ে বহু নীচের সমুদ্রের জলের ওপর একটা শব্দ তুলে অন্ধকারে অদৃশ্য হয়ে গেছে।

সেদিকে একবার চেয়ে গানাদো ধীরে ধীরে মাস্তুলের মাথা থেকে ডেকের ওপর নেমে এসে হালিকে সোরাবিয়ার ভাড়া-করা কেবিনটা কোথায় জিজ্ঞাসা করেছেন।

সে যুগের জাহাজের মাল্লা, অস্ত্রবিদ্যার চেয়ে মানুষের মূল্য আর মর্যাদা মাপবার আরও বড় কোনও কিছু তারা জানে না। কম্পিত সম্ভ্রমভরা গলায় হালি কয়া তখনও যেখানে বন্দি সে কেবিনের নির্দেশ জানিয়ে দিয়েছে।"

"তার মানে," দাসমশাই থামতেই মাথার কেশ যাঁর কাশের মতো শুভ্র সেই হরিসাধনবাবু উৎসুক আশান্বিত কণ্ঠে জিজ্ঞাসা করেছেন, "ওই কয়াকে নিয়ে গানাদো শেষ পর্যন্ত দেশে ফিরতে পেরেছিলেন?"

"তা পেরেছিলেন বইকী!" অনুকম্পা-মেশানো গম্ভীর স্বরে বলেছেন দাসমশাই; "নইলে আমার নাম ঘনশ্যাম দাস হবে কেন? আর কিছুর জন্যে না হোক কাপিতান সানসেদোর কাছে দেওয়া প্রতিশ্রুতি রাখবার জন্যেই তাঁকে ফিরতে হয়েছিল। ভাগ্যচক্রে ক্রীতদাস হয়ে যাঁকে স্পেনে আসতে হয়, আর কাপিতান সানসেদো যাঁকে শ্রদ্ধাভরে মুক্তি দিয়ে গুরু হিসেবে বরণ করেন ঋষিতুল্য পরম পণ্ডিত সেই বৃদ্ধ ভারতীয় জ্যোতিষীর অন্তিম লিপি গানাদো অর্থাৎ ঘনরাম দাস সত্যিই যথাস্থানে পৌঁছে দিতে পেরেছিলেন।"

"কোথায়? কার কাছে?" মর্মর মসৃণ যাঁর মস্তক সেই শিবপদবাবু জিজ্ঞাসা না করে পারেননি।

"এখনকার কাটোয়ার কাছে ঝামটপুর বলে এক গ্রামে।" দাসমশাই শিবপদবাবুর কৌতূহল মেটাতে জানিয়েছেন, "কৃষ্ণদাস নামে এক সজ্জনের কাছে।"

"কী ছিল সেই অন্তিম লিপিতে?" এ জিজ্ঞাসা কুম্ভোদর রামশরণবাবুর।

"যা ছিল তা যথাযথ বলতে পারব না।" শ্রীঘনশ্যাম দাস এ কৌতূহলও মিটিয়েছেন, "তবে বৃদ্ধ জ্যোতিষী এই রকম কিছু লিখেছিলেন বলে জানি—গণনায় জানতে পারছি ১৪৫৫ শকাব্দের আষাঢ় মাস সমস্ত পৃথিবীর এক দুঃসময়। বিশ্বের অনন্য এক যুগাবতার তিরোহিত হতে চলেছেন ওই সময়ে। পারেন তো সেই পরম জ্যোতির্ময় সত্তার দীপ্ত দিব্যোন্মত্ত জীবনকথা অমর কাব্যে গেঁথে রাখবার চেষ্টা করুন।"

"১৪৫৫ শকাব্দের আষাঢ় মাস?" কুম্ভোদর রামশরণবাবু একটু দ্বিধাভরে জিজ্ঞাসা করেছেন।

"হ্যাঁ, ১৪৫৫ শকাব্দের আষাঢ় মাস হল ১৫৩৩ খ্রিস্টাব্দের জুলাই!" উদার হয়ে তারিখটার তাৎপর্য বুঝিয়ে দিয়েছেন দাসমশাই, "নীলাচলে শ্রীচৈতন্যদেবের তিরোধান ঘটে ওই সময়েই।"

একটু থেমে দাসমশাই আবার বলেছেন, "কে জানে বৃদ্ধবয়সে বৃন্দাবন প্রবাসী হয়ে তাঁর শ্রীচৈতন্যচরিতামৃত লেখবার প্রেরণা কৃষ্ণদাস কবিরাজ ওই লিপি থেকেই পেয়েছিলেন কিনা!"

এই উপন্যাস-এ ব্যবহৃত কিছু বিশিষ্ট শব্দের অর্থ

কাল্পনিক নামগুলির পাশে [কা] চিহ্ন রয়েছে

আজটেক	কর্টেজ যাদের পরাজিত করেন, মেক্সিকোর অধীশ্বর সেই জাতির নাম।
আতাহুয়ালপা	পিজারোর পৈশাচিক শঠতায় বন্দি পেরু সাম্রাজ্যের শেষ ইংকা-অধীশ্বর।
আদেলানতাদো	শাসনকর্তা-গোছের সম্মানের পদবি।
আনাকোন্ডা	দক্ষিণ আমেরিকার এবং পৃথিবীরও সবচেয়ে বৃহৎ সাপ।
আনা (সেনোরা পরে মার্শনেস) [কা]	চপলা বিধবা যুবতী। গানাদোর প্রতি তীব্রভাবে আসক্ত, পরে মার্কুইস গঞ্জালেস দে সোলিস-এর স্ত্রী হিসাবে মার্শনেস।
আন্দাগোয়া (পাসকুয়াল দে)	১৫২২-এ পিজারোর আগে পেরুর কিংবদন্তি শুনে নিষ্ফল অভিযানে মাত্র পুয়েের্তো দে পিনিয়াস বন্দর পর্যন্ত যান।
আন্ডিজ	উত্তর থেকে দক্ষিণ আমেরিকার প্রান্ত পর্যন্ত বিস্তৃত পৃথিবীর দ্বিতীয় সর্বোচ্চ পর্বতমালা।
আলগুয়াখিল	পুলিস-প্রধান।
আলমাগরো (দিয়েগো দে)	পেরু বিজেতা পিজারোর বন্ধু-সঙ্গী ও সহযোদ্ধা।
ইংকা	পেরুর সম্রাটের পদবি। শাসক জাতিরও নাম।
এসপানিয়া	স্পেনদেশ।
এসপিনোসা (গ্যাস্পার দে)	পিজারোর পেরু অভিযানের যিনি টাকা জোগান সেই মহাজন।
কয়া [কা]	পেরুতে ইংকা-সম্রাজ্ঞীদের নাম। লুণ্ঠিতা এক সূর্যসেবিকাকে উদ্ধার করে তার ওই নাম রাখেন গানাদো।
কলম্বাস (ক্রিস্টোফার)	প্রথম যিনি আমেরিকা আবিষ্কার করেন।
কর্টেজ (হার্নান্ডো)	মেক্সিকো-বিজেতা স্পেনের সেনাপতি।
কাক্সামালকা	পেরুর স্বাস্থ্য-নিবাস হিসাবে বিখ্যাত নগর।
কর্ডিল্লিয়েরা	পর্বতমালা—আন্ডিজ পর্বতমালাই বোঝায়।
কাউন্সিল অফ ইন্ডিজ	এ 'ইন্ডিজ' ভারতবর্ষ নয়। নতুন আবিষ্কৃত মহাদেশ প্রথমে ভুল করে ইন্ডিজ ভাবা হয় বলে, সেখানকার অভিযান-নিয়ন্তা সমিতির ওই নাম হয়।
কান্ডিয়া (পেড্রে দে)	পিজারোর বিশ্বস্ত সরকারি সেনাপতি।
কাস্তেলিয়ানো	এখন স্প্যানিশ ভাষার নাম, আগে শুধু কাস্তিল প্রদেশের ভাষা বোঝাত।
কিনটেরো (অ্যালেনসো) [কা]	মেক্সিকো থেকে,ফেরার জাহাজে গানাদোর সঙ্গী।

কিপু	রঙিন সুতুলির গোছা, পেরুতে লিখিত অক্ষরের জায়গায় ব্যবহৃত হত। পেরুতে লিখিত অক্ষর ছিল না।
কুইচুয়া	সাধারণ পেরু-বাসীর ভাষা।
কুইটো	সে সময়ে পেরুর উত্তরের এক নগর। এখন ইকোয়েডর-এর রাজধানী।
কুজকো	ইংকা-সাম্রাজ্যের রাজধানী ও প্রধান ধর্মস্থান।
কুরাকা	ইংকা-রাজ্যের স্থানীয় শাসকদের পদবি।
কেম্যান	আমেরিকার ভিন্ন শ্রেণীর কুমির।
কোরাকেঙ্কু	ইংকা-রাজ্যের সবচেয়ে দুর্লভ অমূল্য পাখি। তার দুটি করে পালক ইংকা সম্রাটের উষ্ণীষে শোভা পেত রাজশক্তির অনন্য প্রতীক হিসাবে।
কোরিকাঞ্চা	কুজকো শহরে সূর্যদেবের প্রধান মন্দির।
ক্ল্যাভিহেরো [কা]	আনার আগেকার অপদার্থ পাষণ্ড স্বামী। বিয়ের পরই মেক্সিকোতে গিয়ে মারা যায়।
গঞ্জালো (পিজারো)	পেরু জয়ী পিজারোর এক ভাই।
গানাদো [কা]	শ্রীঘনশ্যাম দাস ওরফে ঘনাদার আদিপুরুষ ঘনরাম ক্রীতদাস হিসাবে গানাদো অর্থাৎ গোরু-ঘোড়া নামেই পরিচিত ছিলেন।
গাল্লিয়েখো [কা]	লম্পট নরপিশাচ স্পেনের সৈনিক।
গার্সিলাস্‌সো (দা ভেগা)	পেরুর ইংকা শাসন ও সভ্যতার পণ্ডিত ঐতিহাসিক। মাতা ইংকা রাজকন্যা।
গুয়াদালকুইভির	স্পেনের নদী, উত্তর থেকে সেভিল শহর ছুঁয়ে দক্ষিণের আটলান্টিক সমুদ্রে পড়েছে।
ঘনরাম দাস [কা]	গানাদোর যথার্থ নাম।
ঘনশ্যাম দাস (ওরফে ঘনাদা)	সরোবর-সভার মধ্যমণি। বাহাত্তর নম্বর বনমালি নস্কর লেনেরও।
চার্লস (পঞ্চম)	স্পেনের তখনকার সম্রাট।
চিকামা	পানামার এক সামান্য বন্দর নগর।
টম্‌বেজ	পেরুর পূর্ব তীরের বন্দর নগর।
টাফুর	স্প্যানিশ সেনাপতি, পিজারোর শত্রু।
টিটিকাকা	পেরুতে পৃথিবীর সবচেয়ে উঁচু হ্রদ।
টুপান য়ুপান্‌কি	ইংকা সম্রাটবংশের একজন আদি পুরুষ।
টেনচ্‌টিটলান	মেক্সিকো শহরের আদি আজটেক নাম।
টোলেডো	স্পেনের তখনকার রাজধানী।
টুকসিলো	স্পেনের শহর।
তাভান্‌তিন্‌সুইয়ু	পেরু রাজ্যের আসল আদি নাম।
ত্রিয়ানা	সেভিল শহরের নদীর পারের শহরতলি।

থর হেয়ের ডাল	সাহসী নরওয়েবাসী তরুণ নৃতাত্ত্বিক, কয়েকজন বন্ধুর সঙ্গে কনটিকি নামে কাঠের ভেলায় পেরু থেকে প্রশান্ত মহাসাগর পার হয়ে এক প্রবালদ্বীপে পৌঁছোন।
দে লুকে (হার্নান্ডো)	পেশায় পাদরি। মহাজন গ্যাস্পার দে এসপিনোসার প্রতিনিধি।
দে সটো (হার্নান্ডো)	পিজারোরর বিশ্বস্ত সহকারী সেনাপতি।
পাউল্‌লো টোপা [কা]	গানাদোর একান্ত কৃতজ্ঞ অনুচর। আতাহুয়ালপার মুক্তির চক্রান্তে গানাদোর সহায়।
পাচাকামাক	পেরুর গৌরবর্ণ আদি দেবতা। ভীরাকোচা নামেও পরিচিত।
পিজারো ফ্রান্‌সিসকো	পেরুর আবিষ্কারক ও বিজেতা।
পুল্‌কে	আগেভি বলে সিসল জাতীয় একরকম গাছের পাতার গাঁজানো রস। ওদেশের সুরা।
পেড্রারিয়স বা ডন পেড্রো আরিয়াস দে আভিলা	পানামা যোজক প্রদেশের গভর্নর। পিজারোর অভিযানে সাহায্যের চেয়ে বাধাই দিয়েছেন।
পেরু	দক্ষিণ আমেরিকার উত্তর-পশ্চিমের বিখ্যাত দেশ।
পেসো দে অরো	সেকালের স্প্যানিশ মোহর।
ফার্নানদিনা	কিউবা দ্বীপের তখনকার নাম।
ফেলিপিলিও	ওদেশের আদিবাসী দোভাষী।
বালবোয়া (ভাস্কো নুনিয়েজ দে)	আবিষ্কারক অভিযাত্রী। পানামা যোজকের পাহাড় ডিঙিয়ে প্রথম প্রশান্ত মহাসাগরের সন্ধান পান।
বার্থালমিউ রুইজ	স্পেনের নৌ-সেনাপতি। পিজারোর সহকারী।
বীরু	পেরুর উত্তরে বর্তমান ইকোয়েডর-এর নদী। প্রশান্ত মহাসাগরে পড়েছে।
বোর্লা	ইংকা-সম্রাটদের মাথার সাজ।
ব্যাচিলর এনসিসো	নিষ্ঠুর মহাজন, পিজারোকে সেভিল বন্দরে বন্দি করে।
ভবতারণবাবু [কা]	শ্রীঘনশ্যাম দাসের সরোবর-সভার সভ্য।
ভাস্কো দা গামা	আফ্রিকার দক্ষিণ ঘুরে ইউরোপ থেকে সমুদ্রপথে প্রথম ভারতের অভিযাত্রী।
ভিলিয়াক ভ্‌মু	পেরুর ইংকা-রাষ্ট্রের রাজপুরোহিত।
ভীরাকোচা	পেরুর আদি দেবতা। পাচাকামাক নামেও পরিচিত।
মনতরো	স্পেনের শহর।
মনটানা	জংলা প্রদেশ।
মাকিয়াভেল্লী	মধ্যযুগের ইতালির বিখ্যাত রাজনীতি-বিশারদ। ইওরোপের চাণক্য।
মান্টা	মেক্সিকোর যুদ্ধে ব্যবহৃত ট্যাঙ্কে-এর মতো প্রায় সচল সুরক্ষিত অস্ত্রক্ষেপণ যান—রথের মতো নির্মিত।
মার্শনেস গঞ্জালেস দে সোলিস [কা]	মার্কুইস গঞ্জালেস দে সোলিস-এর স্ত্রী হিসাবে আনা-র পরিচয়।

মারাভেদি	স্প্যানিশ স্বর্ণমুদ্রা।
মারিনা (ডোনা)	মেক্সিকো বিজয়ে কর্টেজের দোভাষী সঙ্গিনী। মালিঞ্চে নামেও উল্লেখিতা।
মুইস্কা	পেরুর একটি অতি সম্ভ্রান্ত জাতি বিশেষ, জ্যোতির্বিদ্যায় অত্যন্ত অগ্রসর।
মেদেলিন	স্পেনের একটি শহর।
মোরালেস [কা]	পিজারো আর আলমাগরোর বন্ধু ও সহায়।
য়ুকাটান	মেক্সিকোর দক্ষিণ-পূর্বের একটি ছোট রাজ্য।
রামশরণবাবু [কা]	শ্রীঘনশ্যাম দাসের সরোবর-সভার সভ্য।
রিচার্ড বার্টন	আরব্যোপন্যাসের প্রথম আবিষ্কর্তা ও অনুবাদক। আফ্রিকার নীলনদের উৎস সন্ধানী দুঃসাহসী পর্যটক।
রিয়াল	স্প্যানিশ মুদ্রা।
রেইমি উৎসব	পেরুর ইংকা-সাম্রাজ্যের প্রধান উৎসব। দক্ষিণায়ন শেষে সূর্যদেবের উত্তরায়ণ শুরুর সময়ে পালিত হত।
লিভি	বিখ্যাত রোম্যান লেখক।
ল্লান্টু	ইংকা সম্রাটদের শিরোবস্ত্র।
ল্লামা বা ল্লমা	পেরুর প্রধান পালিত পশু, উটেদের সুদূর জাতি।
শিবপদবাবু [কা]	ঘনশ্যাম দাসের সরোবর-সভার সভ্য।
সানসেদো (কাপিতান) [কা]	গানাদো প্রথম যে জাহাজে মেক্সিকো থেকে ফেরেন তার অধ্যক্ষ নাবিক। আনার মাতুল স্থানীয়, গানাদোর হিতৈষী বন্ধু।
সান্তা	সমুদ্রকূলে পেরুর শহর।
হুয়াইনা কাপাক	ভূতপূর্ব ইংকা। হুয়াসকার ও আতাহুয়ালপার পিতা।
হুয়াসকার	শেষ ইংকা আতাহুয়ালপার-ই বৈমাত্রেয় বড় ভাই। পূর্বে রাজধানী কুজকো সমেত অর্ধেক পেরুর ইংকা-অধীশ্বর। পরে আতাহুয়ালপার কাছে পরাজিত ও বন্দি।
হেরাদা [কা]	চুরি করা বিদ্যার জোরে পণ্ডিত-সাজা বকধর্মিক স্প্যানিশ সেনানী।

সংযোজন

একটি খসড়া গল্প

"তিনি"—অর্থাৎ

"না, তিনি নেই।

নেই মানে কী, তা বুঝতে যদি কষ্ট হয় তো স্পষ্ট করেই বলছি—তিনি বেপাত্তা, অর্থাৎ নিরুদ্দেশ।

হ্যাঁ, যথার্থ নিরুদ্দেশ যাকে বলে, অর্থাৎ কোথাও কেউ তাঁর হদিস পাচ্ছে না।

অথচ চেষ্টার কি কোনও কসুর আছে!

তিনি বলে কথা! সারা পৃথিবীময় পাহাড় পর্বত সাগর নদী ডিঙিয়ে সমস্ত হট-লাইন এমন গন গন করছে যে বুঝি গলেই যায়।

হট-লাইন কী বস্তু জানা নেই বুঝি?

বুঝিয়ে দিচ্ছি তাহলে—

পৃথিবীতে আজ যারা মহাশক্তি, ওই শক্তি-ই হয়েছে তাদের এক অভিশাপ। কেউ তারা কারও চেয়ে তো কম যায় না। একজন যদি এক হাতিয়ারে হয় উনিশ, তাহলে আর-একজন সাড়ে আঠারোর কম কখনও নয়। আর এ হাতিয়ারে যে সাড়ে আঠারো সেই আর-এক হাতিয়ারে অন্য জনের উনিশ ছাড়িয়ে প্রায় সাড়ে উনিশ।

এই উনিশ বিশের রেষারেষিতে সব তরফই সব সময়ে তটস্থ হয়ে আছে, পাছে জিভ ফসকানো কোনও কথার ভুলে বা চটপট কিছু শোনার দোষে এক লহমার কিছু উলটো বোঝাবুঝিতে একের বদলে আর বোতাম টেপার আহাম্মকিতে পলকে প্রলয় না ঘটে যায়।

তেমন কিছু গোলমেলে ব্যাপার হতে পারার একটু আঁচ পেলেই প্রতি তরফের যাঁরা মাথা তাঁরা আর পাঁচ কানে খবর পাবার জন্যে অপেক্ষা করেন না। একেবারে সরাসরি মাথায় মাথায় কথা চালাচালির ব্যবস্থা করেন।

এ ব্যবস্থা এমন পাকা নিখুঁত যে তার মধ্যে 'এনগেজড', 'নো-রিপ্লাই' কি 'রংনম্বর' হবার জো নেই।

সমুদ্রের এপারের মুল্লুকের চাঁই হট-লাইনের ফোনটি তোলামাত্র ওপারের খোদ কর্তার ফোন টনক নড়ার মতো বেজে উঠবে। কথাবার্তা যা হবে তা একেবারে সাফসুফ কাটাছাঁটা পরিষ্কার। তার মধ্যে বাইরের কারও একটুও টুঁ শব্দ করারও উপায় নেই।

অবশ্য যখন তখন যেমন তেমন ব্যাপারে এ হট লাইন কখনও চালু হয় না। হয় অতি গুরুতর পৃথিবী জোড়া সমস্যা কি সংকটের ব্যাপারে।"

"এখন যেমন হচ্ছে।

'হ্যালো! হ্যালো!'—হট লাইন গুমরোচ্ছে—'কোনও খবর আপনারাও পাচ্ছেন না? আপনাদের কে.জি.—থুড়ি, গোয়েন্দা পুলিশ সারা মুল্লুক চষে ফেলছে বাল্টিক আর মেডিটারেনিয়ন থেকে আর্কটিক প্যাসিফিক পর্যন্ত! আমরাও পাচ্ছি না। কী? কী? একটু ধরতে বলছেন? হ্যাঁ, হ্যাঁ, ধরে আছি! কী খবর? বলুন, বলুন। হ্যাঁ চুক্‌চিদের মুলুকে দেখা গেছে একজনকে। চিমসে মর্কটের মতো? ওখান থেকে বেরিং স্ট্রেট পেরিয়ে যাবার তালে আছে? আমরা যেন হুঁশিয়ার থাকি! থাক, থাক—আর বলতে হবে না! আমি এখনই আলাস্কায় হুকুম পাঠাচ্ছি। বর্ডার-গার্ড সবকটা জাহাজ লঞ্চ স্টিমবোট নিয়ে যেন দিনরাত খাড়া পাহারায় থাকে। ওপার থেকে লঞ্চ, স্টিমার জেলেডিঙি তো বটেই, মায় ওয়ালরস কি সী-লায়নের যদি একটা ভেসে আসে সেটাও পাকড়াও করতে ছাড়বে না। কে জানে কী তাঁর প্যাঁচ। ওরই ভেতর লুকিয়ে আসা তাঁর পক্ষে অসম্ভব নয়—অ্যাঁ!! কী বলছেন!—মানে—মানে—ওরকম হুকুম যেন না দিই,—দিয়ে থাকলে যেন খারিজ করি এক্ষুনি—কেন?—কেন?—মানে চুক্‌চিদের মুল্লুকে যাঁকে দেখা গেছে তিনি চুক্‌চি ভাষাই ভাল জানেন না। দু-চারটে কথা শুধু বলতে পারেন। তাও ভুল উচ্চারণ।'

না। তাহলে এ তিনি সে তিনি নন কখখনই।

কিন্তু তিনি, সেই আসল তিনি তাহলে কোথায়?

দেখা যাক আর-এক হট-লাইনে কিছু হদিস মেলে কি না!

এ হট-লাইন চলছে পশ্চিম সাগরের এক মহাদ্বীপ থেকে পূর্ব দক্ষিণ সাগরের আর-এক মহাদেশ প্রমাণ দ্বীপে।

এ হট-লাইনে আলাপ যা চলছে তা অতি গোপন সাংকেতিক ভাষায়।

যদি কোনওরকমে কোথাও কিছু গলে বেরিয়ে গিয়ে শোনা-ও যায় তা বোঝার সাধ্য নেই কারও।

শুনতে যা পাওয়া যাবে তা তো এই—'না, মুদি দেবে না। তবে হ্যাঁ, গোয়ালা ইঁদুর পুষছে। চুপ চাপ চুপ চাপ—"

"মানে আছে এসব আবোল তাবোলের? হ্যাঁ, আছে। তবে কথা ধরে নয়। কথাগুলো বলতে যে শব্দের যেসব অক্ষর লাগে সেই অক্ষরের সঙ্গে অক্ষরের জোড়ায় সাংকেতিক অর্থ যা, কথাগুলো আসার সঙ্গে সঙ্গে সুপার কম্পিউটারে কষে বার হয়ে চলন্ত টেপ-এ ছাপা হয়ে যাচ্ছে।

দু তরফের দুই মাথা ওই রকম এক-একটি সুপার কম্পিউটার টেলিফোনের হট লাইনের সঙ্গে জুড়ে নিয়ে বসে আছেন। এপার ওপারে ধাঁধার ভাষায় কথা চালাচালি হবার সঙ্গে সঙ্গে সেই চলন্ত টেপ-এ তার মানে পেয়ে যাচ্ছেন।

মানেটা সামান্য একটু ফাঁস করেই না হয় দেওয়া যাক। মোটমাট আলাপটা যখন শূন্যেই গিয়ে পৌঁছচ্ছে তখন ওই ক-টা কথায় কম্পিউটারে ভেদ করা মানেটুকু জানিয়ে দিলে কোনও ক্ষতি নেই।

পশ্চিম আর পুবের দুই ছোটবড় দ্বীপরাজ্যের হট লাইনের আলাপের সোজা বাংলাটা এই রকম,—হ্যাঁ, আমরা হতাশ হয়ে হাল ছেড়ে দিয়েছি। দক্ষিণ মেরু পর্যন্ত

পরিশিষ্ট

ঘনাদাকে কী করে পেলাম

একটা প্রশ্ন প্রায়ই শুনতে হয়।

ঘনাদাকে কোথায় পেলেন?

কোথায় আবার? পেয়েছি নিজেরই মধ্যে, আপনাদের সকলের মধ্যেও।

বলাই বাহুল্য, উত্তরটা সকলকে খুশি করে না। কিন্তু কথাটা নির্ভেজাল সত্যি নয় কি?

আজ বলে নয়, মানুষের মুখে যখন থেকে কথা ফুটেছে তখন থেকেই বাহাদুরি নিতে বাড়িয়ে বলা বানিয়ে বলা তার শুরু হয়েছে, সন্দেহ নেই। সেই কোন আদ্যিকালে প্রথম যে গোদা লেজ-খসা গেছো বাঁদর গাছের ডাল ছেড়ে মাটিতে নেমে একটু খাড়া হয়ে দাঁড়াবার চেষ্টা করে দু-এক পা হেঁটেই মাটিতে কেতরে পড়েছিল, সেও বোধহয় তার সঙ্গী-সাথীদের কিছু অঙ্গভঙ্গি আর কিচির-মিচির ঘোঁৎঘোঁতানি দিয়ে বোঝাবার চেষ্টা করেছিল যে চার পায়ের বদলে দু পায়েই সোজা হয়ে দাঁড়ানো আর হাঁটা তার কাছে দাঁত কিড়মিড়ির মতোই সোজা।

ঘনাদাকে পাবার জন্যে খুব বেশি খোঁজাখুঁজির হায়রানি তাই হয়নি। মানুষের চিরকেলে স্বভাবই নতুন কালের ধড়া-চূড়া পরে ঘনাদা হয়ে বেরিয়ে এসেছেন।

তা, ঘনাদা তো আসর জমাতে খাস ভূমিকায় নিজেই মূল গায়েন হয়ে বিজ্ঞানের ধোঁয়ায় ফাঁপানো সব গালগল্প শোনান। তারপর আবার 'তস্য তস্য' কী ও কেন?

দু-কথায় সহজ করে বলতে চাইলে বলতে হয়, প্রথমটায় বিজ্ঞানের রহস্য যদি প্রধান হয় তাহলে দ্বিতীয়টায় ইতিহাসের।

ঘনাদার নিজের বাহাদুরি গল্প লিখতে লিখতে মাঝে মাঝে 'তস্য তস্য' নিয়ে মাতবার আসল কারণটাও তাহলে কবুল করি।

আসল কারণ হল এই যে, নিজের যা ভাল লাগে, নিজে যাতে যা আনন্দ পাই স্বাভাবিকভাবে পাঠকদেরও করতে চাই তার ভাগীদার।

আবিষ্কার উদ্ভাবন আর সন্ধানের দুঃসাহসিক বৈচিত্র্যে আমাদের এই শতাব্দীর প্রথম থেকেই বিজ্ঞানের রহস্য রোমাঞ্চ উত্তেজনায় স্পন্দমান।

নিজে যা অনুভব করি বিজ্ঞানের জগতের সেই রহস্য রোমাঞ্চ বিস্ময়ের স্বাদ পাঠকদেরও কিছু দিতে পারি কি না দেখবার জন্যেই একটু কৌতুকের সুর মিশিয়ে ঘনাদাকে আসরে নামানো।

বিজ্ঞানের মতো ইতিহাসের রহস্য রোমাঞ্চ উত্তেজনা বড় কম নয়, তার প্রত্যক্ষ স্বাদ নিতে আর দিতে কার শরণ নেব? সত্য যেখানে কল্পনার চেয়েও বিস্ময়কর ও বিশ্বাসের অতীত, পৃথিবীর ইতিহাসের সেই সব আশ্চর্য অধ্যায়ের জীবন্ত পরিচয় পাবার জন্য এবারে ফিরে গেলাম 'তস্য তস্য' অর্থাৎ ঘনাদারই নানা ঊর্ধ্বতন পূর্বপুরুষদেরই কাছে।

প্রেমেন্দ্র মিত্র

গ্রন্থপরিচয়

রবিনসন ক্রুশো মেয়ে ছিলেন।
প্রেমেন্দ্র মিত্রের শ্রেষ্ঠ গল্প গ্রন্থ থেকে গৃহীত। পৃ. ১৮৬-১৯৬
প্রেমেন্দ্র মিত্রের শ্রেষ্ঠ গল্প। নাভানা।
দ্বিতীয় সংস্করণ, শ্রাবণ ১৩৬৬। পৃ. [৬]+২৫১। মূল্য ৫.০০
প্রচ্ছদচিত্র: শ্রীইন্দ্র দুগার

আগ্রা যখন টলমল, দাস হলেন ঘনাদা।
আগ্রা যখন টলমল গ্রন্থ থেকে গৃহীত।
আগ্রা যখন টলমল। আনন্দ পাবলিশার্স প্রাইভেট লিমিটেড।
প্রথম সংস্করণ: জুন ১৯৬৮, জ্যৈষ্ঠ ১৩৭৫। পৃ. [৬]+৯২। মূল্য ৪.০০
উৎসর্গ ॥ শ্রীসুরজিৎ দাশগুপ্ত শ্রীমঞ্জু দাশগুপ্ত
স্নেহাস্পদেষু
প্রচ্ছদ ও অলংকরণ ॥ অজিত গুপ্ত।
সূচি ॥ আগ্রা যখন টলমল, দাস হলেন ঘনাদা।

সূর্য কাঁদলে সোনা। গ্রন্থপ্রকাশ।
প্রথম প্রকাশ ২৫শে বৈশাখ ১৩৭৬। পৃ. [৬]+৪৭৪। মূল্য ১৫.০০
উৎসর্গ ॥ শ্রীপ্রতুল গুপ্ত
পরম প্রীতিভাজনেষু
প্রচ্ছদশিল্পী ॥ অজিত গুপ্ত

একমাত্র খসড়া গল্পটি ছাড়া এই সংকলনের সমস্ত গল্পই ঘনাদা তস্য তস্য অমনিবাস গ্রন্থে সংকলিত।
ঘনাদা তস্য তস্য অম্‌নিবাস। আনন্দ পাবলিশার্স প্রাইভেট লিমিটেড।
সপ্তম মুদ্রণ নভেম্বর ১৯৯৮। পৃ. [১২]+৪৫৮। মূল্য ১০০.০০
উৎসর্গ ॥ পরম স্নেহের টিপ্‌লু বাহাদুরকে—
দাদু
সূচি ॥ দাস হলেন ঘনাদা, সূর্য কাঁদলে সোনা, আগ্রা যখন টলমল, রবিনসন ক্রুশো মেয়ে ছিলেন।

সংযোজন: খসড়া গল্প

"তিনি"—অর্থাৎ

এ যাবৎ অপ্রকাশিত।

পরিশিষ্ট: ঘনাদাকে কী করে পেলাম

রচনাটি 'ঘনাদা তস্য তস্য অমনিবাস' গ্রন্থে 'নিবেদন' রূপে মুদ্রিত হয়েছিল।
